# HEYNE JUBILÄUMS REIHE

In derselben Reihe
erschienen außerdem als Heyne-Taschenbücher:

*Thriller* · Band 50/6
*Klinik* · Band 50/19
*Horror* · Band 50/21
*Das endgültige Buch der Sprüche und Graffiti* · Band 50/26
*Sinnlichkeit* · Band 50/31
*Noch mehr Witze* · Band 50/34
*Das Buch der Sprüche und Graffiti* · Band 50/39
*Lust* · Band 50/40
*Beschwingt & heiter* · Band 50/47
*Sex* · Band 50/50
*Deutsche Erzähler des 19. Jahrhunderts* · Band 50/52
*Sehnsucht* · Band 50/53
*Körner, Sprossen, Keime* · Band 50/57
*Glück muß man haben* · Band 50/59
*Männerwitze* · Band 50/62
*Zauber der Leidenschaft* · Band 50/65
*Super-Sex* · Band 50/67
*Ärzte* · Band 50/68
*Immer fröhlich, immer heiter* · Band 50/69
*Alptraum* · Band 50/71
*Bürosprüche* · Band 50/72
*Lateinamerikanische Erzähler* · Band 50/73
*Louisiana* · Band 50/74
*Samurai* · Band 50/76
*Obsession* · Band 50/77
*Ratgeber Bauen und Wohnen* · Band 50/79
*Viel Vergnügen* · Band 50/80
*Ekstase* · Band 50/81
*Österreichische Erzähler* · Band 50/82
*Ratgeber Versicherung* · Band 50/83
*Grauen Pur* · Band 50/84
*Fröhlich und beschwingt* · Band 50/85
*Arztpraxis* · Band 50/86
*Bombenstimmung* · Band 50/87
*Starke Frauen* · Band 50/88
*Heiter und so weiter* · Band 50/89
*Frauenkrimis* · Band 50/90
*Lachsalven* · Band 50/91
*Romantische Liebe* · Band 50/92
*Geheimnisvolles Erbe* · Band 50/93
*Hinter dem Schleier* · Band 50/94
*1000 neue Witze zum Totlachen* · Band 50/95
*Herr Doktor* · Band 50/96
*Leidenschaftliche Liebe* · Band 50/97
*Glücklich und zufrieden* ·Band 50/98
*Crime Ladies* · Band 50/99
*Die große Liebe* · Band 50/100
*Psycho* · Band 50/101
*Tatmotiv: Liebe* · Band 50/102
*Vergnügliches* · Band 50/103
*Halbgott in Weiß* · Band 50/104
*Stürme des Herzens* · Band 50/105
*König Artus* · Band 50/106
*Lachen ist ansteckend* · Band 50/107
*Die Patientin* · Band 50/108
*Shadorun* · Band 50/109
*Liebesglück* · Band 50/110
*Verborgene Zuflucht* · Band 50/111
*Im Reich der Fantasy* · Band 50/112
*Bitte lächeln* · Band 50/113
*U-Boot* · Band 50/114
*Gefühle* · Band 50/115
*Thriller spezial* · Band 50/116
*Hoffnung* · Band 50/117
*Schwestern* · Band 50/118
*Notfall* · Band 50/119
*Liebeserwachen* · Band 50/120
*Star Trek spezial* · Band 50/121
*Zärtliches Feuer* · Band 50/122
*Thriller* · Band 50/123
*Liebe und Macht* · Band 50/124

HEYNE
JUBILÄUMS
REIHE

# NICHTS ALS DIE WAHRHEIT

Zwei spannende Thriller

WILHELM HEYNE VERLAG
MÜNCHEN

HEYNE JUBILÄUMSBÄNDE
Nr. 50/128

QUELLENHINWEIS

William Bernhardt BLINDE GERECHTIGKEIT/Blind Justice

Published in agreement with BAROR INTERNATIONAL, INC.; New York

Aus dem Amerikanischen von Andreas Brandhorst
(Der Titel erschien bereits in der Allgemeinen Reihe
mit der Band-Nr. 01/9526.)

Philip Friedman DER IRRTUM/Reasonable Doubt

Aus dem Englischen von Matthias Rawert
(Der Titel erschien bereits in der Allgemeinen Reihe
mit der Band-Nr. 01/8824.)

*Umwelthinweis:*
Dieses Buch wurde auf chlor- und säurefreiem Papier gedruckt.


Printed in Germany 1997
Umschlagillustration: Schuster/Liaison, Oberursel
Umschlaggestaltung: Atelier Ingrid Schütz, München
Satz: Buch-Werkstatt GmbH, Bad Aibling
Druck und Bindung: Elsnerdruck, Berlin

ISBN 3-453-12335-2

# Inhalt

William Bernhardt

# BLINDE GERECHTIGKEIT

Für Michel,
Valerie und Karis

## DANKSAGUNG

Ich möchte folgenden Personen danken: Kathy Mozingo und Deborah Loss für ihre Unterstützung bei den Vorbereitungen für das Manuskript; Arlene Joplin und Kindy Jones für ihre Informationen über die Feinheiten des Strafrechts; zahllosen freiwilligen Helfern der American Humane Society in Oklahoma; und meiner Frau Kirsten für die Sache mit dem Wandschrank.

*Es heißt, die Gerechtigkeit sei blind. Das stimmt. Obendrein ist sie auch noch taub, zum Scheitern verurteilt und mit einem Holzbein ausgestattet.*

Finley Peter Dunne, »Mister Dooley«

*Wird vor Gericht nicht durch gut vorgebrachte Behauptungen, sonst schmutzig und verlogen, der Eindruck einer Missetat verdunkelt?*

William Shakespeare
*Der Kaufmann von Venedig*, 3. Akt, 2. Szene*

* Nach der Übersetzung von Rudolf Schaller, erschienen im Insel Verlag, Frankfurt/Main

# Prolog

Er ließ die Pistole wieder in der kleinen Schublade des Tisches verschwinden. Sie kam nur als letztes Mittel in Frage, dachte er, als er die Schublade mit zitternden Händen schloß. Als absolut letztes Mittel.

Bevor es dazu kam, standen ihm noch jede Menge Tricks zur Verfügung. Nein, es herrschte gewiß kein Mangel an Möglichkeiten. Er ging in die Küche und versuchte, sich mit falschem Optimismus aufzumuntern. Es klappte nicht.

Er öffnete den Kühlschrank und holte die Karaffe daraus hervor. Natürlich wußte er, welche Wahl sie treffen würde; man brauchte kein Hellseher zu sein, um das zu erraten. Er zog ein Fläschchen aus der Tasche, schraubte es auf und beobachtete, wie acht Tropfen in die Karaffe fielen. Das war die empfohlene Dosis – vermutlich mehr als genug. Trotzdem: Er hielt es für besser, auf Nummer Sicher zu gehen, und fügte deshalb den ersten acht Tropfen sechs weitere hinzu.

Anschließend stellte er die Karaffe wieder in den Kühlschrank; dabei wäre sie fast zu Boden gefallen. Er starrte auf seine Hände hinab – Schweiß klebte an ihnen. Und das galt auch für den Rest des Körpers. Alles fühlte sich unangenehm feucht an. Er wischte sich die Stirn ab, trocknete die Hände dann mit Hilfe des Tischtuchs. Er mußte sich zusammenreißen. Es gab genug Möglichkeiten, erinnerte er sich. Bestimmt nahm alles ein gutes Ende. Nur nicht für *sie*.

Er kehrte ins Wohnzimmer zurück und sah durchs Patiofenster auf der Nordseite. Unten standen zwei Wagen an der Auffahrt, bereit dazu, ihn zu verfolgen. Schon seit Stunden parkten sie dort.

Worauf warteten sie? Ihm zitterten die Knie, und er atmete schneller. Nur nicht in Panik geraten, ermahnte er sich. Wenn er kurz nachdachte, fielen ihm Dutzende von ganz normalen Gründen dafür ein, warum zwei Wagen an der Auffahrt standen. Die Lage war noch nicht hoffnungslos. Er hatte nach wie vor eine Chance.

Ja, genau. Und er wollte nicht einfach warten, bis sie zu ihm kamen. Er öffnete die Schublade, griff nach der Pistole – und verharrte. Bei allen Heiligen! Die Waffe bot keine Lösung für das Problem. Zumindest jetzt noch nicht. Abrupt schloß er die Schublade, und von einer Sekunde zur anderen raste sein Puls.

Er sank in einen Sessel und versuchte, sich auf den Plan zu konzentrieren, auf die komplizierten Details und Ausweichmöglichkeiten, doch mehrmals glitt sein Blick zum Fenster. Parkten die beiden Wagen noch immer dort unten? Und wie lange dauerte es, bis …

Er schloß die Augen. Solche Grübeleien hatten keinen Sinn. Er mußte den Plan ausführen – nur dadurch konnte sich seine Situation verbessern. Ein Ablenkungsmanöver, das den Druck von ihm nahm. Dadurch bekam er Zeit genug, um die Stadt zu verlassen. Es war auf jeden Fall besser als die Alternative.

Er atmete tief durch und spürte, wie das Herz wieder ruhiger schlug. Genau darauf kam es an: Er mußte sich an den Plan halten, wenn alles glatt über die Bühne gehen sollte. Ja … Er mußte sie anrufen und die richtige Nachricht hinterlassen. Doch dafür war es noch zu früh. Je weniger Zeit ihr zum Nachdenken blieb, desto besser.

Er lächelte. Bestimmt klappte alles. Sollten die Mistkerle ruhig kommen; er hatte alle notwendigen Vorbereitungen getroffen. Erneut nahm er im Sessel Platz und glaubte endlich daran, daß alles in Ordnung kam, daß die Schublade des kleinen Tisches nicht geöffnet werden mußte. Die Zuversicht erfüllte ihn mit Erleichterung.

Bis das Telefon klingelte.

# ERSTER TEIL

# Verhängnisvolle Post

# 1

Mit dem Büro stimmte etwas nicht, und Ben fragte sich, was ihn am meisten störte: die auf dem Linoleumboden herumlaufenden Hühner, das im Vorzimmer verstreute Toilettenpapier, oder vielleicht jener Bursche, der mit einem Revolver auf ihn zielte.

»Kann ich Ihnen irgendwie helfen?« fragte Ben und versuchte, ruhig zu wirken.

»Nein, eigentlich nicht«, erwiderte der unrasierte Mann mit dem Schießeisen. »Ich bin nur gekommen, um Ihnen die Rübe von den Schultern zu ballern.«

»Oh«, sagte Ben. Eine bessere Antwort fiel ihm nicht ein.

Sein Sekretär Jones erhob sich hinter dem kleinen Spieltisch, der ihm als Arbeitsplatz diente. »Soll ich was unternehmen, Boß?«

»Rufen Sie die Polizei an«, sagte Ben.

»Sofort, Boß.« Jones nahm den Telefonhörer ab und wählte.

Der Fremde neigte die Waffe ein wenig zur Seite. »Wenn Sie nicht sofort auflegen, schieße ich Ihnen den Apparat aus der Hand.«

Jones zögerte. »Ach, kommen Sie. Ein so guter Schütze sind Sie bestimmt nicht.«

»Das stimmt vermutlich«, brummte der Mann. »Wahrscheinlich treffe ich nicht das Telefon, sondern Sie.«

Jones legte auf.

»Hören Sie ...«, sagte Ben. »Erklären Sie mir wenigstens, was dies alles zu bedeuten hat. Sie wissen schon: der letzte Wunsch des zum Tode Verurteilten und so.«

Der Mann musterte Ben argwöhnisch. »Welchen Sinn hätten jetzt noch irgendwelche Erklärungen?«

Ben überlegte kurz. »Sie gäben mir dadurch Gelegenheit, meinen fatalen Fehler zu bereuen, bevor mich das Schicksal ereilt.«

Der Bursche schien nicht beeindruckt zu sein.

»Und ich wüßte dadurch, in welche Aktenmappe der Bericht des Coroners gehört«, meinte der Sekretär. »Ich verabscheue es, wenn Dokumente einfach so herumliegen.«

Ben rollte mit den Augen. Herzlichen Dank, Jones.

Erstaunlicherweise schien der letzte Hinweis das Interesse des

Mannes zu wecken. »Versuchen Sie's mit der Akte ›Loving gegen Loving‹«, entgegnete er bitter.

Ben erinnerte sich. Die Nachnamen hatten einen festen Platz in seinem Gedächtnis gefunden, weil sie angesichts der Umstände so seltsam klangen – immerhin handelte es sich um einen Scheidungsfall. »Ich nehme an, Sie sind Mr. Loving.«

»Und ob.« Der Mann hob die Waffe und zielte auf Bens Gesicht. »Und Sie sind der Kerl, der mir meine Frau weggenommen hat.«

»Ich bin der Anwalt, der sie vor Gericht vertrat«, berichtigte Ben. »Warum sind Sie nicht bei der Verhandlung erschienen?«

Loving straffte die ziemlich breiten Schultern. »Einige Dinge dürfen sich nur zwischen Mann und Frau abspielen. Ich halte nichts davon, in aller Öffentlichkeit schmutzige Wäsche zu waschen.«

»Als Sie nicht vor Gericht erschienen und auch darauf verzichteten, sich von einem Rechtsanwalt vertreten zu lassen ... Daraufhin handelte es sich um einen unbestrittenen Fall«, erklärte Ben. Aus den Augenwinkeln sah er, daß Jones wieder den Hörer abnahm und noch einmal zu wählen begann. Loving mußte irgendwie abgelenkt werden. »Die Richterin war praktisch gezwungen, dem Scheidungsantrag stattgeben, weil keine Einwände dagegen erhoben wurden. Unter den gegebenen Umständen blieb ihr überhaupt nichts anderes übrig.«

Der Mann kam einen Schritt näher. »Wie ich hörte, sind im Gerichtssaal einige schmutzige Lügen über mich erzählt worden von Ihnen.«

Ben räusperte sich. »Ich ... habe nur die Behauptungen meiner Klientin wiedergegeben.«

»Zum Beispiel die, daß ich gern Damenschuhe mit hohen Absätzen und Strumpfhosen trage?«

»Äh, ich glaube, Ihre Frau hat unter anderem deshalb die Scheidung eingereicht«, sagte Ben.

»Und dann die Sache mit den Tieren«, knurrte Loving.

Ben blickte zur Decke. »Mit den Tieren? Ich fürchte, daran erinnere ich mich nicht mehr ...« Er fühlte, wie ihm ein Schweißtropfen über die Stirn rann. Konnte Jones nicht schneller wählen?

»Sie haben mein Leben ruiniert!« rief Loving und gestikulierte mit der Waffe. »Durch Ihre Schuld verlor ich eine Frau, die mir alles bedeutete. Und dafür werden Sie nun büßen.«

»Stimmt es Sie gnädiger, wenn ich Ihnen mitteile, daß heute mein Geburtstag ist?« fragte Ben.

Loving zog den Hahn des Revolvers zurück. »Nehmen Sie dies als Geschenk.«

»Wenn Sie Ihre Frau wirklich so sehr lieben ... Warum versuchen Sie nicht, wieder ihre Gunst zu gewinnen?«

»Wie bitte?«

»Vielleicht könnten Sie noch einmal heiraten.«

»Dafür ist es jetzt zu spät.«

»Nein«, widersprach Ben. »Solche Versöhnungen sind durchaus möglich. Zum Beispiel Natalie Wood und Robert Wagner – sie haben dreimal geheiratet!«

Loving schien darüber nachzudenken. »Ich weiß nicht ...«

»Sie müssen um sie werben. So wie beim ersten Mal. Bringen Sie Ihr Blumen. Schreiben Sie ein Gedicht. Halten Sie im Mondschein ihre Hand.«

»So was hat sich nie zwischen uns abgespielt.«

Ben runzelte die Stirn. »Bestimmt gab's zu Anfang ein bißchen Romantik.«

»Romantik?« Loving schnaubte abfällig. »Ich habe Babs in einer Bar kennengelernt. Nach 'n paar Drinks kam's zu einer Nummer auf dem Rücksitz meines Wagens. War nicht besonders toll, führte jedoch zu einer Schwangerschaft. Deshalb mußten wir heiraten.«

»Nun ...« Ben versuchte, den Kopf aus der Schlinge zu ziehen. »Um so besser. Dann ist das alles neu für sie.« Er schnippte mit den Fingern. »Ich müßte noch einige alte Liebesgedichte haben, die ich Ihnen leihen könnte.«

»Glauben Sie wirklich, daß ein solcher Versuch lohnt?« fragte Loving. Der Hauch eines Lächelns umspielte seine Lippen.

»Man kann nie wissen. Ich bin davon überzeugt, daß eine zweite Ehe mit Ihrer Ex-Frau möglich ist – vorausgesetzt, Sie machen keinen Fehler, der Sie für den Rest Ihres Lebens ins Gefängnis bringt.«

»Babs könnte zu mir zurückkehren?«

»Ich halte das nicht für ausgeschlossen.«

»Ich schon«, sagte Loving. Das Lächeln verschwand aus seinem Gesicht, als er auf Bens Nase zielte und schoß.

Jones nahm das Eis, wickelte ein Tuch um die Würfel und schlang ein Gummiband darum. Einige Sekunden lang rang er mit einem kindersicheren Verschluß, bekam das Fläschchen schließlich auf und steckte sich einige Tylenol-Tabletten in die Tasche – nur für den Fall. Dann kehrte er in Bens kleines Büro zurück und trat zum durchgesessenen Sofa an der gegenüberliegenden Wand.

Er schob die Hand des Anwalts beiseite und legte ihm das Eis auf die Stirn. »Wie fühlt sich das an?«

»Kalt«, sagte Ben.

»Hat es einen beruhigenden Effekt?«

»Derzeit könnten mich nicht einmal hundert Seraphim mit besonders sanfter Harfenmusik beruhigen. Man hat gerade auf mich geschossen!«

»Ja«, bestätigte Jones. »Und zwar mit einem Spielzeugrevolver, der ein Fähnchen mit der Aufschrift ›Bumm!‹ zeigte. Mit Lee Harvey Oswald hat das kaum etwas zu tun.«

»Für Sie ist das leicht gesagt – das Fähnchen hat *Sie* nicht ins Auge gepikst. Ich hätte fast eine Kontaktlinse verloren.« Ben sah den Gesichtsausdruck des Sekretärs. »Ich bin erschrocken.«

»Oh, natürlich. Ich war die ganze Zeit über dabei. Und ich habe gesehen, wie Sie in Ohnmacht gefallen sind.«

»Ich bin *nicht* in Ohnmacht gefallen, sondern habe das Gleichgewicht verloren.«

»Wie Sie meinen.« Jones versuchte, ein Lächeln zu unterdrücken.

»Ich höre noch immer das irre Lachen des Burschen. Wie lauteten seine Worte? ›Sie haben mir die Hölle beschert, Kincaid – das wollte ich Ihnen heimzahlen.‹ Mann, der Kerl ist krank.«

»Ja. Allerdings hat er auch einen gewissen Sinn für Humor.« Jones blickte in die verkniffene Miene seines Chefs. »Für *kranken* Humor.«

»Dachte mir schon, daß Sie es so meinen.« Ben rückte den Eisbeutel zurecht, und die Augen verschwanden darunter. »Übrigens, Jones: Vielleicht geht es mich nichts an, aber wieso befinden sich Hühner in meinem Büro?«

»Frank Brannon hat sich endlich dazu durchgerungen, seine Rechnung zu bezahlen. Unglücklicherweise hat er derzeit kein Geld. Deshalb die Hühner – daran mangelt's ihm nicht.«

»Wunderbar. Das kommt davon, wenn man vor Gericht einen Fall vertritt, bei dem es um die Wiederinbesitznahme eines Traktors geht.«

»Soweit ich weiß, können Sie in dieser Hinsicht nicht besonders wählerisch sein.«

»Ja, mag sein.« Ben rieb den Eisbeutel erst an der linken und dann auch an der rechten Wange. »Hühner. Meine Güte, das hilft uns natürlich enorm, die Miete zu bezahlen. Außerdem sind wir fein raus, wenn plötzlich eine Hungersnot über Tulsa hereinbrechen sollte.«

»Da Sie gerade die Miete erwähnen, Boß … Ich erinnere nicht gerne daran, aber mein Gehalt ist längst überfällig.«

»Stimmt. Leider bin ich knapp bei Kasse. Nehmen Sie sich so viele Hühner, wie Sie wollen. Übrigens: Liegt noch immer jede Menge Toilettenpapier im Vorzimmer?«

»Nein. Ich hab' dort aufgeräumt, nachdem Dr. Loving von der Polizei verhaftet und fortgebracht wurde – wegen versuchter Körperverletzung mit einem Spielzeug.«

Ben ignorierte den Seitenhieb. »Darf ich fragen, wer mein Büro mit dem TP heimsuchte, Jones?«

»Raten Sie mal.«

»Verstehe.« Ben streckte sich auf dem Sofa aus. »Wenn Sie jetzt bitte gehen und die Tür hinter sich schließen würden, Jones … Ich möchte hier einige Stunden lang in aller Ruhe liegen und versuchen, meinen Puls auf eine dreistellige Zahl zu verringern.«

Der Sekretär rührte sich nicht von der Stelle. »Boß?«

»Ja.«

»Ihre Bemerkung von vorhin … Entsprach sie der Wahrheit?«

»Meinen Sie meinen Puls?«

»Nein. Ich meine Natalie Wood und Robert Wagner.«

»Oh, sie ließen sich einmal scheiden, um dann erneut zu heiraten.«

»Sie haben also gelogen.«

»Ich habe nicht gelogen, nur ein wenig … übertrieben.« Vorsichtig berührte Ben die gerötete Haut am Auge. »Mir blieb nicht viel Zeit, um meine Fantasie zu bemühen.«

Jones zögerte noch immer.

»*Ja*?«

»Sollte der Fall Simons nicht heute morgen um zehn verhandelt werden?«

Ben sah auf die Uhr. »Lieber Himmel! Es ist bereits zehn! Meine Güte, Jones – zu Ihren Aufgaben gehört es, mich rechtzeitig auf meine Termine hinzuweisen.«

»Tut mir leid, Boß. Die Schießerei hat mich abgelenkt.«

Ben griff nach seiner Aktentasche, hastete hinaus und preßte sich noch immer den Eisbeutel an den Kopf. Vielleicht schaffte er es noch rechtzeitig, wenn er den ganzen Weg bis zum Gericht lief.

# 2

Ben bahnte sich einen Weg aus dem vollen Aufzug, eilte durch den fünften Stock des Countygerichts von Tulsa und näherte sich dem Verhandlungssaal von Richterin Hart. Vor dem Eingang wartete Christina auf ihn.

»Was ist los, Ben?« fragte sie und lächelte vom einen Ohr bis zum anderen. »Hast du vergessen, den Wecker zu stellen?«

Atemlos blieb er vor ihr stehen und schnappte nach Luft. »Ich bin schon seit Stunden wach. Die Schießerei hat mich aufgehalten.«

»Die *Schießerei*? Was soll das heißen?«

»Ich erzähle dir später davon. Wo ist Richterin Hart?«

»Noch nicht eingetroffen. Sie mußte noch einige Dinge erledigen, bevor das Verfahren fortgesetzt wird.«

»Es gibt noch Wunder – dem Himmel sei Dank dafür.«

»Ja. Heute scheint dein Glückstag zu sein.« Christina strich das lange, rotblonde Haar hinter die Schultern zurück. Sie trug einen kurzen Lederrock, hohe Stiefel und ein gelbes Trikot – typische Kleidung für sie. »Da fällt mir ein, Ben … Herzlichen Glückwunsch zum Geburtstag.«

Er bedachte sie mit einem durchdringenden Blick. »Du hast versprochen, es nicht zu verraten.«

»Keine Angst, von mir hat niemand etwas erfahren. Da fällt mir ein: Ich hab' was für dich. Bist du später im Büro?«

»Sofort nach der Verhandlung kehre ich dorthin zurück.«

»Hast du was dagegen, wenn ich vorbeikomme?«

»Meine Tür steht immer für dich offen, Christina. Solange du nicht herumschnüffelst und versuchst, Informationen zu sammeln, die dein Chef im Gerichtssaal gegen mich verwenden kann.« Ben sah zur Tür. »Ist Mrs. Simmons dort drin?«

»Ja. Und ich glaube, sie braucht deinen Trost. Sieht *les miserables* aus.«

»Auf welche Weise?«

»Auf die übliche: schweißfeuchte Hände, zitternde Knie.«

Ben nickte. »Die meisten Leute kriegen das Zittern, wenn sie vor Gericht erscheinen müssen. Aber danke für den Tip.« Wenn ihm Christina riet, mit einem Klienten zu reden, so versäumte er es nie, ihren Rat zu beherzigen. Sie hatte einen erstklassigen Instinkt, und man konnte sich keine bessere Rechtsassistentin wünschen. Zu schade, daß sie zur Konkurrenz gehörte.

Ben und Christina hatten sich während Bens kurzer Zeit als Partner von Raven, Tucker & Tubb kennengelernt. Nach seinem Rausschmiß kündigte sie aus Protest und arbeitete für Swayze & Reynolds. Der Wechsel schien vorteilhaft für sie zu sein. Der geschäftsführende Teilhaber Quinn Reynolds gab ihr wichtige Aufträge, und dadurch bekam sie Kontakt mit prominenten Klienten. Sie war sehr erfolgreich, soweit Ben das feststellen konnte. Obwohl: Der Erfolg hatte weder Christinas Garderobe verbessert noch etwas gegen ihre Neigung ausgerichtet, die französische Sprache zu mißbrauchen.

Sie betraten den Gerichtssaal, und Ben beobachtete, wie Reynolds seiner Begleiterin einen finsteren Blick zuwarf. Vermutlich beschloß er, Christina später zur Schnecke zu machen, weil sie dem Feind Gesellschaft leistete. Reynolds mochte der Geschäftsführer von Swayze & Reynolds sein, aber er galt auch als arrogant, anmaßend und ungenießbar. Schlimmer noch: er war ein schlechter Anwalt, zeigte Aufsässigkeit vor Gericht und lehnte Kompromisse ab. Er griff gern zu Verzögerungstaktiken, um Vereinbarungen zu seinen Gunsten durchzusetzen; genau dagegen hatte sich Ben während des aktuellen Verfahrens immer wieder gewehrt. Unter anderen Umständen wäre Reynolds sicher längst aus der Anwaltsgemeinschaft verbannt worden, doch seine Frau gehörte zum Obersten Gericht von Oklahoma. Ben kannte Leute, die sich monatelang über Reynolds beklagt hatten, und letztendlich hieß es immer: »Verdammt, ich verabscheue den Kerl, aber was kann man schon machen? Immerhin schläft er mit der Richterin.«

Ben sah zu seiner Klientin Amy Simmons, die allein am Tisch des Klägers saß – sie wirkte angespannt und hilflos. Vor einigen Monaten war ihr jemand von hinten in den Wagen gefahren. Sie erhob Anklage gegen den Verantwortlichen, einen Mann namens Tony Lombardi, um Schadenersatz für ihre Verletzungen zu bekommen. Reynolds vertrat Lombardi und seine Versicherungsgesellschaft.

»Morgen, Amy. Bitte entschuldigen Sie die Verspätung.«

Sie lächelte schief. »Schon gut. Die Assistentin dort drüben meinte, Sie gäben ihrem Schlußplädoyer den letzten Schliff.«

Damit schuldete er Christina einen weiteren Gefallen. »Fühlen Sie sich sicher in bezug auf Ihre Aussage? Möchten Sie mich noch etwas fragen?«

Amys Züge verhärteten sich. »Muß ich wirklich vor die Richterin treten, wo mich alle sehen können?«

»Das läßt sich nicht vermeiden.« Ben klopfte ihr auf die Hand. »Seien Sie unbesorgt. Ich bin die ganze Zeit über bei Ihnen. Bestimmt wird alles gut.«

»Das hoffe ich«, erwiderte Amy nervös. »Das hoffe ich wirklich.«

Richterin Helen Hart betrat den Gerichtssaal, ließ die Geschworenen Platz nehmen und setzte die Verhandlung fort. Sie war Mitte Vierzig und schon lange genug im Amt, um ihre Arbeit mit Würde und Humor zu erledigen. Ben fand ihre Art erfrischend – ein guter Richter konnte einen schwierigen Fall wie diesen lockerer gestalten.

Auf Bens Zeugenliste stand nur noch ein Name: der von Mrs. Simmons. Von ihrer Aussage hing alles ab. Die Schilderungen der medizinischen Sachverständigen waren durchaus überzeugend, aber Amy selbst mußte die Geschworenen davon überzeugen, beim Unfall verletzt worden zu sein und noch immer zu leiden. Wenn ihr das nicht gelang, gab es kein Urteil, das ihr Schadenersatz zusprach.

Sie trat in den Zeugenstand, und Ben stellte die ersten Fragen. Sie hatten dies mehrmals geübt, um vorbereitet zu sein, was jedoch nichts an Mrs. Simmons' Nervosität änderte. Glücklicherweise gab sie genau die richtigen Antworten, erweckte dabei einen ehrlichen, aufrichtigen Eindruck. Sie sprachen über die Halsverletzung und jene Beschwerden, mit denen Amy praktisch die ganze Zeit über fertig werden mußte: starke, stechende Schmerzen, plötzliche Krämpfe, die Unfähigkeit, den Kopf gerade zu halten. Ihr Hausarzt hatte eine umfassende Schädigung des Zellgewebes festgestellt und mehrere Operationen durchgeführt. Seine Diagnose ließ keinen Zweifel: Für den Rest ihres Lebens brauchte Amy Medikamente und Physiotherapie.

Nach den Fragen trat Ben vom Podium herunter. Mit der Aussage seiner Klientin war soweit alles in Ordnung, aber sie hatte die Geschworenen nicht zu Tränen gerührt. Alles klang zu glatt, wie auswendig gelernt. Ben begriff, daß er improvisieren und einige verbale Kunstgriffe anwenden mußte, um das Mitgefühl der Geschworenen zu erregen.

»Genießen Sie noch immer die gleiche Lebensqualität wie vor dem Unfall, Amy?«

Mrs. Simmons blickte auf ihre Hände. »Oh, wissen Sie, ich komme zurecht.«

Alles andere als eine herzergreifende Antwort. »Sind Sie nach wie vor imstande, Tennis zu spielen?«

»Eigentlich hat mir Tennis nie sehr viel Spaß gemacht, Mr. Kincaid.«

»Und Golf?«

»Ich habe jetzt Enkel und verspüre nicht mehr das Bedürfnis, einen kleinen Ball über den Rasen rollen zu lassen.«

Ben holte tief Luft. »Bringt es Sie in Verlegenheit, wenn Ihr Hals in aller Öffentlichkeit zu zucken beginnt?«

»Ach, ich gebe nicht viel darauf, was andere Leute denken.«

Mist – die Situation erforderte drastische Maßnahmen. Ben näherte sich dem Zeugenstand und beugte sich übers Geländer. »Amy ... Ich weiß, daß Sie versuchen, tapfer zu sein und sich nicht zu beklagen. Doch den Geschworenen gegenüber müssen Sie ganz offen sein. Ich sehe das Zittern in Ihrem Hals. Es tut weh, nicht wahr? Sie haben Schmerzen, hier und jetzt.«

Mrs. Simmons hob die Hand zum Hals. »Ja«, hauchte sie.

Braves Mädchen. Er wußte natürlich, daß er Suggestivfragen stellte, aber Reynolds schien zu dämlich zu sein, um es zu bemerken. »Und die Schmerzen begleiten Sie jeden Tag. Sind kaum zu ertragen, nicht wahr?«

Amys Kopf bebte, und sie nickte andeutungsweise.

»Und wenn Sie kein Geld haben, um die Medikamente und die Physiotherapie zu bezahlen ... Dann müssen Sie die Schmerzen für den Rest Ihres Lebens ertragen, ohne Hoffnung auf Linderung. Stimmt das?«

Die Augen der Frau füllten sich mit Tränen. »Ich ... ich glaube schon«, sagte sie.

»Danke. Keine weiteren Fragen, Euer Ehren.«

Ben kehrte zufrieden zum Tisch des Klägers zurück. Es war nicht leicht gewesen, aber Amy hatte den Geschworenen endlich das mitgeteilt, was sie wissen mußten. Sollte Reynolds ruhig versuchen, sie beim Kreuzverhör in die Zange zu nehmen. Wenn er sie zu sehr unter Druck setzte, so zog er sich damit den Unwillen der Jury zu.

Reynolds ging langsam zum Podium. Er sah das Dilemma ebenso deutlich wie Ben, und deshalb wußte er nicht genau, wie er anfangen sollte. »Ich bin Quinn Reynolds, Mrs. Simmons.« Er verharrte und schwieg einige Sekunden lang. »Ich vertrete den Beklagten, Mr. Lombardi.«

»Und die Versicherungsgesellschaft«, fügte Amy hinzu.

»Einspruch, Euer Ehren«, sagte Reynolds sofort.

»Stattgegeben«, entschied Richterin Hart. »Ich fordere die Geschworenen auf, die letzte Bemerkung der Zeugin nicht zu beachten.«

»Ich beantrage, die Verhandlung aufgrund von Verfahrensmängeln zu beenden.«

»Abgelehnt«, entgegnete die Richterin schlicht. »Stellen Sie Ihre Fragen.«

»Mrs. Simmons, Sie behaupten, an einer umfassenden Schädigung des Zellgewebes im Hals zu leiden. Stimmt das?«

»Die Diagnose stammt von meinem Hausarzt.«

»Aber hat Ihr Arzt nicht gesagt ...« Reynolds blätterte in seinem Notizheft, drehte es und blätterte erneut. »Wo hab' ich's notiert?« Er schritt zum Tisch des Beklagten und kramte dort in einem großen Durcheinander aus Unterlagen.

Ben lächelte. Reynolds zögerte nie, irgendwelche schmutzigen Tricks anzuwenden, doch diesmal ging der Schuß eindeutig nach hinten los. Zu Beginn des Verfahrens hatte Reynolds beantragt, Dutzende von Dokumenten als Beweismittel zuzulassen, ganz offensichtlich mit der Absicht, den allein arbeitenden Ben unter einem Berg aus Papier zu begraben und den Rechtsstreit für Amy so teuer wie möglich zu machen. Jetzt konnte Reynolds ein Blatt mit Notizen nicht finden, weil es sich irgendwo in dem von ihm selbst geschaffenen Dokumentenchaos befand. Echt komisch.

Leider war Christina eine weitaus bessere Rechtsassistentin, als Reynolds verdiente. Unauffällig begab sie sich in den vorderen Bereich des Gerichtssaals, fand dort sofort den richtigen Aktenordner und entnahm ihm das benötigte Schriftstück. Reynolds nahm es mit einem wortlosen Nicken entgegen und wandte sich wieder dem Podium zu.

»Nun, Mrs. Simmons ... Hat Ihr Hausarzt im Zusammenhang mit der Verletzung nicht folgende Worte benutzt: ›vermutlich geringfügiger Natur und leicht zu entfernen‹?«

»Leicht zu entfernen?« Amy runzelte verwirrt die Stirn. »Darf ich mir das ansehen?«

Reynolds wollte ihr das Dokument nicht zeigen, mußte sich jedoch fügen, als Richterin Hart zum Zeugenstand deutete. Er reichte das Blatt dem Gerichtsdiener, der es Mrs. Simmons gab.

»Vermutlich geringfügiger Natur und leicht zu entfernen«, wiederholte Amy und las auch den Rest. »Oh, jetzt verstehe ich. Diese Sache betrifft nicht meine Halsverletzung, sondern eine Warze.«

Reynolds blinzelte. »Eine Warze?«

»Ja. Ganz oben auf der Seite bezieht sich der Arzt auf eine *Verruca vulgaris*. Damit meint er eine Warze.« Amy sah zu Reynolds. »Die war tatsächlich geringfügiger Natur und leicht zu entfernen.«

Ben hob die Hand vor den Mund, um sein Lächeln zu verbergen. Diese Vernehmung hätte selbst dann nicht besser sein können, wenn sie von ihm selbst in Szene gesetzt worden wäre. Das Urteil der Geschworenen erschien bereits vor seinem inneren Auge, und darüber strahlten helle Lichter in Form von Dollar-Zeichen.

Reynolds blätterte wieder im Notizheft. Zumindest wußte er, wann es darauf ankam, noch einmal von vorn zu beginnen. »Sie haben ausgesagt, daß Ihnen die Halsverletzung ständige Schmerzen beschert.«

»Ja.«

»Außerdem leiden Sie dadurch an Desorientierung und Schwindel.«

»Ja.«

»Darüber hinaus sind plötzliche Krämpfe möglich.«

»Das stimmt. Vor allem dann, wenn ich müde bin.«

Jetzt versucht er's mit der sanften Tour, dachte Ben. Glaubte er nicht mehr daran, den Fall zu gewinnen? Beschränkte er sich jetzt darauf, Anteilnahme zu zeigen und das Beste zu hoffen?

»Außerdem gaben Sie zu Protokoll, daß sich die Nackenkrämpfe negativ auf Ihre Arbeit auswirken.«

»Ich bin Krankenschwester und habe ständig mit Patienten zu tun. Ich kann mich nicht richtig um sie kümmern, wenn es zu solchen Krämpfen kommt.«

»Und das Leiden begann nach dem Unfall?«

»O nein«, erwiderte Amy fröhlich. »Dieses Problem habe ich schon seit vielen Jahren.«

Ben glaubte, seinen Ohren nicht trauen zu dürfen. *Was*?

»Soll das heißen, Ihr Leiden wurde *nicht* vom Autounfall verursacht?« fragte Reynolds.

Die Frau im Zeugenstand öffnete den Mund, gab jedoch keinen Ton von sich. Offenbar dämmerte ihr gerade, daß sie etwas Falsches gesagt hatte. Sie sah zu Ben – vielleicht erhoffte sie sich die richtige Antwort von ihm.

Die Richterin sah auf den Zeugenstand hinab. »Bitte beantworten Sie die Frage.«

Ben beobachtete, wie sich die imaginären Dollar-Symbole trübten.

Er sprang auf. »Einspruch, Euer Ehren. Ich sehe keine Verbindung zu dem Fall, den wir hier verhandeln ...«

»Sparen Sie sich die Mühe«, sagte Richterin Hart, bevor er etwas hinzufügen konnte. »Abgelehnt. Obwohl ich es Ihnen nicht verdenken kann.«

»Die Nackenkrämpfe habe ich seit meiner Kindheit«, sagte Amy. »Sie begannen, als ich acht oder neun war.«

»Mrs. Simmons, bei Ihrer Aussage vor zwei Monaten beschrieben Sie in allen Einzelheiten die Schmerzen im Hals am Unfalltag.«

»Ja«, bestätigte Amy. »An jenem Tag waren sie besonders schlimm.«

»Aber Sie litten nicht zum erstenmal daran.«

»Nein, ganz und gar nicht.«

Reynolds lächelte triumphierend. Wenn das Nackenleiden schon vor Jahren existierte, so kam als Ursache wohl kaum der Unfall in Frage. Mit anderen Worten: Dann konnte der Fahrer des Unfallwagens dafür nicht zur Rechenschaft gezogen werden. Und dann mußte die Versicherungsgesellschaft nicht einen einzigen Dollar Schadenersatz zahlen. »Keine weiteren Fragen, Euer Ehren.«

Richterin Hart sah Ben an. »Möchten Sie die Zeugin noch einmal befragen?«

Er stand auf. »Ja, Euer Ehren.«

Die Richterin nickte. »Viel Glück.«

Ben eilte zum Podium, um zu retten, was noch zu retten war. Es ging darum, bei Amy die Aura des Opfers wiederherzustellen.

»Sie haben ausgesagt, daß Ihr Hals kurz nach dem Unfall schmerzte. Stimmt das?«

»Ja. Er tat fürchterlich weh.«

»Handelte es sich um einen ›normalen‹ Krampf, so wie die anderen vorher?« *Bitte, Gott, laß mich jetzt nicht im Stich*!

»O nein. Er war viel schlimmer.«

*Danke*! »Nach dem Unfall litten Sie an stärkeren Schmerzen?«

»Ja. Vorher empfand ich sie nur als unangenehm, doch nachher wurden sie schier unerträglich.«

»Kennen Sie den Grund dafür?«

»Dr. Carter sprach von einem sogenannten Peitschenhieb-Effekt, zu dem es kam, als Mr. Lombardi meinen Wagen von hinten rammte. Ein Nerv wurde dadurch zwischen zwei Halswirbelknochen eingeklemmt.«

»Die Verletzung ist permanenter Natur, nicht wahr?«

»Ich fürchte, ja. Arzneien und Therapie helfen zwar, aber die Ärzte haben mir mitgeteilt, daß ich nie ganz geheilt werden kann.«

»Nun, der Unfall war zwar nicht die Ursache Ihres Halsproblems, aber er hat es erheblich verschlimmert. Ist das richtig?«

»O ja. Ich habe jetzt viel häufiger und stärkere Krämpfe.«

Gelobt seien alle Heiligen. »Danke, Amy. Keine weiteren Fragen, Euer Ehren.«

»Gut«, sagte die Richterin. »Meine Damen und Herren ... Wir unterbrechen die Verhandlung bis dreizehn Uhr.« Und: »Übrigens, Mr. Kincaid ... Nicht übel.«

## 3

Ben empfing Amy Simmons im Vorzimmer seines Büros und trat deshalb vorsichtig an den Hühnern vorbei. Wenn er sie einfach ignorierte ... Dann verzichtete die Klientin vielleicht darauf, entsprechende Fragen zu stellen.

»Ich wollte mich bei Ihnen bedanken, Mr. Kincaid«, sagte Amy. »Alle anderen Anwälte, mit denen ich gesprochen habe, lehnten es ab, mich zu vertreten.«

»Wenn es um Verletzungen wie bei Ihnen geht, ist die Schuld schwer zu beweisen.«

»Sie waren wundervoll im Gerichtssaal. Insbesondere nach dem Kreuzverhör.«

»Nicht der Rede wert. Ich mußte nur unsere Strategie den veränderten Umständen anpassen, um die Geschworenen auf folgendes hinzuweisen: Wenn der Beklagte ein schon vorher existierendes Leiden verschlimmert, so ist er für die zusätzlichen Schmerzen und Behinderungen verantwortlich. Es war keine große Sache.«

»Ich habe Sie für großartig gehalten. Und bestimmt gelang es Ihnen auch, die Geschworenen zu beeindrucken.«

Ben schüttelte den Kopf. »Das bezweifle ich. Immerhin wurde Ihnen nur ein Schadensersatz von zehntausend Dollar zugesprochen. Glücklicherweise ging die andere Seite darauf ein – Ihnen bleibt also ein Berufungsverfahren erspart. Wie dem auch sei: Die Hälfte der Summe geht für Ihre bisherigen Behandlungskosten drauf. Und sicher kommt in dieser Hinsicht noch einiges auf Sie zu.«

»Ich hätte Ihnen rechtzeitig sagen sollen, daß ich schon früher an Nackenkrämpfen litt. Ich dachte, es sei allgemein bekannt.«

»Für mich war's völlig neu.«

»Mein Schwager studiert Jura, und er meinte, unter diesen Umständen sei das Urteil sehr gut. Deshalb möchte ich Sie zunächst einmal bezahlen.«

Amy konnte es sich nicht leisten, einen Stundensatz oder eine Pauschale zu bezahlen. Aus diesem Grund hatte Ben ein prozentuales Erfolgshonorar mit ihr vereinbart, was bedeutete: Er bekam nur dann Geld, wenn er die Verurteilung des Beklagten durchsetzte. »Wenn Sie mir ein Drittel des Schadensersatzes geben, so bleibt Ihnen nicht mehr genug Geld für Therapie und Arzneien.«

»Spielt keine Rolle«, erwiderte Amy. »Abgemacht ist abgemacht. Hier, ich habe den Scheck bereits ausgestellt.«

Ben sah genauer hin: 3333 Dollar.

Damit konnten viele überfällige Rechnungen bezahlt werden, überlegte er. Trotzdem faltete er den Scheck zusammen und zerriß ihn.

»Nein, Amy«, sagte er. »Es ist immer das Recht des Anwalts gewesen, auf sein Honorar zu verzichten, und genau das mache ich jetzt.« Er ließ die Papierfetzen auf den Boden fallen. »Behalten Sie das Geld und lassen Sie sich auf angemessene Weise behandeln.«

Amy sah Ben an, und ihre Augen schimmerten. Wortlos faßte sie ihn an den Schultern und hauchte ihm einen Kuß auf die Wange. Dann nahm sie ihre Handtasche und ging.

»Donnerwetter«, sagte Jones, der wieder am Spieltisch saß. »Sie sind ein toller Bursche.«

»Ja, ja, ja.«

»Die Sache hat allerdings einen Haken, Boß: Sie haben gerade die letzte Chance vertan, in absehbarer Zeit Geld zu verdienen. Woraus sich die Frage ergibt, wie Sie mich bezahlen wollen.«

»Mit menschlicher Güte«, schlug Ben vor.

»Nichts für ungut, Boß, aber mir wäre ein Zahlungsmittel lieber, mit dem man sich etwas kaufen kann.«

Die Tür öffnete sich, und Christina kam mit einem Karton herein.

»Ein Repräsentant der Gegenseite«, sagte Ben. »Hoffentlich bist du nicht gekommen, um uns zu verspotten.«

»Das käme mir nie in den Sinn. Immerhin hast du das Verfahren gewonnen.«

Ben zuckte mit den Schultern. »Für einen Apfel und ein Ei.«

»Was sicherlich nicht deine Schuld ist. Nun, vergessen wir das mit dem Gericht und so. *Que será será*. Ich habe dir ein Geburtstagsgeschenk mitgebracht.«

Jones sah auf. »Haben Sie heute tatsächlich Geburtstag, Boß?«

»Oh-oh.« Christina schloß die Augen. »*Pardonnez-moi*.«

»Wieso haben Sie mir nichts davon gesagt?« fragte der Sekretär. »Wie alt werden Sie heute?«

»Dreißig«, antwortete Ben. »Und genau *deshalb* habe ich Ihnen nichts gesagt. Um zu vermeiden, daß Ihnen die üblichen Geschmacklosigkeiten in den Sinn kommen, zum Beispiel schwarze Trauerbänder oder Stripteasetänzerinnen und so.«

»Ich mag die Jungs, die als Gorilla verkleidet Pizzas bringen ...«

»Na bitte.« Bens Blick wanderte zu Christinas Karton. »Das ist mein Geburtstagsgeschenk?«

»Du hast es erraten.« Sie schob den Behälter auf ihn zu. »Warum guckst du so skeptisch?«

»Weil mir gerade die Luftlöcher aufgefallen sind.«

»Toll beobachtet, Herr Detektiv. Wie wär's, wenn du den Karton öffnest?«

Ben stellte ihn auf Jones' Spieltisch, löste den Knoten, zog die Klappe auf und fand ... eine Katze. Groß und schwarz war sie, mit einem weißen Ring an der Nase.

»Du hast sie bereits ins Herz geschlossen, nicht wahr?« fragte Christina.

»Eigentlich habe ich mit Katzen nicht viel am Hut ...«

»Ach, Unsinn. Woher willst du das wissen? Dies ist die erste in deinem Leben, oder?«

»Ich lebe lieber allein.«

»Darum geht's ja«, sagte Christina. »Du lebst schon viel zu lange allein. So was ist nicht gesund.«

»Hast du vielleicht Angst, daß ich an Kontaktarmut leiden und nicht lernen könnte, mit anderen Kindern zu spielen?«

»Ich möchte dir trotz deiner Sturheit zu der Erkenntnis verhelfen, daß du nicht alles allein erledigen mußt.«

»Aus Erfahrung weiß ich: Je weniger Umgang mit anderen Leuten ich habe, desto besser – für die anderen ebenso wie für mich.«

»Du bist zu alt, um den Einzelgänger zu spielen. Es wird Zeit für dich, Hilfe anzunehmen und dir eine Familie aus Freunden zuzulegen.«

»Ich hatte bereits eine Familie«, brummte Ben. »Und daher weiß ich: Solche Dinge funktionieren bei mir nicht.«

»Da irrst du dich, Ben.« Christina holte das Tier aus dem Karton. »Dieses Kätzchen wird es dir beweisen.«

»Das *Kätzchen*? Es wiegt bestimmt zehn Kilo!«

»Hat ein bißchen Übergewicht, ja. Gehörte meiner Freundin Sally Zacharias. Nun, sie heiratet und zieht in ein Apartmenthaus um, in dem keine Tiere erlaubt sind. Also bat sie mich, ein neues Heim für ihren Liebling zu finden. Die Katze braucht jede Menge Zuneigung.«

»Ein Grund mehr, sie jemand anderem anzuvertrauen.«

»Ihr schließt bestimmt schnell Freundschaft.« Christina reichte Ben die Katze.

Er nahm sie umständlich entgegen und hielt sie wie ein wissenschaftliches Untersuchungsobjekt. »Wie heißt sie?«

»Sally nannte sie Giselle. Du kannst ihr auch einen anderen Namen geben, wenn du möchtest.«

»Giselle. Klingt gut. Wie klassische Musik.« Ben streckte vorsichtig einen Finger und strich der Katze damit über den Rücken. Sie schnurrte glücklich.

»Siehst du?« Christina lächelte zufrieden. »Ihr kommt schon jetzt bestens miteinander zurecht. Hier hast du zwei Dosen Katzenfutter. Damit sollte es dir gelingen, die erste Nacht zu überstehen.«

Ben las das Etikett. »›Für anspruchsvolle Katzen‹. Was hat es damit auf sich?«

»Es ist Feinschmecker-Nahrung. Alles andere lehnt Giselle ab. Leider kostet das Zeug eine Menge Geld.«

»Wenn sie bei mir unterkommen will, sollte sie ihre kulinarischen Ansprüche möglichst schnell auf ein normales Maß reduzieren.«

»Tja, ich wünsche dir viel Glück. In meiner Wohnung habe ich einen Freßnapf, eine Sandkiste und andere Dinge für dich. Ich bringe dir die Sachen morgen.«

»Warum nicht schon heute abend? Bei der Gelegenheit kannst du einen Eindruck davon gewinnen, wie es um unsere Beziehung steht.«

»Tut mir leid. Ich bin verabredet.«

Ben wölbte eine Braue. »Ach? Und mit wem?«

Christina zögerte. »Mit Tony Lombardi.«

»Du gehst mit einem Klienten aus? Hältst du das für klug?«

»Von Ausgehen und so kann keine Rede sein. Ich bringe ihm nur einige Dokumente, die er unterschreiben soll. Außerdem: Das Verfahren ist vorbei. Während der beiden letzten Monate haben Tony und ich viel Zeit zusammen verbracht. Eigentlich kein Wunder, daß er mich einlädt.« Christina strich ihr seidenes rotes Haar glatt. »Schließlich bin ich hinreißend attraktiv.«

»Im Gerichtssaal erschien mir Lombardi sehr angespannt und mit den Nerven runter. Zunächst dachte ich, es läge an der Verhandlung. Jetzt kenne ich den wahren Grund: die Verabredung mit dir.«

»Ha, ha.«

»Wenn du mich fragst: Es klingt nicht nach einer guten Idee.«

Christina ließ die Wimpern klimpern. »Bist du etwa eifersüchtig, Benjamin Kincaid?«

»Quatsch. Mir liegt nur dein Wohlergehen am Herzen. Das wäre auch bei jedem anderen Freund der Fall.«

»Oh, natürlich.«

»Im Ernst!«

Christina lächelte. »Wie du meinst.«

»Nun, eigentlich geht's mich ja gar nichts an. Wenn ich dir trotzdem einen Rat geben darf: Vermeide es, dich in Schwierigkeiten zu bringen.«

»Keine Sorge. Ich gebe gut auf mich acht.« Christina ging zur Tür. »Viel Spaß mit der Katze. Und herzlichen Glückwunsch zum Geburtstag.«

Kaum hatte sie das Büro verlassen, als Giselle zu miauen begann.

»Reg dich ab«, sagte Ben. »Offenbar müssen wir irgendwie miteinander zurechtkommen – zumindest für eine Weile.« Er blickte tief in Giselles marmorgrüne Augen. »Ich frage mich, ob du gern Hühner jagst.«

## 4

Christina schob einen weiteren Karton mit Dokumenten aufs oberste Regal. Reynolds bestand darauf, alle Dokumente zu archivieren, die seine Prozeßgegner während der letzten zehn Jahre den Gerichten vorgelegt hatten. Andernfalls gäbe es hier vielleicht noch genug Platz für ein Poster oder gar einige Fotos. Statt dessen mußte die junge Frau in einem Büro arbeiten, das wie eine Registratur anmutete: Hier gab es keine Fenster, und Regale zogen sich an allen vier Wänden entlang. Nun, was durfte eine einfache Rechtsassistentin schon erwarten? Es war ihr erlaubt, Reynolds einmal täglich vor einem Reinfall zu bewahren. Ein anständiges Arbeitszimmer kam dafür natürlich nicht in Frage.

Sie verstaute den letzten Karton und seufzte erleichtert. Jetzt fehlte nur noch Lombardis Unterschrift auf der punktierten Linie – dann konnte der Fall Simmons ganz offiziell zu den Akten gelegt werden.

Die Empfangsdame Candice – sie arbeitete nach der normalen Bürozeit – kam herein. »Eine Nachricht für Sie.«

»Danke.« Christina nahm den rosaroten Zettel entgegen und laß eine Mitteilung, die von Tony Lombardi stammte. *Muß an einer wichtigen geschäftlichen Besprechung teilnehmen und bitte tausendmal um Entschuldigung. Was halten Sie davon, in meinem Apartment auf mich zu warten? Vielleicht kehre ich erst spät heim. Genehmigen Sie sich einen Drink.* Unten stand die Adresse.

Nun, wenigstens hatte er das Treffen nicht abgesagt. Zumindest nicht ganz. Die Adresse betraf einen Ort knapp fünfundzwanzig Kilometer außerhalb von Tulsa; sie kannte den Weg. Die Einladung ins Apartment erschien ihr ein wenig ... gewagt, aber dadurch sparte sie vermutlich Zeit. Meine Güte, sie war eine moderne, selbstbewußte Frau. Sie konnte sich mit jeder beliebigen Person treffen, wann und wo es ihr gefiel. Auch ohne die Zustimmung ihrer Mutter.

Christina zerknüllte den Zettel, warf ihn in den Papierkorb, griff nach ihrer Aktentasche und verließ das Büro. Wichtig war in erster Linie, daß diese Sache zum Abschluß gebracht wurde. Warum sollte sie nicht in Lombardis Wohnung auf ihn warten? Schaden konnte es wohl kaum, oder?

Ben parkte seinen Accord kurz vor der Ecke, unter der Straßenlaterne. Dadurch mußte er zwar einen halben Block weit bis zur Pension gehen, aber gleichzeitig verringerte sich die Wahrscheinlichkeit, daß dem Wagen am nächsten Morgen die Reifen fehlten.

Er brachte Giselle aufs Zimmer und ging dann zum nächsten Lebensmittelladen. Feinschmecker-Nahrung für Katzen – gab es etwas Unsinnigeres? Ben kaufte einige Dosen Katzenfutter, das nicht allzuviel kostete. Giselle mußte eben lernen, daran Gefallen zu finden – andernfalls riskierte sie eine drastische Abmagerung.

Anschließend kehrte er zur Pension zurück. Unterwegs kam er an einigen gelbbraunen Backsteingebäuden vorbei, die noch aus dem Zweiten Weltkrieg stammten. In der North Side schien sich nie etwas zu verändern.

Die Singleton-Zwillinge Joni und Jami saßen auf der Treppe und unterhielten sich mit zwei hispanischen Jungen, die knapp sitzende weiße T-Shirts trugen. Seltsam: Zwillinge, die Singleton hießen. Ben hatte einmal versucht, darüber mit ihnen zu reden, aber der ironische Aspekt des Namens blieb den Geschwistern aus irgendeinem Grund verborgen.

»Hallo, Benjamin«, sagte Joni und strich eine Strähne ihres lockigen braunen Haars aus der Stirn. »Wie läuft's?«

»Ach, es geht so.«

»Haben Sie heute Freunde von mir aus dem Gefängnis geholt?«

»Noch nicht«, erwiderte Ben. »Aber der Tag endet erst um Mitternacht.«

»Stimmt.«

»He, Benjamin«, sagte Jami, als er vorbeischritt. »Ich möchte Sie nicht dabei erwischen, wie Sie heute abend irgendwelche Frauen zu sich aufs Zimmer schmuggeln.« Alle vier lachten laut.

»Na schön.« Ben beschloß, auf den Scherz einzugehen. »Ich verspreche dir, mich nicht erwischen zu lassen.« Er öffnete die recht lädierte Fliegengittertür und trat ein.

Es gab nur vier kleine Wohnungen im Gebäude. Die Hauswirtin, Mrs. Marmelstein, beanspruchte eine im Erdgeschoß für sich selbst, und die zweite stand Mr. Perry zur Verfügung, dem Ben bislang kein einziges Mal begegnet war. Er hatte eins der beiden Apartments im Obergeschoß; die Singleton-Zwillinge und der Rest ihrer Familie wohnten im anderen.

Ben klopfte bei Mrs. Marmelstein an. Er hörte die Klänge von *Wheel of Fortune* und schlurfende Schritte.

»Oh, Ben«, sagte Mrs. Marmelstein und zog die Tür ganz auf. »Es freut mich sehr, daß Sie bei mir vorbeischauen. Ich weiß einfach nicht weiter.«

»Was ist passiert?«

»Ein Mann vom Elektrizitätswerk besuchte mich vor kurzem. War sehr unfreundlich. Behauptete, ich hätte die letzte Rechnung nicht bezahlt.«

Oh ...

»Ich habe geantwortet, daß es sich zweifellos um ein Mißverständnis handeln muß. Immerhin kümmert sich ein Anwalt um meine geschäftlichen Angelegenheiten, und er hat bestimmt nicht vergessen, die Stromrechnung zu bezahlen.«

»Natürlich nicht«, sagte Ben. »Vielleicht sollte ich einen Blick in Ihre Bücher werfen, um festzustellen, wo der Fehler liegt.«

»Das wäre sehr nett von Ihnen.« Die Hauswirtin deutete zum Küchentisch – sie hatte schon alles vorbereitet.

Bens Blick fiel auf mehrere Schuhkartons und Mappen mit Quittungen und dergleichen – die *Bücher* von Mrs. Marmelstein. Seit er in diesem Gebäude wohnte, hatte er mit mehr oder weniger Erfolg versucht, ihr zu helfen. Sie war in den vierziger Jahren nach Tulsa gekommen (als die North Side einen ausgezeichneten Ruf genoß), zusammen mit ihrem Mann, einem der ersten Ölbarone. Damals gehörten den Marmelsteins viele Häuser in Tulsa; sie galten als angesehene Mitglieder der lokalen High-Society und unternahmen mehrere Weltreisen. Mr. Marmelstein starb in den siebziger Jahren, und mit dem Ölboom ging es kurze Zeit später zu Ende. Mrs. Marmelsteins Reichtum schrumpfte immer mehr, schmolz wie Schnee in der Sonne. Jetzt besaß sie nur noch diese kleine Pension, die sich noch dazu in einem verrufenen Viertel der Stadt befand. Ihr einziges regelmäßiges Einkommen bestand aus Mietgeld. Unglücklicherweise glaubte Mrs. Marmelstein, noch immer so reich zu sein wie früher. Ben gab sich alle Mühe, sie zum Sparen zu veranlassen und es ihr auf andere Weise zu ermöglichen, mit den relativ geringen Einnahmen über die Runden zu kommen.

Zu allem Überfluß hatte Mrs. Marmelstein auch noch ein viel zu weiches Herz. Wenn man ihr eine traurige Geschichte erzählte, reagierte sie sofort mit Anteilnahme und Mitgefühl, was dazu führte, daß sie Zahlungsaufschub gewährte oder ganz auf Forderungen verzichtete. Nicht selten geschah es, daß Ben mit der Bank gerade einen neuen Tilgungsplan vereinbart hatte – um dann zu erfahren, daß Mrs. Marmelstein so großzügig gewesen war, irgendeinem Wohlfahrtsverein zweihundert Dollar zu spenden.

Warum nicht? lautete ihre Antwort, wenn er sie darauf ansprach. Es sei ihre Pflicht vor Gott, den Bedürftigen zu helfen. Wie Sie meinen, erwiderte Ben, holte den Taschenrechner hervor und begann noch einmal von vorn.

Diesmal gab es eine einfache Erklärung für das Problem: Im letzten Monat war die finanzielle Situation der Hauswirtin so schlecht gewesen, daß er die Stromrechnung beiseite gelegt hatte – in der Hoffnung, daß sich der nächste Monat etwas günstiger für die Haben-Seite auswirkte. Er sah in dem Umschlag nach, der Mrs. Marmelstein als Portokasse diente. (Manchmal zahlten die Mieter in bar. Dafür gab es viele Gründe, und die meisten von ihnen waren illegal). Er fand sechs Dollar, was sicher nicht genügte.

Ben warf einen Blick über die Schulter. Mrs. Marmelstein saß im Ruhesessel neben dem Bücherregal. Dutzende von Reader's Digest-Billigausgaben standen dort, und hinzu kamen alle Bände des Warren-Berichts. Ihre Aufmerksamkeit galt einer Fernsehsendung; sie versuchte gerade, einen Namen zu erraten, von dem folgende Buchstaben bekannt waren: SNO--HIT-. Ben holte seine Brieftasche hervor, entnahm ihr drei Zwanziger und schob sie in den Umschlag.

Dann kehrte er ins Wohnzimmer zurück. »Ich weiß gar nicht, wie es mir passieren konnte, die Stromrechnung zu übersehen«, sagte er. »Aber es besteht kein Grund zur Besorgnis. Die Portokasse enthält genug Geld, um alles zu bezahlen. Da es der Mann so eilig hatte ... Ich schlage vor, Sie gehen morgen früh zur nächsten Geschäftsstelle des Elektrizitätswerks und zahlen den Betrag bar ein.« Er lächelte. »Neulich meinten Sie, ein bißchen Bewegung könnte Ihnen nicht schaden.«

Die Hauswirtin überlegte kurz und schien in einem mentalen Terminkalender nachzusehen. »Ich schätze, Zeit habe ich genug.«

»Gut.«

»Ist etwas in der Post? Vielleicht ... eine Partyeinladung?«

»Nein, ich glaube nicht.«

»Oh.« Mrs. Marmelstein hob die Hand zur Wange. Sie begriff noch immer nicht ganz, daß es in der feinen Gesellschaft von Tulsa keinen Platz mehr für sie gab. Oder wußte sie es doch, tief in ihrem Innern?

»Für die wirklich wichtigen gesellschaftlichen Ereignisse ist es noch zu früh«, sagte Ben. »Vielleicht im nächsten Monat, wenn's etwas kühler wird.«

»Ja, vielleicht.«

»Ich komme morgen noch einmal vorbei.«

»Äh, Ben ...«

»Ja?«

Mrs. Marmelstein nahm eine kleine Plastikvase vom Tisch neben der Tür. Frisch geschnittene Blumen steckten darin, hauptsächlich Pfingstrosen und Gänseblümchen aus dem Garten.

»Für Sie«, sagte die Hauswirtin und reichte ihm die Vase. »Herzlichen Glückwunsch zum Geburtstag.«

»Danke, Mrs. Marmelstein.« Er schnupperte an den Blumen. »Das ist sehr nett von Ihnen.«

»Schon gut.« Sie vollführte eine vage Geste. »Ich bekomme keine Blumen mehr ...«

Christinas letzte klare Erinnerung betraf den Duft des Parfüms, das ihre Mutter benutzt hatte.

Wie seltsam, fuhr es ihr durch den Sinn. Sie fühlte sich wieder wie ein kleines Mädchen, das die Mutter dabei beobachtete, wie sie Begonien und Hyazinthen pflanzte, dabei ständig die Melodie von ›Annie Laurie‹ summte. Schmerz zeichnete sich in ihren Zügen ab, als die Tochter zum tausendsten Mal fragte, wann Daddy heimkehrte. Ja, Mutters Parfüm. Kein Zweifel. An den Namen entsann sie sich nicht, doch der Duft war unverkennbar.

Und dann roch sie ... nichts mehr.

Sie schlief. Oder auch nicht. Es konnte kein Schlaf im eigentlichen Sinne sein, weil sie noch immer etwas sah: vage, verschwommene Schemen im bläulichen, flackernden Glühen des Fernsehschirms. Jemand befand sich im Zimmer, aber so sehr sich Christina auch bemühte: Sie konnte ihn nicht erkennen. Ihre Lider sanken nach unten, und eine Sekunde später war sie wieder im Garten ihrer Mutter. Sie lächelten und lachten, vergruben Tulpenknollen für den nächsten Frühling – bis es plötzlich laut krachte. Sie versuchte, die Augen zu öffnen, um festzustellen, was um sie herum passierte.

Sie wußte nicht, wieviel Zeit verstrich. Weißes Strahlen half ihr schließlich, die Lider zu heben. Eine Gestalt stand vor ihr, und sie trachtete danach, ihr eine Identität zu verleihen. Um wen handelte es sich? Vielleicht um Frosty den Schneemann? Ja. Und nein. Irgend etwas stimmte nicht mit ihm. Sie spürte Bitternis und Boshaftigkeit. Eine weitere Explosion ließ den Raum erheben, und das Donnern wiederholte sich mehrmals. Das Gesicht begann zu schmelzen, verformte sich, verwandelte sich in etwas, das auf schreckliche Weise *anders* war. Christina schloß die Augen und sah sich selbst, wie sie lief, so schnell und so weit wie möglich. Und dann schwamm sie, lief Gefahr, im Geschmolzenen zu ertrinken. Wellen schwappten, und plötzlich fiel ihr ein, daß sie gar nicht schwimmen konnte. Sie ging unter ...

Und öffnete die Augen. Wo war sie jetzt? Christina wußte es nicht genau, aber unter ihr schien sich fester Boden zu erstrecken. Der Duft des Parfüms verflüchtigte sich und wich einem neuen, weitaus unangenehmeren Geruch, der Übelkeit in ihr weckte. Der Raum wirkte anders und fremd.

Es kostete sie erhebliche Mühe, sich aufzurichten. Irgendwie gelang es ihr, auf die Beine zu kommen, und anschließend gratulierte sie sich zu dieser Leistung.

Nur ein oder zwei Meter entfernt lag eine Leiche. Christina starrte darauf. Wer mochte der Tote sein? *Tony*? Sie kniete und berührte die Hand – noch warm.

Dann bemerkte sie den Kopf. Besser gesagt: die Stelle, an der man den Kopf erwartete. Die Übelkeit verdoppelte sich, und sie kämpfte gegen den Brechreiz an. Sie mußte sich jetzt beherrschen, um herauszufinden, was geschehen war. In der rechten Seite des Schädels zeigte sich ein großer, sternförmiger Krater – das Loch reichte fast bis zur anderen Seite. Blut formte einen sonderbaren Halo um den Rest des Kopfes. Knochensplitter und Hirnmasse lagen auf dem Boden.

Christina sah eine Waffe in der Nähe, griff danach und hob sie dicht vor die Augen. Auch in diesem Fall glaubte sie, Wärme zu spüren. Oder bildete sie sich das nur ein?

Die Tür sprang auf, und dabei ertönte ein Geräusch, das für die junge Frau wie ein Donnerschlag klang. Sie zuckte heftig zusammen und schrie. Die Waffe fiel zu Boden.

Mehrere Männer kamen ins Zimmer. Drei? Vier? Es fiel Christina noch immer schwer den Blick zu fokussieren, richtig zu *sehen*.

»Keine Bewegung!« rief einer der Männer. »Hände hoch!«

*Was*? Alles erschien schemenhaft und unwirklich. Was geht hier vor? dachte Christina. Warum richten die Männer Revolver auf mich? Ich verstehe überhaupt nichts ...

»Hände hoch, habe ich gesagt!« rief der Mann noch lauter. »Jim ...«

Ein zweiter Mann lief los, schob ihr die Hände so unter die Achseln, daß sie seine Handballen an den Brüsten fühlte. Mit einem jähen Ruck riß er sie auf die Beine und stieß sie mit dem Gesicht voran an die Wand.

Sie schluchzte, während der Mann sie abtastete. Warum tut er mir weh? Warum ist er hier? *Warum verstehe ich nichts*?

»Mein Gott«, brachte der Fremde hervor. »Seht euch das an!« Kurze Stille folgte, und dann kehrte der Mann zurück, schob sich so dicht an sie heran, daß nur wenige Zentimeter sein Gesicht von ihr trennten. »Sie haben ihn umgebracht!«

Christina sah ihn an, ohne den Sinn der Worte zu erfassen. »Ich habe ihn umgebracht ...«

»Allmächtiger Gott!« entfuhr es dem Mann. Speichel spritzte von seinen Lippen und traf sie im Gesicht. »Was für ein Monstrum *sind* Sie?«

Er grub ihr die Hand ins Haar und zerrte sie durchs Zimmer. Ich kann noch nicht gehen, dachte sie. Ich bin hier noch nicht fertig, muß etwas erledigen! Doch der Mann zog sie weiter. Es hatte keinen Zweck. Zu spät. Es war viel zu spät.

## 5

Ben erwachte mit einem ungewöhnlichen Empfinden: Etwas kratzte und nahm ihm die Luft zum Atmen, fühlte sich irgendwie pelzig an. Er öffnete die Augen – und sah nur Katzenfell.

Abrupt setzte er sich auf, hustete, spuckte und wischte sich Katzenhaar aus dem Mund. Giselle hatte sich an sein Gesicht geschmiegt. Sie sprang ihm nun auf den Schoß, schnurrte und schien sich zu freuen, daß Herrchen endlich wach war.

»Hör mal, Giselle ...«, begann Ben. »Du mußt hier einige Regeln beachten. Regel Nummer eins: Mein Bett ist für dich verboten.« Er hob die Katze hoch und warf sie durch die nahe Tür. Nach einem kurzen Abstecher ins Bad ging er in die Küche und holte das Katzenfutter hervor. Am vergangenen Abend hatte Giselle nichts davon gefressen, aber inzwischen mochte sie hungrig genug sein, um von ihrem hohen Roß herunterzukommen und sich mit gewöhnlicher Nahrung zu begnügen, so wie der Rest des Haushalts.

Er gab den Doseninhalt in eine kleine Schüssel und stellte sie auf den Boden. Giselle kam neugierig näher, schnüffelte und stolzierte gekränkt davon.

»Ich gebe auf keinen Fall nach, Katze«, verkündete Ben. »Wenn ich damit anfange, dir teure Delikatessen zu servieren, so willst du sie vielleicht für den Rest deines Lebens.«

Giselle trippelte ins Wohnzimmer und würdigte ihn keines Blickes.

»Ich rate dir, deine Ansprüche jetzt gleich zurückzuschrauben, Giselle. Ich bin nicht bereit, mich den Wünschen einer Katze zu fügen. Dieses Futter hier schmeckt ebensogut wie das teure Zeug. Außerdem ist es viel gesünder.«

Die Katze machte es sich im Sessel bequem und sah nicht einmal in die Richtung ihres neuen Herrn. Wenn es möglich war, daß Katzen Menschen die kalte Schulter zeigten, so offenbarten sie vermutlich ein derartiges Verhalten.

Na schön. Ben lehnte es ab, selbst zu hungern, nur weil Giselle nicht fressen wollte. Er öffnete den Kühlschrank und prüfte das Angebot. Nichts davon entsprach traditionellen Vorstellungen von einem Frühstück, doch er entdeckte einen noch halb gefüllten Karton mit vietnamesischen Spezialitäten. Nun, Ri Le galt als bestes Zum-Mitnehmen-Restaurant in Tulsa; das Essen war sicher gut genug, um auch noch drei Tage später verspeist zu werden.

Er hatte die Reste des ›doppelt schmackhaften‹ Hähnchens gerade in den Mikrowellenherd geschoben, als das Telefon klingelte. »Ja?«

»Hier ist Jones, Boß. Haben Sie schon die Zeitung gelesen?«

»Nein. Glauben Sie, ich könnte es Giselle beibringen, mir morgens die Zeitung zu holen?«

»Oh, ich fürchte, Sie müssen noch viel über Katzen lernen. Werfen Sie einen Blick auf die Titelseite, Boß. Gestern abend hat das FBI eine Frau geschnappt – ihr wird Mord zur Last gelegt.«

»Was erwarten Sie von mir? Soll ich zum Gefängnis rennen und mir die Visitenkarte der werten Dame geben lassen? Hören Sie, Jones, ich weiß ja, daß Sie gern bezahlt werden möchten ...«

»Es ist nicht irgendeine Frau«, sagte der Sekretär. »Sehen Sie sich das Foto in der Zeitung an.«

Ben spürte, wie sich ihm die Nackenhaare aufrichteten. Eine Ahnung prickelte in ihm ...

Er legte auf, ging nach unten und holte die Morgenausgabe der *Tulsa World*. Dort stand es, auf der ersten Seite: Eine Frau war am Tatort verhaftet worden, während sie neben der Leiche kniete. Man warf ihr vor, einen Mann ermordet zu haben, der mit dem organisierten Verbrechen und Drogen aus Südamerika in Verbindung gestanden hatte.

Ein Foto begleitete den Artikel und räumte jeden Zweifel aus. Rotblondes Haar, Sommersprossen, ein gelbes Trikot.

Christina.

Ben kannte den Weg vom Gerichtsgebäude an der Kreuzung Vierte Denver zum Gefängnis so gut, daß er in der Lage gewesen wäre, ihn mit geschlossenen Augen zu beschreiten. Seit einem Jahr – seit dem Rauswurf bei Raven, Tucker & Tubb und dem Ende der ›feinen‹ Prozesse, die sicheres Geld brachten – war er dort häufig zu Besuch. Damals konnte er bei keiner anderen Kanzlei unterkommen, und deshalb blieb ihm nichts übrig, als sich selbständig zu machen. Wobei sich schon bald Probleme ergaben: Ohne Verbindungen, gute Kontakte und vor allem Geld war es kaum möglich, beruflich auf eigenen Beinen zu stehen. Werbung lehnte Ben ab – das hielt er für unter der Würde eines ordentlichen Rechtsanwalts. Er wollte seine Praxis in der richtigen Art und Weise aufbauen.

Er hatte ein kleines, schlichtes Büro nördlich der Innenstadt gemietet – mehr konnte er sich nicht leisten. Anschließend sorgte er für einen Eintrag in den Gelben Seiten und machte seinen Laden auf. Zum größten Teil verdiente er sich seinen Lebensunterhalt mit Inkassoaufträgen, Scheidungen und eher banalen Kriminalfällen. Allmählich bekam er mehr Klienten, was er vor allem der Mundpropaganda verdankte, aber im großen und ganzen führte ein Fall von Trunkenheit am Steuer zum nächsten. Seine Chancen, irgendwann einmal für große Firmen zu arbeiten, von denen man ein hohes Honorar fordern konnte, standen nicht besonders gut.

Ben öffnete die kugelsichere Glastür, die zum Zellenbereich führte. Lester Boggs hielt im Vorzimmer Wache. Er hatte dünnes schwarzes Haar und etliche Kilo zuviel auf den Rippen – das Ergebnis von vielen Jahren am Schreibtisch. Eigentlich wirkte er lächerlich in der besonders großen Sheriffuniform mit dem glänzenden Ledergürtel und dem Halfter für die Dienstwaffe.

Die Polizei sollte nicht jeden Beamten mit einer Knarre ausrüsten, dachte Ben. Er fragte sich, ob Lester die Kanone jemals in der Hand gehalten oder gar damit geschossen hatte.

Lester sah auf. »Morgen, Kincaid.«

»Morgen, Les.«

»Vermutlich wollen Sie die beiden Betrunkenen rausholen, die wir vergangene Nacht im Osage-Territorium aufgelesen haben.«

Ben besann sich auf seine Entschlossenheit und versuchte, überzeugend zu wirken. Er verabscheute das Lügen und kam nicht sonderlich gut damit zurecht. »Nein. Ich bin hier, um mit Christina McCall zu reden. Ich vertrete sie.«

Lester wölbte die Brauen. »Tatsächlich? Ich bin beeindruckt.« Er zog die Schublade auf und suchte nach den Schlüsseln. »Ein Mord, bei dem Drogen mit im Spiel sind. Sie machen Karriere.«

»Christina ist eine gute Bekannte. Halten Sie es für möglich, daß man sie bis zur Verhandlung freiläßt? Ich übernehme die Verantwortung.«

»Ausgeschlossen. Es muß eine Kaution vereinbart und hinterlegt werden.«

Lester öffnete das Gitter, das den Wachraum vom Zellenbereich trennte, führte Ben dann durch einen langen Betonflur. Mit leisem Schnaufen wankte er durch den Korridor, und das Geräusch seiner schweren Schritte hallte von den Wänden wider. Der Abschaum und die menschlichen Wracks in den Zellen riefen ihm zu, als er an den Türen vorbeikam. Lester reagierte nicht darauf. Ben verzog das Gesicht, als ihm der an diesem Ort allgegenwärtige Gestank in die Nase stieg – es roch nach Alkohol, Erbrochenem und Urin. Übelkeit erfaßte ihn.

Vor der letzten Zelle blieb Lester stehen und schloß auf. »Fünfzehn Minuten.«

»Ja, ich weiß Bescheid«, sagte Ben.

»He, normalerweise ist mir das gar nicht gestattet, aber ... Wenn Sie möchten, gebe ich den beiden Betrunkenen Ihre Karte.«

»Nein, danke. Derzeit habe ich genug zu tun.« Ben betrat die Zelle, und hinter ihm fiel die Tür mit lautem Scheppern ins Schloß.

Die Zelle mochte fünf oder sechs Quadratmeter groß sein, und Christina lag auf der unteren Matratze des Bettgestells, neben dem Waschbecken und einer Toilette ohne Deckel. Ihre Augen waren geschlossen – vielleicht schlief sie.

Langsam kamen die Lider nach oben. »Ben?« Sie setzte sich auf und rieb den Schlaf aus den Augen. »Bist du das?«

»Ja«, erwiderte er sanft.

»Dem Himmel sei Dank.« Christina erhob sich mühsam, humpelte zum Waschbecken und spritzte sich Wasser ins Gesicht.

Sie trug noch immer die Kleidung, in der sie verhaftet worden war, und jetzt bot sie einen schrecklichen Anblick. Im gelben Trikot zeigte sich ein langer Riß, und das rote Haar wirkte wie vom Wind zerzaust. Wimperntusche bildete Flecken auf den Wangen.

Ben ließ sich auf die Bettkante sinken. »Was hast du angestellt?«

Christina nahm ebenfalls Platz. »Ich habe niemanden umgebracht, wenn du das wissen willst.«

»Das dachte ich mir. Wie bist du in diesen Schlamassel geraten?«

»Das ist schwer zu erklären. Ich habe dir ja erzählt, daß ich mich mit Tony Lombardi treffen wollte. Geschäftliche Dinge hielten ihn auf.«

»Und seine geschäftlichen Dinge bestanden aus Drogen.«

»So heißt es jetzt, ja.«

»Hast du irgend etwas Verdächtiges bemerkt?«

»Nein, nie. Mir gegenüber behauptete Tony, er sei im Import und Export tätig.«

»Da hat er nicht unbedingt gelogen. Weißt du, was er importiert?«

»Papageien.«

»Papageien?«

»Aus Südamerika. Seltene Vögel. Sollen sehr wertvoll sein.«

»Südamerika, wie? Was für eine Überraschung.« Ben klopfte sich mit dem Kugelschreiber an die Lippen. »Was passierte gestern abend?«

Christina preßte die Finger an die Schläfen. »Um ganz ehrlich zu sein, Ben: Meine Erinnerungen an den gestrigen Abend sind eher verschwommen. Ich bekam eine Nachricht, mit der mich Tony zu sich einlud. Nun, ich fuhr zu ihm, aber er war nicht zu Hause. Ich schaltete den Fernseher ein, genehmigte mir einen Drink und wartete. Offenbar bin ich eingeschlafen. Als ich gegen zwei Uhr nachts erwachte, lag Tony tot auf dem Boden, ein großer Teil seines Kopfes fehlte.«

»Muß ein ziemlicher Schock gewesen sein.«

»Ja, und ob.« Christina lachte leise und humorlos. »Ich war so intelligent, aufzustehen und überall meine Fingerabdrücke zu hinterlassen. Tja, und als ich mich über die Leiche beugte ... Eine Nanosekunde später kreuzte das FBI auf.«

»Tonys Mitteilung hast du nicht mehr, oder?«

»Nein. Hab' sie in den Papierkorb geworfen. Und der dürfte inzwischen geleert worden sein.«

»Stammte sie wirklich von Lombardi?«

»Das sagte mir die Empfangsdame. Andererseits: Jeder hätte anrufen und sich als Tony ausgeben können – Candice kennt ihn nicht.«

»Hat man daran gedacht, dich auf deine Rechte hinzuweisen?«

»Leider ja.« Christina wischte sich mit dem Ärmel das Gesicht ab. »Danke der Nachfrage.«

»Bist du ... grob behandelt worden? Ich meine ...«

Christina nickte. »Ich weiß, was du meinst. Und ich kann mich nicht beklagen. Die Jungs haben sich den Umständen entsprechend verhalten. Kamen immerhin vom FBI. Sie wollten sich ihren Fall nicht vermasseln lassen.« Sie zögerte, und ihr Blick schien sich nach innen zu kehren. »Nun, die Leibesvisitation war nicht sehr angenehm. Und auch das Entlausungsspray hat mir nicht allzusehr gefallen.«

Ben versuchte, keine Grimasse zu schneiden.

»Übernehmen Sie meinen Fall, Herr Anwalt?« fragte Christina.

»Was, *ich*? Es kann sicher nicht deine Absicht sein, dich von mir vor Gericht vertreten zu lassen.«

»*Au contraire, mon ami*. Ich meine es ernst.«

»Christina, diese Sache ist ... *ernst*. Ich bin kein Fachmann im Strafrecht. Laß dich von Pat Williams verteidigen. Bei ihm bist du in guten Händen.«

»Ich will mich nicht von Pat Williams verteidigen lassen. Ich kann ihn mir überhaupt nicht leisten. Ich möchte dich.« Und etwas leiser: »Du bist der Beste. Du weißt es nur noch nicht.«

»Ich halte das für ausgesprochen unklug, Christina.«

»Lehnst du es etwa ab, mir diesen kleinen Gefallen zu erweisen?«

»Der Fall könnte zu einem wirklich dicken Ding werden ...«

»Wenn das ein diskreter Hinweis darauf sein soll, daß mir die Todesstrafe droht ... Ich weiß, Ben.« Sie sah ihm in Augen. »Mein Anwalt soll fest daran glauben, daß ich unschuldig bin – darauf lege ich großen Wert. Du weißt, daß ich Tony nicht umgebracht habe. Und deshalb möchte ich *dich*, Ben.«

»Es gibt einige erfahrene Pflichtverteidiger, die du von deiner Unschuld überzeugen könntest.«

Christina beugte sich vor und legte Ben die Hand auf die Schulter. »Es geht mir um mehr, Ben. Ich möchte herausfinden, wer Tony auf dem Gewissen hat. Ich will wissen, wem ich meine gegenwärtige Situation verdanke.«

Ben musterte die junge Frau. »Na schön«, sagte er schließlich und stand auf. »Aber ich behalte mir das Recht vor, juristische Hilfe in Anspruch zu nehmen, wenn mir die Sache über den Kopf wächst.«

»Meinetwegen.« Christina streckte sich auf dem Bett aus.

»Ich versuche, dich so schnell wie möglich aus diesem Rattenloch zu holen. Bis mir das gelingt ... Ich fahre bei dir zu Hause vorbei und besorge dir saubere Klamotten. Hast du einen Schlüssel?«

Sie lächelte schief. »Ich habe das Schloß nicht ausgewechselt, Ben.«

»Oh. Na gut. Ich rede auch mit Mike. Vielleicht kann er mir den einen oder anderen Tip geben.«

»Ausgezeichnete Idee.«

»Gib mir über Lester Bescheid, wenn du was brauchst. Wir bleiben in Verbindung.«

»Ben?«

»Ja?«

Christina setzte sich auf und öffnete den Mund, um etwas zu sagen. Doch dann beschränkte sie sich auf ein schlichtes »*Merci beaucoup.*«

## 6

Ben kam sich wie eine weiße Maus vor, die im Laboratorium durch ein verwirrendes Labyrinth laufen mußte. Der Platz war noch vergleichsweise einfach. Man bahne sich mit sanftem Nachdruck einen Weg durchs Chaos aus Händlern, Straßenpredigern und Schnorrern, um auf der anderen Seite Tulsas Verwaltungsgebäude zu entdecken. Doch dann ... Wie lange wurden die Flure und Zimmer schon renoviert? Seit mindestens acht Monaten. An jedem Tag veränderte sich das Durcheinander aus Absperrungen und Sicherheitsseilen, was Ben dazu zwang, einen neuen Weg zum Ziel zu finden. Normalerweise wollte er nur zum Verkehrsgericht. Doch an diesem Tag präsentierten sich ihm zusätzliche Schwierigkeiten: Heute mußte er zu jener Abteilung, die den Gesetzeshütern zur Verfügung stand.

Nach einer Weile fand Ben eine mit POLIZEI VON TULSA markierte Tür, und er trat ein. Es war noch recht früh, und niemand saß am Empfangstisch. Der junge Anwalt setzte den Weg zu einem Büro fort, an dessen Tür LT. M. MORELLI geschrieben stand. Enge Freundschaft verband Ben und Mike Morelli seit ihrer Collegezeit; sie waren damals Stubengenossen gewesen und hatten sich beide insbesondere für die geisteswissenschaftlichen Fächer interessiert. Tagsüber lasen sie Faulkner, abends jobbten sie in Pizzerias. Dann heiratete Mike Bens jüngere Schwester Julia. Alle wußten, daß sie nicht zueinander paßten – alle bis auf Mike und Julia. Drei Jahre lang schuftete Mike wie in Irrer, doch das Ergebnis bestand in einer ziemlich scheußlichen Scheidung, woraus sich große Belastungen für die Freundschaft zwischen Morelli und Ben ergaben. Seit Bens Umzug nach Tulsa vor rund einem Jahr versuchte er, die alte Beziehung zu erneuern, doch er kam nur langsam voran. Er verglich die Sache mit einem Puzzle, das Geduld erforderte und Stück für Stück zusammengesetzt werden mußte.

Mikes Büro hätte schlichter kaum sein können. Das einzige Schmuckstück – wenn es diesen Namen verdiente – war ein Kleiderständer, an dem ein fleckiger Mantel hing, direkt neben dem Halfter mit der geladenen Waffe. Morelli telefonierte, doch als er Ben sah, sagte er sofort: »Ich muß jetzt Schluß machen und melde mich später wieder, Ellie.«

Er drehte den Sessel. »Wenn ich mich nicht sehr irre, ist das der Rechtsanwalt Benjamin Kincaid.«

»Und ich habe es mit Lieutenant Michelangelo Morelli von der

Mordkommission zu tun«, erwiderte Ben. »Wieso glaube ich jetzt, daß wir uns mit einem geheimen Händedruck zu erkennen geben müßten?«

»Scheint ein Rückfall in die wilde Zeit am College zu sein.«

»Ja. Kommen wir gleich zur Sache, Mike. Was legt man Christina zur Last?«

»Ich fürchte, die Anklage wird auf vorsätzlichen Mord lauten«, erwiderte Morelli ernst.

»Warum ausgerechnet auf *vorsätzlichen* Mord?«

»Nun, von einem Unfall oder dergleichen kann wohl kaum die Rede sein.«

»Wie wär's mit Notwehr?«

»Es gibt keine Anzeichen für einen Kampf.«

»Und wenn Lombardi Selbstmord begangen hat?«

»Soll er sich *vier*mal in den Kopf geschossen haben?«

»Oh.« Ben ließ sich auf einen Stuhl sinken. »Kümmerst du dich um den Fall?«

»Nein. Liegt außerhalb meiner Zuständigkeit.«

»Kannst du nicht irgendwie dafür zuständig werden?«

»Nein.« Mike tastet nach einer Aktenmappe auf dem Schreibtisch. »Ich habe schlechte Nachrichten für dich. Und für Christina. Was weißt du von der Gerichtsbarkeit bezüglich Verbrechen, die auf Stammesgelände verübt wurden?«

»Ich weiß, daß so etwas verdammt kompliziert ist.«

Mike öffnete die Mappe und las eine Adresse. »Lombardi wurde im Territorium eines Stammes ermordet. Creek-Nation. Bei einem Namen wie Lombardi hätte ich geschworen, daß italienisches Blut in seinen Adern floß, aber statt dessen war er zum Teil Creek.«

»Sprechen wir hier von Stammesgerichten?«

Mike schüttelte den Kopf. »Christina wurde von FBI-Beamten verhaftet, die in Hinsicht auf Drogenhandel ermittelten. Man beabsichtigt, sie wegen eines Mordes vor Gericht zu stellen, der mit Drogen in Zusammenhang steht. Und man will sich dabei auf die neuen Gesetze zur Bekämpfung des organisierten Verbrechens berufen. Ich muß wohl nicht extra daran erinnern, daß es sich um die einzigen *Bundes*gesetze handelt, die ausdrücklich die Todesstrafe vorsehen.«

Ben spürte, wie sich tief in seinem Innern etwas verkrampfte. »Worauf läuft das alles hinaus, Mike?«

»Auf folgendes: Dies ist ein Fall fürs Bundesgericht.«

»Großartig. Ein Mordprozeß vorm Bundesgericht. Und es droht die Todesstrafe.« Ben hob die Finger zu den Schläfen. »Christina sitzt im County-Knast.«

»Dort bringen die FBI-Typen Festgenommene unter. Sie haben kein eigenes Gefängnis, und deshalb leihen sie sich unsere Zellen aus.«

»Rechnest du damit, daß Druck ausgeübt wird?«

»Ja«, bestätigte Mike. »Dies ist eine wichtige Angelegenheit. Das FBI möchte in aller Öffentlichkeit einen großen Erfolg verbuchen. Immerhin gab es Kontakte zwischen Lombardi und südamerikanischen Drogenbossen. Dadurch bekommt der Fall zusätzliche Bedeutung.«

»Was soll das heißen?«

»Bei einer solchen Sache könnte jemand wie Alexander Moltke ganz groß rauskommen.«

Alexander Moltke, der Staatsanwalt. Mit einem Auge schielte er ständig nach den Presseberichten über sich, mit dem anderen hielt er nach einem bald frei werdenden Sitz im Senat Ausschau. »Glaubst du, er nutzt diese Gelegenheit, um sein Image aufzupolieren?«

»Den meisten Anklägern geht's *auch* um Publicity. Man vermeide Kontroversen und warte auf den richtigen Fall, um dann den Gerichtssaal als Bühne für den Wahlkampf zu benutzen.«

»Mist. Und das FBI steckt mit drin?«

»Allerdings. Seit über einem Jahr versuchen die Burschen, genug Beweise zu sammeln, um Lombardi und die Bosse des Drogengeschäfts hinter Gitter zu bringen. Deshalb sind sie jetzt ziemlich sauer.«

»Also soll Christina gewissermaßen als Köder dienen, um die großen Fische anzulocken. Das gefällt mir nicht, Mike. Wann tritt das Geschworenengericht zusammen?«

»Bald. Das FBI hat eine Klage zu Protokoll gegeben – um dafür zu sorgen, daß Christina in Haft bleibt. Unter solchen Voraussetzungen ist das Geschworenengericht nur eine Formalität. Die Regierung kann jede gewünschte Anklage durchsetzen.«

Ben holte tief Luft. »Mike, ich brauche ...«

»Einen Augenblick. Was ich dir gerade gesagt habe, ist praktisch allgemein bekannt. Abgesehen davon kann ich dir nicht helfen.«

Ben starrte ihn groß an. »Wie bitte?«

»Tut mir leid.«

»Du weißt genau, daß Christina gar nicht imstande wäre, jemanden umzubringen.«

»Ganz im Gegenteil, Ben. Bei der Polizei habe ich die Erfahrung gemacht, daß jeder zu allem fähig ist – es hängt nur von den Umständen ab.«

Ben stellte fest, daß Mike jetzt wieder in die Rolle des harten Burschen schlüpfte. So war er eben: draußen Hammett, drinnen Rimbaud.

»Woher soll ich wissen, was in der vergangenen Nacht geschehen ist?« fuhr Morelli fort. »Vielleicht hat Lombardi Christina betrogen. Oder sie wollte sich am Drogengeschäft beteiligen. Vielleicht belästigte er sie. Praktisch alles könnte geschehen sein. Wie dem auch sei: Ich bin nicht in der Lage, dir zu helfen.«

»Auch nicht um der alten Zeiten willen?«

»Damals haben wir zusammengearbeitet, um das gleiche Ziel zu erreichen. Diesmal stehen wir auf zwei verschiedenen Seiten.«

Ben glaubte, nicht richtig zu hören. »Ich wußte gar nicht, daß es *Seiten* gibt. Ich dachte, es ginge uns beiden darum, die *Wahrheit* herauszufinden ...«

»Du brauchst bemerkenswert viel Zeit, um erwachsen zu werden.« Mike holte Pfeife und Stopfer hervor. »Um ganz ehrlich zu sein, Ben: Hier bei uns gibt es niemanden, der Christina verurteilen möchte – mit Lombardis Ermordung wurde der Gesellschaft ein großer Dienst erwiesen. Aber das FBI geht jetzt mit Volldampf voran. Wir sind angewiesen worden, jede mögliche Unterstützung zu gewähren und uns ansonsten nicht einzumischen.«

Stille folgte, so als hätten sie beide ihren Text vergessen. Ben und Mike vermieden es, sich anzusehen.

»Kannst du mir wenigstens sagen, was passiert ist?« fragte der Anwalt.

»Ich kann dir sagen, was ich weiß. Du würdest ohnehin davon erfahren, weil die betreffenden Informationen vermutlich als Erläuterungen der Anklageschrift hinzugefügt werden.« Mike drückte den Stopfer tief in den Pfeifenkopf. »Das FBI und wir hatten Tony Lombardi schon seit einer ganzen Weile auf dem Kieker. Beim Bureau glaubt man, daß er als Schmuggler für Albert DeCarlo arbeitete.«

Ben pfiff leise. Schon wieder eine schlechte Nachricht. In Hinsicht auf DeCarlo waren mehr Ermittlungen angestellt worden als beim Ungeheuer von Loch Ness. Doch bisher hatte man dem Typen nie etwas am Zeug flicken können. Wenn es in Tulsa einen Gangsterboß gab, so hieß er Albert DeCarlo.

»Das FBI sieht einen unmittelbaren Zusammenhang zwischen ihm und dem Cali-Kartell, das Drogen von Kolumbien liefert. Seit das Medellin-Kartell mit Noriega auf die Schnauze fiel und aus dem Geschäft gedrängt wurde, haben es die Jungs vom FBI hauptsächlich auf die Cali-Typen abgesehen. DeCarlo soll an allem beteiligt sein, das in irgendeinem Zusammenhang mit dem Drogenhandel steht: Verarbeitung, Lagerung, Transport – dazu gehören Landeplätze, Flugzeuge, Schiffe und Bestechung. Das ganze Drum und Dran. Nun, vor ein paar Jahren hat das FBI die angebliche Nummer vier der Medellin-Gruppe hinter Schloß und Riegel gebracht ...«

»José Abello.« Ben erinnerte sich gut an das Gerichtsverfahren: der größte Strafprozeß in der Geschichte von Tulsa.

»Genau. Nach jenem Erfolg erhofft man sich im Bureau jetzt noch etwas mehr. Man will den eskalierenden Drogenkrieg veranschaulichen. Und dabei gleichzeitig die Tulsa-Connection lahmlegen.«

»Die *Tulsa*-Connection? Klingt wie ein Titel eines Films.«

Mike klopfte mit der Pfeife an den Schreibtisch und suchte nach einem Streichholz. »Die Sache ist verdammt ernst, glaub' mir. So abscheulich uns das auch erscheinen mag: Unsere kleine Stadt dient inzwischen als Umschlagplatz für südamerikanische Drogen. Es sind kaum Probleme damit verbunden, das Zeug nach Mexiko zu schaffen, und von dort aus ist es nur noch ein Katzensprung bis zu uns. In Texas macht man den Drogenhändlern seit einer Weile das Leben schwer. Deshalb meiden die Mistkerle den Lone Star State* und kommen direkt zu uns nach Oklahoma. Tja, und von Tulsa aus führte die Interstate ins ganze Land.«

Auf was hatte sich Christina da eingelassen? »Das dürfte erklären, warum sich FBI-Agenten mit dem Fall befassen«, erwiderte Ben. »Aber was hat die Drogengeschichte mit dem Mord zu tun?«

»Gestern nacht traf eine große Lieferung Kokain ein – das glauben jedenfalls die FBI-Fritzen. Nun, um zwei Uhr stürmen vier Beamte mit einem Durchsuchungsbefehl in Lombardis Wohnung und hoffen, das Rauschgift zu finden. Statt dessen sehen sie eine Leiche mit vier Kugeln im Kopf.« Mike legte eine kurze Pause ein. »*Und* sie sehen Christina, die sich gerade über den Toten beugt.«

»Was nicht beweist, daß sie ihn ermordet hat.«

»Überall fand man ihre Fingerabdrücke.«

»Na und? Wir wissen, daß sie sich in der Wohnung befand. Dafür lassen sich tausend verschiedene Erklärungen finden.«

* amerikanischer Spitzname für Texas – *Anmerkung des Übersetzers.*

»Wir sind nur an einer interessiert.«

»Kann ich mich am Tatort umsehen?«

Mike zuckte mit den Schultern. »Nach dem Gesetz bist du dazu berechtigt. Und ich sehe keinen Grund, dich mit Formularen und dergleichen zu nerven.«

»Sicher hast du auch Zugang zu den Ergebnissen der Spurensicherung.«

»Ja.«

»Gibst du mir Kopien der Resultate?«

»Du möchtest wissen, ob ich dich auf möglicherweise entlastendes Beweismaterial hinweise.«

»Nein. Ich möchte *alles*, Mike.«

»Es dauert noch Tage, bis Berichte in Hinsicht auf die toxikologischen und mikroskopischen Untersuchungen vorliegen«, wich Morelli aus.

»Die Autopsie dürfte inzwischen beendet sein.«

»Verdammt, Ben: Du weißt doch, daß wir nicht verpflichtet sind, alle Einzelheiten unserer Ermittlungen offen auf den Tisch zu legen!«

Ben fing Mikes Blick ein. »Mit dieser Bitte wende ich mich nicht an den Polizisten namens Morelli.«

Mike wandte sich ab, drehte den Sessel und starrte an die Rückwand seines Büros. »Mal sehen, was ich tun kann«, sagte er leise.

»Danke, Kumpel.«

»Aber treib dich nicht dauernd hier herum. Das wäre schlecht für meinen Ruf.« Ernster fügte er hinzu: »Diesmal solltest du vorsichtig sein, Ben. Sehr vorsichtig.«

»Wie meinst du das?«

»Du spielst mit den großen Jungs. Mit dem organisierten Verbrechen. Mit südamerikanischen Drogenkartellen. Und schlimmer noch: mit dem FBI. Wenn du ihnen in die Quere kommst ... Dann springen die Burschen nicht gerade sanft mit dir um.«

»Kriege ich dann Mahnungen wegen der unbezahlten Strafzettel?«

»Vielleicht bekommst du Gelegenheit, dir die Radieschen von unten anzusehen.«

»Oh.« Im Zimmer schien es plötzlich kühler zu werden. »Ich bleibe am Ball, Mike. Ich gebe diesen Fall nicht ab.«

»Dann paß gut auf dich auf. Und zwar rund um die Uhr.«

Ben erhob sich. Wenn es Morelli darum ging, ihm Unbehagen zu bescheren, so hatte er mit seinen Bemühungen Erfolg. »Nun, ich muß noch eine Million Dinge erledigen ...«

»Ben?«

»Ja?«

»Basiert dein Interesse an dieser Sache auf der Freundschaft mit Christina, oder …«

»Sie hat mich gebeten, ihre Verteidigung zu übernehmen.«

»Das habe ich befürchtet. Sie sollte sich das noch einmal durch den Kopf gehen lassen.«

»Hör mal, Morelli, vielleicht bin ich nicht der beste Anwalt der Welt, aber …«

»Weißt du, wer diesen Fall verhandelt?«

»Der Richter des Bezirksgerichts wird erst nach der offiziellen Anklageerhebung bestimmt.«

»Das stimmt rein theoretisch. In der Praxis sieht's ein wenig anders aus … Richter Collins steht unmittelbar vor der Pensionierung, und Richter Schmidt steckt bis über die Ohren in der großen Sand Springs-Angelegenheit. Wer bleibt da übrig?«

Es lief Ben kalt über den Rücken. »*Nein.*«

»Ich fürchte doch.«

Der junge Anwalt schlug sich mit der flachen Hand an die Stirn. »Ich fasse es nicht. Was kann denn *sonst* noch schiefgehen?«

»Ich glaube kaum, daß es noch schlimmer werden kann, soweit es dich betrifft.«

»Man könnte ihm Befangenheit vorwerfen. Er kennt Christina, hat mit ihr zusammengearbeitet.«

»Er behauptet, sich überhaupt nicht an sie zu erinnern.«

»Eins steht fest: An mich erinnert er sich bestimmt.«

»Ja.« Mike nickte. »Unglücklicherweise reichen frühere Kontakte mit den beteiligten Anwälten nicht aus, um jemanden wegen Befangenheit abzulehnen. Und freiwillig verzichtet er bestimmt nicht auf einen so wichtigen Fall.«

Ben wollte etwas erwidern, doch ihm fielen keine passenden Worte ein. Er stöhnte leise, als er zur Tür ging und daran dachte, was ihm bevorstand.

Die Vereinigten Staaten gegen Christina McCall – und der ehrenwerte Richter Richard O. Derek führte dabei den Vorsitz.

Richter Derek, neuestes Mitglied der Bundesrichterschaft im Nordbezirk von Oklahoma, ehemaliger Mitarbeiter der privaten Kanzlei Raven, Tucker & Tubb.

Bens früherer Chef, der ihn haßte.

## 7

Ben fuhr zur Creek Estates Lodge und versuchte sich vorzustellen, was schlimmer sein konnte als ein Richard Derek, der Christinas Fall bekam. Selbst Jack the Ripper wäre als Richter vorzuziehen gewesen. Seit mittlerweile acht Jahren gehörte Derek zur Bundesrichterschaft, und bisher war es Ben immer gelungen, nicht an seinen Verhandlungen beteiligt zu werden. Diesmal schien es keinen Ausweg für ihn zu geben. Es sei denn, er ließ Christina im Stich.

Derek war bei Raven, Tucker & Tubb Bens Vorgesetzter gewesen. Allein die Erinnerungen daran ließen den jungen Anwalt schaudern. Jeden Tag hatte er mit Dereks Selbstsucht und Hypochondrie fertig werden müssen. Damals gelang es ihm irgendwie, nicht die Geduld zu verlieren. Nun, als er bei einem sonderbaren Verstümmelungsmord auf eigene Faust Ermittlungen anstellte, ging Derek an die Decke. Bens Nachforschungen führten dazu, daß die Kanzlei einen wichtigen Klienten verlor – einen Klienten, der Beweismaterial beiseite schaffte und Gelder der Aktionäre veruntreute, um einen geheimen Schmiergeldfonds zu finanzieren. Doch diese Dinge ließen Derek völlig kalt. Er hatte jemanden verloren, mit dem er gut verdiente, und die Schuld daran gab er Ben. Voller Zorn bastelte er falsche Anklagen zusammen, um einen Vorwand zu haben, Ben vor die Tür zu setzen.

Etwa vier Monate später erfuhr Ben von Dereks Ernennung zum Bundesrichter. Auf den ersten Blick betrachtet mochte es seltsam erscheinen, daß jemand eine lukrative Praxis aufgab, um Richter zu werden. Aber wenn dieses besondere Amt in Aussicht stand, noch dazu auf Lebenszeit, so erlagen viele dem Reiz von Prestige und fast unbegrenzter Macht.

Ben lenkte seinen Honda Accord auf den Parkplatz. Zehn Minuten hatte er gebraucht, um den Motor anzulassen, und anschließend erklangen unter der Haube Geräusche, die man kaum beschreiben konnte. Eine Inspektion war längst überfällig, doch für einen derartigen Luxus reichte das gegenwärtige Budget nicht. Vielleicht im nächsten Monat.

Er gab sich einen Ruck, öffnete die Tür und stieg aus. Es hatte keinen Sinn, noch länger zu warten.

Ben haßte es, sich einen Tatort anzusehen. Er fand es nicht ganz so schrecklich wie die Aussicht, an einem von Richter Derek geleiteten

Verfahren teilzunehmen, aber es war zweifellos schlimmer als Fingernägel an einer Schiefertafel, Zähne an Stanniolpapier, Straßenpantomimen und Steuereintreiber. Wenigstens lag keine Leiche mehr auf dem Boden – diese Tatsache nahm Ben mit Erleichterung zur Kenntnis. Allerdings: Ein dunkler Fleck auf dem Teppich erinnerte deutlich an die tragischen Ereignisse der vergangenen Nacht.

Ben spürte ein flaues Gefühl in der Magengrube – als hätte ihn jemand oder etwas innerlich ausgehöhlt. Wie ein Voyeur kam er sich an diesem Ort vor. Er betrat die Wohnung in der Hoffnung, neue Erkenntnisse zu gewinnen, doch bisher bot sich ihm nur Abscheu.

Er wußte natürlich, daß er die Ermittlungen an diesem Ort weder beeinträchtigen noch in irgendeiner Weise beeinflussen konnte. Mikes Leute hatten sich hier jeden Quadratzentimeter vorgenommen: die Fotografen mit ihren Kameras, die Spezialisten von der Spurensicherung mit ihren Instrumenten für Fingerabdrücke und Fasern. Ihrer Aufmerksamkeit entgingen nicht einmal die kleinsten Flecken und Gewebefragmente. Mike hatte es gewiß nicht versäumt, Fotos und Videoaufzeichnungen von allen Bereichen des Zimmers anfertigen zu lassen, und zwar aus verschiedenen Perspektiven. Er ging immer sehr gründlich vor, und bisher war Ben bereit gewesen, das für einen positiven Aspekt zu halten. Jetzt neigte er dazu, die Dinge aus einer anderen Perspektive zu sehen.

Abgesehen von dem gräßlichen Blutfleck schien es sich um ein ganz normales Wohnzimmer zu handeln. Das galt auch für den Rest des Apartments. Von einem ›Penthouse‹ hätte Ben eigentlich mehr erwartet: zum Beispiel eine poolartige Bademulde im Boden, direkt neben einer üppig ausgestatteten Bar. Alles befand sich an seinem Platz. Nichts deutete auf einen Kampf hin: es gab keine umgestürzten Gegenstände, keine Kratzer oder dergleichen. Bens Blick glitt zum Fernseher, und er sah auch den Sessel, in dem Christina eingeschlafen war. Auf dem kleinen Tisch daneben stand die Karaffe mit dem Wein, von dem sie getrunken hatte. Und auf dem Boden, nur gut einen Meter entfernt, der große dunkle Fleck. Wie konnte Lombardi in unmittelbarer Nähe erschossen worden sein, ohne daß die Schüsse Christina geweckt hatten? Es erschien unglaublich. Und doch … Es gab keine Anzeichen dafür, daß die Leiche bewegt worden war. Spritzer fehlten fast gänzlich. Ben bemerkte nur eine widerliche Masse aus geronnenem Blut dort, wo Lombardis Kopf gelegen hatte.

Ein unangenehmer, kaum zu identifizierender Geruch hing im

Zimmer. Der Tod, vermutete Ben. Er erinnerte sich daran, über den Gestank des Todes gelesen zu haben. Wie melodramatisch, dachte er bei jenen Gelegenheiten. Doch jetzt wurde ihm klar: Am Tatort eines Mordes verblieb selbst dann ein sonderbarer Geruch, nachdem die Fachleute von der Spurensicherung ihre Ermittlungen abgeschlossen hatten und alles desinfiziert worden war.

Ben mußte fort. Mit dem Aufenthalt in dieser Wohnung half er weder Christina noch sich selbst. Außerdem: Mike freute sich bestimmt nicht, wenn er sich hier übergab.

Er sah sich noch einmal im Wohnzimmer um, bevor er das Apartment verließ. In der Besucherliste trug er die Uhrzeit ein, und anschließend suchte er die Toilette auf, um den Geruch des Todes von Gesicht und Händen zu waschen.

Im Gegensatz zu den meisten Zeugen bei einem Mordfall fand der Wächter offenbar Gefallen daran, befragt zu werden. Ben hatte mit der Verwirrung eines Mannes gerechnet, der sich plötzlich in ein schreckliches Verbrechen verwickelt sah. Möglich war auch eine Angst, die fast an Panik grenzte. Manche Leute befürchteten, daß sie in Verdacht geraten könnten, obwohl sie überhaupt nichts mit dem Mord zu tun hatten. Statt dessen begegnete Ben einem freundlichen Mann Anfang Sechzig. Er hieß Holden Hatfield und schien bestrebt zu sein, mit Auskünften zu helfen.

»Nennen Sie mich Spud«, sagte er. »Alle nennen mich so.«

»Na schön ... Spud.« Er widerstand der Versuchung zu fragen, wie sich aus Holden Hatfield der Spitzname ›Spud‹ ergeben konnte. »Bekam Mr. Lombardi gestern abend Besuch?«

»Ja. Vier Personen waren bei ihm. Möchten Sie die Namen?«

Ben staunte über soviel Überschwenglichkeit. Bestimmt hatte Hatfield die Geschichte mindestens zweimal der Polizei erzählt – und vermutlich auch den Journalisten. Andererseits: Warum sollte er sich nicht freuen? Er stand nicht in Verdacht; niemand legte ihm etwas zur Last. Diese Sache bot ihm die Chance, bei einem Job zu glänzen, der normalerweise ebenso langweilig war wie das Zählen von Autos an einer Mautschranke.

»Weshalb sind Sie so sicher, daß genau vier Besucher kamen?«

Spud deutete mit dem Daumen auf die eigene Brust. »Weil hier alles über mich läuft. Ich lasse die Leute herein.« Er zeigte es, indem er eine Taste betätigte – dadurch wurde die Eingangstür geöffnet. »Außerdem muß ich die Benutzung des Aufzugs mit einem Schlüssel autorisieren und die Taste fürs Erdgeschoß drücken. In einer Liste halte ich fest, wer kommt und wohin er will.«

Er deutete auf ein Heftbrett.

Ben trat näher und blickte über Spuds Schulter.

»Hier steht's ganz klar und deutlich«, fuhr der Wächter fort. Er hob das Heftbrett und hielt es dicht vor den Augen. »Gestern abend nahmen nur vier Personen den Lift zum obersten Stock.«

Ben trat hastig einen Schritt zurück. Hatfield stank so sehr nach Alkohol, als hätte er die Whiskyflasche mit dem Rasierwasser verwechselt. Vielleicht war's das einzige Mittel, um ungebetene Gäste zu verscheuchen. »Und wenn jemand den Lift bis zum neunten Stock genommen hat, um anschließend zu Fuß die zehnte Etage aufzusuchen?«

»Unmöglich«, entgegnete Spud. »Die Türen sind von außen verriegelt. Natürlich muß es jederzeit möglich sein, ins Treppenhaus zu gelangen – für den Fall, daß ein Feuer ausbricht und so. Aber sobald man sich im Treppenhaus befindet, gibt's kein Zurück mehr. Man kann es nur im Erdgeschoß verlassen.«

»Woher wollen Sie wissen, daß jene vier Personen nicht jemand anderen im obersten Stock besuchen wollten?«

»Weil dort sonst niemand wohnt. Mr. Lombardis Suite beansprucht die ganze Etage.«

Nicht schlecht, dachte Ben.

»Deshalb nennt man's Penthouse«, betonte Spud.

»Haben Sie in Ihrer Liste auch notiert, wann die Besucher das Gebäude verließen?«

»Nein. Wissen Sie, es gibt nur einen Weg herein, aber mehrere hinaus. Zwei Hintertüren sind von innen blockiert. Man kann sie nur benutzen, um nach draußen zu gehen. Viele Mieter nehmen jenen Weg als Abkürzung zum Parkplatz.«

»Ah.« Ben schöpfte Hoffnung. »Es wäre also möglich, daß jemand eine der beiden Hintertüren von innen öffnet, um Leute eintreten zu lassen.«

»Ja«, gestand Spud. »Aber die Betreffenden kämen nicht weit. Der Aufzug funktioniert nur mit meinem Schlüssel. Das Treppenhaus könnten solche Personen nicht erreichen, ohne von mir gesehen zu werden. Und selbst wenn ihnen das irgendwie gelänge: In den oberen Stockwerken lassen sich die Etagen nicht von außen öffnen.«

»Hm, stimmt. Sie sind verriegelt.«

»Genau«, bestätigte der Wächter. »Sie begreifen schnell.«

»Das lernt man beim Jurastudium«, konterte Ben. »Sie sind gestern abend nicht zufällig eingenickt?«

Spud schüttelte sofort den Kopf. »Nein, natürlich nicht. Und auch wenn das der Fall gewesen wäre: Es kann nur jemand herein, wenn ich die Tür öffne und mit meinem Schlüssel die Benutzung des Lifts erlaube.«

Ben nickte langsam. Darauf schien es hinauszulaufen.

»Wie dem auch sei: Ich bin die ganze Zeit über wach gewesen. Soll ich Ihnen was verraten? Seit drei Jahren habe ich diesen Job, und nicht ein einziges Mal bin ich eingenickt.« Spud senkte die Stimme. »Unter uns ... Manchmal, wenn ich müde werde, nehme ich meinen Freund Jackie D und trinke einen Schluck.« Er holte einen ans Bein gebundenen Flachmann hervor und hielt ihn Ben unter die Nase. »Dann bin ich wieder putzmunter.«

So was lehrte man nicht gerade in der Fahrschule, aber wenn's funktionierte ... »Haben Sie einen der vier Besucher erkannt, Spud?«

»Sie alle.«

»Na schön: Wer hat Lombardi besucht?«

»Nun ...« Der Wächter hob und senkte die Schultern. »Zuerst kam der Rotschopf, den Sie vertreten.«

Natürlich. Christina konnte kaum fehlen. »Sie haben Ms. McCall hereinkommen sehen?«

»Oh, sicher«, sagte Spud. »Sie fiel mir sofort auf. Schien sauer gewesen zu sein.« Er beugte sich vor. »Ich glaube, sie war wegen irgend etwas wütend auf Mr. Lombardi.«

Wundervoll, dachte Ben. Damit lieferst du auch noch ein Motiv. »Und wer sonst noch?«

»Quinn Reynolds, Mr. Lombardis Anwalt.«

Ben wölbte eine Braue. »Tatsächlich? Haben Sie eine Ahnung, weshalb er kam?«

»Nein, tut mir leid, da muß ich passen. So ungewöhnlich ist sein Besuch nicht. Er trat recht häufig hier ein, um mit Mr. Lombardi zu reden.«

»Und weiter?«

»Der Tierfritze, Clayton Langdell.«

Ein vertraut klingender Name. »Leitet er nicht irgendeinen Verein, bei dem es um Tiere geht?«

»Das isser.«

»Warum sollte jemand wie er Kontakte zu Lombardi unterhalten?«

»Er kam von Zeit zu Zeit. Den Grund dafür kenne ich nicht. Ich bezweifle jedoch, ob er und Mr. Lombardi dicke Freunde waren.«

Ben öffnete seinen Block und kritzelte einige Notizen. »Und der letzte Besucher?«

Spud antwortete nicht sofort, und der Anwalt ahnte, daß ihn eine Überraschung erwartete.

»Albert DeCarlo.«

Wenn Hatfield auf eine Reaktion wartete – und das schien der Fall zu sein –, so mußte er eine Enttäuschung hinnehmen. Mike hatte Ben bereits auf eine solche Nachricht vorbereitet. »Woher wußten Sie, daß es sich um DeCarlo handelte?«

»Weil ich ihn schon mal gesehen habe. Sogar mehrmals. Zeigt sich immer in der gleichen Aufmachung. Dunkle Sonnenbrille. Dunkler Schal. Weißer Mantel. Würde ihn aus anderthalb Kilometern Entfernung erkennen.«

»Welche Verbindungen könnte es zwischen DeCarlo und Lombardi gegeben haben?«

Spud räusperte sich. »Nun«, murmelte er *sotto voce**, »in dieser Hinsicht möchte ich lieber keine Vermutungen äußern ...«

Der perfekte Wächter. Diskret und verschwiegen. Selbst dann, wenn's um einen Gangsterboß ging.

»Was wissen Sie von Lombardis ... Geschäften?«

»Praktisch nichts. War im Import tätig, habe ich gehört. Ab und zu sprach Lennie davon.«

»Lennie?«

»Lombardis Assistent. Dünner, drahtiger Bursche. Erledigt die Arbeit, um die sich Lombardi nicht kümmern möchte. Verzeihung. Um die er sich nicht kümmern *wollte*. Der übliche Kleinkram. Lieferungen. Rechnungen bezahlen. Der Angetrauten das Geld bringen ...«

Ben sah auf. »Der *Angetrauten*?«

»Ja. Lombardi war verheiratet. Mit einer schlanken Blondine. Wußten Sie das nicht?«

Ben spürte, wie ihm das Herz bis zu den Füßen rutschte. »Nein. Kam sie häufig hierher?«

»Nee. Als ich sie das letzte Mal hereinließ, kreuzte Lombardi mit 'nem Flittchen von der Elften Straße auf. Mrs. Lombardi klinkte voll aus. Sie schluchzte und schrie hysterisch, fluchte hingebungsvoll und

* Aus dem Italienischen: »leise, halblaut« – *Anmerkung des Übersetzers.*

schlug immer wieder auf die andere Frau ein. Machte eine Riesenszene. Führte sich auf wie eine Irre. War völlig außer sich vor Eifersucht. Nach jenem Zwischenfall gab mir Mr. Lombardi die strikte Anweisung, seiner Frau unter keinen Umständen Zutritt zu gewähren.«

»Sind sie noch immer verheiratet? Ich meine, waren sie's?«

»Ja. Sie trennten sich vor einigen Monaten, aber ich glaube, eine Scheidung in dem Sinne fand nicht statt. Lennie erwähnte mehrmals, daß er Mrs. Lombardi Geld bringen mußte. Ich schätze, sie konnte ziemlich unangenehm sein.«

Eine Ehefrau. Christina hatte sich mit einem verheirateten Mann verabredet. Bens Augen trübten sich, und das Unbehagen in ihm wuchs. Bisher hatte er angenommen, daß die Anklage Christina als eine Art leichtes Mädchen darstellen wollte, als die unverheiratete Freundin (Zwinker-zwinker) des Drogenbosses. Jetzt gab es für den Staatsanwalt Gelegenheit, sich über *Ehebruch* zu empören. Ben glaubte es bereits zu hören: Meine Damen und Herren Geschworenen, die Angeklagte suchte das Penthouse auf, weil (eine kurze Pause, um den nächsten Worten noch mehr Bedeutung zu verleihen) sie eine *Affäre* mit einem verheirateten Mann hatte.

Was hielt die Jury davon? Bestimmt nicht sehr viel. Alles lief auf folgendes hinaus: Die Geschworenen würden Christina McCall hassen, noch bevor der Staatsanwalt mit seinem Eröffnungsplädoyer fertig war.

Bens Honda rollte vom Parkplatz, und nur wenige Sekunden später klingelte das Telefon.

»Hallo«, sagte Spud. Und kurz darauf. »Ja, Kincaid. So heißt er. Warum?«

Spud nahm am Schreibtisch Platz, und Falten bildeten sich in seiner Stirn. »Natürlich habe ich seine Fragen beantwortet. Hätte ich einfach schweigen sollen?«

Eine Zeitlang hörte er stumm zu. »Es tut mir leid. Das wußte ich nicht. Wenn das Ihrem Wunsch entspricht, so werde ich mich daran halten. Versprochen.«

Die Anspannung in seinem Gesicht nahm zu. »Natürlich, wie Sie wollen. Nein, er hat mir nicht gesagt, wohin er fährt. Das heißt ... Moment mal. Er erwähnte das Polizeirevier. Nein, er weiß nicht alles. Nun, dafür sehe ich eigentlich keinen Anlaß. Ja, ich weiß, daß Sie der Boß sind und nicht ich. Selbstverständlich. Sie können auf mich zählen. Ich rufe Sie sofort an. In Ordnung.«

Spud wollte das Gespräch beenden, aber die Stimme am anderen Ende der Leitung ließ es nicht zu. Worte knisterten im Hörer, und dann knackte es schließlich – die Verbindung war unterbrochen.

Spud legte auf.

## 8

Ben brauchte eine halbe Stunde für die Rückkehr zu seinem Büro. Die meisten Anwaltspraxen, Gerichte und Verwaltungsgebäude von Tulsa befanden sich in der Innenstadt. Die erste Straße bildete ihre Grenze, und jenseits davon begann das Nichts – womit ein Bereich gemeint war, der nichts Ordentliches und Anständiges enthielt. Zum Beispiel Spelunken, Schrottplätze, Trödlerläden und Stripteaseschuppen. Und Bens Büro. Eingezwängt zwischen Ernies Billardsaal und dem Pfandhaus B & J. Von hier aus ließ sich das Gericht zwar zu Fuß erreichen, aber in einem solchen Viertel konnte kaum jemandem an einer Wanderung gelegen sein.

Als Ben schließlich sein Büro erreichte, fand er Eigelb an Türen und Fenstern. Das reicht, dachte er. Erst Toilettenpapier und jetzt Eier. Man fühlt sich in die Schulzeit zurückversetzt.

Es mußte ein Schlußstrich gezogen werden.

Jones saß wie üblich am Spieltisch im kleinen Vorzimmer.

»Ganz offensichtlich sind Sie die Hühner noch nicht losgeworden«, stellte Ben fest. Sie blieben dauernd in Bewegung, liefen von einer Wand zur anderen.

»Was erwarten Sie von mir?« erwiderte Jones. »Soll ich sie dem Colonel verkaufen?«

»Eigentlich keine schlechte Idee. He, ich dachte immer, Hühner laufen nur so durch die Gegend, wenn man ihnen den Kopf abgehackt hat.«

Jones lächelte. »Sie sind ein Großstadtkind.«

»Ja. He, ich habe Neuigkeiten. Raten Sie mal.«

»Sie übernehmen Christinas Verteidigung bei dem Mordfall.«

Spielverderber. »Woher wissen Sie das?«

»Mein Kumpel Didi hat angerufen. Der Protokollführer beim Gericht. Hat Ihren Namen und die Telefonnummer vermutlich von der Vorladungsliste. Die Voruntersuchung für Ihre Klientin findet am Freitag statt.«

»Erst am Freitag? Warum nicht eher?«

»In dieser Hinsicht drückte sich Didi nicht ganz klar aus. Vielleicht hat der Untersuchungsrichter einen vollen Terminkalender.«

»Es wurde bereits Kaution abgelehnt, und jetzt dies – es ist völlig unakzeptabel. Schreiben Sie einen Dringlichkeitsantrag für den Bezirksrichter, Jones. Die Voruntersuchung muß so bald wie möglich stattfinden. Ich möchte vermeiden, daß Christina noch mehr Zeit in der Gesellschaft von Nutten und Drogensüchtigen verbringen muß.«

»Es wird Derek nicht gefallen.«

»Und wenn schon. Rufen Sie den Staatsanwalt an und besorgen Sie sich seine Zustimmung. Christina wurde ohne Haftbefehl verhaftet, und nach dem *Riverside County*-Fall bedeutet das folgendes: Wenn die Voruntersuchung nicht innerhalb von achtundvierzig Stunden nach der Verhaftung stattfindet, muß die Staatsanwaltschaft beweisen, daß ein guter Grund für die Verzögerung vorliegt. Moltke will bestimmt nicht riskieren, diesen Fall aufgrund von Verstößen gegen die Verfahrensregeln zu verlieren. Sagen Sie ihm, daß ich keine Einwände gegen das Datum der Voruntersuchung erhebe, wenn er eine Kaution zuläßt. Bestimmt erklärt er sich einverstanden. Und dann bleibt Derek gar keine Wahl.«

Jones suchte im kleinen Aktenschrank unter dem Spieltisch. »Dringlichkeitsanträge ...«, murmelte er. »Haben wir Vordrucke?«

Ben reichte ihm die entsprechende Mappe. »Füllen Sie einfach die leeren Stellen aus. Ich sehe mir die Sache später an und nehme eventuell notwendige Veränderungen vor. Die Anhörung soll für morgen früh anberaumt werden.«

Jones kritzelte etwas in seinen Terminkalender. »Geht klar.«

»Und wenn Sie schon dabei sind ... Stellen Sie einen Antrag auf Abweisung der Klage wegen Mangel an sachlicher Zuständigkeit. Finden Sie mehr über die Sondergesetze in bezug auf das organisierte Verbrechen und den Drogenhandel heraus. Vielleicht gelingt es uns irgendwie, die Verhandlung woanders stattfinden zu lassen, vor einem Stammesgericht der Creek, auf dem Mond, was weiß ich. Hauptsache, uns bleibt Derek erspart.«

»Halten Sie das für klug, Boß?«

»Meinen Sie den Antrag, die Klage abzuweisen?«

»Nein. Christinas Verteidigung.«

»Warum hält mich in dieser Stadt jeder für inkompetent?«

»Darum geht's nicht. Es ist nur ... Nun, ich möchte nicht indiskret sein ...«

»Nach dem Rauswurf bei Raven ließ sie mich eine Zeitlang bei sich wohnen, um mir Gelegenheit zu geben, wieder auf die Beine zu kommen.« Ben stemmte die Hände in die Hüften. »Was Romantisches war dabei nicht im Spiel. Wir sind nur gute Freunde. Unsere Beziehung ist rein platonischer Natur.«

»Oh, natürlich.«

»Außerdem hat dies nichts mit persönlichen Gefühlen zu tun. Es handelt sich um einen Mordfall. Und ich bin durchaus imstande, in diesem Zusammenhang meine Objektivität zu bewahren.«

»Kein Zweifel.«

»Sie scheinen nicht überzeugt zu sein.«

Jones hob die eine Hand zur Brust. »Wen interessiert schon, was ich denke? Ich bin nur ein Sekretär, ein Vasall und Lakai. Sie sind der Boß, Boß.«

»Hmmph.«

»Übrigens: Ich habe den Artikel in der *World* gelesen. Das FBI glaubt, Christina am Schlafittchen zu haben.«

Ben nickte. »Die Typen vom Bureau sind wie Terrier – sobald sie in einen Knochen gebissen haben, lassen sie nicht mehr los. Wenn ich den Rest der Welt davon überzeugen will, daß Christina unschuldig ist, so muß ich den wahren Mörder präsentieren.«

»Viel Glück.«

»Danke.«

»Kann ich Ihnen sonst irgendwie helfen?«

»Ja, ich glaube schon.« Ben öffnete seine Aktentasche und riß ein Blatt vom Notizblock. »Gestern abend waren abgesehen von Christina noch drei andere Personen in Lombardis Wohnung. Hier sind die Namen.«

»*Aus*gezeichnet!« Jones nahm das Blatt entgegen. »Verdächtige! Sie möchten, daß ich Ermittlungen anstelle, nicht wahr?«

Ben rollte mit den Augen. »Nein, das möchte ich *nicht*.«

»Woher haben Sie die Namen?«

»Von dem Wächter des betreffenden Apartmenthauses.«

»Sie haben sich den Tatort angesehen!«

»Ja.«

»Ohne mich?«

»Natürlich ohne Sie. Haben Sie vergessen, nur ein Sekretär zu sein, ein Vasall und Lakai? Sie sind weder Paul Drake noch Magnum, P.I.«

»Nun, ich hatte immer den Wunsch, meinen Horizont zu erweitern«, sagte Jones und sah auf die Liste. »Albert DeCarlo! Jetzt geht's hoch hinaus, wie?«

»Lassen Sie es sich nur nicht zu Kopf steigen.«

»Glauben Sie wirklich, daß einer dieser Männer Lombardi umgenietet hat?«

»Wenn der Wächter die Wahrheit gesagt hat, kommt praktisch niemand anders in Frage.«

»Vorausgesetzt natürlich, Christina ist wirklich unschuldig«, warf Jones ein.

Ben bedachte ihn mit einem durchdringenden Blick. »Darum kümmere ich mich. Nun, wenn Sie sich die Liste lange genug angesehen haben ... Dann kann ich Ihnen vielleicht sagen, was es sonst noch zu erledigen gilt.«

Jones reagierte auf die Schelte, indem er das Blatt auf den Schreibtisch legte. »Ich bin ganz Ohr.«

»Ich möchte, daß Sie für mich Gesprächstermine mit jenen drei Personen vereinbaren. Ich denke dabei an morgen oder übermorgen. Vielleicht ergibt sich etwas, das ich bei der Voruntersuchung verwenden kann.«

»Sie möchten mit Albert DeCarlo reden? Und zwar vor dem nächsten Freitag? Wie soll ich für Sie einen Termin beim Don Corleone vom östlichen Oklahoma bekommen?«

»Lassen Sie sich was einfallen. Versuchen Sie zuerst, ein Treffen mit Quinn Reynolds zu arrangieren. Es gibt eigentlich keinen Grund, warum er es ablehnen sollte, einen Anwaltskollegen zu empfangen.«

»Ich werde mir alle Mühe geben.«

»Gut. Statten Sie außerdem Christinas Wohnung einen Besuch ab. Sie braucht Kleidung, eine Zahnbürste und den üblichen Kram.«

»Hat Ihre rein platonische Beziehung dazu geführt, daß Sie einen Schlüssel bekamen?«

Ben griff in die Tasche, holte den Schlüssel hervor und reichte ihn Jones.

»Sonst noch etwas?«

»Ja.« Der Anwalt sah sich um. »Unternehmen Sie was im Hinblick auf die Hühner.« Er schloß die Aktentasche und verließ das Büro.

# 9

Diesmal gelang es Ben, Mike schneller zu finden. Es lag nicht etwa daran, daß er sich einen Grundriß vom Polizeirevier besorgt hatte; die Absperrungen im Innern des Gebäudes boten auch diesmal Überraschungen, die zu neuen Umwegen zwangen. Aber wenigstens gab es jetzt eine Empfangsdame, die einem mitteilen konnte, ob man auf der richtigen Spur war.

»Du wolltest dich doch nicht dauernd hier herumtreiben«, sagte Mike, als Benjamin hereinkam.

»He, seit heute morgen bin ich nicht mehr bei dir gewesen«, erwiderte Ben. »Damit dürfte ich eine Menge Zurückhaltung bewiesen haben, oder?«

Mike schloß das Buch, in dem er gelesen hatte. »Deine ›Zurückhaltung‹ könnte dazu führen, daß man mich entläßt.«

»Ach, sei kein Griesgram. Es dauert nicht lange. Ich wollte nur wissen, ob du schon den Bericht der Spurensicherung bekommen hast.«

»Einige Resultate liegen vor, ja. Aber denk daran: Dies ist ein Fall des FBI. Und die Bundestypen legen uns nicht alle Ermittlungsergebnisse auf den Tisch.«

Ben sah die mit *Lombardi* gekennzeichnete Aktenmappe und stellte fest, daß sie dicker war als noch vor einigen Stunden. Zwei oder drei Sekunden später bemerkte er das Buch, das Mike bis eben beschäftigt hatte. »Du liest *Die vollständigen Werke von William Shakespeare*?«

»Ja. Bin gerade beim *Kaufmann von Venedig*. Weshalb staunst du so?«

»Oh, ich weiß nicht«, erwiderte Ben. »Von einem harten Burschen wie dir hätte ich erwartet, daß er Dashiell Hammett oder Raymond Chandler liest, vielleicht auch Sherlock Holmes. Aber Shakespeare? Wenn das rauskommt ... Du könntest dir damit dein Image ruinieren.«

»Meistens verstecke ich das Buch, wenn ich Besuch bekomme.« Mike schob es beiseite. »Mir gefällt die Gerichtsszene zum Schluß. Portia verkleidet sich darin als Richter und legt das Gesetz auf ihre eigene Weise aus. Dadurch bringt sie Schylock nicht nur um sein Pfund Fleisch, sondern auch um die Hälfte seines Besitzes.«

»Sie hat sich als Richterin verkleidet? Anlaß genug für ein Berufungsverfahren.«

»Zweifellos. Willst du nun die Resultate der Spurensicherung kennenlernen, oder ziehst du es vor, weiterhin über meinen literarischen Geschmack zu lästern?«

»Da stellst du mich vor eine schwere Wahl. Na schön – laß uns einen Blick in die Akte werfen.«

Mike und Ben nahmen an dem kleinen Tisch in der einen Ecke des Büros Platz. »Dies hier ist ein erster Bericht von den Spezialisten für Haare und Gewebe. Ihre wichtigste Entdeckung ist folgende: Am Tatort wurden lockige rote Haare gefunden, und der Vergleich mit einer von Christinas stammenden Probe beweist, daß sie von ihr stammen.«

»Na und? Wir wissen, daß sie sich in jenem Zimmer aufhielt.«

»Trotzdem: Die Sache sieht nicht gut aus.«

»Was gibt's sonst noch?«

»Gewebe von Lombardis Kleidung. Offenbar bevorzugte er Tweed und ähnliche Stoffe aus grobem, noppigem Garn. Nun, hinzu kommen einige andere Gewebefragmente, die noch nicht identifiziert werden konnten.«

»Ich nehme an, ihr setzt eure Bemühungen fort, nicht wahr?«

»Wir beabsichtigen, die Teppiche und Kleiderschränke von Christina und jener drei Männer zu untersuchen, die gestern abend in Lombardis Wohnung waren – wenn du das meinst. Aber selbst wenn wir was finden ... Es würde nur beweisen, daß die Betreffenden den Ermordeten dann und wann besucht haben – was sie vielleicht gar nicht bestreiten.«

»Ihr solltet trotzdem versuchen, der Sache auf den Grund zu gehen.«

»Das werden wir, Ben, keine Sorge.« Mike wandte sich einem anderen Dokument im Ordner zu. »Nichts deutet auf einen Kampf hin. Nirgends fanden sich zerbrochene oder beschädigte Objekte, und es ließen sich auch keine Kratzer feststellen. Die einzigen abgefeuerten Kugeln steckten im Kopf des Opfers. Der Teppich wies dort kleine Vertiefungen auf, wo die Leiche lag, aber das ist völlig normal.«

»Und die Serologie?«

»Wir haben weder Blut noch etwas anderes gefunden, das vom Mörder stammt. Auch an Lombardis Haut und unter den Fingernägeln ließ sich nichts entdecken. Was uns kaum überrascht, denn immerhin fand kein Kampf statt.«

»Es muß doch irgend etwas geben, das den einen oder anderen Hinweis liefert. Welche Informationen kannst du mir sonst noch anbieten, Mike?«

»Nun, wir wissen, mit welcher Waffe Lombardi umgebracht wurde. Bei den ballistischen Analysen hat sich herausgestellt, daß der Mörder eine Vierundvierziger Special verwendete. Kein Wunder, daß dem Opfer ein Teil des Kopfes fehlte.«

»Und die Schußrichtung?«

»Es kam zu Kontaktwunden – vom Lauf, der an den Schädel gepreßt wurde. Deshalb waren die Einschußlöcher sternförmig: Das expandierende Gas des explodierenden Schießpulvers zerfetzte die Haut.«

»Welche Schlüsse lassen sich daraus ziehen?«

»Zum Beispiel dieser: Der Mörder muß in unmittelbarer Nähe von Lombardi gestanden haben. Das Opfer kannte und vertraute ihm – oder ihr.«

»Dafür kommen viele Leute in Frage.«

»Du brauchst deinen Fall nicht mir gegenüber zu vertreten, Herr Anwalt. Ich bin kein Geschworener.«

Mike gab Ben ein weiteres Blatt des Berichts. »Wir haben Lombardis Apartment gründlich durchsucht, ohne weitere Anhaltspunkte zu finden. Sieh's dir selbst an.«

Ben überflog den Text, der alle im Penthouse gefundenen Gegenstände auflistete. Schmutzige Wäsche – alles andere als ungewöhnlich für einen allein lebenden Mann. Eine offene Karaffe mit Rosé auf dem Tisch neben dem Sessel. Der Fernseher eingeschaltet. Ein neben dem Telefon liegender Hörer.

»Was ist mit den Ergebnissen der gerichtsmedizinischen Untersuchung?«

Mike blätterte im Ordner und holte ein aus drei Blättern bestehendes Dokument hervor. »Auch hierbei gibt's keine Überraschungen. Lombardi starb durch die Schußverletzungen am Kopf. Es ist Koregai noch nicht gelungen, den genauen Zeitpunkt des Todes aufgrund der Lebertemperatur zu bestimmen. Er hat einen Nachtrag für diesen Bericht versprochen. Übrigens ist Koregai in einem Punkt ganz sicher. Lombardi war ADST – auf der Stelle tot.«

»Das dürfte wohl kaum beweisen, daß Christina ihn erschossen hat.«

»Überleg doch mal, Ben. Sie behauptet, im Sessel eingeschlafen zu sein, etwas mehr als einen Meter von der Leiche entfernt. In ihrer unmittelbaren Nähe wurde viermal geschossen – und dadurch ist sie nicht aufgewacht?«

»Vielleicht hat der Mörder einen Schalldämpfer verwendet?«

»Das ist bei einem Revolver nicht möglich.«

Ben schnippte mit den Fingern. »Sicher hat man Christina betäubt.«

»Betäubt?«

»Ja. Sie erzählte mir, daß sie etwas getrunken hat – um praktisch sofort einzuschlafen und erst Stunden später zu erwachen. Es paßt alles zusammen. Mike, ich brauche die Hilfe eines Labortechnikers. Es muß so schnell wie möglich eine Blutprobe von Christina genommen werden ...«

Plötzlich erklang eine dritte Stimme im Büro. »*Zum Teufel auch, was ist hier los*?«

Ben drehte sich um und sah einen jungen, hochgewachsenen und dunkelhaarigen Mann. Zorn zeigte sich in seinem Gesicht.

Mike stand auf. »Jim, das ist ...«

»Ich weiß verdammt genau, wer das ist!« donnerte der Neuankömmling. »Und ich will wissen, was hier gespielt wird!«

Mikes Züge verhärteten sich. »Wir sind gerade die Ergebnisse der ersten Untersuchungsberichte durchgegangen ...«

»Himmel! Das hier ist der dreimal verfluchte *Prozeßgegner*, kapiert? Bei der Verhandlung wird er versuchen, uns Knüppel zwischen die Beine zu werfen.«

Ben beobachtete, wie sich Mike versteifte. »Die Verteidigung hat das Recht, Einsicht in unsere Beweismittel zu nehmen ...«

»Wenn es soweit ist – *vielleicht*.« Der Mann ergriff den Aktenordner und schlang die Arme darum, schien ihn auf diese Weise vor Ben schützen zu wollen. »Wenn der Herr Strafverteidiger alle notwendigen Anträge gestellt hat, darf er *vielleicht* einen Blick auf jene Dinge werfen, die wir für entlastend halten oder dem Gericht vorlegen wollen. Aber die ganze verdammte Akte steht ihm nicht zur Verfügung!«

»Jim, ich sehe keinen Grund, um ...«

»Verdammt! Wir haben hier einen wichtigen Fall, und Sie beginnen damit, ihn zu vermasseln!«

»Mike ...«, sagte Ben ruhig. »Wer ist dieses Arschloch?«

Morelli versuchte, nicht zu lächeln. »Darf ich vorstellen, Jim Abshire. Er gehört zu den FBI-Beamten, die an diesem Fall arbeiten.«

»Ich bin der FBI-Beamte, der diesen Fall *geschaffen* hat«, betonte Abshire.

Widerstrebend streckte Ben die Hand aus. »Ben Kincaid, der ...«

»Ich weiß, wer Sie sind.« Jim stieß Bens Hand beiseite. »Ich meine es nicht persönlich, Kincaid, aber aufgrund jahrelanger Erfahrung weiß ich, daß es falsch ist, der anderen Seite zu nahe zu kommen. Dadurch läuft man Gefahr, sich beeinflussen zu lassen.«

Ben runzelte die Stirn. Jahrelange Erfahrung? »Sie sind bestimmt nicht viel älter als ich.«

»Wie alt sind Sie?«

»Dreißig.«

»Und ich bin zweiunddreißig.«

Aha, dachte Ben. Das erklärt deine ungeheure Reife. »Hören Sie, eigentlich wollte mir Mike die Unterlagen gar nicht zeigen. Ich habe ihn unter Druck gesetzt und ...«

»Sparen Sie sich den Quatsch«, knurrte Abshire. »Ich weiß alles über Sie beide. Sie sind alte Collegefreunde, und durch Morellis Ehe mit Ihrer Schwester waren sie sogar miteinander verwandt. Eins möchte ich gleich klarstellen: Ich werde nicht zulassen, daß Sie mir mit irgendeinem nostalgischen Unsinn meinen Fall versauen.«

»*Ihren* Fall?«

»Da haben Sie verdammt richtig gehört. Ein Jahr lang haben wir alles vorbereitet. Diesmal schnappen wir uns die Hintermänner. Der Plan stammt von mir, und ich will ihn erfolgreich durchführen.«

»Der Plan stammt von ihm *und* von seinem Vorgesetzten Roger Stanford«, sagte Mike.

Abshire schnitt eine Grimasse. »Sie wissen sicher, wie solche Dinge laufen, Kincaid. Wer letztendlich die Arbeit erledigt und so. Sie haben doch mal als Partner in einer Kanzlei gearbeitet – etwa fünfzehn Minuten lang.« Er drehte den Kopf und rief durch die Tür: »He, Roger, kommen Sie rein!«

Ein älterer Mann – er trug ein weißes Hemd und eine Brille, die fast an der Nasenspitze ruhte – betrat das Büro. »Ja?«

»Überprüfen Sie das«, brummte Abshire. »Ich habe Morelli dabei erwischt, wie er dem Rechtsbeistand der Angeklagten Einsicht in wichtige Akten gewährte.«

Stanford schürzte die Lippen. »Die Verteidigung hat das Recht, sich mit dem Beweismaterial zu befassen.«

»Dann soll er einen Antrag stellen, verdammt«, erwiderte Abshire. »Dazu ist der Dienstweg schließlich da.«

Stanford musterte den jüngeren Mann gelassen. Offenbar erlebte er eine derartige Diskussion nicht zum erstenmal. »Was kann's schaden, dem Verteidiger Dokumente zu zeigen, die wir ihm später ohnehin vorlegen müssen?«

»Sie fragen sich, was das schaden kann?« wiederholte Abshire. In seinen Augen blitzte es. »Nun, das dürfte der Grund sein, warum Sie es in Ihrem Alter noch immer nicht zu einer leitenden Position gebracht haben.«

Ben schüttelte den Kopf und glaubte, seinen Ohren nicht trauen zu können. Dieser Bursche verstand es wirklich, Freunde zu gewinnen.

»FBI-Direktoren sind nicht an Kooperation interessiert«, fuhr Abshire fort. »Ihnen geht es einzig und allein um Resultate. Und genau das will ich ihnen liefern. Mit diesem Fall kann man auf der Karriereleiter ein ganzes Stück vorankommen.«

Er trat einen Schritt vor und preßte den Zeigefinger auf Bens Brust. »Deshalb sollten Sie auf der Hut sein, Kincaid. Wenn Sie mir die Tour vermasseln, nehme ich Sie nach allen Regeln der Kunst auseinander. Das verspreche ich Ihnen.«

Ben sah zu Mike. Er hatte gehofft und sogar damit *gerechnet*, daß Morelli einschritt und diesem aufgeblasenen FBI-Angeber eine Lektion erteilte. Doch Mike stand einfach nur mit steinerner Miene da und schwieg.

»Nun ...« Ben wich von dem Zeigefinger fort. »Ich gehe jetzt besser.«

»Gute Idee«, kommentierte Abshire. »Wie gesagt, Kincaid: Ich meine es nicht persönlich. Ich möchte Ihnen hier nicht noch einmal über den Weg laufen, klar? Sie erwarten von uns, die Karten offen auf den Tisch zu legen? Nun, wenn wir etwas für Sie haben, so erfahren Sie vor Gericht davon.«

»Bis dann«, sagte Ben und ging.

Er hatte einen bitteren Geschmack im Mund und *floh* regelrecht aus dem Büro – um sich nicht zu etwas hinreißen zu lassen, das er später bereute. Die Lage schien vollkommen hoffnungslos zu sein. Alle erweckten den Eindruck, Christinas Verurteilung durchsetzen zu wollen, und zwar aus den unterschiedlichsten Gründen. Das schlimmste Motiv hatte Abshire angeführt: Ihm ging es vor allem daran, sich einen Namen zu machen. Dieses Ziel wollte er um jeden Preis erreichen.

Auch wenn es den Tod für Christina bedeutete.

# 10

Ben klopfte sich noch einmal auf die Brust. »Na komm, Giselle. Hast du nicht gehört? Du sollst springen.«

Giselle lag im Wohnzimmersessel und leckte sich in aller Seelenruhe. Sie sah kurz auf, rümpfte die Nase und schenkte ihm ansonsten keine Beachtung.

»Jones hat mir ein Buch gegeben, und darin heißt es, daß man Katzen dressieren kann, ebenso wie Hunde, Delphine und andere gescheite Tiere. Wenn ich mir auf die Brust klopfe … Dann möchte ich, daß du in meine Arme springst und zumindest den Anschein erweckst, dich über das Wiedersehen mit mir zu freuen.«

Giselle würdigte ihn keines Blickes.

»Komm endlich, Katze. Ich habe nicht den ganzen Tag Zeit. Morgen muß ich an einer Verhandlung teilnehmen. Also spring endlich.«

Giselle räkelte sich genüßlich, streckte alle viere von sich und miaute. Nichts signalisierte Bereitschaft, Ben zu gehorchen.

»He, Katze, ich rede mit dir. Etwas mehr Kooperationsbereitschaft deinerseits wüßte ich sehr zu schätzen.«

Giselle sprang vom Sessel herunter, wanderte in die Küche, hockte sich neben dem Futternapf nieder und starrte Ben an.

»Auf keinen Fall«, sagte er. »Damit kommst du nicht durch.«

Giselle bewegte sich auf eine Weise, die Ben mit einem Schulterzucken assoziierte – obgleich er natürlich wußte, daß Katzen gar keine Schultern haben. Dann sank sie neben dem Napf zu Boden und wartete.

»Ich meine es ernst. Glaubst du etwa, ich lasse mich von einer eingebildeten Katze herumkommandieren?«

Giselle leckte sich wieder.

»Na schön. Ich gebe auf!« Ben ließ das Katzenbuch fallen und ging in die Küche. »Du sollst das Feinschmeckerzeug bekommen.«

Giselle folgte ihm sofort. Ben öffnete eine Konservendose mit Futter ›für anspruchsvolle Katzen‹ und stellte sie auf den Boden. Giselle stürzte sich regelrecht darauf, so als hätte sie seit Tagen nichts mehr gefressen. Was sogar irgendwie stimmte. Andererseits: Ganz offensichtlich hatte sie genug Fettreserven, um auch eine längere Fastenzeit zu überleben.

»Aber glaub jetzt bloß nicht, daß du dauernd solche Mahlzeiten bekommst«, sagte Ben und versuchte, seine in Gefahr geratene Stellung als Herr des Hauses zu behaupten. »Nach dieser Büchse mußt du dich wieder mit dem billigen Kram begnügen.«

Giselle fraß glücklich und ignorierte ihn.

Ben erhitzte eine Pizza im Mikrowellenherd und trug sie ins Wohnzimmer. Die Einrichtung war kaum der Rede wert: ein Fernseher, ein altes Klavier und Pizzakartons, die sich fast bis zur Decke stapelten. Die einzigen teuren Gegenstände gehörten zur Stereoanlage: Receiver von Mitsubishi, CD-Player von Sony, Boston Acoustic-Lautsprecher. Dieser Luxus erinnerte an Bens Zeit als Musiker, an seine Träume von Ruhm.

Er überlegte, ob er ein wenig auf dem Klavier spielen sollte, entschied sich jedoch dagegen. Mit Jonis und Jamis Guns N' Roses-Platten auf der anderen Seite der papierdünnen Wand konnte er nicht konkurrieren. Er schaltete den Fernseher ein und ging die Kanäle durch, fand jedoch nichts Sehenswertes. Eine Zeitlang hörte er sich die CD *Judy Garland: Live at Carnegie Hall* an. Hervorragende Musik – doch er konnte sich nicht richtig darauf konzentrieren.

Nach einer Weile beschloß er, früh zu Bett zu gehen. Das war durchaus sinnvoll: Am nächsten Morgen mußte er um sechs aufstehen, wegen der Verhandlung. Er nahm die übliche Waschzeremonie vor, zog eine alte Turnhose an und kroch unter die Bettdecke. Dort versuchte er, das Selbst von allem Ballast zu befreien und sich dadurch dem Schlaf hinzugeben, aber irgend etwas hinderte ihn daran. Dutzende von Gedanken gingen ihm durch den Kopf, und jeder einzelne von ihnen verlangte Aufmerksamkeit. Mike, Spud und Abshire, der arrogante FBI-Agent. Die Hühner. Derek. Und Christina, auf den Wangen Flecken aus verschmierter Wimperntusche.

Er konnte die Besorgnis nicht aus sich verbannen. Es ging um Christinas Leben. Selbst wenn sie nicht zum Tode verurteilt wurde ... Diese Angelegenheit konnte ihre Zukunft ruinieren. Er mußte noch gründlicher sein als sonst, alles sorgfältig abwägen. Wenn er irgend etwas übersah, so mochten sich tragische, vielleicht sogar fatale Konsequenzen ergeben. Er durfte Christina nicht so enttäuschen wie Ellen.

Bens Augen brannten. Er konnte nicht schlafen, sich nicht entspannen, fand einfach keine Ruhe. Hinter der Stirn pochte dumpfer Schmerz. Er schloß die Augen und trachtete danach, die Dämonen aus dem Kopf zu verscheuchen, doch es gelang ihm nicht.

Dann rollte er sich auf die Seite, zog die Decke bis zum Kinn hoch.

Kurz darauf spürte er etwas Feuchtes an der Nase.

Er hob die Lider. Giselle schmiegte sich an ihn.

Ben hob die Decke, und die Katze schlüpfte darunter. Etwa eine halbe Minute lang pumpte sie mit den Pfoten, fand dann eine warme Stelle am Rücken und schlief ein.

Kurze Zeit später folgte Ben ihrem Beispiel.

## 11

Wolf wäre fast in die Falle getreten.

Er leuchtete mit der Taschenlampe auf den Boden und sah, halb unter Blättern verborgen, eine stählerne Trittfalle. Er mußte vorsichtiger sein. Solche Fallen waren in erster Linie für Kaninchen bestimmt, aber sie konnten durchaus auch einen menschlichen Zeh abschlagen oder einen Knöchel zertrümmern.

Mit einem Stock betätigte er den Auslöser zwischen den beiden Bügeln, dadurch stellte die Falle keine Gefahr mehr dar. Die Kette war an einem losen Holzblock befestigt – damit das gefangene Tier keine Hebelkraft nutzen und sich auf diese Weise befreien konnte. Wolf bemerkte die Nummer am oberen Bügel. Sie wies auf die Zugfestigkeit hin, die für Fallensteller eine wichtige Rolle spielte. Eine zu starke Falle quetschte das Bein ab oder bohrte sich tief genug ins Fleisch, um dem Tier Gelegenheit zu geben, sich das Bein abzubeißen. In beiden Fällen war das Geschöpf zwar verstümmelt, aber frei. Bis es an den nächsten Fallensteller geriet.

Wolf verstaute die eiserne Vorrichtung in seinem Rucksack. Das Fallenstellen war nicht erlaubt – zumindest nicht in seinem Wald. Er wußte, daß manche Leute arm und hungrig waren, vor allem in dieser Region, doch das spielte keine Rolle für ihn. Sie mußten eine andere Möglichkeit finden, etwas auf den Tisch zu bringen. Sollten sie sich an ihm ein Beispiel nehmen. Er kam zurecht, ohne zu töten.

Er beendete die Runde und kehrte zum Schuppen zurück. Vermutlich hatte er einst als Jagdhütte gedient, aber schon seit Jahren war er nicht mehr von Jägern benutzt worden, und nichts deutete darauf hin, daß sich daran in Zukunft etwas ändern sollte. Inzwischen hing ein Schild an der Tür, mit der Aufschrift: PRIVATBESITZ DES AMTES FÜR ALKOHOL, TABAK UND SCHUSSWAFFEN – BETRETEN VERBOTEN. Es sah sehr professionell aus; Wolf hatte es mit Hilfe des

Computers im Bingosaal der Creek-Nation entworfen. Keine schlechte Leistung für einen Zwölfjährigen.

Er griff nach dem Fahrradschloß, mit dem er die Tür gesichert hatte, wählte die richtige Zahlenkombination und trat ein. Die Vögel waren noch immer da. Er hielt sie in Käfigen, die er aus Karton und geradegebogenen Kleiderbügeln herstellte – beides fand er im großen Müllbehälter hinter Phoenix Cleaners. Die Vögel schlugen mit den Flügeln, als Wolf hereinkam. Sie freuten sich darüber, ihn wiederzusehen. Sind sie nicht prächtig? dachte er. Habt ihr mich vermißt?

Der Falke – er nannte ihn Katar – preßte den Schnabel an die aus Kleiderbügeln bestehende Barriere. Er könnte sich jederzeit befreien, überlegte Wolf. Aber warum sollte er? Es ist noch zu früh. Er weiß, daß ich ihn freilasse, wenn der richtige Zeitpunkt kommt.

Behutsam untersuchte er den Verband des Vogels. Die Verletzung schien gut zu heilen. Bestimmt dauerte es nicht mehr lange, bis Katar wieder am Himmel kreiste und nach Beute Ausschau hielt.

Auch der Rabe namens Edgar schien sich über seine Rückkehr zu freuen. Die improvisierte Schiene befand sich noch immer an Ort und Stelle, und außerdem erweckte Edgar einen kräftigeren Eindruck.

Einem Vogel deiner Größe kann man angeblich nicht helfen, dachte Wolf. Es heißt, eine Schiene hätte bei dir keinen Sinn. Du würdest nur daran herumpicken, bis sie sich schließlich löst. Aber in dieser Hinsicht irren sich die Leute ebenso wie bei vielen anderen Dingen.

Er spähte durch einen schmalen Spalt zwischen zwei verzogenen Wandbrettern. Es war spät, begriff er. Viel später als sonst. Bestimmt wartete seine Mutter schon seit einer ganzen Weile auf ihn. Vorausgesetzt natürlich, sie hatte seine Abwesenheit überhaupt zur Kenntnis genommen. Vorausgesetzt, sie war nicht bis spät abends im Bingosaal geblieben und anschließend mit dem Cherokee-Typen aus Tahlequah nach Hause gegangen. Wie dem auch sei: Manchmal erlitt sie Anfälle von elterlicher Disziplin. Das geschah recht selten, aber gerade jetzt konnte er sich so etwas nicht leisten. Er brauchte volle Bewegungsfreiheit; das Überleben der Vögel hing von ihm ab.

Er überprüfte seine anderen gefiederten Freunde und vergewisserte sich, daß ihnen allen genug Nahrung und Wasser zur Verfügung stand. Dann verließ er die Hütte und sicherte die Tür mit dem Schloß. Im Dauerlauf eilte er zur Straße, um von dort aus per Anhalter nach Hause zu kommen. Doch nach einigen Minuten hörte er etwas – ein Geräusch, das nicht in diese Umgebung paßte. Er hatte es schon einmal vernommen, und zwar am Dienstag vergangener Woche. Das Brummen eines Motors, der nicht zu einem Auto oder Lastwagen gehörte.

Es wurde lauter. Im Mondschein huschte ein Schatten über die Landschaft, und plötzlich wußte Wolf, woher das Geräusch stammte. Er lief los, rannte so schnell wie möglich durch den Wald und wirbelte Blätter auf. Kurze Zeit später erreichte er einen großen gerodeten Bereich – eine künstlich geschaffene Lichtung, die genug Platz bot, um ein Flugzeug landen zu lassen.

Wolf beobachtete, wie die kleine schwarze Maschine zur Landung ansetzte. Mit Flugzeugen kannte er sich aus. Er wußte fast alles über Dinge, die fliegen konnten. Trotz der Dunkelheit identifizierte er eine Cessna 210 – klein, leicht, schnell und leise. Gut geeignet für lange Flüge. Die schwarze Farbe diente natürlich zur Tarnung: Niemand sollte das Flugzeug sehen, wenn es mit ausgeschalteten Positionslichtern unter dem Ortungshorizont des Radars flog.

Die Maschine glitt näher und setzte auf. Gleich darauf öffnete sich das Cockpit, und der Pilot stieg aus: ein kräftig gebauter Mann in Jeans und Windjacke. Wolf ahnte, daß er bewaffnet war. Es dauerte nicht lange, bis ein zweiter Mann eintraf. Er kam mit einem Motorrad, hatte langes und wie ein Schweif wehendes blondes Haar. Zwei Gewehre waren an beiden Seiten der Geländemaschine befestigt, direkt unterhalb der Sitzfläche. Die beiden Männer sprachen kurz miteinander. Licht blitzte, und Pakete wechselten den Besitzer. Wolf wußte nicht, was sie enthielten, und eigentlich war es ihm auch gleich. Wenn die Unbekannten keine Jäger waren, fielen sie nicht in seinen Zuständigkeitsbereich.

Er beobachtete und wartete. Nach einer Weile brauste der Motorradfahrer in Richtung Straße davon, und der Pilot startete, kehrte gen Himmel zurück. Wolf geduldete sich noch etwas, bis er ganz sicher sein konnte, daß beide Männer verschwunden waren. Dann lief er zum Landeplatz der Cessna – er hatte gesehen, wie der Pilot etwas fallen ließ.

Tatsächlich: Neben einer der Mulden, die vom Fahrgestell des Flugzeugs stammten, bemerkte er einen kleinen, transparenten Beutel, der eine pulvrige Substanz enthielt.

Wolf steckte den Beutel ein. Er glaubte zu wissen, worum es sich bei dem Pulver handelte. Wenn er richtig vermutete, konnte ihm dieses Zeug eine Menge Geld einbringen. Genug, um viel Vogelfutter zu kaufen, vielleicht sogar jene teure wissenschaftliche Nahrung, die Veterinäre verwendeten. Möglicherweise konnte er es sich sogar leisten, die Vögel zum Tierarzt zu bringen, anstatt sie selbst zu behandeln.

Wenn das Geld genügte. Und wenn nicht ... Nun, vielleicht kamen die Männer noch einmal zur Lichtung.

Das war nicht ausgeschlossen.

Wolf beschloß, nach ihnen Ausschau zu halten.

## 12

»Ihr könnt sie nicht *finden*? Was soll das heißen?«

Der junge Beamte aus dem Marshalbüro wischte sich Schweiß von der Stirn. Er wirkte verunsichert und verlegen. »Bei den Papieren geriet was durcheinander. Man wußte nicht, ob man die Akte McCall unter MC oder MA ablegen sollte. Und ohne die Unterlagen konnten wir sie nicht finden.«

Die Sehnen an Bens Hals zeichneten sich deutlicher ab. »Sie kann wohl kaum zu einem Spaziergang aufgebrochen sein. Meine Güte, sie sitzt hinter Gittern!«

»In ihrer Zelle befindet sie sich nicht. Vielleicht hat man sie verlegt.«

»Fragen Sie Lester. Er weiß bestimmt, wo sie ist.«

»Geht nicht. Am Mittwoch kommt er erst gegen Mittag.«

»Rufen Sie ihn zu Hause an.«

»Unmöglich. Er hat kein Telefon.«

Ben spürte, wie sein Blutdruck stieg. »Meine Güte, wir leben im zwanzigsten Jahrhundert. Jeder hat ein Telefon.«

»Lester nicht.«

»Der Richter kann nur dann eine Kaution festsetzen, wenn die Angeklagte zugegen ist.«

»Tut mir leid.«

Ben legte dem jungen Beamten die Hände auf die Schultern. »Hören Sie ... Richter Derek wollte diese Verhandlung eigentlich gar nicht stattfinden lassen. Über die Abwesenheit der Angeklagten wird er sich kaum freuen.«

»Ich kann da leider nichts machen.«

»Doch, das können Sie. Was halten Sie davon, in jeder einzelnen Zelle nachzusehen?«

»Das habe ich bereits. Ohne Erfolg. Sie muß irgendwo, äh, verlorengegangen sein.«

»Bitte aufstehen.«

Ben drehte sich um. Derek betrat den Gerichtssaal. Im vergangenen Jahr schien er sich nicht verändert zu haben: blondes Haar (bedauerlicherweise wußte Ben, daß es sich bei dem größten Teil davon um ein Toupet handelte), schlank, attraktives Gesicht. Der schwarze Umhang stand ihm gut.

Derek nahm auf dem burgundroten Stuhl Platz. »Setzen. Die Anwälte bitte zu mir.«

Ben fühlte sich wie ein zum Tode Verurteilter beim Gang zum Schafott, als er sich dem Richtersitz näherte. Eine Frau kam vom Tisch der Anklage.

»Nun, Mr. Kincaid ...«, sagte Derek. »So sieht man sich wieder.«

»In der Tat, Euer Ehren.«

»Rechnen Sie bloß nicht mit einer Sonderbehandlung, nur weil wir mal zusammengearbeitet haben. Ist nicht drin.«

»Tatsächlich nicht? Dadurch gerät meine ganze Verteidigungsstrategie durcheinander.«

Derek verzog das Gesicht. »Heute morgen geht's mir alles andere als gut. Hab' mir gestern abend bei ... einem Gespräch mit meiner Frau was im Rücken verrenkt.« Er tastete nach der betreffenden Stelle, die sich dicht überm Gesäß befand. »Ich wäre Ihnen dankbar, wenn wir diese Sache möglichst schnell hinter uns bringen könnten.«

»Verstanden, Euer Ehren.«

»Eigentlich hatte ich vor, den Tag im Bett zu verbringen, um mein leidendes Selbst genesen zu lassen, aber Mr. Kincaid hielt diese Anhörung für nötig.«

»Meine Klientin ist nie zuvor im Gefängnis gewesen, Euer Ehren. Sie findet keinen großen Gefallen daran.«

Derek ignorierte diesen Hinweis. »Stellen Sie sich vor.«

»Myra Mandell für die Vereinigten Staaten von Amerika.«

Ben musterte Myra aus den Augenwinkeln. Er glaubte, alle Mitarbeiter der Staatsanwaltschaft zu kennen, aber diese Frau sah er nun zum erstenmal. Sie war jung und nervös, blond, sehr mager und ausgestattet mit einer großen Brille. Mit ihr schien nicht besonders viel los zu sein. Nun, man mußte auf einer recht tiefen Sprosse der Karriereleiter stehen, wenn man um halb neun zu Verhandlungen geschickt wurde, bei denen es um eine Kautionsfestlegung ging. Diese Anhörung war ganz offensichtlich nicht wichtig genug, um die persönliche Aufmerksamkeit von Alexander Moltke zu erfordern.

»Benjamin Kincaid für die Verteidigung.«

»Und wen verteidigen Sie?« fragte Derek. »Wo ist die Angeklagte?«

Ben räusperte sich. »Ms. McCall scheint ... verlorengegangen zu sein.«

»Verlorengegangen?«

»Ja. Irgendwo in den Labyrinthen der Strafjustiz.«

»So etwas hätte ich von Ihnen erwarten sollen, Kincaid.«

»Mich trifft keine Schuld, Euer Ehren. Ich bin nicht für die Häftlinge und ihren Verbleib verantwortlich.«

»Sie tragen die Verantwortung für Ihre Klienten. Und außerdem ...«

Die Tür des Gerichtssaals öffnete sich, und ein großer, strammer Bundesmarshal kam herein, dichtauf gefolgt von Christina. Sie trug einen weiten orangefarbenen Overall – die typische Kleidung von Inhaftierten. Dadurch war es praktisch unmöglich, nach einer Flucht in der Menge unterzutauchen.

»Entschuldigen Sie bitte, Euer Ehren«, sagte Ben. Er wartete keine Antwort ab und eilte zum rückwärtigen Bereich des Saals.

»Freut mich, daß du doch noch gekommen bist«, begrüßte er Christina.

Sie nickte. »Mir geht's ebenso.«

Ben stellte fest, daß sie Handschellen trug. »Ist das nötig?«

»Die Vorschriften verlangen es«, erwiderte der Marshal.

»Um so besser. So laufen Sie wenigstens nicht Gefahr, von der Angeklagten überwältigt zu werden.« Ben griff nach Christinas Arm und führte sie zum Tisch der Verteidigung. »Was ist passiert?«

»Es kam zu einer Verzögerung. Aufgrund eines Zwischenfalls im Zimmer für die Leibesvisitation.«

»Könntest du dich etwas klarer ausdrücken?«

Christina zuckte mit den Schultern. »Eine dreihundert Pfund schwere Matrone hat mich ziemlich unsanft betatscht, und ich meinte, daß es ihr an Stil mangelt. Daraufhin drohte sie mir, mich zu Brei zu schlagen.«

Ben hob die Hand vor die Augen.

»Ob Häftling oder nicht – so einen Quatsch brauche ich mir von niemandem gefallen zu lassen. Es kam zu einer handgreiflichen Auseinandersetzung. Beamte eilten herbei. Jemand gab Alarm. Journalisten befanden sich in der Nähe. Tja, es herrschte ein ziemliches Durcheinander.«

»Ich verstehe.«

»Daher die Verzögerung.«

»Setz dich, Christina.«

»*Tout de suite.*«

Der Richter klopfte mit dem Hammer. »Können wir jetzt endlich beginnen, Mr. Kincaid?«

»Natürlich. Euer Ehren, wir bitten das Gericht, eine Kaution festzusetzen und Ms. McCall bis zum Prozeß auf freien Fuß zu setzen. Sie wohnt seit etlichen Jahren in Tulsa und arbeitet hier. Es gibt viele Dinge, die sie an diesen Ort binden. Sie hat keine Vorstrafen; nichts deutet darauf hin, daß sie eine Gefahr für die Gesellschaft darstellt oder jenes Verbrechen, das man ihr zur Last legt, wiederholen könnte.«

»Wir sind gegen eine Freilassung und beantragen die Fortsetzung der Untersuchungshaft«, sagte Myra Mandell. »Ms. McCall hat einen Mann mit vier Kopfschüssen aus nächster Nähe umgebracht ...«

»Das muß sich erst noch herausstellen«, warf Ben ein.

»Man *wirft ihr vor*, einen Mann erschossen zu haben.« Myra rückte ihre Brille zurecht. »Dieser Mordfall steht mit dem Drogenhandel in Verbindung, Euer Ehren. Bei Verbrechen in Zusammenhang mit Rauschgift geschieht es häufig, daß Angeklagte die Kaution verfallen lassen, indem sie nicht vor Gericht erscheinen. Ms. McCall könnte noch vor der ersten Verhandlung in ein südamerikanisches Land fliehen, das niemanden ausliefert.«

»Derartige Behauptungen unterstellen die Schuld meiner Klientin«, entgegnete Ben. »Ms. McCall sollte nicht aufgrund irgendwelcher Statistiken in Haft bleiben.«

»Es geht hier *noch* nicht um Schuld oder Unschuld«, kommentierte Myra. »Die Anklage möchte dem Gericht nur den peinlichen Vorwurf ersparen, ein schwacher Soldat im Krieg gegen die Drogen zu sein.«

Ben warf seinen Blick auf den Tisch. »Das ist ungebührlich und unzulässig!«

Derek klopfte einmal mehr mit dem Hammer. »Hören Sie auf zu jammern, Mr. Kincaid. Ob Sie's glauben oder nicht: Das Gericht ist durchaus imstande, unzulässige Hinweise ohne Ihre albernen Einwände zu erkennen.«

Der Richter wandte sich an Myra. »Trotz Ihrer löblichen Empfindungen in bezug auf Drogen und so weiter sehe ich leider keine Möglichkeit, in diesem Fall auf eine Kaution zu verzichten. Glauben Sie mir: Ich bedauere das sehr.«

Gott sei Dank, dachte Ben. Er hatte befürchtet, daß es Derek aus reiner Feindseligkeit ihm gegenüber ablehnte, seinem Antrag stattzugeben.

»Hiermit setze ich die Kaution auf fünfhunderttausend Dollar fest«, sagte der Richter.

»Danke, Euer Ehren.« Myra lächelte.

»Fünfhunderttausend Dollar!« entfuhr es Ben. »Das ist unmöglich, Euer Ehren!«

»Mr. Kincaid ... Soll eine Kaution festgesetzt werden oder nicht?«

»Euer Ehren, Ms. McCall ist Rechtsassistentin. Sie hat nicht genug Geld, um ...«

»Möchten Sie, daß ich eine Kaution bestimme?« fragte Derek und betonte jedes einzelne Wort. »Oder legen Sie keinen Wert darauf?«

Ben schwieg.

»Nun gut. Wenn das alles ist ...«

»Nein«, sagte Benjamin. »Ich habe noch einen weiteren Antrag.«

»Ja?«

Er zögerte und sah zu den Zuschauern. »Könnten wir das Richterzimmer aufsuchen, Euer Ehren?«

Derek schüttelte den Kopf. »Wenn Sie einen Antrag haben, so stellen Sie ihn hier.«

»Darf ich wenigstens zur Richterbank kommen?«

»Nein, das dürfen Sie nicht.« Derek sprach jetzt ein wenig lauter. »Dies ist Ihre letzte Chance. Möchten Sie einen Antrag stellen?«

»Ja, Euer Ehren. Die Verteidigung beantragt, Befangenheit festzustellen, und zwar nach Abschnitt 28 des Gesetzes der Vereinigten Staaten, Paragraph 455. Wir möchten, daß Sie diesen Fall niederlegen.«

In Dereks Augen blitzte es. »Und die Begründung?«

»Voreingenommenheit, Euer Ehren. Unter den gegebenen Umständen sind Sie nicht in der Lage, objektiv zu urteilen.«

»Einspruch, Euer Ehren«, ließ sich Myra vernehmen.

Derek winkte ab. »Erläutern Sie das, Mr. Kincaid.«

»Ich habe in der gleichen Kanzlei wie Sie gearbeitet, Euer Ehren.«

»Zum Glück nicht sehr lange.«

»Sie waren mein direkter Vorgesetzter.«

»Ihnen dürfte klar sein, daß Befangenheit nicht aufgrund von Sympathie und Antipathie zwischen Richter und Anwälten erklärt werden kann«, dozierte Derek. »Wenn Sie den Eindruck haben, daß Ihre Präsenz der Angeklagten zum Nachteil gereicht, so sollten Sie die Verteidigung jemand anderem überlassen.«

»Außerdem ist auch Ms. McCall in der bereits erwähnten Kanzlei tätig gewesen. Sie haben bei mehr als nur einer Gelegenheit mit ihr zusammengearbeitet.«

Derek runzelte die Stirn und sah zu Christina. »Ich erinnere mich an keine Ms. McCall.«

»Trotzdem war sie zugegen.«

»Nun, ich kann wohl kaum eine Person begünstigen, an die ich mich überhaupt nicht entsinne.«

»Eigentlich galt meine Besorgnis etwas anderem«, murmelte Ben.

»Als ich in einer privaten Praxis tätig war ...«, sagte Derek. »Bin ich während jener Zeit mit etwas beschäftigt gewesen, das diesen Fall betrifft?«

»Nein, Sir.«

»Dann wird hiermit die Feststellung von Befangenheit abgelehnt, Mr. Kincaid. Doch damit nicht genug: Das Gericht hält Ihren Antrag für unverschämt. Normalerweise würde ich jetzt disziplinarische Maßnahmen gegen Sie ergreifen, aber dadurch könnte Ihre Klientin benachteiligt werden ...« Derek legte eine bedeutungsvolle Pause ein. »Immerhin findet der Prozeß schon sehr bald statt, wie ich Ihnen hierdurch mitteilen darf. Aus diesem Grund sehe ich davon ab, Sie in irgendeiner Form zu bestrafen. Allerdings bin ich nicht bereit, diese Angelegenheit aus meinem Gedächtnis zu streichen.«

Erneut schlug er mit dem Hammer. »Die Sitzung ist geschlossen.« Der Richter schlurfte hinaus, tastete dabei mit einer Hand nach dem verlängerten Rücken.

Ben sank neben Christina auf den Stuhl.

»Mußtest du unbedingt einen Befangenheitsantrag stellen?« fragte die Angeklagte. »Noch dazu in aller Öffentlichkeit?«

»Zu einem späteren Zeitpunkt wäre Derek vermutlich gar nicht mehr bereit gewesen, einen solchen Antrag zuzulassen. Er hätte gesagt, daß ich ihn bei der ersten Gelegenheit stellen mußte. Ich habe ihm angeboten, die Sache im Richterzimmer zu besprechen, unter uns, aber er wollte eine Show fürs Publikum.«

»Wieviel kostet eine Bürgschaft für fünfhunderttausend Dollar Kaution?«

Ben seufzte. »Mindestens fünfzigtausend.«

»Falls du es vergessen haben solltest: Ich bin nicht reich.« Christinas Stimme vibrierte nun. »Und mit meiner Kreditwürdigkeit sieht's eher mies aus.«

»Ich weiß.«

»Ben ... Ich möchte keine weitere Nacht im Gefängnis verbringen. Dort ist es ... Die anderen Häftlinge ...« Christina brachte den Satz nicht zu Ende.

Ben schlang ihr den Arm um die Schultern und drückte sie an sich. »Ja«, sagte er leise. »Ich lasse mir was einfallen.«

## 13

Seit Bens letztem Besuch hatte sich alles verändert. Der Flügel stand nicht mehr am Erkerfenster, sondern in der Mitte des Raums – offenbar schadete das Sonnenlicht dem Holz. Fernseher und Stereoanlage waren einem weißen Schrank gewichen. Hinzu kamen neue Gardinen, neue Sessel und ein zu ihnen passender neuer Bezug für die Sofas.

»Du hast alles neu eingerichtet«, sagte Ben.

Seine Mutter nickte. »Irgendwie muß ich mir die Zeit vertreiben. Immerhin überschütten mich meine Kinder nicht mit Zuwendung und Aufmerksamkeit.«

Warum denn jetzt schon? Ben hatte gehofft, daß sie ein oder zwei Minuten lang normal reden konnten, ohne daß Vorwürfe erhoben wurden. »Während der letzten Wochen bin ich sehr beschäftigt gewesen.«

Mrs. Kincaid strich ihren Faltenrock glatt. »Und die sechs Monate vorher?«

»Einen Augenblick, Mutter. Wir haben miteinander gesprochen ... vor nicht allzu langer Zeit. Ja, ich bin ganz sicher. Ich habe dich angerufen.«

»Du hast Weihnachten angerufen – wenn du das meinst. Was dich wohl kaum als Sohn des Jahres qualifiziert.«

»Man muß hart arbeiten, wenn man mit einer Solopraxis Erfolg haben will, Mutter.«

»Zweifellos. Bestimmt hat dich die Verteidigung von irgendwelchen Trunkenbolden und Dieben daran gehindert, mich zum Fest zu besuchen. Nun, es ist eine weite Reise: zwei Stunden mit dem Auto von Tulsa nach Nichols Hills.«

»Die Strecke hat ihre Tücken …«

»Ich habe sie bewältigt.«

»Du bist nach Tulsa gefahren?«

»Ja.« Mrs. Kincaid griff nach einer orientalischen Porzellankanne und schenkte Tee ein. »Kurz nach Neujahr. Als klar wurde, daß du in absehbarer Zeit keinen Besuch plantest. Daraufhin beschloß ich, selbst einen Eindruck davon zu gewinnen, was dich so sehr in Anspruch nimmt.«

»Wo bist du gewesen?«

»Die Adresse deiner Wohnung hast du mir nie gegeben, und ich habe auch keine Briefe mit deinem Absender. Nun, in den gelben Seiten fand ich einen Hinweis auf dein Büro.«

Ben starrte auf den Teppich.

»Fast eine Stunde brauchte ich, um es zu finden«, fuhr seiner Mutter fort. »Bin mehrmals daran vorbeigefahren und dachte, in der falschen Straße zu sein. Doch dann wurde mir klar, wo sich deine Praxis befindet: zwischen einem Billardschuppen und einem Waffengeschäft.«

»Es ist ein Pfandhaus.«

»Wie du meinst. Allerdings erinnere ich mich an eine Leuchtreklame: WAFFEN UND MUNITION stand mit großen roten Buchstaben darauf.«

»Warum bist du nicht hereingekommen?«

»Ich wollte eintreten, aber vor der Tür fand ein Kampf statt. Zwei Blondinen, die kurze Lederröcke und Pumps trugen, schlugen nach Herzenslust aufeinander ein.«

Das müssen Honey Chile und Lamb Chop gewesen sein, dachte Ben. Bei einem ihrer vielen Kämpfe ums Territorium.

»Trotzdem hielt ich an der Entschlossenheit fest, dir am Ort deiner Arbeit zu begegnen. Ich parkte und …« Mrs. Kincaid zögerte. »Ich habe nichts gegen Alkoholgenuß in Maßen, aber als sich jener Mann auf die Parkuhr erbrach …« Sie hob die Teetasse und blies den Dampf fort. »Nun, da hielt ich es für angebracht, den Besuch auf ein anderes Mal zu verschieben.«

»Vielleicht war's besser so«, sagte Ben. »Wahrscheinlich hätte man diesen Mercedes regelrecht auseinandergenommen.«

»Dieser Gedanke kam mir ebenfalls. Im Ernst, Benjamin: Sicherlich gibt es in Tulsa irgendwo ein weniger heruntergekommenes Viertel. Es ist eine große Stadt.«

»Wenn man eine Praxis gründet, hat man nicht sofort die besten und zahlungskräftigsten Klienten, Mutter. Zumindest dann nicht, wenn man ganz auf sich allein gestellt ist. In einem solchen Fall muß man ganz unten beginnen, sich erst eine Basis schaffen.«

»Ist es sehr schwer, allein als Anwalt zu arbeiten?«

»Und ob. Große Kanzleien haben mehr Möglichkeiten, Druck auszuüben. Sie begraben den Prozeßgegner unter Anträgen und Ausmittelungsklagen, bis der arme Einzelkämpfer unter der Arbeitslast zusammenbricht. Wenn man mit den Leuten zu telefonieren versucht, lassen sie sich verleugnen und rufen nie zurück. Sie lassen sich nur dann dazu herab, mit einem zu reden, wenn es um die Vermittlung irgendeines miesen Klienten geht, den sie für unter ihrer Würde halten. Man muß damit rechnen, bei Richtern auf Mißtrauen zu stoßen – sie wissen, daß man sich seine Mandanten nicht aussuchen kann. Und wenn man zwei Gerichtstermine hat, die sich überschneiden ... Von wem soll man sich vertreten lassen? Nein, es ist tatsächlich nicht leicht.«

»Es braucht nicht so schwer für dich zu sein. Ich könnte dafür sorgen, daß du schneller vorankommst.«

»Nein. Ausgeschlossen.«

»Ich habe mit Jim Gregory gesprochen. Er wäre daran interessiert, dich in seiner Firma zu haben.«

»Es ist nur deshalb interessiert, weil du eine langjährige Klientin und eine sichere Einkommensquelle bist. Nein.«

Mrs. Kincaid beugte sich vor. »Laß wenigstens zu, daß ich dir finanziell helfe.«

»Nein.«

»Es ist nicht etwa so, daß es mir an Geld fehlt.«

»Wenn jenes Geld für mich bestimmt gewesen wäre ...« Ben schüttelte den Kopf und schloß die Augen. Er brachte es nicht fertig, den Satz zu beenden.

»Bitte fang nicht wieder damit an, den letzten Wunsch deines Vaters falsch zu interpretieren. Er wollte nur, daß die ganze Familie gut versorgt ist.«

»Unsinn.«

»Es ist die Wahrheit, Benjamin. Er ...«

»Spar dir das, Mutter. Ich habe das Testament gesehen.«

»Du …« Mrs. Kincaid unterbrach sich überrascht. »Das wußte ich nicht.«

»Jetzt weißt du's. Und deshalb brauchen wir uns nicht länger mit diesem Theater aufzuhalten.«

Mrs. Kincaid lehnte sich auf dem Sofa zurück. »Na schön. Weshalb bist du gekommen?«

Ben verspürte den jähen Wunsch, auf die Größe einer Mikrobe zu schrumpfen. »Ich … brauche etwas Geld.«

»Das ist alles?« Seine Mutter griff in ihre Handtasche und holte das Scheckbuch hervor. »Wird auch Zeit, daß du endlich vernünftig wirst. Wieviel?«

»Fünfzigtausend.«

»Fünfzig …« Sie ließ das Scheckbuch sinken. »Was hast du angestellt, Benjamin?«

»Das Geld ist nicht für mich.«

»Hat die Sache etwas mit einer Frau zu tun?«

»Ich bin dreißig Jahre alt, Mutter. Ich schätze, mein Privatleben geht nur mich etwas an.«

»Das hast du schon einmal gesagt. Und seit der schrecklichen Sache in Toronto bist du gar nicht mehr du selbst …«

»Mutter!« Ben atmete tief durch und sagte etwas ruhiger: »Ich benötige das Geld für … einen Klienten.«

»Willst du etwa Spielschulden damit bezahlen?«

»Nein. Es geht darum, Kaution zu leisten.«

»Ach? Ist es normal, daß ein Anwalt die Kaution seines Klienten bezahlt?«

Nun, es gehörte sich nicht, die eigene Mutter zu belügen. »Nein.«

»Dann verstehe ich nicht, warum …«

»Bitte, Mutter. Es ist sehr wichtig.«

Mrs. Kincaid musterte ihren Sohn einige Sekunden lang. »Na schön. Ich spreche mit Jim Gregory und lasse den Betrag überweisen.«

»Danke. Äh, ich weiß das sehr zu schätzen.« Ben holte einen Zettel hervor und kritzelte seine Adresse darauf. »Hier. Das ist die Adresse meiner Wohnung. Bleib nicht die ganze Zeit im Wagen, wenn du das nächste Mal in Tulsa bist.«

Mrs. Kincaid nahm das Stück Papier entgegen. »Wie nett«, sagte sie. »Eine Einladung von dir – zum erstenmal. Ich nehme an, dein Apartment befindet sich in einem besseren Viertel von Tulsa, oder?«

Ben lächelte. »Ich möchte dir nicht die Überraschung verderben.«

# 14

Christina schloß die Wagentür. »Laß uns von hier verschwinden, so schnell wie möglich.«

Ben drehte den Zündschlüssel. »Eile ist nicht nötig. Man hat dich gegen Kaution aus der Haft entlassen. Niemand ist hinter dir her.«

»Je größer die Entfernung zum Knast, desto besser. Fahr los.«

Ben lenkte den Wagen vom Parkplatz auf die Straße. »Ich bringe dich zum Gesundheitsamt. Wegen einer Blutprobe.«

»Falsch. Du bringst mich nach Hause.«

»Es dauert nur einige Minuten.«

»Nach Hause, Ben.«

»Der Zeitfaktor spielt bei der Untersuchung eine wichtige Rolle ...«

»Sieh mich an, Ben. Ich bin vollkommen fertig. Körperlich und geistig ebenso wie in hygienischer Hinsicht. Die letzten anderthalb Tage habe ich bei den schäbigsten Leuten verbracht, die ich kenne. Ich spreche hier von menschlichem Abschaum.«

»Christina ...«

»Seit einer halben Ewigkeit habe ich nicht mehr geduscht – sieht man einmal davon ab, daß man mich mit gräßlichem Desinfektionsschaum besprüht hat. Ich stinke nach Entlausungsmittel. Ich leide an einer profunden *Tristesse,* die bis in den Kern meines Wesens reicht.« Sie beugte sich vor und verharrte erst, als ihre Nase fast die Bens berührte. »Ich möchte nach Hause. *Jetzt.*«

»Nun, wenn du es so ausdrückst ...«

»Ja.«

»Dann geht's zuerst nach Hause.« Ben wechselte die Fahrspur, bog dann auf den Southwest Boulevard und warf einen Blick in den Rückspiegel.

»Als ich dich abgeholt habe, Christina ... Ist dir da eine schwarze viertürige Limousine aufgefallen? Ich glaube, es handelt sich um einen Cutlass mit getönten Scheiben.«

»Nein.«

»Nun, mir schon.«

»Und?«

»Die Kutsche folgt uns, seit wir den Bereich der Stadtverwaltung verlassen haben.«

»Wer könnte Interesse daran haben, uns zu beschatten?« fragte Christina verwirrt.

Ben steuerte seinen Accord auf den Parkplatz des Riverview-Apartmenthauses. »Darauf wüßte ich auch gern eine Antwort.«

Sie näherten sich Christians Wohnung im zweiten Stock – von dort aus hatte man einen direkten Blick auf den Arkansas River.

»Wer war der Bursche, der mir Kleidung ins Gefängnis brachte?« fragte die junge Frau.

»Jones. Mein Sekretär.«

»Hätte nie gedacht, daß du einen Sekretär einer Sekretärin vorziehst. Paßt irgendwie nicht ganz zu Dir.«

»Was hieltest du für angemessen?«

»Ich glaube, du bist eher ein Donna Reed-Typ. Ich denke dabei an eine mütterliche Sekretärin, die dir während langer Gerichtsverhandlungen Plätzchen bringt und morgens den richtigen Anzug für dich auswählt.«

»Jones war einmal mein Klient«, erklärte Ben. »Sein früherer Arbeitgeber zeigte ihn wegen angeblicher Unterschlagung an, und ich half ihm, gegen Kaution freizukommen. Es lief auf folgendes hinaus: Jones lieh sich zehn Dollar fürs Mittagessen aus der Kasse und vergaß, sie später zu erstatten. Woraufhin sein Chef beschloß, ein Exempel zu statuieren.«

»Wie nett von ihm.«

»Es gelang mir, Jones vor einer Verurteilung zu bewahren, aber er konnte meine Rechnung nicht bezahlen. Ich brauchte Hilfe im Büro – Kathy hatte gerade zum dritten Mal gekündigt –, und er bot an, seine Schulden abzuarbeiten.«

»Taugt er was?«

»Nun, auf der Schreibmaschine schafft er nur zwanzig Wörter pro Minute, und mit seiner Orthographie sieht's nicht besonders gut aus. Von Steno hat er keine Ahnung, und wenn er ein Diktiergerät benutzt, besteht die Gefahr, daß er einen großen Teil der Aufzeichnung löscht. Aber dafür fehlt es ihm nicht an Eifer.«

»Er ist also besser als Maggie?«

»Sogar *viel* besser. Außerdem kennt er sich mit Computern aus.«

»Schade nur, daß du dir keinen leisten kannst.«

»Ja. Das einzige nennenswerte Problem bei ihm besteht darin, daß er am Sherlock-Holmes-Fieber leidet. Dauernd will er am Tatort ermitteln.«

»Du hältst ihn natürlich unter Kontrolle.«

»Hm? Dich habe ich nie unter Kontrolle halten können.«

Sie erreichten Apartment Nummer 210.

Christina schob den Schlüssel ins Schloß. »Ich hoffe, bei mir sah's nicht allzu schlimm aus, als Jones kam, um die Sachen zu holen. Meine Güte, wie peinlich: Wahrscheinlich lag überall Unterwäsche und so.«

Sie drehte den Schlüssel und öffnete die Tür.

Der Anblick erinnerte Ben an jene *Time*-Fotos, die zeigten, was der Wirbelsturm Bob angerichtet hatte. In der Wohnung schien ein Hurrikan gewütet, alles umgestoßen und auf den Kopf gestellt zu haben. Sofakissen lagen auf dem Boden, zusammen mit Büchern, Zeitschriften, Schubladen und umgekippten Stühlen. Poster waren von den Wänden gerissen, Pflanzen aus den Töpfen gezerrt und achtlos beiseite geworfen worden.

»Unterwäsche sehe ich nirgends«, sagte Ben.

»Ist dein Sekretär ein unordentlicher Typ?« erkundigte sich Christina.

»Nicht in diesem Ausmaß.«

»Dann kam noch ein zweiter Besucher hierher?«

»Ja.«

Sie hörten das Geräusch beide gleichzeitig. Ben wirbelte herum – und sah, wie jemand aus dem Schlafzimmer stürmte. Unmittelbar darauf bekam er einen Stoß, der ihm das Gleichgewicht raubte. Er fiel, prallte gegen den Kamin, wodurch der Schürhaken und andere Werkzeuge beiseite rutschten.

Christina schrie.

Und der Mann sprang durch die noch immer offene Wohnungstür nach draußen.

Ben stemmte sich hoch und nahm die Verfolgung auf.

»Laß ihn!« rief Christina. »Es ist zu gefährlich.«

Ben achtete nicht auf sie, sprintete durch die Tür und nach unten zum Parkplatz. Dort hockte der Unbekannte bereits auf einem Motorrad und trat den Starter. Ben packte ihn an der Taille und zerrte ihn vom Sattel. Die beiden Männer rangen miteinander; der Anwalt preßte seinen Gegner mit dem Knie auf den Boden, versuchte dann, ihm den Helm abzunehmen.

Plötzlich kam der Oberkörper des Fremden nach oben, und der Sturzhelm knalle Ben an die Stirn. Mit einem schmerzerfüllten Stöhnen sank er nach hinten. Sofort schwang sich der Mann wieder auf seine Maschine und startete den Motor. Ben erhob sich rechtzeitig genug, um zu sehen, wie sein Widersacher davonbrauste; langes blondes Haar wehte unter dem Helm hervor.

Zwischen Bens Schläfen pochte es noch immer, als er in Christinas Apartment zurückkehrte. »Der Mistkerl ist entkommen«, sagte er und schnaufte.

»Du hättest ihn überhaupt nicht verfolgen sollen. Immerhin bist du Anwalt, kein Polizist.«

»Ja.« Verärgert über sich selbst wanderte Ben durchs Zimmer. »Wenigstens hat er nicht deine französische Sammlung mitgenommen«, sagte er und versuchte, zuversichtlich zu klingen. Der Kaminsims präsentierte ihm deutliche Hinweise auf Christinas Vernarrtheit in alles Französische: Reisebilder von der Sorbonne; ein kleiner Eiffelturm als Briefbeschwerer; *Chien*- und *Chat*-Topflappen; Lautrec-Reproduktionen. Außerdem eine Plastikkugel, die Schnee auf Nôtre Dame herabrieseln ließ, wenn man sie umdrehte.

Ben griff nach einem dicken Buch und warf einen Blick auf den Titel. *Das Verfahren gegen Johanna von Orléans*. »Ich wußte gar nicht, daß du ein Fan der Jungfrau von Orléans bist.«

»Jetzt noch mehr als jemals zuvor«, erwidert Christina. »Ich schätze, wir haben viel gemeinsam.«

»Hoffentlich meinst du damit den Umstand, unschuldig zu sein. Oder hörst du etwa irgendwelche Stimmen?«

»Nun, um ganz ehrlich zu sein ...« Christina griff nach dem Garfield-Telefon und legte den Hörer auf. »Glaubst du, wir sollten die Polizei verständigen?«

»Unbedingt. Meiner Ansicht nach ist dies hier das Werk des Mörders. Was könnte er wohl gesucht haben?«

»Keine Ahnung.«

»Vielleicht finden wir es heraus, wenn wir notieren, womit sich der oder die Einbrecher beschäftigt haben.«

»Ben!«

Er zuckte zusammen. »Was ist los?«

»Meine Tiere! Jemand hat sie aufgeschnitten!«

Ben betrachtete rund zwanzig Plüschtiere, die normalerweise den größten Teil des Sofas beanspruchten. Sie lagen jetzt an der gegenüberliegenden Wand auf dem Boden, jedes einzelne von ihnen mit einem großen Loch im Bauch, aus dem Füllmaterial herausquoll.

»Es tut mir leid, Christina«, sagte Ben. »Ich habe gehört, daß

Schmuggler manchmal Dinge in Puppen und Stofftiere verstecken. Ich schätze, deine Besucher wollten auf Nummer Sicher gehen.«

»Aber was …« Christina unterbrach sich, und Entsetzen huschte durch ihr Gesicht, als sie zur Küche eilte. Einige Sekunden lang herrschte Stille, und dann gab die junge Frau einen Schrei von sich.

Ben lief zu ihr. »Hat jemand …« Er sah, daß Christina auf dem Boden kniete. »Was ist los?«

Sie hatte die Hände vors Gesicht geschlagen. »Die Kerle haben meine Lieblinge erwischt.«

Erst jetzt bemerkte Ben die Reste der zahllosen kleinen Porzellanschweine auf dem Boden.

»Die verdammten … Ich habe Jahre für die Sammlung gebraucht.« Sie griff nach einem speziellen Bruchstück – dicke schwarze Buchstaben bildeten darauf das Wort *Cochon*. »Sogar mein französisches Schwein ist zerbrochen! Es hat mir besonders viel bedeutet!« Christinas Augen füllten sich mit Tränen.

Ben klopfte ihr auf die Schulter. »Es tut mir leid. Nun, du kannst dir andere Schweinchen besorgen. Dies waren nicht die einzigen auf der Welt.« Er wußte nicht, wie er sich verhalten sollte. Mit Mördern und Einbrechern kam er irgendwie zurecht. Aber französische Porzellanschweine …

»He, sieh dir das an«, sagte Ben und hoffte, Christina abzulenken. Er deutete auf einen Lehmbrocken, in dem sich das Rillenmuster eines Schuhabsatzes zeigte. »Lag das schon hier, als du zum letztenmal daheim gewesen bist?«

»Natürlich nicht. Ich bin doch keine Schlampe.« Sie wischte sich die Wangen ab und betrachtete den Abdruck. »Das ist ein Indiz, Ben!«

»Ich bezweifle, ob uns ein bißchen Lehm wichtige Informationen liefert.«

»Sherlock Holmes würde jetzt Untersuchungen vornehmen und feststellen, daß dieser besondere Lehm nur von einem ganz bestimmten Ort in Tulsa stammen kann.«

»Mag sein. Leider bin ich nicht Sherlock Holmes. Und außerdem halte ich es für sehr unwahrscheinlich, daß Lehm nur von einem genau identifizierbaren Ort stammen kann.« Ben sah die Enttäuschung in Christinas Gesicht und fügte hinzu: »Allerdings haben wir kaum etwas zu verlieren, oder? Hast du eine Papiertüte?«

Die junge Frau schien sich mittlerweile vom Verlust ihrer kleinen Porzellanschweine zu erholen. Die Aufregung der Jagd, vermutete

Ben. »Ich gebe dir einen Plastikbeutel«, bot sie sich an. »Die Profis benutzen immer transparente Beutel aus Kunststoff.«

»Irrtum. Die Profis vermeiden es, Plastikbeutel zu benutzen, weil sich darin Feuchtigkeit sammelt, die sich nachteilig auf gesammelte Proben auswirken könnte. Echte Profis verwenden Papiertüten und bringen die Beweisstücke erst kurz vor der Gerichtsverhandlung in transparenten Kunststoffbeuteln unter, damit die Geschworenen sie besser betrachten können.«

»Tatsächlich?« Christina öffnete das Schränkchen unter der Spüle und holte eine Papiertüte hervor. »Nun, vielleicht könnte ich ebenfalls eine Art Mr. Ich-weiß-alles sein, wenn mein Schwager Polizist wäre.«

»*Ex*-Schwager.« Mit dem Zeigefinger schob Ben den Lehmbrocken in die Tüte, und dabei bemerkte er ein etwa daumennagelgroßes Blattstück. »Fällt dir dabei irgend etwas ein?«

Christina schüttelte den Kopf. »Nein. Bäume sind nicht meine Stärke.«

»Wahrscheinlich handelt es sich um das Blatt eines seltenen Baumes, der nur an einem ganz bestimmten Ort in Tulsa wächst«, sagte Ben. »Ich rufe jetzt die Polizei an und melde den Einbruch. Was dich betrifft ... Dusch jetzt. Wir sind mit einem Labortechniker verabredet und schon ziemlich spät dran.«

Als Christina im Bad verschwand, nahm Ben eine zweite Tüte, und in ihr verstaute er alle Bruchstücke des Porzellan-*Cochon*.

Wer weiß? dachte er. Mit Puzzles bin ich immer gut zurechtgekommen.

## 15

Christina bewunderte das lebende Inventar von Bens Praxis. »Sind das Hühner zum Essen, oder handelt es sich um Legehennen?«

»Wo ist da der Unterschied?« fragte Ben.

»Er ist ein Großstadtkind«, erklärte Jones.

»Offensichtlich.«

Sie befanden sich in dem kleinen Büro des Anwalts. Jones saß im Sessel hinterm Schreibtisch, während Ben und Christina auf dem Sofa Platz genommen hatten. Der Sekretär hielt einen Notizblock bereit, für den Fall, daß jemand etwas Wichtiges sagte.

Ben reichte Christina die Liste mit den Namen der Verdächtigen. »Was weißt du von diesen Leuten?«

Christina starrte auf die Liste. »Glaubst du wirklich, daß einer dieser Männer der Mörder ist?«

»Es gibt keine andere Möglichkeit, wenn Spud die Wahrheit sagt.«

»Spud?«

»Lombardis trunksüchtiger Türsteher.«

Diese Auskunft schien Christina zu verwirren. »Auf dem Namensschild stand Holden Hatfield. Wie kann daraus ein solcher Spitzname ...«

»Frag mich nicht.« Ben lenkte die Aufmerksamkeit seiner Klientin wieder auf die Liste.

»Nun, Reynolds kenne ich natürlich. Und von DeCarlo habe ich gehört, bin ihm jedoch nie begegnet. Tony erwähnte ihn gelegentlich. Offenbar gab es eine geschäftliche Vereinbarung zwischen ihnen.«

»Mochte Lombardi ihn?«

»Ganz im Gegenteil. Er hatte fürchterliche Angst vor ihm. Normalerweise hielt sich Tony immer für die Nummer eins – ein klassischer Fall von Größenwahn. Aber wenn's um DeCarlo ging, schlotterten ihm plötzlich die Knie. Allein der Name genügte, um bei ihm fast einen Schlaganfall auszulösen.«

Eine durchaus verständliche Reaktion, fand Ben. »Weißt du, worum sich die Geschäfte drehten?«

»Um Papageien und so, nehme ich an.«

»Was ist mit Clayton Langdell?«

»Du meinst den Burschen, der sich so für die Tiere einsetzt, nicht wahr? Ich habe ihn im Fernsehen gesehen.« Christina überlegte. »Ich weiß, daß er Tony im Hinblick auf die Papageien nervte. Er glaubte, Tonys Mitarbeiter fingen Exemplare einiger vom Aussterben bedrohter Spezies. Lombardi ging mit einem Achselzucken darüber hinweg. ›Vögel sind Vögel sind Vögel‹ – so lauteten seine Worte.«

»Ein sehr gebildeter Mann«, kommentierte Ben. »Jetzt verstehe ich, warum er dir so attraktiv erschien.«

»Er hat nie Philosophie studiert. Aber er war immer höflich und harmlos.«

»Das glaubst du wenigstens. Nun, ich spreche so bald wie möglich mit deinem Chef und den anderen beiden Männern.«

»Was ist mit Mrs. Lombardi, Tonys Witwe?«

»Was soll schon mit ihr sein?«

»Du solltest sie überprüfen.«

»Warum?«

»Nur so eine Ahnung. *Cherchez la femme.*«

»Ja – solange du nicht die *Femme* bist.«

Das Telefon klingelte, und Jones nahm ab. »Das Laboratorium.«

Ben griff nach dem Hörer. Er schwieg einige Sekunden lang, bedankte sich dann und legte auf. »Die Untersuchung hat zu keinem schlüssigen Ergebnis geführt«, sagte. »Wir haben zu lange mit der Entnahme einer Blutprobe gewartet. Mist. Jetzt muß ich mir irgendwie die Ergebnisse der Tests besorgen, die im Auftrag des FBI durchgeführt worden sind.«

»Im Labor hat man überhaupt nichts gefunden?«

»Es gab überraschend stark ausgeprägte Alkoholrückstände in deinem Blut. Was darauf hindeutet, daß man dich mit Chemie außer Gefecht gesetzt hat. Ich tippe auf Chloralhydrat, ein Sedativ und Betäubungsmittel. Es hat eine ›Halbwertzeit‹ von vier bis zwölf Stunden. Anders ausgedrückt: In dieser Zeit eliminiert dein Stoffwechsel etwa die Hälfte von dem Zeug. Andererseits könnten die Alkoholspuren auch schlicht und einfach bedeuten, daß du getrunken hast.«

»Nicht soviel«, sagte Christina sofort. »Ich habe nur ein wenig an dem Glas genippt, bevor ich einschlief.«

»Wie sollen wir die Geschworenen davon überzeugen?« Ben sah auf seine Notizen hinab. »Chloralhydrat ist ein recht weit verbreitetes Mittel. Wenn man über kriminelle Beziehungen verfügt, kann man es sich leicht beschaffen. Es hat einen widerlich süßen Geschmack, doch der verlor sich vielleicht in dem Rosé. Oh, und die Substanz riecht wie ein Parfüm.«

Christina blinzelte. Ein vager Gedanke ging ihr durch den Kopf, verflüchtigte sich jedoch, bevor sie ihn festhalten konnte.

»Bei der Urinuntersuchung wurde mit speziellen Filtern insbesondere nach Barbituraten Ausschau gehalten, aber auch in dieser Hinsicht ließen sich keine konkreten Resultate erzielen. Die Analysen fanden einfach zu spät statt.«

»Eins steht fest«, verkündete Christina. »Ich habe nicht soviel Alkohol getrunken, daß es in meinem Blut noch achtundvierzig Stunden später Rückstände gibt.«

»Du weißt das, und ich weiß das. Aber sonst? Es läuft alles auf folgendes hinaus: Die Untersuchungen beweisen überhaupt nichts. Wir stehen mit leeren Händen da.« Ben lehnte sich auf dem Sofa zurück.

»Hast du ansonsten überhaupt keine Erinnerungen an den Montagabend?«

»Alles ist verschwommen. Ich bin zu Tony gefahren. Er war nicht zu Hause. Ich habe auf ihn gewartet.«

»Spud hat erwähnt, daß du sauer auf Tony gewesen bist.«

»Nun, ich war ein wenig verärgert, weil das Treffen ausgerechnet bei ihm stattfinden sollte. Die Wohnung befindet sich nicht einmal im Stadtgebiet von Tulsa.«

»Verstehe. Hast du in dem Apartment irgend etwas gegessen oder getrunken, abgesehen vom Rosé?«

»Nein, ich glaube nicht.«

»Na schön. Jones, stellen Sie einen weiteren Antrag. Ich möchte, daß der Wein *und* die Karaffe untersucht wird.«

»Alles klar, Boß.«

»An was erinnerst du dich sonst noch, Christina?«

»Das wär's schon, im großen und ganzen. Ich habe vor dem Fernseher gesessen und etwas getrunken – und dann hat's mich umgehauen. Ich war *völlig* weggetreten. Und ich hatte einen seltsamen Traum. Wirklich bizarr. Ich bin geschwommen und ... Frosty dem Schneemann begegnet.«

»Wie bitte?«

»Du hast richtig gehört: Frosty der Schneemann. Du weißt schon...« Christina sang: »Mit einer Maiskolbenpfeife und Augen aus Kohlen.«

»Du kannst von Glück sagen, daß ich Anwalt bin und kein Psychiater.«

»Mag sein. Nun, den Rest kennst du. Ich bin aufgewacht und habe dummerweise herumgeschnüffelt. Die FBI-Typen kamen herein, verhafteten die vermeintliche Mörderin und brachten sie ins Gefängnis.«

»Alles notiert, Jones?«

Der Sekretär nickte.

»Wenn dir noch etwas einfällt ... Schreib's auf und berichte Jones davon.«

»In Ordnung.«

»Ich brauche etwas Handfestes für die Verhandlung am Freitag. Mit ein wenig Glück können wir diese Farce beenden, bevor es zum Prozeß kommt.«

»Meinen Segen hast du«, sagte Christina. »Was mache ich in der Zwischenzeit?«

Ben dachte über die Frage nach. »Ich glaube, du solltest die Hühner entweder in den Backofen stecken oder ihre Eier sammeln – es hängt ganz davon ab, um welche *Art* von Hühnern es sich handelt. Jones weiß Bescheid. Er ist ein Junge vom Land.«

Ben hielt das kleine braune Paket etwa dreißig Zentimeter weit von sich gestreckt. Zwar war es recht schwer, aber er wollte es nicht an seinem Körper abstützen. Je weiter davon entfernt, desto besser.

Er näherte sich dem Pfandhaus nebenan und blickte durchs Gitter. Ausgezeichnet: Burris befand sich im Laden.

Ben öffnete die Tür und eine Glocke bimmelte. Der Inhaber Burris Judd – er war der ›B und J‹ – stand hinterm Tresen.

Er sah auf und kniff die Augen zusammen. Seine Züge verdunkelten sich. »Was wollen Sie?« fragte er mit unüberhörbarer Feindseligkeit.

Ben stellte das Paket auf den Tresen. »Sie erraten nie, was ich heute per Post bekam.«

Burris kratzte sich am stoppeligen Kinn. »Woher soll ich wissen, was Ihnen der Postbote bringt?«

»Wie ich schon sagte: Sie erraten es nie.« Ben begann damit, das Paket zu öffnen.

In Burris' Augen blitzte es. »He, einen Augenblick. Nicht so hastig. Was haben Sie vor?«

»Möchten Sie nicht, daß ich das Paket in Ihrem Laden öffne? Obwohl Sie überhaupt keine Ahnung haben, was es enthält?«

»Ich muß mich um Kunden kümmern, Sie Witzbold. Wenn Sie mich jetzt bitte entschuldigen würden ...«

Ben sah sich in dem kleinen und leeren Laden um. »Ich sehe hier sonst niemanden, Burris.« Er deutete aufs Paket und flüsterte: »Da steckt ein Ziesel drin.«

»Ach?«

»Schlimmer noch: ein *toter* Ziesel.«

»Tatsächlich.«

»Ja. Jemand hat das Biest erschossen. Mit 'ner Smith and Wesson Kaliber vierundvierzig. Können Sie sich so etwas vorstellen?«

»Nein.«

»Und was mir besonders gefiel, Burris ... Jemand hat das Paket mit Fourth Class-Post geschickt. Dadurch konnte der Ziesel rund zwei Wochen lang verwesen.«

»Wieso wundern Sie sich, Kincaid? Wahrscheinlich stammt das Ding von einem Ihrer miesen Klienten.«

»Einige seltsame Leute wenden sich an mich, aber niemand von ihnen steht auf Ziesel. Außerdem ist es mir ein Rätsel, warum jemand einen Ziesel erschießen und ihn mir schicken sollte.«

Burris zögerte ein oder zwei Sekunden lang. »Die Biester können einem wirklich auf den Geist gehen. Bei mir auf dem Hinterhof richten sie 'n ziemliches Durcheinander an.«

»Davon habe ich gehört. Hinzu kommt, daß Ihnen hier im Laden etwa fünfhundert Smith and Wessons zur Verfügung stehen, ganz zu schweigen von Ihrem Faible für üble, an Terrorismus grenzende Streiche. Deshalb halte ich es durchaus für möglich, daß Sie der Absender dieses Pakets sind.«

»Und wenn das stimmt? Was dann?«

»Es verstößt gegen das Gesetz, tote Ziesel von der amerikanischen Post transportieren zu lassen.«

»Gegen welches Gesetz?«

»Ich weiß es nicht genau. Aber bestimmt finde ich eins, wenn ich lange genug in den richtigen Büchern blättere.«

»Ich wäre kaum überrascht, wenn Sie mich deshalb vor Gericht zerren würden. Darin besteht Ihr großer Fehler: Sie wählen Ihre Fälle nicht sorgfältig genug aus.«

Ah, endlich die Wahrheit. Vor etwa drei Monaten hatte Ben einen Gammler namens Hal Utley vertreten, der von Burris verklagt worden war. Utleys ›Verbrechen‹ bestand darin, daß er sich von Burris einen Fernseher auf Kredit andrehen ließ – kurze Zeit später verkaufte er ihn und stellte die Ratenzahlungen ein. Woraufhin ihn der Inhaber des Pfandhauses verklagte. Es gelang Ben, den Fall für Utley zu gewinnen, unter anderem auch deswegen, weil Burris die Dokumente verschlampt und Wucherzinsen verlangt hatte. Es war seine eigene Schuld, daß er vor Gericht den kürzeren zog – aber das wollte er natürlich nicht einsehen.

Seit damals ließ sich Burris immer wieder dazu hinreißen, seinen Groll auf die eine oder andere hinterhältig-gemeine Weise zu zeigen. Toilettenpapier, Eier, Schuhcreme an Bens Wagen. Einmal kam ein Handwerker, um eine Badewanne in Bens Büro zu installieren. Bei einer anderen Gelegenheit wurden innerhalb von dreißig Minuten achtzehn Pizzas geliefert. Die Sache mit dem Ziesel war noch die fantasievollste Aktion.

»Ich mache Ihnen einen Vorschlag, Burris«, sagte Ben. »Sie beantworten mir einige Fragen, und ich vergesse diesen Zwischenfall.«

»Ich weiß nichts von nichts.«

»Oh, meine Fragen betreffen Ihr Fachgebiet.«

»Und das wäre?«

»Schmuggel.«

Burris deutete zur Tür. »Verschwinden Sie, Kincaid.«

»Immer mit der Ruhe, Burris. Ich behaupte nicht, daß Sie direkt an irgendwelchen illegalen Geschäften beteiligt sind. Andererseits: Jemand wie Sie, der mit ... Wertgegenständen handelt, erfährt sicher von gewissen ruchlosen Aktivitäten. Selbst dann, wenn er nichts davon hören will.«

»Zum Beispiel?«

»Ich denke da nur an Tony Lombardis Schmuggelfirma.«

Burris schwieg.

»Und an Albert DeCarlos Verbindung zu Tonys Verbindungen, worin auch immer die bestanden. Was wissen Sie von Lombardi?«

Der Mann hinter dem Tresen bedachte Ben mit einem durchdringenden Blick. »Wenn ich Ihnen helfe ... Dann vergessen Sie die Sache mit dem Ziesel?« Er legte eine kurze Pause ein. »Wer auch immer ihn geschickt hat.«

»Pfadfinders Ehrenwort.«

Burris trat einen Schritt zurück. »Nun, einige der Jungs, die für Lombardi arbeiteten, fuhren an jenem Montagabend ins Creek-Reservat. Der eine oder andere von ihnen kam vorher zu mir, um sich zu bewaffnen.«

»Und Sie haben nie gefragt, wozu die Waffen dienen sollten?«

Burris betrachtete seine Fingernägel. »Ich dachte, die Burschen gehen auf Kaninchenjagd.«

Oh, natürlich. »Das Territorium der Creek ... Meinen Sie damit den Bereich des Stammeslands, in dem Lombardi starb?«

»Nein. Weiter im Norden.« Der Inhaber des Pfandhauses entfaltete eine Karte von Oklahoma und deutete auf eine bestimmte Stelle. »Hier, die Wildnis. Keine Straßen, keine Häuser. Keine Zeugen.«

»Haben Sie eine Ahnung, was die Jungs dort anstellten?«

»Nein. Und ich möchte auch nicht darüber spekulieren.«

Ben begriff, daß er keine weiteren Informationen bekommen würde. »Ich weiß Ihre Hilfe sehr zu schätzen, Burris. Sehr nachbarschaftlich von Ihnen.« Er ging zur Tür.

»He, einen Augenblick, verdammt!« rief ihm Burris nach. »Sie haben Ihr Paket vergessen.«

Ben blieb nicht stehen. »Ziesel sind wie Tauben«, erwiderte er. »Kehren immer heim.«

## 16

Um genau vierzehn Uhr betrat Ben das im zehnten Stock des Oneok-Gebäudes gelegene Foyer der Kanzlei Swayze & Reynolds. Er stellte sich der Empfangsdame vor, einer attraktiven jungen Frau, die an einem großen Monitor saß und schrieb.

»Bitte setzen Sie sich«, sagte sie und lächelte. »Ich teile Mr. Reynolds mit, daß Sie hier sind.«

Ben nahm Platz und beobachtete, wie die Sekretärin einige leise Worte an die Wechselsprechanlage richtete. Wenige Sekunden später fügte sie lauter hinzu: »Mr. Reynolds ist gerade in einer Besprechung, aber er wird versuchen, so bald wie möglich Zeit für Sie zu erübrigen.«

Lügner, dachte Ben. Von wegen Besprechung – er will mich nur ein wenig warten lassen, um zu zeigen, wie wichtig er ist. Nun, die Empfangsdame trifft keine Schuld. Er erwiderte ihr Lächeln.

Anschließend sah er sich in dem teuer eingerichteten Vorzimmer um. Eine wie glänzender Stoff anmutende Tapete schmückte die Wände, rot mit goldenen Flecken. Hinzu kamen: brusthohe Vertäfelung sowie dicke Gardinen an den Fenstern. Alle Gegenstände befanden sich genau am richtigen Platz. An der gegenüberliegenden Wand sah Ben eine Vitrine, mit einigen Kunstgegenständen, deren Zweck in erster Linie darin bestand, die Aufmerksamkeit von Besuchern zu fesseln. Er bemerkte eine Kristallvase, vermutlich Lalique, daneben eine komplex verzierte Baccarat-Schale. Kein Zweifel: An diesem Ort deutete alles auf Geld hin.

Ben sah sich auch weiterhin im Zimmer um, und nach einer Weile stellte er fest, daß ihn die Sekretärin musterte. Sie sieht mich an! durchfuhr es ihn.

»Kann ich Ihnen irgend etwas besorgen?« fragte die junge Frau und lächelte erneut.

»Äh, nein«, erwiderte Ben.

»Na schön. Aber bitte geben Sie mir Bescheid, wenn ich den Aufenthalt für Sie angenehmer gestalten kann.« Sie beugte sich vor, um nach einem Stift auf der anderen Seite des Schreibtisches zu greifen, gewährte Ben dadurch einen tiefen Blick in ihr tiefes Dekolleté.

Sie will mich anmachen! dachte Ben mit einer seltsamen Mischung aus Freude und Entsetzen. Er zwang sich dazu, aufzustehen und zum Schreibtisch zu gehen, spürte dort, wie seine Wangen glühten. »Äh ... Arbeiten Sie schon lange für Mr. Reynolds?« Am liebsten hätte er sich selbst einen Tritt gegeben! Er war doch sonst nicht so schwerfällig, wenn's um eine nette Plauderei ging.

»Ich habe heute angefangen«, antwortete die Sekretärin und schenkte ihm ein strahlendes Lächeln. »Mr. Reynolds war so freundlich, mir mit einem Job zu helfen.«

»Verstehe. Sagen Sie ...« Ben hielt nach einem Namensschild Ausschau.

»Marjorie.«

»Marjorie. Ja, natürlich. Nun, Marjorie ... gehen Sie gern ins Kino oder so?«

Eine dünne Falte bildete sich über ihren Brauen. »Natürlich.« Sie lachte leise. »Ich mag Filme. Wieso?«

»Nun, ich dachte ...« Ben räusperte sich. »Ich dachte, vielleicht könnten wir beide ...«

Eine tiefe Stimme unterbrach ihn bei dem Versuch, sich mit der Sekretärin zu verabreden. »Mr. Kincaid.«

Ben drehte sich um und sah Quinn Reynolds im Flur.

»Ihr Termin für vierzehn Uhr, Mr. Reynolds«, sagte Marjorie und stand auf.

Ben hätte fast nach Luft geschnappt. Marjorie war schwanger. *Hoch*schwanger. Er wäre bereit gewesen, auf mindestens zehn Monate zu tippen – wenn die Biologie so etwas zugelassen hätte. Vom Ausschnitt an aufwärts sah sie völlig normal aus, doch wenn sie stand ...

»Stimmt was nicht, Mr. Kincaid?« fragte Reynolds.

»Nein, nein, nein«, entgegnete Ben und versuchte, sich wieder zu fassen. »Ich ... Es ist nur ...« Er holte tief Luft. »Könnten wir uns irgendwo unterhalten?«

»Natürlich.« Reynolds bedeutete Ben, ihm durch den vertäfelten Korridor zu folgen.

»Ich nehme an, Ihr Besuch steht im Zusammenhang mit ... dem Fall Simmons.« Reynolds sprach langsam und wie gequält. Vielleicht konnte er es kaum ertragen, mit dem gemeinen Volk zu reden. »Gab es ... Probleme bei der Vereinbarung?«

»Nein. Ich bin gekommen, um Ihnen einige Fragen zu stellen.«

Reynolds Miene blieb ausdruckslos. »Fragen? Hmm.« Diesem Mann zuzuhören ... Ben verglich es damit, in einem Verkehrsstau zu stecken. »Was denn für ... Fragen?«

»Ich würde gern wissen, warum Sie am Montagabend Tony Lombardis Apartment aufsuchten.«

Zwar reagierte Reynolds wie in *langsamer* Zeitlupe, aber trotzdem war seine Überraschung offensichtlich. »Ich ... Hmmm.« Er verschränkte die Arme, zeigte dadurch goldene Manschettenknöpfe und eine Rolex.

»Sie leugnen es doch nicht, oder?«

»Nein. Warum auch? Es ... erstaunt mich nur, daß Sie davon wissen. Meine Frau wies mich darauf hin, daß so etwas geschehen könnte. Ich hätte auf sie hören sollen – immerhin ist sie die Richterin.«

Ben fragte sich, wie oft Reynolds im Verlauf eines normalen Gesprächs erwähnte, daß seine Frau fürs Oberste Gericht arbeitete. »Ihnen dürfte klar sein, daß Mr. Lombardi am Montagabend ermordet wurde, oder?«

»Ja.« Reynolds hob eine Hand ans Kinn. »Aber was haben Sie damit zu tun?«

»Hat Marjorie nicht darauf hingewiesen? Ich vertrete die Angeklagte Christina McCall.«

»Verstehe.« Reynolds verfügte nun über alle notwendigen Informationen und wußte, daß sich Ben mit einer dieser scheußlichen strafrechtlichen Angelegenheiten befaßte. Daraufhin konnte er ihn aus der richtigen Perspektive sehen.

Ben deutete zu den Stühlen am Konferenztisch. »Was dagegen, wenn ich mich setze?«

»Oh, wie ungastlich von mir«, sagte Reynolds. Es klang unaufrichtig. »Bitte.« Er vollführte eine einladende Geste.

Bei Begegnungen mit seinen Klienten vermied es Reynolds offenbar, hinter einem Schreibtisch zu sitzen und sich in der typischen Rolle vieler Anwälte zu präsentieren: Ich bin wichtig, und Sie sind kaum mehr als ein armseliger Wurm für mich. Er zog einen runden Tisch vor, der eine offene, fast kollegiale Atmosphäre schaffen sollte. Wie modern von ihm. Nur zwei Objekte standen darauf: eine Lampe, deren Schirm aus bunten Glasfacetten bestand, und eine Uhr im Art Déco-Stil. Als Ben sich setzte, fiel sein Blick auf die Beine des Mahagonistuhls. Er hatte irgendwo gelesen, daß Klauenfüße bei alten Möbeln auf hohe Qualität hinwies. In diesem Fall handelte es sich bestimmt um sehr teure Antiquitäten.

»Offenbar sind Ihnen die Stühle aufgefallen«, sagte Reynolds. »Es sind Chippendale-Exemplare aus dem neunzehnten Jahrhundert.« Er seufzte. »Viele Leute glauben, sie stammen aus der Epoche Ludwigs des Vierzehnten, obwohl es da kaum Gemeinsamkeiten gibt. Nun, diese gefallen mir besser. Französische Möbel sind so ...« Er gestikulierte, zuckte dann mit den Schultern. »Sie wissen schon.«

Ben hatte keine Ahnung, was er jedoch nicht zugeben wollte. »Ist das eine Tiffany-Lampe?«

»Ja«, bestätigte Reynolds fast verträumt. »Man erkennt's auf den ersten Blick, nicht wahr? Und die Uhr ist ein Erte-Design. Meine Frau kommt oft nach Oklahoma City – wenn das Gericht tagt –, und dann nutzt sie die Gelegenheit, sich bei den Antiquitätenhändlern umzusehen.«

Nummer zwei, dachte Ben. »In welcher Beziehung stehen Sie zu Mr. Lombardi?«

»Müßte es nicht ›standen‹ heißen?«

»Ja«, sagte Ben und wiederholte: »In welcher Beziehung standen Sie zu ihm?«

»Ich bin sein Anwalt gewesen.«

»Sie haben sich um die Sache mit dem Autounfall gekümmert. Hat er auch sein Testament von Ihnen aufsetzen lassen?«

Reynolds nickte.

»Was hinterläßt er wem?«

»Ich fürchte, darüber darf ich keine Auskunft geben.«

»Wie wär's mit einem klitzekleinen Hinweis?«

»Nun, soviel darf ich sagen: Ich bin der Nachlaßverwalter.«

»Das bedeutet, Sie bekommen alle finanziellen und geschäftlichen Unterlagen.«

»Sie befinden sich bereits in meinem Besitz. Bei vielen Gelegenheiten bin ich als ... Geschäftsberater tätig gewesen. Als Mr. Lombardi noch lebte, meine ich.«

»Was können Sie mir von Mr. Lombardis Geschäften erzählen?«

»Nun ... Was möchten Sie darüber wissen?«

»Ich wäre für praktisch jede Information dankbar. Er hat Papageien importiert, nicht wahr?«

»Nicht nur Papageien, sondern auch viele andere exotische Vögel.«

»Klingt nicht nach einer lohnenden Tätigkeit.«

»Wie naiv von Ihnen. Der Vogelmarkt setzt jedes Jahr dreihundert Millionen Dollar um, und die Gewinnspanne beträgt sechzig Prozent auf jeder Ebene. Tony hat gut verdient. Es herrscht recht große Nachfrage nach seltenen Vögeln.«

»Haben Sie jemals einen der angeblichen Papageien gesehen?«

Reynolds starrte Ben wie einen vollkommen Verblödeten an. »Ist Ihnen überhaupt nichts aufgefallen?«

»Was denn?«

»Mein Vogel. Hinter Ihnen.«

Ben blickte über die Schulter. In der Ecke des Büros standen einige weitere Antiquitäten, doch ein kleiner Käfig mit einem großen blaugrünen Papagei rückte sofort ins Zentrum seiner Aufmerksamkeit.

»Sie haben einen Papagei«, sagte Ben überflüssigerweise.

»In der Tat. Tony hat ihn mir geschenkt. Es ist ein *Amazona imperialis*. Der Kaiser der Papageien. Sehr selten.« Reynolds lächelte fest. »Lombardi meinte, für mein Büro sei kein anderer Vogel angemessen.«

Ben sah genauer hin. Kopf, Hals und Bauch glänzten in einem purpurnen Blau. Die Kammfedern schimmerten dunkelgrün und wiesen einen schwarzen Rand auf. Der Schwanz war rot und dunkelbraun, die Augen orangefarben. Ben schätzte die Größe des Vogel auf mindestens vierzig oder fünfzig Zentimeter. »Wie heißt er?«

Reynolds rollte mit den Augen. »Es ist eine Sie.«

»Na schön. Wie heißt *sie*?«

»Ich ...« Ein leises Seufzen. »Es war die Idee meiner Frau. Sie bestand darauf, den Vogel nach einer Kollegin am Obersten Gericht zu nennen: Polly.« Reynolds kommentierte diesen Hinweis, indem er die Stirn runzelte.

»Polly?«

»Ich fürchte, ja.« Es klang ein wenig verlegen.

Ben lächelte über diesen eklatanten Mangel an Fantasie. »Spricht Polly?«

»Nur wenn man sie dazu auffordert«, sagte Reynolds. »Kann man sich mehr wünschen?«

»Ich würde sie gern sprechen hören.«

»Darauf sollten wir besser verzichten. Wir sind hier nicht im Zirkus.«

»Nur einmal.«

»Nun gut.« Reynolds wandte sich dem Papagei zu. »Stell mich vor, Polly.«

In einem krächzenden, nasalen Ton verkündete der Vogel: »Quinn Reynolds, Rechtsanwalt.«

Wie unerträglich egozentrisch. Reynolds hatte den Papagei in eine Art Pförtner verwandelt. »Kommt sie jemals raus aus dem Käfig?«

»Um Himmels willen, nein.« Reynolds schauderte. »Einen Vogel durchs Büro fliegen zu lassen … Dann geriete alles durcheinander. Und außerdem …« Er räusperte sich. »Umherflatternde Vögel lassen … Dinge fallen.«

Interessant, dachte Ben. Dinge. So nennt man das jetzt. »Polly bleibt immer im Käfig?«

Reynolds lehnte sich zurück. »Wenn es sonst nichts weiter gibt, Mr. Kincaid … Ich muß mich um einige dringende juristische Angelegenheiten kümmern.«

»Nur noch eine Frage. Was geschah am Montagabend in Lombardis Apartment?«

Reynolds hob und senkte die Schultern. »Absolut gar nichts. Der Wächter ließ mich hinein. Ich nahm den Lift. Ich klopfte an die Wohnungstür. Niemand öffnete. Und daraufhin ging ich.«

»Das ist alles?«

»Ja.«

»Warum wollten Sie Lombardi besuchen?«

»Das ist vertraulich.«

»Die Polizei wird Ihnen die gleiche Frage stellen.«

»Dann werde ich sie beantworten«, sagte Reynolds. »Aber Sie sind nicht die Polizei, oder?«

Ben ballte unwillkürlich die Fäuste. Reynolds Aura aus unerschütterlicher Ruhe weckte Zorn in ihm. »Ich würde mir gern Lombardis Geschäftsunterlagen ansehen.«

»Ich fürchte, das ist nicht möglich.«

»Es könnte sehr wichtig für Christinas Fall sein.«

»Ich sehe mich leider außerstande, Ihnen zu helfen.«

»Mr. Reynolds, ich bin einem Klienten verpflichtet …«

»Ich ebenfalls, Mr. Kincaid.« Zum erstenmal hob Reynolds ein wenig die Stimme. »Jene Dokumente sind streng vertraulich und bleiben es mindestens so lange, bis das Gericht die Rechtswirksamkeit des Testaments bestätigt hat. Im Anschluß daran können Sie die Sache mit Tonys Erben besprechen.«

»Bis dahin vergehen Monate!«

»Damit ist leider zu rechnen, ja.«

Ben hörte kein Bedauern in diesen Worten. »Mr. Reynolds, bitte denken Sie dabei an das Wohl von Christina McCall, Ihrer Rechtsassistentin. Bei dieser Sache geht es für sie vielleicht um Leben und Tod.«

»Sie können mich nicht umstimmen, Mr. Kincaid«, sagte Reynolds.

»Ich kann verlangen, daß die Unterlagen als Beweismittel vor Gericht zugelassen werden.«

»Es steht Ihnen frei, einen entsprechenden Antrag zu stellen. Aber ob ihm stattgegeben wird ... Sie müssen den Richter davon überzeugen, daß die Geschäftspapiere eine wichtige Rolle für Ihren Fall spielen, und das dürfte sehr schwer werden.«

Ja, überlegte Ben. Insbesondere bei Derek.

»Etwas anderes kommt hinzu«, fuhr Reynolds fort. »Ein derartiger Antrag führt zu einem Konflikt zwischen dem Bundesrichter einerseits und dem Richter des Nachlaßgerichts andererseits. Solche Kontroversen sind immer sehr kompliziert und langwierig.«

Botschaft empfangen, du Mistkerl. Ich soll auf diese Möglichkeit verzichten, weil sie zuviel Zeit kostet.

Die Staatsanwaltschaft hatte Klage erhoben, und es war bereits ein Zeitpunkt für die Vorverhandlung festgesetzt. Nach dem Speedy Trial Act – spezielle Gesetze, die für schnelle Prozesse sorgen sollten – hatte der Countdown für Christinas Verfahren begonnen. Wenn Reynolds auf stur schaltete und sich weigerte, Ben Einblick in die Geschäftsunterlagen zu gewähren, so konnte er mit diversen rechtlichen Tricks immer wieder für Verzögerungen sorgen. Und dadurch bekam Moltke mehr als genug Zeit, um Christina vor Gericht zu bringen. Mit anderen Worten: während Reynolds eine juristische Hürde nach der anderen vor Ben auftürmte, fand Christians Prozeß statt, pünktlich zur vorgesehenen Zeit.

Ob die Verteidigung bereit war oder nicht.

Christina saß in ihrem Büro und starrte an die Wand. Während ihrer Abwesenheit hatten sich die Kartons vervielfacht – sie wußte nicht, ob spontane Entstehung oder so etwas wie Inzucht dahintersteckte. Eins stand fest: Inzwischen ragten sie an allen vier Wänden empor, und dadurch konnte sich die junge Frau nicht einmal mehr der Illusion hingeben, daß es hier ein Fenster gab. Sie hatte diese klaustrophobische Umgebung nie sehr gemocht, doch jetzt fühlte sie sich dadurch an eine ganz bestimmte, fünf oder sechs Quadratmeter große Zelle erinnert, die sie nie wiedersehen wollte.

Ein zaghaftes Klopfen unterbrach sie bei ihren Grübeleien. Alf Robins stand in der Tür. »Was liegt an, Alf? Möchten Sie herausfinden, ob mich der Knast irgendwie verändert hat?«

Widerstrebend trat er ein. »Ich, äh ... muß etwas mit Ihnen besprechen.«

»He, nicht so schüchtern. Ich beiße nicht. Setzen Sie sich.«

Alf nahm auf der anderen Seite des Schreibtischs Platz. Er gehörte zu den fünf Anwälten der Kanzlei, für die Christina arbeitete. Er war mit Abstand der jüngste von ihnen, hatte sein Jurastudium erst im vergangenen Mai beendet. »Man hat mich gebeten, eine, äh, Nachricht zu überbringen.«

»Ach?«

Der junge Mann gestikulierte nervös. »Was ist los, Alfie? Wollen Sie darauf hinweisen, daß ich für die Zeit im Gefängnis nicht bezahlt werde? Ist nicht weiter schlimm. Und eigentlich halte ich es sogar für fair. Arbeitsunfähigkeit durch Krankheit – in Ordnung. Aber Untersuchungshaft?«

»Ich fürchte, es ... geht nicht nur darum«, sagte Alf. Er begann zu stottern und schien sich an einen anderen Ort zu wünschen. »Die Kanzlei hat ... beschlossen, in Zukunft auf Ihre Dienste zu verzichten.«

Christina starrte ihn groß an. »*Was*? Soll das ein Witz sein?«

»Bei einer so ernsten Angelegenheit würde ich mir keinen Scherz erlauben.«

»Aber warum? Ich habe immer gute Arbeit geleistet und viel Erfahrung als Rechtsassistentin. Unsere Klienten haben immer großen Wert darauf gelegt, daß ich zur Prozeßgruppe gehöre.«

»Ich weiß.« Alf senkte den Kopf. »Ich weiß.«

»Warum wirft man mich dann raus?«

»Vermutlich befürchtet man schlechte Publicity, wenn ...« Der junge Mann blickte zu Boden. »... wenn auch weiterhin jemand beschäftigt wird, der unter Mordverdacht steht.«

Christina sprang auf. »Ich bin unschuldig!«

Alf streckte wie abwehrend die Arme aus. »Da bin ich sicher. Ich meine, ich weiß es ...«

Christina stieß seine Hände beiseite. »Hören Sie auf zu winseln, Alf. Sie haben nichts von mir zu befürchten.« Sie öffnete die Augen ganz weit und krümmte die Finger wie Klauen. »Wir Mörderinnen schlagen nur des Nachts zu, bei Vollmond.«

»Es war nicht meine Idee«, stieß Alf hervor. »Das Direktorium traf die Entscheidung.«

»Sie stehen erst auf der untersten Sprosse der hiesigen Karriereleiter. Und deshalb bekamen Sie den Auftrag, mir die schlechte Nachricht zu bringen. Wie feige von den anderen.«

»Glauben Sie mir, Christina – ich wollte es nicht.«

»Ja, ja, ja. Aber Sie möchten auch nicht Ihren Job verlieren, oder? Wer gab die Anweisung? Reynolds?«

Alf räusperte sich. »Darüber ... sollte ich wohl besser keine Auskunft geben.«

»Aha, wie ich's mir dachte. Reynolds.« Die junge Frau schritt zur Tür. »Ich gehe nicht, ohne ihm vorher gehörig die Meinung gesagt zu haben!«

»Warten Sie!«

Aber Christina war bereits im Flur. Als sie Reynolds' Büro erreichte, öffnete sich dort die Tür.

»Ben!« entfuhr es ihr verblüfft. »Was führt dich denn hierher?«

»Dieser Herr und ich haben ein wenig miteinander geplaudert«, erwiderte Benjamin knapp.

»Tatsächlich?« Christina bedachte ihren Chef mit einem finsteren Blick. »Nun, wir sollten uns ebenfalls unterhalten, Sie miese Memme.«

Reynolds tastete nach seinem Kragen. »Ich schlage vor, Sie, äh, reden mit Mr. Robins.«

»Ich vergeude nicht meine Zeit mit Ihren Lakaien, Reynolds. Ich wende mich direkt ans Oberschwein.«

»Worum geht's?« fragte Ben neugierig.

»Dieser elende Mistkerl hat mich rausgeschmissen! Ist das zu fassen?«

Ben musterte Christinas Chef. »Stimmt das?«

Voller Unbehagen verlagerte Reynolds das Gewicht vom einen Bein aufs andere. »Angesichts der ... allgemeinen Wirtschaftslage sind ... Sparmaßnahmen erforderlich.«

»Von wegen«, warf Christina ein. »Er setzt mich vor die Tür, weil er schlechte Publicity vermeiden will. Damit verurteilt er mich noch vor dem Prozeß!«

»Die Kanzlei wird Ihnen natürlich eine Abfindung zukommen lassen. Ein halbes Monatsgehalt ...«

»Ich sollte Ihnen den Kopf von den Schultern reißen!« ereiferte sich Christina. »Ich bin die beste Rechtsassistentin, die Sie je hatten!«

Reynolds sah durch den Flur. Schaulustige fanden sich ein. »Wenn wir in mein Büro gehen könnten ...«

»Eher sterbe ich, Sie Miesling«, erwiderte Christina. »Wie bringen Sie es eigentlich fertig, sich selbst zu ertragen?«

Ben berührte Christina am Arm. »Beruhig dich.«

»Warum? Ich bin bis jetzt noch nie entlassen worden! Und dieser Idiot schafft nun einen Schandfleck in meiner beruflichen Laufbahn!«

Ben trat zwischen Christina und ihren Chef. »Mr. Reynolds, ich möchte Sie von Anwalt zu Anwalt bitten, Ihre Entscheidung noch einmal zu überdenken. Der Staatsanwalt würde Ms. McCalls Entlassung bestimmt gegen uns nutzen. Er könnte die Geschworenen darauf hinweisen, daß sie arbeitslos und ohne Halt ist, daß sie selbst von jenen Leuten, die sie gut kennen, für schuldig gehalten wird.«

»Die Entscheidung habe nicht ich allein getroffen. Das Direktorium beschloß die Kündigung.«

»Sie könnten Christina wieder einstellen, als Aushilfe auf Vertragsbasis. Immerhin: In gewisser Weise ist die derzeitige Situation eine Folge ihrer Tätigkeit für diese Kanzlei.«

»Genau darin besteht das Problem«, sagte Reynolds. »Man legt Ms. McCall die Ermordung eines Klienten zur Last, dem unsere Kanzlei sehr verpflichtet war. Nun, den Mitgliedern des Direktoriums ist die Entscheidung nicht leicht gefallen, aber sie haben sie gefällt.«

»Die Mitglieder des Direktoriums sind Marionetten, die nach Ihrer Pfeife tanzen«, sagte Christina.

Reynolds versteifte sich. »Ich muß Sie beide bitten, diese Räumlichkeiten zu verlassen.«

Christina griff nach seinem Jackenaufschlag. »Erst erklären Sie mir, wieso ...«

»Wenn Sie nicht gehen, rufe ich die Polizei«, fuhr Reynolds fort. »Möchten Sie auch wegen Hausfriedensbruch und Körperverletzung angeklagt werden?«

»Komm, Christina«, sagte Ben mit etwas mehr Nachdruck. »Bring dich nicht noch mehr in Schwierigkeiten. Laß uns gehen.«

»Na schön.« Mit langen Schritten marschierte sie durchs Vorzimmer. »Vergessen Sie bloß nicht, mir den Scheck nach Hause zu schikken!« rief sie Reynolds zu. »Sonst kehre ich zurück und hole mir einen Ihrer Stühle aus der Zeit Ludwigs des Vierzehnten!«

Zum Glück widerstand sie der Versuchung, auf dem Weg nach draußen eine kostbare Antiquität umzustoßen.

Als Ben und Christina gegangen waren, drückte Reynolds eine Taste der Wechselsprechanlage.

»Marjorie?«

»Ja, Mr. Reynolds?«

»Können Sie was aus dem Lager holen, ohne daß eins dieser blöden Anforderungsformulare ausgefüllt werden muß?«

»Nun …« Sie überlegte kurz. »Ich kann's zumindest versuchen.«

»Ich wäre Ihnen sehr dankbar. Ich möchte keine schriftlichen Hinweise hinterlassen, wenn's sich irgendwie vermeiden läßt. Es bestünde die Gefahr, daß solche Unterlagen in die falschen Hände geraten.«

»Wahrscheinlich kriege ich es irgendwie hin«, sagte Marjorie fröhlich. »Die Jungs im Lager sind bestimmt bereit, einer schwangeren Frau gefällig zu sein. Was benötigen Sie?«

»Einen Reißwolf«, sagte Reynolds. Er betonte jede einzelne Silbe. »Einen großen und besonders leistungsfähigen.«

## 17

Ben und Christina näherten sich einer kleinen Bude im Eingangsbereich des Zoos von Tulsa. Ein Schild wies darauf hin, daß sie der ›Gesellschaft zum Schutz nichtmenschlichen Lebens‹ gehörte.

»Kann ich Ihnen helfen?« fragte die Frau am Tresen.

»Wir sind gekommen, um mit Clayton Langdell zu sprechen«, sagte Ben. »Wir haben einen Termin mit ihm vereinbart.«

»Er ist gerade im Vogelhaus. Darf ich Ihnen Aufkleber anbieten?«

Zwei verschiedene standen zur Auswahl. Einer präsentierte folgende Worte: RETTEN SIE EINE MÖWE – WERFEN SIE DIE ABZUGSRINGE VON SECHSERPACKUNGEN NICHT WEG. Auf dem zweiten hieß es: EIN NERZ IST OHNE HERZ. Das Bild zeigte ein blutiges Tier, um den Hals einer Frau geschlungen.

Ben nahm eine Broschüre und las darin.

> 1980 trug das Raumschiff Erde 4,4 Milliarden Menschen, und 1990 waren es schon 5,2 Milliarden. An jedem Tag stößt der Mensch weiter in Regenwälder, Ozeane, Polargebiete und Prärien vor, wo es einst nur Pflanzen und Tiere gab.

Hab' schon verstanden, dachte Ben und blätterte zur letzten Seite.

Die Geschwindigkeit des Aussterbens nimmt exponentiell zu. Derzeit verliert das Raumschiff Erde etwa drei Spezies pro Tag, und gegen Ende 1995 sind es vielleicht schon drei Arten pro Stunde. Es besteht die Gefahr, daß wir bis zum Jahr 2000 zwanzig Prozent aller auf diesem Planeten lebenden Gattungen verlieren.

»Haben Sie auch leichtere Lektüre?« fragte Ben.

»Ich weiß überhaupt nicht, was Sie meinen«, erwiderte die Frau.

»Das überrascht mich kaum.« Ben legte die Broschüre auf den Tresen zurück.

»Die kosten nichts. Nehmen Sie so viele, wie Sie wollen.«

»Nein, danke. Es genügt, wenn Sir mir den Weg zum Vogelhaus zeigen.«

Es erwies sich als ein großes Gebäude mit gläsernen Wänden. Im Innern befand sich eine nachgebildete Waldlandschaft mit Bäumen, Büschen und Sträuchern. Als Zweige und Äste getarnte Holzstangen boten den Vögel Gelegenheit, zu landen und auszuruhen. Gefiederte Geschöpfe aller Farben und Arten flatterten umher, schlugen mit bunten Flügeln, segelten und kreisten.

Ben und Christina traten ein. »Hast du jemals den Hitchcock-Film gesehen?« fragte sie.

»Welchen meinst du?«

»Na, *Die Vögel* natürlich.« Christina sah sich voller Unbehagen um. »Hier ist mir unheimlich zumute.«

»So ein Unsinn. Wir sind in einem Zoo. Was könnte harmloser sein?« Ben sah einen kleinen, pummeligen Mann mit einem Vogel auf jeder Schulter. »Das muß Langdell sein.«

»Rede du mit ihm«, schlug Christina vor. »Vielleicht ist er gehemmt, wenn ich in der Nähe bin. Ich bleibe hier und versuche, nicht wie Aas zu wirken.«

Ben trat dem Mann mit den Vögeln entgegen, streckte die Hand aus und stellte sich vor. »Danke, daß Sie sich Zeit für mich nehmen.«

»Schon gut.« Langdell hatte etwas unnatürlich wirkendes orangefarbenes Haar und einen dicken, gesprenkelten Zinken. »Ihr Sekretär deutete an, daß Sie wichtige Informationen hinsichtlich Tierquälerei und dergleichen haben.«

Großartig, dachte Ben. Dadurch ergab sich ein toller Anfang. »Nun, vielleicht hätte er sich etwas klarer ausdrücken sollen.«

»Sind Sie nicht hier, um über Tierquälerei mit mir zu reden?«

»In gewisser Weise schon. Allerdings ... In diesem Fall geht es um ein menschliches Tier, und es heißt Tony Lombardi.«

Langdell schien sich plötzlich nur noch wie in Zeitlupe zu bewegen. Er zuckte andeutungsweise mit den Achseln, und die beiden Vögel flogen fort.

»Ich repräsentiere jene Frau, der man vorwirft, ihn ermordet zu haben«, fügte Ben hinzu.

In Langdells Augen glühte es. »An ihrer Schuld besteht kein Zweifel, oder?«

»An ihrer Schuld besteht sogar eine Menge Zweifel. Ich bin davon überzeugt, daß sie Tony Lombardi nicht umgebracht hat. Und ich versuche, den wahren Mörder zu finden.«

»Na schön. Was möchten Sie wissen?«

»Warum sind Sie an jenem Abend bei Lombardi gewesen, als er ermordet wurde?«

Zu Bens großer Erleichterung versuchte Langdell nicht, es zu leugnen. »Ich wollte mit ihm reden.«

»Warum?«

»Monatelang habe ich ihm Briefe geschrieben und mich auch bemüht, telefonisch Kontakt aufzunehmen. Ohne jemals eine Antwort zu bekommen. Deshalb beschloß ich, eine direkte Konfrontation herbeizuführen.«

»Und um was ging es Ihnen dabei?«

»Um den verabscheuungswürdigen Handel mit Papageien.«

»Verabscheuungswürdig? Weil Lombardi den Papageienhandel als Tarnung für seine Drogengeschäfte verwendete?«

»Tatsächlich? Davon wußte ich nichts – obwohl es mich kaum überrascht. Nein, ich wollte nur, daß er endlich mit der Tierquälerei aufhörte.«

»Hat Lombardi die von ihm importierten Papageien gequält?«

»Der Papageienimport für sich allein ist schon grausam und sollte verboten werden. Wissen Sie, wie man die Vögel fängt? Lombardis Männer und auch die übrigen Papageienfänger benutzen jede nur erdenkliche Methode. Schneller Erfolg steht dabei immer an erster Stelle. Und so etwas wie Rücksichtnahme kennen sie nicht. Sie dringen in den südamerikanischen Lebensraum der Tiere vor und fällen Bäume, um leichter an die Nester heranzukommen. Oder sie benutzen Beinschlingen, was dazu führen kann, daß die Papageien stundenlang hilflos im Gebüsch hängen. Oder sie entzünden ein stark qualmendes

Schwefelfeuer: Dadurch fallen die Vögel bewußtlos von den Bäumen und können wie reife Früchte aufgesammelt werden.

Manchmal schießt man auch auf Papageien und durchlöchert ihre Flügel, damit sie nicht mehr fliegen und leichter gefangen werden können. Allerdings: Dazu muß man sehr sorgfältig zielen, und nicht immer wird das Ziel getroffen. Es werden mehr Vögel getötet als auf diese Weise verletzt.« Langdell preßte kurz die Lippen zusammen. »Einige arme Papageien bekommen nie die Chance, frei zu fliegen. Leute wie Lombardi sorgen dafür, daß ihr Leben in Gefangenschaft beginnt und dort endet.«

»Auch ich mag Tiere«, sagte Ben. »Aber deshalb bin ich nicht gekommen.«

Langdell musterte ihn mit grimmigem Ernst. »In jedem Jahr werden weltweit dreißig Millionen Vögel gefangen, um in Käfige gesteckt und verkauft zu werden, Kincaid.«

Das verblüffte Ben. »Dreißig *Millionen*?«

»Ja.«

»Es gibt doch bestimmt irgendwelche Beschränkungen. Beim Zoll oder so.«

»Einige wenige Mitarbeiter des Landwirtschaftsministeriums sind damit beauftragt, Routineuntersuchungen vorzunehmen. Anschließend folgt eine Quarantäne von dreißig Tagen. Aber solche Maßnahmen sind im großen und ganzen sinnlos – auch deshalb, weil die meisten Vögel als Schmuggelware in unser Land kommen.«

»Sie werden geschmuggelt?«

»Ja. Etwa zweihundertfünfzigtausend Papageien und andere exotische Vögel werden jedes Jahr in die Vereinigten Staaten geschmuggelt – oft zusammen mit Drogen –, um an Tiergeschäfte und private Händler verkauft zu werden.«

»Wie schmuggelt man die Vögel?«

»Nun, auch da gibt es unzählige Möglichkeiten. Man versteckt sie im Futter von Mänteln oder im doppelten Boden von Koffern. Man stopft sie in Röhren oder ausgehöhlte Maschinenteile und dergleichen. Manchmal bringt man Hunderte von Vögeln in Kisten unter, die höchstens zwei Dutzend Exemplaren genug Platz bieten. Tagelang bleiben sie ohne Wasser und Nahrung. Um die Schnäbel wickelt man Klebeband. Weil der Schnabel eines zornigen Papageis eine ziemlich gefährliche Waffe sein kann.«

»Kein Wunder, daß solche Papageien zornig sind.«

»Und das ist noch nicht alles. Die Sterblichkeitsrate bei geschmuggelten Vögeln beträgt zwischen fünfzig und fünfundsiebzig Prozent.«

Ben hatte das Gefühl, sich setzen zu müssen. »Unglaublich.«

»Aber leider ist es wahr. Von den dreißig Millionen Vögeln, die pro Jahr gefangen werden, überleben nur siebeneinhalb Millionen den Import. Und davon sind neunzig Prozent nach zwei Jahren tot.«

»Das scheint nicht besonders ... effizient zu sein.«

»Wußten Sie, daß einige neuere Untersuchungen auf Intelligenz bei Papageien hindeuten?«

Nein, das hatte Ben nicht gewußt.

»An der Universität Purdue durchgeführte Forschungen weisen darauf hin, daß Papageien bis zu einem gewissen Maß den Bedeutungsinhalt der Wörter verstehen können, die man ihnen beibringt. Sie scheinen in der Lage zu sein, aus dem beobachteten Geschehen in ihrer Nähe Schlüsse zu ziehen. Und noch etwas: Wenn sich Papageien paaren, so bleiben sie für den Rest ihres Lebens zusammen. Deshalb bedeutet der Verlust des Partners viel Leid für sie.«

»Erstaunlich. Kann man mit dem Schmuggel von Papageien viel Geld verdienen?«

»Und ob. Je seltener der Vogel, desto höher der Preis. Für manche Exemplare zahlt man bis zu hunderttausend Dollar.«

Ben pfiff leise. »Wieviel bringt ein *Amazona imperialis*?«

Langdell lächelte bitter. »Sie sind bei Quinn Reynolds gewesen.«

»Ja. Er hat einen hübschen Vogel.«

»Eine gräßliche Situation. Quinn Reynolds ist eine ethische Müllkippe.«

»Sie halten nichts davon, daß er einen Papagei hat?«

»Natürlich nicht. Er zwingt das arme Tier, jede Sekunde seines Lebens in einem Käfig zu verbringen. Es darf nie fliegen. Wenn man einen so großen Vogel in Gefangenschaft hält, so ist man moralisch verpflichtet, ihn in einem Vogelhaus unterzubringen.«

»Wäre das nicht ziemlich teuer?«

»Reynolds kann es sich leisten. Und wenn nicht ... Er hat jederzeit die Möglichkeit, den Papagei hierherzuschicken. Der Zoo von Tulsa kümmert sich mit großem Engagement um alle seine Tiere. Ja, der Vogel sollte sich hier befinden – wenn er schon in Gefangenschaft leben muß.«

»Glauben Sie, es wäre besser, ihn freizulassen?«

»Man müßte ihn zumindest von Reynolds befreien. Dem Mistkerl ist das Tier völlig gleich. Papageien brauchen Zuwendung und Pflege – Fremdwörter für Reynolds. Sein Vogel bekommt jeden Tag die gleiche Nahrung – ölhaltige Körner –, und abgesehen davon ignoriert man ihn. Bei meinem letzten Aufenthalt in Reynolds' Büro hatte das arme Ding damit begonnen, sich die Federn auszurupfen.«

»Sich die Federn auszurupfen?« wiederholte Ben.

»Klingt schrecklich, nicht wahr? Dabei handelt es sich um ein anomales Verhalten, hervorgerufen von einseitiger Ernährung, Mangel an Gesellschaft und der Unmöglichkeit des Waschens. In den Tropen waschen sich Papageien im häufigen Regen. Doch in Reynolds winzigem Käfig regnet es nie. Deshalb beginnt der Vogel damit, sich die Federn auszureißen – er versucht, sich zu reinigen. Manchmal beißen sie sich sogar die Zehen ab. Wenn sich die Umstände nicht ändern, fährt der betreffende Papagei damit fort, sich selbst zu verstümmeln. Bis alle Federn ausgerupft sind. Und dann stirbt er.«

Empörung quoll in Ben empor. »Gibt es keine Gesetze, die den Handel mit seltenen Vögeln reglementieren?«

»Oh, die gibt es. Der *Amazona imperialis* ist eine vom Aussterben bedrohte Spezies. Vielleicht existieren überhaupt keine in Freiheit lebenden Exemplare mehr.«

»Können Sie Reynolds nicht anzeigen?«

»Er behauptet, alles sei völlig legal. Darin besteht das Problem mit Anwälten. Es gelingt ihnen immer, sich irgendwie herauszureden. Die 1973 verabschiedete Konvention zum Schutz bedrohter Arten verbietet den Handel mit Tieren, die vom Aussterben bedroht sind. Und dazu gehört auch *Amazona imperialis*. Aber Reynolds weist darauf hin, daß er nicht mit Papageien handelt und die Konvention keineswegs den *Besitz* entsprechender Tiere für illegal erklärt. Lombardi bezeichnete den Vogel als Geschenk. Ziemlich teures Geschenk, wenn Sie mich fragen.«

»Wenn der Vogel so umstritten ist ... Wieso wollte ihn Reynolds dann im Büro?«

»Eine reine Ego-Sache. Der Stolz des Sammlers, der mit etwas Einzigartigem angeben kann.«

Ein Schrei hallte durchs Vogelhaus. Ben drehte sich ruckartig zu Christina um.

»Ich werde angegriffen!« kreischte sie.

Ben lief los, und Langdell folgte ihm. Ein großer Vogel hockte auf Christinas Kopf und zupfte an ihren langen roten Haaren.

»Wie im Film!« heulte die junge Frau. »Was ist das für ein Monstrum? Ein Geier?«

»Ein Bussard«, sagte Langdell und lächelte. »Er greift Sie nicht etwa an, sondern versucht, ein Nest zu bauen. Ganz offensichtlich hält er Ihr Haar für gutes Nestbaumaterial.«

»Und wenn er versucht, das Universum zu retten – es ist mir völlig gleich«, brachte Christina hervor. »Er soll mich in Ruhe lassen.«

Langdell griff nach einem Stock und schob ihn vorsichtig in den Schnabel des Bussards. Der Vogel verlor das Interesse am Haar und flog fort.

»Danke.« Christina seufzte. »Ich glaube, Sie haben mir gerade das Leben gerettet.«

»Das bezweifle ich«, erwiderte Langdell. »Aber vermutlich habe ich verhindert, daß Sie das eine oder andere Haar verlieren. Nun, Mr. Kincaid, möchten Sie mich sonst noch etwas fragen?«

»Ja. Was geschah an jenem Abend, als Sie Lombardi besuchten?«

»Nichts. Der Wächter ließ mich hinein. Ich klopfte an die Tür, aber es öffnete niemand. Nach einigen Minuten ging ich. Am nächsten Morgen las ich in der *World* von Lombardis Ermordung.« Langdell zögerte. »Mein Gott … Glauben Sie, er war bereits tot, als ich ihn besuchen wollte? Oder …« Er schluckte. »Wäre es möglich, daß sich der Mörder noch im Apartment befand?«

»Ich weiß es nicht.« Ben musterte den kleineren Mann. »Sie wollten Lombardis Handel mit Papageien beenden, nicht wahr?«

»Oh, einen Augenblick. Ich trete für die Rechte anderer lebender Geschöpfe ein. Wenn Sie daraus das Motiv für einen Mord machen wollen …«

»Ich frage nur, weil ich alle Möglichkeiten berücksichtigen muß.«

»Es stimmt – ich wollte Lombardis Papageienhandel beenden«, sagte Langdell vorsichtig. »Aber es lag mir fern, ihn umzubringen. Ich wußte, daß sein Tod überhaupt nichts bewirken würde. Er hatte einen Assistenten, der bei allen Dingen mit ihm zusammenarbeitete und jetzt sicher seine Nachfolge antritt. Nein, von meiner Warte aus wäre es völlig sinnlos gewesen, Lombardi umzubringen. Ich erreiche weitaus mehr, wenn ich den bewährten Pfad politischer Aktivität beschreite.«

»Ich schätze, diese Auskünfte genügen mir zunächst«, sagte Ben. »Vielleicht wende ich mich später noch einmal an Sie – falls mir weitere Fragen einfallen.«

»Ich habe noch viel mehr Informationen über Papageien.« Langdell griff in die Manteltasche. »Hier, nehmen Sie einige Broschüren.«

»Nein, danke. Ich ...« Auf dem Titelbild sah Ben das Foto eines wundervollen *Amazona imperialis* mit prächtigen grünen Flügeln und großen, orangefarbenen Augen. Langdell hatte recht: Diese Vögel sahen tatsächlich intelligent aus.

»Na schön«, murmelte er, nahm einige Broschüren und verließ das Vogelhaus.

## 18

Hinsichtlich seiner grundlegenden Fertigkeiten als Sekretär zeichnete sich Jones durch weitgehende Inkompetenz aus, aber gelegentlich brachte er es trotzdem fertig, seinen Boß zu beeindrucken.

»Wie gelang es Ihnen, für mich einen Termin bei Albert DeCarlo zu vereinbaren?« fragte Ben.

Jones lächelte. »Ich habe ihm ein Angebot unterbreitet, das er nicht ablehnen konnte.«

Ben gestand es sich offen ein: Er war nervös, als er das Verwaltungsgebäude von Intercontinental Imports betrat. Nichts deutete darauf hin, daß es sich um die Tarnfirma einer kriminellen Organisation handelte: Alles wirkte elegant und sehr professionell. Ben fühlte sich an seine Zeit bei Sanguine Enterprises erinnert – damals wäre er fast zum Hausanwalt geworden. Doch während er noch versuchte, eine Entscheidung zu treffen, warf man mehreren Topmanagern der Firma Betrug und Unterschlagung vor. Kurze Zeit später ging das Unternehmen in Konkurs. Das erklärte vielleicht, warum es Ben noch immer an Klienten aus der Industrie mangelte.

Er stellte sich einer sehr attraktiven Empfangsdame vor, die ihn bat, die höchste Etage des Gebäudes aufzusuchen, den zwanzigsten Stock. Ben bemerkte die allgegenwärtigen Überwachungskameras: in der Eingangshalle, im Lift, in den Fluren. Er fragte sich, ob auch Mikrofone installiert waren. Das hielt er durchaus für möglich.

Im zwanzigsten Stock begegnete er einer Frau, die sich als DeCarlos persönliche Sekretärin zu erkennen gab.

»Ich bin Ben ...«

»Ich weiß, wer Sie sind«, wurde er unterbrochen. »Bitte gehen Sie hinein. Mr. DeCarlo ist gerade eingetroffen.«

Die Frau betätigte eine Taste, daraufhin schwang die vertäfelte Doppeltür auf. Nicht übel.

Ben betrat das Büro und sah ein geradezu riesiges Erkerfenster – die ganze Rückwand des großen Zimmers schien aus Glas zu bestehen. Regale zogen sich an den übrigen Wänden entlang, und daran ruhten Bücher in vielen verschiedenen Größen. Die Einrichtung war eher schlicht und in erster Linie auf Nützlichkeit ausgerichtet. Mit einer Ausnahme: Der große, aus Eichenholz bestehende Schreibtisch in der Mitte des Raums wirkte sehr eindrucksvoll.

DeCarlo stand dahinter und streckte die Hand aus. »Ich bin Albert DeCarlo«, sagte er. »Trey für meine Freunde. Bitte nennen Sie mich ebenfalls so.«

Fast wie in Trance ergriff Ben die dargebotene Hand. Er hatte sich DeCarlo ganz anders vorgestellt. Zunächst einmal: Der hochgewachsene, schlanke Mann ihm gegenüber war *jung* und konnte nur wenige Jahre älter sein als er selbst. Pechschwarzes Haar bildete einen Pferdeschwanz, und die Aufmachung kam einer Visitenkarte gleich: dunkle Sonnenbrille, dunkler Schal, weißer Mantel.

Er streifte Schal und Mantel ab. »Bitte setzen Sie sich, Mr. Kincaid.«

Ben nahm Platz, und DeCarlo kehrte hinter den Schreibtisch zurück. Erst jetzt fiel dem Anwalt auf, daß sich noch drei andere Personen im Zimmer befanden. Zwei von ihnen standen rechts und links vom Schreibtisch: dunkelhaarige Männer mit finsteren Mienen und verdächtig ausgebeulten Jacken.

»Das sind meine Vizepräsidenten«, sagte DeCarlo. »Johnny und Antonio. Für die Sicherheit verantwortlich.«

Was mich kaum überrascht, dachte Ben. In einer Ecke des Zimmers wartete ein auffallend großer Mann mit langem blonden Haar. »Noch ein Vizepräsident?«

»Nein«, erwiderte DeCarlo. »Das ist Vinny, meine rechte Hand. Er sorgt dafür, daß alles glatt läuft.«

»Zweifellos.« Ben musterte Vinny. »Kurz nach Christinas Haftentlassung hatte ich eine Auseinandersetzung mit einem großen Blonden. Verschwand mit einem Motorrad.«

»Tatsächlich?« entgegnete DeCarlo. »Vinny hat bestimmt nichts damit zu tun.«

»Der Bursche trug einen schwarzen Sturzhelm«, sagte Ben. »Deshalb bin ich nicht sicher. Wie dem auch sei: Es ist ein komischer Zufall, nicht wahr?«

DeCarlo wölbte eine Braue. »Meinen Sie den Umstand, daß zwei Männer in Tulsa blondes Haar haben? Das finde ich alles andere als erstaunlich. Außerdem können Sie mir kaum vorwerfen, daß ich mich mit freundlichen Gesichtern umgebe. Mehrmals kam es zu einigen unverständlichen Drohungen, die sich sowohl gegen die Firma als auch gegen meine Person richteten. Ob es mir gefällt oder nicht: Die Situation erfordert Sicherheitsmaßnahmen.«

Er faltete die Hände auf dem Schreibtisch. »Nun, Sie sind aus einem bestimmten Grund hier. Ihr Sekretär deutete an, daß Sie mir einen geschäftlichen Vorschlag unterbreiten wollen. Etwas, das Intercontinental Imports ›auf den Kopf‹ stellt, wie er sich ausdrückte.«

Ben nahm sich vor, nach seiner Rückkehr ein ernstes Wort mit Jones zu reden. »Das stimmt vielleicht nicht ganz, Mr. DeCarlo.«

»Trey. Nennen Sie mich Trey.« Er lachte leise. »Mal sehen, ob ich Ihnen helfen kann, Ben.« Er sah auf ein Blatt Papier. »Sie sind Rechtsanwalt und haben an der Universität von Oklahoma Jura studiert. Die Adresse Ihres Büros lautet North Abilene Drive Nummer 462. Sie wohnen in der North Eleventh Street, Nummer 2080, im ersten Stock. Das Gebäude gehört einer Witwe namens Harriet Marmelstein. Ihre Mutter lebt in Nichols Hills, und außerdem haben Sie eine Schwester in Edmond.« DeCarlo sah auf. »Ist das soweit richtig?«

Ben nickte langsam.

»Sie fahren einen Honda Accord, Modell 1982, Kennzeichen XAU-208. Das Auto befindet sich nicht in einem sehr guten Zustand. Der Motor springt nur schwer an. Sie haben einen Sekretär namens Jones. Das ist ein wenig exzentrisch, aber es steht uns nicht zu, darüber zu urteilen. Im vergangenen Jahr flogen Sie bei Raven, Tucker & Tubb raus, unter recht ungewöhnlichen Umständen. Ihre Solopraxis floriert nicht gerade.«

»Ich habe verstanden«, sagte Ben. »Sie brauchen die Show nicht fortzusetzen.«

»Ich fürchte, Sie haben *nicht* verstanden. Ich möchte die Dinge nur ein wenig beschleunigen. Derzeit vertreten Sie Christina McCall, der man vorwirft, meinen Geschäftspartner und Freund Tony Lombardi erschossen zu haben. Ich nehme an, *deshalb* sind Sie hier.«

»Ja.«

»Ihnen dürfte klar sein, daß ich bereits mit dem FBI gesprochen habe.«

»Leider ist das FBI derzeit nicht bereit, seine Informationen mit mir zu teilen.«

»Sie haben mein volles Mitgefühl. Auch ich bin dann und wann bei den Gesetzeshütern auf wenig Hilfsbereitschaft gestoßen.« DeCarlo preßte die Fingerspitzen aneinander. »Na schön, Mr. Kincaid – was möchten Sie wissen?«

Es hatte keinen Sinn, um den heißen Brei zu reden, begriff Ben. Der andere Mann hielt alle Trümpfe in der Hand. »Warum haben Sie an jenem Abend, als das Verbrechen verübt wurde, Lombardis Wohnung aufgesucht?«

DeCarlo erwiderte Bens Blick in aller Ruhe. »Ich bin nicht dort gewesen.«

»Mr. DeCarlo ...« Ben sah, wie sein Gegenüber den Mund öffnete. »*Trey*«, sagte er rasch, um einer Unterbrechung zuvorzukommen. »Vom Wächter im Apartmenthaus weiß ich, daß er Ihnen am fraglichen Abend Einlaß gewährte. Er trug Sie auch in die Besucherliste ein.«

»Spud ist ein netter alter Knabe. Leider neigt er dazu, im Dienst zu trinken, und zwar eine ganze Menge. Ich wäre kaum überrascht, wenn er *rosarote* Albert DeCarlos gesehen hat.«

»Bei unserem Gespräch schien Spud absolut sicher zu sein.«

»Trotzdem irrt er sich, Ben. Ich bin des öfteren bei Tony gewesen. Vielleicht verwechselt er den Abend mit einem anderen.«

»Das glaube ich kaum.«

»Es gibt Zeugen, die bestätigen können, daß ich den ganzen Abend – und auch den größten Teil der Nacht – bei ihnen verbracht habe.«

»Tatsächlich? Wie viele?«

DeCarlo lächelte. »Wie viele wollen Sie?«

Ben dachte gründlich nach. Den Versuch, DeCarlo unter Druck zu setzen, hielt er für sinnlos. Besser war's, sich in Geduld zu fassen. Vielleicht bekam er dadurch Gelegenheit, mehr über die Hintergründe zu erfahren.

»Nun gut. Sie haben eben erwähnt, Lombardi des öfteren besucht zu haben. Warum?«

DeCarlo sah Ben so an, als ging es darum, einem Kleinkind höhere Mathematik zu erklären. »Tony und ich waren Geschäftspartner.«

»Bei der Sache mit den Papageien?«

»Ja. Tony importierte die Vögel. Anschließend kümmerte sich Intercontinental Imports um den Vertrieb.«

»Ist es nicht seltsam, daß Sie sich ausgerechnet an einem solchen Geschäft beteiligen?«

»Ganz und gar nicht. Man kann viel Geld damit verdienen.«

»Ich habe mit Mr. Langdell über den Handel mit Papageien gesprochen, und er ...«

»Ich kenne Mr. Langdell«, warf DeCarlo ein. »Im letzten Jahr habe ich seinem Verein zehntausend Dollar gespendet.«

Ben war einige Sekunden lang sprachlos. »Ich bin ... überrascht.«

»Wundert es Sie, daß er Geld von jemandem nimmt, der im Verdacht steht, ein Gangster zu sein? Nun, die Spenden werden von Intercontinental Imports überwiesen, und vielleicht weiß Langdell nicht, wem die Firma gehört. Oder er will es nicht wissen, was mir wahrscheinlicher erscheint.«

»Ich habe gehört, daß der Papageienhandel auch zur Tarnung von Drogengeschäften dient.«

Die letzten Reste von Freundlichkeit verschwanden aus DeCarlos Gesicht. »Worauf wollen Sie hinaus, Ben?«

»Ich wäre sicher nicht der erste, der die Familie DeCarlo mit Rauschgift in Zusammenhang bringt.«

»Solche Behauptungen sind nie bewiesen worden.«

»Beim Abello-Prozeß erwähnte man Ihren Namen recht häufig.«

»Das bezog sich auf meinen Vater«, sagte DeCarlo, und jetzt erklang eine gewisse Schärfe in seiner Stimme.

Natürlich. Ben wußte, daß dieser Mann zu jung war, um der oberste Gangsterboß von Tulsa zu sein.

»Mein Vater – Gott sei seiner Seele gnädig – war Albert DeCarlo der Zweite. Ich bin Albert DeCarlo der Dritte. Deshalb der Spitzname Trey. Ich habe diese Firma von meinem Vater geerbt, und er übernahm sie von *seinem* Vater.«

»Eine Dynastie«, kommentierte Ben.

»Ja. Aber ich bin nicht wie mein Vater. Die Zeiten ändern sich. Ich habe Wirtschaft studiert, in Princeton. Ich gehe anders ans Geschäftliche heran. Von mir bekamen die Unternehmungen der Familie eine neue, den traditionellen korporativen Formen entsprechende Struktur. Ich versuche, unsere Aktivitäten in ganz legale Bereiche zu verlagern.« Er legte eine kurze Pause ein. »Was nicht heißen soll, daß sie vorher illegal waren. Jetzt sind sie nur noch legaler.«

»Scheint sich um die alte Mafia in einem neuen Gewand zu handeln.«

»Falsch. Alles verändert sich. Das ist immer so gewesen und wird auch immer so sein. Jene Organisation, die Sie Mafia nennen, war einst eine Geheimgesellschaft, die arme und unterdrückte Sizilianer vor den französischen Herrschern schützen wollte. Wußten Sie das?«

»Nein.«

»Irgendwann während ihrer Entwicklung veränderte sie sich. Und jetzt steht eine neuerliche Veränderung bevor. Die Wahrheit lautet: Mit dem altem Geschäft geht es zu Ende. Wir brauchen neue Einkommensquellen. In unserer so liberalen Gesellschaft wird Prostitution immer unnötiger. Und auch gefährlicher. Auf dem Markt des Glücksspiels könnte man Platzangst bekommen – selbst die Regierungen sind jetzt zu Spielern geworden.

Ist Ihnen bekannt, daß verschiedene Hersteller kleine Computer produzieren, die ein Spieler sich zum Beispiel ans Bein binden kann? Damit wird's ganz einfach, die Karten beim Siebzehn und Vier zu zählen. Das Berechnungsergebnis erscheint in einem kleinen LED-Feld der Armbanduhr!« DeCarlo schüttelte voller Abscheu den Kopf. »So pervertiert man das Glücksspiel für den persönlichen Profit.«

In diesem Zusammenhang fiel Ben Anteilnahme sehr schwer.

»Was den Drogenhandel betrifft ... Er soll recht lukrativ sein, habe ich gehört, aber es gibt dort auch starke Konkurrenz. Die japanische Yakuza, die chinesische Triade, die Jamaikaner, das kolumbianische Cali-Kartell ... Alle tummeln sich im gleichen Revier. Bald wird es für die Beteiligten unmöglich, Gewinne zu erzielen.«

»Für jemanden, der in Princeton Wirtschaft studiert hat, sollte es ganz einfach sein, eine Lösung zu finden. Zum Beispiel ein Joint-venture mit den südamerikanischen Kartellen.«

»Sie sind nicht dumm, Ben.« DeCarlo öffnete eine Schublade und entnahm ihr mehrere Akten. »Ich darf Ihnen versichern, daß ich fest entschlossen bin, völlig legale Aktivitäten zu entfalten. Befassen Sie sich ruhig mit unseren Geschäften. Versicherungen, Bankwesen, Immobilien, Unterhaltung. Schon seit einer ganzen Weile wird unsere Familie auf diesen Gebieten tätig. Wenn auch nur deshalb, um von gewissen anderen Dingen abzulenken. Aber jetzt verschiebt sich der Schwerpunkt.«

»Wenn das tatsächlich stimmt, so wünsche ich Ihnen viel Glück.«

»Danke.« DeCarlos Augen schienen sich in zwei glühende Kohlen zu verwandeln. »Doch von der Art unserer Aktivitäten einmal ganz abgesehen: Drohungen, die sich gegen meine Geschäfte oder meine persönliche Freiheit richten, nehme ich sehr ernst. Auch das ist eine Familientradition.«

Es lief Ben kalt über den Rücken. Er sah, wie die Leibwächter rechts und links von DeCarlo aus ihrer Starre erwachten und sich ein wenig nach vorn schoben. Botschaft empfangen und verstanden.

DeCarlo stand auf. »Sie gefallen mir, Ben. Bestimmt bekommen wir keine Probleme.« Er kam um den Schreibtisch herum. »Meine Schwester heiratet bald. Ich möchte Sie zum Hochzeitsempfang einladen.«

»Nein, danke«, erwiderte Ben. »Ich habe *Der Pate* im Kino gesehen und mich sehr gelangweilt.«

DeCarlo lachte. »Es wird eine Superparty, Benjamin. Im Country Club *Twelve Oaks*. Musik, Tanz, hervorragende Speisen und Getränke ... Meine kleine Schwester heiratet schließlich nicht jeden Tag. Sie haben dabei Gelegenheit, einen Eindruck von Intercontinental Imports und der neuen Familie DeCarlo zu gewinnen.«

»Ich glaube nicht ...«

»Nun, ich schicke Ihnen in jedem Fall eine Einladung.«

Er begleitete Ben zur Tür. »Möchten Sie jemanden mitbringen? Vielleicht eine Freundin?«

»Nein, ich ...« Ben überlegte kurz. »Das Fest findet im Country Club statt?«

»Ja. Wir haben ihn für den ganzen Tag gemietet.«

»Und es wird eine Riesensache?«

»Die riesigste, die Tulsa je gesehen hat und jemals sehen wird.«

»Na schön. Laden Sie Harriet Marmelstein ein.« Ben lächelte. »Ich glaube, Sie haben die Adresse.«

## 19

Jones hatte für Ben eine Nachricht im Anrufbeantworter hinterlassen: Alexander Moltke bat um ein Treffen vor der ersten Verhandlung, und zwar um Punkt halb neun in der Bibliothek des Gerichts.

Wenn Moltke mit ihm reden wollte, dachte Ben, so ging es ihm vermutlich darum, irgendeine Vereinbarung vorzuschlagen. Dem Himmel sei Dank. Selbst wenn er keinen Gefallen an dem Angebot fand, selbst wenn er ablehnte und Moltke die kalte Schulter zeigte ... Der Umstand, daß ein solches Treffen stattfinden sollte, deutete auf folgendes hin: Die Anklage sah irgendeinen schwachen Punkt in ihrem Fall und war sich nicht hundertprozentig des Sieges sicher. Allein das genügte, um Ben mit Erleichterung zu erfüllen.

Um fünf Minuten nach halb neun öffnete er die Tür der Bibliothek. Bevor er eine Chance bekam, sich zu orientieren, flutete ihm grelles Licht entgegen. Irgendwo weiter vorn tönte Moltkes Stimme aus einem Lautsprecher.

»Ich versichere Ihnen, meine Damen und Herren: Dieses Gericht, das uns Sterblichen die Möglichkeit gibt, Gerechtigkeit walten zu lassen, wird alle Schuldigen streng bestrafen.«

Ben blinzelte und wischte einige Tränen fort, die das blendende Licht geschaffen hatte. Er sah nun, daß er von Journalisten mit Mikrofonen und Kameras umgeben war.

Eine bittere Erkenntnis reifte in ihm heran. Moltke hatte ihn reingelegt – hier fand eine verdammte Pressekonferenz statt!

»Oh, wie ich sehe, ist auch mein würdiger Gegner eingetroffen«, sagte er süffisant. »Ich muß sagen, manchmal bedauere ich es sehr zu beobachten, welchen Weg die heutige Jugend beschreitet. Soviel Energie wird für Dinge von geringem moralischen Wert aufgewendet. Der Verteidiger bei diesem Fall hat früher für eine angesehene Kanzlei in der Stadt gearbeitet, doch leider kam es zu einem recht abrupten Ende dieser Tätigkeit. Seitdem ist Mr. Kincaid aufgrund der finanziellen Aspekte gezwungen, Fälle wie diesen zu übernehmen und gewissen liberalen Richtern dabei zu helfen, die Schuldigen auf die Straße zurückzuschicken.«

»Ihre Ausführungen gefallen mir nicht«, sagte Ben. Die Reporter wichen beiseite, so daß er sich dem improvisierten Rednerpult nähern konnte. »Die Verfassung gibt jedem Angeklagten das Recht auf Verteidigung.«

»Ich stelle keineswegs die verfassungsmäßigen Rechte Ihrer Klientin in Frage. Ich bin nur froh, daß ich sie nicht gewährleisten muß. Ich wüßte nicht, wie ich so etwas mit meinen Grundsätzen vereinbaren könnte. Wahrscheinlich fände ich nachts überhaupt keine Ruhe mehr.«

Rote Flecken des Zorns bildeten sich in Bens Gesicht. »Wie kann dieses Gericht wirklich ein Instrument der Gerechtigkeit sein, wenn billige Politiker wie Sie Druck auf Anwälte ausüben und sie auffordern, bestimmte Angeklagte nicht zu verteidigen?«

Die Journalisten drängten nach vorn, und ihre Kameras summten.

Jemand vom Kanal 2 hielt Ben ein Mikrofon vor die Nase. So etwas liebten die Medienfritzen – Futter für die 6-Uhr-Nachrichten.

Moltke präsentierte sich der Meute mit ruhiger Gelassenheit. »Regen Sie sich nicht auf, mein Lieber. Erfüllen Sie Ihre Pflicht, so wie ich meine erfülle.« Er beugte sich vor, und Entschlossenheit glühte in seinen Augen. »Meine Damen und Herren: Ich versichere Ihnen, daß hier der Gerechtigkeit Genüge getan wird. Ich werde nicht zulassen, daß südamerikanische Drogen unsere Gesellschaft vergiften und die Zukunft unserer Kinder zerstören – das verspreche ich Ihnen.«

Er straffte die Gestalt und lächelte. »Das ist zunächst alles. Ihre Fragen beantworte ich nach der Verhandlung.«

Normalerweise litt Ben nicht an Klaustrophobie, aber er gewann nun den Eindruck, daß sich die Wände des Anhörungszimmers langsam näherschoben. Der Raum war ohnehin nicht sehr groß, und angesichts der vielen anwesenden Personen bot er noch weniger Platz als sonst. Gerichtsdiener, Bedienstete, Protokollführer, Journalisten und Mitarbeiter der Staatsanwaltschaft – sie alle versuchten, die besten Plätze zu ergattern. Dutzende von Stimmen erklangen und schufen ein akustisches Durcheinander, das Ben Kopfschmerzen bereitete. Er schwitzte, während eine Mischung aus Unbehagen und Nervosität in ihm prickelte. Und Christina war wieder einmal spät dran.

Das Anklageteam – Moltke und zwei andere Männer; von Myra fehlte jede Spur – strahlte Zuversicht aus. Sie flüsterten miteinander. Gelegentlich sah einer von ihnen auf, um Ben einen kurzen Blick zuzuwerfen und zu grinsen. Wenn es sich dabei um eine Taktik handelte, die den Verteidiger verunsichern sollte, so funktionierte sie gut.

Zu Bens großer Überraschung trat Moltke an seinen Tisch heran. »Guten Morgen, Mr. Kincaid.«

»Verdammter Mistkerl – Sie haben mich reingelegt.«

»Was soll das heißen?«

»Sie schlugen ein Treffen vor, um eine Vereinbarung mit mir zu treffen. Doch in Wirklichkeit veranstalteten Sie einen Medienrummel.«

»Die Pressekonferenz dauerte ein wenig länger als vorgesehen.«

»Quatsch. Sie haben die ganze Sache geplant. Mit der Absicht, bei den Nachrichten um sechs Uhr groß rauszukommen – auf meine Kosten.«

»Nun, es tut mir leid, wenn Sie die Sache für einen persönlichen Affront halten. Die Öffentlichkeit hat ein Recht darauf, Bescheid zu wissen.«

»Die von der Anwaltschaft festgelegten Verhaltensregeln verbieten Pressekonferenzen im Hinblick auf anstehende Verfahren.«

»Versuchen Sie, das der Presse zu erklären.«

»Wo ist Myra?«

»Myra?« Moltke schmunzelte. »Oh, Myra ist ein nettes Mädchen. Noch unerfahren, aber mit einem großen Entwicklungspotential. Manchmal sind ihre Dienste unschätzbar, wenn Sie verstehen, was ich meine.«

»Ich möchte es gar nicht verstehen.«

»Unter meiner Anleitung wird sie ihre Talente entfalten. Sie hat bereits großes Geschick bei gewissen ... mündlichen Dingen bewiesen.«

»Sie sind ein Widerling, Moltke. Ich bedauere sehr, daß Sie sich diesmal nicht von Myra vertreten lassen.«

»Sie eignet sich gut für eine Kautionsfestlegung um halb neun, aber diese Angelegenheit hier ist zu wichtig.«

»Weil sie Schlagzeilen macht, nicht wahr? Sie möchten den ganzen Ruhm für sich allein.«

Moltke räusperte sich. »Man lernt irgendwann, gute Gelegenheiten zu nutzen. Wenn man es zu was bringen will. Früher oder später dürfte es Ihnen gelingen, diese Erkenntnis zu teilen. Wenn Sie jemals erfolgreich sein sollten.«

*Touché.* »Wir sollten besser nicht miteinander reden, Moltke. Die Journalisten könnten glauben, daß Sie mir irgendein Angebot unterbreiten.«

»Deshalb bin hier, mein Lieber.« Er berührte Ben am Nacken und führte ihn fort von den anderen Leuten. »Ich möchte Ihnen etwas vorschlagen, das uns beiden viel Mühe erspart.«

Ben musterte Moltke argwöhnisch. »Meinen Sie eine außergerichtliche Vereinbarung oder etwas in der Art?«

»Nein. Die Presse würde mir das Fell über die Ohren ziehen, wenn ich mich auf so etwas einließe. Nein, ich biete Ihnen nur an, das Verfahren zu ... vereinfachen.«

»Zu vereinfachen?«

»Ja. Wenn Sie mir versprechen, keinen Antrag auf Klageabweisung zu stellen, nachdem wir unser Beweismaterial vorgelegt haben ... Dann bleibt es Ihrer Klientin erspart, sich einige für sie sehr unangenehme Zeugenaussagen anhören zu müssen.«

In Bens Augenwinkeln bildete sich winzige Falten. »Ich bin nicht ganz sicher, ob ich Sie verstehe.«

»Es läuft auf folgendes hinaus. Wenn Sie nach der Beweisaufnahme Einspruch erheben, so bleibt uns nichts anderes übrig, als *alles* vorzubringen. Ich sehe keinen Grund dafür, Ihre Klientin solchen Belastungen auszusetzen. Wir wollen hier keine Show veranstalten; es geht uns darum, die Wahrheit herauszufinden. Wenn Sie bereit sind, keine Klageabweisung zu beantragen, so braucht Ihre Klientin hier und heute weniger zu leiden. Nun, was halten Sie davon?«

Ben schob Moltkes Hand beiseite. »Wissen Sie ... Ich bin nicht annähernd so grün hinter den Ohren, wie Sie glauben.«

Moltke gab sich überrascht. »Wie bitte?«

»Mit anderen Worten: Nehmen Sie Ihr Angebot und verschwinden Sie.«

»Es ist doch ein fairer Vorschlag ...«

»Sie haben geglaubt, mich zu einer unglaublichen Dummheit verleiten zu können, wie? Wenn ich auf Ihr angeblich so gut gemeintes Angebot einginge, so verlöre ich nicht nur die Chance, heute eine Klageabweisung zu erwirken. Ich hätte auch keine Gelegenheit, einen unmittelbaren Eindruck von Ihrem Beweismaterial zu gewinnen – Sie wären sicher nicht bereit, alle Ihre Trümpfe ganz offen auf den Tisch zu legen. Bisher haben Sie nicht gerade übermäßige Kooperationsbereitschaft bewiesen, was für mich bedeutet: Vielleicht kann ich nur bei dieser Anhörung damit rechnen, Ihre Beweise kennenzulernen.«

»Es ging mir einzig und allein darum, Ihre Klientin nicht unnötig zu belasten ...«

»Ich weiß genau, worum es ihnen ging, Moltke. Es hat nichts mit der Suche nach Wahrheit und Ihrem frömmlerischen Geschwafel zu tun.«

Moltkes Züge verhärteten sich. »Sie machen einen großen Fehler, mein Lieber. Die Position der Anklage ist weitaus besser, als Sie glauben.«

»Das wird sich herausstellen. Wenn Sie mich jetzt bitte entschuldigen würden ... Ich möchte noch einen Blick in meine Unterlagen werfen.«

Moltke entfernte sich und schüttelte den Kopf.

Kurze Zeit später öffnet sich die Tür, und eine Gerichtsdienerin intonierte: »Bitte erheben Sie sich.«

Untersuchungsrichter Gould kam herein. Er war relativ jung, vermutlich erst Mitte Dreißig. Ben sah ihn zum erstenmal: Man hatte Gould vor acht Monaten in sein Amt gerufen, er arbeitete mit Richter

Derek zusammen. Es hieß, daß er an akuter Richteritis litt. Man bezeichnete ihn als arrogant und launisch; angeblich nutzte er fast jede Möglichkeit, um Strafen zu verteilen. Wenn das stimmte ... Nun, Gould war nicht der erste Normalsterbliche, dem die enorme Macht des Richters zu Kopf stieg.

Gould winkte ab, als die Gerichtsdienerin verkünden wollte, worum es bei dieser Verhandlung ging. »Wo ist die Angeklagte?«

»Bestimmt trifft sie gleich ein«, sagte Ben und tastete nach seinem Kragen.

»Diese Anhörung sollte schon vor zehn Minuten beginnen, woraus folgt: Ihre Klientin müßte längst hier sein.«

Ben hielt es für besser, nicht darauf hinzuweisen, daß es auch Seiner Eminenz an Pünktlichkeit mangelte. »Es geschieht sicherlich nicht zum erstenmal, daß sich bei einer von Ihnen geleiteten Verhandlung jemand verspätet.«

Gould trommelte mit den Fingern auf den Tisch des Richters. »Das stimmt. Gestern führte ich den Vorsitz bei einer Anhörung, die über Fortsetzung oder Ende einer Untersuchungshaft entscheiden sollte. Der betreffende Angeklagte kam zehn Minuten zu spät.«

»Na bitte.«

»Ich habe ihm Kaution verweigert und seinen Anwalt bestraft.«

Ben reckte den Hals und rückte sich die Krawatte zurecht.

Gould beugte sich ruckartig vor und donnerte: »Was tragen Sie da?«

Ben drehte den Kopf von einer Seite zur anderen. »Wer, ich?«

»Ja, *natürlich* Sie.«

Was hatte den richterlichen Unwillen erregt? Hemd? Schuhe? Ben nahm eine gedankliche Kontrolle vor – alles schien in bester Ordnung zu sein.

»Ich meine Ihre Krawatte«, erklärte Gould. »Ist das Ding ... rosarot?«

Ben sah nach. »Äh, ja, Sir. Meine Krawatte ist rosarot und weist kleine blaue Schnörkel auf ...«

»Wir sind hier in einem Gerichtssaal, nicht in irgendeiner Diskothek.«

»Ja, Sir.«

»Sie glauben wohl, sich respektlos kleiden zu können, weil ich nur ein Untersuchungsrichter bin, wie?«

»Das käme mir nie in den Sinn, Sir.«

»Eine solche Krawatte will ich in meinem Gerichtssaal nicht noch einmal sehen. Haben Sie verstanden?«

»Meine Mutter hat sie mir geschenkt ...«

Gould richtete den Zeigefinger auf Ben. »Sie ...« Ihm schien plötzlich etwas einzufallen. »Das hier stammt von Ihnen?« Er hob einige mit Heftklammern ausgestattete Dokumente.

»Ja, Euer Ehren. Bei den Anträgen geht es um ...«

»Sie haben Schreibpapier für Juristen benutzt.«

»In der Tat, Sir.«

»Die Maße betragen acht mal vierzehn Zoll.«

»Ja, Euer Ehren.«

»Dies ist ein *Bundes*gericht, Herr Anwalt. Wenn man diesem Gericht Anträge vorlegt, so benutzt man acht mal elf Zoll großes Papier.«

»Es tut mir leid, Euer Ehren. Mein Sekretär ...«

»Für so etwas gibt es keine Entschuldigung.«

»Natürlich nicht. Ich hoffe, Sie nehmen diesen unerhörten Fehler nicht zum Anlaß, die Anträge zu ignorieren ...«

»Oh, ich werde sie prüfen.« Gould zog die Schublade auf, holte eine Schere hervor und schnitt ein Stück von den Blättern ab. »So. Jetzt kann sich das Gericht damit befassen. Ich hoffe nur, daß keine wichtigen Dinge verlorengegangen sind.«

»Das hoffe ich auch, Sir.« Ben spürte, daß er eine Niederlage erlitt, noch bevor die Anhörung begann.

Gould griff nach dem Hammer. »Da die Angeklagte nicht zugegen ist ...«

Ben hörte, wie sich ihm jemand näherte. Er drehte sich um und sah ... Christina. Gott sei Dank. »Euer Ehren, kann ich kurz mit meiner Klientin sprechen, bevor wir beginnen?«

Gould blickte auf seine Armbanduhr. »Ich gebe Ihnen eine Minute.«

Ben trat Christina abseits des Zuschauerbereichs entgegen.

»Habe ich was verpaßt?« fragte die junge Frau.

»Nichts Wichtiges. Wo bist du gewesen?«

»Heute morgen kam die Polizei, um weitere Nachforschungen im Hinblick auf den Einbruch anzustellen.«

»Hat sie einen Hinweis darauf gefunden, wer dahintersteckt?«

»Bis vor einer halben Stunde gab es keinen entsprechenden Anhaltspunkte. Ich mußte die Beamten allein lassen, um diesen Termin wahrzunehmen. Ist das in Ordnung? Mike war bei ihnen.«

»Nun, dann dürfte alles seine Richtigkeit haben. Setz dich an den Tisch der Verteidigung.«

Christina ging mit langen Schritten, und Ben musterte seine Klientin. Sie trug ein dünnes Kleid mit V-Ausschnitt und purpurnem Blumenmuster. Die Sandalen mit den hohen Absätzen waren bis zu den Knien geschnürt.

»Christina …«, hauchte er. »Ich habe dich ausdrücklich gebeten, in normaler Kleidung zu erscheinen.«

»Ist hiermit was nicht in Ordnung?« erwiderte sie erstaunt. »Sieh nur – die Schultern sind gepolstert.«

»Ja, ich weiß. Meine Güte, du siehst aus, als wolltest du zu einer Modenschau.«

»Du hast mich aufgefordert, Kleidung zu wählen, die sich meiner Ansicht nach für einen Kirchenbesuch eignet. Das ist bei diesem Kleid der Fall.«

Ben seufzte. Wenn es zum Prozeß kam, mußte er Christinas Sachen selbst aussuchen.

»Hältst du es für möglich, eine Klageabweisung durchzusetzen?« fragte sie.

»Es ist nicht völlig ausgeschlossen. Soweit wir wissen, beschränken sich die Beweise gegen dich auf deine Präsenz in Lombardis Penthouse, als das FBI dort eintraf. Nun, in der Zeitung mag so etwas ganz gut aussehen, aber Richter Gould verlangt bestimmt mehr.«

Ben vernahm ein demonstratives Räuspern. »Ist die Verteidigung endlich soweit?«

»Ja, Sir.«

»Na schön. Dann lassen Sie uns beginnen.« Gould brachte rasch das übliche Eröffnungsritual hinter sich. »Rufen Sie den ersten Zeugen.«

Moltke stand auf. »Die Anklage ruft James Abshire in den Zeugenstand.«

Abshire wurde vereidigt. Nach einigen Hintergrundinformationen, die ihn selbst betrafen, beschrieb er seine Aktivitäten am fraglichen Abend.

Als er mit seinen Leuten in Lombardis Wohnung stürmte, rechnete er damit, Drogenhändler vorzufinden. Statt dessen sah er, wie sich Christina über Tonys Leiche beugte. Er durchsuchte sie und legte ihr anschließend Handschellen an.

»Harmlos für uns«, flüsterte Ben Christina zu. »Seine Aussage rechtfertigt es nicht, Anklage gegen dich zu erheben.«

Moltke setzte die Vernehmung fort. »Sagte Ms. McCall etwas, als sie von Ihnen verhaftet wurde?«

»Ja.« Abshire sah zum Richter. »Sie sagte: ›Ich habe ihn umgebracht.‹«

Ein vielstimmiges Raunen kam vom Zuschauerbereich.

Ben beugte sich näher zu seiner Klientin. »Stimmt das?«

»Ich weiß es nicht genau. Vielleicht habe ich tatsächlich etwas gesagt, aber bestimmt nicht in dieser Form.«

»Keine weiteren Fragen«, sagte Moltke und kehrte zu seinem Tisch zurück.

»Na schön.« Gould wandte sich an Ben. »Möchten Sie den Zeugen ins Kreuzverhör nehmen?«

Ben versuchte zu verstehen, was ihm Christina ins Ohr wisperte. »Einen Augenblick, Sir.«

»Entweder jetzt oder nie.«

»Wie Sie meinen.« Ben schritt zum Zeugenstand. »Mr. Abshire ... Haben Sie gesehen, wie Ms. McCall die Tatwaffe abfeuerte?«

»Nein.«

»Haben Sie gesehen, daß meine Klientin eine Waffe in der Hand hielt?«

»Ich bin mir nicht sicher.«

»Mr. Abshire, könnten Sie unter Eid bestätigten, daß Ms. McCall eine Waffe in der Hand gehalten hat?«

Der FBI-Agent runzelte die Stirn. »Nein.«

»Sie haben das Apartment erst betreten, als das Verbrechen bereits verübt war. Stimmt das?«

»Ja.«

»Als Sie Ms. McCall durchsuchten – fanden Sie dabei die Tatwaffe?«

»Nein.«

»Entdeckten Sie irgendeine andere Waffe?«

»Nein.«

»Fielen Ihnen Drogen oder andere illegale Substanzen auf?«

»Nein.« Abshire sah zu Moltke. »*Mir* nicht.«

Was sollte das denn bedeuten? »Und die für Sie ach so nützliche Bemerkung, die Sie uns vorhin präsentierten ... Sie kam doch nicht von ungefähr, oder?«

»Ich fürchte, ich verstehe nicht ganz ...«

»Nun, haben Sie Ms. McCall nicht zuerst vorgeworfen, Lombardi erschossen zu haben?«

Abshire rutschte nervös hin und her. »Nun, vielleicht habe ich solche Worte an sie gerichtet.«

»Hat sie Ihre Frage verstanden?«

»Sie stritt die Tat nicht ab.«

»Bitte beantworten Sie meine Frage.«

»Sie hat ein Geständnis abgelegt. Sie konnte sich kaum deutlicher ausdrücken.«

»Stimmt es nicht, daß meine Klientin *Ihre* Worte wiederholt hat?«

»Wenn sie keine Schuld trifft, hätte sie nur darauf hinweisen müssen.«

»Bitte beantworten Sie die Frage.«

»Statt dessen sagte sie: ›Ich habe ihn umgebracht.‹ Wenn das kein Geständnis ist ...«

»Euer Ehren, bitte fordern Sie den Zeugen auf, meine Fragen zu beantworten.«

»Bei einem Kreuzverhör ist es Ihre Aufgabe, den Zeugen zu kontrollieren. Wie dem auch sei: Hiermit lege ich dem Zeugen nahe, den Fragen mehr Aufmerksamkeit zu schenken und die gewünschte Auskunft zu geben.«

»Es tut mir leid, Sir«, sagte Abshire zerknirscht.

»Da bin ich sicher. Bitte fahren Sie fort.«

»Mr. Abshire ... Ist es richtig, daß Ihr Kommentar – worin auch immer er bestand – Ms. McCall zu der eben zitierten Bemerkung veranlaßte?«

»Ich habe sie nicht gezwungen, ein Geständnis abzulegen – wenn Sie das meinen. Vermutlich trieb die Schuld sie dazu an...«

»Ich beantrage, den letzten Satz aus dem Protokoll zu streichen. Mr. Abshire, meine Klientin formulierte jene Worte nicht von sich aus, oder?«

»Ich weiß es nicht genau.«

»Sie reagierte auf das, was Sie ihr sagten.«

»Mag sein.«

»Anders ausgedrückt ...« Ben zögerte kurz. »Sie hatten mit einem Verhör begonnen.«

Abshire schwieg verdutzt. Er begriff nun, worauf der Verteidiger hinauswollte. »Nein, eigentlich nicht. Ich ...«

»War Ms. McCall bereits auf Ihre Rechte hingewiesen worden?«

»Nun ...« Abshire befeuchtete sich die Lippen. »Dazu hatten wir noch keine Zeit gefunden.«

»Die Zeit genügte, um ein Gespräch zu beginnen. Und zwar mit der Absicht, meiner Klientin ein *Geständnis* zu entlocken, wie Sie eben selbst sagten. Tja, ganz offensichtlich gibt es hier ein Miranda-Problem.«

Moltke stand auf. »Einspruch, Euer Ehren. Mit juristischen Dingen dieser Art hat sich kein Zeuge zu befassen, sondern das Gericht.«

»Abgelehnt«, erwiderte Gould. »Die Verteidigung hat das Recht, die rechtlichen Umstände in Hinsicht auf das angebliche Geständnis zu untersuchen und festzustellen, wie sich der Verstoß gegen die Miranda-Regeln darauf auswirkte. Es sei denn, Sie möchten diese Zeugenaussage zurückziehen«, fügte der Richter bedeutungsvoll hinzu.

Ben beobachtete, wie Gould einen durchdringenden Blick auf Moltke richtete. Die stumme Botschaft lautete: Ziehen Sie die Zeugenaussage zurück – oder riskieren Sie die richterliche Feststellung, daß ein Verhör stattfand, ohne den Tatverdächtigen zunächst auf seine Rechte hinzuweisen. In einem solchen Fall konnte das dabei gewonnene ›Beweismaterial‹ als unzulässig erklärt werden. Nun, eigentlich blieb dem Ankläger überhaupt keine Wahl. Moltke mußte sich später mit Abshire beraten, um den Ernst des Problems zu beurteilen und die Strategie für den Prozeß entsprechend zu verändern. Doch jetzt konnte er es sich nicht leisten, ein Risiko einzugehen.

»Wir ziehen die Zeugenaussage zurück, Sir. Natürlich nur für diese Anhörung.«

Nun, ob zurückgezogen oder nicht: Der Richter würde sich an die Aussage erinnern. Er konnte sie kaum zur Grundlage seiner Entscheidung machen, aber sie ließ sich auch nicht aus seinem Gedächtnis streichen.

Die erste Runde endete unentschieden.

Aussagen gerichtsmedizinischer Experten und der Spurensicherung galten als besonders langweilig. Autopsien, Fasern, Gewebeproben, Blutgruppen ... Berichte darüber garantierten allgemeines Gähnen. Schon seit zehn Minuten klopfte Gould mit einem Kugelschreiber auf den Tisch – sicheres Zeichen dafür, daß diese Aussage zu lange dauerte.

»Anschließend suchten wir am Tatort nach Daktylogrammen«, fuhr der Untersuchungsbeamte monoton fort.

»Wie bitte?« fragte Moltke.

»Fingerabdrücke.«
»Ah. An Lombardis Leiche haben Sie keine Fingerabdrücke der Angeklagten gefunden, oder?«
»Nein.«
»Auch nicht bei den Blutflecken?«
»Nein.«
»Ich schätze, das sieht für die Verteidigung recht gut aus.«
Ben hob den Kopf. Gelegentlich neigte Moltke dazu, mit billiger Theatralik etwas einzuleiten, das er für wichtig hielt.
»Offenbar habe ich da irgend etwas vergessen«, sagte Moltke. Plötzlich schnippte er mit den Fingern. »Oh, ja. Jetzt fällt's mir wieder ein. Haben Sie an der *Tatwaffe* Fingerabdrücke gefunden?«
»Ja, Sir«, bestätigte der Untersuchungsbeamte.
»Und von wem stammen sie?«
»Von der Angeklagten.«
»Sind Sie sicher?«
»Ja. Daran besteht überhaupt kein Zweifel. Wir konnten zwei kristallklare Abdrücke analysieren. Von Daumen und Zeigefinger.«
Ben beugte sich einmal mehr zu Christina. »Hast du die Knarre aufgehoben?« flüsterte er ihr ins Ohr.
»Ich fürchte, ja.«
Üble Sache. Zwar handelte es sich auch in diesem Fall um einen Indizienbeweis, doch wenn sich derartige Indizien häuften, mußte ein ganz bestimmter Schluß aus ihnen gezogen werden.
Ben spürte den Blick des Richters auf sich ruhen. »Ich habe gefragt, ob Sie ein Kreuzverhör wünschen?« wiederholte der Richter.
»Nein, Sir«, sagte Ben, sah zu Christina und zuckte mit den Schultern. Es hatte keinen Sinn, den Beamten zu befragen.
Die zweite Runde ging an Moltke.

Ben hoffte, daß die Anklage damit alle Karten auf den Tisch gelegt hatte. Die Sache mit den Fingerabdrücken an der Tatwaffe war alles andere als hilfreich, aber von einem schlüssigen Beweis konnte wohl kaum die Rede sein. Es bestand nach wie vor die Chance, eine Abweisung der Klage durchzusetzen.
»Weitere Zeugen?« fragte Gould.
»Nein, Sir. Die Anklage ...«
Moltke unterbrach sich, als ein junger Assistent nach seinem Arm griff und zur Tür deutete – dort stand ein Uniformierter.

»Euer Ehren ...«, sagte Moltke. »Bitte erlauben Sie eine kurze Pause, damit ich mit einem möglichen Zeugen sprechen kann.«

»Sie haben zwei Minuten«, erwiderte Gould.

Moltke verließ seinen Platz und sprach mit dem Beamten. Ben versuchte, die Lippen zu lesen und irgendeinen Hinweis darauf zu bekommen, worum es bei dem Gespräch ging – vergeblich.

Kurz vor der gewährten Frist kehrte Moltke zurück. Er steckte plötzlich voller Vitalität und lächelte sogar.

»Euer Ehren ... Die Anklage möchte noch einen weiteren Zeugen aussagen lassen.«

»Na schön.«

»Wir rufen den Polizeibeamten John Tompkins in den Zeugenstand.«

Tompkins trat näher und nahm Platz: ein gepflegt wirkender Polizist in mittleren Jahren mit rötlichem Gesicht und einem deutlichen Bauchansatz. Mit einigen knappen Fragen gab Moltke ihm Gelegenheit, sich vorzustellen und seine berufliche Laufbahn bei der Polizei von Tulsa zu schildern. Der Staatsanwalt hielt sich nicht lange damit auf – ganz offensichtlich wollte er schnell zur Sache kommen.

»Worin bestand Ihr erster Einsatz, als Sie heute morgen den Dienst begannen, Officer?«

»Man schickte mich zu einem Apartment im Southwest Boulevard. Dort fanden zusätzliche Ermittlungen im Hinblick auf ein unbefugtes Eindringen vor.« Tompkins sah zum Richter auf. »Man nennt so etwas auch Einbruch, Sir.«

»Aha«, erwiderte Gould. »Danke für den Hinweis. Ich hätte es sonst nie erraten.«

»Und wer wohnt in dem betreffenden Apartment?«

»Die Angeklagte.« Der Polizist nickte in Richtung Christina.

Ben stand auf. »Einspruch, Euer Ehren. Ich kann beim besten Willen keine Bedeutung in diesen Fragen und Antworten erkennen.«

Gould sah zu Moltke. »Ich teile die Verwirrung des Verteidigers. Würden Sie uns bitte erklären, worauf Sie hinauswollen?«

»Ich komme sofort zur Sache, Euer Ehren.« Moltke wandte sich an den Zeugen. »Hat sich bei den Nachforschungen in bezug auf den Einbruch irgend etwas ergeben, das auch für diesen Fall eine Rolle spielt?«

»Ja.«

»Und das wäre?«

»Nun …« Der Polizist beugte sich vor und vermittelte dadurch den Eindruck, daß eine wichtige Enthüllung bevorstand. »Die Angeklagte besitzt viele Stofftiere.«

Der Richter blinzelte. »Stofftiere?«

»Ja, Sir. Tiere, Puppen, Teddybären und so weiter. Jemand hat die meisten von ihnen aufgeschlitzt und das Füllmaterial herausgerissen.«

»Dieses Gericht bedauert es sehr, daß diversen Stofftieren der Bauch aufgeschlitzt wurde«, verkündete Moltke. »Nun, haben Sie die Puppen untersucht?«

»Ja. Ich nahm mir eine Betty Boop vor …«

Der Richter blickte verdutzt auf den Zeugen hinab. »Eine was?«

»Eine Betty Boop-Puppe. Sie wissen schon, Sir – wie die Zeichentrickfigur.«

Gould griff nach seinem Kugelschreiber. »Schreibt man das B-e-t-t-y B-o-o-p?«

Um Himmels willen, ächzte Ben innerlich. Jetzt übertreibt er's wirklich. Man kann auch würdevoll wirken, ohne so zu tun, als käme man von einem anderen Planeten.

»Ja, Sir«, bestätigte Tompkins. »Ich glaube, das ist die richtige Schreibweise.«

Gould kritzelte etwas auf seinen Block. »Ich verstehe. Fahren Sie fort.«

»Nun, im Innern der Betty Boop-Puppe fand ich mehrere transparente Beutel mit einer weißen, pulvrigen Substanz. Ein Geschmackstest bestätigte meinen Verdacht. Es handelte sich um etwa sechshundert Gramm Kokain.«

Im Zuschauerbereich erklang sofort vielstimmiges Murmeln. Aufgeregte Journalisten schrieben hastig Notizen.

»Waren die Beutel irgendwie gekennzeichnet?« erkundigte sich Moltke.

»Ja.« Tompkins legte eine Pause ein, um den nächsten Worten mehr Wirkung zu verleihen. »Am ersten Päckchen war ein Zettel festgeheftet, er trug die Aufschrift *Monster*. So etwas bezeichnen Drogenhändler als ›Markennamen‹ – er identifiziert das Produkt eines ganz bestimmten Dealers und unterscheidet es von den Waren der Konkurrenz. Unter den Markennamen hat jemand das Wort *Lombardi* geschrieben. Wir glauben, die Beutel stammen von der Lieferung, die Lombardi an jenem Abend erhielt, an dem er ermordet wurde. Die Angeklagte muß sie mitgenommen haben.«

Ben rief laut »Einspruch, Euer Ehren!«, aber es hatte keinen Sinn mehr. Aus dem Murmeln wurde Geschrei; Journalisten sprangen auf und eilten zur Tür. Sie hielten es nicht für nötig, sich auch den Rest anzuhören, waren sicher, den Ausgang dieser Verhandlung bereits zu kennen.

Gould klopfte mit dem Hammer, doch niemand achtete auf ihn. Ben hatte das Gefühl, daß die Welt um ihn herum aus den Fugen geriet. Alles geschah zugleich und viel zu schnell. Ein Teil von ihm meinte, er hätte keine Fragen, hörte dann eine monotone Stimme, die irgend etwas proklamierte. Schließlich verstand er die Worte: *... auf das ihresgleichen über Schuld oder Unschuld entscheiden.*

»Schuld oder Unschuld«, wiederholte Ben benommen.

Gould klopfte erneut mit dem Hammer. »Der Prozeßbeginn wird auf den fünfzehnten Mai festgesetzt.«

»Der fünfzehnte Mai? Das ist viel zu früh!«

»Zu früh?« Der Richter ließ voller Abscheu den Hammer sinken. »Nach dem, was wir heute hier gehört haben, kann das Verfahren gar nicht früh genug stattfinden.«

»Ich beantrage eine Verschiebung des Prozeßbeginns.«

»Wenden Sie sich an den Bezirksrichter.«

»Die Verteidigung ist dagegen, in diesem Fall die Bestimmungen des Speedy Trial Acts anzuwenden.«

»Ich bin dafür.«

»Sir, ich muß Zeugen vernehmen.«

»Dann sollten Sie sofort damit beginnen.« Gould stand auf. »Die Sitzung ist geschlossen.«

Er zog sich in den Aufenthaltsraum des Richters zurück. Jene wenigen Personen, die noch im Zuschauerbereich ausgeharrt hatten, eilten ebenfalls zur Tür. Moltke stolzierte mit einem selbstgefälligen Gesichtsausdruck an Benjamin Kincaid vorbei.

Ben glaubte zu spüren, wie sich seine Adern mit Gift füllten. Das Bild vor seinen Augen verschwamm, bis er nur noch Christina sah, die ganz allein am Tisch der Verteidigung saß.

Christina, allein. Bald mußte sie sich bei einem Prozeß verantworten, der ihr mit dem Todesurteil drohte.

ZWEITER TEIL

# Blind und taub und zum Scheitern verurteilt

## 1

Der Vollmond leuchtete am Himmel. Sein Licht schuf Schatten zwischen den Bäumen und glänzte im feuchten Gras. Trotz des perlmuttartigen Glanzes blieb der Wald dunkel und fast unerträglich still. Nur das gelegentliche Flattern eines Vogels oder das Zirpen von Insekten unterbrach die schreckliche Lautlosigkeit.

Ben und Christina krochen von einem Baum zum nächsten und versuchten dabei, so unauffällig wie möglich zu sein. Benjamin roch den angenehmen Duft von Kiefernnadeln und feuchten Blättern, doch das Unbehagen in ihm nahm immer mehr zu. Der Wald erschien ihm urwüchsig, unberührt von menschlichem Einfluß. Unter anderen Umständen hätte er vielleicht Gefallen daran gefunden. Aber in dieser besonderen Situation ...

Die Taschenlampen richteten kaum etwas gegen die Finsternis aus. Die Schwärze zwischen den Bäumen gewann fast Substanz, und auch dadurch bekam der Wald etwas Unendliches. Häufig knackte es unter Bens Schuhen, und dann zuckte er unwillkürlich zusammen. Er haßte riskante Aktivitäten, doch immer wieder ließ er sich auf sie ein, meistens in der Gesellschaft von Christina.

»Kannst du nicht leiser sein?« fragte er seine Begleiterin.

»Wie denn?« erwiderte sie. »Soll ich mich vielleicht wie Tarzan von Baum zu Baum schwingen?«

»Achte mehr darauf, wohin du trittst. Schließlich wollen wir keine Aufmerksamkeit erregen.«

»Wir sind jetzt schon seit drei Stunden hier draußen – ohne einen einzigen Hinweis darauf zu finden, daß sich andere Menschen jemals hierher verirrt haben. Geschweige den davon, daß sich derzeit welche in der Nähe befinden.«

»Wie dem auch sein: Von Burris weiß ich, daß Lombardi seine Halunken mehrmals am Montagabend hierherschickte. Wenn ich die Informationen von Langdell hinzunehme ... Ich schätze, die Burschen kamen hierher, um Schmuggelware zu empfangen.«

»Na schön. Von jetzt an halte ich nach gefährlichen Papageienschmugglern Ausschau, *mon capitaine*.«

Zwar gab sich Christina humorvoll, aber Ben wußte, daß auch sie sich nicht ganz wohl in ihrer Haut fühlte. Diesmal waren sie gleich gekleidet: dunkles T-Shirt, Jeans und Turnschuhe. Bequem, leicht, unverdächtig. Ben fand sogar, daß Christina in diesen Sachen hinreißend aussah. Andererseits: Jede Abweichung von ihrer üblichen Garderobe kam einer Verbesserung gleich.

»Hast du was gehört?« fragte Ben.

Christina blieb stehen und lauschte. »Nein. Warum?«

»Ich glaube, da hat was geknackt.«

»Du wirst langsam paranoid, Ben. Ganz gleich, welchen Ort du aufsuchst – immer glaubst du dich verfolgt.«

»Man kann paranoid sein *und* verfolgt werden.«

»Ich krieg 'ne Gänsehaut, wenn ich daran denke, daß sich vielleicht noch jemand anders hier draußen befindet.«

»Mir geht's ebenso.«

Sieh schwiegen beide, und die unheimliche Stille kehrte zurück.

»Sie dir nur die vielen Eichenblätter auf dem Boden an«, hauchte Christina. »Sehen genauso aus wie das kleine Stück, das du in meiner Wohnung gefunden hast. Das beweist: Jener Bursche, der in meinem Apartment ein solches Durcheinander hinterließ, hielt sich vorher in diesem Wald auf.«

»Wollen wir nur hoffen, daß ich nicht mit solchen Beweisen vor die Geschworenen treten muß«, erwiderte Ben. »Warum habe ich mich nur von dir zu diesem nächtlichen Ausflug überreden lassen?«

»Wenn du ein solcher Angsthase bist ... Warum hast du die Informationen dann nicht der Polizei gegeben und Mike gebeten, Ermittlungen anzustellen?«

Ein Schatten huschte über Bens Gesicht. »Nach den Ereignissen bei der Vorverhandlung? Ich hätte so etwas nie für möglich gehalten, aber ... Wir können Mike nicht trauen. Nicht bei dieser Angelegenheit.«

»Warum hast du keinen Privatdetektiv oder so engagiert?«

»Und wie sollte ich ihn bezahlen? Ich kann mir keinen Privatdetektiv leisten. Du hast mir nicht gerade einen großzügigen Vorschuß gegeben, als ich diesen Fall übernahm.«

»Stimmt. Das Geld ist knapp, erst recht nach meiner Entlassung. Wie dem auch sei: Ich kenne jemanden, der dir noch mehr Hühner besorgen könnte.«

»Sehr komisch.«

»Oh, die kleine *Poulet*«, sagte Christina mit deutlich ausgeprägtem französischen Akzent. »Sie ist so *magnifique* ...«

Ben erstarrte, und seine Hand schloß sich um den Arm der jungen Frau. »Was war das?«

»Geht' schon wieder los, Ben?«

»Pscht! Im Ernst – ich habe was gehört. Hinter uns.«

Sie lauschten. Eine Eule schrie. Die Blätter raschelten leise, wenn der Wind sie bewegte. Ansonsten blieb alles still.

»Du jagst mir Angst ein, Ben«, flüsterte Christina.

»Tut mir leid. Komm, gehen wir weiter.«

Im matten Schein von Bens Taschenlampe erschien etwas. »Was ist das?«

Vorsichtig setzten sie einen Fuß vor den anderen. Der Schemen vor ihnen verdichtete sich, wurde zu einem kleinen Gebäude aus Holz, einer Hütte. Viele Bretter waren verzogen oder wiesen große Löcher auf.

»Sieh dir das an.« An der Tür fand Christina ein Schild mit dem Emblem des Amtes für Alkohol, Tabak und Schußwaffen.

Ben las die Aufschrift. »Ich schätze, hier hat das FBI die Finger im Spiel«, murmelte Ben. »Das Bureau greift oft auf die Hilfe dieses Amtes zurück, wenn es nicht die eigenen Leute einsetzen will.«

»Bestimmt wurde der hiesige Stützpunkt aus gutem Grund eingerichtet. Wir sind irgendeiner Sache auf der Spur.«

»Mag sein. Können wir die Hütte betreten?«

Christina bewegte ihre Taschenlampe, und der Lichtkegel strich über die Tür. Sie fand die Klinke – und eine Kette darunter. »Ben ... Das hier ist ein Fahrradschloß.«

»Was?« Dünnes gelbes Plastik bedeckte die Kette. Das Schloß bestand aus drei kleinen Trommeln, die jeweils Zahlen von null bis sechs aufwiesen. »Benutzt das Amt für Alkohol, Tabak und Schußwaffen Fahrradschlösser, um seine Niederlassungen zu sichern?«

»Offenbar ist der Etat drastisch zusammengestrichen worden.« Christina begann damit, die kleinen Trommeln zu drehen.

»Was machst du da?«

»Ich knacke das Schloß. Hast du so etwas nie versucht, als Junge?«

»Nein.«

»Oh, natürlich nicht. Ich schätze, in Nichols Hills gab's gar keine Fahrradschlösser. Dort wurden vermutlich Wächter postiert, stimmt's?«

Christina rückte das Schloß in den Mittelpunkt von Bens Aufmerksamkeit. »Das ist ganz einfach. Man probiert an der ersten Trommel jede Zahl aus und zieht dabei an der Kette. Es gibt nur sieben Möglichkeiten. Wenn man die richtige Zahl eingestellt hat, so gibt die Kette ein wenig nach – der innere Bolzen des ersten Schloßdrittels hat sich gelöst. Anschließend nimmt man sich die zweite Trommel vor, und hier wiederholt sich alles: Auch in diesem Fall gibt die Kette ein wenig nach, wenn man die richtige Zahl findet. Bei der dritten Zahl löst sie sich ganz.«

»Du erstaunst mich einmal mehr mit deinen vielfältigen Kenntnissen.«

Kurze Zeit später stellte das Fahrradschloß kein Hindernis mehr dar. Ben gab der Tür einen behutsamen Stoß, und daraufhin schwang sie auf.

Im Innern der Hütte herrschte pechschwarze Finsternis, und daran änderte sich kaum etwas, als Ben mit seiner Taschenlampe leuchtete. Allerdings hörte er etwas, ein seltsames Rascheln und Kratzen.

Der Anwalt holte tief Luft und trat ein.

Er brauchte einige Sekunden, um die Geräusche zu identifizieren: Das Rascheln stammte von Flügeln, das Kratzen von Krallen an Metall. Das Licht der Taschenlampe glitt über einen niedrigen Tisch, auf dem Käfige aus Draht und Pappe standen.

»Sieh dir nur die armen Geschöpfe an«, sagte Christina. »Welcher Mistkerl hält sie hier in Käfigen?«

»Keine Ahnung«, erwiderte Ben. »Aber ich wette, dafür ist nicht das Amt für Alkohol, Tabak und Schußwaffen verantwortlich.«

»Mir ist es gleich, wer dahintersteckt. Ich lasse die Tiere frei.«

»*Stehenbleiben*!«

Ben und Christina wirbelten herum. Die Stimme war hinter ihnen erklungen, irgendwo in der Schwärze.

»Ich bin bewaffnet«, fügte der Unbekannte hinzu. »Machen Sie keine Dummheiten. Gehen Sie zur Tür, ganz langsam.«

Ben leuchtete in die entsprechende Richtung und bemerkte eine … recht kleine Gestalt. Vielleicht ein Liliputaner? Jemand auf Knien? Nein …

»Es ist ein Junge.«

»Ein *kleiner* Junge«, fügte Christina hinzu.

»Mit einer *großen* Waffe«, sagte der Knabe.

»Jaaaaaa!« heulte Ben. »Sei bloß vorsichtig! Sonst könnte das Ding losgehen!«

»Allerdings«, bestätigte der Junge und schob die Waffe drohend nach vorn. »Das wäre möglich.«

»Nicht schießen!« Ben hob die Arme vors Gesicht.

»Was für eine Haltung«, kommentierte Christina. »Ein solcher Mut angesichts tödlicher Gefahr ...« Sie trat dem Knaben entgegen.

Der Junge wich zurück und hob die Waffe. »Ich schieße, wenn Sie näher kommen.«

Christina gähnte demonstrativ. »Nur zu. Ich bin schon mal von einer Zwille getroffen worden. Es tut ein bißchen weh, aber das geht schnell vorbei.« Sie riß dem Jungen die hölzerne Waffe aus der Hand und gab sie Ben. »Vor einem Gummibaum zu zittern ... Kommst du dir nicht ein wenig albern vor?«

Ben wischte sich den Schweiß von der Stirn. »Ich stehe noch immer unter der Wirkung eines Schocks, weil neulich ein Irrer bei mir hereinplatzte und mit einer Kanone auf mich zielte.«

»Wie ich hörte, war jene ›Kanone‹ noch ungefährlicher als diese Waffe hier.« Christina wandte sich an den Jungen. »Wo liegt das Problem? Warum hast du uns mit der Zwille bedroht?«

Unerschütterliche Entschlossenheit zeigte sich in der Miene des Knaben. »Ich kann nicht zulassen, daß Sie die Vögel freilassen.«

»Und weshalb nicht? Es ist grausam, diese Tiere gefangenzuhalten.«

Der Junge tastete nach dem Falkenkäfig ganz links. Der Vogel darin preßte sanft den Kopf an seine Hand. »Sie brauchen Hilfe. Weil sie angeschossen oder auf andere Weise verletzt sind. Ich pflege und behandle sie. Und wenn sie wieder ganz gesund sind ... Dann lasse ich sie frei.«

»Jäger?« fragte Ben.

Der Junge nickte. »Und Fallensteller. Zum Glück für Sie habe ich heute den Wald durchkämmt und alle Fallen eingesammelt. So wie Sie durch die Gegend stolperten ... Sie wären bestimmt in ein Fußeisen oder so getreten.«

»Warum bringst du die Vögel nicht zum Tierarzt?« fragte Ben.

»Weil Tierärzte Geld verlangen. Wie alle anderen Leute auch.«

Ben beobachtete die Tiere mit neuem Interesse und sah: saubere Verbände, Gazestreifen, sogar kleine Schienen. Er mußte nun zugeben, daß der erste Eindruck getäuscht hatte. Dem Jungen schien es tatsächlich nur um das Wohl der Vögel zu gehen.

»Wie heißt du?«

Der Knabe zögerte. »Man nennt mich Wolf.«

»Wolf?« Ben mustert ihn – er hatte rötliche Haut und tintenschwarzes Haar. »Du bist Indianer, nicht wahr?«

»Mag sein.«

»Creek?«
»Vielleicht. Spielt's eine Rolle für Sie?«
»Wie lautet dein richtiger Name, Wolf?«
»Warum sollte ich Ihnen Auskunft geben?«
»Weil ich sonst deinen Eltern sage, daß du uns mit einer Zwille bedroht hast.«
»Namen sind etwas Persönliches.«
Christina trat vor. »Ich heiße Christina. Das ist Ben. Jetzt bist du dran.«
Der Knabe blickte zur Seite. «Lemuel.«
»Lemuel?« Es war noch schlimmer, als Ben gedacht hatte. »Nicht unbedingt ein Indianername, oder?«
»Es ist kein Name, der sich für einen Krieger eignet«, sagte der Junge.
Das konnte Ben kaum bestreiten. »Wir nennen dich Wolf. Wie lautet dein Nachname?«
»Natonobah.«
»Gut. Wolf Natonobah.«
»Du bist also ein Krieger«, stellte Christina fest. »So wie in *Der mit dem Wolf tanzt*?«
Die Miene des Jungen blieb steinern.
»Hast du den Film nicht gesehen?«
»Doch«, erwiderte er. »Hab' mich durch die Hintertür geschlichen, als im Kino das Licht ausging. Fand den Film gräßlich.«
»Wieso?«
»Ach, der ganze Unfug vom würdevollen Wilden und so. Ich möchte endlich mal einen Film sehen, in dem die Indianer den Weißen Mann durch die Mangel drehen. Bleichgesichter ruinieren alles.«
»Zum Beispiel diesen Wald?« fragte Ben.
»Ja. Und meine Vögel.«
»Vermutlich kommst du oft hierher.«
»Was dagegen?«
»Hast du hier ... verdächtige Aktivitäten bemerkt?«
»Heut abend habe ich zwei weiße Narren gesehen, die mit Taschenlampen umherschlichen.«
Ben lächelte unwillkürlich. »Du bist unserer Fährte gefolgt, nicht wahr?«
»Ich bin Ihnen gefolgt. Es war nicht nötig, irgendwelche Spuren zu lesen. Selbst ein Blinder hätte Ihnen folgen können.«
»Und sonst?«

»Ich habe andere Bleichgesichter gesehen, wenn Sie das meinen.«
»Jeweils am Montagabend?«
»Ja. Am letzten Montagabend landete ein kleines Flugzeug auf der Lichtung.«
Volltreffer. »Und was geschah dann?«
»Der Pilot stieg aus und begegnete einem Motorradfahrer. Die beiden Männer tauschten Pakete aus.«
»Und was enthielten die Pakete?«
Wolf blickte instinktiv zur Hosentasche, und eine halbe Sekunde später hob er wieder den Kopf. »Keine Ahnung.«
Zu spät. »Was ist in deiner Tasche?« fragte Ben.
»Das geht Sie nichts an.«
Der Anwalt gab seiner Begleiterin ein Zeichen. »Christina ...«
Die junge Frau trat hinter den Jungen und hielt seine Arme fest, während Ben ihn durchsuchte.
»Wo ist Ihr Haftbefehl, verdammt?« Wolf wand sich hin und her.
»Tut mir leid«, erwiderte Ben. »Aber wir sind keine Polizisten. Weit gefehlt.« Er holte einen kleinen transparenten Beutel aus einer Tasche der zerrissenen Jeans und richtete das Licht der Lampe darauf. Weißes Pulver glänzte in der Tüte.
»Meine Güte!« entfuhr es Christina. »Ist das etwa ...?«
»Ich weiß es nicht.«
»Nimm eine Geschmacksprobe vor.«
»So ein Blödsinn. Woher soll ich wissen, wie Kokain schmeckt?«
»Du hast doch für den Bezirksstaatsanwalt gearbeitet, oder?«
»Ja. Und am ersten Tag ließ er uns alle Aufstellung beziehen, damit wir Kokain probieren konnten. Ich bitte dich ...« Ben steckte die Tüte ein und beschloß, sich später genauer mit ihrem Inhalt zu befassen. »Hast du andere Treffen auf der Lichtung beobachtet, Wolf?«
»Nein. Aber vor zwei Wochen hörte ich ein seltsames Geräusch, und zwar ebenfalls an einem Montagabend. Ich war zu weit entfernt, um etwas zu sehen, aber ich glaube, das Brummen stammte von dem gleichen kleinen Flugzeug.«
»Das paßt zu dem, was Burris mir erzählt hat. Lieferung alle zwei Wochen.« Ben legte Wolf beide Hände auf die Schultern. »Wärst du imstande, die beiden Männer wiederzuerkennen?«
»Es war sehr dunkel. Aber meine Augen sind wie die des Falken Katar. Ja, ich könnte die beiden Männer wiedererkennen.«
»Christina ... Wenn wir herausfinden, wer die Drogen liefert und in

Empfang nimmt, so können wir beweisen, daß du nichts damit zu tun hast. Und vielleicht finden wir dabei auch den wahren Mörder. Bitte zeig uns die Lichtung, Wolf.«

Der Junge verschränkte die Arme. »Was ist für mich dabei drin?«

Ben entnahm seiner Brieftasche zwei Zwanzig-Dollar-Scheine. »Damit kannst du eine Menge Vogelfutter und auch Behandlungsmaterial kaufen.«

Wolf nahm die beiden Banknoten entgegen. »Na schön. Gehen wir.«

Er führte sie nach draußen und sicherte die Tür der Hütte wieder mit dem Fahrradschloß. Sie hatten kaum mehr als hundert Meter zurückgelegt, als Ben Wolf und Christina festhielt. »Pscht!«

»Nicht schon wieder!« stöhnte die junge Frau. »Hast du erneut etwas gehört?«

»Ja. Hinter uns.«

»Das hast du schon einmal behauptet.«

»Ja. Und wie sich herausstellte, folgte uns jemand – Wolf. Aber jetzt ist er hier, woraus sich die Frage ergibt: Wer folgt uns diesmal?«

Ben und Christina wechselten einen langen Blick, spähten dann in den dunklen Wald. Sie hoben ihre Taschenlampen, leuchteten hierhin und dorthin – ohne Ergebnis.

Ben spürte, wie es ihm kalt über den Rücken lief. Bereits vertrautes Unbehagen suchte ihn heim. Sah er Gespenster? Verlor er allmählich den Verstand? Oder verbarg sich tatsächlich jemand in der Finsternis? Vielleicht die gleiche Person, die ihnen vom Gefängnis aus gefolgt war und später Chaos in Christinas Apartment geschaffen hatte – falls sie auch dafür die Verantwortung trug?

Was beabsichtigte der Unbekannte?

»Wollen Sie die Lichtung sehen oder nicht?« fragte Wolf ungeduldig.

»Setzen wir unseren Weg fort«, sagte Ben. Sein Blick galt dem Pfad und Wolf, als sie durch den finsteren Wald wanderten.

Doch immer wieder lauschte er in die Richtung, aus der sie kamen.

## 2

Ben lenkte seinen Wagen über die geschwungene Zufahrt vor Margot Lombardis Haus. Sie wohnte im Viertel South Livingston Park, in der Nähe von Southern Hills. Das Gebäude entsprach dem französischen

Provinzstil: weiß getünchte Ziegel, eine blaue Markise am Eingang. Die Blumenbeete präsentierten rote Tulpen.

Die gläserne Eingangstür stand einen Spalt offen. Ben klopfte an.

»Kommen Sie herein«, erklang eine Stimme.

Er schob die Tür auf. Der Einrichtung im Foyer fehlte das Angeberische in der Art eines Reynolds – die attraktiven Möbel wirkten sowohl fragil als auch sehr geschmackvoll. Ben fand Mrs. Lombardi in einem tiefliegenden Wohnzimmer. Sie saß dort auf einem gestreiften Sofa, trug einen langen Rock, der ebenso schwarz war wie das schulterlange Haar. Die dunklen Augen blickten traurig.

Sie stellten sich vor.

»Danke dafür, daß Sie mich empfangen«, sagte Ben.

»Sie sind der Rechtsanwalt?« Margots Stimme klang zart, so zerbrechlich wie Kristall.

»Ja. Ben Kincaid lautet mein Name.«

»Für einen Anwalt scheinen Sie recht jung zu sein. Entschuldigen Sie bitte, aber habe ich Ihre Karte?«

»Nein. Ich verwende keine Visitenkarten. Bei den Dingern krieg ich das Grausen.«

Margot hob die dünnen Brauen. »Sie fürchten sich vor Visitenkarten?«

»Es ist eine lange Geschichte. Was dagegen, wenn ich mich setze?«

Die Witwe deutete zu einem Stuhl, den ein Couchtisch aus Kirschbaumholz vom Sofa trennte. Sie war groß und sehr schlank, wog bestimmt nicht mehr als fünfzig Kilo. Offenbar bevorzugte sie weite Kleidung – vielleicht versprach sie sich davon den Anschein einer Fülle, die ihr fehlte.

Ben schob seinen Oklahoma-Führerschein über den Tisch und achtete darauf, keinen der vielen Ziergegenstände umzustoßen. Ein seltsames Gefühl entstand in ihm: Er glaubte, daß der ganze Raum – und auch die Frau ihm gegenüber – splittern und sich auflösen mochte, wenn er nur zu laut atmete.

Margot betrachtete den Führerschein. »Bitte verzeihen Sie meine Vorsicht. Ich muß darauf achten, mit wem ich spreche. Die jüngsten Ereignisse sind schon schlimm genug, ohne daß Öl ins Feuer des Klatsches gegossen wird.«

Sie gab das Dokument zurück, und Ben bemerkte, daß ihre Fingernägel abgeknabbert waren. »Zunächst einmal ...«, begann er. »Ich möchte Ihnen mein herzliches Beileid in bezug auf den Tod Ihres Mannes aussprechen.«

Mrs. Lombardi forderte ihn mit einer knappen Geste auf, zur Sache zu kommen.

»Ich gehe einigen Spuren nach, die Ihren Mann und seine Geschäfte betreffen.«

»Um ganz ehrlich zu sein: Von Tonys Geschäften weiß ich kaum etwas«, erwiderte Margot. »Darüber dürfte das FBI weitaus besser informiert sein. Derzeit ermittelt es hinsichtlich seiner Unternehmen, offenbar mit der Absicht, sie unter Berufung auf irgendwelche Präklusionsgesetze zu beschlagnahmen.«

»Davon höre ich jetzt zum erstenmal.«

»Allem Anschein nach genügt es nicht, daß ich Witwe bin. Ich muß auch noch arm sein.« Falten bildeten sich in Margots Mundwinkeln. »Wie dem auch sein. Ich bin gerne bereit, Ihnen zu helfen, wenn ich kann.«

»Das ist sehr großzügig von Ihnen.«

»Ich möchte nur, daß Tonys Mörder zur Rechenschaft gezogen wird. Und ich bin keineswegs davon überzeugt, daß Ihre Klientin schuldig ist.«

Eine erfrischende Einstellung, fand Ben. »Was veranlaßt Sie, einen solchen Standpunkt zu vertreten.«

»Sie dürfte eher ein Opfer der Umstände sein. Tony neigte dazu, die an seinem Leben teilhabenden Menschen in Opfer zu verwandeln.«

Ben holte einen Notizblock hervor. »Worin bestanden die beruflichen Aktivitäten Ihres Mannes?«

»Er importierte Papageien aus Südamerika, um sie hier in den Vereinigten Staaten an Tierhandlungen, private Sammler und Zoos zu verkaufen. In der letzten Zeit überließ er den Vertrieb einer Firma von Albert DeCarlo.«

»Wie klappte das?«

»Oh, es muß schrecklich gewesen sein. Einzelheiten kenne ich nicht, aber Tony hielt die Verbindung mit DeCarlo für den schlimmsten Fehler, den er je gemacht hat.«

»Warum ließ er sich auf eine solche Beziehung ein?«

»Es war DeCarlos Idee. Er wandte sich an Tony, zeigte aus irgendeinem Grund Interesse an seinen Geschäften. Er meinte, sie könnten zur Basis einer profitablen Zusammenarbeit werden. Nun, er behielt recht.«

»Hat Tony viel Geld verdient?«

»Mehr, als er sich jemals erträumte. Angeblich lag es daran, daß De-

Carlo über weitaus bessere Vertriebskanäle verfügte, aber ich bin mir nie ganz sicher gewesen, ob das stimmt ...« Margot hob die Hand, strich mit den Fingerkuppen geistesabwesend über die Wange. »Ob sich die Kooperation lohnte oder nicht – sie erfüllte Tony keineswegs mit Freude. Ganz im Gegenteil: Sie entsetzte ihn.«

»Tatsächlich?«

»Eines Morgens, als ich nach unten kam, saß Tony schluchzend am Frühstückstisch. Heulte wie ein kleines Kind und wiederholte Worte, die jemand an ihn gerichtet hatte: ›Einmal dabei, immer dabei.‹«

Das Mafia-Prinzip. Warum hatte man Lombardi daran erinnert? überlegte Ben. Was mochte der Grund für diese Mahnung gewesen sein?

»Ich fragte ihn nach Details, aber er gab keine Auskunft. Er meinte, es sei zu gefährlich, darüber zu reden, sowohl für ihn selbst als auch für mich.«

»Die Omerta«, sagte Ben. »Das Unterweltgesetz des Schweigens. Eins der wichtigsten Prinzipien des organisierten Verbrechens.«

»Tony war innerlich nie sehr gefestigt«, fuhr Margot fort. »Durch DeCarlo wurde alles noch schlimmer. Mein Mann hatte fürchterliche Angst. Er fürchtete, daß ihn seine Beziehungen zu DeCarlo irgendwann ins Gefängnis bringen würden, und diese Vorstellung erfüllte ihn mit Grauen. Es gab praktisch nichts Schrecklicheres für ihn als das Gefängnis.«

»Glauben Sie, er hat versucht, die Verbindung mit DeCarlo zu lösen? Führte das vielleicht zu seiner Ermordung?«

»Nun, es wäre möglich. Mit Gewißheit kann ich das natürlich nicht sagen.«

»Wann haben Sie Tony zum letztenmal gesehen?«

Mrs. Lombardi dachte nach. »Ans Datum erinnere ich mich nicht. Unsere letzte Begegnung liegt mehrere Monate zurück. Seitdem läßt mich der Wächter im Apartmenthaus nicht mehr herein.«

»Er meinte, Sie seien eifersüchtig gewesen ...«

»Spud?« Margots Lippen formten ein verächtliches Lächeln. »Ich hatte mehrmals das zweifelhafte Vergnügen, den Alkoholdunst in seinem Atem zu riechen. An Ihrer Stelle würde ich seinen Angaben nicht zuviel Gewicht beimessen.«

»Und in jüngster Zeit haben Sie Ihren Mann nicht gesehen?«

»Nein. Allerdings habe ich von ihm gehört, und zwar an jenem Abend, an dem er starb.«

»Ach? Auf welche Weise?«

»Er rief mich an und klang so, als sei er der Panik nahe. Hörte sich vollkommen durchgedreht an. Er wies darauf hin, unbedingt Geld zu brauchen, doch den Grund dafür nannte er nicht.«

»Haben Sie ihm geholfen?«

»Wie denn? Ich hatte nur das Geld, das ich von ihm bekam – und er gab mir nicht viel.« Margots Gesicht war nun völlig ausdruckslos. »Ich habe ihn geliebt, ja, aber die traurige Wahrheit ist, daß es Tony an ... Stabilität mangelte. Manche Leute sagen sogar, er sei *schwach* gewesen.« Sie legte die Hände flach aufs Sofa. »Er wurde mehrmals in psychiatrischen Kliniken behandelt. Angeblich hatte er einen Selbstmordversuch hinter sich, was er mir gegenüber jedoch leugnete. Er war manisch-depressiv, wobei die depressive Seite überwog.«

»Genau die Art von Person, die DeCarlo leicht manipulieren konnte.«

»Ja, ich fürchte, das stimmt.«

»Wissen Sie etwas über den Assistenten Ihres Mannes, einen gewissen Lennie?«

»Lennie?« Mrs. Lombardi lachte humorlos. »Lennie kam zu Tony, als die Zusammenarbeit mit DeCarlo begann. Er war immer bereit, jede schmutzige Arbeit zu erledigen, um die sich Tony nicht selbst kümmern wollte.«

»Kennen Sie seinen vollen Namen?«

»Lucas Grundy.« Margot kam der Frage des Besuchers zuvor und fuhr fort: »Den Spitznamen ›Lennie‹ erhielt er von Tony. Er bezieht sich auf eine Gestalt aus dem Buch *Of Mice and Men**, glaube ich. Tony war recht belesen.« Erneut hob sie die Hand, und diesmal tasteten die Finger nach dem Hals. »Ich bezweifle sehr, ob es sich dabei um ein Kompliment handelte. Tony konnte manchmal sehr grausam sein.«

»Wissen Sie, wo Lennie wohnt?«

»Nein. Er kam immer zu mir – um mir die Schecks von Tonys Unterhaltszahlungen zu bringen.«

»Sie haben erwähnt, daß Sie Ihren Mann verließen, Ma'am.« Ben zögerte. Es gab praktisch keine Möglichkeiten, die nächste Frage auf eine taktvolle Weise zu stellen. »Ich weiß, daß es eine persönliche Angelegenheit ist, aber darf ich mich trotzdem nach dem Grund dafür erkundigen?«

Margots Lippen zitterten fast unmerklich, und es dauerte einige Se-

* John Steinbeck: Of Mice and Men, 1937: deutsche Erstausgabe 1940 unter dem Titel ›Von Mäusen und Menschen‹

kunden, bis sie erwiderte: »Einen Teil der Antwort kennen Sie bereits. Die Zusammenarbeit mit DeCarlo erwies sich als sehr ... anstrengend. Der Streß wirkte sich auf uns beide aus.«

»Und der Rest?«

Margot öffnete und schloß mehrmals den Mund. »Tony hatte einen ... ausgefallenen Geschmack.«

»Meinen Sie damit Dinge, für die er sein Geld ausgab?«

»Nein.« Mrs. Lombardi schien mit sich selbst zu ringen. Schließlich seufzte sie resigniert. »Nein, ich meine in sexueller Hinsicht.«

»Oh. Können Sie ...« Ben schloß die Augen und schluckte. »Gab es Probleme?«

Margots Blick schien durch ihn hindurch in die Ferne zu reichen. »Ja, die gab es tatsächlich. Ich sah mich außerstande, einige von Tonys Interessen zu teilen. Ich ... konnte ihn nicht befriedigen. So sehr ich es auch versuchte. Ich bemühte mich immer wieder, ohne Erfolg. Früher oder später langweilte ihn alles.«

Ben wartete, während die Witwe um ihre Fassung rang.

»Natürlich begann er damit, woanders Ausschau zu halten. Ich wußte davon, schwieg jedoch. Ich schien gar kein Recht zu haben, irgendwelche Einwände zu erheben – immerhin hatte ich Tony gegenüber versagt.«

Sie schloß die Augen. »Einmal inserierte er sogar in einer jener ... speziellen Zeitschriften. Sie wissen sicher, was ich meine. Mitteilungen für Paare, die bereit sind, sich an einem bestimmten Ort zu treffen. Zum ... Partnertausch.« Sie sprach das letzte Wort so aus, als sei es eine Spinne, die auf ihrer Zungenspitze hockte.

»Und haben Sie ...«

»Nein. Ich weigerte mich. Selbst nachdem Tony alle Vorbereitungen getroffen hatte. Er war sehr wütend, und anschließend wurde alles schlimmer.«

»Wie verhielt er sich Ihnen gegenüber?«

»Nun, ich weiß gar nicht, wo ich anfangen soll. Er ... fand Gefallen daran, mich zu bestrafen.«

»Sie zu bestrafen?« Ben spürte, wie ihm Hitze über den Nacken kroch. »Soll das heißen, er ... schlug Sie?«

»Ja. Mit einem Elektrostab. Von der Sorte, wie man sie bei Vieh verwendet.«

Ben starrte sie erschrocken an.

»Es gehörte zu seiner Manie, seiner Labilität. Manchmal veränderte sich Tonys Stimmung von einer Sekunde zur anderen. Dann war er frustriert und zornig, verspürte den Wunsch, jemanden zu schlagen. In solchen Fällen mußte ich als Blitzableiter für ihn herhalten.«

»Sie hätten ein billiges Service kaufen sollen«, sagte Ben. »Um Ihrem Mann Gelegenheit zu geben, Teller zu zertrümmern.«

»Das hätte ihm kaum genügt«, entgegnete Margot leise. »Teller schreien nicht. Teller vergießen keine Tränen.«

Stille folgte diesen Worten.

»Ich weiß gar nicht mehr, wie oft ich Blusen mit hohem Kragen, Schals und Sonnenbrillen tragen mußte. Manchmal blieb mir keine andere Wahl als zu Hause zu bleiben. Zweimal wurde ich ins Krankenhaus eingeliefert.« Margot starrte aus trüben Augen ins Nichts. »Dabei benutzte ich die üblichen Ausreden: die Treppe hinuntergefallen, über eine Topfpflanze gestolpert. Natürlich nimmt einem das niemand ab.«

»Es muß schrecklich für Sie gewesen sein.«

»Das ist noch nicht alles. Einer von Tonys Anfällen kostete uns ein Kind.« Die Witwe sah auf und begegnete Bens Blick. »Ich kann jetzt nicht mehr schwanger werden.«

»Wann haben Sie ihn verlassen?« fragte der Anwalt betroffen.

»Als er mit einem Lötkolben nach Hause kam. Hätten Sie das nicht ebenfalls zum Anlaß genommen, sich in Sicherheit zu bringen?«

»Und ob.« Ben wählte seine Worte mit besonderer Vorsicht. »An Ihrer Stelle wäre ich schon viel früher gegangen.«

Margot schüttelte den Kopf. »Das ist leicht gesagt. Leicht ge …« Sie unterbrach sich und schlug beide Hände vors Gesicht. »Wenn Sie mich jetzt bitte entschuldigen würden, Mr. Kincaid …«

Auf dem Rückweg zum Büro ließ Ben in Gedanken das Gespräch mit Mrs. Lombardi noch einmal Revue passieren. Seltsam: Er hatte nach einem Verbrecher gesucht – statt dessen ein weiteres Opfer gefunden. Ein Opfer der Grausamkeit, Habgier und des organisierten Verbrechens.

Ein weiteres Opfer des Mörders.

## 3

Ben saß mit Mike, Roger Stanford und Myra im Konferenzraum. Sie warteten auf Abshire, um mit der Offenlegung des Beweismaterials zu beginnen.

Die meisten Leute hielten Kriminalfälle für interessanter und aufregender als zivilrechtliche Prozesse. Ben teilte diese Ansicht nicht, und Tage wie dieser bestätigten ihn in seiner Auffassung. Die Offenlegung bei Strafprozessen war nie problemlos – fast immer versuchte die Anklage, irgend etwas zurückzuhalten. Dadurch wurde alles spannender, und es gab die Möglichkeit von Überraschungen bei der Verhandlung. Doch daran war Ben nicht interessiert. Er wollte Informationen, die es ihm erleichterten, Christina zu verteidigen und ihre Unschuld zu beweisen. Bisher hatte sich die Staatsanwaltschaft als ebenso kooperativ erwiesen wie ein Achtjähriger beim Zahnarzt.

Mike saß am einen Ende des Tisches und starrte an die Wand. Er hatte bisher kein einziges Wort an Ben gerichtet.

Schließlich kam Abshire herein, die Arme voller Akten. Er lud sie auf dem Tisch ab. »Bin sehr beschäftigt gewesen«, sagte er. »Entschuldigt bitte die Verspätung. Hoffentlich habt ihr nett miteinander geplaudert.«

Niemand antwortete.

»Sind Sie noch immer nicht bereit, das Handtuch zu werfen, Kincaid?«

Ben trachtete danach, ruhig zu bleiben. »Ich schlage vor, wir fangen jetzt an.«

»Oh, wir sind heute aber seeeehr gereizt.« Abshire öffnete die oberste Akte. »Mal sehen ... Die Verteidigung hat Einsichtnahme in entlastendes Beweismaterial beantragt. Gemeint sind sowohl die Unterlagen der Staatsanwaltschaft als auch die vom FBI erzielten Ermittlungsergebnisse. Tja, unglücklicherweise haben wir gar kein entlastendes Material, oder?«

Stanford wirkte verlegen. Mike brummte nicht einmal

Ben explodierte. »Zum Teufel auch, Abshire, ich habe Ihre verdammte Verschleierungstaktik satt. Ich werde mich an den Richter wenden.«

»Meinetwegen.«

Stanford rückte sich die Brille zurecht. »Vielleicht können wir Ihnen irgendwie helfen, wenn Sie direkte Fragen stellen, Mr. Kincaid.«

»Na schön. Versuchen wir's.« Ben blickte auf die Notizen, die er am Morgen gekritzelt hatte. Sie ließen sich kaum entziffern – ein großer Kakaofleck bedeckte den größten Teil des Zettels. »Was hat sich bei der Untersuchung von Christinas Blut ergeben?«

»Es fand gar keine derartige Untersuchung statt«, meinte Abshire gelassen.

Ben riß die Augen auf. »*Wie* bitte? Ich habe ausdrücklich um die Analyse einer Blutprobe gebeten. In Ihrer Gegenwart.«

»Ich fühle mich nicht verpflichtet, die Arbeit der Verteidigung zu erledigen. Sie hätte selbst für eine Untersuchung sorgen sollen.«

»Meine Klientin befand sich in Untersuchungshaft!«

»Sie hätten dafür sorgen können, daß man ihr nach der Entlassung ein wenig Blut abzapft.«

»Das habe ich auch. Aber es war bereits zu spät. Die Analyse blieb ohne ein schlüssiges Resultat.«

»Vielleicht deshalb, weil die Angeklagte schuldig ist.«

Ben sprang auf. »Sie dreimal verfluchter …« Seine Hände schlossen sich fest um die Tischkante. »Das trage ich dem Richter vor.«

Dieser Hinweis schien Abshire kaum zu beeindrucken. »Wie Sie wollen. Es ist mir völlig gleich, was Sie dem Richter vortragen. Bisher hat er noch nicht zu Ihren Gunsten entschieden, und ich halte es für recht unwahrscheinlich, daß er nun damit anfängt.«

Das stimmte, mußte Ben zugeben. Doch davon wollte er sich nicht an einem Versuch hindern lassen. »Was ist mit dem genauen Todeszeitpunkt?«

»Was soll damit sein?«

»Als ich zum letztenmal Gelegenheit bekam, mich danach zu erkundigen, bekam ich folgende Auskunft: Angeblich fiel es Koregai schwer, den exakten Zeitpunkt des Todes zu bestimmen. Koregai ist viel zu sehr erfahrener Profi, um bei so etwas auf Schwierigkeiten zu stoßen. Es sei denn, es gibt in diesem Zusammenhang irgendwelche ungewöhnlichen Faktoren.«

»Der Coroner hat von Problemen bei der Feststellung des Todeszeitpunkts berichtet und erwähnte widersprüchliche Untersuchungsergebnisse. Von entlastendem Beweismaterial kann dabei nicht die Rede sein.«

»Das behaupten Sie. Erlauben Sie mir, mit Koregai zu reden? Allein?«

»Erlauben Sie mir, mit Ihrer Klientin zu sprechen? Allein?«

»Nur wenn es Ihnen gelingt, die Fünfte Zusatzklausel unserer Verfassung außer Kraft zu setzen.«

Abshire verschränkte die Arme. »Dann dürfen Sie sich nur in meiner Anwesenheit mit Koregai unterhalten. Vorausgesetzt natürlich, er hat nichts zu tun.«

Ben mußte sich daran erinnern, daß es seiner Klientin nichts nützte, wenn man ihrem Anwalt Körperverletzung zur Last legte. »Haben Sie einen Paraffintest durchgeführt?«

»Äh, ja. Das könnte der Fall sein.«

»Und die Ergebnisse?«

»Sie sind nicht unbedingt entlastend.«

Stanford richtete einen strengen Blick auf seinen Schützling. »Ich glaube, ich bin noch immer Ihr Vorgesetzter, Agent Abshire«, sagte er. »Geben Sie Auskunft.«

»Ja, wir haben einen solchen Test durchgeführt«, sagte Abshire mit der Bitterkeit eines Kinds, das seine Süßigkeiten teilen mußte. »Mit negativem Ergebnis.« Er zog eine Mappe aus dem Stapel und warf sie dem Anwalt zu.

Ben sah sich den Inhalt kurz an. Aus seiner Zeit im Büro des Staatsanwalts wußte er: Das Abfeuern einer Schußwaffe setzte Gas und Schießpulverrückstände frei, darunter auch Nitratpartikel – solche Partikel hafteten an der Hand des Schützen fest. Der Test schien soweit in Ordnung zu sein: mit verdünnter Salpetersäure angefeuchtete Tupfer, anschließend eine Analyse der Neutronenaktivität. Das Resultat: Man hatte keine Nitratpartikel an Christinas Händen gefunden.

»Das ist großartig.« Ben warf Abshire einen finsteren Blick zu. »Und Sie haben das hier nicht für entlastend gehalten?«

»Wir sind verpflichtet, Ihnen entlastende *Beweise* vorzulegen. Das *Fehlen* von konkreten Hinweisen ist definitionsgemäß kein Beweis.«

»Sie wollten also nicht darauf hinweisen? Obgleich daraus Christinas Unschuld hervorgeht?«

»Da bin ich anderer Meinung.« Abshire riß dem Anwalt die Aktenmappe aus den Händen. »Schon mal was von Handschuhen gehört?«

»Ja. Haben Sie welche gefunden?«

»Und ob. Drei Paar.«

»Wo?«

»In Lombardis Kleiderschrank.«

»In seinem Kleiderschrank? Was soll das heißen? Glauben Sie etwa, Christina hat erst geschossen, dann die Handschuhe ausgezogen und sie in den Schrank zurückgelegt?«

»So hätte ich mich an ihrer Stelle verhalten«, erwiderte Abshire.

Ben biß so fest die Zähne zusammen, daß sie schmerzten. Der junge FBI-Agent scherte sich offenbar einen Dreck um das Beweismaterial. Ihm ging es einzig und allein darum, eine Verurteilung durchzusetzen. Ben sah zu Mike, doch der starrte noch immer an die Wand.

»Haben Sie mit irgendwelchen Zeugen gesprochen?« fragte Ben.

»Massenhaft –«

»Hat sich dabei etwas Entlastendes ergeben?«

»Eher dürfte das Gegenteil der Fall zu sein. Alle Leute, mit denen wir geredet haben, scheinen davon überzeugt zu sein, daß Ihre Klientin Lombardi ins Jenseits beförderte.«

»Was können Sie mir sonst anbieten?«

»Absolut nichts.«

Ben verstaute seine Notizen. »Na schön, Abshire. Einen Vorteil hat die Sache – dadurch verschwindet ein Teil meiner Verwirrung. Einige Sekunden lang dachte ich, zumindest etwas Anstand in Ihnen zu erkennen, doch jetzt weiß ich, daß es eine optische Täuschung gewesen sein muß.«

Stanford wandte sich ab und hob die Hand vor den Mund. Selbst Myra schien ein Lächeln zu unterdrücken. Und Mike? Sah er auf? Ben war nicht ganz sicher.

»Ich werde beantragen, Ihre Aussage beim Prozeß nicht zu berücksichtigen. Weil Sie hoffnungslos voreingenommen sind.«

»Offenbar planen Sie viele Anträge. Daran kann man vermutlich ablesen, welchen Erfolg Sie beim Richter haben.«

Mistkerl. »Wenn sich etwas Neues ergibt, so möchte ich von Ihnen informiert werden.«

»Natürlich.« Abshire lächelte. »Wenn es entlastend ist.«

Ben stand auf und zögerte kurz. Er wollte Mike eine letzte Chance geben, um laut und deutlich zu sagen, daß er mit dieser Sache nichts zu tun hatte, daß er verabscheute, wie Abshire und Moltke mit dem Fall umgingen.

Er hätte wenigstens zu erkennen geben können, daß er zuhörte.

Doch Mike saß einfach nur stumm da, zuckte mit keiner Wimper.

## 4

In Bens Büro herrschte Chaos, und zwar noch mehr als sonst.

Draußen demonstrierten Angehörige der Creek-Nation und bestanden darauf, daß der Fall McCall vor einem Stammesgericht verhandelt werden sollte. Ein großes Plakat verkündete: DAS GESETZ DES WEISSEN MANNES – DIE GERECHTIGKEIT DES WEISSEN MANNES.

Der Protest war natürlich sinnlos: Stammesgerichte sind nicht für Schwerverbrechen zuständig. Außerdem: Ben hatte doch versucht, den Fall nicht vor einem Bundesgericht verhandeln zu lassen. Warum protestierten die Indianer trotzdem vor seiner Tür? Weil ihnen der Aufenthalt im Gericht verboten war, vermutete er. Und weil sich die Reporter *hier* befanden.

Im Vorzimmer des Büros wimmelte es von Journalisten. Sie hielten ihre kleinen Kameras und Mikrofone wie spezielle Waffen. Einige von ihnen drängten sich an Jones' Tisch und versuchten, das Blatt in der Schreibmaschine zu lesen.

Sie bemerkten Ben, bevor er Gelegenheit bekam, in den Nebenraum zu fliehen. Eine große, dürre Frau näherte sich ihm. Er glaubte, sie aus den Nachrichten des Fernsehsenders Kanal 8 zu kennen.

»Mr. Kincaid!« rief die Frau, obwohl sie kaum einen halben Meter entfernt war. »Bitte geben Sie einen Kommentar ab.«

»Nein.« Er versuchte ohne Erfolg, sich an ihr vorbeizuschieben.

»Dürfen wir Ihrem Schweigen entnehmen, daß es Ihnen im Hinblick auf den bevorstehenden Prozeß an Zuversicht mangelt?« Das Mikrofon der Reporterin kitzelte Ben an der Nase.

»Nein, das dürfen Sie nicht. Wir sind sehr optimistisch. Die von der Anwaltschaft festgelegten Verhaltensregeln verbieten mir, konkrete Auskünfte in bezug auf den Prozeß zu geben.«

»Staatsanwalt Moltke ist ohne irgendwelche Vorbehalte bereit, mit uns Journalisten zu sprechen.«

»Kein Kommentar.«

Ein anderer Reporter – diesmal handelte es sich um einen großen Mann mit lockigem blonden Haar – kam aus der anderen Richtung.

»Stimmt es, daß eine radikale Minderheit der Creek gegen Ihre Rolle als Verteidiger protestiert und die Auslieferung der Mörderin verlangt?«

»Christina McCall ist keine Mörderin! Sie gilt als unschuldig, bis ihre Schuld eindeutig bewiesen wurde.«

»Die Anklage scheint völlig sicher zu sein, den Prozeß zu gewinnen. Können Sie uns mitteilen, mit welchen Beweisen Sie eine Verurteilung verhindern wollen?«

Ben spürte, wie Zorn in ihm zu brennen begann. »Nein«, sagte er und versuchte, ruhig zu bleiben.

»Mr. Kincaid, das Verfahren beginnt schon bald, und alles deutet darauf hin, daß man Ihre Klientin für schuldig erklären wird ...«

Ben stieß das Mikrofon beiseite und packte den Mann an den Aufschlägen des Zweireihers. »Haben Sie denn überhaupt keinen *Anstand*, Sie Idiot?«

Die Kameraleute im Zimmer eilten hin und her, als sie versuchten, sich in die beste Aufnahmeposition zu bringen.

»Begreifen Sie denn nicht, was Sie hier machen?« fuhr Ben fort. »Sie ruinieren die Objektivität der Geschworenen!«

»Wie meinen Sie das?« rief jemand.

»Ihnen geht es vor allem um Einschaltquoten und dergleichen, aber es sitzen eben nicht nur gewöhnliche Zuschauer vor den Fernsehschirmen, sondern auch potentielle Geschworene! Wenn Sie hier sagen, daß eine Verurteilung meiner Klientin praktisch schon feststeht, so glauben Ihnen jene Männer und Frauen, aus denen nachher die Jury gebildet wird!«

Voller Abscheu und Verachtung schob Ben den jungen Mann beiseite, doch der Weg war auch weiterhin versperrt. Die Reporter drängten noch näher, und überall glänzte das grelle Licht von Minischeinwerfern. Schweiß rann von Bens Schläfen, tropfte über den Hals zum Kragen. Er saß in der Falle.

Und die ganze Zeit über surrten Kameras.

Plötzlich ertönte eine laute Stimme. »He! Im Pfandhaus nebenan findet ein Raubüberfall statt! Die Gangster haben automatische Waffen!«

Sofort wandten sich die Journalisten der Tür zu, und dort kam es zu einem ziemlichen Durcheinander. Irgendwie gelang es den Reportern, sich durch den schmalen Ausgang zu quetschen.

Unmittelbar darauf kam der vom einen Ohr bis zum anderen grinsende Jones herein.

»Hallo, Boß. Geben Sie 'n Interview?«

»Nicht unbedingt«, erwiderte Ben. »Ich schätze, im Pfandhaus findet gar kein Raubüberfall statt, oder?«

»Nein.« Jones schloß die Tür hinter sich ab. »Aber stellen Sie sich nur einmal Burris' Gesicht vor, wenn plötzlich zwanzig Journalisten bei ihm hereinplatzen. Der Bursche hält sich vermutlich für den Star irgendeiner Live-Sendung.«

Ben malte sich das Geschehen nebenan aus. Er hätte die Szene gern gesehen.

»Was Sie gerade erlebt haben, war kaum der Rede wert«, fügte Jones hinzu. »Ich muß die Bande schon seit ein paar Tagen ertragen. Echte Geier.«

»Nein«, widersprach Ben. »Sie erledigen nur ihren Job.«

»Für Sie ist das leicht gesagt. Sie müssen die Typen hier nicht tagaus, tagein ertragen. Von den Creek-Protestlern da draußen ganz zu schweigen. Hier kommt man sich vor wie auf dem Präsentierteller. Ich habe das Gefühl, die ganze Zeit über beobachtet zu werden.«

»Das gilt für uns beide.« Ben seufzte. »Wir haben das fragwürdige Vergnügen, in Tulsa Schlagzeilen zu machen.«

»Nicht nur in Tulsa«, sagte Jones. Er zeigte dem Anwalt die jüngste Ausgabe des *Daily Oklahoman*. Dicke schwarze Buchstaben beanspruchten fast die halbe Titelseite: DROGENPRINZESSIN BALD VOR GERICHT.

»Hervorragend«, stöhnte Ben.

»Die Ermordung eines Drogenhändlers aus dem Cali-Kartell – das sind wichtige Nachrichten. Auch texanische Zeitungen berichten darüber.«

»Ich kann Publicity gut gebrauchen, aber nicht unbedingt von dieser Art. Hoffentlich kommt's irgendwo zu einer Naturkatastrophe, um die allgemeine Aufmerksamkeit von uns abzulenken. Ein kleiner Krieg wäre ebenfalls geeignet. Übrigens ... Was von Mike gehört?«

»Nein«, sagte Jones. »Ich habe mehrmals versucht, ihn telefonisch zu erreichen, doch er geht nie selbst an den Apparat. Und er ruft auch nicht zurück.«

Ben schüttelte den Kopf. Er konnte einfach nicht glauben, daß Mike den Kontakt mit ihm mied, daß er sich kompromißlos Moltke und Abshire unterordnete – auch auf die Gefahr hin, Christina dadurch ans Messer zu liefern.

»Bleiben Sie am Ball«, wandte er sich an seinen Sekretär. »Was muß sonst noch erledigt werden?«

»Wie wär's, wenn ich mir den Tatort ansehe?«

»Wie wär's, wenn Sie hierbleiben, beim Telefon?«

»Ich möchte endlich 'n bißchen Beinarbeit leisten, Boß.«

»Ich bin bereits am Tatort gewesen, und glauben Sie mir: Mein dortiger Aufenthalt war alles andere als aufschlußreich.«

»Sie haben gut reden. Um die interessanten Sachen kümmern Sie sich dauernd selbst. Ich muß hier den ganzen Tag lang Gläubiger, Betrunkene und Leute von der Presse abwimmeln.«

»So ist das Leben.«

»Ich bitte Sie, Boß: Geben Sie mir die Möglichkeit, einmal außerhalb dieses Büros aktiv zu werden. Ich bin durchaus in der Lage, mich auch unter widrigen Umständen zu behaupten.«

»Oh, bestimmt.«

»Ich meine es ernst. Wie soll ich Ihnen meine Fähigkeiten beweisen?«

Ben senkte den Blick und sah zwei Hühner, die nach seinen Schuhen pickten. »Nun«, sagte er langsam, »da Sie schon fragen ...«

## 5

Weiße Werbeleuchten blinkten am Cowpoke Motor Inn an der Interstate 44, kurz vor der Mautstelle von Turner Turnpike. Ein großes Hinweisschild teilte Ben mit, daß Zimmer frei waren (keine große Überraschung) und für zwölf Dollar gemietet werden konnten. Pro Nacht oder pro Stunde, fragte er sich.

Zwei muskulöse Männer standen auf dem Parkplatz, lehnten an der Ladeklappe eines Pickup. Irgend etwas Illegales schien sich hier abzuspielen, doch Ben hatte keine Zeit, um der Sache auf den Grund zu gehen. Er klopfte an die Tür. Nummer 13 – nicht schlecht.

Die Tür öffnete sich einige Zentimeter weit, wurde dann von einer Sicherheitskette blockiert. Eine schnabelförmige Nase erschien in dem Spalt.

»Wer is' da?« erklang eine Stimme.

»Ich bin Ben Kincaid, Rechtsanwalt.«

»Ich habe bereits einen Anwalt.« Der Typ wollte die Tür wieder schließen.

»Es geht mir nicht darum, Ihnen meine Dienste anzubieten.« Er schob einen Fuß vor und verhinderte dadurch, daß die Tür ins Schloß gedrückt werden konnte. »Ich vertrete Christina McCall.«

»Ach, tatsächlich? Können Sie das beweisen?«

»Durch die geschlossene Tür? Hören Sie: Wenn Sie nicht freiwillig mit mir reden wollen, so bleibt mir keine andere Wahl, als eine Vorladung zu erwirken. Dann kommt der Marshal und bringt Sie in den Gerichtssaal, wo alle hören können, was Sie zu sagen haben.«

Der Druck auf die Tür ließ nach.

»Und da der Marshal schon einmal hier ist ... Vermutlich nutzt er die gute Gelegenheit, sich bei Ihnen umzusehen – um festzustellen, ob sich was Interessantes finden läßt.«

Der Mann löste die Kette und ließ Ben eintreten. »Zehn Minuten«, sagte er. »Ich bin verabredet.«

Na klar, dachte Ben und sah sich um. Der Zustand des Zimmers hätte schlimmer kaum sein können. Schmutzige Kleidung, Zeitungen und Essensbehälter lagen verstreut auf dem Boden und dem zerwühlten Bett. Der Spiegel über der Frisierkommode wies mehrere Sprünge auf. Ben wußte nicht, ob es an Kleidung, Essensresten, der Toilette oder etwas anderem lag, aber eins stand fest: Es stank.

»Gemütliches Plätzchen«, sagte er und ließ sich auf den Stuhl neben der Tür sinken.

»Es gibt bessere«, erwiderte der Mann. »Aber dies ist weit und breit das einzige Motelzimmer, das weniger als fünfzehn Dollar kostet und den Playboy-Kanal hat. Für nur einen zusätzlichen Dollar.«

»Klingt großartig.«

»Ist es auch.«

»Meinem Sekretär fiel es alles andere als leicht, Sie zu finden.«

»Gut. Wenn ich Ihnen einen Rat geben darf, Kumpel. Sie sollten sich ebenfalls rar machen.«

»Warum?«

Der Mann beugte sich vor, und winzige Speicheltropfen flogen ihm von den Lippen, als er sagte: »Weil bestimmte Leute nicht wollen, daß im Hinblick auf Lombardis Ermordung Nachforschungen angestellt werden. Ich meine Leute, die nicht die geringsten Bedenken haben, jemandem das Gehirn aus dem Schädel zu ballern. Und Sie sind ihnen bekannt.«

Ben trachtete danach, nicht darauf zu reagieren. »Wirklich?«

»Und ob. Was ist noch gefährlicher als ein verdammter Killer, Kumpel? Ein Killer, der sich *fürchtet*, Mann! Und jene Leute haben jetzt Schiß.«

»Ich nehme an, damit meinen Sie Ihre früheren Arbeitgeber, oder?«

Keine Antwort.

»Darf ich Sie Lennie nennen? So lautet Ihr Spitzname, stimmt's?«

»Für meine Freunde bin ich Lennie. Aber Sie sind kein Freund.«

Ben hatte schon mehrmals erlebt, wie man Attribute wie ›aalglatt‹ und ›wieselartig‹ verwendete, um gewisse Menschen zu beschreiben. Seiner Ansicht nach gab es keine besseren Worte, um einen Eindruck von Lennie zu vermitteln. Er hatte einen bleistiftdünnen Oberlippenbart und lange Koteletten. Erscheinungsbild und Gebaren zeichneten sich durch etwas Öliges aus.

»Was Ihren letzten Arbeitgeber betrifft, Tony Lombardi ... Sie waren als eine Art Bote für ihn tätig, nicht wahr? Sowohl in geschäftlicher als auch in persönlicher Hinsicht.«

»Das stimmt«, sagte Lennie und streckte sich. Die Hemdsärmel waren hochgerollt, und ganz deutlich sah Ben die Einstichmale in den Armbeugen.

»Offenbar greifen Sie auch selbst mal in den Topf, was?«

Lennie zog die Arme ruckartig zurück. »Ich weiß überhaupt nicht, wovon Sie reden.«

»Schon gut. Was können Sie mir von Tonys Geschäften erzählen?«

»Welche meinen Sie?«

»Den Drogenhandel.«

»Keine Ahnung, Mann. Ich bin sicher, daß Tony nie gegen irgendwelche Gesetze verstoßen hat.«

Durch und durch loyal. Nun, der Selbsterhaltungstrieb spielte dabei sicher auch eine Rolle. »Na schön. Was hat es mit dem Papageienimport auf sich?«

»Was wollen Sie darüber wissen?«

»Er diente als Tarnung fürs Drogengeschäft, nicht wahr?«

»Gerade eben habe ich Ihnen gesagt ...«

«Ja, ja. Hatte ich ganz vergessen.« Ben versuchte es aus einer anderen Richtung. »Haben Sie jemals im Auftrag von Albert DeCarlo Dinge geliefert und etwas für ihn in Empfang genommen?«

»Sowohl als auch. Weshalb fragen Sie?«

»Um was ging's dabei?«

»Manchmal um Geld. Es wurde immer in meiner Gegenwart gezählt, sowohl beim Empfang als auch bei der Ablieferung. Um zu verhindern, daß ich auf dumme Gedanken komme, hieß es.«

»Und glauben Sie, das Geld war für die Bezahlung von Papageien bestimmt?«

»Ich habe nie gefragt, woher das Geld kam, und man hat's mir nie gesagt. Es ist nicht besonders ratsam, Albert DeCarlo gegenüber neugierig zu sein. Der Hurensohn kann verdammt ungemütlich werden.«

»Das klingt so, als sei er ein guter Bekannter von Ihnen.«

»In gewisser Weise ist er das auch. Ich kenne ihn, seit er ein kleiner Lümmel war. Habe schon für die Familie DeCarlo gearbeitet, als sein Vater noch das Sagen hatte.«

»In einem Gespräch mit mir meinte DeCarlo, daß er die Unternehmen seines Vaters umgestaltet. Angeblich soll alles ganz legal werden.«

Lennie lachte, und einige Sekunden später begann er zu husten. »Toller Witz. Ja, er verändert die Geschichte, aber mit mehr Legalität hat das nichts zu tun. Zwölf Jahre lang habe ich für seinen Vater gearbeitet, und nie ergaben sich Probleme. Doch dann übernimmt Albert junior den Laden, und sechs Monate später geschieht das.«

Er hob die rechte Hand. Beim kleinen Finger und auch beim Ringfinger fehlte das Stück über dem zweiten Knöchel.

»Wofür sind Sie auf diese Weise bestraft worden?«

»Glauben Sie etwa, daß ich Ihnen diese Frage beantworte? Ist nicht drin, Mann.«

»Wegen der Omerta?«

»Ja, wegen der verdammten Omerta! Einen solchen Fehler mache ich nicht noch mal.«

»Ich schätze, danach haben Sie aufgehört, für DeCarlo zu arbeiten, oder?«

»Aufgehört? Kumpel, es ist nicht möglich, einfach so bei DeCarlo zu kündigen. Er wies mich Lombardi zu. Er interessierte sich sehr für ihn und wollte jemanden in Tonys Laden haben.«

Das ergab durchaus einen Sinn. Und es erklärte Lombardis Feindseligkeit dem eigenen Gefolgsmann gegenüber. Lennie hatte seine Anweisungen von DeCarlo entgegengenommen, nicht von Lombardi. »Was wissen Sie über Christina McCall?«

»Was soll ich schon über sie wissen? Sie ist 'n dummes Flittchen, weiter nichts.«

Jemand sollte einen Kanister Benzin über diesem Mann leeren und dann ein Streichholz werfen, dachte Ben. »Haben Sie eine Ahnung, wieso Lombardi sie bat, zu ihm ins Apartment zu kommen?«

Lennie zuckte mit dem Schultern. »Wahrscheinlich steckt nur Zufall dahinter.«

»Sie bezweifeln also, daß Christina Tony umgebracht hat?«

»Was weiß ich? Ich war nicht dabei. Vielleicht hat sie ihn tatsächlich umgelegt. Andererseits: Wenn jemand so viele Feinde hat wie Lombardi, so sollte man sich hüten, voreilige Schlüsse zu ziehen. Meine Güte, insbesondere bei Frauen konnte Tony recht seltsam sein.«

»Davon habe ich gehört.«

»Mindestens hundertmal habe ich ihn mit seiner Angetrauten gesehen, aber wenn's mir nicht bekannt gewesen wäre ... Ich hätte sie nie für 'n Ehepaar gehalten. Kalt wie Eis.«

Ben rutschte auf dem Stuhl zur Seite – er fand einfach keine bequeme Position. Er lehnte sich nach rechts ... Und begriff plötzlich, daß er auf etwas saß. Er griff nach dem Gegenstand, der sich als eine schmutzige Unterhose entpuppte. Angewidert ließ er sie auf den Boden fallen.

»Tut mir leid«, sagte Lennie.

»Ja.« Ben beugte sich vor und bemerkte eine aufs Motel-Telefonbuch gekritzelte Telefonnummer. »Das hiesige FBI-Büro, nicht wahr?«

Lennie nahm das Telefonbuch und warf es zur anderen Seite des Zimmers. »Das geht nur mich etwas an.«

Ben kniff die Augen zusammen. »Haben Sie vor, der Anklage Beweismaterial zu liefern? Glauben Sie, sich damit reinwaschen und in Sicherheit bringen zu können?«

»Ich weiß überhaupt nicht, worauf Sie hinauswollen. Ihre zehn Minuten sind um.«

Ben stand auf, machte jedoch keine Anstalten, das Zimmer zu verlassen. »Was haben Sie mir bisher verschwiegen?«

»Ich habe von nichts 'ne Ahnung. Verschwinden Sie jetzt.«

Ben trat langsam auf ihn zu, mit einem frostigen Glanz in den Augen. »Du verdammter Wurm! Das FBI wäre überhaupt nicht an einem Miesling wie dir interessiert, wenn du nicht irgend etwas hättest, das die Anklage verwenden kann. Heraus damit!«

»Von wegen, du Arschloch! Von mir erfährst du nichts mehr.«

»Spuck's aus, verdammt!«

Wie der Blitz griff Lennie unters Kissen und holte eine kleinkalibrige Pistole hervor. »Na schön, du Scheißkerl. Ich habe dich gewarnt! Raus jetzt!«

»Nicht schon wieder ...« Ben wich langsam zurück. »Ich hab's satt, daß mich dauernd irgendwelche Leute mit Waffen bedrohen!«

»Ich wollte freundlich sein«, sagte Lennie. Seine Hände zitterten. »Aber Sie müssen mich unbedingt herumstoßen. Nun, irgendwann ist das Maß voll. Sie waren gerade der Tropfen, der das Faß zum Überlaufen bringt.«

Er drückte ab. Es krachte, und die Kugel bohrte sich dicht über Bens Kopf in die Wand. Diesmal wurde es ernst.

»Verschwinden Sie jetzt endlich, oder was?«

»Ich gehe, Lennie. Sehen Sie? Ich öffne die Tür.«

»Und ich zähle bis fünf, Mann. Eins, zwei ...«

Bei *fünf* befand sich Ben schon auf der Interstate.

# 6

Er hatte gehofft, ihr nicht erneut zu begegnen.

Aber natürlich war sie da: Marjorie saß am Schreibtisch des Empfangszimmers der Kanzlei Swayze & Reynolds und tippte fleißig. Wenn sie vorher den Eindruck einer Schwangerschaft im zehnten Monat erweckt hatte, so mußten es jetzt zwölf Monate sein. Als sie Ben begrüßte, sprach sie ihn mit dem Namen an.

Nun, er hielt es für ein gutes Zeichen, daß sie sich daran erinnerte. »Hallo, Marjorie. Ich möchte Mr. Reynolds sprechen.«

»Sie stehen nicht in seinem Terminkalender. Vielleicht haben Sie angerufen, während ich beim Lamaze-Kurs gewesen bin?«

»Nein, ich hab's leider versäumt, einen Termin zu vereinbaren. Wie dem auch sei: Es geht um eine sehr wichtige Angelegenheit.«

Marjorie runzelte die Stirn, drückte eine Taste der Wechselsprechanlage und sprach einige leise Worte. Kurz darauf sagte sie: »Es tut mir leid, Mr. Kincaid. Mr. Reynolds hat zu tun ...«

»Richten Sie ihm folgendes aus: Wenn er mich nicht innerhalb von fünf Minuten empfängt, zertrümmere ich die Lalique-Vase.«

Reynolds kam zwei Minuten später.

»Ich bedauere, daß Sie warten mußten«, sagte Reynolds, als er Ben zu seinem Büro führte. »Ich habe mit meiner Frau telefoniert. Der Richterin.«

Wie interessant, fuhr es Ben durch den Sinn. Ich dachte schon, es könnte eine andere Ehefrau gemeint sein.

Er betrat Reynolds' Büro, und dort erwartete ihn eine Überraschung: Margot Lombardi saß am Konferenztisch.

Sie ersparte Reynolds die Mühe einer Vorstellung. »Mr. Kincaid und ich kennen uns bereits«, sagte sie. »Nun, ich möchte mich für mein Verhalten entschuldigen. Es war nicht richtig von mit, Sie mit meinen Problemen zu belasten.«

»Schon gut«, erwiderte Ben.

»So etwas ist unverzeihlich. Ich sollte mich endlich zusammenreißen, den Kummer überwinden und das Leben fortsetzen. Diesen Rat hat mir Mr. Reynolds gegeben. Er ist Tonys Testamentsvollstrecker.«

»Davon habe ich schon gehört.«

»Das FBI scheint fest entschlossen zu sein, Tonys Besitz mit illegalem Drogenhandel in Verbindung zu bringen«, erklärte Reynolds.

»Dadurch würde eine Beschlagnahme möglich. Bis eine endgültige Entscheidung fällt, liegt der ganze Besitz auf Eis.«

»Ich verstehe nicht, weshalb man so etwas angeordnet hat«, klagte Margot. »Womit habe ich das verdient?«

»Keine Sorge.« Reynolds klopfte ihr auf die Schulter, und für einige Sekunden schien er etwas Menschliches zu bekommen. »Es wird alles gut.«

»Ich wollte Sie nicht stören ...« Plötzlich bereute Ben sein nicht sehr taktvolles Auftreten.

»Das haben Sie auch nicht«, sagte Margot. »Ich bin auf dem Weg nach draußen.«

Sie stand auf, und Reynolds geleitete sie zur Tür. Anschließend nahm er zusammen mit Ben am Tisch in der Mitte des Raums Platz.

»Wie geht's Polly?« fragte Kincaid.

»Oh, sie ist ... wohlauf.«

Ben sah zum Papagei, der fast völlig reglos in seinem kleinen Käfig hockte. Er glaubte, gewisse Veränderungen zu erkennen. Polly präsentierte noch immer ein prächtiges purpurnes Blau, aber der Glanz wirkte ein wenig getrübt. Die vorher rotbraunen Schwanzfedern waren fast schwarz. Ganz unten im Käfig bemerkte Ben mehrere Federn.

»Sie hat damit begonnen, sich selbst zu rupfen!« entfuhr es ihm.

»Wie bitte?«

»Langdell hat mir davon erzählt – von Papageien, die sich selbst die Federn ausrupfen.«

»Clayton Langdell ist ... eine Art Extremist«, sagte Reynolds quälend langsam.

»Mag sein. Aber er kennt sich mit Papageien aus. Es handelt sich um ein anomales Verhalten: Der Papagei schnappt über und fängt an, sich selbst zu verstümmeln.«

»Das halte ich für extrem unwahrscheinlich.«

»Und doch geschieht es, hier und jetzt«, beharrte Ben. »Sie müssen den Vogel freilassen. Oder ihn jemand anvertrauen, der Papageien richtig zu pflegen weiß.«

»Mr. Kincaid ... Haben Sie eine Ahnung, wie wertvoll dieser Vogel ist?«

»Und wenn schon. In dem Käfig dort befindet sich kein Waterford-Kristall, sondern ein lebendes Wesen, dem Achtung und Respekt gebührt.«

Reynolds lächelte dünn. »Sind Sie in letzter Zeit häufig mit Mr. Langdell zusammen?«

»Ich habe in seinen Broschüren gelesen.«

»Das erklärt eine Menge. Nun, gibt es *juristische* Dinge, die Sie mit mir erörtern möchten? Oder sind Sie nur gekommen, um meinen Papagei zu bewundern?«

»Ich bin hier, um Sie noch einmal um Einsicht in Lombardis finanzielle Unterlagen zu bitten.«

»Mr. Kincaid …«

»Hören Sie mich zuerst an. Ich weiß, daß Sie nicht verpflichtet sind, auf ein solches Anliegen einzugehen, aber ich hoffe, daß Sie mir meine Bitte trotzdem erfüllen. Ich muß mehr über Lombardi erfahren, insbesondere im Hinblick auf seine Geschäfte mit DeCarlo. Die in Ihrem Besitz befindlichen Dokumente könnten mir wichtige Hinweise darauf liefern, wer hinter Lombardis Ermordung steckt. Sie sind bestimmt nicht so herzlos, eine frühere Angestellte zum Tode verurteilen zu lassen, nur um das Vertrauen eines Klienten zu wahren.«

»Ihre Hyperbel ändert nichts an meiner Einstellung, Mr. Kincaid. Wer garantiert mir, daß die Dokumente von Ihnen nicht zum FBI gelangen und dort zum Anlaß genommen werden, jene Vermögenswerte zu beschlagnahmen, die Margot Lombardi zustehen? So etwas darf ich auf keinen Fall riskieren. Darüber hinaus gefällt es mir ganz und gar nicht, daß Sie versuchen, mich in ethisch-moralischer Hinsicht unter Druck zu setzen.«

»Mr. Reynolds, Sie tragen eine gewisse Verantwortung für Christinas Situation. Bisher bestand Ihre einzige Reaktion in der Entscheidung, Ms. McCall zu entlassen. Ich gebe Ihnen nun Gelegenheit, ihr zu helfen.«

»Sie vergeuden Ihre Zeit, Mr. Kincaid.«

»Warum möchten Sie die Unterlagen unbedingt geheimhalten?«

»Ich verstehe nicht, was Sie meinen.«

»Sie sind keineswegs dumm, Reynolds. Und ich kann mir nicht vorstellen, daß sich überhaupt kein Mitgefühl in Ihnen verbirgt – auch wenn Sie versuchen, einen solchen Anschein zu erwecken. Deshalb lautete die einzige Erklärung: In den Unterlagen gibt es Informationen, die Sie mir ganz bewußt vorenthalten wollen.«

»Spekulieren Sie ruhig. Es ist mir gleich – mit einer Einschränkung. Wenn Sie außerhalb dieses Büros spekulieren, und noch dazu laut, vielleicht vor der Presse … Dann finden Sie sich im Gerichtssaal wieder. Nicht als Anwalt, sondern als jemand, der verklagt wurde.«

»Erlauben Sie mir wenigstens, bei der Testamentseröffnung einen Blick in die Dokumente zu werfen. Der letzte Wille des Verstorbenen, seine früheren Erklärungen, die Verteilung des Besitzes ... Ich möchte wissen, wer ein Motiv hatte, Lombardi umzubringen.«

»Ausgeschlossen.«

»Irgendwann müssen die Unterlagen der Öffentlichkeit zugänglich gemacht werden.«

»Das dürfte noch eine Weile dauern. Sie sollten beantragen, den Prozeß zu verschieben.«

»Das habe ich bereits. Sogar mehrmals. Doch die Anträge wurden abgelehnt. Ich muß die Dokumente *jetzt* sehen.«

»Tut mir leid.«

»Sind Sie ein Begünstigter? Hat Lombardi auch Ihnen etwas vermacht?«

Reynolds starrte Ben so an, als hätte er endgültig den Verstand verloren. »Als Begünstigter kann ich wohl kaum die Aufgaben eines Testamentvollstreckers wahrnehmen. Das sollten Sie eigentlich wissen.«

»Hat Lombardi die Einrichtung eines Wohltätigkeitsfonds bestimmt? Und Sie als Vermögensverwalter eingesetzt?«

»Ich ... er ...«, stotterte Reynolds.

»Ja, jetzt fällt bei mir der Groschen. Sie werden bald zum Vorsitzenden des Lombardi-Gedenkfonds für Witwen und Waisen.«

Reynolds schnitt eine grimmige Miene, stritt jedoch nicht ab.

»Vermutlich freuen Sie sich schon darauf, J. P. Morgan zu spielen und ganz nach Belieben Geld an Wohltätigkeitsvereine zu verteilen. Solange die entsprechenden Organisationen Ihren Ansprüchen genügen. Wenn der Fonds groß genug ist, könnten Sie dadurch fast so wichtig werden wie Ihre Frau.«

»Ich glaube, Sie sollten jetzt besser gehen, Mr. Kincaid.«

Von wegen. »Komische Sache. Nach dem, was ich bisher über Lombardi gehört habe, scheint er kein besonders wohltätiger Typ gewesen zu sein. Wäre möglich, daß die Sache mit der Treuhandschaft ganz allein auf Ihrem Mist gewachsen ist? Vielleicht haben Sie das echte Testament und die damit zusammenhängenden Dokumente vernichtet, um alles so zu drehen, wie Sie es sich wünschen. Das würde erklären, warum Sie sich so hartnäckig weigern, mir Einsicht zu gewähren. Wenn ich die Unterlagen sorgfältig prüfe ... Könnte ich dann Spuren Ihrer Manipulationen entdecken?«

»Gehen Sie.«

»Nachdem ich die Papiere gesehen habe.«

Reynolds stand auf und trat zum Bücherschrank an der Nordwand des Zimmers. »Sehen Sie diese Schublade, Mr. Kincaid? Darin liegen jene Dokumente, die Sie sich so gern ansehen würden. Und wissen Sie was? In den Unterlagen *wimmelt's* nur so von Informationen, die Sie gut gebrauchen könnten. Es gibt zahlreiche Hinweise auf die Geschäfte zwischen Lombardi und DeCarlo.«

Er hob die Stimme. »Und wissen Sie noch etwas, Mr. Kincaid? Sie werden die Dokumente nie zu Gesicht bekommen. Haben Sie gehört? *Nie*!«

Er deutete zur Tür. »Verschwinden Sie jetzt, wenn Sie vermeiden möchten, daß ich die Polizei rufe.«

Ben verließ das Büro und schenkte Marjorie im Vorzimmer ein freundliches Lächeln.

Na schön, Reynolds, dachte er. Du sollst deinen Willen haben. Ich gehe.

Aber ich kehre zurück.

## 7

»Es hat dir nie an verrückten Ideen gefehlt, aber das ist die verrückteste von allen!«

Christina saß auf dem Sofa in Bens Büro und stopfte sich ein großes Kissen unter ihre weite Bluse. »Es wird klappen! Wart's nur ab.«

»Wenn's *nicht* klappt, landen wir beide im Gefängnis.«

»Der Anstoß kam von dir«, sagte Christina. »Ich habe dir zugehört, mir anschließend alles gründlich durch den Kopf gehen lassen und dann eine Möglichkeit gefunden, um ans Ziel zu gelangen – *c'est à dire* Reynolds Unterlagen.« Sie schob das Kissen in den oberen Teil eines Bezugs, drehte den unteren und ließ ihn in der Hose verschwinden. »Du hast mir erzählt, wo sich die Dokumente befinden. Außerdem wissen wir, daß Marjorie an jedem Morgen das Büro öffnet und abends abschließt. Was für uns noch wichtiger ist: Wir wissen auch, daß sie einen Lamaze-Kurs besucht. Wenn man alle Punkte berücksichtigt, so kann sich nur ein Plan daraus ergeben.«

»Ein toller Plan. Ich sollte ihn zum Anlaß nehmen, auf Unzurechnungsfähigkeit zu plädieren.« Ben schritt auf und ab. Da sein Büro nicht viel Platz bot, mußte er sich häufig umdrehen.

»Leider habe ich keinen Schlüssel«, fügte Christina hinzu. »Nur Reynolds hat einen. Und natürlich die Empfangsdame.«

»Bist du sicher, daß ihr Kursus im St. Francis stattfindet?« fragte Ben.

»*Oui*. Vom Büro aus sind es nur ein paar Schritte bis zum Krankenhaus. Und wohin sollte sie sonst gehen?«

Ben setzte seine unruhige Wanderung fort. »Selbst wenn wir diese Sache durchziehen ... Wie beschaffen wir uns die Unterlagen?«

»Mir fällt schon was ein, Ben. Zunächst einmal nehmen wir uns die Frau vor. Der Rest ergibt sich von allein.« Mit Klebeband sorgte Christina dafür, daß ihr Kissen nicht verrutschen konnte. »Wir improvisieren.«

»Wird Marjorie dich nicht erkennen?«

»Nein. Ihre Arbeit für Swayze & Reynolds begann an dem Tag meiner Kündigung. Sie hat mich kaum gesehen.«

»Der alte Kissen-unterm-Hemd-Trick ...« Ben schüttelte fassungslos den Kopf. »Darauf fällt niemand rein.«

»Ich bin gleich soweit.« Christina rückte das Kissen zurecht, klopfte darauf, verwendete noch mehr Klebeband und ließ dann die Bluse sinken. »Na, was hältst du davon?«

Ben betrachtete das Ergebnis. Um ganz ehrlich zu sein: Seine Klientin sah wie eine Schwangere aus. »Eines Tages wirst du eine wundervolle Mutter.«

»Aber dann möchte ich nicht von einem Augenblick zum anderen hochschwanger sein. Hilf mir mit dem Kopftuch.«

Christina hob das Haar, und Ben zog ihr das Tuch über den Kopf. »Ich trage auch dickes Make-up auf«, fuhr sie fort. »Um mein allgemeines Aussehen zu verändern. Wahrscheinlich würde mich ohnehin niemand erkennen, aber man kann nie wissen. Immerhin: In letzter Zeit haben die Zeitungen oft über eine sogenannte Drogenprinzessin berichtet.«

»Ich habe kein gutes Gefühl dabei, Christina. Vielleicht bringen wir den ganzen Fall in Gefahr.«

Sie antwortete nicht, öffnete die Puderdose, betrachtete ihr Abbild im Spiegel und begann damit, Make-up aufzutragen.

Ben begriff, daß ihn Christina absichtlich ignorierte. Er war so sehr mit seinen eigenen Gedanken beschäftigt gewesen, daß er einen wichtigen Punkt übersehen hatte: Für seine Klientin ging es nicht nur darum, einen Prozeß zu gewinnen oder zu verlieren. Wenn ein Erfolg ausblieb, drohte ihr der Tod.

»Willst du dich wirklich darauf einlassen?« fragte er.

Christina nickte.

»Na schön.« Er lächelte. »Vervollständige deine Tarnung. Aber verzichte bitte darauf, die falsche Brille mit dem Groucho-Schnurrbart zu tragen.«

Ben und Christina passierten eine Tür mir der Aufschrift: LAMAZE – ENTBINDUNGEN IM SEPTEMBER. Der Raum dahinter wies gewisse Ähnlichkeiten mit einem Klassenzimmer in der Grundschule auf: Bunte Ausschneidepuppen hingen an den Wänden, neben angeblich inspirierenden Postern, die Botschaften verkündeten wie WENN DIR DAS LEBEN LIMONEN GIBT, SO MACH LIMONADE DARAUS. Überall gab es Fotos von Babys, und für Ben sahen sie alle gleich aus – wie Miniaturversionen von General Schwarzkopf.

»Sie steht da drüben in der Ecke«, flüsterte er Christina zu. »Die Blonde. Neben dem Typ in der Tweed-Jacke.«

Christina nickte. »Jetzt verstehe ich, warum sie dir auffiel. Das Stillen dürfte ihr keine Probleme bereiten.«

Sie schlenderten zur anderen Seite des Zimmers.

»Mr. Kincaid!« entfuhr es Marjorie. »Was führt Sie hierher?a

»Nun ...« Er räusperte sich. Jetzt ging's los. »Der Kursus im St. John's fiel heute aus. Deshalb beschlossen wir hierherzukommen.«

»Oh, ich weiß, wie Sie empfinden«, sagte Marjorie. »Ich verabscheue es, auch nur eine einzige Stunde zu versäumen. Dabei habe ich das Gefühl, mein Baby zu betrügen, verstehen Sie?«

»Ja.«

»Die Verantwortung beginnt mit der Empfängnis, stimmt's?«

Marjorie deutete auf ihren Begleiter. »Das ist Rich, mein Mann.«

Sie schüttelten sich die Hände. »Freut mich, Sie kennenzulernen«, sagte Ben. Rich schien im gleichen Ausmaß wie er davon begeistert zu sein, sich an diesem Ort aufzuhalten.

»Die Empfängnis ist leicht«, fuhr Marjorie fort. Es schien ihr Lieblingsthema zu sein. »Aber was danach kommt, bringt weitaus mehr Probleme mit sich. Nun, um ein Auto zu fahren, braucht man einen Führerschein – ganz klar. Aber niemand benötigt eine Erlaubnis, um ein Kind zu bekommen. Meiner Ansicht nach ist das falsch. Man sollte eine Art Zeugungsgenehmigung einführen.«

Rich lächelte schief und gab Ben damit folgendes zu verstehen: Er wünschte sich, daß seine Frau endlich aufhörte, über Zeugung und Empfängnis zu faseln.

»Ich wußte gar nicht, daß Sie bald Vater werden«, meinte Marjorie. »Und ich erfahre erst jetzt, daß Sie verheiratet sind.«

»Ich bin's nicht«, sagte Ben.

»Ohhh.« Sie warf einen kurzen Blick auf Christinas weit vorgewölbten Bauch. »Nun, es lag keineswegs in meiner Absicht ...«

»Ben vertritt heute abend meine Mann«, behauptete Christina. »Wir sind alte Freunde.«

»Ich verstehe«, entgegnete Marjorie. »Wie nett von Ihnen. Nun, da kommt die Lehrerin. Wir sollten jetzt unsere Plätze einnehmen.«

Die Paare ließen sich im Halbkreis auf den Boden sinken, wobei die Männer jeweils hinter den Frauen saßen. Die Lehrerin – sie trug ein unübersehbares Namensschild mit der Aufschrift VICKIE, LEHRERIN – näherte sich und nahm im Lotossitz vor dem Halbkreis Platz. Sie war zierlich gebaut und hatte kastanienbraunes Haar, trug einen rosaroten Pulli und einen kurzen Roch. Sie wirkte nicht wie eine Lehrerin, eher wie ein Cheerleader*. Ben stellte sich vor, wie sie bei jeder Geburt ›Hurra!‹ rief.

»Hallo, ihr Lieben«, sagte Vickie munter. »Wie fühlen wir uns heute? Lieben wir unser Leben, unseren Körper, unser Baby und vor allem uns selbst?«

Zustimmendes Gemurmel erklang. Doch eine mißmutige Seele wies darauf hin, sie habe es satt, ›dick zu sein‹.

Vickie richtete den Zeigefinger auf die betreffende Frau. »Das ist die falsche Einstellung, Sarah. Es handelt sich um genau jenen Negativismus, den wir hier ausmerzen wollen. Denken Sie immer daran: Sie sind nicht dick, sondern schwanger.«

»Wo ist da der Unterschied?« flüsterte Ben. Christina gab ihm einen Klaps.

»Um heute abend das Eis zu brechen, habe ich etwas Besonderes geplant«, verkündete Vickie. »Außerdem wird es uns helfen, unsere positiven Energien auf das neue Leben auszurichten.« Sie verteilte violettes Papier. »Jeder von Ihnen nimmt ein Blatt und formt daraus etwas, das die aktuellen Gefühle in bezug aufs ungeborene Kind symbolisiert.«

* Cheerleader: bei zumeist sportlichen Veranstaltungen der Anführer bzw. Anheizer beim Beifallrufen

»Ich bin *kein* Origami-Künstler*«, hauchte Ben.

»Warum willst du unbedingt ein Muffel sein?« Christina reichte ihm ein großes Blatt. »Genießen wir ein wenig *joie de vivre*.«

Marjorie berührte Christina am Bein. »Auch Rich ist brummig«, sagte sie und lachte leise. »Männer sind doch mitleiderweckend, oder?«

»Ja«, bestätigte Christina. »Man könnte meine, sie sähen im Falten von Papier eine Gefahr für ihre Potenz.«

Ben begann damit, das violette Blatt in eine neue Form zu bringen. Ach, ist das nicht lustig?

Nach einer Weile bat Vickie um Erklärungen in Hinsicht auf die Resultate. Es gab mehrere Herzen, einige Betten (sie repräsentierten den Schlaf, den die Eltern bald nicht mehr bekommen würden, beziehungsweise den Geschlechtsakt, der zur aktuellen Situation geführt hatte) und mehrere Häuser (ein Symbol der Familieneinheit beziehungsweise der zweiten Hypothek, die erforderlich wurde, um dieses freudige Ereignis zu bezahlen). Christina schuf einen Kalender – weil sie von jetzt an jeden Tag Gott für das herrliche Geschenk danken wollte.

Lieber Himmel, dachte Ben. Sie ist noch sentimentaler als die wahren werdenden Mütter.

»Und was haben Sie gefaltet, Mr. Kincaid?« fragte Vickie.

Ben hob sein Kunstwerk. »Ein Kissen.«

Christina erbleichte, drehte ruckartig den Kopf und starrte ihn an.

»Weil ich von meinen Kindern eine Polsterung fürs Alter erwarte«, erläuterte er.

»Oh, natürlich.« Alle lachten, bis auf Christina.

»Das hat eine Menge Spaß gemacht«, sagte Vickie, als es wieder still wurde. »Ich habe eine Menge daraus gelernt, und Ihnen geht es hoffentlich ebenso. Ich fühle viel Liebe in diesem Zimmer.«

Wie kann sie nur so lebhaft sein? fragte sich Ben. Jemand sollte einen Eimer mit eiskaltem Wasser über Vickie entleeren, um ihr Feuer zu löschen.

»Kommen wir nun zu den Atemübungen. Angenommen, Sie spüren starke Wehen. Denken Sie daran, kurz und flach einzuatmen, anschließend tief auszuatmen. Vermeiden Sie auf diese Weise die Hyperventilation.«

* Origami: Bezeichnung für die in Japan beliebte Kunst des Papierfaltens (kleine Puppen, Vögel usw.) – *Anmerkung des Übersetzers.*

Ben beobachtete, wie die Frauen im Halbkreis schnauften. Sie bliesen die Wangen wie Backenhörnchen auf. Kurz, kurz, kurz – lang. Kurz, kurz, kurz – lang.

»Pscht!« Christina schob sich etwas näher. »Du sollst meine Hand halten.«

»Warum denn? Kannst du nicht allein atmen?«

»Es gehört dazu, du Narr. Hier!« Sie drückte ihre Hand in seine.

Ben fühlte warme, weiche Haut, spürte sogar den Puls, während Christina ein- und ausatmete.

»Wo ist Ihr Fokus, Mr. Kincaid?«

Er sah auf. Vickie schien mit ihm unzufrieden zu sein, auf ein muntere Weise. »Wie bitte?«

»Sie sind ihr Partner, Mr. Kincaid. Es ist ihre Aufgabe, den Fokus mitzubringen.«

»Den Fokus?«

»Ja. Ein vertrautes Objekt, auf das Ihre Partnerin positiv reagiert und ihr dabei hilft, die Atemenergien zu konzentrieren. Es ist eine allgemein anerkannte Methode. Wird sie nicht auch im St. John's verwendet?«

»Äh ... tut mir leid«, erwiderte Ben. »Ich hab den Fokus vergessen.«

»Hmph.« Vickie stand auf und ging mürrisch fort.

Wundervoll, dachte Ben. Jetzt ist die Lehrerin sauer auf mich.

Sie kehrte mit einem kleinen Teddybären zurück. »Nehmen Sie das hier«, sagte sie zu Christina. »Und hoffen wir, daß der Partner, der Sie normalerweise begleitet, nicht so vergeßlich ist.«

»Ich möchte Ihnen auf keinen Fall zur Last fallen, aber ... Darf ich Sie um einen anderen Fokus bitten? Mit Stofftieren habe ich vor kurzer Zeit einige sehr unangenehme Erfahrungen gemacht.«

Vickie schürzte andeutungsweise die Lippen, und der verdrießliche Aspekt in ihrer Lebhaftigkeit verstärkte sich ein wenig. Sie ging erneut fort, kam kurz darauf mit einem Foto, das einen dicken Säugling zeigte. Wortlos legte sie es vor Christina auf den Boden.

Etwa zehn Minuten lang wartete Ben geduldig, während die Frauen ihre Atemübungen fortsetzten. Er glaubte, ausgezeichnete Arbeit beim Händehalten zu leisten.

»Na schön«, sagte Vickie schließlich. »Jetzt wird's Zeit für die Bauchmassage.«

»Nein«, flüsterte Ben. »Ich lehne strikt ab.«

»Ben …«, raunte Christina. »Hör endlich auf damit, ein Spielverderber zu sein.«

»Ich weigere mich, hier zu hocken und ein Kissen zu massieren!«

»Nur zu«, sagte Vickie, und ihr Blick galt Ben. »Holen Sie das Körperpolster hervor.«

Ben runzelte verwirrt die Stirn. »Körperpolster?«

Vickie rollte mit den Augen und wandte sich ab. Sie hielt ihn vermutlich für einen hoffnungslosen Fall.

»Ein festes Kissen«, erklärte Marjorie. »Damit Ihre Bekannte den Bauch abstützen kann.«

»Leider hab' ich meins zu Hause liegenlassen«, sagte Christina, und ihr Tonfall brachte tiefes Bedauern zum Ausdruck.

»Oh, wie schade«, erwiderte Marjorie voller Anteilnahme. »Für den Rest der Stunde brauchen Sie unbedingt ein Körperpolster.«

»Ich muß versuchen, ohne ein Kissen zurechtzukommen«, meinte Christina kummervoll. »Es sei denn, jemand hat zwei und kann mir eins leihen.«

»Ich habe noch eins im Büro«, sagte Marjorie. »Es sind nur einige Dutzend Meter die Straße runter.«

»Das ist sehr großzügig von Ihnen«, warf Ben ein. »Aber ich möchte nicht, daß Sie hier etwas versäumen.«

»Danke«, entgegnete Marjorie. »Wie wär's, wenn Sie es holen?«

»Ich?«

»Nun, Ihre Bekannte sollte besser hierbleiben. Und Sie … Offenbar haben Sie derzeit nicht sehr viel zu tun.«

»Ja, stimmt.« Ben versuchte, seine Freude zu verbergen. »Ich gehe.«

Marjorie kramte in ihrer Handtasche. »Hier ist der Schlüssel. Bestimmt ergeben sich keine Probleme. Der Wächter beginnt erst um acht damit, die Namen der Besucher zu notieren.«

»Das ist sehr nett von Ihnen«, sagte Christina. »Herzlichen Dank dafür.«

»Nicht der Rede wert. Immerhin geht's nur um ein Kissen.«

Da irrst du dich, dachte Ben. Es geht um weitaus mehr. »Ich beeile mich.«

Er beeilte sich tatsächlich.

Und er nahm die Dienste des nächstgelegenen Schlossers in Anspruch.

# 8

Ben hob die schweren Aktenkartons aus dem Kofferraum seines Accord und stellte sie vor dem Oneok-Gebäude auf den Bürgersteig. »Ich dachte, wir sind übereingekommen, uns nie wieder auf so etwas einzulassen.«

»Diesmal sieht die Sache ganz anders aus«, sagte Christina. Sie schob die Kartons auf eine Sackkarre. »Dies ist nicht annähernd so gefährlich.«

»Ich kann leider kaum einen Unterschied erkennen. Es ist spät am Abend, und wir beabsichtigen, in ein Büro einzubrechen. In dem Gebäude gibt es Wächter, und eine viel zu hohe Wahrscheinlichkeit spricht dafür, daß man uns auf frischer Tat ertappt.«

»Ja.« Christina nickte und erinnerte sich an den früheren Einbruch. »Aber hier treiben sich keine Dobermänner herum.«

»Stimmt. Jetzt fühle ich mich schon viel besser.« Ben neigte die Sackkarre nach hinten und schob sie zum Eingang des Bürogebäudes. Er trug Bluejeans und ein blaues Arbeitshemd. Christinas Aufmachung bestand aus: einer hautengen schwarzen Hose, einer schwarzen Bluse und einer paillettenbesetzten schwarzen Jacke mit goldenem Lamékragen.

»Übrigens ...«, sagte Ben. »Wenn du versucht hast, dich unauffällig zu kleiden, so blieben deine Bemühungen ohne Erfolg.«

»Ich trachte nicht danach, unsichtbar zu sein«, erwiderte sie beleidigt und hielt die Tür auf.

Ben schob die Karre durch den Zugang.

Der Wächter saß hinter einem großen, ovalen Tresen und sah auf, als sie sich ihm näherten. »Kann ich Ihnen helfen?« fragte er.

»Wir haben eine Lieferung für Quinn Reynolds«, sagte Ben.

»Ist schon ziemlich spät für irgendwelche Lieferungen.«

»Der Verkehr, wissen Sie. Wir mußten diese Dokumente von Amarillo hierherbringen.«

Der Wächter nickte Christina zu. »Gehören Sie zu ihm?«

»Ja. Haben Sie mich noch nie gesehen? Ich arbeite als Rechtsassistentin für Mr. Reynolds. Meine Aufgabe besteht darin, die Unterlagen auszuwerten.«

»Morgen früh erwartet uns Richter Schmidt. Mr. Reynolds dürfte sehr ungehalten sein, wenn wir dann nicht vorbereitet sind.«

Als er den Namen des Richters hörte, gab der Wächter seine Bedenken auf. »Haben Sie einen Schlüssel?«

»Natürlich«, sagte Christina. »Wie sollten wir sonst ins Büro gelangen?«

»Na schön. Ich lasse Sie passieren.« Der Uniformierte führte die Besucher zum Lift. Christina und Ben folgten ihm. Nachdem sich die Tür des Aufzugs geöffnet hatte, schob der Wächter eine Karte in den Schlitz dicht unterhalb der Etagentasten.

»Rufen Sie mich an, wenn Sie irgendwelche Probleme haben. Apparat 4571.«

»In Ordnung.« Die Tür glitt wieder zu.

Ben und Christina seufzten erleichtert. »Na bitte«, sagte die junge Frau. »Ich wußte ja, daß es ganz einfach sein würde. Es kam nur darauf an, genug Mumm aufzubringen.«

»Noch haben wir's nicht überstanden.«

Im zehnten Stock verließen sie den Lift und näherten sich dem Eingang von Swayze & Reynolds. Ben schob den Schlüssel ins Schloß und drehte ihn. Die Tür schwang auf.

Es ertönte kein Alarm – soweit schien alles klar zu sein. Allerdings … Vielleicht wurde jetzt ein *stiller* Alarm ausgelöst.

Sie eilten durchs Vorzimmer und erreichten kurz darauf Reynolds' Büro. Der Papagei hockte wie üblich in seinem Käfig. »Hallo, Polly.«

Der Vogel reagierte nicht und sah noch schlimmer aus als bei Bens letztem Besuch. Die Augen waren trüb, und die zuvor so kräftigen Farben des Gefieders wirkten nun verblaßt. Auf dem Boden des Käfigs hatten sich noch mehr Federn angesammelt.

Ben deutete zu einem großen Bücherschrank. »Die Dokumente befinden sich dort drin.«

Christina betrachtete das Schloß. »Ein Kinderspiel. Bei Raven, Tukker & Tubb habe ich häufig solche Schlösser geknackt. Um meine vierteljährlichen Beurteilungen zu lesen.«

Sie nahm eine Büroklammer vom Schreibtisch, bog sie auseinander und schob ein Ende ins Schloß. Anschließend drehte sie die Klammer versuchsweise hin und her – bis Ben ein leises Klicken hörte.

Christina lächelte triumphierend, als sie die Schublade aufzog.

»Ist nicht gerade dazu gedacht, Staatsgeheimnisse aufzubewahren«, kommentierte sie.

»Zum Glück für uns.« Ben blickte auf die Beschriftungen der Akten. »Reynolds hat nicht übertrieben – dies sind die benötigten Unterlagen.« Er nahm drei dicke Mappen aus der Schublade und schloß sie dann.

Einige Sekunden lang überflog er die ersten Dokumente. »Genau das, was wir brauchen. Hier drin steht, wieviel Geld Lombardi von DeCarlo bekam. Die Informationen betreffen Namen, Datum und Ort. Hast du einen Kopierer?«

»Und ob.« Christina zog ein handtellergroßes Gerät aus der Tasche.

»Das ist ein Kopierer?«

»Du siehst hier die *Crème de la crème* aller Kopierer. Erfaßt jeweils vier mal acht Zoll und arbeitet sehr leise.«

»Was hat dich der Apparat gekostet?«

»Nur zwanzig Dollar. Hab' ihn von Burris. Stammt aus zweiter Hand.«

»Mindestens.« Ben reichte Christina die Dokumente. Sie schaltete das Gerät ein. Es summte leise, und eine rote Kontrollampe blinkte.

»Paß auf.« Sie zog den Scanner über die erste Seite der zu kopierenden Akte und drückte dann einen Knopf. Bedrucktes Papier glitt hinten aus dem Apparat, doch nach zwei oder drei Sekunden blieb das Blatt stecken und verstopfte den Ausgabebereich. Der Kopierer vibrierte, und ein schrilles Pfeifen ertönte.

»Schalt das Ding aus!« zischte Ben. Christina unterbrach rasch die Stromversorgung, und allmählich verklang das Pfeifen.

Ben seufzte. »Soviel zur *Crème de la crème*. Verlang das Geld zurück.«

»Geht nicht. Burris gibt keine Garantie.«

»Aus gutem Grund. Hier steht doch sicher irgendwo ein Fotokopierer, nicht wahr?«

Christina zeigte ihm den Weg. Am Ende des Flurs wandten sie sich nach links und betraten das Lager. Durch ein großes, von einer Wand zur anderen reichendes Fenster fiel ein wenig Licht in den Raum. Ben sah Papiermesser, Schreibmaschinenpapier, Drucker, einen Computer und in der Ecke einen großen Fotokopierer.

»Bleib vom Fenster weg«, riet Ben seiner Begleiterin. »Wir dürfen nicht riskieren, von der Straße aus gesehen zu werden.« Er spähte auf den Kopierer hinab. »Ich weiß nicht, wie man das Ding einschaltet. Hast du eine Taschenlampe?«

»Ja.« Christina holte eine kleine, stabförmige Lampe hervor. Mattes Licht flackerte kurz und wich dann wieder Dunkelheit.

»Stammt sie auch von Burris?«

»Ja.«

»Dachte ich mir. Beim nächsten Mal solltest du zunächst auf einem Test bestehen. Oder besser noch: Geh ins nächste Kaufhaus.«

»Nachher ist man immer schlauer.«

»Hilf mir, dieses Monstrum ins Licht zu ziehen.« Ben zerrte an dem Fotokopierer. Zwar war die Maschine mit Rädern ausgestattet, aber es schien sich um ein besonders schweres Exemplar zu handeln – das Ding bewegte sich erst, als auch Christina daran zog. Gemeinsam rollten sie das Gerät von der Wand fort.

Ben betrachtete das Kontrollfeld im durchs Fenster hereinsickernden Zwielicht. Er sah mindestens hundert Tasten: Einige waren rund, andere quadratisch rechteckig. Hinzu kamen verschiedene Farben und in einigen Fällen kurze Erläuterungstexte, die alles noch rätselhafter machten. Ben wußte nicht, wo er anfangen sollte.

»Laß dir von einer gefeuerten Rechtsassistentin helfen«, sagte Christina. Sie drückte einen großen grünen Knopf, und daraufhin erwachte der Fotokopierer zu summendem Leben.

»Sieh dir nur die vielen Tasten an«, staunte Ben. »Dieser, Apparat kollationiert, heftet, vergrößert, verkleinert, kopiert auf beiden Seiten und noch dazu in Farbe.«

Christina runzelte die Stirn. »Jungen und ihre Spielzeuge. Hör jetzt auf zu sabbern und mach dich an die Arbeit.«

Eine halbe Stunde später waren fast alle Dokumente fotokopiert. Ben griff nach Christinas Schulter.

»Hast du was gehört?«

»O Himmel, fang bitte nicht schon wieder an.«

»Ich meine es ernst. Horch.«

Christina lauschte, und nach einigen Sekunden hörten sie es beide: Schritte. Und Stimmen. Jemand näherte sich.

»Der Wächter aus dem Erdgeschoß?«

Ben schüttelte den Kopf. »Vielleicht ein Angestellter. Oder ein Polizist. Oder … Es könnte sogar Reynolds sein! Schnell, versteck dich!« Er griff nach den Dokumenten, nahm sowohl Originale als auch Kopien, huschte damit in den Schrank hinter dem großen Gerät. Christina folgte ihm.

Leise schlossen sie die Tür. Im Innern des Schranks war es stockfinster. Der Platz reichte gerade für die von ganz oben bis ganz nach unten reichenden Regale – den Aufenthalt von zwei erwachsenen Menschen hatte an diesem Ort niemand vorgesehen. Sie gingen in die Hocke und horchten.

»Ich könnte schwören, daß ich etwas gehört habe, Joe«, sagte jemand jenseits der Tür.

»Das bildest du dir nur ein«, brummte eine zweite Stimme. »Der Clown namens Reynolds geht spätestens gegen Viertel nach Fünf. Um diese Zeit ist er nie hier.«

»Noch ein Grund mehr, nach dem Rechten zu sehen. Au!«

Ben hörte dumpfes Pochen, gefolgt von einem halblauten Fluch. Durchs Schlüsselloch sah er, wie der Lichtstrahl einer funktionierenden Taschenlampe hin und her zuckte.

»Sieh dir das an«, ertönte wieder die erste Stimme. »Der verdammte Fotokopierer steht mitten im Zimmer. Ich hätte mir den Tod holen können.«

»Das wäre ziemlich peinlich«, sagte der andere Mann. »Stell dir nur den Nachruf vor: Frank Kellerman, Nachtwächter. Durch einen Fotokopierer ums Leben gekommen.«

»Sehr witzig. Komm, hilf mir, das Ding an die Wand zu schieben.«

Ben und Christina hielten den Atem an. Sie erstarrten förmlich und versuchten, nicht das geringste Geräusch zu verursachen. Zwei Sekunden später spürte Ben, wie etwas gegen die Schranktür stieß.

»Schon besser«, meinte die erste Stimme. »Meine Güte! Das eigene Büro in eine Todesfalle zu verwandeln ... Typisch Anwalt. Erhoffte sich wahrscheinlich einen Unfall und dadurch einen neuen Klienten.«

»Klar, Frank. Wenn du jetzt damit fertig bist, hier alles umzuräumen ... Ich schlage vor, wir setzen die Suche nach dem angeblichen Eindringling fort.«

Ben spitzte die Ohren, während sich die Schritte entfernten.

»Glaubst du, sie reden mit dem Wächter im Erdgeschoß?« fragte Christina.

»Vielleicht. Er wird ihnen sagen, daß wir eigentlich hier sein sollten. Und da sie uns nicht vorfanden, nehmen sie an, daß wir den Hinterausgang benutzt haben. Keine Sorge, in dieser Hinsicht droht uns nicht die geringste Gefahr.« Ben seufzte und versuchte, die Schranktür zu öffnen.

Sie blieb geschlossen.

»Ich fürchte, es hat sich gerade ein neues Problem ergeben.«

»Ich finde das nicht komisch, Ben.«

»Ich auch nicht.« Er übte mit der flachen Hand Druck aus, doch die Tür rührte sich nicht von der Stelle. Als er sich mit der Schulter dagegenstemmte, gab sie etwa einen halben Zentimeter weit nach, mehr nicht.

»Omeingott«, sagte Christina. »Die Nachtwächter haben den Fotokopierer an die Schranktür geschoben, nicht wahr?«

»So sieht's aus.« Ben drehte den Türknauf in beide Richtungen, ohne Erfolg. »Was noch schlimmer ist: Ich fürchte, die Maschine ist unter den Knauf geklemmt. Sie läßt sich nicht fortschieben, und für uns bedeutet das: Wir sitzen hier fest.«

»Omeingott, Omeingott, Omeingott«, brachte Christina hervor. »Was unternehmen wir jetzt?«

»Nicht viel, da wir uns hier kaum rühren können.«

»Und morgen früh? Was machen wir, wenn die Leute kommen und uns in diesem Schrank finden?«

»Das wird sich herausstellen, wenn's soweit ist.«

»Kannst du uns nicht irgendwie befreien?«

»Wie denn? Unglücklicherweise habe ich den Schweißbrenner zu Hause gelassen. Das gilt auch für Schraubenzieher und Hammer. Versuch besser, es dir so bequem wie möglich zu machen.«

Ben lehnte sich an die Seitenwand und streckte die Beine. Viel zu schnell stieß er dabei an ein Hindernis.

Er vernahm gedämpftes Keuchen in der dunklen anderen Hälfte des Schranks. »Sind das deine Füße, Ben?«

»Ja. Riechen sie?«

»Nein, eigentlich nicht. Trotzdem wäre ich dir dankbar, wenn du sie aus meinem Mund nimmst.«

»Entschuldige.« Er zog die Beine wieder an, kam sich dadurch vor wie eine zu groß geratene Kugel. »Kennst du einen guten Witz?«

»Nein. Seit einigen Tagen ist mir kaum zum Scherzen zumute.«

»Mir ebensowenig.« Ben versuchte, Christinas Gesicht in der Finsternis zu erkennen, aber es war unmöglich. »Übrigens ... Beim Lamaze-Kursus warst du echt Spitze. Die Schwangere zu spielen.. Das kann wohl kaum einfach für dich gewesen sein.«

»Eigentlich schon. Und es hat Spaß gemacht. Ich habe dir einmal erzählt, daß ich ... eine Chance bekam, Mutter zu werden. Ich ließ die Gelegenheit verstreichen, aus Gründen, die mir jetzt banal erscheinen. Und so wie sich mein Leben in der letzten Zeit entwickelte ... Ich fürchte, mehr Schwangerschaft als ein Kissen unter der Bluse kann ich nicht erwarten.« Sie zögerte kurz. »Danke dafür, daß ich mich eine Stunde lang wie eine Mutter fühlen durfte.«

Ben schwieg. Christina hielt immer wieder Überraschungen für ihn parat.

»Da wir hier schon ein kleines Tête-à-tête veranstalten ...«, sagte die junge Frau nach einer Weile. »Darf ich dir eine persönliche Frage stellen?«

»Ich höre.«

»Warum nimmst du kein Geld von deiner Mutter?«

»Wieso glaubst du, daß sie mir was angeboten hat?«

»Der gesunde Menschenverstand teilt es mir mit. Wenn du einfach so fünfzig Riesen für die Kaution lockermachst ... Dann dürfte es dir eigentlich keine Schwierigkeiten bereiten, genug Geld für ein besseres Büro zu finden.«

»Ich möchte beruflich von niemandem abhängig sein.«

»Oh, natürlich. Ben Kincaid, der ewige Einzelgänger. Er läßt nicht zu, daß sich andere Leute in sein Leben einmischen. Er wird mit allem allein fertig.«

»Das habe ich nicht gesagt.«

»Aber darauf läuft's hinaus. Meine Güte, vielleicht hast du dir das eine oder andere Mal die Finger verbrannt, aber das ist noch lange kein Grund, dich vom Rest der Welt abzukapseln. Laß zu, daß dir andere Leute helfen.«

»Andere Leute verwirren mich. Ich komme besser allein zurecht.«

»Hast du diese Weisheit vom Psychiater?«

Ben schwieg. Woher wußte sie davon?

»Deshalb brauchst du dich nicht zu schämen«, fuhr Christina fort. »Auch ich bin beim Psychiater gewesen. Kurz nach meiner Scheidung. War ziemlich erledigt. Eine Stunde lang habe ich auf der blöden Couch gelegen und einem Burschen mit Bart und Notizblock in der Hand mein Herz ausgeschüttet. Hat überhaupt nichts genützt. Bin nie wieder hingegangen.«

»Muß ziemlich schlimm gewesen sein«, murmelte Ben. »Die Scheidung.«

»Ja, das stimmt.« Christina atmete tief durch. »Lieber Himmel, Ben, du bist dreißig Jahre alt und durchaus attraktiv. Wieso heiratest du nicht endlich?«

Ben biß sich auf die Lippe. Nicht hier. Nicht vor Christina.

»Ben?« Sie beugte sich vor und berührte ihn an der Schulter. »Ich wollte nicht zu neugierig sein. Es tut mir leid, wenn ich ...«

»Schon gut«, sagte Ben schnell.

»Ich glaube, ich habe dir noch gar nicht richtig dafür gedankt, daß du meinen Fall übernommen hast. Dadurch bleibt dir keine Zeit für andere Klienten, mit denen du mehr Geld verdienen könntest.«

»Ja, es ist wirklich bedauerlich. Schon seit Tagen klopfen die Industriebosse bei mir an.«

»Trotzdem … *merci.*« Christina lehnte sich wieder zurück. »Glaubst du, wir kommen hier raus?«
»Nicht vor morgen früh.«
»Ohne daß man uns erwischt?«
»Das erscheint mir unwahrscheinlich.«
»Dir fällt bestimmt was ein.« Christina rutschte einige Male hin und her. »Ich schätze, wir sollten jetzt schlafen.«
»Seit einer Weile fällt's mir schwer, selbst in meinem Bett Ruhe zu finden. Ich bezweifle, ob ich hier mit erholsamem Schlaf rechnen darf.«
Christina gähnte. »Ich bin ziemlich müde. Was dagegen, wenn ich eine Zeitlang abschalte?«
»Nein, natürlich nicht.«
»Danke. Wenn du mir ein Schlaflied singen möchtest …«
»Das einzige Lied, dessen Text ich kenne, heißt ›Oklahoma‹.«
»Vielleicht morgen früh.« Sie kam etwas näher, kuschelte sich an Ben.
Er hörte, wie sie regelmäßig ein- und ausatmete. Innerhalb weniger Minuten war sie eingeschlafen.

»Christina?«
Sie rührte sich nicht. Ben gab ihr einen behutsamen Stoß. »Christina? Wach auf. Draußen tut sich was.«
»Was … Wo … *Ben*?« Einige Sekunden später fiel ihr alles ein. »Wir stecken in einem Schrank, nicht wahr?«
»Ich fürchte, das stimmt.«
»Habe ich geschlafen?«
»Tief und fest. Die ganze Nacht.«
»Meine Güte. Du hast mich doch nicht schnarchen gehört, oder?«
Ben lächelte und beschloß, die Wahrheit für sich zu behalten. »Nein.«
Christina versuchte, sich aufzurichten. »Meine Beine sind schwer wie Blei.« Sie streifte die Schuhe ab.
»Ja, auch ich fühle mich ziemlich steif.«
»Hast du geschlafen?«
»Kaum. Aber ich habe versucht, mich sowenig wie möglich zu bewegen. Um dich nicht zu wecken.«
»Wie nett von dir.«
»Pscht! Schritte.«

Sie lauschten dem Klacken von kleinen Absätzen im Korridor. Jemand näherte sich, betrat den Lagerraum und verharrte abrupt. »Was ...« Die verblüffte Stimme einer Frau. Sie kehrte in den Flur zurück. »Können Sie einmal herkommen, Cliff?«

Wieder ertönte das Geräusch von Schritten: kein Klacken diesmal, sondern ein leises Quietschen. Turnschuhe, vermutete Ben. »Was ist los, Marjorie?«

»Sehen Sie sich den Fotokopierer an. Wieso steht er mitten im Zimmer?«

»Keine Ahnung.«

»Haben Sie und die anderen gestern abend damit herumgespielt?«

»Nein, Marjorie. Ehrlich.«

»Sie wissen schon ... Grimassenschneiden. Das Hinterteil fotokopieren und so.«

»Ganz bestimmt nicht.«

»Nun, helfen Sie mir, das Ding zurückzuschieben. Sonst kriegt Mr. Reynolds einen Anfall.«

Ben lauschte leisem Schnaufen.

»Der Apparat ist unter dem Türknauf festgeklemmt«, sagte Marjorie. Das dumpfe Keuchen wiederholte sich, und kurz darauf merkte Ben, wie der Druck auf die Tür nachließ. »Geschafft. Und nun ... Schieben wir das Ungetüm an seinen Platz zurück.«

Kurz darauf verstummte das leise Knarren der Räder. »Ist es so richtig?« fragte Cliff.

»Ich denke schon«, erwiderte Marjorie. »Danke. Fahren Sie jetzt damit fort, die Post zu sortieren. Mr. Reynolds wird grantig, wenn bei Arbeitsbeginn nicht die Post auf dem Schreibtisch liegt.«

Ben wartete, bis beide den Raum verlassen hatten. Dann öffnete er die Tür, nur einen Spaltbreit. Niemand befand sich in der Nähe.

Zusammen mit Christina kroch er aus dem Schrank. Ihre Gelenke schienen laut zu knirschen, als sie sich zum erstenmal seit Stunden ganz aufrichteten.

»Mir sind die Beine eingeschlafen«, hauchte Christina.

»Mir auch.«

»Alles prickelt und sticht. Es ist gräßlich.« Sie schüttelte die Beine, bis das unangenehme Gefühl nachließ. »Wie verschwinden wir von hier? Marjorie sitzt jetzt sicher im Empfangszimmer. Selbst wenn es uns irgendwie gelänge, unsere Anwesenheit zu erklären. Ich darf nicht zulassen, daß mich Marjorie ohne das Kissen sieht.«

»Ja, ich weiß.« Ben bemerkte ein Telefon an der gegenüberliegenden Wand. »Ich habe eine Idee.« Er warf einen Blick auf die internen Nummern neben dem Apparat, rief dann die Vermittlung an. »Können Sie mir helfen? Aus irgendeinem Grund bekomme ich keine Leitung nach draußen. Danke.« Er hielt die Hand auf die Muschel und flüsterte Christina zu: »Marjorie soll nicht merken, daß der Anruf aus dem Büro kommt.« Als er das Freizeichen hörte, wählte er die Nummer des Empfangs.

»Hallo?« meldete sich Marjorie.

»Hier unten wartet ein Paket auf Sie, Lady«, sagte Ben in einem nasalen Tonfall.

»Haben Sie die Sackkarre mit den Aktenkartons vor der Eingangstür zurückgelassen?«

»Äh, ja. Stimmt, Ma'am. Gibt's Probleme damit?«

»Die Kartons enthalten nur leeres Papier.«

»Im Ernst? Tja, welche Scherze sich manche Leute erlauben ... Wir transportieren die Sachen bloß. Wie dem auch sei: Wir haben hier ein Paket für Sie. Scheint sehr wichtig zu sein.«

»Schicken Sie es hoch.«

»Nein, unmöglich. Sie müssen den Empfang quittieren.«

»Ich bin im achten Monat schwanger, Mister. Ich mache keine unnötigen Spaziergänge.«

»Tut mir leid, Lady. Die Vorschriften. Ich schätze, es handelt sich um vertrauliche Unterlagen oder so.«

»Na schön. Ich bin gleich bei Ihnen. Falls nicht unterwegs die Wehen einsetzen.«

Als sie hörten, daß Marjorie ihren Platz verließ, schlichen Ben und Christina aus dem Lagerraum. Benjamin verstaute die Originale der Unterlagen wieder in Reynolds Bücherschrank, mehr oder weniger so, wie er sie vorgefunden hatte. Anschließend verließen sie die Kanzlei, wobei sie darauf achteten, Cliff aus dem Weg zu gehen. Sie hatten es fast bis zur Treppe geschafft, als sich vor ihnen die Tür des Lifts öffnete und ... Reynolds in den Flur trat.

»Mr. Kincaid«, brachte er erstaunt hervor.

Ben nahm an, daß er verheerend aussah. Er strich sich übers zerzauste Haar, ließ die Hand dann zu einem stoppeligen Kinn sinken. »Hab' beschlossen, mir einen Bart wachsen zu lassen«, meinte er.

»Verstehe.« Reynolds sah kurz zu Christina, rückte dann wieder Ben in den Mittelpunkt seiner Aufmerksamkeit. »Ich dachte, ich hätte klar genug darauf hingewiesen, daß es zwischen uns nichts mehr zu besprechen gibt.«

»Wir sind nicht hier, um mit Ihnen zu reden.«

»Ach?«

Ben sah, daß Reynolds zu den Dokumenten in seinen Armen blickte. Er hielt sie so, daß nicht zu erkennen war, um was es sich handelte. »Wir sind bei meinem Makler gewesen, in einem anderen Büro.«

»Interessant«, erwiderte Reynolds. »Überprüfen Sie Ihre Investitionen so früh am Morgen? Nun, offenbar hat sich Ihr finanzieller Status erheblich verbessert.«

»Das stimmt«, sagte Ben.

»Wie Sie meinen. Wenn Sie mich bitte entschuldigen.«

Ben trat zur Seite. Reynolds ging an ihm vorbei, und als er außer Sicht eilten Kincaid und seine Begleiterin ins Treppenhaus. Ben zog die Tür hinter sich zu, als eine ziemlich verwirrte und auch verärgerte Marjorie aus dem Lift trat.

»Wir haben's geschafft«, flüsterte Ben und wischte sich Schweiß von der Stirn. »Hoffentlich hat Reynolds keinen Verdacht geschöpft.«

»Wenn er Verdacht geschöpft hat, so geht es dabei um dich und deine Vorstellungen von einem ordentlichen Erscheinungsbild«, sagte Christina. »Sicher glaubt er jetzt, daß du in dieser Hinsicht keine besonders hohen Ansprüche an dich stellst.«

## 9

Ben schlenderte zu seinem Büro, fühlte sich erfrischt und von neuer Zuversicht erfüllt. Erstaunlich, welche Wirkung Dusche und Rasur erzielen konnten. Insbesondere dann, wenn man in einem Schrank übernachtet hatte.

Unterwegs besorgte er sich eine Ausgabe der ›World‹. Auf der Titelseite wurde natürlich darüber berichtet, daß sich die sogenannte Drogenprinzessin bald vor Gericht verantworten mußte. Wie sollten Geschworene ein objektives Urteil fällen können, wenn sie jeden Tag Artikel lasen, in denen es zum Beispiel hieß: »Dieser Prozeß ist für die Bundespolizei sehr wichtig und gibt ihr die Möglichkeit, den Drogenbossen des Cali-Kartells einen empfindlichen Schlag zu versetzen.«

Ben betrat sein Büro und starrte auf den Boden.

»Jones ... Was ist das?« Er deutete auf mehrere Margarinebecher, die mit kleinen grauen Kugeln gefüllt waren.

»Barbaras Futter.«

»Na schön, ich will nicht sofort die Geduld verlieren. Wer ist Barbara, und warum füttern wir sie?«

»Barbara ist das Huhn, das Sie gerade verscheucht haben.«

»Das dachte ich mir fast.«

»Und wir füttern sie, weil sie Hunger hat. Und weil Sie mir einen entsprechenden Auftrag gaben.«

»Ich habe nie ...« Ben unterbrach sich und versuchte es anders. »Warum nennen Sie das Huhn Barbara?«

»Weil es so heißt.«

»Barbara ist ein Name für Menschen, nicht für Geflügel.«

»Es dürfte wohl kaum verboten sein, den Namen auch bei Hühnern zu verwenden, oder? Und überhaupt: Wie würden Sie es denn nennen? Etwa Gackergut?«

»Ich habe Sie aufgefordert, die Hühner loszuwerden. Von einer Adoption war nicht die Rede. Wollten Sie nicht einen Stall im Hinterhof bauen?«

»Ja. Und die armen Tiere verabscheuten ihn. Zusammengepfercht zu werden und durch Hühnerdraht in die Welt zu starren ... Wie würde Ihnen das gefallen? Tut mir leid, Boß, aber die Hennen bleiben hier, bis wir ein Heim für sie finden.«

Ben begriff, daß weitere Proteste keinen Sinn hatten. »Ist es Ihnen gelungen, eine Verschiebung des Verfahrens durchzusetzen?«

»Nein. Man hat überall auf stur geschaltet. Dereks Leute berufen sich dauernd auf den Speedy Trial Act.«

»Eigentlich komisch. Die Sondergesetze für schnelle Gerichtsverfahren sollten den Angeklagten nutzen. Statt dessen wird daraus nun ein Werkzeug, das Verurteilungen erleichtert. Die Staatsanwälte lassen sich Zeit beim Sammeln von Beweisen und erheben Anklage, wann es ihnen paßt. Anschließend bleiben dem Verteidiger nur dreißig oder noch weniger Tage, um sich auf den Prozeß vorzubereiten.« Ben bemerkte etwas auf Jones' Tisch. »Was hat es mit dem Fernseher und Videorecorder auf sich?«

»Die Geräte stammen von Burris. Übrigens: Da ich für Sie arbeite, berechnet er die Leihgebühr nicht pro Stunde, sondern pro Minute. Nun, ich wollte Ihnen was zeigen.«

Jones schaltete den Fernseher ein und drückte die Play-Taste des Recorders. Es knarrte und quietschte. »Nicht unbedingt erste Qualität.«

»Sie können von Glück sagen, daß die Geräte überhaupt funktionieren.«

Der Bildschirm wurde hell, und Ben beobachtete sich dabei, wie er einen ziemlich eingeschüchtert wirkenden blonden Reporter an den Jackenaufschlägen packte.

»O Gott.«

»Das wollten Sie bestimmt nicht verpassen, Boß,« sagte Jones und grinste.

Ben hörte, wie er den Journalisten über die Gefahr belehrte, mit bestimmten Meldungen die zukünftigen Geschworenen zu beeinflussen. Sein Gesicht glühte, und die Adern an den Schläfen traten deutlich hervor.

»Ich sehe wie ein Irrer aus«, sagte Ben. »Dafür verstößt man mich wahrscheinlich aus der Anwaltschaft.«

»Das glaube ich kaum.« Jones griff unter den Tisch und holte ein dickes Bündel aus Briefen und Telefon-Notizen hervor. »Das hier traf nach der Sendung jener Bilder für Sie ein. Man gratuliert Ihnen, weil Sie dem aufdringlichen Reporter eine Lektion erteilt haben.«

Ben starrte fassungslos auf den Poststapel. »So viele Mitteilungen für mich ...«

»Ja. Lesen Sie nur. Man bewundert Sie. Die Briefe stammen von Anwälten, privaten Bürgern, Vereinen und so weiter. Sogar zwei Richter haben Ihnen geschrieben.«

»Im Ernst?»

»Sie sind zu einem Volkshelden geworden, Boß. Zu einer modernen Legende.«

»Unglaublich.«

»Nun, wenn Sie die Fernsehrechte Ihrer Story verkaufen, so denken Sie bitte daran, daß ich von ...« Jones unterbrach sich und erstarrte, beendete den Satz geflüsterten Worten: »... Kevin Costner gespielt werden möchte.«

»Was ist los?« fragte Ben. »Jones?« Er drehte sich zur Tür um.

Sofort begriff er, worin das Problem bestand. Es hieß Loving.

Ben hechtete hinter Jones' Tisch. »Rufen Sie die Polizei!« rief er. Sein Sekretär griff nach dem Telefon und begann zu wählen.

»Einen Augenblick«, sagte Loving. »Ich bin nicht hier, um Stunk zu machen.« Er öffnete seine Windjacke. »Hier, sehen Sie. Habe nichts dabei. Nicht einmal eine Spielzeugpistole.«

Ben spähte hinter Jones' Stuhl hervor. »Warum sind Sie dann gekommen?«

»Ich wollte ...« Loving wirkte verlegten und scharrte mit dem Fuß. »Ich wollte mich bei Ihnen bedanken.«

Ben kroch langsam – Zentimeter um Zentimeter – hinter dem Tisch hervor. »Sie wollen sich bei mir bedanken? Warum?«

»Weil Sie mich nicht angezeigt haben. Wegen der Sache neulich. Ich meine die falsche Knarre mit dem Fähnchen.«

»Oh. Das.«

»Ich weiß gar nicht, was dabei in mich gefahren ist. Nun, ich hatte was getrunken, um ganz ehrlich zu sein. Und ich steckte voller Zorn, der nach einem Ventil suchte.«

»Nun«, sagte Ben langsam, »so was kann jedem passieren.«

»Ach, seien Sie nicht so bescheiden. Sie hatten allen Grund, mich ins Kittchen zu schicken, und angesichts meines Vorstrafenregisters hätte man mich sicher nicht nur für einige Tage eingelocht. Aber Sie haben keine Anzeige erstattet. Weil Sie ein netter Kerl sind.«

Eigentlich war's mir nur peinlich, über den Zwischenfall zu reden, dachte Ben.

»Das weiß ich sehr zu schätzen«, fuhr Loving fort. »Insbesondere bei einem so berühmten Anwalt wie Ihnen.«

Jones sah Ben an und hätte die Brauen gar nicht höher heben können.

»Mit anderen Worten: Ich stehe in Ihrer Schuld«, meinte Loving. »Ich geb's ganz offen zu. Und Frank Loving ist immer bestrebt, seine Schulden zu begleichen. Sagen Sie mir einfach, was erledigt werden muß – ich kümmere mich sofort darum.«

»Das ist sehr nett von Ihnen«, entgegnete Ben. »Aber ...«

»Möchten Sie, daß ich irgend jemandem den Schädel einschlage?«

»Äh, nein, heute nicht.«

»Wie wär's mit Frauen? Ich kann Ihnen eine Puppe besorgen, die so heiß ist, daß Sie sich an ihr fast die Finger verbrennen.«

»Danke, nein.«

»Oder eineiige Zwillinge. Blondinen.«

»Derzeit bin sich sehr beschäftigt.«

Loving verschränkte die Arme. Seine Verärgerung war offensichtlich – und besorgniserregend. »*Womit* denn?«

»Nun.. Wir versuchen derzeit, gewisse finanzielle Informationen auszuwerten.«

»Irgend jemand verheimlicht Ihnen was? Geben Sie mir einfach die Namen. Ich löse den Leuten die Zunge.«

»Nein, es geht um Unterlagen, die Geschäfte zwischen Tony Lombard ...«

»Kenn ich nicht.«

»... und Albert DeCarlo betreffen.«

»Hui!« Loving pfiff. »Der Name sagt mir was. Sie spielen mit den hohen Tieren, nich' wahr, Skipper?«

»Skipper?«

»Einige Kumpels von mir arbeiten für DeCarlo. Wenn ich mit ihnen rede .. Vielleicht ergibt sich dabei was für Sie.«

»Ich möchte nicht, daß Sie sich in Schwierigkeiten bringen ...«

»Keine Sorge.« Loving schlug Ben auf den Rücken. »Wen soll ich anrufen, wenn ich was herausfinde?«

»Jones nimmt die Anrufe für mich entgegen. Er ist mein Sekretär.«

Über Lovings Augen formte sich eine tiefe Falte.

»Dieser *Bursche* hier ist Ihr Sekretär?«

»Ja.«

»He, ihr seid doch nicht ... zusammen oder so?«

»O nein«, antwortete Jones. »Er ist nicht mein Typ.«

»Ich gehe jetzt«, sagte Loving. »Und ich melde mich, wenn ich was für Sie habe.« Er stapfte nach draußen.

»Das war sehr komisch, Jones«, brummte Ben.

»Ich habe mir nur einen kleinen Scherz erlaubt, Boß. Ich meine, Skipper.«

»Falls jemand von der Polizei bei uns anfragt: Loving stellt *nicht* etwa in unserem Auftrag Ermittlungen an. Er arbeitet nicht für uns. Wir kennen ihn nicht einmal.«

»Verstanden.«

Ben griff nach der Aktentasche. »Bis dann.«

Jones schüttelte den Kopf und streckte den Arm aus.

»Was ist denn jetzt?« Ben drehte sich, sah orangefarbenes Haar und eine große, gesprenkelte Nase. Clayton Langdell.

Jetzt reicht's, dachte der Anwalt. Ich befestige eine Glocke an der Tür.

»Mr. Kincaid ...«, begann Langdell. »Wenn Sie einige Minuten für mich erübrigen könnte ... Ich möchte Ihre Dienste als Rechtsanwalt in Anspruch nehmen.«

Bens Brauen wölbten sich bis zum Haaransatz empor. Ein Klient? Noch dazu einer, der nicht etwa Handschellen trug, sondern einen Anzug? Seit dem letzten Wunder dieser Art war viel Zeit vergangen.

»Gehen wir in mein Büro,« sagte er und führte Langdell ins Nebenzimmer. Ben nahm hinter dem Schreibtisch Platz, und sein Besucher setzte sich auf die Couch.

»Wie kann ich Ihnen helfen?«

»Der von mir geleitete Verband braucht schon seit einer ganzen Weile juristische Hilfe, Mr. Kincaid. Wir benötigen jemanden, der uns vertritt. Bisher blieb meine Suche nach einer geeigneten Person vergeblich, doch jetzt glaube ich, den richtigen Anwalt gefunden zu haben – Sie.«

Ben trachtete danach, nicht zu erfreut zu lächeln. Der Anwalt einer angesehenen wohltätigen Organisation zu werden ... Das brachte ihn beruflich voran. »Worin bestünden meine Pflichten?«

»Sie sollen uns bei rechtlichen Angelegenheiten beraten und unsere Publikationen prüfen, damit uns Schwierigkeiten erspart bleiben. Führen Sie Prozesse, um das nichtmenschliche Leben auf diesem Planeten zu schützen. Helfen Sie uns, mehr Einfluß zu gewinnen. Zum Beispiel möchte ich, daß Sie unsere Kampagne gegen den Hahnenkampf unterstützen.«

»Hahnenkampf? Der ist doch verboten, oder?«

»In Oklahoma und fünf weiteren Staaten nicht. In einigen anderen Staaten, wie zum Beispiel Texas, ist der Hahnenkampf zwar illegal, aber er gilt nur als minderes Delikt. In Oklahoma sind Kämpfe zwischen Tieren untersagt, aber im Fall *Lock* gegen *Falkenstein* hat das Oberste Gericht dieses Staates folgendes entschieden: Hühner sind zwar Tiere, doch mit durchschnittlicher Intelligenz ausgestattete Menschen können das nicht verstehen. Da solche Leute nicht wissen, daß sie gegen das Gesetz verstoßen, sei es verfassungswidrig, sie deshalb zu verurteilen.«

»Das ist absurd.«

»Ich habe damit gerechnet, daß Sie eine solche Einstellung vertreten«, sagte Langdell. »Die Hühner im Vorzimmer bieten einen deutlichen Hinweis.«

»Die haben damit nichts ... Ach, schon gut.« Ben holte einen Block hervor und kritzelte Notizen. »Wer veranstaltet die Hahnenkämpfe?«

»In den meisten Fällen stecken Profis dahinter. In jeder Saison, die von Oktober bis Juni dauert, bringen Züchter ihre Tiere zu speziellen

Clubs, um sie dort kämpfen zu lassen. Wir sprechen hier von Hähnen, in denen man über Jahrhunderte hinweg durch selektive Zucht die Aggressivität verstärkt hat. Aber damit noch nicht genug: Die Eigentümer statten sie mit spitzen Haken und rasiermesserscharfen Klingen aus, damit die Kämpfe noch blutiger werden.«

»Grotesk«, sagte Ben leise.

»Ja. Ein Anwalt wie Sie dürfte in der Lage sein, einige der Verantwortlichen vor Gericht zu bringen und dafür zu sorgen, daß sie bestraft werden. Ich habe Sie neulich im Fernsehen gesehen. Wenn Sie imstande sind, so mit Reportern fertig zu werden... Dann dürften Sie auch in der Lage sein, sich bei den Gesetzgebern in diesem Lande Gehör zu verschaffen.«

»Damit würde ich mich gern befassen«, sagte Ben. »Allerdings stekke ich derzeit bis über beide Ohren in einem Mordfall, und bis der abgeschlossen ist ...«

»Ich verstehe. Nun, vertreten Sie uns, sobald Sie Zeit finden. Der Hahnenkampf ist nur die Spitze des Eisbergs. Anschließend nehmen wir uns die Tierfabriken vor.«

Ben hatte plötzlich ein flaues Gefühl in der Magengrube. »Die Tierfabriken?«

»Tausende von armen Geschöpfen stecken dort in schmutzigen Käfigen und sind gezwungen, dauernd auf Hühnerdraht zu stehen. Ihre einzige Aufgabe ist es, sich zu vermehren, wobei Geburtsfehler und Krankheiten keine Rolle spielen. Die Jungen werden an Tierhandlungen verkauft. Auch in diesem Fall sind viele Übeltäter hier in Oklahoma tätig.«

»Ich möchte nicht unhöflich sein, Clayton, aber dieses Gespräch deprimiert mich sehr.«

»Oh, ich verstehe Sie nur zu gut. Denken Sie daran: Ich habe jeden Tag mit solchen Dingen zu tun.«

»Ich rufe Sie an, sobald der Fall McCall zu Ende ist. Dann können wir eine Strategie planen.«

»Einverstanden.« Langdell stand auf und schüttelte Bens Hand. »Bedeutet das, Sie sind jetzt mein Anwalt?«

»Nun, es bedeutet, ich bin jetzt der Anwalt Ihrer Organisation. Warum fragen Sie?«

Langdell lachte ein wenig zu herzlich. »Ich möchte nur wissen, wer auf meiner Seite steht und wer nicht.« Er zwinkerte und verließ das Büro.

Ben fragte sich, was er damit meinte.

# 10

»Na los, Giselle – friß!«

Es handelte sich um einen fairen Kompromiß: Der Napf enthielt ein Viertel Futter ›für anspruchsvolle Katzen‹; der Rest war ganz normale, also viel billigere Nahrung.

Ben hoffte, daß sich Giselle vom Duft dazu verleiten ließ, wenigstens von dem Zeug zu probieren. Mit der Zeit, so hoffte er, würde sie sich an den veränderten Geschmack gewöhnen und sich schließlich ganz mit gewöhnlichem Katzenfutter zufriedengeben.

Es gab nur ein Problem: Giselle schien die Sache ein wenig anders zu sehen. Sie schlich einige Male um den Napf herum und schnupperte argwöhnisch. Ihre Schnurrhaare vibrierten, als sie sich umdrehte und Ben mit einem Blick bedachte, in dem er einen stummen Vorwurf zu erkennen glaubte. Dann rollte sie sich in dem Sessel zusammen, dessen Sitzpolster sich nun unter schwarzem Katzenhaar verbarg. Offenbar hatte sie beschlossen, Ben zu ignorieren.

»Hör mal, Giselle. Ich kann es mir einfach nicht leisten, dir jeden Tag das viel zu teure Feinschmeckerzeug zu spendieren!«

Sie leckte sich die Pfoten und schenkte ihm nicht die geringste Beachtung.

»Ich wiederhole ...«

Ein Klopfen an der Tür unterbrach ihn. Ben öffnete und sah Mrs. Marmelstein im Flur.

»Stimmt was nicht?« fragte er.

»Ich hab's gleich für falsch gehalten, daß Sie diesen Fall übernehmen«, sagte sie mit Nachdruck. »Ich wußte, was geschehen würde. Polizisten, die mit ihren Waffen herumfuchteln, gemeine Drogenhändler jagen, in meinem Garten herumtrampeln ...«

»Es war ein Polizist hier?« fragte Ben.

»Ja«, bestätigte Mrs. Marmelstein entrüstet. »Und er wollte natürlich zu Ihnen.«

»Hat er Ihnen seinen Namen genannt?«

»Nein. Aber er hinterließ eine Nachricht für Sie.»

Ben nahm den Zettel entgegen und las: *Dritte Base – acht Uhr*. Er sah auf die Armbanduhr. Es war bereits halb neun.

»Muß los«, murmelte er. »Heute abend könnte es spät werden.«

»Das würde mich kaum überraschen. Sie treffen sich mit Polizeirüpeln. Vermutlich besuchen Sie irgendeinen anrüchigen Billardsaal.

Und vielleicht haben Sie auch ... Kontakt zu Frauen mit lockerer Moral.«

Ben lächelte. »Ich kehre heim, bevor die lockere Moral außer Kontrolle gerät. Ist der Polizist tatsächlich durch den Garten getrampelt?«

Mrs. Marmelstein schniefte. »Nein. Aber nur deshalb nicht, weil ich ihn daran gehindert habe.«

Seit Jahren hatte Ben kein Spiel der Tulsa Drillers mehr besucht.

Er war nicht gerade ein Superfan, aber gelegentlich machte es ihm Spaß, den Drillers zuzusehen. Das mit den Hot dogs gefiel ihm am besten. Sie schmeckten scheußlich, aber es gehörte einfach dazu. Er kaufte zwei an der Bude neben dem Eingang und spürte nun, wie die Alufolie in seinen Händen schwitzte.

Das Spiel befand sich bereits im siebten Inning, als Ben die Zuschauertribüne erreichte. Die Shreveport Captains hatten den Drillers gegenüber einen Vorsprung von vier Läufen, und ihr Sieg schien festzustehen – die Reihen des Publikums lichteten sich bereits. Er brauchte nicht lange, um Mike zu finden, der auf einem der billigen Plätze an der dritten Basenlinie saß.

»Ich dachte schon, du kommst nicht mehr«, sagte Mike.

»Bin erst spät heimgekommen.« Ben ließ sich auf den leeren Stuhl neben seinem alten Freund sinken und reichte ihm einen Hot dog. »Als ich deine Nachricht erhielt, habe ich mich sofort auf den Weg gemacht.«

Mike nickte. »Ich hielt's für besser, keine Mitteilung im Anrufbeantworter zu hinterlassen. Mir ging es darum, daß wir uns an einem Ort treffen, wo wir ungestört und ganz offen miteinander reden können.«

»In einem Baseball-Stadion?«

»Ja. In der Menge. Hast du nie *The Purloined Letter** gelesen? Die besten Verstecke befinden sich in der Öffentlichkeit.« Mike unterbrach sich und beobachtete, wie dem Zwischenspieler ein hervorragendes Doppelaus gelang. »Außerdem interessierte mich das Spiel.«

»Und wenn uns Abshire zusammen sieht?«

»Ausgeschlossen. Er sitzt in seinem FBI-Büro und arbeitet dort bis spät in die Nacht. Dieser Fall liegt ihm sehr am Herzen.«

* Gemeint ist die Story von Edgar Allan Poe; im Deutschen erschienen unter dem Titel ›Der entwendete Brief‹.

Wie beruhigend. »Worüber wolltest du mit mir sprechen?«

Mikes Blick galt auch weiterhin dem Spielfeld. »Was in der letzten Zeit geschehen ist, Ben ... Es gefällt mir ebensowenig wie dir. Ich kann nichts daran ändern, aber ich möchte wenigstens darauf hinweisen, daß es ... mir leid tut.«

»Was meinst du konkret?«

»Nun, es fällt mir schwer zu glauben, daß Christina irgendwelche Kokaintüten in eine Betty Boop-Puppe gestopft hat.«

»Wer ist es dann gewesen?«

»Genau darin besteht das Problem. Ich kenne beide Polizisten, die mich zum Apartment begleitet haben, und ich wäre bereit, die Hand für sie ins Feuer zu legen. Sie würden keine falschen Beweise verstecken.«

»Jemand hatte weniger Skrupel.«

Mike zuckte mit den Schultern.

»Und das übrige Beweismaterial? Was hält Abshire zurück?«

»Nichts Entlastendes. Ich hätte laut protestiert, wenn er nicht bereit gewesen wäre, dir den Paraffinbericht zu zeigen.«

Ben hoffte, daß diese Worte der Wahrheit entsprachen. Allerdings ... Bei der Besprechung hatte Mike nicht gerade einen sehr empörten Eindruck erweckt.

»Praktisch das gesamte bisher vorliegende Beweismaterial belastet Christina. Um es klipp und klar auszudrücken, Ben: Deine Chancen stehen verdammt schlecht. Wenn sich die Situation nicht grundsätzlich ändert, erscheint mir eine Verurteilung deiner Klientin unabwendbar.«

»Aber du weißt doch, daß Christina überhaupt nicht fähig wäre, jemanden zu erschießen. Ganz zu schweigen davon, jemandem gleich *vier* Kugeln in den Kopf zu jagen.«

Mike schwieg.

»Kannst du irgendwie dafür sorgen, daß Abshire die Sache nicht mehr ganz so eng sieht? Daß er vernünftiger wird?«

Mike lachte. »Er hört nicht auf mich. Er hört auf niemanden – Stanford dürfte die einzige Ausnahme sein. Offiziell darf er nicht mal zur Toilette gehen, ohne vorher Stanfords Erlaubnis einzuholen. Doch ein einfacher Bulle wie ich spielt für ihn überhaupt keine Rolle. Verdammt, ich habe versucht, am Tag von Christinas Verhaftung eine Blutuntersuchung vornehmen zu lassen, aber Abshire hinderte mich daran. Er war nicht dazu verpflichtet, und deshalb lehnte er eine derartige Analyse ab.«

Das Publikum applaudierte plötzlich. Der Schlagmann der Drillers hatte den Ball hoch und sehr weit geschlagen. Das Ding flog in Richtung Spielfeldgrenze – und *über den Zaun hinweg*. Mit triumphierender Gelassenheit lief der Schlagmann an den einzelnen Basen vorbei. Die sicher geglaubte Niederlage verwandelte sich plötzlich in einen möglichen Sieg.

Die Dinge waren nur selten das, was sie zu sein schienen.

»Du bist nicht gerade eine sehr ergiebige Informationsquelle, Mike.«

»Wenn du damit gerechnet hast, daß ich dir irgendeine geheime Akte rüberschiebe, die ein ganz neues Licht auf den Fall wirft … Da muß ich dich enttäuschen. Dazu sähe ich mich selbst dann außerstande, wenn es eine derartige Akte tatsächlich gäbe.«

»Wenn ihr oder das FBI mehr herausfinden … Rufst du mich dann an?«

»Das kann ich nicht, Ben. Diesmal muß ich mich streng an die Vorschriften halten.«

Ben zeigte seine Enttäuschung ganz offen.

»Ich habe geschworen, die Stadt Tulsa und die Vereinigten Staaten von Amerika zu schützen. Ich stehe auf der Seite der Anklage. Wenn ich mich in irgendeiner Form gegen sie wende, so verletze ich meinen Eid.«

»Oh«, erwiderte Ben und blinzelte mehrmals.

»Ich habe dir geraten, gut auf dich achtzugeben, erinnerst du dich? Nun, das gilt jetzt in einem besonderen Maße. Es kündigen sich ernste Probleme an, Ben. Sie betreffen die Mafia, südamerikanische Drogenbosse, das FBI und so weiter. Und du steckst mittendrin.«

»Danke für die Warnung. Für das Treffen bin ich dir dankbar. Ich weiß, daß die Begegnung mit mir riskant für deine berufliche Laufbahn sein könnte.«

Erneut hob und senkte Mike die Schultern. Nach wie vor mied er Bens Blick, doch er beobachtete auch nicht das Geschehen auf dem Spielfeld. »Zumindest dazu habe ich mich verpflichtet gefühlt.«

Da hast du ganz recht, dachte Ben. Zumindest dazu warst du verpflichtet.

Eine Zeitlang saßen sie schweigend nebeneinander. Ben kam sich wie jemand vor, der allmählich an Substanz verlor und unsichtbar wurde. Er stopfte den Hot dog in sich hinein und versuchte ohne großen Erfolg, sich auf das Spiel zu konzentrieren. Er fand kaum Interesse daran. Immer wieder kehrte seine Aufmerksamkeit zu der grauen Leere zurück, die neben ihm verharrte und einmal ein guter Freund gewesen war.

Als die nächste Pause begann, stand Ben auf und verließ das Stadion.

## 11

Ben sah sich voller Abscheu im Gerichtssaal um. Man hätte meinen können, daß gegen Al Capone verhandelt wurde.

Lautes Chaos herrschte. Reporter standen zu beiden Seiten des Mittelgangs, und Zuschauer beanspruchten jeden verfügbaren Platz. Alle sprachen gleichzeitig, deuteten zu den Protagonisten, riefen Ben und Moltke Fragen zu und verlangten Antworten.

Die allgemeine Aufregung erschien um so erstaunlicher, da die bevorstehende Verhandlung noch nicht den Beginn des Prozesses markierte.

Der grelle Schein eines Blitzlichts traf Ben direkt ins Gesicht und blendete ihn für einige Sekunden. Derek hatte erlaubt, vor und nach den offiziellen Ereignissen im Saal zu fotografieren und zu filmen; diese Freiheit nutzten die Journalisten nun voll aus. Sie verwandelten den Raum in einen Hexenkessel. Moltke schien das alles in vollen Zügen zu genießen: Er lächelte und posierte, schwafelte von Recht und Ordnung und nutzte jede Gelegenheit, um auf seinen persönlichen Kreuzzug für die Gerechtigkeit hinzuweisen. Alles entsprach seinen Wünschen: maximale Publicity und minimale Aufmerksamkeit dem Detail gegenüber.

Früher am Morgen hatte Ben eine telefonische Nachricht von Myra in Empfang genommen. Moltke unterbreitete sein ›erstes und letztes‹ Angebot für eine außergerichtliche Vereinbarung: Wenn sich Christina schuldig bekannte, so verzichtete die Staatsanwaltschaft darauf, die Todesstrafe zu verlangen. Mit ziemlicher Sicherheit bekam Christina dann lebenslänglich und wurde hart genug bestraft, um keine Kritik an Moltke aufkommen zu lassen. Außerdem ging die Anklage damit nicht das geringste Risiko einer Prozeßniederlage ein. Und Christina? Nun, sie würde den größten Teil ihres Lebens im Gefängnis verbringen. Aber wenigstens mußte sie nicht sterben.

Ben lehnte ab. »Ich bin nicht zu irgendwelchen Vereinbarungen bereit«, hatte er gesagt.

Jetzt beobachtete er Moltke, der mit seinen Lakaien am anderen Tisch saß. Er wirkte überaus zuversichtlich und hatte Bens Weigerung, sein Angebot anzunehmen, bisher mit keinem Wort erwähnt. Er ließ sich gerade von einem Fernsehjournalisten interviewen und sprach über ›liberale, die Kriminalität fördernde Richter, denen angebliche Bürgerrechte wichtiger sind als lebende Menschen.‹

Ben fragte sich, ob er die richtige Entscheidung getroffen hatte. Wäre es besser gewesen, Moltkes Angebot anzunehmen und Christina damit wenigstens das Leben zu retten?

Der Gerichtsdiener verlangte Ruhe im Saal, und kurz darauf kam Derek herein. »Die Anwälte zu mir«, sagte er knapp.

Ben und Moltke kamen der Aufforderung nach.

Derek holte ein weißes Taschentuch hervor, wischte sich damit Augen und Nase ab. Das gerötete Gesicht schien aufgedunsen zu sein. »Der verdammte Heuschnupfen«, brummte er. »Heute ist die Pollenzahl in Tulsa bestimmt über hundert. Mir geht's dreckig.« Er sah Ben direkt in die Augen. »Wir sollten dies alles nicht noch unangenehmer machen, einverstanden?«

Ben nickte hastig.

»Ich nehme an, Sie wollen den einen oder anderen Antrag stellen, Mr. Kincaid. Obwohl Gott allein weiß, welchen Antrag Sie dem Gericht nicht schon zwei- oder dreimal vorgelegt haben.«

»Ich möchte einige neue präsentieren, Euer Ehren.»

»Oh, schön.« Derek rieb sich in scheinbarer Freude die Hände. »Könnten Sie wenigstens andeuten, worum es geht?«

»Ich versuche, die Absichten der Staatsanwaltschaft zu vereiteln. Sie will mit einem viel zu schnell geführten Prozeß eine Verurteilung meiner Klientin durchsetzen. Gerechtigkeit scheint dabei völlig nebensächlich zu sein.«

»Lieber Himmel.« Derek massierte sich die Schläfen. »Ist dies eine neue Version Ihrer Verschwörungstheorie?«

»Ich weiß nicht, was Sie meinen.«

»Oh, Sie wissen ganz genau, was ich meine. Ich spreche von Ihrem Bestreben, einen einfachen Prozeß zu nehmen und ihn in eine Folge von *Perry Mason* zu verwandeln.«

»Wenn Sie mir jetzt erlauben, die Anträge zu stellen, Euer Ehren ...«

Derek seufzte schwer. »Na schön. Ich höre.«

Ben zögerte. »Ich möchte, daß auch die übrigen Anwesenden davon erfahren.«

»Ach, auf einmal? Wenn ich mich recht entsinne, haben Sie bei unserer letzten Begegnung Wert auf Vertraulichkeit gelegt, oder? Nun, offenbar sind Ihre Anträge recht ... delikater Natur. Ihnen kann wohl kaum daran gelegen sein, Repräsentanten des Staates in aller Öffentlichkeit zu verunglimpfen.«

»Ich möchte, daß meine Anträge ganz offiziell zur Kenntnis genommen werden«, beharrte Ben. »Sie sollen im Protokoll Erwähnung finden.«

Derek ließ das Taschentuch sinken und musterte den Verteidiger. Die Bedeutung dieses Hinweises entging ihm natürlich nicht. Bens Anträge sollten deshalb im Protokoll erscheinen, damit sie später vom Berufungsgericht geprüft werden konnten.

»Ich schätze, ich kann Ihr Anliegen nicht ablehnen, oder?«

»Eine Ablehnung würde mich zwingen, in aller Deutlichkeit auf offensichtliche Verfahrensmängel hinzuweisen, Euer Ehren.«

Derek biß die Zähne zusammen. »Stellen Sie den ersten Antrag.«

Ben kehrte zum Tisch der Verteidigung zurück. Auch Moltke wandte sich von der Richterbank ab, ließ dabei übertrieben die Schultern hängen und schüttelte den Kopf. Das gehörte zu seiner Rolle – er spielte einen treuen Diener der Gerechtigkeit, der von den schlauen Schachzügen der Verteidigung fast zur Verzweiflung getrieben wurde.

»Erster Antrag«, sagte Ben. Er spürte, wie sich die Reporter hinter ihm vorbeugten und Notizen schrieben. »Wir beantragen, jenes angebliche Beweismaterial für unzulässig zu erklären, das während einer in rechtlicher Hinsicht zweifelhaften Suche in der Wohnung meiner Klientin gefunden wurde.«

»Ich bin mit den Umständen vertraut«, sagte Derek. »Was gibt es an der Durchsuchung auszusetzen?«

»Es fehlte ein Durchsuchungsbefehl.«

Derek öffnete die vor ihm liegende Akte und überflog sie kurz. »Ja, ich habe mich richtig erinnert. Ihre Klientin hat die Polizei ausdrücklich aufgefordert, sich in der Wohnung umzusehen.«

»Meine Klientin bat die Polizei darum, Ermittlungen in bezug auf einen Einbruch anzustellen, Euer Ehren. Sie erlaubte den Beamten nicht, nach Dingen zu suchen, die beim bevorstehenden Mordprozeß gegen sie verwendet werden können.«

»Sie lud Polizisten in ihre Wohnung ein, verzichtete damit auf ihr Recht der Privatsphäre. Und die Beamten sahen, was sie sahen.«

»Sie *sahen* das angebliche Rauschgift nicht einfach, Euer Ehren. Es lag nicht etwa auf dem Tisch, sondern befand sich im Innern einer Puppe. Um es zu finden, mußten die Polizisten hineingreifen und es hervorholen. Damit gingen ihre Aktivitäten über den Bewegungsspielraum hinaus, den ihnen meine Klientin gewährte.«

Derek schien nicht sehr beeindruckt zu sein. »Möchte die Staatsanwaltschaft dazu Stellung beziehen?«

»Ja, Euer Ehren.« Moltke stand auf. »Die angeblichen Einbrecher verursachten die, äh, Verletzungen der Puppen und Stofftiere. Dazu kam es, bevor die Polizei eintraf. Im Lauf der Ermittlungen, die auf den Wunsch der Angeklagten hin stattfanden, wollten die Beamten feststellen, wonach die Einbrecher gesucht hatten. Und bei entsprechenden Nachforschungen fanden sie das Beweismaterial.«

»So sehe ich das ebenfalls«, sagte Derek. »Ich entscheide hiermit ...«

»Darf ich dem Staatsanwalt antworten, Euer Ehren?« fragte Ben.

»Ich glaube, ich habe genug gehört.«

»Euer Ehren, die juristische Frage lautet hier, ob Ms. McCalls Recht auf Privatsphäre auch bei den Puppen und Stofftieren in Anspruch genommen werden kann. Das ist ganz offensichtlich der Fall. Und auf dieses Recht hat meine Klientin keineswegs verzichtet ...«

»Schluß damit!« donnerte Derek. »Ich dachte immer, daß man schon im ersten Jahr des Jurastudiums folgendes lernt: Wenn der Richter eine Entscheidung ankündigt, so haben die Anwälte gefälligst zu schweigen.«

»Aber, Euer Ehren ...«

»Mr. Kincaid! Sie erweisen Ihrer Klientin keinen guten Dienst.«

»Es tut mir leid, Eurer Ehren.«

»Ich lehne den Antrag hiermit ab. Sonst noch etwas?«

Ben versuchte, ruhig zu bleiben. »Ja, Euer Ehren. Ich beantrage, eine bestimmte Zeugenaussage beim Prozeß nicht zuzulassen.«

Derek nieste und putzte sich die Nase. »Was wollen Sie diesmal aus der Beweisaufnahme heraushalten?«

»Ich meine die Aussage von James Abshire. Sie betrifft ein angebliches Geständnis, das die Angeklagte bei ihrer Verhaftung abgelegt haben soll.«

»Ah ja«, sagte der Richter. »Ich weiß, was Sie meinen. Der Untersuchungsrichter erwähnte es in seinem Bericht.«

»Euer Ehren, die Aussage ist außerordentlich präjudizierend und hat nicht die geringste Beweiskraft.« Ben merkte, wie sich der Gesichtsausdruck des Richters veränderte. »Ist alles in Ordnung, Euer Ehren?«

»Oh, ja, ja.» Derek lachte leise. »Ich habe mir gerade vorgestellt, wie Sie in Ihrem Antrag auf ein Berufungsverfahren darauf hinweisen, daß der Satz ›Ich habe ihn umgebracht‹ nicht die geringste Beweiskraft hat.«

»Euer Ehren, beim Prozeß wird sich herausstellen, daß die Angeklagte zum fraglichen Zeitpunkt verwirrt und benommen war. Sie wußte gar nicht, was sie sagte. Mit ziemlicher Sicherheit stand sie unter der Wirkung eines starken Betäubungsmittels.«

»Tragen Sie diese Einwände der Jury vor, die dann darüber befindet, ob sie gerechtfertigt sind. Ihr Problem besteht darin, daß Sie nicht genug Vertrauen zu den Geschworenen haben.« Der Richter sah zum Publikumsbereich. »Dauernd wollen Sie ihnen Dinge vorenthalten, die Ihre Klientin belasten.«

Ein Kommentar für die Morgenzeitungen, Derek? überlegte Ben. Hast du deshalb Journalisten im Gerichtssaal zugelassen? »Wir haben es hier mit einem Miranda-Problem zu tun, Euer Ehren.«

Moltke hielt offenbar den Zeitpunkt für gekommen, in das Gespräch einzugreifen. »Die Angeklagte wurde in aller Form auf ihre Rechte hingewiesen. Sie hat eine Bestätigung unterschrieben.«

»*Nach* der Bemerkung, um die es hier geht«, betonte Ben.

Derek lehnte sich zurück und antwortete nicht sofort, was Ben für ein gutes Zeichen hielt. Wenigstens dachte er in diesem Fall über den Antrag nach, bevor er ihn ablehnte. »Die Angeklagte befand sich in Haft, als sie jene Worte sprach, nicht wahr?«

»Ja«, räumte Moltke ein. »Sie trug Handschellen und war bereits durchsucht worden.«

»Aber es hatte noch kein richtiges *Verhör* begonnen, oder?«

Die Miene des Staatsanwalts erhellte sich. Er war klug genug, die Rettungsleine zu erkennen, die der Richter ihm zuwarf. »Nein, Euer Ehren, ganz und gar nicht. Es waren noch keine Fragen gestellt worden.«

»Ein Verhör muß nicht unbedingt mit Fragen beginnen, wie wir alle wissen«, sagte Ben. »Das beweist der ›Fall des christlichen Begräbnisses‹ in diesem Staat.«

»Soweit ich die Sache sehe, kam es nicht zu einer Provokation oder

Nötigung irgendeiner Art«, erwiderte Derek. »Mr. Abshire äußerte etwas, und Ihre Klientin war dann dumm genug, den Mund aufzumachen.«

»Das behauptet Abshire«, entgegnete Ben. »Er ist hoffnungslos voreingenommen, Euer Ehren. Er hat die FBI-Ermittlungen geplant, aus denen sich dieser Fall ergab. Die ganze Sache ist für ihn in erster Linie eine Möglichkeit, beruflich voranzukommen. Er hat ein persönliches Interesse an der Verurteilung meiner Klientin.«

»Ich bin sicher, daß Sie beim Kreuzverhör bis zum Überdruß darauf hinweisen werden«, sagte Derek. Seine Lider zuckten, und er schien sich immer mehr zu langweilen. »Wir lassen die Jury entscheiden.«

»Das wäre durchaus in Ordnung, wenn sich die Jury das ursprüngliche Gespräch anhören könnte. Aber leider muß sie sich mit Abshires sehr einseitiger Version davon begnügen ...«

»Mein Entschluß steht fest, Mr. Kincaid.«

»Ja«, murmelte Ben. »Offenbar ist nicht nur Abshire voreingenommen.«

In Dereks Augen blitzte es. »Was haben Sie gesagt?«

»Ich sagte, ich hab's zur Kenntnis genommen.« Ben blätterte in seinem Notizblock. »Hiermit beantrage ich, in dieser Frage das zuständige Bezirksgericht anzurufen.«

»Zeitverschwendung. Abgelehnt.»

»Euer Ehren, nach einer solchen Aussage sind die Geschworenen negativ beeinflußt ...«

»Negativ für die Verteidigung!« rief Derek. Er stand halb auf und beugte sich vor. »So ist das eben, Herr Anwalt. Wenn die andere Seite mehr und besseres Beweismaterial vorlegen kann – was hier der Fall zu sein scheint –, so verlieren Sie. Dann versucht man nicht, irgend etwas vor den Geschworenen zu verbergen. Dann findet man sich ab und versucht, das Beste daraus zu machen.«

Ben wußte nicht, ob Derek wirklich sauer war oder fürs Publikum und die Journalisten den entrüsteten Republikaner spielte. »Euer Ehren ...«

»Mr. Kincaid! Ich habe schon einmal Ihre unerfreuliche Tendenz erwähnt, dauernd zu jammern. Von einem Anwalt erwarte ich professionelleres Verhalten. Selbst wenn es Ihnen an Reife mangelt: Bitte tun Sie Ihrer Klientin – und uns allen – den Gefallen, die notwendige Reife zumindest vorzutäuschen. Wenn Ihnen das nicht gelingt, so wäre ich vielleicht gezwungen, Ihre Kompetenz in Frage zu stellen.«

Ben nahm seinen ganzen Mut zusammen. »Euer Ehren, ich erneuere hiermit meinen Antrag, den Prozeß zu verschieben.«

Dampf schien aus Dereks Ohren zu strömen. »Abgelehnt.«

»Darf ich die Gründe dafür erfahren?«

»Nein. «

»Geben Sie nicht einmal einen kleinen Hinweis? Damit es das Berufungsgericht später etwas leichter hat.«

Derek beugte sich vor. »Mr. Kincaid, Ihnen bleibt nur deshalb eine förmliche Anklage wegen Mißachtung des Gerichts erspart, weil sich Ihre Klientin dann einen neuen Verteidiger suchen müßte. Das wäre zweifellos ein Vorteil für sie, aber unglücklicherweise würde sich dadurch auch der Beginn des Verfahrens verzögern. Ich bin entschlossen, hier so schnell wie möglich für Gerechtigkeit zu sorgen, so wie es die Verfassung der Vereinigten Staaten verlangt.« Er hob den Hammer. »Wie dem auch sei: Vielleicht erhebe ich *nach* dem Prozeß Anklage gegen Sie. Die Sitzung ist geschlossen.«

Unmittelbar nach dem lauten Klopfen sprangen die Reporter auf. Einmal mehr gleißten Blitzlichter, und mindestens tausend Stimmen schienen zu erklingen. Ben hörte nur eine. Als Alexander Moltke am Tisch der Verteidigung vorbeischritt, grinste er und verkündete in einem leisen Singsang: »Sie hätten mein Angebot an-neh-men sollen.«

Vielleicht wäre das wirklich besser gewesen, dachte Ben betroffen.

## 12

»Hier ist der vierzehnte Antrag auf Verschiebung des Prozesses«, sagte Jones und reichte Ben das Blatt. »Soll ich auch die Ablehnung des Richters aufsetzen?«

»Klugscheißer.« Ben überflog den Text und gab den Entwurf des Antrags zurück. »Was ist mit unserem Gesuch ans Bezirksgericht? Wir haben dringend um Rechtshilfe gebeten.«

»Sie wurde abgelehnt. Angeblich ist es noch zu früh.«

Ben seufzte. Diese Nachricht überraschte ihn kaum, obgleich er voller Hoffnung gewesen war. »Ich bin mit meinem Latein am Ende. Gibt es etwas, das wir bisher noch nicht versucht haben?«

»Ich bezweifle es, Boß. Der Prozeß beginnt am Dienstagmorgen, ob es Ihnen gefällt oder nicht. Wie wär's mit einer Schattenjury?«

»Schattenjurys kommen nur für große Kanzleien in Frage, die viel Geld ausgeben können und einen Klienten beeindrucken wollen. Ganz gleich, wie viele demographische Analysen man durchführt: Schattenjurys können die Überlegungen der wahren Geschworenen nie exakt nachvollziehen. Nein, man muß während des Verfahrens aufpassen und versuchen, so gut wie möglich mit der Jury zurechtzukommen.« Ben wandte sich dem nächsten Punkt auf der geistigen Checkliste zu. »Haben Sie hinsichtlich der Geschäftsunterlagen aus Reynolds' Büro irgendwelche Fortschritte erzielt?«

»Ja.« Jones deutete auf einen hohen Stapel aus Zetteln. »Das sind meine Notizen. Ich bin jene Dokumente mindestens zehnmal durchgegangen, von vorne bis hinten und umgekehrt. Nun, ich weiß zwar, worum es bei den Informationen geht, aber leider habe ich keine Ahnung, was sie *bedeuten*. Ich brauche etwas, mit dem ich diese Zahlen hier vergleichen kann.«

»Zum Beispiel Albert DeCarlos Geschäftsunterlagen der gleichen Transaktionen.«

»Ja. Dann könnte ich zwei und zwei zusammenzählen, Übereinstimmungen und Diskrepanzen finden. Und wenn es irgendwo große Beträge gibt, die zwar hier auftauchen, aber nicht dort ...«

»Dann hätten wir eine Spur gefunden. Ja, ich weiß. Übrigens: Haben Sie was von Loving gehört?«

»Nicht seit dem Tag, an dem er Hilfe in Aussicht stellte.«

»Das habe ich befürchtet. Hoffentlich ist er nicht in Schwierigkeiten. Versuchen Sie, ihn zu finden.«

»Wieso ich? Sie sind der Skipper.«

»Ja, ja, in Ordnung. Versuchen Sie's trotzdem. Was von Christina gehört?«

»Sie hat angerufen.«

»Haben Sie Ihr vom Ergebnis der letzten Vorverhandlung erzählt?«

Jones nickte.

»Wie reagierte sie darauf?»

»Sie nahm's gelassen hin. Aber der Schein trügt, Boß. Sie hat schreckliche Angst.»

»Ich weiß«, erwiderte Ben leise.

Das Telefon klingelte und Jones nahm ab. Einige Sekunden lang runzelte er verwirrt die Stirn, reichte Ben dann den Hörer. »Ich glaube, das ist für Sie.«

»Kincaid«, meldete sich Ben.

»Hier ist Lennie. Wir müssen miteinander reden. Und zwar so schnell wie möglich.«

»Als ich das letzte Mal mit Ihnen reden wollte, haben Sie mich mit einer Knarre verjagt.«

»Weil Sie Ihre Nase in Dinge steckten, die Sie nichts angingen. Jetzt sieht die Sache anders aus.«

»Geht es um den Fall Lombardi?«

»Natürlich geht's um den verdammten Fall Lombardi«, ereiferte sich Lennie. »Lieber Himmel, warum sollte ich Sie sonst anrufen?«

»Derzeit bin ich beschäftigt ...«

»Zum Teufel mit Ihnen! Mein Leben steht auf dem Spiel!« In Lennies Stimme vibrierte nicht nur Aggressivität. »Wir alle sind in Gefahr. Auch Ihre Klientin.«

»Was soll das heißen?«

»Es soll heißen, daß wir schon so gut wie tot sind, Mann! Kapiert? Es geht uns allen an den Kragen, verdammt!«

»Beruhigen Sie sich, Lennie. Und erklären Sie mir, was Sie meinen. Warum befindet sich Christina in Gefahr?«

»Das kann ich Ihnen am Telefon nicht sagen, Mann. Ist zu gefährlich.«

»Wohnen Sie noch immer im Cowpoke Motor Inn? Zimmer 13?«

»Ja ...«

»Gut. Ich fahre sofort los.«

Die einzige Veränderung des Motels schien darin zu bestehen, daß es jetzt noch verlassener wirkte als vorher. Offenbar waren nur wenige Zimmer belegt. Am Abend kam vermutlich mehr Leben in die Bude: Dann trafen jene Gäste ein, die nicht übernachten, sondern nur kurz mit jemandem unter die Decke kriechen wollten.

Ben lenkte seinen Wagen auf den Parkplatz. Er freute sich darüber, das Ziel endlich erreicht zu haben – unterwegs war zweimal der Motor ausgegangen. Rasch stieg er aus, lief zum Zimmer Nummer dreizehn und klopfte dort an die Tür. »Lennie! Ich bin's, Ben Kincaid!«

Keine Antwort. Alles blieb still.

Ben klopfte erneut, sprach noch lauter, rief sogar – ohne Erfolg. *O Gott, bitte nicht* ... Bitte laß ihm nichts zugestoßen sein. Sorg dafür, daß er nur kurz weggegangen ist, um Kaffee zu trinken, zu pinkeln oder sich die Zeitung zu holen. Bitte ...

Er roch etwas. Selbst durch die geschlossene Tür. Etwas, das ihm gräßlich vertraut erschien.

Ben spielte mit dem Gedanken, zum Verwalter zu laufen, doch eine Sekunde später wurde ihm klar, daß er dadurch zuviel Zeit verlor. Der Bursche hinter dem Empfangstresen wollte ihn bestimmt nicht begleiten und hätte es sicher auch abgelehnt, die Tür von Zimmer dreizehn für ihn zu öffnen. Ohne ausdrückliche Erlaubnis war es Motelbesitzern verboten, vermietete Räume zu betreten – es sei denn, es gab zwingende Gründe dafür. Und als Anwalt durfte Ben niemanden dazu auffordern, gegen geltendes Recht zu verstoßen. Zumindest nicht vor Zeugen.

Er eilte zum Accord zurück und holte das Taschenmesser aus dem Handschuhfach. Hastig klappte er es auf, schob die Klinge zwischen Rahmen und Tür, direkt unter dem Bolzen. Das Schloß war alt und leistete dem Messer keinen nennenswerten Widerstand. Schon nach kurzer Zeit öffnete sich die Tür.

Ben schob sie ganz auf, und der scheußliche Geruch schlug ihm wie mit einer Faust ins Gesicht. Er hielt den Atem an, trat über die Schwelle und sah sich um. Das Zimmer war im gleichen Zustand wie vorher: überall schmutzige Kleidung, Fast-food-Schachteln und Pornohefte. Wie zuvor lag Lennie auf dem Bett. Aber diesmal rührte er sich nicht. Er nahm eine unnatürliche, wie verkrampft wirkende Haltung ein, und der Haut haftete eine eisblaue Blässe an.

In der linken Schädelhälfte zeigte sich ein großes, blutendes und sternförmiges Loch.

Ben preßte sich das Taschentuch auf Mund und Nase, um sich vor dem abscheulichen Geruch zu schützen. Daran würde er sich nie gewöhnen.

»Nun«, sagte Mike, »die Sache wird ernst. Sozusagen todernst.«

»Erspar mir deinen Halloween-Humor«, erwiderte Ben. »Was hat ihn umgebracht?«

»Vier Kugeln im Kopf. Wie bei Lombardi.«

Vier Kugeln, die den Schädel halb zertrümmert hatten.

»Sieh dir die Farbe des Bluts an«, fuhr Mike fort. »Dies ist vor kurzer Zeit geschehen. Zehn Minuten vor deiner Ankunft, schätze ich.«

Zehn Minuten. Zehn verdammte Minuten. Wenn der Motor meines verdammten Wagens nicht gestreikt hätte, wenn ich nicht in einen Stau geraten wäre ...

»Irgendeine Ahnung, was er wollte?«

»Nein. Er erwähnte wichtige Informationen und meinte, wir seien alle in Gefahr.«

»Offenbar hatte er recht. Was ihn selbst betraf.«

»Ja.«

»Und wenn er in bezug auf sich selbst recht hatte ...«

»Danke, ich verstehe.«

Ben versuchte, nicht hinzusehen, als Krankenpfleger Lennie auf eine Bahre hoben. Der Leib hing schlaff durch; Hirnmasse tropfte aus dem offenen Kopf. »Glaubst du, die hiesige Mafia steckt dahinter?«

Mike überlegte. »Das wäre durchaus möglich, wenn man berücksichtigt, auf welche Weise sich dieser Kerl den Lebensunterhalt verdiente. Andererseits: Die Umstände deuten nicht unbedingt auf eine vom organisierten Verbrechen beschlossene Exekution hin.«

»Was ist mit den vier Kopfschüssen? Einer hätte doch genügt, um Lennie umzubringen.«

»Nun ...« Mike zögerte. »Die Sache mit den vier Kugeln spricht eigentlich gegen eine Hinrichtung im Auftrag der Tulsa-Mafia. Dadurch ähnelt dieser Mord jenem, den man deiner Klientin zur Last legt.«

In Ben versteifte sich etwas. »Worauf willst du hinaus, Mike?«

»Wo hat sich Christina vor zwanzig oder dreißig Minuten aufgehalten, Ben?«

»Woher soll ich das wissen?«

»Ich schätze, du solltest es besser herausfinden.«

»Soll das etwa heißen, daß sie ein Alibi braucht?«

»Vorhin hast du mir erzählt, daß Lennie dem FBI Tips gegeben hat, daß er vielleicht beabsichtigte, gegen Christina auszusagen.« Mike klopfte auf die Taschen seines Mantels, suchte offenbar nach der Pfeife. »Vielleicht hat sich deine Klientin zu einer Verzweiflungstat hinreißen lassen. Unter den gegebenen Umständen könnte ich es ihr nicht verdenken.«

»Red nicht um den heißen Brei, Mike. Verdammt, sag mir ganz offen, wie du die Situation beurteilst.«

Mike sprach ebenso laut wie Ben, als er erwiderte: »Deine Aussichten, beim Verfahren einen Freispruch zu erwirken, waren ohnehin schon sehr gering. Aber jetzt hast du praktisch überhaupt keine Chance mehr, den Prozeß zu gewinnen.«

»Ich kann nicht glauben, daß du wirklich mit dem Gedanken

spielst, Christina die Schuld an der Ermordung dieses miesen Halunken zu geben!«

»Ich bin Polizist, Ben! Meine Aufgabe besteht darin, Verbrecher zu finden. Anklage gegen sie erhebt jemand anders. Aber eins steht fest: Moltke und seine Kumpel werden in dieser neuen Entwicklung einen Beweis dafür sehen, daß sie recht haben.«

»Ach, und laß mich raten«, sagte Ben verärgert. »Dir sind die Hände gebunden, nicht wahr?«

Mike rammte sich die Pfeife in den Mund, drehte den Kopf und schwieg.

»Wie ich's mir dachte. Danke für nichts.«

Ben verließ das Zimmer. In seinen Schläfen pochte es. Schreckliche Worte hallten in ihm wider, dröhnten mit gnadenloser Unerbittlichkeit.

*Deine Aussichten, beim Verfahren einen Freispruch zu erwirken, waren ohnehin schon sehr gering.*

Diese Bemerkung stammte von einem Mann, der es wissen mußte.

*Aber jetzt hast du praktisch überhaupt keine Chance mehr, den Prozeß zu gewinnen.*

## 13

Ben atmete den aromatischen Duft von feuchten Kiefernnadeln tief ein. Die Frische fühlte sich gut an, vertrieb jedoch nicht das Unbehagen. Eine innere Stimme sagte ihm, daß es falsch gewesen war, diesen Ort aufzusuchen und Christina mitzunehmen. Jene Stimme riet ihm, sofort heimzukehren und die Tür zu verriegeln. *Wir alle sind in Gefahr!* So lauteten Lennies Worte. *Es geht uns allen an den Kragen!*

Der Nachtwind seufzte in den Baumwipfeln und brachte frostige Kühle. Ben sah, wie Christina die Arme um sich schlang. »Ich habe dich aufgefordert, einen Mantel überzustreifen.«

»Meine Mäntel habe alle zu grelle Farben«, erwiderte Christina. »Damit eignen sie sich kaum für solche Ausflüge.«

»Ja.« Ben sah auf die Armbanduhr. Fast zwei Uhr morgens. Das Flugzeug war überfällig, wenn Wolfs Angaben stimmten. Kam es noch? Oder sollte in dieser Nacht überhaupt keine Lieferung erfolgen? Es gab nur eine Möglichkeit, Gewißheit zu erlangen – indem sie auch weiterhin warteten. Bis zum Tagesanbruch, wenn's sein mußte.

Wolf begann mit einer unruhigen Wanderung. Er war schon seit einer ganzen Weile nervös, was Ben durchaus verstehen konnte. Das tatenlose Warten erwies sich immer mehr als Belastung. Schon vor Stunden hatte er den Jungen aufgefordert, nach Hause zu gehen – für jemandem in seinem Alter war diese Sache viel zu gefährlich. Außerdem: Seine Eltern vermißten ihn bestimmt. Doch Wolf weigerte sich hartnäckig, Ben und Christina zu verlassen. Und er lehnte es ab, über das Thema ›Eltern‹ zu sprechen.

»Ich muß mich um was kümmern«, sagte Wolf plötzlich.

Ben nickte. »Bleib nicht zu lange fort.«

»Nein. Wenn mir was auffällt, so gebe ich Ihnen Bescheid. Mit einem Laut, der so klingt.« Der Junge hob beide Hände vor den Mund und gab einen seltsamen Schrei von sich. Es klang nach dem Ruf eines Vogels – vielleicht einer Eule. Was auch immer es sein sollte: Es hörte sich echt an.

»Nichts im Wald verursacht ein solches Geräusch«, erklärte Wolf. »Wenn Sie es hören, wissen Sie, daß es nur von mir stammen kann.«

»In Ordnung«, sagte Ben. »Wir spitzen die Ohren.«

»Und wenn was passiert, oder wenn Sie Hilfe brauchen ... Dann benachrichtigen Sie mich mit dem gleichen Geräusch.«

»Meine Güte, ich könnte es nicht einmal dann nachahmen, wenn ich eine Million Jahre Zeit hätte, um zu üben. Ich bin schon überfordert, wenn's ums Pfeifen geht.«

»Zu welchen Geräuschen sind Sie imstande?«

»Ich bin ein wahrer Meister im Achselfurzen.« Ben wölbte die Hand unter der Achsel und senkte dann den Arm. »Das habe ich im College gelernt.«

Wolf war nicht beeindruckt. »Und Sie?« wandte er sich an Christina.

»Tut mir leid. Bin nie zum College gegangen.«

»Vielleicht sollten Sie einfach ›He, Wolf‹ rufen.«

»Das kriege ich hin«, sagte Ben. »Auf welche Weise will dann ein zwölfjähriger Junge aktiv werden? Immerhin haben wir's mit skrupellosen Gangstern zu tun.«

»Ich komme schon irgendwie zurecht.« Wolf griff in die Tasche und holte eine Zwille hervor. »Mit dem Ding kann ich gut umgehen.«

Ben lächelte. »Bleib sauber. Und komm bald zurück.«

Wolf eilte los, und schon nach wenigen Sekunden konnte ihn Ben nicht mehr sehen. Alles blieb still. Der Junge schien plötzlich ebenso Teil des Waldes zu sein wie die Bäume.

Kurz darauf erstarrte Ben. »Hast du das gehört?«

»Oh, Himmel, da meldet sich wieder Herr Paranoid ...«

»Im Ernst, Christina. Blätter haben geraschelt.«

»Das war Wolf.«

»Nein, es kam von dort drüben, aus einer ganz anderen Richtung.«

»Weis mich ruhig darauf hin, wenn du was siehst, Ben. Aber bis dahin verzichte bitte darauf, mir Angst einzujagen.«

»Wie du willst.« Er ging neben Christina in die Hocke. »Du hast mir noch nicht gesagt, wie du den heutigen Nachmittag verbracht hast.«

»Spielt's eine Rolle? Wieso sollte jemand auf den Gedanken kommen, mir die Schuld an Lennies Tod zu geben? Ich kannte ihn überhaupt nicht.«

»Aber er kannte dich. Und vielleicht beabsichtigte er, gegen dich auszusagen.«

»Wie könnte er irgend etwas über mich gewußt haben?«

»Das ist nicht der springende Punkt. Lennie war in Schwierigkeiten und wollte zum Informanten werden, um seine Probleme zu lösen. Er wäre nicht der erste Ganove, der das Mittel einer falschen Zeugenaussage wählt, um damit Straffreiheit und Sicherheit zu kaufen.«

»Die Sache stinkt.«

»Ja. Trotzdem sieht's nicht gut aus, wenn ein möglicher Belastungszeuge kurz vor dem Verfahren umgenietet wird. Also: Wo warst du heute nachmittag?«

»Zu Hause. Hab' allein vor dem Fernseher gesessen.«

Mit anderen Worten: Christina hatte kein Alibi. Nur ihre eigene Aussage stand gegen den Vorwurf, einen zweiten Mord begangen zu haben – die Aussage der Angeklagten. Ben vernahm ein leises Brummen, das von der anderen Seite der Lichtung kam. Es wurde allmählich lauter, und einige Sekunden später sah er die Umrisse eines kleinen, dicht über den Baumwipfeln dahingleitenden Flugzeugs. Es war schwarz und damit in der Nacht fast unsichtbar. Eigentlich verriet es sich nur durch das Geräusch des Motors. Ben beobachtete, wie die Maschine einige Male kreiste und dann zur Landung ansetzte.

»Duck dich auch weiterhin«, flüsterte er seiner Begleiterin zu. »Man darf dich auf keinen Fall sehen.«

Christina zog den Kopf ein.

Das Flugzeug landete, und kurz darauf herrschte wieder Stille. Das Cockpit öffnete sich, und ein Mann stieg aus. Er trug eine dunkle Lederjacke und Bluejeans, entsprach damit Wolfs Beschreibung des Piloten. Er wartete nicht etwa bei der Maschine, sondern marschierte über die Lichtung; etwa dreißig Meter nördlich von Ben und Christina verschwand er im Wald.

Sie folgten ihm, als sie die Entfernung für groß genug hielten. In der Finsternis konnten sie den Piloten nicht sehen, aber sie hörten ihn: Blätter und Zweige knirschten unter seinen Stiefeln.

Fast zehn Minuten lang folgten sie ihm. Schließlich erreichte der Pilot jene Hütte, die Ben und Christina während ihrer ersten Wanderung gefunden hatten – der Schuppen, in dem Wolf die Tiere behandelte. Der Pilot zögerte, las das Schild an der Tür und blickte dann aufs bereits geöffnete Schloß hinab.

Er trat ein.

Ben hörte jähen Aufruhr in der Hütte. Es schien zu einem Handgemenge zu kommen – befand sich Wolf da drin?

Ben kroch vor ... Und wich sofort wieder zurück, als sich auf der anderen Seite eine Gestalt aus den Schatten löste und dem Schuppen näherte. Details konnte Ben kaum erkennen. Es schien ein Mann zu sein, groß und dünn. Und er hatte langes blondes Haar. Vinny, DeCarlos ›rechte‹ Hand.

Vinny gab der Tür einen Stoß und betrat die Hütte.

Wieder hörte Ben Geräusche, die auf rasche Bewegungen hindeuteten, vielleicht auf eine Auseinandersetzung. Dann klatschte etwas – eine Ohrfeige oder ein Schlag an den Kopf? –, und Stille schloß sich an.

»Ich fürchte, Wolf ist im Schuppen«, hauchte Ben.

Christina riß die Augen auf. »Nein!«

»Wahrscheinlich wollte er sich vergewissern, daß mit seinen Vögeln alles in Ordnung ist – und jetzt haben ihn die beiden Mistkerle erwischt. Möglicherweise sind sie von der jüngsten FBI-Aktivität verschreckt worden und beschlossen daher, den Austausch nicht auf der Lichtung vorzunehmen, sondern an einem besser geschützten Ort.«

»Was machen wir jetzt? Wir können den Jungen nicht im Stich lassen.«

»Da bin ich ganz deiner Meinung.« Bevor Ben etwas hinzufügen konnte, krachte es im Innern der Hütte, und zornige Schreie erklangen.

»Ich gehe jetzt rein«, kündigte Ben an.

»Und was hast du vor, wenn du drin bist?«

»Das wird sich herausstellen.« Ben stand auf und schlich los, doch fast im gleichen Augenblick schlang sich ihm ein Arm um den Hals, zwang ihn zu Boden.

»*Was zum* …«

Er bekam keine Gelegenheit, den Satz zu beenden. Zwei weitere Hände erschienen wie aus dem Nichts und drückten ihm einen Knebel in den Mund. Eine andere Hand fügte Klebeband hinzu, was Ben daran hinderte, den Stoffballen mit der Zunge fortzuschieben.

Er keuchte, wand sich hilflos hin und her. Christina lag dicht neben ihm und erfuhr eine ähnliche Behandlung. Männer in dunkler Kleidung hielten sie fest. Einer packte sie an den Armen, der andere zerrte am Haar, zog auf diese Weise den Kopf nach hinten. Ben wollte sich ihr nähern, doch jemand riß ihm die Arme auf den Rücken und legte ihm Handschellen an.

Dann vertrieb das Dröhnen eines Lautsprechers die Stille. »Hier spricht das FBI. Die Hütte ist von FBI-Beamten umstellt. Flugzeug und Motorrad wurden beschlagnahmt. Eine Flucht ist ausgeschlossen. Kommen Sie mit erhobenen Händen heraus.«

Was ging hier vor? Ben versuchte vergeblich, sich zu befreien. Woher wußte das FBI, daß hier, mitten im Wald, Drogen geliefert wurden? Und wieso behandelte man ihn und Christina wie Verbrecher? Er wollte schreien, doch der Knebel steckte ihm viel zu fest im Mund, stimulierte in Ben das sehr unangenehme Gefühl, langsam zu ersticken. Wo befand sich Christina jetzt? Er konnte sie nicht mehr sehen. Wenn die Burschen ihr etwas angetan hatten …

»Wir geben Ihnen sechzig Sekunden, um sich zu stellen«, donnerte die Lautsprecherstimme. »Wenn Sie nicht herauskommen, sind wir gezwungen, Tränengasgranaten einzusetzen, die für Ihre Gesundheit schädlich sein könnten. Ich wiederhole: Die Hütte ist umstellt. Eine Flucht ist ausgeschlossen.«

Es sei denn, die Gangster verfügten über eine Geisel. Ben hörte, wie erneut etwas in der Hütte krachte, gefolgt von lautem Scheppern und gedämpften Schreien. Offenbar fand ein Kampf statt. In Ben drängte alles danach, etwas zu sagen, darauf hinzuweisen, daß sich Wolf in dem Schuppen aufhielt.

»Nicht schießen!« rief jemand in der Hütte. Es klang voller Furcht, der Panik nahe. »Kein Gas. *Bitte.*«

Eine Gestalt sprang nach draußen. Das Gesicht blieb Ben verborgen, aber die geringe Größe bot einen deutlichen Hinweis darauf, um wen es sich handelte.

»Stehenbleiben!« tönte es aus dem Lautsprecher. »Und die Hände hoch. Wenn Sie sich nicht fügen, müssen wir das Feuer eröffnen.«

Die Gestalt zögerte, verlagerte dabei das Gewicht vom einen Bein aufs andere. Der Junge hatte ganz offensichtlich Angst und wußte nicht, wie er sich verhalten sollte. Immer wieder warf er einen Blick über die Schulter.

»Ich wiederhole: Die Hände hoch!« heulte es aus der Dunkelheit. Die Gestalt verharrte nach wie vor in Unschlüssigkeit. »Na schön. Gasgranaten vorbereiten.«

»*Nein!*« entfuhr es dem Jungen entsetzt. »Mit dem Gas bringen Sie die Vögel um!«

Ben sah, wie Wolf in die Tasche griff.

Er kam nicht dazu, seine Zwille hervorzuholen. Automatische Waffen ratterten, und Mündungsfeuer blitzte in der Nacht. Der erste Treffer ließ den Jungen nach hinten taumeln, und der zweite schleuderte ihn gegen einen Baum. Er kippte zur Seite und hinterließ einen dunklen Blutfleck am Stamm.

Der Junge sank zu Boden und schloß dabei die Augen. Blut sickerte aus dem Mundwinkel, bildete eine kleine Lache neben der Hand, die eine hölzerne Zwille umklammert hielt.

# DRITTER TEIL

# Das Unheil nimmt seinen Lauf

# 1

Ben mußte seine Lider zwingen, oben zu bleiben. Er hätte sich selbst eine Ohrfeige gegeben, wenn nicht Hunderte von Personen zugegen gewesen wären und ihn beobachteten. Der erste Tag des Prozesses – und ihm fiel es schwer, nicht einzuschlafen.

Erst um vier Uhr hatten die FBI-Agenten Ben und Christine zur Einsatzzentrale gebracht, und bis zu ihrer Entlassung vergingen noch einmal zweieinhalb Stunden. Ben vermutete, daß Absicht dahintersteckte. Sicher wußten die Typen vom Bureau, daß an diesem Tag die Verhandlung begann. Und wahrscheinlich wollten sie der Anklage einen Gefallen erweisen, indem sie dafür sorgten, daß der Verteidiger und seine Klientin an akutem Schlafmangel litten.

Er hatte kein Wort über die beiden verhafteten Männer gehört. Oder über Wolf.

Ben beobachtete Christina am Tisch der Verteidigung. Mit geradem Rücken saß sie da, die Hände im Schoß gefaltet. Sie versuchte, den Rat ihres Anwalts zu beherzigen und einen ruhigen, gelassenen Eindruck zu erwecken. Was ihr bestimmt nicht leichtfiel. Sie war ebenso wie er nervös und aufgeregt – kein Wunder; schließlich ging es um ihr Leben –, und sie hatte die gleiche lange Nacht hinter sich. Normalerweise verzichtete sie auf Make-up und dergleichen, aber diesmal hatte sie kosmetische Hilfsmittel in dem Bemühen verwendet, über Müdigkeit und Erschöpfung hinwegzutäuschen. Dennoch zeichneten sich Schatten unter ihren Augen ab.

Sie trug ein schlichtes blaues Kattunkleid mit einem Kragen aus Spitzenborten. Solche Kleidungsstücke fanden sich nicht in Christinas Garderobe – Ben hatte es aus einem Secondhand-Laden in der Nähe seines Büros. Er wollte kein Risiko eingehen, wählte auch die Schuhe und den Rest aus. Jetzt glaubte er, daß der Look stimmte: Christina war auf eine schlichte, zurückhaltende Art attraktiv. Sie wirkte nicht wie jemand aus der Oberschicht, präsentierte sich vielmehr als eine Frau, die bei den Geschworenen auf Anteilnahme und Mitgefühl hoffen durfte.

Der Gerichtssaal war natürlich voll. Die erste Reihe im Zuschauerbereich blieb für die Journalisten reserviert, und in den sechs übrigen Reihen rechts und links vom Mittelgang saßen Neugierige, die Christina McCall, inzwischen berühmt-berüchtigte Drogenprinzessin von Tulsa, mit eigenen Augen sehen wollten. Hinten gab's sogar Stehplätze für Leute, die bereit waren, den ganzen Tag über auf den Beinen zu bleiben. Und im Flur warteten Leute, die hofften, daß im Verhandlungssaal ein Platz für sie frei wurde. Vom Wächter wußte Ben, daß die ersten Schaulustigen schon um sechs Uhr eingetroffen waren. Er hielt dies alles für unglaublich: Meine Güte, hier begann ein Prozeß, keine verdammte Theatervorstellung oder etwas in der Art. Ein durchaus angemessener Vergleich, fand Ben. Derzeit war das Unterhaltungsangebot in Tulsa nicht besonders groß, und es lockte ein spannender Prozeß, bei dem das Leben der Angeklagten auf dem Spiel stand.

Ben ließ den Blick über die Anwesenden schweifen und sah nur wenige Personen, die er für freundlich gesinnt hielt. Seinen Sekretär Jones hatte er aufgefordert, im Büro zu bleiben, eventuelle Anrufe entgegenzunehmen und noch einmal die Unterlagen aus Reynolds' Kanzlei zu prüfen. Von Loving fehlte noch immer jede Spur. Ben hoffte, daß er nicht am Grund des Arkansas River gefunden wurde, mit Beton-Galoschen.

Ein Gesicht bei den Zuschauern fiel Ben auf: Margot Lombardi. Nun, ihre Präsenz sollte ihn eigentlich nicht überraschen – immerhin war sie die Witwe des Ermordeten. Sie saß ganz vorn und trug eine dunkle Sonnenbrille. Wahrscheinlich wollte sie nicht erkannt werden. Ben konnte es ihr kaum verdenken.

Er beugte sich über das Geländer, hinter dem sich der Publikumsbereich erstreckte. »Mrs. Lombardi?«

Sie drehte erstaunt den Kopf. »J-ja?«

»Es steht mir nicht zu, Ihnen irgendeinen Rat zu geben, aber falls Sie es nicht wissen: Wenn Sie hier im Gerichtssaal sind, können Sie als Zeugin aufgerufen werden.« Und die Geschworenen daran erinnern, daß Lombardi verheiratet war, fügte Ben in Gedanken hinzu. Ach, wie schön.

»Mr. Moltke hat mir versichert, daß es nicht dazu kommt.«

Ben beugte sich noch etwas näher. »Ma'am, Ihr Anwalt Quinn Reynolds hat Dokumente zurückgehalten, die für Christinas Verteidigung sehr wichtig sind.«

»Oh ... Haben Sie ihn darauf angesprochen?«

»Ja, mehrmals. Und er hat es abgelehnt, mir Einsicht in die Unterlagen zu gewähren. Ich mußte mir Kopien aus einer, äh, anderen

Quelle beschaffen. Allerdings fehlt mir jetzt ein Zeuge, der imstande ist, ihre Authentizität zu bestätigen.«

»Wie kann ich Ihnen helfen?«

»Reynolds würde vermutlich die Aussage verweigern, wenn ich ihn frage, ob die Kopien mit den Originalen übereinstimmen. Aber Sie sind seine Klientin. Wenn Sie eine entsprechende Frage an ihn richten, muß er Auskunft geben.«

»Ich ... verstehe.«

»Sind Sie dazu bereit? Es geht hier um das Leben meiner Klientin.«

Margot zögerte und hob den Zeigefinger zum Kinn. »Wenn mein Anwalt nicht wollte, daß Sie die Dokumente sehen, so hatte er bestimmt einen guten Grund dafür.«

Ben preßte die Lippen zusammen.

»Meine finanzielle Situation ist derzeit recht prekär ... Wenn Mr. Reynolds glaubt, daß eine Offenlegung jener Unterlagen nicht in meinem Interesse liegt, so muß ich ihm vertrauen.«

Eine klassische Zwickmühle: Der Anwalt gab die Schuld dem Klienten, und umgekehrt. Voller Abscheu kehrte Ben zum Tisch der Verteidigung zurück.

Moltke genoß die Publicity in vollen Zügen. Er wirkte überschwenglich und glaubte ganz offensichtlich, den Sieg schon in der Tasche zu haben. Ein Erfolg bei diesem Prozeß, so glaubte er, führte geradewegs zu einem Sitz im Senat. Warum auch nicht? dachte Ben. Für Staatsanwälte kamen Strafprozesse einer Spielwiese gleich, auf der sie sich richtig austoben konnten. Im Fernsehen berichtete man immer wieder über Richter und Anwälte, durch die es angeblich fast unmöglich wurde, Verbrecher hinter Gitter zu bringen. In Wirklichkeit konnten sie praktisch jeden verurteilen. Ankläger, Polizisten, Fachleute der Spurensicherung – sie alle gehörten zur gleichen Mannschaft und wollten gewinnen. Geschworene waren für sie wie Knetmasse, der sie eine beliebige Form geben konnten. Das alte Prinzip *schuldig, bis das Gegenteil bewiesen wird* hatte längst seine einstige Bedeutung verloren. Die meisten Mitglieder einer Jury gingen von folgenden Überlegungen aus: Wenn der Angeklagte wirklich völlig unschuldig war, so säße er bestimmt nicht am Tisch der Verteidigung.

Ben sah auf die Uhr – Derek kam erneut zu spät. Vermutlich las er die im letzten Augenblick von Ben gestellten Anträge und versuchte, sich plausible Gründe einfallen zu lassen, um sie alle abzulehnen. Hoffentlich äußerte sich der Richter zu dem Antrag, das Beweismaterial im Hinblick auf Lennies Ermordung auszuklammern. Moltke behauptete zwar, hieb- und stichfeste Beweise für Christinas Schuld zu haben und bald förmliche Anklage gegen sie erheben zu wollen, doch bisher folgten den Worten keine Taten. In seinem Antrag wies Ben auf folgendes hin: Da eine offizielle Anklage fehlte und die Umstände von Lennies Tod keine Antwort auf die Frage lieferten, wer Lombardi erschossen hatte, durfte diese Angelegenheit beim Prozeß nicht zur Sprache kommen. Bisher vertrat Derek den – feigen – Standpunkt, erst eine Entscheidung zu treffen, wenn ›diese Angelegenheit aktuell wird.‹

Ben berührte Christina am Arm und versuchte, fröhlich zu klingen. »Schade, daß kein attraktiver, liebevoller Ehemann in der ersten Reihe sitzt. Darauf fahren die Geschworenen voll ab.«

»*Pardonnez-moi*«, erwiderte Christina. »Soll ich mir einen leihen? Burris dürfte den einen oder anderen im Angebot haben.«

Ben rang sich ein Lächeln ab und fühlte, wie seine Unruhe wuchs. Fing dieser Prozeß denn nie an?

Schließlich rührte sich was hinter der Richterbank. Der Gerichtsdiener forderte die Anwesenden auf, sich zu erheben, und dann kam Derek herein. Er wirkte gesund und munter, strahlte regelrecht. Bestimmt freute er sich darauf, das große Publikum mit seiner umfassenden richterlichen Weisheit beeindrucken zu können. Ben vermutete, daß Derek tief in seinem Herzen ein Schmierenkomödiant war.

Derek öffnete eine kleine Schachtel, entnahm ihr eine Tablette und schob sie sich in den Mund. »Ich habe mich eben durch Ihren neuesten Antragshaufen gearbeitet, Mr. Kincaid.«

Ebensogut hätte Herodes verkünden können: *Ich habe über neugeborene Kinder nachgedacht*.

»Offenbar handelt es sich um Neuauflagen früherer Anträge. Sie sind hiermit alle abgelehnt.«

»Danke, Euer Ehren.«

»Ist noch etwas zu klären, bevor wir mit der Auswahl der Geschworenen beginnen?«

»Ja, Euer Ehren«, sagte Ben. »Ich habe einen neuen Antrag.«

»Soll das ein Witz sein?« fragte Derek. »Gibt es einen Antrag, den Sie noch nicht gestellt haben?«

»Ja, Euer Ehren. Die Verteidigung beantragt hiermit eine Verlegung des Verhandlungsortes.«

»Begründung?«

»Dieser Fall hat eine so große Publicity gewonnen, daß sich hier kaum Geschworene ohne eine vorgefaßte Meinung finden lassen.«

Derek schob sich eine zweite Tablette in den Mund und kaute hingebungsvoll. »Könnten Sie sich bitte etwas deutlicher ausdrücken?«

»Euer Ehren, seit einem Monat berichten alle drei lokalen Fernsehsender sowie beide Zeitungen in Tulsa über den Fall. Die entsprechenden Nachrichten wurden als schlagzeilenartige Meldungen gebracht und erschienen auf den Titelseiten. Darüber hinaus tendierten sie stark zugunsten der Anklage ...«

»Liegt es vielleicht daran, daß auch das *Beweismaterial* eine solche Tendenz aufweist?«

»Es spielt keine Rolle, Euer Ehren. Prozesse sollten im Gerichtssaal geführt werden, nicht in den Medien. Sogar heute morgen, hier in diesem Raum, wiesen Journalisten mit lauten Bemerkungen darauf hin, daß sie meine Klientin für schuldig halten. Eventuelle Geschworene könnten sich in Hörweite befunden haben.«

Moltke erhob sich. »Darf ich darauf antworten, Euer Ehren.«

»Ich glaube, das ist nicht nötig«, sagte Derek. Und zu Ben: »Können Sie mir einen einzigen Zeitungsartikel zeigen, in dem Ihre Klientin als schuldig bezeichnet wird?«

»Nein, natürlich nicht. Der Verfasser eines solchen Artikels müßte mit einer Klage rechnen.«

»Können Sie irgend etwas Konkretes vorweisen, das auf eine Voreingenommenheit der hiesigen Bürger hindeutet?«

»Nein.«

»Nun, das Gericht braucht etwas Handfestes, wenn es glauben soll, daß sich hier keine geeigneten Geschworenen finden lassen.«

»Dieses Gericht hat einen breiten Ermessensspielraum«, sagte Ben.

»Den ich auch nutzen werde«, betonte Derek. »Nun, wenn ich mich bei dieser Sache dazu durchränge, Ihren Standpunkt zu teilen ... Dann müßte ich praktisch jeden wichtigen Fall transferieren, der an mich herangetragen wird. Ihr Antrag ist hiermit abgelehnt. Natürlich steht es Ihnen frei, bei der Geschworenenbefragung nach Anzeichen von Voreingenommenheit Ausschau zu halten.«

»Wie Sie meinen, Euer Ehren.«

»Und noch etwas.« Derek hob die Stimme. »Dieses Gericht hat Ihre dauernden Versuche satt, den Prozeß zu verzögern und zu verhindern, daß der Gerechtigkeit Genüge getan wird. Hiermit warne ich Sie ausdrücklich: Weitere leichtfertige Anträge könnte ich zum Anlaß nehmen, Sie wegen Mißachtung des Gerichts zu belangen.«

Posierst du wieder für die Presse? »Verstanden, Euer Ehren.«

»Das hoffe ich. Um Ihretwillen. Lassen Sie uns nun fortfahren.«

Vor Beginn des Prozesses hatte Derek folgendes angekündigt: Aufgrund des besonders schweren Verbrechens, das man der Angeklagten zur Last legte, wollte er von der üblichen Verfahrensweise des Bundesgerichts abweichen und es den Anwälten erlauben, sich direkt an die Jury-Kandidaten zu wenden. Dagegen hatte Ben nichts einzuwenden. Ganz im Gegenteil: Er begrüßte es, daß nicht etwa Derek die Fragen stellte, sondern er selbst – auf diese Weise fand er sicher wesentlich mehr über die Geschworenen heraus.

Der Gerichtsdiener verlas die ersten neunzehn Namen auf seiner Liste und rief die betreffenden Personen zur Geschworenenbank. Sie stellten sich der Reihe nach vor, nannten Beruf und Familienstand. Ben sah, wie Myra alle biographischen Details notierte. Es schienen überwiegend Leute aus der unteren Mittelklasse zu sein, mit unterdurchschnittlicher Bildung. Wie üblich. Wer zu den oberen Schichten der Gesellschaft gehörte, fand häufig Mittel und Wege, um Jurypflichten zu meiden. So etwas überließ man Arbeitern und einfachen Angestellten, die sich freuten, einen Tag frei zu haben und trotzdem bezahlt zu werden. Demographischen Untersuchungen zufolge neigten gerade solche Personen dazu, sich von der Sensationspresse und Gerechtigkeitsappellen der Staatsanwaltschaft beeinflussen zu lassen.

Zwölf Frauen und sieben Männer – alles andere als ausgeglichen und sehr ungünstig für die Verteidigung. Der gesunde Menschenverstand gebot, daß Ben nichts an weiblichen Geschworenen gelegen sein konnte. Frauen begegneten Frauen mit weitaus mehr Strenge als Männer, erst recht dann, wenn es um zweifelhafte sexuelle Dinge ging. Unglücklicherweise bestand die restliche Gruppe möglicher Jury-Mitglieder zu zwei Dritteln aus Frauen. Zwar konnte Ben insgesamt zwanzig Geschworene ablehnen, wodurch sich jedoch nichts daran änderte, daß mehr Frauen als Männer über den Fall entscheiden würden.

Derek stellte die Anwälte vor und fragte, ob sie jemandem bekannt seien. Niemand meldete sich. Als er die gleiche Frage in Hinsicht auf Christina stellte, kamen alle Hände hoch. Die meisten Geschworenen hatten entweder Zeitungsberichte gelesen oder die Fernsehnachrichten gesehen; viele von ihnen glaubten, in bezug auf Tulsas Drogenprinzessin recht gut informiert zu sein. Derek formulierte die wichtigste Frage: Haben Sie sich bereits eine Meinung gebildet, oder sind Sie in der Lage, das Beweismaterial objektiv und unvoreingenommen zu prüfen? Natürlich glaubten alle, dazu fähig zu sein. Ben wußte: Ohne eindeutige Voreingenommenheit konnte er keine Geschworenen zurückweisen, was für ihn weniger Freiraum bei der Auswahl bedeutete. Und selbst wenn sich ihm die Möglichkeit geboten hätte, mehr potentielle Jury-Mitglieder abzulehnen – womit sollte er sie ersetzen? Die draußen sitzenden Kandidaten unterschieden sich nicht von diesen Leuten.

Nachdem Derek die ersten einleitenden Fragen gestellt hatte, schritt Moltke zum Podium. Er hielt eine kurze Ansprache, in der es um die Rolle der Anklage bei dem Bemühen ging, das Allgemeinwohl vor Gesetzlosigkeit und Anarchie zu bewahren. »Als Geschworene nehmen Sie eine der wichtigsten Aufgaben in der Welt wahr«, sagte er. »Eine Aufgabe, von der die Stabilität unserer Gesellschaft abhängt.«

Im Anschluß an diese Schmeicheleien begann Moltke mit der eigentlichen Prüfung. Seine ersten Fragen spielten gar keine Rolle und dienten vor allem dazu, die Geschworenen zu entspannen, sich ihnen als eine Art freundlicher Kumpel zu präsentieren. Es folgten die üblichen Bemerkungen, mit denen der Staatsanwalt bei solchen Anlässen versuchte, eine für ihn günstige Stimmung zu schaffen. Schließlich bat er die Kandidaten um das Versprechen, das Für und Wider sorgfältig abzuwägen und nicht vor einer Verurteilung zurückzuschrecken, wenn sie die Angeklagte für schuldig hielten.

»Ich möchte Sie etwas fragen, Mrs. McKenzie.«

Die ältere Frau sah überrascht auf. Auch dabei handelte es sich um einen alten Anwaltstrick bei Strafprozessen: Man merke sich die Namen der Geschworenen, wenn sie aufgerufen werden – um sie später damit anzusprechen. Jury-Mitglieder ließen sich von solchen Dingen beeindrucken.

»Sie sind verheiratet, wenn ich mich recht entsinne.«

»J-ja, das stimmt«, bestätigte Mrs. McKenzie.

»Sie hielten wahrscheinlich nicht viel davon, wenn Ihr Mann fortginge und eine Affäre hätte, oder?«

»Nein.«

»Ehebruch ist eine schlimme Sache, finden Sie nicht auch?«

»Und ob.«

»Und bestimmt hätten Sie keine besonders hohe Meinung von dem Flittchen, mit dem sich Ihr Mann herumtreibt.«

»Ich würde ihr wahrscheinlich den Hals umdrehen«, sagte Mrs. McKenzie. Die anderen Geschworenen lachten leise.

»Und wenn das Flittchen Ihren Mann in kriminelle Aktivitäten verwickelt, zum Beispiel in Drogenhandel ... Sie wären sicher nicht erfreut, oder?«

Die Frau schob das Kinn vor. »Nein, das wäre ich nicht.«

»Und wenn das Flittchen Ihren Mann *erschießt* ...«

»*Einspruch*, Euer Ehren«, ließ sich Ben vernehmen. »Dies geht weit über eine normale Geschworenenbefragung hinaus.«

Derek nickte. »Ich fürchte, da muß ich Ihnen zustimmen. Mr. Moltke, bitte beschränken Sie sich darauf, nach Voreingenommenheit zu suchen, anstatt selbst welche zu schaffen.«

»Ja, Euer Ehren«, erwiderte der Staatsanwalt und gab sich zerknirscht. »Es liegt mir fern, irgendeine Art von Voreingenommenheit zu erzeugen. Und da wir gerade dabei sind ... Ich möchte die Geschworenen auf die eine oder andere Angelegenheit ansprechen – um mich zu vergewissern, daß sie nicht voreingenommen sind.«

Ein kluger Schachzug, dachte Ben. Er gibt Gehorsam dem Richter gegenüber vor – und macht doch genau das, was ihm gerade verboten wurde.

»Nun, meine Damen und Herren, unglücklicherweise hat dieser Prozeß einige sehr unangenehme Aspekte, die ...« Moltke unterbrach sich und heuchelte Verlegenheit. »Sie stehen mit ... sexuellen Dingen in Zusammenhang.«

Ja, Moltke, jetzt sind sie alle hellwach. Nicht schlecht. Eine Prise Erregung ...

»Äh, Sie wissen sicher, daß ... Ach, verdammt und zugenäht, es gibt Leute, die sich nicht so verhalten wie wir. Ich behaupte keineswegs, daß es um ihre Moral schlechter bestellt ist ...«

*Von wegen.*

»Aber jene Personen sind zweifellos ... anders. Nun, Mrs. Applebury, Sie hegen doch keinen Groll gegen eine Frau, nur weil sie, ähm, außereheliche Beziehungen hat, oder?«

Ben konnte nichts dagegen unternehmen. Wenn er Einspruch erhob, weil es keine Beweise für, ähm, Beziehungen zwischen der Angeklagten und dem Opfer gab, so erweckte er damit nur den Eindruck, seine Klientin in Schutz nehmen zu wollen. Woraus die Geschworenen schlossen, daß tatsächlich solche, ähm, Beziehungen existierten ...

Mrs. Applebury hob die Hand zur Brust. »Ich w-würde versuchen, auch weiterhin objektiv zu bleiben.«

»Was ist mit Ihnen, Mrs. Bernstein?«

»Ich habe mich immer bemüht, eine offene Einstellung zu bewahren.«

»Und Sie, Mr. Svenson? Wären Sie geneigt, eine Frau für schuldig zu halten, nur weil sie sich mit sexuellen Praktiken beschäftigt, die Sie nicht für ... normal halten?«

»*Euer Ehren*!« entfuhr es Ben. »Das ist völlig unbedeutend und hat überhaupt nichts mit dem Fall zu tun!«

»Wenn es völlig unbedeutend ist, kann es Ihrer Klientin wohl kaum schaden, oder?« erwiderte der Richter.

Eins mußte man Derek lassen: Er war nicht auf den Mund gefallen.

»Schon gut, Euer Ehren«, sagte Moltke. »Ich wollte mich ohnehin einer anderen Sache zuwenden. Meine Damen und Herren, ich muß hier ein Thema zur Sprache bringen, das uns alle mit großer Besorgnis erfüllt. Ich meine den illegalen Drogenhandel. Sie alle wissen, daß es sich dabei um eins der größten Probleme in diesem Land handelt. Rauschgift wird praktisch an jeder Straßenecke angeboten, selbst in anständigen Wohnvierteln. Sogar auf den Schulhöfen von Grundschulen ...«

»Einspruch, Euer Ehren.«

»Stattgegeben.«

Moltke fuhr ungerührt fort: »Jedem von Ihnen dürfte klar sein, daß wir einen Krieg führen – einen Krieg gegen Drogen. Wir Regierungsbeamte fühlen uns dabei wie Infanteristen, und vielleicht empfinden einige von Ihnen ähnlich. Ich muß Sie jedoch daran erinnern, daß es bei diesem Prozeß um vorsätzlichen Mord geht. Es könnte sich herausstellen, daß die Angeklagte im Besitz einer beträchtlichen Menge Rauschgift gewesen ist, doch davon dürfen Sie sich nicht beeinflussen lassen. Bitte versprechen Sie mir, das Beweismaterial fair zu prüfen und die Angeklagte nur dann zu verurteilen, wenn Sie sie des *Mordes für schuldig halten. Eine solche Entscheidung sollte nicht auf dem durchaus verständlichen Wunsch basieren, dieses Bindeglied in einer abscheulichen Kette auszumerzen, die unser prächtiges Land in den Untergang treibt ...*«

»*Einspruch*, Euer Ehren!« rief Ben. »Diese Ausführungen schaffen Voreingenommenheit. Der Staatsanwalt hält praktisch eine Hetzrede.«

Derek nickte ruhig. »Dem Einspruch wird stattgegeben.«

»Ich beantrage, die unzulässigen Bemerkungen der Anklage aus dem Protokoll zu streichen und die Geschworenen aufzufordern, ihnen keine Beachtung zu schenken.«

»Wenn Sie darauf bestehen.«

Nun, wenigstens sagte er nicht: Es lohnt die Mühe kaum. Derek richtete einen gleichgültigen Blick auf die Jury. »Sie werden hiermit aufgefordert, alle Bemerkungen zu ignorieren, die unbewiesene kriminelle Aktivität betreffen.« Er sah auf Moltke hinab. »Sonst noch etwas?«

Der Staatsanwalt verstand den Hinweis. »Ich bin fertig, Euer Ehren.«

»Gut. Die Verteidigung hat das Wort.«

Ben trat zum Podium, besann sich auf die vorbereiteten Fragen und ging so vor, wie es die Jura-Professoren lehrten. Er vermied es, mit seinen Fragen die Glaubwürdigkeit bestimmter Zeugen in Zweifel zu ziehen oder das Eröffnungsplädoyer vorwegzunehmen. Darüber hinaus versuchte er nicht, die Jury für sich einzunehmen. Der Sinn dieser Sache bestand darin, festzustellen, ob die Geschworenen fair und unparteiisch sein konnten, und an diesen Prinzipien hielt er fest. So verlangte es die Gerechtigkeit, nicht wahr?

Nach einer Weile merkte er, daß die Aufmerksamkeit der Männer und Frauen immer mehr nachließ. Sie blickten über seine Schulter und versuchten, einen Eindruck von Christina zu gewinnen. Traurig, aber wahr: Die Hälfte der Geschworenen würde ihre Entscheidung vermutlich aufgrund des Erscheinungsbilds der Angeklagten treffen, ohne sich um Beweismaterial zu scheren.

»Während der Befragung hat die Anklage mehrere Versprechen von Ihnen verlangt«, sagte Ben zum Schluß. »Ich bitte Sie nur um eins: Während dieses Prozesses hören Sie irgendwann, wie der Richter von *unschuldig, bis sich das Gegenteil herausstellt* und *hinreichend schuldig* spricht. Er wird Ihnen die Bedeutung dieser Begriffe erklären. Bitte hören Sie ihm dabei genau zu und denken Sie die ganze Zeit über daran: Christina McCall gilt zunächst als unschuldig. Es ist die Pflicht der Anklage, ihre Schuld *eindeutig* zu beweisen. Versprechen Sie mir, diesen Grundsatz zu beachten?«

Die Geschworenen nickten ohne große Begeisterung.

»Was ist mit Ihnen, Mrs. McKenzie? Versprechen auch Sie es mir?«

Ein Fehler, wie Ben fast im gleichen Augenblick begriff. Ihm fehlte Moltkes Finesse. Es schmeichelte der Frau nicht, direkt angesprochen zu werden. Ganz im Gegenteil: Sie wirkte eingeschüchtert und verlegen. »Ich ... Nun, ja, ich denke schon«, sagte sie und hob eine Hand vors Gesicht.

»Danke.« Ben beschloß, den Fehler nicht zu wiederholen, indem er einen weiteren Geschworenen ansprach.

»Danke auch Ihnen«, sagte Derek. »Wir machen jetzt zehn Minuten Pause. Anschließend erwarte ich die Anwälte in meinem Zimmer zur Geschworenenauswahl.«

Eigentlich hätte es schlimmer kommen können. Ben lehnte drei ältere Frauen ab, unter ihnen auch Mrs. McKenzie, die er verschreckt hatte. Moltke verbannte drei Männer aus der Jury, die Gründe dafür blieben Ben verborgen. Vielleicht reagierten sie nicht angemessen auf das geschauspielerte Charisma des Staatsanwalts.

Der Richter rief zu den Eröffnungsplädoyers auf. Moltke erhob sich, ging zur Geschworenenbank und lächelte. Derek räusperte sich und deutete zum Podium.

»Oh, natürlich, Euer Ehren. Ich bitte um Entschuldigung.« Er schritt zum Podest.

Eine weitere Taktik aus Moltkes Trickkiste. Er war zu den Geschworenen gegangen, um sie daran zu erinnern, daß er zu ihnen gehörte. Ben wußte, daß er nicht hoffen durfte, der Jury so nahe zu kommen. Zwischen ihm und den Männern und Frauen, die über Christinas Schicksal entschieden, würde es immer mehr Distanz geben.

»Es war eine dunkle, mondlose Nacht«, begann Moltke und ließ keinen Zweifel daran, welche Stimmung er sich wünschte. »Die meisten gesetzestreuen Bürger von Tulsa lagen im Bett und schliefen. Alles war ruhig und still. Bis plötzlich ...« Er schlug mit der flachen Hand aufs Podium, und die Geschworenen zuckten zusammen. »Bis plötzlich ein gräßliches Verbrechen den Frieden der Nacht beendete!«

Ben mußte sich sehr bemühen, um nicht mit den Augen zu rollen. Er verabscheute Anwälte, die sich für Edgar Allan Poe hielten. Er verabscheute es, wenn aus der nüchternen Darstellung von Fakten eine Art ›Der Untergang des Hauses Usher‹ wurde.

»Meine Damen und Herren, die Anklage wird beweisen, daß in jener mondlosen Nacht die Angeklagte Christina McCall die Waffe ihres Geliebten nahm und ihn damit erschoß. Insgesamt vier Kugeln jagte sie ihm in den Kopf. Nun, eine hätte sicher genügt, um das Opfer zu töten. Welche Art von Frau drückt gleich viermal ab? Nun, die Anklage wird Ihnen zeigen, daß sich die gleiche Frau über den Toten beugte, als FBI-Beamte die Wohnung betraten. Die gleiche Frau hinterließ ihre Fingerabdrücke an der Tatwaffe und sagte zu dem Mann, der sie verhaftete: ›Ich habe ihn umgebracht.‹«

Ben schwieg die ganze Zeit über. Moltke versuchte natürlich, die Geschworenen schon jetzt von Christinas Schuld zu überzeugen, aber er wählte dabei geschickte Formulierungen wie »Die Anklage wird beweisen ...« Damit blieb er rein theoretisch im Rahmen des Eröffnungsplädoyers. Wenn Ben jetzt irgendwelche Einwände erhoben hätte ... Der Richter würde vermutlich darauf hinweisen, daß die Geschworenen anhand der späteren Zeugenaussagen selbst beurteilen konnten, ob der Staatsanwalt bei seinem Eröffnungsplädoyer übertrieben oder gar gelogen hatte. Ben stellte sich vor, wie Derek anschließend höhnisch lächelte und der Jury allein dadurch mitteilte, wie wenig er von den Argumenten der Verteidigung hielt. Nein, es war besser, das Einspruchsrecht später zu nutzen, wenn er es wirklich brauchte.

Moltke sprach etwa zwanzig Minuten lang, beschrieb Christina als eine Frau ohne Moral, brachte den Mord mit Drogengeschäften sowie dem organisierten Verbrechen in Verbindung und weckte Mitgefühl für die betrogene Witwe. Er deutete auf Margot, die diesmal keine Sonnenbrille trug, ganz vorn im Publikumsbereich saß und der Kummer selbst zu sein schien. Hatte ihr Moltke einen Platz in der ersten Reihe besorgt? Wahrscheinlich.

Hinsichtlich des Motivs wollte sich der Staatsanwalt offenbar nicht festlegen. Einmal erwähnte er Zank, einen Streit, der schließlich ausartete. Dann vermutete er, daß es Christina auf Lombardis Drogen abgesehen hatte. Nun, eigentlich spielte es kaum eine Rolle – die einzelnen Motive widersprachen sich nicht unbedingt. Außerdem: Dies war ein Strafprozeß, keine Übung in Logik.

Ben beobachtete die Reaktionen der Geschworenen. Wie ein Schwamm saugten sie Moltkes Worte auf, hingen die ganze Zeit über an den Lippen des Anklägers. Er hielt sie mühelos in seinem Bann.

Nach Moltkes Rede trat Ben zum Podium. Er stellte sich selbst als Stimme der Vernunft vor: Er wollte die Tatsachen in aller Ruhe schildern, ohne die übertriebene Theatralik des Staatsanwalts. »Meine Damen und Herren Geschworenen ...«, begann er. »Jeder einzelne Punkt, den die Anklage eben vorgebracht hat, ist umstritten. Es geht hier nicht um Ansichten, Schlußfolgerungen und Mutmaßungen, sondern um Fakten. Zum Schluß dieses Prozesses wird der Richter Sie auffordern, Ihre Entscheidung nicht von den Ausführungen der Anwälte beeinflussen zu lassen, sondern allein auf der Grundlage des Beweismaterials zu treffen. Ich bitte Sie, bei der Präsentation der Beweise größte Aufmerksamkeit walten zu lassen. Und ich möchte Sie in diesem Zusammenhang an das Versprechen erinnern, das Sie mir gegeben haben.«

Mr. Svenson runzelte verwirrt die Stirn. Versprechen? Oh, ja, auch dem Verteidiger hatten sie etwas versprochen, nicht wahr? Aber was?

Ben konnte deutlich sehen, daß sich dieser Geschworene nicht erinnerte. Und die anderen?

Er befaßte sich mit den Dingen, die Moltke während seines Plädoyers angesprochen hatte, schilderte die Ereignisse dabei aus Christinas Sicht. Er sprach von den Ermittlungen der Spurensicherung, von medizinischen Untersuchungen, ballistischen Ermittlungen und der Analyse einer Blutprobe, die leider nicht zu einem schlüssigen Ergebnis geführt hatte. Im Gegensatz zum Staatsanwalt konzentrierte sich Ben vor allem auf die konkreten Fakten.

Doch auch diesmal spürte er nach einer Weile, wie das Interesse der Geschworenen nachließ. Es war kaum zu glauben, daß ein Prozeß, bei dem es um Mord und Drogen ging, langweilig sein konnte, doch genau dafür sorgte der Verteidiger. Oh, natürlich liebte die Jury Moltke. Er erfüllte ihre Erwartungen; durch ihn wurde das Verfahren fast so aufregend wie ein spannender Film im Fernsehen. Der Verteidiger hingegen ... Er bot nur Langeweile.

Ben sah, wie die Geschworenen unruhig hin und her rutschten, wie sie immer wieder zur Uhr an der Wand sahen. Er konnte nichts daran ändern, setzte den einmal eingeschlagenen Weg fort. Es widerstrebte ihm, sich in eine Art Stephen King zu verwandeln, damit ihm die Mitglieder der Jury aufmerksam zuhörten.

Schließlich beendete er seine Ausführungen in bezug auf das Beweismaterial und begann damit, die Entlastungszeugen zu nennen sowie ihre Aussagen in groben Zügen darzustellen.

»Entschuldigen Sie bitte ...«

Ben sah zu Derek, der herzhaft gähnte. Danke, Richter, sehr taktvoll.

»Ich glaube, Ihre Zeit ist um.«

»Meine Zeit?« wiederholte Ben. »Ich wußte nicht, daß nur begrenzte Zeit für die Eröffnungsplädoyers zur Verfügung steht.«

»Nun, normalerweise wäre das auch nicht der Fall, aber ...« Derek ließ das Ende des Satzes offen. Einige Geschworenen lächelten wissend. »Bitte fassen Sie sich kurz, in Ordnung?«

Ben hätte widersprechen können, sah jedoch keinen Sinn darin. Die Jury vertrat ganz offensichtlich den gleichen Standpunkt wie der Richter. Rasch nannte er auch die restlichen Zeugen und kehrte dann zum Tisch der Verteidigung zurück.

Christina blickte noch immer geradeaus und wirkte wachsam, zeigte ansonsten aber keine Regungen – damit beherzigte sie den Rat ihres Anwalts. Doch Ben fiel es nicht schwer, hinter die Fassade zu blicken. Ihm fielen die winzigen Falten in den Augenwinkeln auf, auch das kaum merkliche Zittern der Hände. Sie hatte häufig an Verhandlungen im Gerichtssaal teilgenommen – sogar noch häufiger als Ben –, und daher wußte sie, wer gewann. Und für wen sich eine Niederlage anbahnte.

»Na schön.« Derek schluckte eine weitere Tablette. »Fahren wir fort. Die Anklage kann jetzt ihren ersten Zeugen aufrufen.«

## 2

»Die Staatsanwaltschaft ruft James Abshire in den Zeugenstand.«

Das überraschte Ben. Offenbar wollte Moltke seinen Fall nicht langsam aufbauen; er spielte sofort einen Trumpf aus.

Abshire trug eine blaue Sportjacke, eine braune Hose und eine dunkle Krawatte – die typische Aufmachung eines Regierungsbeamten, der vor Gericht aussagte. Mit feierlichem Ernst wiederholte er den Eid, die ganze Wahrheit zu sagen. Moltke gewährte Einblick in Abshires Lebenslauf, verlas dabei eine lange Liste von Qualifikationen und Erfahrungen – man hätte den jungen FBI-Agenten für den J. Edgar Hoover der neunziger Jahre halten können. *Summa cum laude* von Georgetown, Jahrgangsbester bei der Ausbildung in Quantico, Junior-Agent bei mehreren wichtigen Einsätzen. Anschließend berichtete Moltke von den Lombardi-Ermittlungen und erzählte, auf welche Weise das FBI von der sogenannten Tulsa-Connection erfahren hatte, der angeblichen Drogenverbindung zwischen Südamerika und Oklahoma. Er wies auch darauf hin, daß bei dieser ›Connection‹ kleine Flugzeuge für den Transport des Rauschgifts verwendet wurden.

»Sagt Ihnen der Name Tony Lombardi etwas?« fragte Moltke.

»Ja«, erwiderte Abshire. Er hielt sich zurück, sprach mit fast monotoner Stimme und gab nicht zu erkennen, daß er persönliches Interesse am Erfolg der Ermittlungen hatte. »Mr. Lombardi importierte Papageien und andere seltene Vögel aus Süd- und Mittelamerika.«

»Warum interessierten Sie sich dafür?«

»Drogenhändler tarnen ihre illegalen Aktivitäten häufig mit legalen Importgeschäften. Wir vermuteten, daß sich hinter Mr. Lombardis Papageienhandel der Schmuggel von Kokain und anderem Rauschgift verbarg. Den Vertrieb der importierten Waren in den Vereinigten Staaten überließ Mr. Lombardi einer anderen Firma.« Abshire legte eine kurze Pause ein und sah zu den Geschworenen. »Jene Firma gehört einem gewissen Albert DeCarlo.«

Ben beobachtete, wie einige Jurymitglieder die Augen aufrissen. Er wußte sofort, was hinter diesem Trick der Anklage steckte: Schuld durch Assoziation.

»Kennen Sie die Angeklagte, Miss Christina McCall?«

»Ja.«

»Wann haben Sie ihre Bekanntschaft gemacht?«

»Während unserer Nachforschungen bezüglich Mr. Lombardi. Miss McCall war seine ...« Abshire zögerte, gab den Geschworenen damit Gelegenheit, die Lücke mit verschiedenen Bezeichnungen zu füllen. Als er schließlich weitersprach, spielte es keine Rolle mehr, welches Wort er benutzte.

»Seine spezielle Freundin.«

»Lagen der Freundschaft ... romantische Gefühle zugrunde?«

»Das nehmen wir an, ja. Die Beziehung begann als ein Ergebnis von Miss McCalls Tätigkeit für eine Anwaltskanzlei, doch schon bald gab es nicht mehr nur berufliche Gründe für die Kontakte.«

Ben merkte, wie sich die Aufmerksamkeit der Jury Christina zuwandte, der verrufenen Frau. Nun, wenigstens saß Mrs. McKenzie nicht mehr bei den Geschworenen.

»Bitte erzählen Sie uns, was am Abend des ersten April geschah. Es war ein Montag.«

»Nun, unsere Informationen deuteten darauf hin, daß die Drogenlieferungen immer am Montagabend erfolgten, und zwar in einem Abstand von jeweils zwei Wochen. Am ersten April rechneten wir mit einer solchen Lieferung. Allerdings wußten wir nicht, wo sie stattfinden sollte. Wir hoffen, Lombardi zum entsprechenden Ort folgen oder wenigstens feststellen zu können, welche Dealer den Stoff von ihm bekamen.«

»Wie verhielten Sie sich?«

»Wir behielten Lombardi im Auge. Leider blieb er in seinem Büro, bis nach Mitternacht. Er schien dort allein zu sein. Als er es schließlich verließ, folgten wir ihm zu seinem Apartment. Er betrat es ...« – wieder ein bedeutungsvoller Blick zu den Geschworenen –, »... und kam nicht wieder heraus. Zumindest nicht lebend.«

»Haben Sie einen Schuß gehört?«

»Nein. Als Lombardi seine Wohnung aufsuchte, kehrten wir zur Einsatzzentrale zurück, um uns einen Durchsuchungsbefehl zu beschaffen. Zwischen eins und zwei, dem vermutlichen Todeszeitpunkt, war niemand von uns ...«

»Einspruch«, sagte Ben. »Den Zeitpunkt des Todes kann er wohl kaum kennen. Immerhin ist er nicht der Coroner.«

»Stattgegeben«, erwiderte Derek. Sein Tonfall wies deutlich darauf hin, daß er derartige Einwände für banal und den Verteidiger für eine Nervensäge hielt.

»Und dann?« fragte Moltke.

»Ich möchte diesem Gericht gegenüber nicht respektlos sein, aber manchmal mahlen die Mühlen der Gerechtigkeit ziemlich langsam. Gegen zwei Uhr fuhren wir mit einem Durchsuchungsbefehl zur Wohnung und betraten sie.«

»Waren Sie persönlich an dieser Aktion beteiligt?«

»Ja. Ich nahm dabei jenen Platz ein, den Polizisten ›Todessitz‹ nennen. Mit anderen Worten: Ich habe die Gruppe angeführt.«

Welch ein Held. Aus J. Edgar Hoover wird Teddy Roosevelt. Ben hatte Mühe, sich nicht zu übergeben.

»Was fanden Sie in dem Apartment?«

Mehrere Geschworene beugten sich ein wenig vor. Sie wußten, daß jetzt interessante Enthüllungen bevorstanden.

»Im Wohnzimmer war's dunkel, abgesehen vom bläulichen Glühen des Fernsehschirms. Ich schaltete das Licht ein und sah, wie sich die Angeklagte Christina McCall über die Leiche von Tony Lombardi beugte. Die Waffe lag auf dem Boden, dicht neben ihrem rechten Fuß. Die Frau bemerkte uns, schrie und geriet in Panik. Als hätten wir sie auf frischer Tat ertappt.«

»Einspruch«, sagte Ben. »Ich beantrage, den letzten Satz aus dem Protokoll zu streichen.«

»Stattgegeben«, entgegnete Derek. »Und der Satz wird gestrichen. Hiermit fordere ich den Zeugen auf, sich an die Tatsachen zu halten.« Wieder war es nur eine sehr milde Rüge, kaum der Rede wert. Derek achtete darauf, daß man ihm später nichts vorwerfen konnte: Er entschied dann gegen die Anklage, wenn ihm die Umstände keine andere Wahl ließen. Gleichzeitig wies er die Jury mit Tonfall und Ausdrucksweise darauf hin, wie sehr er den Verteidiger verachtete.

»Mr. Stanford und ich untersuchten Lombardi. An seinem Tod konnte überhaupt kein Zweifel bestehen. Ein großer Teil des Kopfes fehlte. Das Kranium schien vollständig zertrümmert zu sein ...«

»Einspruch ...«

»Ja, ja«, brummte Derek. »Das kennen wir bereits. Er ist nicht der Coroner. Stattgegeben. Fahren Sie fort, meine Herren.«

»Was unternahmen Sie dann?« fragte Moltke.

»Ich habe die Angeklagte verhaftet.«

»Leistete sie Widerstand?«

»Nun ...« Abshire lächelte dünn. »Sie hätte durchaus fügsamer sein können. Aber wir sind ausgebildet, um mit so etwas fertig zu werden.«

Natürlich, dachte Ben. Und die Frage hast du gar nicht beantwortet, oder? Trotzdem haben die Geschworenen den Eindruck gewonnen, daß Christina sich der Verhaftung zu widersetzen versuchte.

»Nach einer Durchsuchung legte ich ihr Handschellen an. Woraufhin sie die Worte sprach.«

Moltke hob die Brauen und gab sich erstaunt. »Die Worte? Welche Worte meinen Sie?«

»Die Angeklagte sagte, ich zitiere: ›Ich habe ihn umgebracht.‹«

»Sind Sie sicher, daß sich Miss McCall mit einer derartigen Bemerkung an Sie wandte?«

»Da bin ich absolut sicher.«

»Haben Sie die Angeklagte irgendwie unter Druck gesetzt oder provoziert?«

»Nein.« Abshires Blick glitt zum dritten Mal zur Jury. »Dazu bestand gar kein Anlaß. Um ganz ehrlich zu sein: Es war offensichtlich, daß Miss McCall Lombardi erschossen hatte. Ich brauchte gar kein Geständnis. Sie gab ihre Schuld von sich aus zu.«

»Einspruch, Euer Ehren!«

»Schon gut«, sagte Moltke. »Wir nehmen den letzten Satz zurück. Gibt es weitere Anhaltspunkte, die auf Ms. McCalls Schuld hinweisen?«

»Ja. Letzte Woche ...«

»Ich erhebe erneut Einspruch«, ließ sich Ben vernehmen. »Euer Ehren, diese Sache berührt den Antrag, über den Sie noch nicht entschieden haben. Ich meine die Ereignisse der vergangenen Woche.«

»Nun ...« Derek überlegte. »War Mr. Abshire persönlich an den entsprechenden Ermittlungen beteiligt?«

»Nein«, gab Moltke zu.

»Ich schätze, dann sollten wir besser auf eine diesbezügliche Aussage verzichten«, sagte Derek widerstrebend. *Wie schwer es manchmal fallen kann, die richtige Entscheidung zu treffen, nicht wahr, Dick?*

»Na schön«, erwiderte der Staatsanwalt. »Derzeit keine weiteren Fragen, Euer Ehren.«

»Gut.« Derek nickte. »Ich möchte mich ausdrücklich bei Ihnen bedanken. Dafür, daß Sie den Zeugen ohne irgendwelche Umschweife vernommen haben.« Er sah zu Ben. »Ich hoffe, die Verteidigung nimmt sich ein Beispiel daran.«

Ben hob die gleichen Punkte hervor wie bei der Vorverhandlung: Abshire hatte nicht gesehen, wie Christina die Tatwaffe in der Hand hielt. Außerdem waren bei ihr weder andere Waffen noch Drogen gefunden worden. Das galt auch für ihre Wohnung, jedenfalls zu jenem Zeitpunkt. Ben sprach nicht davon, daß Abshire auch aus persönlichen Gründen bestrebt war, eine Verurteilung der Angeklagten durchzusetzen. Er spürte, daß die Geschworenen ihn mochten und seinen Eifer nicht etwa für hinderlich hielten, sondern für bewundernswert. Nein, er mußte sich auf die Tatwaffe konzentrieren.

»Sie haben bei Christina keine Waffe irgendeiner Art gefunden, oder?« Ben trachtete danach, seine Klientin möglichst menschlich darzustellen, sie der Jury als echte Person zu präsentieren. Deshalb nannte er sie immer beim Vornamen, während er sich bei den Belastungszeugen auf den Nachnamen beschränkte.

»Stimmt«, sagte Abshire. »Die Tatwaffe lag auf dem Boden, dicht neben ihr.«

»Aber Sie wissen nicht, ob die Angeklagte damit geschossen hat, oder?«

»Und ob wir das wissen. Der Revolver wies Fingerabdrücke auf, die eindeutig von Christina McCall stammten.«

Ben hätte natürlich Einspruch erheben können – immerhin war Abshire kein Fachmann der Spurensicherung. Aber in dieser Hinsicht gab es konkretes Beweismaterial, das später dem Gericht vorgelegt wurde, und außerdem plante er seine Attacke aus einer anderen Richtung.

»Nun, lassen Sie uns diesen Punkt erörtern. Sie meinten gerade, die Waffe wies Christinas Fingerabdrücke auf.«

»Einspruch, Euer Ehren«, sagte Moltke. »Ein entsprechender Spezialist wird später aussagen.«

»Der Zeuge hat dieser Sache die Tür geöffnet, Euer Ehren«, erwiderte Ben. »Er fügte seiner Aussage den Hinweis auf die Fingerabdrücke hinzu. Daher bin ich berechtigt, ihm weitere Fragen danach zu stellen.«

Derek seufzte. »Ich erlaube Ihnen hiermit, den Zeugen in diesem Zusammenhang zu befragen. Solange alles im Rahmen bleibt.«

»Danke, Euer Ehren.« Ben wandte sich an Abshire. »Hat man bei Christina einen Paraffintest durchgeführt?«

»Ich denke schon.«

»Würden Sie der Jury bitte erklären, was es damit auf sich hat?«

Abshire kam der Aufforderung widerstrebend nach.

»Hat man Nitratpartikel an Christinas Händen gefunden?«

»Nein.«

»Das beweist doch, daß sie Lombardi nicht erschossen hat, oder?«

Abshire gab ein abfälliges Geräusch von sich. »Sie hat natürlich Handschuhe getragen.«

»Ach, tatsächlich?« Ben beugte sich zum Podium vor. »Bitte erklären Sie mir folgendes, Mr. Abshire: Wenn Christina Handschuhe getragen hat – wieso waren dann ihre Fingerabdrücke an der Tatwaffe?«

»Äh …« Der verwirrte FBI-Agent suchte nach den richtigen Worten. »Ich … ich nehme an, sie hat die Handschuhe später abgelegt.«

»Ich verstehe«, entgegnete Ben. »Ihrer Meinung nach war die Angeklagte klug genug, Handschuhe zu tragen, als sie die Waffe abfeuerte. Aber später streifte sie die Handschuhe ab, um ihre Fingerabdrücke am Revolver zu hinterlassen.«

»Etwas in der Art.«

»Ergibt das irgendeinen Sinn für Sie, Mr. Abshire?«

Damit hatte Ben eine Frage zuviel gestellt. »Sie wollen's ganz genau wissen, wie? Nun, Mord ergibt nur selten einen Sinn, Mr. Kincaid. Das gilt erst dann, wenn Leidenschaft im Spiel ist. Nur in Filmen existieren Mörder, die kaltblütig vorgehen und alles genau planen. Ms. McCall war sauer auf Lombardi. Die eigenen Gefühle lenkten sie ab. Sie konnte nicht klar denken. Dadurch kann sie sich auf eine Weise verhalten haben, die in der Rückschau betrachtet unlogisch erscheinen mag.«

Ben sah, wie einige Geschworene nickten – sie hielten diese Erklärung für einleuchtend. Zumindest für einleuchtend genug, um ihre Neigung zur Verurteilung zu stützen.

»Haben Sie Handschuhe bei Christina gefunden?«

»Nein. Allerdings fanden wir welche in Lombardis Kleiderschrank.«

»Sie sagen also folgendes aus: Nach dem Abfeuern der Tatwaffe streifte die von ihren eigenen Gefühlen abgelenkte Frau die Handschuhe ab, legte sie wieder in den Kleiderschrank und nahm anschließend noch einmal den Revolver, um ihre Fingerabdrücke auf ihm zu hinterlassen.«

»Ich weiß nicht, ob sie jene Handschuhe verwendete. Ich weise nur darauf hin, daß es möglich sein könnte. Vielleicht hat sie ganz andere Handschuhe benutzt und sie dann die Toilette runtergespült. So was geschähe nicht zum erstenmal.«

Wieder nickten einige Geschworene. Ben begriff, daß es besser war, dieses Thema abzuschließen.

»Mr. Abshire, Sie erwähnten eben eine Bemerkung Christinas, die angeblich als Geständnis interpretiert werden kann.«

»Ja.«

»Erinnern Sie sich, daß wir diese Sache schon bei der Vorverhandlung besprochen haben?«

»Ja.«

»Bei der Gelegenheit sagten Sie aus, daß Christinas Bemerkung eine Reaktion auf Worte darstellte, die sie von Ihnen hörte.«

»Ich räumte ein, daß ich *vielleicht* etwas gesagt habe«, erwiderte Abshire. »Ich war durcheinander. Um ganz ehrlich zu sein: Ihre Frage überraschte mich. Nun, in der Zwischenzeit hatte ich Gelegenheit, gründlich nachzudenken und mit meinem Vorgesetzten Mr. Stanford zu sprechen, der uns bei den Ermittlungen am Tatort Gesellschaft leistete. Jetzt bin ich ganz sicher: Ich habe die Angeklagte nicht zu einem Geständnis aufgefordert. Ihre Bemerkung erfolgte, ohne daß ich Druck auf sie ausübte oder sie in irgendeiner Form provozierte.«

Welch ein Glück für dich, dachte Ben. Sonst hättest du nämlich ein enormes Miranda-Problem am Hals. »Sie ändern also Ihre frühere Aussage.«

Abshire schenkte den Geschworenen ein herzliches Lächeln. »Ich ändere überhaupt nichts. Bei der Vorverhandlung habe ich mich nur ungenau erinnert. Jetzt weiß ich es wieder. Die Bemerkung der Angeklagten erfolgte ohne eine Aufforderung meinerseits.«

Und du hast nicht die geringste Möglichkeit, das Gegenteil zu beweisen, fügte Abshire hinzu, ohne es laut auszusprechen. Es sei denn, du rufst deine Klientin in den Zeugenstand, wovor jeder Verteidiger zurückschreckt. Nach dem peinlichen Zwischenfall während der Vorverhandlungen hatten sich Abshire und Moltke zusammengesetzt, um eine Möglichkeit zu finden, dieses Problem zu lösen, ohne dabei auf die Aussagen des FBI-Beamten zu verzichten.

»Keine weiteren Fragen, Euer Ehren«, sagte Ben und kehrte bedrückt zum Tisch der Verteidigung zurück.

»Möchten Sie den Zeugen noch einmal befragen?«

»Das ist nicht nötig«, antwortete Moltke. Derek erwiderte das Lächeln des Staatsanwalts, deutliches Zeichen der Zustimmung.

»Nun gut. Mr. Abshire, ich danke Ihnen für Ihre Aussage. Sie können gehen. Der Anklage steht es nun frei, den nächsten Zeugen aufzurufen.«

## 3

»Die Staatsanwaltschaft ruft Officer John Tompkins in den Zeugenstand.«

Tompkins – Überraschungszeuge bei der Vorverhandlung – erschien in Uniform. Wenn die Geschworenen Abshire gemocht haben, dachte Ben, so sind sie von diesem Burschen regelrecht hingerissen. Er wirkte wie die personifizierte Anständigkeit.

Moltke stellte ihn vor und schilderte seine Vergangenheit, sowohl vor als auch bei der Polizei. Schließlich wandte er sich jenem Tag zu, an dem Tompkins Christinas Apartment aufsuchte, um weitere Nachforschungen hinsichtlich des Einbruchs anzustellen. Der Beamte erzählte vom Gespräch mit Christina, der Suche in ihrer Wohnung und schließlich der Entdeckung des Kokains in einer Betty Boop-Puppe.

»War das Rauschgift irgendwie gekennzeichnet?« erkundigte sich Moltke.

»Ja. An der obersten Tüte klebte ein Papierstreifen mit der Aufschrift *Lombardi*.«

»Officer Tompkins, Sie haben langjährige Erfahrung mit solchen Dingen. Welche Schlüsse können Ihrer Ansicht nach aus dem Papierstreifen gezogen werden?«

»Nun, allem Anschein nach gehörten diese Drogen zu einer Lieferung, die für jemanden namens Lombardi bestimmt war.«

»Wie könnte Ms. McCall in den Besitz der Tüten gelangt sein?«

»Einspruch«, sagte Ben. »Der Staatsanwalt fordert den Zeugen zu Spekulationen auf.«

»Schon gut.« Moltke winkte ab. »Ich ziehe die Frage zurück. Die Geschworenen dürften imstande sein, zwei und zwei zusammenzuzählen.«

Ja, dachte Ben. Vor allem dann, wenn du ihnen das Rechnen abnimmst.

»Nun, wie viele Tage waren seit Lombardis Ermordung vergangen?«

»Nur drei, Sir.«

»Also: Drei Tage nach Lombardis Tod besaß Ms. McCall Drogen, die er vermutlich in der Mordnacht bekam.« *Meine Güte, Moltke, wieso zeichnest du kein Diagramm oder so?* »Mit meiner nächsten Frage berufe ich mich erneut auf Ihre langjährige Erfahrung, Officer: Wäre eine Person mit durchschnittlicher Intelligenz imstande, solche Drogen unter die Leute zu bringen?«

»Ja.« Tompkins nickte. »Ich sage es nicht gern, aber überall in Tulsa gibt es Orte, wo Rauschgift angeboten wird. Die Polizei kann nicht alle von ihnen überwachen. Wer Drogen verkaufen will, dürfte dabei kaum Schwierigkeiten haben.«

»Ist das gefundene Kokain viel wert?«

»Und ob.«

»Nun, Sie haben Ms. McCalls Apartment gesehen, Officer. Wie beurteilen Sie die Vermögensverhältnisse der Angeklagten?«

»Einspruch!« rief Ben.

»Abgelehnt«, sagte Derek. Und zum Zeugen: »Beantworten Sie die Frage.«

»Die Einrichtung der Wohnung deutete auf ein relativ geringes Einkommen hin.«

»Glauben Sie, daß die von Ihnen gefundene Menge Kokain ausreichen würde, um den Lebensstandard einer Person erheblich zu verbessern?«

»Ich erhebe Einspruch, Euer Ehren!«

»Inzwischen dürfte klargeworden sein, worauf Sie hinauswollen«, sagte Derek zu Moltke.

»Ja, Euer Ehren. Keine weiteren Fragen.«

Ben näherte sich dem Zeugenstand und wußte, daß er sehr vorsichtig sein mußte. Die Geschworenen wollten nicht, daß er Tompkins gewissermaßen in Stücke riß – immerhin erfüllte er nur die Pflicht des Polizisten. Woraus folgte: Ben mußte seine Aussage anfechten, ohne Aufrichtigkeit und Kompetenz in Frage zu stellen.

»Officer Tompkins, Sie erwähnten eben, daß eine der angeblich in Christinas Wohnung gefundenen Rauschgifttüten einen Papierstreifen mit dem Wort *Lombardi* aufwies.«

»Ja, das stimmt.«

»Ist so etwas nicht ziemlich ungewöhnlich?«

»Wie meinen Sie das?«

»Nun, der Drogenhandel gilt doch als kriminelle Aktivität, nicht wahr?«

»Ja.«

»Drogenhändler laufen nicht mit Schildern durch die Gegend, auf denen geschrieben steht: DIES IST MEIN RAUSCHGIFT. Oder sehen Sie das anders?«

»Die Kennzeichnung brachte wahrscheinlich der Lieferant an.«

»Was sollte dem Lieferanten an solchen Markierungen gelegen sein? Macht er sich nicht ebenfalls strafbar?«

»Er müßte sogar damit rechnen, besonders streng bestraft zu werden.«

»Und wenn Lombardi gefaßt wird ...«, sagte Ben. »Dann läuft auch der Lieferant Gefahr, geschnappt zu werden, nicht wahr?«

»Das passiert recht häufig. Aber selbst wenn etwas unvorsichtig ist ... Es kann trotzdem geschehen. Wir sprechen hier schließlich nicht über Atomphysiker, sondern von Drogenhändlern.«

Diese Runde ging an Tompkins. »Wie dem auch sei, Officer: Haben Sie vor diesem Zwischenfall jemals eine solche Kennzeichnung gesehen?«

»Nein«, gestand Tompkins.

Halleluja. »Wenden wir uns nun dem Kokain zu. Die Puppe, in der man es fand, war beschädigt, oder?«

»Ja. Ein Stück am Bauch fehlte. So wie auch bei den anderen Puppen.«

»Seltsam. Warum sollte jemand Stofftieren den Bauch aufschlitzen?«

»Vielleicht suchte einer von Lombardis Rivalen nach gestohlenen Drogen.«

»Und der Rivale hat ausgerechnet in Puppen und Stofftieren danach Ausschau gehalten?«

»Praktisch die ganze Wohnung ist auf den Kopf gestellt worden.«

»Nun, Officer, wenn der Rivale wußte, wo es nach dem Rauschgift zu suchen galt, wenn er die Puppen aufschnitt und hineinsah ... Warum hat er die Kokaintüten dann nicht gefunden und *mitgenommen*?«

Stille folgte. Tompkins runzelte die Stirn; offenbar hatte er sich diese Frage schon früher gestellt – ohne eine Antwort zu finden.

Derek beendete das Schweigen. »Ich glaube, Sie verlangen Spekulationen vom Zeugen. Schließen Sie dieses Thema ab.«

Ben drehte langsam den Kopf und sah zur Richterbank. »Entschuldigen Sie bitte, Euer Ehren. Gab es einen Einspruch?«

»Nein.« Derek warf Moltke einen kurzen Blick zu. »Obgleich einer nötig gewesen wäre. Ich bin sicher, der Staatsanwalt wollte nur höflich sein. Nun, der Richter hat natürlich jederzeit die Möglichkeit, spekulative Zeugenaussagen zu beschränken oder ganz zu unterbinden. Dieses Recht nehme ich nun wahr.«

Ben starrte sprachlos und verblüfft zur Richterbank. Endlich erzielte er Fortschritte – und Derek legte ihm praktisch einen Maulkorb an.

»Ich wiederhole: Schließen Sie dieses Thema ab«, sagte Derek.

Ben klappte das Notizheft zu. »Ich habe keine weiteren Fragen, Euer Ehren. Abgesehen von denen, die mir gerade verboten wurden.«

Derek musterte ihn streng, beschloß jedoch, nicht auf die letzte Bemerkung einzugehen. Moltke verzichtete darauf, den Officer erneut zu befragen, und daraufhin verließ Tompkins den Zeugenstand.

»Ein langer Tag liegt hinter uns«, sagte Derek. »Außerdem möchte ich es vermeiden, die Geschworenen gleich zu Beginn des Prozesses mit zu vielen Informationen zu konfrontieren. Wir setzen die Verhandlung morgen früh um neun Uhr fort, und zwar mit der Vernehmung des nächsten Belastungszeugen.«

Er klopfte mit dem Hammer. »Die Sitzung ist geschlossen.«

# 4

Ben wartete, bis abgesehen von den Wächtern alle gegangen waren. Eigentlich hätte er jetzt sein Büro aufsuchen sollen, um sich dort auf den nächsten Verhandlungstag vorzubereiten, Christina aufzumuntern und Wolfs Eltern anzurufen. Doch zuerst wollte er mit Derek sprechen.

Der Richter befand sich noch immer in seiner Kammer, telefonierte dort und kümmerte sich um den Verwaltungskram. Ben beschloß, ihm noch ein wenig Zeit zu geben: um alles in Ordnung zu bringen, abzuschalten und den einen oder anderen Schluck aus der Flasche Scotch zu trinken, die für gewöhnlich in der untersten Schublade ruhte.

Der junge Anwalt stand dicht vor der Tür, während Derek den Telefonhörer abnahm und wählte. »Hallo, Louise? – Ja, ich bin noch hier ... Keine Ahnung. Vielleicht komme ich in einer Stunde heim ... Natürlich arbeite ich. Lieber Himmel, heute hat ein Prozeß begonnen. Wo sollte ich denn sonst sein? – Hör mal, Louise, mir ist völlig schnurz, was du vermutest. Ich bin den ganzen Tag über im Gericht gewesen, ob du's glaubst oder nicht ... Ja, du kannst ebenfalls zur Hölle fahren, besten Dank.«

Derek knallte den Hörer auf die Gabel, und im Anschluß daran hörte Ben unverständliches Grummeln. Er hielt es für besser, noch etwas länger zu warten – um dem Richter Gelegenheit zu geben, sich abzukühlen.

Nach einer vollen Minute betrat er das Zimmer. Dereks Kammer wirkte auffallend schmucklos, wobei man jedoch berücksichtigen mußte, daß er sie erst seit acht Monaten nutzte. Das von Harvard stammende Jura-Diplom des Richters hing dort, wo man es nicht übersehen konnte, direkt unter Dereks Lieblingsbild, das einen Puma im Sprung zeigte.

Ben klopfte an die offene Tür. »Entschuldigen Sie bitte ...«

Derek schob sich gerade eine Tablette zwischen die Lippen. »Kincaid? Was machen Sie denn hier?«

»Wenn Sie einen Augenblick Zeit für mich hätten ...«

»Ist Moltke draußen?«

»Nein. Er brach sofort auf. Gibt wahrscheinlich eine Pressekonferenz oder so.«

Derek straffte die Schultern. »Sie möchten unter vier Augen mit mir reden? Ohne daß der Staatsanwalt zugegen ist? Ihnen dürfte klar sein, daß so etwas gegen die guten Sitten verstößt.«

Ben konzentrierte seinen Blick auf einen sicheren Punkt in der Mitte des Schreibtischs. »Es geht mir nicht um den Fall. Das heißt, es geht mir doch darum. Aber diese Sache betrifft nicht das Beweismaterial oder so.«

Derek spülte die Tablette mit Scotch hinunter. »Was wollen Sie?«

»Ich möchte Sie bitten – *dringend* bitten –, Ihren Zorn auf mich nicht an meiner Klientin auszulassen. Im Gerichtssaal, meine ich. Wenn es nur mich beträfe, würde ich es einfach hinnehmen. Aber Christinas Kopf steckt in der Schlinge, und ich halte es für unfair, daß sie leiden muß, nur weil Sie einen Groll gegen mich hegen.«

Derek starrte Ben mit offenem Mund an. »Ich *fasse* es nicht ... Wollen Sie mir tatsächlich Befangenheit vorwerfen?«

»Seien wir ganz offen. Bei jeder wichtigen Angelegenheit entscheiden Sie gegen mich. Selbst wenn Sie ab und zu meinen Einsprüchen stattgeben ... Die Geschworenen merken, daß es nur widerstrebend geschieht. Sie sind besonders empfänglich für die Stimmungen des Richters, und Ihre alles andere als subtilen Signale werden zu einer Verurteilung führen, wenn Sie sich nicht zurückhalten.«

»Ich habe das Gefühl, meinen Ohren nicht trauen zu können. Es ist schon schlimm genug, daß Sie einfach so hereinplatzen, um ein Gespräch mit mir zu führen, von dem der Staatsanwalt nichts weiß. Aber Sie werfen mir auch noch vor, meine Befugnisse als Richter zu mißbrauchen!«

»Ihre Entscheidungen bilden ein klares Muster ...«

»Ist es Ihnen jemals in den Sinn gekommen, daß ich gegen Sie entscheide, weil Ihre Einwände nichts taugen?« ereiferte sich Derek. »Um es noch deutlicher zu sagen: Sie sind ein mieser Anwalt mit einem miesen Fall.«

»Jetzt gehen Sie zu weit.«

»Es ist die Wahrheit, Sie verdammter Mistkerl.« Der Richter griff in die Schublade seines Schreibtischs und holte eine Arzneipackung hervor. »Seit einer Woche habe ich so schlimmes Sodbrennen wie nie zuvor. Kein Wunder: In der Welt der Verdauungsstörungen dürfen Sie sich als Initiator eine steile Karriere erhoffen.«

»Bitte hören Sie, Derek ...«

»Nein, Sie hören mir zu, Kincaid.« Er kaute eine weitere Tablette. »Bei Raven habe ich versucht, mit Ihnen zusammenzuarbeiten. Gott ist mein Zeuge: Ich hab's wirklich versucht. Aber ich konnte gleich sehen, daß Sie als Anwalt nichts taugen. Sie sind einfach nicht aus dem richtigen Holz geschnitzt. Ich habe Ihnen damals gesagt, Sie sollten nicht jammern, sondern lernen, ordentlich zu arbeiten. Und die aktuelle Situation beweist, daß ich recht hatte.«

»Sie sind unfair ...«

»Halten Sie die Klappe und sperren Sie die Ohren auf. Sie waren damals ein Jammerer, und Sie sind es auch heute noch. Na schön, heute mußten Sie im Gerichtssaal mehrere Niederlagen hinnehmen. Tja, so was passiert. Sie sollten jetzt in Ihrem Büro sitzen und sich vorbereiten, damit es morgen besser läuft. Statt dessen sind Sie hier in der Kammer des Richters und versuchen, sich Vorteile der Anklage gegenüber zu erschleichen!«

»Solche Vorwürfe sind völlig ungerechtfertigt.«

»Dieses *Gespräch* ist ungerechtfertigt, Kincaid! Sie verstoßen gegen alle Regeln der Ethik, die ich kenne.«

»Welche meinen Sie?«

Derek preßte kurz die Lippen zusammen. »Man hätte Ihnen nie die Erlaubnis geben dürfen, als Anwalt zu praktizieren. Ich habe Sie damals bei Raven richtig eingeschätzt, und auch heute liege ich mit meiner Meinung über Sie völlig richtig.«

»Darum geht's, nicht wahr?«

»Worum?«

»Um Raven, Tucker & Tubb. Vor einem Jahr. Das Fiasko in bezug auf Sanguine Enterprises.«

Derek schwieg.

»Sie verloren einen wichtigen Klienten. Was Sie zum Anlaß nahmen, mich rauszuschmeißen.«

Derek schnaufte leise.

»Genügt die Strafe nicht? Ich habe den Job bei einer wichtigen Kanzlei verloren. Seit einem Jahr versuche ich, mich irgendwie über Wasser zu halten, Tag für Tag. Reicht das nicht als Rache? Habe ich nicht genug dafür gebüßt, daß Sie damals einen lausigen Klienten verloren?«

Einige Sekunden lang saß Derek wie erstarrt und gab keinen Laut von sich. Dann legte er die Hände flach auf den Tisch und spreizte die Finger. »Es steckt mehr dahinter«, sagte er schließlich.

»Was denn?«

»Ich habe damals nicht nur einen Klienten verloren, sondern auch viel Geld.« Derek beklopfte seine Taschen und suchte nach Zigaretten – ohne Erfolg. »Die Sanguine-Sache war das erste Ereignis in einer langen Kette aus Reaktionen. Sie sind nur kurze Zeit bei Raven gewesen, aber Ihnen dürfte bekannt sein, daß ich nicht unbedingt der beliebteste Teilhaber war.« Er lachte bitter. »Wenn man gut ist, wenn man besser ist als alle anderen ... Das geht eben auf Kosten der Popularität.«

Ben kannte auch noch andere Gründe für mangelnde Beliebtheit.

»Aber man konnte mir nichts anhaben, weil ich über ein festes Fundament aus guten Klienten verfügte. Bis Sie kamen. In den Jahren zuvor hatte ich den einen oder anderen Klienten verloren – nichts Ernstes, obgleich auch so unbedeutende Verluste schmerzten. Als sich Sanguine von Conner & Winters vertreten ließ ... Es war der Anfang vom Ende. Andere Klienten hörten davon und wechselten ebenfalls die Kanzlei. Ich verlor immer mehr Mandanten und bekam nur wenige neue – eine schlimme Lage für jeden Anwalt. Nun, mit der Klientenbasis schrumpfte auch mein Einfluß bei Raven, und es dauerte nicht lange, bis die anderen Teilhaber genug Oberwasser gewannen, um mir den Laufpaß zu geben.«

»Das ... tut mir leid«, erwiderte Ben. »Ich wußte nicht, daß Sie ...«

»Ich wollte nach Philadelphia zurück, aber Louise war natürlich dagegen. Sie meinte, wir dürften die Kinder nicht einfach so aus ihrer gewohnten Umgebung reißen. Alles Unsinn. Um meine Probleme scherte sie sich einen Dreck. Hauptsache, jemand bezahlt die monatlichen Visa-Rechnungen – der Rest kümmert sie nicht.« Mit einem jähen Ruck schloß Derek die Schublade. »Ich brauche eine Zigarette. Sie haben nicht zufällig eine für mich, oder?«

»Ich bin Nichtraucher.«

»Oh, natürlich. Sie sind auf einen Heiligenschein scharf.« Er atmete tief durch. »Die Kanzlei gab mir vier Monate Zeit, einen neuen Job zu finden. Tja, aber wohin wendet man sich, wenn man bereits für die beste Kanzlei in der ganzen Stadt gearbeitet hat?«

»Ich weiß genau, was Sie meinen«, murmelte Ben.

»Im Norddistrikt wurde eine Richterstelle frei, und ich beschloß notgedrungen, die Gelegenheit zu nutzen.«

Ben verbarg sein Erstaunen nicht. »Soll das heißen, die Ernennung zum Bundesrichter hat Sie *enttäuscht*? Die meisten Anwälte würden sich um ein solches Amt reißen.«

Derek schnaubte. »Wissen Sie, was ich jetzt verdiene?«

Ben schüttelte den Kopf.

»Nicht einmal halb soviel wie damals bei Raven. Nicht einmal *halb* soviel!« Derek lehnte sich zurück. »Und was noch schlimmer ist: Ich muß jeden Tag da drüben im Gerichtssaal sitzen und anhören, wie irgendwelche dämlichen Pseudoanwälte dummes Zeug faseln. Nicht *einer* von ihnen ist auch nur annähernd so gut, wie ich es bei Raven gewesen bin. Aber man hat mich ins Abseits gedrängt, Kincaid. Und daran sind *Sie* schuld. Ja, ich habe das alles Ihnen zu verdanken, Sie verdammter Haufen Scheiße!« Speichel stob von Dereks Lippen und spritzte dem jüngeren Mann entgegen. »Es ist Ihre Schuld!«

Ben stellte erschrocken fest, daß alles noch viel, *viel* schlimmer war, als er bisher angenommen hatte. »Ich ... ich hoffe trotzdem, daß Sie meiner Klientin gegenüber fair sind ...«

Derek warf einen Bleistift in die Ecke. »Hören Sie endlich auf zu jammern. Und verschwinden Sie!«

»Ich glaube, Ms. McCall ist unschuldig. Ich bin wirklich davon überzeugt ...«

»*Verschwinden* Sie!«

»Aber ...«

»Soll ich den Gerichtsdiener rufen? Würde es Ihnen gefallen, die Nacht im Gefängnis zu verbringen?«

Ben verabscheute es, die Kammer des Richters unter solchen Umständen zu verlassen, aber ihm blieb keine Wahl. Er ging mit dem Wissen, daß er nichts erreicht hatte. Ganz im Gegenteil, dachte er. Ich habe dafür gesorgt, daß der schlummernde Zorn in Derek wieder voll erwacht ist.

Um Christinas Chancen war es jetzt noch schlechter bestellt als vorher.

## 5

Der nächste Morgen verstrich nur langsam. Die Aussagen der Spurensicherungsleute erwiesen sich als ebenso langweilig wie bei der Vorverhandlung. Der Spezialist für Daktylogramme bestätigte, daß die Fingerabdrücke an der Tatwaffe und an diversen Gegenständen in Lombardis Wohnung von Christina stammten. Während des Kreuzverhörs erinnerte Ben die Geschworenen an das negative Resultat des Paraffintests. Die Analyse der Haar- und Gewebeproben hatte offenbar nicht zu schlüssigen Ergebnissen geführt, denn die Staatsanwaltschaft rief keine entsprechenden Zeugen auf.

Der Ballistikexperte bestätigte folgendes: Lombardis Kranium, also die Schädeldecke, war von vier Kugeln zertrümmert worden, die jemand mit der Tatwaffe abgefeuert hatte – mit dem Revolver, der Christinas Fingerabdrücke aufwies. Darüber hinaus betonte er, daß der Abstand zwischen Waffe und Opfer extrem gering gewesen sein mußte. Moltke nutzte diesen Umstand natürlich, um auch auf emotionale Nähe zwischen den beiden Personen hinzuweisen. Sie seien Freunde gewesen, meinte er, oder vielleicht ein ... Liebespaar. Ben legte einige andere Erklärungen nahe, zum Beispiel: »Wenn jemand einen Revolver auf Sie richtet, kann er so nahe herankommen wie er will.«

Der Verteidiger gab sich alle Mühe, irgendeine Art von Kontakt mit Derek zu vermeiden. Er wich sogar dem Blick des Richters aus. Derek sprach ihn nie ein einziges Mal direkt an, aber trotzdem konnte kein Zweifel daran bestehen, daß er das Gespräch am vergangenen Abend nicht vergessen hatte. Wenn er in Bens Richtung sah, verhärteten sich seine Züge.

Am frühen Nachmittag rief Moltke den Coroner Dr. Koregai in den Zeugenstand. Ben und Koregai waren sich schon einmal vor Gericht begegnet, beim Fall Adams, doch während des vergangenen Jahrs hatte sich die Distanz zwischen ihnen kaum verringert. Mit kühler, sachlicher Stimme berichtete der Coroner, Lombardi sei in seiner Wohnung gestorben, zwischen ein und zwei Uhr nachts, und zwar aufgrund von Schußwunden am Kopf. Er sprach von irreparablen Schäden am Hinterhauptsbein. Mit ziemlicher Sicherheit sei Lombardi schon nach dem ersten Schuß tot gewesen, fügte er hinzu.

Damit hatte die Staatsanwaltschaft ihren Fall vorgetragen, soweit Ben wußte. Das gesamte Beweismaterial war dem Gericht vorgelegt worden, und der Ankläger konnte mit sich zufrieden sein – die Geschworenen fraßen ihm fast immer aus der Hand.

Doch zu Bens großer Überraschung verkündete Moltke die Absicht, einen weiteren Zeugen aussagen zu lassen.

»Euer Ehren, die Staatsanwaltschaft ruft Holden Hatfield in den Zeugenstand.«

Spud? Den Wächter aus Lombardis Apartmenthaus? O ja, natürlich. Um zu beweisen, daß sich Christina schon vor Lombardi in der Wohnung aufgehalten und sie erst nach seinem Tod verlassen hatte, in FBI-Begleitung.

Nach der Vorstellung des Zeugen fragte Moltke: »Womit verdienen Sie sich den Lebensunterhalt, Mr. Hatfield?«

»Nennen Sie mich Spud«, sagte der Wächter. »So nennen mich alle.«

Moltke lächelte. »Na schön. Spud. Erzählen Sie uns von Ihrer Arbeit.«

Hatfield beschrieb die Tätigkeit als Wächter und stellte seine Pflichten möglichst eindrucksvoll dar. In allen Einzelheiten erklärte er das von ihm kontrollierte System aus Türen und Aufzügen. Er wies darauf hin, daß Besucher allein durch die vordere Tür eintreten und nur dann den Aufzug benutzen konnten, wenn er ihn mit seinem Schlüssel freischaltete. Darüber hinaus betonte er, daß sich die Türen des Treppenhauses nur von außen öffnen ließen. Spud meinte, aus den genannten Gründen sei er völlig sicher, daß am Mordabend nur vier Personen Lombardis Apartment aufsuchten.

»Wer waren diese vier Personen, Spud?«

»Nun, zunächst einmal die Angeklagte, Miss McCall.«

»Und sonst?«

»Quinn Reynolds, Clayton Langdell und ...« Der Wächter holte tief Luft. »Und Albert DeCarlo.«

Wie zuvor schuf die Erwähnung dieses Namens Aufregung bei der Jury. Doch diesmal kam noch mehr hinzu: Einige Geschworene stießen sich an und deuteten zum Publikumsbereich. Ben drehte den Kopf, und tatsächlich: Dort saß DeCarlo, ganz hinten, mit Schal, weißem Mantel und dunkler Sonnenbrille, selbst hier drin. Ziemlich couragiert von ihm, im Gerichtssaal zu erscheinen, während das FBI versuchte, mit Vinny und dem anderen im Wald verhafteten Mann Beweismaterial gegen ihn zu sammeln. Offenbar hatte DeCarlo gewußt, daß hier jemand seinen Namen nennen würde. Aus welchem anderen Grund sollte er gekommen sein?

Moltke setzte die Vernehmung fort. »Sie wissen nicht, wann jene Personen Lombardis Apartment verließen, oder?«

»Das stimmt. Die zum Parkplatz führende Hintertür kann von innen geöffnet werden; viele Leute verlassen das Gebäude auf diesem Weg. Ich weiß jedoch, wann Miss McCall ging.«

»Wieso?«

»Nun, ich habe die FBI-Agenten zur Wohnung begleitet und bei der Verhaftung zugesehen. Immerhin bin ich der Wächter.«

»Verstehe. Um alles zusammenzufassen: Die Angeklagte suchte das

Apartment gegen zehn auf, bevor Lombardi eintraf. Und sie befand sich noch dort, als man etwa um zwei Uhr Lombardis Leiche fand.«

»Ja, das wär's im großen und ganzen.«

»Bitte erlauben Sie mir, Ihnen noch einige zusätzliche Fragen zu stellen, Spud. Könnten Sie uns das Verhalten der Angeklagten am betreffenden Abend beschreiben?«

»Oh, sie schien von irgend etwas die Schnauze gestrichen voll zu haben.« Hatfield sah zum Richter. »Tschuldigung. Ich wollte sagen: Sie war echt sauer.«

»Ich glaube, wir alle haben genau verstanden, was Sie meinen, Spud«, sagte Moltke, wandte sich kurz an die Jury und lächelte. »Haben Sie eine Ahnung, weshalb die Angeklagte verärgert gewesen sein könnte?«

»Ich glaube schon.«

»Bitte erzählen Sie uns davon.«

»Nun, am Nachmittag rief Mr. Lombardi an und sagte mir ...«

»Einspruch«, sagte Ben. »Hörensagen.«

Moltke hob den Zeigefinger. »Es geht hier nicht darum, Schuld oder Unschuld zu beweisen, Euer Ehren. Es soll nur festgestellt werden, in welcher geistiger Verfassung sich die Angeklagte zum Tatzeitpunkt befand.«

»In Ordnung«, erwiderte Derek. »Einspruch abgelehnt. Beantworten Sie die Frage.«

»An die genauen Worte erinnere ich mich nicht«, sagte Spud. »Nun, Mr. Lombardi rief mich an und trug mir auf, Miss McCall zu gestatten, seine Wohnung zu betreten. Ich scherzte ein wenig darüber, daß er wohl eine neue Freundin hätte, und er erwiderte: ›Nach dem heutigen Abend werden Sie die Dame kaum mehr zu Gesicht bekommen.‹« Er lachte leise. »Ich schätze, er wollte ihr den Laufpaß geben.«

Ben sah zur Jury und bemerkte, wie Mrs. Applebury und eine andere Geschworene bedeutungsvolle Blicke wechselten. Ja, sie wußten, was es damit auf sich hatte. Der Zorn einer verstoßenen Frau ...

»Ich beantrage, die letzte Bemerkung aus dem Protokoll zu streichen, Euer Ehren«, sagte Ben. »Der Zeuge spekuliert.«

»Ich glaube, der Zeuge kleidet seine Beobachtungen nur in ein besonders buntes rhetorisches Gewand«, entgegnete Derek. »Einspruch abgelehnt.«

»Also war die Angeklagte an jenem Abend wütend, weil Lombardi die Beziehung beendet hatte«, sagte Moltke. »Oder weil sie wußte, daß er die Beziehung beenden wollte. Stimmt das?«

»Einspruch, Euer Ehren«, ließ sich Ben vernehmen. »Er legt dem Zeugen die Antwort praktisch in den Mund.«

»Schon gut«, erwiderte Moltke. »Ich ziehe die Frage zurück.« Warum auch nicht? Die Geschworenen hatten verstanden, worauf er hinauswollte. »Die Vernehmung des Zeugen ist beendet, Euer Ehren.«

»Kreuzverhör?« Dereks Stimme klang fast drohend.

Ben wußte nicht, was er den Zeugen fragen sollte. Spud hatte einen falschen Eindruck von der Situation entstehen lassen, aber es steckte keine Absicht dahinter. Ob seine Ausführungen stimmten oder nicht – es handelte sich keineswegs um vorsätzliche Lügen. Er hatte die Dinge so geschildert, wie sie seiner Überzeugung entsprachen. Ben begriff auch: Wenn er versuchte, Spud durch die Mangel zu drehen, mußte er mit dem sofortigen Eingreifen des Richters rechnen. Und ganz gleich, was er auch versuchte: Derek würde jede Gelegenheit nutzen, ihm Knüppel zwischen die Beine zu werfen.

»Keine Fragen«, sagte Ben widerstrebend und fühlte dabei Dutzende von Blicken auf sich ruhen. Alle sahen ihn an: die Reporter, die Geschworenen, auch Christina.

»Möchte die Staatsanwaltschaft weitere Zeugen aufrufen?« fragte Derek.

»Nein, Euer Ehren«, antwortete Moltke. »Wir haben die Beweisaufnahme beendet.«

»Gut«, erwiderte der Richter. »Ich glaube, das genügt für heute. Morgen früh um Punkt neun Uhr kann die Verteidigung ihr Beweismaterial vortragen – wenn sie welches hat.« er klopfte mit dem Hammer. »Die Sitzung ist geschlossen.«

Von einem Augenblick zum anderen schien es im Gerichtssaal drunter und drüber zu gehen. Journalisten sprangen in den Mittelgang und blockierten ihn. Blitzlichter gleißten; tragbare Scheinwerfer für die Kameras glühten. Moltke begann damit, seine tägliche Pressekonferenz zu geben und über einen neuen Triumph beim Kreuzzug für die Gerechtigkeit zu berichten. Einige Reporter riefen Ben Fragen zu, die er jedoch ignorierte.

Er fühlte, wie Christinas Blick bis in den Kern seines Wesens reichte. Sie verstand nicht. Kein Wunder, denn sie ahnte ja nichts von seinem Gespräch mit Derek. Nur eins war ihr klar: Strafverteidiger gewinnen ihre Prozesse, indem sie die Argumente der Anklage zerpflücken. Wenn es ihnen bis zum Aufruf der eigenen Zeugen nicht gelungen ist, bei den Geschworenen Zweifel an der Schuld der Angeklagten zu säen, so haben sie kaum mehr die Chance, eine Verurteilung zu verhindern. Darüber hinaus wußte sie, daß es viel zuwenig entlastendes Beweismaterial gab.

»Wir müssen … unsere Strategie besprechen«, brachte Christina schließlich hervor.

Ben nickte. Sie gingen zur Tür, bahnten sich einen Weg durch die Menge der Reporter. »Wen wollen Sie morgen in den Zeugenstand rufen?« »Glauben Sie, daß noch Aussichten bestehen, einen Freispruch zu erwirken?« »Alles deutet auf verschmähte Liebe als Tatmotiv hin, nicht wahr?« Ben und Christina ignorierten die Fragen und mieden das Blitzlicht. Sie glaubten zu spüren, wie sich das Unheil um sie herum verdichtete, als sie den Gerichtssaal verließen.

## 6

Ben stürmte in sein Büro, und Hühner stoben in alle Richtungen davon.

»Wie ist die Lage?« fragte Jones.

»Nicht besonders gut. Morgen früh tragen wir das entlastende Beweismaterial vor – falls wir dann welches haben.« Ben bemerkte ein bräunliches, klumpenartiges Etwas auf Jones' Tisch. »Was ist das denn?«

»Ein englischer Kuchen, von Mrs. Marmelstein. Sie hat die Berichterstattung über den Prozeß im Fernsehen verfolgt und gelangte dabei zu dem Schluß, daß Sie so etwas brauchen.«

Ben betrachtete das Objekt skeptisch. »Ich verabscheue englischen Kuchen.«

»Ich kenne niemanden, der ihn mag. Wie dem auch sei: Vermutlich steckt gute Absicht dahinter.«

»Ja, das stimmt. Lassen Sie das Ding irgendwie verschwinden, okay?«

»Ja, Boß.« Jones überlegte kurz. »Ob Hühner englischen Kuchen mögen?«

»Das würde mich kaum überraschen.«

»*He, Skipper*!«

Ben drehte sich um und sah Loving, der in einer Ecke saß.

»Hallo, Skipper. Na, wie läuft der Prozeß?«

»Wollen Sie eine ebenso knappe wie treffende Beschreibung? Der Richter haßt mich. Die Jury ist von Christinas Schuld überzeugt. Und wir haben nicht die geringste Möglichkeit, ihre Unschuld zu beweisen.«

»Könnte schlimmer sein.«

»Wie denn?«

»Er hat das große Los gezogen«, warf Jones ein.

Ben trat zu Loving, der schon wieder ein fleckiges T-Shirt trug. Hatte er nur dieses eine? Oder besaß er mehrere, die alle gleich aussahen? »Ist es Ihnen gelungen, Unterlagen von DeCarlo zu beschaffen?«

»Ja«, bestätigte Loving im Plauderton. »Ich wußte nicht, was wichtig für Sie sein könnte. Deshalb nahm ich einfach alles mit. Ihr Sekretär hat die von ihm benötigten Dokumente ausgewählt.«

»Ausgezeichnet! Wie haben Sie das fertiggebracht?«

»Oh, eigentlich war's 'n Kinderspiel. Ein Kumpel von mir nannte mir Namen und Adresse des obersten Zahlenjongleurs von DeCarlo. Damit meine ich seinen Chefbuchhalter. Ein Kümmerling. Nun, gestern abend habe ich im Wagen auf ihn gewartet. Der Typ war überrascht, mich zu sehen.«

»Kann ich mir denken. Sie haben doch nicht gegen irgendwelche Gesetze verstoßen, oder?«

»Ich gab ihm nur ganz freundlich zu verstehen, daß es seiner Gesundheit sehr schaden könnte, wenn er sich weigerte, mir DeCarlos Unterlagen auszuhändigen.«

»Es dürften sich recht negative Folgen für seine Gesundheit ergeben, wenn DeCarlo erfährt, daß Sie Dokumente von ihm bekommen haben.«

»Darauf wies er hin. Ich habe ihm ganz höflich und kameradschaftlich beschrieben, auf welche Weise ich seinem Gesicht eine völlig neue Form geben könnte, ohne dabei ins Schwitzen zu geraten. Schließlich meinte er, daß er vielleicht einen Weg fände, mir die gewünschten Unterlagen zu beschaffen. Ich versprach ihm, daß er sie innerhalb von vierundzwanzig Stunden zurückbekommt. DeCarlo ist derzeit ganz auf den Prozeß fixiert und wird die Dokumente wahrscheinlich gar nicht vermissen.«

»Jones ...«, sagte Ben. »Fotokopieren Sie alles, was Sie brauchen. Und zwar pronto.«

»Ist bereits erledigt, Boß. Ich habe auch schon damit begonnen, De-

Carlos Unterlagen mit denen von Lombardi zu vergleichen. Es gibt einige Diskrepanzen. In mehreren Fällen bekam Lombardi von DeCarlo zum Teil erhebliche Summen, für die Belege fehlen. Wir können davon ausgehen, daß DeCarlo ein gutes Motiv hatte, Lombardi ins Jenseits zu schicken. Wenn das FBI Tony geschnappt hätte, so wäre auch DeCarlo in Gefahr geraten.«

»Das klappt vielleicht«, sagte Ben. Er dachte laut. »Zwar fehlt ein klarer Beweis dafür, daß DeCarlo Lombardi erschossen hat oder den Mord in Auftrag gab, aber allein der Verdacht, daß jemand wie er in diesen Fall verwickelt ist ... Möglicherweise genügt es, um bei den Geschworenen Zweifel an Christinas Schuld aufkommen zu lassen.«

»Könnten wir DeCarlo vorladen?« fragte Jones.

»Dafür dürfte es zu spät sein«, erwiderte Ben. »Außerdem hat er sicher eine ganze Kompanie von Anwälten, die versuchen würden, eine Vorladung zu verhindern. Allerdings: Heute war er im Gerichtssaal. Vielleicht ist er dumm genug, auch morgen zu erscheinen. Setzen Sie ein Vorladungsgesuch auf, Jones – nur für den Fall. Mit dem Datum von morgen.«

»In Ordnung, Boß.«

»Ich kann Ihnen gar nicht sagen, wie dankbar ich Ihnen bin, Loving. Endlich hat sich was Konkretes für uns ergeben. Vielleicht haben Sie einen wichtigen Beitrag dazu geleistet, das Leben einer Frau zu retten. Damit sind wir quitt.«

»Meine Güte«, brachte Loving hervor. »Zum erstenmal in meinem Leben habe ich etwas *Gutes* getan.« Er schluckte und schien seine Gefühle kaum mehr unter Kontrolle halten zu können. »Das werde ich Ihnen nie vergessen. Sie sind der Beste, Skipper. Sie sind der verdammt absolut Beste.«

Ben trat rasch beiseite, damit Loving ihn nicht umarmte. »Jones, ich ziehe mich jetzt in mein Büro zurück, um die Strategie für morgen zu planen. Ich möchte nicht gestört werden.«

Der Sekretär nickte. »Machen Sie Moltke die Hölle heiß, Boß. Seien Sie wie Perry Mason.«

»Nein«, widersprach Ben. »Ist nicht drin. Perry Mason hat nichts mit der Realität zu tun. In der Wirklichkeit laufen Prozesse ganz anders ab.«

Loving wirkte sehr betrübt.

»Schade«, sagte Jones. »Wir könnten jetzt ein bißchen Rummel à la Raymond Burr gebrauchen.«

»Was dagegen, wenn ich mal telefoniere, Skipper?«

»Natürlich nicht. Der Apparat steht dort drüben.« Einmal mehr setzte sich Ben in Bewegung, um sein Büro aufzusuchen.

»Boß?« fragte Jones.

»Jaaaa?«

»Da der Prozeß nicht so gut läuft und wir, äh, der Verzweiflung nahe sind … Was halten Sie davon, wenn ich mich am Tatort umsehe?«

»Nein, ausgeschlossen. Ich brauche Sie hier. Vergleichen Sie die Unterlagen.«

»Und wenn ich damit früh fertig werde?«

»Sie können von Glück sagen, wenn Sie die Unterlagen bis zum Morgengrauen durchgeackert haben. Und denken Sie daran: Die Verhandlung wird um neun Uhr fortgesetzt.«

»Manchmal können Sie ziemlich hart sein, Boß.«

»Es sind harte Zeiten.« Erneut wandte sich Ben der Tür seines Büros zu.

»Äh, Skipper?«

»Meine Güte, ich muß *arbeiten*, Leute!«

Loving blickte zu Boden. »Himmel, tut mir leid.«

»Ist total mit den Nerven fertig«, murmelte Jones.

»Um was geht's, Loving?« fragte Ben.

»Um Ihr Telefon.« Er legte auf. »Damit stimmt was nicht.«

»Sprechen Sie mit Jones darüber. Er ist für Wartung und dergleichen zuständig.«

»Sie verstehen nicht. Ich wollte gerade den Buchhalterfritzen anrufen, um ihm mitzuteilen, daß ich die Sachen zurückbringe.«

»Und?«

»Hören Sie sich das an.« Loving nahm ab. Ben vernahm ein deutliches Klicken, dann das Freizeichen.

»Scheint alles in bester Ordnung zu sein.«

Loving richtete einen ernsten Blick auf den Anwalt. »Vielleicht wissen Sie nicht, was das bedeutet, aber ich kenne mich damit aus.« Erneut nahm er den Hörer an, und das Klicken wiederholte sich. »Jemand hat Ihre Leitung angezapft.«

Ben saß am Schreibtisch und betrachtete den Fall noch einmal von allen Seiten. Was hatte er übersehen? Welche entscheidende Frage mußte noch gestellt werden? Er zog seine Notizen zu Rate, aber sie nützten ihm kaum etwas – man konnte vor Gericht nicht gleichzeitig

Aufzeichnungen anfertigen und einen Fall verhandeln. Normalerweise kümmerte sich ein Assistent darum, wichtige Dinge zu notieren, aber auf eine derartige Hilfe mußte Ben verzichten. Christina hatte natürlich Erfahrung als Rechtsassistentin, doch eine ständig schreibende Angeklagte erweckte kaum einen guten Eindruck. Gelegentlich ließ er die Gedanken treiben und dachte an all die Opfer: Christina, Margot, Wolf.

Schließlich konzentrierte er sich auf seine Pläne für den nächsten Tag. Er hatte versucht, Widersprüche und Ungereimtheiten in der Story des Staatsanwalts aufzudecken, mit nur mäßigem Erfolg. Das Beweismaterial der Anklage bestand allein aus Indizien, aber davon gab's genug. Und der kumulative Effekt lastete sicher schwer auf den Geschworenen. Niemand von ihnen wollte einen Mörder auf freien Fuß setzen. Moltke beabsichtigte bestimmt, auf folgendes hinzuweisen: Wenn sich die Jury gegen eine Verurteilung entschied, so machte sie sich der Komplizenschaft an einem Mord schuldig. Appelle ans Gewissen und Stimulierung von Schuldgefühlen – eine alte und bewährte Taktik der Anklage.

Ben vernahm ein leises, schüchternes Klopfen an der Tür.

»Wer ist da?«

»Ich bin's, Christina.« Sie öffnete die Tür einen Spaltbreit. »Darf ich reinkommen?«

»Ich bereite mich auf morgen vor.«

»Von Jones weiß ich, daß du schon seit Stunden da drin sitzt. Du solltest dir eine Pause gönnen.« Christina musterte ihren Verteidiger. »Meine Güte, du siehst schrecklich aus.«

»Herzlichen Dank.«

»Du brauchst dringend eine Abwechslung, Ben. Etwas, das dir hilft, dich von Niedergeschlagenheit und Trübsal zu befreien.«

»Da pflichte ich dir bei. Ich bezweifle jedoch, ob derzeit ein Trip nach Hawaii möglich ist.«

Christina schüttelte den Kopf. »Nichts Großes. Nur etwas, das dich daran erinnert, was im Leben wichtig ist. Mit anderen Worten: Du brauchst eine große, verführerische Blondine, die dir einen dicken Schmatzer gibt, direkt auf den Mund.«

Ben heuchelte Abscheu und schauderte. »Brrr. Wußtest du nicht, daß Rechtsanwälte nie auf den Mund küssen? So was wäre unserem Image sehr abträglich.«

»Vielleicht ist das euer Problem.«

Ben senkte den Kopf, sah auf seine Notizen. »Ich fürchte, für morgen sieht's ziemlich düster aus.«

»Dir fällt was ein. Bestimmt.«

»Ich versuche nur, realistisch zu sein, Christina. Unsere Aussichten stehen schlecht.«

»Unsinn. Es könnte schlimmer sein.«

»Und das kommt ausgerechnet von dir. Wieso sagen mir alle, daß es schlimmer sein könnte?«

»Weil es stimmt. Ich bin sicher, du ziehst was aus dem Hut.«

»Ich bin kein Zauberkünstler, Christina. Ich bin nicht einmal ein sehr guter Rechtsanwalt.«

»Das sehe ich anders. Du hast dich heute im Gerichtssaal wacker geschlagen.« Christina vollführte eine vage Geste. »Ben, ich habe vorgeschlagen, unsere Strategie zu besprechen. Du ... Du solltest mich morgen als Zeugin aufrufen.«

»Kommt nicht in Frage.«

»Warum nicht?«

»Meiner Ansicht nach existiert die Fünfte Zusatzklausel unserer Verfassung aus gutem Grund. Nein, ich lasse dich nicht aussagen.«

»Ach, Ben ... Welchen Sinn hat es, mir ein Kreuzverhör zu ersparen, wenn das Ergebnis in einer lebenslänglichen Freiheitsstrafe besteht? Oder gar ...«

Sie sprach nicht weiter, aber Ben verstand natürlich, was sie meinte.

»Die meisten Strafverteidiger vermeiden es, ihre Klienten in den Zeugenstand zu rufen. Es nützt kaum etwas und schadet praktisch immer.«

»Du hast gar keine Wahl!« Christinas Stimme zitterte nun. »Hör mal, Ben: Ich habe als Rechtsassistentin gearbeitet. Ich kenne mich mit solchen Dingen aus, und daher kann ich auch unsere Situation beurteilen. Wir brauchen einen einwandfreien Entlastungszeugen, und leider haben wir nur mich. Also ruf mich auf.«

»Nein.«

»Ben, nur dieses eine Mal ... Versuch nicht, alles allein zu machen. Nimm meine Hilfe an.«

»Christina, ich ...«

»Ben!« Ihre Augen blickten direkt in sein Herz. »Wer ist hier der Klient?«

Er biß sich auf die Lippe. »Du.«

»Wer hat das Sagen?«

»Der Klient – solange er oder sie nichts Unethisches verlangt.«

»Na bitte. Freut mich, daß wir diesen Punkt geklärt haben.« Christina stand auf und glättete ihr Kleid. »Morgen früh erwarte ich von dir, daß du mich in den Zeugenstand rufst. Verstanden?«

Ben nickte.

»Bleib nicht zu lange auf. Ich möchte vermeiden, daß die Geschworenen meinen Anwalt für einen Zombie halten. Und vergiß nicht, die Katze zu füttern.«

Christina verließ das Büro. Ben trachtete danach, sich mit seinen Gedanken auf die Notizen zu konzentrieren, aber immer wieder flüsterten Fragen hinter der Stirn und lenkten ihn ab. Wer hatte sein Telefon angezapft? Lennies Mörder? Vielleicht die gleiche Person, die ihm gefolgt war? Und warum hatte sich heute Albert DeCarlo im Gerichtssaal befunden? Hinzu kamen tausend andere Rätsel, die in einem nur geringen oder gar keinen Zusammenhang mit dem Prozeß standen. Andererseits: Vielleicht spielten sie dabei sogar eine sehr wichtige Rolle; vielleicht hatte er ihre wahre Bedeutung nur noch nicht erkannt.

Ben verdrängte die Fragen aus dem bewußten Denken. Er mußte sich konzentrieren, sich mit den Fakten befassen, sie prüfen und immer wieder prüfen. Bis sie einen Sinn ergaben. Bis er etwas entdeckte, das bisher übersehen worden war.

Nur noch zwölf Stunden trennten ihn – und Christina – vom Augenblick der Wahrheit.

## 7

Einmal mehr war der Gerichtssaal gerammelt voll, und die Reporter behaupteten ihre Plätze ganz vorn. Ben sah, daß Albert DeCarlo einige Reihen hinter Margot Lombardi saß. Auch Spud zählte zu den Anwesenden – vermutlich hielt er sich für den Fall bereit, daß ihn der Staatsanwalt noch einmal in den Zeugenstand rief. In der gleichen Reihe bemerkte Ben auch Quinn Reynolds. Was führte ihn hierher? Und hinter ihm ... Clayton Langdell. Unter hinter Langdell ... Stanford und Abshire saßen in der letzten Reihe, ganz am Rand. Abshire fing Bens Blick ein und zwinkerte. Selbstgefälliger Hurensohn. Er glaubte, daß die Anklage den Sieg in der Tasche hatte.

Und vielleicht hat er recht mit dieser Annahme, dachte Ben. Bis nach Mitternacht war er in seinem Büro gewesen, und auch zu Hause fand er keine Ruhe. Deshalb öffnete er seine Aktentasche – zur großen Freude von Giselle, die sofort darin zu spielen begann – und setzte die Suche nach einer Lösung des Problems fort.

Er schlief nur wenige Stunden, und nach dem Erwachen machte er sich sofort auf den Weg zum Gericht, hielt dabei weiterhin nach jenem Etwas Ausschau, das er bisher übersehen hatte – nach einem Hinweis, der alles erklärte und Christinas Unschuld bewies.

Doch er fand ihn nicht.

Ben trat durch den Mittelgang und blieb vor DeCarlo stehen. »Lassen Sie mich von jemandem beschatten?«

»Oh, ich bitte Sie! Warum müssen Sie immer solche Fragen stellen? Haben Sie jemanden gesehen, der Sie beschattet?«

»Vielleicht. Ich bin mir nicht sicher. Ich denke schon.«

»Und bedeutet das unbedingt, daß ich die Verantwortung trage?«

»Sie sind der wahrscheinlichste Kandidat. Nun, wie lautet Ihre Antwort?«

»Würden Sie mir glauben, wenn ich Ihnen sage, daß ich nichts damit zu tun habe?«

»Nein.«

»Nun, ich weise Ihre Vorwürfe trotzdem zurück.«

»Wie nett von Ihnen.«

Der Gerichtsdiener kam aus der Kammer des Richters, Derek folgte ihm. Ben fühlte sich hilflos. Es geschah tatsächlich – der Prozeß ging weiter. Er konnte nicht verhindern, daß die Ereignisse ihren Lauf nahmen, daß sich eine aus widrigen Umständen bestehende Verschwörung anschickte, Christina zu verurteilen und ihr Leben zu ruinieren.

Derek forderte Ruhe im Saal, richtete dann die üblichen einleitenden Bemerkungen und Instruktionen an die Geschworenen. Im Anschluß daran fragte er: »Ist die Verteidigung bereit?«

Ben erhob sich langsam und glaubte zu spüren, wie seine Knie wackelten. Er fühlte sich elend. »Ja, Euer Ehren.«

»Rufen Sie Ihren ersten Zeugen.«

Christina straffte die Schultern. Ben versuchte, ihren Namen zu nennen, aber kein Laut kam ihm über die Lippen.

»Mr. Kincaid?« fragte Derek.

Bens Wangen glühten. Er machte sich zum Narren, vor allen Leuten.

»Mr. Kincaid – bitte.«

He, einen Augenblick, dachte Ben. Derek sah gar nicht in seine Richtung, sondern blickte zum rückwärtigen Bereich des Gerichtssaales. Das galt auch für die Geschworenen. Was zum …

»Mr. Kincaid, ich glaube, einer Ihrer Mitarbeiter versucht dort drüben den Verkehr zu regeln.«

Wie bitte? Ben drehte sich um und sah Jones, der mit beiden Armen ruderte, um seine Aufmerksamkeit zu gewinnen. Und was hielt er da in der Hand? Eine Sonnenbrille?

»Euer Ehren, bitte geben Sie mir fünf Minuten Zeit, damit ich vor dem Aufruf des ersten Zeugen mit meinem Kollegen sprechen kann.«

»Sie mögen es, die Spannung in die Höhe zu treiben, nicht wahr, Kincaid? Na schön. Fünf Minuten.«

Ben sprintete zu Jones, bevor ihm die Reporter den Weg versperren konnten.

»Was ist los?«

»Ich habe damit gerechnet, daß Sie zuerst ins Büro kommen!«

»Tut mir leid. Ich war spät dran, und deshalb habe ich sofort das Gericht aufgesucht. Nun?«

»Ich bin die ganze Nacht auf den Beinen gewesen, Boß. Raten Sie mal, warum.«

Ben blieb fast fünfzehn Minuten fort. Er mußte ganz sicher sein, daß er die Bedeutung von Jones' Ausführungen richtig verstand. Anschließend suchte er die Bibliothek auf und besorgte sich eine Zeitschrift.

»Mr. Kincaid …«, sagte Derek, als er in den Gerichtssaal zurückkehrte. »Wir befürchteten schon, daß Sie sich in den Fluren verirrt haben.«

Ben eilte durch den Mittelgang. »Ich bitte um Entschuldigung, Euer Ehren. So etwas wird sich nicht wiederholen.«

»Da bin ich sicher«, erwiderte der Richter in einem warnenden Tonfall. »Sind Sie jetzt bereit, Ihren ersten Zeugen aufzurufen?«

»Ja, Euer Ehren.« Erneut sah er, wie sich Christina vorbereitete. »Die Verteidigung ruft Holden Hatfield in den Zeugenstand.«

Christina warf ihm einen besonders verwirrten Was-soll-das-denn-bedeuten-Blick zu.

Moltke stand auf. »Der Zeuge hat bereits ausgesagt, Euer Ehren. Der Verteidiger hatte die Möglichkeit, ihn ins Kreuzverhör zu nehmen. Warum will er ihm ausgerechnet jetzt Fragen stellen?«

»Das würde mich auch interessieren.« Derek sah zu Ben. »Nun?«

»Euer Ehren, mir geht es um eine Zeugenaussage, die über den Rahmen der ersten Vernehmung hinausgeht.«

»Aber Euer Ehren …«, warf Moltke ein.

»Holden Hatfield steht auf der Zeugenliste der Staatsanwaltschaft«, sagte Ben. »Man kann ihm also kaum Voreingenommenheit zugunsten der Verteidigung vorwerfen.«

»Euer *Ehren* …«

»Ich kann Ihre Empfindungen durchaus verstehen, Herr Staatsanwalt, aber ich möchte mir später keine Verfahrensmängel vorwerfen lassen. Treten Sie noch einmal in den Zeugenstand, Mr. Hatfield.«

Spud verzog das Gesicht. »Muß ich, Richter?«

»Ich fürchte, ja.«

Spud schlurfte durch den Mittelgang, nahm den Platz des Zeugen ein und wirkte wie das Unglück selbst.

Ben schritt zum Podium. »Es tut mir leid, daß ich Sie noch einmal aussagen lassen muß, aber mir bleibt keine andere Wahl. Ich verspreche Ihnen, daß diese Sache nicht länger dauert als unbedingt notwendig. Bei Ihrer ersten Aussage haben Sie erwähnt, daß Sie am Mordabend vier Personen sahen, die Lombardis Apartment aufsuchten, nicht wahr?« Eigentlich handelte es sich um eine Suggestivfrage, aber Ben war sicher, daß Moltke keinen Einspruch erhob. Auch der Staatsanwalt wollte, daß diese neuerliche Vernehmung möglichst schnell vorüberging.

»Ja, das stimmt.«

»Vier Personen. Damit meinen Sie Christina, Clayton Langdell, Quinn Reynolds …«

»Und Albert DeCarlo«, fügte Spud hinzu.

»Ja. Genau darüber wollte ich mit Ihnen reden. Sind Sie ganz sicher, daß Sie an jenem Abend Albert DeCarlo gesehen haben?«

»Natürlich bin ich ganz sicher. Was für eine dumme Frage! Ich habe ihn häufig gesehen, sowohl persönlich als auch im Fernsehen. Ich weiß, wie er aussieht.«

»Daran zweifle ich nicht. Ist Ihnen klar, daß Mr. DeCarlo leugnet, am betreffenden Abend in Lombardis Apartment gewesen zu sein?«

Spud grinste. »Nun, das dürfte keine große Überraschung sein, oder?« Hier und dort erklang leises Lachen.

»Wie war es zu jenem Zeitpunkt um Ihr Sehvermögen bestellt?«

»Wie es um mein … Ich verstehe nicht.«

»Ich erkundigte mich nach Ihrer Sehkraft.«

»Was soll damit sein?«

»Wie gut konnten Sie sehen?«

»Ich weiß überhaupt nicht, was Sie das angeht.«

Ben wandte sich an Derek. »Ich bitte um Erlaubnis, Mr. Hatfield wie einen störrischen Zeugen behandeln zu dürfen.«

Der Richter sah zu Moltke. »Irgendwelche Einwände?«

»Wenn wir diese Angelegenheit dadurch schneller hinter uns bringen ...«

Derek nickte dem Verteidiger zu.

»Nun, Spud ...«, fuhr Ben fort. »Bitte verstehen Sie mich nicht falsch. Ich beabsichtige keineswegs, Sie in Schwierigkeiten zu bringen. Stimmt es, daß Sie gern einen kippen?«

»Ich genehmige mir ab und zu einen Schluck. Na und?«

»Manchmal trinken Sie auch während der Arbeit, nicht wahr?«

»Worauf wollen Sie hinaus, Mann? Möchten Sie vielleicht, daß man mich rausschmeißt?«

»Bitte beantworten Sie die Frage.«

»Die Antwort lautet nein.«

»Spud ...« Ben blickte wie betroffen zu Boden. »Am Morgen nach Lombardis Tod waren Sie im Dienst. Und bei unserem Gespräch haben Sie einen Flachmann mit Whisky hervorgeholt. Sie boten mir daraus zu trinken an.«

Spud schwieg.

»Wenn ich den Gerichtsdiener jetzt bitte, einmal nachzusehen ... Ich bin ziemlich sicher, er fände dann den gleichen Flachmann bei Ihnen, und zwar ans Bein gebunden.«

Spud rutschte ein wenig zur Seite. »Manchmal arbeite ich zwölf oder achtzehn Stunden lang in einem durch«, sagte er. »Das ist ziemlich lange für einen Mann in meinem Alter.«

»Ich weiß«, erwiderte Ben. »Und niemand verurteilt Sie. Aber lassen Sie uns folgendes feststellen: An dem Abend, als Lombardi ermordet wurde, haben Sie getrunken, nicht wahr?«

»Vielleicht ein bißchen«, räumte der Wächter ein.

»Und der Alkohol kann zur Folge haben, daß Sie schlechter sehen, stimmt's?«

»Einspruch«, sagte Moltke. »Die Frage ist mehrdeutig. Geht es um eine theoretische oder um eine tatsächliche Beeinträchtigung des Sehvermögens?«

»Um eine theoretische, Euer Ehren.«

Derek nickte erneut. »Ich fordere den Zeugen auf, die Frage zu beantworten.«

»Ja, ich denke, das ist nicht ausgeschlossen.«

»Es ist also möglich, daß Sie am Tatabend schlechter als sonst gesehen haben. Nun, da wir gerade dabei sind: Sie sehen ohnehin nicht besonders gut, oder?«

Spuds Miene kam nun einer Maske gleich. »Ich weiß nicht, wovon Sie reden.«

»Sie sind kurzsichtig, habe ich recht?«

Wieder gab Spud keinen Ton von sich.

»Ich weiß, daß Sie nicht gern darüber reden. Wenn Sie zugeben, immer schlechter zu sehen, riskieren Sie den Verlust Ihres Jobs. Aber diese Sache ist sehr wichtig. Ich erinnere mich genau: Bei unserem Gespräch im Apartmenthaus mußten Sie sich das Klemmbrett fast an die Nase drücken, um es zu lesen. Ich wiederhole meine Frage: Sind Sie kurzsichtig oder nicht?«

»Nein.«

»Nun, lassen Sie uns einen kleinen Test durchführen.« Ben kehrte zum Tisch der Verteidigung zurück, nahm die dort liegende Zeitschrift und hielt sie so, daß Spud das Titelbild nicht sehen konnte. »Wie groß war die Entfernung zu der Person, die Sie in der betreffenden Nacht als Albert DeCarlo identifiziert haben?«

Spud überlegte kurz. »Oh, etwa drei Meter, als er durch die Tür kam. Und etwa anderthalb Meter, als ich den Lift einschaltete.«

»Gut.« Ben trat rund drei Meter weit vom Zeugenstand fort und hob die Zeitschrift. Ihre Titelseite zeigte einen unverkennbaren George Bush. »Spud, ich halte hier das Foto einer gut bekannten Person, die oft im Fernsehen gezeigt wird. Bitte sagen Sie der Jury, um wen es sich handelt.«

»Ich ... habe ein schlechtes Namensgedächtnis«, brummte Spud.

»Oh, diese Person kennen Sie bestimmt. Sehen Sie sich das Foto genau an. Wen zeigt es?«

Spud spähte zur Zeitschrift, und ganz offensichtlich strengte er seine Augen an. »Elizabeth Taylor?« riet er schließlich.

Mrs. Applebury hob die Hand vor den Mund, und einige andere Geschworene lächelten.

»Leider falsch.« Ben verkürzte die Distanz zum Zeugenstand auf etwa anderthalb Meter. »Jetzt ist der Abstand zwischen uns nicht größer als zwischen Ihnen und dem angeblichen Mr. DeCarlo, als Sie den Lift freischalteten. Können Sie die Person auf dem Foto erkennen?«

Spud zögerte mehrere Sekunden lang. »Paul Newman?« vermutete er schließlich.

»Nun, Sie liegen nicht mehr ganz so weit daneben wie vorhin. Versuchen Sie's noch einmal.«

Spud sah zum Richter hoch. »Muß ich wirklich an diesem idiotischen Spiel teilnehmen?«

Derek unterdrückte ein Lächeln. »Kommen Sie der Aufforderung des Verteidigers nach.«

Spud beugte sich vor. Damit mogelte er natürlich, aber Ben war ziemlich sicher, daß es keine Rolle spielte. »Ist es vielleicht der Reporter namens ... Wie heißt er noch? Geraldo Sowieso?«

»Nein, auch diesmal haben Sie nicht richtig getippt«, sagte Ben. »Aber erklären Sie mir bitte: Warum haben Sie vermutet, es seien die von Ihnen genannten Personen?«

»Ist doch ganz klar: Weil ich dachte, daß sie es gewesen sind.«

»Ich meine den *Grund* dafür.« Ben sprach nun ganz langsam, damit die Geschworenen die Bedeutung jedes einzelnen Wortes verstehen konnten. »Sie haben zwar keine Einzelheiten des Gesichts gesehen, aber einen allgemeinen Eindruck von Haarfarbe, Kleidung und der Kopfform gewonnen, nicht wahr?«

Spud zuckte mit den Schultern. »Ja, ich glaube schon.«

»Gut. Nun, bitte denken Sie jetzt an den Mordabend zurück. Als Sie sicher waren, DeCarlo zu erkennen ... Was haben Sie wirklich *gesehen*?«

»Ich habe Mr. DeCarlo so gesehen, wie ihn alle kennen: dunkle Sonnenbrille; dunkler Schal; schwarzes Haar, zu einem Pferdeschwanz zusammengebunden: Außerdem ein weißer Mantel.«

»Danke«, sagte Ben. »Genau das wollte ich von Ihnen wissen. Keine weiteren Fragen, Euer Ehren.«

Der Richter wandte sich wieder an Moltke. »Kreuzverhör?«

»Nein, Sir. Ganz im Gegenteil. Ich beantrage, die ganze Aussage wegen offensichtlicher Bedeutungslosigkeit aus dem Protokoll zu streichen.«

»Oh, ich bitte Sie«, erwiderte Ben. »Für gewöhnlich überlassen Sie es Myra, derartige Anträge zu stellen, oder?«

»Ich meine es ernst«, beharrte der Staatsanwalt. »Welche Rolle spielt es, wer sonst noch in Lombardis Wohnung gewesen sein mag?

Wir wissen, daß sich die Angeklagte dort aufhielt, und sie steht hier vor Gericht.«

Ben starrte Derek an. »Muß ich extra darum bitten, einen derart idiotischen Antrag zurückzuweisen?«

Derek runzelte die Stirn. »Nein, das ist bedauerlicherweise nicht nötig. Einspruch abgelehnt. Rufen Sie Ihren nächsten Zeugen auf, Mr. Kincaid.«

Ben sah zu den Zuschauern, die gespannt darauf warteten, wen er aufrief. DeCarlo sah zur Seite und hoffte offenbar, daß er der Aufmerksamkeit des Verteidigers entging. Reynolds und Langdell schienen seinen Blick ebenfalls zu meiden. Am Tisch der Verteidigung holte Christina tief Luft und rechnete offenbar damit, daß nun ihr Auftritt begann.

*Pardonnez, ma chérie,* dachte Ben. Immer die Brautjungfer und nie die Braut.

»Na los«, drängte Derek.

»Ja, Euer Ehren. Die Verteidigung ruft ...« Erneut blickte Ben ins Publikum. »... Margot Lombardi in den Zeugenstand.«

## 8

Von einer Sekunde zur anderen herrschte völlige Stille im Gerichtssaal, und die Anspannung wuchs jäh. Fast alle Zuschauer drehten den Kopf, um Margot zu mustern.

Ihre Lippen teilten sich, und die Brauen kamen andeutungsweise nach oben. Sie hatte ganz offensichtlich nicht erwartet, vor Gericht auszusagen.

»Ich erhebe Einspruch, Euer Ehren«, sagte Moltke.

»Schon wieder?« erwiderte Ben mit unüberhörbarem Spott.

»Wir sind nicht auf die Absicht der Verteidigung hingewiesen worden, diese Zeugin aufzurufen.«

»Ein solcher Hinweis konnte nicht erfolgen«, meinte Ben. »Ich erfuhr erst eben von der Notwendigkeit, Mrs. Lombardi zu vernehmen.«

»Euer Ehren, dieses Gericht sollte die schlechte Vorbereitung des Verteidigers nicht hinnehmen und keine überraschenden Zeugenaufrufe dulden.«

Ben trat noch etwas näher an die Richterbank heran. »Es geht hier um das Leben meiner Klientin, Euer Ehren. Ich bitte daher, keine allzu strengen Maßstäbe anzulegen.«

Derek schürzte die Lippen. »Sie stellen die Geduld des Gerichts auf eine harte Probe. Ich halte nichts von einer derartigen Überrumpelungstaktik.«

Ben beugte sich zum Platz des Richters vor und sagte so leise, daß ihn die Reporter nicht hörten: »Wenn Sie die aufgerufene Zeugin nicht aussagen lassen ... In dem Fall beantrage ich, im Protokoll festzuhalten, daß die Aussage zu einer Entlastung meiner Klientin geführt hätte. Dann wird das Appellationsgericht nicht nur Ihre Entscheidung aufheben, sondern Sie wie einen Narren aussehen lassen.«

Ben spürte die Hitze des Zorns in Derek und wußte: Wenn der Richter irgendeine Möglichkeit sah, gegen ihn zu entscheiden, so machte er bestimmt Gebrauch davon. Aber diesmal waren ihm die Hände gebunden. »Ich erlaube Ihnen, die Zeugin aufzurufen, wobei ich mir ausdrücklich vorbehalte, später über die Beweiserheblichkeit zu urteilen. Darüber hinaus ist sich das Gericht bewußt, daß Sie die Witwe des Ermordeten in den Zeugenstand bestellen. Kommen Sie schnell zur Sache, und achten Sie darauf, daß die Vernehmung sachbezogen bleibt. Falls Sie die Zeugin unter Druck setzen oder schlecht behandeln, so sorge ich dafür, daß Sie die nächsten Jahre in der Zelle eines Bundesgerichts verbringen!«

»Ich verstehe, Euer Ehren.«

Derek sah zum Publikumsbereich. »Die Verteidigung hat Margot Lombardi aufgerufen.«

»Und zwar als gegnerische Zeugin«, fügte Ben hinzu.

»Meinetwegen.« Derek winkte der Witwe zu.

Sie stand langsam auf, wie ein neugeborenes Pony, das erst noch lernen mußte, auf den eigenen Beinen zu stehen. Zwei oder drei Sekunden lang zögerte sie verwirrt. Die Männer am Ende der Sitzreihe erhoben sich und wichen beiseite, um sie passieren zu lassen.

Langsam ging sie zum Zeugenstand.

Nachdem sie den Eid geleistet hatte, begann Ben: »Mrs. Lombardi, entschuldigen Sie bitte meine Unverblümtheit, aber der Richter hat mich aufgefordert, sofort zur Sache zu kommen. Bitte beschreiben Sie die Beziehung zwischen Ihnen und Ihrem Mann zum Zeitpunkt seines Todes.«

»Wir ... lebten getrennt.«

»Wollten Sie sich scheiden lassen?«

»J-ja.«

»Wie wurden Sie von Ihrem Mann behandelt?«

»Ich weiß nicht, was Sie meinen.«

»Ich meine jene Dinge, über die wir gesprochen haben, als ich Sie zu Hause besuchte. Ihr Mann war manchmal sehr grausam zu Ihnen, nicht wahr?«

»In … gewisser Weise.«

»Sowohl in psychischer als auch in physischer Hinsicht.«

»Ja.«

»Wußten Sie, daß er sich mit anderen Frauen traf?«

»Ja. Ich erfuhr es von Lennie, Tonys Assistenten.«

»Was hielten Sie davon?«

Margot dachte lange über die Antwort nach. »Nicht viel«, sagte sie schließlich.

Ben klappte sein kleines Notizbuch zu und trat ein wenig vom Zeugenstand zurück. Er mußte jetzt improvisieren. »Mrs. Lombardi … Wo befanden Sie sich an dem Abend, als Ihr Mann umgebracht wurde?«

»Ich war zu Hause.«

»Leistete Ihnen jemand Gesellschaft?«

»Nein. Ich bin allein gewesen. Das habe ich Ihnen bereits gesagt.«

»Es gibt also keine Zeugen, die Ihre Angaben bestätigen können.«

Margot hatte die Hände gefaltet, wirkte jedoch steif und sogar verkrampft. »Nein, ich glaube nicht.«

»Nun, Mrs. Lombardi – Sie haben nicht den ganzen Abend zu Hause verbracht, oder?«

»Was soll das heißen?«

»Eine Sache beschäftigt mich schon seit geraumer Zeit, Mrs. Lombardi, aber erst heute morgen wurde sie mir richtig klar. Als ich mit Spud über Sie sprach, am Tag nach dem Mord, beschrieb er Sie als blond. Aber jetzt ist Ihr Haar ebenso schwarz wie das von Mr. DeCarlo. Haben Sie es gefärbt?«

»Das ist eine … persönliche Angelegenheit.«

»Mrs. Lombardi, bitte zwingen Sie mich nicht, Ihnen einige Haare auszureißen und den Geschworenen die Wurzeln zu zeigen.«

Margots Lippen erbebten kurz. »Ich habe also mein Haar gefärbt. Na und? Eine Frau hat das Recht, dann und wann die Haarfarbe zu wechseln.«

»Und vermutlich auch die Frisur«, sagte Ben. »Haben Sie Ihr Haar jemals in Form eines Pferdeschwanzes getragen, Mrs. Lombardi?«

Ben spürte Aktivität hinter sich: Notizen wurden geschrieben, Stimmen flüsterten.

»Ich denke schon. Ab und zu.«

»Außerdem weiß ich, daß Sie eine dunkle Sonnenbrille haben. Sie trugen sie gestern hier im Gerichtssaal.«

»Und wenn schon«, entgegnete die Witwe. »Das dürfte kaum etwas beweisen ...«

»Haben Sie auch einen schwarzen Schal, Mrs. Lombardi? Und einen weißen Mantel?«

Rote Flecken der Nervosität bildeten sich auf Margots Wangen. »Ich frage Sie noch einmal, Mrs. Lombardi: Sie sind an dem Abend, als Ihr Mann ermordet wurde, nicht die ganze Zeit über zu Hause gewesen, oder?«

Sie schwieg.

»Stimmt es, daß Sie an jenem Abend Mr. Lombardis Wohnung aufsuchten – und zwar verkleidet, um den kurzsichtigen, betrunkenen Wächter zu täuschen?«

Tränen quollen der Frau in die Augen. Ihre Lippen bewegten sich lautlos.

»Spud hat Sie eintreten lassen und Ihnen Zutritt zum Apartment Ihres Mannes gewährt, nicht wahr?«

Die Lippen blieben in Bewegung, und erste Tränen rollten nun über die Wangen.

Ben wandte den Blick ab. Er durfte jetzt kein Mitleid haben, mußte die Vernehmung fortsetzen. »Sie betraten die Wohnung und fanden dort Ihren Mann mit einer anderen Frau, Christina McCall. Ist das richtig?«

»Ich ... ich ... o Gott, *nein* ...«

Irgendwo im Hintergrund hörte Ben einen Einspruch, gefolgt von einigen scharfen Worten des Richters. Es spielte keine Rolle.

»Das stimmt doch, Mrs. Lombardi, oder?« rief Ben. »Ich habe die Ereignisse so geschildert, wie sie sich tatsächlich zutrugen, nicht wahr?«

»Ich ... *nein*, ich ...«

»Mrs. Lombardi, stimmt es, daß Sie den Revolver Ihres Mannes nahmen, damit auf seinen Kopf zielten und abdrückten?«

»O Gott, o *Gott*!« heulte Margot. Ihre Stimme klang nun schrill und war voller Verzweiflung.

»Mrs. Lombardi, *stimmt* es, daß Sie auf Ihren Ehemann geschossen haben?«

»O mein Gott!« kreischte die Frau. Eine Sekunde später ließ sie plötzlich die Schultern hängen. »O Gott ... *Ja,* es stimmt.«

## 9

Derek klopfte mehrmals mit dem Hammer, doch es gelang ihm nicht, das Chaos aus dem Gerichtssaal zu verbannen. Die Journalisten in den vorderen Reihen sprangen auf und liefen zur Tür. Jeder wollte als erster ans Telefon, um der Redaktion von den erstaunlichen Neuigkeiten zu berichten. Das Hämmern des Richters verlor sich im lauten Durcheinander vieler verschiedener Stimmen.

Margot senkte den Kopf und schlug die Hände vors Gesicht.

»Ich wiederhole: *Einspruch,* Euer Ehren!« Moltke eilte zur Richterbank, um sich Gehör zu verschaffen.

»Das kommt ein wenig spät, nicht wahr?« fragte Ben.

»Euer Ehren, ich sehe keinen Grund, der armen Witwe noch mehr Leid zu bescheren ...«

Ben unterbrach ihn. »Sind Sie bereit, die Anklage gegen meine Klientin fallenzulassen?«

»Ich ...« Moltke sah zu den Zuschauern, die ihm noch geblieben waren. »Nun, ich weiß nicht ... Das halte ich für verfrüht. Vielleicht sollten wir die Sitzung unterbrechen. Ich glaube, wir alle könnten eine Verschnaufpause gebrauchen.«

»Auf keinen Fall«, widersprach Ben. »Wenn Sie die Anklage fallenlassen – in Ordnung. Andernfalls setze ich die Vernehmung fort. *Bevor* Sie Gelegenheit bekommen, der Zeugin Antworten auf meine Fragen zu suggerieren.«

»Euer Ehren«, sagte Moltke, »ich finde, wir sollten Mrs. Lombardi eine Möglichkeit geben, sich wieder zu fassen ...«

»Tut mir leid«, erwiderte Derek. »So sehr ich es auch bedauere – ich muß Mr. Kincaid beipflichten. Entweder lassen Sie die Anklage fallen, oder der Prozeß geht weiter.«

Moltke richtete einen fast flehentlichen Blick auf den Richter, sah dann wieder zum Publikum. »Ich kann die Anklage jetzt nicht einfach zurückziehen ...«, murmelte er, drehte sich um und kehrte mit langsamen Schritten zum Tisch der Staatsanwaltschaft zurück.

Ben wandte sich wieder der Zeugin zu. »Mrs. Lombardi, es tut mir leid, aber ich muß die Vernehmung nun fortsetzen.«

Margot wischte sich Tränen von den Wangen. Offenbar hatte sie sich wieder einigermaßen unter Kontrolle. »Ich weiß«, sagte sie. »Und ich bin bereit.«

»Mrs. Lombardi, bitte erzählen Sie den Geschworenen, warum Sie an jenem Abend die Wohnung Ihres Mannes aufsuchten.«

»Ich ...« Margot hustete und räusperte sich. »Bei Ihrem Besuch wies ich darauf hin, daß mich Tony an dem Abend anrief. Er klang verzweifelt und bat um Geld. Ich hatte nicht einmal annähernd genug, aber ich wollte ihm irgendwie helfen, ihm Trost spenden. Deshalb bot ich an, zu ihm zu fahren.« Ein Schatten fiel auf ihre Züge. »Doch er lehnte ab und meinte, er erwarte jemanden. Ich wußte natürlich, was das bedeutete.« Sie hob den Kopf. »Wissen Sie ... Ich war noch immer dumm genug zu glauben, daß Tony und ich wieder zueinander finden könnten.«

Diese Auskunft verblüffte Ben. Trotz der Grausamkeiten und Demütigungen hatte Margot auf eine Rückkehr ihres Mannes gehofft. »Sie fürchteten, daß durch seine Beziehung zu Christina eine Versöhnung zwischen Ihnen unmöglich werden könnte.«

»Ja«, bestätigte die Witwe. »Mir war klar, daß sich seine Gefühle mir gegenüber ...« Sie unterbrach sich und senkte die Stimme. »... daß sich seine Gefühle mir gegenüber nicht ändern würden. Falls überhaupt welche existierten. Aber wenn er tatsächlich die Gesellschaft einer Frau suchte, aus welchen Gründen auch immer – warum nicht meine? Immerhin war ich nach wie vor seine *Ehe*frau!«

»Sie verkleideten sich.«

»Um zu vermeiden, daß mich jemand erkennt. Ich wußte, daß Spud von Tony die Anweisung erhalten hatte, mich nicht in die Wohnung zu lassen, und deshalb sollte er mich für jemand anders halten. Spud kann kaum etwas erkennen, das sich jenseits seines Tisches befindet, außerdem wissen alle, daß er an der Flasche hängt. Ich beschloß, mich als Albert DeCarlo auszugeben, weil sein Erscheinungsbild allgemein bekannt ist – und weil ich es für sehr unwahrscheinlich hielt, daß ihm Spud irgendwelche Hindernisse in den Weg legen würde. Ich behielt recht. Der Wächter richtete kein einziges Wort an mich.«

»Wollten Sie DeCarlo den Mord in die Schuhe schieben?«

»Nun, zu dem Zeitpunkt wußte ich noch nicht …«

»Verstehe. Bitte fahren Sie fort. Was unternahmen Sie, als Spud den Lift für Sie freischaltete?«

»Ich begab mich ins Penthouse und klopfte dort an die Tür. Als niemand reagierte, betrat ich die Wohnung und fand dort Ihre Klientin. Sie saß in einem Sessel im Wohnzimmer, schlief tief und fest. Ich dachte, sie sei betrunken.«

»Und dann haben Sie Ihren Mann erschossen? Weil er mit Christina zusammen war?«

Margot runzelte die Stirn, und dadurch glitten ihre Brauen einander entgegen. »Sie haben's noch immer nicht begriffen, Mr. Kincaid, oder? Mein Mann *war bereits tot.*«

Ben hatte das Gefühl, als könnte sein Kopf jeden Augenblick explodieren: zuviel Blut im Gehirn. »Aber vorhin haben Sie gesagt … Ich verstehe nicht …«

»Es ist doch ganz klar: Tony hat *Selbstmord* begangen. Er schoß sich in den Kopf. Er hatte fürchterliche Angst vor dem Gefängnis – das habe ich Ihnen bereits gesagt. Es war praktisch pathologisch bei ihm. Er scheint irgendeinen Tip bekommen zu haben und wußte wohl deshalb, daß ihm das FBI immer mehr auf die Schliche kam. Damit noch nicht genug: Jemand verlangte viel Geld von ihm und drohte, Probleme mit DeCarlo zu schaffen, wenn er nicht bezahlte. Tony sah keinen Ausweg, und deshalb brachte er sich um.«

Ben stand mit offenem Mund da und versuchte, eine Frage zu formulieren. Während seines Studiums hatte ihn nichts auf eine derartige Vernehmung vorbereitet. »Aber … Woher wissen Sie, aus welchem Grund er Selbstmord begangen hat?«

»Ich habe seinen Abschiedsbrief«, antwortete Margot. »Es ist eindeutig seine Handschrift.«

»Aber vorhin gaben Sie zu, geschossen zu haben.«

»Natürlich.« Die Witwe lachte fast und schien sich über Bens Verwirrung zu amüsieren. »Wieso fand man wohl *vier* Kugeln in seinem Kopf? Nur die erste feuerte er selbst ab – danach war er tot. Die Waffe lag auf dem Boden. Ich nahm sie, nachdem ich mir den Schal um die Hand gewickelt hatte, um keine Fingerabdrücke zu hinterlassen. Anschließend drückte ich dreimal ab.«

»Warum?«

Margots Blick glitt fort von Ben; sie sah zum Tisch der Verteidigung. »Um *sie* zu erwischen.«

Damit meinte sie Christina.

»Zwölf Jahre lang bin ich mit Tony verheiratet gewesen, Mr. Kincaid. Ich habe viel ... in ihn investiert. So oder so: Ich hatte nur ihn. Ich wollte mich nicht scheiden lassen. Mir lag nichts daran, gewissermaßen zum Auslaufmodell zu werden, zur Frau vom letzten Jahr, der man einfach den Laufpaß gibt, wenn sich eine neue anbietet.«

Ben erinnerte sich an Spuds Worte. Der Wächter im Apartmenthaus hatte Margot als extrem eifersüchtig bezeichnet. Die einzelnen Mosaiksteine ergaben allmählich ein einheitliches Bild. »Sie schossen also dreimal auf Ihren bereits toten Mann, und dann nahmen Sie seinen Abschiedsbrief, damit es nach einem Mord aussah. Christina sollte für die Schuldige gehalten werden.«

»Die Situation war perfekt. Dort lag sie, im gleichen Zimmer wie der Tote, und niemand wußte, daß ich die Wohnung aufgesucht hatte. Vielleicht legen Sie es als Schwachpunkt aus, doch einer solchen Verlockung konnte ich einfach nicht widerstehen.«

»Das erklärt, warum es dem Coroner so schwerfiel, den genauen Todeszeitpunkt zu bestimmen«, sagte Ben. Er dachte laut. »Es gab sozusagen *zwei* Todeszeitpunkte. Und nach den drei Schüssen?«

»Ich wischte die Waffe ab und legte sie neben Miss McCall auf den Boden. Ich spielte mit dem Gedanken, ihre Finger an den Revolver zu drücken, fürchtete jedoch, daß sie dadurch erwachen könnte. Dann ging ich – nachdem ich mich vergewissert hatte, keine anderen Gegenstände in der Wohnung berührt zu haben. Ich rechnete damit, verhört oder gar verhaftet zu werden, aber nichts dergleichen geschah. Niemand schöpfte Verdacht. Selbst als mir die Polizei schließlich Fragen stellte ... Es war alles nur Routine.«

Weil man schon einen Sündenbock gefunden hatte, dachte Ben.

»Später versuchte ich, das Färbemittel aus dem Haar zu waschen, aber zu meiner großen Überraschung wollte es sich nicht auflösen. Möglicherweise unterlief mir bei der Mischung ein Fehler; vielleicht habe ich eine zu starke Dosis gewählt. Ich entschied mich dagegen, erneut Färbemittel zu kaufen, diesmal welches für blondes Haar. So kurz nach Tonys Tod hätte das verdächtig wirken können. Nun, ich ließ es beim Schwarz.«

Ben wußte, daß die Aussage längst genügte. Er brachte nicht noch mehr von Margot zu verlangen. »Danke für Ihre Offenheit, Mrs. Lombardi. Ich weiß, daß es nicht leicht für Sie war. Immerhin riskieren Sie mit Ihrer Aufrichtigkeit, daß man Anklage gegen Sie erhebt.«

»Weswegen denn?« Die Witwe lachte kurz. »Tony war bereits tot, als ich auf ihn schoß. Was will man mir vorwerfen? Etwa Verletzung einer Leiche?«

Ben vermutete, daß Moltke in dieser Hinsicht weitaus mehr Fantasie hatte. Aber er hielt es für sinnlos, das hier und jetzt zur Sprache zu bringen. »Ich habe keine weiteren Fragen, Euer Ehren«, sagte er. »Und ich beantrage einen Freispruch wegen erwiesener Unschuld.«

Derek richtete einen strengen Blick auf Moltke. »Hat die Staatsanwaltschaft irgendwelche Einwände?«

Moltkes Kummer war offensichtlich, doch die Umstände ließen ihm keine Wahl. »Nein, Euer Ehren. Wir sind einverstanden.«

»Na schön.« Lauter fuhr der Richter fort: »Hiermit stelle ich die Unschuld der Angeklagten fest. Miss McCall, ich spreche Sie frei. Sie können gehen, wenn Sie möchten!«

Er hob den Hammer, und das Klopfen hallte wie ein Donnerschlag durch den Gerichtssaal.

Alle sprangen auf. Die Leute schrien und grölten, verhielten sich wie die Besucher eines Rockkonzerts und schienen völlig zu vergessen, daß sie hier in einem Gerichtssaal waren. Hinten stand Jones und zeigte mit dem Daumen nach oben. Loving bahnte sich einen Weg nach vorn, rief dabei etwas, das wie »Perry Mason hätte es nicht besser machen können, Skipper!« klang. Jene Reporter, die sich noch im Verhandlungssaal befanden, beugten sich übers Geländer und richteten Fragen an Ben.

Er schenkte ihnen keine Beachtung und ging zum Tisch der Verteidigung.

»Nun, *ma chérie*«, wandte er sich an Christina, »es sieht so aus, als ...«

Er bekam keine Gelegenheit, den Satz zu beenden. Christina schlang ihm die Arme um den Hals und küßte ihn vor allen Anwesenden.

Sie gab ihm einen ordentlichen Schmatzer. Direkt auf den Mund.

# VIERTER TEIL

# Sechs unmögliche Dinge

# 1

»Mann, wie satt ich diesen Fall habe«, sagte Mike.

»Jammer nicht dauernd«, erwiderte Ben. Er sah zum Schreibtisch. »Wenigstens liest du nicht mehr Shakespeare. Sag mir, was ihr seit dem Prozeß über den Abschiedsbrief herausgefunden habt.«

»In dieser Hinsicht gibt's keine Überraschungen. Unsere Fachleute sind von der Authentizität des Dings überzeugt. Die Handschrift stimmt überein, und außerdem werden finanzielle Angelegenheiten erwähnt, von denen Margot keine Ahnung haben konnte. Wahrscheinlich wußte nur Lombardi selbst davon. Eine Überprüfung bei Quinn Reynolds ergab, daß alles stimmt. Nun, daraus läßt sich nur ein Schluß ziehen: Dies alles spielte sich wirklich so ab, wie Margot es schilderte.«

»Erstaunlich. Wie hätte jemand darauf kommen sollen?«

»Ich weiß es nicht«, erwiderte Mike. »Wie bist *du* darauf gekommen?«

»Bin ich gar nicht. Dieses Verdienst gebührt Jones. Er suchte den Tatort auf, obwohl ich mich vorher bei mehreren Gelegenheiten dagegen ausgesprochen hatte. Spud schob Wachdienst, und beim Gespräch merkte mein Sekretär das mit dem Alkohol und der Kurzsichtigkeit. Vielleicht lag's am Streß durch den Prozeß: Spud trank noch mehr als sonst und konnte überhaupt nicht gut sehen.«

»Was dich zu Margot führte.«

»Richtig getippt, Bulle. Besser gesagt: Elementar, Watson. Schließlich geht's hier um Deduktion und so.« Ben lehnte sich auf dem Stuhl zurück und streckte die Beine. »Mir wurde klar, daß wir nach jemandem suchten, den Spud mit einem der drei Verdächtigen verwechselte – aber mit wem? Reynolds und Langdell gaben zu, im Apartmenthaus gewesen zu sein, um Lombardi zu besuchen. Nur DeCarlo stritt es ab. Was die Vermutung nahelegte, daß sich die fragliche Person für ihn ausgegeben hat. Als ich in den Gerichtssaal zurückkehrte, sah ich Margot, und das weckte Erinnerungen – an eine dunkle Sonnenbrille und die Sache mit der Haarfarbe. Daraufhin ging mir ein Licht auf.«

»Es war ziemlich riskant, Margot einfach so in den Zeugenstand zu rufen, Ben – ohne konkrete Beweise.«

»Ja, mag sein. Eigentlich blieb mir gar nichts anderes übrig. Ich hatte Glück.«

»Das Glück bevorzugt den Vorbereiteten.«

»Ein Zitat von Shakespeare?«

»Nein. Aber es klingt trotzdem gut, nicht wahr?«

»Hast du alles, was du brauchst?« fragte Mike.

»Ich denke schon.« Ben betrachtete die Papiere auf dem Schreibtisch in Mikes Büro. »Anforderungsformulare, Rechnungen, freigegebene FBI-Berichte und so weiter.«

»Hoffen wir nur, daß die Sache nach Plan läuft.«

»Bestimmt«, sagte Ben zuversichtlich. Ja, hoffen wir's, fügte er in Gedanken hinzu.

Genau in diesem Augenblick kam Abshire herein, die Daumen hinter die Hosenträger gehakt. »Was ist denn hier los?« Er beugte sich über den Tisch und starrte auf Bens Papiere. »Das sind vertrauliche FBI-Dokumente. Woher haben Sie das Zeug?«

»Ich bekam es kraft des Freedom of Information Act«, sagte Ben und mied den Blick des jungen FBI-Agenten.

»Von wegen«, knurrte Abshire. »Bei FBI-Anträgen dauert es mindestens einen Monat, bis über sie entschieden wird. Und außerdem muß man genau wissen, welche Unterlagen man einsehen möchte.« Er drehte sich ruckartig um. »Legen wir die Karten auf den Tisch, Jungs. Sie haben ihm das Material verschafft, nicht wahr, Morelli?«

»Ja«, bestätigte Mike. »Das habe ich tatsächlich.«

Abshire näherte sich ihm und knirschte dabei mit den Zähnen. »Wann begreifen Sie endlich, auf welcher Seite Sie stehen, Morelli? Sie wissen ganz genau, daß ich keine Kooperation mit dem Prozeßgegner will ...«

»Der Prozeß ist vorüber, Abshire. Und Sie haben ihn verloren.«

Der FBI-Beamte ballte die Fäuste. »Verdammt, wahrscheinlich haben wir die Niederlage auch Ihrem blöden Wohlwollen zu verdanken! Übrigens: Darf ich Sie daran erinnern, daß es noch einen zweiten Mordfall gibt?«

Mike warf Ben einen kurzen Blick zu. »Der jedoch nicht lange ungelöst bleiben dürfte.«

»Ach? Ich schätze, Sie und Ihr alter Kumpel haben bereits alles ausgetüftelt, wie? Himmel, wann kriegen Sie es endlich in Ihren verdammten Dickschädel, daß *ich* diese Ermittlungen leite!«

»Sie haben im Fall Christina McCall ermittelt«, sagte Mike. »Und der ist abgeschlossen.«

»Der Fall ist erst dann abgeschlossen, wenn ich es sage, verdammt! Ich verabscheue es, wenn irgendwelche dämlichen Ortspolizisten Bundesbeamten erzählen wollen, wo's langgeht. *Ich* bestimme hier die Regeln, und *ich* werde Ihnen sagen ...«

Mike trat wortlos vor, griff nach Abshires Krawatte und drehte den Windsorknoten, bis der FBI-Agent kaum noch Luft bekam. »Ich habe mich gefügt, als ermittelt wurde und ein Verfahren lief. Immerhin habe ich geschworen, der Bundesregierung zu dienen und zu gehorchen, selbst dann, wenn sie von Idioten wie Ihnen repräsentiert wird. Wie dem auch sei: Jetzt ist der Prozeß zu Ende. Das FBI packt seine Koffer und verläßt Tulsa, wofür wir alle sehr dankbar sind.«

Abshire setzte zu einer Erwiderung an, doch Mike drehte erneut den Krawattenknoten, bis dem Agenten die Zunge aus dem Mund hing. »Nun, Freundchen ... Mr. Kincaid ist zwar Anwalt, aber ganz gleich, wen er vertritt: Er versucht immer, die Wahrheit herauszufinden und sich so zu verhalten, wie er es für richtig hält. Was man von Ihnen nicht behaupten kann. Mr. Kincaid benötigte einige FBI-Dokumente, um seine Nachforschungen abzuschließen, und ich habe sie ihm zur Verfügung gestellt. Wenn Ihnen das nicht gefällt ... Dann können wir jetzt gleich feststellen, wie gut die Ausbildung von FBI-Arschlöchern wie Ihnen ist.«

Mike lockerte den Griff gerade genug, damit Abshire nach Luft schnappen und mühsam hervorbringen konnte: »Drohen Sie mir?«

Mike lächelte genüßlich. »Sie wollen's ganz genau wissen, wie? Ja, ich drohe Ihnen. Zum Beispiel hiermit: Wenn ich feststellen sollte, daß Sie auch nur eine Beschwerde gegen mich eingereicht haben, ramme ich Ihnen die Nase an die Innenseite des Hinterkopfs. Kapiert?«

Abshire nickte.

»Gut.« Mike zerrte ihn zur Tür. »Und jetzt verschwinden Sie.« Er stieß Abshire in den Flur und schloß die Tür hinter ihm.

Ben schüttelte den Kopf. »Das hättest du nicht tun sollen.«

»Ich weiß.« Mike grinste von einem Ohr bis zum anderen. »Aber es fühlte sich großartig an.«

Mike sah auf die Uhr. »Er ist spät dran«, sagte er und klopfte die Fäuste aneinander.

»Halt den Macho in dir unter Kontrolle, Kumpel. Er kommt bestimmt.«

»Warum läßt er sich soviel Zeit?«

»Vielleicht dachte er, daß wir uns drüben im FBI-Büro treffen. Du weißt ja, wie schnell solche Typen die Orientierung verlieren.«

»Da könntest du recht haben. Ich gehe mal rüber und sehe nach.«

Ohne Mike wirkte das Zimmer still und leer, wie tot. Die normale Dienstzeit war längst zu Ende; die Angestellten und Beamten hatten schon vor einer ganzen Weile Feierabend gemacht. Die Nachtschicht arbeitete in einem anderen Gebäude. Ben sah auf seine Notizen und legte sich Worte zurecht. Er mußte von Anfang an alles richtig hinkriegen. Wenn ihm Fehler unterliefen, so erreichte er überhaupt nichts.

Nach zwei oder drei Minuten hörte Ben jemanden im Flur. »Hast du ihn ge …«, begann er, hob den Kopf – und unterbrach sich, als er nicht etwa Mike sah.

»Na schön«, sagte Stanford. »Hier bin ich. Was wollte Morelli von mir?«

»Nun, um ganz ehrlich zu sein: Eigentlich wollte nicht er etwas von Ihnen, sondern ich.«

Stanford spähte durch seine Brille. »Und was?«

»Ich … ich glaube, wir sollten warten, bis Mike zurück ist.«

»Warum? Was auch immer Sie mir zu sagen haben – müssen Sie sich hinter Ihrem Freund verstecken?«

Ben spürte, wie ihm das Blut ins Gesicht schoß. »Wir können jetzt gleich loslegen, wenn Sie wollen.«

»Einverstanden«, sagte Stanford. »Ich höre.«

»Erstens: Jemand hat mein Telefon angezapft.«

»Tatsächlich? Wer sollte daran ein Interesse haben?«

»Sie«, erwiderte Ben schlicht.

»Ach?« Stanford wölbte die Brauen. »Wie kommen Sie darauf?«

»Ein Freund namens Loving brachte mich darauf. Er stellte fest, daß bei mir jemand mithörte. Die Wanze vom Typ Blue Box fand er später an einem Telefonmast, nicht weit von meinem Büro entfernt.«

»Gut.« Stanford lachte leise. »Das beweist natürlich meine Schuld.«

Ben schob ein Blatt Papier über den Tisch. »Dies ist eine Kopie Ihres Antrags auf Abhörgenehmigung. Wahrscheinlich haben Sie's bei jedem Richter im Norddistrikt versucht, doch alle lehnten ab. Sie konnten keine ausreichenden Verdachtsgründe anführen, und selbst wenn Sie trotzdem dazu imstande gewesen wären: Es wäre eine eklatante

Verletzung des besonderen Vertrauensverhältnisses zwischen Anwalt und Klient gewesen zu erlauben, das Telefon des Verteidigers bei einem laufenden Strafprozeß anzuzapfen.«

»Man lehnte den Antrag also ab. Na und?«

»Sie scherten sich nicht darum und begannen trotzdem mit einem Lauschangriff. Ohne richterliche Genehmigung.«

»Angenommen, das stimmt. Ich meine, sehen wir die Sache mal rein hypothetisch ... Was kümmert's Sie? Es ist Ihnen gelungen, einen Freispruch für Ihre Klientin zu erwirken.«

»Ich glaube, das ohne Erlaubnis abgehörte Telefon war nur ein illegaler Aspekt eines langen, durch und durch illegalen Einsatzes. Zuerst verdächtigte ich Abshire, aber dann fiel mir etwas ein, das ich von Mike gehört hatte: Abshire darf nicht mal zur Toilette gehen, ohne Sie vorher zu fragen. Sie haben ihn als Werkzeug benutzt, zur Tarnung. Die ganze Zeit über hielten Sie hinter den Kulissen die Fäden in der Hand.«

»Woher stammen Ihre absurden Ideen, Mr. Kincaid?«

»Ich habe Nachforschungen angestellt, unter anderem mit Hilfe des Freedom of Information Act und einigen FBI-Unterlagen, die ich von Mike bekam. Seit Sie mit Ihrer Aktion begannen, haben Sie immer wieder Vorschriften und geltendes Recht ignoriert.«

Ben schob weitere Dokumente über den Tisch. »Sie fingen mit den Ermittlungen vor drei Jahren an, auf Ihre eigene Initiative hin. Als Grundlage dienten Ihnen einige nicht gerade sehr stichhaltige Anhaltspunkte, die Tulsa als wichtigen Umschlagplatz beim Drogenhandel erscheinen ließen. Innerhalb von zwei Jahren gaben Sie ziemlich viel FBI-Geld aus, ohne konkrete Ergebnisse vorweisen zu können. Als schon alles darauf hindeutete, daß Ihre Vorgesetzten beabsichtigten, die Zuschüsse zu streichen ... Plötzlich ergaben sich neue Hinweise, die Lombardi und DeCarlo mit dem Cali-Drogenkartell in Verbindung brachten. In diesem Zusammenhang dürfte folgendes interessant sein: Sie bekamen die ›Hinweise‹ von einem nie namentlich genannten Informanten.

Wie dem auch sei: Aus den Unterlagen geht hervor, daß man Ihnen trotzdem die Genehmigung für einige spezielle Aktionen verweigerte. Um ganz ehrlich zu sein: Ich lese hier ein wenig zwischen den Zeilen. Offenbar beabsichtigten Sie, Waffen und Munition an bestimmte Leute in einem bestimmten südamerikanischen Land zu liefern, um als Gegenleistung Informationen über den Drogenschmuggel zu bekommen.

Das FBI lehnte ab. Was Sie zum Anlaß nahmen, auf die Hilfe einiger Freunde aus dem Amt für Alkohol, Tabak und Schußwaffen zurückzugreifen. Sie beauftragten einige Söldnertypen und führten das Unternehmen auf eigene Faust durch.«

»Sie lesen ziemlich viel zwischen den Zeilen«, kommentierte Stanford und lächelte.

»Bitte verbessern Sie mich, falls mir irgendwo ein Fehler unterlaufen sollte«, sagte Ben. »Während des folgenden Jahres wirbelte Ihre Gruppe zwar eine Menge Staub auf, fand jedoch kein Beweismaterial, mit dem sich etwas anfangen ließ. Sie wünschten sich irgendein dickes Ding, um von einem einfachen Beamten in eine Position aufzusteigen, die Ihnen mehr Autorität verleiht. Nun, eins muß man Ihnen lassen: Sie kamen tatsächlich einem Rauschgiftring auf die Spur, aber er hatte nur lokale Bedeutung. Und Ihnen fehlten Beweise dafür, daß Lombardi oder DeCarlo dahintersteckten. Außerdem erfuhren Sie nicht aufgrund Ihrer eigenen Ermittlungen vom hiesigen Drogengeschäft, sondern weil Sie mein Telefon anzapften und mich beschatten ließen. Christina und ich führten Sie zu jenem Ort im Creek-Wald, wo das Rauschgift den Besitzer wechselte. Dort schnappten Sie sich die Bösewichter und beanspruchten den ganzen Ruhm für sich. *Und* Sie schossen dabei auf einen kleinen Jungen.« Ben musterte Stanford. »Wie klingt das?«

Der Mann ihm gegenüber lehnte sich zurück und verschränkte die Arme. »Fahren Sie fort.«

»An dem Abend, als Lombardi starb, haben Sie die Sache völlig vermasselt. Sie verpaßten die Lieferung der Drogen. Mit einem Durchsuchungsbefehl stürmten Sie Lombardis Wohnung, in der Hoffnung, dort Rauschgift zu finden. Aber in jener Nacht fand überhaupt keine Lieferung statt. Den Grund dafür kenne ich nicht. Vielleicht bekam der Lieferant Wind von der FBI-Präsenz in Tulsa. Oder Lombardi kratzte ab, bevor er ein vereinbartes Erkennungszeichen geben konnte. Sie zogen sich aus der Affäre, indem Sie Christina wegen Mord verhafteten. Es sprachen nur einige Indizien gegen sie, aber Sie gaben sich besondere Mühe, um einen Fall daraus zu konstruieren. Auf diese Weise wollten Sie Ihre ach so wichtigen Ermittlungen retten. Sie ließen sich sogar zu einem Einbruch in Christinas Wohnung hinreißen. Sie – oder einer Ihrer Leute – waren dort, bevor DeCarlos blonder Gorilla aufkreuzte. Er suchte nach Informationen, aber Christina und ich trafen ein, bevor er was fand. Ihnen hingegen ging es darum, Tüten mit Kokain dort zu verstecken, wo sie später von der Polizei gefunden werden sollten.«

Stanfords Miene verdüsterte sich. »Sie können nichts davon beweisen.«

»Glauben Sie?«

»Und auch wenn's stimmt ... Was wollen Sie mir vorwerfen? Zu großen Diensteifer? Dafür bekomme ich vielleicht eine Auszeichnung.«

»Ich bin noch nicht fertig. Es gab einen Grund dafür, warum sich Lombardi so sehr fürchtete, warum er glaubte, daß sich das FBI anschickte, ihn auffliegen zu lassen. Jemand erpreßte ihn.«

»Ich schätze, ich soll auch dafür verantwortlich sein, wie?«

Ben legte Stanford ein weiteres Dokument vor. »Von der Telefongesellschaft haben wir eine Liste bekommen, aus der hervorgeht, mit wem Lombardi während der letzten Wochen telefoniert hat. Allem Anschein wurde er am Abend des Mordes zweimal von jemandem aus Ihrem Büro angerufen. Kurz nach dem zweiten Anruf erschoß er sich.«

Stanfords Lippen bildeten einen dünnen Strich. »Das beweist überhaupt nichts«, entgegnete er scharf.

»Das ist auch gar nicht nötig. Lombardi erklärt alles in seinem Abschiedsbrief. Während des ersten Telefongesprächs meinte der Erpresser, das FBI hätte jetzt genug Beweismaterial. Er müßte damit rechnen, für den Rest seines Lebens hinter Gittern zu sitzen, wenn er nicht eine halbe Million Dollar lockermachen würde. Doch dabei gab es ein Problem: Lombardi verfügte über nicht annähernd soviel Geld. Er konnte nicht einmal zehn Prozent der genannten Summe aufbringen. Denn er stand bei DeCarlo in der Kreide, und zwar nicht zu knapp. Er hatte zu viele Kredite von ihm in Anspruch genommen, zu Wucherzinsen.

Beim zweiten Anruf übte der Unbekannte noch mehr Druck aus. Wenn Lombardi nicht zahlen könnte, so müßte er Informationen liefern. Nun, genau darauf hatte es der Erpresser von Anfang an abgesehen. Er verlangte Beweise für die Verbindung zwischen DeCarlo und dem Cali-Drogenkartell – ohne zu begreifen, daß Lombardi vor DeCarlo noch mehr Angst hatte als vor dem Gefängnis. Kein Wunder, daß er am letzten Tag des Simmons-Prozesses nervös wirkte; seine ganze Welt brach zusammen. Der arme Kerl saß in der Falle. Er mußte zwischen zwei Dingen wählen, die ihn entsetzten, dem Gefängnis und DeCarlo. Als er keinen Ausweg sah, brachte er sich um.«

»Ich bin nicht verpflichtet, mir diesen Unsinn anzuhören«, sagte Stanford.

»Es war keineswegs ein Zufall, daß der Erpresser ausgerechnet an jenem Abend anrief. Er wollte noch einmal mit Lombardi reden, bevor man ihn verhaftete, bevor er von Richtern und Anwälten umringt wurde. Oder bevor ihn einer von DeCarlos Killern erledigte. Es war die letzte Chance des Erpressers, etwas in Erfahrung zu bringen.«

»Ich gehe jetzt.« Stanford stand auf.

»Sie sollten besser bleiben«, sagte Ben. »Nun, Lombardi beging Selbstmord, aber vorher teilte er jemandem mit, daß man ihn erpreßte. Er sprach mit seinem Assistenten Lennie.«

»Und?«

»Lennie las in der Zeitung von Lombardis Tod und begriff, daß er über heiße Informationen verfügte. Die Identität des Erpressers kannte er nicht, doch er wußte, auf welche Weise sie sich feststellen ließ: mit Hilfe einer Anruferliste in bezug auf den Anschluß in Lombardis Wohnung. Anschließend nutzte er seine Kenntnis auf die für Lennie typische Art: Er versuchte, sie zu verkaufen. Unglücklicherweise bot er sein Wissen dem FBI an – ohne zu ahnen, daß er sich damit an den Erpresser wandte.«

Stanford kniff die Augen zusammen. Er nahm wieder Platz, lehnte sich zurück und schwieg.

»Als Sie erfuhren, daß Lennie Informationen über Lombardis Tod anbot ... mußten Sie ihn irgendwie zum Schweigen bringen. Allerdings hatten Sie keine Ahnung von seinem Aufenthaltsort.« Etwas leiser fügte Ben hinzu: »Aber schließlich fanden Sie ihn. Indem Sie mein Telefongespräch mit ihm abhörten. Sie fuhren zum Motel und brachten ihn um. Vier Kugeln jagten Sie ihm in den Kopf – um zusätzlichen Verdacht auf Christina zu lenken.«

»Begreifen Sie eigentlich, was Sie mir da vorwerfen?« erwiderte Stanford. »Ist Ihnen klar, wie sich dieser ... *Unsinn* auf meine berufliche Laufbahn auswirken könnte? Und Sie haben nicht den geringsten Beweis!«

»Irrtum«, widersprach Ben. »In seinem Abschiedsbrief hat Lombardi Ihren Namen genannt.«

Es ging so schnell, daß der junge Anwalt nicht rechtzeitig reagieren konnte. Stanford hechtete über den Tisch hinweg, stieß gegen Ben, riß ihn vom Stuhl und zu Boden.

Ben spürte, wie sich ihm Stanfords Ellenbogen in die Seiten bohrten. Er wollte ausweichen, doch der FBI-Mann rollte sich auf ihn, holte aus und schlug zu. Seine Faust traf Ben an der Seite des Gesichts, und zwar mit solcher Wucht, daß er sich in die Zunge biß. Übelkeit überkam ihn.

Stanford holte erneut aus, doch Ben sammelte seine ganze Kraft, stieß ihn zurück und sah, wie er schwankte. Rasch nutzte er die gute Gelegenheit, um unter seinem Widersacher hervorzukriechen. Er schob sich unter den Tisch, und auf der anderen Seite stemmte er sich hoch.

Stanford sprang über den Tisch hinweg und versperrte Ben den Weg zur Tür.

»Hilfe!« rief Ben. »Ich brauche Hilfe!«

Stanford lächelte boshaft. »Das ist der Nachteil von Überstunden – Sie sind allein, Kincaid.«

Der Anwalt griff nach einem Stuhl und improvisierte eine Waffe daraus.

»Soll das ein Witz sein?« Stanford deutete mit dem Daumen auf die eigene Brust. »Ich bin FBI-Beamter. Während der Ausbildung habe ich Dutzende von Möglichkeiten kennengelernt, jemanden mit bloßen Händen umzubringen. Glauben Sie wirklich, daß Sie mit einem Stuhl etwas gegen mich ausrichten können?«

Mit einem jähen Schwinger stieß er den Stuhl einfach beiseite. Ben mußte ihn fallenlassen, als heißer Schmerz in seinen Handgelenken entflammte. Unmittelbar darauf griff sein Gegner erneut an, und einmal mehr ging der Anwalt zu Boden. Innerhalb eines Sekundenbruchteils versuchte Ben, sich an etwas zu erinnern, das er einmal von Christina gehört hatte. Fang den Sturz mit Händen und Armen ab; bewahre den Rücken vor Verletzungen. Er bemühte sich, den Aufprall zu dämpfen, schien jedoch gerade erst den Boden berührt zu haben, als Stanford auf ihn fiel, ihm die Luft aus den Lungen preßte. Das Gefühl der Übelkeit verstärkte sich, und das Bild vor Bens Augen verschwamm.

Kurze Zeit später ließ der Druck nach, und er schnappte nach Luft. Er zwang die Lider nach oben und sah Stanford – der Mistkerl stand und trat ihm in die Rippen.

»Na, wie gefällt dir das, du dreimal verfluchter Hurensohn? Meine Güte, was bist du doch für ein Schwächling. Selbst Lennie hat mehr Widerstand geleistet.« Er trat erneut zu, noch fester als vorher.

Ben gab einen schmerzerfüllten Schrei von sich und spürte, wie etwas in ihm nachgab. Der ganze Brustkasten schien in Flammen zu stehen.

Er preßte die Hand an die Seite, aber es half nichts. Schnell und flach atmete er nun, ohne genug Luft zu bekommen. Er schmeckte Blut, und kurz darauf traf ihn Stanfords Fuß zum dritten Mal, an der gleichen weichen Stelle wie zuvor.

Wieder schrie Ben. Die Schmerzen gewannen ein schier unerträgliches Ausmaß. Er versuchte, sich zu bewegen, zu denken, irgend etwas zu unternehmen – vergeblich. Er war absolut hilflos. Tränen quollen ihm in die Augen. Durch einen wogenden grauen Schleier sah er, wie Stanford Anstalten machte, noch einmal zuzutreten.

Plötzlich ertönte von der Tür her eine herrlich vertraut klingende Stimme. »*Was ist hier los?*«

Mike.

Ben sah, wie ein Schemen namens Morelli hereinstürmte und sich gegen Stanford warf. Ein wilder Kampf entbrannte.

Der Anwalt biß die Zähne zusammen und versuchte aufzustehen. Er tastete nach der Schreibtischkante, zog sich Zentimeter um Zentimeter hoch.

Stanford und Mike rollten über den Boden, schlugen dabei auf sich ein. Ben sah, wie sich Stanfords Faust mehrmals in Mikes Magengrube bohrte und ihn dann auch am Kinn traf. Der Polizist stieß den FBI-Mann fort, und sie taumelten gegen einen hölzernen Kleiderständer. Der Ständer fiel, wodurch mehrere Dinge vom Haken rutschten: Mikes Anzugjacke, sein Mantel – und das Halfter mit der Dienstwaffe.

Die beiden Kontrahenten sahen sie zur gleichen Zeit. Mike streckte die Hand danach aus, aber Stanford versetzte ihm einen Hieb an den Solarplexus. Morelli zuckte zusammen und zog unwillkürlich die Hand zurück.

Wodurch er seine Waffe dem FBI-Mann überließ.

Stanford kniete nun und zielte auf Mikes Herz. »Sie dachten wohl, mich überwältigen zu können, wie?« schnaufte er. »Um mich anscheinend ans Kreuz Ihrer Selbstgerechtigkeit zu nageln. Tja, Pech gehabt, mein Lieber.«

Sein Finger krümmte sich am Abzug, und Mike schloß die Augen.

Im selben Augenblick riß Ben ein Buch vom Schreibtisch und rammte es gegen Stanfords Kopf. Er gab Abshires Vorgesetzten keine Chance, das Gleichgewicht wiederzufinden, schlug noch einmal mit dem dicken Band zu. Mike sprang vor und schlug Stanfords Hand an den Tisch, wodurch sich die Waffe aus den Fingern löste. Er trat sie fort und schmetterte dem FBI-Mann dann die Faust mitten ins Gesicht. Stanford kippte nach hinten und blieb bewußtlos liegen.

Langsam stand Mike auf. Blut rann ihm aus dem Mundwinkel. »Womit hast du ihn geschlagen?«

Ben sah auf den Titel des Buchs. »Mit den vollständigen Werken von William Shakespeare«, sagte er und keuchte.

»Ein weiterer Triumph des Barden«, stellte Mike zufrieden fest.

Mehr hörte Ben nicht, denn er folgte Stanford ins Reich der Träume.

## 2

»*Au!*« entfuhr es Ben. »Seien Sie vorsichtig!«

Die Krankenschwester runzelte nur die Stirn und fuhr damit fort, einen Verband um Bens Brustkasten zu wickeln. Für empfindsame Gemüter hatte sie offenbar nicht viel übrig.

»Wo ist diese Frau bloß ausgebildet worden?« jammerte Ben.

Die Schwester brachte währenddessen schweigend den Rest des Verbands an, zog ihn fest und sicherte ihn mit Klebeband. »Das wär's«, sagte sie schließlich. »Fertig.«

»Tatsächlich?« Ben rieb sich den Arm auf der Seite, die unliebsame Bekanntschaft mit Stanfords Fuß geschlossen hatte. »Vermutlich fühle ich mich deshalb so, als wäre ein Panzer über mich hinweggerollt.«

»Nehmen Sie die vom Arzt verschriebene Medizin«, befahl die Krankenschwester. »Die Rippen sind nur angebrochen und bald wieder in Ordnung.« Sie drehte sich um und verließ das Behandlungszimmer.

»Sehr fürsorglich«, murmelte Ben.

»Sie arbeitet sowohl im Polizeirevier als auch im Gefängnis«, erklärte Mike. »Sie muß hart sein.«

»Vielleicht. Wie geht's dir?«

»Eigentlich ganz gut. Ich kann noch immer nicht fassen, daß der verdammte FBI-Typ *mich* geschafft hat.«

»Laß dir deshalb keine grauen Haare wachsen. Er war verzweifelt.«

Mike schüttelte den Kopf und schien sich selbst zu verabscheuen. »Ich lag einfach nur da, während Stanford sein Rezept für Gesichtspudding an mir ausprobierte.«

»Meiner Ansicht nach hast du dich gut gehalten. Im Gegensatz zu mir. Der Bursche hat mich echt durch die Mangel gedreht.«

»Na ja. Es könnte schlimmer sein.«

»Den Spruch kenne ich doch … Dauernd höre ich, daß es schlimmer sein könnte. Aber aus irgendeinem Grund bin ich nicht überzeugt.«

»Was hast du ihm eigentlich gesagt? Ich meine, warum geriet Stanford so außer sich?«

»Ich ließ ihn wissen, daß wir ihn durchschaut haben. Beschrieb seinen ganzen Plan. Und ich wies darauf hin, daß Lombardi ihn in seinem Abschiedsbrief als Erpresser identifizierte.«

»Aber das stimmt doch gar nicht. Lombardi nannte überhaupt keinen Namen.«

Ben wandte den Blick ab. »Meine Güte. Da muß ich mich versprochen haben.«

»Du Schlitzohr. Hast ihn in die Falle gelockt.«

»Das war ich ihm schuldig. Für das, was er Christina angetan hat.«

»Verstehe. Übrigens: Ben Kincaid, Anwalt und Privatdetektiv – ich habe da noch eine letzte Frage. Sie fiel mir ein, als ich wie ein Narr durch die Gegend lief.«

»Wie lautet die Frage?«

»Willst du's ihr sagen?«

Ben sank auf die Liege zurück, um den Brustkorb und die schmerzenden Rippen zu entlasten. »Würdest du mir das bitte erklären?«

»Soll ich dir etwa den ganzen Gedankengang schildern?«

»Nun, ich habe mich immer gefragt, ob du für die Ermittlungsarbeit was taugst. Jetzt habe ich die Chance, eine Antwort zu bekommen.«

»Na schön. Hör gut zu. Mir fiel folgendes auf: Du hast mir von vielen Dingen erzählt, und außerdem fanden wir eine Menge heraus. Hinzu kommen einige Schlußfolgerungen, die hier und dort eine Wissenslücke füllen. Doch ein Detail ist nach wie vor ungeklärt.«

»Und das wäre?«

»Wer hat Christina betäubt? Ich nehme jedenfalls an, daß sie betäubt wurde. Es gibt einfach keine andere Erklärung dafür, daß sie schlief, obwohl in ihrer unmittelbaren Nähe viermal geschossen wurde – und zwar ohne Schalldämpfer.« Mike holte die Pfeife hervor und ignorierte das *Rauchen verboten*-Schild an der Wand. »Ich schätze, es war was in dem Rosé, den sie trank. Aber wer hat dem Wein etwas beigemischt. Und warum?«

»Soweit wir wissen, gab's nur eine Person, die Gelegenheit hatte, den Wein zu präparieren: Lombardi. Er hätte sich das entsprechende Mittel leicht von DeCarlo oder vielleicht auch von Lennie besorgen können. Und natürlich hatte er Zugang zu seinen eigenen Getränken. Offenbar wußte er, daß Christina vom Rosé trinken würde. In der Nachricht, mit der er sie zu sich nach Hause einlud, forderte er sie ausdrücklich dazu auf. Woraus sich die große Frage ergibt: Was lag ihm daran, Christina zu betäuben?«

»Wie lautet die Antwort?«

»Er wollte sie opfern, um die eigene Haut zu retten. Schon vor der Erpressung durch Stanford wußte Lombardi, daß ihm das FBI auf der Spur war. Ob es jemals bewiesen wird oder nicht: Ich glaube, der Papageienimport diente auch zum Rauschgiftschmuggel, erst recht als Lombardi begann, mit DeCarlo zusammenzuarbeiten. Nun, er wußte also, daß man gegen ihn ermittelte. Und er geriet in Panik. Er mußte sich irgend etwas einfallen lassen, um zu vermeiden, ins Gefängnis gesteckt zu werden. Eine neue Drogenlieferung stand kurz bevor. DeCarlo bekam vermutlich Wind von den FBI-Nachforschungen und verschob die Lieferung, doch davon erfuhr Lombardi nichts. Er plante folgendes: An jenem Abend sollte Christina in seiner Wohnung schlafen, neben einem Haufen Kokain – während er sich an einem viele Kilometer entfernten Ort aufhielt und ein lupenreines Alibi vorweisen konnte. Er rechnete damit, daß FBI-Beamte ins Apartment stürmten – was später tatsächlich der Fall war. Wenn sie dann Christina mit dem Rauschgift fanden ...«

Mike legte eine kurze Pause ein. »Lombardi hoffte, daß Christina gewissermaßen die FBI-Quote erfüllte oder ihm zumindest eine Atempause verschaffte. Der Umstand, daß sie sich in seiner Wohnung aufhielt, mochte ihn belasten, aber es gab keine konkreten Beweise gegen ihn – immerhin hatte Christina nicht die geringste Ahnung von seinen Drogengeschäften. Sie würde ihre Unschuld beteuern, ohne daß ihr jemand glaubte. Und mit ziemlicher Sicherheit standen ihr viele Jahre im Gefängnis bevor. Mit etwas Glück, so Lombardis Überlegungen, ging das FBI von einem Erfolg der Ermittlungen aus und stellte die Nachforschungen ein – bevor es ihn erwischte.«

Ben nickte. »Aber etwas ging schief.«

»Ja. Stanford. Nach dem letzten Telefongespräch mit ihm begriff Lombardi die Hoffnungslosigkeit seiner Situation: Er konnte den Verdacht nicht von sich ablenken, indem er dafür sorgte, daß man jemand anders mit Rauschgift fand. Christina hatte bereits vom präparierten Rosé getrunken; daran ließ sich nichts mehr ändern. Aber für eine andere Sache war es noch nicht zu spät. Es gab eine letzte Möglichkeit für Lombardi, sowohl dem Gefängnis als auch DeCarlos Zorn zu entgehen – er brachte sich um.«

Ben versuchte, sich auf die Seite zu rollen, verzichtete jedoch darauf, als Rippen und Arm mit Schmerzen protestierten. »In diesem Zusammenhang fällt mir eine Bemerkung ein, die Margot ihrer Aussage hinzufügte. Es klang ungefähr so: ›Ich weiß nicht, warum Lombardi Christina zu sich einlud, aber dahinter verbargen sich andere Gründe, als man glauben könnte.‹ Ich fand diese Worte sehr sonderbar. Jetzt weiß ich, welche Wahrheit in ihnen zum Ausdruck kam.«

»Womit wir wieder bei der eingangs gestellten Frage wären: Willst du Christina alles sagen?«

»Vielleicht hat sie es bereits herausgefunden«, spekulierte Ben. »Und wenn nicht ... Ich glaube, während der letzten Wochen hat sie genug Kummer und Enttäuschungen ertragen müssen.«

»Ganz meine Meinung.« Mike ging zur Tür, doch dort blieb er noch einmal stehen.

»Ben ...«, sagte er nach einer Weile.

»Ja?«

»Was mein Verhalten dir gegenüber betrifft ...«

»Du hast auf der anderen Seite gestanden, Mike. Das verstehe ich.«

»Laß mich ausreden.« Morelli trat näher und lehnte sich an die Behandlungsliege. »Als ich zum Polizisten wurde, habe ich einen Eid abgelegt.«

»Ich weiß. Du hast geschworen, die Vereinigten Staaten und die Verfassung zu schützen.«

»Es geht um mehr. Ich habe auch geschworen, immer die Vorschriften zu beachten und die Bundesbehörden zu unterstützen. Mit anderen Worten: Ich bin verpflichtet, ein guter Polizist zu sein und mich an die Regeln zu halten. Und weißt du was, Ben? Dies alles hat mir etwas bedeutet.« Mike atmete tief durch. »Nun, inzwischen habe ich etwas dazugelernt.«

»Was denn?«

»Es genügt nicht mehr, sich an die Regeln zu halten.« Ein Schatten fiel auf das Gesicht des Polizisten. »Es reicht nicht mehr aus, den Weg der Vorschriften zu beschreiten. Damit wir uns nicht falsch verstehen: Ich trete keineswegs für Selbstjustiz oder etwas in der Art ein. Ich meine nur ... Wir verstecken uns hinter unserem Professionalismus, unseren Dienstmarken, unseren Anträgen, Genehmigungen, Verfahren ...«

»Hinter den von der Anwaltschaft festgelegten Verhaltensregeln«, fügte Ben hinzu.

»Ja. Und warum verstecken wir uns hinter solchen Dingen? Weil sie uns vor Diskussionen um die Moral schützen. Weil sie die wirklich wichtigen Fragen von uns fernhalten. Es ist leicht, eine Regel anzuwenden. Viel schwieriger kann es sein, über individuelle Fälle zu entscheiden, besondere Umstände zu berücksichtigen und daran zu denken, daß jede Person *anders* ist.«

»Leute sind wichtiger als Regeln«, betonte Mike. »Das werde ich nie wieder vergessen.« Er lächelte schief. »Kannst du mir verzeihen?«

»He, Mike – echte Freunde gehen durch dick und dünn, ganz gleich, was auch geschieht. Deshalb sind es ja Freunde.«

Mike schloß die Hand fest um Bens Arm. »Danke, Kumpel.«

»Keine Ursache. Übrigens: Du tust mir weh.«

## 3

Um Viertel vor acht betrat Ben das Oneok-Gebäude und nahm den Lift zum zehnten Stock. Er mochte manchmal schwer von Begriff sein, aber das durfte man nicht mit Dummheit verwechseln: Wenn der Wächter erst um acht damit begann, die Namen der Besucher zu notieren, so kam der intelligente Einbrecher kurz vorher. Ben suchte die Toilette auf, verbarg sich dort in einer Kabine und las zwei Stunden lang alte Ausgaben von *Stereo Review*. Er hatte sich eine Ausrede zurechtgelegt für den Fall, daß jemand hereinkam, um sauberzumachen, aber er blieb allein.

Gegen elf konnte er praktisch sicher sein, daß sich niemand mehr in den Büros befand. Daraufhin verließ er sein Versteck, huschte durch den Flur und näherte sich der Kanzlei Swayze & Reynolds. Vor der Tür verharrte er, sah sich um, holte den Nachschlüssel hervor und schloß auf. Er eilte durchs Empfangszimmer, erreichte kurze Zeit später Reynolds' Büro.

Polly hockte noch immer in ihrem viel zu kleinen Käfig und wirkte vollkommen apathisch. Das Gefieder hatte jeglichen Glanz verloren; die Farben der Flügel und Augen waren verblaßt. Schlimmer noch:

Am Boden hatten sich weitere ausgerupfte Federn angesammelt. Ben betrachtete den Papagei besorgt, bemerkte einige kahle Stellen und sah dort nackte Haut.

So vorsichtig wie möglich löste er den Käfig vom Haken und trug ihn aus dem Büro. Anschließend kehrte er mit dem Aufzug ins Erdgeschoß zurück.

Am Tresen des Wächters blieb er kurz stehen. »Ein medizinischer Notfall«, sagte er. »Dieser Papagei stirbt.«

Der Uniformierte musterte ihn mit unverhohlenem Mißtrauen.

»Ich habe in Reynolds' Büro gearbeitet«, fügte Ben hinzu. »Und plötzlich begann der arme Vogel zu krächzen.«

»So spät haben Sie noch gearbeitet?« fragte der Wächter.

»Ja. Warum sollte ich sonst im Büro gewesen sein? Hören Sie: Mr. Reynolds freut sich bestimmt nicht, wenn sein kostbarer Papagei das Zeitliche segnet.«

Der Mann hinter dem Tresen zuckte mit den Schultern. »Was erwarten Sie von mir? Soll ich etwa einen Krankenwagen rufen?«

»Nicht nötig«, erwiderte Ben. »Mein Auto steht draußen.« Er drehte sich um und ging weiter, ohne von dem Wächter aufgehalten zu werden.

*Puh,* dachte er, als er das Gebäude verließ. Der Bluff hatte funktioniert. Reynolds würde natürlich ziemlich sauer sein, wenn er am nächsten Morgen sein Büro betrat und feststellte, daß der Papagei fehlte. Aber selbst wenn er den Nachtwächter fragte: Ben bezweifelte, ob ihn der Mann gut genug beschreiben konnte, um Reynolds eine Identifizierung zu gestatten. Und auch wenn das der Fall war ... Ben konnte Clayton Langdell und seine ganze Organisation gegen ihn ins Feld führen. Vielleicht auch noch den amerikanischen Tierschutzverein.

Er überquerte die Straße und folgte dem Verlauf der Fifth Street. Nach einigen Dutzend Metern hörte er den klagenden Schrei einer Eule und lenkte seine Schritte in die entsprechende Richtung.

»Pscht«, zischte es aus der Dunkelheit. Ben schob sich in eine finstere Gasse.

Der matte Schein des Mondes genügte ihm gerade, um Wolfs Gesicht zu erkennen. Der Junge sah gut aus. Seit der Entlassung aus dem Krankenhaus hatte seine Genesung erhebliche Fortschritte gemacht. Der rechte Arm – dort war er von der ersten Kugel getroffen worden – ruhte noch immer in einer Schlinge, aber ansonsten schien er wieder ganz der alte zu sein.

»Hier«, sagte Ben und reichte ihm den Käfig. »Gib gut auf den Papagei acht.«

»Natürlich.« Wolf öffnete den Käfig und holte Polly behutsam heraus. Der Vogel gurrte leise, schmiegte sich dann an die Schulter des Jungen. »Meine Mutter forderte mich auf, weniger Zeit im Wald und mehr Zeit in der Schule zu verbringen.«

»Tut mir leid für dich.«

»Schon gut. Sie meinte, ich kann auch weiterhin nach Fallen suchen. Und ich darf die Vögel jetzt nach Hause mitnehmen. Ich baue einen Schuppen im Hinterhof. Der Vermieter ist nicht gerade begeistert davon, erhob jedoch keine Einwände. Derzeit bemühen sich alle Leute, nett zu sein. Weil ich angeschossen wurde und so.«

»Nutz' die Sache so gut wie möglich aus«, riet ihm Ben. »Früher oder später geht's vorbei.«

»Ja, ich weiß.«

»Und bemüh dich, in der Schule möglichst viel zu lernen. Ein gutes Zeugnis ermöglicht es dir, zum besten Tierarzt auf der ganzen Welt zu werden.«

»Ich hasse die Schule. Die anderen Kinder mögen mich nicht.«

»Unsinn. Jetzt bist du bestimmt sehr beliebt. Immerhin: Wer kann schon behaupten, vom FBI angeschossen worden zu sein?«

»Hmm.« Daran hatte Wolf offenbar noch nicht gedacht. »Nun, ich gehe jetzt besser.«

»Ja. Bis dann.«

Der Junge setzte sich in Bewegung.

»Da fällt mir ein … *Wolf!*«

Er drehte sich um. »Ja?«

»Ich wollte dich noch etwas fragen. Äh, kommst du auch gut mit Hühnern zurecht?«

## 4

Mit dem Büro stimmte etwas nicht, und Ben fragte sich, was ihm so seltsam erschien. Zunächst einmal: Jones saß jetzt nicht mehr an einem Spieltisch, sondern an einem *richtigen* Schreibtisch mit Schubladen und so. Hinzu kamen zwei weitere richtige Schreibtische, rechts und links von Jones.

Doch es gab noch etwas anderes, das sich verändert hatte. Ben stand in der Mitte des Vorzimmers und versuchte herauszufinden, um was es sich handelte.

Dann dämmert es ihm.

»Stimmt was nicht, Boß?« fragte Jones.

Ben runzelte die Stirn. »Ich geb's nicht gern zu, aber ich vermisse die Hühner.«

Jones seufzte. »Ja. Ich auch. Vor allem Barbara.«

»Nun, ich bin sicher, bei Wolf sind sie gut aufgehoben.«

»Bestimmt. Was ist in der Tüte?«

»In welcher Tüte?« Ben hielt die Einkäufe so, daß sein Sekretär keinen Blick darauf werfen konnte. »Oh, nichts Besonderes.«

»Ach?« Jones zog die eine Seite der Tüte nach unten, und zum Vorschein kamen mehrere Konservendosen mit Feinschmeckerfutter für Katzen. »Sie kapitulieren also, wie?«

Ben zog die Tüte fort und stellte sie in den Schrank. »Ich habe es nur für angebracht gehalten, einen kleinen Vorrat anzulegen. Für spezielle Gelegenheiten.«

»Natürlich. Darum die extra große Familienpackung. Machen Sie sich nichts draus, Boß. Katzen haben sich auch ganz anderen Männern gegenüber durchgesetzt. Apropos: Clayton Langdell hat angerufen. Er bat um ein Treffen mit Ihnen.«

»Möchte er noch immer, daß ich seine Organisation vertrete?«

»So scheint's.«

Eine erstaunliche Erkenntnis reifte in Ben heran. Langdell war kein Verdächtiger, der versuchte, einer Verurteilung zu entgehen. Er wollte Bens Dienste in Anspruch nehmen, weil er ihn für einen guten Anwalt hielt. »Was hat er gesagt?«

»Er meinte, er hat Sie vor Gericht gesehen. Angeblich ist er sehr beeindruckt gewesen. Darüber hinaus gefiel es ihm, wie Sie im Fernsehen mit dem aufdringlichen Reporter fertiggeworden sind. Er braucht Ihren Rat in bezug auf die Kampagne seines Vereins.«

»Toll. Meine neue Karriere beginnt, indem ich Lobbyisten zeige, wie man mit Reportern umspringt.«

»Wenigstens klappt's, Boß. Es könnte schlimmer ...«

»Bitte ersparen Sie mir das!« brachte Ben hastig hervor. Er blickte auf den Antrag, den Jones gerade tippte. Das Kohlepapier war verkehrt herum eingespannt, wodurch sich der Durchschlag an der Rückseite des Originals befand. Na ja: Wenn sich die Sache mit Langdell auszahlte, konnte sich Ben vielleicht einen Fotokopierer leisten. »Übrigens, Jones: Ich danke Ihnen für die Arbeit hinsichtlich Lombardis finanzieller Unterlagen.«

»Ach? Und damit habe ich Ihnen sehr geholfen, nicht wahr?«

»Im Ernst. Sie waren mir wirklich eine große Hilfe. Außerdem möchte ich Ihnen für Ihre erstklassigen Ermittlungen danken. Sie haben viel mehr aus Spud herausbekommen als ich. Das werde ich Ihnen nie vergessen.«

Jones beugte sich hoffnungsvoll vor. »Bedeutet das, Sie gestatten mir in Zukunft weitere Nachforschungen?«

Ben räusperte sich. »Nun, mal sehen.« Er drehte sich um und stieß fast gegen Loving, der mehrere Aktenordner trug. Loving wich im letzten Augenblick aus, vermied dadurch eine Kollision und deponierte die Ordner auf einem der beiden zusätzlichen Schreibtische.

»Was machen Sie denn hier?« platzte es verblüfft aus Ben heraus.

Loving musterte ihn verwirrt. »Wissen Sie nichts davon? Christina hat mich eingestellt.«

»*Christina* hat Sie eingestellt? Wozu?«

»Damit ich für Sie ermittle. Tja, Skipper, nichts für ungut, aber Sie haben zugelassen, daß sich die Arbeit hier ganz schön anhäufte.«

»Ich bin mit anderen Dingen beschäftigt gewesen ...«

»Wie dem auch sei: Ich habe mir Ihre Akten angesehen, um festzustellen, wo ich Ihnen helfen kann. An einigen Fällen arbeite ich bereits.«

»Tatsächlich?«

»Ja. Eigentlich läuft's ganz gut. Manchmal muß ich ein wenig grob werden, um die benötigten Informationen zu bekommen.«

Loving mußte *grob werden*? »Einen Augenblick ...«

»Hallo.«

Ben wandte sich um und sah Christina hereinkommen. »Du kommst wie gerufen«, brummte er.

»Ben Kincaid!« rief die junge Frau. »Mein Held.« Sie klimperte mit den Wimpern.

»Ja, ja, ja. Hör mal, Christina ...«

»Gefällt dir mein neuer Schreibtisch?«

»Genau darüber wollte ich mit dir reden.«

»Weißt du was? Ich hab's herausgefunden.«

Ben furchte die Stirn und gewann den unangenehmen Eindruck, daß er die Kontrolle über das Gespräch verlor. »Was hast du herausgefunden?«

»Ich meine Frosty den Schneemann und die Explosionen.«

»Es war nur ein Traum, Christina. Vielleicht bedeutet es überhaupt nichts …«

»Es war eben *nicht* nur ein Traum. Ich kämpfte gegen das Betäubungsmittel an und versuchte, die Benommenheit abzustreifen. Um zu verstehen, was um mich herum geschah. Ich habe an jenem Abend ein verschwommenes Bild von Margot gesehen: kohleschwarze Augen, weißer Mantel, dunkler Schal. Dreimal feuerte sie den Revolver ab. Daher die Vision von Schneemann Frosty und den Explosionen.«

»Schade, daß dir das nicht schon früher eingefallen ist.«

»Ja. *Comme çi, comme ça.*«

»Mag sein«, pflichtete ihr Ben bei. »Was hat es mit den neuen Schreibtischen auf sich?«

»Das ist mein Werk. Sieh darin die erste Rate des Honorars, das ich dir schulde.«

»So etwas wäre nicht nötig ge …«

»Ich bin dabei von folgendem Gedanken ausgegangen: Wenn du als Anwalt groß herauskommen willst – und es deutet ja alles darauf hin, daß du auf der Karriereleiter einige Sprossen nach oben geklettert bist –, so mußt du unbedingt dein Image verbessern.«

»Meinst du?«

»Ja. Und du brauchst einen größeren Mitarbeiterstab. Deshalb habe ich Loving eingestellt – damit er sich um deine Ermittlungen kümmert. Was mich betrifft …« Christina zog einige Schnellhefter aus ihrer Aktentasche. »Ich bin deine neue Rechtsassistentin.«

»Ich kann mir nicht leisten, Loving zu bezahlen. Oder dich.«

»Ach, Ben, sei doch nicht so ein Spielverderber. Sieh nur, wie glücklich Loving ist … Sitzt dort drüben, blättert in den Akten und droht Leuten damit, ihnen eine Abreibung zu verpassen, wenn sie nicht mit bestimmten Informationen rausrücken. Er möchte so gern Teil deiner kleinen Familie sein.«

»Meiner *Familie*?«

»Außerdem hat er an einem Tag schon mehr Arbeit geleistet als du in zwei Wochen. Durch ihn bekommst du zusätzliche Einnahmen, mit denen du sein Gehalt bequem bezahlen kannst.«

»Hoffen wir's.«

»Und mach dir wegen mir keine Sorgen. Ich weiß natürlich, daß ich erhebliche Einkommenseinbußen hinnehmen muß, aber ich werd's überleben. Außerdem ist mir eins klar: Du brauchst mich hier, wo ich dich im Auge behalten kann.«

Ben spürte, wie bereits vertraute Hitze über den Hals zum Gesicht kroch. »Wer hier arbeitet, darf nicht mit viel Geld rechnen«, sagte er. »Zumindest nicht zu Anfang.«

»Und wenn schon. Du hast viel für mich getan. Ich stehe in deiner Schuld.«

»Unsinn. Du schuldest mir überhaupt nichts. Tausend Fehler sind mir unterlaufen. Letztendlich hatte ich einfach nur Glück.«

Christina drehte ihren Stuhl und faßte Ben an den Schultern. »Ich kann kaum glauben, was ich da höre! Nach allem, was du geleistet hast ... Es ist dir gelungen, ein Wunder zu vollbringen, Ben. Du bist wie die Weiße Königin und hast *mindestens* sechs unmögliche Dinge vollbracht.«

»Zum Beispiel?«

»Nun, du hast einen Freispruch für mich erwirkt, obwohl die Chancen denkbar schlecht standen – *numéro un. Deux:* Du hast Stanford als Lennies Mörder entlarvt. *Trois*: Du hast die Staatsanwaltschaft davon überzeugt, daß Margot vor allem psychiatrische Hilfe braucht und keine Gefängnisstrafe. *Quatre*: Du hast Spud einen neuen Job besorgt, in der Registratur eines Polizeireviers.«

»Dabei hatte Mike seine Finger im Spiel.«

»*Cinq*: Du hast Polly vor Reynolds gerettet, und bei Wolf ist der Papagei gewiß in guten Händen. Bei einem Wolf, dem durch deine Fürsprache das Jugendgericht erspart bleibt, möchte ich hinzufügen. *Six*: Äh ...« Christina blickte nach rechts und links, versuchte ganz offensichtlich, ein wenig Zeit zu gewinnen. »Äh, du bist die Hühner losgeworden.«

»Na, das scheint mir ein wenig an den Haaren herbeigezogen, oder?«

»Wie auch immer. Beim fünften Punkt habe ich eigentlich *zwei* unmögliche Dinge genannt. Ich will auf folgendes hinaus, Ben: Du bist jemand, der gewinnt, und das wissen alle – abgesehen von dir selbst. Wenn du mich jetzt bitte entschuldigen würdest ... Es wartet viel Arbeit auf mich, wenn ich diesen Laden hier auf Vordermann bringen will.«

Christina schloß die Aktentasche, stellte sie beiseite und zog die oberste Schublade auf. »Oh!« entfuhr es ihr. »Ben!« Sie holte ein kleines französisches Porzellanschwein hervor – *Cochon* stand auf der einen Seite. Natürlich konnte man die Bruchstellen deutlich erkennen, aber ansonsten war die Figur wieder intakt, im großen und ganzen. »Du hast das Schwein zusammengesetzt! Und es hier in die Schublade des Schreibtisches gelegt ...« Abrupt hob sie den Kopf. »Das bedeutet, du hast Bescheid gewußt!«

»Ich habe was geahnt.«

»Das ist eine wundervolle Überraschung. Ach, *Ben* ...« Die junge Frau stellte das Porzellanschwein auf ihren Schreibtisch. »Ich lasse es hier stehen, für immer. Und wenn ich es ansehe ... Dann denke ich an dich.«

Wie schmeichelhaft.

Ben ließ den Blick durch sein Büro schweifen und staunte über die Veränderungen. Kein Toilettenpapier, keine Hühner. Loving knurrte am Telefon und kündigte an, jemandem ›das Leben zur Hölle zu machen‹. Jones hämmerte auf die Schreibmaschine und merkte noch immer nicht, daß er das Kohlepapier falsch herum eingelegt hatte. Und Christina war da, gesund und munter.

Ben lächelte. Die Dinge könnten tatsächlich schlimmer sein.

Philip Friedman

# DER IRRTUM

Dieses Buch ist den Menschen gewidmet, deren Zuversicht, Liebe und Unterstützung mir das Schreiben ermöglicht haben, besonders Sylvia und Sam.

Zu derselben Zeit wird man nicht mehr sagen: »Die Väter haben saure Trauben gegessen, und den Kindern sind die Zähne stumpf geworden.«

JEREMIA 31,29

# VORBEREITUNG

## 1

Als er der Frau gegenüberstand, die des Mordes an seinem Sohn beschuldigt wurde, fühlte sich Michael Ryan erstaunlich gelassen.

Er hatte die dunkle Gestalt kaum wahrgenommen, die im selben Augenblick aus einer Limousine gestiegen war, als er in das Bürohaus ging, in dem sich seine Anwaltskanzlei befand. Auch war ihm nicht klargewesen, um wen es sich handelte, bis die Unbekannte gleichzeitig mit ihm den Aufzug betrat. Noch bevor er reagieren konnte, waren die Schiebetüren bereits zugeglitten und hatten sie zusammen mit drei weiteren Personen eingeschlossen.

Als der Aufzug sie endlich im dreißigsten Stockwerk freigab, versperrte Ryan der Frau den Zutritt zu seiner Kanzlei. Wenn sich schon eine Begegnung nicht vermeiden ließ, dann sollte sie wenigstens außerhalb der Büroräume stattfinden.

Unter ihrem Make-up war seine Schwiegertochter vollkommen blaß. Zu wenig Schlaf und zu viele Tränen hatten ihr hübsches Gesicht aufgedunsen. Ihre blaugrauen Augen blickten in seine.

»Ich habe es nicht getan, Michael, das schwöre ich.« Ihre Worte kamen schnell und kontrolliert. »Ich bin unschuldig.«

Daß sie ihre Schuld bestritt, war keine Überraschung. Lediglich der Umstand, daß sie damit auf ihn zukam.

»Schuld ist etwas für die Geschworenen.« Er wandte sich von ihr ab.

»Bitte, Michael. Versuche wenigstens, im Zweifelsfall auf meiner Seite zu stehen.«

»Welche Bedeutung hat das schon, was ich denke? Wir kennen einander kaum.«

Sie zögerte einen Moment. »Ich wollte nicht, daß alles so endet.«

»Wessen Fehler ist das denn?« Seine Wut brach durch. »Etwa meiner? Neds?«

»Nein, ich wollte nicht ...« Ihre Gelassenheit schwand. »Es tut mir leid, Michael. Ich hatte kein Recht dazu.«

»Du hast gesagt, was du sagen wolltest. Belassen wir es dabei.«

Ryan lief den langen Korridor entlang auf sein Büro zu, ohne dabei seine Partner, die Anwaltsgehilfen und die Sekretärinnen zu beachten, an denen er vorüberging. Erst nach einer ganzen Weile erinnerte er sich wieder, weshalb er eigentlich ins Büro gekommen war.

Er stapelte einige Aktenordner auf seinen Schreibtisch – Arbeit, die er auch zu Hause erledigen konnte, wenn ihm danach zumute war. Dann bat er seine Sekretärin über die Sprechanlage: »Sagen Sie Mr. Legler, wenn er bereit ist, könnten wir gemeinsam zum Essen gehen.«

»Es geht das Gerücht, daß Jennifer heute morgen hier war«, sagte Legler. Mit seiner massigen Gestalt bahnte er einen Weg durch die Menschenmenge, die die Eingangshalle während der Mittagspause verstopfte.

»Das stimmt. Sie wartete draußen im Wagen ihres Vaters und hat mich dann im Fahrstuhl erwischt.«

»Warum? Was wollte sie denn?«

»Mir ihre Unschuld beteuern.«

»Und was glaubst du?«

»Schuldig laut Anklage. Vorausgesetzt, der Staatsanwalt baut keinen Mist.«

»Hast du mit ihm gesprochen?«

»Mit ihm und seinem Boß.«

»Frank Griglia?«

»Genau der.«

Legler wühlte in seinem Gedächtnis. »Richtig. Ihr zwei seid ja alte Freunde.«

»Das ist schon lange her.«

»Was haben sie dir gesagt?«

»Mehr oder weniger das, was auch in den Zeitungen steht.«

Die Sache war von der Presse aufgesogen worden wie ein Wolkenbruch von der Wüste. Ned Ryans Ermordung war ein Verbrechen, wie man es für gewöhnlich in Seifenopern zu sehen bekam. Die Leute würden damit ihren Spaß haben, ohne sich selbst schuldig fühlen zu müssen: Leidenschaft und Eifersucht bei den oberen Zehntausend! In der Ehe von Ned und Jennifer Ryan hatte es schon längere Zeit gekriselt. Die beiden waren in der Mordnacht auf einer schillernden Party gewesen, die in einer Kunstgalerie stattgefunden hatte. Ned hatte dort nach Zeugenaussagen allzu heftig mit einer Künstlerin geflirtet, die als Ehrengast eingeladen war. Jennifer hatte sich dadurch provoziert gefühlt und einen Wutanfall bekommen, der in Handgreiflichkeiten ausgeartet war. Später war Ned in den Privaträumen des Galeriebesitzers erschlagen aufgefunden worden.

»Ist das alles, was die Anklage hat, oder wollte man dir Näheres nicht mitteilen?«

»Die sind sich ziemlich sicher, daß sie Jennifer mit der Mordwaffe in Verbindung bringen können.«

»Das müßte reichen«, flüsterte Legler.

»Weißt du, warum ich so sehr davon überzeugt bin, daß sie Jennifer wirklich überführt haben? Dies ist der erste große Fall, seit Franky zum Leitenden Bezirksstaatsanwalt ernannt wurde. Er muß einfach gewinnen. Er würde seine Leute niemals eine derartige Anklage riskieren lassen, wenn sie irgendwelche Zweifel hätten. Nicht bei so einem Fall.«

Legler bog in die Madison Avenue ein und fuhr zu dem französischen Restaurant, in dem die beiden alle zwei Wochen einmal aßen.

Als Ryan vor Jahren bei der US-Anwaltschaft angefangen hatte, war Bob Legler sein Förderer gewesen. Obwohl Legler später eine andere Stelle übernommen hatte, waren sie in Verbindung geblieben. Als Ryan sich über die immer höheren Kosten für Neds College Sorgen zu machen begann, hatte Legler im klargemacht, daß eine Privatkanzlei die geeignete Antwort auf Ryans Probleme sei. Seiner Meinung nach war Pane, Parish, Eisen & Legler der richtige Platz für ihn. Ryan hatte ihn beim Wort genommen und die ersten sieben Jahre dort fleißig und erfolgreich gearbeitet. Er war zur wichtigsten Stütze des Unternehmens geworden. Die letzten drei Jahre standen allerdings auf einem anderen Blatt.

Der Empfangschef begrüßte die beiden Männer freundlich und führte sie zu einem Tisch in der Ecke, abseits des allgemeinen Trubels. Legler bestellte ein Mineralwasser mit einer Scheibe Zitrone; Ryan verlangte einen doppelten irischen Whiskey. Er sah, wie Legler die Augenbrauen hochzog, kümmerte sich aber nicht weiter darum.

»Weißt du«, sagte Ryan, »es klingt verrückt. Aber einen Augenblick lang dachte ich, Jennifer wollte mich mit ihrer Verteidigung beauftragen.«

»›Verrückt‹ ist noch milde ausgedrückt.«

»Das Komische an der Sache ist, daß ich nach Neds Beerdigung fest davon überzeugt war, daß ich sie als meine nächste Verwandte besser kennenlernen müßte.«

An jenem Junitag hatte Jennifer auf ihn gewartet, als er alleine auf dem Weg zum Grab gewesen war. Sie hatte seine Hand genommen – eine unerwartete Intimität von einer Frau, die er kaum kannte. Während der kurzen Predigt hatten sie gemeinsam über Neds Asche gestanden. Dabei hatte sie sich an ihn gelehnt. Ryan hatte sich durch die warme Hand der Frau seines verstorbenen Sohnes getröstet gefühlt. Vielleicht habe ich sie falsch eingeschätzt, hatte er gedacht, als sie die Erde auf die Urne warfen. Möglicherweise täte es uns gut, wenn wir unseren Schmerz teilen könnten.

Nur wenige Tage darauf war er dann von der Titelseite eines Revolverblattes eines Besseren belehrt worden. MITGLIED DER FEINEN GESELLSCHAFT IN AUFSEHENERREGENDEN MORDFALL VERWICKELT hatte es ihm von dem Blatt entgegengeschrien. Unter der Schlagzeile war ein Foto von Jennifer abgedruckt, das sie auf dem Weg zum Verhör zeigte. Im Innern der Zeitung waren noch mehr Bilder, darunter auch eines von ihrem Vater, H. Robertson Kneeland, der wütend und bestürzt zugleich aussah. Ein Untertitel lautete: MILLIONEN-DOLLAR-KAUTION.

Ryan hatte sich über sich selbst geärgert. Von wegen: den Schmerz teilen! Jeder Trottel kannte die wichtigste Regel bei einem Fall wie diesem, und hier war schließlich nicht der Gärtner der Mörder.

Beim Mittagessen sprachen die beiden Anwälte über geschäftliche Angelegenheiten. Es ging darum, einen weiteren Vorstoß einiger ihrer jüngeren Partner abzublocken, die darauf aus waren, auch Fälle aus dem Strafrecht in das Repertoire ihres Unternehmens aufzunehmen. Sie beide waren stolz darauf, nicht zu der Sorte von ehemaligen Staatsanwälten zu gehören, die einfach zur anderen Seite überliefen, sobald sie in Privatkanzleien eintraten.

Legler lehnte sich zurück, als der Tisch abgewischt wurde und der Kellner den Kaffee brachte. »Du sagtest, daß du ein Problem hast.«

Ryan trank seinen Kaffee. Legler wartete.

»Ned hat mich zum Testamentsvollstrecker bestimmt.«

»Na und?«

»Ich müßte monatelang Tag für Tag damit zubringen, Neds gesamtes Leben zu durchforsten. Und hätte dabei auch noch mit Jennifer zu tun.«

»Ich nehme an, daß du von mir keine Allgemeinplätze hören willst. Aber hier ist trotzdem einer.« Legler neigte seinen Kopf nach vorn, wie er es seit zwei Jahrzehnten bei seinen öffentlichen Auftritten tat. »Du kannst dich immer vor solchen Dingen drücken, falls du Wert darauf legst. Heute würde dir das vielleicht manchen Kummer ersparen, aber schon morgen könnte es dir dadurch erheblich schlechtergehen.«

Sie saßen schweigend da.

»Es steckt mehr dahinter, nicht wahr?« fragte Legler.

Ryan hatte es noch nie gemocht, über seine persönlichen Probleme zu reden; wann immer er irrtümlich davon ausgegangen war, es würde ihm helfen, bereute er es sogleich. Aber in dieser Situation blieb ihm nichts anderes übrig, als deutlicher zu werden.

»Ich mache mir Sorgen, was ich alles entdecken könnte.«

Legler dachte darüber nach. »Ich weiß, wie verletzt und wütend du warst, daß Ned dich jahrelang aus seinem Leben ausgeschlossen hat. Indem er dich zu seinem Testamentsvollstrecker gemacht hat, hat er dich jedoch wieder eingebunden.«

»Zu spät, um irgend etwas gutzumachen.«

»Das kannst du nicht wissen, solange du die Aufgabe nicht übernimmst.«

Das war der schlimmste Rat, den er hatte bekommen können. Der gleiche Rat, den er sich selbst bereits erteilt hatte, aber nicht annehmen wollte.

»Marion läßt fragen, wann du mal wieder zu uns zum Abendessen kommst«, fügte Legler hinzu.

»Bald.«

Nachdem das Schicksal ihm zwei nahestehende Menschen geraubt hatte, hatte sich Ryan einen Schutzpanzer gegen derartige Angebote zugelegt. Am liebsten wollte er in Ruhe gelassen werden. Doch wußte er, daß seine Feunde darauf bestehen würden, ihm Gesellschaft zu leisten und ihn zu trösten. Als er das letzte Mal bei den Leglers gewesen war, hatte Marion ihn mit Job verglichen. »Schlimmer als Job«, hatte sie gesagt. »Der hat zumindest nicht seine Frau verloren.«

Am nächsten Morgen wachte Ryan verschwitzt auf. Die Bilder eines Alptraumes, an den er sich nicht mehr genau erinnern konnte, verschwanden langsam aus seinen Sinnen. Er reckte die Arme und rollte sich dann auf die andere Seite, um weiterzuschlafen.

Ein Teil seines Traumes wiederholte sich – Alisons Wagen, der die Straße hinunterraste, geradewegs gegen den Brückenpfeiler. Alles war so deutlich, als ob er selbst dabeigewesen wäre. Schwer atmend schreckte er auf.

Ryan sprang aus dem Bett und ging unter die Dusche. Er hatte sich vorgenommen, nie wieder in so tiefe Verzweiflung zu verfallen wie im Anschluß an Alisons Tod. Aktivität war ein gutes Gegenmittel. Das Wasser, das über ihn strömte, half mehr als gewöhnlich.

Er machte sich einen Kaffee und rief den Notar an, der Neds Letzten Willen entgegengenommen hatte.

»Ich habe mich entschieden, Neds Wunsch Folge zu leisten.«

»Gut. Ich werde Ihnen die Unterlagen faxen, damit Sie sie unterschreiben können. Es wird ein paar Wochen dauern, bevor Ihnen die Vollmacht zur Testamentsvollstreckung zugestellt wird.«

»Geben Sie mir einfach Bescheid, wenn es soweit ist.«

Nachdem er die Dokumente unterzeichnet hatte, um die gerichtliche Testamentsbestätigung zu veranlassen, mietete sich Ryan ein Auto und fuhr durch Westchester in Richtung Norden. Dann hielt er sich nordöstlich und fuhr weiter bis nach Connecticut, wo er das Wochenende auf dem Land verbringen wollte. Sein panischer Zustand an jenem Morgen hatte ihm bestätigt, wie dringend er einen Tapetenwechsel brauchte. In einem alten Gasthaus in der Nähe der Grenze zu Massachusetts nahm er sich ein Zimmer.

Ryan schenkte den Akten, die er aus dem Büro mitgenommen hatte, keinerlei Beachtung. Dasselbe galt für die Bücher, die er ursprünglich hatte lesen wollen. Statt dessen unternahm er lange Spaziergänge in den umliegenden Wäldern. Kalt war es hier und still. Keine Spur von den Menschenmassen, in die er bald wiedereintauchen würde. Aber Ryan hatte keinen Blick für seine Umgebung. Sein Kopf war voll von anderen Bildern.

Eigentlich hatte er befürchtet, ständig an Ned denken zu müssen. Aber er war nicht darauf vorbereitet, andauernd Alison vor Augen zu haben. Immerhin hatte er drei Jahre Zeit gehabt, den Schock über ihren Tod zu verkraften.

Und doch lag ein Sinn darin. Wie konnte er über Ned und ihre gegenseitige Entfremdung nachdenken und Alison dabei vergessen?

Am Tage des Unfalls hatten sie alle dem ersten Spatenstich für Neds erstes selbständig durchgeführtes Immobiliengeschäft beigewohnt, ein Geschäftshaus im Nordosten New Jerseys. Es war nur ein kleineres Projekt, wie sie immer am Anfang stehen. Trotzdem hatte der junge Mann, der soeben seinen vierundzwanzigsten Geburtstag gefeiert hatte, jeden Grund, stolz auf sich zu sein. In ihrem maßgeschneiderten Kostüm hatte Ali eher wie eine von Neds Geschäftspartnern ausgesehen und nicht wie die Hochschullehrerin für Englisch, die sie in Wirklichkeit war. Ihr Haar war kürzer gewesen als bei ihrer letzten Begegnung. Sie hatte es mit irgendeinem Mittel gefärbt, das die hellgoldene Farbe beinahe in ein Orange verwandelt hatte. Und unter ihren blauen Augen hatte sie so dunkle Ringe gehabt wie nie zuvor. Nach allem, was ihm zu Ohren gekommen war, kamen sowohl die roten Augen als auch das Rot in ihrem Haar aus einer Flasche.

Nach der Feier hatte Ryan Ali zum Abendessen eingeladen. Erst hatte sie abgelehnt; als er aber darauf bestanden hatte, hatte sie schließlich nachgegeben.

Er hatte an jenem Tag geradezu danach gegiert, in ihrer Nähe zu sein; mehr hatte er anfangs nicht beabsichtigt. Im Laufe des Abends hatte er sie dann aber gedrängt, ihn wieder zu Hause aufzunehmen. Ryan versprach ihr immer wieder, daß er sich jede erdenkliche Mühe geben würde, ein guter Ehemann zu sein. Und so meinte er es auch – wie immer.

Ali hatte Wodka getrunken, kleine regelmäßige Schlucke, die erstaunlich schnell aufeinander gefolgt waren. Der Alkohol hatte ihre ablehnende Haltung gegenüber seinen wiederholten Bitten nicht mildern können. »Deine Arbeit wird immer an erster Stelle stehen«, hatte sie gesagt. »So war es immer, und so wird es immer bleiben.«

Er hatte darauf wie üblich reagiert: »Der einzige Grund, weshalb ich so hart arbeite, bist du und Ned.« Auch das war so gemeint, wie er es sagte.

Die Auseinandersetzung war schnell zu einem Wiederaufwärmen all ihrer alten Ressentiments ausgeartet. Ali hatte ihn beschuldigt, die Familie zu vernachlässigen, und Ryan hatte sich unerwünscht und mißverstanden gefühlt. Die Pfeile, die sie verschossen, waren durch den ständigen Gebrauch geschärft; ein Wort hatte das andere gegeben, bis Ali schließlich aufgestanden und in den Regen hinausstolziert war. Achtzehn Meilen entfernt hatte ihr Wagen dann mit hoher Geschwindigkeit einen Brückenpfeiler gerammt.

Ryan war nicht in der Lage gewesen, sich um die Trauerfeier zu kümmern. Die Zeremonie war von Ned und dessen neuer Freundin Jennifer Kneeland organisiert worden. Sie war sieben Jahre älter als Ned und die Tochter seines Chefs. Nachdem der Priester seinen Teil der Zeremonie beendet hatte, war Ned ruhig und selbstsicher nach vorne zum Altar gegangen, wobei er wesentlich reifer als ein Vierundzwanzigjähriger gewirkt hatte. Aber dann hatte Ned vor den versammelten Trauergästen zu Ryans Entsetzen einen Vergleich angestellt. Einen Vergleich zwischen seiner verunglückten Mutter und – der heiligen Jungfrau Maria!

Neds Miene hatte sich verfinstert. Er erwähnte den verwirrten Gemütszustand seiner Mutter in den vergangenen Monaten und ihren frühzeitigen Tod.

»Alison Ryan wurde von vielen, vielen Menschen geliebt«, hatte er gesagt. »Sie hatte diese Liebe verdient und erwiderte sie von ganzem Herzen. Aber die Tragödie ihres Lebens bestand darin, daß sie einen Menschen mehr liebte als alles auf der Welt« – dabei hatte Ned zu seinem Vater hinübergeblickt und mit einem heiseren Flüstern gesagt: »Und dieser Mann hat sie getötet. Er hat sie an diese steinerne Mauer gefahren, als ob er selbst hinter dem Steuer gesessen hätte.«

Neds Hände hatten das Lesepult umklammert. Er hatte dagestanden und seinen Vater angestarrt, bis jemand das bestürzte Schweigen gebrochen und ihn zu seinem Platz geleitet hatte.

Die Leute hatten Ryan empfohlen, den Vorfall nicht zu ernst zu nehmen. Schließlich sei Ned zu verstört gewesen, um sich seiner Worte bewußt zu sein. Doch Ryan hatte es besser gewußt.

Aus Mangel an erwähnenswerten Neuigkeiten hatte eines der täglich erscheinenden Revolverblätter Alisons Unfall eine ganze Titelseite gewidmet: SOHN SAGT, VATER HAT MUTTER UMGEBRACHT.

Drei Jahre hatten längst nicht ausgereicht, um Ryans Leid zu lindern.

## 2

Als er wieder in die Stadt zurückkehrte, machte Ryan in Kellys Shamrock Halt. Es war das erste Mal seit jenem Freitag, an dem er Ned im Leichenschauhaus identifiziert hatte.

Seit Alisons Tod war das Shamrock für ihn eine Art Zufluchtsort. Hier konnte Ryan die Welt einfach aussperren und sich zu den Kerlen gesellen, die nicht viel sprachen und jeden Freitag abend ein paar Bier und einen doppelten irischen Whiskey tranken.

Jimmy Kelly zapfte ihm ein Bier und goß sich selbst einen Schnaps ein. Er hob sein Glas. »Willkommen.«

»Bin ich froh, daß ich wieder da bin!«

Wie die meisten, die in Kellys Lokal saßen, nachdem die Essensgäste sich schon wieder auf den Heimweg gemacht hatten, war auch Michael Ryan kein richtiger Ire. Der Name war seinem Großvater von einem Einwanderungsbeamten ›verliehen‹ worden, der sich nur kurze und einfache Namen hatte merken können. Niemand im Restaurant hatte sich je daran gestört. Schnell und problemlos war Ryan in ihren Kreis aufgenommen worden.

»Eddie O'Neill hat die heutige Zeitung dagelassen«, sagte Kelly zu ihm. »Hast du schon einen Blick hineingeworfen?«

»Nein.«

Kelly legte die gefaltete Zeitung auf die Theke und bediente dann andere Gäste.

Ryan faltete das Blatt auseinander.

JENNIFER ANGEKLAGT! lautete die groß aufgemachte Schlagzeile. Darunter ein vor Monaten bei einem Kostümfest für wohltätige Zwecke aufgenommenes Foto. Jennifer war dort als Jagdgöttin Diana erschienen und machte alles andere als einen tugendhaften Eindruck.

Da Ryan sich in solchen Fallen zu gut auskannte, maß er einer Anklage keine besondere Bedeutung bei. Die großen Geschworenengerichte bekamen in der Regel nur das zu hören, was der Staatsanwalt sie hören lassen wollte. Und meistens folgten sie später dessen Empfehlungen.

Aber diesmal half ihm seine Erfahrung nicht, den tiefen Eindruck zu beseitigen, den die Anklageerhebung bei ihm hinterlassen hatte. Im Gegenteil: Für ihn stand damit zweifelsfrei fest, daß Jennifer tatsächlich seinen Sohn getötet hatte. »Schuld ist etwas für die Geschworenen«, hatte er zu Jennifer gesagt. Genau in diesem Moment hatte er bereits sein Urteil über sie gefällt.

Ryan fragte sich, ob Jennifer vor der Grand Jury, dem großen Geschworenengericht, ausgesagt hatte. Es war ihr gutes Recht und in manchen Fällen war es ausgesprochen klug, so etwas zu tun. Der Nachteil bestand darin, daß mit jeder weiteren Aussage die Möglichkeit, sich in Widersprüche zu verwickeln, zunahm. Es war immer besser, mit der Aussage bis zum Prozeß selbst zu warten. Vorausgesetzt, man wollte überhaupt aussagen.

Ein alter Kämpfer wie ich ist doch nicht totzukriegen, dachte Ryan.

Jetzt stehe ich hier und denke über die Verteidigung der Mörderin meines Sohnes nach. Als ob es sich dabei um *meinen* Fall handeln würde!

Vorerst blieb ihm nichts anderes übrig, als abzuwarten. Die Grand Jury hatte gesprochen. Die Verhandlung würde nicht länger als ein Jahr dauern. Es hing ganz davon ab, wie erfolgreich die Verteidigung mit ihrer Verzögerungstaktik wäre. Und daß es nicht zu einem Handel um das Schuldgeständnis kommen würde.

Angenommen, es käme zu einer Absprache zwischen Staatsanwalt und Verteidiger: Wie würde sich das auf ihn auswirken? Da bestanden keine Zweifel. Er fühlte, wie sein Gesicht bereits bei dem Gedanken zu glühen anfing. Die Vorstellung, daß Neds Mörderin nach ein paar Jahren Gefängnis wieder ihr normales Leben würde aufnehmen können, war ihm unerträglich.

Ryan hatte sämtliche Gelegenheiten verpaßt, Ned erneut in sein Leben einzubeziehen und die Fehler vergangener Jahre wiedergutzumachen. Diese Chance war unwiderruflich vorbei, denn Ned war tot.

Die Medien waren voller Spekulationen über Neds sexuelle Eskapaden. Aber auf welche Weise er Jennifer auch immer provoziert haben mochte – ihm das Leben zu nehmen war keine geeignete Antwort. Dafür gab es keine Rechtfertigung. Dafür war nur die Höchststrafe angemessen.

Er mußte mit Franky Griglia darüber sprechen.

»Michael!« rief der Bezirksstaatsanwalt. »Was kann ich für dich tun?«

Ryan traute Griglias scheinbar herzlicher Jovialität nicht. Zuviel hatte sich geändert, seit die beiden gemeinsam an der juristischen Fakultät studiert hatten. Später hatten sie sich dann als aggressive junge Staatsanwälte – der eine für die Vereinigten Staaten, der andere für den Staat New York – in lärmenden Bars getroffen, um über ihre Chefs zu tratschen.

Ryan kam gleich zur Sache. »Ich nehme an, daß dein Kollege Becker Jennifer Ryan wegen Mordes belangen will.«

»Ja, so lautet die Anklage: Mord.«

Griglia hatte eine exakte Antwort vermieden. Ryan wurde deutlicher. »Vielleicht habe ich mich nicht klar ausgedrückt. Ich will nicht mit ansehen müssen, wie sie durch ein Schuldgeständnis mit einer weniger schweren Anklage davonkommt.«

»Ich auch nicht, mein Freund, aber ich habe vierhundert ehrgeizige Juristen, die für mich arbeiten. Denen kann ich nicht allen ständig über die Schulter gucken. Nicht einmal bei einem Fall wie diesem, mit dem ich mich selbst befasse. Dazu fehlt mir die Zeit, und außerdem würden sie sich das nicht gefallen lassen.«

»Du bist doch der Boß. Du hast sie verhaften lassen, bevor du vor die Grand Jury gegangen bist.«

»Sicher. Das ist schließlich eine große Sache, und ich bin erst seit ein paar Monaten Leitender Bezirksstaatsanwalt. Da gehe ich lieber auf Nummer Sicher. Hätte ich sie nicht verhaften lassen, wäre sie vielleicht zu einer längeren Auslandsreise aufgebrochen. Leisten kann sie sich das allemal. Darum habe ich beschlossen, sie erst festzunehmen und hinterher anzuklagen.«

»Daher auch die Kaution in Millionenhöhe.«

»Wir hatten überhaupt keine Kaution verlangt. Geradewegs ins Untersuchungsgefängnis. Ab ins Kittchen mit ihr. Aber die Verteidigung war der Ansicht, sie habe enge gesellschaftliche Bindungen, womit wohl ihr alter Herr gemeint war. Der Untersuchungsrichter ging wahrscheinlich davon aus, daß H. Robertson Kneeland viel zu großen Wert auf sein Ansehen legt und es sich deshalb nicht leisten kann, seine Tochter entwischen zu lassen.«

»Fünfundzwanzig Jahre sind ein recht guter Grund, einen Vater auf dumme Gedanken zu bringen.«

»Und eine Million Dollar sind auch ein guter Grund, nicht abzuhauen. Hoffen wir es wenigstens. Wer weiß, vielleicht will sie ja auch ihren Namen reinwaschen. Sie beteuert nämlich ihre Unschuld.«

»Sie und jeder andere Angeklagte in so einer Geschichte.«

»Ich habe nicht gesagt, daß ich ihr glaube.«

»Dann sorge dafür, daß sie bekommt, was sie verdient.«

»Wie bereits gesagt, ab jetzt ist das Joe Beckers Fall. Er ist ein guter Mann. Acht Jahre dabei. Jede Menge Erfahrung mit Kapitalverbrechen. Wenn du dir über das Strafmaß Gedanken machst, dann rede doch mal mit ihm. Und noch etwas. Ich hatte nie die Gelegenheit, dir das zu sagen, aber ich war schon enttäuscht, als du damals aus dem Staatsdienst ausgeschieden bist. Ich habe die öffentlichen Pinkelwettbewerbe vermißt, die wir gemeinsam durchgestanden haben.«

Altes Schwein, dachte Ryan. Öffentliche Pinkelwettbewerbe. Als ob damit alles gesagt wäre. Als ob Joey Baldasaro niemals gelebt hätte. Als ob Franky Griglias Publizitätsgeilheit Ryan nicht die Plackerei eines ganzen Jahres und einen Haufen wichtiger Überzeugungsarbeit gekostet hätte.

»Paß auf dich auf, hörst du?« meinte der Staatsanwalt.

Der Gerichtsbeamte hinter dem Empfangsschalter nahm Ryans Namen auf und rief oben an, um sicherzugehen, daß er auch wirklich erwartet würde.

»Achter Stock«, sagte er und reichte Ryan einen eingeschweißten Besucherausweis, den er sich an sein Jackett heften mußte.

Joseph A. Becker erwies sich als ein mittelgroßer Mann Anfang Dreißig. Er trug ein weißes Hemd und hatte um den Hals eine locker sitzende Krawatte. An den beiden Längswänden seines schuhkartongroßen Büros standen Bücherregale; gegenüber einem metallenen Schreibtisch befanden sich zwei Holzstühle für Besucher. Auf dem Boden waren Aktenordner aufgereiht, und auf einem Tisch lagen große Stöße von Fotokopien. Entweder liebte Becker seine Arbeit oder er hatte zuviel zu tun.

»Ich freue mich, daß ich Sie endlich einmal persönlich kennenlerne, Mr. Ryan.« Becker setzte sich hinter seinen Schreibtisch und deutete auf einen Stuhl. »Mir wurde gesagt, daß Sie ebenfalls zehn Jahre lang bei der US-Anwaltschaft tätig gewesen sind. Stimmt das?«

»Lang ist's her.«

»Leiter der Kriminalabteilung für den Südbezirk, habe ich gehört.«

»Nichts dergleichen. Ich habe einige Zeit im Betrugsdezernat zugebracht und war vorher in der Abteilung Organisiertes Verbrechen. Aber vor allem war ich ein einfacher Assistent, wie Sie auch.«

»Sie sind äußerst bescheiden. Ich habe schon von dem Rekord gehört, den Sie bei der Überführung von Straftätern aufgestellt haben. Ich wüßte wirklich nicht, was ich Ihnen noch mitteilen könnte. Sie verfügen über wesentlich mehr Prozeßerfahrung als ich.« Die Stimme des Staatsanwaltes verriet seine Anspannung.

»Sehen Sie, Mr. Becker ...«

»Joe.«

»Gut. Joe. Lassen Sie uns von Anfang an Klartext reden. Ich beabsichtige keineswegs, Ihren Fall zu übernehmen. Wenn Sie glauben, die wirkliche Täterin erwischt zu haben, dann ist ein gerechtes Urteil alles, was ich verlange. Ein Urteil und die Höchststrafe. Wie Sie das schaffen, ist Ihre Angelegenheit.«

Becker entspannte sich. »Mr. Ryan, ich bin froh, daß Sie das gesagt haben. Zuerst war ich nämlich ein wenig besorgt, welche Rolle Sie bei der ganzen Sache spielen würden. Ich möchte offen zu Ihnen sein. Ich freue mich, mit Ihnen über den Fall sprechen zu können, mit einem Mann, der über soviel Erfahrung verfügt. Aber Sie wissen ja, Opfer und ihre Familien haben mitunter ziemlich klare Vorstellungen davon, wie so ein Prozeß auszugehen hat. Das kann Probleme bereiten. Ich muß gestehen, daß ich mir Sorgen gemacht habe, Sie als ehemaliger Staatsanwalt könnten hier andauernd mit neuen Ansichten über unsere Arbeitsweise hereingeschneit kommen. In guter Absicht, versteht sich. Aber Sie stehen eben doch zu nahe mit dem Fall in Verbindung ... Ich möchte Ihnen versichern, daß wir unser Bestes geben werden. Wir haben mit absoluter Sicherheit die richtige Person angeklagt. Es ist so, wie ich es Ihnen bereits am Telefon gesagt habe. Wäre sie nicht die Richtige, wären wir gar nicht erst so weit gegangen. Ich vermute, Sie kennen die ganze Geschichte schon aus den Zeitungen.«

»Ich gebe mir alle Mühe, sie nicht zu lesen, aber es war nicht gerade leicht, die Schlagzeilen zu übersehen.«

Ryan war lediglich daran interessiert, daß der Mörder für den Tod seines Sohnes die gerechte Strafe erhielt. Alles, was sonst noch mit dem Fall zu tun hatte, bereitete ihm nur noch zusätzliches Leid.

Becker verschaffte ihm einen Überblick über die Vorgehensweise der Anklage. Doch Ryan hörte kaum zu und verstand lediglich, daß die Staatsanwaltschaft alles unter Kontrolle hatte.

»Wir haben also ein Motiv«, schloß der Staatsanwalt, »und wir haben die Tatwaffe – eine Skulptur, die ausgerechnet von der Frau angefertigt worden ist, mit der Ned Ryan geflirtet hat. Das hat dann schließlich den Streit zwischen Ihrem Sohn und der Angeklagten ausgelöst. Vielleicht aber handelte es sich in Wirklichkeit gar nicht um einen Zufall ... Jedenfalls können wir seine Ehefrau eindeutig mit dem Tatort in Verbindung bringen. Die vorläufigen Untersuchungen belegen, daß sie die Tatwaffe in der Hand hatte. Diese Information ist aber nur für Sie persönlich bestimmt. Von einem Augenzeugen und einem Geständnis mal abgesehen, sind das die besten Beweise, die man haben kann.«

»Wie arbeitet die Polizei?«

»Ausgezeichnet. Ich weiß, manchmal kann die Arbeitsweise der Ermittlungsbeamten Probleme bereiten, vor allem dann, wenn die Verteidigung welche daraus macht. Aber was das angeht, brauchen wir uns keine Sorgen zu machen.«

»Gut. Dann verabschiede ich mich jetzt. Ich hoffe, Sie bauen auf Ihren Beweisen die bestmögliche Anklage auf und erwirken eine Verurteilung zu fünfundzwanzig Jahren.«

»Oh, Moment mal.« Becker lächelte unsicher. »Ich nehme an, das soll ein Scherz sein. Sie wissen doch selbst, daß das so nicht läuft: Ruckzuck, und die Sache ist gegessen. Wir klagen sie an, weil wir natürlich eine Verurteilung erwarten. Aber *versprechen* kann ich Ihnen das nicht. Und das wissen Sie genau.«

Beckers Ausführungen gefielen Ryan nicht besonders. »Was erzählen Sie mir da?«

»Ich will sagen, Sie könnten enttäuscht sein, wenn Sie eine Verurteilung zu fünfundzwanzig Jahren wegen Mordes erwarten. Ich weiß nicht, wie das bei den Bundesgerichten läuft, aber hier bei uns empfiehlt es sich niemals, auf das schärfste Urteil und das höchste Strafmaß zu setzen. Sie sprachen von einer Verurteilung. In Ordnung. Wenn bei dem Prozeß vorsätzlicher Mord und ein Urteil zwischen acht und fünfundzwanzig Jahren herauskommt, dann bin ich ziemlich sicher, daß auch Sie zufrieden sein werden. Sie könnten am Ende sogar überrascht sein, denn es wäre möglich, daß wir eine längere Strafe durchsetzen.«

»Wenn Sie es ihr nur nicht ermöglichen, einen Handel einzugehen – Schuldgeständnis gegen Strafminderung.«

Beckers freundlicher Gesichtsausdruck verschwand. »Mr. Ryan, es ist nicht meine Absicht, solche Dinge durchgehen zu lassen.«

»Genau das wollte ich hören.«

»Freut mich. Aber Sie müssen auch meine Lage verstehen. Die allgemeine Überzeugung hier lautet: Prozesse sind zu teuer, also seht zu, daß ihr die aufgestauten Fälle loswerdet. Und wir haben mehr Verhandlungen, als wir im Grunde genommen bewältigen können. Wenn uns jemand einen Fall auf einem silbernen Tablett serviert, dann wird von uns erwartet, daß wir das dankend annehmen und uns ein wenig zurückhalten. Bitte, verstehen Sie mich nicht falsch. Jeder bekommt, was er verdient. Aber wenn man vor Gericht gestellt wird, besteht trotzdem immer die Möglichkeit, daß man freikommt. Weil die Geschworenen einen für clever halten oder aus welchen Gründen auch immer. Darüber bräuchten wir uns allerdings keine Sorgen zu machen, falls die Angeklagte ein Geständnis ablegt und die Haftdauer ausgehandelt wird. Um das zu umgehen, lohnt es sich schon, von vornherein eine etwas niedrigere Strafe zu beantragen. Aber ich erzähle Ihnen hier ja nichts Neues. Sie haben das alles ja selbst so gehandhabt und kennen diese ganzen Theorien.«

»So kann man aber hier nicht vorgehen.« Ryan kämpfte mit sich, um seinen Ärger zu unterdrücken. »Sie hatte schließlich keine Komplizen. Sie verlangen von ihr ja nicht, jemand anderen zu belasten oder auf sonst eine Weise mit Ihnen zu kooperieren. Sie haben wohl vergessen, daß wir über eine Mörderin sprechen. Sie hat als Einzeltäterin und aus niederträchtigen Beweggründen heraus gehandelt. Und Sie reden über ein Verbrechen, auf das sich bereits die Medien gestürzt haben. Die einzige Theorie, die ich hier anerkennen kann, ist der Anspruch der Öffentlichkeit, daß auch dann auf ordentliche Weise Recht gesprochen wird, wenn Prominente vor Gericht stehen. Wenn Sie die angestauten Fälle loswerden wollen, wie Sie es genannt haben, gibt es dafür eine Menge besserer Wege.«

»He – ich bin doch auf Ihrer Seite. Ich wäre doch schön dumm, wenn ich auf so einen Handel eingehen würde. Wann würde ich je wieder so einen großen Fall bekommen?«

Ein Hoch auf das Gesetz und die Suche nach Gerechtigkeit! Aber das sagte Ryan lieber nicht laut.

Er erhob sich. »Ihre Gründe interessieren mich nicht. Nur Ihr Erfolg.«

## 3

Sobald Ryan zum offiziellen Testamentsvollstrecker seines Sohnes bevollmächtigt worden war, setzte er sich mit Jennifer in Verbindung. Er bat sie, eine Auflistung von Neds Habe zusammenzustellen.

Neds Wohnung zu betreten, war eine Sache. Alleine dort hinzugehen, eine andere. Ryan verständigte seinen Wirtschaftsprüfer, und drei Minuten vor seiner Verabredung mit Jennifer standen sie beide auf der Freitreppe von Neds Haus.

Die gardinenverhangene Tür aus Glas und Schmiedeeisen schwang auf.

»Ja?«

Die Frage kam von einem großen, breitschultrigen Mann. Sein dunkelbrauner Anzug spannte an den Schultern. Ryan vermutete, daß er zum Abwimmeln von Reportern und anderen Sensationslüsternen angestellt worden war.

»Michael Ryan. Ich möchte zu Jennifer ...«

»Wer ist Ihr Begleiter?«

Ryan stellte den grauhaarigen Mann neben ihm vor. »Das ist Mr. Kaplan. Er arbeitet mit mir zusammen.«

Der Wachmann blickte mißtrauisch, sagte dann aber: »In Ordnung.« Er öffnete die Tür gerade so weit, daß die beiden hindurchschlüpfen konnten. Dann führte er sie einen kurzen Flur entlang, dessen Wände aus Eichenholz getäfelt waren. Durch eine weitere Tür gelangten sie in einen hellen, hohen Raum.

Das also war der Ort, den Ned mehr als zwei Jahre lang sein Heim genannt hatte. Ryans Mund war trocken, seine Hände fühlten sich kalt an. Verschwommen sah er die Möbel, frische Blumen und Topfpflanzen. Die blaßrosanen, schmuddligen Wände waren kahl, aber verschieden große Rechtecke sauberer und kräftiger Farbe verrieten die Stellen, an denen früher Bilder gehangen hatten.

Von Ryan und seinem Begleiter abgesehen war nur noch der Wachmann im Raum. Ryan war froh, daß ihm eine Begegnung mit Jennifer erspart bleiben würde. Aber noch bevor er fragen konnte, ob sie irgendwelche Anweisungen hinterlassen habe, tauchte sie plötzlich auf. Sie kam aus einer Tür im zweiten Stock des Apartments und stieg die Treppe herunter.

»Hallo, Michael.«

Der Atem stockte ihm.

»Michael, würdest du mich bitte anhören. Das ist alles, worum ich dich bitte.«

Er wandte sich ab.

»Entschuldige«, sagte sie steif. »Ich weiß, deshalb bist du nicht hier. Auf dem Kaminsims liegen eine Nachricht für dich und ein Schlüsselbund. Ich gehe, damit du deine Arbeit erledigen kannst.«

Ein weißer Briefumschlag lehnte an einer Vase über der Feuerstelle. Darin befand sich ihre Mitteilung: Das Apartment stand ihm so lange zur Verfügung, wie er es brauchte. Sie wollte nicht alleine dort bleiben und fortwährend an Ned erinnert werden. Besonderen Wert legte sie darauf, daß Ryan die von Ned angesammelten Kunstobjekte wegschaffte. Sämtliche Gemälde waren im Gästezimmer abgestellt. Die Skulpturen waren in mehreren Kisten verstaut. Neds Papiere hatte sie nach den wichtigsten Unterlagen durchgesehen – sie befanden sich auf dem Eßtisch. Selbstverständlich, so Jennifer, konnte sich Ryan gründlich in der Wohnung umsehen. Sie hatte lediglich ein paar Kleider und einige persönliche Dinge mitgenommen. Mit Ausnahme der Kleidungsstücke und dem Schmuck, den sie dagelassen hatte, sollte Ryan alles, was er fand, als Neds Eigentum betrachten. Das gleiche galt für die Möbel, die auf einer beigefügten Liste aufgeführt waren.

Kaplan hatte die Unterlagen auf dem Eßtisch schon entdeckt. Er blätterte gerade ein Scheckheft durch.

»Hilft Ihnen das weiter?« fragte ihn Ryan.

»Zumindest ein Anfang.«

»Wir können so lange bleiben, wie wir wollen.« Er reichte Kaplan Jennifers Zettel.

Während der Wirtschaftsprüfer die Papiere durchsah, ging Ryan auf Entdeckungstour. Nachdem er einmal durch die ganze Wohnung gelaufen war, betrat er das Wohnzimmer. Er ließ sich auf einem bequemen Stuhl mit geschwungener Lehne nieder und schloß die Augen.

Nun gut, sagte er sich, das ist ein ganz normaler Job. Du mußt dir das einfach nur als einen Job vorstellen.

»Michael?«

Er öffnete seine Augen und sah Kaplan vor sich stehen, eine ausgebeulte Aktentasche in der Hand. »Ich sehe keinen Grund, das alles hier durchzuarbeiten. Darum habe ich die Unterlagen in meine Taschen gestopft und nehme sie mit ins Büro. Es sei denn, irgend etwas spricht dagegen.«

»Nein. Aber wir müssen alles notieren, was wir mitnehmen.«

»Liegt bereits auf dem Tisch.«

»Gehen Sie ruhig schon«, hörte Ryan sich sagen. »Ich werde noch etwas bleiben.«

Regungslos saß er da und dachte nach. Wo befand er sich? Und warum?

Dies war das Haus von Ned, das Wohnzimmer von Ned. Sein Sohn, den er nicht gekannt hatte. Sein Sohn, den er nie verstanden hatte. Sein Sohn, der gegen jegliche Logik seinen Vater zum Testamentsvollstrecker gemacht hatte, obwohl er in den letzten Jahren kein Wort mit ihm gewechselt hatte. Der ihn, wie Legler es ausdrückte, wieder in sein Leben eingebunden hatte.

Falls Ryan jemals mit der ganzen Angelegenheit klarkommen wollte; wenn er herausfinden wollte, was er versäumt hatte; wenn er erfahren wollte, wer Edward Ryan wirklich gewesen war: dann begann die Reise hier.

Er war froh, daß es ein Gästezimmer gab.

In Neds und Jennifers Schlafzimmer zu übernachten, konnte er sich nicht vorstellen.

Nachdem Ryan sich einmal zum Bleiben entschlossen hatte, fühlte er sich besser. Er spazierte durch das Wohnzimmer. Allmählich nahm er das, was er sah, auch wahr. Die Möbel waren alle antik – wertvolle Hölzer mit der sanften Patina des Alters. Die Sitzgruppe war mit einem einfarbigen, altmodischen Druck bezogen. Nach der Liste zu urteilen, Jennifers Geschmack oder ihr Familienerbstück.

Er hatte sie nie verstanden. Von Anfang war sie für ihn nur ein weiteres Beispiel für Neds schlechten Geschmack bei der Wahl seiner Freundinnen. Schön war sie ja. Aber auch älter. Dabei hätte Ned niemals Schwierigkeiten gehabt, gutaussehende Frauen seines Alters zu finden. Ryan vermutete, daß er sie vor allem wegen ihrer Herkunft so attraktiv gefunden hatte. Immerhin gehörten die Kneelands der vornehmen Gesellschaft an. Ryan hielt das gesamte Erscheinungsbild dieser Leute allerdings für unecht.

Als er Jennifer zum erstenmal begegnet war, hatte sie auf plumpe Weise versucht, das Verhältnis zwischen ihm und Ned zu kitten. Das hatte Ryan nicht gerade für sie erwärmt.

Am Tag nach Alisons Beisetzung hatte sie ihn angerufen. »Es geht mich eigentlich nichts an, aber wenn ich nicht etwas dazu sage, wird es niemand tun. Ich bin sicher, Neds Mutter hätte gewollt, daß ihr beide Frieden schließt. Es hat sie sehr geschmerzt, daß du und Ned nicht miteinander ausgekommen seid.«

Ryan war erstaunt gewesen. Konnte sie ernsthaft annehmen, Alisons Empfindungen seien ihm nicht bekannt gewesen? Auch jetzt noch, nach drei Jahren, konnte er nicht glauben, daß Jennifer seine Versöhnungsversuche völlig übersehen hatte.

»Ich weiß deine Fürsorge zu schätzen«, hatte er geantwortet. »Aber du hast recht, es geht dich wirklich nichts an!«

Trotzdem hatte sie auf ihrer Ansicht beharrt. »Wenn du doch noch deine Meinung ändern solltest: Ned ißt am Dienstag im Gotham um ein Uhr zu Mittag. Er wird allein dort sein, und du bist eingeladen, ihm Gesellschaft zu leisten.«

Ryan hatte keine andere Wahl gehabt. Er war hingegangen, obwohl er sich nichts davon versprochen hatte. Würde Ned überhaupt auftauchen? Als Ryan eintraf, saß sein Sohn aber bereits an einem Tisch. Eine

Zeitlang schwiegen sie beide. Und am Ende wünschte sich Ryan, daß es dabei geblieben wäre.

Vom ersten Satz an hatten sie miteinander gestritten. Ned warf ihm erneut Alis Alkoholismus und ihren Tod vor. Er machte Ryan für alles verantwortlich, was in ihrer Ehe schiefgelaufen war.

»Du bist einfach ausgezogen. Wie zum Teufel konntest du das tun?«

»Sie hat es mir *befohlen*. Das weißt du doch! Damals hatten wir diesen Streit. Du sagtest mir, ich solle bleiben. Ich antwortete, so einfach ist die Sache nun auch wieder nicht. Du sagtest, sieh zu, daß sie dich wieder aufnimmt. Alles, was sie möchte, ist, daß du aufhörst, dich wie ein Fremder zu benehmen. Ich habe dir zugehört und mein Bestes versucht.«

»Dein Bestes! Ein paar Blumen, einige Anrufe. Du hast eure Verabredungen nicht eingehalten. Bei deiner eigenen Frau!«

»Ich hatte doch einen Termin bei Gericht.«

»Großartig – ein Termin bei Gericht. Deine Ausrede für alles.«

Von da an war es rapide bergab gegangen. Ned war schließlich aufgestanden und hatte beim Hinausgehen seinen Stuhl umgestoßen. Als er seinen Sohn verschwinden sah, dachte Ryan an Jennifer. Wie war sie bloß auf die Idee gekommen, daß ein derartiges Treffen positiv verlaufen könnte?

Erst einige Monate später hatte er wieder mit ihr gesprochen – nach der Hochzeit, zu der er nicht eingeladen worden war. Sie hatte ein Abendessen vorbereitet. »Ich weiß, daß du und Ned zur Zeit nicht miteinander redet. Aber ich bin trotzdem deine Schwiegertochter.«

Das Essen war in gespannter Atmosphäre verlaufen. Jennifer hatte sich viel zu eifrig darum bemüht, Eindruck bei Ryan zu schinden. Er dagegen war sehr verärgert gewesen. Und es war ihm nicht gelungen, ihr Verhalten zu enträtseln.

Beim Abschied war ihnen beiden klargewesen, daß sie sich nicht nähergekommen waren.

Recht so, dacht er sich jetzt.

Ryan hielt es für wichtig, die ganze Wohnung genau zu betrachten. Stück für Stück. Behutsam wollte er sich auf das Unvermeidbare vorbereiten. Er rechnete damit, daß irgendwelche unangenehmen Überraschungen auf ihn zukommen würden. Im unteren Stockwerk fühlte er sich noch sicher. Wohnzimmer, Eßzimmer und Küche waren neutrales Gelände. Das Büro oben und das Schlafzimmer beunruhigten ihn dagegen sehr.

Im Eßzimmer stand eine Anrichte. Er zog eine breite Schublade heraus und war überrascht. Lauter Fotografien, die alle durcheinander lagen. Fotos jeglicher Größe, von automatisch geknipsten Paßfotos bis zu Studioaufnahmen, groß genug für die Wände eines Konferenzraumes. Augenblicklich war ihm klar, daß es am besten wäre, die Lade sofort wieder zu schließen. Bis morgen oder nächste Woche oder nächsten Monat. Aber seine Neugier siegte über den gesunden Verstand. Er griff in den Stapel Erinnerungen und zog eine Aufnahme heraus. Das Schlimmste, was er hatte tun können.

Es handelte sich um einen schwarzweißen Schnappschuß, den Ryan schon völlig vergessen hatte. Alison saß auf einer Picknickdecke, neben ihr der kleine, liebe Michael Ryan, der einen Arm um ihre Schulter gelegt hatte.

Wie versteinert kniete Ryan neben der Anrichte und blickte in die Vergangenheit. Dann richtete er sich steif an dem Schrank auf. Nachdem er wieder zu sich gekommen war, hielt er Ausschau nach einem Whiskey.

Das Sonnenlicht, das durch die Fenster hereinfiel, ließ ihn erwachen. Er nahm eine kalte Dusche im Gästebad. Dann ging er wieder hinunter, konnte sich jedoch nicht entschließen, die Küche zu betreten. Er verließ das Haus und ging einen Kaffee trinken. Nur widerwillig würde er das Apartment ein weiteres Mal betreten.

Das ist lächerlich, sagte er zu sich selbst. Früher oder später mußt du sowieso wieder da hinein. Also suchte er nochmals die Wohnung auf, hielt es aber nicht lange dort aus.

Ein andermal, dachte er. Es muß nicht sofort erledigt werden. Es gibt andere Mittel, Neds Spur zu verfolgen. Andere Mittel, herauszufinden, wer er wirklich war.

## 4

»Ja, Sir?« Unbekannte Besucher veranlaßten den Türsteher nicht gerade zu höflichem Benehmen.

»Michael Ryan, ich möchte zu Mr. Kneeland.«

Der Mann überprüfte eine Liste. »Ja, Sir.« Widerwillig gewährte er ihm Zutritt. »Sie können hinaufgehen.« Er nahm den Hörer und kündigte Ryans Kommen an.

Als Ryan den Aufzug verließ, stand er vor einer einzigen Tür. Dies war das Land, in dem sich auf jeder Etage nur eine einzige Wohnung befand. Oder, im Fall von H. Robertson Kneeland, sogar eine Wohnung auf zwei Ebenen.

Ryan stand einsam und verlassen im Korridor. Der Raum war so groß und doppelt so hoch wie sein eigenes Wohnzimmer; an den Wänden hingen moderne Gemälde, die eines Museums würdig gewesen wären. Wassertropfen fielen von Ryans Regenschirm auf den Marmorboden.

Kneeland erschien am anderen Ende des Korridors. Ein großer, grauhaariger Mann mit einer runden Metallbrille. Er gehörte zu den Männern, die wie fünfzig aussehen, noch bevor sie die Vierzig erreicht haben, und dann für das nächste Vierteljahrhundert nicht mehr zu altern scheinen.

»Nett von Ihnen, daß sie trotz des Regens gekommen sind.«

Ryan bemerkte die Unsicherheit seines Gastgebers. Aber er wollte sich nicht anstecken lassen.

Ein uniformiertes Hausmädchen kam und nahm Ryan den Schirm ab.

»Da drinnen haben wir es gemütlicher.« Kneeland drehte sich um und ging voraus.

Ryan folgte ihm einen langen Korridor hinunter. Sie betraten einen Raum, an dessen holzgetäfelten Wänden endlose Reihen von Büchern standen.

»Bevor wir zur Sache kommen«, sagte Kneeland, nachdem sie es sich in Ledersesseln bequem gemacht hatten, die neben einem erkalteten Kamin standen, »muß ich Ihnen mitteilen, daß Jennifer wegen Neds Tod vollkommen am Boden zerstört ist.«

Ryan schwieg.

Kneeland fuhr fort. »Sie sagt, sie hätte Ned niemals schlagen können, nicht einmal mit der bloßen Hand.«

Er hörte erneut auf zu sprechen, als ob er auf die Zustimmung seines Gegenübers wartete. Als Ryan aber immer noch nicht antwortete, fügte Kneeland hinzu: »Mir genügt, was ich von ihr gehört habe. Ich glaube ihr.«

»Sie ist ja auch Ihre Tochter.«

»Und Ned war wie mein eigener Sohn.«

Diese Worte ließen Ryans künstliche Gelassenheit in sich zusammenstürzen. Jetzt war es also ausgesprochen: *Ned war wie mein eigener Sohn.*

»Mr. Kneeland, ich kann die Sorgen, die Sie sich um Ihre Tochter machen, gut verstehen, aber deshalb habe ich Sie nicht aufgesucht.«

»Sie wollen über Ned und seine Geschäfte reden?«

»Genau.«

»Haben Sie besondere Fragen?«

»Beginnen wir am Anfang.«

»Einverstanden.« Kneeland schlug die Beine übereinander. Seine Hände blieben lässig auf der Lehne liegen. Er berichtete, wie er Ned kennengelernt hatte. Ned hatte für einen Immobilienmakler gearbeitet, mit dem Kneeland in geschäftlicher Verbindung stand. Eine schwierige Arbeit für einen unmöglichen Chef. Aber Ned hatte sie auf beeindruckende Weise erledigt, sagte Kneeland.

»Und er verfügte über diesen gewissen Charme, dem viele Leute nicht widerstehen können. Bei seiner damaligen Arbeit kam sein Talent nicht zum Zuge. Also machte ich ihm ein Angebot und übertrug ihm einige Immobiliengeschäfte. Das Ergebnis war für uns beide sehr zufriedenstellend; so gut, daß Ned mit eigenen Unternehmungen beginnen konnte. Er verfügte über eine gewaltige Energie und lernte außerordentlich schnell.

Eines Tages kam er mit einer geschäftlichen Idee zu mir, für die er einen seriösen Geldgeber suchte. Ich hörte ihn selbstverständlich an. Es ging um ein Gebiet, in dem ich mich gar nicht auskannte, Privatkliniken und Arzneimittel und dergleichen. Aber sein Partner war Arzt, und mir erschien die ganze Sache sehr interessant. Ihre Idee bestand darin, zunächst eine Anzahl solcher Privatkliniken zu gründen. Diese Häuser sollten dann von einer einzigen Firma mit allem beliefert werden, was so ein Krankenhaus benötigt. Von Papierhandtüchern bis hin zu verschreibungspflichtigen Medikamenten. Sie versprachen sich davon einen guten Proßt, selbst wenn die Kliniken nur gerade so eben ausgelastet gewesen wären.

Soweit war die Idee also recht gut. Das Problem bestand darin, daß Ned nicht alles durchdacht hatte. Die Leute dahin zu bekommen, alles bei ihm zu kaufen, war die eine Seite des Medaille. Die andere war, sie langfristig bei der Stange zu halten. Er fand kein geeignetes Mittel, sie an sich zu binden. Zum Glück hatte ich einige Vorstellungen, wie man dieses Problem bewälten könnte. Also stieg ich in das Geschäft ein. Und es funktionierte.«

Kneeland blickte gedankenverloren in die Ferne. »So fing alles an. Nachdem wir einmal das Geschäft angekurbelt hatten, kümmerte sich Ned um die Einzelheiten. Und natürlich meine Anwälte und alle anderen Personen, die man bei solchen Geschäften benötigt. Falls Sie mehr darüber wissen möchten, sollten Sie lieber mit Neds Partnern reden. Er kam zu mir, wenn er Geld und Rat brauchte oder falls einmal etwas nicht klappte. Und wenn alles funktionierte, haben wir zusammen gefeiert. Ich bin gerne bereit, Ihre Fragen zu beantworten. Nur fürchte ich, daß ich nicht über die Details informiert bin, die Sie interessieren.«

Kneelands Worte hallten in Ryans Gedächtnis wider. *Er kam zu mir, wenn er Geld und Rat brauchte oder falls einmal etwas nicht klappte. Und wenn alles funktionierte, haben wir zusammen gefeiert.* Das war genau das Verhältnis, das Ryan gerne zu Ned gehabt hätte.

Eine Woche verging, bis Jake Kaplan Ryan einen vorläufigen Bericht über Neds geschäftliche Aktivitäten vorlegte. Ryan wollte sich aber zuerst mit einem Beamten des Finanzamtes treffen, um Neds Schließfach in einer Bank zu öffnen.

Ryan hatte erwartet, darin Wertpapiere oder Aktien zu finden. Nichts dergleichen. Statt dessen befand sich in dem Schließfach ein großer, fester Umschlag mit Neds Geburtsurkunde, einigen Zeugnissen und anderen persönlichen Dokumenten. Ein Foto von Alison drehte Ryan schnell mit dem Gesicht nach unten. Ein weiterer Umschlag enthielt etwas, das nach Liebesbriefen aussah, noch mehr Fotografien und Mitteilungen, die von ehemaligen Freundinnen auf Kassette gesprochen worden waren. Außerdem waren da noch drei dicke Bündel mit Hundert-Dollar-Scheinen.

Ein Bankangestellter zählte für den Finanzbeamten das Geld mit schneller Präzision. In jedem Bündel befand sich ein Zettel, auf dem die Geldmenge angegeben war. Außerdem waren zusätzliche handschriftliche Notizen darauf vermerkt. Der Mann reichte sie ihm, ohne seine Arbeit zu unterbrechen. Als er fertig war, bat Ryan ihn, für den Betrag ein Konto einzurichten. Mit achtzigtausend Dollar in bar wollte er nun sicher nicht herumlaufen.

Ein paar Minuten war er allein mit dem Geld und den handschriftlichen Aufzeichnungen. Er verglich jeden Zettel mit dem Notenbündel, zu dem er gehörte. Aber die Zahlenreihen stimmten nicht mit dem Wert der verschiedenen Bündel überein. Natürlich Kontonummern, war seine erste Idee. Doch das ergab keinen Sinn. Und es erklärte vor allem nicht, woher dieses ganze Geld kam.

Kaplan kommentierte die Neuigkeiten mit seiner typisch verdrießlichen Laune. »Wenigstens steckte nicht alles in einer alten Socke irgendwo in einer Nachttischschublade. Zur Zeit schwirrt einfach viel zuviel schwarzes Geld herum.«

Er sah auf seine Liste mit Zahlenkolonnen. »Ich mache keine Geschäfte mit Schweizer Banken, aber ein Kollege von mir kümmert sich für Sie darum. Können wir inzwischen schon anfangen?«

»Dazu sind wir ja da.«

Kaplan deutete auf den Stapel Papier, der sich am Ende des Konferenztisches häufte. »Einen großen Teil davon haben wir Mr. Kneeland zu verdanken. Die vielen ungeordneten Akten, die seine Anwälte herübergeschickt haben, begraben die armen Leute geradezu, die sie aufarbeiten sollen. Ned selbst hat eigentlich keine richtige Buchführung gehabt. Es scheint, als habe es eine Menge Bargeld gegeben, Ein- und Ausgänge. Aber das meiste davon war wahrscheinlich GAL – Geld anderer Leute. Schwer zu sagen, wieviel hängengeblieben ist, als es durch Neds Hände ging.«

»Sie können also keine genauen Zahlen nennen?«

»Nicht solange wir nicht mehr in Erfahrung bringen. Es gibt da eine Menge kleinerer geschäftlicher Aktivitäten. Und dann noch die Sache mit den Kliniken. Wir können beginnen, wo immer sie wollen.«

»Die Kliniken am Schluß.«

Ryan war von dem Haufen Bargeld mehr aus der Ruhe gebracht worden, als er es wahrhaben wollte. Daher hatte er keine Eile, mehr über irgendwelche dunklen Geschäfte zu erfahren. Denn gerade Kliniken waren ein Tummelplatz für Betrüger, wie er aus seiner Zeit als Staatsanwalt wußte.

Kaplan nahm einen Aktenordner vom oberen Ende des Stapels. »Also gut: ein Erfinder von chirurgischen Instrumenten, der mit Hilfe von Edward Ryan finanziert wurde. Das ist der einfachste Fall.«

Einfach wie er war, benötigten sie eine Stunde, um sich mit den Einzelheiten vertraut zu machen. Es folgte ein Berater für Computer-Software, der ein ähnliches Geschäft mit Ned abgeschlossen hatte wie der Erfinder.

Den ganzen Tag lang kämmten sie die unterschiedlichsten Verträge durch. Erst einige kleinere Geschäftshäuser in Brooklyn und Queens. Und dann weitere Immobilienspekulationen. Diesmal ging es um Grundstücke für Privatwohnungen. Der Nachmittag war längst vorbei, als Kaplan sich an die Akten über Neds Kliniken herangearbeitet hatte. »Das heben wir fürs nächste Mal auf«, sagte er.

»Nur keine Eile«, erwiderte Ryan.

## 5

An jenem Freitag abend erschien Ryan kurz nach zehn im Shamrock – eine gute Stunde früher als sonst. Er erkannte das Lokal kaum wieder, denn die Hälfte der Tische waren noch belegt.

Kelly stellte einen Humpen Bier vor ihn auf die Theke.

»Du bist früh dran, heute abend.«

»Niemand ist vollkommen.«

Kelly grinste. »Du bist ein seltsamer Ire, Michael Ryan.«

Während Ryan an seinem Bier nippte, verließen die letzten Gäste das Lokal. Kelly dämpfte das Licht. So war es Ryan lieber. Die schummrige Beleuchtung paßte zu seiner Stimmung.

Sein Grübeln wurde jäh unterbrochen. »Ja bitte, Madam, womit kann ich dienen?« fragte Kelly freundlich. Die Frage galt jemandem, der hinter Ryan in der Nähe der Tür stand.

»Ich suche Michael Ryan.«

Die letzte Stimme, die Ryan im Shamrock erwartet hätte.

»Sie suchen also Michael Ryan?« fragte Kelly herausfordernd. »Und wer sind Sie?«

»Schon in Ordnung, Jimmy«, sagte Ryan und drehte sich auf seinem Barhocker herum. »Hier drüben bin ich.«

»Wie hast du mich hier gefunden?« fragte er sie, als sie sich neben ihn setzte.

Sie zögerte. »Ein Freund hat mit geholfen.«

Er brauchte einen Augenblick, um ihre Antwort richtig zu verstehen. »Du bist mir also gefolgt?«

»Na ja ...«

»Du bist mir gefolgt«, wiederholte er. Diesmal war es keine Frage.

»Es war wirklich ein Freund, kein Privatdetektiv oder so etwas. Ich wollte unbedingt mit dir sprechen.«

»Was möchtest du trinken?«

Die Einladung schien sie zu überraschen.

»Ich habe nicht die Absicht, dir ständig aus dem Weg zu gehen. Wenn dir unser letztes Gespräch nicht gereicht hat, dann laß uns jetzt die Sache ein für allemal erledigen.«

Er winkte Kelly herbei.

»Ja, Madam, was darf ich Ihnen bringen?«

»Ich hätte gern Orangensaft mit Club Soda.«

Kelly mixte das Getränk und stellte es auf einer Serviette vor sie hin.

»Patrick Jameson Kelly«, stellte Ryan ihn vor.

»Jennifer Kneeland Ryan.«

Kelly reichte ihr die Hand.

»Angenehm«, sagte er mit leicht erstickter Stimme und fügte schnell hinzu: »Ich werde euch beide lieber in Ruhe lassen. Ruft einfach, wenn ihr etwas braucht.«

»Nun«, sagte Ryan zu Jennifer, »was willst du?«

Sie trank einen Schluck und zögerte. »Es ist schwerer, als ich dachte.«

Ryan wartete auf Einzelheiten. Er fühlte sich sonderbar gelöst und war nicht mehr im geringsten verärgert – nur kühl und distanziert.

»Meine Anwälte wollen von mir ein Geständnis.«

Ryan fand das vollkommen normal. Er hatte mehr erwartet.

»Aber ich bin doch unschuldig!« rief Jennifer leicht erregt.

»Das sagtest du bereits. Offensichtlich sehen die Polizei und der Staatsanwalt das anders.«

»Es stimmt aber.«

»Warum kommst du damit gerade zu mir?«

»Ich habe von Anfang an versucht, dir das klarzumachen.«

»Das letzte Mal hast du mich angerufen, kurz bevor du verhaftet wurdest.«

»Ja. Und du hast nicht zurückgerufen.«

Wollte sie eine Entschuldigung hören? »Was wolltest du damals?«

»Dir meine Sicht der Dinge mitteilen. Bevor die offizielle Version und die Presseberichte deinen Verstand vergiftet hätten.« Sie versuchte zu lächeln, doch sah sie nur unglücklich aus. »Ich war es doch nicht!«

»Ich sehe noch immer keinen Grund, weshalb dich meine Meinung interessieren sollte.«

»Weil ich mich für einen Teil der Familie Ryan halte. Ich habe es nie akzeptiert, daß du und Ned zerstritten wart. Als wir dieses schreckliche Abendessen veranstalteten, habe ich dir das doch gesagt. Ich war und bin deine Schwiegertochter.«

»Und deshalb hast du angerufen. Und deshalb hast du mich vor meinem Büro abgepaßt.«

»Ich mußte dir doch sagen, daß ich unschuldig bin. Ich habe Ned nicht getötet.«

Sie holte ein Taschentuch aus ihrer Handtasche, trocknete ihre Augen und putzte sich die Nase. Schauspielerin, dachte Ryan.

»Die Polizei ist überzeugt, daß du die Täterin bist. Hast du denen deine Version erzählt?«

»Nein.«

»Hast du überhaupt eine Aussage gemacht?«

»Als sie mich über Neds Tod informierten, war ich wie weggetreten. Sie wollten mich verhören. Aber ich forderte sie auf, zu verschwinden und mich alleine zu lassen.« Wieder schwieg sie, um ihr Taschentuch zu benutzen. »Ich saß einfach nur so da, ein oder zwei Stunden vielleicht. Am nächsten Morgen rief ich als erstes meinen Vater an. Er meldete sich am Autotelefon und kam gleich zu mir herüber.«

»Dein Vater war also dabei, als du mit der Polizei gesprochen hast?«

»Er besorgte mir einen Rechtsanwalt.«

»Wen?«

»Sein Name ist Hamilton Bishop.«

Ryan gab sich Mühe, nicht allzu stark zusammenzufahren.

»Kennst du ihn?« fragte Jennifer, als sie Ryans Reaktion bemerkte.

»Der Hamilton Bishop, den ich kenne, befaßt sich mit Körperschaftsrecht.« Im Fall Gibson war Bishop einer von Ryans Anwaltskollegen gewesen. Ryan hatte sich bei diesem Prozeß unmittelbar nach Alisons Tod selbst ein Bein gestellt. Bishop hatte den Fall als Leitender Anwalt übernommen, nachdem klargeworden war, welche katastrophalen Fehler Ryan begangen hatte. »Er ist um die Sechzig. Weißes Haar.«

»Ich glaube, wir meinen denselben. Sehr vornehm und höflich. Und Millionen Jahre an Erfahrung. Doch ich wurde trotzdem angeklagt. Daraufhin habe ich ihn gefeuert und mir einen anderen Anwalt gesucht. Jeff Rosen.«

»Aber Bishop hat dich zur Polizei begleitet.«

»Ja. Er sagte, ich solle keinerlei Fragen beantworten und lediglich erwähnen, daß Ned und ich auf einer Party gewesen waren. Dann noch der Streit. Und daß ich anschließend gegangen sei.«

»Und an dieser Stelle verabschieden sich deine Geschichte und die Version der Polizei voneinander. Du sagst, Ned sei noch am Leben gewesen, als du gegangen bist. Dagegen sind die der Meinung, daß du ihm mit einer Statue den Kopf eingeschlagen hast.«

»Ja …«

»Und Jeff Rosen meint, du solltest gestehen.«

»Ja, aber ich bin *unschuldig.*«

Ryan trank ein paar Schluck Bier. »Warum sollte ich dir glauben?«

»Weil es wahr ist. Ned war wohlauf, als ich ihn verließ!«

»Hast du dafür irgendeinen Beweis?«

»Nur mein Wort. Ich sage die Wahrheit.«

Ryan war schon zu viel meisterhaften Lügnern begegnet, als daß er ihr geglaubt hätte. »Wer hat ihn dann deiner Meinung nach ermordet?«

Sie zuckte die Schultern. »Ich weiß es nicht.«

»Nicht einmal eine Vermutung?«

»Es gab Leute, die sauer auf ihn waren, weil er ihnen die Geschäfte weggeschnappt hatte. Genaueres ist mir nicht bekannt. Ich weiß nur, daß ich es nicht getan habe.«

»Hast du eine Ahnung, was die Staatsanwaltschaft dir zu bieten hat, wenn du ein Geständnis ablegst?«

»Ich bin mir nicht sicher, ob sie überhaupt etwas zu *bieten* hat. Jeff sagte, er würde sie für einen Handel gewinnen. Was das soll, weiß ich nicht. Schließlich habe ich ihn nie darum gebeten. Mir ist nur bekannt, daß er von mir ein Geständnis will. Ich müßte für Jahre hinter Gitter.« Diese Vorstellung verlieh ihrer Stimme einen panischen Unterton.

»Menschen töten ist ein schlimmes Verbrechen.«

*»Ich habe ihn nicht getötet!«* Ihre weit aufgerissenen Augen zeigten, daß die Lautstärke ihrer eigenen Stimme sie erschreckt hatte. Sie sah sich prüfend um, ob jemand sie gehört haben könnte.

»Hat er dir gesagt, wie viele Jahre?«

»Er meint, wenn ich Glück hätte, können es um die acht Jahre werden. Kannst du dir das vorstellen? Acht Jahre!«

»Ich bin erstaunt, daß sie dir überhaupt einen Handel anbieten.« Erstaunt und keineswegs zufrieden.

»Jeff zeigte sich auch erstaunt. Unmittelbar nach der Anklage sagte Hamilton, wenn wir einen Handel eingehen können, dann sollten wir es tun. Daraufhin habe ich ihn von seinem Mandat entbunden. Und jetzt rät mir mein neuer Anwalt dasselbe.«

»Bist du schon einmal auf den Gedanken gekommen, daß dies für dich die beste Lösung sein könnte? Immerhin raten dir zwei erfahrene Rechtsanwälte unabhängig voneinander ein und dasselbe.«

Ein kurzer Wutanfall war die Reaktion. »Ich habe es nicht getan. Du mußt schon entschuldigen! Aber ich halte es keinesfalls für den besten Rat, vor Gericht ein Geständnis abzulegen.« Sie holte tief Luft. »Mir ist klar, daß acht Jahre Gefängnis besser sind als fünfundzwanzig. Aber kein Mensch hört mir zu, wenn ich sage, daß jeder Tag im Gefängnis und ein falsches Geständnis überhaupt keine Lösung sind. Für nichts und niemanden. Ich habe Ned doch geliebt.« Für einen kurzen Moment legte sich ihr Gesicht in Falten. »Es stimmt, daß wir uns häufig gestritten habe. Nicht nur an jenem Abend, auch sonst. Privat und in aller Öffentlichkeit leider. Aber er ist auch wahr, daß ich ihn geliebt habe.«

Ryans Verstand kam in Schwung. Sie haben sich also öffentlich gestritten. Würde Becker dafür Beweise herbeischaffen können, die vom Gericht zugelassen würden? Um ein Mordmotiv damit zu belegen? Vielleicht sogar einen vorsätzlichen Mord? Das war der beste Weg: Den Beweis erbringen, daß Jennifer den Mord schon lange im voraus geplant hatte.

»Du hast bereits einen Verteidiger gefeuert«, sagte er. »Also schmeiß den anderen auch noch raus.«

»Das habe ich vor.«

»Warum also ...«

»Ich brauche einen neuen Anwalt.«

»Aber nicht mich. Jeder kennt schließlich irgendwelche Rechtsanwälte.« Hatte sie ihn deshalb unbedingt sprechen wollen? Wegen einer Empfehlung? »Ich bin sicher, daß dein Vater einige Strafverteidiger kennt.«

»Ja. Das waren die, mit denen ich es bisher versucht habe«, entgegnete Jennifer.

»Vielleicht weiß er noch den einen oder anderen.«

»Ich habe genug von den Anwälten meines Vaters, besten Dank. Ich will mir lieber selbst einen suchen.«

Ryan leerte sein Bierglas. »Es gibt jede Menge prominente Strafverteidiger, die sich bestimmt nicht vor ihren Mandanten verstecken. Und wenn die nicht für diesen Fall geeignet sind, dann werden sie dir sagen können, wer sonst.«

»Ich weiß schon längst, wen ich als Anwalt möchte.«

Ryan zögerte einen Augenblick. »Warum unterhältst du dich dann mit mir?«

»Weil ich *dich* möchte.«

»Du willst was?« Ihre Worte schienen ihm keinen Sinn zu ergeben.

»Ich möchte, daß du meine Verteidigung übernimmst.«

Lächerlich. Absolut lächerlich. Jede weitere Diskussion zu diesem Thema erübrigte sich.

»Ist es das?«, stieß Ryan hervor. »Ist es das, was du mir die ganze Zeit sagen wolltest?« Er wollte raus hier, irgendwo anders hin.

Sie legte ihre Hand auf seinen Arm, als wollte sie ihn am Gehen hindern. »Du bist doch der einzige Anwalt, dem ich trauen kann.«

Der aufmerksame Kelly erschien am anderen Ende der Theke. »Alles in Ordnung, Leute?«

»Bestens, Jimmy. Ich muß jetzt gehen, aber gib der Dame, was sie möchte.«

Beim Verlassen des Lokals machte Ryan ihr deutlich, wie sehr ihn ihre Bitte überrascht hatte. Ganz abgesehen von seinen moralischen Bedenken, die Mörderin seines Sohnes zu verteidigen.

»Ich werde dich anrufen«, sagte er. Nichts wie weg.

Unglaublich. Er hatte also richtig gelegen mit seiner Vermutung. An jenem Tag im Aufzug hatte sie tatsächlich diese verrückte Idee im Kopf gehabt.

Und er hatte auch recht, daß diese Idee lächerlich war. Sein Instinkt sagte ihm das. Es gab haufenweise Gründe dafür. Und die ethische Fragwürdigkeit war erst der Anfang.

Mit einemmal schoß ihm ein groteskes Bild durch den Kopf. Er und Jennifer vor Gericht: »Einspruch, Euer Ehren«, rief er und erhob sich hinter dem Tisch der Verteidigung. Den schwarzen Anzug, den er dabei trug, hatte er sich nur ausgeliehen. Er wischte die Tränen ab, die an seinen Wangen hinunterliefen. Ein schwarzgerahmtes Porträt von Ned hing an einer Kette um seinen Hals.

Natürlich, das war es! Als Vater des Mordopfers würde er mit dem ganzen Gewicht seiner Trauer vor Gericht erscheinen. Das mußte es gewesen sein, was Jennifer beabsichtigt hatte: keine bessere Verteidigung, sondern der Versuch, durch diesen Trick die Geschworenen auf ihre Seite zu bringen.

Aber letztendlich spielten ihre Motive bei einem Prozeß gar keine Rolle. Selbst wenn er zusagte, würde kein Staatsanwalt, der seinen Verstand beisammen hatte, deshalb in irgendeiner Weise zurückstecken.

## 6

Am darauffolgenden Tag stürzte Ryan sich in seine Arbeit, wie er es seit Neds Ermordung nicht mehr getan hatte. Das half ihm, die Gedanken an Jennifer und ihr empörendes Ansinnen zu verdrängen.

Als er an diesem Abend nach Hause kam, nahm er zwei Packungen mit tiefgefrorenen Gerichten aus dem Eisfach und steckte sie in die Mikrowelle. Während er auf seine Mahlzeit wartete, wanderte er im Arbeitszimmer umher und warf einen Blick auf seine juristische Fachliteratur. Im obersten Bücherregal entdeckte er ein Buch mit dem Titel *Probleme der Verhandlungsführung*. Er konnte sich nicht mehr an dieses Werk erinnern und stieg daher auf einen Schemel, um es herunterzuholen. Auf dem Buch hatte sich eine dicke Staubschicht abgelagert. Ryan pustete sie weg.

Er ging zurück in die Küche und las sich das Inhaltsverzeichnis durch. ›Probleme der Vertretung von Mandanten.‹ Er nahm das Essen aus dem Mikrowellengerät und setzte sich mit dem Buch an den Eßtisch.

›Pflichten von Verteidigern als Angehörige juristischer Berufsgruppen‹ lautete eine Kapitelüberschrift. Er überflog die Seite, bis sein Blick an der Eidesformel für die Anwälte die der *Bar Association* angehörten, hängenblieb: ›Ich werde niemals wegen Bedenken persönlicher Art die Anliegen der Schutzlosen oder Unterdrückten zurückweisen.‹

Jennifer Kneeland dürfte wohl kaum zu den Unterdrückten gehören. Und abgesehen von ihren Tränen war sie auch nicht schutzlos. Ryan pickte ein paar Muscheln mit der Gabel auf und verbrannte sich sogleich den Mund. Er schlug das Buch zu und betäubte den Schmerz mit Bier.

Was zum Teufel machte er da eigentlich? Er konnte es selbst nicht fassen.

Er saß im dunklen Wohnzimmer und sah hinaus in den sternenlosen Sommerhimmel. Dabei leerte er ein Glas Whiskey und versuchte, jeden Gedanken zu unterdrücken. Dann rief er Jennifer an.

»Was weißt du von mir?« fragte er sie.

»Ich weiß, daß du ein berühmter Anwalt warst.«

»Ich war daran gewöhnt, meinen Namen in der Zeitung zu lesen. Aber wegen meiner Mandantschaft und nicht, weil ich so gut war. So ist nun einmal die Politik der Staatsanwaltschaft: Es ist hilfreich, wenn die Öffentlichkeit erfährt, daß man die Gauner erwischt.«

»Du bist zu bescheiden.«

»Ich sage nur, wie es war.«

»Nein. Ned erzählte mir von den großen Fällen, die du gewonnen hast.«

»Ned hat über mich geredet?« fragte er verblüfft.

»Ja. Er hm … ja.«

»Er hat gesagt, was für ein bedeutender Staatsanwalt ich war?«

»Ja.« Ein Zögern. »Ich möchte nicht, daß du dir falsche Vorstellung machst. Er sprach nicht von dir als Mein-Vater-der-tolle-Kerl oder so. Er war sehr verbittert über dich. Aber im Mittelpunkt stand immer deine harte Arbeit. Und der Held, der du für die anderen gewesen bist.«

Das war mehr, als er erwartet hatte.

»Nur zwei Bemerkungen«, antwortete er. »Erstens hat er vermutlich übertrieben, oder du machst mehr daraus, als eigentlich dran war. Und zweitens: Selbst wenn ich ein großartiger Jurist gewesen sein sollte, dann ist das schon lange her. Ich habe vor mehr als zehn Jahren die Bundesanwaltschaft verlassen.«

»Ist mir bekannt.«

»Und seit nahezu drei Jahren habe ich kein Gericht mehr von innen gesehen.«

»Das wußte ich nicht.« Sie schwieg einen Augenblick. »Ist vor drei Jahren nicht deine Frau ums Leben gekommen?«

»Ja. Ich war gerade mit einem neuen Fall beschäftigt, als es passierte. Und obwohl ich gar nicht in der Lage dazu war, habe ich weitergemacht.«

Er machte ein Pause und dachte an den Druck, der auf ihm gelastet hatte. Wie in geistiger Umnachtung hatte er damals den Prozeß geführt.

»Was geschah dann?«

»Es war zu der Zeit, als ich als Verteidiger zu arbeiten begann. Vorher hatte ich zehn Jahre die Anklage vertreten. Diesmal stand ich auf der anderen Seite. Ich verteidigte ein Unternehmen, das vom Justizministerium vor Gericht gebracht worden war. Es war ein riesiger Fall, jede Menge Anwälte, denen ich vorstand. Und dann habe ich die Sache versiebt. Hätten meine Kollegen nicht darauf bestanden, mich durch einen anderen Anwalt ablösen zu lassen, wäre alles völlig den Bach runtergegangen. Zwar haben wir dann doch noch gewonnen, aber es dauerte etliche Monate länger als ursprünglich geplant und kostete unseren Klienten Hunderttausende von Dollars an zusätzlichen Gerichtskosten. Und weißt du, wer uns gerettet hat? Dein Freund Hamilton Bishop. Wenn du also annimmst, daß er für dich nicht gut genug ist, dann verschwende keine weitere Minute damit, von mir mehr zu erwarten.«

Nach einer Weile ergriff Jennifer das Wort. »Vielleicht sollte mich das alles gar nicht kümmern.«

»Du wärst verrückt, wenn du davor die Augen verschließen würdest.«

Wieder Schweigen.

»Du willst also wissen, warum ich von dir verteidigt werden möchte.« Eher eine Feststellung als eine Frage.

Er wartete.

»Weil ich der Ansicht bin, daß du mit glaubst. Vielleicht willst du es noch nicht einmal wahrhaben, aber tief in deinem Innern glaubst du an meine Unschuld.«

*»Hör mir zu.* So ein Anwalt interessiert sich gar nicht dafür, ob du unschuldig bist oder nicht. Er will lediglich besser abschneiden als der Staatsanwalt. Das ist alles. Ob sich die Tat beweisen läßt oder nicht, das zählt, sonst nichts.«

»Das haben mir die anderen auch gesagt.«

»Es ist keine Hilfe, wenn ein Anwalt glaubt, sein Mandant sei unschuldig. Ganz im Gegenteil.« Er hatte eine solche Erfahrung zwar nicht gemacht, aber alle anderen waren dieser Meinung.

»Warum wird man denn dann Verteidiger, wenn man die Unschuldigen gar nicht freibekommen will?«

»Natürlich will man sie freibekommen. Jeder gilt als unschuldig, solange die Geschworenen nicht zur gegenteiligen Überzeugung gelangen.«

»Das kommt mir aber gar nicht so vor. Alle behandeln mich, als sei ich eine Mörderin.«

Ryan wechselte die Taktik. »Wie kommst du darauf, daß ich an deine Unschuld glaube?«

»Weil du mit mir redest.«

»Stimmt. Ich habe mich bei Kelly mit dir unterhalten. Aber nur, weil ich genau wußte, daß du mir andernfalls ständig auf den Fersen geblieben wärst.« Und wenn ich dir nicht bis zum Ende zugehört hätte, würde ich noch heute meine Zweifel haben. Aber das sagte er ihr nicht. »Und heute abend rufe ich an, weil ... Eigentlich weiß ich gar nicht, warum ich dich angerufen habe.« Weil ich zuviel getrunken habe, dachte Ryan. »Immerhin hast du jetzt erfahren, daß mein letzter Fall in die Hose gegangen ist. Jetzt dürfte dir klar sein, daß dir nichts Besonderes entgeht, wenn ich deine Verteidigung nicht übernehme.«

»Du würdest doch nicht so mit mir reden, wenn du annehmen würdest, ich hätte deinen Sohn ermordet.«

»Um Himmels willen! Das ist doch Quatsch! Ich glaube nicht an deine Unschuld!«

Schweigen. Dann sagte sie: »Mußt du aber. Mir ist bekannt, daß du und Ned kein Wort miteinander geredet habt. Aber ich kann mir auch vorstellen, wie sehr du darunter gelitten hast. Du würdest nicht einmal ›Hallo‹ zum Mörder deines Sohnes sagen, geschweige denn am Telefon hängen und mit ihm über juristische Strategien plaudern.«

»Unsinn.« Er konnte nicht beurteilen, ob sie wirklich davon überzeugt war, daß er sie für unschuldig hielt, oder ob sie ihm nur etwas vormachte.

Sie sagte eine ganze Zeitlang nichts. Doch dann sprudelte es theatralisch aus ihr heraus: »Ich werde mich nicht schuldig bekennen für etwas, das ich nicht getan habe!«

Wieder war sie still. Ryan spielte mit dem Gedanken, den Hörer aufzulegen.

Dann sprach Jennifer ruhig weiter. »Michael, angenommen, einfach nur *angenommen,* jemand anders hätte Ned umgebracht. Nicht ich. Wenn es so wäre und ich mich schuldig bekennen würde – was geschähe dann mit dem wahren Täter?«

Das war sie – die Kehrseite der Medaille. Genau da lag der Hund begraben. Wenn sich ein Unschuldiger schuldig bekennt, kommt der wirkliche Mörder davon.

»Wie würde dir das gefallen?« stichelte sie. »Wäre das aus deiner

Sicht in Ordnung? Wenn ich ein Geständnis ablegen würde, hätte Neds Mörder für den Rest seines Lebens Grund, über uns zu lachen.«

Ryan fühlte sich plötzlich steinalt. Dies war kein Spiel nach dem Motto ›Was, wenn …?‹. Sie redeten hier über seinen Sohn. Seinen toten Sohn. Und diese Frau wurde des Mordes beschuldigt.

»Denk wenigstens einmal darüber nach«, flehte sie, »bitte.«

»Mach ich, Jennifer. Aber es ist jetzt genug im Moment. Gute Nacht.«

»Gute Nacht, Michael. Und danke, daß zu zugehört hast.«

Er hängte ein und betrank sich gründlich.

## 7

Ryans Kater am nächsten Morgen war nicht schlimmer, als er es verdient hatte.

Er trank soviel Kaffee, wie er konnte, und verließ schnell das Haus, um vor der Arbeit noch ein Paket schmutziger Wäsche zur Reinigung zu bringen.

Im Büro erwartete ihn schon ein Fax von Jake Kaplan. Ryan setzte sich telefonisch mit dem Wirtschaftsprüfer in Verbindung.

»Sie betrachten soeben die Kreditgeschäfte einer Reihe von Unternehmen«, erklärte ihm Kaplan. »Ned war für sie als Broker oder Beauftragter für die Finanzierung tätig. Die Kredite addieren sich auf ungefähr sechzig Millionen Dollar in einem Zeitraum von zwanzig Monaten. Bis jetzt wissen wir noch nicht, woher diese Gelder stammen. Ich wollte nicht ohne Erlaubnis Detektiv spielen.«

»Sechzig Millionen Dollar« wiederholte Ryan, als er einen Blick auf die Liste warf. »Das ist wahnsinnig viel Geld.«

Nichts auf dem Zettel stach ihm irgendwie ins Auge. Er sah aus wie eine Auflistung ganz gewöhnlicher Immobiliengeschäfte: Einkaufszentren, Industrieansiedlungen, einige Motels, Wohnbauprojekte. Die niedrigste Summe belief sich auf eine halbe, die höchste auf acht Millionen.

»Meinen Sie, Kneeland könnte der Geldgeber sein?« fragte Kaplan.

»Möglich wäre es.«

Aber Ryan glaubte nicht daran. Robertson Kneeland war einer von jenen umtriebigen Geschäftsleuten, die ihr Geld dazu verwendeten, soviel Einfluß wie möglich zu erringen. Mit Hypotheken oder Darlehen gaben die sich nicht ab.

»Lassen Sie es mich erst einmal durchlesen. Dann können wir entscheiden, wie wir weiter verfahren.«

Der Staatsanwalt, der noch immer in seinem Kopf lebte und der bereits zu arbeiten begonnen hatte, als Ryan in Neds Schließfach das Bargeld entdeckte, machte sich wieder bemerkbar. Wenn man davon ausging, daß Kneeland nichts damit zu tun hatte, dann mußte das Geld für die Darlehen aus irgendeiner illegalen Quelle gekommen sein. Drogendealer wurden zur Zeit für gewöhnlich mit solchen Geldgeschäften in Zusammenhang gebracht.

Ryan klemmte den Telefonhörer zwischen Ohr und Schulter und ging die Liste nochmals durch. »Was ist mit diesen Zinssätzen? Die sehen ziemlich normal aus.«

»Stimmt. Normaler Kurswert. Aber ein paar liegen deutlich darüber.«

»Nicht niedriger.«

»Warum sollten sie darunter liegen? Die Geldgeber wollen dabei doch etwas verdienen.«

»Meistens.« Ausgenommen, bestimmte Leute wollten unbedingt ihr Geld in Umlauf bringen. Dann würden sie die Zinsen nicht im geringsten interessieren.

Einfache Kreditbedingungen würden zwar vor Gericht keinen Beweis darstellen, daß Ned tatsächlich in Geschäfte mit schmutzigem Geld verwickelt gewesen war. Verdacht würden sie aber allemal erregen. Andererseits könnten hohe Zinssätze wie diese bedeuten, daß das Geld letzten Endes doch sauber war. Ryan hoffte, daß er einen Grund gefunden hatte, sich erleichtert zu fühlen.

»Wenn Sie nach einfachen Kreditbedingungen suchen«, sagte der Wirtschaftsprüfer, »dann werden Sie die bei Neds Geschäften im medizinischen Bereich finden. Shible Medical Suppliers, diese Firma, die Krankenhausbedarf vertreibt. Shible – keine Ahnung, was das bedeutet. Vielleicht die Initialen der Inhaber. Es sei denn, einer der Partner heißt James Morris.«

Shible, dachte Ryan: Tscherkessischer Gott des Donners, des Krieges und der Gerechtigkeit, der im Pantheon gleich neben seinem Vater sitzt. Ned war immer fasziniert gewesen von George Ryans übertriebenen Geschichten vom Kaukasus, die er die wenigen Male zum besten gegeben hatte, als die beiden sich gesehen hatten. Sie hatten beinahe ein Duo gebildet, Ned und sein Großvater George. Auch sonst waren sie sich in mancher Hinsicht nähergekommen als das Vater-Sohn-Paar, das Ryan mit jedem von ihnen bildete.

»Erzählen Sie mir etwas über unkomplizierte Kreditgeschäfte.«

»Den Zahlen zufolge, die mir bislang zur Verfügung stehen, boten Shible Medical Suppliers sehr großzügige Kreditbedingungen an. Ihre Kunden hatten mindestens neunzig Tage Zeit, um zu zahlen, in manchen Fällen auch hunderzwanzig. Das ist drei- bis viermal so lang als normalerweise eingeräumt wird. Dagegen wäre auch nichts einzuwenden, wenn die Zinsen nicht so unglaublich niedrig lägen. Die haben von ihren Kunden tatsächlich weniger Zinsen verlangt, als sie selbst bekommen hätten, wenn sie das Geld auf einer Bank deponiert hätten.«

»Ein guter Weg, um sich die Treue der Kunden zu sichern.«

»In der Tat. Nur mußte Shible ebenfalls Zinsen zahlen. Nämlich denjenigen, die ihre Lagerbestände finanzierten. Wenn aber die Zinseinnahmen niedriger sind als die Zinskosten, dann kann man kaum überleben. Wie in diesem alten Witz: Ich verliere bei jeder Transaktion ein wenig, aber die Masse bringt es mir wieder ein.«

Anders wäre es, wenn jemand ihre Bestände finanziert hätte, dem die Zinsen mehr oder weniger gleichgültig gewesen wären.

»Was halten Sie davon?« hörte er Kaplan fragen.

»Die ganze Sache ist für einen Siebenundzwanzigjährigen reichlich kompliziert.« Damit umging er das eigentliche Problem.

Kaplan schien sein Unbehaben zu spüren. »Ach, wissen Sie, diese Welt, in der die Leute Geld verdienen, indem sie irgendwelche Papiere herumschieben, ist doch eine andere als die, in der wir aufgewachsen sind. Manche von denen sind ja noch halbe Kinder.«

»Das ist möglich. Allerdings habe ich mir immer vorgestellt, daß sich die Dinge unter der Oberfläche kaum verändern. Gut und Böse sind doch im Grunde immer dieselben.«

Er bat Kaplan, ihm eine Kopie von Shible Medical Suppliers und deren Kunden zu faxen. Den ganzen Abend verbrachte er mit ihrem Studium. Kaplan hatte den Bargeldfluß analysiert. Ryan war überrascht, als er sah, wieviel Geld insgesamt im Spiel war. Gut über eine Million Dollar pro Monat.

Er dachte an die Geldbündel in Neds Schließfach. Er dachte an die Kredite in Höhe von sechzig Millionen Dollar. Und er dachte an die weiteren Millionen, die zu niedrigen Zinssätzen durch das medizinische Versorgungsunternehmen geschleust wurden.

Wie hatte Ned in weniger als vier Jahren in solche gewaltigen Geldgeschäfte verwickelt werden können? Und um wessen Geld handelte es sich dabei?

Am Morgen danach wurde Ryan klar, daß es nicht damit getan war, irgenwelche Zettel zu betrachten. Er bestellte einen Mietwagen und ließ sich zum CENTRAL HARLEM MEDICAL CENTER fahren. Ryan sah zwei Menschenschlangen. Die eine führte von der Vordertreppe zu der dem Haupteingang nächstgelegenen Tür. Die andere stand vor einer Tür unterhalb der Treppe. Als der Chauffeur vor dem Gebäude hielt, konnte Ryan das Schild über dieser Tür entziffern. APOTHEKE stand in großen Buchstaben darauf. MEDIKAMENTENAUSGABE. NUR VON SOZIALKASSE BEZAHLTE MEDIKAMENTE. Die Inschrift wurde auf Spanisch wiederholt. Über der anderen Tür stand auf einem ähnlichen Schild DIAGNOSE UND BERATUNG. NEUE PATIENTEN ZUERST ZUM ARZT.

Die meisten Wartenden sahen arm und unterernährt aus. Ihre Kleider waren ausgeblichen und abgetragen. Unter ihnen befanden sich viele Jugendliche, die drogenabhängig zu sein schienen. Dieses Bild ist mir nur allzu vertraut, dachte Ryan, als der Wagen weiterfuhr. Wenn sie dem gängigen Schema entsprach, würde diese Klinik soviel Medizin verschreiben und verkaufen wie sie nur konnte. Mehr als die Patienten brauchten, und alles von ›Medicaid‹, der Sozialkasse, finanziert. Die ›Patienten‹ verkauften ihre legal erworbenen Drogen dann an der nächsten Straßenecke weiter. Mit diesem Verdienst erstanden sie dann die Rauschmittel, die sie bevorzugten. Es war ein schnelles, schmutziges Geschäft. Und es wurde überall dort praktiziert, wo eine öffentliche Krankenversorgung existierte, die man betrügen konnte. Dahin also hatte ihn Neds Hinterlassenschaft geführt?

Ryans nächste Station war ein ödes Industriegebiet in Brooklyn. Zwei weiße Lastwagen standen an der Laderampe eines langgestreckten Lagerhauses. SHIBLE war auf ihre Seitenflächen in schwarzen Buchstaben geschrieben. An der Vorderseite des Lagers befand sich ein kleines Büro. Hinter seinen Fensterläden konnte Ryan einige Personen erkennen. Er ließ jedoch nicht anhalten, da er nicht das Verlangen verspürte, ihre Bekanntschaft zu machen.

Auf der Rückfahrt dachte er wieder über das viele Geld nach, mit dem sein Sohn zu tun gehabt hatte. Möglicherweise war er jemandem in die Quere gekommen. Jemandem, mit dem er keine krummen Touren machen konnte. Der verrückt und böse genug war, ihn umzubringen.

Obwohl in Ryan noch immer kein echter Zweifel an Jennifers Schuld aufgekommen war, wuchs doch seine Abneigung gegen einen Handel um das Strafmaß. In einem solchen Fall würde die Polizei Neds Geldgeschäfte außer acht lassen. Und die damit in Zusammenhang stehenden Mordmotive ebenso. Sie würden sie nur dann eingehend untersuchen, wenn ein guter Anwalt an Jennifers Verteidigung arbeitete. Ein Schuldgeständnis bedeutete jedoch, daß das nie der Fall sein würde.

Er fragte sich, ob Jennifer ihm die Wahrheit über die Geschichte mit dem Geständnis gesagt hatte. Könnte Rosen sie wirklich so dazu gedrängt haben? Und wenn ja, warum?

In dem Mietwagen befand sich ein Telefon. Er rief Jennifer an.

»Ich will mit deinen Anwälten sprechen. Mit beiden, Bishop und Rosen.«

»Natürlich. Einverstanden.« Sie klang erregt.

»Keine voreiligen Schlüsse. Ich will nur hören, wie sie die Lage einschätzen. Ich möchte, daß sie mir über ihr Gespräch mit Becker Auskunft geben.«

Vielleicht irrte sie sich. Vielleicht hatten die Anwälte gar nicht so stark auf ein Geständnis gepocht, wie sie meinte. »Du mußt ihnen dein Einverständnis geben, damit sie mit mir sprechen können.«

»Ich werde sie auf der Stelle anrufen.«

## 8

Auf Ryans Vorschlag hin traf sich Jeff Rosen mit ihm in einer Gegend außerhalb des Zentrums, wo in der Regel niemand mehr Geschäftsessen veranstaltete. Es handelte sich um ein Restaurant in Ryans Nachbarschaft. Sie bekamen einen bescheidenen Tisch in einer abgelegenen Ecke.

Ryan hatte seinen Kollegen als kräftigen, athletisch aussehenden Mann in Erinnerung; als einen jugendlichen Kerl voller Enthusiasmus. Jetzt aber begann Rosen schon kahl zu werden und hatte eine rosige Gesichtshaut. Sein Übergewicht versteckte er unter einem maßgeschneiderten Anzug.

Er begrüßte Ryan. »Weißt du, ich muß immer noch an die Zeit denken, als ich Assistent von Denny Flanagan war. Da hast du uns vielleicht aus dem Gerichtssaal gepustet! *Vereinigte Staaten gegen Klein.*

Es muß ... verdammt, es muß zehn, zwölf Jahre her sein. Und ich hatte mindestens zwanzig Pfund weniger. Indem ich dich bei diesem Fall beobachtet habe, habe ich mehr gelernt als während des ganzen Jahres, in dem ich Flanagans Aktentasche geschleppt habe.«

Nach dem Essen rührte Rosen in seinem Kaffee herum den die Kellnerin gebracht hatte. »Ich will ganz offen zu dir sein. Ich weiß wirklich nicht, weshalb wir hier sind. Jennifer hat nur gesagt, du würdest mich anrufen und ich solle mit dir sprechen.«

»Sie hat dir nicht den Grund genannt?« fragte Ryan. Das gefiel ihm ganz und gar nicht.

»Nein, hat sie nicht.«

»Sie will kein Geständnis ablegen und ist der Meinung, daß du sie zu sehr in diese Richtung drängst.«

»Das überrascht mich nicht. Sie selbst hat mir das schon gesagt. Aber warum zieht sie ausgerechnet dich in die ganze Sache mit hinein?«

Ryan winkte nach der Bedienung und bestellte einen weiteren Kaffee. Er wartete einen Augenblick, bis sie die Tassen gefüllt hatte. Dann fuhr er fort. »Sie will mich als Verteidiger.«

Rosen saß fassungslos da. »Das ist doch wohl ein Scherz, nicht wahr?«

»So habe ich auch reagiert. Ich sagte ihr, du wüßtest schon, was du tust.«

Rosen starrte in seinen Kaffee. »Ich habe dir ja gesagt, wie sehr ich dich schätze. Daran ändert sich nichts. Aber du wirst verstehen, daß ich jetzt erst einmal mit meiner Mandantin telefonieren muß.«

Zehn Minuten später war er wieder zurück. Er sah verwirrt aus und wirkte zehn Jahre jünger. Wie der Anwalt, den ich in Erinnerung hatte, dachte Ryan.

»Wenn man lange genug auf der Welt ist, erlebt man wirklich alles. Ich habe mit ihr gesprochen. Sie wies mich an, alle deine Fragen zu beantworten.« Ryan nahm einen Schluck von seinem inzwischen kalt gewordenen Kaffee. Er verzog das Gesicht. »Mein Problem ist, daß ich das auf keinen Fall machen kann. Anwalt-Mandant-Privilegien hin oder her: Du bist schließlich der Vater des Opfers. Und ich kann dich mir wirklich nicht auf seiten der Verteidigung im Gerichtssaal vorstellen. Das ist ein ethisches Problem.«

»Verschwende keinen Gedanken daran, daß ich den Fall übernehmen könnte. Mit geht es nur um eines. Ich will nicht, daß sie ein Geständnis ablegt, wenn auch nur die geringste Wahrscheinlichkeit besteht, daß sie nicht die Mörderin ist.«

»Vielleicht kann ich uns beiden die Sache etwas erleichtern. Ich erzähle dir alles so, wie man es größtenteils den öffentlichen Erklärungen entnehmen konnte. Motiv: Er hat sie betrogen, und sie wußte davon. Sie hat ihn deswegen häufig in aller Öffentlichkeit angeschrien. Und unmittelbar vor der Tat hatten sie einen heftigen Streit miteinander, vor allen Leuten. Gelegenheit: Er verließ plötzlich den Raum, sie hinterher. Ein Dutzend Partygäste haben das beobachtet. Danach hat ihn niemand mehr lebend gesehen. Tatwerkzeug: Die Mordwaffe ist eine Statue, eine Skulptur, ungefähr fünfundvierzig Zentimeter hoch, aus Metall, am Fuß beschwert. Am schweren Ende dieser Figur fand man jede Menge Blut von ihm, was nicht überraschend ist. Aber wie es scheint, hat man auch ihr Blut darauf entdeckt. Einige dieser Angaben stammen aus der Anklageschrift. Die anderen habe ich mir aus den zur Verfügung stehenden Unterlagen selbst zurechtgezimmert. Das Beste, was ich dir mitteilen kann, ist, daß es weder einen Augenzeugen gibt noch eine Aussage über irgendeinen Komplizen. Und kein Geständnis. Du bist dran.«

»Der Fall scheint ziemlich klarzuliegen. Konntest du Lücken ausfindig machen?«

»Man weiß nie, wo man sie entdecken kann, bevor man nicht wirklich danach sucht. Ich hatte einen Privatdetektiv auf die Sache angesetzt. Aber der hat nichts herausgefunden.«

»Erzähl mir etwas mehr über das Blut auf dem Tatwerkzeug.« Becker hatte bisher nur Andeutungen darüber gemacht.

»An der Stelle, die man als den Griff der Mordwaffe bezeichnen könnte, fand man ein wenig Blut. Daraufhin verlangte die Polizei eine Blutprobe von Jennifer. Die Blutgruppen stimmten überein, so daß sie anschließend exaktere Untersuchungsmethoden angewandt haben. Du weißt schon, genetische Fingerabdrücke, vielleicht auch DNA-Tests. Wenn sie nicht so zuversichtlich gewesen wären, dann hätten sie diesen Schritt gar nicht erst unternommen.«

»Die Anklage hat also einen sicheren Fall. Aber trotzdem will sie ein Schuldgeständnis«, sagte Ryan. »Weshalb nur? Sie könnten doch den ganzen Ruhm eines großen, spannenden Prozesses ernten? Wenn ich Becker nämlich richtig verstanden habe, will er alles unternehmen, um sie vor ein Geschworenengericht zu bringen. Ich kann das wirklich gut verstehen. Es ist immer nett, zur Abwechslung mal einen reichen Weißen hinter Gitter zu bringen. Und dann sind da auch noch Millionen von Zuschauern, die jeden Schritt verfolgen.«

»Ja, so würde ich mit Sicherheit auch denken. Aber wie ich gehört habe, geht Becker keine Risiken ein. Robertson Kneeland hat Freunde im Rathaus. Denen wäre es ganz schön peinlich, wenn sich der Fall in die Länge zöge. Und Franky Griglia will einen richtig schönen Sieg. Aber angenommen, Becker sieht in einem Geständnis die Möglichkeit, bei seinen Chefs durch einen schnellen und billigen Prozeß Punkte zu sammeln. Gleichzeitig würde er in der Öffentlichkeit fast soviel Ansehen gewinnen wie durch eine Überführung der Angeklagten. Er muß nur richtig mit der Presse umspringen. Auf diese Weise bräuchte er sich keine Gedanken mehr zu machen, daß irgendwas vor Gericht schieflaufen könnte.«

Rosen hatte ordentlich Dampf abgelassen. Abrupt beendete er seine Ausführungen. »Mist, jetzt sind die Pferde mit mir durchgegangen. Ich rede hier mit dir, als ob … Ich erzähle hier, wie ich den Staatsanwalt einschätze und wie sich für die Angeklagte ein vorteilhafter Handel herausschlagen ließe. Dabei habe ich völlig vergessen, daß ich hier mit dem *Vater* des Opfers sitze. Das ist ja wirklich zum Verrücktwerden.«

»Um die Wahrheit zu sagen, mich bringt es auch leicht durcheinander.«

Ryan wartete einen Augenblick. »Das Gesetz besagt, unschuldig, bis die Schuld bewiesen ist.«

»Sicher, aber …«

»Und Jennifer gibt vor, unschuldig zu sein.«

»Ist dir schon einmal jemand begegnet, der das nicht von sich behauptet hätte?«

»Nein. Aber ich war Staatsanwalt. Du kannst sicher besser beurteilen, ob man ihr glauben soll oder nicht.« Er schmeichelte ihm, um seine Reaktion zu testen.

»Ich kann mich nur wiederholen. Sie sollte auf den Handel eingehen. Du sagtest soeben das Gegenteil, weil die Möglichkeit bestünde, daß sie die Tat nicht begangen hat. Ist sie unschuldig, legt aber dennoch ein Geständnis ab, würde der Mörder deines Sohnes frei herumlaufen. Das willst du verständlicherweise nicht. Aber ich muß diesen Fall als ihr Verteidiger betrachten. Und darum behaupte ich: Unschuldig oder nicht, sie geht ein enormes Risiko ein, wenn sie vor Gericht erscheint. Wenn ich ihr das nicht glasklar mache, füge ich ihr ernsthaften Schaden zu.

Nach dem Essen nahm Ryan die U-Bahn und fuhr bis zur Südgrenze seines alten Reviers. Hier machten das Gerichtsgebäude und die verschiedenen Amtsgebäude den ersten Wolkenkratzern der Wall Street Platz.

Sein Gespräch mit Hamilton Bishop verlief förmlich und unterkühlt. Das einzige, was Bishop und Jeff Rosen gemeinsam hatten, war ihre Überzeugung, Jennifer wäre schon so gut wie verurteilt, falls es zu einem Prozeß käme. Das und ihr Widerwille, laut über ihre Schuld oder Unschuld zu spekulieren.

Ryan traf sich mit Jennifer im Central Park.

»Also«, sagte sie, »du hast mit ihnen gesprochen. Ist was dabei herausgekommen?«

»Sie sind beide gute Anwälte«. Er wich ihr aus.

Sie lief mit gesenktem Kopf neben ihm her und starrte auf den Weg. »Was versuchst du mir zu sagen? Daß ich im Irrtum bin? Daß ich ihrem Rat folgen soll?«

Ihre Stimme klang ausgeglichen, doch Ryan hatte denselben Eindruck wie bei früheren Unterhaltungen. Sie war kurz vor einem Wutanfall und hielt sich nur mit Mühe unter Kontrolle.

»Ich versuche dir zu sagen, daß sie gute Anwälte sind«, antwortete er.

»Sie wollen ein Geständnis von mir.«

Ryan hatte sich in eine unmögliche Position manövriert. Er hatte sich mit Rosen in der Absicht unterhalten, ihn von der Idee eines Abkommens zwischen Anklage und Verteidigung abzubringen. Ryan wollte kein Schuldgeständnis der Angeklagten, das ihr die Aussicht auf eine Strafminderung eröffnet hätte. Für den Fall, daß er sich damit nicht durchsetzen würde, hatte er beabsichtigt, sich selbst wenigstens mit diesem Gedanken vertrauter zu machen. Beides war ihm nicht gelungen. Aber er hatte sich zumindest vorübergehend in ihr Team eingereiht. Mit allem, was er mittlerweile in Erfahrung gebracht hatte, war es ihm nicht mehr möglich, Jennifer den Rat zu erteilen, Rosens Vorschlag zu ignorieren. Andererseits konnte er sie aber auch nicht zu einem Geständnis drängen. Für seine eigene innere Ruhe verlangte er nach einem Prozeß. War sie tatsächlich schuldig, dann sollte sie dafür mit der Höchststrafe zahlen und nicht auf irgendeine Weise billiger davonkommen.

Sie blieb stehen und sah ein paar Enten zu, die den Versuch unternahmen, in einen verschmutzten Tümpel zu gelangen.

»Ich will noch immer, daß du meine Verteidigung übernimmst.«

»Und ich sehe dafür noch immer keinen Grund.« Es sei denn, um die Geschworenen zu beeinflussen.

»Wie schon erwähnt, sind diese Anwälte nicht von meiner Unschuld überzeugt. Sie wollen die ganze Angelegenheit nur so schnell wie möglich hinter sich bringen.«

»Sie wollen dich so gut wie möglich verteidigen. Einem Mandanten ist nicht damit gedient, daß seinen Wünschen vorbehaltlos Folge geleistet wird, wenn der Anwalt das für den falschen Weg hält.«

Sie sah ihn an. »Warum denn nicht? Wer arbeitet hier eigentlich für wen?«

»Letzten Endes ist es deine Entscheidung. Ich bin mir sicher, die beiden haben dir das gesagt.«

»Weshalb hören sie dann nicht auf mich?«

»Sie müssen sichergehen, daß dir eines klar ist: Für einen Angeklagten, der auf Sieg setzen will, ist so ein Gerichtssaal ein ausgesprochen schlechter Ort. Man bekennt sich schuldig, weil man eine mildere Strafe oder ein zuvor ausgehandeltes Urteil bekommen will, um damit die Höchststrafe zu umgehen.«

»Aber das trifft doch nur für Leute zu, die *schuldig* sind.«

Theoretisch hatte sie ja recht. Aber in der Praxis sah es doch anders aus. Ryan betrachtete die Sache aus der Sicht eines Staatsanwaltes. Jeder Schritt einer Gerichtsverhandlung war wie eine Waffe – von der Vorladung unter Strafandrohung über das abschließende Urteil bis hin zum bedingten Straferlaß. Das überschätzte Rechtssystem hatte das Versprechen einer fairen Verhandlung in eine Drohung verwandelt: Lehnte man einen Handel ab und wurde vom Gericht dann doch für schuldig befunden, kam es automatisch zu einer längeren Haftstrafe. Weil man den Staat dazu veranlaßt hatte, einen Prozeß zu führen – sozusagen eine Miete für die Nutzung des Gerichtssaals.

Doch das erwähnte er ihr gegenüber nicht. Er hatte der Frage eines Geständnisses bereits genug Zeit gewidmet. Sein Gewissen war dadurch beruhigt. Er wollte jetzt auch eine Verhandlung, genau wie Jennifer. Und er wollte, daß sie ihn in Ruhe ließ.

Ryan redete auf sie ein. Wenn sie schon kein Geständnis ablegen wollte, dann sei es sehr wichtig, einen Anwalt zu finden, der die Verteidigung so gut wie ein Schachmeister führte. Persönliche Interessen dürfte diese Anwalt damit nicht verbinden. Doch konnte Ryan nicht feststellen, ob Jennifer das in irgendeiner Weise beeindruckte.

Sie gab ihm keine Antwort, sondern setzte sich in den Schatten eines Baumes und drapierte ihren Rock um sich herum. Eine unschuldige Geste. Und ihre Miene war so ernsthaft, daß sie wie ein Schulkind beim Picknick aussah. Ryan konnte nicht anders. Er mußte sich einfach neben sie setzen.

»Da ist noch etwas, Michael.« Ihre Stimme klang weich. »Ich wollte bislang nicht darüber sprechen.« Sie sah ihn prüfend an. »Ich sage dir das nur, weil ich unbedingt einen vertrauenswürdigen Anwalt brauche. Einen, von dem ich weiß, daß ich ihm trauen kann.« Sie blickte auf ihre Hände, die sie im Schoß gefaltet hatte. »Und weil du dieser Anwalt sein mußt.«

Dann hob sie den Kopf. Sie strich eine Haarsträhne aus ihrem Gesicht und sah ihm in die Augen. »Ich bin schwanger.«

Ryan hörte die Worte, konnte aber nicht sogleich ihre volle Bedeutung verstehen.

Dann begriff er.

»Wann?« Er bekam kaum Luft.

Sie sah wieder auf ihre Hände. »Einige Tage vor ...« Es gelang ihr nicht, den Satz zu beenden.

»Wer weiß davon?«

»Mein Vater. Jeff Rosen.«

Ryan stand auf und lief ein paar Meter. Schnell war er wieder bei ihr. Das Denken bereitete ihm Schwierigkeiten.

»Wann ist es soweit?«

»Genau weiß ich es nicht. Irgendwann Ende März oder April.«

»Rosen hat mir nichts davon gesagt.«

»Ich hatte ihn darum gebeten. Ich wollte nicht, daß deine Meinung über mich davon beeinflußt worden wäre.« Sie blickte zu ihm auf. »Nicht, solange du alles selbst herausfinden konntest, was du wissen mußtest.«

Ryan dachte, daß sich irgendwo da oben die Götter über ihn lustig machten. Nachdem er erst ein Vater gewesen war, dem man seinen

Sohn weggenommen hatte, würde er jetzt Großvater eines Kindes werden, das keinen Vater mehr besaß. Wie recht sie doch damit hatte, daß diese Vorstellung sein Urteil beeinflussen würde.

»Wann hast du es festgestellt?«

»Noch lange Zeit nach meiner Verhaftung war ich nicht sicher. Wochen.«

»Warum dauerte das so lange?«

»Ich ... Willst du wirklich Einzelheiten wissen?« Als er nicht antwortete, sagte sie: »Ich war über die Zeit. Erst dachte ich, der Schmerz und die Angst hätten meinen Zyklus verändert. Ich dachte, mein Bauchweh hätte mit dem Mord an Ned zu tun. Und mit der Polizei ... und all dem.«

»Als Ned ermordet wurde, wußtest du also noch nichts davon?«

»Nein.«

»Zu blöd«, sagte er, ohne sich dessen bewußt zu sein. »Das hätte die Geschworenen günstig gestimmt.«

## 9

Nachdem er sich von Jennifer getrennt hatte, lief Ryan durch den Central Park und versuchte, die Neuigkeiten zu verarbeiten.

Seine Welt war leer gewesen. Keine Familie, keine Hoffnung auf Versöhnung, keine Aufgabe. Außerdem hatte Neds Tod seine gelegentlichen Selbstmordgedanken keineswegs sinnvoller erscheinen lassen.

Jetzt aber war alles anders. Das Leben kam ihm durch die Aussicht auf das Baby wie neu vor. Unvorhergesehene Neuigkeiten gingen Hand in Hand mit grausamer Ironie. Denn es war ziemlich merkwürdig, daß ausgerechnet Neds Mörderin sein Kind auf die Welt bringen sollte.

Eine Zeitlang rührte sich Ryan nicht von der Stelle. Er stand da und betrachtete die funkelnden Lichter des Hochhauses auf der anderen Seite des Flusses.

Der Himmel war dunkelrot. Die ersten Sterne schienen bereits. Er sah sich um. Die Lichter im Park waren angegangen. Kein Mensch mehr weit und breit. Schnell lief er ein paar steinerne Treppen hinauf und gelangte auf einen kleinen Platz, auf dem lauter Kanonen standen. Ein Kriegerdenkmal – für Söhne, die aus Gründen getötet worden waren, für die ihre Väter kein Verständnis aufbringen konnten.

Nachdem er am nächsten Morgen aufgestanden war, dachte er unter der Dusche über das Baby nach. Wer würde es aufziehen?

Falls Jennifer ins Gefängnis mußte, würde das Kind bei Kneeland aufwachsen. Ryan könnte zwar um die Vormundschaft kämpfen, doch würde er keine Chance haben. Vor dem Familiengericht glaubte man meistens den Müttern. Selbst wenn Jennifer wegen des Mordes an Ned verurteilt werden würde, so hatte sie doch dem Kind kein Leid angetan.

Aber was für ein Leben wäre das für ein Kind? Einmal in der Woche mit Großvater Kneeland ins Gefängnis, um Mami zu besuchen und auf ihre Entlassung zu warten? Und dem Kind würde man dann zu Hause die Geschichte erzählen, daß seine Mutter irrtümlich verurteilt worden war. In der Schule würde es gehänselt werden wegen seiner Mutter, der Mörderin. Einer Mörderin, die seinen Vater auf dem Gewissen hatte.

Solch ein Leben konnte sich Ryan für sein eigenes Enkelkind nicht vorstellen. Für Neds Sohn oder Tochter.

Aber es ging nicht nur darum. Wenn er Jennifer jetzt zurückwies, müßte er davon ausgehen, daß sie ihn für immer aus dem Leben ihres Kindes ausschließen würde. Egal, ob sie schuldig war oder nicht. Egal, ob sie verurteilt oder freigesprochen würde.

Wenn es einen Weg gab, das zu verhindern, dann mußte Ryan ihn beschreiten. Selbst wenn das einen Freispruch für Neds Mörderin bedeutet hätte.

Noch immer war er sich nicht ganz sicher, ob sie wirklich die Schuldige war. Er glaubte zwar nicht an ihre Unschuld und würde es wahrscheinlich niemals tun. Doch ein Weg zur Wahrheit führte über die Entflechtung des Wirrwarrs von Neds schmutzigen Geschäften. Diese Arbeit würde ihm jedoch als Jennifers Anwalt und mit der Macht des Gerichtes im Rücken wesentlich leichter fallen.

Außerdem durfte er nie das Baby vergessen. Er hatte es zu beschützen, ebenso wie seine Verbindung zu ihm.

Eine neue Chance. Ein neuer Beginn.

Ryan saß hinter seinem Schreibtisch bei Pane, Parish und beschloß, Griglia anzurufen. Er wollte dessen Meinung über einen Handel um die Strafdauer in Erfahrung bringen. Dabei mußte er behutsam vorgehen. Wenn Michael Ryan später als Jennifers Verteidiger in Erscheinung treten sollte, dann würde sich der Staatsanwalt an dieses Gespräch erinnern.

»Bislang hat niemand die Genehmigung für einen derartigen Handel eingeholt«, ließ Griglia ihn wissen. »Aber wenn sie sich schuldig bekennt, werden meine Leute nicht hinhören. Das kann ich dir versichern.«

»Das verstehe ich nicht. Hast du Angst, daß sie nicht verurteilt werden könnte?«

»Du weißt, was ich meine, Michael. Wenn wir ein ordentliches Geständnis kriegen können, ist uns das allemal lieber als ein Prozeß. Das heißt aber nicht, daß wir uns damit lächerlich machen. Im übrigen muß man erst abwarten, ob die Frage nach einem Geständnis überhaupt angeschnitten wird.«

Sie verabschiedeten sich. Ryan fragte sich, ob der Staatsanwalt ihm einen Hinweis hatte geben wollen oder ob er über den Fall nicht richtig im Bilde war. Immerhin hatte Griglia selbst gesagt, daß er bei über vierhundert Anwälten in seiner Mannschaft nicht jeden Fall persönlich verfolgen konnte.

»Mr. Ryan, ein Anruf auf fünfeins«, informierte ihn die Sprechanlage. Er nahm den Telefonhörer ab.

»Ich habe einen Anruf von Staatsanwalt Becker erhalten.« Jeff Rosen war am anderen Ende. »Er hat mir eine Woche eingeräumt, um den Handel zu akzeptieren. Wenn Jennifer bis dahin kein Geständnis abgelegt hat, zieht er das Angebot wieder zurück. Kannst du mit ihr reden? Auf mich wird sie nicht hören.«

»Auf mich auch nicht. Für sie ist das kein Thema.«

Ryan legte besorgt den Hörer auf. Könnte sein Telefonat mit der Staatsanwaltschaft die Sache auf irgendeine Weise beschleunigt haben?

Bob Leglers Sekretärin teilte Ryan mit, daß sich ihr Chef in einer Unterredung mit einem Mandanten befinde. Sobald Legler Zeit hatte, ging Ryan den Flur hinab zu seinem Büro, trat ein und schloß die Tür hinter sich.

»Was gibt es?« fragte sein Freund.

»Ich habe mich entschlossen, Jennifers Verteidigung zu übernehmen.«

»Nun gut.« Legler verhehlte nicht seine Überraschung. »Ich glaube, mich da an irgendwas in der Richtung zu erinnern, daß ein Anwalt keinen Fall übernehmen sollte, wenn seine Fähigkeit, eine effektive

Vertretung seines Mandanten zu gewährleisten, durch persönliche Gefühle beeinträchtigt werden könnte.«

»So siehst du die Sache also.«

»Du etwa nicht?.« Legler schüttelte den Kopf – ob aus Verärgerung oder Bestürzung konnte Ryan nicht sagen. »Ebenso sollte man keinen Fall übernehmen, den man aufgrund fehlender Kompetenz vermutlich nicht richtig in den Griff bekommen kann.«

»Dann kooperiere ich eben mit einem Anwalt, der über diese Kompetenz verfügt«, konterte Ryan. »Zugegeben, ich habe nie zuvor in einem solchen Fall als Verteidiger praktiziert. Aber das bedeutet lediglich, daß ich einen verdammt guten Kollegen anheuern muß.«

»Meinst du das im *Ernst?«*

»Ja.«

»Ich weiß nicht, was ich dazu sagen soll. Vielleicht solltest du abwarten und nochmals darüber nachdenken. Geh irgendwo hin, wo du nachts die Sterne betrachten und frische Luft atmen kannst.«

»Sei nicht so gönnerhaft zu mir. Wir beide haben schon zuviel miteinander durchgestanden.«

»Bin ich gönnerhaft zu dir? Ich glaube, du hast recht. Setz dich hin. Ich fange noch mal von vorne an.«

Wachsam ließ sich Ryan nieder.

»Hast du bei all dem auch einmal an unsere Kanzlei gedacht?«

Hatte er nicht.

»Es liegt schon eine gewisse Ironie in deiner Entscheidung. Du willst die Verteidigung in einem Mordfall übernehmen, nachdem du auf seiten der Staatsanwaltschaft jahrelang in Strafrechtsfällen gegen unser Haus angetreten bist. Ich kann mich daran erinnern, daß du es warst, der nie verstanden hat, wie bestimmte Leute es mit ihrem Gewissen vereinbaren können, erst die Bösewichte zu verfolgen und sie später dann selbst zu verteidigen.«

»Was sagst du da? Willst du etwa, daß ich meinen Abschied nehme?«

»Ich bin es, Michael. Erinnerst du dich? Dein Partner und Freund. Mit der Betonung auf ›Freund‹.«

»Nicht wenn du dir über die Kanzlei mehr Sorgen machst als über mich.«

»So siehst du das also.«

»Wie sollte ich es sonst sehen?«

»Ich mache mir aber Sorgen um dich. Ich glaube, es ist für dich in jeder Hinsicht eine falsche, eine schreckliche Entscheidung. Außerdem halte ich sie für bemerkenswert unprofessionell. Wie kannst du auch nur daran denken, dich in diese Sache hineinziehen zu lassen? Es erleichtert mich zwar, daß du noch erkennst, wie sehr du Hilfe nötig hast aber selbst wenn ... Michael, es ist verrückt! Der Vater des Opfers verteidigt die Angeklagte! Das ist die schlimmste Art von ... Mir fehlen die Worte dafür. Du stehst deiner Mandantin zu nahe, um objektiv sein zu können. Und dem Opfer stehst du ebenfalls viel zu nahe. Ich dachte, es täte dir gut, als Neds Testamentsvollstrecker einen Blick auf sein Leben zu werfen. Was du vorhast, bedeutet aber, jedes Detail seiner Ermordung wieder und wieder zu analysieren und von Dutzenden von Leuten die Geschichte seiner letzten Lebensstunden erzählt zu bekommen – und das nur wenige Monate nach seinem Tod. Wie kannst du da bloß annehmen, daß du über eine objektive Einstellung verfügst? Wie kannst du bei diesem Fall einen klaren Kopf bewahren.«

Darauf wußte Ryan keine Antwort.

Legler blickte Ryan fest an, den Kopf in der vertrauten Weise geneigt. »Bitte, versteh mich nicht falsch. Aber ich könnte nicht mehr in den Spiegel schauen, wenn ich dich nicht daran erinnern würde, daß du gegen den Rat deiner Freunde nach Alisons Tod darauf bestanden hast, weiter zu praktizieren. Obwohl du damals gar nicht dazu in der Lage warst. Deine Konzentrationsfähigkeit war hinüber, deine Urteilskraft geschwächt und deine Menschenkenntnis befand sich auf Urlaub. Dein Mandant – unser Mandant mußte es schließlich ausbaden. Wenn du deiner Schwiegertochter wirklich einen Gefallen tun willst, dann darfst du ihre Verteidigung nicht übernehmen. Das wäre das Letzte.«

Im Grunde hatte Legler ja recht. Trotzdem nahmen seine Worte Ryan den letzten Zweifel. »Ich bin froh zu wissen, wo du stehst. Ich jedenfalls stehe auf Jennifers Seite und werde ihre Verteidigung übernehmen. Wenn ich deswegen die Kanzlei verlassen muß, dann werde ich es tun.«

»Ich kann dich also nicht umstimmen?«

»Nein.«

»Dann werden wir den Verwaltungsrat einberufen müssen, um zu erörtern, was das für die Kanzlei bedeutet.«

Ryan stand wieder auf. »Nur eines noch. Ich will nicht, daß das Büro der Staatsanwaltschaft davon erfährt, solange ich nicht bereit bin.« Als Legler nicht antwortete, fügte Ryan hinzu: »Es sei denn, du willst es mir noch schwerer machen.«

»Nein, Michael. Das beabsichtige ich nicht.« Legler hörte sich müde an. »Ich werde es nicht eher bekanntgeben, als du fertig bist. Und unser Gespräch wird vertraulich bleiben.«

»Ich weiß das zu schätzen«, sagte Ryan auf dem Weg nach draußen.

Jennifer hörte schweigend zu, als Ryan ihr seinen Entschluß mitteilte. »Ich danke dir«, sagte sie ruhig.

»Es gibt aber eine Bedingung.«

»Was für eine?« Sofort war sie hellwach.

»Verschwiegenheit.«

»Was meinst du damit?«

»Die Tatsache, daß ich deine Verteidigung übernehme, wird jede Menge Klatsch und Kritik auslösen.«

»Weil du Neds Vater bist.«

»Genau. Es könnte dazu auch noch rechtliche Probleme aufwerfen. Darum müssen wir es so lange geheimhalten, bis ich auch wirklich sicher bin, daß ich es machen kann. Vor *jedermann* geheimhalten, auch vor deinem Vater. Wenn das zu früh herauskommt, werde ich mit der rechtlichen Seite unserer Aktion gewaltige Schwierigkeiten bekommen. Es wird für mich nicht leicht sein, vor Gericht als dein Verteidiger anerkannt zu werden.«

Sie war über seine Bedingung offensichtlich unzufrieden. »Wenn du sicher bist, daß es wichtig ist.«

»Außerordentlich wichtig.«

Er ging nach Hause und setzte sich ans Fenster.

Legler könnte recht behalten. Der Fall Gibson gehörte zu der Art von Geschichte, die sich zu wiederholen pflegte. Seine Gefühle könnten ihm ebenso ein Bein stellen, wie sie es damals getan hatten. Und da war noch etwas: Der Michael Ryan, der einmal den Gerichtssaal von der ersten Minute einer Verhandlung an dominiert hatte, war schon lange tot. Würde es ihm gelingen, ihn wiederzuerwecken?

Mit zwei Stimmen Mehrheit beschloß der Verwaltungsrat von Pane, Parish, daß Ryan einen unbefristeten Urlaub antreten müßte, sofern er die Verteidigung von Jennifer übernehmen würde.

Ryan war über diesen kleinen Sieg mehr erfreut, als er erwartet hatte. Wenn er müßte, würde er die Sache alleine durchstehen – aber Pane, Parish blieb seine Heimat.

# 10

Ryan hatte sich entschlossen, Jennifer vor Gericht zu verteidigen. Nun mußte er einen Kollegen ausfindig machen, der ihm über seine Unerfahrenheit in derartigen Prozessen hinweghelfen würde. Doch war dabei Vorsicht geboten, um niemanden von der Staatsanwaltschaft in Alarm zu versetzen.

Was er brauchte, war ein kluger, erfahrener Assistent. Die Verteidiger, gegen die er vor zehn Jahren als Staatsanwalt angetreten war, waren mittlerweile zu etabliert. Sie hätten für diesen Fall kein Interesse gezeigt. Ryan dachte an einen relativ jungen Anwalt, der über Talent und Erfahrung verfügte und das brennende Verlangen besaß, Berühmtheit zu erlangen.

Er wandte sich an Rick Briggs, dessen Aufgabe es unter anderem war, Spitzenkräfte unter den Strafverteidigern für die Kanzlei anzuwerben. Zu diesem Zweck hatte er eine umfassende Sammlung von Zeugnissen und Empfehlungen angelegt, die Ryan systematisch durchging.

Auf dem Weg zu Kassia Miller, der vielversprechendsten unter den von Ryan ausgewählten Rechtsanwälten, wägte er das Pro und Kontra ab, bei Jennifers Verhandlung eine Frau als Partner zu haben. Pro: Eine Frau konnte gegenüber den Geschworenen von Nutzen sein. Kontra: Er hatte überhaupt keine Ahnung, wie er selbst die enge Zusammenarbeit mit einer Frau empfinden würde.

Die Bar war voller Leute, die nach der Arbeit noch etwas trinken gingen. Er sah sich nach einer kleinen Frau in einem gelbbraunen Sommerkostüm um. Damit fiel die Hälfte aller Frauen weg – je nachdem, was man als ›klein‹ bezeichnete. Ihre Stimme am Telefon hatte ihm keinerlei Rückschlüsse auf ihren Typ ermöglicht. Ryan blickte auf die Uhr. Vor fünfzehn Minuten hätte ihr Treffen eigentlich beginnen sollen. Er selbst war höchstens fünf Minuten zu spät gekommen. Könnte er sie verpaßt haben?

»Mr. Ryan?«

»Ja.«

Sie war soeben hereingekommen. »Ich bin Kassia Miller.« Fest und sicher drückte sie seine Hand.

Miß Miller war deutlich kleiner als der Durchschnitt, hatte schulterlanges, dunkles Haar und braune Augen. Zu dem angekündigten gelbbraunen Kostüm trug sie eine pfirsichfarbene Bluse. Sein erster

Eindruck war: geschmackvoll, elegant, professionell. Dann, ohne es begründen zu können: zurückhaltend und distanziert.

»Entschuldigen Sie meine Verspätung. Ich habe noch einen Anruf bekommen.«

»Macht nichts.« Er deutete auf die vielen Leute und den Lärm um sie herum. »Finden Sie, das hier ist der passende Ort?«

»Ach, um diese Uhrzeit gibt es keinen wirklich ruhigen Ort. Und der Lärm ist doch ein guter Schutz. Wenn wir unsere Köpfe zusammenstecken, wird uns niemand verstehen.«

»Noch nicht einmal wir selbst.« Obwohl er es lustig meinte, klang es linkisch.

Sie kämpften sich den Weg zur Theke frei.

»Bier«, bestellte er. »Irgendeines, nur kein allzu leichtes. Und Sie?«

»Club Soda.«

Sie stellte ihre Aktentasche zwischen sich und Ryan.

»Sie haben einen Fall, bei dem Sie Hilfe benötigen.«

Damit hatte sie den Nagel auf den Kopf getroffen. »So ungefähr.«

»Mord, sagten Sie.«

»So lautet die Anklage.«

»Der Fall Ryan, nicht wahr? Ihre Schwiegertochter wird des Mordes an Ihrem Sohn beschuldigt.«

»Ich stelle fest, daß Sie Ihre Hausaufgaben machen.«

»Ich versuche es zumindest. Wie wurden *Sie* in die Sache verwickelt?«

»Die Angeklagte bat mich, sie zu verteidigen.«

»Und Sie werden es machen?«

»Nicht alleine.«

»Das ist vernünftig.«

»Interessiert Sie die Sache?« fragte Ryan.

»Möglicherweise.« Sie zog die Augenbrauen zusammen. »Lassen Sie es mich anders ausdrücken. Es *könnte* mich interessieren. Ich müßte erst einmal mit der Angeklagten sprechen und danach noch einmal mit Ihnen. Das ist kein alltäglicher Fall, und ich möchte sicher sein, daß ich auch alles richtig verstanden habe. Außerdem müßten wir beide einen Weg finden, effektiv zusammenzuarbeiten. Meine erste Frage lautet: Haben Sie an mir Interesse?«

»Natürlich. Ich habe ja Ihre Unterlagen eingesehen. Verbringen Sie viel Zeit vor Gericht oder arbeiten Sie überwiegend im Büro?«

»Beides. Aber wahrscheinlich bin ich schneller vor Gericht aufgetaucht als die meisten anderen. Denn bevor ich meine Zulassung erhielt, habe ich vor allem Innendienst gemacht und dazu noch alles, was man bei Gericht erledigen konnte, ohne als Anwalt zugelassen zu sein. Fast sechs Jahre lang.«

»Ich würde Sie über Monate hinweg in Beschlag nehmen«, sagte Ryan. »Und ein Jahr oder noch mehr könnte vergehen, bevor der Prozeß beendet ist. Wie vereinbaren Sie das mit Ihren noch laufenden Verpflichtungen?«

»Ich habe zur Zeit keine Fälle, die ich nicht jemand anderem in der Kanzlei übertragen könnte.«

»Was ist mit Ihrem Privatleben?«

»Alle meine Bekannten sind entweder Rechtsanwälte oder Angeklagte. Momentan verfüge ich über kein Privatleben, das der Rede wert wäre. Ich hoffe, das bleibt kein Dauerzustand.« Sie sah ihn an. »Falls das von Bedeutung sein sollte.«

»Sie würden also wegen einer Hochzeit oder Hochzeitsreise den Prozeß nicht vernachlässigen?«

»Eindeutig nicht.«

»Es gibt noch einige Fragen, aber für den Augenblick habe ich genug erfahren. Sie sind an der Reihe.«

»Wie schon gesagt, ich möchte zunächst mit der Angeklagten reden. Vorausgesetzt, daß Sie und ich dieses Gespräch hier gut über die Bühne bringen. Anschließend treffen wir uns wieder. Ich bin sicher, daß wir beide dann noch jede Menge Fragen haben werden.«

Ryan wartete. Er war davon überzeugt, daß sie noch mehr zu sagen haben würde.

Sie trank ihr Glas aus und nahm ihre Aktenmappe in die Hand, als wollte sie gehen. Dann setzte sie sie wieder ab.

»Noch ein Wort zur Arbeitsweise. Falls Sie sich für mich entscheiden sollten, erwarte ich, daß Sie tun, was ich sage, wenn es während der Verhandlung kritisch wird. Ich habe keine Lust, mich mit Ihnen vor dem Gericht und den Geschworenen wegen irgendwelcher Kompetenzstreitigkeiten anzulegen. Ich habe durchaus Respekt vor Ihrer Arbeit als Staatsanwalt. Als *Bundesstaatsanwalt.* Und mir ist auch bekannt, daß Sie den Staat vor zehn Jahren verlassen haben. Sie haben in Zivilrechtsfällen auf Bundesebene die Rolle des Rechtsanwaltes übernommen. Aber Ihre Schwiegertochter wird vor das Gericht des Staates New York gestellt werden. Und dafür fehlt Ihnen die Erfahrung. Soweit ich gehört habe, haben Sie außerdem seit drei Jahren keinen Gerichtssaal mehr von innen gesehen. Außerdem haben Sie bei Ihrem letzten Fall einen furchtbaren Reinfall erlebt.

Wie Sie schon feststellten – ich mache meine Hausaufgaben. Sie unterhalten sich mit mir, weil Sie mich oder jemanden wie mich brauchen. Und das wissen Sie auch. In Ordnung. Ein Großteil der Arbeit wird sich auf die Vorbereitungen und die Ausarbeitung unserer Strategie erstrecken. Und ich wäre durchaus einverstanden, wenn Sie das übernehmen würden. So weit, so gut. Aber vor Gericht gibt es nur einen Boß. Und der können nicht Sie sein. Damit meine ich nicht nur den Umstand, daß Sie emotional in den Fall verwickelt sind.«

»Sie sind sehr offen.«

»Das Leben ist kurz.« Sie saugte mit einem Strohhalm den letzten Rest aus ihrem Glas. »Und?«

Ryan legte das Geld auf die Theke.

»Nun … Sie haben gute Referenzen, sind offensichtlich intelligent, und an Ihrer Kompetenz als Anwältin habe ich keine Zweifel.«

»Besten Dank. Oder habe ich da am Ende Ihres Satzes ein ›Aber‹ herausgehört?«

»Ja, haben Sie. Das ›Aber‹ ist: Ihr Stil gefällt mir nicht. Aufrichtigkeit ist eine gute Sache. Unerbetene Schonungslosigkeit dagegen nicht. Ich glaube, wir könnten deshalb bei einer Zusammenarbeit Ärger miteinander bekommen.«

»Könnten wir.«

»Und mit Sicherheit werde ich keine voreiligen Zugeständnisse machen, was meine Zurückhaltung gegenüber Ihrem Auftreten vor Gericht betrifft.«

Sie ergriff wieder ihre Aktentasche. Diesmal ging sie wirklich. »Ich will nicht noch mehr von Ihrer Zeit in Anspruch nehmen.«

»Noch etwas, bevor Sie gehen.«

»Hm?«

»Ich bin bereit, meine Entscheidung so lange hinauszuschieben, daß Sie genügend Zeit haben, sich mit der Mandantin zu treffen. Falls es Sie noch immer interessiert …«

Sie sah ihn lange an. Dann sagte sie: »Einverstanden. Lassen Sie es uns versuchen.«

# 11

Ryan wollte nicht das Risiko eingehen, daß man Jennifer in seinem Büro entdeckte. Die Presse würde aufheulen, wenn sie erst einmal von seiner Absicht Wind bekam, ihre Verteidigung zu übernehmen. Erst wollte er Beckers Einwände gegen seinen Plan kennenlernen. Danach war ihm der ganze Presserummel willkommen. Eine halbe Stunde vor Jennifers Termin betrat er Kassia Millers Büroräume. Er tat sein Bestes, um dabei nicht besonders aufzufallen.

»Mir wurde beigebracht«, sagte Miß Miller, als sie auf Jennifer warteten, »den Mandanten vom ersten Wort an auf den Prozeß vorzubereiten. Solche Sorgen brauchten Sie sich als Staatsanwalt nicht zu machen, da Sie ja keine Mandanten hatten.«

»Immerhin habe ich zehn Jahre in einer Privatkanzlei gearbeitet«, entfuhr es ihm schärfer, als er es eigentlich beabsichtigt hatte.

»Da haben Sie aber nur Zivilrechtsfälle bearbeitet. Das hier ist etwas anderes. Glauben Sie mir, lassen Sie mich das nur machen.«

Ryan zeigte sich einverstanden. Wenn Miß Miller das Gespräch mit Jennifer begann, könnte er gleich ihre Vorgehensweise beobachten. Schaden würde das mit Sicherheit nicht.

Jennifer kam zehn Minuten zu spät. Trotz der Septemberhitze wirkte sie frisch. Eine Sekretärin führte sie in das enge Büro, durch dessen Fenster man auf die grauen Türme des Rockefeller Centers sah.

»Mein Name ist Kassia Miller«, sagte die Anwältin und streckte die Hand aus. »Mr. Ryan und ich haben gerade über meine Mitarbeit an Ihrem Fall gesprochen.«

»Ja, er hat mir schon gesagt, daß er jemanden als Aushilfe anheuern würde.«

Miß Miller warf Ryan einen ärgerlichen Blick zu. »So kann man es auch nennen.«

»Ich denke, sie beide sollten sich kennenlernen. Darum setzte ich mich einfach hier hin und halte den Mund«, sagte Ryan.

»Gut.« Kassia Miller bot Jennifer einen Platz auf einem kleinen Sofa an. Dann setzte sie sich auf die Armlehne und schaute ihr ins Gesicht.

»Sie wissen bislang noch nichts über mich«, begann sie, »nur, daß ich eine Strafverteidigerin bin. Aber in den nächsten Minuten werden Sie eine schwierige Entscheidung treffen müssen. Entweder Sie werden mir die Wahrheit sagen oder Sie tischen mir Lügen auf – ein paar nur oder gleich einen ganzen Haufen. Und mit den Folgen werden Sie für den Rest Ihres Lebens zurechtkommen müssen.«

Jennifer blickte unbehaglich zu Ryan hinüber.

Miß Miller fuhr fort. »Vor Gericht schwören Sie, die Wahrheit zu sagen und nichts als die Wahrheit. Wenn Sie dann aber doch lügen, kann man Sie wegen Meineides einsperren.«

»Ja ...«

»Bei mir brauchen Sie überhaupt keinen Schwur zu leisten. Aber wenn Sie hier die Unwahrheit sagen, könnte man Sie wegen Mordes ins Gefängnis stecken.«

Jennifers Augen weiteten sich. Sie setzte sich aufrecht hin. Ryan kamen Zweifel an der Richtigkeit von Miß Millers Vorgehensweise. Er wollte soeben einschreiten, als sie zu einer sanfteren Tonart überging.

»Denken Sie daran. Was immer Sie mir auch erzählen, es bleibt unter uns. Ich darf mit niemandem darüber sprechen, solange Sie mir dazu nicht die Erlaubnis erteilen.«

»Das habe ich verstanden.« Jennifers Stimme war so steif wie ihre Sitzhaltung.

»Michael sagt, Sie verlangen von Ihren Anwälten, daß Sie an Ihre Unschuld glauben sollen. Ich denke, von *ihm* können Sie das verlangen. Aber über meine Ansichten machen Sie sich besser keine Gedanken. Falls doch, dann nehmen Sie uns damit jede Möglichkeit, eine anständige Verteidigung für Sie aufzubauen. Sie können mir jederzeit offen sagen, wenn es Sie stören sollte, was ich über Sie denke. Und Sie können davon ausgehen, daß ich Ihnen helfen werde – egal, welche Meinung ich von Ihnen habe.«

Jennifer sah erneut zu Ryan hinüber.

Genug ist genug, dachte Ryan, als Kassia Miller Jennifer wissen ließ: »Das Verhältnis zwischen Verteidiger und Mandant in einem Mordprozeß ist eine einzigartige Angelegenheit. Und allmählich begreife ich, daß dieser Fall auch sonst ungewöhnlich ist. Sie und ich, wir benötigen unsere ganz eigene Beziehung. Nur wir beide. Eine Beziehung, in der Michael nichts zu suchen hat. Denn ich werde Sie bitten, mir jeden noch so kleinen Schönheitsfleck in Ihrem Leben zu enthüllen. Sie müssen mir vertrauen, daß ich das alles nur zu Ihrer Verteidigung verwende. Ich werde diese Mitteilungen an niemand anderen weitergeben, nicht einmal an Michael, wenn Sie das wünschen.«

Ryan konnte nicht fassen, was er da zu hören bekam.

Miß Miller stand auf. Noch bevor er oder Jennifer die geringste

Möglichkeit hatten, selbst etwas zu sagen, fuhr sie fort: »Michael und ich verlassen gleich diesen Raum. Sie können dann über all das nachdenken, was Sie soeben gehört haben. Alle vertraulichen Unterlagen in meinem Büro sind weggeschlossen. Wenn Sie meinen, daß Sie herumstöbern müssen, um mich besser kennenzulernen, dann tun Sie sich keinen Zwang an.«

Sie verließ das Büro und ging den Korridor hinunter. Dabei blickte sie nicht einmal nach hinten, um sich zu vergewissern, ob Ryan ihr folgte. Vor einem anderen Büro blieb sie stehen. Der Raum war selbst für einen Berufsanfänger zu klein. »Hier können wir warten.«

Ryan schloß sorgfältig die Tür. »Eine ganz eigene Beziehung! Was bilden Sie sich eigentlich ein?«

Sie setzte sich hinter den kleinen Schreibtisch. »Tut mir leid, daß ich Sie damit so überfahren habe, aber es mußte sein.«

»Was mußte sein? Strategien zu entwickeln, ohne sie vorher mit mir abzusprechen? In Gegenwart der Mandantin?«

»Einer muß doch von ihr die Informationen bekommen, die sie Ihnen nicht gibt.«

»Was wollen Sie damit sagen?«

Sie warf ihre dunklen Haare aus dem Gesicht. »Haben Sie auch nur eine Minute geglaubt, daß sie Ihnen die Wahrheit über Ihren Sohn gesagt hat? Ich meine nicht seine Affären oder irgendein mieses Geschäft, mit dem sie ihre Erzählungen gewürzt hat. Ich denke viel eher an eine totale Offenheit. An all die kleinen Dinge, die wir nicht erfahren oder erst dann, wenn ohnehin alles gelaufen ist.«

Miß Miller hatte sich abreagiert und war jetzt gelassener. »So konnte ich ihr das natürlich nicht sagen. Es hätte sie zu sehr verstört. Sie hat sich schließlich bislang mit solchen Fragen nicht beschäftigen müssen. Nehmen wir an, Jennifer hat Sie nicht um die Verteidigung gebeten, um die Geschworenen zu manipulieren. In diesem Fall sollten wir davon ausgehen, daß sie wirklich Wert auf Ihre Meinung legt. So richtig versteht das wohl niemand von uns, am wenigsten sie selbst. Wie auch immer – wenn wir den Fall übernehmen, benötigen wir Informationen, die sie Ihnen mit Sicherheit nicht geben wird. Zumindest nicht offen und vollständig.«

Ausgerechnet das, was ich unbedingt wissen muß, versucht sie von mir fernzuhalten, dachte Ryan. Nein, verbesserte er sich selbst, nicht, was ich wissen muß, sondern was ich wissen will. Es war gefährlich, gleichzeitig zwei Herren zu dienen. Einerseits wollte er durch die Verteidigung von Jennifer sein ungeborenes Enkelkind beschützen. Auf der anderen Seite mußte er unbedingt mehr über Ned in Erfahrung bringen.

Miß Miller sah ihn abschätzend an. »Sie liegen schief, wenn Sie Jennifer nur deshalb verteidigen, damit Sie wie ein Voyeur Einblick in Neds Leben bekommen. Wenn Sie deshalb diesen Fall übernommen haben, bin ich nicht mit von der Partie. Niemand hat je einen Mordprozeß gewonnen, wenn er gleichzeitig noch andere Dinge im Kopf hatte.«

Als die beiden Anwälte zurückkamen, stand Jennifer schon abmarschbereit in der Tür.

»Eigentlich hatte ich schon Michael gesagt, was ich von Anwälten halte, die mir ständig Vorschriften machen. Alle wollen, daß ich ein Geständnis ablege.« Sie sprach hastig und unterdrückte dabei ihren Zorn. »Jetzt kommen *Sie* und verlangen dasselbe. Das wollten Sie doch zum Ausdruck bringen, stimmt's? Ich soll Ihnen vertrauen, damit ich Ihnen die Wahrheit sage. Aber ich war es nicht! Und das letzte, was ich brauche, ist ein Anwalt, der mich für schuldig hält.«

Der letzte Satz hatte Ryan gegolten. »Du hast uns wahrscheinlich falsch verstanden«, sagte er.

»Wenn das so ist, dann liegt der Fehler bei mir«, sagte Miß Miller versöhnlich. »Ich will Sie lediglich davon überzeugen, daß ich auf Ihrer Seite bin. Ganz egal, ob schuldig oder nicht. Aber die Wahrheit hört nicht bei der Schuldfrage auf. Da am allerwenigsten. Ich muß alles über Sie wissen, einfach alles. Und über Ned. Ihr gesamtes Leben.«

Jennifer machte keine Anstalten, sich wieder hinzusetzen. »Ich kann verstehen, daß Sie mehr über mich erfahren möchten. Aber Michael soll auch dabeisein. Er ist mein Anwalt, nicht Sie.«

»Stimmt. Ihr Anwalt bin ich nicht«,, sagte Kassia Miller mit einem Hauch von Ärger in der Stimme. »Und ich werde es auch nicht sein, solange ich nicht davon überzeugt bin, daß Sie uns die Wahrheit sagen.«

»Ich wollte Sie nicht beleidigen«, antwortete Jennifer zerknirscht.

»Warum setzen wir uns nicht alle und überlegen, wie wir die Sache am besten anpacken?« fragte Ryan.

Erst zögerte Jennifer, dann setzte sie sich steif auf die Kante des Sofas. Miß Miller ließ sich diesmal ihr gegenüber auf einem Stuhl nieder.

»Als ersten Schritt müssen Sie uns die ganze Geschichte erzählen.

Fangen Sie an, wo es Ihnen paßt. Und gehen Sie davon aus, daß ich absolut nichts von der Sache weiß. So ist es nämlich.«

Jennifer brauchte einen Augenblick, um sich zurückzuversetzen. Sie fing mit der Mordnacht an. Im großen und ganzen hatte Ryan das alles schon einmal von ihr gehört. Der Galeriebesitzer Hugo Hill hatte für drei Künstlerinnen, die bei ihm ausstellten, eine Dachgarten-Party veranstaltet. Ned hatte sich die ganze Zeit anständig aufgeführt, bis er einer der Frauen vorgestellt worden war: der Bildhauerin Tina Claire. Er hatte sich unglaublich danebenbenommen. Jennifer war völlig ausgerastet und hatte schließlich vor lauter Wut eine Schale zerschmissen. Daraufhin hatte Ned sie stehenlassen und war hinausgegangen. Sie war ihm gefolgt. In Hills Wohnung und den Galerieräumen hatten sie dann ihren Streit fortgesetzt. Diesmal war sie diejenige gewesen, die den Raum verlassen hatte. Ned war dort geblieben. Das war das letzte Mal, daß sie ihn lebend gesehen hatte.

»Ich muß mehr wissen«, sagte Miß Miller zu ihr.

»Was soll ich denn noch erzählen?«

»Da wäre noch einiges zu berichten. Alles über Sie und Ned, über die Gäste auf dieser Party. Und ob es in Neds Leben dunkle Flecken gab, die ein Mordmotiv darstellen könnten.«

»Ein Dieb.«

»Wie bitte?«

»Ein Dieb. Wäre das nicht möglich? Jemand versuchte Hugo zu bestehlen und wurde von Ned überrascht ...«

»Möglich ist vieles«, erwiderte Miß Miller. »Aber solche Gedankenspiele helfen uns jetzt auch nicht weiter.« Sie machte eine Pause. Ryan hatte den Eindruck, daß sie einen Gang zulegte.

»Bei so einem Prozeß muß ich mich voll in Sie hineinversetzen können. Das gilt auch für Michael«, sagte sie mit einer Sanftheit, die Ryan bei ihr so noch nie gehört hatte. »Und Sie sind die einzige, die mir dabei helfen kann.«

Jennifer warf Ryan einen Blick zu. »Das ist nicht gerade eine Stärke von mir.«

Miß Miller lächelte sie an, um ihr Mut zu machen. »Warum beginnen sie nicht einfach mit der Zeit, als sie Ned kennenlernten?«

»Gut. Ich werd's versuchen.« Sie wandte sich der Fragestellerin zu. Ryan fühlte sich ausgeschlossen.

»Ned und ich lernten uns vor vier Jahren kennen. Er arbeitete für meinen Vater. Damals war ich noch mit einem anderen Mann verheiratet. Die Ehe war nicht gut, aber ich hatte immer noch die Hoffnung, daß es sich wieder einrenken würde.« Sie schüttelte den Kopf, als sie daran zurückdachte. »Schon in dieser Zeit war ich hin und wieder mit Ned zusammen. Meist auf Partys bei meinem Vater. Manchmal war er sehr ernst und benahm sich wie ein richtiger Geschäftsmann. Vor allem, wenn er jemanden beeindrucken wollte. Aber oft genug habe ich ihn dabei erwischt, wie er mit anderen Frauen anzubändeln versuchte. Ich malte mir aus, wie es wohl wäre, wenn er mir auf diese Weise nachstellen würde. Aber wenn wir miteinander redeten, war er immer ziemlich zurückhaltend, sogar nach meiner Scheidung. Doch dann fing es an.«

Sie stand auf und lief durch das Büro. »Kann ich etwas zu trinken haben?« fragte sie.

Bloß keinen Alkohol, dachte Ryan, der sofort das Baby vor Augen hatte.

»Kaffee?« schlug Kassia Miller vor.

»Club Soda, falls Sie haben.«

»Michael?«

»Kaffee, bitte.«

»Bin gleich wieder da.«

»Das macht mich ganz nervös«, sagte Jennifer, als sie allein waren. »Immerhin rede ich über deinen Sohn.«

»Darüber darfst du dir keine Gedanken machen. Ich sitze hier nur als dein Anwalt.«

»Du hast wohl recht. Ich muß einfach darüber hinwegsehen. Die Hauptsache ist, daß ich dir vertraue.«

Miß Miller kam herein. In der einen Hand hatte sie eine Tasse Kaffee, in der anderen balancierte sie zwei Dosen Club Soda. »Gläser habe ich nicht auftreiben können.«

Jennifer trank hastig. Einen Moment lang sah sie aus wie ein Schulmädchen: Das dunkle Haar lag auf ihren Schultern, und den Kopf hatte sie in den Nacken geworfen, um auch noch den letzten Tropfen zu erwischen. Ihre Wangen erröteten, als schämte sie sich einer heimlichen Erregung.

»Da stand ich nun«, berichtete sie weiter, »und fühlte mich mit meinen einunddreißig Jahren wie neugeboren. Zum erstenmal nahm ich Ned zur Kenntnis, ich meine, richtig zur Kenntnis. Und plötzlich wurde ich mir bewußt, wie sehr ich jede Begegnung mit ihm herbeisehnte. Damals machte er gemeinsam mit meinem Vater einige Geschäfte.

Darum war er häufig in der Fifth Avenue. Genau wie ich, denn ich suchte zu dieser Zeit eine neue Wohnung.«

Ryan hätte gerne mehr über diese Geschäfte gehört. Aber mit einer leichten Kopfbewegung gab Miß Miller zu verstehen, daß er Jennifer jetzt nicht unterbrechen sollte.

»Wissen Sie, was mir wirklich an Ned gefiel? Er war pfiffig und wußte, was er wollte. Anders als ich. Das war es wohl, was mich am meisten zu ihm hinzog. Daß er jung und sexy war, störte mich natürlich auch nicht gerade. Außerdem gefiel mir, daß er mich nicht so behandelte, wie die meisten anderen Männer. Sie wissen schon, was ich meine. Sie kennen das wahrscheinlich auch.«

Miß Millers Antwort bestand aus einem kurzen Lächeln. Ryan war froh, daß er nichts sagen mußte. Ihm war, als habe Jennifer ihn vollkommen vergessen.

»Die Leute machten dumme Sprüche, als wir heirateten. Ned suche wohl einen Muttersatz und so weiter. Nicht nur, daß ich sieben Jahre älter war. Dazu kam noch der Tod seiner Mutter. Sie starb, als wir uns gerade verlobt hatten. Ständig bekamen wir zu hören: ›Wie konnten Sie bloß?‹ Mir fiel es ausgesprochen schwer, Ned gerade in dieser Zeit zu heiraten.«

Plötzlich schien ihr einzufallen, daß Ryan ja auch noch vorhanden war. Unsicher sah sie zu ihm hinüber. Er nickte ihr zu. Mach nur weiter. Miß Miller hatte recht gehabt. Früher oder später würde er die beiden alleine lassen müssen. Besser später.

»Ich wollte lieber mit der Hochzeit warten«, erklärte Jennifer. »Aber davon wollte er nichts hören. Er sagte, die Trauer um seine Mutter und die Liebe zu mir seien zwei verschiedene Paar Stiefel. Aber manchmal war es wirklich schlimm. Er weinte zwar nicht, aber lag auf dem Bett und umarmte sich selbst. Dann kam ich immer dazu und hielt ihn fest. Wie ein Baby.«

Dinge, die wir nie verstehen werden, dachte Ryan.

»Aber seltsamerweise hatte ich ständig das Gefühl, er sei eigentlich der Ältere. Innerlich fühlte ich mich wie ein Kind, schon immer. Das war auch das Problem mit Peter, meinem ersten Mann. Ich mußte immer die Erwachsene spielen. Mit Ned war das ganz anders. In ihm hatte ich jemanden gefunden, der in meinem Alter war. Nicht wirklich, denn er war ja sieben Jahre jünger. Aber wir hatten so viel gemeinsam und fühlten uns sehr geborgen, wenn wir zusammen waren. Irgendwie habe ich schon zu ihm aufgesehen. Wegen seiner Selbstsicherheit.

Außerdem war er nie so träge wie Peter. Er war ein richtiges Energiebündel und tat häufig Dinge, die unmöglich vorherzusagen waren.

Daß er früher viele Freundinnen gehabt hatte, war mir bekannt. Es gab Zeiten, da war er hinter jedem Rock her. Gelegentlich sogar hinter der Ehefrau eines Geschäftspartners. Als wolle er die Männer wie in einem Wettkampf ausstechen.«

Mit einem Schlag verfiel sie in Schweigen. Der Schmerz über Neds Tod hatte sie wieder überkommen.

»Wie war Ihre Ehe in der Zeit, als der Mord geschah?« fragte Kassia Miller.

Jennifer schwieg noch immer. Sie kämpfte mit der Antwort. »Was soll ich dazu sagen? Die letzten Tage ...« Sie versuchte, ihre Tränen zurückzuhalten. »Die letzten Tage waren schön. Aber davor ...« Ein tiefer Atemzug. »Es war fürchterlich. Ich könnte Ihnen zwar sagen, alles sei prima gewesen. Aber das wäre eine Lüge.« Ihre Stimme klang leise und monoton. »Jetzt ist sowieso nichts mehr zu ändern ...«

Sie streckte ihre Hand nach Ryan aus, als wollte sie ihn berühren. Dabei saß er in der anderen Ecke des Zimmers. »Ich vermute, du fühlst dich so ähnlich. Es ist schon eigenartig. Ned war immer der Meinung, er sei dir völlig gleichgültig.«

War das möglich? Hatte er die Gefühle seinem Sohn gegenüber so schlecht zum Ausdruck gebracht?

»So fantastisch war das Verhältnis zwischen Ned und mir also nicht«, begann Jennifer wieder. »Aber während der letzten Wochen war es geradezu unerträglich. Er wurde schwermütig und zog sich immer mehr in sich zurück. Man brauchte kein Hellseher sein, um zu erkennen, daß ihn etwas bedrückte.«

»Haben Sie eine Ahnung, was ihn so sehr beschäftigte?« wollte Miß Miller wissen. Ryan lag die gleiche Frage auf der Zunge.

»Nein. Er hat kein Sterbenswörtchen gesagt.«

»Haben Sie ihn denn gefragt?«

»Einmal. Es machte mich verrückt. Wir waren miteinander aus. Was nicht sehr oft vorkam, da meistens irgendwelche geschäftlichen Angelegenheiten zu regeln waren. Da war es schon etwas Besonderes, wenn er mich mal ausführte. Ich glaube, an diesem Abend waren wir in einem französischen Lokal. Ich habe ihn einfach auf sein sonderbares Benehmen angesprochen. ›Mach dir keine Sorgen‹, lautete die Antwort.«

»Kannst du dich noch daran erinnern, was genau du ihn gefragt hast?« Ryan mußte sich anstrengen, nicht wie ein Vernehmungsbeamter zu klingen.

»Nein. Genau weiß ich das nicht mehr ... Etwas in der Art wie ›Kann ich dir helfen? Du siehst aus, als würdest du die ganze Welt auf den Schultern tragen‹.«

»Was sagte er darauf?«

»Er sagte nur, ›mach dir keine Sorgen‹.«

»Sonst noch etwas?« Ryan hatte sich nach vorne gelehnt und wartete gespannt auf die Antwort.

»Nein. Doch. Er sagte, es würde nicht mehr lange dauern.«

»Wie klang er dabei?« wollte Miß Miller wissen. »Sauer? Erleichtert?«

»Als ich ihn das erste Mal darauf ansprach, schien er verärgert. Als wollte er sagen: ›Wovon sprichst du überhaupt?‹ Dann beruhigte er sich aber wieder und sagte, ich solle mir keine Sorgen machen. Die Art und Weise, in der er das sagte, klang wie ... ›es wird schon wieder gut‹. Aber vielleicht bilde ich mir das alles auch bloß ein.«

»Hast du irgendeine Vorstellung, was er gemeint haben könnte?«

»Überhaupt nicht. Über seine Geschäfte sprachen wir selten. Er hat fast nur geschuftet. Von morgens bis abends. Erst in den letzten Monaten brachten die Kliniken etwas ein, die er mit Jim Morris gegründet hatte. Vorher nur Arbeit und kein Echo. Genaueres ist mir nicht bekannt. So hat Ned es mir erzählt.«

»Meinst du, seine Sorgen hätten mit diesen Kliniken zu tun haben können?« fragte Ryan.

»Ich wüßte nicht, wie. Nach allem, was er sagte, war er sehr zufrieden damit.«

»Hat er sich über jemanden beklagt? Hatte er Angst vor jemandem? Gab es irgendein Geschäft, das ihm Schwierigkeiten bereitete?«

Jennifer überlegte. Während sie auf ihre Antwort wartete, zerdrückte Kassia Miller die Getränkedose und zielte auf einen Abfallkorb, der in der anderen Ecke des Zimmers stand. Mit einem Scheppern prallte sie von den Rücken einiger Gesetzesbücher ab. Ryan sah zum Eingang, um festzustellen, ob jemand den Lärm gehört hatte. Die Tür war fest verschlossen.

»Ein Geschäft gab es da, auf das er fest vertraute«, sagte Jennifer. »Es ging um irgendeine Hypothek für ein Grundstück in New Jersey. Ich glaube, für ein Einkaufszentrum oder so. Das Problem war, daß Ned im allerletzten Augenblick die Vertragsbedingungen ändern mußte. Sein Geschäftspartner war stocksauer und stieß Drohungen aus.«

»Drohungen?« wiederholte Ryan.

Jennifer schien bestürzt, daß Ryan ihre Bemerkung sofort aufgriff. »Ich glaube nicht, daß er ihn verletzen wollte. Es ging eher um rechtliche Schritte und um Schadensersatz.«

»Wie hieß dieser Mann?« fragte Miß Miller.

»Daran kann ich mich nicht mehr erinnern.«

»Glaubst du, du würdest dich wieder erinnern, wenn ihr Neds Geschäftspapiere durchseht?« wollte Ryan wissen.

»Ich bin mir nicht sicher, ob Ned mir überhaupt je diesen Namen genannt hat.«

»Trotzdem sollten wir es probieren«, entgegnete er.

## 12

»Was halten Sie davon?« fragte Ryan, nachdem Jennifer das Büro verlassen hatte.

»Ich glaube, daß wir bei dem jetzigen Stand der Dinge selbst die Bischofskonferenz verdächtigen würden«, erwiderte Kassia Miller. »Wer weiß, vielleicht lägen wir damit sogar richtig. Wie wäre es, wenn wir erst einmal hier verschwinden?«

»Wir sind noch nicht fertig.«

»Da haben Sie allerdings recht. Aber lassen Sie uns einen Spaziergang machen oder etwas trinken gehen. Oder beides. Wir müssen uns über die Antworten Ihrer Mandantin unterhalten.«

»Wie fanden Sie sie?«

»Sie war sehr traurig.«

»Glauben Sie, daß sie Ned getötet hat?«

»Diese Frage habe ich mir noch nicht gestellt.«

»Das ist das einzige, was Jennifer momentan interessiert.«

Die Worte entschlüpften Ryan in einem verärgerten Ton. Weshalb nahm er so engagiert Jennifers Standpunkt ein? Du bist nicht gerade schlau, tadelte er sich selbst. Sie ist deine Mandantin, sonst nichts. Und sie könnte deinen Sohn ermordet haben. Du mußt einfach vergessen, daß sie die Mutter deines Enkelkindes sein wird.

»Schon möglich, daß sie das interessiert.« Miß Miller sah ihn kühl an. »Möglich aber auch, daß Jennifer nur ihre Lage verbessern will. Sie muß doch nur so tun, als würde sie denken, daß wir an ihrer Unschuld zweifeln. Und schon tun wir alles, um ihr entgegenzukommen. Mit ihrer Intelligenz auf der einen Seite und ihrer Unsicherheit auf der anderen findet sie jederzeit einen Grund, besorgt dreinzuschauen und viel Lärm um nichts zu machen.«

»Sie haben also kein Interesse?«

»Das habe ich nicht behauptet. Ich habe nur Ihre Frage beantwortet, was ich von ihr halte.«

»Ja oder nein würde mir schon genügen. Interessiert Sie der Fall?«

»Sie müssen damit aufhören, sich ständig mit mir anzulegen, Mr. Ryan. Sonst bringen wir die Sache nicht zu Ende.«

»War das ein ›Ja‹?«

Sie starrte ihn an. »Ein vorläufiges ›Ja‹. Und nur unter den Bedingungen, die ich Ihnen bereits genannt habe. Jetzt sind Sie am Zug. Sie hatten doch Zweifel, ob Sie es mit mir aushalten würden.«

»Können Sie denn mit mir arbeiten?«

Keine Antwort.

»Wenn Sie sich etwas davon versprechen«, sagte Ryan, »dann akzeptiere ich Ihre ganz eigene Beziehung zu Jennifer – wie Sie es genannt haben.«

»Als sie uns gerade ihre Geschichte erzählte, merkte sie selbst, wie schwer es ihr fiel, über bestimmte Dinge zu reden.«

»Darum habe ich mich ja auch zurückgehalten. Aber was Ihre sogenannten ›Bedingungen‹ angeht, will ich eines klarstellen: Die Verteidigung leite ich. Sie sind meine Assistentin!«

»Abgelehnt. Ich sagte Ihnen schon ...«

»Nur so kann ich an dem Fall dranbleiben. Ich werde vor Gericht klarmachen, daß Jennifer einen Anspruch auf einen Verteidiger ihrer Wahl hat und daß ich dieser Verteidiger bin. Wer von uns beiden bei der Verhandlung dann die Volltreffer landet, darüber werden wir uns schon einigen können.«

»Kommt darauf an, was Sie unter ›einigen‹ verstehen.«

»Sie waren diejenige, die keinen Streit mehr wollte, Lady.«

»Schon gut. Waffenstillstand. Aber nennen Sie mich nicht ›Lady‹.«

Wie ein Terrier, dachte er. Die würde niemals nachgeben. Er lachte. Ihre Miene verfinsterte sich für einen Moment. Aber dann mußte sie grinsen.

»Gehen wir einen Schluck trinken«, schlug Ryan vor.

Sie betraten eine Kneipe mit dem Namen Blarney Bar. Auf einer Warmhalteplatte in der Nähe der Tür fiel sein Blick auf unappetitliches Fleisch und Kartoffeln. Die Theke war lang und düster. Diese Spelunke hier würde sich nach Feierabend nicht in ein Irrenhaus verwandeln. Sie bestellten an der Theke ihre Getränke und nahmen sie mit an einen Tisch.

»Sind Sie eigentlich zufrieden mit den Gründen, weshalb sie Sie als Verteidiger will?« fragte Miß Miller.

Ryan überging die Frage. »Becker wird davon ausgehen, daß sie mich nur genommen hat, weil ich Neds Vater bin. Um bei den Geschworenen Sympathie zu erregen. Darum bin ich sicher, daß er alles versuchen wird, um mich ausschließen zu lassen.«

Ihr Ausdruck hatte etwas Rätselhaftes angenommen.

»Habe ich etwas Falsches gesagt?«

»Nichts von Bedeutung. Später komme ich vielleicht mal darauf zurück.«

»Auf jeden Fall glaube ich, daß Jennifer mich aus ehrlichen Beweggründen um die Verteidigung gebeten hat.«

»Und darum haben Sie sich entschlossen, nicht tiefer zu bohren?«

»Mag sein.«

Für den Augenblick mußte er ihren Vorwurf so stehenlassen. Es war zwar riskant, ihr nicht die volle Wahrheit zu sagen. Aber solange Kassia Miller nicht wirklich zum Team gehörte, wollte er ihr von Jennifers Schwangerschaft nichts verraten. Das Beste, was er tun konnte, war Zeit zu schinden. »Ich habe mich ohne zu Zögern dazu entschlossen, weil ich meine eigenen Motive habe, sie zu verteidigen.«

»Noch eine Frage.« Ihre braunen Augen blickten ihn unverändert an. »Wäre es möglich, daß Sie sie für schuldig halten und ihre Verteidigung deshalb absichtlich verpatzen wollen?« Sofort bemerkte sie Ryans Verärgerung und fügte rasch hinzu: »Ich mußte das fragen.«

»Mußten Sie nicht. Nicht wenn Sie sich richtig über mich informiert hätten. Wie schon gesagt, ich habe meine Gründe. Und Sie haben Ihre.«

»Ich?«

»Spielen Sie nicht die verfolgte Unschuld. Das steht Ihnen nicht.«

»Sehen Sie, als Lee Bailey Sam Sheppard verteidigte, war er gerade mal sechsundzwanzig. In diesem Alter habe ich erst angefangen. Ich habe viel nachzuholen.«

»Das erklärt Ihren Eifer.« Eine billige Bemerkung. Denn gerade deshalb hatte er sich ja für sie entschieden.

»Mir genügt es, wenn Sie meinen guten Instinkt und meinen Sachverstand anerkennen. Und was meinen *Eifer* betrifft, so sollten Sie nicht darüber lästern. Freuen Sie sich lieber schon auf die gute Arbeit, die Sie ihm verdanken werden.«

Schweigsam tranken sie ihre Gläser aus. Keiner von beiden hatte Lust, irgendwelche Belanglosigkeiten auszutauschen. Als sie die Kneipe verließen, sagte Ryan: »Bevor ich mich endgültig entscheide, will ich Sie vor Gericht erleben.« Dabei war er sich so gut wie sicher, daß er die Richtige gefunden hatte.

Bewaffneter Raubüberfall lautete die Anklage gegen ihren Mandanten. Ihr Kreuzverhör beschränkte sich darauf, von zwei Männern eines privaten Wachdienstes, die den Vorfall beobachtet hatten, eine genaue Schilderung zu verlangen. Ryan fand ihre Vorgehensweise viel zu sanft und zurückhaltend.

Nach der Mittagspause befragte sie ihren einzigen Zeugen, einen Friseur, der die Festnahme des Angeklagten beobachtet hatte, da sie genau vor seinem Geschäft erfolgt war. Er berichtete dasselbe wie die Beamten. Ihren eigenen Zeugen hatte Miß Miller natürlich besser im Griff als die anderen. Doch unterschied sich ihr Auftritt nicht zu sehr von dem am Vormittag, daß sie Gefahr gelaufen wäre, die Geschworenen zu verwirren. Ihre Verteidigung basierte darauf, daß sich das Friseurgeschäft drei Häuserblocks nördlich von der Stelle befand, an der nach Aussagen der Wachmänner die Festnahme stattgefunden hatte.

Wenn also die beiden über den Ort der Verhaftung so offensichtlich die Unwahrheit gesagt hatten, war es dann nicht auch wahrscheinlich, daß sie überhaupt gelogen hatten und der Angeklagte gar nichts verbrochen hatte? Die Geschworenen kamen in weniger als einer Stunde zu einem Urteil: Freispruch.

»Eine nette Vorstellung«, sagte Ryan nach der Verhandlung. »Und ich meine wirklich Vorstellung.«

»Ich nehme das als Kompliment.«

»Warum, glauben Sie, haben die Wachmänner gelogen?«

»Brauchten sie dafür einen Grund?«

»Meinen Sie nicht?«

Sie zuckte mit den Achseln. »Entscheidend war wohl, daß sie sich außerhalb ihres Einsatzgebietes befanden, als sie ihn festnahmen. Für diese Leute ist das schon ein größeres Problem.«

»Wie haben Sie den Friseur aufgespürt?«

»Harte Arbeit und viel Glück. Ich engagierte einen Privatdetektiv, der die ganze Nachbarschaft abklapperte. Er fragte sich so lange durch, bis er jemanden gefunden hatte. Nämlich den Friseur.«

»Und zum Glück hatte der gerade zum richtigen Augenblick aus dem Fenster gesehen.«

Sie lachte.

»Und? Packen wir die Sache nun gemeinsam an?« fragte sie beim Verlassen des Gerichtsgebäudes.

»Sieht ganz so aus – oder?«

## 13

Als nächstes mußte Ryan unbedingt seine Stellungnahme ausarbeiten, mit der er Beckers Versuch abwehren wollte, ihm gerichtlich Jennifers Verteidigung zu untersagen. Aus den Reihen der jüngeren Anwälte seiner Kanzlei suchte er sich den klügsten Kopf heraus und beauftragte ihn, alles zusammenzutragen, was er über das Recht des Angeklagten auf freie Wahl des Verteidigers finden konnte.

Es folgte ein unangenehmes Treffen mit Jennifer und ihrem Vater, den Ryan auf die Frage des Honorars ansprach. Er bat Kneeland eindringlich, sein Engagement für Jennifer geheimzuhalten. Kneeland erwies sich als korrekt und höflich, doch machte sich Ryan keinerlei Illusionen, daß Jennifers Vater von der Wahl ihres Anwalts nicht gerade begeistert war. Zum Glück würde es Kassia Millers Aufgabe sein, sich mit ihm zu befassen.

Ryan wollte ein eigenes Büro, in dem sie ihr gesamtes Aktenmaterial aufbewahren und sich auf den Fall vorbereiten konnten, ohne besondere Aufmerksamkeit auf sich zu ziehen. Das würde nämlich unweigerlich geschehen, wenn er und Miß Miller sich allzuoft in ihren jeweiligen Kanzleien treffen würden.

Kneeland sagte nur, er solle sein Geld ausgeben, wie er es für richtig halte. Kassia Miller war dagegen und sagte, sie habe nichts gegen ein gemeinsames Büro, aber nur in der Nähe des Gerichtes und auch erst nach Prozeßbeginn.

In der Zwischenzeit arbeiteten die beiden also räumlich voneinander getrennt. Ryan wies Jake Kaplan an, Kassia über Neds Finanzmanipulationen zu unterrichten und ihr sämtliche relevante Unterlagen zu übergeben: Auszüge aus seinen Scheckheften, aus den Hauptbüchern und andere Schriftstücke.

Wie vereinbart traf Ryan in Kassia Millers Büro ein, nachdem sie ihr erstes Gespräch unter vier Augen mit Jennifer beendet hatte. Sie hatte für ihn eine zeitlich befristete Kennkarte besorgt, damit er sich nicht ständig anmelden mußte, um zu ihr vorgelassen zu werden.

Er fand sie über Jake Kaplans Unterlagen gebeugt. Als er eintrat, sah sie kurz auf, grüßte ihn aber nicht. Eindeutig war etwas nicht in Ordnung. Ryan hängte seinen Regenmantel an die Tür, setzte sich hin und wartete darauf, daß der Sturm losbrechen würde.

Miß Miller stapelte die Papiere aufeinander und schob sie beiseite. Einen kurzen Augenblick sah sie Ryan schweigend an

»Jennifer ist schwanger«, sagte sie schließlich.

»Ja.«

»Warum haben Sie mir nichts davon erzählt?« Ihre Stimme blieb ruhig, aber ihre Verärgerung war offensichtlich.

»Ich konnte das nicht tun, bis ich nicht sicher war, daß Sie mit mir zusammenarbeiten würden.«

»Das war vor mehr als einer Woche.«

»Und dann dachte ich, es wäre besser, wenn Jennifer es Ihnen selbst sagen würde. Zum Aufbau Ihrer ganz eigenen Beziehung.«

»Das ist Ihnen wohl ein Dorn im Auge, was?«

Ryan überhörte das.

»Jetzt müssen wir uns darüber klarwerden, was wir mit dieser Information anfangen«, sagte sie.

»Daß sie schwanger ist? Das hat keine Bedeutung.«

»Natürlich hat es eine!«

»Als Ned ermordet wurde, wußte sie noch nichts davon.«

»Nicht offiziell. Nicht aufgrund eines Tests.«

»Wie denn sonst? Sollte sie es erraten?«

»Sie glauben wohl, Frauen könnten so etwas nicht? Ihr Körper wußte es zumindest. Wer weiß, wie sehr das ihr Gefühlsleben beeinflußt hat?«

»Ich dachte immer, Frauen würden dadurch sanfter und freundlicher – mütterlich eben.«

»Stimmt. Und mütterlich bedeutet auch beschützend. Vielleicht hat gerade dieser Umstand sie dazu verleitet, sich gegen das Flittchen zu wehren, das dem Vater ihres Kindes nachstellte.«

»Was sollen wir damit anfangen? Sie behauptet, während der Tatzeit nicht mehr auf der Party gewesen zu sein. Wenn sie es wirklich nicht war, dann können wir unmöglich auf beschränkte Zurechnungsfähigkeit plädieren und den Hormonen die Schuld geben.«

»Natürlich nicht.«

»Dann werden wir aber ihre Schwangerschaft niemals in die Beweisaufnahme einbringen können. Die Geschworenen werden es nie erfahren.«

»Wenn Jennifer während des Prozesses noch schwanger ist, werden sie es kaum übersehen können.«

»Und wie groß ist diese Chance?«

Die Hauptverhandlungen begannen in Manhattan nur selten weniger als ein Jahr nach der Straftat. Das war sogar einem ehemaligen Bundes-Staatsanwalt bekannt.

»Sie kommt nicht nieder vor Ende März. Wir könnten Mitte Februar beginnen und in sechs Wochen alles hinter uns bringen.«

»Sicher. Wenn wir dem Richter versprechen, daß das Kind nicht als Frühgeburt auf die Welt kommt. Und immer unter der Voraussetzung, daß wir dann auch zur Verhandlung bereit sind. Wir reden von maximal vier Monaten.«

»Das schaffen wir. Wir müssen einfach. Denken Sie bloß daran, welchen Eindruck es auf die Geschworenen machen wird, wenn sie Jennifer Tag für Tag da sitzen sehen, als könnte es jeden Moment losgehen.«

Ryan dachte darüber nach. Dagegen war nichts einzuwenden.

»Das bedeutet, wir dürfen keine Minute mehr verlieren«, sagte Miß Miller. »Wir müssen umgehend einen Richter zugewiesen bekommen, damit wir die vorprozessualen Beweisanträge einbringen können.«

»Ich werde meinen Schriftsatz fertigstellen müssen.«

»So schnell Sie können.«

»Ich habe Angst, allzu schnell vorzugehen. Wir haben doch noch keine Ahnung, wie wir unsere Verteidigung aufziehen sollen.«

»Dazu ist später noch genügend Zeit.«

»Na, hoffentlich. Die Schwangerschaft wird uns nützen. Aber das allein reicht nicht.«

»So redet nur ein Mann.« Kassia Miller drehte ihren Stuhl und blickte hinaus in den Regen. »Haben Sie deswegen den Fall übernommen?« Sie drehte sich wieder um und sah ihn an. »Weil Jennifer demnächst Mutter ihres Enkelkindes wird?«

Er antwortete nicht gleich, und sie drängte ihn auch nicht.

»Hätte es Ihnen besser gefallen, wenn ich es des Geldes wegen getan hätte?« fragte er sie. »Oder aus Ruhmsucht?«

»Alle Gründe sind mir recht, wenn sie nur den guten Anwalt zu Tage fördern, der in Ihnen steckt.«

Ryan rief Craig Lawrence an, mit dem er in jenen Tagen zusammengearbeitet hatte, die Lawrence ›die schlechte alte Zeit‹ zu nennen pflegte. Lawrence war Sonderbeamter des FBI gewesen, und Ryan hatte für die US-Anwaltschaft gearbeitet. Die beiden waren zwar grundverschieden, aber gemeinsam war ihnen das Interesse an ihrer Arbeit gewesen, die sie immer so gut wie möglich hatten erledigen wollen. Letztendlich hatte diese Einstellung zur Zerstörung von Ryans Familie beigetragen. Die Auswirkungen auf Lawrence waren etwas direkter gewesen: Man hatte ihn gefeuert.

Lawrence bezeichnete das später als ›Glück im Unglück‹. Bald schon hatte er eine erfolgreiche Detektei mit zahlreichen Mitarbeitern aufgebaut.

»Ich weiß, was du vorhast«, sagte Lawrence, als Ryan ihn davon unterrichtete, daß er wieder vor Gericht auftreten würde. »Du willst, daß ich alles andere liegenlasse und mich höchstpersönlich um die Sache kümmere.«

»Ich weiß, wie fleißig du bist«, entgegnete Ryan, ohne ihm zu widersprechen.

»Schon, aber du verlangst immerhin von mir, alles andere zu vernachlässigen. Aber heute ist dein Glückstag, mein Freund. In dieser und in der kommenden Woche bringe ich ein paar Aufträge zu Ende. Das meiste, was hereinkommt, kann ich einem meiner überarbeiteten Angestellten aufhalsen. In den nächsten zwei Wochen bekommst du mich nur stundenweise. Danach stehe ich dir voll und ganz zur Verfügung.«

Am nächsten Morgen erhielt Ryan einen Anruf von Miß Miller. »Gerade eben rief Jeff Rosen an. Er sagte, Becker sei bereit, so bald wie möglich die Festsetzung des Verhandlungsbeginns zu beantragen. Falls wir kommende Woche unseren regulären Gerichtstermin erhalten und niemand dagegen Einwände erhebt, dann wird gleich das Glücksrad zur Auslosung des Richters gedreht.«

»Wie funktioniert das?« fragte Ryan.

»Es wird eine Liste erstellt, auf der sich die Namen von sechs Richtern befinden. Wer bereits verpflichtet ist, wird von der Liste gestrichen. Sollten alle irgendwelchen Verhandlungen zugewiesen sein, werden sechs neue aufgestellt.«

»Man hat also manchmal auch nur zwei Richter im Rad?«

»Alles hängt vom Timing ab.«

»Und was passiert, wenn man beide Richter nicht ausstehen kann?«

»Wenn man das rechtzeitig herausbekommt, wird man am besten krank oder muß ganz dringend zu einem Mandanten.«

»Und taucht dann wieder auf, wenn die Liste voll ist.«

»Das ist die Theorie. Aber es klappt nicht immer.«

»Gehe ich recht in der Annahme, daß es hilfreich wäre, jemanden zu kennen, der mit dem Losverfahren zu tun hat?«

»Es schadet nicht gerade. Vor allem dann, wenn nur noch zwei Richter übriggeblieben sind, man mit beiden gut auskommt, aber man selbst in der Reihenfolge erst den dritten Platz einnimmt.«

»Jetzt fehlt nur noch eines«, sagte Ryan. »Ein Richter, der mir diesen Fall nicht entzieht.«

## 14

Am darauffolgenden Mittwoch begleitete Kassia Miller Jeff Rosen und Jennifer Ryan zum Supreme Court, dem obersten Gericht des Staates New York. Michael Ryan saß unterdessen in seinem Büro am Telefon und wartete.

Kassia Millers Anruf erfolgte kurz vor elf. »Drei Richter stehen noch auf der Liste. Einer ist entsetzlich, einer geht und der dritte ist ziemlich gut.«

»Vielleicht sollten Sie und Rosen lieber krank werden.«

»Das würde ich, wenn die Sache nicht so eilig wäre. Aber ich habe mich mit einem netten Büroangestellten unterhalten, der für die Listen zuständig ist. Er sagte, vor uns sei nur ein einziger Fall im Losverfahren. Darum dachte ich, es sei möglicherweise gar nicht so schlecht abzuwarten, wen sie ziehen würden. Es könnte uns einige Wochen mehr Zeit einbringen.«

»Ich bin nicht vor Ort«, sagte Ryan. »Machen Sie, was Sie für richtig halten.«

Um ein Uhr rief Miß Miller erneut an.

»Die gute Nachricht lautet, daß der andere Fall den schlimmen Richter gezogen hat. Für uns stehen jetzt nur noch zwei zur Verfügung, die aber beide mehr oder weniger erträglich sind.«

»Und die schlechte Nachricht?«

»Die schlechte Nachricht lautet, daß wir von diesen beiden leider nicht den besseren gezogen haben.«

»Wen haben wir denn erwischt?«

»Anthony R. Corino, auch Tony Boy genannt. Warum, ist mir nicht bekannt. Wenn wir uns sehen, werde ich Ihnen mehr über ihn berichten. Erst einmal muß ich in meinem Büro klar Schiff machen. Gegen zwanzig Uhr werde ich fertig sein. Sagen wir halb neun, um sicherzugehen. Und ich werde einen Riesenhunger mitbringen.«

Sie verabredeten sich in einem Restaurant. Ryan drückte gerade lang genug auf die Gabel, um das Gespräch zu unterbrechen, und wählte dann Craig Lawrences Nummer.

»Anthony R. Corino, Richter am Supreme Court«, teilte er dem Privatdetektiv mit.

»Ist das unser Mann? Ich mache mich gleich an die Arbeit.«

Kurz nach sieben rief Lawrence zurück.

»Immer noch im Büro?«

»Durchgehend geöffnet«, antwortete Ryan. »Was konntest du in Erfahrung bringen?«

»Anthony R. Corino alias Tony Boy alias Hängt-sie-auf-Corino.«

»›Hängt sie auf‹? Das soll wohl ein Witz sein?«

»Nicht im geringsten.«

»Schieß los!«

»Der Name sagt alles. Ein völlig humorloser Bursche, wie mir mitgeteilt wurde. Einige meinten sogar, er sei insgeheim ein Rassist, der sich einen Dreck darum schere, was die eine Minderheit der anderen antue. Er wird alles in die Wege leiten, um ein Geständnis zu bekommen und Fälle wie den unseren aus dem Gerichtssaal fernzuhalten. Er glaubt fest an die abschreckende Wirkung von Strafen. Rehabilitation und dergleichen hält er für ausgemachten Schwachsinn.«

Auch Ryan hatte seine Schwierigkeiten mit den Überlegungen, die hinter der gängigen Rehabilitationspraxis standen. Das hieß aber nicht, daß er versessen darauf gewesen wäre, als Verteidiger aufzutreten, wenn Corino als Vorsitzender die Verhandlung leitete.

»Corino statuiert auch gerne Exempel«, fügte Lawrence hinzu. »Er hat schon zu erkennen gegeben, daß er sich auf unseren Fall freut.«

»Genau das fehlte uns noch. Was für Exempel meinst du denn?«

»Zum Beispiel, Angehörige der Oberschicht für lange Zeit hinter Gitter zu bringen.«

»Bist du sicher? Miß Miller meinte, wir könnten mit diesem Richter leben.« Was zum Teufel hatte sie sich dabei gedacht?

»Ich kann dir nur sagen, was ich gehört habe. Soll ich mich weiter umhören?«

»Ich bitte dich darum.«

Ryan fühlte sich nicht in Stimmung für die aufgekratzte Atmosphäre in dem von ihm vorgeschlagenen Restaurant. Er versuchte, Miß Miller noch in ihrem Büro zu erreichen.

»Ich wollte gerade gehen. Stimmt was nicht?«

»Ich muß noch hierbleiben und eine Arbeit zu Ende bringen, mit der ich nicht gerechnet hatte. Kommen Sie rüber, dann erledigen wir das gemeinsam.«

Während er auf sie wartete, las er nochmals die Zusammenfassung durch, die sein junger Kollege zur Frage der freien Anwaltswahl angefertigt hatte. Ryan konzentrierte sich auf die Fälle, bei denen das Gericht dieses Recht eingeschränkt hatte. Ryans Argumente, mit denen er beweisen wollte, daß gerade diese richterlichen Entscheidungen auf Jennifers Fall nicht angewendet werden konnten, mußten absolut wasserdicht sein.

Eigentlich hatte er sich vorgenommen, Miß Miller freundlich zu begrüßen, Sandwiches zu bestellen und über andere Aspekte ihres gemeinsamen Falles zu sprechen, bevor die Rede auf Anthony Corino kam. Statt dessen platzte er sofort damit heraus.

»Ich habe gedacht, Sie hätten sich über diesen Richter informiert. Ich habe gedacht, Sie würden sich da unten in der Centre Street auskennen.«

»Was ist denn mit Ihnen los? Ersparen Sie mir diesen Ton!«

»Anthony Corino.«

»Darauf bin ich selbst schon gekommen.«

»Wie haben Sie Informationen über ihn eingeholt?«

»Wie über die anderen auch. Ich habe mich umgehört und in der Kanzlei die Akten eingesehen, in denen die Kollegen ihre Ansichten über die verschiedenen Richter abheften. Es wird erwartet, daß nach jedem Fall solche Berichte angefertigt werden. Nicht jeder macht das, aber es ist durchaus sinnvoll. Damit habe ich begonnen. Ich bin sämtliche Richter durchgegangen und habe sie mit plus oder minus beurteilt.«

Abrupt beendete sie ihre Erkärungen. »Weshalb erzähle ich Ihnen das eigentlich alles? Schließlich habe ich diese Nachforschungen doch nicht zu meinem Vergnügen angestellt. Punkt und Schluß!«

»Und Ihre Schlußfolgerung lautete, daß Tony Corino ein geeigneter Richter für uns sei.«

»Scheint so.«

»Was ist dann mit ›Hängt-ihn-auf-Corino‹? War der nicht in Ihren Akten?«

»Ja. Davon stand auch etwas darin.«

»Aber das haben Sie mir gegenüber nicht erwähnt.«

»Nein.«

»Sie hielten es nicht für wichtig.«

»Nicht besonders.«

»Mein Gott! Nicht besonders?«

»Der Mann fällt harte Urteile. Ich muß zugeben, unterm Strich kann das schon einen Unterschied machen. Ich sagte Ihnen ja bereits, daß wir mit dem anderen Richter besser gefahren wären.«

»Wie konnten Sie davon ausgehen, daß er für uns überhaupt akzeptabel sei?«

»Die Verurteilung durch den Richter ist nur dann von Bedeutung, wenn das Urteil der Geschworenen *schuldig* lautet.«

»Aber dann ist es sogar von großer Bedeutung! Und wenn ein Richter beschissen ist, dann ist es sein ›Schuldig‹ um so mehr.«

»*Wenn* Corino wirklich so mies ist. Ich glaube das nicht.«

»Was ist er denn Ihrer Meinung nach?«

»Ein Richter, den man nicht leicht in irgendeine Kategorie einordnen kann. Ein menschliches Wesen.«

»Ich rede hier nicht von Kategorien. Ich rede davon, was in den Berichten steht. Was der Mann bisher gemacht hat. Wollen Sie wissen, was ich über ihn gehört habe? Daß es ihm Spaß macht, harte Strafen zu verhängen. Daß er ein Schreibtischrassist ist, dem es zudem Vergnügen bereitet, Exempel über ungeratene Mitglieder der oberen Zehntausend zu statuieren. Hört sich das so an, als ob er der geeignete Richter für uns wäre?«

»Jedenfalls wird es dadurch für mich nicht gerade leichter, Sie davon zu überzeugen, daß ich keinem Irrtum erlegen bin. Aber lassen wir das jetzt, ja? Wir haben diesen Mann zugeteilt bekommen, also machen wir das Beste daraus.«

Das Beste! Ryan hatte gehofft, er habe falsch gelegen mit seiner Vermutung, nicht mit Frauen zusammenarbeiten zu können. Momentan sah es allerdings nicht danach aus. Und die angebliche Menschlichkeit irgendeines Richters hatte auch nicht zu den Dingen gehört, auf die er sich bislang verlassen hatte.

Als er zu Hause ankam, setzte er sich vor den Fernseher. Für heute hatte er genug von der Wirklichkeit.

Das Telefon klingelte. Jennifer war dran.

»Ich habe gehört, daß wir einen scharfen Richter zugeteilt bekommen haben.«

»Woher weißt du das?«

»Ein Reporter rief bei mir an, weil er meine Meinung dazu hören wollte.«

»Wir hatten doch vereinbart, daß du nicht mit Reportern reden solltest.«

»Wechsel jetzt nicht das Thema.«

Ryan gefiel ihr Ton nicht, doch konnte er den Grund dafür nachvollziehen. »Es stimmt. Der Spitzname des Richters ist ›Hängt-sie-auf‹.«

»Wie sind wir denn bloß an so einen geraten?«

»Reiner Zufall. Sie drehen ein Rad. Wie beim Roulette.«

»Ich dachte, Kassia hat Erfahrung bei der Zusammenarbeit mit diesem Gericht. Und daß du sie deshalb ausgewählt hast.«

»Ja. Hat sie.«

»Und warum haben wir dann diesen Richter bekommen?«

Ryan schloß die Augen und zählte langsam bis drei. Andernfalls hätte er zurückgegiftet. Sein Unmut über Miß Miller war nicht geringer als Jennifers. Erst wollte er ihr mitteilen, daß sie es gewesen war, die die Informationen über den Richter ausgewertet hat. Doch dann ließ er es bleiben. Es wäre nicht gut gewesen, Jennifer auf eine Kluft zwischen ihren beiden Anwälten hinzuweisen, in die sie später unter Umständen einen Keil treiben könnte. Daß er inzwischen mit dem Gedanken spielte, die Zusammenarbeit mit Kassia Miller zu beenden, hatte damit nichts zu tun.

»Wir haben uns die Dokumentation über die verschiedenen Richter sorgfältig angesehen. Corino geht schon in Ordnung.« Diese Lüge fiel ihm nicht leicht, würde aber einiges vereinfachen. »Er ist nicht der beste von allen, aber auch nicht der schlechteste.«

»Sein Spitzname gefällt mir nicht.«

»Er hat noch einen anderen, der dir vielleicht eher zusagt.«

»Und wie lautet der?«

»Tony Boy. Klingt nicht so bedrohlich.«

Sie schwieg.

»Was hast du dem Reporter gesagt?« wollte Ryan wissen.

»Ich sagte, daß ich unschuldig sei und hoffen würde, dies auch vor Gericht beweisen zu können.«

»Gut. Das war gut. Aber bitte nicht noch einmal.«

»Ich bin kein kleines Kind mehr, Michael. Du brauchst nicht auf diese Weise mit mir zu sprechen.«

So erreichte er nichts bei ihr. Keine Chance. »Was hat er dich sonst noch gefragt?«

»Es war eine sie. Sie wollte etwas über Kassia wissen. Ob sie meine Anwältin sei.«

»Und was hast du geantwortet?«

»Ich sagte, daß ich Kassia kennengelernt hätte und sie für sehr gescheit hielte. Und daß sie für Mr. Rosen arbeite.«

Er atmete schwer. »Jennifer, ein für allemal: *Sprich nicht mit der Presse.* Sollten noch einmal irgendwelche Reporter anrufen, sag einfach ›Kein Kommentar‹. Eigentlich solltest du noch nicht einmal ans Telefon gehen. Was ist denn aus dem Kerl in dem braunen Anzug geworden?«

»Brauner Anzug? Ach, du meinst Bo. Er war nur ein paar Wochen lang da, als die Presseleute überall rumschnüffelten.«

»Dann laß das Hausmädchen die Telefonate entgegennehmen oder besorge dir einen Anrufbeantworter. Vor allem für die nächsten ein bis zwei Wochen.«

»Warum? Was geschieht denn da?«

»Wir müssen unheimlich vorsichtig sein, daß wir vorab nichts verraten. Ich meine es ernst. Das ist kein Witz.«

»Die ganze Sache ist nicht witzig. Darauf mußt du mich nicht extra hinweisen. Was wird denn nun passieren?«

»Ich werde erstmals als dein Verteidiger in Erscheinung treten.«

# 15

Der erste Schritt war eine Unterhaltung mit Joe Becker.

»Ich muß Sie sprechen«, sagte Ryan am Telefon.

Der Staatsanwalt schlug ein Restaurant in Chinatown vor. »Getrennte Rechnungen«, sagte er.

Auf dem Weg zu seiner Verabredung ging Ryan nochmals seine Strategie durch. Falls Corino ihn ausschließen sollte würde das bedeuten, daß damit jede Gelegenheit vertan war, Jennifer noch vor der Geburt des Kindes vor Gericht zu bringen. Der beste Weg, das zu vermeiden, bestand darin, Becker davon zu überzeugen, Ryan nicht von vornherein abzulehnen.

Die Sechste Gesetzesnovelle spricht zu meinen Gunsten, würde er Becker klarmachen: Der Beklagte hat das Recht, seine Interessen durch einen Anwalt vertreten zu lassen. Alle Gerichte teilten die Auffassung, daß dieses Gesetz bedeutungslos wäre, wenn man als Angeklagter nicht den Anwalt seiner Wahl nehmen könnte. Und ich bin Jennifers Wahl. Sollte der Richter mich ausschließen, gehe ich bis vor den Obersten Gerichtshof. Damit würde sich der Prozeßbeginn deutlich verzögern, und Sie, Mr. Becker, würden Ihre Zeugen verlieren.

Natürlich war das größtenteils nur ein Bluff. Denn jede Verzögerung bedeutete auch, daß sie keinen Vorteil mehr aus Jennifers Schwangerschaft ziehen könnten. Aber davon hatte Becker keine Ahnung.

Becker saß schon im Restaurant, als Ryan eintraf.

»Meine Unterlagen über den Fall sind im Büro. Von hier aus kann ich Ihnen also nicht viel berichten«, sagte Becker, nachdem ihnen der Ober etwas zu trinken gebracht hatte. »Ein, zwei Schriftstücke, von denen ich annahm, daß Sie gerne einen Blick darauf werfen würden, habe ich mitgebracht. Es läuft recht gut, und wir haben einen ordentlichen Richter bekommen ...«

»Halt, halt! Moment mal.« Ryan wollte nichts weiter hören.

Becker, der mitten im Satz unterbrochen worden war, sah seinen Gesprächspartner verwirrt an. »Stimmt etwas nicht?«

»Nein, alles bestens. Tut mir leid, wenn ich Sie beunruhigt haben sollte.«

»Schon in Ordnung.« Der Staatsanwalt nippte an seinem Bier. »Sie wollten mit mir über etwas reden.«

»Ich habe den Entschluß gefaßt, wieder vor Gericht aufzutreten.«

Becker wollte schon gratulieren, als er in Ryans Gesicht einen Ausdruck erblickte, der ihn vorsichtig werden ließ.

»Ich bin da auf einen Fall gestoßen, der mir sehr am Herzen liegt.« sagte Ryan. »Einer, von dem ich glaube, daß ich ihn zu einem guten Ende bringen werde. Aber vor allem mache ich es deshalb, weil mich dieser Mandant unbedingt braucht.«

»Das sind immer die besten Mandanten«, erwiderte Becker zurückhaltend.

»Ja, für mich ist das immer der wichtigste Punkt«, fuhr Ryan fort. »Es handelt sich um jemanden, der mit seinen bisherigen Anwälten Probleme bekommen hat. Ein schwieriger Fall. Ich glaube auch nicht einen Augenblick daran, für einen Freispruch garantieren zu können. Aber wichtig ist, daß sie in mir einen Verteidiger hat, zu dem sie Vertrauen hat. Das war bislang nicht der Fall.«

Becker kniff die Augen zusammen, als Ryan ›sie‹ sagte.

»Vielleicht sollten Sie mir endlich sagen, um wen es sich dabei handelt.«

»Jennifer Kneeland Ryan«, sagte ihr Schwiegervater gelassen und blickte dem Staatsanwalt fest in die Augen.

Becker schwieg. Er stierte in sein Bierglas, sah Ryan an, nahm das Glas und trank es in einem Zug leer. Dann drehte er sich um und winkte nach dem Kellner. »Zahlen, bitte!«

»Wir haben noch viel zu besprechen.« Ryan wollte ihn noch nicht gehen lassen.

»Wir beide haben einen Dreck miteinander zu bereden, Mr. Ryan. Ich habe Ihnen über meinen Fall berichtet. Sie saßen in meinem Büro, und ich erzählte Ihnen von meinem Fall. Was für ein mieses Spiel treiben Sie da eigentlich mit mir?«

»Gar keins. Als ich Sie in Ihrem Büro aufsuchte, wußte ich noch nicht, daß ...«

»Verdammter Mist.«

Ryan sagte: »Wenn Sie genau darüber nachdenken, haben Sie mir im Grunde doch gar nichts erzählt.«

Zum erstenmal freute er sich über die Trägheit eines Kellners.

»Sparen Sie sich Ihr Gerede!« Becker winkte erneut nach der Bedienung.

»Es tut mir leid, daß Sie das so sehen«, entgegnete Ryan und kämpfte mit dem widersprüchlichen Bedürfnis, einerseits beruhigend zu klingen und andererseits auf Beckers Wut einzugehen. »Ich wollte Sie persönlich informieren, bevor ich es offiziell bekanntgebe. Schließlich wollte ich Sie nicht mehr überraschen als unbedingt nötig.«

Der Kellner kam. »Möchten Sie bestellen?«

Becker wäre beim Aufstehen fast mit ihm zusammengestoßen. Er warf einen Zehn-Dollar-Schein auf den Tisch. »Wir sehen uns vor Gericht, Herr Anwalt.« Er schnappte seine Aktentasche und eilte auf den Ausgang zu.

Der Kellner blickte ihm nach. »Möchten Sie etwas bestellen?« fragte er Ryan.

»Entschuldigen Sie.« Ryan ließ Beckers Geld auf dem Tisch liegen und legte sein eigenes dazu. Getrennte Rechnungen.

Auf der Suche nach einem Telefon kämpfte sich Ryan durch den Strom von Menschen, der um die Mittagszeit durch Chinatown floß. An der nächsten Straßenecke entdeckte er eine Reihe von Telefonzellen. Er blieb am Eingang zu einer Unterführung stehen. Zwei pummelige Frauen mit Plastiktüten in den Händen hätten ihn fast von hinten umgerannt. Er griff nach dem Geländer. Die beiden beschimpften ihn auf Spanisch und tauchten treppab in den Mahlstrom der Unterführung ein.

Seltsamerweise war einer der Telefonapparate noch nicht mutwillig zerstört worden. Er wählte die Nummer der Staatsanwaltschaft.

»Er ist beim Essen, Mr. Ryan«, ließ ihn Griglias Sekretärin wissen. »Kann ich ihm etwas ausrichten?«

»Können Sie ihn erreichen?«

»Bleiben Sie dran«, sagte sie, als sie die Dringlichkeit in Ryans Stimme spürte.

»Was gibt's, Michael?« fragte der Staatsanwalt, ohne sich lange mit Höflichkeitsfloskeln aufzuhalten.

»Ich muß mit dir sprechen. Es ist wichtig.«

»Ich habe eine Verabredung zum Mittagessen und anschließend um halb drei ein Treffen mit dem Bürgermeister.«

»Wir könnten gemeinsam dorthin fahren.«

»Nicht Gracie Mansion. Rathaus.«

»Du mußt dir fünfzehn Minuten Zeit für mich nehmen.«

»Ist es wirklich so wichtig?«

»Außerordentlich wichtig.«

»Gut. Ich sage meine Verabredung ab, und du lädst mich dafür zum Essen ein. Aber du solltest wissen, daß ich für dich einen interessanten Fall sausen lasse – die tollste Stellvertretende Bezirksstaatsanwältin seit Menschengedenken.«

Francesco Carlo Griglia war ein Italo-Amerikaner in der ersten Generation. Sein Vater, ein Schuster, hatte sich von der Lower East Side hochgekämpft. Griglias gute Noten im City College hatten ihm ein Stipendium für die juristische Fakultät verschafft, wo er und Michael Ryan Verbündete und Rivalen gewesen waren. Während des Hauptstudiums war es zu Meinungsverschiedenheiten darüber gekommen, welches Gesetz bei einem ihrer hypothetischen Fälle anzuwenden sei. Sie hatten zwei derart gegensätzliche Stellungnahmen vorgetragen, daß man hätte meinen können, zwei Gegenparteien hätten hier ihre Ansichten dargelegt. Beide waren nicht zur Abschlußprüfung zugelassen worden. Francesco, der von den meisten Franky genannt wurde, hatte sich nicht dazu herabgelassen, an der ›Troststunde‹ teilzunehmen. Es sollte nicht das letzte Mal gewesen sein, daß er einem Disput mit Ryan aus dem Wege ging.

Beide waren mittlerweile etliche Jahre älter, überlegte Ryan, als er auf den Bezirksstaatsanwalt wartete. Vielleicht würden sie ja diesmal zu einem Einverständnis gelangen.

Ryan hatte ein Vier-Sterne-Restaurant ausgewählt. Es lag westlich des Gerichts in dem ehemaligen Viertel der fleischverarbeitenden Industrie am Hudson River. Es war das einzige Lokal in der Nähe, wo er mit Sicherheit einen freien Tisch bekommen konnte und nicht irgendeinen von Griglias Leuten über den Weg laufen würde. Kein Gericht unter fünfzig Dollar.

»Zunächst sollst du wissen«, sagte Ryan, nachdem der Staatsanwalt sich gesetzt hatte, »daß diese Einladung kein Bestechungsversuch sein soll.«

»Laß uns einfach über unsere gemeinsame Zeit vor fünfundzwanzig Jahren sprechen. Dann habe ich wenigstens eine Ausrede, falls mich jemand fragt. Was liegt dir auf dem Herzen? Nein, warte – ich weiß, was los ist.«

War das möglich? Konnte Becker ihm bereits alles berichtet haben?

»Es handelt sich um Joe Becker, richtig? Was ist mit ihm, arbeitet er nicht mehr mit dir zusammen?«

»Nein, das ist es nicht. Laß uns doch erst einmal was essen und an etwas anderes denken. Für den Rest haben wir hinterher immer noch genügend Zeit.«

»Ich kann dir aber nicht den gesamten Nachmittag opfern.«

»Die Portionen hier sind ziemlich klein.«

Griglia lachte. »In Ordnung.«

Beide bestellten das Dreigang-Menü. Griglia trank Rotwein, Ryan begnügte sich mit Wasser.

»Ich weiß gar nicht, wie lange es schon her ist«, sagte Griglia.

»Elfeinhalb Jahre.«

»O Gott! So lang?«

»Was soll's? Du siehst gut aus. Besser als damals.«

Der Staatsanwalt war wie aus dem Ei gepellt. In den Jahren nach dem Studium hatte er ungefähr zwanzig Pfund zugelegt, die jetzt aber alle wieder verschwunden waren.

»Und was ist mit dir? Du wirkst ein wenig schlaff. Hast in den vergangenen fünf Jahren einiges durchgemacht, hm?«

»Ich bin froh, daß ich dich hierher eingeladen habe – ein paar Komplimente kann ich nämlich immer brauchen.«

Nachdem sie den Hauptgang beendet hatten, fragte Griglia: »Also, Michael, warum sitzen wir hier?«

»Ich esse heute schon zum zweitenmal zu Mittag. Beim ersten Mal war Joe Becker mein Gesprächspartner. Er hat mich einfach sitzenlassen.«

»Du sagtest doch, es ging nicht um ihn?«

»Nicht so, wie du es meinst. Ich hatte ihm etwas mitzuteilen, was ihn sehr verärgert hat. Und ich möchte, daß du es nicht von ihm, sondern zuerst von mir erfährst.«

»Na gut, ich höre.«

Ryan spießte eine kleine Karotte auf und schob sie auf dem Teller herum. Dann sah er zu Griglia. »Jennifer Ryan hat einen neuen Anwalt.«

»Tatsächlich? Mit dem werden wir schon fertig. So schlimm kann's gar nicht kommen. Edward Bennet Williams ist doch schon tot.«

Ryan starrte die Karotte an. »Ich bin's.«

»Bitte? Was soll das heißen: ›Ich bin's‹?«

»Ich verteidige Jennifer Ryan.«

»Was! Dafür, daß sie deinen Sohn umgebracht hat?«

»Weil sie meinen Sohn *nicht* umgebracht hat.« Ryan mußte mit offenen Karten spielen.

»O Madonna sifilitica! Was glaubst du eigentlich? Daß wir die Leute zum Vergnügen anklagen? Ich muß mich schon sehr über dich wundern.«

»Sie sagt, sie war es nicht.« Der Zeitpunkt schien Ryan nicht geeignet, seine wahre Meinung zu verkünden. »Und ich glaube ihr.«

Der Staatsanwalt hatte nicht nur die bestellte Hühnerbrust zu verdauen.

»Was willst du also? Verlangst du, daß ich die Anklage fallenlasse, weil du an ihre Unschuld glaubst? Das ist Wahnsinn, Michael. Es gibt Tausende von Rechtsanwälten in dieser Stadt, die diese Frau verteidigen könnten.«

»Da ist sie ganz anderer Meinung.«

»Was versteht die schon davon, verdammt noch mal?«

»Angeklagte haben einen Anspruch auf einen Rechtsvertreter nach ihrer Wahl.«

»Hör auf, Michael. Das ist doch Quatsch. Das wissen wir ganz genau. War es wirklich das, was du mir sagen wolltest?«

»Ja, Franky. Ich werde ihre Verteidigung übernehmen. Anfangs hielt ich das auch für verrückt. Aber mittlerweile ist das nicht mehr der Fall.«

»Ich werd dir mal was sagen, Michael. Ich habe gegenüber den Einwohnern dieser Gemeinde eine Verpflichtung. Lach nicht darüber, ich meine es ernst. Die Polizei hält sie für schuldig. Becker hält sie für schuldig. Die Grand Jury hält sie für schuldig. Und meine Aufgabe ist es, sie hinter Gitter zu bringen. Wie ich es sehe, würde deine Anwesenheit vor Gericht den Prozeß ungünstig beeinflussen. Das werde ich nicht zulassen.«

»Deswegen wollte ich mich mit dir unterhalten. Die Angelegenheit ist äußerst wichtig für mich, und ich werde sie unter allen Umständen verfolgen.«

»Ich wüßte wirklich nicht, was ich für dich tun könnte.«

Ein Kellner brachte ein neues Gedeck für den Nachtisch. Keiner der Männer aß einen Bissen.

»Ich bin sprachlos, Michael.«

Ryan nicht; er war sich nur nicht sicher, ob er es laut sagen sollte. Er saß da, und ihm lag ein Name auf der Zunge, ein bitterer Happen Geschichte.

»Was?« fragte Griglia. »Was denn noch? Ich sehe es dir doch an. Joey Baldasaro, stimmt's? Das wolltest du sagen nicht wahr? Nach all den Jahren wirfst du mir das immer noch vor. Nur weil ich hinter einigen schleimigen Drogendealern her war und dein Kumpel Joey ein Messer in den Bauch gekriegt hat.«

»Er unterstützte mich bei diesem Fall.«

»Das ist lange her, Michael.«

»Fünfzehn Angeklagte kamen frei, nachdem Joey B. in der Vierundfünfzigsten Straße abgeschlachtet worden war. Und das nur, weil du nicht länger abwarten wolltest, worum ich dich gebeten hatte. Weil Joey nicht mehr aussagen konnte, hatte mein Büro, achtzehn, zwanzig Jahre umsonst an dem Fall gearbeitet. Wenn ich dir das also dreizehn Jahre später noch vorhalte, dann habe ich immer noch einige Jahre gut!«

Der Staatsanwalt ging nicht darauf ein.

»Du schuldest mir was, Franky. Ich hätte nie gedacht, daß ich dir das einmal unter die Nase reiben würde. Ich hätte nie gedacht, daß sich die Sache so in mir anstauen würde.«

»Ich und dir etwas schulden! Dafür etwa?«

»Du bist einer Menge Leute etwas schuldig. Angefangen bei jedem einzelnen Menschen, den diese fünfzehn dreckigen Eimer voll Jauche getötet haben, bevor sie endgültig in den Knast kamen oder selbst erledigt wurden. Und auch mir bist du etwas schuldig.«

»Und aus diesem Grunde nimmst du an, daß ich mich gegen meine eigenen Leute wende und ihnen vorschreibe, wie sie diesen Fall zu führen haben? Gegen jedes bessere Wissen?«

»Nein. Ich erwarte lediglich, daß du zu einer gewissen Einsicht gelangst. Dein Büro soll weder die Zeit noch das Geld investieren, vor dem Supreme Court meinen Ausschluß zu verlangen. Denk nur an den schlechten Eindruck in der Öffentlichkeit. Was die Presse wohl dazu zu sagen hätte? Der Bezirksstaatsanwalt versucht, den von der Angeklagten gewählten Verteidiger entfernen zu lassen und verlangt gleichzeitig vom Vater des Mordopfers, darauf zu verzichten, seine Schwiegertochter in Schutz zu nehmen, an deren Unschuld er fest glaubt. Warum nur geht die Staatsanwaltschaft so sinnlos und eiskalt vor? Wovor hat sie Angst?«

Ryan bemerkte, daß Griglia kurz davor war zu explodieren.

»Versteh mich richtig, Franky. Gerade das will ich nicht, und ich würde nichts unternehmen, damit es soweit kommt. Diesen Schritt brauche ich aber auch gar nicht unternehmen: Das geschieht unweigerlich, sobald Becker versucht, mich ausschließen zu lassen. *Falls* er es versucht. Aber eigentlich gibt es dazu keinen Grund. Wenn er es aber doch tut, dann wissen wir beide, woran wir sind. So einfach ist das. Joey Baldasaro soll dich immer daran erinnern, daß der erste Weg, an die Dinge heranzugehen, nicht immer auch der beste sein muß.«

»Und wie zum Teufel soll ich Becker überzeugen, daß es für ihn sinnvoll wäre, es mit dir aufzunehmen, ohne zuvor den Versuch zu machen, dich ausschließen zu lassen?«

»Es ist in seinem eigenen Interesse. Der Fall wird eine große Aufmerksamkeit auf sich ziehen. Warum sollte er von Anfang an als der Schurke dastehen?«

»Ich glaube nicht, daß er das so sehen wird.«

»Du könntest ihn jederzeit ablösen und die Anklage selbst übernehmen.«

»Du machst wohl Scherze?«

Machte er. Aber Ryan hatte keinen Anlaß, das zuzugeben.

Griglia schob seinen unberührten Nachtisch beiseite. »Michael, ich stelle fest, daß dir diese Sache viel bedeutet. Ich gestehe, ich kann das nicht nachvollziehen, aber es ist schon etliche Jahre her, daß wir die Welt auf die gleiche Art und Weise betrachtet haben. Ich würde dir gerne helfen, weiß aber nicht wie. Wenn es um etwas anderes ginge, dann ... Nun, die Geschichte mit Joey Baldasaro tut mir ausgesprochen leid. Ich hätte damals mit den Verhaftungen warten sollen. Du hattest recht, ich nicht. Das kommt vor.«

»Ich hatte gehofft, du würdest diesmal anders reagieren.«

Als sie das Restaurant verließen, hatte Ryan keine Ahnung, ob er sich und seiner Mandantin mit seiner Vorgehensweise einen Gefallen getan hatte.

Am Spätnachmittag erfolgte die erste Reaktion in Form eines Anrufs von Richter Anthony R. Corino.

Er ließ ihn wissen, daß er von der Staatsanwaltschaft gehört habe, Ryan würde die amtliche Zulassung als Jennifers offizieller Anwalt beantragen. Angesichts der Brisanz eines derartigen Antrags und der Wahrscheinlichkeit, daß sich die Staatsanwaltschaft dagegen aussprechen würde, hatte man Corino gebeten, diesen Antrag unter Verschluß zu nehmen und über die damit in Zusammenhang stehenden Verhandlungen eine Nachrichtensperre zu verhängen. Corino, der den Presserummel um diesen Fall schon zu spüren bekommen hatte, neigte dazu, dieser Bitte zu entsprechen. Der Richter hoffte, daß Ryan in der Zwischenzeit so umsichtig vorginge, daß er sich keine Schwierigkeiten einhandeln würde, falls Corino die Sperre später tatsächlich verhängte.

Miß Miller hatte wieder einmal recht behalten: Tony Boy Corino war kein Richter, der exakt nach dem Drehbuch agierte.

Einen Tag darauf stellte Ryan den Antrag auf Zulassung als Jennifer Kneeland Ryans Rechtsvertreter. Zwei Tage später beantragte Joe Becker seinen Ausschluß.

## 16

Als er fertig war, ging Ryan nochmals die Abhandlung seines Kollegen über die freie Anwaltswahl durch, die er Richter Corino vorlegen wollte. Schlecht war der Schriftsatz keinesfalls, aber er bedurfte dringend einer stilistischen Überarbeitung. Ryan dankte Shible, dem Gott der Gerechtigkeit, für das Urteil des New Yorker Gerichts, das einen abgelehnten Verteidiger wieder zugelassen und dabei auf den Anspruch eines jeden Beklagten auf die freie Wahl des Rechtsbeistandes verwiesen hatte.

Nachdem er alles überarbeitet hatte, faxte er seine Stellungnahme zu Kassia Miller hinüber. Solange er sich nicht sicher war, ob er nicht doch einen anderen Anwalt hinzuziehen sollte, mußte er mit seiner Kollegin zurechtkommen. Er wollte gerade die Kanzlei verlassen, als seine Sekretärin ihm meldete, daß Miß Miller am Telefon war.

»Ich habe Ihre Stellungnahme gelesen«, sagte sie. »Auch die betreffenden Fälle habe ich untersucht.«

»Sehr gründlich.«

»Können Sie sich an einen Prozeß hier in New York erinnern, ›In Sachen Abrams, John Anonymous et al.‹ ›Berufungsverfahren‹?«

»Sicher.« Genau der Fall, für den er Shible gedankt hatte. »Für mich der beste Beweis für die Berechtigung unseres Antrags. Eine klare, deutliche Sprache.«

»Ist das alles?« fragte sie. »Haben Sie eine Kopie davon griffbereit?«

»Weshalb sagen Sie nicht einfach, was Sie davon halten?« wollte Ryan wissen.

»Es ist besser, wenn Sie es selbst lesen. Alles ab der Stelle, in der auf das Recht auf freie Anwaltswahl eingegangen wird.«

Er fand den Fall unter einem Berg von Unterlagen auf seinem Schreibtisch und schlug den betreffenden Abschnitt auf.

»Ich hab's«, erklärte er und warf einen Blick auf den Passus, der das Recht des Angeklagten behandelte, vor Verhandlungsbeginn Rechtsmittel gegen den Ausschluß seines Verteidigers einzulegen. Bislang hatte Ryan lediglich die gelb markierten Teile studiert und diesen Abschnitt außer acht gelassen.

Jetzt aber stellte er fest, daß das Gericht eine äußerst eng begrenzte Definition dieses Rechtsanspruchs gegeben hatte und der wichtigste Aspekt des Falles eigentlich in den unmarkierten Textstellen zu finden war.

»Wie konnten wir das nur übersehen, verdammt noch mal?« fluchte er, als er sicher war, daß er auch alles richtig verstanden hatte.

»Was meinen Sie mit ›wir‹, Bleichgesicht?« fragte Kassia Miller – die Pointe eines alten Witzes, der hier aber nicht Ich bin im Unrecht, dachte Ryan. *Ich* habe es nicht bemerkt. Sie hat damit nichts zu tun.

»Die Sprache ist zweideutig«, versuchte er sich zu verteidigen.

»Aber nur dann, wenn Englisch nicht Ihre Muttersprache ist.«

So einfach kam er nicht davon. Es war ihm zwar nachvollziehbar, daß sein Kollege die Passage übersehen hatte. Aber die Aussage war klar, wenn man nur sorgfältig genug las. Wichtigster Punkt in der Entscheidung des höchsten Gerichts im Staate New York war, daß gegen den Ausschluß eines Verteidigers in einem Strafprozeß erst *nach* dem Ende der Verhandlung Widerspruch eingelegt werden konnte. Das bedeutete, daß sie voll und ganz der Gnade von Hängt-sie-auf-Corino ausgeliefert waren. Schloß er Ryan aus, so gab es dagegen keine Rechtsmittel. In diesem Fall würde der Prozeß ohne ihn weitergehen.

»Dadurch wird Corino noch wichtiger«, bemerkte er.

Miß Miller überging diese Provokation. »Trotzdem kann diese Entscheidung für uns eine gute Präzedenz darstellen. Nämlich hinsichtlich des Anspruchs auf freie Wahl des Rechtsbeistandes.«

»Das denke ich auch.«

Er vermißte eine kritische Anmerkung von ihr zu seinem Fehler. Es gab keine Entschuldigung dafür, denn sein Kollege hatte ihm die Unterlagen so überreicht, daß die entscheidende Stelle aufgeschlagen gewesen war.

»Danke«, sagte er. »Wie gut, daß Sie das bemerkt haben. Ich überarbeite meinen Antrag besser noch mal.«

Er beauftragte seine Sekretärin, den jungen Anwalt in sein Büro zu bestellen. Während er wartete, dachte er über Kassia Miller nach. Vielleicht war es doch zu voreilig gewesen, ihre Entlassung in Betracht zu ziehen. Kassias Aufmerksamkeit in dieser Angelegenheit konnte zwar ihre Fehleinschätzung Corinos nicht wieder ausbügeln, aber er durfte ihre sorgfältige Arbeitsweise auch nicht unberücksichtigt lassen. Und dasselbe galt für seine eigene Nachlässigkeit.

Er mußte mit Jennifer darüber reden. Würde Corino ihn ausschließen, wäre es besser, schon jetzt eine Strategie für diesen Fall zu entwickeln.

Sie war zu Hause, als er bei ihr anrief.

»Es gibt da etwas, über das wir sprechen müssen.«

»Über meine Verhandlung?«

»Ja. Es sind technische Fragen, die aber trotzdem wichtig sind. Ich habe gerade einen Gerichtsbeschluß entdeckt, der besagt, daß wir gegen einen Ausschluß erst nach Verhandlungsende Widerspruch einlegen können. Es ist also möglich, daß du mit einem anderen Verteidiger vor Gericht erscheinen mußt. Im Falle einer Verurteilung könnten wir einen neuen Antrag stellen. Wenn wir dann Recht bekommen, würde es zu einer neuen Verhandlung mit mir als Anwalt kommen.«

»Zwei Prozesse? Können die das mit mir machen? Du sagst, ich muß erst verurteilt werden, bevor sie dich als meinen Verteidiger anerkennen?«

»Darauf könnte es hinauslaufen.«

»Nein«, sagte sie eindringlich.

»Du hast überhaupt keine Wahl.«

»Aber ich werde keinen anderen Anwalt beauftragen. Ich vertraue dir und will, daß du mich verteidigst. Und zwar in *diesem* Prozeß.«

»Das ist auch mein Wunsch, glaube mir. Ich tue alles, was in meiner Macht steht, um das zu erreichen.«

»Warum müssen wir denn über Niederlagen reden, bevor sie eingetreten sind?«

»Ich möchte, daß du genügend Zeit hast, darüber nachzudenken. Denn wenn wir meinen Antrag auf Zulassung nicht durchbringen, müssen wir entscheiden, was wir anschließend machen wollen. Aber dann könnte die Zeit knapp werden.«

## 17

Die Vorbereitungszeit war viel zu kurz gewesen. Denn schon wenige Tage später wühlte sich Ryan eines Morgens mit der Gewißheit aus dem Bett, daß ihn nur noch ein paar Stunden von der mündlichen

Stellungnahme zu Joe Beckers Antrag trennten, der ihn als Jennifers Verteidiger von der Verhandlung ausschließen lassen wollte. Es würde das erste Mal seit mehr als drei Jahren sein, daß er wieder vor Gericht erschien. Die ganze schlaflose Nacht hindurch hatte er sich immer wieder eingeredet, dies habe mit einem Prozeß nicht das geringste zu tun: keine Geschworenen, die es zu überzeugen galt, keine Zeugen, mit denen man klarkommen mußte, keine Beweisführung, die man konsequent weiterzuverfolgen hatte. Nur eine Erörterung in Anwesenheit eines Richters, gerade so wie eine Debatte oder eine mündliche Auseinandersetzung über einen theoretischen Rechtsfall, was er während des Studiums so gut beherrscht hatte.

Frühstück war kein Thema. Ryan machte sich nur eine Kanne heißen Kaffee. Vor dem Badezimmerspiegel wiederholte er nochmals seine Stellungnahme. Erstmals seit Jahren schnitt er sich wieder beim Rasieren.

Richter Anthony R. Corino vom Supreme Court des Staates New York traf sich mit Michael Ryan und Joseph Becker in einem Konferenzraum des Gerichtsgebäudes. Vor der Tür stand ein Beamter, der für ihre Ungestörtheit sorgte.

Der Mann, der in Kürze über Ryans und Jennifers Schicksal bei diesem Fall entscheiden würde, war von durchschnittlicher Größe, hatte ein rundes Gesicht und beinahe eine Glatze. Er war zwar nicht dick, doch konnte sein gutgeschnittener Anzug einen kleinen Bauch nicht verdecken. Das auffälligste Merkmal von Hängt-sie-auf-Corino waren seine buschigen, schwarzen Augenbrauen. Aus der Art und Weise, wie er seinen Kopf hielt, konnte man schließen, daß er sich ihrer Wirkung voll bewußt war. Seine braunen Augen waren klein, aber eindringlich.

»Da ich Ihre Unterlagen studiert habe, sind mir die Grundzüge Ihrer Stellungnahme vertraut. Ich möchte aus unserer Show heute morgen soviel Vergnügen wie möglich ziehen. Und ohne damit eine vorschnelle Entscheidung zu treffen, muß ich sagen, Mr. Ryan, daß ich Ihnen dankbar bin für die Unterhaltung, die Sie mir in einer ansonsten recht trostlosen Woche verschafft haben.«

Ryan dachte, es wäre vielleicht gut, mit einem Lächeln zu antworten. Becker sah nicht gerade amüsiert aus.

»Gern geschehen, Euer Ehren«, krächzte Ryan. Dann neigte er den Krug vor ihm und goß sich etwas Wasser in sein Glas.

»Glauben Sie bloß nicht, daß ich diese Unterredung nicht ernst nehme, nur weil ich das gesagt habe«, erklärte der Richter. »Die grundlegenden Rechte, die hier zur Sprache kommen, verdienen eine ernsthafte Betrachtung. Bevor wir beginnen, möchte ich Sie daran erinnern, daß wir hier in keinem Debattierclub sitzen. Sinn und Zweck dieses Zusammentreffens ist es, daß Sie mir dabei helfen, Ihre Anträge besser zu verstehen. Ich will weder eine Vorlesung hören noch mich zu Tode langweilen. Vor allem aber blenden Sie mich nicht mit Ihrer Rhetorik. Klarheit zählt. Verstanden?«

Beide Juristen antworteten mit »Ja, Euer Ehren.« Ryan kam sich vor wie auf der Uni.

»Mr. Becker.«

Der Staatsanwalt erhob sich. Jemand hatte auf dem Tisch ein kleines Lesepult vor ihm aufgestellt. Ryan hatte keines. Becker legte seine Papiere auf das Pult und strich säuberlich die Kanten glatt. Dann räusperte er sich und neigte sich nach vorn, um einen Schluck Wasser zu trinken. Die Gerichtsstenografin saß hinter ihrer Maschine in der Mitte des Tisches, gleich neben dem Richter. Ihre Finger schwebten über der Tastatur. Ryan sah die ganze Szenerie mit größerer Deutlichkeit, als er es je für möglich gehalten hätte.

»Euer Ehren. Mr. Ryan«, begann Becker, »ich möchte gleich zu Anfang meiner Überzeugung Ausdruck verleihen, daß sich Angeklagte unter normalen Umständen von einem Anwalt ihrer Wahl vertreten lassen können. Aber – und deshalb sind wir heute hier – die Gerichte haben wiederholt darauf hingewiesen, daß im Interesse einer ordentlichen Verhandlungsführung die Beklagten unter Umständen auf das verzichten müssen, was als ihre erste Wahl bezeichnet werden kann. Die Frage lautet also: Beeinflußt die Wahl eines Angeklagten das Volk in ungünstiger Weise bei der Präsentation seines Falles vor Gericht? Man kann sich nur schwerlich eine Situation vorstellen, in der das offensichtlicher wäre als in dieser.«

Becker blickte zuerst Ryan fest an und dann den Richter. »Was ich hier zu sagen habe, fällt mir nicht leicht. Vor allem nicht in Gegenwart dieses Herrn. Er ist ein Vater, den man seines Sohnes beraubt hat. Weder will ich ihn daran erinnern, noch beabsichtige ich, diesen Umstand als Waffe gegen ihn zu verwenden. Ich halte aber mein eigenes Unbehagen für symptomatisch für die Auswirkungen, die dieser Mann auf den Prozeß haben wird, wenn er als Vertreter der Angeklagten vor Gericht erscheinen darf.«

Das zielt voll gegen mich, dachte Ryan. Er hatte sich so sehr mit der rechtlichen Seite dieses Problems beschäftigt, daß er dabei ganz vergessen hatte, wie unvermeidlich Beckers Schritt eigentlich war.

»Es ist sowohl dem Volke des Staates New York als auch mir gegenüber unfair, der ich als Staatsanwalt in seinem Namen handle«, fuhr Becker fort, »daß man in eine Lage versetzt wird, in der man die Beziehung dieses Mannes zur Angeklagten reflektieren muß. Unser Rechtssystem ist darauf bedacht, die Sympathien gegenüber den Hinterbliebenen vor Mißbrauch zu schützen. Die Gerichte haben entschieden, die Staatsanwaltschaft dürfe bei ihrem Plädoyer nicht einmal auf die weinenden, im Zuschauerraum sitzenden Verwandten verstorbener Verbrechensopfer deuten.

Und da soll es zulässig sein, daß ein Verteidiger vor Gericht erscheint, der mit jedem Wort und jeder Geste von der Jury die Gefühle eines hinterbliebenen Vaters offen darlegt und somit seine Unterstützung für die Angeklagte zum Ausdruck bringt – und zwar nicht nur bei seinem Plädoyer, sondern während des gesamten Prozesses?

Wir alle wissen, daß es einem Anwalt nicht gestattet ist über seine eigene Auffassung hinsichtlich der Schuld oder Unschuld seines Mandanten zu sprechen. Aber durch seine bloße Anwesenheit im Gerichtssaal, Seite an Seite mit der Beklagten, gibt Mr. Ryan zu verstehen, daß er nicht an ihre Schuld glaubt. Darüber hinaus ist Mr. Ryan der Mensch, der der Angeklagten zur Zeit am nächsten steht. Wir müssen uns deshalb fragen: ›Was macht er hier?‹ Er ist doch im Grunde ein Leumundszeuge, ein unvereidigter Leumundszeuge, der über Ned und Jennifer Ryan aussagen könnte. Wenn er als normaler Leumundszeuge vor Gericht erschiene, würde ich ihn ins Kreuzverhör nehmen. Aber er sitzt einfach nur da und spricht allein schon durch seine Anwesenheit zugunsten der Angeklagten. Ich dagegen habe kein Recht, auch nur einen Zeugen aufzurufen, der diesem Eindruck widersprechen könnte. Ich frage Sie, Euer Ehren, ist das gegenüber dem Volk des Staates New York fair?«

Becker machte eine erwartungsvolle Pause. Ryan war sich sicher, daß Corino gleich »Nein, fair ist das nicht« sagen und damit die ganze Sache zu einem Ende bringen würde.

»Was ist denn so einzigartig an diesem Anwalt?« fragte Becker. »Unter all den guten, nein exzellenten Strafverteidigern in dieser Stadt könnte sich die Angeklagte den besten leisten. Aber wen möchte sie? Einen Mann, der noch nie in diesem Bundesstaat als Verteidiger in einem Strafprozeß in Erscheinung getreten ist. Ich frage Sie, Euer Ehren, ist das noch glaubwürdig? Ist da nicht viel mehr noch ein anderes Motiv mit im Spiel? Könnte hier nicht der Versuch vorliegen, die Geschworenen auf unerlaubte Weise zu beeinflussen?«

Becker drehte sich um und blickte zu Ryan hinüber: Ich klage an. So sah also die Sensibilität des Staatsanwalts gegenüber einem hinterbliebenen Vater aus.

»Und man stelle sich nur vor, daß die Angeklagte einige Monate nach der Verurteilung zu der Überzeugung kommt, daß sie aufgrund der emotionalen Verwicklungen ihres Anwalts nicht ordnungsgemäß verteidigt worden sei und deshalb in Berufung geht. Sollte das Gericht etwa beabsichtigen, sich in eine derartige Position zu manövrieren und zu einer solchen Berufung geradezu auffordern?«

Ryan kam wieder seine Anfangszeit als Bundesstaatsanwalt ins Gedächtnis. Auch damals hatte er oft das Gefühl gehabt, sich gründlich vorbereitet zu haben, nur um dann bei der Beweisführung der Gegenpartei den Boden unter den Füßen zu verlieren. In solchen Situationen war er immer vom Sieg der anderen Seite überzeugt gewesen.

»Mr. Ryan wird ohne Zweifel eine Rede halten, die voller Bezugnahme auf unsere Verfassung ist«, sprach Becker weiter. »Aber selbst wenn er sich in die Flagge der Vereinigten Staaten einhüllen würde – sein Versuch, diese einfachen Fakten zu verschleiern, muß fehlschlagen.

Die Wahrheit ist, daß dieser Mann als Vater eines Mordopfers zu mir kam und mich dazu brachte, bestimmte Aspekte meines Falles offenzulegen. Und jetzt wendet er sich um hundertachtzig Grad und will diese Informationen für die Verteidigung seiner Mandantin verwenden. Handelt es sich bei diesem Mann um jemanden, dessen Beteuerung man Glauben schenken darf, er wolle das Rechtssystem bewahren?

Die Wahrheit ist, daß dieser Mann, von dem die Beklagte behauptet, er sei der einzige, den sie als Anwalt wolle, kein Strafverteidiger mit einem großen oder zumindest einem gewöhnlichen Ruf ist. Seine Einmaligkeit beruht lediglich darauf, daß er der Vater des Mannes ist, dessen Ermordung seine Mandantin angeklagt wurde. Es gibt somit also keinen plausiblen Grund für sie, sich für diesen Anwalt zu entscheiden. Es sei denn, um von dieser Tatsache unsauberen Gebrauch zu machen.«

Becker beendete damit seine Anschuldigungen, äußerte aber nicht die übliche Bitte um eine günstige Entscheidung. Er stand hinter seinem tragbaren Lesepult, als wartete er auf Applaus.

»Sehr schön, Mr. Becker«, sagte Corino. »Etwas zuviel Gewicht auf der Rhetorik, aber alles in allem ordentliche Arbeit.«

Ryan hörte, wie der Richter seinen Gegner lobte, versuchte das aber als bedeutungslose Höflichkeitsfloskel abzutun. Es kam ihm vor, als schwebe er über der ganzen Szenerie, ohne wirklich daran teilzuhaben. Ryan konzentrierte sich nur darauf, seine Gefühle unter Kontrolle zu bekommen. Wenn er irgendeine Passage bei seinen Ausführungen vergessen sollte, war das nicht weiter schlimm. Der Richter konnte sie ja in seiner schriftlichen Stellungnahme nachlesen. Doch jeder Auftritt, der nicht gelassen und professionell wirken würde, könnte fatale Folgen nach sich ziehen.

»Mr. Ryan, ich vermute, Sie haben dazu etwas zu sagen.«

»Habe ich, Euer Ehren.« Die Antwort kam automatisch.

Langsam stand er auf. Dann sah er Becker an. Nicht aus Höflichkeit, sondern um Zeit zu gewinnen.

»Ich muß sagen, Euer Ehren«, begann Ryan und räusperte sich, »daß ich von Mr. Beckers Gefühlsausbrüchen beeindruckt bin. Aber ich gehe davon aus, daß hier nicht Gefühle zur Rede stehen, sondern das Gesetz.« Seine Stimme klang hart. Als er sie hörte, fühlte er sich gleich gelassener. »Und das Gesetz ist eindeutig. Immer wieder haben die Bundesgerichte und das Gericht des Staates New York darauf hingewiesen, daß es für einen Angeklagten nichts Wichtigeres gibt, als während aller Phasen der strafrechtlichen Verfolgung von einem Rechtsbeistand vertreten zu werden. Vor allem gilt dies für den Prozeß selbst. Und in bemerkenswerter Einmütigkeit haben die Gerichte hervorgehoben, daß das Recht auf einen Anwalt bedeutungslos ist, solange der Angeklagte nicht die Möglichkeit der freien Wahl hat.

Und warum ist das so? Weil das Verhältnis zwischen Anwalt und Mandant nirgendwo so eng und vertrauensvoll ist wie bei einem Strafprozeß, besonders wenn es sich um ein Kapitalverbrechen handelt. Erst das völlige Vertrauen des Angeklagten zu seinem Anwalt gewährleistet eine effektive Verteidigung. Die beiden müssen nämlich unter außergewöhnlichem Druck zusammenarbeiten. Das höchste Gericht dieses Staates hat klar zum Ausdruck gebracht, daß das individuelle Recht auf freie Anwaltswahl viel zu wichtig ist, als daß es einfach mißachtet werden könnte, indem man dem Staatsanwalt gestattet, die Gegenseite zu spalten, nur um ihm die Arbeit zu erleichtern.

Das Appellationsgericht kam zu diesem Beschluß in einem Fall, bei dem es um den Schwarzhandel von Eintrittskarten ging. Eintrittskarten! Bitte bedenken Sie, wie ungleich wichtiger dieses Recht für den Beklagten dann in einem *Mordprozeß* ist. Es handelt sich hierbei um das fundamentale Recht des Angeklagten.«

Ryan unterbrach seine Ausführungen, um sie wirken zu lassen und einen Schluck Wasser zu trinken. Sein Mund war so trocken, daß er schon Schwierigkeiten hatte, die Worte zu formulieren.

»Es stimmt, daß die Gerichte dieses Recht nicht als absolut bezeichnet haben. Aber in den wenigen Fällen, in denen das Recht auf freie Verteidigerwahl beschnitten wurde, geschah dies nur zögernd und widerwillig.«

Während Ryan redete, versuchte er, aus Corinos Miene irgendeine Reaktion abzulesen. Aber er sah nichts außer einem runden Gesicht, schwarzen Augenbrauen und einem höhnischen Lächeln, als ob Hängt-sie-auf-Corino seinem Namen alle Ehre machen und Ryan am liebsten an den nächsten Baum knüpfen würde.

Als Corino erwartungsvoll den Kopf auf die Seite legte, bemerkte Ryan in einem Anflug von Panik, daß er schweigend dastand.

»Warum bittet Sie Mr. Becker, mich auszuschließen?« fragte er lauter als beabsichtigt. »Befürchtet er etwa, mein Engagement in dieser Sache könne eine Verzögerung verursachen. Im Gegenteil. In Wirklichkeit ist es Mr. Becker, der eine Verzögerung des Prozesses bewirken würde, wenn er meine Mandantin zwänge, einen anderen Verteidiger zu suchen – eine Suche, die lang und schwierig wäre.

In Wahrheit ist es nicht die Verzögerung, die Mr. Becker Sorgen bereitet, und sicherlich auch nicht die Tatsache, daß ich mich in einem Interessenkonflikt befinden könnte. Mein Kontakt zur Staatsanwaltschaft war minimal. Mr. Becker berichtete mir nichts von Bedeutung, nichts, was er bis dahin nicht schon dem damaligen Verteidiger meiner Mandantin mitgeteilt hätte.

Was seinen Vorwurf anbelangt, ich hätte ihn hintergangen, so möchte ich darauf hinweisen, daß mich Mrs. Ryan zu diesem Zeitpunkt noch nicht um ihre Verteidigung gebeten hatte. Ich unterhielt mich mit Mr. Becker in aller Aufrichtigkeit als Vater des Opfers. Ich habe ihm nichts vorgemacht und auch nichts verdreht dargestellt.

Was Verdrehungen betrifft, ist es Mr. Becker, der hier einen Preis verdient. Ihm ist bekannt, daß ich zehn Jahre lang als Staatsanwalt am Bundesgericht tätig war. Seine Hauptsorge bei unserem Treffen besteht nämlich darin, daß mich meine größeren Erfahrungen in Strafprozessen dazu verleiten könnten, seine Behandlung des Falles störend zu beeinflussen. Außerdem möchte ich noch darauf hinweisen, daß ich mich für diesen Prozeß mit einer talentierten Anwältin zusammengetan habe, die über eine nahezu zehnjährige Berufserfahrung als Strafverteidigerin verfügt.«

Ryan holte tief Atem und preschte dann weiter vor. »Ich sagte vorhin, daß es hier nicht um Gefühle, sondern um das Gesetz geht. Mir ist viel daran gelegen, keine Gefühle in diese Frage einfließen zu lassen, da Mr. Becker so eifrig darum bemüht war, seine Thesen auf unhaltbaren Behauptungen über *meine* Gefühle aufzubauen.

Ich wage zu behaupten, Euer Ehren, daß es sich bei den Gefahren, die Mr. Becker für die Verhandlung heraufbeschworen hat, falls ich die Verteidigung übernehmen sollte, lediglich um Hirngespinste handelt.

Soll ich etwa diese Mandantin nicht verteidigen, weil ich leidenschaftlich an ihre Unschuld glaube? Weil ich zutiefst am Ausgang ihres Prozesses interessiert bin? Kann deshalb ein Anwalt ausgeschlossen werden? Betrachten wir es einmal andersherum. Was ist mit einem Staatsanwalt, der von den schrecklichen Verbrechen eines Angeklagten angewidert ist? Was ist mit einem Staatsanwalt, der sich selbst als Rache- oder Schutzengel betrachtet? Wird so jemand vielleicht wegen *seiner* Leidenschaft ausgeschlossen? Natürlich nicht.

Es ist doch wohl offensichtlich, daß diejenigen Anwälte die besten sind, die leidenschaftlich an die Sache ihrer Mandaten glauben.«

Ryan machte eine erneute Pause, um wieder etwas zu trinken und die letzten Sätze auf Corino wirken zu lassen. Er hatte zwar noch immer ein flaues Gefühl, merkte aber, daß er sich jetzt besser unter Kontrolle hatte.

»Es ist ein altbekannter Grundsatz, daß man am besten den gegnerischen Anwalt attackiert, wenn man schon die Ausführungen der anderen Seite nicht widerlegen kann. Genau das passiert hier. Und mit dieser alten und bestimmt nicht allzu bewundernswerten Taktik stellt Mr. Becker das grundlegende Recht einer Frau in Frage, die wegen des schlimmsten Verbrechens, das es gibt, vor Gericht gestellt wird. Wegen eines Verbrechens, von dem sie behauptet, daß sie absolut nichts damit zu tun hat.

Wenn das Rechtssystem dieses Staates und dieser Nation meiner Mandantin schon keine andere Erleichterung zuteil werden läßt, dann muß es zumindest ihr Recht respektieren, sich dieser Feuerprobe gemeinsam mit einem Anwalt zu unterziehen, der ihr Vertrauen und Mut einflößt.«

Wie betäubt ließ sich Ryan nieder.

Corino blickte prüfend von einem zum anderen. »Gut, meine Herren, ich danke Ihnen, daß Sie mir Ihre Zeit geopfert haben. Im Moment habe ich keine Fragen an Sie. Falls noch welche auftauchen sollten, weiß ich, wo ich Sie erreichen kann. Sie werden von mir hören, sobald ich eine Entscheidung getroffen habe.« Er erhob sich, um hinauszugehen. Becker sprang aufmerksam auf. Ryan blieb sitzen. »Und denken Sie daran« sagte Corino beim Verlassen des Raumes, »daß die Nachrichtensperre noch immer in Kraft ist.«

Ryan beendete den Abend im Shamrock.

»Michael, es ist nicht Freitag und außerdem noch vor dem Abendessen«, sagte Kelly. »Ist alles in Ordnung mit dir?«

»Frag mich das nächste Woche. Servierst du auch an der Theke etwas zu essen?«

»Dir immer. Hast du Hunger?«

»Nein. Aber ich habe schon den ganzen Tag keinen Bissen zu mir genommen.«

Ryan war hungriger, als er gedacht hatte. Das Essen schmeckte ihm. Danach zog er sich in sich selbst zurück, um dem Lärm der vielen Menschen zu entgehen, die nach Feierabend bei Kelly auftauchten. Er trank so lange Bier und Whiskey, bis Kelly beschloß, daß es an der Zeit wäre, ihn in ein Taxi zu setzen und nach Hause bringen zu lassen.

## 18

Der folgende Morgen brachte Ryan die sichere Gewißheit, daß er sich keine selbstbemitleidenden Alkoholexzesse dieser Art mehr leisten durfte. Ob Corino ihn nun ausschließen würde oder nicht – er mußte sich daranmachen, Jennifers Verteidigung vorzubereiten. Miß Miller hatte recht. Es war viel zu wichtig, daß Jennifer noch während der Schwangerschaft vor Gericht erschien, als daß sie sich auch nur den kleinsten Zeitverlust erlauben konnten.

Er rief Craig Lawrence an.

»Hast du im Zusammenhang mit der Party schon etwas herausgefunden?«

»Ich habe von Rosen die Gästeliste erhalten und sie gemeinsam mit einem Privatdetektiv überprüft. Die Party lief noch nicht lange, als Jennifer ihren Wutausbruch bekam. Bislang haben wir mit einigen Anwesenden gesprochen und der Liste noch ein paar Namen hinzugefügt. Ungeladene Gäste, die von anderen mitgebracht worden waren. Wir versuchen zur Zeit, sie zu identifizieren. Mir war nicht bekannt, wie schnell du ohne die Entscheidung des Gerichtes vorgehen wolltest.«

»Volle Kraft voraus. Wenn ich persönlich mit deinen Informationen nichts mehr anfangen kann, dann bestimmt mein Nachfolger.«

Jake Kaplans Verzeichnis mit den Geschäftspartnern, für die Ned Hypotheken finanziert hatte, brachte bei Jennifer keine Glocken zum Läuten.

»Weißt du sonst noch etwas über den Mann, der Ned bedroht hat?« fragte Ryan. »Oder über das Geschäft selbst?«

»Es handelte sich um ein Einkaufszentrum.«

»Wie groß?«

»Das Einkaufszentrum? Keine Ahnung. Groß.«

»Das Darlehen.«

»Oh. Daran kann ich mich wirklich nicht mehr genau erinnern. Ich glaube, er sagte etwas von fünf Millionen Dollar.«

»Du sagtest, es sei in New Jersey gewesen. Weißt du noch, wo?«

»Nicht bei New York. Eher im südlichen Jersey, glaube ich.«

Ryan prüfte die von Kaplan erstellte Liste mit Grundstücken und Darlehen. Keine Einkaufszentren in New Jersey. Überhaupt nichts südlich von New Brunswick. Was Jennifers Beschreibung am nächsten kam, war eine Industrieansiedlung bei Rahway. Dreieinhalb Millionen Dollar. Nicht fünf, sondern drei Komma fünf.

»Könnte es das sein?« Er zeigte ihr die Aufstellung.

»Ich weiß es nicht. Möglich. Ich dachte, es sei ein Einkaufszentrum gewesen.«

Ryan ließ es darauf ankommen. Er rief bei dem Unternehmen an, das als Schuldner auf der Liste verzeichnet war, und fragte nach dem Mann, auf dessen Namen die Hypothek lief. Er hatte erwartet, von Pontius zu Pilatus weiterverwiesen zu werden – und so war es dann auch. Aber wenn ihn seine Beharrlichkeit letztendlich auch nicht zu dem Mann führte, nach dem er verlangt hatte, so geriet er schließlich doch noch an den Richtigen.

»Harrys Name steht in den Unterlagen, aber er redet mit niemandem darüber. Anweisung vom Arzt. Wenn Sie die Hypothek interessiert, können Sie mit mir darüber sprechen. Aber falls es irgendwelche Schwierigkeiten gibt, will ich nichts davon hören. Diese verdammte Hypothek hat uns nämlich schon genug Kopfschmerzen bereitet.«

Am nächsten Nachmittag passierte Ryan in seinem Leihwagen ein blauweißes Metallschild, das ihn im Garden State Productivity Park willkommen hieß. Zwischen niedrigen, mausgrau gestrichenen Gebäuden ohne Fenster hindurch führte ein Weg zu dem kleinen Verwaltungsgebäude. Ein Säulengang in nachgeahmtem Kolonialstil trug nicht im geringsten zur Verschönerung des Hauses bei. Über der Tür war eine kleinere Version des WILLKOMMEN-Schildes vom Haupteingang befestigt.

Karl Dorner, der mit Ryan telefoniert hatte, benahm sich, als hätte er seine eigenen Schilder noch nie zu Gesicht bekommen.

»Ich kapiere nicht, was Sie hier wollen. Wegen der Hypothek, sagten Sie? Wir zahlen immer pünktlich. Nicht sehr gerne, aber wir zahlen.«

»Was heißt ›nicht gerne‹?« wollte Ryan wissen.

»Sehen Sie, Mr ....«

»Ryan.«

»*Ryan?* Sie sind mit dem Schweinehund verwandt, der uns diese Hypothek eingebrockt hat?«

»Er ist tot. Ich bin sein Vater.«

»Ich habe Ihnen nichts zu sagen. Wenn Sie mit meinem Anwalt darüber reden wollen, soll mir das recht sein. Ich baue und halte Häuser instand. Harry war derjenige, der das Geschäft abgeschlossen hat. Das Ergebnis war ein Herzanfall und Bluthochdruck.«

»Es geht nicht um mich. Mein Sohn und ich haben die letzten fünf Jahre kaum miteinander geredet.« Ryan fühlte sich schmutzig, weil er Neds und sein Leben auf diese Weise benutzte. »Ich erfuhr von diesen Hypotheken erst als sein Testamentsvollstrecker. Jetzt versuche ich, diese Geschäfte zu verfolgen und herauszufinden, ob irgendwelche Schwierigkeiten dabei aufgetaucht sind. Ich möchte wissen ob Sie Vorauszahlungen leisten möchten oder an sonstigen Änderungen der Vertragsbedingungen interessiert sind.«

Als er dies sagte, versuchte Ryan, durch den Tonfall und durch seine Gesten den Eindruck zu vermitteln, daß diese Aufgabe für ihn ebenso lästig sei wie die Hypothek für Karl und Harry. Das war einmal Ryans Stärke gewesen. Ein unausgesprochenes ›Wir sitzen alle in einem Boot‹ war immer einer seiner Trümpfe bei der Überzeugungsarbeit gegenüber den Geschworenen gewesen.

»Vorauszahlungen? Sie meinen, alles auf einmal?« Karl war skeptisch. »Woher sollen wir das Geld dafür nehmen? Die Zinszahlungen für die Hypothek haben uns bis aufs Blut ausgesaugt. Wenn Sie irgendwelche Regulierungen vornehmen wollen, dann reduzieren Sie die Zinsen auf das Niveau, von dem Harry ausgegangen war, als er das Geschäft abgeschlossen hat.«

»Was meinen Sie damit?«

»Lassen Sie mich doch in Ruhe mit Ihrem ›Was meinen Sie?‹ Ich meine, der Mann tauchte hier auf und nannte einen vernünftigen Zinssatz bei einem Gesamtvolumen von zwei Millionen Dollar. Damit hätten wir wirklich neue Investitionen tätigen können. Am Ende waren die Zinsen dann aber um drei Prozent gestiegen, und jeder Penny mußte innerhalb von zehn Jahren termingerecht zurückgezahlt werden. Somit konnten wir mit den zwei Millionen gar nichts mehr anfangen. Angeblich hatte sich sein Chef die Sache anders überlegt. Als ob Sie das nicht gewußt hätten.«

»Ich wußte nichts davon. Hatte er Ihnen eine Zusage über die ursprünglichen Bedingungen gegeben?«

»Klar doch. Mündlich. Wir haben ihn mehrmals um schriftliche Unterlagen gebeten und bekamen immer zu hören, die seien noch unterwegs.« Karl schürzte die Lippen, als wollte er gleich ausspucken.

»Weshalb haben Sie ihn nicht einfach zum Teufel gejagt? Warum wandten Sie sich nicht an jemand anderen?«

»Ich kapiere das immer noch nicht. Auf wessen Seite stehen Sie denn eigentlich?«

»Ich versuche dahinterzukommen, was wirklich passiert ist?«

»An jenem Morgen, an dem die Frist ablief, innerhalb derer wir uns entscheiden mußten, erhielten wir die Nachricht, das Geld würde erst dann fließen, wenn wir die neuen Bedingungen akzeptierten und diese Zahlungen leisteten. Sie fressen unseren Profit zu hundert Prozent auf und bringen uns in die roten Zahlen, sobald auch nur einer unserer Pächter kündigt. Achthunderttausend Dollar in bar hatten wir in das Geschäft investiert. Hätten wir nicht zu einem bestimmten Tag den Abschluß getätigt, wäre alles futsch gewesen. Und damit auch die Arbeit mehrerer Jahre, einschließlich der Häuser von Harry und mir. Können Sie mir wohl sagen, an wen wir uns hätten wenden sollen?«

Ryan entschuldigte sich für die Unannehmlichkeiten, die er seinem Gesprächspartner bereitet hatte, und stieg wieder in den Mietwagen, um zurückzufahren. Er fuhr durch eine Gegend mit stinkenden Raffinerien und vermied es dabei so gut wie möglich, an den jungen Mann zu denken, der als Star in Karl Dorners Drama aufgetreten war.

Jennifer war sich nicht sicher, ob Karl oder Harry einer der Männer gewesen sein könnte, der Ned bedroht hatte. Trotz ihrer lückenhaften Erinnerung schien Ryan jedoch diese Spur zu verheißungsvoll, als daß er sie nicht weiterverfolgt hätte. Er wies Craig Lawrence an, jemanden mit der Überprüfung der beiden Männer zu beauftragen.

Nach einigen Tagen meldete sich sein Freund, um Bericht zu erstatten.

»Mein Mitarbeiter war gestern abend bei einem Treffen des Rotary Clubs im schönen Rahway, New Jersey. Hat sämtliche Freunde und Bekannte von Karl und Harry da getroffen. Karl Dorner hat nicht gerade Gutes über Ned zu berichten. Über andere allerdings auch nicht. Harry Bundesman ist der andere. Ihn hat es schlimm erwischt, als er das Geschäft mit Ned abschloß. Es kursieren Witze darüber daß er rot anlief und sein Herz aussetzte. Kurz darauf ist er dann weggezogen. Weit weg. Wegen des Herzens.«

»Wie weit?«

»Arizona. Soll ich jemanden dort hinschicken?«

»Wann ist er weggezogen?«

»Ungefähr ein Jahr, bevor Ned ermordet wurde.«

»Und was ist mit seinem Partner?«

»Dorner? Sagte ich das nicht? Er gehört einer tiefreligiösen Konfession an, die jegliche Gewalt ablehnt. Sehr gottesfürchtig – Kirche, Diakon und so weiter.«

»Harry auch?«

»Ja. Aber der ist offensichtlich ein Abtrünniger. Außerdem gibt es in Arizona keine Gemeinden dieser Konfession. Er ist zu den Lutheranern oder so etwas übergetreten.«

Seine große Enttäuschung ließ Ryan fühlen, wie sehr er gehofft hatte, auf der richtigen Spur zu sein. Dabei hätte er es besser wissen können – so leicht liefen die Dinge grundsätzlich nicht. »Zu den Akten damit. Vielleicht ist es uns später noch einmal von Nutzen.«

# 19

An dem Tag, den Corino für die Bekanntgabe seiner Entscheidung festgelegt hatte, ging Ryan eine halbe Stunde früher als geplant ins Gericht. Ein Reporter einer Nachrichtenagentur, der gerade auf dem Weg von der Cafeteria zum Pressezimmer war, bemerkte ihn, als er durch die Schleuse mit den Metalldetektoren ging, und kam herbeigeschlendert.

»Hallo. Lang ist's her.«

»Hallo, Zeke. Wie geht's?« Die beiden Männer hatten sich während Ryans Zeit als Bundesstaatsanwalt kennengelernt. »Hat man Sie jetzt hierhergeschickt?«

»Mal hier, mal dort. Überall, wo was los ist. Heute sah es ziemlich flau aus, bis Sie erschienen sind. Was ist denn los?«

»Wissen Sie noch, wie Sie mich früher immer genannt haben?«

Zeke überlegte. »Kein-Kommentar-Ryan?«

»Damals war das ein Fehlurteil, aber heute nicht. Später vielleicht mehr.«

»Ist das ein Versprechen?«

Zeke hatte jemanden hinter Ryan erspäht.

»Na schau mal, wer da ist.«

Für Jennifer war es noch zu früh. Ryan drehte sich um.

»Joe Becker!« rief Zeke und setzte sich in Bewegung, um den Staatsanwalt abzufangen. »Haben Sie eine Minute für mich übrig? Gerade habe ich mit Mr. Ryan gesprochen.«

Becker verlangsamte seinen Schritt kaum. »Kein Kommentar, Zeke.« Als er das sagte, warf er Ryan einen Blick zu. Seine Stimme hatte einen eisigen Klang.

»Oje, was ist dem denn über die Leber gelaufen?«

»Ich vermute, wenn Sie lange genug warten, werden Sie es erfahren«, entgegnete Ryan.

Gemeinsam mit einer wachsenden Zahl von Sekretärinnen, Anwälten und – wie er vermutete – Angeklagten wartete Ryan auf den Aufzug. Da er Zeke in die Arme gelaufen war, ging er davon aus, daß die Leute im Presseraum bereits aufgescheucht sein würden, wenn Jennifer das Gebäude betrat. Der geschlossene Gerichtssaal im oberen Stockwerk würde sie zusätzlich provozieren. Zur selben Zeit, in der Corino seine Entscheidung bekanntgab, würde der Pressesprecher des Gerichtes die gesamte Truppe zu einer todlangweiligen Pressekonferenz zusammenrufen.

Als der Gerichtsdiener Ryan in den Saal ließ, saß Becker allein hinter dem Tisch der Staatsanwaltschaft. Ryan nahm seinen Platz am Verteidigertisch ein und sagte: »Guten Morgen.«

Becker sah zu ihm hinüber und reagierte nicht.

Ryan blickte sich um und machte sich mit der Umgebung vertraut. Der Gerichtssaal war holzgetäfelt, machte aber auf ihn einen kalten und abweisenden Eindruck. Das Furnier hatte weder Tiefe, noch wies es eine Patina auf; keine Spur von der Wärme oder Pracht, die er von den Bundesgerichten kannte.

Die Tür öffnete sich, und Jeff Rosen, der immer noch Jennifers offizieller Rechtsvertreter war, führte sie den Mittelgang entlang bis zum Geländer. Hinter ihnen ging Kassia Miller. Ryan öffnete für Jennifer die Absperrung und umfaßte ihren Arm. Ihr Make-up konnte die blasse Gesichtsfarbe nicht verbergen, doch alles in allem machte sie einen gefaßten Eindruck. Er brachte sie zu einem Stuhl am Tisch der Verteidigung. Sie setzte sich kerzengerade hin und starrte nach vorne. Bekker würdigte sie keines Blickes.

»Geht es dir gut?« fragte Ryan.

Sie sah sich um. »Der Saal ist größer, als ich dachte. Hohe Wände.«

»In den dreißiger Jahren stand man auf Pomp.«

»Scheußlich. Kalt. Sitzt dort die Jury?«

Sie blickte an Becker vorbei auf die zwei langen Sitzreihen hinter dem hölzernen Geländer auf der linken Seite des Gerichtssaals.

»Richtig.«

»Es läuft mir eiskalt den Rücken runter.«

»Du wirst dich schon daran gewöhnen.«

Er hatte keine Ahnung, ob das stimmte. Sie plapperte vor Furcht. Für jemanden, der erstmals als Angeklagter vor Gericht steht, ist das völlig normal, dachte Ryan.

»Wie bist du hergekommen?« Er hoffe, sie auf diese Weise etwas abzulenken.

»Manuel hat uns gefahren, Daddys Chauffeur. Nur gut, daß Bo noch immer für uns arbeitet. Die Vorhalle unten war voller Reporter. Woher wußten die, daß ich heute kommen würde?«

»Das ist ihr Job. Auch daran wirst du dich gewöhnen müssen. Wenn wir den Gerichtssaal verlassen, wird da draußen die Hölle los sein.«

»Ich hasse sie.«

»Wir alle hassen sie – manchmal. Du mußt aber bedenken, daß sie auch ihre guten Seiten haben. Du darfst sie dir nicht zum Feind machen, indem du herablassend mit ihnen sprichst. Nichts dergleichen.«

»Werde ich nicht«, antwortete sie abwehrend.

In der Ecke des Saales ging eine Tür auf. In einer schwarzen Robe schritt Anthony Corino herein, hinter ihm eine Gerichtssekretärin.

»Erheben Sie sich«, rief der Gerichtsdiener.

Corino ließ sich auf seinem hochlehnigen Lederstuhl hinter dem Richterpult nieder. Die Sekretärin legte einige Schriftstücke vor ihn auf den Tisch. Er schenkte ihnen keine Bedeutung. Sein Vortrag war monoton und lustlos.

»Das Gericht hatte über die Frage zu entscheiden, ob die von der Beklagten für diesen Fall vorgeschlagene Rechtsvertretung eine ordnungsgemäße Prozeßführung gewährleistet oder die Strafverfolgung in irgendeiner Weise negativ beeinflußt. Mr. Becker führte überzeugend aus, daß die Antwort beidemal ›ja‹ lauten müßte.

Allerdings muß ich einwerfen, Mr. Becker, daß Sie ein wenig auf die Presse hätten eingehen sollen. Die für diese Verhandlung zur Verfügung stehenden Geschworenen würden wahrscheinlich von einer Flut von Unrat überspült, wenn die Presse von dieser ungewöhnlichen Anwaltswahl erfahren würde. Der Fall hat bereits mehr Aufmerksamkeit auf sich gezogen, als normalerweise üblich. Und dabei haben wir noch nicht einmal begonnen.«

In Ryans Magen brodelte es. Corino machte sich Beckers Argumente zueigen.

Jennifer neigte sich zu ihm herüber. Ein panisches Flüstern: »Warum hilft er ihm denn auch noch?«

Corino blickte kurz in ihre Richtung. »Aber um was es hier geht, ist ein grundlegendes Recht der Beklagten, und Mr. Ryan hat das hinlänglich zum Ausdruck gebracht.«

Hinlänglich!

»Nun, Mr. Becker. Die Punkte, die Sie so überzeugend dargestellt haben, betreffen das, was in meinem Gerichtssaal stattfinden wird. Was Sie da beschrieben haben, empfinde ich bei weitem nicht so gravierend wie Sie. An Ihrer Stelle hätte ich nicht die Hälfte der Argumente aufgewandt, die Sie zu meiner Überzeugung angeführt haben. So sieht es in keinem Gerichtssaal aus, in dem ein Prozeß unter meiner Leitung stattfindet.«

Ryan blickte kurz zu Becker hinüber. Er rechnete ihm an, daß er vor lauter Stolz nicht hochmütig wurde. Noch nicht. Becker schien seinen Sieg gelassen hinzunehmen.

»Hier meine Entscheidung. Ich werde die Vorkommnisse, die Mr. Becker in seinen Ausführungen heraufbeschworen hat, in diesem Gerichtssaal nicht zulassen. Deshalb sitze ich hier oben auf dem Podium, um so etwas zu verhindern.«

Corinos Worte ließen Ryan genauer hinhören.

»Mr. Becker. Ich habe den Beschluß gefaßt, Ihren Antrag vorerst abzulehnen.«

»Was?« Ohne daß er es wollte, entfuhr Becker ein Aufschrei.

»Verzeihung, Euer Ehren.«

Corino nahm weder den Gefühlsausbruch noch die Entschuldigung zur Kenntnis.

»Ich werde den Antrag nur dann ablehnen, wenn Mr. Ryan und seine Mandantin gewisse Bedingungen akzeptieren, die ich ihnen vorschlagen werde. Außerdem werde ich einige Richtlinien aufstellen, die beide Parteien einzuhalten haben.

In Übereinstimmung mit dem, was Mr. Becker über die Jury gesagt hat, möchte ich betonen, daß ich zugunsten der Staatsanwaltschaft sehr zur Ablehnung von Geschworenen neige. Voraussetzung ist, daß die dafür vorgebrachte Begründung mit den Gefühlen der Geschworenen gegenüber der Person Mr. Ryans in Zusammenhang steht sowie mit der Frage, weshalb gerade er die Verteidigung übernommen hat. Ich werde ebenfalls Fragen an die Geschworenen richten und durchaus selbst einige der zur Wahl stehenden Personen ausschließen. Mr. Ryan, ich nehme nicht an, daß Sie in dieser Hinsicht irgendwelche Schwierigkeiten machen werden.«

Ryan, der die Entscheidung des Richters noch immer nicht richtig fassen konnte, war nicht in der Lage, über die von Corino aufgestellten Bedingungen nachzudenken. Jennifer packte seinen Arm, weil sie Klarheit darüber haben wollte was gerade vor sich ging.

›Wir haben gewonnen‹, kritzelte Ryan auf ein Blatt Papier. Wenigstens diese Runde, fügte er in Gedanken hinzu.

»Mit Rücksicht auf die Presse werde ich die über diesen Fall verhängte Nachrichtensperre aufheben. Es sei denn, jemand von Ihnen hat dagegen einen Einwand.«

Sofort war Becker auf den Beinen. »Habe ich, Euer Ehren.«

»Sie haben etwas dagegen?«

»Ja, Richter.«

»Sie wollen sie noch aufrechterhalten?«

»Ich bitte darum.«

»Für wie lange?«

»So lange wie möglich. Bis zur Urteilsverkündung.«

»Sie meinten wohl, bis zum Ende des *Prozesses.* Richtig, Mr. Becker? Vielleicht kommt es ja gar nicht zu einer Urteilsverkündung.«

»Ja, Richter. Ich bitte um Entschuldigung.«

Ryan erhob sich. »Ich wünsche, daß diese Sperre umgehend aufgehoben wird. Sie dient keinem begründbaren Zweck mehr.« Die Welt sollte nur erfahren, daß Becker versucht hatte, ihn ausschließen zu lassen.

»Ich sehe schon«, sagte Corino, der sich in seinen Stuhl zurücklehnte und mit aufgestützten Ellenbogen die Hände in Kopfhöhe aufeinanderlegte, »wie diese Verhandlung vermutlich weitergehen wird. Und ich muß sagen, daß mir die Art und Weise nicht gefällt. Ich werde über die Aufhebung der Nachrichtensperre auf Grundlage Ihrer schriftlichen Anträge entscheiden. So oder so – alles, was diesen Fall betrifft, fällt unter die folgende Anweisung: Niemand, der in diesen Prozeß verwickelt ist, hat das Recht, in irgendeiner Weise Mr. Ryans Beziehung zu dem Mordopfer zu kommentieren. Alles, was gesagt werden darf, ist, daß Mr. Ryan ein Anwalt ist, der aus beruflichen Gründen und gegen Honorar die Verteidigung in diesem Fall übernommen hat. Sie erhalten doch ein Honorar, Mr. Ryan? Es wäre besser für Sie, und zwar ein ordentliches. Andernfalls können wir gleich jetzt aufhören, und ich werde Mr. Beckers Antrag auf Ausschluß stattgeben.«

»Ja, Euer Ehren. Ich erhalte die für eine solche Verhandlung übliche Summe.«

»Bravo. Falls nun ein Reporter oder sonst jemand gezielt die Frage nach der Beziehung Mr. Ryans zu einer lebenden oder toten Person stellt, so sind beide Seiten dazu verpflichtet, in der vorgegebenen Weise zu reagieren und darauf zu verweisen, daß keine Schlußfolgerung aus irgendeiner Beziehung gezogen werden sollte, die über die zwischen Anwalt und Mandantin hinausgeht. Ich erwarte von beiden Seiten, daß auch bei den Zeugenvernehmungen vor den Geschworenen keinerlei Anspielungen in dieser Hinsicht gemacht werden.

Darüber hinaus möchte ich die Zusage von Mr. Ryan, daß er eine schriftliche Erklärung abgibt, die besagt, daß er der Wahlverteidiger der Beklagten ist, die diese Wahl in vollem Bewußtsein über Mr. Ryans Unerfahrenheit in solchen Verhandlungen und vor Gerichten dieses

Bundesstaates getroffen hat. Dasselbe betrifft die Möglichkeit, daß Mr. Ryans emotionale Verwicklung in diesen Fall seine Leistung als Verteidiger beeinträchtigen könnte. Sollte dies der Fall sein und sich das auf den Urteilsspruch auswirken, so steht der Angeklagten deshalb kein Recht auf Berufung zu. Haben Sie das verstanden?«

Ryan erhob sich nur andeutungsweise. »Ja. Euer Ehren.«

»Mr. Becker?«

»Ja, Richter.«

»Das war alles. Mr. Ryan, bitte besprechen Sie sich mit ihrer Mandantin, um zu klären, ob sie unter diesen Bedingungen mit Ihnen weiterhin zusammenarbeiten will. Kann ich noch heute morgen mit einer Antwort rechnen?«

»Wir tun unser Bestes, Euer Ehren.«

»Etwas anderes. Ich würde den Verhandlungsbeginn gerne auf den ersten Montag im Februar festsetzen. Mehr als sechs Wochen genehmige ich Ihnen nicht für Ihre Vorbereitung und die Wahl der Geschworenen. Einwände dagegen können schriftlich bis Ende kommender Woche eingereicht werden.«

Corino stand auf. »Vertagt.«

Noch bevor die anderen auf den Beinen waren, war er bereits hinter seinem Tisch verschwunden.

Sobald Corino den Gerichtssaal verlassen hatte, lief Becker den Mittelgang entlang und machte sich aus dem Staub.

Bewegungslos stand Jennifer da. Ihre Augen waren auf den leeren Richterstuhl gerichtet.

Kassia Miller stieß einen kleinen Freudenschrei aus. Sie war zufrieden über den doppelten Sieg – Ryans Zulassung und den Prozeßbeginn, der es ihnen ermöglichen würde, Jennifer noch schwanger vor Gericht auftreten zu lassen.

»Haben wir wirklich gewonnen?« fragte Jennifer.

»Ja. Aber es gibt da einige Bedingungen, über die wir reden müssen.«

»War das der Richter, der auch den Prozeß führen wird?«

»Ja.«

»Er kam mir gar nicht so schlimm vor.«

Ich hoffe, daß du recht hast, dachte Ryan.

Der Presserummel vor dem Aufzug war schlimmer, als Ryan befürchtet hatte. Er ging vor Jennifer her, um sie abzuschirmen, und hob dann mit der Bitte um Ruhe die Hand.

»Ich habe eine Mitteilung für Sie.«

Von allen Seiten wurden ihm Mikrofone entgegengestreckt.

»Ich habe keine Ahnung, was Mr. Becker Ihnen erzählt hat. Aber wir haben eine partielle Schweigepflicht auferlegt bekommen. Daher kann ich nur sagen, daß ich von Mrs. Ryan mit der Verteidigung beauftragt wurde. Ich glaube, daß wir gute Argumente auf unserer Seite haben. Ich glaube auch, daß die Anklage *keine* hat. Eigentlich geht man in unserem Rechtssystem davon aus, daß jemand für unschuldig gehalten wird, solange der Staatsanwalt nicht das Gegenteil beweist. Das scheint mir hier allerdings nicht der Fall zu sein. Aber die Zeit wird die Wahrheit ans Licht bringen. Das ist alles, was ich Ihnen im Augenblick zu sagen habe.«

## 20

Am nächsten Morgen wurde Ryan von einem unangenehmen Vertreter der Presse belästigt. Schon um sieben Uhr klingelte das Telefon zum erstenmal. Ryan nahm den Hörer ab.

»Mr. Ryan, hier ist Allen Crown von ...«

Er schmiß den Hörer auf die Gabel. Crown hatte den Schwachsinn von SOHN SAGT, VATER HAT MUTTER UMGEBRACHT verzapft.

Das Telefon läutete die ganze Zeit über, bis Ryan schließlich das Apartment verließ. Vielleicht war es immer Crown gewesen, vielleicht hatten es andere versucht. Da er vermutete, daß in der Eingangshalle die Journalisten auf ihn warteten, stieg er die Feuertreppe hinunter und verließ das Haus dann durch den Seiteneingang.

Ryan hatte Craig Lawrence und Kassia Miller über die jeweiligen Fortschritte unterrichtet, bevor sie sich alle gemeinsam in Kassia Millers Büro trafen. Sie kamen gleich zur Sache.

»Zunächst muß ich wissen, wie intensiv du dich mit der Sache beschäftigen willst«, sagte der ehemalige FBI-Mann. »Willst du mit sämtlichen Zeugen der Anklage reden, mit allen, die auf Ned nicht gut zu sprechen waren, mit allen, die deine Mandantin nicht leiden können?«

»Unbedingt«, entgegnete Ryan. »Ich benötige sämtliche Hinweise, die Verdacht erregen könnten, oder solche, die darauf schließen lassen, daß Jennifer in eine Falle gelockt wurde. Irgendwas, womit wir Zweifel säen können.«

»Was ist mit ihrem Vater? Vielleicht ist Kneeland in den Mord verwickelt. Kann sein, daß ihm jemand durch Neds Ermordung schaden wollte. Es könnte sich um einen Racheakt gehandelt haben oder um eine Warnung. Es könnte sich auch gegen jemand anderen gerichtet haben, zu dem Ned geschäftliche Beziehungen unterhielt. Wenn wir ewig Zeit hätten, würde ich das alles für dich prüfen. Da das aber nicht der Fall ist, müssen wir uns selbst Grenzen setzen.«

»Ich will uns nicht von vornherein irgendwelche Beschränkungen auferlegen«, antwortete Ryan. »Wir sollten wirklich jeden überprüfen, der uns einfällt.«

»Bis jetzt habe ich nichts von Jennifers Mutter gehört. Was ist mit ihr?« fragte Lawrence.

»Die ist abgehauen, als Jennifer ein kleines Kind war«, sagte Miß Miller. »Das stand in einem alten Zeitungsausschnitt über Kneeland aus der Zeit, als er seine zweite Frau heiratete. Ehefrau Nummer eins hatte sich in den späten Sechzigern auf dem Motorrad irgendeines Playboys auf und davongemacht.«

»Wo hält sie sich jetzt auf?«

»Adresse unbekannt.« Sie reichte Lawrence ein Blatt Papier. »Ich habe eine Liste mit den Namen sämtlicher Polizisten zusammengestellt, die in den Presseberichten über den Mordfall erwähnt wurden. Während wir auf die offizielle Liste von Becker warten, könnten wir die hier schon mal überprüfen.«

»Noch mehr Arbeit für mich«, sagte Lawrence. »Tut ihr beide eigentlich auch etwas?«

»Wir sollten uns darüber unterhalten, wohin uns das alles führt«, schlug Kassia Miller vor.

»Es ist noch zu früh für strategische Planungen«, widersprach Ryan. »Laßt uns das Netz am Anfang so weit wie möglich auswerfen. Mit der Strategie befassen wir uns erst dann, wenn wir eine Spur haben, die wir weiterverfolgen können.«

Miß Miller war nicht bereit, sich damit abspeisen zu lassen. »Ich meine ja nicht, daß wir schon jetzt alles haarklein festlegen sollten. Ich rede von einer Planung in groben Zügen, damit wir nichts außer acht lassen, was sich später als wichtig erweisen könnte.«

Ryan unterdrückte eine barsche Entgegnung. Denk an den Fall Gibson, befahl er sich selbst. Sei nicht so stur, sondern laß ihr etwas Luft.

Als niemand Einwände erhob, fuhr sie fort. »Ich habe gelernt, daß ein guter Angriff die beste Verteidigung ist. Für einen ehemaligen Staatsanwalt gilt das als geeigneter Weg. Staatsanwälte können immer irgendwelche Beweise anführen, und ich glaube, die Verteidigung sollte dazu auch in der Lage sein.« Sie schwieg, um die Wirkung ihrer Worte abzuschätzen. »Gut. Wir können Jennifers Unschuld nicht beweisen, weshalb wir sie als gegeben voraussetzen. Aber wir *müssen* Beweise herbeischaffen, klare Beweise.«

»Zum Beispiel?«

»In den Mordfällen, mit denen ich bisher zu tun hatte, haben wir Notwehr oder Unzurechnungsfähigkeit nachzuweisen versucht. Wenn eines davon zutrifft, hat man schon das Schlimmste überstanden. Aber hier zieht das nicht, da unsere Mandantin die Tat bestreitet. Wir müssen beweisen ... wir müssen irgendwas beweisen. Dann ist da noch der andere Punkt: Becker wird Jennifer in den Zeugenstand rufen. Und was ist mit uns? Auch wir müssen jemanden als Zeugen benennen. Aber wen? Etwa die Polizei? Die Polizisten bauen selbst an ihren guten Tagen so viel Mist, daß man den gesamten Prozeß in eine Demonstration über die Widersprüchlichkeit ihrer Aussagen umgestalten könnte. Oder wir könnten uns an die Gerichtsmedizin halten. Hin und wieder kann man denen ganz gut etwas in die Schuhe schieben. Vielleicht geht das aber auch mit einem anderen Zeugen.« Sie blickte verlegen auf ihren Schreibtisch. »Die naheliegendste Person, die wir belasten könnten, wage ich gar nicht beim Namen zu nennen.«

»Ned«, ergänzte Ryan.

»Möglicherweise gibt es andere Wege, auf denen wir weiterkommen könnten.«

Er spürte, daß sie versuchte, ihn schonend zu behandeln, wußte aber nicht, ob er dankbar oder eher beleidigt sein sollte.

»Ich bin von Anfang an davon ausgegangen, daß wir ihn zum Schurken abstempeln«, sagte Ryan.

»Gut, ich hatte befürchtet, daß Sie damit Probleme haben würden.«

»Habe ich auch. Aber ich tue, was getan werden muß.« Er hoffte, daß er seinen Worten auch Taten folgen lassen konnte. »Ich frage mich nur, wie hilfreich es ist, wenn wir uns auf Ned einschießen, ohne zusätzlich noch etwas anderes in der Hand zu haben.«

»Was hältst du von ihr?« fragte Ryan Lawrence, als sie zu zweit waren.

»Ich halte sie für ziemlich klug. Vielleicht ein bißchen zu aggressiv.«

»Kann sein«, erwiderte Ryan. »Ich habe da noch etwas für dich.«

»Schieß los.«

»Ned hat zahlreiche Finanzgeschäfte getätigt. Er war so eine Art Mittelsmann für Geld, das auf der Suche nach einem neuen Unterschlupf war. In weniger als zwei Jahren hat er sechzig Millionen Dollar vermittelt, meistens in Form von Hypotheken.«

»Ein Haufen Kohle für einen Anfänger«, flüsterte Lawrence.

»Jake Kaplan könnte etwas darüber herausbekommen haben, wohin diese Summen geflossen sind.«

»Du willst, daß ich ihre Spur zurückverfolge und die Geldgeber ausfindig mache.«

»Jeden einzelnen. Ich glaube, das wird nicht einfach werden.«

Besonders, wenn es sich um Drogengelder handelt. Aber das behielt er für sich.

Am folgenden Tag kamen die drei in Ryans Büro zusammen. Sie arbeiten einen offiziellen Antrag aus, um von Becker Informationen über seinen Kenntnisstand in dem Mordfall zu erlangen.

»Es ist schon lustig, mal auf dieser Seite zu stehen«, sagte Ryan. »Sonst war immer ich derjenige, an den solche Anträge gerichtet wurden.«

Am Nachmittag desselben Tages trafen sich die beiden Anwälte mit ihrer Mandantin.

»Ich muß euch warnen«, sagte Jennifer, »viel weiß ich nicht mehr von dem, was in jener Nacht geschah.«

»Vielleicht würde es helfen, wenn ich dir ein paar Fragen stelle«, schlug Ryan vor.

»In Ordnung.«

Sie lehnte sich in ihrem Sessel zurück. Mit den Händen umfaßte sie ihre Arme. Als ob sie auf den Start eines Flugzeugs warten würde, das ihr nicht ganz geheuer ist, dachte Ryan.

»Wann seid ihr zu der Party gegangen?« fragte er sanft.

»Gegen achtzehn Uhr dreißig.«

»Und von wo kamt ihr?«

»Von zu Hause.«

»Hattet ihr euch da auch schon gestritten?«

»Nein. Abgesehen davon, daß er sich einige Wochen lang ganz in sich zurückgezogen hatte. Das habe ich dir ja bereits erzählt.«

»Wart ihr auf der Party die ganze Zeit zusammen?«

»Nein, wir liefen umher. Wir mochten es nicht, wenn Paare auf solchen Festen immer wie Kletten aneinanderhingen.«

»Wußtest du, was Ned machte, mit wem er sich unterhielt?«

»Nur wenn ich ihn im Blickfeld hatte. Gerade an jenem Abend fühlte ich mich ihm irgendwie näher als sonst. Vielleicht war das der Grund.«

»Was meinst du damit?«

»Na ja, wenn ich von Anfang an wütend auf ihn gewesen wäre, hätte er mich nicht so verletzen können. Du mußt wissen, daß ich mich nach drei Jahren Ehe ganz gut zur Wehr zu setzen vermochte, wenn ein Anlaß dazu bestand. Aber an diesem Abend war ich nicht darauf vorbereitet. Und als ich ihn dann mit dieser ... Bildhauerin sah. Ich fühlte mich gekränkt. Außerdem waren das Leute, die mir etwas bedeuteten. Wenn ich ihm nicht ab und zu ein paar deutliche Worte gesagt hätte, hätte ich mich nie wieder dort blicken lassen können.«

»Was haben Sie ihm denn gesagt?« wollte Miß Miller wissen.

»Daran kann ich mich wirklich nicht mehr erinnern.«

»Doch, du kannst«, sagte Ryan.

»Hast du ihn beschimpft?«

»Ich glaube.«

»Bedroht?«

»Keine Ahnung. Ich war völlig aus der Fassung, und dann tauchte auch noch die Polizei auf und sagte mir, daß er tot sei. Meinem Erinnerungsvermögen war das nicht besonders zuträglich. Ich weiß es wirklich nicht mehr.«

Ryan erinnerte sich nur allzu gut. Diese Nacht würde er niemals vergessen. Der Anruf bei Kelly, die Fahrt zum Leichenschauhaus. Das Herumstehen, der Geruch der Verwesung, das Warten auf die Identifizierung von Ned, der unter einem weißen Tuch lag.

Kassia Miller versuchte, Jennifers Erinnerung wieder in Gang zu bringen. »Sie gingen zu ihm rüber und sagten: Du Arschloch. Oder: Amüsierst du dich gut? Oder vielleicht auch: Ich gehe jetzt, und wenn du mich je wiedersehen willst, dann kommst du auf der Stelle mit. Oder Sie sagten: Du Flittchen, laß meinen Mann in Ruhe.«

»Nein. Mit ihr habe ich gar nicht gesprochen. Nur mit ihm. Und es war mehr so etwas wie: So kommst du mir nicht davon.«

»Sagten Sie deutlicher, was Sie damit meinten?«

»Er wußte schon Bescheid.«

»Was wollten Sie denn damit sagen?«

»Daß ich ihn vor allen Leuten zur Rede stellen würde. Daß ich nicht so tun würde, als hätte ich nichts bemerkt.«

»War das alles?«

»Wenn er mich in aller Öffentlichkeit demütigte, wollte ich nicht das brave, kleine Hausmütterchen spielen. Ich wollte es ihm heimzahlen, auch wenn ich mich dabei selbst in eine peinliche Situation gebracht hätte.«

»Haben Sie ihm das alles gesagt?«

»War gar nicht nötig. Er wußte, was ich meinte. Ich sagte ihm lediglich, er könne mit mir nicht so umspringen und dann auch noch erwarten, daß ich das einfach so schlucken würde.«

»Du sagtest«, fragte Ryan, »daß du das nicht einfach schlucken würdest?«

»Ja, ich glaube schon.«

»Und weiter?« fragte Kassia.

»An mehr erinnere ich mich nicht.«

»Was ist mit der zerbrochenen Schale?«

Jennifer stand auf und ging im Büro umher.

»Es war eine Schale mit Häppchen. Kleine Pasteten oder so. Genau weiß ich es nicht mehr. Ich redete auf ihn ein, und er aß in aller Seelenruhe! Deshalb griff ich nach der Schale und zerschlug sie. Ich glaube, ich habe mich dabei in die Hand geschnitten.«

»Wann war das?« Kassia Millers Stimme klang gedämpft.

»Am Ende. Sozusagen als Schlußpunkt.«

»Sehr dramatisch«, warf Ryan ein.

»Und was sagten Sie anschließend zu ihm?«

»Was ich Ihnen schon erzählt habe. Daß ich ihn nicht einfach so davonkommen lassen würde, und daß ich es ihm schon beweisen würde, falls er mir nicht glaubte.«

»Und er ist dann gegangen?« fragte Ryan.

»Ja. Er ging einfach hinaus. Ich wollte nicht, daß er so verschwand. Er ging die Treppe vom Dachgarten hinunter. Als er mich hinter sich hörte, lief er durch die Galerie in die privaten Wohnräume des Gastgebers.«

»Was geschah dann?«

»Er sagte, daß wir miteinander reden müßten.«

»Gleich an Ort und Stelle?«

»Nein. Er zog mich in den Raum, in dem er später tot aufgefunden wurde. Es war wie eine Art Büro und Privatgalerie in einem.«

»Und weiter?«

»Nichts.«

»Nichts?« widerholte Miß Miller. »Das haben Sie mir aber anders erzählt.«

»Ich meinte nicht wirklich nichts. Nur, nichts Besonderes. Wir redeten halt. Ned war ärgerlich, daß ich herumgeschrien und die Schale kaputtgemacht hatte. Aber er bedauerte auch sein eigenes Benehmen. Ich war trotzdem wütend und beschimpfte ihn aufs neue. Und dann fragte ich, was wohl mein Vater dazu zu sagen hätte, wenn er das erfahren würde. Daraufhin wurde Ned leichenblaß. Er sagte, drohe mir nicht mit deinem Vater. Ich antwortete, das sei keine Drohung, aber mein Vater würde das zwangsläufig mitbekommen. Die Leute tratschen eben. Und er erwiderte, daß ich vielleicht recht haben könnte. Er wollte mich küssen, aber ich wich ihm aus. Ich sagte noch, daß ich nach Haus ginge und daß er nachkommen könne oder auch nicht – es sei ganz allein seine Entscheidung. Dann bin ich gegangen.«

Sie stand vor der Wand, an der Ryans Diplome und Auszeichnungen hingen. Eine Urkunde hing schief. Sie richtete sie gerade.

»Das war das letzte Mal, daß ich ihn gesehen habe. Ich habe mich noch nicht einmal von ihm küssen lassen.« Jennifer sagte das ganz leise vor sich hin, ohne besondere Betonung. Ihr Schmerz über den Verlust war unverkennbar.

Entweder ist diese Frau ein Wunder an Selbstbetrug oder sie ist einfach eine gute Schauspielerin, dachte Ryan. Oder aber sie ist tatsächlich unschuldig.

»Wie ist dein Blut auf die Statue gekommen?« wollte er wissen.

Beim Versuch, sich zu erinnern, schien sie sich in sich selbst zurückzuziehen. »Als ich Ned auswich, stieß ich an den Sockel, auf dem sie stand, und sie kippte um. Bevor ich ging, hob ich sie wieder auf und stellte sie dahin, wo sie zuvor gestanden hatte. Ich glaube, ich hatte noch immer etwas Blut an den Fingern, weil ich vorher die Schale zerbrochen hatte. Und das ist dann auf die Skulptur gelangt. Anders kann ich's mir nicht vorstellen.«

»Was passierte danach?«

»Nichts. Ich ging nach Hause.«

Sie setzte sich wieder in ihren Sessel.

Kassia Miller ließ ihr etwas Zeit und holte sie dann wieder in die Gegenwart zurück. »Wir benötigen Ihre Kleider, die Sie auf der Party getragen haben.«

»Hat euch denn Jeff Rosen nichts davon erzählt? Er hat sofort danach gefragt. Sie sind nicht mehr da. Ich habe sie weggegeben.«

»Sie haben was? Wann? Warum?«

»Ich konnte sie nicht mehr sehen. Ich trug sie während des Streits mit Ned, und dann erfuhr ich, daß er tot war. Wie hätte ich sie je wieder anziehen können? Warum sollte ich sie aufbewahren? Ich hatte schon eine Kiste für den Secondhand-Laden der Kinderwohlfahrt zusammengepackt. Also stopfte ich diese Kleider auch noch hinein und brachte sie dorthin.«

»Waren irgendwelche Blutflecken darauf?« fragte Ryan.

»Blutflecken!« Sie sprang auf. »Warum sollten Blutflecken daraufgewesen sein? Wessen Blut?«

»Ich wollte dir nichts unterstellen.«

»Wolltest du wohl. Was sonst könntest du gemeint haben?«

»Die Sache ist die«, ging Miß Miller dazwischen. »Wenn wir die Kleidungsstücke hätten, die Sie an jenem Abend getragen haben, und diese Kleider keinerlei Blutflecken aufweisen würden, dann könnte uns das sehr weiterhelfen.«

»Ich habe sie aber nun mal nicht mehr.«

Ryan begleitete Jennifer den Korridor entlang zu den Fahrstühlen. »Tut mir leid, wenn ich grob zu dir gewesen bin. Ich mache mir Sorgen um dich und das Baby und daß alles gutgeht. Ich habe mich einfach hinreißen lassen.«

»Es ist schon eine etwas seltsame Art und Weise besorgt zu sein, indem man fragt, ob Blut auf meinen Kleidern war.«

Die Fahrstuhlglocke läutete. Beruhigend drückte er ihre Hand. »Denk immer daran, daß ich alles für dich tun werde. Ich stehe auf deiner Seite.«

Er sah, wie sich die Tür des Aufzugs schloß, und wußte in diesem Moment, daß er sie belogen hatte. Er war auf der Seite des Babys, nicht auf ihrer.

Ryan ging ins Büro zurück und ließ sich in den Sessel hinter seinem Schreibtisch fallen. »Ich sehe schon Becker und seine Zeugenparade vor mir, mit allen möglichen Versionen von ›So kommst du mir nicht davon‹! Wumms!«

»›Ich werde das nicht einfach so schlucken‹«, zitierte Miß Miller Jennifer.

»Wenigstens hat sie nicht gesagt, daß sie ihn deshalb umbringen würde.«

»Hoffen wir zumindest.« Miß Miller leerte ihre Getränkedose und warf sie in den Abfalleimer. »Wir sollten uns mit Craig in Verbindung setzen, um zu erfahren, ob er schon von jemand anderem etwas über diesen Streit gehört hat.«

»In diesem Fall hätte er uns schon verständigt.«

Nachdenklich saßen die beiden da.

»Glauben Sie, daß sie die Wahrheit sagt?« fragte Ryan.

»Meistens glaube ich es.«

»Ich dachte, Sie beide wären dabei, innige Freundinnen zu werden. War das nicht die Taktik, daß Sie Ihnen alles verrät?«

»Kommen Sie mir nicht damit, Ryan.«

»Warum nicht?« Er meinte es halb im Scherz.

»Mich beschäftigt da etwas.« Sie sah aus dem Fenster, als ob der Grund ihrer Besorgnis da draußen zu finden sei.

»Wegen des Falles.«

»Ja und nein.«

»Wenn es mit Ihrer Arbeit zu tun hat …«

»Hat es nicht!« Sie drehte sich zu ihm um. »Entschuldigung. Ich bin heute bissiger als gewöhnlich. Ich gebe es nicht gerne zu, aber einmal im Monat werde ich richtig giftig.«

»Machen Sie sich deshalb keine Sorgen« antwortete Ryan. Dann, bedacht darauf, das Gespräch auf ein neues Thema zu lenken: »Mit etwas Glück kann Craig einige der Sachen aufstöbern, falls Jennifer sie in dem Secondhand-Laden nicht mehr findet.«

»Selbst wenn – viel wird uns das nicht helfen. Wie sollen wir beweisen, daß es sich um dieselben Kleider handelt, die sie damals getragen hat?«

»Becker wird deutlich darauf verweisen, daß die Polizei vergeblich ihr Haus danach durchsucht hat, ohne Ergebnis. Ein weiteres Glied in der Kette der Verdachtsmomente.«

»Andererseits kann Becker keine Blutflecken auf Kleidern nachweisen, die die Geschworenen nie zu Gesicht bekommen werden«, konterte Kassia Miller.

»Es wird ihnen schon genügen, sie sich vorzustellen. Und solange wir Jennifer nicht in den Zeugenstand rufen, wird niemand in der Lage sein, das Verschwinden der Kleider zu erklären.«

»Da wir gerade von Blutflecken reden ...«, sagte sie. »Wir sollten uns nach einem Sachverständigen auf diesem Gebiet umsehen, der die Flecken am Tatort analysiert.«

»Man hat Ned den Kopf eingeschlagen. Dem Pathologen wird es eine Freude sein, uns jeden Schlag einzeln zu demonstrieren. Was könnte man sonst noch in diesem Zusammenhang feststellen?«

»Eine Menge.«

»Wieviel wird das kosten?«

»Was geht Sie das an?«

Sie hatte ins Schwarze getroffen. Sein Widerwille gegenüber der Analyse der Blutflecken hatte nichts mit Robertson Kneelands Budget zu tun. »Wissen Sie was? Den Pathologen und die anderen forensischen Fachleute überlasse ich Ihnen. Ich werde gut daran tun, mich von Blut und gebrochenen Knochen fernzuhalten.«

## 21

Beckers Antwort auf die Anfrage der Verteidigung erfolgte erst fünfzehn Tage später, also unmittelbar vor dem gesetzlich festgelegten Stichtag. Sie fiel alles andere als großzügig aus.

Ryan faxte sie an Kassia Miller weiter und sprach dann am Telefon mit ihr darüber.

»Ist das die Art und Weise, in der bei der Staatsanwaltschaft gearbeitet wird?« fragte Ryan. »Ganz nach den Buchstaben des Gesetzes?« Er zitierte: »Die gewünschten Auskünfte werden der Verteidigung gemäß dem Gesetz über die Strafprozeßführung bei der Verhandlung erteilt werden.«

»Normalerweise ist das Gegenteil der Fall. Eigentlich rücken sie sonst recht früh heraus, was sie später ohnehin weitergeben müssen. Es sei denn, sie haben einen zwingenden Grund, der dagegen spricht. So wie es aussieht, können wir vor dem Prozeß mit keinerlei Mitteilungen rechnen.«

»Ich muß Becker mehr aus der Fassung gebracht haben, als ich dachte.«

»Vielleicht müssen Sie gegen Ihren Willen eine härtere Gangart einlegen. Der Zusammenarbeit ist das Verhalten der Staatsanwaltschaft nicht gerade dienlich.«

»Wir werden es überleben«, sagte er gereizt. »Rufen Sie Becker an und sehen Sie zu, daß Sie die Aussage des Pathologen bekommen.«

Nachdem er aufgehängt hatte, wurde ihm klar, daß sie soeben ein richtiges Gespräch geführt hatten, ohne sich dabei in die Haare zu kriegen.

Ryan bestellte einen Wagen für die Fahrt zu Hugo Hills Galerie. Er wollte nicht, daß sie zu viert an einer Straßenecke standen und nach einem Taxi winkten. Im Augenblick hielten sich die Journalisten zurück, aber ein gemeinsamer Auftritt der Angeklagten und ihres Schwiegervater-Verteidigers am Tatort wäre ein gefundenes Fressen für die Titelseiten der Boulevardpresse gewesen.

Der Galeriebesitzer war ein kleiner Mann mit einem karottenroten Toupet und durch mehrere Faceliftings gestraffter Gesichtshaut. Er trug eine schwarze Tunika, die über einen großen v-förmigen Ausschnitt verfügte, in dem eine graubehaarte Brust mit schweren Goldketten und etlichen bunten Medaillons zum Vorschein kam. Er begrüßte Jennifer mit einem höflichen, wenn auch kühlen »Hallo«, wobei er die anderen schlicht ignorierte.

Dann führte er sie alle zu dem privaten Treppenaufgang am hinteren Ende seiner im neunten Stock gelegenen Wohnung.

»Ist das der Dachgarten?« fragte Ryan und zeigte nach oben.

»Ja, aber es ist so naßkalt draußen.«

»Das stört mich nicht.«

»Kommen Sie erst hier herunter, bevor Sie sich da oben schmutzige Schuhe holen.«

Hill geleitete sie die Treppe hinab in den Korridor.

»Bitte hier hinein. Ich hoffe, Sie sind nicht enttäuscht.«

Ryan betrat als erster den Raum, ohne sich im klaren zu sein, was Hill wohl mit ›enttäuscht‹ gemeint haben könnte.

Das Zimmer, in dem Ned gestorben war, war ungefähr fünfundzwanzig Quadratmeter groß. Der Boden bestand aus eng verfugten, dunkel glänzenden Schieferplatten; die Wände waren auberginfarben gestrichen und mit schwarzen Mustern verziert. Die Zimmerdecke war ebenso purpurfarben wie die Gardinen, die an zwei viel zu groß geratenen Fenstern hingen. Die spärliche Möblierung war ein Gemisch von Antiquitäten und schlichten, zeitgenössischen Stücken. Davon hoben sich die Bilder an den Wänden ab sowie einige Skulpturen, die viel zu groß und zu schwer waren, als daß eine einzige Person sie hätte hochheben können.

Als Jennifer hinter Ryan den Raum betrat, rang sie nach Atem.

»Was ist los?«

»Das … das ist nicht …« Sie hob die Hand und deutete mit dem Zeigefinger. Ryan konnte nicht erkennen, worauf sie ihn hinweisen wollte.

Von der Türschwelle aus sagte Hugo Hill: »Wissen Sie, jetzt sieht alles anders aus. Ich habe den Raum renovieren lassen. Sie können es sich nicht vorstellen. Es war einfach grauenhaft! Schlimmer, als man glaubt. Wer könnte ein solches Zimmer noch bewohnen? Sobald die Polizei den Raum freigegeben hatte, habe ich Alfred alles von Grund auf neu machen lassen. Ausziehen konnte ich schließlich nicht. Also mußte ich *irgend* etwas unternehmen.«

»Gibt es denn Fotos, wie es früher ausgesehen hat?« fragte ihn Ryan.

»*Ich* habe keine, da bin ich mir ganz sicher.«

»Kennen Sie jemanden, der welche gemacht haben könnte?«

Hill tat so, als sei er um eine Antwort verlegen. »Sie werden sich wohl an die Polizei wenden müssen, glaube ich.«

»Hätten Sie etwas dagegen, wenn wir heute ein paar Aufnahmen machen würden?«

»Nur wenn Sie versprechen, sie nicht zu veröffentlichen.«

»Versprochen.«

»Ich meine es ernst«, ergänzte Hill. »Ich habe einen Exklusivvertrag mit einem sehr bekannten Magazin abgeschlossen.«

»Machen Sie sich deswegen keine Sorgen«, beruhigte ihn Lawrence, »meine Fotos würden auch in einer Million Jahre nicht veröffentlicht werden.«

»Nun gut, ich muß mich um meine Geschäfte kümmern. Sie haben fünfzehn Minuten zur Verfügung. Höchstens zwanzig. Dann kommen Sie bitte zu mir nach oben.«

Sie benötigten nicht die volle Zeit. Lawrence machte nutzlose Aufnahmen, und Jennifer unternahm den vergeblichen Versuch, die damalige Einrichtung zu rekonstruieren und die Stellen ausfindig zu machen, wo Ned und sie während des Streites gestanden hatten. Aufgrund der großen Veränderungen, die in dem Raum vorgenommen worden waren, hätte die Tat aber auch auf einem anderen Planeten passiert sein können. Müde und enttäuscht schleppten sie sich zum Dachgarten hinauf, wo von einem Himmel, der so dunkel war wie Hugo Hills Schieferfußboden, ein kalter, feuchter Wind wehte.

Ryan hatte den Besuch bei Hill so eingerichtet, daß sie anschließend den Mietwagen für die Fahrt zur Gerichtsmedizin benutzten konnten. Er war sich zuerst nicht sicher gewesen, ob er noch einmal das Gebäude betreten sollte, in dem er Neds Leichnam identifiziert hatte. Aber er sagte sich, daß dies ein Testfall für seine Bereitschaft wäre, das kommende halbe Jahr in der ständigen Gegenwart von Neds Tod zu leben.

Als die Limousine vor dem häßlichen Gebäude hielt, fühlte sich Ryan mit einem Schlag in die Juninacht zurückkatapultiert, als er hier in Begleitung einiger Polizeibeamter in einem zivilen Polizeifahrzeug vorgefahren war.

Da er sich nicht imstande fühlte, Neds blutige Kleidungsstücke zu betrachten, las sich Ryan noch einmal sämtliche Punkte auf der Kontrolliste der Verteidigung durch. Unterdessen suchte ein Verwaltungsangestellter für Kassia Miller und Craig Lawrence Neds Habseligkeiten heraus, damit sie sie unter den traurigen Blicken eines Detektivs namens Garrity überprüfen konnten. Der Mann war schon bei Ryans erstem Besuch in der Gerichtsmedizin und dem anschließenden Verhör dabeigewesen. Er vermied es, Ryan anzusehen, und sprach kein einziges Wort mit ihm.

Noch jemand, der mich für ein niederes Geschöpf hält, dachte Ryan. Seit der öffentlichen Bekanntgabe, daß er Jennifers Verteidigung führen würde, waren die Leute immer spürbarer zu ihm auf Distanz gegangen oder hatten sich sichtlich unwohl in seiner Gegenwart gefühlt. Einen Sinn ergab das nicht. Wenn er an Jennifers Unschuld glaubte – woran es für die Außenwelt doch keinen Grund zu zweifeln gab –, dann war ihre Verteidigung durch ihn die natürlichste Sache der Welt. Doch die Reaktionen seiner Mitmenschen schienen nicht viel mit Logik zu tun zu haben.

»Mit der Überprüfung der Nachbarschaft sind wir fertig«, sagte Lawrence, als sie wieder zurück in Ryans Büro waren. »Keine Strafzettel rund um den Häuserblock in der fraglichen Zeit. Im zuständigen Polizeirevier gingen ein paar Beschwerden ein: Ruhestörung; Wagen, die die Straße verstopften. Keine außergewöhnlichen Vorkommnisse. Abgesehen von dem Partylärm hat auch keiner der Nachbarn etwas gehört oder gesehen. Nur herausgeputzte Leute, die zu dem Fest gingen oder es verließen. Niemand konnte Jennifer auf dem Foto wiedererkennen.«

»Und wie sind Sie vorangekommen?« fragte Ryan Miß Miller.

»Gut« entgegnete sie. »Ich habe alle Sachverständigen zusammen: für die Fingerabdrücke, die Serologie und die Blutfleck-Muster.«

»Blutfleck-Muster?« Lawrence war skeptisch.

»Freuen Sie sich. Selig sind die Dummen. Ihr beiden Burschen müßt die vergangenen zehn Jahre in derselben Höhle gelebt haben.«

Ryan wandte sich an Lawrence. »Irgendwelche Neuigkeiten, wer die Hypotheken finanziert hat?«

»Es gibt einen interessanten Hinweis. Keines der erwähnten Unternehmen verfügt über ein richtiges Büro unter den in der Liste aufgeführten Adressen. Hinter jeder einzelnen Anschrift steckt entweder ein Briefkasten oder ein gemieteter Schreibtisch in einer Büroetage. Aber von niemandem habe ich die Namen der Leute erfahren, die dafür die Miete entrichten. Ich kann die Spur weiterverfolgen, aber das kostet Zeit und Geld.«

»Wir haben mehr Geld als Zeit«, erinnerte ihn Ryan.

»Was ist mit Kneeland? Er muß an einigen dieser Geschäfte beteiligt gewesen sein.«

»Ich werde ihn anrufen, wenn wir hier fertig sind.«

Ryan versuchte vergeblich, Kneeland telefonisch zu erreichen. Kurz nach fünf rief dieser dann zurück.

»Ich wollte mit Ihnen über die Finanzierungen der Hypotheken reden, die Ned arrangiert hat«, erklärte Ryan. »Außerdem sollten wir uns treffen, damit wir einiges, was Ned und Jennifer angeht, besprechen können. Es ist für die Verteidigung wichtig.«

»Ich breche gerade zu einer Geschäftsreise nach Europa auf.«

»Dann eben, wenn Sie wieder da sind.«

»Jennifer hat sich davor gefürchtet«, sagte Miß Miller, als Ryan ihr von dem bevorstehenden Treffen mit Kneeland berichtete.

»Oh?«

»Schon komisch. Sie macht sich Gedanken, was er wohl über sie sagen könnte.«

»Je älter ich werde«, erwiderte Ryan, »desto weniger verstehe ich, woher dieser Mythos von der glücklichen Familie stammt. Sämtliche Väter und Kinder, die ich kenne, stehen sich wie Fremde gegenüber.«

»Vielleicht bewegen Sie sich in den falschen Kreisen.«

Über die Sprechanlage ließ die Sekretärin Ryan wissen, daß Robertson Kneeland eingetroffen sei. Ryan ging ihm entgegen, begrüßte ihn im Empfangsraum und führte Kneeland dann durch das Wirrwarr, in das sich die Kanzlei verwandelt hatte, seit sie auf den Termin für den Umzug in größere Büroräume wartete. Er bot ihm einen der Stühle gegenüber dem Schreibtisch an. Mit einem anderen Gast hätte er es sich in der Sitzgruppe bequem gemacht.

»Ich interessiere mich für alles, was Sie mir über Ned mitteilen können«, begann Ryan. »Vor allem solche Dinge, die ihm Feinde geschaffen haben könnten, aber auch sein Verhalten und sein emotionaler Zustand in den Tagen und Wochen vor seinem Tod.«

»Was ist mit Jennifer? Werden Sie mich darum bitten, für sie auszusagen?«

»Schon möglich. Aber das können wir erst kurz vor Prozeßbeginn entscheiden.«

»Niemand kennt sie besser als ihr Vater.«

Da wäre ich nicht so sicher, hätte Ryan beinahe geantwortet. Ich war Neds Vater – und was wußte ich schon von ihm?

»Wenn ich als Zeuge aufgerufen werde, dann bedeutet das doch, daß ich mich während der Verhandlung nicht im Gerichtssaal aufhalten darf, nicht wahr?«

»Darüber können wir uns Gedanken machen, wenn es soweit ist. Aber im Augenblick müssen wir uns über Jennifer und Ned unterhalten.«

Kneeland rutschte unsicher auf seinem Stuhl herum.

»Es stört Sie doch nicht, wenn ich ganz offen rede?«

»Natürlich nicht.«

»Immerhin sind Sie Neds Vater, und ich weiß nicht, was Sie von dem, was ich Ihnen mitteilen könnte, halten.«

»Ich bin Jennifers Anwalt. Das zählt vor allem.« Er hoffte, daß ihn das genauso überzeugen würde wie Kneeland.

»In Ordnung«, sagte Kneeland, »ich bin einverstanden, wenn Sie es auch sind ... Ned war ein Meister, wenn es darum ging, die Leute von irgendwas zu überzeugen, als Gegenleistung bestimmte Vergünstigungen zu kassieren und dann nicht das zu liefern, was er ursprünglich zugesagt hatte.« Während er sprach, betrachtete er eingehend seine manikürten Fingernägel. »Er machte gerne Witze darüber. Bevor er und Jennifer heirateten, machte er es sowohl für Sex als auch für Geld. Einmal erzählte er mir, er habe einer Frau versprochen, ihr bei der Lösung ihrer Steuerprobleme behilflich zu sein, die sie mit der städtischen Finanzbehörde hatte – nur um sie ins Bett zu bekommen. Ganz davon zu schweigen, daß er in dieser Behörde überhaupt niemanden kannte. Eines Tages beschlagnahmten sie das Bankkonto der Frau und pfändeten ihre Einkünfte. Wie Sie sich denken können, rief sie völlig aufgelöst bei Ned an. Der sagte nur, er könne das alles nicht verstehen, sein Bekannter vom Finanzamt habe gesagt, es sei alles in Ordnung. Diese Geschichte erzählte er am liebsten, denn er mußte immer sehr darüber lachen.«

Mein Sohn, dachte Ryan.

»Außerdem versprach er öfters bestimmten Leuten, ihnen Arbeit zu verschaffen. Es handelte sich um Söhne und Töchter von einflußreichen Bekannten, mit deren Hilfe er Gesetze beugte und Vorschriften umging. Aus den Jobs ist nie etwas geworden. Ned zeigte sich natürlich immer sehr reumütig und hatte auch jederzeit eine Ausrede zur Hand.«

»Wie reagierten die Leute darauf?«

»Ned hat sich öfter mit seinem Charme aus derartigen Situationen herausgewunden, als man glauben möchte. Gelang es ihm einmal nicht, dann konnten seine Opfer allerdings ziemlich böse werden.«

»Hat jemals irgend jemand etwas gegen ihn unternommen?«

»Nicht daß ich wüßte.«

»In welcher Verfassung war er während seiner letzten Lebenswochen? War er glücklich, traurig, verängstigt? Welchen Eindruck hatten Sie?«

»Ich habe nichts besonders Auffälliges bemerkt.«

»Nichts, was an ihm nagte, was ihn bedrückte?«

»Zumindest habe ich nichts dergleichen gespürt.«

Ryan überlegte, ob er Jennifers ganz anders lautende Aussagen zu diesem Thema erwähnen sollte, entschied sich dann aber spontan dagegen.

»Gab es Meinungsverschiedenheiten, geschäftliche Probleme oder hat er kurz vor seiner Ermordung jemanden mit einem seiner speziellen Tricks hereingelegt?«

»Wenn, dann hat er mir nichts davon gesagt. Würde Sie das denn weiterbringen?«

»Ich will Ihnen nicht zu viel verraten, weil ich nicht möchte, daß Sie Ihre Antworten darauf ausrichten. Ich führe Sie ohnehin schon viel zu stark.«

Und Sie täten besser daran, nicht zu folgen.

Als sich Ryan sicher war, daß Kneeland ihm zu diesem Aspekt nichts mehr zu sagen hatte, wechselte er das Thema.

»Wenn ich richtig verstanden habe, stammte ein Teil des Geldes, das Ned für die Hypotheken aufgetrieben hat, von Ihnen.«

»Ja. Ein bißchen.«

»Gab es Geschäfte, an denen Sie nicht beteiligt waren?

»Woher soll ich denn das wissen?«

Ein erstes Zeichen von Verdruß.

Ryan unterdrückte seinen Drang, zurückzuschnappen. »Ich versuche herauszufinden, wer die Finanzierung für Neds Darlehen besorgte.«

»Was hat das mit Jennifer zu tun?«

»Es hat mit Ned zu tun.«

Schweigen. »O ja, ich verstehe. Leider befürchte ich, daß ich Ihnen da nicht weiterhelfen kann. Es gab lediglich ein, zwei Geschäfte, an denen ich nicht beteiligt war. Und um wen es sich bei den anderen Mitspielern handelte, ist mir nicht bekannt. Was die anderen Geschäfte angeht, so nehme ich an, daß Ned immer auf meine Beteiligung verwiesen hat. Da draußen treibt sich eine Menge schwarzer Schafe herum. Unter normalen Umständen lasse ich nicht zu, daß mein Name auf diese Weise benutzt wird, aber Ned war anders. Er war mein Schwiegersohn und manchmal auch mein Partner. Ob er sich mit meinem Namen Vorteile verschafft hat, weiß ich nicht genau. Doch falls dem so war, hätte es mir nichts ausgemacht. Er hatte allerdings keinen Grund, es mir gegenüber zu erwähnen.«

Kneeland machte wieder eine Pause. »Tut mir leid, daß ich Ihnen nicht mehr sagen kann. Ich hoffe, ich konnte Ihnen ein wenig weiterhelfen.« Er sah auf die Uhr. »So gerne ich noch bleiben würde, muß ich jetzt leider doch noch zu einer anderen Verabredung.«

An diesem Abend aß Ryan mit Kassia Miller und Craig Lawrence im Shamrock gemeinsam zu Abend.

»Ich habe mich mit unserem Freund Joe Becker beschäftigt«, sagte Miß Miller. »Er ist keine Leuchte, aber das wußten wir ja bereits. Rekorde hat er auch nicht gerade aufgestellt. Das Verhältnis zwischen seinen Siegen und Niederlagen ist durchschnittlich, vielleicht etwas darüber. Aber man muß ihm zugute halten, daß er wirklich einige der schwierigsten Fälle hatte. Zeugen, die ihre Aussagen änderten oder verschwanden, und einige Fälle, die er bestimmt lieber hingeschmissen hätte. Aber dann wurde er von seinem Boß angewiesen, sie weiterzuverfolgen.

Es gibt aber noch eine andere Seite bei Joe Becker. Einige Leute, mit denen ich sprach, ließen mich wissen, er habe sie wie eine Dampfwalze überrollt. Nicht schnell, aber gründlich. Er macht einen Punkt nach dem anderen und läßt einem kaum Schlupflöcher. Ich wette, er gehört zu dem Typ von Juristen, die ihre Fragen Wort für Wort aufschreiben und dieser Liste während der Verhandlung systematisch folgen.«

»Ist daran etwas auszusetzen?« bellte Ryan viel zu laut.

»O nein«, stöhnte sie. »Sie haben das doch nicht auch so gemacht, Ryan? Sagen Sie mir, daß das nicht wahr ist.«

»Doch, ich schreibe meine Fragen nieder. Wie machen Sie das? Denken Sie sich ihre Fragen erst im Laufe der Verhandlung aus?«

»Meistens schon.«

»Aber nicht, wenn Sie für mich arbeiten. Das ist ein Mordprozeß und kein Fernsehquiz.«

»Vielleicht sind Sie ja schlau genug, alles, was Sie einen Zeugen fragen wollen, schon zu wissen, bevor der überhaupt noch seinen Namen gesagt hat. Ich bin es jedenfalls nicht.«

»Schluß, aus!« Lawrence hatte eine Hand erhoben. »Dieses Geplärre versaut mir mein Abendessen.«

»Ich wollte nur Ihren Appetit anregen«, meinte Kassia Miller. Für Ryan hatte sie kein Lächeln übrig. »Darüber werden wir uns noch unterhalten müssen.«

»So bald wie möglich.«

»Gut. Wir wissen also bislang über Becker, daß er nicht zu den Schlausten gehört, aber auch kein Dummkopf ist. Keine erkennbaren Schwachstellen, außer vielleicht einer gewissen Unflexibilität, von der ich hoffe, daß wir uns ihr nicht anpassen.«

»He! Ich sagte doch, Schluß damit.«

»Entschuldigen Sie, Craig. Also gut, ich werde mich weiterhin nach Joe-Becker-Geschichten umhören. Außerdem will ich einige Briefe einsehen, die er geschrieben hat. Kann sein, daß sie uns nützen, wenn wir unsere Beweisanträge stellen.«

»Irgendwelche Fortschritte mit Corino?« fragte Ryan.

»Ich habe einen ganzen Aktenordner voller Stellungnahmen aus Verhandlungen vor dem Berufungsgericht. Kaum neue Erkenntnisse. Dazu habe ich noch eine Kopie von meiner Akte über Corino mitgebracht. Sie ist jedoch nur für den internen Gebrauch bestimmt.«

»Craig? Neuigkeiten?«

»Einiges. Sind wir noch immer an Daddy interessiert?«

»Kommt ganz darauf an, wie interessant die Informationen sind.«

»Das mußt du selbst entscheiden. Du willst wissen, wer Kneeland ist, stimmt's? Was sagte Gertrude Stein doch gleich über Oakland? Oder vielleicht war es Cleveland? ›Es gibt kein dort, dort.‹ Das ist Robertson Kneeland. Einer, der an den besten Universitäten studiert hat, sagt man. Davor: Army Air Corps im Zweiten Weltkrieg. Und vorher – wer weiß? Da verliert sich die Spur. Es scheint, als habe er sich im Krieg selbst erfunden. In den frühen Fünfzigern taucht er in New York auf als Partner von einem gewissen Van den Berg, dem dritten Sohn einer mächtigen Familie aus der Nahrungsmittelindustrie. Geld ist zwar vorhanden, aber so viel nun auch wieder nicht. Und seine Brüder sitzen schon in den Startlöchern, um die Leitung einer Verpackungsfirma zu übernehmen. Dieser Van den Berg ist also das Geld und Kneeland der Kämpfer. Sie waren am richtigen Ort zur richtigen Zeit und hatten bescheidenen Erfolg. Ein Teil davon steht in Kneelands eigenen, offiziellen Lebensberichten. Sie waren keine Vollblutmanager und konzentrierten sich auch nicht auf einen bestimmten Geschäftsbereich. Kneeland liebte die Abwechslung. Immobilien, Textilien, eine kleine Kunststoffabrik – ich weiß nicht, vielleicht hat er den Film ›Die Reifeprüfung‹ gesehen. Das war in den Go-Go-Sechzigern. Das nächste, was ich herausfand, ist, daß die beiden anschließend getrennte Wege gingen. Kneeland engagierte sich zu diesem Zeitpunkt im Immobiliengeschäft, glaube ich. Und offensichtlich stieg er immer mehr in den Effektenmarkt ein. Als 1970 die Wertpapierbörse ins Bodenlose abstürzte, hat es auch ihn erwischt – allerdings nicht so schlimm wie manch anderen. Was ihn dagegen wirklich schwer getroffen hat, war das Ende der Konjunktur. Kneeland hatte alles in Wertpapiere investiert, als die Ölkrise einsetzte. Sein ganzes Vermögen war langfristig angelegt. Und dann begannen die Zinsen zu steigen. Sie waren schließlich drei- bis viermal höher als die, die er bekommen hätte. Kneeland versuchte, seine Wertpapiere so lange wie möglich zu halten, in der Hoffnung, daß die Zinsen wieder fallen würden. Am Ende mußte er aber einen großen Teil unter hohen Verlusten flüssig machen.

Eine Zeitlang engagierte er sich bei Wahlkampagnen und zwar in engem Kontakt zu wahren Fossilien der amerikanischen Politik. Aber es gibt keinerlei Hinweise auf Bestechungsversuche oder ähnliches. Auch glaube ich nicht, daß man jemals deswegen gegen ihn ermittelt hat. Noch heute taucht sein Name im Zusammenhang mit bestimmten Politikern auf, aber es handelt sich dabei eher um Hinterbänkler. Er spielt da wohl den Groupie.

Auffällig ist, daß Robertson Kneeland nie das tut, was man von ihm erwartet. Er hat in der Park Avenue eines der Gebäude hochgezogen, die das Seagram-Hochhaus in den Schatten stellen. Das war sein größter Wurf. Mitte der sechziger Jahre expandierte er in alle denkbaren Richtungen, mit Ausnahme des Showgeschäftes. Wenigstens steht das so in den Unterlagen. Von seiner Sorte gibt es in der Stadt vermutlich Hunderte. Ach was, heutzutage dürften es wohl um die tausend sein. Kneelands Vermögen beläuft sich auf zwanzig, dreißig Millionen, wenn man von den Zahlen in der Akte ausgeht.«

»Was macht er zur Zeit?«

»Hauptsächlich Geld bewegen. Aus den Unterlagen geht hervor, daß er an drei oder vier Geschäften beteiligt ist. Er hat noch immer mit der Erschließung von Grundstücken zu tun. Zwar nur als unbedeutender Teilhaber, aber auf diese Weise hat er Zugang zum gesamten Bereich des Immobilienhandels.«

»Er ist jahrelang so am Rande mit dabeigewesen.«

Als Ned für Kneeland zu arbeiten begonnen hatte, war dessen Name fortwährend in Ryans Hinterkopf herumgeschwirrt, bis er ihn schließlich mit seiner alten Arbeit in Verbindung bringen konnte. Ein Freund, der noch immer dort tätig war, hatte den Namen in den Computer eingegeben: ›Kneeland‹ war im Zusammenhang mit einer gegen das organisierte Verbrechen gerichteten Abhöraktion aufgetaucht, die kurz vor Ryans Abschied stattgefunden hatte. Ryan hatte die Abschriften der Protokolle eingesehen. Es fanden sich darin aber keine besonderen Anhaltspunkte, nicht einmal ein klarer Hinweis auf irgendwelche Verbindungen. Wahrscheinlich hatten die Gangsterbosse auf legaler Basis ein einmaliges Geschäft mit ihm abgeschlossen. Aber es war dennoch ein weiteres Motiv für ihn gewesen, über die enge Verbindung zwischen Ned und Kneeland nicht allzu glücklich zu sein.

»Könnte es sein, daß er eine Geldwaschanlage betreibt?« fragte Ryan den Privatdetektiv.

»Ich habe meine Zweifel, ob irgend jemand jemals auch nur einen

Gedanken daran verschwendet hat. Man sieht ihn viel zu selten offen oder auch konspirativ in Gesellschaft der wirklich Reichen.«

»Laß es mich deutlicher ausdrücken«, erwiderte Ryan. »Mich interessiert die Möglichkeit, ob Ned jemandem über den Weg gelaufen sein könnte, der für ihn eine Nummer zu groß war.«

»Das ist eine andere Frage. Und sie betrifft nicht Robertson Kneeland, sondern Ned allein.«

»So ist es. Ich glaube, ich habe mich verständlich ausgedrückt. Was haben wir sonst noch?«

»Wir befassen uns noch immer mit der Gästeliste. Diese Leute verfügen über eine extrem hochnäsige Meinung von sich selbst und dem Wert ihrer Zeit. Mord ist für einige von denen die allerneueste Modeerscheinung. Daher sind sie wenigstens zum Teil kooperativ. Aber es besteht die Gefahr, daß dieselben Personen schwer zu erreichen sein werden, wenn diese Mode erst einmal abgetragen ist.«

»Mit wie vielen hast du schon gesprochen?«

»Die Party war nicht allzu groß. Um die sechzig Gäste. Bisher haben wir ungefähr zwei Dutzend befragt. Niemand war bereit, irgend etwas zu beschwören, und die Staatsanwaltschaft war schon vor uns da. Nur einige lehnen es ab, mit der Anklage zusammenzuarbeiten. Neunzehn wollten gar nicht erst mit uns reden.«

»Bleib weiter dran. Gibt es Fortschritte bei den Hypotheken?«

»Kaum. Jetzt bleibt mir nur noch meine bevorzugte Methode.«

»Und die wäre?« fragte Kassia Miller.

»Im Dreck herumzuwühlen.«

Sie lachte. »Ich sehe Sie schon jetzt vor mir.«

»Nicht mich, besten Dank. Meine Angestellten ... Und dann hat mich noch Kaplan angerufen. Er sagte, einige der Darlehen für die Hypotheken waren für Gebäude, in denen sich Kliniken eingemietet hatten, die sich im Shibles Kundenverzeichnissen wiederfinden.«

Miß Miller hob ihr Weinglas. »Ich trinke auf einen Burschen, der sein Handwerk versteht.«

»Ich denke, ich muß mich mal mit Dr. Morris unterhalten«, sagte Ryan.

# 22

Dr. James Morris hatte Ryan gebeten, sich mit ihm in einem Fitneß-Center in der Nähe des East River zu treffen. Die Frauen mit ihren geschmeidigen Bewegungen und die muskelbepackten Männer erinnerten Ryan daran, daß seine eigene Mitgliedskarte für einen solchen Club ungenutzt verfallen war. Ihm war klar, daß er wieder mit seinem Training beginnen müßte, denn für die Vorbereitung und Durchführung eines so bedeutenden Falles empfahl es sich, gut in Form zu sein.

Ein muskulöser Mann Mitte Dreißig kam die schwarze Eisentreppe herunter in den Aufenthaltsraum und hielt unter den Anwesenden nach Ryan Ausschau. »Ich bin Jim Morris. Unten gibt es eine Saftbar. Dort können wir uns unterhalten.«

»Ich würde lieber einen ruhigeren Ort in der Nachbarschaft aufsuchen.«

Ryan wählte ein ganz normales Café aus. Sie saßen am hinteren Ende der Raucherecke, wo sie ungestört miteinander reden konnten.

»Wissen Sie irgend etwas über Neds Hypothekenvermittlungen?« fragte Ryan.

»Nur, daß er sich mit so etwas beschäftigt hat. Unsere Geschäftsbeziehung betraf hauptsächlich Shible, eine Großhandlung von pharmazeutischen Produkten. Und die Kliniken.«

»Wie es aussieht, dienten Neds Darlehen dazu, einige der Bauten zu finanzieren, in denen Ihre Kliniken eingerichtet wurden.«

»Tatsächlich?« Morris klang aufrichtig überrascht. »Davon war mir überhaupt nichts bekannt.«

»Obwohl es doch mit Ihren gemeinsamen Geschäften in Zusammenhang stand?«

»Wir haben komplette Ausrüstungspakete an Ärzte und Apotheker verkauft, so daß sie Kliniken eröffnen konnten und potentielle Kunden von Shible wurden. Mit Immobilien hatte das nichts zu tun.«

»Reden wir über die Kliniken«, schlug Ryan vor. »Als ich einem dieser Krankenhäuser einen Besuch abstattete, war nicht zu übersehen, daß neben der ärztlichen Versorgung noch ganz andere Dinge abliefen. Außerdem habe ich von dem Rechnungsprüfer, der sich um Neds Vermögen kümmert, erfahren, daß einige dieser Häuser einen bemerkenswerten Gewinn abgeworfen haben.«

»Wir machen gute Geschäfte.«

»Ich habe gehört, daß einige privat geführte Klinikunternehmen versucht haben, überall in dieser Gegend kleinere Krankenhäuser einzurichten und dabei ein Vermögen verloren haben.«

»Das war uns bekannt. Es handelte sich um kleine Häuser in den Vorstädten mit dazugehörigem Parkplatz. Sie ähnelten eher Schnellimbissen. Darum haben wir sie immer Schuhkarton-Hospitäler genannt. Die haben saumäßig gearbeitet.«

»Dann war Ihnen also bekannt, daß die von Ihnen gegründeten Krankenhäuser auf legale Weise gar nicht so hohe Profite erwirtschaften konnten?«

»Wir hatten ein anderes Konzept. Wir konzentrierten uns auf die Bewohner der dichtbesiedelten Innenstädte, und da vor allem auf solche Viertel mit schlechter medizinischer Versorgung. Unser großes Problem bestand darin, daß sich diese Patienten in der Regel keine Privatversicherung leisten konnten, sondern gänzlich auf Medicaid und Medicare angewiesen waren, die staatlichen Sozial- und Krankenversicherungen.

Daß da irgendwelche unsauberen Machenschaften liefen, haben wir immer vermutet. Natürlich gefiel uns das nicht. Andererseits hielten wir es nicht für unsere Aufgabe, diese Kliniken zu überwachen, nachdem sie ihre Arbeit aufgenommen hatten. Wir haben bei deren Aufbau mitgeholfen, weil wir sie als unsere Kunden gewinnen wollten. Ohne hier und da einige Nebeneinnahmequellen ausfindig zu machen, konnten sie gar nicht existieren. Aber ohne sie hätten weite Teile der Bevölkerung keine oder zumindest keine ausreichende medizinische Versorgung gehabt.«

»Vorausgesetzt, daß Ihre Kliniken wirklich medizinische Hilfe anbieten.«

»Unsere Krankenhäuser sind keine Potemkinschen Dörfer, und bei unseren Ärzten und Apothekern handelt es sich um zugelassene Fachleute. Mit heißer Luft allein verdient man kein Geld. Klar, daß es Leute gibt, die Schlange stehen, um sich Tabletten zu verschaffen, nur um sie weiterzuverkaufen und mit dem Geld schließlich Drogen zu erwerben.«

»Ich habe lange Zeit meines Berufslebens damit verbracht, solche Typen hinter Gitter zu bringen.«

»Das hatte mir Ned schon erzählt.« Morris zeigte sich nicht beeindruckt.

»Ned ist der einzige, an dem ich momentan interessiert bin.«

»Sie hätten sich lieber für ihn interessieren sollen, als er noch am Leben war.«

Ryan ging darauf nicht ein.

»Sehen Sie, Mr. Ryan«, sagte Morris, »ich habe nicht die Absicht, mich mit Ihnen anzulegen, und erwarte dasselbe von Ihnen. Sie wollten Informationen, und ich habe Ihnen, so gut es ging, geholfen. Weder Ned noch ich waren der Ansicht, daß unsere Geschäfte so unmoralisch waren, wie Sie sie darstellen.«

»Ich bin nicht hierhergekommen, um über Sie ein Urteil zu fällen. Aber ich hätte da noch ein paar Fragen.«

»Fragen Sie nur.«

»Haben Sie und Ned von den Geldern profitiert, die diese Kliniken von Medicaid erhalten haben?«

»Soweit mir bekannt ist, verdienen wir an den Kliniken lediglich als Lieferanten. Mehr nicht.«

»Unterschlagungen, falsche Versprechungen bei den Gewinnspannen, schwarze Gelder?«

»Nichts dergleichen.«

»Sie versorgen sie nur mit Medikamenten, Schönheitsmittelchen sowie mit allem, was ein Krankenhaus sonst noch braucht. Ist das so?«

»Ja.«

»Und die Zahlungsfrist beträgt hundertzwanzig Tage? Das sind immerhin vier Monate.«

»Keine Ahnung. Darum hat sich immer Ned gekümmert. Ich bin bloß der Arzt.«

»Die Zinssätze sind ausgesprochen gering.«

»Wenn Sie es sagen.«

»Ned war darauf angewiesen, aus einer anderen Quelle Geld zu bekommen, wenn er den Kliniken so lange Zahlungsfristen einräumte.«

»Ich nahm an, daß wir unsere Rechnungen mit dem Geld beglichen, das wir von den Kliniken erhielten.«

»Soweit mir bekannt ist, stimmt das nicht. Darum benötige ich ja sämtliche Informationen, die ich kriegen kann.«

»Ich habe das alles Ned überlassen. Jeden Monat gab er mir einen Scheck, und ich ging davon aus, daß alles seine Richtigkeit hätte. Vielleicht war das leichtsinnig. Aber ich vertraute ihm.« Der Arzt stand auf und wollte gehen. »Falls Sie wissen wollen, wie sorgfältig Ned mit dem Geld umgegangen ist, sollten Sie einen Blick in das Notizbuch werfen, das er immer bei sich hatte.«

»Was für ein Notizbuch?«

»Ned besaß ein kleines Buch aus dunkelbraunem Leder mit goldener Prägung. Es hatte ungefähr das Format einer Postkarte. Er trug ständig irgendwas ein und blätterte darin herum. Es dürfte wohl eine Art Tagesplaner für geschäftliche Angelegenheiten gewesen sein.«

Ryan rief Jennifer an.

»Hatte Ned ein Tagebuch, in dem er Notizen über seine Geschäfte eintrug?«

»Wenn er eins hatte, ist mir davon nichts bekannt.«

»Ein Notizbuch in Postkartengröße. Braun mit goldener Prägung.«

»Ach, das!«

»Du erinnerst dich daran?«

»Ich hielt es immer für ein Adreßbuch.«

»Hast du es nach seinem Tod irgendwo herumliegen sehen?«

»Nein, ich glaube nicht. Ich würde mich bestimmt daran erinnern. Hast du es nicht entdeckt, als du dich in unserem Apartment umgesehen hast?«

»Ich habe gar nicht danach Ausschau gehalten.«

»Vielleicht solltest du nochmals nachsehen.«

»Könnten wir uns heute abend dort treffen?«

»Nur wenn du mich wirklich dazu brauchst. Ich betrete die Wohnung noch immer höchst ungern. Eine Zeitlang habe ich versucht, alleine dort zu leben, aber es ist mir sehr schwergefallen.«

»Ohne dich müßte ich mich im Blindflug durch das Apartment bewegen. Du kennst dich da einfach besser aus.«

»Na gut, aber vor sieben habe ich keine Zeit.«

»Treffen wir uns um neun. Die Schlüssel habe ich noch.«

Obwohl er vorgehabt hatte, nicht vor halb neun dort zu sein, traf Ryan bereits um zehn vor sieben in Neds und Jennifers Wohnung ein. Nach dem Notizbuch suchte er nicht. Auch konnte er sich nicht erklären, weshalb er eigentlich so früh gekommen war. Während er wartete, setzte sich Ryan in den Garten und starrte den Mond an.

Um Viertel vor neun traf Jennifer ein. Sie knipste das Licht im Wohnzimmer an und blickte sich suchend um. Plötzlich fuhr sie zusammen.

»Hast du mich aber erschreckt!«

»Entschuldige.« Das unerwartete, helle Licht blendete ihn.

»Wie lange bist du schon hier?«

»Eine Weile.«

»Warum?«

Er zuckte mit den Schultern.

»Du wolltest mich kontrollieren.«

»Was willst du damit sagen?« Er wußte schon, was sie meinte.

»Du bist so früh hergekommen, weil du dachtest, ich könnte vor deiner Ankunft irgend etwas verändern. Zum Beispiel das Notizbuch verstecken. Was weiß ich. Es ist ja schließlich deine Paranoia.«

Zum Teil meine, zum Teil deine, dachte Ryan.

»Ich kann das nicht ausstehen«, fügte sie hinzu.

»Würde es dir helfen, wenn ich dir sage, daß du dich irrst?«

»Ich will dir ja gar keine Schwierigkeiten machen, Michael. Ich bin nur sehr nervös und die ganze Zeit über angespannt. Wegen des Babys und des Prozesses, der mir bevorsteht ...«

»Dagegen hilft Arbeit. Laß und anfangen.«

Trotz ihrer Suche konnten sie das Notizbuch nicht entdecken. Doch in einem Stoß von Zeitschriften in Neds Büro stieß Ryan auf etwas, das seine Aufmerksamkeit erregte.

»Was ist das denn?«

Er reichte es ihr.

Es handelte sich um ein buntes Faltblatt in der Größe eines Magazins. CAMPUS-MIEZEN stand in roten Buchstaben auf goldenem Untergrund, ›ein LIEBEnswürdiger Kalender für das akademische Jahr.‹ Auf dem Titelblatt waren die Porträts von zwölf hübschen College-Schülerinnen abgebildet, die aussahen wie die Fotos in Jahrbüchern.

»Weshalb hat er das deiner Meinung nach aufgehoben?« fragte sie.

»Das war sein bevorzugtes Hobby auf dem College. Er war Redakteur und Herausgeber in einem, wie du es wohl nennen würdest.«

»Mach keine Witze.« Sie schlug die erste Seite auf: Miß September.

Ryan wußte schon, was sie zu sehen bekommen würde. Auf den einzelnen Kalenderblättern waren dieselben hübschen Mädchen wie auf dem Umschlag zu sehen, nur daß diesmal nicht die Gesichter im Mittelpunkt standen.

Ryan erinnerte sich noch viel zu gut, wie Ned ihm diesen Kalender voller Stolz gezeigt hatte. Am Ende seines ersten Jahres auf dem College war er nach Hause zu Besuch gekommen. Als Ali nach dem Abendessen das schmutzige Geschirr in die Spülmaschine einsortierte, hatte Ned zu seinem Vater gesagt: »Komm mit nach oben auf mein

Zimmer.« Ali hatte sich gefreut, als sie die beiden gemeinsam hinaufgehen sah. Was dann folgte, war Ryan noch immer lebhaft in Erinnerung – viel zu lebhaft.

Wortlos hatte Ned ihm einen Umschlag gereicht, in dem sich genau dieser Kalender befunden hatte. Ryan hatte ihn geöffnet und als erstes ein kniendes Mädchen erblickt, das über ihre Schultern lächelte und nur mit einem kurzen, nahezu durchsichtigen Höschen bekleidet war.

»Was soll das?« hatte er Ned lautstark und mit berechtigter Empörung zur Rede gestellt. »Hast du damit irgendwas zu tun?«

Ned hatte ihm den Kalender aus der Hand gerissen. »Nicht irgendwas, sondern alles.« Obwohl er von der Reaktion seines Vaters enttäuscht gewesen war, hatte er herausfordernd geantwortet. »Jede Seite davon habe ich gemacht. Meine Ideen, mein Geld. Ich allein habe die Fotografen engagiert, die Mädchen gesucht, einfach alles. Und ich werde damit noch ein Vermögen machen.« Dabei hatte er den Kalender wie ein politisches Grundsatzprogramm durch die Luft geschwenkt. »Raus aus meinem Zimmer.«

Später hatte sich Ryan Vorwürfe gemacht. Er hätte angesichts von Neds großem Stolz auf diesen Kalender zumindest seine Initiative loben können, wenn er auch das Ergebnis nicht akzeptierte.

Monate hatte es gedauert, bis Ned sich wieder ein wenig geöffnet hatte. Aber er war wachsam geblieben und hatte sich seinem Vater mehr Ali zuliebe genähert, statt einen wirklichen Versöhnungsversuch zu unternehmen.

»Michael, das kann ich einfach nicht glauben.«

»Nett, nicht wahr? Er war sehr stolz darauf. Es wundert mich, daß er dir den Kalender nicht gezeigt hat.«

Plötzlich fing Jennifer an zu weinen. Sie tastete nach dem Schreibtisch, um den Kalender abzulegen. Dann drückte sie sich an Ryans Brust, der die Arme um sie legte.

»Ist ja gut«, sagte er beruhigend. »Ist ja gut.«

Aber dann begann auch Ryan unvermittelt zu weinen. Mit einem Mal entlud sich der ganze aufgestaute Schmerz, und die ersten Tränen seit Neds Tod flossen über sein Gesicht. Das Schluchzen kam tief aus seinem Innern. Als es endlich nachließ, bemerkte er, daß er auf dem Sofa saß und Jennifer *ihn* umarmte. Wiederholt nannte sie seinen Namen. Ryan atmete tief und heftig.

»Ich glaube, das habe ich gebraucht«, sagte er schließlich.

»Ist es das erste Mal, das du nach Neds Tod geweint hast?«

Er nickte.
»Ich muß jede Nacht heulen«, sagte Jennifer.
»Was macht das Baby?« fragte er nach langen Minuten des Schweigens.
»Bis jetzt gibt es keine Probleme. Es sei denn, man rechnet meine ständige Seekrankheit hinzu. Willst du mal fühlen ?«
Sie nahm seine Hand. Zögernd ließ Ryan zu, daß sie sie an ihren Bauch führte.
»Fällt es dir schwer, die Schwangerschaft geheimzuhalten?«
»Bislang nicht.«
»Du wirst jede Menge Zeit haben, dich über das Baby zu freuen, wenn es erst einmal auf der Welt ist.« Selbst wenn du es so schlecht erziehst, wie ich es gemacht habe, dachte er. »Weißt du schon, ob es ein Junge oder ein Mädchen wird?«
»Noch nicht. Ich werde es dir sagen, sobald ich es erfahre.«
Beide nahmen die Suche nach Neds Notizbuch wieder auf, konnten es jedoch nicht finden.
»Merkwürdig«, sagte Jennifer. »Ich hätte schwören können, daß es hier irgendwo herumlag.«
»Erinnerst du dich, wann du es zuletzt gesehen hast?«
Sie grübelte. »Nein. Ich habe momentan gar kein Zeitgefühl, alles ist so durcheinander. Ich weiß nicht einmal mehr, was vorher und was nachher geschehen ist.«
Schweigend blieb sie eine Zeitlang regungslos stehen.
»Fährst du zu deinem Vater?« wollte Ryan wissen.
»Nein, ich werde wohl heute hierbleiben.«
»Dann gute Nacht. Ich finde schon allein hinaus.« Ohne groß darüber nachzudenken, beugte er sich vor, um sie auf die Wange zu küssen.

## 23

Am Morgen rief Ryan bei Craig Lawrence an, um ihm von dem Notizbuch zu unterrichten. Dann meldete er sich bei Kassia Miller.
»Ned hatte eine große Kiste voller persönlicher Erinnerungsgegenstände. Footballauszeichnungen, Wimpel und dergleichen. Sie befindet sich in Jake Kaplans Aktenraum. Könnten Sie mal zu ihm gehen

und sich die Sachen anschauen? Ich glaube zwar nicht, daß wir darin das Notizbuch finden werden, aber wir sollten auf jeden Fall mal schauen.«

Ryan befand sich gerade in einem Gespräch über die Gestaltung der neuen Büroräume von Pane, Parish, als Jennifer anrief.

»Mir ist etwas eingefallen. Es gab da jemanden, mit dem sich Ned öfters am Telefon stritt.«

»Wann?«

»Zuletzt ein oder zwei Monate vor seiner Ermordung.«

»Hast du diese Gespräche mitgehört?«

»Zwangsläufig. Sie schrien, und manchmal lachten sie auch. Es kam mir sehr merkwürdig vor.«

»Du hast ihn aber nicht darauf angesprochen?«

»Über solche Dinge redeten wir normalerweise nicht.«

»Erinnerst du dich sonst noch an irgend etwas? Zum Beispiel an den Namen?«

»Ich glaube, Ned nannte ihn Willy.«

»Kennst du denn jemanden, der so heißt?«

»Ein paar Williams und Bills, aber keinen Willy. Es ging übrigens immer um Geld.«

Ryan bedankte sich bei ihr und informierte gleich darauf Lawrence.

»Du mußt in Neds Geschäftsverbindungen nach einem Mann Namens Willy suchen. Er telefonierte mit Ned wahrscheinlich von außerhalb.«

»Hast du noch andere Neuigkeiten?«

»Das war's bereits.«

»Nur das? Willy von außerhalb.«

»Nur das. Sie stritten sich am Telefon um Geld. Zwei Monate vor dem Mord, vielleicht auch weniger.«

»Weißt du zufällig auch den Nachnamen?«

»Ich habe da so eine Ahnung, aber nur sehr vage, und ich möchte keinesfalls, daß du in der falschen Richtung suchst.«

Willy. Es lag schon lange Zeit zurück, und wenn er nicht umgezogen wäre, würde es sich auch nicht um ein Ferngespräch gehandelt haben. Aber die meisten Leute wechselten ihren Wohnort zwischen der High-School und dem Eintritt ins Berufsleben. Willy. Neds bester Schulfreund, Mitspieler in seiner Football-Mannschaft und auch Mitglied in derselben Studentenvereinigung. Ryan hatte ihn auf Neds

Trauerfeier gesehen, doch hatte Willy ihm keinerlei Beachtung geschenkt. Thom Willard. Der Sargträger, der ihn nicht gegrüßt hatte.

Miß Miller rief an und berichtete über die Durchsuchung von Neds Kiste. »Kein Notizbuch. Ich habe alles sorgfältig durchgesehen. Soweit ich es beurteilen kann, war nichts darin, das mit unserer Arbeit zusammenhängt. Etliche Erinnerungen an seine sportlichen Aktivitäten, wie Sie schon erwähnten. Bedruckte Sweatshirts, Wimpel, ein Football ohne Luft mit zahlreichen Autogrammen darauf. Gerahmte Fotos von den Mannschaften, in denen er gespielt hat, einige Jahrbücher, ein paar Musikkassetten und alte Liebesbriefe. Ich habe alles aufgelistet. Sie können die Aufstellung ja durchgehen und kontrollieren, ob ich irgendwelche Hinweise übersehen habe, die uns vielleicht weiterbringen. Sie können besser beurteilen, inwiefern diese Gegenstände mit seinem Leben zu tun haben.«

Das dürfte wohl unwahrscheinlich sein, dachte Ryan. »Faxen Sie's mir rüber. Ich werde mich so bald wie möglich damit beschäftigen.« Sobald ich mich dazu in der Lage fühle.

Bis in den Abend hinein arbeitete Ryan an den Unterlagen für ihren letzten Antrag vor Verhandlungsbeginn. Ihr einziger Antrag auf Nichtzulassung eines Beweismittels der Anklage, von dem sie sich überhaupt etwas erhofften, war derjenige, der sich auf Beckers Vorschlag bezog, die Blutgruppe mittels einer DNA-Analyse festzustellen. Bisher hatten die New Yorker Gerichte diese neuartige Methode nicht überall akzeptiert, und Kassia Miller war es gelungen, eine beeindruckende Reihe von Experten ausfindig zu machen, die dafür gute Gründe vorbringen konnten.

Allen anderen Anträgen räumten sie keine großen Chancen ein. Es gab keinerlei Aussagen Jennifers, die man hätte zurückhalten können; keine Beweismittel, die als ungesetzlich zu bezeichnen gewesen wären; keine Aufzeichnungen über frühere Straftaten, deren Nichtzulassung man hätte verlangen können. Darum arbeiteten sie lediglich noch einige weitere Ausschlußanträge aus, die neben dem DNA-Test andere forensische Beweismittel betrafen.

Die Presse berichtete über sämtliche Anträge der Verteidigung in aller Ausführlichkeit. Eine gebräuchliche Redewendung war dabei der Hinweis auf den ›Verteidiger Michael Ryan, Vater des Mordopfers‹. Ryan begann zu befürchten, daß anstelle des erhofften öffentlichen Interesses für Jennifers Unschuldsbeteuerungen bald nur noch die Frage eine Rolle spielen könnte, weshalb ausgerechnet er sie verteidigte.

Am Montag nach Thanksgiving berief Ryan eine Versammlung im kleinen Sitzungszimmer von Pane, Parish ein, um das weitere Vorgehen zu besprechen.

»Also gut«, begann er, »laßt uns unsere Strategie auf den neuesten Stand bringen. Ich sehe zwei Möglichkeiten, die sich uns eröffnen. Oder, um es mit Miß Millers Worten zu sagen: Etwas, das wir beweisen können, und etwas, das uns vor Gericht weiterhilft. Ich denke, wir sollten unser Augenmerk auf die zeitliche Lücke richten, die sich in diesem Fall auftut. Jennifer und Ned verließen die Party auf dem Dachgarten gegen zwanzig Uhr. Die Gerichtsmedizinerin sagt, daß Ned erst unmittelbar vor der Entdeckung seines Leichnams gestorben sein muß ...«

»Im Autopsiebericht steht, wahrscheinlich kurz vor einundzwanzig Uhr. Ich versuche herauszufinden, ob es sich dabei um den ursprünglichen Bericht handelt oder um eine nachträglich vorgenommene Schätzung.«

»Uns interessiert vor allem diejenige Angabe, die den spätesten Todeszeitpunkt festlegt. Je größer der zeitliche Abstand zwischen dem Verlassen des Festes und Neds Ermordung, desto größer ist die Chance, daß ein uns noch Unbekannter mit im Spiel war.«

»Das müssen wir überprüfen«, ergänzte Lawrence. »Zeit gab es jede Menge, um das Zimmer zu betreten und ihn umzubringen.«

»Wenn wir es überhaupt überprüfen können. Die zweite Möglichkeit besteht darin, daß wir im Grunde genommen Ned vor Gericht bringen. Er hatte sich nämlich einen Haufen Feinde geschaffen. Aber dazu benötigen wir Details. Die Hypotheken scheinen mir der geeignetste Ausgangspunkt zu sein. Wenn es so ... so schmutzig ist, wie ich glaube, dann sollten wir uns warm anziehen. Und möglicherweise sollten wir uns auch einmal in diesem medizinischen Großhandel umsehen.«

Er sah seine Gesprächspartner an und wartete auf ihre Reaktionen.

»Klingt im großen und ganzen vernünftig«, sagte Kassia Miller. Das kam etwas widerwillig, dachte Ryan.

»Gut. Wenn wir das berücksichtigen und daran denken daß wir noch zwei Monate Zeit haben wo stehen wir dann heute, Miß Miller?«

»Meine Mannschaft steht Gewehr bei Fuß und ist bei der Arbeit. Der Serologe hat die notwendigen Unterlagen von der Staatsanwaltschaft bekommen und eine Probe von Jennifers Blut. Becker wird Neds Kleidung und die Aufnahmen vom Tatort an die Expertin für Blutflecken weiterleiten. Und der Typ, der sich um die Fingerabdrücke kümmert, meint, daß er seinen Bericht bald fertigstellen wird. Ich arbeite mit zwei Pathologen zusammen. Sie befassen sich bereits mit dem Autopsiebericht. Es könnte jedoch ein Problem auftauchen: Die Gerichtsmedizinerin hat lediglich einige wenige Proben genommen, und einer der beiden Pathologen verlangt eine Exhumierung, um den Schädel genauer untersuchen zu können. Ich weiß, daß diese Vorstellung für Sie scheußlich ist, Michael, aber das könnte sehr nützlich sein. Wir wollen das so schnell wie möglich in die Wege leiten.«

»Er wurde eingeäschert«, sagte Ryan stimmlos.

»Meine Güte! Das darf doch nicht wahr sein.«

Lawrence schüttelte den Kopf. »Ist das Leben nicht wunderbar?«

»Zum nächsten Punkt«, fuhr Miß Miller fort. »Ich habe Informationen über die Gerichtsmedizinerin zusammengetragen, die die Autopsie durchgeführt hat. Ihr Name ist Carmen Guevara. Sie ist erst relativ kurz dort beschäftigt, was uns vielleicht helfen mag. Aber das bedeutet auch, daß es von ihr nur wenige Zeugenaussagen zu anderen Fällen gibt, die wir uns ansehen könnten.«

»Was ist mit Richter Corino?« fragte Ryan.

»Ja, richtig. Ich habe der Akte noch einige seiner Fälle und ein paar Artikel für Fachzeitschriften hinzugefügt, die er auf der Universität verfaßt hat. Wir beabsichtigen, mit seinen früheren Mitarbeitern zu reden, glauben jedoch, daß wir da auf Granit beißen werden.«

»Ich glaube, es gibt da jemanden, der sich mit mir über Corino unterhalten würde«, sagte Lawrence.

»Schön«, entgegnete Ryan. »Das ist aus meiner Sicht alles für den Augenblick.«

»Wir werden in den Weihnachtsferien ganz schön viel Lesestoff haben«, beklagte sich Lawrence. »Ich habe unzählige Protokolle von Befragungen etlicher aufgeblasener Künstlertypen und hochnäsiger Investmentbanker.«

»Ist etwas dabei, worauf wir unsere besondere Aufmerksamkeit richten sollten?«

»Sogar einiges. Ich unterhielt mich mit einer Schauspielerin, die zeitweise für den Partyservice arbeitet, der das Fest organisiert hat. Sie hat in jener Nacht auch die Bar geführt.«

Ryan lehnte sich vor. »Hat sie den Streit mitbekommen?«

»Nicht richtig. Eine Horde von Gästen stand um sie herum. Ich erwähne sie hier hauptsächlich deshalb, weil sie ausgesagt hat, daß die Polizei keinerlei Versuche gemacht habe, die Angestellten des Partyservice zu verhören oder zu überprüfen. Tippy – so heißt sie, Tippy Ward – sie und die anderen machten sich wieder unbehelligt an ihre Arbeit. Und als sie fertig waren, schleppten sie ihre großen Müllsäcke zum Fahrstuhl und ließen sie dann für die Müllabfuhr auf der Straße stehen. Anschließend verpackten sie ihr Geschirr und die Silberbestecke und zogen ab.«

»Und vermutlich kehrten sie auch die Scherben der Schale zusammen, die Jennifer zerschlagen hatte«, sagte Miß Miller. »Somit kann also niemand den Beweis erbringen, daß Jennifer sich tatsächlich in die Hand geschnitten hat, bevor sie die Party verließ.«

»Die kleine Lady hat sich einen Lutscher verdient.«

»Craig!«

»'tschuldigung.« Er grinste. »Wie wär's, wenn ich Sie von jetzt an ›der Kerl da‹ nenne?«

»Mein Name ist Kassia.«

»Seit wir uns kennen, wollte ich schon immer fragen, was für ein Name das eigentlich ist.«

»Ein erfundener Name. Meinen Eltern gefiel das Außergewöhnliche. Sie sagten mir immer, Kassia käme von Cassie, was wiederum die Kurzform von Catherine ist.«

»Ich dachte eher an Kassandra oder Kassiopeia.«

»Witzbold. Zurück zum Thema. Sie sagten soeben, daß die Polizei dafür gesorgt habe, daß unser Beweismaterial verschwunden ist.«

»Stimmt.«

»Gut«, antwortete sie.

»Wie bitte?«

»Wenn auch die Überreste dieser Schale beseitigt wurden, haben wir jedes Recht, die am Tatort anwesenden Polizisten Mann für Mann in peinlicher Ausführlichkeit beschreiben zu lassen, wie das geschehen konnte. Dies ist die Kehrseite des Problems, das wir mit Jennifers Kleidern haben. Die Schale wirkt durch ihr Fehlen doch wesentlich beeindruckender, als wenn große Scherben davon direkt vor der Jury liegen würden, ohne daß darauf Blut zu erkennen wäre. Das wird doch sicherlich einen begründeten Zweifel hervorrufen, nicht wahr?«

»Ganz ordentlich«, neckte Craig sie. »Vielleicht gelingt es Ihnen, auch aus meinem restlichen Bericht etwas Gutes zu machen.«

Sie grinste. »Ich bin immer froh, wenn ich etwas zum besten geben kann.«

Ryan kam sich vor, als hätte man ihn aus einer Bäckerei ausgesperrt, die voll war von den besten Leckereien, die man sich nur wünschen konnte. Seine beiden Kollegen waren dabei, sich in aller Zwanglosigkeit näherzukommen, für ihn schien dabei kein Platz zu sein. Und das trotz der vielen Jahre, die er mit Lawrence gemeinsam gearbeitet hatte.

»Irgendwelche Fortschritte, was Tina Claire anbelangt?« fragte er verwirrt in die Runde.

Lawrence blickte ihn an, als wollte er sagen: Was ist dir denn über die Leber gelaufen? »Miß Tina Claire beantwortet weder Telefonanrufe noch Briefe oder Telegramme, selbst wenn das Rückporto schon entrichtet wurde. Um es kurz zu machen: Sie geht uns aus dem Weg.«

»Hast du jemanden auf sie angesetzt?«

»Meine Leute ziehen Erkundigungen über sie ein. Sie ist nicht gerade ein Kind von Traurigkeit. Tina Claire ist ganz schön sexy, bekannt für ihre Anmache, und sie hat einen heißblütigen Freund.«

»So ein Blödsinn!« sagte Miß Miller.

»Und dieser Freund wird vermutlich ein Alibi haben.«

Sie zerknüllte ein Blatt Papier und warf es nach ihm. »Sie sind ein dämlicher Hund, Lawrence.«

»Kinder!« rief Ryan und hoffte, es würde sich lustig anhören. Er hätte gerne bei ihrer gespielten Auseinandersetzung mitgemacht, aber alles, was er sah, war ein ehemaliger FBI-Mann und eine Rechtsanwältin, die sich wie kleine Kinder aufführten. Und das war nicht sein Stil.

»Meine Sachverständige für Blutflecken hat mir einen sonderbaren Brief geschrieben«, erklärte Kassia Miller tags darauf Ryan am Telefon. »Sie sagt, sie braucht die Aufnahmen vom Tatort und Neds Kleidungsstücke noch etwas länger. Ein Kapitalverbrechen in Texas werde sie einige Wochen beschäftigen. Sie möchte, daß wir in der Zwischenzeit absolut sicherstellen, daß wir ihr auch wirklich alle Fotos vom Tatort geschickt haben.«

»Wenn ich mich recht erinnere, haben wir doch die Staatsanwaltschaft um das gesamte Material gebeten.«

»Haben wir.«

»Könnte uns Becker etwas vorenthalten haben?«

»Das wäre schrecklich dumm von ihm. Damit könnte er unter Umständen seine gesamte Anklage zu Fall bringen.«

»Vielleicht hat sich Ihre Expertin verzählt.«

»Das glaube ich kaum.«

»Dann sollten Sie am besten gleich ein Schreiben an Tony Boy und Mr. Becker aufsetzen, damit wir auch die restlichen Fotos bekommen.«

»Vorausgesetzt, daß es sie überhaupt gibt.«

Lawrence rief an und teilte Ryan mit, er habe in Neds Telefonverzeichnis keinen Willy finden können.

»Ich habe alle angerufen und nach einem Willy verlangt. Keiner dabei.«

»Gibt es einen Thom Willard?«

»An den Namen erinnere ich mich nicht.«

»Überprüfe das.«

Obwohl Lawrence die Personen auf Hugo Hills Gästeliste nacheinander abklapperte und befragte, wollte Ryan mit den drei Ehrengästen lieber selbst sprechen. Die erste von ihnen, die sich nur als Karen vorstellte, führte ihn durch ihr Atelier in Soho, wo Kunststudenten unter ihrer Aufsicht Gemälde produzierten, die später als ›Original‹ verkauft wurden. Von dem kurzen Einblick in die New Yorker Kunstszene abgesehen war dieser Besuch für Ryan wenig ergiebig.

Von Susan Spada erhoffte er sich mehr. Um das Eis zu brechen, plauderte er zunächst mit ihr über ihre Arbeit.

»Ich bin auf keinen Stil festgelegt«, erläuterte sie ihm. »Meistens habe ich eine Idee, die ich dann verwirkliche. Darum nennt mich Hugo eine Fotokonzeptionalistin. Die Leute wollen immer wissen, was das bedeutet. Aber ich habe doch keine Ahnung. Schließlich ist das nicht meine Erfindung, sondern Hugos.«

Sie sah ihn über einen runden Eichenholztisch hinweg an. Ryan kam sie unglaublich jung und exotisch vor.

»Ich kannte Ihren Sohn nicht besonders gut. Natürlich trafen wir uns gelegentlich, doch die Spekulationen der Presse über eine kurze Liaison sind reine Fantasie.«

»Sie waren Ehrengast auf der Party, auf der er ermordet wurde.«

»Ja. Ich hielt mich ganz in seiner Nähe auf, als seine Frau den Wutanfall bekam.«

»Können Sie schildern, was Sie gehört und gesehen haben?«

»Es war sehr unschön.« Ryan dachte, er sähe in ihren schwarzen Augen ein kurzes Aufflackern von Gefühlen, aber ihr Gesichtsausdruck veränderte sich nicht im geringsten. »Hugo stellte Tina Claire Ihrem Sohn vor. Sie hat gerne ihren Spaß und liebt es, andere Leute zu provozieren. Ihr Benehmen ist oft sehr originell. Schade nur, daß ihre Skulpturen so einfallslos sind – wie aufgewärmte Giacomettis. Als ich bemerkte, daß sie und Ihr Sohn sich näherkamen, war ich gespannt, was folgen würde. Aber schon war seine Frau zur Stelle, und dann ging's los.« Ihr Mund deutete ein kurzes Lächeln an. »Das hat vielleicht gesessen!«

Ryan zuckte bei den Gedanken zusammen, daß die Geschworenen so etwas zu hören bekommen könnten. »Wissen Sie noch, was sie gesagt hat?«

»Zum Teil. Sie sagte: ›Du Bastard, wie kannst du mir das antun? Glaubst du, daß du mir so davonkommst? Ich mache das nicht mehr mit.‹« Sie zitierte Jennifer ohne jede Gefühlsregung. »›Dir werd' ich's zeigen. Ich schwöre, das wird dir noch leid tun.‹«

»Wie reagierte er darauf?«

»Anfangs sagte er nichts.«

»Und was war mit Tina Claire?«

»Soweit ich weiß, versuchte sie, sich hinter ihm zu verstecken. Ich glaube, eine Hand von ihr steckte in seiner Hosentasche. Wenn ich mich nicht irre, drückte sie sich fest an ihn.«

»Sagte sie etwas?«

»Nein. Aber es schien ihr Spaß zu machen.«

»Sagte Mrs. Ryan noch mehr? Oder tat sie irgend etwas?«

»Sie sagte: ›Denkst du, daß du mich so demütigen kannst? Glaubst du, ich schlucke das so einfach? Das war's.‹«

»›Das war's‹?«

»Ja. ›Das war's‹.«

»Was kann sie damit gemeint haben?« Eine derartige Frage hätte Ryan natürlich vor Gericht nicht gestellt, aber hier und jetzt war er sehr an Susans Antwort interessiert.

»Na ja, ich würde sagen … *das war's* klingt ziemlich endgültig.«

»Gibt es noch etwas, das Sie mir mitteilen könnten?«

»Sie zerschmiß eine Schale, die in tausend Stücke brach. Und überall lagen die mexikanischen Fleischpasteten herum. Das Ganze wirkte sehr symbolisch.«

Wieder fuhr Ryan zusammen. Aber diese Symbolik – zerschlagene

Schale, zerstörte Ehe, eingeschlagener Schädel oder was sie sonst noch darin sehen mochte – konnte aus dem Gerichtssaal ferngehalten werden.

»Sonst noch was?«

»Als die Schale in die Brüche ging, war auf einmal Schluß. Jetzt kommt der entscheidende Augenblick, dachte ich. Und dann sagte er ... ihren Namen. Das war alles. Einmal. Wie man zu einem ungezogenen Hund oder zu einem unartigen Kind spricht. Und sie erwiderte: ›Paß bloß auf, du Bastard. Beim nächsten Mal ist es keine Schale mehr.‹«

Es wurde immer schlimmer. Wie viele Leute das wohl mitgehört hatten?

»Und dann?« fragte er.

»Er ging hinaus. Erst blieb sie einige Sekunden stehen, aber dann lief sie ihm hinterher.«

»Wie wirkte er in diesem Augenblick? Wütend? Erregt? Warum verließ er denn Ihrer Meinung nach das Zimmer?«

»Tut mir leid, ich kann keine Gedanken lesen.«

Selbst schuld, tadelte sich Ryan, wenn du so viele Fragen auf einmal stellst und dann auch noch mit ›warum?‹ beginnst.

»Lassen Sie es mich anders formulieren. Kam er lhnen wütend vor?«

»Nicht besonders.«

»Reumütig?«

»Wie hätte ich das erkennen sollen?«

»Sein Tonfall? Sein Verhalten?«

»Ich habe Ihnen alles gesagt, was ich weiß. Welche Gedanken er hatte, ist mir nun wirklich nicht bekannt.«

Bevor er ging, bedankte sich Ryan und fragte, ob sie schon mit der Polizei oder dem Staatsanwalt gesprochen habe. Sie hatte zwar, wußte aber noch nicht, ob sie als Zeugin der Anklage aussagen würde. Dann wollte er noch wissen, ob die Staatsanwaltschaft ihr davon abgeraten habe, sich mit ihm zu unterhalten. Auch das war der Fall gewesen. Sie hatten zwar gehofft, daß sie das nicht tun würde, waren aber mit dem Hinweis abgezogen, es sei letztendlich ihre eigene Entscheidung.

Während er sich mit Susan Spada unterhalten hatte, war das fahle Tageslicht des Winters allmählich der Dunkelheit gewichen. Ryan beschloß, nicht mehr in sein Büro zurückzukehren. Statt dessen machte er auf ein Bier und einen Whiskey im Shamrock halt und wechselte ein paar Worte mit Kelly.

»Mitteilung vom Hauswirt«, sagte Kelly mürrisch. »Ab der kommenden Pachtzeit doppelte Miete. Zu viel, sag ich. Er sagt, suchen Sie sich einen einfallsreicheren Küchenchef, bauen Sie um und verdreifachen Sie die Preise. Ob ich nicht bemerkt hätte, daß in der Nachbarschaft etwas im Gange sei?«

»Ich weiß nicht, was mit der Welt los ist«, erwiderte Ryan. »Was wohl geschieht, wenn am Ende nur noch Geschäfte übrigbleiben, die minzgrüne Tennispullover und italienische Schuhe verkaufen? Wie lange soll das noch so weitergehen?«

»Genau das habe ich ihn auch gefragt. Der schießt doch ein Eigentor.«

»Meinst du, er ist vernünftigen Argumenten zugänglich?«

»Weshalb sollte er anders sein als die anderen?«

## 24

»Ich habe Thom Willard gefunden«, teilte Lawrence Ryan begeistert mit. »Ich glaube, er ist der Willy, den wir suchen. Jake Kaplan hat mich darauf aufmerksam gemacht, daß sich in Neds Unterlagen eine Mappe mit Korrespondenz von den beiden befindet. Willard scheint der Banker zu sein, der für Ned die finanziellen Transaktionen bei den Hypothekengeschäften geregelt hat. Es handelt sich um eine Bank in Philadelphia.«

»Gute Arbeit.«

Thom Willard kam Ryan bis zur Tür seines Büros entgegen, um ihn zu begrüßen. Seine Bank gehörte nur zu den mittelgroßen, doch waren die Verwaltungsräume in einer Art und Weise eingerichtet, daß man hätte meinen können, sich im Allerheiligsten der Finanzwelt zu befinden. Willys Kleidung und sein Auftreten unterstrichen diesen Eindruck noch. Für Ryan waren Willys Nadelstreifenanzug und sein wichtigtuerisches Herumstolzieren lediglich das Zeichen seiner übertriebenen Selbsteinschätzung. Dabei hatte er ihn bereits gekannt, als er noch keine zehn Jahre alt und mit aufgeschlagenen Knien durch die Gegend gelaufen war.

Willy bat Ryan herein und ließ ihn auf der Couch am anderen Ende des Raumes Platz nehmen. Dann folgte das beinahe schon rituelle Angebot einer Tasse Kaffee. Obwohl er auf Neds Trauerfeier mit Ryan kein Wort gewechselt hatte, kam es Willy auch jetzt nicht in den Sinn, ihm sein Beileid auszusprechen.

»Wie du vielleicht weißt, bin ich Neds Nachlaßverwalter«, sagte Ryan, nachdem eine Sekretärin den Kaffee serviert hatte. »Ich habe erfahren, daß du einige von Neds Geschäften abgewickelt hast.«

»Soweit mir bekannt ist, habe ich für ihn sämtliche Hypothekenfinanzierungen geregelt.«

»Wie seid ihr beide miteinander ins Geschäft gekommen?«

»Beim Football auf der High-School habe ich ihm die gegnerischen Spieler vom Hals gehalten, wenn er mit dem Ball in der Hand voranstürmte – warum nicht auch später?«

»Seid ihr beide immer in Kontakt geblieben?«

»Immer, nur im ersten Jahr nach der Abschlußprüfung nicht, als Ned mit seinem Großvater auf Reisen war. Aber Sie sagten …«

»Daß ich als Neds Nachlaßverwalter genauere Informationen über seine Hypothekengeschäfte in Erfahrung bringen muß. Außerdem bin ich auch aus einem rein privaten Grund hier. In den vergangenen Jahren haben Ned und ich uns nicht gerade oft gesehen – ich vermute, daß dir das wahrscheinlich bekannt ist. Daher bin ich in der Hoffnung gekommen, daß du mir eventuell einen Eindruck vermitteln könntest, wie er so gelebt hat.«

»Kann es nicht vielmehr sein, daß Sie auf einer Angeltour sind, um Neds Mörderin wieder vom Haken zu lassen?«

»Hoppla!« Ryans Reaktion erfolgte automatisch. »Unschuldig, bis der Gegenbeweis erbracht ist.«

»Wenn Sie das vor Gericht durchfechten, Mr. Ryan, dann alle Achtung. Aber nach allem, was ich gelesen habe, steht es ziemlich schlecht um Jennifer.«

»Ich muß mich sehr wundern, Willy. So ein schlauer Kerl wie du und glaubt blindlings der Presse. Diese Leute verkaufen Zeitungen und nicht die Wahrheit.«

»Sind Sie gekommen, um mit mir *darüber* zu reden?«

»Ich bin gekommen, um mich über Neds Geschäfte zu unterhalten. Ich hoffte, du würdest mir behilflich sein können, für das Finanzamt den Umfang zu taxieren. Und ich bin gekommen, weil ich dich nach deinem Eindruck von Ned befragen wollte. Und natürlich, weil ich mir irgendwelche Hinweise erhoffte, die mich zu Neds wahrem Mörder führen.«

»Ich gehe sicher recht in der Annahme, daß Sie Jennifer nicht für die Täterin halten?«

»Das ist richtig. Für mich ist sie unschuldig. Den Geschworenen kann ich das selbstverständlich so nicht sagen, dir dagegen schon. Ich glaube nicht an ihre Schuld.« Ryan klang so überzeugend, daß die weite Entfernung dieser Worte von seiner wirklichen Meinung gekonnt verschleiert wurde.

»Ich glaube kaum, daß ich eine große Hilfe bin«, antwortete Willy, »aber wenn Ihnen so sehr dran gelegen ist, können wir uns zumindest unterhalten. Sehen Sie doch die gesamten Unterlagen mit meinem Assistenten durch und klären Sie Ihre Fragen. Anschließend reden wir darüber beim Mittagessen.«

Als Willy das Büro verließ, um mit seinem Assistenten zu sprechen, dachte Ryan: Knapp Dreißig und hat schon die Form einer Birne; eine selbstgefällige Speckrolle im Nacken und das Gesicht eines Trinkers, vor zehn, zwölf Jahren war er der Footballheld der High-School gewesen.

»Also«, sagte Willy, als sie in dessen snobistischem Club beim Essen saßen, »schießen Sie los.«

»Fangen wir mit den Hypotheken an. Woher kam das Geld dafür?«

»Für die Hypotheken? Ich habe keinen blassen Schimmer. Das war alles Neds Angelegenheit. Einige wenige Male haben wir darüber gesprochen, aber es waren immer dieselben Klagen über Kunden, die erst Investitionen versprachen und dann nicht rechtzeitig mit dem Geld rüberkamen. Wenn es zu Geschäftsabschlüssen kam, deponierte er die Gelder in meiner Bank, bis die Hypothekenverträge unterschrieben waren. Manchmal half ich ihm, Immobilienmakler ausfindig zu machen und die Besitzverhältnisse zu überprüfen. Oder ich kümmerte mich um die Versicherungsabschlüsse und hielt die Verbindungen zu Banken in anderen Bundesstaaten aufrecht. Was eben so anfiel.«

»Auf welche Weise erfolgten die Zahlungen? Alles auf einmal oder eher in kleineren Beträgen?«

»Warum? Stimmt etwas nicht?«

»Nein, nein. Ich möchte nur ein Gespür dafür bekommen, wie diese Geschäfte funktionierten.«

»Aus dem Stegreif kann ich das nicht sagen. Eigentlich dachte ich, wir hätten Ihnen sämtliche relevanten Unterlagen zur Verfügung gestellt. Ich war dafür zuständig, Ned das Geld zu beschaffen, wann immer er es benötigte. Den tagtäglichen Geldverkehr habe ich allerdings nicht persönlich überwacht.«

»Wie lange blieben die Beträge auf deiner Bank?«

»Das müßte auch in den Unterlagen stehen. Selten länger als ein paar Tage, wenn ich mich recht entsinne.«

Ein Kellner erschien am Tisch. Willy fragte Ryan nach seinen Wünschen und gab dann die Bestellung auf.

»Mir fällt da soeben eine Anekdote ein, die Ihnen weiterhelfen könnte«, sagte Willy und nahm einen Schluck von seinem zweiten Martini. »Es kam vor, daß Ned die Vertragsbedingungen bei diesen Geschäften änderte. Zwei der Leute, die ich mit Ned zusammengebracht hatte, berichteten mir davon. Mich machte das nicht besonders glücklich, aber die Geschäfte kamen zustande, und wenn einige Personen dabei eine geringere Gewinnspanne erzielten, als ursprünglich erhofft, dann ging mich das im Grunde nichts an. Aber einmal habe ich mich doch geärgert. Ein wichtiger ausländischer Investor sprang im allerletzten Moment ab, und darum vermittelte ich dessen Geschäftspartner an Ned. Er sollte ein Fünftel des gesamten von mir ausgearbeiteten Paketes finanzieren. In der letzten – wörtlich: der letzten – Minute, am Morgen des Abschlusses, erhöhte Ned die Zinssätze beträchtlich. Es versteht sich von selbst, daß er das nicht als Änderung hinstellte – Sie verstehen schon. So läuft das nicht. Man ringt mit den Händen, redet über unglückliche Mißverständnisse, aber niemand wird dabei offen für dumm verkauft. Der Immobilienmakler war durchaus nicht einverstanden, aber Ned wollte nicht mehr von seinen hohen Zinsforderungen heruntergehen. Ich nehme an, er hielt das Geschäft für so wichtig, daß er glaubte, die andere Seite würde nachgeben und die Bedingungen letzten Endes doch noch akzeptieren.«

Willy trank sein Glas aus und winkte nach dem Kellner, um ein weiteres zu bestellen.

»Was geschah dann?«

»Ned verschätzte sich vollkommen. Der Makler hätte die hohen Zinsen tatsächlich nicht verkraften können, weshalb das Geschäft nicht zustande kam. Es war schon eine Schande, denn es wäre ein sehr schönes Projekt gewesen, das einen Haufen Geld eingebracht hätte.«

»Ich würde mich gerne mal mit den Leuten unterhalten, die an diesem Geschäft interessiert waren«, sagte Ryan und dachte: unter Eid, im Angesicht der Geschworenen.

»Ich muß nachsehen, ob ich die betreffenden Unterlagen noch habe. Oder vielleicht fallen mir einige der Namen auch so ein. Das ist mindestens zwei Jahre her, und solche Geschäfte laufen hier ständig ab ...«

»Dafür wäre ich dir sehr dankbar«, erwiderte Ryan. Es war ihm im Moment wesentlich mehr daran gelegen, von Willy soviel wie möglich über diese fehlgeschlagene Hypothekenvermittlung zu erfahren, als ihn über seine Streitigkeiten mit Ned auszufragen. Dazu würde später immer noch Zeit sein.

Am folgenden Morgen berichtete Ryan Lawrence von der Begegnung mit Willy.

»Ein schöner Mistkerl«, sagte Lawrence. »Einfach die Zinsen so zu erhöhen.«

»Da hast du recht. Aber ich würde einen einzigen Kerl mit blutunterlaufenen Augen und einer Drohung auf den Lippen gern gegen ein Dutzend solcher Geschichten eintauschen, in denen Ned angeblich Leute übers Ohr gehauen hat.«

»Wir tun unser Bestes.«

Die Anhörung über die Frage, ob neue Methoden zur Analyse genetischen Materials, das in menschlichem Blut und Gewebe gefunden wird, vor Gericht als Beweismaterial zulässig seien, nahm volle vier Tage in Anspruch. Aber praktisch war die Sache schon nach zwei Tagen entschieden, als Corino jede andere Zeugenaussage zu den DNA-Tests, die nicht von den Experten der Staatsanwaltschaft kam, für irrelevant erklärte. Das bedeutete, daß viele Zeugen der Verteidigung nichts hatten, worüber sie hätten aussagen können. Im Laufe der Anhörung hatte Ryan das Gefühl, Corino orientiere sich ausschließlich an den schriftlichen Stellungnahmen, die ihm die beiden gegnerischen Seiten hatten zukommen lassen, und zolle den mündlichen Ausführungen nur oberflächliche Aufmerksamkeit. Doch mußte er zugeben, daß Corinos wichtigste Entscheidungen bislang die Verteidigung begünstigt hatten. Die Ausgewogenheit, auf die die meisten Richter viel Wert legten, erforderte jetzt einen deutlichen Spruch zugunsten der Anklagevertreter.

An dem Tag, den Corino für seine endgültige Entscheidung über die Anträge der Verteidigung vorgesehen hatte, erschien Jennifer vor Gericht in einem grauen Wollrock und einem weiten, viel zu großen Pullover. Er verbarg die leichte Wölbung ihres Bauches, solange sie sich nicht streckte oder allzu schnell bewegte.

Wie Ryan erwartet hatte, entschied Corino, daß er nur die von der Staatsanwaltschaft beantragten Tests als Beweismittel zulassen würde. »Trotzdem werde ich die Jury anweisen, sich gut zu überlegen, wieviel Gewicht sie bei ihrer Beratung der Aussagekraft dieser neuartigen Technologie beimessen soll.«

Die Forderung nach Offenlegung aller Beweismittel ergab lediglich, daß keine weiteren Fotos von den Blutflecken am Tatort vorhanden waren. Die anderen vorprozessualen Anträge der Verteidigung versprachen wenig Erfolg. Natürlich gab es immer die Möglichkeit, daß der Richter überraschend dem einen oder anderen Antrag stattgab, aber hier war das nicht wahrscheinlich.

Corino wies nur darauf hin, daß er von beiden Seiten erwartete, daß der von ihm festgesetzte Verhandlungsbeginn eingehalten würde.

»Wird die Verteidigung dazu in der Lage sein?«

»Ja, Richter, sie wird.« Ryan sagte das nüchtern und ohne jeden Eifer.

Becker grummelte etwas von mehr Zeit, um weitere Zeugen ausfindig zu machen.

Da Corino aber schon Beckers Wunsch nach einem exotisch neuen Beweismittel stattgegeben hatte, war er nicht bereit, ihm ein zweites Zugeständnis zu machen. »Es stehen Ihnen noch zwei Monate zur Verfügung, Mr. Becker, und Sie hatten bereits fünf. Das scheint mir ausreichend. Sie werden hier also am ersten Montag im Februar erscheinen, um die Geschworenen zu wählen. Es sei denn, sie finden einen sehr guten Grund, der dagegen spricht.«

Die Sekretärinnen von Ryan und Miß Miller hatten nach einem Büro Ausschau gehalten, das die beiden Anwälte während des Prozesses beziehen konnten. Aber die wenigen Räume, die ihnen angeboten worden waren, hatten sich entweder als zu klein erwiesen, waren ungünstig gelegen oder nur langfristig zu vermieten gewesen. Kneeland war es, der schließlich Abhilfe schaffte. Er machte ein leerstehendes Geschäft am südöstlichen Rand von Soho aus, das nur wenige Häuserblocks im Norden des Gerichtsgebäudes lag. Man brauchte lediglich Gardinen vor die großen Schaufenster hängen, Trennwände aufstellen und Büromöbel herbeischaffen. In weniger als einer Woche hatte Kneeland alles für sie arrangiert. Ryan war beeindruckt.

Als Jennifer zum erstenmal das neue Büro besichtigte, zeigten sie ihr den Schreibtisch, den sie für sie aufgestellt hatten.

»Auf Sie wartet eine Menge Arbeit«, sagte Kassia Miller. »Wir möchten, daß Sie unsere Aufzeichnungen über die Partygäste durchlesen und uns alles über sie erzählen, was Ihnen einfällt. Außerdem müssen wir einige Aspekte unserer Strategie mit Ihnen besprechen.«

»Wann soll ich anfangen?«

»Gleich jetzt«, antwortete Ryan. »Es wäre schön, wenn du so oft wie möglich herkommen könntest, bis du die ganzen Listen durchgesehen hast.«

»Jeden Tag?«

»Wir werden sieben Tage in der Woche in diesem Büro sitzen«, entgegnete Miß Miller. »Wir müssen die Verteidigung organisieren, die Beweisschrift vorbereiten und die Zeugen befragen.«

Ryan reichte Jennifer eine Liste mit den Namen der Partygäste sowie einen Stoß Papier mit Interviews. »Melde dich, wenn du Fragen hast.«

Von einem Restaurant in der Nachbarschaft ließen sie sich ihr Mittagessen bringen. Beim Essen unterhielten sich die zwei Anwälte mit ihrer Mandantin über den weiteren Verlauf der Vorbereitungen.

»Eines mußt du wissen«, sagte Ryan. »Uns sind in bestimmter Hinsicht die Hände gebunden, weil du angegeben hast, Ned nicht geschlagen zu haben.«

Als Jennifer protestieren wollte, hob Ryan die Hand. »Laß mich ausreden. Zur Zeit besteht der wichtigste Beweis der Staatsanwaltschaft darin, daß man auf der Statue, mit der Ned erschlagen wurde, deine Blutspuren entdeckt hat. Wie sehr wir auch deine Unschuld beteuern – dieses Blut bringt dich mit dem Tatort und der Mordwaffe in Verbindung. Sagst du aber aus, daß du Ned geschlagen hast, dann verliert dieser Beweis an Bedeutung.«

Jennifer lehnte sich nach vorn und wollte heftig widersprechen. Aber Ryan fuhr fort, weil er sichergehen wollte, daß sie ihn auch wirklich verstand.

»Es gibt massenweise Rechtfertigungen für eine Mordtat. Selbstverteidigung, Angst vor drohender Mißhandlung, sogar sexuelle Leidenschaft. Die Ermordung des Geschlechtspartners wird von den Angeklagten oftmals als Teil eines sexuellen Rituales bezeichnet. Also eine Art Unfall. Unfall ist immer eine gute Ausrede. Aber wenn du weiterhin behauptest, du habest ihn nicht geschlagen, können wir die Sache auch nicht als einen Unfall hinstellen. Und wir können ebenfalls nicht von emotionalen Störungen oder verminderter Zurechnungsfähigkeit ausgehen. Hättest du ihn aber geschlagen, dann könnten wir genau prüfen, was damals vorgefallen ist, und versuchen, nachvollziehbare Gründe dafür zu finden.«

Ryan bemerkte, daß er mit seinen Ausführungen keinerlei Eindruck auf Jennifer machte, und kam deshalb zum Ende. »Andernfalls heißt es: Alles oder nichts. Wenn du es abstreitest und die Jury dir nicht glaubt, bekommst du die Höchststrafe.«

*»Ich habe ihn nicht geschlagen.«*

»Solange dir die Konsequenzen klar sind …«

»Die heutige Zusammenarbeit mit unserer Mandantin war gar nicht so schlecht«, bemerkte Miß Miller, als sie mit Ryan am Abend das Büro verließ.

»Sie scheint gut in Form zu sein. Und sie weiß, was sie will.«

»Ich glaube, das alles kommt ihr noch reichlich unwirklich vor. Warten Sie nur, bis die Verhandlung vor der Tür steht.«

Ryan nahm seinen Mantel von dem alten Kleiderständer, den irgend jemand organisiert hatte. »Ich habe darüber nachgedacht, ob wir sie in den Zeugenstand berufen oder nicht. Ich bin dafür, sie von Anfang an auf diese Situation vorzubereiten. Nur für den Fall. Aber ich kann mir nicht vorstellen, weshalb wir sie als Zeugin aufrufen sollten.«

Kassia Miller war anderer Ansicht. »Die Geschworenen werden sicherlich ihre Unschuldsbeteuerungen hören wollen. Wenn sie es nicht tut, werden sie sich zwangsläufig nach den Gründen fragen.«

»Wie es zur Zeit aussieht, und angesichts der Tatsache, wie wenig wir in der Hand haben, scheint es mir am vielversprechendsten, auf ›begründete Zweifel‹ hinzuarbeiten. Machen wir das, dann werden wir Jennifers Aussage nicht benötigen. Allerdings müssen wir deutlich machen, daß Becker keine stichhaltigen Beweise beigebracht hat. Kann er nichts beweisen, besteht für Jennifer kein Anlaß, sich unschuldig zu erklären.«

Miß Miller wollte etwas einwenden, doch Ryan redete weiter. »Außerdem glaube ich nach allem, was ich gesehen habe, nicht, daß sie eine gute Figur im Zeugenstand machen würde.«

»Sie ist doch Schauspielerin.«

»Ich werde einfach so tun, als ob ich das nicht gehört hätte.«

»Michael, kann ich dich mal stören?« rief Jennifer tags darauf durch das ganze Büro.

Er sah von einem Bericht auf, in dem auf seine bisherige Arbeit an diesem Fall und auf das öffentliche Echo eingegangen wurde.

»Ich kann hier nichts von Ellis und Skippy Turner entdecken.«

Ryan ging zu ihr hinüber. »Wer ist das?«

»Freunde von mir vom Kinderhilfswerk. Ich lud sie zu der Party ein, da sie sich für moderne Kunst interessieren, und auch Ned hatte mal geäußert, daß er sie gern kennenlernen wollte. Die beiden waren es, mit denen sich Ned unterhielt, als Hugo Hill auf ihn zukam, um ihn der Bildhauerin vorzustellen.«

»Glaubst du, sie könnten gesehen haben, was dann geschah?«

»Das weiß ich sogar. Ich stand mit ihnen zusammen, als das Unheil seinen Lauf nahm.«

»Gut, daß du mir das gesagt hast. Meinst du, sie würden mit uns zusammenarbeiten?«

Jennifer war damit beschäftigt, einen Stift senkrecht auf ihrem Schreibtisch zu balancieren. »Ich dachte einmal, daß ich meine Freunde kennen würde. Mittlerweile bin ich mir da nicht mehr so sicher. Ich halte es für *möglich*, daß sie uns helfen könnten, aber versprechen kann ich es nicht.«

Die Turners bewohnten eine zweigeschossige Wohnung über dem westlichen Teil des Central Park. Das großflächig verglaste Wohnzimmer ähnelte einem Gewächshaus. Auf der Terrasse lag frisch gefallener Schnee. Anscheinend gab es hier keine Kinder, doch draußen hatte irgend jemand einen Schneemann errichtet: mit einer roten Karottennase sowie Knöpfen und Augen aus Kohlen.

»Die meiste Zeit sprachen wir über das Hilfswerk«, sagte Skippy. Sie war groß und blond, flach wie ein Brett und trug Kleider, die aus einem Katalog für Billigklamotten zu stammen schienen. »Er wirkte sehr interessiert. Offengestanden war ich ziemlich überrascht.« Sie sah ihren Ehemann an, als erwartete sie seine Zustimmung.

Ellis Turner hatte einen kleinen, sorgfältig gepflegten Schnurrbart und war im selben Stil wie seine Frau gekleidet.

»Ich war ebenfalls überrascht. Jennifer war nämlich zu allen Veranstaltungen des Kinderhilfswerks alleine erschienen. Ich war der Meinung gewesen, ihren Mann würde das alles nicht interessieren.«

»Vielleicht wollte er auf dieser Party nur höflich zu uns sein«, meinte Skippy.

»Worüber haben Sie genau geredet?«

»Die Region, um die wir uns kümmern, ist das Horn von Afrika«, erläuterte Ellis. Wir sprachen über den Sudan, Äthiopien und Somalia.«

»Ein schweres Gesprächsthema für eine solche Party.«

»Es dauerte nicht lange«, erwiderte Skippy. »Jennifer kam hinzu, und dann tauchte auch der Gastgeber auf. Ich glaube wenigstens, daß er es war. Ein alberner Kerl mit einem roten Toupet.«

»Das hört sich nach dem Gastgeber an«, bestätigte Ryan. »Hugo Hill.«

»Genau«, sagte Ellis. »Er kam und entschuldigte sich, daß er Ned entführe. Dann begleitete er ihn zu dieser Person, dieser blonden Künstlerin.«

»Konnten Sie erkennen, was sich dann abspielte?«

»Nicht richtig. Zunächst unterhielten wir uns einige Minuten mit Jennifer.«

»Stimmt«, warf Skippy ein. »Aber wirklich nur ein paar Minuten. Denn ich erinnere mich, daß irgend etwas unsere Aufmerksamkeit auf Ned und diese Frau lenkte.«

»Wissen Sie noch, was das war?«

»Nein ... nicht mehr. Du, mein Schatz?«

»Nein«, sagte Ellis, »aber was immer es auch gewesen sein mag, als wir hinübersahen, da ... nun, ganz genau konnte man es nicht erkennen. Aber ich würde sagen, daß sie nicht nur miteinander sprachen.«

»Als Sie das sahen, was man nicht so ganz genau erkennen konnte ...«

»Für mich war es nicht schwer zu erkennen«, sagte Skippy. »Mir kam es vor, als trieben sie so eine Art Sexspielchen. Ich sah Jennifer an, um festzustellen, ob sie auch etwas davon bemerkt hatte, was, glaube ich, der Fall war. Denn sie starrte zu ihnen hinüber.«

»Sagte sie irgendwas?«

»Kannst du dich noch daran erinnern?« fragte Skippy ihren Mann.

Ellis legte seine Hände hinter den Kopf und starrte zur Decke hinauf, als würde dort die Antwort stehen. »Nein, wirklich nicht. Ich war so verlegen, daß ich gar nichts davon mitbekommen wollte.«

»Ich auch«, fügte Skippy hinzu. »Die arme Jennifer tat mir schrecklich leid. Ich sagte ›laßt uns was zu trinken holen‹ oder etwas Ähnliches, aber sie beachtete mich überhaupt nicht. Deshalb verabschiedeten wir uns von ihr und baten sie, Ned von uns zu grüßen.«

»Und weiter?«

»Dann sind wir gegangen.«

»Haben Sie noch gesehen, ob Jennifer auf Ned zuging oder ob sie mit ihm sprach?«

»Nein«, antwortete Ellis. »Da waren wir schon fort.«

Im Büro bat Ryan Jennifer einen Tag später, nochmals alles zu erzählen, was auf dieser Party vorgefallen war. Er half ihr dabei, verlangte Details, ließ sich manche Teile zwei-, dreimal berichten und stellte ihr immer wieder ganz unvermittelt Fragen, die aus dem Zusammenhang gerissen schienen. Mehr als eine Stunde lang hielt Jennifer das aus, bevor sie verärgert aufschrie.

»Soll das ein Test sein?« rief sie, als Ryan sie zum drittenmal fragte, was sie gesagt hatte, bevor sie die Schale zerschlagen hatte. »Du willst wohl sehen, wie ich mich im Zeugenstand mache?«

»Wir können erst im letzten Augenblick entscheiden, ob wir dich als Zeugin aufrufen sollen. Daher mußt du für alle Fälle gerüstet sein. Aber momentan versuche ich nur, ein möglichst klares Bild von jenem Abend zu bekommen.«

Jennifer reagierte skeptisch.

»Warum quälst du mich dann so?«

»Tue ich das?«

»Vielleicht weil du mir nicht glaubst? Kann ja sein, daß du denkst, sie hat Schauspielunterricht genommen und gelernt, Gefühle vorzutäuschen. Wie soll ich ihr da irgendwas von dem glauben, was sie sagt oder macht?«

Mit dieser Frage hatte Jennifer ins Schwarze getroffen.

»Ich habe recht, nicht wahr? Die Antwort ist: Ich bin keine so gute Schauspielerin wie manch andere. Vor allem kann ich keine Gefühle aktivieren, wenn die Situation, in der ich mich befinde, sie nicht hergibt. Alles was ich schaffe, ist, die Gefühle, die in mir sind, noch zu verstärken. Das kann ich, und das mache ich auch.«

Ryan glaubte ihr.

Sie rang nach Atem. »Was in dieser Nacht stattfand, war eine Show. Ein Publikum war ja vorhanden, und Grund genug hatte ich auch. Ich habe nur eine Show veranstaltet. Schließlich hatte Ned nichts angestellt, was ein Mordmotiv dargestellt hätte. Außerdem war ich keinesfalls unzurechnungsfähig, so daß ich ihn im Affekt hätte töten können. Ganz im Gegenteil. Um seine Gefühle so im Griff zu haben, wie es bei mir der Fall war, braucht man Distanz zu sich selbst. Man muß sich sogar ein wenig von außen betrachten können.«

Jennifer machte wieder eine Pause und lächelte.

»Sieht aus, als habe sich das ganze Training letzten Endes doch gelohnt.« Sie nahm sich selbst auf den Arm. »Ich habe eine wirklich überzeugende Rolle gespielt. Eine vollkommene Improvisation. Das ist das einzige, dessen ich mich schuldig bekenne.«

## 25

Ein Anruf von Lawrence. »Brisante Neuigkeiten! In einer halben Stunde bin ich da.«

Zehn Minuten früher als angekündigt erschien er im Büro. Auf seiner ledernen Bomberjacke glitzerten Wassertropfen, und auf dem Fellkragen schmolzen die letzten Schneeflocken. Er ließ sich in einen Sessel fallen. »Die reinste Hölle da draußen! Friede der Erde.«

Ryan und Miß Miller setzten sich zu ihm und tranken gemeinsam Kaffee. Dann schaltete Kassia Miller ihren Computer aus und reckte sich.

Lawrence stellte seine Tasse auf dem Boden ab. »Ich habe mich mit einem Typen unterhalten, der mir mitgeteilt hat, das Motto von Hugo Hills Party sei gewesen: Sag einfach ja.«

»Kokain?« fragte Ryan.

»Größtenteils. Jedenfalls hat er das so zu verstehen gegeben.«

Ryan drehte sich zu seiner Kollegin um, die bestens mit der Behandlung lokaler Straftaten vertraut war. »Wenn die Polizei auf der Party Kokain beschlagnahmt hat, würden Sie dann davon erfahren?«

»So wie Becker sich verhält, habe ich da meine Zweifel.«

»Vielleicht sollten wir ihn fragen?«

Miß Miller war anderer Meinung. »Falls wir ihn jetzt nach Drogen fragen, würden wir ihm nur zu verstehen geben, daß wir Wind bekommen haben und ihm so die Möglichkeit einräumen, die Sache so hinzubiegen, daß sie ihm nicht schadet. Auf diese Weise verlieren wir gegenüber Becker jedes Überraschungsmoment.«

»Wenn wir uns aber auf irgendwelche zweifelhaften Gerüchte verlassen, könnten wir die Gelackmeierten sein.«

»Waffen«, warf Lawrence ein.

»Was?«

»Wenn die Polizei eine Razzia macht und die Leute Belastendes einfach zu Boden fallen lassen – was fällt denn da runter? Die Antwort lautet: Drogen und Waffen.«

»Und falls Waffen konfiziert wurden, bedeutet das, daß auf dieser Party potentiell gefährliche Gäste anwesend waren.« Ryan kam auf Touren. »Dasselbe gilt für die Drogen.«

Kassia Miller zeigte sich nicht überzeugt. »Trotzdem meine ich, wir sollten die Staatsanwaltschaft nicht sofort danach fragen. Es wäre besser, abzuwarten und zu sehen, ob wir das nicht selbst irgendwie überprüfen können, ohne dabei schlafende Hunde zu wecken.«

Sie besprachen das Für und Wider ausführlich genug, um Lawrence aus dem Büro zu vertreiben.

»Findet ihr denn nie ein Ende? Mir steht der Sinn jetzt nach einem Punch.«

Nachdem sie ergebnislos ihre Interviews mit Hugo Hills Partygästen durchgegangen war und Jennifer ihr erklärt hatte, sie würde nie bemerken, wenn jemand unter Drogen stehe, stimmte Miß Miller schließlich Ryans Plan zu, sich wegen der Waffen und der Rauschmittel an die Staatsanwaltschaft zu wenden.

Als Antwort auf ihre Frage teilte Becker mit, daß Materialien über derartige Funde – wenn es die überhaupt gäbe – für den Fall ohne Bedeutung seien oder zumindest keine zentrale Rolle bei der Beweisführung spielten.

Daraufhin wandte sich Kassia Miller schriftlich an Richter Corino. Sie wies darauf hin, daß jegliche Waffen- oder Drogenfunde ihre Mandantin entlasten und darüber hinaus wichtige Beweismittel darstellen würden.

Die Geschwindigkeit, mit der die Presse diesen neuen Sachverhalt aufgriff, ließ darauf schließen, daß die mit dem Fall befaßten Reporter das Schreiben eher zu Gesicht bekommen hatten als der Richter selbst. RÄTSEL UM DEN KUNSTMORD lautete eine Überschrift, POLIZEI FAND WAFFEN UND DROGEN.

Die Weihnachtswoche verbrachte Ryan in der kleinen Lesenische der rechtswissenschaftlichen Bibliothek, die seine Kanzlei zusammen mit zwei anderen Büros gemietet hatte. Er ging sämtliche Zeugenaussagen wieder und wieder durch, dazu auch noch die Berichte von Craig Lawrence und Jake Kaplan.

Seit seiner Anfangszeit bei Pane, Parish hatte sich Ryan nicht mehr so intensiv auf eine Verhandlung vorbereitet. Nach und nach war er vielmehr zum Strategen, Koordinator oder Ideengeber avanciert, der nur ein paarmal im Jahr bei Zivilprozessen vor Gericht erschien. Dabei hatte er immer auf seiten des Klägers gestanden und niemals die Verteidigung innegehabt.

Bis zum Fall Gibson. Diesen Prozeß hätte er ebenso sorgfältig vorbereiten können. Müssen. Statt dessen hatte er sich über unwichtige Einzelheiten den Kopf zerbrochen und seine Kollegen über jedes erträgliche Maß hinaus gegängelt. Ohne sich dessen bewußt zu sein, hatte er dem Fall eine katastrophale Wendung gegeben. Als seine Assistenten und Mitanwälte ihn darauf hinwiesen, hatte er ihnen Faulheit und Inkompetenz vorgeworfen. Daraufhin hatten sie gedroht, alle zusammen den Fall abzugeben, falls er nicht durch einen anderen Anwalt ersetzt würde. Seitdem war er nie wieder vor Gericht aufgetreten. Bis zum Fall Jennifer Kneeland Ryan.

Die einzige Verpflichtung, die Ryan in diesen Tagen nicht umgehen konnte, war Robertson Kneelands Silvesterfeier, zu der auch Kassia Miller eingeladen war. Das bestellte Taxi war unpünktlich, und Ryan erschien mit fünfzehn Minuten Verspätung bei Miß Miller.

Er hatte gerade die Tür des Taxis geöffnet, als sie das Haus verließ, gefolgt von einem großen, vornehm gekleideten Mann. Er hatte gewelltes, dunkles Haar und einen Schnurrbart. Ryan kam er wie ein Privatdetektiv aus dem Fernsehen vor.

Miß Miller stieg in den Wagen und gab Ryan einen Kuß auf die Wange. »Kein Wort«, flüsterte sie. Ihr schwarzes Kleid und ihre Frisur, die weicher als sonst wirkte, verliehen ihr eine überraschend feminine Ausstrahlung.

»Das ist Daniel. Daniel Sonya, Michael Ryan.«

Ryan rutschte auf die Seite, um beiden Platz zu machen. Wie befohlen, sagte er kein einziges Wort.

Als sie Kneelands Haus erreichten, war das Fest schon in vollem Gange. Jennifer empfing sie in einem Kleid, das einer silberglänzenden Wolke glich.

»Ich freue mich sehr, daß ihr gekommen seid. Ist das nicht schrecklich hier?«

»Dein Vater hat eine Menge Freunde.«

»Mein Vater macht eine Menge Geschäfte – und richtet manchmal gute Partys aus.« Sie lächelte Daniel an. »Hallo, ich bin Jennifer.«

»Das ist Daniel«, sagte Miß Miller.

»Sind Sie auch Anwalt?«

»Daniel ist Tennisspieler.«

Herrje, dachte Ryan, ob er es wohl einmal schafft, für sich selbst zu sprechen?

»Michael, mein Vater möchte dich ein paar Leuten vorstellen. Unterdessen werde ich Kassia und Daniel herumführen und ihnen sagen, wem sie am besten aus dem Weg gehen.«

Ryan hatte keine Eile, Kneeland zu begegnen. Er nahm sich ein Glas Champagner und stellte sich an ein Fenster, durch das er das erleuchtete nächtliche New York betrachten konnte.

»Michael Ryan.« Das war Kneeland. »Schön, daß Sie gekommen sind.«

Ryan drehte sich um. Hinter Kneeland war der Raum voll von juwelenbehangenen Frauen und Männern im Smoking. Die Gäste sahen genauso unecht aus wie die livrierten Kellner. Ich hatte recht, was Ned betrifft, dachte Ryan. Wenn er wirklich danach gestrebt hat, dann hat er einen Fehler begangen.

Ryan begrüßte Kneelands Freunde höflich, ließ sich aber auf kein Gespräch mit ihnen ein. Ein Klavierspieler hämmerte plötzlich einen lauten Tusch in die Tasten, so daß die Menschenmenge verstummte.

»Liebe Freunde«, sagte Jennifers Vater, »meine Tochter und ich haben Ihnen eine Mitteilung zu machen.«

Es gab nur eine einzige Mitteilung, die Kneeland machen konnte. Ryan war aufgebracht. Jetzt würde Becker bald erfahren, daß er es mit einer schwangeren Angeklagten zu tun hatte. Dann könnte er sich einen Monat Zeit lassen, um zu überlegen, ob er eine Verschiebung des Prozesses auf die Zeit nach der Geburt beantragen sollte.

Kneeland hatte abgewartet, bis auch die letzten Gäste verstummt waren, und fuhr dann fort. »Es sieht zwar nicht danach aus, aber wir werden bald ein freudiges Ereignis im Kreis der Familie feiern können. Ich werde im neuen Jahr Großvater. Darum bitte ich Sie alle, das Glas zu erheben und auf meine wundervolle Tochter Jennifer und ihr Baby zu trinken.«

Jennifer wirkte gekränkt. Dennoch versuchte sie, gute Miene zum bösen Spiel zu machen.

»Hat sie nicht kapiert, daß wir das geheimhalten wollten?« fragte Miß Miller Ryan.

»Ich dachte eigentlich schon.«

Jennifer war von vielen Gästen umringt, die ihr gratulieren wollten. Ryan überlegte, ob er sich zu ihr vordrängen sollte, um sie zu warnen, nicht den Geburtstermin preiszugeben. Aber das würde jetzt auch nichts mehr nützen.

Ein wenig später befreite sich Jennifer und kam auf Ryan zu.

»Ich bin einfach empört!« sagte sie. »Er hat mich völlig überrumpelt. Wird uns das schaden?«

»Wir werden versuchen, dem entgegenzuwirken. Wichtig ist nur, daß du von nun an keine Kommentare mehr abgibst. Die Leute werden möglicherweise gehässige Bemerkungen darüber machen, wann das Kind gezeugt wurde. Du mußt das einfach durchstehen.«

Ihre Augen füllten sich mit Tränen. »Warum können die mich nicht in Ruhe lassen?«

Darauf fiel Ryan keine Antwort ein. Jennifer lehnte ihren Kopf an seine Schulter. Unbeholfen legte er seinen Arm um sie. Dann rückte sie wieder ein Stück von ihm ab, um Ryan anzuschauen. Ihre Hände lagen auf seinen Schultern, und sie machte nicht den Eindruck, als wollte sie sich von ihm lösen. Ryan konnte jetzt sogar das Baby spüren.

»Hoffen wir, daß das kommende Jahr besser wird als das vergangene.« Ihre Mundwinkel gingen wieder nach oben, aber ihre Augen lächelten nicht.

»Wenn ich irgendwie dazu beitragen kann ...«

Jennifers Vater erschien. »Du mußt dich um die Gäste kümmern.«

»Michael ist ein Gast.«

Kneeland lächelte unnachsichtig. »Die Goddards fragen nach dir.« Er führte sie weg.

»Bis später«, sagte sie zu Ryan.

Ryan sah auf die Uhr: Viertel vor zwölf. Er hatte keine Lust, bis zum Anstoßen auf der Party zu bleiben.

Kassia Miller stand in der Nähe. »Ich gehe jetzt«, sagte er. »Meine Empfehlung an die Gastgeber.«

Sie legte ihre Hand auf seinen Arm. »Alles in Ordnung?«

»Bestens. Ich halte es hier nur nicht mehr aus.«

»Passen Sie auf sich auf.« Sie streckte sich und küßte ihn auf den Mundwinkel. »Frohes neues Jahr.«

Ryan war selbst überrascht, als er seine Arme um sie legte und sie fest an sich drückte. »Frohes neues Jahr«. Dann floh er.

# 26

Den Neujahrstag ungenutzt verstreichen zu lassen war ein Luxus, den er sich nach Ryans Meinung kaum leisten konnte. Deshalb saß er auch um acht Uhr morgens schon wieder im Büro.

Nach dem Mittagessen tauchte auch Kassia Miller auf. Sie hatte die neuesten Ausgaben der Tagespresse unter dem Arm. EIN BABY VON NED FÜR JENNY? stand auf der Titelseite einer der Zeitungen. Auf den Innenseiten waren Fotos von Jennifer abgedruckt, die sie in den Monaten nach ihrer Verhaftung zeigten. Man hatte die Umrisse ihres Körpers deutlich sichtbar eingezeichnet, um so den Lesern eine Vorstellung davon zu geben, in welchem Monat sie sich befinden könnte. Auch fehlte es – ausgehend von Neds Todesdatum – nicht an Berechnungen, wann sie spätestens niederkommen würde. Alles Weitere blieb der Fantasie des Lesers vorbehalten.

Ryan konnte nichts dagegen unternehmen, denn rechtlich war an diesen Veröffentlichungen nichts auszusetzen. Erstmals seit SOHN SAGT, VATER HAT MUTTER UMGEBRACHT fühlte er sich durch diese Schmierereien der Presse wieder beschmutzt.

An der ersten Sitzung im neuen Jahr nahm auch Jennifer teil.

»Zur Zeit gibt es für uns zwei Stoßrichtungen«, ließ Ryan sie wissen. »Du wurdest an jenem Abend zuletzt gemeinsam mit Ned um fünf nach acht gesehen. Der früheste Todeszeitpunkt, von dem die Gerichtsmedizinerin ausgeht, ist neun Uhr oder kurz davor. In dieser einen Stunde kann viel passiert sein. Wir werden, so oft wir können, darauf hinweisen. Es ist wirklich zu schade, daß du nach der Party mit niemandem mehr gesprochen hast.«

Er ließ ihr Zeit, darüber nachzudenken, und hoffte, ihr würde doch noch etwas einfallen, das von Nutzen war. Jennifer stand auf und ging im Büro auf und ab.

»Also«, sagte Ryan und wollte fortfahren.

»Michael«, unterbrach Jennifer ihn.

»Ist dir was eingefallen?«

»Ich bin zurückgegangen.«

»Zurück?«

»Auf dem Heimweg dachte ich über Ned und mein eigenes Benehmen nach. Ich war noch immer sehr zornig auf ihn, erkannte aber auch, daß ich überzogen reagiert hatte. Irgendwo machte ich dann halt, trank eine Tasse Kaffee, machte mir meine Gedanken und beschloß dann, nochmals mit ihm zu reden, bevor sich die Situation völlig verhärtete.«

»Und?«

»Ich ging also zurück zu Hugo Hill.« Sie sah Ryan an, als wollte sie sagen: So, jetzt weißt du's.

Ryan schloß die Augen und schüttelte den Kopf. Ein besserer Anwalt würde seine Reaktion verbergen, dachte er. Aber er versuchte es nicht einmal.

Er blickte zu seiner Kollegin hinüber. »Wußten Sie davon?«

»Nein.«

»Um wieviel Uhr war das?« fragte er seine Mandantin.

»Genau weiß ich es nicht mehr. Eine halbe Stunde, nachdem ich gegangen war, vielleicht etwas mehr.«

»Bist du hinaufgegangen?« Leite sie nicht an, ermahnte Ryan sich selbst, laß sie von sich aus erzählen.

»Nein«, entgegnete Jennifer, »ich ...« Es schien ihr schwerzufallen. »Ich wartete auf den Fahrstuhl und dachte, daß ich eigentlich keinem der Partygäste mehr begegnen wollte. Zunächst wußte ich nicht, was ich machen sollte. Dann betrat ich das Treppenhaus und wollte zu Fuß hinaufgehen, entschloß mich aber gleich wieder dagegen. Und da habe ich mich einfach auf die Treppe gehockt und weiter vor mich hin gegrübelt.«

Sie setzte sich wieder an ihren Schreibtisch.

»Wie lange warst du da?« fragte Ryan.

»Ich weiß nicht. Ich hatte keine Uhr dabei.« Sie starrte auf ihre Hände.

»Ungefähr?« Miß Miller fragte mit einer höflicheren Stimme als Ryan.

Jennifer hob die Schultern. »Fünfzehn Minuten.«

»Also ungefähr bis neun.« Die von der Gerichtsmedizin festgestellte Todeszeit.

Ryan sah bereits das Fundament ihrer gesamten Strategie zusammenbrechen. »Was hast du anschließend gemacht?«

»Ich bin gegangen.«

»Hat dich jemand gesehen?«

»Keine Ahnung.«

Er ertappte sich dabei, wie er schon aufbrausen wollte, beherrschte sich dann aber und sprach ruhig weiter. »Wir müssen in Erfahrung bringen, ob dich irgend jemand gesehen haben könnte. Ob es Augenzeugen gibt, die für die Staatsanwaltschaft aussagen könnten, daß du zum Zeitpunkt von Neds Ermordung am Tatort gewesen bist. Wir müssen ihre Namen herausbekommen und den genauen Ort, an dem sie dich gesehen haben. Vorausgesetzt, daß es überhaupt Zeugen gibt.«

»Ich verstehe«, sagte sie unterwürfig.

»Gut.« Ryan wollte den Augenblick nicht ungenutzt verstreichen lassen. »Da wir gerade unsere Lücken auffüllen: Was gibt es sonst noch? Denk daran, daß die besten Staatsanwälte von New York seit Monaten in deiner Vergangenheit herumstochern. Wenn wir dich in den Zeugenstand rufen, wird der Vertreter der Anklage alles, was er über dich in Erfahrung bringen konnte, vor den Geschworenen ausbreiten.«

Schweigen. Ryan wartete.

Jennifer wandte sich an Kassia Miller. »Soll ich es ihm sagen?«

»Unbedingt.«

Er blickte von einer zur anderen. Was in aller Welt hatten sie vor ihm verheimlicht?

»Ich weiß nicht, wo ich anfangen soll«, sagte Jennifer.

»Erzählen Sie ihm einfach, was Sie mir erzählt haben.«

Jennifer nahm einen Filzstift in die Hand und stellte ihn aufrecht auf den Schreibtisch. Dann fing sie an, zu berichten. »Vor Jahren hatte ich Probleme. Ich meine, nicht solche Probleme wie mit Ned. Schwierigkeiten in der Schule, aber das ist schon ewig her. Ich weiß nicht, ob es wichtig ist, aber ich vermute …« Sie sah ihn an.

Ryan war unwohl bei dem Gedanken, was jetzt wohl kommen würde. Er schenkte ihr ein schwaches Lächeln, um sie zu ermuntern. Jennifer spielte wieder mit dem Filzstift.

»Ich wurde von der Grundschule verwiesen, weil ich etwas kaputtgemacht hatte. Eine Vase. Und auf dem College habe ich dann auch ein paarmal etwas zerstört.« Ihr Stift weigerte sich, senkrecht stehenzubleiben. »Einmal bin ich jemandem ins Auto gefahren, und es wurde sogleich ein großer Aufstand darum gemacht. Weshalb, weiß ich nicht. Ich bin immer für den Schaden aufgekommen – oder mein Vater.«

»Du hast Sachen kaputtgemacht? Was denn zum Beispiel?«

Ryan wartete auf eine Antwort. »Ich muß das wissen«, sagte er, als Jennifer nicht redete.

Ihr Stift blieb einen Moment lang stehen und fiel dann um. Sie schleuderte ihn durch den ganzen Raum. »Ich kann dir das nicht sagen. Darum habe ich darüber auch mit Kassia geredet. Kann sie es dir nicht erzählen? Wenn du dann noch Fragen hast, werde ich sie beantworten.«

»Einverstanden«, erwiderte Ryan. »Mach doch mal eine Pause. Und nach dem Mittagessen kommst du dann wieder.«

Jennifer griff nach ihrem Mantel.

»Versuche dich zu erinnern, wer dich gesehen haben könnte«, sagte Ryan, als sie das Büro verließ, »und versuche auch, dir vorzustellen, was der Staatsanwalt vor Gericht gegen uns verwenden könnte.«

»Was sie Ihnen erzählt hat, war die Kurzfassung«, erklärte Miß Miller, nachdem Jennifer den Raum verlassen hatte. »Sie hat eine Vergangenheit voller gewalttätiger Wutanfälle hinter sich.«

»Gewalttätige Wutanfälle! Ich hätte doch lieber Buchhalter werden sollen. Worum handelt es sich genau?«

»Sie zerstört Gegenstände mit Hilfe anderer Gegenstände.«

»Ein Beispiel.«

»Nun, wie sie mir sagte, nahm sie einen ... als sie mit mir darüber gesprochen hat, war es ein Kerzenständer. Und damit lief sie herum und zerschlug alle möglichen Dinge.«

»Sie lief herum?«

»Im Haus.«

Ryan hatte am Kühlschrank gestanden. Jetzt mußte er sich setzen.

»Was hat sie denn zerschlagen?«

»Sie sagt, sie hätte einen Tisch ziemlich übel zugerichtet. Dazu kommen noch ein paar zerschlagene Vasen und Schüsseln, eine Anzahl von Bildern auf einem Klavierdeckel. Und dann der Deckel selbst.«

Ryan konnte nicht glauben, was er da zu hören bekam. »Aber warum denn bloß?«

»Sie war im Haus einer Freundin. Es war schwierig, sie zum Reden zu bringen, aber wie ich verstanden habe, hat diese Freundin mit einem Typen geschlafen, den Jennifer für ihren Privatbesitz hielt.«

»Das ist nicht dasselbe wie mit Ned, aber es kommt der Sache verdammt nahe.«

»Nein. Wenn es dasselbe gewesen wäre, hätte sie die Bildhauerin attackiert und nicht Ned.«

»Sagen Sie nicht so was«, entgegnete er.

Aber Miß Miller lag gar nicht so falsch. So würde es die ganze Welt sehen. Eine eifersüchtige Jennifer, die das Haus ihrer Freundin zertrümmerte. Ein Kerzenständer war von einer Skulptur schließlich nicht so weit entfernt.

»Wie alt war sie damals?« fragte er erschöpft.

»College. Zwanzig, einundzwanzig.«

»Becker wird vor Freude einen Luftsprung machen, wenn seine Leute dahinterkommen. Falls sie es nicht schon längst wissen. Auch möglich, daß wir gezwungen sein werden, es ihm selbst zu berichten.«

»Das ist doch ohne Bedeutung. Sie war noch fast ein Kind, zehn Jahre, bevor sie Ned kennenlernte ...«

»Meinen Sie, daß wir Einspruch erheben sollten, wenn Becker das zur Sprache bringt?« Er nahm eine richterliche Pose ein: »Die Jury wird allen Hinweisen, daß Mrs. Ryan dazu neigt, Gegenstände zu zerschlagen, wenn sie eifersüchtig ist, keinerlei Beachtung schenken.«

»Ich meine, wir sollten einen Antrag *in limine* ausarbeiten und die ganze Angelegenheit außen vor lassen.«

»Ob wir das ohne zeitliche Verzögerung schaffen?« Ryan schien skeptisch.

»Für eine Verzögerung besteht kein Grund«, sagte Miß Miller. »Wir reichen die Anträge ein, Becker verfaßt die Erwiderungen und Corino entscheidet zu unseren Gunsten.«

»Da jetzt auch die Staatsanwaltschaft von Jennifers Schwangerschaft erfahren hat, wird sie alles unternehmen, um die Verhandlung auszusetzen. Und Sie wußten von ihrer Zerstörungswut!« Er kochte.

»Ja.«

»Und haben mir nichts gesagt!«

»Schreien Sie nicht so, Mr. Ryan. Ich habe gute Ohren.«

»Aber keine gute Urteilskraft.« Er setzte sich hinter seinen Schreibtisch. »Warum haben Sie mich nicht davon unterrichtet?« Ryan hatte seinen Zorn wieder im Griff.

»Das hatte ich auch vor, wenn ich mehr dazu zu sagen gehabt hätte. Sie haben doch schon genug Sorgen am Hals.«

»Als ich meine Zustimmung gab für ihre besondere Beziehung zu Jennifer, hatte ich so etwas bestimmt nicht im Sinn.« Er merkte, daß seine Stimme wieder lauter wurde. Darum wartete er einen Moment, bevor er weitersprach. »Was muß ich noch wissen?«

»Nach dem Vorfall mit dem Wagen war sie dann eine Zeitlang in einem ... einem Kurort, ich denke, so könnte man es bezeichnen. Ein

Kurort für reiche Leute, deren Gefühle ein wenig durcheinandergeraten sind.«

»Kurort? Sie meinen wohl eine Klapsmühle?«

»Nein, das nicht. Vielleicht ein Sanatorium. Alles sehr diskret und vornehm. Massagen, Aerobic, Gesichtspflege, Feinschmeckerdiät und jeden Tag ein paar Gespräche mit dem Chefarzt.«

»Reizend. Und Sie haben es nicht für nötig erachtet, mir davon zu berichten.«

»Ich habe das alles selbst erst vor einer Woche erfahren und arbeite noch daran. Craig überprüft die Häuser, in denen sie gewesen ist, um das Personal zum Schweigen zu verpflichten. Für mich war das alles nicht so gravierend, weil ich nicht abzuschätzen vermag, wie gefährlich uns das werden könnte.«

»Unter Umständen äußerst gefährlich. Sie setzen sich besser gleich an Ihren Antrag, damit diese ganze Geschichte nicht noch Kreise zieht. Ob wir den Antrag dann auch wirklich stellen werden, weiß ich noch nicht. Aber wir sollten ihn lieber schon fertig in der Schublade haben.«

## 27

Auf der ersten Sitzung, die Corino im neuen Jahr anberaumt hatte, um sich über die Fortschritte der gegnerischen Parteien informieren zu lassen, bat Becker um eine Verschiebung des Prozesses bis nach der Geburt von Jennifers Baby.

»Wie lange war der Verteidigung der Zustand ihrer Mandantin schon bekannt, ohne daß sie auch nur ein Wort davon gesagt hat? Es ist unglaublich, Euer Ehren. Wir können nicht eine Angeklagte vor Gericht bringen, die im siebten oder achten Monat schwanger ist und dann den Geschworenen erzählen, daß diese Frau ihren Ehemann mit heimtückischen Schlägen auf den Kopf ermordet hat und deshalb eigentlich hinter Gitter gehört.«

»Euer Ehren, wie jeder andere Angeklagte hat auch meine Mandantin das Recht auf eine zügige Verhandlung«, konterte Ryan. »Wenn der Prozeß nicht jetzt beginnt, wann dann? Sollen wir die zwei, drei Monate bis zur Geburt abwarten und anschließend womöglich nochmals mehrere Monate, bis sie in verantwortungsvoller Weise ganztags von ihrem neugeborenen Kind getrennt werden kann?« Er wandte sich an Becker. »Es sei denn, der Staatsanwalt möchte auch das Baby vor Gericht erscheinen lassen.«

Corino machte kein Geheimnis aus seiner Ungeduld. »Mr. Ryan, wenn Sie beabsichtigen, durch unseriöse Appelle an die Jury deren Sympathie zu gewinnen und darauf eine neue Karriere aufbauen wollen, dann hoffe ich, daß Sie sich künftig von meinem Gerichtssaal fernhalten.« Er schüttelte den Kopf und setzte eine übertriebene Miene des Abscheus auf.

»Und Sie, Mr. Becker, muß ich daran erinnern, daß es heutzutage in den Gefängnissen Kinderschwestern gibt. Mr. Ryans Mandantin ist nicht die erste Schwangere, die einem Staatsanwalt Schwierigkeiten bereitet. Und es gab auch schon andere Schwangere, die des Mordes an ihrem Ehemann oder Geliebten beschuldigt wurden. Es ist mir klar, daß Sie nicht gerade froh darüber sind, diese Verhandlung gegen den Vater des Toten und gegen dessen ungeborenes Kind führen zu müssen, aber Kopf hoch – beim nächsten Mal bekommen Sie vielleicht einen Rocker der Hell's Angels, auf dessen Arm KILL eintätowiert ist.«

Ryan konnte nur hoffen, daß die Geschworenen ebenso günstig auf eine schwangere Angeklagte reagieren würden wie alle anderen. Sonst hätte die Verteidigung nämlich jede Menge Zeit, die Eile zu bedauern, mit der sie auf den Prozeßbeginn gedrängt hatte.

Vom Büro der Staatsanwaltschaft traf ein Paket ein. Gemäß Corinos Anweisung schickte Becker der Verteidigung die Kopien sämtlicher Berichte, die sich auf die abtransportierten oder beschlagnahmten Gegenstände bezogen. Der Begleitbrief wies darauf hin, daß Becker die Beweisstücke selbst so lange zurückhalten würde, bis der Richter eine Entscheidung über deren Relevanz getroffen hatte.

Den Berichten zufolge hatte die Polizei in Blumentöpfen und hinter den Bildern in Hugo Hills Galerie fünf Phiolen und andere Behältnisse entdeckt, die zwischen einem halben und drei Gramm Kokain enthalten hatten. Außerdem hatte man zwei Handfeuerwaffen gefunden. Fingerabdrücke waren zuvor sauber abgewischt worden.

Am Abend traf sich die Verteidigung mit Jake Kaplan.

»Was Neues über die Hypotheken?« fragte Ryan.

»Wie Sie mir aufgetragen haben, habe ich Briefe verschickt, in denen stand, daß wir die Nachlaßverwaltung abgeben wollen. Wir haben angefragt, ob jemand etwas dagegen einzuwenden habe, wenn wir eine Bank oder einen Vermögensverwalter damit beauftragten, anstelle von Ned die noch ausstehenden Gelder zu kassieren. Alle haben mir geantwortet. Vierzehn Briefe, in denen praktisch immer dasselbe steht.«

Er übergab Ryan die Mappe mit den Briefen.

»Die Formulierungen unterscheiden sich natürlich«, erläuterte Kaplan, »aber die Aussagen sind immer gleich. Alle wollen jemanden ihrer eigenen Wahl mit dem Kassieren des Geldes beauftragen. Und alle schlagen eine Regelung vor, nach der wir hundert Prozent der Summe erhalten, die Ned verdient hätte, wenn er seine Arbeit bis zum Ende der Hypothekenlaufzeit weitergeführt hätte. Eigentlich sollten wir dieses Angebot nicht ausschlagen. Wir bekämen die gesamte Summe und bräuchten keinen Finger krumm machen.«

Ryan überflog kurz die Briefe. »Vierzehn Köpfe, aber nur ein Gedanke.«

»Glaubst du, die kennen sich untereinander?« fragte Lawrence.

»Ich würde nur zu gerne wissen, wer hinter der Sache steht«, sagte Ryan. »Über der ganzen Geschichte steht groß und deutlich ›organisiertes Verbrechen‹ geschrieben, und doch können wir nicht das geringste damit anfangen. Zumindest, solange wir nicht über mehr Informationen verfügen. Mit diesen Briefen brauchen wir uns nicht einmal in der Nähe eines Gerichtssaals blicken lassen.«

Er betrachtete die Schreiben in seiner Hand. Ein Papierstapel von Betrug. »Wir müssen uns mehr dahinterklemmen. Dem Geld folgen, wie wir immer gesagt haben ... Also. Laßt uns annehmen, daß Ned Geld gewaschen und dann einen Weg herausgefunden hat, wie er von einer anderen Seite darankommen konnte.« Er wandte sich an Kassia Miller. »Ihre Kanzlei müßte doch auch Mandanten haben, die mit Drogen handeln.«

Sie wirkte angespannt. »Es ist allgemein bekannt, für wen wir uns vor Gericht einsetzen.«

»Das habe ich nicht gemeint.«

»Ich weiß schon, was Sie meinen. Aber was Andy Andregs Mandanten tun, geht uns nichts an – selbst wenn es uns helfen könnte, Jennifer freizubekommen.«

»Nicht jede Information unterliegt der Schweigepflicht oder ist vertraulich.«

»Da spiele ich nicht mit.«

»Also gut«, sagte Ryan und ging zu einem weniger kniffligen Thema über. »Ich werde mit Jakes Hilfe einen Blick auf Shible werfen. Mal sehen, wie dieses Unternehmen mit seinem Geld wirtschaftet. Vielleicht gewinnen wir dabei ja neue Erkenntnisse. Und was ist mit Tarnfirmen? Es müßte doch Verzeichnisse über legale Unternehmen geben, die im Verdacht stehen, für Drogenhändler tätig zu sein.«

»Sicher«, erwiderte Lawrence. »Es dürfte wahrscheinlich hundert Listen dieser Art geben, vielleicht sogar tausend alles in allem ...«

»Wir müssen nicht das ganze Land kontrollieren, nur die Gegend hier. In der guten alten Zeit haben wir für gewöhnlich jeden Fall einzeln geprüft. Aber heute müßte es breiter gefächerte Methoden geben.«

»Vielleicht kann ich was herausfinden, wenn ich meine neuesten Beziehungen spielen lasse und wir ein wenig Glück haben. Es geht hier nämlich um eine wirklich schrecklich lange Namensliste.«

»Alles, was wir tun müssen, ist, Miß Millers Computer einzuschalten. Unsere brillante Kollegin drückt dann ein paar Tasten, und schon vergleichen die kleinen Heinzelmännchen die verdächtigen Firmen mit den Unternehmen, für die Ned gearbeitet oder mit denen er Geschäfte gemacht hat. Könnte das so nicht klappen?«

Sie verzog das Gesicht, sagte aber nicht nein.

»Gut, dann mache ich mich mal an die Arbeit«, meinte Lawrence. »In der Zwischenzeit habe ich übrigens eines eurer Probleme gelöst. Ich habe nämlich Tina Claire ausfindig gemacht.«

»Ich traue mich gar nicht zu fragen, wo sie sich aufhält«, antwortete Ryan.

Lawrence lachte. »Kein Leichenschauhaus. Weit davon entfernt.« Er machte es spannend. »Virginia. So eine Art Künstlerkolonie.«

»Hast du schon mit ihr gesprochen?«

»So abweisend, wie sie bislang war, dachte ich, daß wir am besten ganz unvermittelt dort aufkreuzen und einfach mal hallo sagen.«

»Einverstanden.«

»Aber möglichst bald«, sagte Miß Miller. »In der kommenden Woche tauchen hier täglich unsere Experten auf, um uns über ihre Arbeitsergebnisse zu informieren.«

»Und ich möchte noch vor der Wahl der Geschworenen eine Meinungsumfrage zu dem Fall starten. Wir sollten uns mit den Fachleuten zusammensetzen, die so was machen.«

In den letzten Minuten der Sitzung besprachen sie so viele Einzelheiten wie möglich. Aber nicht wenige Punkte warfen wieder neue

Fragen auf. Die verbleibenden vier Wochen schrumpften immer mehr zusammen, vor allem, wenn man nicht genau wußte, wo man nachforschen sollte.

Erneut fand sich Ryan mit seinem Mietwagen in der Nähe von Shible wieder. Er beobachtete, wie aus dem Lagerhaus Kisten in einen Lastwagen geladen wurden. Ryan war zu weit entfernt, als daß er die Aufschrift auf den Kartons hätte lesen können. Aber die Art und Weise, wie die Arbeiter mit der Ladung umgingen, ließ darauf schließen, daß der Inhalt schwer und zerbrechlich war.

Ryan sah auf die Uhr. Es war Zeit für seine Verabredung mit Shibles Hauptbetriebsleiter – ein großer Titel für ein Unternehmen, das nur aus einer Handvoll Männern bestand.

Srini Ramanujan war klein, hatte glänzendes schwarzes Haar, braune Haut und einen kugelförmigen Bauch. In seinem fensterlosen Büro roch es nach Gewürzen, die Ryan kaum je gegessen hatte. Ramanujan behauptete, nichts von Shibles niedrigen Zinsen und den langen Zahlungsfristen zu wissen, die dazu dienten, die Kunden an das Unternehmen zu binden. Auch über die Finanzierung dieser Kredite gab er vor, nicht informiert zu sein.

»Wir arbeiten nicht mit solchen Mitteln, um unsere Kundschaft zu halten.« Ramanujan hatte einen starken indischen Akzent und schien ständig in Bewegung zu sein. »So etwas zu sagen ist eine große Beleidigung. Wir brauchen gar nicht zu solchen Mitteln zu greifen, denn wir liefern nur erstklassige Ware zu fairen Preisen. Ja, es stimmt, daß wir auch Ware vom grauen Markt führen, aber nur Kosmetika und ähnliche Produkte. Sie stammen aus der Dritten Welt und haben eine ausgesprochen gute Qualität. Aber die verschreibungspflichtige Ware wird nur in diesem Land hergestellt oder auf normalem Weg importiert. Unsere Kunden sind mit unserer Leistung und den Preisen immer sehr zufrieden.«

»Ich glaube, daß ich mich nicht klar ausgedrückt habe«, meinte Ryan. »Ich will Ihnen keine Unannehmlichkeiten bereiten, sondern nur herausfinden, wer meinen Sohn ermordet hat.«

»Was hat das denn mit meinen Kreditbedingungen zu tun?«

»Genau das ist es, was ich in Erfahrung bringen will.«

»Da gibt es keine Geheimnisse zu entdecken. Mr. Ryan wurde von seiner Frau getötet. Bitte gehen Sie jetzt, ich habe zu tun.«

»Ich sollte Sie auf etwas aufmerksam machen, Mr. Ramanujan. Vergessen Sie nicht, daß ich der Nachlaßverwalter Ihres ehemaligen Chefs bin. Das heißt, ich bin zur Zeit Ihr Vorgesetzter.«

»Kann sein, aber nur zusammen mit Dr. Morris.« Er gab nicht nach.

»Ned war mit einundfünfzig Prozent an Shible beteiligt. Darum bin ich hier der Boß. Und nur ich.«

»Wenn Sie mir drohen wollen, kündige ich auf der Stelle.«

»Ich bedrohe Sie nicht. Ich mache Sie lediglich auf meine Stellung innerhalb dieser Firma aufmerksam. Ich muß nämlich die gesamten Computerdateien über Ihre geschäftlichen Angelegenheiten einsehen.«

»Ich habe Ihrem Rechnungsprüfer schon vor längerer Zeit die gewünschten Ausdrucke gegeben.«

»Jetzt benötigt er aber die reinen Daten.«

Ramanujan stand mit einem Ruck auf. Er war zu klein und wirkte viel zu weich, als daß er jemandem hätte Angst einflößen können, machte aber keinesfalls einen lächerlichen Eindruck.

»Falls es sich herausstellen sollte, daß Sie tatsächlich der Inhaber sind, können Sie bekommen, was Sie wollen. Aber vorerst bitte ich Sie höflich darum, mein Büro zu verlassen.«

Ryan ging hinaus. Er war sich nicht sicher, ob Ramanujan etwas zu verbergen hatte oder nur sein Revier verteidigte.

Am folgenden Abend flogen Ryan und Lawrence nach Virginia. Es war bereits dunkel, als sie eine kurvenreiche Straße hinauffuhren, die zu der Künstlerkolonie führte. Da das Büro geschlossen war, mußten sie jemanden suchen, der ihnen weiterhelfen konnte.

Sie folgten der Klaviermusik, die aus einem beleuchteten Fenster drang. Der Raum, den sie betraten, war sehr hoch und hatte weiße Wände. Ein Mann in den Dreißigern mit langen dunklen Haaren und eindringlichem Blick hämmerte ein paar Akkorde auf dem Klavier und sang dazu. Ein schlanker junger Mann sang ebenfalls. Das Publikum bestand aus sechs Herren und acht Damen, die ungefähr im gleichen Alter waren, mit Ausnahme einer zierlichen Frau, die im Schneidersitz auf einem Doppelbett saß.

Als sie die beiden Neuankömmlinge sahen, gingen einige der Zuhörer auf sie zu und stellten sich mit ihren Vornamen vor. Sie fragten Ryan und Lawrence, wie lange sie sich hier niederlassen wollten. »Wir machen nur einen Besuch«, antwortete Ryan.

Lawrence stieß ihn leicht an. Die zierliche Frau wollte gerade den Raum durch eine Tür verlassen, die sich gegenüber dem Eingang befand. Sie liefen ihr nach und folgten ihr einen Gang entlang, an dessen Wänden Kunstobjekte aufgereiht waren.

»Tina!« rief Lawrence, als sie um eine Ecke bog. Sie fingen an zu rennen und wären beinahe mit ihr zusammengestoßen, da sie gleich hinter der Ecke auf der Lauer gelegen hatte.

»Was wollt ihr beiden Kerle hier? Ich bin extra hierhergekommen, weil ich mit dem ganzen Dreck der Stadt nichts mehr zu tun haben wollte!«

»Mein Name ist Michael Ryan.«

»Das hätte ich mir denken können. Ich werde mich nicht mit Ihnen unterhalten.«

»Aber mit meinem Sohn zu reden hat Ihnen wohl Spaß gemacht?«

»Sie wollen mir wohl was anhängen, Alterchen?«

»Wie ich gehört habe, haben Sie schon mit dem Staatsanwalt gesprochen«, sagte Lawrence.

»Na und? Ich bin Ihnen gegenüber zu nichts verpflichtet.«

Sie sah die beiden an. »Na gut, bringen wir es hinter uns.«

Ihr Atelier war doppelt so groß wie der Raum, den sie zuerst betreten hatten. Auf dem Tisch in der Mitte des Zimmers lag eine Schweißermaske und etwas, das wie eine halbfertige Skulptur aussah.

»Fühlen Sie sich wie zu Hause«, sagte sie in scharfem Ton und lehnte sich mit verschränkten Armen an den Tisch. Während er sie betrachtete, verstand Ryan, was sie so unwiderstehlich machte: Sie strahlte eine sexuelle Anziehungskraft aus wie ein Brenneisen Hitze abstrahlte. Nur ihre billige und giftige Sprache paßte nicht zu ihr.

Tina Claire betrachtete Ryan einen Augenblick und deutete dann auf die Skulptur, die auf dem Tisch lag.

»Sehen Sie das? Fast fertig. Sie ist Teil der Serie, zu der auch die Statue gehörte, mit der Ihr Sohn erschlagen wurde.« Jetzt hörte sich ihre Stimme anders an, weicher und mit einem hauchenden Atem, der einst das Merkmal von Marilyn Monroe gewesen war. »Eigentlich hatte ich ja schon alle fertig. Aber dann sagte Hugo, er wolle noch mehr davon haben, denn wegen des Mordes könne man höhere Preise verlangen. Die Menschen sind krank, finden Sie nicht auch?«

Ryan ging nicht auf ihre Frage ein.

»Das mit Ihrem Sohn war nur ein Scherz und nicht mal ein besonders guter. Ich habe mich unmöglich aufgeführt, als ich ihn durch die Hose hindurch streichelte. Ich habe ihn vor allen Leuten angemacht. Wollten Sie das hören?«

Er spürte, wie Lawrence seinen Oberarm packte. Die kräftigen Finger krallten sich in seinen Bizeps, der Schmerz bändigte Ryans Wut.

Tina Claire grinste. »Unterhalten Sie sich auch gut? Es geht noch weiter. Ich habe ihm nämlich dazu noch schmutzige Sachen ins Ohr geflüstert.« Ihre Stimme klang immer verführerischer. »Als Hugo ihn mir vorstellte, war er mit seinen Gedanken ganz woanders gewesen. Aber ich schaffte es, seine Aufmerksamkeit schnell auf mich zu lenken. Er hätte Ihnen nicht mal mehr sagen können, wie er heißt. Dann tauchte seine Frau auf. Sie war total verrückt. Und sie schrie. Ich trat hinter Ned, so daß er zwischen ihr und mir stand, und steckte dann meine Hand in seine Hose. Er unternahm gar nichts dagegen, wenigstens nicht sofort. Denn er wußte wirklich nicht mehr, was eigentlich los war.«

Das dröhnende Geräusch eines Motorrades unterbrach Tina Claire. »Gesellschaft.« Wieder lächelte sie.

Ryan war völlig verkrampft. Er versuchte sich zu entspannen.

Die Tür ging auf, und ein Mann mit einer Motorradjacke kam hereingeschlendert. Er war so groß und stämmig wie Lawrence, aber gut fünfzehn Jahre jünger. Sein strähniges Haar war zu einem Pferdeschwanz zusammengebunden.

»Belästigen dich diese Typen?«

»Nein, Schatz, ich belästige sie. Das ist Mr. Ryan.«

»Ryan?«

»Der alte Herr vom kleinen Ned.«

»Scheiß drauf.«

»Jetzt reicht es aber«, sagte Lawrence.

Der Motorradfahrer drehte sich um und sah ihm ins Gesicht. »Sei höflich, oder ich werde dir deinen Schädel lüften.«

Er griff nach der unfertigen Skulptur und hob sie hoch.

»Kenny ...«

»Mach dir um mich keine Sorgen, eher um die beiden da.«

»Wollen Sie sonst noch etwas wissen?« fragte sie Ryan.

»Nein, mir reicht es für den Moment«, entgegnete er.

»Bis dann, vor Gericht«, rief sie hinter ihnen her.

»Hast du das gehört?« fragte Lawrence, als sie wieder im Wagen saßen. *»Ich werde dir deinen Schädel lüften.* Es wäre schön, wenn wir von dieser Szene eine Videoaufnahme hätten, nicht wahr?«

»Darum bist du ja hier. Ein lebendes Beweismittel.«

Lawrence holte ein Diktiergerät hervor und sprach eine Beschreibung ihrer Begegnung mit Tina Claire auf Band.

»Ich muß überprüfen, ob dieser Bastard ein Alibi hat.«

»Nein«, sagte Ryan, »lieber nicht.«

Falls er ihn wegen einer Aussage zu Kennys Drohung in den Zeugenstand rufen würde, könnte Lawrence dann in aller Aufrichtigkeit behaupten, nichts über den Aufenthalt dieses Mannes in der Mordnacht oder über irgendwelche Nachforschungen in dieser Richtung zu wissen.

Auf dem Rückflug nach New York fragte Ryan Lawrence, ob er ihm einen Privatdetektiv zur Verfügung stellen könnte.

»Einen mit Erfahrung, Geschlecht egal, der einige diskrete Untersuchungen anstellen kann. Jemand, dem ich vertrauen kann, daß er dir gegenüber nichts ausplaudert.«

Lawrence fragte nicht nach den Gründen. »Ich werde dir schon jemanden besorgen.«

Auf dem Heimweg vom Flughafen suchte Ryan das Shamrock auf. Kelly war nicht da.

»Er ist drüben in Brooklyn bei einer Feier für seinen Neffen«, erklärte Kathryn, die ihn gelegentlich hinter der Theke vertrat. »Der wurde nämlich kürzlich zum Lieutenant befördert.«

»Keine Scherze. Was für eine Art von Lieutenant meinst du denn?«

»Ein Polizist.« Kathryn grinste. »Er ist so was wie das schwarze Schaf der Familie. Alle anderen Nichten und Neffen sind Wirtschaftsprüfer oder Broker oder verkaufen Versicherungen. Keine Polizisten, keine Feuerwehrleute, keine Politiker. Es ist kaum zu glauben, daß sie irischer Abstammung sind.«

Sie schenkte Ryan einen doppelten Whiskey ein, den er in wenigen Zügen austrank. Er klopfte mit seinem Glas auf die Theke, weil er noch einen zweiten wollte. Als Kathryn dann aber mit der Flasche erschien, änderte er seine Meinung und deckte das Glas schnell mit der Hand ab. Von jetzt an würde er deutlich unter seinem Limit bleiben. Um zehn Uhr sagte er gute Nacht und verließ die Bar.

Das Klingeln des Telefons weckte ihn. Sein Zimmer lag in pechschwarzem Dunkel, sein Kopf war völlig benebelt. Als das Telefon nach einer Weile aufhörte, fühlte er, wie er gleich wieder einschlief. Durch nochmaliges Klingeln, das diesmal nicht enden wollte, wurde er jedoch erneut geweckt.

»Schon gut. Schon gut«, protestierte Ryan. »Ich bin ja schon da.«

Normalerweise redete er nicht mit seinem Telefon. Er warf einen verschwommenen Blick auf die Uhr. Drei Uhr vierunddreißig.

»Hallo.«

»Mr. Ryan?«

Keine vertraute Stimme. »Wer spricht da?«

»Ein Freund. Ich möchte Ihnen einen Gefallen tun, Mr. Ryan.«

Er raffte sich zu einer Art Alarmbereitschaft auf und sah sich nach etwas zu schreiben um.

»Was für einen Gefallen?« In der Schublade, du Dummkopf, sagte er zu sich selbst und holte das Schreibzeug heraus.

»Ich möchte Ihnen einen Rat geben«, sagte die Stimme. »Stecken Sie Ihre Nase nicht in Dinge, die Sie nichts angehen. Auf diese Weise kommt man zu Schaden. Zu wirklich großem Schaden.«

»Was?«

»Sie haben mich verstanden. Kommen Sie zur Vernunft, bevor es zu spät ist.«

## 28

Später bedauerte Ryan, daß er nicht die Geistesgegenwart besessen hatte, den Aufnahmeknopf an seinem Anrufbeantworter zu drücken, um das Gespräch aufzuzeichnen.

Er rief Miß Miller und Lawrence zu einer Dringlichkeitssitzung zusammen.

»Wenn da draußen irgend jemand unbedingt in Ruhe gelassen werden will, dann müssen wir davon ausgehen, daß Ned in eine Sache verwickelt war, die ein gutes Mordmotiv darstellen könnte. Die Frage ist nur, was wir getan haben, das sie so sehr aufgeregt hat?«

»Jakes Briefe an die Leute, die die Hypothekengelder organisiert hatten?« Kassia Miller klang nicht gerade überzeugt.

»Oder mein Besuch bei Shible«, erwiderte Ryan.

»Ich habe einige Listen über Strohmänner erhalten, die mit Drogengeldern zu tun haben.« Lawrence zog ein dickes Bündel Unterlagen aus seiner Aktentasche. »Es handelt sich meist um unhaltbare Gerüchte und Hinweise, aber einige Tips basieren auf soliden Beweisen. Recherchen über Drogendealer scheinen allemal ein guter Grund zu sein, um bedroht zu werden.«

»Irgend etwas müssen wir also richtig gemacht haben.«

»Ob richtig oder nicht, du solltest dir überlegen, ob wir nicht besser aufhören«, sagte Lawrence. »Wenn man mit einem Stock in ein Hornissennest bohrt, dann riskiert man gestochen zu werden.«

»Angenommen, der Anruf diente nicht nur der Abschreckung.«

»Würdest du das für möglich halten?«

»Eines ist sicher – ich will auf keinen Fall, daß irgend jemand verletzt wird.«

»Wie umfangreich sollen die Vorsichtsmaßnahmen denn sein, die wir treffen?« fragte Lawrence. »Leibwächter rund um die Uhr ist das mindeste. Vier Leute, die einmal am Tag wechseln. Für jeden. Sagen wir, neun Leibwächter für euch beide – vierundzwanzig Stunden am Tag.«

»Was ist mit dir?«

»Ich habe meinen Leibwächter eingebaut, danke.«

»Sie meinen, es soll ständig jemand um mich herum sein?« Kassia Miller schien über diesen Gedanken nicht gerade erfreut zu sein. »Reicht es nicht, wenn ich nach links oder rechts schaue, bevor ich die Straße überquere? Drohungen gibt's doch immer.«

»Ich werde es zunächst dabei belassen«, sagte Ryan. »Aber ich will mich sowohl um die Hypothekengelder, als auch um Shible kümmern. Wir müssen also vorsichtig sein. Wir schützen uns am besten, wenn wir den Dingen so schnell wie möglich auf den Grund gehen.«

»Da bin ich mir gar nicht so sicher«, warf Lawrence ein. »Der Gedanke, wir könnten aufgrund der Drohungen Neds wahrem Mörder auf der Spur sein, ist zwar ganz nett. Aber wir sollten uns hier keiner Selbsttäuschung hingeben.«

»Was meinen Sie damit?« fragte Miß Miller.

»Ich wollte sagen, daß wir bei unseren Untersuchungen irgend etwas aufdecken könnten, das gar nichts mit dem Mord zu tun haben muß.«

»Zum Beispiel?«

»Irgendwelche Schweinereien bei Shible zum Beispiel. Betrügereien oder Veruntreuungen. Wenn wir Licht in faule Geschichten bringen, könnten wir die lebenslangen Pfründe so mancher Leute gefährden. Die würden sicher alles unternehmen, um sie zu verteidigen.«

»Auch das könnte ein Mordmotiv darstellen.«

»Schon, doch bis jetzt gibt es keinen Anhaltspunkt, daß Ned darin verwickelt gewesen ist. Andererseits morden Drogenbosse aus ›politischen‹ Gründen. Und falls sie Ned getötet haben, wäre es ihnen völlig egal, wenn wir das herausbekommen, solange wir sie nicht überführen können. Im Gegenteil. Wenn sie ihn umgebracht haben, um ein Exempel zu statuieren, dann käme ihnen diese Art von Reklame gerade recht.«

»Sie meinen also, die Mörder und diejenigen, die uns bedrohen, könnten in keinerlei Verbindung zueinander stehen?«

»Das wäre möglich.«

Lawrences Listen wurden bei einem Computerdienst mit Hilfe eines Scanners eingelesen, wodurch sich Tausende von Daten in brauchbare Computerdateien verwandelten. Bereits am frühen Nachmittag bekamen sie sie zurück, und schon kurz darauf unterbrach Miß Miller ihre Analyse und sagte zu Ryan: »Ich glaube, ich habe etwas entdeckt.«

Ryan trat hinter sie und las über ihre Schulter hinweg den Text auf dem Bildschirm.

»Das bedeutet«, erläuterte sie ihm, »daß Hunter Capital auf zwei Listen auftaucht. Einmal auf unserer Liste mit den Gesellschaften, die für die Finanzierung von Hypotheken sorgen. Und dann auf der des FBI, auf der sich solche Gesellschaften befinden, von denen man, ohne es genau zu wissen, annimmt, daß sie von einem Mann namens Olivera finanziert werden – einem der wichtigsten Großhändler von staatlich kontrollierten Stoffen.«

Einige Minuten darauf hörte man ein »Volltreffer!« von Kassia Miller.

Ryan blickte auf.

»Der zweite Hinweis«, sagte sie. »Wieder Olivera.«

Den Rest des Tages fuhren sie mit ihren Recherchen fort, konnten aber keine weiteren Indizien finden.

»Das ist es. Zwei Verbindungslinien zwischen unseren Leuten, die die Hypotheken finanzieren und dem mutmaßlichen Drogenhändler Felipe Olivera.«

»Großartig. Jetzt müssen wir vor allem einen Weg finden, das alles zu verifizieren. Sucht jemand Glaubwürdigen, der dazu aussagen kann.«

Sie verzog das Gesicht. »Weiter so, Mr. Ryan, halsen Sie mir nur noch mehr Arbeit auf.«

Das Telefon läutete. Sie sprang auf.

Es war Lawrence, der den Namen einer Privatdetektivin durchgab.

Ryan berichtete ihm die Neuigkeiten über Olivera. »Kümmere dich gleich darum.«

»Mach ich. Außerdem will ich, daß jemand morgen unser Büro nach Wanzen absucht. Das hätten wir schon längst veranlassen sollen.«

»Einverstanden, aber ich will mich nicht damit herumärgern müssen.«

»Ich kann mir schlimmere Dinge vorstellen, über die du dich ärgern könntest. Schließlich reden wir über hochkarätige Drogenhändler.«

Der Fahrstuhlführer hatte einen Umschlag für Ryan in der Hand, als er an diesem Abend nach Hause kam. Kein Absender.

»Ein Bote hat ihn gebracht.«

»Hat er etwas gesagt!«

»Nichts.«

In seiner Wohnung öffnete Ryan den Umschlag in der Hoffnung, daß es sich dabei nicht um eine Briefbombe handeln würde.

Es war eine, jedoch keine von der Art, über die man sich Sorgen zu machen brauchte. »Dies wird im Sunday Magazine erscheinen«, lautete die handschriftliche Mitteilung, die ihm jemand von Allen Crowns Zeitung zugeschickt haben mußte. Die Unterschrift fehlte.

Allen Crowns Beitrag für die Sonntagsausgabe war ein Bericht über Jennifer Kneeland Ryan und ihren Freundeskreis. Aus Ryans Sicht war das der reinste Sprengstoff, der zudem auch noch viel zu kurze Zeit vor der Wahl der Geschworenen explodieren würde.

Crown hatte eine Menge Freunde von Jennifer interviewt. Er benutzte sie dazu, das Bild einer Gesellschaft von Endzwanzigern und Dreißigjährigen zu zeichnen, die vorgaben, Schauspieler, Tänzer, Künstler und Schriftsteller zu sein. Durch das Geld ihrer Familien, so Crown, blieb es ihnen erspart, als Bedienung oder Taxifahrer zu arbeiten oder in irgendeiner Firma als zweite Nachtschicht irgendwelche Computerdaten eingeben zu müssen.

Die von ihm zitierten Schauspiellehrer machten Jennifer nieder, indem sie ihre Leistungen nur mäßig lobten. Für Crown ein gefundenes Fressen, sie als den Prototyp einer New Yorker Subkultur darzustellen, deren populäres Image er in Frage stellte. Crown zufolge handelte es sich um eine Welt von eigensüchtigen Dilettanten, die niemanden außer sich selbst hinters Licht führen konnten. Sogar Jennifers Wohltätigkeitsarbeit war Wasser auf seinen Mühlen.

Ryan sagte sich, daß jemand, den Crowns Darstellung auf die Palme bringen würde, Jennifer schon vorher gehaßt haben müßte. Was den Abschnitt anbelangte, der sich um Jennifers Privatleben drehte, hatte er keinen derartigen Trost. Dasselbe galt auch für die Vorstellung, daß andere Zeitungen und Fernsehsender diesen Bericht aufgreifen und unterstützen würden.

Jennifer Kneeland habe eine Lebensgeschichte hinter sich, die durch jede Menge Gewalttätigkeit gekennzeichnet war, berichtete Crown. Von der Grundschule war sie verwiesen worden, weil sie in einem Wutanfall über ihre Klassenlehrerin eine Vase zertrümmert hatte. Irgendwie hatte Crown die Geschichte mit dem Kerzenständer übersehen, doch hatte er dafür andere Zwischenfälle aus der Collegezeit ausgegraben. Eine zerschlagene Schaufensterscheibe, einen Wagen, mit dem sie seitlich in das Kabriolett einer Rivalin gefahren war. Die Schäden waren immer von Daddy beglichen worden, der zusätzlich auch noch ein Schmiergeld für erlittene emotionale Schäden gezahlt hatte. Abgesehen von dem Rausschmiß aus der Grundschule hatte Jennifer niemals irgendwelche Konsequenzen aus ihrem Benehmen ziehen müssen. Es sei denn, man rechnete einen längeren und einen kurzen Aufenthalt in einem Sanatorium für Betuchte dazu.

Im Grunde waren Ryan diese Fakten bereits bekannt, doch hatte Crown dem Ganzen eine böse Wendung verliehen. Ryan fragte sich, ob Crowns Version der Wahrheit nicht vielleicht näher kam als die Angaben Jennifers.

Er rief Miß Miller an.

»Ein heimlicher Verehrer hat mir soeben einen Vorabdruck von Allen Crowns neuem Meisterwerk über Jennifer geschickt.«

»Was hat er sich denn diesmal aus den Fingern gesogen?«

»Jennifers Vergangenheit als psychisch kranke Patientin.«

»Verdammt. Wie hat er das nur herausbekommen? Sie sagte mir doch, niemand wisse davon.«

»Einer weiß immer etwas. Sie beantragen am besten gleich morgen früh, die Zeugenaussagen zu beschränken – egal, ob das eine Verzögerung mit sich bringt oder nicht. Und sagen Sie Jennifer, daß wir mit ihr reden müssen.«

Am nächsten Morgen traf sich Ryan mit der von Lawrence empfohlenen Privatdetektivin. Er ließ sie wissen, daß er sämtliche Informationen über einen Mann benötige, der ihm nur unter dem Namen Kenny Peters bekannt sei, einem Freund von Tina Claire, die momentan in einer Künstlerkolonie in Virginia lebe. Unter gar keinen Umständen solle die Detektivin Craig Lawrence von diesem Auftrag oder den Ergebnissen ihrer Untersuchungen in Kenntnis setzen. Besonders interessierte sich Ryan für sämtliche Gewalttätigkeiten, die sich in Kennys Vergangenheit finden ließen, vor allem solche, bei denen Eifersucht mit im Spiel war. Auch zeigte er sich sehr interessiert daran, wo sich Kenny an jenem Juniabend aufgehalten hatte, als Tina Claire Ehrengast auf der Party war, die von ihrem Galeristen veranstaltet worden war.

»Wenn Sie feststellen, daß er sich bei Hugo Hill aufhielt, oder wenn Sie in seinen Zeitangaben eine nachweisbare Lücke zwischen zwanzig Uhr und einundzwanzig Uhr dreißig entdecken, so daß er dagewesen sein könnte, dann vermerken Sie das in Ihrem Bericht. Andernfalls teilen Sie mir einfach mit ›Keine Fortschritte‹.«

Kenny hätte der Mörder sein können. Falls nicht, würde er gegenüber den Geschworenen eine gute Quelle für einen begründeten Zweifel an Jennifers Schuld darstellen – ein mutmaßlicher Verdacht aufgrund von Lawrences Aussage und möglicherweise auch aufgrund der Stellungnahmen anderer Zeugen.

Um eine sichere Strategie aufzubauen, mußte sich Ryan vergewissern, daß Kenny kein Alibi hatte. Sollte er aber doch eins vorweisen können, wollte Ryan nichts davon wissen – die moralischen Probleme, die sich aus diesem Wissen ergeben könnten, konnte er nicht brauchen. Es war ein schmaler Grat, den er beschreiten mußte.

Nach dem Mittagessen schaute Lawrence im Büro vorbei und brachte einen kleinen Farbigen mit, der zwei Aluminiumkoffer voller elektronischer Ausrüstungsgegenstände bei sich hatte. Nassir Hakim nickte, als er Ryan vorgestellt wurde, und schüttelte ihm kräftig die Hand. Während der zwei Stunden, die er im Büro zubrachte, sagte er kein einziges Wort. Als er fertig war, nickte er wieder kurz mit dem Kopf, lächelte Lawrence an und packte sein Werkzeug zusammen. Er beehrte Ryan mit einem erneuten kräftigen Händedruck und einem breiten Grinsen. Dann war er verschwunden.

»Das soll wohl heißen, daß wir sauber sind«, vermutete Ryan.

»Im Moment schon. Zumindest was die Art von Wanzen angeht, die er aufspüren kann. In zehn Tagen wird er wiederkommen.« Lawrence sah sich in dem Büroraum um. »Wenn du über wichtige Angelegenheiten redest, dann versichere dich, daß die Vorhänge zugezogen sind.«

»Alles klar.«

»Jetzt können wir uns unterhalten. Ich habe etwas in Erfahrung bringen können über den Namen, den du mir genannt hast. Felipe Olivera. Er ist ganz neu im Spiel – hat die Geschäfte übernommen, die Irish Viera begonnen hatte.«

»Der ehemalige Kokainkönig?«

»Genau der.«

In der Zeit, in der sich Ryans Tage als Staatsanwalt ihrem Ende genähert hatten, war Dennis Viera noch ein Niemand gewesen, gerade dabei, seine Karriere zu begründen. Ryan, der unechte Ire, war fasziniert gewesen von dem ambitionierten Ecuadorianer, der zur Hälfte ein wirklicher Ire war. Ryan hatte Vieras Karriere aufmerksam verfolgt: Wie eine Rakete war er zum Firmament der New Yorker Drogenszene aufgestiegen, nur um mit einem zähen Polizeibeamten aus New York City wegen zweier grauenhafter Morde aneinanderzugeraten.

»Ein paar Schmalspurdealer machten sich auf Vieras Territorium breit, als die Polizei ihn aus dem Verkehr zog«, erklärte Lawrence, »aber El Grande de Coca da unten in Kolumbien mochte diese Kerle nicht. Deswegen tauchte vor einigen Jahren Olivera hier auf. Er drängte die kleinen Fische aus dem Geschäft. Als sie sich dagegen wehrten, legte er sie einfach um ... Ein widerlicher Schweinehund. Auf einmal nehme ich die Drohung ein bißchen ernster.«

Ryan wollte davon nichts mehr hören. »Wir brauchen alles, was wir über Olivera bekommen können. Das sind möglicherweise die besten Neuigkeiten, die wir seit langem für Jennifer haben.«

Du mußt die Spur des Geldes verfolgen, sagte er sich. Vielleicht würde es sich lohnen. *Cui bono?* hatten die alten Römergefragt. *Wem nützt es?*

Wenn er nur sicher sein könnte, daß das Verbrechen damit geklärt wäre – daß Jennifer in einem ihrer Wutanfälle Ned nicht selbst umgebracht hätte.

»Bleib dran«, bat er Lawrence.

»Wie Stachelschweine beim Liebesakt. Paß auf dich auf, Alter.«

Als Jennifer das Büro betrat, lag die Welt jenseits der Fenster schon im Dunkeln. Sie legte ihren Mantel ab, und Ryan bemerkte erstmals, daß ihre Schwangerschaft nicht mehr zu verbergen war.

Er reichte ihr eine Kopie von Allen Crowns Artikel. Sie hatte sich kaum darin vertieft, als sie auch schon den Kopf schüttelte und so zu verstehen gab, wie verletzt sie sich dadurch fühlte. Nachdem sie alles gelesen hatte, blickte sie Ryan an.

»Alles ist so verzerrt. Die Lehrer, mit denen er gesprochen hat, konnten mich nicht ausstehen, und meine besten Rollen hat er einfach weggelassen …«

»Vergiß die Schauspielerei und deine mildtätigen Aktionen, über die er herzieht. Was mir Sorgen bereitet, ist der Abschnitt, in dem erwähnt wird, daß du Gegenstände zerstörst und anderen Menschen Ärger bereitest.«

»Ich habe dir doch gesagt, daß alles verzerrt ist.«

»Alles?«

»Vielleicht nicht alles. Aber vieles.«

»Wenn wir das früher gewußt hätten, hätten wir mehr Zeit gehabt, uns dagegen zu wappnen. Darum bitten wir dich, uns alles zu erzählen. Die Polizei ist dabei, deine und Neds Freunde zu befragen. Und deine Feinde ebenfalls. Du würdest dich wundern, wieviel Informationen ein guter Polizist aus einem kleinen Hinweis ziehen kann. Er muß bloß die verschiedenen Aspekte, die er erhält, miteinander kombinieren. Stell dir nur vor, wie du dich fühlen würdest, wenn etwas von dem, was du kaputtgemacht hast, erst vor Gericht ans Licht käme und wir überhaupt keine Möglichkeit hätten, dagegen anzugehen.«

Die Art, mit der sie sich plötzlich in sich zurückzog, veranlaßte Ryan zu fragen: »Ist da noch etwas?«

Sie gab keine Antwort. Gerade als er seine Frage wiederholen wollte, sagte sie: »Ja.«

»Was?« Er war erleichtert, daß sie sich öffnete, fühlte sich aber nicht ganz wohl bei dem Gedanken, was sie wohl sagen könnte.

»Nachdem wir die Party verlassen hatten. Ned und ich. Unten …«

»Ja?«

»Wir haben weitergestritten. Dann ergriff ich diese Skulptur. Ich war so wütend auf ihn, daß ich einfach irgendwas zerschmeißen mußte.«

Sie schwieg wieder.

Ryan bemerkte, daß auch Miß Miller gespannt wartete, was nun folgen würde.

»Was geschah dann?« fragte Ryan in die Stille.

»Ich kann mich wirklich nicht mehr daran erinnern. Wenn ich mich in so einem Zustand befinde, kann ich das hinterher nie.«

»Versuch es.«

»Vielleicht klappt es, wenn ich es noch einmal mache.«

Ryan war überrascht.

»Nur eine Demonstration«, sagte Kassia Miller leise.

Jennifer schloß ihre Augen und stellte sich die Szene vor. »Ich nahm die Statue. Sie war rauh und lag gut in der Hand. Gut geeignet, um damit etwas zu zerstören.«

Ryan betrachtete sie: Ihr Arm war in Höhe des Ellenbogens angewinkelt und die Faust leicht geschlossen, als hielte sie etwas fest. Ihr Unterarm fuhr langsam auf und nieder, als ob sie ein Gewicht bewegte.

Es war unheimlich. Viel hätte nicht gefehlt, und Ryan hätte tatsächlich die Skulptur in ihrer Hand erblickt.

Jennifer bewegte nochmals den Arm. Sie schien bereit, einen Hieb auszuführen. Ihr Gesicht wies die äußerliche Ruhe von jemandem auf, der sich selbst in ein vergangenes Erlebnis zurückversetzt. Ihr Arm holte zu einem Schlag aus und war dabei derart angespannt, als würde sie wirklich etwas Schweres in der Hand halten.

Gedankenblitze durchzuckten Ryans Hirn: Ned im Leichenschauhaus, sein Kopf von der Skulptur zerschmettert, die Jennifer gerade im Geist heraufbeschwor. Der Atem stockte ihm. Regungslos stand er da.

Als der Arm den höchsten Punkt erreicht hatte, hielt Jennifer inne. Ihr gesamter Körper entspannte sich, die Augen waren wieder geöffnet.

»Ich wollte gerade etwas zerschlagen. Ich kann mich daran erinnern, daß da eine Uhr war, die ich zerschmettern wollte. Doch da packte mich Ned. Er nahm mir die Skulptur weg, was mir gar nicht paßte.«

Sie schwieg wieder.

»Ist das alles?« Seine Stimme klang jetzt hart.

Sie nickte.

»Er nahm sie dir weg?«

»Ja. Das sagte ich doch.«

»Und das Blut ist daraufgekommen, als er versuchte, sie dir aus der Hand zu nehmen.«

»Ja. Aber ich hatte Angst, es dir zu erzählen.«

»Du hast ihn nicht erschlagen?«

»Ich sage die Wahrheit! Warum glaubt ihr mir nicht?« begann sie zu weinen.

Miß Miller nahm Jennifer bei der Hand und führte sie zu einem

Stuhl. Jennifer war zwar einen halben Kopf größer, sah aber aus wie ein kleines Mädchen, das seiner Mutter folgte. Nachdem Jennifer sich beruhigt hatte, telefonierte Kassia Miller nach dem Chauffeur, der sie nach Hause bringen sollte.

Ryan half ihr in den Mantel. Beim Räuber-und-Gendarm-Spiel neigte seine Rolle momentan der des Räubers zu. Aber er wollte auf keinen Fall den Kontakt zu ihrem Baby verlieren, was immer sie auch in jener Nacht mit der Skulptur getan haben mochte.

»Ich weiß, daß ich dir manchmal harte Fragen stelle. Aber ich bin auf deiner Seite. Daran mußt du immer denken.«

»Manchmal fällt es mir schwer, darüber zu reden.«

Sein Wagen war vorgefahren.

»Ich werde dich nach Hause begleiten.«

»Es geht mir schon wieder besser.«

»Wir könnten ein paar Minuten als Michael und Jennifer zusammen verbringen und nicht als Anwalt und Klient.«

Sie versuchte zu lächeln. »Einverstanden.«

»Wie fühlst du dich?« fragte er sie, als sie durch die Stadt fuhren.

»Willst du die Wahrheit wissen? Fett, schwerfällig und häßlich.«

»Das bildest du dir bloß ein.«

»Genauso geht es auch meinen Hormonen. Meine ganzen Gefühle sind außer Kontrolle. Ständig muß ich an mein Baby denken. Und dann sehe ich immer das Gefängnis vor mir. Manchmal denke ich, wenn doch nur alles vorbei wäre. Ich meine die Schwangerschaft. Dann könnte ich wie ein normaler Mensch herumlaufen, wie ein normaler Mensch essen, Kaffee und Alkohol trinken und müßte nicht ständig furzen. Entschuldige.«

»Du bist entschuldigt.« In ihrem Zustand fiel es ihm schwer, sie für Neds Mörderin zu halten.

»Der einzige Vorteil ist, daß ich jetzt, da jeder von meiner Schwangerschaft weiß, bequeme Kleidung tragen kann. Außerdem muß ich nicht mehr heimlich zur Ärztin schleichen.«

»Was sagt sie denn?«

»Sie glaubt, daß alles in Ordnung ist. Ich hoffe, das stimmt. Sie sagt, er würde sich in der richtigen Lage befinden. Nichts, worüber ich mir Sorgen machen müßte.«

»Es wird nicht mehr lange dauern.«

»Doch, es wird. Es ist noch eine Ewigkeit hin. Bis nach meinem Prozeß.«

Darauf fiel ihm keine Antwort ein. Statt dessen stellte Ryan ihr eine Frage. »Du sagtest er. Heißt das …«

Sie erwiderte nichts, aber er glaubte, in ihren Augen ein Lächeln gesehen zu haben.

»Weißt du schon, was es ist?«

»Ja. Es ist ein Junge.«

Ryan hatte das Gefühl, daß es damit seine Richtigkeit habe. Ein Junge bedeutete einen Neuanfang, bedeutete die Chance, es diesmal richtig zu machen.

»Ein Junge. Das ist fantastisch!«

Noch bevor er etwas anderes sagen konnte, hatte der Wagen vor ihrem Haus gehalten.

Er half ihr zwischen zwei geparkten Fahrzeugen hindurch auf den Fußweg. Auf dem Boden saß nach vorne gebeugt ein Mann. Sein Rücken lehnte an einem der abgestellten Wagen. Eine kalte Nacht für einen Obdachlosen, dachte Ryan.

Jennifer dankte für seine Hilfe. »Ich komme mir jetzt immer so unbeholfen vor.«

Er begleitete sie zu den Stufen vor ihrem Haus.

»Ich werde dich noch die Treppe hinaufführen.«

»Das schaffe ich schon selbst.«

»Nein, wirklich. Ich bestehe darauf.« In diesem Zustand sollte sie nicht die Treppe hinunterfallen. Er spielte mit dem Gedanken, ihr vorzuschlagen, eine Zeitlang zu ihrem Vater zu ziehen, statt hier allein zu leben.

Ryan faßte sie beim Ellenbogen. Nur am Rande bemerkte er, daß der Stadtstreicher aufgestanden war und hinter ihnen herging.

»He!« rief eine rauhe Stimme.

Ryan drehte sich um und steckte die Hand in die Tasche, um dem Mann ein Trinkgeld zu geben, damit er sie in Ruhe ließ.

»Stehenbleiben, Schmarotzer«, sagte der Mann in scharfem Ton. Und dann erblickte Ryan die Pistole. Als er ihn genauer ansah, bemerkte er, daß er noch ein Junge war, ein Teenager.

Ryan erinnerte sich daran, daß Gelassenheit in dieser Situation das Wichtigste war. Alles, was das Kind wollte, war Geld. Wahrscheinlich für Drogen. Und Geld war ersetzbar.

Der Junge deutete mit der Pistole auf Ryans Hand. »Gut für dich, wenn da Geld drin ist.«

Ryan umklammerte die Geldscheine und zog langsam seine Hand aus der Tasche.

Ein Wagen bog in schneller Fahrt um die Ecke. Er hatte das Licht nicht eingeschaltet. Ryan hörte erst das Kreischen von Bremsen und dann Donnerschläge, die sich scharf überschnitten. Wie Silvesterknaller. Instinktiv warf er sich über Jennifer, um sie aus der Schußlinie zu bringen.

Der Wagen entfernte sich mit dröhnendem Motor und quietschenden Reifen, was Ryan jedoch nur durch das Klingeln in seinem Ohr wahrnahm, das die Pistolenschüsse verursacht hatten. Als er sich aufrichtete, stellte er fest, daß er seinen rechten Arm nicht mehr bewegen konnte.

Er kniete auf dem Fußweg und sah sich um.

Der Junge lag ausgestreckt vor ihm, tot oder im Sterben. Jennifer war auf den zwei untersten Stufen der Freitreppe zusammengesunken. Ryan betete, daß ihr nichts passiert war.

Da er sich nicht aufzustehen getraute, kroch er die paar Meter zu ihr hinüber. Sie lebte und schien einen Augenblick lang zu wissen, wo sie war. Ein schwaches Stöhnen. Ihre Augen waren geschlossen.

Er kämpfte sich aus seinem Mantel und legte ihn über sie. Verlegen rückte er so nahe wie möglich an sie heran, um sie vor der Januarkälte zu schützen. Dabei gab er acht, daß er sie nicht anstieß oder sie mit seinem Gewicht belastete.

Sie und ihr kostbares Baby.

## 29

Der Fahrer des Rettungswagens ließ Ryan nicht zu Jennifer einsteigen. »Kein Platz, Mann. Sie ist verletzt. Wir müssen sie im Wagen verarzten. Wir rufen für Sie einen zweiten Krankenwagen.«

Ryan riß sich los und lief die Hudson Street entlang.

»He, regen Sie sich nicht auf! So hören Sie doch! Sie stehen unter Schock.«

Mit seinem gesunden Arm winkte Ryan nach einem Taxi. »Welches ist das nächstgelegene Krankenhaus?« Er wußte es zwar, konnte sich aber nicht mehr erinnern. Sein Verstand war außer Betrieb. »Folgen Sie dem Rettungswagen.«

»Was? Wohin fahren?«

Das Namensschild des Taxifahrers verschwamm vor Ryans Augen.

Die Fahrer sprachen kaum Englisch. Wladimir. Ryan versuchte, sich wieder etwas von dem Russisch ins Gedächtnis zu rufen, das er auf dem College gelernt hatte. Aber was aus seinem Mund kam war lediglich »St. Vincent.«

»Okay. St.-Vincent-Krankenhaus.«

Um die Verzögerung wieder auszugleichen, raste Wladimir die wenigen Häuserblocks wie ein Formel-I-Pilot entlang. Er hielt exakt in dem Moment vor der Notaufnahme, als Jennifer aus dem Rettungswagen gehoben wurde.

Zitternd tastete Ryan nach dem Geld. Aber es war verschwunden, vermutlich auf den Boden gefallen oder steckte schon längst in der Tasche von jemand anderem. Er gab Wladimir ein wenig Kleingeld. »Das ist alles, was ich habe – ich wurde ausgeraubt.«

Wladimir hatte sich über die Rückenlehne seines Sitzes gebeugt und stieß einen russischen Fluch aus. Seine Wut verrauchte, als er Ryans Arm bemerkte. Der Jackenärmel schimmerte dunkelrot. Blut.

»Gehen, gehen«, drängte ihn der Fahrer.

Ryan taumelte aus dem Wagen und griff nach der fahrbaren Liege, auf der Jennifer ins Krankenhaus gerollt wurde.

Er hörte Schreie und fühlte, wie er beiseite geschoben wurde. Kraftlos wehrte er sich dagegen und rief Jennifers Namen.

Ein Durcheinander von Geräuschen und Bewegungen. Ryan befand sich in einem Raum mit greller Deckenbeleuchtung. Seine Zähne klapperten unkontrolliert. Jennifer war nicht da. Alles wurde schwarz. Dann war er wieder auf den Beinen, wurde geschubst und gestoßen.

Wieder ein Raum mit grellen Lichtern. Überall Hektik. Jemand rempelte gegen seinen Arm. Ryan versuchte auszuweichen. Er wollte Jennifer sehen, wollte wissen, ob mit ihr alles in Ordnung war. Das Baby. Wie ging es dem Baby?

Als er wieder zu sich kam, lag er in einem Krankenbett. Die anderen Betten in dem Zimmer waren nicht belegt. Er tastete nach dem Klingelknopf. Da niemand kam, klingelte er nochmals und hielt seinen Finger so lange darauf, bis die Tür aufging und eine Schwester erschien.

»Stimmt etwas nicht?«

»Jennifer. Ich will Jennifer Ryan sehen.«

»Sie dürfen nicht aufstehen, bevor der Arzt es Ihnen erlaubt. Weiß sie, daß Sie hier sind?«

»Sie wurde vergangene Nacht hier eingeliefert. Man hat auf sie geschossen, sie ist verletzt. Wie schwer, weiß ich nicht. Ich muß es herausfinden. Sie ist nämlich schwanger.«

»Schon gut, Mr. Ryan, beruhigen Sie sich. Ich werde sehen, was ich für Sie tun kann.«

Die Schwester verließ das Zimmer, und Ryan schlief wieder ein. Als er aufwachte, sah er einen jungen Arzt an seinem Bett stehen. Er untersuchte ihn kurz und schien zufrieden.

»Sie sind anscheinend eine Berühmtheit, Mr. Ryan. Da unten ist eine ganze Presseabteilung. Außerdem eine Frau, die behauptet, sie sei Anwältin und Ihre Partnerin. Sie sagt, sie müsse wissen, was sie dem Richter mitteilen soll.«

»Zuerst will ich etwas über Jennifer wissen. Jennifer Ryan.« Er fühlte sich besser.

»Ach ja: Sie wurde sofort nach der Einlieferung in die Unfallchirurgie gebracht und ist zur Zeit noch im Aufwachraum. Mehr weiß ich auch nicht.«

»Wird sie wieder gesund?«

»Der Chirurg wird Ihnen mehr erzählen können. Er wird nachher kommen. In der Zwischenzeit sollten Sie sich ein wenig ausruhen.«

»Wann werde ich entlassen?«

»Morgen früh. Sie haben eine Schußwunde an der rechten Schulter, keine schwere Verletzung. Aber sie wird zunächst steif sein und schmerzen. Darum werden Sie sich einer Bewegungstherapie unterziehen müssen, aber mehr auch nicht. Ihr eigentliches Problem war der Schock und die Kälte.«

»Was ist mit Jennifer? Was ist mit dem *Baby?*«

»Sprechen Sie mit ihrem Arzt.«

Am Nachmittag hatte er Besuch – Kassia Miller und Craig Lawrence, danach Jimmy Kelly. Ryan war munterer, als er erwartet hatte. Aber als alle wieder weg waren, war er doch froh. Er und Kassia hatten sich dafür entschieden, am zeitlichen Ablauf der Verhandlung nichts zu ändern. Erst brauchten sie genauere Angaben über Jennifers Zustand, der bislang lediglich als ›stabil‹ bezeichnet worden war. Ihr Chirurg war schon wieder im Operationssaal.

Die Polizei ging davon aus, daß es sich bei der Schießerei um eine Auseinandersetzung zwischen Drogenbanden handelte. Der Junge mit der Pistole war inzwischen verstorben. Er war Anführer einer Bande gewesen, die versucht hatte, sich im Einflußbereich anderer Gangs breitzumachen. Nach Aussage der Polizei einmal zu oft.

Als um sechzehn Uhr die Schicht wechselte, kam eine Schwester, um Ryans Tropf zu entfernen. Eine Stunde später gab es Abendessen. Es war so schlecht, wie Ryan befürchtet hatte, doch war er zu hungrig, als daß es ihn gestört hätte. Gierig aß er das Tablett leer.

Als er anschließend einen Verdauungsspaziergang auf dem Klinikflur unternahm, war der Arzt, der sich um Jennifer gekümmert hatte, gerade bei einer Notoperation. Ryan wartete auf ihn.

»Ich bin Michael Ryan.« Gemeinsam mit dem Chirurgen ging er den Korridor entlang. »Letzte Nacht wurde ich mit einer Schußwunde eingeliefert. Jennifer Ryan kam gleichzeitig mit mir. Sie haben sie operiert.«

Der Arzt sah ihn mit müden Augen an. »O ja ... mehrfache Schußverletzungen.« Er rieb sich die Stirn, als ob er damit seine Erinnerung auffrischen wollte. »Ihre Frau ist eine richtige Kämpferin, Mr. Ryan. Das wird ihr helfen, wieder auf die Beine zu kommen.«

Ryan nahm den Irrtum des Arztes kaum wahr, der Jennifer für seine Frau gehalten hatte.

»Es geht ihr also gut?«

»Sie müßte eigentlich wieder völlig gesund werden, es sei denn, es kommt zu unvorhergesehenen Komplikationen.«

»Was ist mit dem Baby?«

Der Arzt blieb stehen. Er ließ den Kopf hängen.

»Es tut mir leid, Mr. Ryan. Ich dachte, Sie wüßten schon Bescheid. Der Fötus war bereits tot, bevor ich mit der Operation begonnen habe.«

Ryan wurde mit einemmal von Schwindel ergriffen. Er packte den Arm des Doktors, um das Gleichgewicht zu halten.

»Setzen wir uns hin.« Er half Ryan auf einen Stuhl im Schwesternzimmer.

»Das Baby ist tot?«

»Es tut mir wirklich leid, daß ich Ihnen das so unumwunden mitteilen muß. Mrs. Ryan hatte drei Schußwunden: eine im oberen Brustkorb, eine am Bein und eine weitere im Bauch. Es ist wirklich ein Wunder, daß keines ihrer inneren Organe getroffen wurde. Aber die Kugel, die in den Bauch eindrang, hat den Fötus getötet.«

Den Kopf in die Hände gestützt saß Ryan da. Er konnte es nicht fassen.

»Ein kleiner Trost«, fuhr der Arzt fort. »Die Wunden waren alle sauber, und wir haben so sorgfältig gearbeitet wie möglich. Ich würde sagen, daß das Trauma – ich meine jetzt das physische Trauma – nicht wesentlich schlimmer war als bei einem Kaiserschnitt. Es ist sehr wahrscheinlich, daß Sie schon bald einen neuen Versuch wagen können.«

H. Robertson Kneeland ließ seine Tochter in die New Yorker Universitätsklinik bringen, sobald die Ärzte von St. Vincent ihre Transportfähigkeit bescheinigten. Nach Meinung des neuen behandelnden Arztes brauchte sie mindestens einen Monat, um sich zu erholen und wieder zu Kräften zu kommen. Ryan vermutete, daß man dort eher konservative Behandlungsmethoden anwenden würde, aber das war ihm egal. Jennifer war nicht mehr schwanger. Es gab also keinen Grund zur Eile.

Joe Becker, der nach einem anderen Zeitplan arbeitete, beharrte auf dem frühestmöglichen Prozeßbeginn. Er hatte seine Anklage bereits fertig. Jede Verzögerung konnte ihm nur schaden.

Corino wollte noch keinen endgültigen Termin für den Beginn der Verhandlung festlegen, bevor ihm nicht klar war, wie viele seiner laufenden Fälle in die zeitliche Lücke eingeschoben werden konnten, die sich durch das Attentat in der Sache *Das Volk gegen Ryan* ergeben hatte. Irgendwann im März, ließ er Becker wissen. Als Miß Miller dagegen protestierte, da Jennifer mehr Zeit zur Erholung brauchen würde, bekam Corino einen Wutanfall.

»Ich kann Sie gut verstehen, Frau Anwältin, aber der Arzt Ihrer Mandantin sagt, daß sie in vier bis sechs Wochen wiederhergestellt sein wird. Bis März sind es noch gut sechs Wochen, und ich darf wohl annehmen, daß Sie in weniger als drei Wochen für den Prozeß bereit sein wird.«

Sie wollte etwas erwidern, aber Corino schnitt ihr das Wort ab. »Sie waren es, die auf einen schnellen Prozeßbeginn gedrängt hat. Sie waren es, die es nicht für nötig gehalten hat, das Gericht von der Schwangerschaft ihrer Mandantin zu unterrichten, als wir den Verhandlungsbeginn festsetzten. Jetzt, nachdem sie das Baby verloren hat, will ich nicht feststellen müssen, daß Sie die Sache verschleppen.«

Im Laufe des Tages besuchte Ryan Jennifer im Krankenhaus, wobei er hoffte, Kneeland nicht über den Weg zu laufen. Er saß auf der Bettkante und hielt ihre Hand. Keiner der beiden sagte ein Wort.

Lange Zeit hatte er seine eigene Identität an einen Anwalt abgetreten, der sich lediglich mit einem vollkommen abstrakten *Fall* beschäftigte. Er war nicht mehr der Vater eines Opfers gewesen, nicht mehr der Schwiegervater der Angeklagten. Es mußte erst zu einer Tragödie kommen, um ihn wieder menschlichere Gefühle empfinden zu lassen. Früher hatte er gedacht, daß er den Schmerz über Neds Tod mit Jennifer würde teilen können. Diesen neuen Schmerz über den Tod des Babys aber hatten sie nun wirklich gemeinsam. Für beide war das Baby die letzte Hoffnung gewesen, etwas bereits Verlorengeglaubtes wiederzuerlangen.

Ihre Hand lag steif in der seinen. Sie weinte lautlos. Ryan drückte ihre Hand und ließ zu, daß sie sie zurückzog. Er hatte keine Ahnung, wie er sie trösten konnte ... Keine Ahnung, wie er sich selbst trösten sollte.

Ryan wünschte sich, daß auch er weinen könne. Alles war besser, als nachts wach im Bett zu liegen und an die Decke zu starren, wie er es seit der Schießerei getan hatte.

»Armer Michael«, sagte Jennifer, als sie aufgehört hatte zu weinen. »Es macht mich so traurig, dich in diesem Zustand zu sehen.«

»Nicht ich. Du vor allem ...«

Jemand klopfte an die Tür.

Jennifer sah hinüber. Ein weiteres Klopfen.

»Herein«, sagte sie widerwillig.

Eine von Jennifers privaten Krankenschwestern, die gerade Dienst hatte, steckte ihren Kopf herein. Sie hatte während Ryans Besuch draußen gewartet. »Essenszeit.«

»Ich habe keinen Hunger.«

»Du mußt doch wieder zu Kräften kommen«, sagte Ryan.

Sie lächelte ihn an. »Einverstanden. Weil du es bist.«

Sie stocherte in ihrer Mahlzeit herum und aß ein paar Bissen. Dann legte sie die Gabel aus der Hand.

»Ich frage mich, wo Opa George wohl ist. Meinst du, er weiß, was alles passiert ist?«

»Ich habe keinen Schimmer. Der Mann ist mir ein Rätsel.« Und außerdem der letzte Mensch, von dem ich vermutet hätte, daß Jennifer an ihn denken würde, überlegte sich Ryan.

»Ned hat öfter von ihm erzählt. Einmal hat er uns besucht. Nach der Hochzeit. Ich habe noch nie jemanden wie ihn kennengelernt.«

Typisch George. Tauch auf, wenn dich niemand erwartet, und du wirst den größten Eindruck schinden.

»Wieso denkst du gerade jetzt an ihn?«

»Das Baby wäre sein Urenkel gewesen. Jemand, der die Tradition der Familie fortgesetzt hätte. Jetzt sind wir die letzten Ryans auf der ganzen Welt.«

Er wußte nicht, was er darauf antworten sollte.

»Besondere Ryans, meine ich.« Sie brachte ein weiteres Lächeln zustande. »Russische Ryans.«

»Nicht russische.« Er versuchte auf sie einzugehen. »Tscherkessische. Georgische. Nicht russische.«

»Du hast recht. Ned hätte mir diese Verwechslung nie verziehen.« Sie nahm Ryans Hand. »Wir sollten für den Zusammenhalt unserer Familie irgendeinen alten tscherkessischen Schwur ablegen.«

Ryan wurde immer unbehaglicher zumute, versuchte aber, es zu verbergen. Er war geradezu erleichtert, als Jennifer wieder zu weinen anfing.

Er reichte ihr ein Taschentuch. Dann schneuzte sie sich und trocknete ihre Augen. »Entschuldige, Ryan. Wie mir scheint, habe ich momentan meine Gefühle nicht ganz unter Kontrolle. Es ist wohl kein besonderes Vergnügen, mir Gesellschaft zu leisten.«

Ryan erhob sich. »Vermutlich mußt du eine Zeitlang mit dir allein sein. Ich komme bald wieder und sehe nach dir.«

»Das wäre schön«, sagte sie und lächelte noch einmal leicht, bevor sie sich wegdrehte, um aus dem Fenster zu blicken.

Ryan konnte wieder nicht schlafen. Seine Schulter pochte und die Seele schmerzte. Er bemühte sich, an etwas anderes zu denken.

Ihm kam eine Idee – erst nur vage, aber dann wurde sie immer deutlicher. Er war bedroht worden, und kurz darauf hatte man auf ihn geschossen. Eine Schießerei zwischen Drogenbanden stellte ein kunstvoll ausgearbeitetes Täuschungsmanöver für einen Mordversuch dar. Der Leiter eines Drogenimperiums hatte das unschwer so arrangieren können.

Wie aber war das alles so schnell möglich? Nur aus einer momentanen Laune heraus war er gemeinsam mit Jennifer nach Hause gefahren. War es möglich, daß sie sein Büro überwacht hatten und ihnen gefolgt waren? Vielleicht. Aber wie hatten sie es geschafft, diesen Jungen rechtzeitig zu postieren, der ihnen vor Jennifers Wohnung aufgelauert hatte?

Es gab Mittel und Wege. Alles, was man benötigte, waren gute

Kommunikationsmittel und jemanden, der mit Geschick das Unternehmen koordinierte. Wenn sie beide in einem Wagen saßen, wie viele Zielorte konnte es dann schon geben? Jennifers Haus war die wahrscheinlichste Möglichkeit.

Und wenn das Herumstochern in Felipe Oliveras Geschäften der Anlaß für den Überfall gewesen sein sollte, dann war in erster Linie Michael Ryan für den Tod seines ungeborenen Enkelkindes verantwortlich. Diese Vorstellung kostete ihn eine weitere schlaflose Nacht.

Am nächsten Morgen ging er zur Polizei. Detective Garrity sprach mit ihm, konnte aber Ryans Theorien nicht ganz folgen.

»Warum haben Sie uns darüber nicht schon früher informiert?«

»Man hat auf mich geschossen. Mein Enkelkind ist ermordet worden. Ich war wirklich nicht zu tiefschürfenden Gedanken in der Lage.«

»Das ist ziemlich unglaubwürdig.«

»Ich wüßte nicht, warum. Ich wurde bedroht, habe aber von meinen Nachforschungen nicht abgelassen. Und kurz darauf kam dann der Überfall. Sie können also davon ausgehen, daß das irgendwie mit der Drohung zusammenhängt.«

Garrity zog ein Formblatt aus der Schublade und spannte es in die Schreibmaschine ein. »Gut, dann lassen Sie uns das festhalten.« Er zeigte nicht die geringste Begeisterung.

Zunächst nahm er die persönlichen Daten auf und fragte schließlich: »Verfügen Sie über irgendeinen Beweis, was diese Drohung anbelangt?«

»Was für einen Beweis sollte ich denn haben?«

»Eine schriftliche Mitteilung, einen Zeugen, die Aufzeichnung eines Gesprächs. Sie sind der Anwalt.«

»Kein Beweis. Nur mein Wort.«

Aus Garritys Gesichtsausdruck konnte Ryan schließen, was der Polizeibeamte davon hielt.

Die Zeitungen und Fernsehsender griffen das Ereignis bereitwilliger auf. Sie hatten schon über die Schießerei berichtet, wobei sie das Schwergewicht auf die Tötung des ungeborenen Kindes und den bevorstehenden Prozeß legten. Die von Ryan erwähnte Drohung veranlaßte sie, noch mehr aus dem blutigen Überfall herauszuschlagen.

Lediglich Allen Crown sah von einer halbwegs wahrheitsgetreuen Berichterstattung über Ryans Behauptungen ab und bezeichnete dessen Ausführungen als ›größenwahnsinnige Paranoia‹. Ausgenommen, so schrieb er in seiner Kolumne, es gäbe ein anderes Motiv. ›Gibt es denn etwas, das ihm mehr nützen könnte? Wäre es nicht möglich, daß Mr. Ryan versucht, einen schrecklichen Attentäter zu erfinden, der irgendwo da draußen herumläuft, nur um die Verteidigung nicht zu sehr mit der grausamen Wahrheit zu konfrontieren? Ich meine, Ryans neuester Schachzug ist mit Vorsicht zu genießen.‹

Jake Kaplan rief an, um über Shible Medical Suppliers zu berichten. Ryan schaltete ihn auf die Sprechanlage, denn wegen der schmerzenden Schulter konnte er kaum den Hörer halten.

»Ich tue Ihnen das nicht gerne an«, sagte Kaplan. »Schließlich ist mir bekannt, daß Sie in letzter Zeit genug schlechte Neuigkeiten erhalten haben.«

»Wenn schon. Ich möchte lieber alles auf einmal hinter mich bringen.«

»Der Lesekopf von Shibles Computer war defekt. Sämtliche Daten auf der Festplatte sind vernichtet.«

»Vernichtet? ...«

»Sie müssen sich das so vorstellen, als wenn Ihre Akten verbrennen oder in einen wirklich guten Reißwolf geraten.«

»Müßte es nicht wenigstens eine Kopie geben? Ein Back-up?«

»Eigentlich schon. Aber sie behaupten, es gäbe keine.«

»Und wir glauben ihnen das?«

»Haben wir eine andere Wahl?«

»Ich möchte Sie bitten, hinzufahren und nachzusehen, was Sie in den Computerausdrucken und in den sonstigen Unterlagen finden können. Wenn sie Ärger machen, gehen wir vor Gericht.«

Die Vernichtung von Daten schien ein nationales Freizeitvergnügen zu werden. Wie immer, so war es auch in diesem Fall ein eindeutiger Hinweis darauf, daß bestimmte Leute etwas zu verheimlichen hatten.

## 30

Jennifer erholte sich im Hause ihres Vaters. Die Besuche bei ihr wurden für Ryan zu einem täglichen Ritual. Kneeland war nur selten anwesend. War er da, so begrüßte er Ryan und widmete sich dann sogleich wieder seiner Arbeit. Er schien genausowenig auf Ryans Gesellschaft versessen zu sein wie Ryan auf die seine.

Trotzdem kam Ryan dieses Verhalten sonderbar vor. Kneeland war schließlich der Geschäftspartner, Mentor und Freund seines Sohnes gewesen, und Ryan verteidigte Kneelands Tochter gegen eine Mordanklage. Dazu hatten beide noch ihre Hoffnung auf das Enkelkind aufgeben müssen – keine zwei Monate bevor es auf die Welt kommen sollte. Und doch konnten sie miteinander nichts anfangen.

»Ich denke ständig an Rache«, sagte Jennifer eines Nachmittags. »Nicht nur für mich. Ich fühle, daß ich es Ned schuldig bin. Er sagte immer, dieser Gedanke spiele in seinem Erbe eine bedeutende Rolle.«

»Hat er oft darüber gesprochen?«

»O ja. Ich habe ihn darum gebeten. Das ist doch alles so faszinierend. Tapfere Krieger tscherkessischer Stämme in den wilden Bergen, Neds Großvater, der gegen Stalin gekämpft hat …«

»Na ja …«

»Nicht persönlich, nehme ich an.«

»Nicht persönlich.«

»Wegen der Rache habe ich mir anfangs auch Sorgen gemacht. Ich befürchtete, du könntest nur Rache im Sinn haben, als ich angeklagt wurde … Und dann war ich mir auf einmal ganz sicher, daß du an meine Unschuld glauben würdest. Andernfalls wärst du auf Blut aus gewesen. Auf meins.«

»Ist dir nie der Gedanke gekommen, daß nicht alle Menschen derart stark ihrem sogenannten Erbe anhängen?«

Sie schwieg einen Augenblick. »Nein, ich … Ned war so stolz auf seine Herkunft. All diese Sagen und Traditionen.«

»Hat er dir je davon erzählt, daß der Ruhm eines tscherkessischen Kriegers um so größer war, je mehr er gestohlen hatte? Und daß die größte Schande darin bestand, etwas davon wieder zurückgeben zu müssen?«

»Wirklich? Ist das wahr?«

»Eine edle Tradition jenes Landes.«

Ryan hatte diese Geschichten schon als Kind gehört. Erinnerungen an tapfere tscherkessische Krieger – ein Witz! George Ryan, Taufname Gyorgei Rianishvili, hatte den Kaukasus nicht mehr gesehen, seit er ein Baby gewesen war. Und den alten Großvater Joseph sah

Ryan immer nur schweigend im Schaukelstuhl sitzend vor sich. Als junger Mann war er im Schatten von Stalins Aufstieg mit seiner Familie nach Amerika ausgewandert. Dort war der kleine Gyorgei zu einem charmanten Schwindler herangewachsen, der Sohn und Frau immer wieder für Monate im Stich ließ, um genauso unvorhergesehen wiederaufzutauchen, wie er verschwunden war. Das war das Erbe der Ryans.

Ryan nahm die Hand seiner Schwiegertochter. »Quäle dich nicht mit Rachegedanken, nur weil du meinst, Neds Erbe würde das verlangen. Wie immer die Traditionen dieses Landes auch gewesen sein mögen, alles ist lang her und weit weg.«

Kaplan rief an, weil er neue Informationen über Shible mitzuteilen hatte. »Ich hatte ein Rendezvous mit Ramasowieso. Dabei konnte ich ihn überzeugen, daß Kooperation für ihn das kleinere Übel darstellt. Wir haben einige Disketten mit Daten von finanziellen Transaktionen entdeckt, die verschiedene Banken betreffen. Aber sie enthielten zu wenig Details, um daraus schlau zu werden. Was mir jedoch auffiel, waren etliche Einzahlungen um die neuntausend Dollar herum. Es läßt sich allerdings nicht feststellen, ob es sich dabei um ordnungsgemäße Zahlungen handelt oder nicht. Und nur wenn diese Beträge bar eingezahlt worden wären, könnten wir davon ausgehen, daß Geldwäsche im Spiel ist.«

»Wegen der Nachweispflicht, die Banken ab zehntausend Dollar aufwärts über die genaue Herkunft des Geldes in Kenntnis zu setzen.«

»Genau. Aber können Sie sich vorstellen, daß Shible Deodorants in Größenordnungen zu je neuntausend Dollar verkauft hat?«

Das Gespräch mit Kaplan beschäftigte Ryan noch lange. Wenn es sich nun *wirklich* um gewaschenes Geld handelte, wie hätte das dann vor sich gehen können? Durch den Verleih des Geldes zu relativ geringen Zinssätzen, wie Ryan anfangs vermutet hatte? Das schien die eine Möglichkeit. Aber jetzt erkannte er, daß es noch einen zweiten Weg gab. Ramanujan hatte von den grauen Produkten gesprochen, die Shible in Übersee erstand, sowie von den verschreibungspflichtigen Medikamenten, die zum Teil importiert wurden. Wenn regelmäßig Geldbeträge zu ausländischen Banken flossen und dafür als Gegenleistung Waren an Shible geliefert wurden, dann wäre es keine Kunst, die entsprechenden Rechnungen zu frisieren und in Wirklichkeit wesentlich mehr zu zahlen, als man eigentlich gekauft hatte. Der Differenzbetrag könnte für eigene Zwecke umgeleitet werden, wenn er sich erst einmal außer Landes befand.

In diesem Fall würden auch die bescheidenen Zinssätze von Shible einen Sinn machen. Das Unternehmen konnte damit seine Kunden halten, die wiederum als Abnehmer dafür sorgten, daß die wichtigen Geschäftsverbindungen nach Übersee erhalten blieben.

Wie auch immer, Kaplans letzte Informationen erhärteten den Verdacht, daß das Motiv für den Mord an Ned bei Shible zu finden war.

Erstmals seit Tagen konnte Ryan wegen seiner Schulter nicht einschlafen. Statt ein Schmerzmittel zu schlucken, stand er auf, trank etwas und fing an zu grübeln.

Seine Verteidigung verfolgte die Strategie, den Mörder unter den Partygästen ausfindig zu machen. Aber wer konnte es gewesen sein? Keiner der Anwesenden schien dafür in Frage zu kommen. Die Berichte, die er bislang über Tina Claires Freund erhalten hatte, ergaben einwandfrei, daß er für die fragliche Zeit über ein Alibi verfügte.

Wenn Oliveras Leute darin verwickelt waren – und warum ausgerechnet die –, wie hätten die dann wissen können, daß Ned an jenem Abend auf Hugo Hills Party war? Und warum hätten sie diesen Ort und diese Methode wählen sollen, wenn sie Ned doch jederzeit auf der Straße niederschießen konnten? So wie sie es wahrscheinlich auch mit Neds Vater, seiner Witwe und dem ungeborenen Sohn versucht hatten.

Wenn er in der Verhandlung Olivera erwähnen würde – immer unter der Voraussetzung, daß er über die entsprechenden Beweismittel verfügte –, wußte Ryan schon jetzt, daß Becker dagegenhalten könnte, so ein durchtriebener Gangster hätte ganz andere Mittel gewählt, um Ned zu beseitigen. Und doch ...

Und doch. Irgend etwas störte Ryan. Irgend etwas stimmte einfach nicht. Er hoffte, daß er sich das nicht nur einbildete, denn der Whiskey war gerade dabei, sein Gehirn aufzuweichen. Das einzige, was ihm noch klar vor Augen stand, war, daß er jetzt an Jennifers Unschuld glauben mußte. Die Alternative wäre unerträglich – zu viele Ryans als Mörder und Opfer zugleich.

Ryan war überrascht, daß er vollkommen nüchtern erwachte. Er fuhr bei Kneeland vorbei, um Jennifer einen morgendlichen Besuch abzustatten. Das Hausmädchen ließ ihn herein.

Jennifer lag auf einer Couch im Wohnzimmer. Sie lächelte ihn an, kurz aber herzlich. »Schön, daß du da bist, Michael. Ich fühle mich heute so einsam.«

»Wo steckt denn dein Vater?«

Sie zog ihren Morgenrock eng um sich herum. »Er ist fort. Gestern. Hat geschäftlich zu tun.«

»Und da hat er dich hier ganz allein gelassen, Jennifer?« wunderte sich Ryan.

»Das Mädchen ist doch hier. Wenn ich zum Arzt muß, rufe ich einfach den Chauffeur.«

»Nicht gerade viel Gesellschaft.«

Sie zog ihn an der Hand, damit er sich neben sie setzte. »Was macht deine Schulter?«

»Wird besser. Und du?«

»Ich bin noch schwach, habe Schmerzen und weine andauernd. Aber sonst geht's mir prächtig.«

»Ich kann nicht verstehen, daß dein Vater dich in diesem Zustand alleine läßt.«

Sie pickte einen Fussel von ihrem Morgenmantel. »So ist er nun mal. Ich habe lange gebraucht, um mich daran zu gewöhnen. Er wird von seinen Geschäften aufgefressen. Es ist nicht so, daß er mich nicht lieben würde, er hat lediglich seine ganz eigene Art, es mir zu zeigen. Mal vernachlässigt er mich wegen seiner Geschäfte, und dann kümmert er sich wieder viel zu sehr um mich.

Mitunter vergesse ich, daß er innerlich noch immer Kämpfe ausficht – wegen der Frauen in seinem Leben. Als ich klein war, war ich das Kreuz, das er zu tragen hatte. Er stellte mich immer als das gute, kleine Mädchen dar, dessen böse Mutter sich aus dem Staub gemacht hatte. Meine Güte, hat Daddy sie dafür gehaßt! Man stelle sich nur vor: Der großartige Robertson Kneeland wird wegen so eines Burschen auf einem Motorrad sitzengelassen, der mit einem Haufen anderer Leute eine baufällige Farm bewohnt.« Ihr Grinsen war eine Kombination von Ironie und Verbitterung. »Wenn wir über meinen Vater reden, dann meinen wir keinen Mann, der sich Frauen gegenüber sicher fühlt und ihnen vertraut.«

Kaum war er im Büro angekommen, rief auch schon Craig Lawrence an. »Neuigkeiten«, informierte er ihn. »Etwas Unerwartetes.«

»Craig wird nachher kommen«, sagte Ryan zu Kassia Miller, als Lawrence aufgelegt hatte. »In der Zwischenzeit will ich mit einer probeweisen Eröffnungserklärung beginnen.«

»Gut. Welche Seite möchten Sie übernehmen?«

»Es wäre mir lieb, wenn jeder von uns einmal beide Seiten übernehmen würde. Ich werde zuerst die Anklage vertreten.«

Er nahm die Akte über die Beweismittel der Staatsanwaltschaft hervor und begann darin zu lesen. Ryan hatte nicht erwartet, daß ihn der Inhalt ermutigen würde, doch bildete die Arbeit der Anklage zumindest eine zusammenhängende Argumentationskette, mit der er sich beschäftigen konnte. Bis jetzt machte nämlich seine eigene Seite, die Verteidigung, noch immer den Eindruck, als mache sie auf einen Elefanten mit der Fliegenklatsche Jagd.

Lawrence kam herein und schlug gegen die Kälte die Arme um sich. »Bin ich denn der einzige, der auf den Frühling wartet?« Er goß sich einen Kaffee ein und ließ sich auf einem Stuhl nieder.

Ryan wartete, bis sich der Privatdetektiv eine zweite Tasse eingeschenkt hatte, und kam dann zur Sache. »Du hast gesagt, es gäbe etwas Neues?«

»Neu ist, daß Mr. Donald Garfield, der auch auf Hugo Hills Party war, sich zur Zeit in New York aufhält und mit dir reden will. Er sagt, er habe Informationen, die uns weiterbringen könnten.«

»Was weißt du über ihn?«

»Ein Immobilienmakler aus Chicago. Ned hatte wegen eines Geschäftes Kontakt mit ihm aufgenommen und ihn auch zu dem Fest eingeladen. Wie Garfield sagte, hatte er sich zu diesem Zeitpunkt aber bereits gegen das Geschäft entschieden und war nur aus reiner Höflichkeit bei Hill erschienen. Das hat er mir vergangenen Monat am Telefon erzählt.«

Don Garfield war in jeder Hinsicht ein großer Mann. Er bewegte sich, als habe er ständig Angst, etwas umzuwerfen

»Ich habe Ned Ryan gar nicht gekannt und will auch nichts Schlechtes über ihn sagen. Aber dann habe ich die ganze Geschichte in der Zeitung gelesen und anschließend auch noch das mit dem Überfall auf Sie, und wie Mrs. Ryan ihr Baby verloren hat. Ja, und da dachte ich, vielleicht kann ich Ihnen ein bißchen weiterhelfen.«

»Wir wissen das zu schätzen«, entgegnete Ryan. »Was haben Sie uns zu sagen?«

»Wie schon erwähnt, ich will nichts gegen den Mann sagen. Aber der Grund, weshalb ich nicht mit ihm ins Geschäft kam, war, daß ich etwas gehört hatte … über ihn.«

»Von wem?«

»Ach, hier und dort. Von wem, weiß ich wirklich nicht mehr. Auf der Party war aber auch jemand, der mit ihm geschäftlich zu tun hatte und nicht sonderlich zufrieden war. Ich fragte ihn allerdings nicht nach Einzelheiten, denn die Lady, mit der ich mich unterhielt, fand ich wesentlich interessanter. Aber ich wage zu behaupten, daß er über Mr. Edward Ryan ausgesprochen erbost war.«

»Was hat er denn genau gesagt? Haben Sie seine Worte noch im Gedächtnis?«

»Er meinte, daß Ryan genauso unmenschlich sei wie seine Geschäftspartner. Und dann sagte er noch etwas Lustiges: Wenn man Ryan in seiner Küche entdecke, sollte man den Kammerjäger benachrichtigen.«

»Um wieviel Uhr war das?« fragte Ryan, wobei er versuchte, die Ungeduld zu unterdrücken, die in seiner Stimme mitschwang.

»Ich würde sagen, ungefähr eine halbe Stunde vor dem Streit mit seiner Frau.«

»Können Sie uns etwas darüber sagen, weshalb der Mann so unzufrieden war?« Ryan war es völlig egal, was nun eventuell über Ned ans Tageslicht kommen würde.

»Es ging wohl um ein Geschäft, das geplatzt war, da Ned mit den Kreditbedingungen gespielt hatte. Der Mann sagte etwas von gewaltigen Änderungen in allerletzter Minute.«

»Um welche Art von Geschäft ging es dabei?«

Garfield dachte angestrengt nach, schüttelte dann aber den Kopf. »Vielleicht fällt es mir ja später wieder ein.«

»Und der Name?«

»Erinnern Sie sich an jeden einzelnen Namen, wenn Sie auf einer Party waren? Was Ausländisches, glaube ich.«

»Wie sah er aus?«

»Mittelgroß, hager, lockiges Haar, braun, glaube ich, und ein Schnurrbart. So ein großer. Wie ein Bandito, wissen Sie?« Garfield tat so, als würde er die Enden eines Schnurrbartes zwirbeln.

»Wie alt?«

»Um die vierzig. Ich erinnere mich, daß er mit einer hübschen Frau da war. Groß, größer als er, schöne Figur.« An Miß Miller gerichtet fügte er hinzu: »Verzeihung, Madam.«

»Augen? Haare?«

»Schwarzes Haar. Kurz oder vielleicht auch nur zurückgekämmt. An die Farbe der Augen erinnere ich mich nicht. Eher dunkel.«

»Wie hieß sie? Was hat sie gemacht?«

»Ihren Namen kenne ich nicht. Und was sie tat ... vielleicht war sie Künstlerin. Es waren viele Künstler auf dem Fest. Oder ein Fotomodell. Aber ich bin ziemlich sicher, daß sie gemeinsam da waren. Er sagte noch, er hätte gar nicht gewußt, daß auch Ned Ryan kommen würde. Er war ganz aufgeregt deswegen und sah dauernd zu ihm hinüber.«

»Wir haben hier eine Liste sämtlicher Gäste. Glauben Sie, es könnte was bringen, wenn Sie sich die mal ansehen?«

»Nein, Sir, eigentlich nicht. Aber für Sie werfe ich trotzdem einen Blick drauf.«

Er entdeckte keinen Namen, der ihm bekannt vorgekommen wäre, versprach jedoch, noch einmal darüber nachzudenken – vor allem über die genauen Worte des Mannes – und sich umgehend zu melden, falls ihm noch etwas einfallen würde.

Auf dem Weg nach draußen blieb Garfield stehen. »Ein weiterer Grund, weshalb ich mich an Sie gewandt habe, war, daß jemand von der Staatsanwaltschaft mich gefragt hat, ob ich für Sie aussagen würde. Ich will bei diesem Fall aber nicht ausschließlich einer Seite helfen.«

»Warum will Sie denn die Anklage als Zeugen aufrufen?«

»Vielleicht weil ich Geschäftsmann bin und kein Künstler. Verläßlicher. Sie wissen schon.«

»Das könnte sein.«

»Eines interessierte den Staatsanwalt ganz besonders. Und mir ist nicht bekannt, ob außer mir das sonst noch jemand gesehen hat.«

»Was denn?«

»Ich sah, wie Mrs. Ryan das Haus verließ. Ich kam gerade aus dem Fahrstuhl, als sie durch die kleine Halle lief. Sie war wohl aus dem Treppenhaus gekommen und wirkte sehr aufgebracht.«

»Hat Mrs. Ryan Sie gesehen?«

»Ich glaube nicht.«

»Um wieviel Uhr war das?«

»Gegen neun, mehr oder weniger.«

»Werden Sie das denn nun vor Gericht aussagen?«

»Ich weiß noch nicht, ob ich extra wegen des Prozesses nach New York fliegen soll. Wahrscheinlich schon, aber ich wäre froh, wenn die Staatsanwaltschaft noch jemand anderen finden würde.« Er drehte sich wieder um und wollte gehen.

»Wir danken Ihnen sehr für Ihre Hilfe«, sagte Ryan. »Wir werden uns bald bei Ihnen melden. Falls Ihnen in der Zwischenzeit noch etwas einfällt, würde uns das außerordentlich freuen.«

»Ich werde es Sie wissen lassen. Das ist schon ein schöner Schlamassel! Ein Mann, mit dem ich eigentlich keinerlei Geschäfte machen will, lädt mich zu einer Party ein, und am Ende werde ich in einen Mordfall verwickelt. Ihn hat es natürlich wesentlich schlimmer erwischt, aber … Ich hatte ja noch nicht einmal Erfolg bei der Lady.«

»Vielleicht sollten Sie darüber froh sein«, rief Miß Miller ihm nach, als er das Büro verließ. »Man kann nie wissen, an wen man gerät.«

»Jennifer war also keinesfalls unsichtbar, als sie gegen neun Uhr zurückkam«, bemerkte Kassia Miller.

»He, betrachten wir lieber die gute Seite dieser Mitteilung«, schlug Lawrence vor. »Dieser Bandito klingt vielversprechend.«

»Falls sich sein Name wirklich nicht auf der Gästeliste befindet, wird es sehr schwer werden, ihn ausfindig zu machen«, warf Ryan ein.

»Um so besser«, entgegnete Miß Miller, »schließlich wollen wir ihn ja gar nicht finden.«

»Was soll das heißen?« fragte Lawrence verwundert.

»Es gibt zwei Möglichkeiten: Entweder hat dieser Bandito Ned umgebracht, oder er hat es nicht getan. Falls er nicht der Mörder ist, hat er zur fraglichen Zeit etwas anderes gemacht und verfügt über ein Alibi. Ist er der Täter, wird er sich wahrscheinlich ein Alibi zurechtgebastelt haben. Ein Typ, der Ned nicht ausstehen kann und das auf einem Fest allen sagt, die es hören wollen, bringt uns überhaupt nicht weiter, wenn er über ein Alibi verfügt. Viel besser wäre jemand, der Ned haßt, dies auf der Party verkündet … und nicht gefunden werden kann.«

Ryan wollte sich nicht mit ihr anlegen. Unter strategischen Gesichtspunkten hatte sie recht. Und außer seinem Wunschdenken gab es keinen einzigen Grund, der ihm die Schlußfolgerung erlaubt hätte, daß es sich bei diesem Bandito tatsächlich um den Mörder handelte.

»Wir müssen noch weitere Partygäste ausfindig machen, denen der Bandito dasselbe erzählt hat, damit Garfield nicht der einzige bleibt, der das bezeugen kann«, sagte Miß Miller. »Außerdem müssen wir darauf achten, daß Becker nicht Wind davon bekommt.«

»Garfield ist doch bereits längst in Beckers Lager«, erwiderte Lawrence.

»Da wäre ich mir nicht so sicher. Ich glaube ihm, wenn er sagt, daß er sich nicht auf eine Seite festlegen will.«

Ryan hatte sein Pokerface aufgesetzt und hörte den beiden zu.

»Schmollen Sie nicht, Mr. Ryan«, sagte Miß Miller. »Wenn wir das richtig angehen, haben wir wirklich etwas in der Hand. Es steht genug Zeit zur Verfügung, jemand anderen mit dem Verbrechen in Verbindung zu bringen ... nachdem wir Jennifer freibekommen haben.«

In dieser Nacht tanzten Bilder von lockigen Männern mit üppigen Schnurrbärten in Ryans Kopf herum. Er versuchte, seine Gedanken darauf zu konzentrieren, wie man diesen Mann aufspüren könnte. Aber Kassia Miller hatte schon richtig gelegen – sie mußten so umsichtig wie möglich vorgehen, ohne Becker in Alarmbereitschaft zu versetzen. Und ihre Beute durfte auch nichts merken.

## 31

Als Ryan sie das nächste Mal besuchte, hatte Jennifer Lust auf einen Spaziergang. Sie statteten dem Zoo einen Besuch ab.

Auf dem Weg dorthin gab Ryan eine stark gekürzte Version von Garfields Bericht zum besten. Es reichte, wenn einer von ihnen über diesen Bandito in Aufregung versetzt wurde.

»An jemanden mit so einem Bart erinnere ich mich nicht«, sagte sie.

»Es lohnt sich, darüber nachzudenken. Mach das bei Gelegenheit und versuche, dir die Party wieder bildlich vorzustellen. Wie einen Film, an den du zurückdenkst.« Er sah, daß sie zu lächeln anfing. »Gab es beim Schauspielunterricht nicht auch solche Übungen?«

»Ja. Ich will's probieren.«

»Schön.« Er kaufte zwei Eintrittskarten, und sie folgten dem brodelnden Strom einer Grundschulklasse.

»Sprach Ned jemals von Leuten, die mit Drogen handelten?« fragte Ryan.

Sie sah ihn an. »Jeder spricht darüber. Man kann nicht in dieser Stadt leben und nichts davon mitbekommen. Wir hatten Freunde, die sich erst Kokain reinzogen, sich aber anschließend über Crackhändler aufregten.«

»Könnte er welche gekannt oder mit ihnen Geschäfte gemacht haben?«

»Drogendealer? Meinst du, die könnten damit etwas zu tun haben?«

»Ich weiß nicht so recht.«

Sie blieben stehen, um sich die Eisbären anzusehen, die auf ihren Felsen herumkletterten.

»Sieht ganz echt aus«, bemerkte Jennifer, »aber in Wirklichkeit sind sie alle eingesperrt.«

»Keine Gitterstäbe.«

»Und trotzdem ein Gefängnis.«

Es war an der Zeit, das Thema zu wechseln. »Kannst du dir einen Grund vorstellen, weshalb jemand auf dich schießen sollte?«

»Auf mich? Ich dachte, es handelte sich um einen Bandenkrieg.«

»Ja, schon ... aber wir wollen nichts voreilig ausschließen.«

Ryan verspürte neue Energie, da es wieder eine konkrete Spur zu verfolgen gab. Ned mochte zwar Kreditbedingungen geändert oder etliche Male die Spielregeln verletzt haben – in Ryans Kopf spukte aber vor allem noch immer jenes geplatzte Geschäft herum, das Thom Willard erwähnt hatte. Bislang hatte sich Willy nicht wieder bei ihm gemeldet, um den Namen des betreffenden Mannes mitzuteilen. Er rief in Philadelphia an und machte Druck.

»Sagtest du nicht, daß Ausländer in dieses Geschäft verwickelt gewesen seien?«

»Ja. Aber noch bevor es zu einem Abschluß kam, sprangen sie wieder ab.«

»Darüber benötige ich noch mehr Informationen. Ich kann dir einen Rechnungsprüfer schicken oder einen Privatdetektiv. Sie könnten sämtliche Unterlagen überprüfen, die deiner Meinung nach wichtig sind.«

»Da das Geschäft nicht zustande kam, weiß ich nicht, ob sie überhaupt auf etwas stoßen werden.«

»Irgend jemand wird sich schon noch an was erinnern.«

Willy seufzte. »Ich versuche herauszufinden, wo Ihre Männer mit der Arbeit beginnen können. Wenn ich soweit bin, gebe ich Ihnen Bescheid.«

Nachdem eine Woche vergangen war, wurde Ryan immer mulmiger zumute, weil er noch nichts von Willy gehört hatte. Als er am späten Freitagnachmittag hart am Rande seiner Geduld war, rief der Bankier endlich an. Er hatte einige Schriftstücke und Namen entdeckt und fragte, ob Ryan noch immer daran gelegen sei. Ryan bejahte diese Frage.

Am Sonntagabend nahm Lawrence einen Zug nach Philadelphia, so daß er am Morgen darauf schon mit seiner Arbeit beginnen konnte. Um die Mittagszeit erstattete er Ryan erstmals telefonisch Bericht: »Nichts Besonderes. Willy hat mir einige Kreditanfragen gezeigt, eine Bitte um Auskunft über Besitzverhältnisse und ein paar andere Unterlagen. Ich wünschte mir, Garfield hätte sich etwas klarer ausgedrückt, was er unter einem ausländischen Namen versteht. Schließlich klingt ja für manche Leute auch Ryan fremdartig.«

Wenn du wüßtest, dachte Ryan.

Am Montag abend versuchte Ryan, seine Ungeduld mit Hilfe des Fernsehens zu überspielen. Aber er schenkte dem Programm überhaupt keine Beachtung, diesem Strom von Gier, Gewalt und Sex. Er dachte darüber nach, wie er vorgehen sollte, wenn Lawrence diesen Bandito wirklich fand. Die Schulter bereitete ihm wieder Schmerzen.

Der Aufmacher in den Spätnachrichten war eine Schießerei zwischen Drogenbanden in West Village. Ryan sah sich den Bericht aufmerksam an, denn anscheinend waren dieselben Gruppen darin verwickelt, deren Kugeln Jennifer und ihn getroffen hatten. Der Nachrichtensprecher mutmaßte, daß dieser Zwischenfall eine Vergeltung für den letzten Überfall gewesen sein könnte.

Am Dienstag abend erhielt Ryan einen Anruf von Detective Garrity.

»Haben Sie von der Schießerei gestern abend gehört?«

»Ja.«

»Bei den Leichen haben wir Waffen entdeckt. Die Ballistiker haben sie bereits untersucht.«

»Was haben sie herausgefunden?«

»Mit einer der Pistolen wurde auf Sie und Ihre Mandantin geschossen.«

»Wie sicher ist das?«

»So sicher, wie Ballistiker es eben beurteilen können.«

»Kann ich das so interpretieren, daß Sie damit die Suche nach den Typen einstellen, die auf uns geschossen haben?«

»Die brauche ich nicht mehr zu suchen, denn sie liegen im Leichenschauhaus. Von unserer Seite ist dieser Fall abgeschlossen.«

Aber wenn Felipe Olivera den ersten Feuerüberfall arrangiert hatte, dann hätte das auch bei dem zweiten der Fall sein können, überlegte sich Ryan. Gerade deshalb, weil er die Waffe der Polizei in die Hände spielen wollte.

Du bekommst allmählich Wahnvorstellungen, sagte er zu sich selbst.

Ryans Physiotherapeut hatte seine Praxis in James Morris' Fitneß-Center. Ryan verabredete sich mit ihm an einem Spätnachmittag.

»Wie geht die Arbeit voran?« fragte Morris.

»Wir konnten dieses Notizbuch nicht finden. Sind Sie sich da ganz sicher?«

»Daß Ned es hatte – ja. Was darinstand – nein.«

»Aber Sie sind sich sicher, daß er es in den Tagen vor seiner Ermordung noch hatte?«

»Nein, nicht völlig.«

»Was können Sie mir über Srini Ramanujan sagen?«

»Nicht viel. Ned hat ihn eingestellt. Wo er ihn kennengelernt hat, ist mir nicht bekannt. Ein richtiges Original. Sein Temperament ist heißer als der Schweinefraß, den er Curry nennt. Er leistet wirklich gute Arbeit. Ich halte es für nützlich, daß ein Inder diesen Posten innehat, denn viele Kunden von Shible stammen von da.«

»Halten Sie es für denkbar, daß er einen Teil des Gewinns für sich abzweigt oder nebenher noch andere Geschäfte macht?«

»Srini? Das ist mir nie in den Sinn gekommen. Alle paar Monate bekomme ich einen schönen Scheck, der mich voll und ganz zufriedenstellt. Ich muß mich schon um genügend andere Dinge kümmern, als daß ich mir darüber Gedanken machen könnte, ob Srini nebenher etwas laufen hat.«

»Glauben Sie, Ned wäre ebenso gelassen gewesen wie Sie, wenn Ramanujan schmutzige Geschäfte gemacht hätte?«

»Ich kann mich nicht erinnern, daß wir jemals einen Verdacht gegen Srini gehabt hätten.«

»Hat Ned je über Leute gesprochen, die wegen seiner Geschäfte nicht gut auf ihn zu sprechen waren?«

Morris erwiderte, es habe da ein paar Geschichten gegeben, die allerdings nicht wichtig gewesen seien und sich auch nie allzu ernst angehört hatten.

Daraufhin erzählte Ryan von der Frau, die sich wegen ihrer Steuerprobleme Ned anvertraut hatte.

»Davon hat er mir nie etwas gesagt. Und das ist auch nicht der Ned, den ich gekannt habe.«

»Die Menschen haben unterschiedliche Gesichter – je nach Gelegenheit.«

Morris kniff die Augen zu. »Sagen Sie mal, Mr. Ryan. Glauben Sie eigentlich alles, was man Ihnen auftischt?«

»Falls Sie Beweise für das Gegenteil haben, würde ich mich freuen, wenn Sie sie mir mitteilen würden.«

»Ich kann Ihnen nur sagen, daß ich Ned mochte und ihm vertraute. Und ich habe das nie bereut.«

Lawrences tägliche Meldungen aus Philadelphia waren nicht ermutigend. Die Klienten, die bei den fraglichen Geschäften Geld verloren hatten, kannten Ned zwar alle namentlich, hatten jedoch nie direkt mit ihm zu tun gehabt. Keiner von ihnen schien über ein ausreichendes Mordmotiv zu verfügen. Außerdem konnte sich niemand an einen dünnen, mittelgroßen Mann mit lockigen Haaren, Schnurrbart und ausländischem Namen erinnern.

Ryan sah ein, daß sie für die Suche nach dem Bandito mehr Zeit benötigten. Die Frage war nur, wie sie das bewerkstelligen sollten angesichts der klaren Antipathie Richter Corinos gegenüber einer Verschiebung seines Zeitplans. Der beste Vorwand wäre eine nur langsam voranschreitende Genesung Jennifers.

Sie hatte die Wohnung ihres Vaters verlassen und war in das leerstehende Haus von Freunden gezogen, die sich zur Zeit auf dem Land aufhielten.

Als er sie nach mehreren Tage erstmals wiedersah, erschrak Ryan. Ihre Kleider schlotterten um den Körper, und das bleiche Gesicht stach von ihren dunklen Haaren ab. Tiefe Ringe lagen unter ihren glasigen, blaugrauen Augen. Die langsame Erholung schien also keine Erfindung von ihm zu sein.

Sein Hinweis, daß jegliche Verzögerung der Verteidigung nur nützen könne, brachte wieder Farbe in ihr Gesicht.

Aggressiv machte sie Ryan klar, daß eine Verzögerung nur dann von Vorteil sei, wenn Zeugen die Stadt verlassen hätten oder sich nicht mehr richtig erinnern könnten. Ihrer Gesundheit dagegen wäre überhaupt nicht damit gedient, wenn sie Tag und Nacht von dem Mordvorwurf verfolgt werde, den man gegen sie richtete, und dazu auch noch ständig die furchtbare Möglichkeit vor Augen habe, für Jahre hinter Gitter zu kommen.

Ryan hatte Jennifer noch nie so erregt gesehen. War *das* der Zustand gewesen, in dem sie sich auf der Party befunden hatte?

»Viel länger halte ich das nicht mehr aus, Michael«, sagte sie schließlich. »Ich habe meinen Mann verloren. Ich habe mein Baby verloren. Ich habe andauernd Schmerzen, und ich bin eines Verbrechens angeklagt, das ich nicht begangen habe. Laß es uns endlich hinter uns bringen.«

Ryan erinnerte sich daran, daß es ihm als Staatsanwalt immer Freude bereitet hatte, seine Amtsgewalt als psychisches Druckmittel einzusetzen. Mit Erfolg war er oftmals auf diese Weise gegen widerspenstige Angeklagte vorgegangen. Doch nie war ihm klargeworden, welche Wirkung dieser Druck auf sein Gegenüber gehabt hatte. Jetzt lernte er dazu.

Er telefonierte mit Jake Kaplan und erläuterte ihm, welche Probleme es bereitete, den Bandito aufzuspüren.

»Verlangen Sie etwa von mir, nach Geschäftsabschlüssen zu suchen, die nie getätigt worden sind? Mir sind in meiner Laufbahn schon viele seltsame Dinge zu Ohren gekommen aber das setzt allem die Krone auf. Ich könnte mich lediglich mit einigen seiner Geschäftspartner unterhalten und hören woran die sich noch erinnern.«

»Gut. Aber gehen Sie nicht zu sehr ins Detail. Nur allgemeine Fragen. Falls jemand nach dem Grund fragt, sagen Sie einfach, Sie befürchten, daß es zu Rechtsstreitigkeiten um den Nachlaß kommen könnte.«

Zwei Tage später rief Kaplan zurück. »Bis jetzt keine Neuigkeiten.«

Ryan setzte sich mit Lawrence in Verbindung, der sich noch immer in Philadelphia aufhielt.

»Was in aller Welt machst du so lange da unten?« fragte er schärfer als beabsichtigt.

»Du kannst ja herkommen und die Arbeit selbst erledigen.«

»Es ist wirklich wichtig.«

»Das weiß ich. Aber hier ist nichts. Ich komme wieder zurück.« Er legte auf.

Prima, dachte Ryan, jetzt mache ich mir auch noch meine Verbündeten zu Feinden.

Ryan versuchte sein Glück, indem er die vier Gäste von Hugo Hills Party anrief, die das größte Verständnis für Jennifer aufgebracht hatten. Sie würden wohl kaum Becker darüber informieren, daß Michael Ryan nach einem mittelgroßen Mann mit Schnurrbart suchte. Aber leider konnte sich keiner von ihnen daran erinnern, mit einem Mann gesprochen zu haben, der dieser Beschreibung entsprach. Auch war ihnen niemand bekannt, der sich schlecht über Ned ausgelassen hatte.

Unfähig zu arbeiten, starrte Ryan an die Wand. Er kam zu dem Schluß, daß es am besten sei, die Namensliste nach solchen Personen durchzusehen, deren Zuverlässigkeit nicht so eindeutig feststand. Es war ihm mittlerweile auch gleichgültig, ob Becker davon erfahren würde, wenn es ihnen nur gelänge, den Bandito ausfindig zu machen. In diesem Moment rief eine Frau zurück, die er zuvor telefonisch befragt hatte. Sie erinnerte sich daran, daß sie sich mit einem Mann unterhalten hatte, der dem Gesuchten ähnlich sah. Das Thema ihres Gesprächs war ihr allerdings entfallen.

Besser als gar nichts, dachte Ryan. Vor diesem Telefonat hatte Garfields Aussage ihren einzigen Beweis für die Existenz dieses Mannes dargestellt.

Ryan traf sich mit Craig Lawrence und Jake Kaplan, um über ihre geringen Fortschritte bei der Suche nach dem Bandito zu sprechen.

»Warum lassen wir es nicht einfach?« schlug Lawrence vor. »Kassandra meinte von Anfang an, daß wir ohne ihn besser dran wären, weil wir uns immer noch auf Garfields Aussage berufen können. Und wie du sagtest, unterhielt sich eine deiner Zeuginnen mit ihm. Kass könnte also recht behalten. Der Jury haben wir genug anzubieten, aber wenn wir uns zu weit vorwagen, könnte Becker davon Wind bekommen.«

Sosehr Ryan auch wünschte, den Unbekannten aufzuspüren, sowenig konnte er diese Argumente widerlegen.

Die Verteidigung arbeitete von früh morgens bis tief in die Nacht. Gegessen wurde im Büro. Beim Einzug war Ryan der ungefähr fünfzig Quadratmeter große, grauweiß gestrichene Raum mit seiner hohen Decke ausgesprochen komfortabel vorgekommen. Aber je mehr Zeit ihre harte Arbeit beanspruchte, um so eingesperrter fühlte er sich, zumal ihm jede Eigenart seiner Kollegen plötzlich unangenehm auffiel.

Wiederholt spekulierten sie über Beckers Vorgehensweise, erstellten neue Listen mit möglichen Zeugen der Anklage, diskutierten darüber, verwarfen sie und fingen wieder von vorne an. Ryan und Miß Miller beendeten ihre probeweisen Eröffnungsplädoyers und wechselten die Seiten für eine zweite Runde. Lawrence verabredete sich mit den Partygästen, die als Zeugen der Verteidigung in Frage kamen. Jeder einzelne mußte erneut aufgesucht, befragt und auf ein Erscheinen im Zeugenstand vorbereitet werden. Anfangs waren die Ergebnisse dieser Befragungen enttäuschend. Wie Lawrence vorausgesagt hatte, wollten sich die Zeugen ihre monatealten Versprechen, vor Gericht auszusagen, nochmals überlegen. Viel zu viele befanden sich gar nicht in der Stadt oder gaben vor, verreisen zu müssen.

Jennifer sah noch immer schmal und gehetzt aus, behauptete jedoch, es ginge ihr schon wieder besser. Ryan besuchte sie auch weiterhin. Ein paar Stunden täglich erschien Jennifer auch im Büro. Sie wirkte gedämpft und entrückt, sah und hörte zwar genau zu, übernahm jedoch nicht mehr ihre gewohnt aktive Rolle. Mitunter kam es Ryan vor, als ob Jennifer ihm aus dem Weg gehe.

Ryan schaffte es nicht, den Bandito aus seinem Gedächtnis zu verdrängen. Kassia Millers zugegebenermaßen überzeugender Argumentation, daß es besser sei, wenn er unentdeckt bliebe, hatte sich auch Lawrence angeschlossen. Aber an seinem Verlangen, diesen Mann aufzustöbern, hatte das nichts geändert.

Als Ryan eines Nachmittags allein in seinem Büro saß, gab er seinem inneren Drang nach und rief Hugo Hill an. Er fragte den Galeristen, ob er sich an ein großes, dunkelhaariges Fotomodell erinnere, das mit einem Mann auf der Party erschienen war, der einen Schnurrbart und Locken hatte.

»Da klingelt bei mir überhaupt nichts«, gab Hill zur Antwort.

Ryan hakte nach und beschrieb die beiden noch detaillierter. Als er gerade fertig war, betrat Miß Miller das Büro.

»Tut mir leid«, entgegnete Hill, »keine Ahnung, wen Sie meinen.«

»Wenn Ihnen jemand einfällt, rufen Sie mich an«, sagte Ryan und beendete das Gespräch.

»Wer war dran?« wollte seine Kollegin wissen, nachdem er aufgelegt hatte.

Ryan sagte es ihr.

»Und Sie haben ihn tatsächlich über den geheimnisvollen Gast befragt?«

»Ja.«

»Verdammt, Mr. Ryan, wie können Sie bloß so *kindisch* sein!«

Wäre in dem Raum eine Tür zum Zuschlagen gewesen, hätte sie es in diesem Augenblick bestimmt getan. Statt dessen stapfte sie zu ihrem Schreibtisch hinüber und ließ sich hart auf den Stuhl fallen. Sie verfehlte jedoch die Sitzfläche und setzte sich nur auf die Vorderkante, wodurch der Bürostuhl nach hinten sauste und Miß Miller auf dem Boden landete.

Ryan konnte ein lautstarkes Gelächter nicht unterdrücken.

»Sie Blödmann! Finden Sie das etwa lustig?« Sie lag noch immer am Boden.

»Nein ... Entschuldigen Sie ...«, brachte er mühevoll hervor.

»Ach, Mist. Natürlich ist es lustig.« Sie grinste. »Aber trotzdem ...«

»Sie haben ja recht. Ich hätte ihn nicht anrufen sollen.«

»Wir arbeiten einfach zuviel«, antwortete sie versöhnlich.

## 32

Eine ganze Woche lang trafen sie sich mit den verschiedenen Fachleuten. Ryan erfuhr mehr, als ihm lieb war, über Schädelfrakturen, Verdauungsprozesse und die Feststellung von Blutgruppen. Gerade die letztgenannte Wissenschaft hatte enorme Fortschritte gemacht, seit er vor Jahren damit zu tun gehabt hatte. Als die Rede auf Contrecoupverletzungen des Hirns kam – Quetschungen, die verursacht wurden, wenn durch einen heftigen Schlag das Gehirn innerhalb des Schädels erschüttert wurde – schaltete er völlig ab.

»Ich hatte eine Unterredung mit Kneeland«, berichtete Miß Miller am Freitag morgen. »Er wollte von mir wissen, ob er lieber nicht als Zuschauer an der Verhandlung teilnehmen soll, für den Fall, daß wir ihn als Zeugen aufrufen wollen. Ich erwiderte, daß er dafür kaum in Frage käme, da er selbst als Leumundszeuge nicht geeignet sei. Daraufhin meinte er, daß er doch Kenntnisse von Neds geschäftlichen Aktivitäten hätte. Ich sagte nur, ich würde mit Ihnen darüber sprechen.«

»Die Geschworenen würden ihn für voreingenommen halten. Wenn es also einen anderen Zeugen gibt, der zu demselben Sachverhalt wie Kneeland aussagen kann, sollten wir besser den nehmen.«

»Glauben Sie, daß Kneeland über spezielle Kenntnisse verfügt?«

»Schwer zu sagen ... Möglich ist es. Er würde uns im Zuschauerraum fehlen. Und wie wird sich Jennifer fühlen, wenn er nicht mit dabei ist?«

»Sie hat Freunde, die jeden Tag kommen wollen. Auch sie würde ihn gerne dort sitzen sehen, versteht aber auch, daß es besser wäre, wenn er nicht am Prozeß teilnähme. Und er wiederum will alles tun, was für seine Tochter am vorteilhaftesten ist.«

»Wie nett, daß alle so zuvorkommend sind«, meinte Ryan. »Also gut, sagen Sie ihm, er soll zu Hause bleiben. Wenn er erst mal im Gerichtssaal aufgekreuzt ist, sind uns die Hände gebunden. Und auf diese Weise halten wir uns alle Optionen offen.« Außerdem brauche ich es dann nicht ertragen, daß er mir Tag für Tag über die Schulter schaut, dachte er.

Am Freitag abend kam Miß Millers Sachverständige für Blutflecken. Ryan, der froh war, daß er die anderen ausgelassen hatte, bestand jetzt darauf, die Ausführungen dieser Expertin mit anzuhören.

Ryans Vorstellung von einer ›Blutfleck-Muster-Expertin‹ paßte nicht zu der Frau, die sich an jenem Abend in ihrem Büro einfand. Dr. phil. Lynn Archbold war klein, hatte eine Figur wie eine Sanduhr, frühzeitig ergrautes Haar und dunkle Augen, die von einer riesigen Brille mit runden Gläsern übertrieben betont wurden. Sie war so voller Energie, daß sie geradezu in das Büro hereinpolterte.

Kassia Miller machte Ryan mit ihr bekannt und ließ Mrs. Archbold anschließend ihre Qualifikationen erläutern. Die Plumpheit der Frau irritierte Ryan, weil sie irgendwie nicht zu der Zeugenaussage einer Expertin paßte, die über Themen wie das aerodynamische Flugverhalten menschlichen Blutes reden wollte. Ihm wäre ein Mann lieber gewesen, der zudem auch noch den Vorstellungen von einem Professor besser entsprochen hätte. Oder jemand, der aussah wie Sherlock Holmes.

»Als Sie Ihre Qualifikationen erwähnten, sagten Sie nicht, in welchem Fach Sie promoviert haben.«

»Kunstgeschichte.«

Das war zuviel für Ryan.

Lawrence amüsierte sich. »Da haben wir ja einen Volltreffer gelandet«, lachte der Privatdetektiv.

»Haben Sie Ihr Leben lang immer nur ein und dasselbe gemacht?« schoß Mrs. Archbold zurück.

»Mehr oder weniger.«

»Schade für Sie.«

Miß Miller wechselte das Thema. »Sie befürchteten, daß man Ihnen nicht sämtliche Fotografien des Tatortes habe zukommen lassen?«

»O ja. Und ich kann Ihnen auch sagen, weshalb. Bei der Analyse von Blutfleck-Mustern lautet die erste Regel: Ziehe keine Schlußfolgerungen, solange nicht alle Flecken dokumentiert sind. Das Problem dabei ist – ein Zweifaches: Zum einen war die Spurensicherung an den Blutflecken nicht sonderlich interessiert und zog es vor, sich mit anderen Dingen intensiver zu beschäftigen. Daher sind einige der Aufnahmen nicht so scharf, wie sie für eine sorgfältige Analyse eigentlich sein sollten.

Mir ist es immer am liebsten, wenn ich den Tatort selbst untersuchen und mir von den Flecken einen Eindruck verschaffen kann. Es ist sinnvoll, den Raum als eine Matrix zu verwenden, um dann ausgehend von den Blutflecken auf die Ereignisse zurückzuschließen. Die genaue Beschaffenheit des Zieles – damit ist der Gegenstand gemeint, den das Blut bespritzt hat – und die exakten Maße des Raumes sind außerordentlich bedeutsam. Aber wie ich gesehen habe, stehen mir solche Informationen in diesem Fall nicht zur Verfügung. Das ist in doppelter Hinsicht bedauerlich, denn mein Problem betrifft nicht nur die unscharfen Aufnahmen. Unsere allseits beliebte Polizei hat nämlich Teile des Zimmers überhaupt nicht fotografiert.«

Sie ließ ihre Ausführungen auf die Zuhörer wirken.

»Sie vermissen also einige Flecken?« fragte Ryan.

»Sie sagen es. Genauso ist es. Darum habe ich auch nach weiteren Fotos verlangt.«

»Können Sie trotzdem etwas dazu sagen?«

»Einiges. Falls Sie einen Projektor haben, würde ich Ihnen gerne ein paar Dias vorführen.«

Kassia Miller baute den Diaprojektor und die Leinwand auf. Dann hielt Mrs. Archbold einen einstündigen Vortrag über die Geschichte und die Wissenschaft der Analyse von Blutflecken. Ihre Vorstellung war genauso energiegeladen wie ihr erster Auftritt im Büro. Ryan war fasziniert, und Lawrence hörte gebannt zu. Anschließend demonstrierte die Expertin, wie aus der Wunde und von der Tatwaffe spritzendes Blut in der Umgebung verteilt wird, wenn man auf einen Menschen einschlägt. Dabei hatte Ryan immer die Szene mit Jennifer vor Augen, als sie so getan hatte, als ob sie mit einer Statue ›etwas zerschlagen‹ würde.

»Das war eigentlich alles, was sich dazu sagen läßt«, fügte Mrs. Archbold hinzu. »Mit den grundlegenden Fakten, die ich Ihnen soeben mitgeteilt habe, können wir die exakte Position des Angreifers bestimmen und manchmal auch die des Opfers. Die verschiedenen Schläge verursachen unterschiedlich große Blutspritzer. Somit kann man etwas über die Bewegungen der beiden beteiligten Personen aussagen und mitunter auch feststellen, ob der Täter ein Rechts- oder Linkshänder war. Mit Zauberei hat das alles gar nichts zu tun, es ist wirklich außerordentlich überzeugend. Dummerweise sind noch nicht alle Richter so weit, diese Methode als Beweismittel zuzulassen. Pathologen befassen sich auch schon damit, machen jedoch viele Fehler. Schließlich sind sie Mediziner, und das hier hat mit Medizin nicht das geringste zu tun. Es ist reine Physik – die Dynamik von Flüssigkeiten, Mechanik.«

»Was können Sie uns aufgrund Ihrer Erkenntnisse zu unserem speziellen Fall mitteilen?« wollte Ryan wissen.

»Ich kann mit Sicherheit sagen, daß es vier Hiebe waren, die von einem Rechtshänder ausgeführt wurden. Während der Schläge bewegte sich das Opfer nach rechts vorne. Vermutlich, weil er einerseits den Schlägen ausweichen wollte und andererseits schon das Bewußtsein verlor.«

»Ist etwas dabei, was uns die Fachleute, die zu den Kopfverletzungen aussagen werden, nicht darlegen könnten?«

»Das mit der Bewegung nach rechts vorne. Vielleicht werden sie Ihnen den Schlagwinkel beschreiben können, aber keinesfalls die Position des Kopfes im Verhältnis zum Fußboden, zur Decke und zu den Wänden.«

»Hilft uns das irgendwie weiter?«

»Das müssen Sie entscheiden. Noch etwas. Da ich nicht alle Blutflecken gesehen habe, bin ich gezwungen, Mutmaßungen anzustellen.

Normalerweise kann ich meine Aussagen immer als nahezu absolut sicher bezeichnen.«

»Das werden wir zu bedenken haben, bevor wir darüber entscheiden, ob wir Sie auf die Verhandlung vorbereiten wollen.«

»Ich bleibe diesmal mehrere Tage in der Stadt, es besteht also kein Grund zur Eile. Übrigens vermute ich nach allem, was ich gesehen habe, daß es wirklich einen Aspekt gibt, der Ihnen von Nutzen sein könnte.«

»Was meinen Sie damit?« fragte Ryan.

»Ich könnte es Ihnen sagen, möchte aber nicht. Es ist lediglich eine Vermutung, die sich durchaus als unzutreffend erweisen und Sie auf den Holzweg führen könnte.«

»Das können wir schon selbst beurteilen!«

»Und Sie lassen mich meine eigenen professionellen Richtlinien beurteilen.«

Jetzt habe ich schon wieder jemanden beleidigt, dachte Ryan.

»Ich kann Ihnen nur dann mehr sagen, wenn ich Aufnahmen der fehlenden Flecken zur Verfügung gestellt bekomme«, erklärte Mrs. Archbold.

»Momentan sieht es nicht danach aus.«

»Zu schade.«

Die letzte Woche vor Verhandlungsbeginn fing mit einer Besprechung ihrer Strategie an.

»Ich bin noch immer der Ansicht, daß der ungewisse Todeszeitpunkt für uns ein Plus darstellt«, sagte Miß Miller. »Selbst wenn Garfield Jennifer um neun in dem Haus gesehen haben will, sollten wir trotzdem so gut es geht darauf aufbauen.«

»Dagegen ist nichts einzuwenden.« TODESZEITPUNKT schrieb Ryan in großen Buchstaben an die Tafel, die ihnen bei ihrer Planung diente. »Die Frage ist, ob der Tod auch nach neun eingetreten sein kann. Ned wurde schließlich erst kurz vor zehn entdeckt.«

»Die unsichere Art und Weise, in der die Gerichtsmedizinerin den ursprünglichen Autopsiebericht interpretiert, läßt die Vermutung zu, daß wir den Eintritt des Todes zeitlich verschieben können. Allerdings ist das auch der einzige Punkt, bei dem uns die medizinischen Beweismittel einen Vorsprung zusichern. Bei der Feststellung der Blutgruppe ziehen wir den kürzeren, und vier schwere Schläge auf den Hinterkopf sehen nicht gerade wie ein Unfall aus.«

»Ihre Blutfleck-Expertin wird uns da auch nicht weiterhelfen können.«

»Sie macht es sogar noch schlimmer, glaube ich. Wegen ihrer Feststellung, daß Ned versucht habe, den Schlägen auszuweichen.«

»Es kann also sein, daß Ned eine, wenn nicht sogar zwei Stunden unbemerkt dalag. Und dann haben wir noch den Hinweis auf einen Partygast, der seine Wut auf ihn deutlich zum Ausdruck gebracht hat. Außerdem fand man bei Hugo Hill Drogen und Waffen.« Er schrieb BANDITO an die Tafel und darunter DROGEN und WAFFEN.

»Vielleicht sollten wir Garfields Aussage, er habe Jennifer um neun Uhr dort gesehen, nicht vor Gericht erwähnen. Ich weiß zwar, daß das stimmt. Aber Garfield kannte sie kaum und könnte sich irren.«

»Wir müssen beim Kreuzverhör sachte mit ihm umgehen. Andernfalls macht er mit Sicherheit einen Aufstand, und wir benötigen ihn doch, um über den Bandito auszusagen.«

Sie lachte. »Das ist Frauensache.«

»Bis jetzt ist das alles Material, das uns die Zeugen der Anklage geliefert haben. Je näher sich die Verhandlung rückt, desto stärker glaube ich, daß wir so viel, wie wir können, aus dem schöpfen sollten, was Becker vor Gericht auffährt. Wenn möglich alles.«

»Vorausgesetzt, wir bekommen Dr. Guevara dazu, daß sie sagt, was wir hören wollen.«

»Das ist Ihre Aufgabe.«

»Ja, mit Hilfe der Fragen, die sich aus den Stellungnahmen unserer medizinischen Fachleute ergeben. Und immer unter der Voraussetzung, daß Dr. Guevara zur Zusammenarbeit bereit ist.«

»Das werden Sie schon schaffen. Was haben wir sonst noch?« Die Frage war rein rhetorisch. Beide waren schon mehrmals sowohl die Beweisführung der Staatsanwaltschaft als auch die der Verteidigung durchgegangen.

»Wir haben Ned, der bekommen hat, was er verdiente, wer immer es auch getan haben mag.«

BÖSER NED schrieb Ryan. VIELE MÖGL. TÄTER.

»Werden Sie das schaffen, Ryan?« fragte Kassia Miller leise. »Werden Sie das vor aller Welt öffentlich ausbreiten können?«

»Ich werde tun, was getan werden muß. Ich wünschte nur, wir hätten bessere Beweise.«

»Das wünschen wir uns beide. Ich denke, eine normale Ehe kommt dem am nächsten.«

»Bitte?«

»Kommt *dem* am nächsten, was wir zu beweisen versuchen. Ned und Jennifer hatten eine stürmische, aber solide Beziehung. Eine normale Ehe also.«

Er notierte auch das. »Und ihr Streit auf der Party unterschied sich nicht von den Auseinandersetzungen, die sie schon vorher gehabt hatten.«

»Halten Sie es für möglich, daß wir die zerschlagene Schale erwähnen können, ohne die Gewalttätigkeiten in ihrer Vergangenheit heraufzubeschwören?« fragte Miß Miller.

»Bestimmt. Ihrer Generation hat man doch beigebracht, ihre Gefühle auszuleben, oder? Nichts in sich hineinzufressen? Alles herauszulassen?«

»Meine Generation! So denken Sie also über mich, Opa.«

»Ich bin kein Opa.« Und werde nie einer werden, fügte er in Gedanken hinzu.

»Mein Kandidat für die Rolle des Schuftes ist Tina Claire«, sagte Miß Miller. »Selbst wenn es so aussieht, als ob ihr Freund über ein Alibi verfügt.«

»Da stimme ich zu. Aber wir müssen aufpassen. Denn wenn wir sie dazu abstempeln, wird um so deutlicher, daß sie für Jennifers mörderischen Zorn eine Provokation dargestellt haben muß.«

»Wenn Jennifer doch noch immer schwanger wäre!«

»Das würde ich mir auch wünschen«, entgegnete Ryan.

Sie gingen den ganzen Fall noch mehrere Male durch, um sich zu vergewissern, daß sie auch wirklich nichts übersehen hatten. Dann listeten sie die Punkte auf, an denen ihre Beweisführung noch untermauert werden mußte. Dabei gaben sie sich beide Mühe, nicht offen zu erkennen zu geben, wie schwach ihre Konstruktion eigentlich war. Aber da es kein Geständnis von Garfields Bandito gab und keine Möglichkeit bestand, vor der Jury Neds Verbindungen zu Felipe Olivera aufzuzeigen, war das der einzige Weg, den sie beschreiten konnten. Ryan wurde unwohl.

Je näher die Verhandlung rückte, um so schwummriger war ihm zumute. Seine Versuche, so zu tun, als ob er den Fall unter Kontrolle hätte, wurden immer aussichtsloser.

Nie hatte er sich an das Gefühl gewöhnen können, daß ein Prozeß grundsätzlich immer eine Woche zu früh begann – ganz unabhängig davon, wieviel Zeit er für seine Vorbereitungen hatte und mit welcher Sorgfalt er arbeitete. Kollegen hatten ihm versichert, daß es ihnen auch nicht anders ging, allerdings nur gelegentlich. Aber bei Ryan stellte sich dieses Gefühl so sicher ein wie das Amen in der Kirche.

Für diesen Prozeß wäre jeder Termin zu früh gewesen. Es stand für ihn einfach zuviel auf dem Spiel, als daß er sich je hätte bereit fühlen können. Wahrscheinlich hatte Legler recht gehabt – er hätte diese Verteidigung niemals übernehmen dürfen.

# PROZESS

# 1

Als Jennifer mit ihren Anwalten den düsteren Eingang des Gerichtsgebäudes in der Centre Street Nummer 100 betrat, wimmelte es schon überall von Journalisten. Der Gerichtssaal lag im dreizehnten Stockwerk. Joe Becker befand sich bereits am Tisch der Staatsanwaltschaft. Neben ihm saß eine große Frau, die einen dunkelblauen Nadelstreifenanzug trug. Ihre glatten, braunen Haare waren so lang, daß sie die Lehne des Stuhles berührten.

Die Verteidigung richtete sich an dem langen Eichentisch rechts von der Anklage ein. Ryan saß dem Tisch der gegnerischen Partei am nächsten, zu deren linken Seite sich die noch leeren Sitzbänke der Geschworenen befanden. Rechts von Ryan hatten Jennifer und Kassia Miller Platz genommen.

Noch bevor es Ryan gelang aufzustehen, hatte Richter Corino den Saal betreten und sich auf seinem Sessel niedergelassen.

»Wir müssen uns zunächst um einige Kleinigkeiten kümmern. Anschließend bitten wir die angehenden Geschworenen herein«, sagte Corino. »Momentan warten wir noch auf einen weiteren Vertreter der Staatsanwaltschaft. Mr. Ryan, Ladys, ich bitte Sie um etwas Geduld.«

Ryan beobachtete Miß Miller und fragte sich, ob sie sich von dem ›Ladys‹ des Richters beleidigt fühlte. Er konnte nicht feststellen, ob sie überhaupt etwas gehört hatte. Doch gerade, als er den Blick von ihr abwandte, ließ sie ein schnelles, zorniges Lächeln aufblitzen.

Nach zehn Minuten wurde der Richter ungeduldig. »Mr. Becker?«

»Es müßte jeden Moment soweit sein, Euer Ehren.«

Kaum daß Becker seinen Satz beendet hatte, wurde es am Ende des Saales unruhig. Ryan blickte nach hinten, um die Ursache der Störung herauszufinden. Falls es eine Überraschung geben sollte, wollte er sich rechtzeitig darauf gefaßt machen.

Francesco Griglia schritt bedächtig den Mittelgang entlang auf das hölzerne Geländer zu. Zwei Männer, die nicht so groß waren wie er, dafür aber wesentlich jünger, folgten ihm.

Becker stand auf und öffnete die kleine Pforte. Der Bezirksstaatsanwalt schlüpfte hindurch, während seine beiden Begleiter vor der Absperrung stehenblieben.

»Entschuldigen Sie meine Verspätung, Euer Ehren.«

»Da Sie nun endlich eingetroffen sind, nehme ich an, daß wir beginnen können.« Corino klang keineswegs erfreut. »Mr. Griglia, wie ich gehört habe, möchten Sie an dieser Stelle ein paar Worte sagen.«

Griglia nickte. »Euer Ehren, angesichts der Besonderheiten dieses Falles und vor allem angesichts der ungewöhnlichen Wahl des Rechtsbeistandes auf seiten der Verteidigung«, hierbei deutete er in Richtung des Tisches, an dem Ryan mit den beiden Damen saß, »hat mein Büro entschieden, daß es im Interesse der Bevölkerung sei, den Vertreter der Anklage auszutauschen. Mir ist bewußt, wie ungewöhnlich dies zu einem so späten Zeitpunkt ist. Aber in Kenntnis des großen Spielraums, den das Gericht der Verteidigung in Hinblick auf die Wahl des Rechtsvertreters zugestanden hat, vertraue ich darauf, daß sich das Gericht auch gegenüber der Staatsanwaltschaft als flexibel erweisen wird.«

»Was kann ich für Sie tun, Herr Bezirksstaatsanwalt? An wen denken Sie dabei?«

»Euer Ehren, wir würden gerne Miß Warneke behalten, um die Kontinuität zu wahren. Des weiteren legen wir auch auf die Anwesenheit von Mr. Becker großen Wert, den wir für die Erledigung besonderer Aufgaben weiterhin im Gerichtssaal wissen möchten.«

»Wir wollen doch bitte die Jury nicht mit allzu vielen Anwälten in Verwirrung stürzen.«

»Keinesfalls, Euer Ehren, dessen bin ich mir voll bewußt.«

»Wen schlagen Sie also als Leiter der Anklage vor?«

Die Frage des Richters klang nicht gerade neugierig; anscheinend war ihm die Antwort bereits bekannt. Ryan befürchtete, daß auch er wußte, was jetzt folgen würde.

»Mich, Euer Ehren«, sagte Griglia gleichmütig, als handelte es sich dabei um die gewöhnlichste Sache der Welt.

Nur mit Mühe unterdrückte Miß Miller ein Aufstöhnen.

»Ich nehme an«, sagte Corino, »daß Sie ein Arrangement getroffen haben, um Ihre sonstigen Verpflichtungen nicht zu vernachlässigen. Ich sehe es zwar immer gern, wenn meine Verhandlungen schnell zu einem Ende kommen, aber ich kann nicht behaupten, daß ich für diesen Prozeß solche Hoffnungen hege.«

»Ich muß gestehen, Euer Ehren, daß es in meinem Büro zu Engpässen kommen kann. Doch glaube ich, daß ich mich mit den wichtigsten Angelegenheiten dann befassen kann, wenn das Gericht nicht tagt.

Auf jeden Fall möchte ich aber betonen, daß ich Mr. Becker unbedingt auch weiterhin im Team behalten will.«

»Ich werde es mir überlegen.« Der Richter wandte sich an die Gerichtsstenografin. »Das kommt bitte nicht ins Protokoll.« Die Stenografin nahm die Hände von ihrer Maschine. »Kommen Sie nach vorne, alle.«

Als die fünf Anwälte vor ihm standen, beugte sich Corino über die Richterbank.

»Ich weise Sie alle zusammen darauf hin, daß Sie es sich lieber noch einmal überlegen sollten, ob Sie diesen Gerichtssaal in eine Zirkusmanege umgestalten wollen. Ich werde Ihnen soviel Freiraum gewähren wie nur möglich. Selbst wenn einer von Ihnen überzeugend darlegen würde, daß seine Seite am besten von einem Affen geleitet werden sollte, wäre ich nach dem Stand der Dinge bereit, zumindest darüber nachzudenken. Aber halten Sie das nicht für eine Zusage, daß ich mich Ihrem Verhalten gegenüber als nachsichtig erweisen werde. Wenn ich einen Affen in meinem Gerichtssaal zulasse, dann wird das verdammt noch mal ein stubenreiner Affe sein. Habe ich mich klar ausgedrückt?«

Die Antwort war Schweigen.

»Ich habe Sie etwas gefragt, Ladys und Gentlemen, und ich erwarte eine Antwort von Ihnen.«

»Ja, Euer Ehren«, sagten die fünf Anwälte im Chor.

»Schön. Ich hatte die Anklage um ihre Zeugenliste gebeten und um eine Stellungnahme zur Wahl der Geschworenen, sofern dazu Fragen oder Anmerkungen nötig waren. Nachdem ich einen Blick in diese Liste geworfen habe, möchte ich Mr. Griglia fragen, ob das wirklich sein Ernst ist.«

»Euer Ehren?«

»Mit dem Haufen Zeugen, die Sie aufgeführt haben, werden wir ein geschlagenes Jahr hier verbringen.«

»Euer Ehren, bei einigen dieser Personen wissen wir noch nicht, ob sie uns zur Verfügung stehen werden. Außerdem ist noch unbekannt, wie viele von ihnen wir überhaupt in den Zeugenstand werden rufen müssen. Wir wollen davon absehen, diejenigen unter Strafandrohung vorzuladen, die wichtige Gründe für ihr Fernbleiben vorbringen können. Der Vollständigkeit halber haben wir eben unsere möglichen Zeugen allesamt aufgeführt.«

»Ich wünsche nicht, daß hier eine Prozession von Zeugen stattfindet, die immer wieder dasselbe aussagen.«

»Daran wird auch den Zeugen sicher nicht gelegen sein, Euer Ehren.«

»Also gut, was gibt es sonst noch? Irgendwelche weiteren Anträge, noch etwas, mit dem wir uns befassen müssen, bevor es losgeht? Mr. Ryan, keine Einwände gegen die Person Mr. Griglias?«

»Wir bitten Euer Ehren um eine kurze Unterbrechung, damit wir darüber beraten können«, sagte Ryan.

»Fünfzehn Minuten. Wenn Sie mehr Zeit benötigen, möchte ich dafür eine Begründung hören.«

»Können wir uns irgendwo ungestört unterhalten?«

»Sie können mein Ankleidezimmer benutzen.«

Ein Gerichtsdiener in blauer Hose und weißem Hemd, der eine goldene Dienstmarke trug und einen Revolvergürtel umgeschnallt hatte, führte sie in den kleinen Raum hinter dem Podium des Richters.

»Was hat das zu bedeuten?« wollte Jennifer wissen.

»Das bedeutet, der Bezirksstaatsanwalt hält deinen Fall für so wichtig oder interessant, um selbst vor Gericht die Anklage zu vertreten«, erklärte ihr Ryan.

»Das ist nicht so günstig, stimmt's?«

Ryan dachte über die Gründe nach, die Griglia zu diesem Mätzchen veranlaßt haben könnten. Da war natürlich an erster Stelle wieder einmal seine Ruhmsucht zu nennen, Frankys bevorzugter Beweggrund. Und genausogut kamen persönliche Überlegungen mit ins Spiel. Wie einen Revolvermann hatte es Franky schon immer in den Fingern gejuckt, endlich festzustellen, wer von ihnen beiden der bessere Schütze war.

»Michael?« drängte Miß Miller.

»Er wird schwerer zu besiegen sein als Becker«, wagte Ryan zuzugeben.

»Sagte der Richter nicht etwas von Einspruch erheben?« fragte Jennifer.

»Ich wüßte nicht, welchen Grund wir dafür anführen sollten.« Er sah seine Kollegin an.

»Wir könnten uns allenfalls darüber aufregen, daß wir gerne Klarheit hätten, wer denn nun unser Gegner ist und nicht ständig neue Leute auf der Gegenseite sehen möchten.«

»Für uns wäre es besser«, entgegnete Ryan, »wenn *Corino* das sagen würde. Und das weiß er auch. Wir können diesmal allerdings nichts unternehmen. Gehen wir zurück, und zeigen wir uns nachsichtig.«

Auf Anweisung des Richters ließen die Gerichtsdiener die ausgewählten Bürger in den Saal, unter denen die Geschworenen ausgesucht werden sollten. Es waren ganz normale Leute, von denen einige unverhohlene Neugier zeigten, während andere darauf achteten, möglichst ernst und verantwortungsvoll dreinzublicken. Einige wenige schienen deutlich verärgert zu sein wegen der Umstände, die ihnen das Erscheinen vor Gericht bereitete.

Richter Corino hieß sie in seinem Gerichtssaal willkommen, erläuterte ihnen den Ernst ihrer Aufgabe und kam dann darauf zu sprechen, von welch großer Bedeutung die Verpflichtung eines jeden Bürgers sei, als Geschworener einem Prozeß beizuwohnen. »Wenn *Sie* an der Stelle der Angeklagten wären, würden Sie sich eine Jury wünschen, die sich ihrer Verantwortung voll bewußt ist und sich auch dementsprechend verhält. Und genau das erwarten wir von Ihnen.«

Er klärte sie über den Fall auf und verlas die Anklageschrift. Im Saal kam es zu beträchtlicher Unruhe.

Anschließend stellte der Richter das Gerichtspersonal und die Rechtsvertreter beider Parteien vor und erläuterte dann das Wahlverfahren.

»Ihren Reaktionen habe ich entnommen, daß viele von Ihnen von diesem Fall bereits gehört haben. Wer hat schon etwas darüber den Zeitungen oder dem Fernsehen entnommen?«

Ungefähr drei Viertel der Gruppe hob die Hände.

»Der Rest von Ihnen lebt wohl auf dem Mars?«

Alle lachten.

»Ich freue mich, daß Sie darüber lachen, Ladys und Gentlemen, denn normalerweise gibt es bei uns dazu wenig Anlaß. Das hier ist nämlich keine Unterhaltungssendung und auch nicht ›Wie würden Sie entscheiden?‹. Das hier ist die Realität, und ein Mensch aus Fleisch und Blut steht vor Gericht. Nun könnte diese Verhandlung viel Zeit in Anspruch nehmen – jeden Arbeitstag mehrere Wochen lang. Die Rechtsvertreter der beiden gegnerischen Parteien werden sicherlich äußerst sorgfältig darauf bedacht sein, daß Sie sämtliche notwendigen Informationen erhalten. Aufgrund des großen Interesses der Medien wäre es möglich, daß Sie an einem bestimmten Zeitpunkt in ein Hotel ziehen müssen, bis Sie zu einem Urteil gelangt sind. Wenn jemand unter Ihnen daher der Meinung ist, daß die Teilnahme an dieser Verhandlung als Geschworener für ihn eine unzumutbare Härte darstellen würde, dann möge er jetzt bitte die Hand heben. Das

Gericht wird dann darüber befinden, ob er entlassen werden kann oder nicht.«

Fast die Hälfte der einhundertzwanzig potentiellen Jury-Mitglieder war der Ansicht, daß eine Tätigkeit als Geschworener ihr Leben unverhältnismäßig stark belasten würde.

»Ich weise Sie darauf hin, daß Sie nur dann entschuldigt werden können, wenn Sie gute Gründe für Ihre Verhinderung anführen. Der Pflicht, als Geschworener zu dienen, kann man sich nicht aus einer bloßen Laune heraus entziehen. Die Gerichtsdiener werden gleich einen Fragebogen verteilen, auf dem Sie Ihre Gründe angeben können. Mit Ihrer Unterschrift geben Sie gleichzeitig eine eidesstattliche Erklärung ab. Lassen Sie Ihre Hände oben, wenn Sie einen solchen Fragebogen benötigen.«

Ein paar Hände gingen wieder runter. Nachdem die Formulare ausgefüllt und wieder eingesammelt worden waren, ging sie Corino gemeinsam mit den Anwälten durch und entließ diejenigen, die wirklich glaubhafte Gründe vorbringen konnten. Den Rest befragte Corino eingehend und gab dann den Vertretern der beiden Parteien die Möglichkeit, ihrerseits Fragen zu stellen.

Ryan behandelte diejenigen, deren Beweggründe weniger nachvollziehbar waren, mit großer Umsicht. Sollten sie nämlich nicht entschuldigt werden, dann wollte er, daß sie Griglia dafür verantwortlich machten. Widerwillige Geschworene neigten nämlich dazu, sich mit der Beklagten zu identifizieren, die sich ja schließlich auch nicht freiwillig im Gerichtssaal aufhielt.

»Ich muß einige grundlegende Anmerkungen machen«, sagte Corino. »Alle, die es noch nicht wissen, möchte ich darauf hinweisen, daß es sich bei den hier anwesenden Rechtsvertretern nicht um Allerweltsjuristen handelt. Derjenige, der hier das Volk vertritt, ist der designierte Bezirksstaatsanwalt von Manhattan. Daß es sich dabei um eine wichtige Neuigkeit handelt, haben Sie vielleicht schon der Tatsache entnommen, daß wir von der Presse regelrecht belagert werden. Noch ungewöhnlicher ist der Umstand, daß es sich bei dem Anwalt der Verteidigung, Mr. Ryan, um den Vater des Mannes handelt, dessen Ermordung uns alle hier zusammengeführt hat.« Corino schaute sich eindringlich im ganzen Saal um. »Darum könnte es sein, daß Sie ungefähr zu folgenden Überlegungen kommen: Der arme Mr. Ryan. Er hat seinen Sohn verloren, muß an die Unschuld seiner Mandantin glauben und hat einfach schon genug gelitten. Ich werde etwas nachsichtiger mit ihm umgehen. Nun, Ladys und Gentlemen, ich muß Ihnen sagen, daß dies eine völlig unzulässige Denkweise bei einer Gerichtsverhandlung ist, die die Grundlagen unseres Rechtssystems in Frage stellt. Sympathie und Wohlwollen sind hier fehl am Platz, ebenso Haß und Rachegelüste. Das einzige, was Sie in Ihre Erwägungen einfließen lassen dürfen, sind die Beweise, die Ihnen sorgfältig dargelegt werden, sowie die Ausführungen, die die Anwälte dazu zu machen haben, sofern sie von mir nicht beanstandet werden.«

Er lehnte sich in seinen hohen Ledersessel zurück und betrachtete die Reihen der zur Wahl stehenden Geschworenen hinter den Tischen von Staatsanwaltschaft und Verteidigung.

»Ladys und Gentlemen, von Zeit zu Zeit wird es im Laufe der Verhandlung vorkommen, daß man Sie auffordert, bestimmte Dinge nicht zur Kenntnis zu nehmen, die hier ausgesagt werden. Das fällt zwar nicht jedem leicht, ist aber doch machbar. Ich rate Ihnen, solche Sachverhalte vollständig zu vergessen. Falls sie Ihnen aber trotzdem wieder einfallen sollten, dann denken Sie daran, daß diese Aspekte Ihre Entscheidungsfindung in keiner Weise beeinflussen dürfen. Wenn Sie das immer berücksichtigen, werden Sie feststellen, daß das alles keineswegs so schwierig ist, wie es sich vielleicht anhören mag.«

Er ließ ihnen einen Augenblick Zeit, um darüber nachzudenken. Ryan fragte sich, was Corino wohl in ihren Gesichtern lesen konnte.

»Als erstes müssen Sie außer acht lassen, um wen es sich bei den hier anwesenden Rechtsvertretern handelt. Falls Sie jedoch auch weiterhin ihre *Persönlichkeit* nicht vernachlässigen können, dann sollten Sie immer bedenken, daß Sie nichts über die Motive wissen. Die fehlbaren menschlichen Wesen im Innern dieser erfahrenen Juristen mögen nach der Wahrheit oder nach persönlichem Ruhm suchen, aus Liebe oder aus Haß handeln. Nur eines ist sicher: Falls Sie versuchen, hinter ihre Beweggründe zu kommen, begehen Sie einen Fehler.

Für Sie sind Mr. Griglia und Mr. Ryan lediglich als Staatsanwalt und Verteidiger hier vor Gericht. Alles, was darüber hinausgeht, interessiert uns nicht. Hier sind ausschließlich Beweise von Belang. Ich bitte Sie nun, Ihr Gewissen zu erforschen, ob Sie sämtliche anderen Aspekte außer acht lassen und nur auf die Beweise vertrauen können, die Ihnen ordnungsgemäß und in Übereinstimmung mit den gesetzlichen Bestimmungen vorgelegt werden, auf die ich Sie hingewiesen habe. Das ist keine leichte Aufgabe, und Sie müssen sich nicht genieren, wenn Sie der Meinung sind, ihr nicht gewachsen zu sein. Wenn sich dabei für Sie ernsthafte Probleme ergeben, werden Sie Gelegenheit bekommen, sich dazu zu äußern.«

Corino machte eine Pause. »Die Gerichtsdiener werden jetzt erneut Fragebögen austeilen, auf denen Sie einige allgemeine Fragen zu Ihrem Leben und Ihren persönlichen Verhältnissen finden. Ich bitte darum, daß Sie sie vollständig und wahrheitsgemäß ausfüllen und die eidesstattliche Erklärung auf der Rückseite unterschreiben. Falls Sie noch etwas wissen möchten, heben Sie bitte die Hand.«

Das Ausfüllen der Fragebögen nahm die restliche Zeit des Vormittags in Anspruch.

Lawrence traf sich mit Miß Miller und Ryan zum Mittagessen. Er zeigte sich unzufrieden über die Zeugenliste der Staatsanwaltschaft. »Es ist klar, weshalb der Richter gemeckert hat. Auf der Liste müssen die Namen von ungefähr zwanzig Partygästen stehen. Griglia kann sie nicht ernsthaft alle aufrufen wollen. Die Jury würde ihn lynchen.«

»Ein typischer Trick der Anklage«, sagte Miß Miller. »Ein Versuch, die Gegenseite zu verwirren.«

»Genau das fehlte mir noch – ein Berg von zusätzlicher Arbeit.«

»Und er freut sich, daß er uns diese Arbeit aufgehalst hat«, bemerkte Ryan. »Aber wie ich Griglia kenne, würde er jeden, den er findet, auf die Liste setzen, seinen eigenen Bruder inklusive – um zu sehen, wie die Geschworenen darauf reagieren, und dann die passenden Zeugen aufzurufen.«

Gemeinsam gingen sie die Liste durch. Jennifer schmollte, ohne daß Ryan einen Grund dafür hätte erkennen können. Sie widmete ihnen nur dann Aufmerksamkeit, wenn beide Anwälte sie daran erinnerten, daß es *ihre* Zukunft war, die hier auf dem Spiel stand. Es gelang ihr nicht, auch nur einen einzigen der Namen auf der Zeugenliste zu identifizieren. Nur bei zweien meinte sie, es könnte sich um Frauen handeln, mit denen Ned sich ›getroffen‹ hatte.

»Weshalb sollten die aber irgendwelche Aussagen machen?« wollte sie von ihren Anwälten wissen.

»Eine gute Frage. Außer sie könnten beweisen, daß Ned Angst vor dir gehabt hat.«

»Das ist ja lächerlich.«

»Oder vielleicht hattest du selbst Kontakt zu ihnen. Hast du sie jemals angerufen oder dich mit ihnen getroffen?«

»Warum hätte ich das tun sollen?«

»Niemand will dir hier irgend etwas unterstellen. Wir wollen uns lediglich auf diese Zeuginnen einstellen.«

»Ich weiß nicht mehr, wen ich angerufen habe und wen nicht. Ich will versuchen, mich zu erinnern.« Jennifer stand auf. »Wir sehen uns dann nachher im Büro«, sagte sie und verließ das Lokal.

»Manchmal verstehe ich sie nicht«, kommentierte Ryan ihr Verhalten.

»Mandanten benehmen sich halt mitunter so«, erwiderte Kassia Miller. »Sie haben viel zu schlucken und stehen die ganze Zeit unter Druck. Mal ziehen sie sich in sich zurück, mal fangen sie an zu spinnen. Dann wieder geraten sie in Panik, hängen sich wie eine Klette an einen und werden weinerlich. Oder sie schreien herum und stellen Spekulationen an, was alles geschehen könnte, wenn ... Jennifer ist längst nicht so schlimm wie manch andere. Herzlich willkommen in der wunderbaren Anwaltswelt, Mr. Ryan.«

Als sie wieder im Büro eintrafen, fanden sie die Ergebnisse der Meinungsumfrage vor, die sie in Auftrag gegeben hatten. Dreihundert Personen waren aufgerufen worden. Ihr soziales Profil entsprach dem der Geschworenen, die an den jüngsten Prozessen gegen Schwerverbrecher in Manhattan teilgenommen hatten. Mehr als die Hälfte von ihnen hatte sich allerdings geweigert, die Fragen zu beantworten.

»Die Leute haben es einfach satt, ständig von Fremden belästigt zu werden«, meinte Miß Miller.

Ryan überflog die Zusammenfassung der Meinungsforscher. »Die meisten haben schon von dem Fall gehört. Von denen wissen wiederum fast alle, daß die Angeklagte die Ehefrau des Opfers war. Den meisten, die das wissen, ist auch bekannt, daß der Verteidiger mit der Angeklagten verwandt ist. Wie dem auch sei – der Großteil der Befragten ist der Auffassung, daß Jennifer schuldig ist. Fünfundsechzig Prozent schuldig zu dreizehn unschuldig und zweiundzwanzig ohne Angaben. Am Ende folgt noch der Hinweis, daß aufgrund des hohen Fehlerquotienten keine Gewähr für die Richtigkeit dieser Angaben übernommen wird.«

Ryan ärgerte sich zwar über die Unbestimmtheit der gelieferten Zahlen, war sich aber darüber im klaren, daß sie trotz allem besorgniserregend waren. Als Staatsanwalt hatte er sich immer vergebens Jurys gewünscht, die bereit gewesen wären, die Angeklagte ohne große Bedenken für schuldig zu befinden. Wie es aussah, sollte sein Wunsch jetzt in Erfüllung gehen.

## 2

Als die Verteidigung in den Gerichtssaal zurückkehrte, lag auf ihrem Tisch derselbe Stapel fotokopierter Fragebögen, den auch Griglia vor sich hatte.

Ryan ließ sich auf seinem Stuhl nieder, schob den Haufen Papier zu Miß Miller hinüber, damit sie ihn besser erreichen konnte, und legte dann seine Stifte und den Notizblock säuberlich ausgerichtet vor sich hin. Einer der vier Stühle an ihrem Tisch blieb vorerst leer, denn der Fachmann für die Wahl der Geschworenen, den Kassia Miller hinzugebeten hatte, hatte sich verspätet.

Unmittelbar vor der Eröffnung der Nachmittagssitzung durch den Richter tauchte Morton Sisley auf und setzte sich an das Tischende, von wo aus er die Bank der Geschworenen besser sehen konnte. Ryan war froh, daß er sich nicht in Sisleys Blickrichtung befand. Der selbsternannte Soziologe und Anthropologe war ihm einfach zu affektiert und gewollt adrett – gekünstelt nach Ryans Auffassung.

Die potentiellen Geschworenen wurden hereingeführt. Mit Ausnahme der zwei für die Presse reservierten Sitzreihen und der Reihe unmittelbar hinter dem Tisch der Staatsanwaltschaft, die den Gästen des Gerichts vorbehalten war, besetzten sie den gesamten Zuschauerraum. Ryan schloß die Augen und rief sich die Bilder vergangener Geschworenenwahlen wieder in Erinnerung.

Er hatte schon an so vielen Veranstaltungen dieser Art teilgenommen, daß es ihm kaum noch gelang, sie auseinanderzuhalten. Aber es war inzwischen zehn Jahre her, daß Ryan die Wahl der Jury regelmäßig mitgemacht hatte – und zwar in anderen Gerichtssälen, auf der anderen Seite des Gangs und unter vollkommen anderen Bedingungen. Vor vier Jahren hatte er schließlich ganz damit aufgehört.

Obwohl Miß Miller auf diesem Gebiet über besondere Erfahrungen verfügte, gab es doch gute Gründe dafür, daß Ryan die Hauptarbeit bei der Befragung der zur Wahl stehenden Personen leistete. Dies war nämlich der geeignetste Weg, die Jury mit seiner Person vertraut zu machen und erste Kontakte zu ihr zu knüpfen. Griglia würde bei der

Wahl eine Show abziehen. Ryan konnte sich deshalb nicht einfach entspannt zurücklehnen und zuschauen, wenn die Verteidigung an die Reihe kam. Andernfalls würden die Geschworenen meinen, er sei kalt und zurückhaltend oder ängstlich und inkompetent.

Der Gerichtsassistent verkündete den Beginn der Sitzung. Zwölf Namen wurden ausgelost. Dann wurden die betreffenden Personen, die alle einen blau-weißen Button mit der Aufschrift ›Geschworener‹ angeheftet hatten, auf die durch ein Geländer abgetrennte Geschworenenbank geführt.

Richter Corino wiederholte nochmals seine früheren Ausführungen über die Pflichten eines jeden Bürgers und betonte, wie wichtig es sei, als Geschworener an Verhandlungen wie dieser teilzunehmen.

Dann fragte er die Männer und Frauen auf der Geschworenenbank, ob sie zu irgendeinem Mitglied der Staatsanwaltschaft, der Verteidigung oder zu der Angeklagten und dem Mordopfer in verwandtschaftlicher Beziehung stünden oder außerhalb des Gerichtssaals Kontakt mit ihnen hätten. Das war nicht der Fall. Anschließend verlas der Gerichtsassistent die Namen der möglichen Zeugen von Anklage und Verteidigung, woraufhin Corino erneut nach eventuellen verwandtschaftlichen Beziehungen fragte. Auch diese Frage wurde verneint.

Gab es in ihrer Verwandtschaft Polizeibeamte oder andere Angehörige der Exekutive? Ein Mann mit schütterem Haar und dunklem Anzug hatte einen Bruder, der für das FBI arbeitete. Corino fragte ihn, ob er dazu neige, dem Wort eines Polizeibeamten allein aufgrund der Tatsache Glauben zu schenken, daß er Polizeibeamter sei? Der Mann lachte. »Nicht im geringsten.«

»Danke, das war schon alles.«

Der Mann sah bestürzt zu Corino hinüber.

»Sie sind entschuldigt.«

Verstört verließ er die Geschworenenbank.

»Ladys und Gentlemen, wir alle machen hin und wieder gerne mal ein Späßchen. Aber ich erinnere Sie nochmals daran, daß es sich bei dieser Verhandlung um eine bedeutsame Angelegenheit handelt.«

Nachdem die Gesichter der Geschworenen wieder einen ernsthaften Ausdruck angenommen hatten, fragte der Richter, ob sie jemals Opfer einer Gewalttat gewesen seien oder in enger Beziehung zu einem solchen Opfer stehen würden. Fünf Hände gingen in die Höhe. Eine untersetzte Frau war überfallen und beinahe vergewaltigt worden. Der Richter wollte wissen, ob das ihre Einstellung gegenüber der

Angeklagten beeinflussen würde. Nein. Ein durchtrainiert wirkender Mann in den Dreißigern war von einer Horde Kinder bei einem Marathongehen im Central Park angegriffen worden. Die drei anderen hatten Verwandte, die überfallen worden waren. Aber niemand war der Ansicht, daß sich diese Ereignisse auf ihr Urteilsvermögen auswirken könnten.

Neben Ryan schrieb Miß Miller ein paar Bemerkungen auf ihren gelben Notizblock. Sisley studierte die ersten zwölf Fragebögen, die er von dem Stapel genommen hatte.

»Wie ich eingangs erwähnte, ist dieser Fall ein gefundenes Fressen für die Presse«, sagte Corino. »Ich nehme an, Sie alle haben zumindest einige der Zeitungsartikel gelesen oder die Fernsehberichte über den Mord gesehen. Gibt es jemanden, auf den das nicht zutrifft?«

Zögerlich hob ein Mann seine Hand.

»Nichts? Sie haben gar nichts davon mitbekommen?«

Der dünne, gebrechlich wirkende Mann war über sechzig und trug eine Brille mit dicken Gläsern. »Nun, ich sehe nicht besonders gut«, erklärte er. »Meine Frau liest immer die Zeitung und berichtet mir dann, was es Neues gibt.«

Schallendes Gelächter im Gerichtssaal. Corino tat so, als würde er es nicht bemerken.

»Und was ist mit dem Fernsehen?«

»Wie ich gesagt habe. Ich sehe nicht besonders gut. Alles, was ich mir angucke, sind das ›Glücksrad‹ und Talkshows.«

»Meinen Sie, daß Sie die Zeugen und die Beweismittel richtig erkennen können?«

Der Mann zögerte. »Ich glaube schon.«

»Nehmen wir an, es gäbe unter den Beweismitteln etwas zu lesen …«

»Das schaffe ich.«

»In Ordnung«, sagte der Richter. »Und die anderen? Haben Sie sich aufgrund der Presseberichterstattung eine Meinung gebildet? Falls ja, heben Sie bitte eine Hand.«

Ryan betrachtete, wie die Geschworenen darüber nachdachten, was sie tun sollten. Sie standen zwar unter Eid, vermuteten aber andererseits, daß die Antwort für ihre weitere Teilnahme an der Verhandlung von Bedeutung sein würde. Für diejenigen, die gerne dabeigeblieben wären nach ihrem Gesichtsausdruck zu urteilen, waren es die meisten –, stellte das ein Dilemma dar. Zwei Frauen und drei Männer hoben schließlich die Hand.

Corino fragte diese Personen, ob sie ihre von der Presse beeinflußten Ansichten auch außen vor lassen könnten. Einer der Männer war davon überzeugt. Daraufhin wandte sich Corino den anderen zu. Ob sie der Meinung seien, daß Reportern auf ihre Fragen grundsätzlich mit der Wahrheit geantwortet werde? Woran Reportern in der Regel mehr gelegen sei, wollte er wissen: die Wahrheit zu verkünden, Redaktionstermine einzuhalten oder bei ihren Herausgebern Eindruck zu schinden?

»Angenommen, Sie wären in ein Verbrechen verwickelt«, fragte der Richter, »würden Sie dann wollen, daß man über Sie aufgrund von Fernsehberichten urteilt?«

Drei der vier Geschworenen waren der festen Überzeugung, ihre vorgefaßten Meinungen beiseite lassen zu können. Der einzige Übriggebliebene wurde entschuldigt. Erneut wurden Namen gezogen, um die zwei leeren Sitze wieder zu füllen. Corino spulte mit den beiden Neuankömmlingen schnell seinen Fragekatalog ab und gewährte dann eine fünfzehnminütige Pause, um den gegnerischen Parteien einen Blick auf die Fragebögen zu ermöglichen.

Die Zeit reichte nicht aus. Als Corino die Sitzung fortsetzte, war die Verteidigung noch immer mit dem Studium der Antworten beschäftigt und überließ daher das Feld der Staatsanwaltschaft.

»Danke, Euer Ehren.« Groß und eindrucksvoll schritt Griglia zum Lesepult, das gegenüber der Geschworenenbank aufgestellt worden war. Aufzeichnungen hatte er nicht dabei.

Er begann mit dem üblichen Dank an die Geschworenen, die ihre Zeit zur Verfügung gestellt hatten. Danach führte er aus, daß er ihnen harte Fragen stellen würde, dies aber nicht aus Zweifeln an ihrer Aufrichtigkeit tue, sondern lediglich, um sie besser kennenzulernen und ihnen zu verdeutlichen, auf was es hier ankomme.

Ryan betrachtete die Geschworenen auf der Bank. Eine nette Mischung verschiedener Gesichter – alte und junge Menschen aller möglichen Hautfarben. Bis auf einige wenige, die eine finstere und ablehnende Haltung eingenommen hatten, wirkten sie alle recht akzeptabel. Ryan nahm sich vor, ihnen einige persönliche Fragen zu stellen, um zu testen, ob sich ihre Mienen entspannten, wenn sie über ein Thema sprachen, das ihnen vertraut war.

Griglia stützte sich auf die Ellenbogen. »Ich komme gleich zur Sache und will nicht verhehlen, daß es mir am liebsten wäre, wenn ich Augenzeugen für den Tathergang in den Zeugenstand rufen könnte.

Das wäre für uns alle der beste und schnellste Weg.« Seine lockere Redeweise paßte zu seiner entspannten Positur. Es fehlte nur noch eine Querstange wie in einer Bar, auf die er seinen Fuß hätte stellen können. »Aber in Wirklichkeit hat niemand dieses Verbrechen beobachtet. Niemand, den wir kennen, mit Ausnahme des Opfers und des Täters. Es wird also niemand in den Gerichtssaal kommen, auf die Angeklagte deuten und sagen ›Ich habe gesehen, wie sie es getan hat‹.«

Er drehte sich zu Jennifer um und wandte sich sogleich wieder der Jury zu. »Daher muß ich jedem von Ihnen dieselbe Frage stellen. Glauben Sie, daß Sie einen Menschen für ein so schweres Verbrechen wie Mord verurteilen können, wenn es für die Tat keinen Augenzeugen gibt?«

Er nahm sich einen nach dem anderen vor, ohne zu drängen. Und – mal zögernd, mal entschlossen – sagte einer nach dem anderen, er glaube, daß er dazu in der Lage sei.

»Angenommen, der Richter teilt Ihnen mit, daß Sie die Angeklagte für schuldig befinden dürfen, wenn Sie der Ansicht sind, daß die Zeugenaussagen ihre Schuld ohne jeden berechtigten Zweifel erwiesen haben. Glauben Sie, daß Sie das könnten?«

Griglia wartete die Antwort nicht ab. Er sah jeden der Geschworenen einzeln an, als er sagte: »Die Frage ist schwieriger, als sie klingt. Sie müssen tief in sich hineinhören und sich dann die Frage stellen, ob Sie trotz eines Zweifels, der durch das Fehlen eines Augenzeugen verursacht werden mag, die Angeklagte für schuldig befinden könnten.«

»Wie groß darf der Zweifel sein, den ich mir erlauben kann?« wollte Mrs. Diaz auf Platz Nummer eins wissen. Falls sie nicht abgelehnt würde, wäre sie später die Sprecherin der Jury. Sie war eine Hispano-Amerikanerin aus Washington Heights, Hausfrau, verheiratet mit einem Anstreicher und Mutter von drei Kindern. Ihr Englisch war flüssig, aber durch einen starken Akzent gefärbt. Ryan hatte nicht den leisesten Zweifel, daß sie Griglia mit dieser Frage in die Falle gegangen war.

»Das ist eine gute Frage«, lobte der Bezirksstaatsanwalt. »Einige von Ihnen werden über *jeden* Zweifel hinaus allein durch die Zeugenaussagen zu einem Urteil kommen. Aber angenommen, Sie sitzen dann in Ihrem Beratungszimmer und sind noch immer nicht völlig überzeugt. Es könnte ja die winzige Möglichkeit bestehen, daß ... ein Teil der Decke heruntergefallen ist oder sich sonst etwas Unwahrscheinliches ereignet haben mag. Wären Sie dann in der Lage, der Anweisung des Gerichts Folge zu leisten und zu sagen, nun gut, da gibt es keinen Zweifel – niemand hat gesehen, wie es geschah, vielleicht war der Tathergang ganz anders. Könnten Sie dann trotzdem auch weiterhin sagen, ja, ein Zweifel besteht, aber kein *begründeter,* und den Anweisungen des Gerichts folgen und diese Angeklagte für schuldig befinden?«

Mrs. Diaz dachte einen Moment nach, bevor sie Griglias Frage schließlich bejahte und meinte, sie könnte die Angeklagte für schuldig erklären.

»Könnten Sie das auch, wenn Sie bedenken, daß diese Frau für viele Jahre hinter Gitter käme und Sie noch immer diesen winzigen Zweifel in Ihrem Hinterkopf hätten?« Die Frage war wiederum an Mrs. Diaz gerichtet, doch sah Griglia dabei die ganze Geschworenenbank an.

Mrs. Diaz zögerte.

Griglia nutzte ihre Denkpause für eine weitere Bemerkung. »Es wäre ja möglich, daß Sie diesen Zweifel nicht beseitigen könnten. Wenn Sie dann trotzdem in der Lage wären – und viele Menschen wären das nicht –, sich selbst immer wieder zu sagen, daß dieser Zweifel nicht *begründet* ist und aufgrund der vorhandenen Zeugenaussagen für die Verurteilung der Angeklagten stimmen ... dann bitte ich Sie, uns das mitzuteilen, denn wir alle wären Ihnen für Ihre Aufrichtigkeit dankbar.«

Fünfzehn Jahre war es her, daß Ryan Franky Griglia in einem Gerichtssaal erlebt hatte. Er mußte zugestehen, daß er sein sicheres Gespür für die Situation bewahrt hatte. Wenn sich überhaupt etwas verändert hatte, dann allenfalls die Tatsache, daß Griglia heute ein größeres Spektrum an Nuancen und Stilmitteln zur Verfügung stand.

Jetzt erläuterte er den angehenden Geschworenen, daß es nur allzu menschlich sei, wenn es ihnen nicht gelänge, ihre eventuellen Zweifel zu unterdrücken. Indem er die Sache auf diese Weise darstellte, prüfte er ihre Charakterfestigkeit, prüfte er, ob sie fähig wären, mit einem durchaus verständlichen Zweifel fertig zu werden.

Seine nächste Frage richtete Griglia an Michelle Jackson, eine farbige Dreißigjährige, die für eine Telefongesellschaft tätig war. Er wollte von ihr wissen, ob es ihr schon einmal passiert sei, daß sie jemanden etwas habe machen sehen, ohne zu verstehen, warum er es tue.

»Ja.«

»Geschah diese Tat mit Absicht?«

»Ja.«

»War es jemand, den Sie gut kannten?«

»Ja.«

»Sie können also akzeptieren, daß es Menschen gibt, die absichtlich bestimmte Dinge tun – aus Gründen, die andere Menschen nicht gutheißen oder noch nicht einmal verstehen?«

»Ja.«

»Angenommen«, sagte Griglia, »der Richter wiese Sie darauf hin, daß die Anklage das der Tat zugrunde liegende Motiv nicht zu beweisen hat. Könnten Sie dann die Möglichkeit akzeptieren, daß die Staatsanwaltschaft zwar ohne jeden begründeten Zweifel die Tat selbst belegen kann, nicht aber das Tatmotiv?«

Sie dachte längere Zeit nach, bevor sie antwortete, daß sie das könne.

»Auch wenn Sie das ›Warum‹ nicht kennen oder verstehen, wären Sie also in der Lage, die Angeklagte für schuldig zu befinden, allein wegen Ihrer Überzeugung, *daß* diese Frau einen Grund für ihre kriminelle Tat hatte?«

Sie brauchte einen Augenblick, nickte dann aber mit dem Kopf und sagte: »Ja, dazu wäre ich in der Lage.«

»Und was ist mit den anderen? Hat irgend jemand Schwierigkeiten damit, einen Menschen für schuldig zu befinden, weil er das Tatmotiv nicht versteht?«

Einige der Leute auf der Geschworenenbank nickten.

»Sie hätten in einem solchen Fall also Ihre Probleme?« fragte Griglia jeden einzelnen und ging schnell zu dessen jeweiligem Sitznachbarn über, wenn jemand die Frage bejahte. Später würde dieses ›Ja‹ einen berechtigten Anlaß für die Ablehnung des betreffenden Geschworenen darstellen.

Anschließend befragte Griglia die potentiellen Geschworenen zu ihrem Privatleben. Was taten sie in ihrer Freizeit? Wo verbrachten sie ihren Urlaub? War der Großteil ihrer Freunde verheiratet oder geschieden? Diese Punkte betrafen ihren Lebensstil und waren dazu gedacht, den Leuten auf der Geschworenenbank die Hemmungen zu nehmen. Dann aber folgten die harten Fragen.

Hatte jemand schon einmal ein Kind verloren? Oder war das in der Verwandtschaft oder im Bekanntenkreis geschehen?

Ryan wollte Einspruch erheben, erinnerte sich aber daran, daß

Richter Corino Griglia weitgehend freie Hand bei der Befragung der Geschworenen zugesagt hatte. Es wäre daher nicht klug von ihm gewesen, sich ohne jede Aussicht auf Erfolg zu Wort zu melden.

Mrs. Diaz kannte zwei Frauen, die ihre kleinen Kinder verloren hatten. Griglia wollte wissen, ob sie ihr leid täten.

Sehr, denn es gäbe nichts Schlimmeres, lautete die Antwort.

Ryan konnte seinen Zorn spüren, als stände er greifbar vor ihm. Griglia war dabei, sich seines Schmerzes zu bemächtigen und als Waffe gegen ihn zu verwenden. Es war Ryan nicht länger möglich, ihn auf diese Art und Weise fortfahren zu lassen, doch mußte er den geeigneten Augenblick abpassen.

»Noch jemand?« fragte Griglia. Eine Künsterlin aus East Village hatte Bekannte, deren Kinder an Aids gestorben waren. Der Staatsanwalt erkundigte sich, wie diese Bekannten auf den Verlust reagiert hatten.

»Als sie davon erfuhren, waren sie zunächst am Boden zerstört. Doch als die Kinder dann tatsächlich starben, versuchten sie, sich damit abzufinden.«

Ryan erhob sich gemächlich. »Euer Ehren?« In seiner Stimme schwang keinerlei Aggressivität mit. »Dürften wir einen Moment nach vorne kommen?«

»Bitte.«

»Ich kann nicht erkennen, worauf das hinauslaufen soll«, sagte Ryan, der noch immer gelassen wirkte.

»Ein wichtiger Punkt bei dieser Verhandlung wird sein, ob Mr. Ryan versucht, auf die Sympathien der Geschworenen zu setzen«, konterte Griglia. »Und ich möchte herausfinden, wo diese Sympathien liegen.«

»Dann tun Sie es doch!« Ryan konnte den Klang seiner Stimme selbst nicht leiden.

Corino blieb sachlich. »Ich weiß, daß das nicht leicht für Sie ist, ich habe Ihnen aber auch klargemacht, daß ich der Anklage in dieser Hinsicht genügend Spielraum zur Verfügung stellen würde.«

Diese Antwort hatte Ryan erwartet. Er ging zu seinem Tisch zurück und setzte sich wieder.

»Ich möchte Ihnen alle eine hypothetische Frage stellen«, fuhr Griglia fort. »Nehmen wir an, jemand wird ermordet. Sagen wir, ein junger Erwachsener. Was glauben Sie? Wie sehr wäre der Familie daran gelegen, den Mörder ausfindig zu machen? Meinen Sie, diese Familie hätte ein besonderes Interesse daran, den Täter aufzuspüren? Ja?« Er hielt seine Hand in die Höhe. Alle Geschworenen machten es ihm nach.

»Sie alle sind dieser Meinung. Nehmen wir weiter an, die Familienmitglieder wären davon überzeugt, den Mörder zu kennen. Wie viele von Ihnen würden auf deren Meinung besonderes Gewicht legen?«

Wieder hoben alle die Hände. Würde Griglia diese Geschworenen durchweg ablehnen?

»Ich bitte Sie, sich einfach mal über folgendes Gedanken zu machen. Sie brauchen Ihre Hände nicht zu heben. Gehen wir davon aus, daß die Familie des Opfers anderer Meinung ist als die Polizei. Nein, bitte lassen Sie die Händen unten. Würden Sie dann immer noch besonderes Augenmerk auf deren Überzeugung legen? Ich werde jetzt einem nach dem anderen diese Frage stellen.«

Er warf Corino einen fragenden Blick zu und ging gleich darauf in Richtung des Podiums. Der Richter winkte auch Ryan herbei.

»Ich würde sie gerne einzeln nacheinander befragen, ohne daß die anderen die Antworten mithören können.«

»Alle?« wollte Ryan wissen.

»Würden Sie das nicht auch so handhaben?«

Griglia machte sich über ihn lustig und versuchte nicht einmal, es zu verbergen.

»Würden Sie mir bitte eine Minute Zeit geben, Euer Ehren?« fragte Ryan und ging zu Miß Miller zurück, ohne Corinos Antwort abzuwarten. »Es wäre besser, wenn Sie jetzt weitermachten«, flüsterte er, so daß nur sie es hören konnte. »Erstens ist das Ihr Gebiet, und zweitens würde ich diesem Hund am liebsten eine reinhauen.«

Von seinem Stuhl aus betrachtete Ryan die gemächliche Parade der Geschworenen. Nacheinander verließen sie ihre Bank und kamen zum Podium vor. Griglia stand auf der einen Seite der angehenden Jury-Mitglieder, Miß Miller auf der anderen. Die Stenografin und Richter Corino schlossen den Kreis.

Nachdem die Befragung vorüber war, setzte sich Kassia Miller wieder auf ihren Platz. »So schlecht lief es gar nicht. Ungefähr vier Leute werden gehen müssen. Bei dreien von ihnen bin ich darüber gar nicht traurig.« Sie reichte ihm die Liste. »Um die Wahrheit zu sagen: Ich glaube, Griglia hat uns damit sogar einen Gefallen getan.«

# 3

Nachdem Griglia seine Befragung beendet hatte, sagte Corino: »Mr. Ryan?«

Es geht ja nur um zwölf künftige Geschworene, machte Ryan sich Mut. Er nahm seine Notizen und die vorbereiteten Fragen und stellte sich an das Pult. Um seine nervösen Hände ruhigzuhalten, umklammerte er dessen Umrandung.

»Ladys und Gentlemen, mein Name ist Michael Ryan. Ich möchte mich schon jetzt für Ihre Aufmerksamkeit und die Selbstverständlichkeit bedanken, mit der Sie Ihrer Bürgerpflicht als Geschworene nachkommen. Ich werde das Vergnügen, Sie heute kennenzulernen, mit meiner Kollegin Kassia Miller teilen. Aber zunächst möchte ich selbst zu Ihnen sprechen.«

»Wie Mr. Griglia werde auch ich Ihnen ein paar Fragen stellen. Es wird Sie kaum überraschen, daß sie sich von den seinen unterscheiden werden.« Er lächelte die Geschworenen an und wurde zunehmend gelassener.

»Später wird Ihnen der Richter ungefähr das Folgende mitteilen: Während des gesamten Prozesses müssen Sie davon ausgehen, daß Mrs. Ryan unschuldig ist. Erst wenn Sie sämtliche Zeugenaussagen und Argumente vernommen haben, dürfen Sie ein Urteil fällen.« Er blickte einen nach dem anderen an. Noch hörten sie ihm aufmerksam zu.

»Mrs. Diaz, werden Sie sich mit dem Gedanken abfinden können, daß alles, was Sie über Mrs. Ryan erfahren werden, einzig und allein auf den vom Richter zugelassenen Zeugenaussagen und Beweismitteln beruht?«

Sie dachte über diese Frage genauso sorgfältig nach, wie zuvor: »Ja.«

Ryan wandte sich an den Mann neben ihr. Er war jung, kräftig und trug eine frisch gebügelte khakifarbene Hose und ein Polohemd. »Mr. Sarrubbi, was glauben Sie? Ist meine Mandantin unschuldig? Sagen Sie offen Ihre Meinung.«

»Klar doch.«

Er gehörte zu der Sorte von cleveren Schülern, die auf jede Frage die richtige Antwort parat hatten. Mit Aufrichtigkeit hatte das nichts zu tun.

»Mrs. Diaz, nehmen wir einmal an, der Richter sagt Ihnen, der Umstand, daß Mrs. Ryan hier als Angeklagte bezeichnet werde, sei kein Beweis dafür, daß sie tatsächlich ein Verbrechen begangen habe.«

»Ich kann Ihnen da nicht ganz folgen«, entgegnete Mrs. Diaz. »Die Polizei hat sie schließlich verhaftet. Dafür muß es doch Gründe geben.«

Gut. Mrs. Diaz würde aus gegebenem Anlaß entschuldigt werden. Es sei denn, Griglia fände einen Weg, sie doch noch auf der Geschworenenbank zu halten.

»Jennifer Ryan muß hier absolut nichts aussagen. Sie hat bereits ihre Unschuld beteuert. Das allein zählt. Da sie unschuldig ist und bis zum Beweis des Gegenteils auch für unschuldig gehalten werden muß, hat sie keinerlei weitere Mitteilungen zu machen. Und wir alle müssen an ihre Unschuld glauben, solange die Anklage nicht das Gegenteil beweist – *ohne jeden begründeten Zweifel.* Für einen Beweis ist das eine sehr hohe Hürde, wie der Richter Ihnen noch erläutern wird. Eine Hürde, die noch höher wird, wenn diese Beweise lediglich auf Indizien beruhen. Mr. Griglia hat nicht gerade viel zu diesem Thema gesagt. Darum will ich es tun.«

An dieser Stelle überließ Ryan die weitere Befragung seiner Kollegin. Als sie aneinander vorbeigingen, nickte sie ihm kaum merklich zu und schenkte ihm ein verstohlenes Lächeln.

»Guten Tag. Ich bin Kassia Miller. Ich habe die Ehre, mit Mr. Ryan zusammenzuarbeiten, und werde ihm dabei behilflich sein, Ihnen zu verdeutlichen, weshalb Sie Zweifel an der Beweisführung der Staatsanwaltschaft haben sollten.« Sie machte eine kurze Pause, damit sie sich gegenseitig mustern konnten.

»Wie viele von Ihnen haben sich jemals im Fernsehen Seifenopern angeschaut?«

Nach kurzem Zögern gingen einige Hände nach oben, allerdings nicht besonders hoch. Zehn der Geschworenen.

»Und was ist mit solchen, die am Abend gesendet werden, wie zum Beispiel ›Dallas‹ oder ›Denver‹?« Alle meldeten sich, selbst der alte Mann, der behauptet hatte, nur das ›Glücksrad‹ und Talkshows anzusehen.

»Würden Sie sagen, daß die Menschen in diesen Filmen ein ganz anderes Leben führen, als wir es tagtäglich in unserer Nachbarschaft beobachten können?«

Zustimmendes Nicken. Etliche Geschworenen grinsten.

»Sehen Sie sich diese Sendungen regelmäßig an?« Keine Antwort.

»Mr. Crawford?« Gemeint war ein pummeliger Farbiger in einem grünen Hemd.

»Gelegentlich.«

»Miß Johannsen?« Es handelte sich um eine große, gleichgültig dreinschauende Blondine, die sich in Schale geworfen hatte, um Eindruck zu schinden.

»Nein, nie.«

»Was sehen Sie sich denn dann an?«

»Kanal dreizehn. Öffentlicher Rundfunk.«

»Sehen Sie oft die Wunschsendung an?«

»Kommt drauf an.«

»Nun gut ...« An die gesamte Geschworenenbank gerichtet, sagte Miß Miller: »Diese Sendungen handeln von reichen Menschen mit ungewöhnlichen Lebensläufen. Und natürlich haben sie alle böse Gegenspieler, denn es ist immer unterhaltsam, wenn die Fieslinge eins aufs Dach bekommen.« Sie betrachtete die Jury-Mitglieder.

Von seinem Stuhl aus konnte Ryan ihr Gesicht nicht sehen. Darum blieb ihm nichts anderes übrig, als sich ihr Lächeln vorzustellen.

»Wenn Sie an dieser Gerichtsverhandlung teilnehmen, werden Sie eine Menge von reichen, aber auch von recht unangenehmen Menschen zu hören bekommen.« Sie pickte sich einen der Geschworenen heraus. »Miß Jackson ...« Die Angestellte von der Telefongesellschaft. »Wer ist Ihr liebster Schurke, der, den Sie wirklich von Herzen hassen?«

»Ach, ich weiß nicht so recht. Ich denke, am schlimmsten ist Alexis. Die aus ›Denver‹.«

Haß und Bewunderung in einem, dachte Ryan, als er ihren Gesichtsausdruck bemerkte.

»Gut. Sind Sie der Meinung, daß es Menschen wie diese Alexis wirklich gibt?«

»Ja.«

»Angenommen, Sie würden eine Frau kennen, der es anscheinend völlig egal ist, ob ihr Ehemann Affären mit anderen Frauen hat, solange er sie nur geheimhält, die sich jedoch fürchterlich aufregt, wenn er sie selbst in aller Öffentlichkeit bloßstellt. Könnten Sie verstehen, daß Menschen sich in einer solchen Weise verhalten?«

»Im Fernsehen?«

Einige der Geschworenen begannen zu lachen.

»Im wirklichen Leben.«

»Ich glaube schon.«

»Waren Sie jemals in einer Situation, in der Sie jemanden in aller Öffentlichkeit angeschrien haben?«

Langsam zeichnete sich ein Grinsen auf ihren Lippen an. »Sie meinen jemanden wie meine Kinder?«

»Ihre Kinder oder Verwandten oder Ihren Mann. Jeden, der in Frage kommt.«

Das Grinsen wurde breiter. »Sicher, in einer solchen Situation war ich bereits.«

»Störte es Sie, daß andere Leute um Sie herumstanden?«

»Ich weiß nicht, ob ich mir je darüber Gedanken gemacht habe.«

»Sie haben sich nie um die anderen Leute gekümmert, wenn Sie mit jemandem geschimpft haben?«

»Manchmal schon.«

»Aber Sie waren trotzdem nicht zu bremsen?«

»Ich erinnere mich, daß ich einmal mit der Brüllerei aufgehört habe. Damals war ich wirklich ganz verlegen.«

»Stellen Sie sich vor, Sie würden von einer Person hören, die auf einer Party eine große Szene gemacht, herumgebrüllt und mit Gegenständen geworfen hat; und zwar deswegen, weil sie es für peinlicher hielt, über das, was geschehen war, Stillschweigen zu bewahren, als einen derartigen Radau zu veranstalten. Hätten Sie Verständnis dafür, wenn sich jemand so verhielte?«

»Geht es um dieselbe Frau, von der Sie vorhin gesprochen haben?«

Von der Geschworenenbank kam als Antwort noch mehr Gelächter, so daß sich Corino genötigt sah, mit dem Hammer zu klopfen und für Ruhe zu sorgen.

»Natürlich hätte ich dafür Verständnis. Es gibt Typen, die nur dann etwas kapieren, wenn man sie vor versammelter Mannschaft anschreit.«

Griglia erhob sich. »Euer Ehren?«

»Ladys und Gentlemen«, sagte der Richter, »versuchen Sie bitte nicht, auf mehr oder weniger zu antworten, als auf das, wonach Sie gefragt wurden. Bitte beantworten Sie die Fragen so präzise wie möglich.«

Ryan war ziemlich sicher, daß Griglia Miß Jackson ablehnen würde. Ein klarer Verlust für die Verteidigung.

Miß Miller machte mit einem anderen Geschworenen weiter.

»Soeben haben wir über das Fernsehen gesprochen. Gerichtssäle tauchen dort andauernd auf. Stimmen Sie mit mir darin überein, daß ein beträchtlicher Teil der Spannung bei solchen Fernsehverhandlungen daraus resultiert, daß man mitzuraten versucht, wer der Täter sein könnte?«

»Ja.«

»Macht Ihnen das Spaß?«

»Ja.«

»Ich habe bemerkt, daß in diesen Fernsehprozessen der Beweisaufnahme wenig Zeit gewidmet wird.«

Da der Geschworene noch Corinos Ermahnung im Ohr hatte, wartete er auf eine klare Frage.

»Würden Sie dem zustimmen?«

»Ich weiß nicht recht.«

»Eine einstündige Sendung, unterbrochen von Werbespots. Und dann noch die Szenen, in denen sich der Held und die Heldin küssen. Wieviel Zeit bleibt da noch übrig?«

»Nicht allzuviel.« Der Mann lächelte.

»Wenn Sie also erraten wollen, ob der Angeklagte schuldig ist, müssen Sie sich ganz schön beeilen. Ihre Schlußfolgerung basiert lediglich auf einigen wenigen Hinweisen hier und da. Richtig?«

»Würde ich schon sagen.«

»Glauben Sie, daß es sich hier vor Gericht genauso verhält?« Eine freundlich gestellte Frage, mehr nicht.

»Ich glaube nicht.«

»Aber wenn es Ihnen Freude bereitet herumzurätseln, was als nächstes in einem Fernsehfilm geschieht, wird es Ihnen dann nicht schwerfallen, mit Ihrer Schlußfolgerung so lange zu warten, bis der Prozeß zu Ende ist?«

»Das weiß ich nicht.«

»Und wenn der Richter Sie anweist, jegliche Schlußfolgerung zu vermeiden, solange Sie sich nicht mit den anderen Geschworenen zur Beratung zurückgezogen haben?«

»Ich würde es versuchen.«

Nachdem Kassia Miller den anderen Zeugen ähnliche Fragen gestellt hatte, setzte sie sich neben Ryan, der sogleich aufstand.

Seine erste Frage galt Sarrubi, der ihm schon wieder Ärger bereitete. »Halten Sie es für möglich, daß die Polizei mitunter einen falschen Tatverdächtigen festnimmt?«

»Fehler werden doch immer gemacht.«

»Mrs. Wu« – eine junge, einfach, aber elegant gekleidete Chinesin – »glauben Sie, weil Polizei und Staatsanwaltschaft Jennifer Ryan vor Gericht gebracht haben, müssen ihre Anwälte beweisen, daß sich Polizei und Staatsanwaltschaft geirrt haben?«

»Ich bin mir nicht sicher.«

»Falls der Richter Ihnen sagt, daß dies nicht im Verantwortungsbereich der Verteidigung liegt, würden Sie das akzeptieren? Vollständig akzeptieren?«

»Ja, ich denke schon.«

»Mr. Sarrubi, glauben Sie, daß die Aufgabe eines Gerichts darin besteht, die volle Wahrheit herauszufinden?«

»Das weiß ich nicht.«

»Was ist denn Ihrer Meinung nach der Zweck einer solchen Verhandlung?«

»Festzustellen, ob wir den Beweisführungen glauben. Nein – vielleicht eher zu entscheiden, was die einzelnen Beweismittel und Aussagen zu bedeuten haben. Zu entscheiden, ob sie ein ›Unschuldig‹ oder ein ›Schuldig‹ ergeben.«

»Sie meinen also, daß es sich dabei um einen Balanceakt handelt.« Ryan deutete mit seinen Händen zwei Waagschalen an und führte sie abwechselnd auf und ab. »Mal schlagen die Beweismittel hier zu Gewicht, mal auf der anderen Seite.«

»Na ja ... Wir müssen halt feststellen, ob die Beweise die Schuld der Angeklagten belegen – ohne einen begründeten Zweifel, wie Sie schon sagten.«

Am Ende des Tages war die Befragung der ersten zwölf möglichen Geschworenen abgeschlossen. Corino räumte den Anwälten eine kleine Pause ein, damit sie Zeit hatten ihre Eindrücke zu verarbeiten.

Die Verteidigung ging schnell die Liste mit den zwölf Namen durch. Nach einer kurzen Unterredung waren sich alle darüber einig, wie sie mit jedem einzelnen weiterverfahren sollten. Sarubbi stellte die einzige Ausnahme dar. Während Miß Miller und Jennifer nichts an ihm auszusetzen hatten, meinte Sisley, daß er der Verteidigung noch von Nutzen sein könnte.

Ryan dagegen wollte ihn ablehnen. »Er ist mir einfach zu glatt und zu großspurig. Ein Besserwisser. Und außerdem zu präzise. Von Beruf ist er Ingenieur. Ihm werden sicher die Bluttests gefallen: DNA, genetische Strukturen und so weiter. High-Tech eben.«

»Er ist jung und intelligent, unsere zwei wichtigsten Kriterien. Und dazu ist er noch aufmerksam«, argumentierte Miß Miller. »Er gehört nicht zu denen, die ›ich auch‹ schreien. Er wird die anderen zum Denken anregen oder sie zur Weißglut bringen.«

»Ich befürchte eher, daß er sie bevormunden wird«, erwiderte Ryan. »In der Freizeit ist er in seiner Kirchengemeinde als Karatetrainer tätig. Wie will man so einen in den Griff kriegen?«

»Aber er engagiert sich dort aus freien Stücken. Daher wird ihm Jennifers Arbeit beim Kinderhilfswerk gefallen.«

Ryan gab sich nicht damit zufrieden. »Wir haben hier eine ungewöhnliche, auffällige Mandantin aus der Spitze der Gesellschaft. Tut mir leid, Jennifer, aber so sieht es von außen aus.«

»Die sollten mich lieber aus unserer Perspektive betrachten«, antwortete sie.

»Ich wünschte, das wäre möglich«, sagte Ryan. »Aber da das nun einmal nicht machbar ist, sollten wir auf diesen selbstzufriedenen, pedantischen Aufsteigertypen verzichten.«

»Er ist mit Sicherheit heterosexuell«, lautete Miß Millers aus der Luft gegriffene Analyse.

Sisley hatte schweigend zugehört. Jetzt war die Reihe an ihm. »Er hat häufig mit Ihnen Blickkontakt aufgenommen und ist intensiv auf Mr. Ryan eingegangen. Bei der Befragung durch die Staatsanwaltschaft belief sich die Zahl der Blickkontakte auf einem niedrigen bis mittleren Niveau. In seinen Antworten auf Ihre Fragen konnte ich kontextuell doppelt soviel positive wie negative Wörter ausfindig machen.«

»Ich glaube, ich bin ein Dinosaurier«, erwiderte Ryan, der von diesen Ausführungen dennoch nicht überzeugt war. »Von kontextuell positiven Wörtern verstehe ich nichts. Ich urteile einfach nach meinem Empfinden. Jennifer, du bist dran.«

»Macht das irgendeinen Unterschied, ob er auf der Geschworenenbank sitzt oder nicht? Die werden trotzdem alle glauben, daß ich es getan habe.«

»Sie sollten sich wirklich für ihn entscheiden«, warf Sisley ein.

»Ich sehe das genauso«, ergänzte Miß Miller.

Ryans Ahnungen stand ihre eindeutige Überzeugung gegenüber. Er vermochte nicht sicher zu beurteilen, inwieweit seine Reaktion auf Sarrubbi ein Überbleibsel der Abneigung war, die er als Staatsanwalt gegen allzu dominierende Geschworene gehabt hatte. »Na gut, wir werden ihn behalten. Dafür schuldet ihr mir jetzt einen.«

Kaum hatte er es ausgesprochen, war ihm wegen seines Entschlusses auch schon unbehaglich zumute.

Corino rief die Anwälte zu sich nach vorne, um ihnen das Ergebnis der Geschworenenbefragung mitzuteilen. Vier von ihnen waren übereinstimmend abgelehnt worden: der Mann mit den schlechten Augen und die drei, denen Griglia jene Fragen gestellt hatte, die eindeutig auf Ryan und sein Verhältnis zur Angeklagten abgezielt hatten. Miß Miller war froh darüber. Außerdem lehnte der Bezirksstaatsanwalt Michelle Jackson ab – die Frau, die bei der Telefongesellschaft tätig war, und gemeint hatte, manche Leute müsse man in aller Öffentlichkeit bloßstellen.

Dagegen protestierte Ryan. »Keine ihrer Antworten berechtigt zu einer Ablehnung dieser Geschworenen.«

Sollte Griglia doch bis zur endgültigen Entscheidung warten, wenn er sie loswerden wollte. Dann bräuchte er seine Ablehnung zwar nicht mehr begründen, gleichzeitig würde sich aber auch sein Kontingent an Geschworenen verringern, die er ohne Angabe von Gründen abweisen konnte.

»Diese Dame tendiert eindeutig dazu, die Verteidigung zu begünstigen.« Das war weder ein besonders tiefschürfendes, noch ein sehr zugkräftiges Argument.

»Ich sehe das nicht so, Mr. Griglia«, antwortete Corino. »Ich kann keinen Grund für eine Ablehnung erkennen.«

Als später die endgültigen Entscheidungen getroffen wurden, nannte Griglia lediglich den Namen von Miß Johanssen, erwähnte jedoch Miß Jackson mit keinem Wort mehr.

Seinerseits lehnte Ryan Mrs. Diaz wegen ihrer Bemerkung ab, es müßten Gründe vorhanden sein, wenn die Polizei jemanden festnehme. Nur mit Mühe unterdrückte er den Namen Sarrubbi.

Schließlich verlas der Gerichtsassistent die Namen von acht Jurymitgliedern, die entschuldigt wurden, und bat dann die verbliebenen, die ersten vier Sitze auf der Geschworenenbank einzunehmen. Zur neuen Sprecherin wurde jetzt Mrs. Wu, die elegante Programmiererin.

Vier Geschworene waren mehr, als Ryan von der ersten Runde erwartet hatte. Und sowohl die Staatsanwaltschaft als auch die Verteidigung hatten erst jeweils einen Geschworenen ohne Gründe abgelehnt – eine weitere Überraschung.

Richter Corino verkündete für diesen Tag das Ende der Sitzung.

Ryan kam sich vor wie eine Marionette, der man die Fäden durchtrennt hatte.

Als er am nächsten Morgen erwachte, galt sein erster Gedanke dem Prozeß. Ryan machte sich darüber Sorgen, ob er sich nicht zu sehr auf die Suche nach dem Bandito und das Abklappern von über hundert Partygästen versteift hatte.

Du mußt dem Geld folgen, ermahnte er sich selbst.

Willy und die Hypothekengelder. Ramanujan und Morris und der pharmazeutische Großhandel. Und die Kliniken. Irgendwie mußte das alles miteinander in Verbindung stehen.

Zusammen mit Lawrence und Kaplan war er sorgfältig genug die finanziellen Transaktionen durchgegangen, um zu der Überzeugung zu gelangen, daß Neds Geld – zumindest indirekt – von Olivera gekommen war. Aber ohne weitere Informationen nutzten ihnen diese Erkenntnisse überhaupt nichts.

Die Kliniken und Shible. Es sah ganz danach aus, daß Oliveras Geld dort gewaschen wurde.

War es möglich, daß Ned in Betrugsaktionen verwickelt gewesen war, die sich gegen Medicaid gerichtet hatten? Ryan konnte es nicht glauben. Wenn überhaupt jemand mit derartigen Betrügereien zu tun hatte, dann die Betreiber der Kliniken. Wieder eine Sackgasse. Eine *zeitweilige* Sackgasse, sagte er sich.

Ryan nahm sich zum wiederholten Mal die Unterlagen über die Hypothekengeschäfte vor sowie die Akten, die er in Willys Bank erhalten hatte.

Das war es! Glasklar stand es ihm plötzlich vor Augen.

In weniger als zwei Jahren hatte Ned Hypothekengelder in Höhe von sechzig Millionen Dollar bewegt. Seine Gewinnspanne hatte dabei zwischen drei Viertel und einem Prozent der jeweiligen Abschlußsumme betragen, was nicht besonders viel war. Aber alles zusammengenommen belief sich der Gesamtgewinn auf über fünfhunderttausend Dollar, beinahe fünfundzwanzigtausend pro Monat. Damit ließen sich eine Menge Kunstobjekte kaufen, die von attraktiven, jungen Künstlerinnen angefertigt worden waren. Alles war ganz offen und redlich vonstatten gegangen – wenn man davon absah, daß das Geld, das Ned bewegt hatte, um diese Gewinne einzustreichen, aus Señor Oliveras Crack- und Kokaingeschäften gekommen war.

Was Ryan nun genauer unter die Lupe nahm, war der Weg, den

diese Gelder genommen hatten. Nach allem, was er erkennen konnte, waren die Beträge in der Regel mindestens sechs Tage vor den Geschäftsabschlüssen eingegangen. Und sie waren *nicht* in Willys Bank deponiert worden. Ryan konnte den Dokumenten, die vor ihm lagen, nicht mit letzter Sicherheit entnehmen, was passiert war. Aber wenn das Geld knapp eine Woche lang jeweils in Schatzbriefen angelegt worden war, dann ergab das nochmals hunderttausend Dollar Zinsen. Wenn dafür aber kurzfristige Handelspapiere gekauft worden wären, hätten die Gewinne sogar noch bedeutend höher ausfallen können. Jemand hatte diese Beträge in die eigene Tasche gesteckt. Ned? Willy? Beide? In gewissen Kreisen stellte das ein sauberes Motiv für einen Mord dar.

Es war ein Anfang. Ein neuer Anfang.

Ryan griff nach dem Telefon und rief Jake Kaplan an. »Ich habe hier einige Zahlen. Ich möchte, daß Sie sie überprüfen. Anschließend setzen Sie sich bitte mit Craig Lawrence in Verbindung, um herauszufinden, wohin diese Geldbeträge geflossen sind.«

Auf dem Weg zum Gericht fühlte Ryan sich unbeschwerter als die Tage zuvor. Die Wahl der Geschworenen verlief so, wie sie begonnen hatte, nur daß die Zahl der Ablehnungen stieg. Von den nächsten sechzehn Kandidaten wurde kein einziger akzeptiert.

Griglia testete erneut, wie die Geschworenen dazu standen, daß ein Verwandter des Opfers die Angeklagte verteidigte. Und Richter Corino gestattete ihm auch weiterhin großzügig, solche Kandidaten abzulehnen, die Ryan auch nur die geringste Sympathie dafür entgegenbrachten, daß er Neds Vater war. Ryan hatte keine andere Wahl, als sich damit abzufinden.

»Glauben Sie, daß Frauen zu einem Mord fähig sind?« lautete Griglias Lieblingsfrage, nachdem er erneut auf Eltern zu sprechen gekommen war, die ihre Kinder verloren hatten. Gerne fragte er auch: »Wenn die Beweisführung die Schuld der Angeklagten feststellt, hätten Sie dann Schwierigkeiten, sie für schuldig zu befinden, weil das bedeuten würde, eine Frau ins Gefängnis zu schicken?«

Die meisten der potentiellen Geschworenen waren davon überzeugt, daß auch Frauen zu Mördern werden konnten. Am Ende des Tages reagierte erstmals eine Frau unsicher auf diese Frage. Der müde Ryan sah keine Möglichkeit, sie als Geschworene zu behalten, obwohl er sie gerne auf der Bank hätte sitzen sehen.

Miß Miller erhob sich und fragte sie: »Angenommen der Staatsanwalt riefe drei glaubwürdige Augenzeugen auf, die alle die Angeklagte als die Täterin identifizieren würden – hätten Sie *dann* Probleme, sie für schuldig zu befinden, nur, weil es sich um eine Frau handelt?«

»Nein. Bestimmt nicht.«

Trotzdem hatten sie die Kandidatin verloren. Doch Griglia mußte immerhin eine der unbegründeten Ablehnungen dafür opfern, die ihm zur Verfügung standen. Und er war gezwungen, diese Frage künftig wegzulassen, da er der Verteidigung dadurch zu viele Gelegenheiten bot, einen Bewertungsmaßstab bei der Geschworenenwahl anzulegen, dem er selbst bei weitem nicht standhalten konnte.

Nach der Sitzung am Donnerstag trafen sie im Büro Lawrence, der etwas Neues über die Finanzierung von Neds Hypotheken in Erfahrung gebracht hatte.

»Sieht aus, als hättest du recht gehabt: Ned hat das Geld kurzfristig angelegt und die Zinsen dafür abgeschöpft.«

»Gute Arbeit.« Gut für ihren Fall. Was das über Ned aussagte, damit konnte er sich später befassen. »Ich werde gleich morgen früh Jake anrufen, damit er die betreffenden Stellen in den Büchern ausfindig macht.«

»Ich sagte nicht, daß es dafür Beweise gibt, sondern lediglich, daß es so *aussieht,* als habe er diese Gelder kurzzeitig angelegt.«

»Ist es denn nicht möglich, daß irgendwer mal irgendwas richtig macht?« explodierte Ryan. »Was nützt uns schon ein ›sieht aus als ob‹ vor Gericht?«

»He, du weißt doch, wir tun unser Bestes.«

»Beruhigen Sie sich«, sagte Miß Miller.

»Wir befinden uns am Vorabend des Prozesses«, entgegnete Ryan. »Bislang steht unsere gesamte Beweisführung auf tönernen Füßen. Keine gute Arbeit, die wir da leisten. Das grenzt schon fast an eine Niederlage.«

»Wir tun unser Bestes«, wiederholte Lawrence. »Ich könnte noch von einer anderen Seite an die Sache herangehen – Olivera und Co. Aber wenn es darum geht, an Informationen über Dinge wie Geldwäsche und Gewinnabschöpfungen zu gelangen, sind meine Verbindungen zur Drogenfahndung einfach zu schwach, als daß ich wüßte, an wen ich mich da wenden könnte.«

»Wenn wir sicher wären, daß Olivera weiß, daß Ned etwas von

dem Geld für sich abgezweigt hat, könnten wir ihm den Mord an Ned anhängen. Das würde dem ganzen Fall eine Wende geben.«

»Es wäre auch alles ganz anders, wenn wir von der Tat ein Videoband hätten. Haben wir aber nicht!«

## 4

Elf Geschworene waren gewählt, nach mehr als einer Woche. Obwohl Ryan Tag für Tag Griglias Vorgehensweise verfolgt hatte, konnte er dessen idealen Geschworenen oder den Typus, den Griglia nach Möglichkeit von der Verhandlung fernzuhalten suchte, nicht genau beschreiben.

Der achte Kandidat, den sie für den zwölften und letzten Sitz befragten, war ein achtundsechzigjähriger ehemaliger Bauingenieur namens Constable. Der Mann war groß und hager. Seine Kleidung war korrekt: dunkelblauer Anzug, weißes Hemd, silbergraue Krawatte. In der äußeren Brusttasche, in der Sisley ein glänzendes Seidentuch stecken hatte, konnte man bei Constable einige Stifte erkennen.

Höflich und knapp antwortete er auf Griglias Fragen. Ebenso verhielt er sich gegenüber Ryan. Es schien keinen Grund zu geben, weshalb man ihn hätte ablehnen sollen. Ryan vermutete, daß Griglia den Mann gern als Geschworenen hätte. Die Anklage hatte nur noch einmal die Möglichkeit, einen Kandidaten ohne Angabe von Gründen nach Hause zu schicken, die Verteidigung konnte dagegen noch zweimal von diesem Recht Gebrauch machen. Ryan wußte, daß Miß Miller und Sisley den Ingenieur loswerden wollten. Dazu kam, daß Ryan in Hinblick auf Sarrubbi selbst argumentiert hatte, er wolle keine Leute mit technischen Berufen in der Jury haben. Und dennoch spürte er, daß es sich lohnen würde, Constable zu behalten. Es galt nur, herauszufinden, was an ihm so besonders war.

Ryan war für diesen Tag mit seinen Kräften am Ende. Auch fiel ihm nichts Fantasievolles mehr ein, was er hätte fragen können. »Haben Sie irgendwelche Hobbys?«

Der Ingenieur sah Ryan mit zusammengekniffenen Augen prüfend an, beantwortete aber nicht seine Frage.

»Mr. Constable?«

Er seufzte. »Ich schreibe Gedichte.«

»Wirklich?« Ryan konnte ein überraschtes Lächeln nicht unterdrücken. »Was für Gedichte sind das?«

»Solche, die niemand liest.«

»Sie veröffentlichen sie also nicht?«

»Ich nicht. Andere schon.«

»Wie lange beschäftigen Sie sich damit?«

»Seit ich im Ruhestand bin.«

»Könnten Sie uns einige der Titel nennen?«

»Ich weiß nicht, wozu das gut sein soll.«

»Ich auch nicht. Zumindest solange ich sie nicht gehört habe.«

Ryans Erwiderung schien ihm zu gefallen. In seiner bescheidenen Art zählte er ein paar auf. »›Unheil in Elsinore.‹ ›Der Schatten mag es wissen.‹ ›Die siebte Gelegenheit.‹ ›Auf dem Weg zu den Bergen.‹« Es klang wie eine Einkaufsliste.

»Hilft Ihnen das weiter?«

»Ich glaube ja. Besten Dank.«

Sisley war nach wie vor gegen ihn. »Steif, steif, steif.«

»Mir gefällt er«, entgegnete Ryan.

»Haben Sie gesehen, wie er sich anzieht? Wir brauchen jemanden, der auch gegenüber Unkonventionellem Toleranz aufbringt. Dieser Mann ist Bauingenieur.«

»Im Ruhestand. Er schreibt Gedichte.«

»Was hat das schon zu bedeuten? Gedichte. Haben Sie eine Vorstellung, wie die Gedichte eines Bauingenieurs aussehen? Sehen Sie doch bloß mal, wie er dasitzt! Als ob er eine Stange in seinem« – Sisley warf den beiden Frauen einen kurzen Blick zu – »Rückgrat hätte.«

»Wir können es uns leisten, ihn abzulehnen«, betonte Kassia Miller. »Sollte hinterher ein ähnlich schlimmer Kandidat kommen, haben wir immer noch die Möglichkeit einer weiteren Ablehnung ohne Begründung.«

»Seine *charakteristischen Verhaltensmerkmale* sind durchweg unpassend.« Sisley verkündete das, als wäre es sein letztes Wort zu diesem Thema.

»Ich aber sage, wir nehmen ihn«, beharrte Ryan energisch auf seiner Überzeugung. »Außerdem schuldet ihr mir noch einen, denkt daran.«

»Wenn Michael es für richtig hält«, meinte Jennifer, »dann sollten wir es mit ihm versuchen.«

Ryan hatte sich dafür entschieden, Thom Willard direkt darauf anzusprechen, daß Ned die Zinseinkünfte der kurzzeitig angelegten Hypothekengelder abgeschöpft hatte.

Miß Miller bot von sich aus an, Ryan auf der Zugfahrt nach Philadelphia zu begleiten. Sie sagte, es gäbe einige Arbeit, die sie dort erledigen könne. Ryan zeigte sich darüber keinesfalls erfreut, war er doch auch sonst ständig mit ihr zusammen.

»Wann haben Sie sich zum letzten Mal so richtig amüsiert?« wollte sie wissen, als sie auf die Zugabfahrt in der Penn Station warteten.

Er sah sie an.

»Ich wette, seit dem Tod Ihrer Frau kein einziges Mal.«

Seit der Trennung gab es keinen Grund zur Freude mehr, dachte Ryan. Aber auch schon davor nicht.

»Sie müssen einfach mal wieder Spaß haben. Vergessen Sie doch wenigstens ein paar Stunden lang mal Ihre Arbeit. Aber nach Möglichkeit vor Verhandlungsbeginn, denn hinterher wird dazu keine Zeit mehr sein.«

»Haben Sie vielen Dank für Ihre Ratschläge.«

Langsam setzte sich der Zug in Bewegung. Ryan öffnete seine Aktentasche und machte sich an die Arbeit an seinem Eröffnungsplädoyer.

Willy empfing ihn in der dunklen, menschenleeren Bank. Er zeigte sich erstaunlich entgegenkommend.

»Ja, Ned hat die Gewinne abgeschöpft, die er durch die Anlage der Hypothekengelder erzielt hat. Ich habe ihn mehrmals darauf hingewiesen, wie gefährlich das war, und ihm geraten, damit aufzuhören.«

»Gefährlich?«

»Das Geld gehörte schließlich irgend jemandem. Normalerweise wird es auf ein Konto gelegt, das keine Zinsen bringt. Er aber kaufte dafür Schatzbriefe und Handelspapiere und verkaufte sie wieder, wenn es an der Zeit war, das Geld an den Hypothekenschuldner auszubezahlen. Es war schon einigermaßen sicher, aber die Zinsen, die es dafür gab, gehörten eigentlich den Eigentümern des Geldes.«

»Du befürchtetest also, er würde sich damit in Schwierigkeiten bringen.«

»Genau.«

»Du und Ned habt darüber gestritten?«

Willy zuckte nicht mit der Wimper. »Das können Sie laut sagen.

Wir hatten uns ständig in den Haaren seit der High-School. Das gehörte einfach dazu. Es half uns dabei, aufrichtig zu bleiben.«

»Nur diesmal nicht.«

»Gerade diesmal.«

»Hörte er etwa damit auf?«

»Nein. Er beschaffte sich schriftliche Genehmigungen von den Geldgebern.«

Das war das letzte, was Ryan jetzt hören wollte. »Kann ich die mal sehen?«

»Falls ich sie finde.«

Willy führte ihn in den Vorraum, wo er eine Schublade nach der anderen durchstöberte und murmelnd über seine Sekretärin schimpfte. Mit einem übertriebenen »Ah« zog er einen dünnen Ordner hervor und übergab ihn Ryan. Elf Schreiben von ebenso vielen Kreditunternehmen befanden sich darin. Und wie bei ihren Antworten an Neds Nachlaßverwaltung befleißigten sie sich auch hier eines nahezu identischen Wortlauts.

»Die Unterlagen gehören nicht zu den offiziellen Akten. Es handelt sich um mein persönliches Archiv. Um meinen Hintern zu retten, könnte man wohl sagen. Ich will auf keinen Fall diese Leute im Genick haben, falls sie feststellen sollten, daß ihr Geld verschwunden ist.«

»Ruppige Kunden?«

Willy nahm eine abweisende Haltung ein. »Jeder wird wohl ruppig, wenn ihm einer ans Eingemachte will.«

»Besonders Drogendealer, wie die, von denen Ned sein Geld bekommen hat.«

Der Bankier starrte ihn an. »Wer hat Ihnen denn *das* erzählt?«

»Ich dachte, du seist es gewesen.«

»Lassen Sie es mich mal so ausdrücken, Mr. Ryan: Falls Ned in derartige Geschäfte verwickelt gewesen sein sollte, so war mir davon mit Sicherheit nichts bekannt.«

»Warum hieltest du die Sache dann für gefährlich?«

»Das habe ich doch schon gesagt. Die Leute mögen es nicht, wenn man ihnen ihr Geld wegnimmt oder es riskant anlegt, wie gering das Risiko auch immer sein mag. Das gilt nicht nur für Drogendealer.«

Die beiden Rechtsanwälte fuhren mit dem Spätzug zurück.

»Kein Glück gehabt, hm?« riet Miß Miller.

»Nicht besonders. Ned hat tatsächlich Zinsgewinne abgeschöpft, die er eigentlich gar nicht hätte verdienen sollen. Willy warnte ihn davor. Daher besorgte sich Ned von den Geldgebern schriftliche Zusagen, daß sie sein Vorgehen akzeptierten.«

»Wir haben also keinen Grund zu der Annahme, daß sie ihn deshalb umgebracht haben könnten.«

»Leider nicht. Und Willy, das ist keine Überraschung, leugnet natürlich, irgendwas von Drogengeldern zu wissen. Wieder eine Sackgasse.«

Als der Zug durch Rahway fuhr, sah Ryan aus dem Fenster. »Auch in diesem Ort gibt es eine Sackgasse.« Er meinte Karl und Harry, die Ned mit einer Erhöhung der Zinssätze in allerletzter Minute hereingelegt hatte.

»Ich habe den Wetterbericht für morgen gehört«, sagte Kassia Miller in Newark. »Für die Jahreszeit außergewöhnlich warm und sonnig, haben sie gesagt. Und ich sage, daß wir beide ein Picknick machen.«

Keine Antwort.

»Ich liebe Ihren Enthusiasmus. Ich weiß, wir sehen uns schon unter der Woche oft genug. Wir werden es einfach so machen: Erst das Picknick, und dann mache ich mich aus dem Staub und lasse Sie in Ruhe.«

»Am Hudson River gibt es einen Park, der früher einem reichen Anwalt gehört hat«, entgegnete Ryan.

»Haben Sie nicht dort in der Nähe mal gewohnt?«

»Ein paar Gemeinden weiter nördlich.«

Der Sonntag war warm und sonnig wie vorhergesagt. Miß Miller fuhr in einem Leihwagen bei Ryan vor. Auf dem Rücksitz stand ein gepackter Picknickkorb.

Der Park war nahezu menschenleer. Die Grünflächen waren vor kurzem gemäht worden, und die dicken Äste der Bäume waren in den schwachen, gelbgrünen Schleier der ersten Knospen gehüllt.

»Also gut«, sagte Miß Miller, als sie einen Weg am Fluß entlangspazierten, »Uhrenvergleich, damit wir uns zum Essen treffen können. Anschließend verschwinde ich.«

»Nur wenn Sie es so wollen.«

Ryan entdeckte einen Pavillon, an den er sich noch von früher erinnerte. Er stand auf einem kleinen Hügel, von dem aus man über den Fluß blicken konnte. Ryan lehnte sich an die steinerne Brüstung und sah versonnen auf den Fluß und die weichen Wolken in dem tiefblauen Himmel.

Nach einer Weile drehte er sich um und betrachtete seine Kollegin, die schweigend neben ihm stand und ebenfalls die Aussicht genoß. Sie erwiderte seinen Blick.

»Hübsch«, sagte sie.

»Sehr.«

Nachdem Ryan alleine einen Spaziergang unternommen hatte, holten sie den Picknickkorb aus dem Wagen und breiteten eine Decke auf dem Rasen aus.

Zum Essen gab es Hühnchen, das mit scharfen Gewürzen bestrichen war, Mangold, Tomaten mit Basilikum sowie Knoblauchbrot.

»Haben *Sie* das zubereitet?«

»Nein, nein. Das habe ich fertig gekauft. Aber nicht daß Sie denken, ich könnte das nicht!«

»Keineswegs.«

»Sie haben mich doch nie etwas anderes als Kaffee kochen sehen. Wahrscheinlich denken Sie, daß ich mir sogar gekochtes Wasser ins Haus kommen lasse.«

Er lachte. »Ich glaube, ich weiß wirklich nicht viel über Sie.«

»Das ist schon seltsam, wenn man bedenkt, wieviel Zeit wir miteinander verbringen.«

»Sie dagegen scheinen einiges über mich zu wissen.«

»Sie und Ihre Familie sind Teil meiner Arbeit.«

»Erzählen Sie mir etwas von sich«, bat Ryan.

»Sagen Sie mir, womit ich beginnen soll.«

»Fangen wir mit der Anwältin an.«

»Niemand hat mich je dazu gedrängt, diesen Beruf zu ergreifen. Ich bin ziemlich frei erzogen worden. Diese Art von Erziehung, wo einem gesagt wird, es ist uns lieber, wenn du ein glücklicher Lastwagenfahrer wirst als ein unzufriedener Gehirnchirurg. Damals hatten die Leute vor Gehirnchirurgen noch Respekt. Heutzutage würde man statt dessen Investmentbanker als Beispiel anführen, vermute ich.«

»Wo sind Sie aufgewachsen?«

»Colorado. Boulder und dann Denver. Meine Eltern unterrichteten beide in einem College.«

»Sie leben noch?«

»Ja, und drei meiner Großeltern ebenfalls. Dann gibt es da noch eine Schwester und einen Bruder, Tanten und Onkel. In der Hinsicht bin ich gut dran. Keine Todesfälle in der Familie, über die der Rede wert wären. Ich kann mir nicht einmal vorstellen, wie das wäre, wenn jemand sterben würde.«

Ryan stellte ihr eine andere Frage, um das Thema zu wechseln.

Als sie mit dem Essen fertig waren, betrachteten sie schweigend den Sonnenuntergang.

Ryan stand auf, um die Essensreste aus der Decke zu schütteln. Er sah Miß Miller an. Wie sie so dasaß, erinnerte sie ihn einen Augenblick lang an Ali, die zusammen mit Ned auf dem Foto gewesen war, das er in der Wohnung seines Sohnes gefunden hatte. Seine Augen brannten.

Sie wandte den Blick von der Sonne ab und sah Ryan an. Was immer sie hatte sagen wollen – es blieb unausgesprochen.

»Mr. Ryan? Alles in Ordnung?«

Er nickte. In der einen Hand hielt er selbstvergessen die Tischdecke. Sie stand auf und nahm seine freie Hand. »Falten wir die Decke zusammen und machen wir uns auf den Weg.«

Die Wahl der vier Ersatzkandidaten ging wesentlich schneller vonstatten als die der anderen zwölf Geschworenen.

Ryan war mit dem Ergebnis im großen und ganzen zufrieden. Die Jury war ausgeglichen und dennoch mit ganz unterschiedlichen Personen besetzt. Sieben Männer und fünf Frauen jeden Alters und verschiedener Hautfarbe. Sie waren nicht ganz so gebildet wie die Geschworenen bei den Bundesgerichten es oftmals waren, aber allemal mehr, als er anfangs angenommen hatte. Das Durchschnittsalter lag höher, als es der Verteidigung lieb war, aber keinesfalls so hoch, daß man sich hätte Sorgen machen müssen.

Letztendlich war für Ryan die Wahl doch eher eine instinktive Angelegenheit gewesen – und für Griglia ohne Zweifel ebenfalls.

Besondere Hoffnung legte er auf Constable. Ryan war der Ansicht, daß er durchsetzungsfähiger sei, als seine sanfte Art es vermuten ließ. Und die Gedichte, dachte Ryan, deuteten auf einen Verstand hin, der gerne unter die Oberfläche blickte. Er wünschte sich, daß Constable ein Gegengewicht zu Sarrubbi bilden würde, dem anderen Ingenieur, der erst halb so alt war. Ryan war mittlerweile zu der Überzeugung gelangt, daß es sein bislang größter Fehler gewesen war, diesen Sarrubi als Geschworenen zu akzeptieren.

Richter Corino beglückwünschte die Mitglieder der Jury und fragte dann die gegnerischen Parteien, ob es noch etwas zu regeln gäbe, bevor er sie zur Vorbereitung der Eröffnungsplädoyers entlasse, die am Morgen darauf gehalten werden sollten.

»Eines noch, Euer Ehren«, sagte Griglia. »Wir haben einen weiteren

Zeugen ausfindig gemacht, jemanden, von dessen Existenz wir erst jetzt erfahren haben. Ich hielt es für das beste, das Gericht vor Verhandlungsbeginn darüber in Kenntnis zu setzen, damit wir überprüfen können, ob einer der Geschworenen ihn kennt.«

»Warum nennen Sie uns nicht seinen Namen, Mr. Griglia?«

»Ja, Euer Ehren. Der Mann heißt Nicholas Maclean.«

Corino wandte sich an die Jury. »Ist irgend jemand von Ihnen mit einem Mann namens Nicholas Maclean verwandt oder verschwägert, kennt jemand diesen Mann oder steht er mit ihm in geschäftlicher Verbindung?«

Niemand bejahte diese Frage.

»Also gut, Ladys und Gentlemen. Wie ich es sehe, sind wir für die Verhandlung bereit. Beginn ist jeweils um neun Uhr dreißig, und zwar pünktlich. Wir werden bis eins arbeiten, dann bis zwei Uhr Mittagspause machen und anschließend bis mindestens fünf im Gerichtssaal sein, wenn nötig auch länger. Ich werde hier pünktlich erscheinen und erwarte dasselbe von Ihnen. Ich bin jederzeit bereit, eine lange Verhandlung zu ertragen, wenn die Dauer in der Sache selbst begründet liegt. Nachlässigkeit ist kein solcher Grund.«

»Ich sehe Sie also hier morgen früh um neun Uhr dreißig.« Er verließ seinen Platz mit der gewohnten Geschwindigkeit.

»Gut, Leute«, sagte Ryan, »laßt uns ins Büro gehen und überprüfen, ob wir auch genau wissen, was wir morgen zu tun haben.«

»Ich werde Lawrence anrufen, um ihm den neuen Namen mitzuteilen. Anschließend halten wir Kriegsrat«, sagte Ryan, als sie wieder im Büro waren.

»Warte, Michael«, unterbrach ihn Jennifer. Ihre Stimme klang angespannt.

Er ließ den Telefonhörer sinken. »Was gibt es?«

»Ich kann dir sagen, wer er ist.«

»So?«

»Ich kenne ihn. Kannte ihn. Er ist …« Sie setzte sich an ihren Schreibtisch und schloß die Augen. So blieb sie eine Zeitlang entrückt sitzen, während Ryan und Miß Miller gespannt warteten.

Dann öffnete sie ihre Augen und sah ihn beinah herausfordernd an. »Er war mein Geliebter.«

Ryan wurde blaß.

»Michael, das ist wirklich nicht von Bedeutung.«

Er antwortete ihr nicht.

Miß Miller ging auf ihn zu. »Alles in Ordnung, Michael?«

»Es geht mir gut. Laßt mich nur einen Moment in Ruhe.«

Er hatte keine Ahnung, wie lange er in sich versunken dagesessen hatte. Gesprächsfetzen drangen zu ihm durch. Ryan stand auf und ließ sich in dem Badezimmer am Ende des Büros kaltes Wasser über den Kopf laufen. Bevor er wieder auf seinen Platz zurückkehrte, nahm er einige Papierhandtücher und rieb damit seine Haare trocken.

»Also gut. Könnten wir uns jetzt bitte damit befassen?«

»Ich lernte Nico beim Kinderhilfswerk kennen«, sagte Jennifer mit flacher Stimme. »Wir haben oft zusammen gearbeitet. Manchmal sind wir mit mehreren Leuten essen gegangen. Dabei bemerkte ich, daß er sich für mich interessierte. Und ich war der Überzeugung, daß Ned wieder einmal mit seinen Seitensprüngen beschäftigt war. Also war ich einverstanden, am Anfang einfach ein bißchen mit ihm zu flirten. Ich glaube, ich habe es nur gemacht, damit Ned und ich wieder zusammenfanden. Nico sah gut aus und war dazu noch verheiratet. Die ganze Sache schien mir deshalb sicher. Nie wäre ich auf den Gedanken gekommen, er würde jemandem davon erzählen. Nicht einmal im Traum hätte ich mir vorstellen können, daß er darüber vor Gericht aussagen würde.«

»Warum nicht?«

»Ich hielt ihn für einen Gentleman.« Sie machte sich über sich selbst lustig.

»Wußte Ned davon?«

»Anfangs nicht. Aber dann kam er eines Nachts spät nach Hause, und mir war, ohne zu wissen, warum, klar, daß er mit einer anderen Frau zusammengewesen war. Sexuell, meine ich. Ich war mir völlig sicher. Ich sagte es ihm auf den Kopf zu, und er gestand es. Dann habe ich ihm die Sache mit Nico gebeichtet.«

»Was sagte er?«

»Es gefiel ihm nicht. Wir schrien uns gegenseitig an. Als er sich wieder beruhigt hatte, sagte er: ›Deiner Ansicht nach habe ich wohl keinen Grund, mich zu beklagen, nicht wahr?‹«

»Hast du diesem Gockel gesagt, daß Ned von eurem Verhältnis wußte?«

»Ja.«

»Gab es noch andere?«

»Andere was?«

»Liebhaber.«

Sie zögerte.

»Hör mir gut zu, Jennifer. Ich muß die Wahrheit wissen. Gab es außer diesem Nico noch andere Männer in deinem Leben?«

»Nein. Keinen.«

»Keine Flirts? Vielleicht ein kleines Techtelmechtel?«

Jennifer bekam einen Wutanfall. »Du kannst mich nicht leiden, stimmt's? Du glaubst, daß ich dich belüge.« Mit ihrem lebhaften Temperament richtete sie jetzt ihren Zorn gegen sich selbst. »Ich bin ja so dumm. Ich meine, wenn ich Michael und Kassia die volle Wahrheit sagen würde … ich weiß nicht genau … ich denke, ihr würdet mir dann nicht mehr glauben. Und jetzt habe ich sie gesagt, und ihr glaubt mir trotzdem nicht.«

Ryan wartete, bis sie sich beruhigt hatte. Miß Miller brachte ihr ein Glas Wasser. Durstig trank sie es aus.

»Es war nicht so, daß er mir etwas bedeutet hätte. *Ned* war für mein Leben wichtig, nicht Nico. Er war – ein Weg, mir selbst zu beweisen, daß man einen Geliebten haben kann, ohne daß sich etwas in der Ehe ändert. So stellte Ned es nämlich immer dar.«

»Wie endete die Geschichte?«

»Ich machte Schluß.«

»Wann?«

»Sechs oder sieben Monate vor … vor Neds Tod.«

»Und warum machtest du Schluß?«

»Es bedeutete mir nichts und hatte seinen Zweck erfüllt. Er war mir nur noch lästig.«

»Hast du ihm das so gesagt?«

»In etwa.«

»Gibt es sonst noch etwas, was ich in diesem Zusammenhang wissen muß? Hast du ihm von Ned erzählt?«

Jennifer dachte nach. »Nein.«

»Du hast ihm doch wohl nicht etwa gesagt, daß es dir ganz recht wäre, wenn Ned tot sei?«

»Das wäre gut möglich. Ich habe das einer Menge Leute erzählt. Ich habe das bereits vor einiger Zeit gesagt.«

»Wie endete eure Beziehung?«

»Ich dachte, wir wären weiterhin gute Bekannte.«

»Aber er erwähnte dir gegenüber nichts davon, daß er vor Gericht gegen dich aussagen würde?«

»Nein«, antwortete sie zerknirscht. »Ich verstehe nicht, weshalb er das tut.«

»Wir müssen mit ihm sprechen. Willst du ihn anrufen, oder soll ich das lieber machen?«

»Am besten wäre es, wenn Kassia das macht.«

»Nichts dagegen«, erwiderte Ryan. »Ich bin mir auch gar nicht mal sicher, ob ich das richtig angehen würde.«

»Alles in Ordnung?« fragte Miß Miller Ryan, nachdem Jennifer das Büro verlassen hatte.

»Machen Sie Witze?« Er stand auf und lief aufgeregt umher. »Sie haben mir mal sinngemäß gesagt, ich hätte noch nie einen richtigen Mandanten gehabt und wüßte gar nicht, wie das wäre. Nun, damit lagen Sie sicher richtig. Was unternehmen *Sie*, wenn Ihre Mandantin eine notorische Lügnerin ist?«

»Keine Ahnung. Ich hatte nie eine.«

»Jetzt haben Sie sie.«

»Sie macht sich Sorgen und ist verwirrt. Ich glaube nicht, daß sie wirklich lügt. Jennifer erzählt einfach Episoden ihrer Lebensgeschichte und verbessert uns nicht, wenn wir daraus die falschen Schlußfolgerungen ziehen.«

»Verzeihen Sie mir, wenn ich das als ›lügen‹ bezeichne.«

»Schreien Sie mich nicht an, Mr. Ryan. Ich kann doch nichts dafür.«

»Entschuldigung. Sie rufen jetzt besser diesen Typen an. Ich setze mich mit Lawrence in Verbindung.«

Sie konnten beide niemanden erreichen und hinterließen deshalb eine Nachricht.

Ryan sammelte die Unterlagen auf seinem Schreibtisch zusammen und steckte sie mechanisch in seine Aktentasche.

»Wollen Sie Ihre Eröffnungserklärung noch mal durchgehen?« fragte sie ihn.

»Nicht jetzt. Danke schön. Ich werde zu Hause üben.«

»Aber es ist gut, wenn dabei jemand zuhört.«

»Ich schaffe das schon.«

»Meinen Sie?«

»Sie werden mal eine gute Mutter abgeben«, erwiderte er unfreundlich.

»Da habe ich meine Zweifel. Bis morgen im Büro. Acht Uhr dreißig. Und kommen Sie nicht zu spät.«

Ryan ging ins Shamrock. Es war voller als zu der Uhrzeit, zu der er es für gewöhnlich aufsuchte. Überall junge Banker, Broker und – vermutlich – auch Anwälte, die in den neu errichteten Häusern am Broadway wohnten. Er beschloß, sich vollaufen zu lassen.

## 5

Ryan trieb in einem trüben Meer. In weiter Ferne nahm er schwach einen hämmernden Lärm und gedämpfte Schreie wahr. Ein Wort war darunter, das sich wie sein eigener Name anhörte. In seinem Kopf pochte es. Er ließ sich wieder in die Finsternis sinken.

Irgendwas schüttelte ihn grob an der Schulter. Jetzt konnte er seinen Namen laut und deutlich hören. Als Ryan seine Augen öffnete, war der Raum viel zu hell erleuchtet. Sofort schloß er sie wieder.

Erneut schüttelte die Hand seine Schulter. *»Michael!«*

Mit großer Kraftanstrengung öffnete er seine Augen – aber nur ein wenig, um nicht noch einmal von der Helligkeit geblendet zu werden.

»Aufwachen, du Arschloch«, knurrte der Mann und verließ ihn dann. Ryan machte die Augen weit auf. Er befand sich in seiner Wohnung, in seinem eigenen Bett. Die Augen schlossen sich wieder wie von selbst.

»Verdammt noch mal, Michael!« Der Mann packte ihn unter den Armen, zerrte ihn hoch und lehnte ihn an das Kopfende des Bettes. Es war Lawrence; er ging ins Wohnzimmer zurück und telefonierte.

Der Kopf dröhnte, und sein Bauch tat ihm weh. Ryan war sich nicht sicher, was die ganze Aufregung zu bedeuten hatte. Er bemerkte lediglich, daß Lawrence wütender war, als sein Kater es eigentlich gerechtfertigt hätte.

Das Bad roch entsetzlich. Anscheinend hatte er sich in der Nacht übergeben müssen, ohne dabei genau gezielt zu haben. Er zerknüllte ein wenig Toilettenpapier, ließ Wasser in das Waschbecken ein und hockte sich hin, um die Spuren der Nacht aufzuwischen. Wie vorauszusehen, wurde ihm sofort wieder schlecht. Aber diesmal zielte er besser. Anschließend spülte er seinen Mund aus, putzte die Zähne und stellte sich unter die Dusche. Nach einer Weile steckte Lawrence den Kopf ins Badezimmer.

»Du bist sauber genug. Zieh dich an und komm Kaffee trinken.«

Ryan saß am Eßtisch und glotzte auf eine große Tasse schwarzen Kaffee und einen Teller voll Rührei, das er nie hinunterkriegen würde.

Es läutete. Lawrence öffnete die Tür. Kassia Miller kam hereingeschlendert, blieb am Tisch stehen und sah ihn zornig an. Ohne ein Wort zu sagen, ging sie in die Küche.

Allmählich fand sich Ryan wieder zurecht. Wenn heute der Tag nach dem Tag war, an dem er das letzte Mal wissentlich nach Hause gekommen war, dann handelte es sich um den ersten Verhandlungstag im Prozeß gegen Jennifer Kneeland-Ryan. Er traute sich gar nicht zu fragen, was vor Gericht geschehen war.

Miß Miller und Lawrence betraten das Eßzimmer und hielten jeder eine Tasse Kaffee in der Hand. Sie setzten sich ihm gegenüber an den Tisch.

»Wie voll war die Flasche im Wohnzimmer, als du angefangen hast?« fragte ihn Lawrence.

»Voll.«

»Um Gottes willen.«

Ryan führte seine Kaffeetasse mit beiden Händen zum Mund. Der Kaffee war heiß und bitter. »Wie bist du reingekommen?«

»Ich habe die Schlösser geknackt. Du solltest dir bessere einbauen lassen.«

»Wenn Sie zwei fertig sind, haben wir einiges zu erledigen«, sagte Miß Miller.

Ryan nahm seinen Mut zusammen. »Was ist passiert?«

»Als Sie um Viertel nach neun nicht im Büro waren und auch das Telefon nicht abnahmen, rief ich Craig an und bat ihn, hierherzugehen, um nachzusehen, was los ist. Er hatte die gute Idee, einen seiner Leute mit einem tragbaren Telefon zum Gericht zu schicken, der mich umgehend unterrichtete, als Craig Sie fand. Corino war kurz davor, Ihnen wegen Nichterscheinens vor Gericht eine Verwarnung zu erteilen oder sonst was. Vielleicht hätte er Sie auch gerne aufgehängt. Ich erklärte ihm, Sie seien erkrankt und bäten um eine eintägige Verschiebung. Er schien ziemlich sauer, gewährte uns aber den Aufschub. Die Presse hat sich auf mich gestürzt und steht jetzt draußen vorm Eingang. Ein schönes Durcheinander.«

Es klingelte schon wieder. Er sprang auf.

»Schon in Ordnung«, sagte sie. »Ich hoffe wenigstens.«

Lawrence ging zur Tür.

»Der Richter hat die Verschiebung an eine Bedingung geknüpft. Er verlangt ein ärztliches Attest. Wie die Entschuldigung von der Mutter bei einem kleinen Schulkind. Mikey kann heute nicht vor Gericht erscheinen, weil er Grippe hat.« Miß Millers Stimme war voller Verachtung. »Glücklicherweise habe ich einen Freund, der bereit ist, uns zu helfen.«

Lawrence kam zurück ins Eßzimmer, gefolgt von einem Mann, der eher einem Skilehrer glich als einem Arzt.

»Ist das der Patient?« Seine Stimme unterstrich Ryans Eindruck.

»Ja. Michael, das ist Dr. Kimble.«

»Vielleicht sollten wir besser ins Schlafzimmer gehen, damit ich Mr. Ryan kurz untersuchen kann.«

»Mir fehlt nichts.«

»Sir, ich werde Ihnen ein Attest für den Richter ausstellen, weil Kassia mich darum gebeten hat. Aber Sie können sich darauf verlassen, daß ich Sie vorher untersuchen werde. Und ich will hier nicht rumsitzen, während Sie uns allen Ihre Undankbarkeit zur Schau stellen.«

Ryan nahm es hin, daß der Arzt ihm den Blutdruck maß und mehrere Blutproben nahm.

»Sie sollten ein wenig mehr Sport treiben. Sie haben einen kräftigen Körperbau, kaum Übergewicht. Sie sind bloß schlaff, das ist alles. Machen Sie denn gar keine Bewegung?«

»Ich schwimme. Ich bin geschwommen.«

»Tun Sie das öfter. Damit bauen Sie Ihre Spannungen besser ab und bekämpfen Depressionen und Ängste wirkungsvoller als mit dem Stemmen von Bierhumpen. Ich werde einen Erschöpfungszustand und Überarbeitung diagnostizieren, verstärkt durch einen nicht näher spezifizierten viralen Infekt. Aber passen Sie auf, daß das nicht noch einmal geschieht. Das ist ein einmaliges Sonderangebot von mir.«

»Was ist eigentlich aus dem Tennisspieler geworden?« fragte Ryan Miß Miller, nachdem Kimble sich verabschiedet hatte.

Sie gab keine Antwort.

»Netter Kerl.«

»Beklagen Sie sich nicht, Ryan. Er war da, als wir ihn brauchten.«

»Und ich war es nicht.«

»Das haben Sie gesagt.«

Lawrence verbrachte den gesamten Tag mit Ryan. Der Privatdetektiv schlief im Gästezimmer und weckte Ryan am Morgen darauf so zeitig, daß dieser eine halbe Stunde im Schwimmbad seines Fitneß-Clubs verbringen konnte.

Bei einem leichten Frühstück in dem Wagen, der sie zum Büro fuhr, las sich Ryan ein letztes Mal sein Eröffnungsplädoyer durch.

»Wie geht es Ihnen heute morgen?« fragte Miß Miller kühl.

»Ich habe mich nie besser gefühlt.«

»Ersparen Sie mir Ihre Übertreibungen.«

Jennifer saß hinter ihrem Schreibtisch und war in ein Buch vertieft. Ryan beachtete sie nicht.

Vor dem Gerichtsgebäude trafen sie auf die erwartete Horde von Journalisten.

Molly O'Hara, die Starreporterin eines Fernsehsenders, kannte Ryan noch aus seiner Zeit als Staatsanwalt. Sie grüßte ihn lächelnd, bat ihn für die Zuschauer um eine Stellungnahme zu seinem Gesundheitszustand und fragte, welcher Art seine gestrigen Beschwerden gewesen seien.

»Von einer Mücke gestochen.«

»Eine Mücke, Mr. Ryan?« rief Allen Crown. »Ich habe gehört, daß vielmehr eines der Biere schlecht war, die Sie getrunken haben.«

Ryan drängte sich durch die Menschenmenge hindurch und gelangte durch die Drehtür in das Gebäude.

Im Gerichtssaal angelangt, nahm er am Tisch der Verteidigung Platz und zog die wenigen Blätter Papier mit seinen Anmerkungen aus der Aktentasche.

Er folgte der Aufforderung des Gerichtsassistenten, sich zu erheben. Hängt-sie-auf-Corino betrat den Saal und stieg auf das Podium. Er warf Ryan einen kurzen, ernsten Blick zu und setzte sich dann in seinen Sessel.

Die Geschworenen kamen nacheinander hereinmarschiert. Zwei von ihnen – bei dem einen handelte es sich um den Dichter-Ingenieur, der andere war Werbefachmann – betrachteten eingehend den Faulenzer des gestrigen Tages.

Corino beschränkte sich auf ein Minimum an Formalitäten, wozu auch ein kurzer Überblick über den Ablauf der Verhandlung gehörte: Den Eröffnungserklärungen würden die Zeugen der Anklage folgen, die auch von der Verteidigung ins Kreuzverhör genommen werden konnten. Danach kämen die Zeugen der Verteidigung an die Reihe, einschließlich deren Kreuzverhör durch die Staatsanwaltschaft. Am

Ende folgten die Plädoyers und die Erläuterungen der gesetzlichen Bestimmungen seitens des Richters. Corino erinnerte die Jury daran, daß es sich bei den Eröffnungsplädoyers nicht um Beweisführungen handelte, und erteilte dann dem Staatsanwalt das Wort.

Griglia ging gemächlich auf das Pult zu, das vor der Geschworenenbank stand. Der dunkelblaue Zweireiher, den er trug, war offensichtlich maßgeschneidert. Er saß enger als Anzüge von der Stange und war an den Schultern sogar zu knapp geschnitten, so daß sich seine sorgfältig trainierten Muskeln darunter abzeichneten.

Der Rücken war alles, was Ryan von Griglia zu sehen bekam. Es war ungewohnt für ihn, so weit entfernt von der Geschworenenbank zu sitzen. Er schob seinen Stuhl bis zum Geländer zurück und dann leicht in Richtung Saalmitte, so daß er Griglias Gesicht wenigstens teilweise erkennen konnte.

Als ehemaliger Staatsanwalt fragte sich Ryan, ob sein Kontrahent sich zu Beginn seiner Ausführungen umdrehen und auf Jennifer zeigen würde. Genau das tat er auch – geradewegs nach den ›Goldenen Regeln für billige Tricks der Anklage‹, dachte Ryan.

»Diese Frau«, sagte Griglia und deutete verächtlich auf Jennifer, »diese Frau wird beschuldigt, ihren Ehemann Edward Ryan durch mehrere Schläge auf den Kopf mit Hilfe eines stumpfen Gegenstandes ermordet zu haben. Die Aussagen, die Sie hier zu hören bekommen, werden Ihnen beweisen, daß Edward Ryan, in seinem Freundes- und Bekanntenkreis kurz Ned genannt, daß diesem Ned Ryan in der Tat mit einem stumpfen Gegenstand auf den Kopf geschlagen wurde. Es handelt sich dabei um ein Kunstobjekt, eine Skulptur aus Metall mit dem Namen ›Schwingenloser Vogel‹, die Ihnen hier präsentiert werden wird. Die Staatsanwaltschaft wird beweisen, daß er auf diese Weise ums Leben gekommen ist, nachdem ihn die Angeklagte, seine Frau, auf einer Party verbal angegriffen und vor vielen Zeugen bedroht hat.

Die Aussagen werden ergeben, daß sie gemeinsam diese Party verließen, wobei sie weiter miteinander stritten. Danach wurde Ned Ryan nicht mehr lebend gesehen. An diesem Abend entdeckte man seine Leiche mit blutüberströmtem Kopf in einem anderen Zimmer des Hauses, in dem die besagte Party stattfand. Die Anklage wird weiterhin beweisen, daß dieses Blut auch auf der Tatwaffe gefunden wurde: An dem einen Ende, dem, das ihn traf, Neds Blut, am anderen Ende, dem, das als Griff diente, das Blut von einer zweiten Person. Die Beweise werden ergeben, daß das Blut jener zweiten Person mit dem Blut übereinstimmt, das man der Angeklagten entnommen hat.«

Nachdem Griglia der Jury die Grundzüge seiner Beweisführung erläutert hatte, wurde er ausführlicher. »Im Laufe der Tage, Ladys und Gentlemen – und ich hoffe, es werden nicht zu viele Tage vergehen, doch werden Sie sicher verstehen, daß wir Ihnen den ganzen Tathergang schildern müssen – im Laufe der Tage also werden Ihnen die Zeugen der Anklage die Beweise für meine Aussagen liefern. Zuerst werden diejenigen Polizeibeamten in den Zeugenstand treten, die den Notruf auf neun-eins-eins entgegennahmen und zum Haus eines Mannes namens Hugo Hill fuhren, wo sie den Leichnam von Edward Ryan mit eingeschlagenem Kopf in einer Lache von Blut fanden. Auch die Männer vom ärztlichen Notdienst, die hofften, etwas für Ned Ryan tun zu können, aber nur noch die sterbliche Hülle eines siebenundzwanzigjährigen jungen Mannes vorfanden, werden hier zu Wort kommen.

Dasselbe gilt für die Beamten, die am Tatort Hugo Hills Partygäste verhörten, die sich einen derartigen Ausgang des Abends sicher nicht vorgestellt hatten, als sie die Einladung zu der Feier annahmen. Auch die Polizeibeamten von der Spurensicherung werden ihre Aussagen machen. Und schließlich, Ladys und Gentlemen, wird die Gerichtsmedizinerin, die die Autopsie an Edward Ryan vorgenommen hat, in den Zeugenstand treten.«

Er machte eine kleine Pause, um die Jury anzusehen und dabei den Kopf zu schütteln. Ryan konnte den Bezirksstaatsanwalt noch immer nicht von vorne sehen, vermutete aber, daß Franky gegenüber den Geschworenen eine Miene aufgesetzt hatte, in der das Leid der ganzen Welt zum Ausdruck kam.

»Sie werden diese hervorragende und intelligente junge Frau hören, eine Ärztin, die auf dem Spezialgebiet der forensischen Pathologie ausgebildet ist. In grausigen Einzelheiten – ich entschuldige mich schon jetzt dafür, aber es ist notwendig – wird sie Ihnen die schrecklichen Schädel- und Hirnverletzungen Ned Ryans erläutern, die ihm durch die Schläge seines Mörders zugefügt wurden. Und Sie werden auch hören, daß die Autopsieergebnisse die Todeszeit eindeutig auf ungefähr einundzwanzig Uhr festlegen – eine Zeit, in der die Angeklagte – wie Sie ebenfalls hören werden – am Tatort anwesend war.

Des weiteren wird Ihnen ein Fachmann für Blutanalysen erläutern, daß sich Neds Blut und Haare auf einer Skulptur befanden, die in der

Nähe der Leiche gefunden wurde, und daß auf dem anderen Ende derselben Skulptur Blutspuren entdeckt wurden, die mit dem Blut der Angeklagten übereinstimmen. Außerdem werden wir Ihnen einen Schnellkurs in Biologie verabreichen, denn die Tests, die von unseren Fachleuten verwendet werden, basieren auf neuesten Techniken, das heißt, auf der Analyse des Erbguts. Es wird nicht mehr nach Blutgruppe A oder B differenziert wie einst, denn dabei gibt es lediglich vier verschiedene Unterscheidungsmerkmale. Heute analysiert man die genetische Struktur, die die Blutproben aufweisen, DNA genannt. Diese Methode ist so genau, daß das Ergebnis jeweils nur mit einer Person unter vielen Millionen übereinstimmt.

Aber nicht nur Ärzte und Polizisten werden hier zu Worte kommen, auch Hugo Hill, der Gastgeber der besagten Party, sowie einige seiner Gäste werden ihre Aussagen machen. Sie werden Ihnen darlegen, daß die Angeklagte mindestens eine außereheliche Beziehung unterhielt und zwar nicht lange vor dem Mord, den sie im Zorn an ihren Mann begangen hat. Man wird hier nämlich auch aussagen, daß die Angeklagte eine eifersüchtige Frau war und sich ihr Ehemann in einer Art und Weise benahm, die eben diese Eifersucht noch verstärkte.«

Griglia trank einen Schluck Wasser. Ryan bezweifelte, daß er Durst hatte. Dies war vielmehr ein Weg, seine Ausführungen zu unterstreichen und den Geschworenen Bedenkzeit zu geben. Den Mienen der Jury-Mitglieder nach zu urteilen, hatte er sie in seinen Bann gezogen.

»Man wird Ihnen auch mitteilen, daß Ned Ryan nicht gerade ein Musterknabe gewesen ist. Er hatte Affären. Zwar liebte er seine Frau, doch veranlaßte ihn das nicht dazu, sie auch gut zu behandeln. Normalerweise sollte eine Ehefrau, mit der so umgegangen wird, wie es bei der Angeklagten der Fall war, unsere Sympathie erregen. Sie hatte gute Gründe, unglücklich zu sein. Sie hatte wahrscheinlich sogar Grund, sich scheiden zu lassen. Aber sie hatte *keinen* Grund, ihren Ehemann zu erschlagen.

An jenem Abend, als Ned Ryan getötet wurde, flirtete er ganz offen mit einer anderen Frau, was viele Partygäste bemerkten – darunter auch seine Frau. Auch das werden Sie erfahren, nämlich von verschiedenen Zeugen, die auf dieser Party anwesend waren. Die Frau, mit der er flirtete, wird Ihnen das berichten und dazu noch aussagen, daß die Angeklagte wie eine Furie auf ihren eigenen Mann losging, ihn beschimpfte und dann aus Verärgerung über sein Benehmen eine Schale zerschlug.

All das und noch viel mehr wird man Ihnen hier berichten. Und alles wird immer wieder in ein und dieselbe Richtung weisen: Daß die Angeklagte ihrem Mann von Hugo Hills Dachgarten-Party hinunter in Mr. Hills Privaträume folgte, wo sie ihn nach der Fortsetzung des Streites mit einer metallenen Skulptur von der Größe eines Bowlingskegels den Kopf einschlug. Nicht einmal, nicht zweimal und auch nicht dreimal. Sie schlug ihm viermal auf den Kopf, wobei jeder einzelne Schlag geeignet war, schwerste Verletzungen hervorzurufen. Sie schlug ihn, bis das Blut aus den Wunden strömte, sein Gehirn geschädigt wurde und er starb.«

Griglia wies darauf hin, daß die Beweislast auf den Schultern. des Volkes lag. »Mit Vergnügen trage ich diese Last in Ihrem Namen und im Namen der ganzen Bevölkerung des Staates New York.«

Nachdem er das gesagt hatte, stützte er zwanglos einen Ellenbogen auf das Pult und lehnte sich nach vorn, der Jury entgegen.

»Wissen Sie, in Texas gibt es einen Rechtsanwalt, der den Ausdruck ›Smith & Wesson-Scheidung‹ geprägt hat.« Mit einer Hand deutete er eine Pistole an. »Man drückt den Abzug und – wumm – ist die Ehe beendet. In New York ist es schwerer als in Texas, an eine Waffe zu kommen. Daher haben wir hier eine größere Vielfalt an schnellen Scheidungsmöglichkeiten. Manchmal Küchenmesser, mitunter auch Baseballschläger. In unserem Fall war es ein Kunstobjekt.«

Das gehörte schon zu einem Abschlußplädoyer und hatte in einer Eröffnungserklärung nichts zu suchen. Aber Ryan entschloß sich, keinen Einspruch zu erheben, denn es war Brauch, die Eingangserklärungen nicht zu unterbrechen, sofern es dabei nicht zu einem wirklich schwerwiegenden Verstoß kam. Außerdem erwartete er von Griglia denselben Spielraum, wenn er an der Reihe war.

»Ich habe eine Verpflichtung, Ladys und Gentlemen, eine, die ich gerne und mit Begeisterung entgegengenommen habe. Ich bin dazu verpflichtet, diese Frau« – Griglia drehte sich um und deutete erneut auf Jennifer – »über jeden begründeten Zweifel hinaus des Mordes zu überführen. Und auch Sie haben eine Pflicht. Ihre Pflicht ist es, dem Gesetz Folge zu leisten, wie der Richter es Ihnen erklärt. Die notwendigen Beweise dafür werden Ihnen hier in diesem Gerichtssaal präsentiert werden. Und wenn Sie dieser Verpflichtung unter Berücksichtigung der hier vorgelegten Beweismittel nachkommen, dann werden Sie, dann *müssen* Sie die Angeklagte für schuldig befinden.«

Griglia stand einen Moment unbeweglich und gebieterisch da.

Dann nickte er kaum merklich mit dem Kopf, halb Verabschiedung, halb Verbeugung und setzte sich an den Tisch der Staatsanwaltschaft.

Zwar applaudierte niemand, aber im Gerichtssaal herrschte die entsprechende Atmosphäre.

»Mr. Ryan?« sagte der Richter.

Ryan erhob sich und stellte sich hinter das Lesepult. Ihm war, als müsse er über jede einzelne Bewegung extra nachdenken – wie ein Tausendfüßler, der nicht vorwärts kommt, da er sich nicht entscheiden kann, welches Bein er zuerst bewegen soll.

»Ladys und Gentlemen«, begann er, »mein Name ist Michael Ryan, und ich vertrete hier Jennifer Ryan, die in diesem Prozeß die Angeklagte ist. Nun hat Ihnen dieser Herr« – er wandte sich Griglia zu und deutete auf ihn – »nun hat Ihnen dieser Herr gesagt, daß es seine Aufgabe sei, die gegen Jennifer Ryan erhobenen Vorwürfe zu beweisen. Und zwar in einer Weise, die *über jeden begründeten Zweifel erhaben* ist. Wie wahr – das ist seine Aufgabe, eine schwere Aufgabe. Eine Aufgabe, die er zu keinem erfolgreichen Ende führen wird, denn die Beweise, die er dafür vorlegt, werden diese Anklage nicht stützen.« Er hielt einen Moment inne und sah die Geschworenen an. »Seine Beweise werden diese Anklage nicht stützen«, wiederholte er.

»Auf der anderen Seite ist die Verteidigung überhaupt nicht verpflichtet, irgend etwas zu beweisen. Wenn wir es nicht für nötig erachten, brauchen wir noch nicht einmal Zeugen aufzurufen. Das hier hat nichts mit einer Fernsehsendung zu tun, in der der Verteidiger eben mal so vor dem letzten Werbeblock offenlegt, wer der wirkliche Täter ist. Der einzige Grund, aus dem ich hier bin, ist, Ihnen deutlich vor Augen zu führen, daß dieser Herr« – wieder deutete er auf Griglia – »seiner Beweispflicht nicht nachkommen wird und daß die Beweise eine andere Sprache sprechen als er.«

Während seiner Rede spürte Ryan wieder seine alte Kampfeslust in sich aufsteigen.

»Es gab einmal eine Autowerbung im Fernsehen, in der ein Mann das Blaue vom Himmel log: wie preiswert seine Wagen seien, daß sie sogar mit Chauffeur geliefert würden und so weiter. Und dann wurde unter ihm der wahre Sachverhalt eingeblendet. Ich wünsche mir, daß Sie in den kommenden Tagen und Wochen immer an Joe, den Autoverkäufer, denken und meine Ausführungen für die Einblendung am unteren Bildschirmrand halten.«

»Einspruch!« rief Griglia.

Ryan sah zu Corino hinüber.

»Mr. Griglia?« fragte der Richter.

»Unerlaubte Beeinflussung der Geschworenen«, sagte Griglia.

Du willst wohl sagen, daß ich dich soeben ›Lügner‹ genannt habe, dachte Ryan.

»Seien Sie vorsichtig, Mr. Ryan. Mr. Griglia, es ist allgemein üblich, daß man der gegnerischen Partei bei ihren Ausführungen denselben Spielraum läßt, den sie dem Vorredner zugebilligt hat.«

»Danke, Euer Ehren«, entgegnete Ryan, als habe der Richter zu seinen Gunsten entschieden, statt ihn zu verwarnen. Er betrachtete die Geschworenen und stellte fest, daß einige von ihnen auf seiner Seite zu stehen schienen. Vielleicht mache ich letzten Endes doch alles richtig, dachte er. Wichtig war nicht, daß er an diesem Punkt bereits sämtliche Mitglieder der Jury überzeugt hatte, sondern daß er wußte, wer wo stand.

»Ich werde Ihnen jetzt darlegen, Ladys und Gentlemen, was die Beweismittel und Zeugenaussagen tatsächlich belegen. Nämlich, daß Ned Ryan unter ungeklärten Umständen erschlagen wurde. Daß neben ihm eine Skulptur gefunden wurde, bei der es sich um die Mordwaffe handeln könnte und daß sich auf dieser Skulptur Blutspuren befanden, die von Jennifer Ryan stammen könnten. Blut, das auf vielerlei Weise auf die Skulptur gelangt sein kann, und zwar bevor oder nachdem Ned Ryan damit erschlagen wurde. Das ist auch schon *alles,* was die Beweismittel zeigen werden. Und noch etwas. Mr. Griglia wird hier allerlei Tratsch und Klatsch ausbreiten. Er wird aufzeigen, daß Ned und Jennifer Ryan alles andere als eine perfekte Partnerschaft hatten. Wenn Sie die betreffenden Aussagen hören, dann bedenken Sie bitte, wie sich Ihre eigene oder sonst eine Ehe darstellen würde, wenn das einzige, was Sie darüber zu hören bekämen, aus einem Gerichtssaal stammt. Der Staatsanwalt wird behaupten, daß dieses verheiratete Paar miteinander gestritten hat, manchmal sogar in aller Öffentlichkeit. Nun mag es vielleicht aufschlußreich sein, etwas darüber zu hören, aber ein Beweis für einen Mord ist das keinesfalls.«

Ryan holte tief Atem und hoffte, seine Pause würde der Jury wie eine beabsichtigte Unterstreichung seiner Ausführungen erscheinen und nicht als die Abwehrmaßnahme gegen seine Angst, die sie in Wirklichkeit war.

»Sie werden weiterhin erfahren, daß Ned Ryan viele Feinde hatte, daß er kein angenehmer oder zumindest aufrichtiger Mann war, um mit ihm Geschäfte zu machen, und daß er in dunkle Machenschaften verwickelt war, bei denen gefährliche Leute ihre Hand im Spiel hatten.«

Ryan merkte, daß er langsam die Kontrolle verlor. Du machst hier lauter Versprechungen, auf die sie dich später festnageln werden, dachte er.

»Ein prominenter Oberrichter dieses Staates sagte einmal, daß ein guter Staatsanwalt eine Jury dazu bewegen könnte, selbst ein Schinkensandwich zu verurteilen. Ich glaube nicht, daß er damit übertrieben hat. Aber Jennifer Ryan ist kein Schinkensandwich. Sie ist ein menschliches Wesen wie Sie und ich und Mr. Griglia. Sie schreit, wenn sie wütend ist, sie weint, wenn sie traurig ist, und sie lacht, wenn sie glücklich ist. Dank Mr. Griglias Tratschgeschichten werden Sie hören, daß sie wütend über ihren Mann war und ihn deshalb am Abend seines Todes vor allen Leuten anschrie. Sie werden die Gründe dafür kennenlernen und, wie ich glaube, verstehen, daß ein jeder unter diesen Umständen erzürnt gewesen wäre. Aber man wird hier nicht nur aussagen, daß sie ihn anschrie, sondern daß sie außerdem auch noch Geschirr zerschlug. Bumms!« Er schlug auf das Pult. Die Geschworenen fuhren hoch. Dann lächelte er sie an. »Um der Geschichte etwas Dramatik zu verleihen.«

Gleich darauf nahm Ryans Gesicht wieder einen ernsten Ausdruck an.

»Und dann wird hier gesagt werden, daß sie nach dem Streit ihren Ehemann erschlagen hat.«

Diesmal schwieg er aus Berechnung, und als er die sechzehn Menschen auf der Geschworenenbank betrachtete, wußte er, daß er sie zumindest in diesem Augenblick alle auf seiner Seite hatte.

»Das alles wird Ihnen die Anklage erzählen – nur beweisen kann sie es nicht. Ich wage zu behaupten, daß die Anklage Ihnen außer für den Streit und die zerschlagene Schale keinerlei überzeugende Beweismittel vorlegen wird. Streit ist Streit. Streit ist aber nicht Mord.«

Er unterbrach seine Rede nochmals und sah erneut alle an.

»Hören Sie sich sämtliche Zeugenaussagen an, Ladys und Gentlemen. Hören Sie sorgfältig und kritisch zu. Hören Sie ganz unvoreingenommen zu. Aber vor allem: Warten Sie mit Ihrer Schlußfolgerung, bis Sie wirklich alle Aussagen und alle Argumente vernommen haben und bis Ihnen der Richter die gesetzlichen Bestimmungen vollständig erläutert hat. Wenn Sie so verfahren, werden Sie keine andere Möglichkeit haben, als Jennifer Ryan in den Punkten der Anklage für *nicht schuldig* zu befinden. Nicht schuldig, mit Ausnahme der Tatsache, daß sie die Witwe eines Mannes ist, der bei nahezu jedem, mit dem er Geschäfte machte, und bei allem, was er tat, Gefühle von Feindschaft und Haß sowie Rachegelüste hervorgerufen hat.«

## 6

Als erster Zeuge betrat einer der Streifenpolizisten, die zuerst am Tatort eingetroffen waren, den Gerichtssaal. Griglia erkundigte sich nach der Uhrzeit, zu der der Polizeibeamte die Durchsage von seinem Dienststellenleiter erhalten hatte, sowie nach seiner Ankunftszeit in Hills Galerie und ließ sich dann schildern, wie der Mann Neds Leiche vorgefunden hatte.

Der Bezirksstaatsanwalt unterbrach die Aussagen des Beamten, um Diagramme und Modelle von Hugo Hills Dachgarten und Wohnung als Beweismittel einzubringen. Zur Mittagszeit befragte Griglia noch immer den Grafiker, der diese Diagramme angefertigt hatte.

Als die Verteidigung den Gerichtssaal verließ, wurde sie von dem Licht unzähliger Fernsehscheinwerfer bombardiert. Die drei kämpften sich durch die wartenden Reporter einen Weg zu den Fahrstühlen frei. Ein Gerichtsdiener hatte bereits einen der Aufzüge für sie freigehalten. Unten im Gerichtsgebäude wurden sie von weiteren Journalisten bedrängt. Sie sprangen in einen Wagen, der sie in ihr Büro und zu einem Mittagessen brachte, auf das Ryan allerdings wenig Appetit hatte.

Als sich Miß Miller nach der Pause erhob, um den Diagrammzeichner einem Kreuzverhör zu unterziehen, hielt sie eine der von der Polizei angefertigten Aufnahmen in der Hand, die noch nicht als Beweismittel zugelassen worden waren. Es war ein nachlässig gemachtes Foto von der Außenseite des Hauses – die Art von Fotografie, die nur der Ordnung halber angefertigt wurde und nicht etwa deswegen, weil jemand gedacht hatte, daß sie als Beweismittel später irgendeinen Wert darstellen könnte. Miß Miller bat um die Zulassung der Aufnahme als Beweismittel A, wogegen Corino nichts einzuwenden hatte.

Sie bat den Polizeigrafiker, zu seinen Diagrammen Stellung zu nehmen. Konnte er darauf irgendeinen Hinweis auf eine Feuerleiter entdecken?

»Nein.« Er mußte nicht erst lange suchen.

Miß Miller bat einen Gerichtsdiener, dem Zeugen das Beweisstück A der Verteidigung zu reichen und forderte ihn auf, den rechten Rand der Aufnahme zu betrachten und ihnen allen mitzuteilen, was er dort sehe.

»Ich bin mir nicht sicher.«

Miß Miller forderte den Beamten auf, genauer hinzusehen. Schließlich gab er zu, daß es den Anschein habe, als ob sich am Bildrand eine Feuerleiter befinde, die im achten und neunten Stock über einen Absatz verfügte.

»Danke«, sagte sie, »das ist alles.«

Es war nicht nötig, jetzt schon irgendwelche Schlüsse zu ziehen. Sollten die Geschworenen erst einmal selbst darüber nachdenken. Sollte die Anklage sich ruhig Sorgen machen.

Sie wandte sich an den Richter und beantragte, daß auf den Diagrammen und Modellen der Polizei die besagte Feuerleiter ergänzt würde.

»Mr. Griglia?«

»Kein Einwand, Euer Ehren. Wir werden uns heute vormittag darum kümmern.«

Schlau, dachte Ryan. Keine Entschuldigung, keine Erklärung. Er schenkt der Sache überhaupt keine Aufmerksamkeit.

Griglia rief seinen Polizisten erneut in den Zeugenstand und befragte ihn zu der Entdeckung von Ned Ryans Leiche und der blutigen Skulptur. Er versah sie mit einem Kennzeichen, ließ sie von dem Beamten nochmals genauestens identifizieren und brachte sie anschließend als Beweismittel ein.

Ryan zwang sich, genau zuzuhören, und machte sich einige Notizen. Über die Drogen- und Waffenfunde der Polizei fiel kein einziges Wort. War dieser Polizist der richtige, dieses Thema zur Sprache zu bringen? Oder sollte er ihn lieber auf die beseitigten Scherben der zerschlagenen Schale ansprechen?

Der Richter vertagte die Verhandlung an diesem Nachmittag um halb sechs, nachdem Griglia seine direkte Befragung beendet hatte. Am kommenden Morgen würde Kassia Miller den Angriff der Verteidigung auf die schlampige Spurensicherung der Polizei starten.

Bei ihrer ersten gemeinsamen Sitzung zur Aufarbeitung der Verhandlung und zur Vorbereitung des kommenden Tages war Ryan keine große Hilfe. Er schlug ein paar Fragen für das Kreuzverhör vor und stellte mit seiner Kollegin Spekulationen über die nächsten Zeugen der Anklage an: noch mehr Polizisten und dann die Gerichtsmedizinerin.

»Ich bin müde«, sagte er. »Kommen Sie bis morgen früh ohne mich zurecht?«

»Kein Problem. Sie hatten heute einen harten Tag, ein bißchen Erholung schadet nie. Einen harten Tag und einen Guten dazu. Heute morgen waren Sie einfach großartig.«

Er machte im Shamrock halt. Zwar war das Lokal am frühen Abend noch voller Leute, die Ryan nicht ausstehen konnte, trotzdem blieb er. Er setzte sich an die Theke mit einem Glas Bier und sah sich im Fernsehen Molly O'Haras Bericht über den ersten Verhandlungstag an. Sie beurteilte den Ausgang der Eröffnungsplädoyers als unentschieden, gab Ryan aber einen kleinen Vorsprung wegen seines Vergleichs zwischen Griglia und dem Autoverkäufer.

Er hatte ihr gelegentlich einen kleinen Gefallen getan, als sie am Anfang ihrer Karriere gestanden hatte. Vielleicht würde sich das jetzt in einer Weise auszahlen, mit der er gar nicht gerechnet hatte. Vielleicht verfügte er nach all den Jahren noch immer über einen Verbündeten unter den Journalisten. Nicht bloß Molly, da war ja auch noch Zeke. Die beiden waren fast ein guter Ausgleich zu Allen Crown.

Ryan bestellte sich einen Schuß Whiskey und eine Kleinigkeit zu essen. Den Whiskey leerte er im Nu, aber die Mahlzeit blieb unberührt stehen.

Als Ryan sein Glas hob, um einen zweiten Whiskey zu bestellen, kam Kelly auf ihn zu.

»Michael, mein Junge. Solltest du mit diesem Zeug nicht etwas sparsamer sein? Du mußt doch frühmorgens wieder vor Gericht erscheinen.«

Ryan zog sein Portemonnaie aus der Hosentasche und warf ein paar Münzen auf die Theke. Dann ging er nach Hause, wo er seine Ruhe hatte, hob sein Glas und trank auf all jene, die ihn nicht trinken lassen wollten, wenn er es am nötigsten hatte. Auf Jimmy Kelly und Kassia Miller und ihren scheinheiligen Freund. Wie wenig dieser Doktor doch darüber wußte, was einem guttat, wenn man Probleme hatte!

Als der Wecker um sieben Uhr rasselte, stand Ryan sofort auf, zog sich an und machte sich auf den Weg zum Fitneß-Center, um ein paar

Runden zu schwimmen. Da der Masseur noch freie Termine hatte, trug er sich bei ihm ein.

Auf dem Rückweg lief Ryan durch den Central Park, wobei er tief die feuchte Luft einatmete.

Zum Teufel mit ihnen, dachte er. Sollten sie den Prozeß doch ohne ihn weiterführen.

Dann verbrachte er eine Stunde im Zoo. Zuerst beobachtete er durch ein Unterwasserfenster die schwimmenden und tauchenden Pinguine. Anschließend ging er weiter zu den Affen, die sich an ihren Kletterpflanzen entlanghangelten.

Corino hatte schon richtig getippt: Jennifer hätte sich am besten durch einen Affen verteidigen lassen sollen. Das war es, was sie verdiente.

»Als ich heute fernsah, habe ich bemerkt, daß du gar nicht im Gericht warst, Michael«, sagte Kelly, als Ryan sich an jenem Abend auf einem der Barhocker niederließ.

»Ich brauche nicht jeden Tag dort zu erscheinen. Darum sind wir ja zu zweit. Gib mir was zu trinken.«

»Ich sage zu einem alten Freund nicht gern ›nein‹, aber ich mag dich einfach zu sehr, als daß ich dir dabei helfen würde, dich zu ruinieren.«

»Was bist du selbstgerecht! Kein Wunder, daß dich dein Hauswirt für einen miserablen Geschäftsmann hält.«

»Michael, ich gehe einfach davon aus, daß du momentan unter Streß stehst. Deshalb bin ich nicht beleidigt. Ich gebe dir den gewünschten Drink auf Kosten des Hauses und bitte dich höflich, im Interesse unserer Freundschaft danach zu verschwinden.«

Ryan wollte gerade aufbrausen, doch sein inneres Alarmsystem riet ihm, den Mund zu halten und zu gehen. Er lief jemandem in die Arme, der gerade zur Tür hereinkam.

»Hallo, Mr. Ryan. Wohin so eilig?« Es war Kassia Miller.

»In eine andere Bar«, sagte er. »Oder nach Hause.«

»Nach Hause«, antwortete sie. »Das hört sich besser an.«

Er trat beiseite, aber sie rührte sich nicht von der Stelle.

»Wollen Sie nicht reingehen?«

»Ich bin nur gekommen, um Sie zu suchen.«

Er verließ das Lokal. Sie folgte ihm und ging dann schließlich neben ihm her.

»Das ist nicht Ihr Heimweg«, bemerkte Miß Miller.

»Ich habe mich *doch* für eine andere Bar entschieden.«

»Gehen wir etwas essen?«

»Keinen Hunger.«

»Aber ich. Ich hatte zuviel zu tun und kam gar nicht zum Mittagessen.«

»Muß ich mich jetzt schuldig fühlen?«

Darauf bekam er keine Antwort.

Das Restaurant war halb leer. Sie setzten sich ans Fenster und tranken schweigend ein Bier und eine Club Soda.

Nachdem sie ihre Bestellung aufgegeben hatten, sagte Miß Miller »Also gut, Mr. Ryan, was soll das Ganze?«

»Was macht das schon, ob ich dabei bin oder nicht? Sie sind gut genug, um diesen Fall auch ohne mich zu einem Ende zu bringen.«

»Quatsch. Sie wissen genau, daß dafür zwei Leute notwendig sind. Eine Zeitlang dachte ich, wir würden ein tolles Team abgeben.«

»Das Team könnte toll sein, aber das Spiel ist mies. Gestern hatte ich die Geschworenen für einen Augenblick so weit, daß sie mir aus der Hand gefressen hätten. Da saßen sie und hörten gebannt diesem Mann zu, der vor ihnen stand und seinen eigenen Sohn schlechtmachte. Und warum? Um eine Frau zu verteidigen, die vermutlich die Mörderin dieses Sohnes ist. Eine Frau, die mich schon belogen hat, bevor ich ihren Fall noch übernommen hatte, und seitdem nicht mehr damit aufgehört hat.«

»Das glauben Sie doch selbst nicht.«

»Wieso?«

»Sie sagen das jetzt so, und ich kann das gut verstehen. Aber ich glaube nicht, daß Sie das wirklich so meinen.«

»Darauf würde ich nicht wetten.«

»Gut, Mr. Ryan, wie Sie wollen. Aber selbst wenn Sie sie für schuldig halten, können Sie nicht so einfach mir nichts, dir nichts die Verteidigung aufgeben.«

»Sie werden schon sehen.«

»Sie können nicht und Sie werden nicht. Und wissen Sie, warum? Weil Sie Anwalt sind bis in die Knochen. Wenn Sie jetzt aufgeben – vorausgesetzt, Corino ließe es überhaupt zu – heißt das für die Geschworenen, daß Sie den Glauben an Ihre Mandantin verloren haben. Das wäre ein Verrat an der ganzen Prozeßführung. Sie haben eine Verpflichtung gegenüber Ihrer Mandantin und dem Gericht. Und beide sagen Ihnen, Sie sollen den Fall behalten und Ihr Bestes geben.«

»Wir könnten so tun, als ob ich krank wäre. Oder inkompetent, weil meine Gefühle mit mir durchgehen. Es gibt viele Gründe, die nichts mit Jennifer zu tun haben. Zum Beispiel der Verlust meines Enkelkindes.«

»Und wenn Sie damit durchkämen – wie würden Sie sich dann fühlen?«

»Besser, als wenn ich den Fall weiterführe.«

»Da habe ich meine Zweifel. In Ihrem tiefsten Innern wissen Sie, daß niemand sich das Recht anmaßen kann, gleichzeitig Richter und Geschworener zu spielen. Zur Zeit glauben Sie, daß Sie mit der Übernahme der Verteidigung einen Fehler begangen haben. Aber Sie wissen nur allzu gut, daß Sie schon morgen Ihre Entscheidung von heute bereuen könnten. Ihr gesamtes Leben haben Sie der Idee gewidmet, daß die zwölf Personen auf der Geschworenenbank über Schuld und Unschuld entscheiden. Und die tun das *abhängig* von der Qualität von Anklage und Verteidigung. Wenn Sie also nachts ruhig schlafen wollen, dann sorgen Sie dafür, daß Jennifer die bestmögliche Verteidigung bekommt. Andernfalls würden Sie hinterher nie sicher sein, ob die Geschworenen das richtige Urteil gefällt haben.«

Was er da zu hören bekam, gefiel Ryan nicht besonders. Es kam seinen eigenen Gedanken einfach viel zu nahe.

»Schon lustig«, sagte er ruhig, »welche Gedanken man am Anfang hat. Das Leben, die Familie. Daß es der eigene Sohn einmal besser haben soll. Edward Michael Ryan. Edward war Alis Mädchenname. Als Ned ein knappes Jahr alt war, haben wir dreimal ein Picknick veranstaltet. Wenn ich so zurückblicke, denke ich, daß schon damals einiges schieflief. Zwölf bis vierzehn Stunden war ich täglich im Büro, aber damals dachten wir, das wäre nur vorübergehend so. Und an jenem Tag beim Picknick hatten wir das Gefühl, daß uns die Welt offensteht.

Und jetzt sitze ich hier und frage mich, wie ich es auf die Reihe kriegen solle, daß ich meinen Sohn, zu dem ich die letzten drei Jahre vor seinem Tod keinen Kontakt mehr hatte, nie mehr wiedersehen kann. Er ist jetzt bald ein Jahr tot, und ich habe es noch immer nicht verkraftet. Als er starb, hatte ich überhaupt keine Ahnung, wer er eigentlich war. Erst ein Mord war nötig, um Klarheit über ihn zu bekommen. Er war einer, der Hals über Kopf vor alldem davonlief, was ich ihm je beizubringen versucht habe.«

Die Kellnerin brachte neue Getränke und die von Miß Miller bestellte Mahlzeit. Sie stocherte mit der Gabel darin herum, aß aber nichts.

»Sie sind ein Meister, wenn es darum geht, es sich selbst schwerzumachen.«

»Ich bin der Größte.«

Als sie auf die Straße hinaustraten, sagte sie: »Wie ich gehört habe, verfügen Sie über ein Gästezimmer.«

Ryan sah sie fragend an. »Ja.«

»Schön. Ab heute nacht haben Sie eine Untermieterin.«

»Ich brauche kein Kindermädchen.«

»Mr. Ryan, Sie sollten sich etwas darauf einbilden. Sie haben ja keine Vorstellung, wie viele Männer wer weiß was dafür geben würden, wenn ich eine Nacht bei ihnen bliebe.«

»Nein, habe ich nicht«, erwiderte er barsch.

»Sie kosten mich ganz schön viel Arbeit, Mr. Ryan. Das kann ich Ihnen versichern.«

Schweigend gingen sie die Straße entlang. Als sie an einer Drogerie vorbeikamen, die noch spät abends geöffnet hatte, blieb Miß Miller stehen.

»Ich muß mal da rein. Zahnbürste.«

»Habe ich zu Hause«, sagte er.

Sie lachte. »Was denn? Für all die unerwarteten Damen, die bei Ihnen übernachten? Das ist ja eine ganz neue Seite an Ihnen.«

Er brachte ein leichtes Lächeln zustande. »Sogar noch eingepackt.«

Sie lachte erneut und hakte sich bei ihm ein. »Los, Mr. Ryan. Morgen ist ein neuer, wichtiger Tag.«

»Was ist mit Ihren Kleidern?«

»Im Büro habe ich noch ein Kostüm. Nachdem Sie unerwarteterweise nicht erschienen waren, habe ich gedacht, daß ich auf alles vorbereitet sein sollte. Morgen können wir bei mir vorbeifahren und ein paar Sachen einpacken.«

Ryan schlief schlecht. Seit Tagen tat ihm erstmals seine Schulter wieder weh.

Mitten in der Nacht erwachte er mit dem Gedanken, daß es bei diesem Prozeß nicht nur um ihn und Jennifer ging. Ob es ihm paßte oder nicht – er hatte eine Verpflichtung gegenüber Kassia Miller und Craig Lawrence. Mehr als ein halbes Jahr ihres Lebens hatten sie für diesen

Fall geopfert. Sie hatten ihr Bestes gegeben und sich darauf verlassen, daß er es ebenso machte. Er war ihnen etwas schuldig.

## 7

Am nächsten Morgen hantierte Miß Miller übereifrig in Ryans Apartment. Allzuoft klopfte sie an seine Schlafzimmertür, um zu überprüfen, ob er schon in Gang gekommen war. Mühsam unterdrückte er sein Verlangen, sie anzufauchen.

Auf der Fahrt zum Gericht informierte sie ihn über die Ereignisse des Tages, den er versäumt hatte. Als der Wagen vor dem Gerichtsgebäude hielt, rüstete sich Ryan für den Spießrutenlauf durch die Schar der Reporter.

»Wie geht es Ihnen heute, Mr. Ryan?« rief Molly O'Hara.

»Wesentlich besser, danke.«

Allen Crown schoß nach vorn. »Wieder betrunken gewesen, Ryan?«

Miß Miller hakte sich bei Ryan ein, um zu verhindern, daß er auf den Reporter losging, der, ohne eine Antwort abzuwarten, davoneilte.

Der reguläre Verhandlungsbeginn um neun Uhr dreißig verzögerte sich wegen einer kurzen Besprechung in Corinos Ankleideraum. Ryan war nicht gerade erpicht auf die unvermeidliche Standpauke, die ihn wegen seines Fernbleibens von der Verhandlung bevorstand, aber er hatte von Miß Miller ohnehin bereits das Schlimmste zu hören bekommen.

Richter Corino überraschte ihn. »Mr. Ryan«, sagte er, »ich habe meine gesamte Laufbahn zwar in Gerichten dieses Staates zugebracht, erinnere mich aber dennoch an eine Zeit, als jeder Rechtsanwalt in New York einen Bundesanwalt namens Michael Ryan kannte. Als Sie mir sagten, Sie könnten die emotionale Seite dieses Falles in den Griff bekommen, habe ich Ihnen daher vorbehaltlos geglaubt.« Er schüttelte den Kopf und sah Ryan nachdenklich an. »Ich gebe Ihnen hiermit die Möglichkeit, diesen Fall jetzt zugunsten von Miß Miller abzugeben – vorausgesetzt, daß Ihre Mandantin damit einverstanden ist und Sie mich morgen vor Beginn der Sitzung davon in Kenntnis setzen.«

»Dazu besteht kein Anlaß, Euer Ehren. Man hat mir diesen Fall anvertraut, damit ich ihn bis zum Ende durchfechte.«

Corinos Gesichtsausdruck änderte sich nicht, aber seine Stimme wurde frostiger. »Falls Sie weitermachen, dann lassen Sie sich folgendes gesagt sein: Man verkauft mich nicht ungestraft für dumm, und es widerstrebt mir keineswegs, einen Anwalt zurechtzuweisen oder Disziplinarmaßnahmen zu verhängen, wenn dazu ein Anlaß besteht. Ich hoffe und vermute, daß wir beide nicht noch einmal ein derartiges privates Schwätzchen führen müssen.«

Detective Garrity war für die Anklage der wichtigste Zeuge während der gesamten Verhandlung. Für seinen Auftritt im Zeugenstand hatte er seinen Sonntagsanzug aus dem Schrank geholt. Seine Haare klebten ölig am Kopf. Knapp und effizient beantwortete er die Fragen des Bezirksstaatsanwalts. Die großtuerische Prahlerei, die ihn für gewöhnlich auszeichnete, kam nur andeutungsweise zum Vorschein.

Griglia ließ Garrity knapp über seine Ankunft am Tatort und seine dortigen Beobachtungen berichten. Die Jury hatte gestern bereits von anderen Polizeibeamten Aussagen zu diesem Sachverhalt gehört.

»Der Körper lag halb auf der Seite. Er befand sich in einer fötalen Position, ein Bein war angezogen. Die Kopfverletzungen konnte ich nicht deutlich erkennen, aber sein Haar war blutverschmiert, und auf dem Teppich um ihn herum war ebenfalls viel Blut.«

Der Körper. Ryan versuchte, sich eine Schaufensterpuppe vorzustellen, sah aber statt dessen Ned im Leichenschauhaus liegen.

»Haben Sie sonst noch etwas bemerkt?« fragte Griglia.

»Auf dem Boden lag neben der Leiche ein größeres zylinderförmiges Objekt aus Metall. Es war ungefähr neunzig Zentimeter lang und hatte einen Durchmesser von rund fünfundzwanzig Zentimetern.«

»Können Sie uns sagen, um was es sich dabei handelte?«

»Ich hatte den Eindruck, daß es eine Art Gestell oder ein Sockel war, um eine Statue daraufzustellen.«

»Sonst noch etwas?«

»Ein rauhes, ebenfalls metallenes Objekt, das weniger als sechzig Zentimeter lang war. Es sah aus wie ein doppelter Bowlingkegel.«

»Wo lag dieser Gegenstand?«

Garrity sah in seinem Notizbuch nach. »Ungefähr drei Meter von der Leiche entfernt. Zwischen ihr und der Tür.«

»Ich zeige Ihnen jetzt Beweisstück achtzehn der Anklage. Erkennen Sie es wieder?«

»Das sieht genauso aus wie der Gegenstand, den ich am Tatort gefunden habe.«

»Haben Sie etwas Besonderes daran feststellen können?«

»An seinem breiteren Ende habe ich etwas entdeckt, das wie Blut aussah.«

»Detective, hatten Sie im Laufe Ihrer Ermittlungen Gelegenheit, mit Personen zu sprechen, die als Gäste auf der Party gewesen waren?«

»Ja, die hatte ich.«

»Haben Sie sie gefragt, welche Beobachtungen sie hinsichtlich der Angeklagten gemacht hatten?«

»Ja, wir baten um eine Beschreibung ihrer Kleider.«

»Und wie lauteten die Antworten?«

»Die Beschreibungen, die ich erhielt, stimmten alle überein.« Wieder öffnete er sein Notizbuch. »Schwarz-weiß kariertes Kostüm mit grauer Bluse, möglicherweise aus Seide. Schwarz-weiß karierte Schuhe. Sämtliche Frauen betonten, daß sie sich vor allem an die Schuhe genau erinnern könnten.«

Garrity war auf einen Lacher aus und bekam ihn auch. Ryan beschloß, keinen Einspruch dagegen zu erheben.

»Was haben Sie mit dieser Information angefangen?«

»Wir beantragten und erhielten eine gerichtliche Vorladung und einen Durchsuchungsbefehl. Beides wurde der Angeklagten in ihrer Wohnung zugestellt.«

»Wie war die Reaktion der Angeklagten?«

»Sie sagte, daß sie die Kleider nicht mehr habe, die sie in jener Nacht getragen hatte. Wir durchsuchten alles, konnten sie aber tatsächlich nicht finden. Von der grauen Bluse, die wir entdeckten, behauptete die Angeklagte, es sei nicht die, die sie am Tatabend getragen habe.«

»Haben Sie außerdem noch anderswo nach diesen Kleidungsstücken gesucht?«

»Im Second-hand-Laden des Kinderhilfswerks.«

Auch dort habe er keinen Erfolg gehabt, sagte Garrity, doch habe das Geschäft eine Aufzeichnung über ›verschiedene Kleidungsstücke und Schuhzeug‹ vorweisen können, die es von der Angeklagten einen Tag nach dem Mord erhalten hatte.

Griglia ging zu einem anderen Thema über.

»Haben Sie mit der Angeklagten in der Mordnacht gesprochen?«
»Ja.«
»Wann war das?«
»Am späten Abend. Gegen Mitternacht.«
»Und wo hielt sie sich zu diesem Zeitpunkt auf?«
»In ihrem Apartment.«
»Hatten Sie einen Grund, sie zu so später Zeit aufzusuchen?«
»Ich teilte ihr mit, daß ihr Ehemann ermordet worden war.«
»Können Sie die Verfassung beschreiben, in der sich die Angeklagte in jener Nacht befand?«
»Sie war ruhig, würde ich sagen. Sie nahm diese Neuigkeit ohne sichtbare Erregung entgegen.«
Ryan hörte Jennifers empörtes Schnauben.
»Ich danke Ihnen, Detective. Das ist alles.«
Nun war Miß Miller an der Reihe. Sie ging zum Pult, legte ihre Notizen darauf und stellte sich dann vor den Zeugenstand.
»Detective, hatten Sie seit dem Beginn Ihrer Ermittlungen zu diesem Fall Gelegenheit, Rechnungsbücher und andere Geschäftsunterlagen einzusehen, die mit den Aktivitäten von Edward Ryan in Verbindung standen?«
»Ja, die hatte ich.«
»Sind Sie diese Bücher gemeinsam mit einem Sachverständigen der Polizei durchgegangen?«
»Nicht, daß ich wüßte.«
»Hat jemand anderes das gemacht?«
»Einspruch.«
»Stattgegeben.«
»Haben Sie diese Bücher auf Unregelmäßigkeiten überprüft?«
»Nein.«
»Haben Sie diese Unterlagen nach Hinweisen auf Personen überprüft, die Mr. Ryan betrogen haben oder mit denen er Ärger gehabt haben könnte?«
»Nein.«
»Sie haben das also nicht getan?«
»Wie gesagt, nein.«
Garrity versuchte, den abgebrühten Polypen hervorzukehren. Mach nur so weiter, dachte Ryan. Damit bringst du die Geschworenen auf ihre Seite.
Aber auch Griglia war Garritys Verhalten nicht entgangen. Er

machte den Versuch, ihn zu bremsen. »Euer Ehren, es besteht kein Anlaß für Miß Miller, den Zeugen derart in die Enge zu treiben.«

Der Richter betrachtete den bulligen Detective. »Er kommt mir nicht gerade verängstigt vor, Mr. Griglia. Miß Miller, bitte fahren Sie fort.«

Sie bedankte sich bei Corino mit einem Lächeln. »Haben Sie in diesen Büchern und Geschäftspapieren Verzeichnisse über Hypotheken und ähnliche Darlehen entdeckt, die von Ned Ryan beschafft worden waren? Einige bewegten sich in einer Größenordnung von über einer Million Dollar.«

»Nein.«

Der Staatsanwalt stand auf. »Euer Ehren, ich erhebe gegen die ganze Art und Weise der Befragung Einspruch und bitte Sie um eine grundlegende Stellungnahme zur Beweiskraft der hier gestellten Fragen.«

»Würden Sie mir bitte auch noch etwas Arbeit übriglassen, Mr. Griglia?« erwiderte Corino. »Miß Miller, ich denke, das reicht vorerst. Es sei denn, Sie können uns verdeutlichen, worauf Sie hinauswollen.«

»Ich bin gerade dabei, Richter. Diese Fragen betreffen die Sorgfalt der polizeilichen Ermittlungen. Falls die Polizei der erstbesten Person, die ihr einfiel, das Verbrechen zur Last gelegt haben sollte, dann hat die Jury ein Recht darauf, das zu erfahren.«

Ihre letzten Worte wurden von mehreren ›Einspruch‹-Rufen des Bezirksstaatsanwalts begleitet.

»Kommen Sie nach vorne«, forderte sie der Richter auf.

Ryan hielt sich im Hintergrund und ließ Kassia Miller ihre Sache selbst durchfechten. Das Gespräch dauerte nicht lange. Als sie fertig waren, ließ sich Griglia mit unglücklicher Miene nieder.

Corino beugte sich über seinen Tisch in Richtung der Geschworenen. »Ladys und Gentlemen, ich werde Miß Miller ihre bisherige Befragung weiterführen lassen, möchte Sie jedoch zuvor an etwas erinnern, was ich Ihnen zu Beginn der Verhandlung gesagt habe. Bei den Fragen der Rechtsvertreter handelt es sich nicht um Beweise. Die Antworten der Zeugen in Kombination mit den Fragen, auf die sie sich beziehen – das sind Beweise. Wenn Miß Miller Detective Garrity fragt, ob er vor dem Polizeirevier eine purpurfarbene Kuh gesehen hat und er darauf mit ›nein‹ antwortet, dann ist das ein Beweis, daß er keine purpurfarbene Kuh *gesehen* hat. Es ist allerdings überhaupt kein Beweis dafür, ob vor dem Polizeirevier oder irgendwo sonst eine purpurne Kuh ist, war oder jemals sein wird. Diese Kuh existiert ausschließlich in der Frage, und die Frage an sich beweist überhaupt nichts. Haben Sie das verstanden? Fahren Sie fort, Miß Miller.«

Ryan konnte auf Griglia, der hinter Saundra Warneke saß, kurz einen Blick werfen. Er machte jetzt einen weniger unglücklichen Eindruck als vor wenigen Augenblicken.

Miß Miller stellte Garrity weitere Fragen über Neds finanzielle Transaktionen und die Herkunft der hohen Geldbeträge. Da sich Garrity durch die Erklärungen bestärkt fühlte, die Corino an die Jury gerichtet hatte, wurden im Laufe der Befragung seine Aussagen immer eindeutiger, daß er von diesen Finanzgeschäften keine Ahnung hatte. Dann wollte Miß Miller von ihm wissen, ob er Neds Geschäftspartner auf eventuelle Verbindungen zum Drogenhandel überprüft habe. Diese Frage brachte ihr einen explosiven Einspruch von Griglia sowie eine Verwarnung von seiten des Richters ein. »Danke, Detective, das ist alles«, verabschiedete sie sich von dem Zeugen.

Griglia hatte abschließend noch einige Fragen an Garrity.

»Detective, hatten Sie während Ihrer Ermittlungen im Zusammenhang mit dem Mord an Edward Ryan Gelegenheit, seinen geschäftlichen Kontakten nachzugehen?«

»Ja.«

»Sie selbst oder Ihre Kollegen?«

»Sowohl ich als auch die Kollegen.«

»Und was haben Sie dabei herausgefunden? Bitte eine kurze Antwort.«

»Daß Ned Ryan ein harter Geschäftsmann war, der sich mit seinen Methoden dieselbe Art von Feinden und Freunden geschaffen hat wie jeder andere in seiner Position.«

»Einspruch«, sagte Ryan.

»Stattgegeben. Die Jury wird dieser Antwort keine Beachtung schenken. Wenn Sie noch genauere Fragen haben, Mr. Griglia …«

»Nein, danke, Euer Ehren, ich bin fertig.«

Bei seinem nächsten Zeugen, dem Schuhverkäufer, in dessen Geschäft Jennifer die schwarz-weißen Schuhe für sechshundert Dollar gekauft hatte, griff Griglia die Frage nach den fehlenden Kleidungsstücken wieder auf. Dann beschrieb ein Angestellter einer Designerboutique das schwarz-weiß karierte Kostüm, das Jennifer für elfhundert Dollar zuzüglich Mehrwertsteuer bei ihm erstanden hatte.

Einen Tag nach Neds Tod hatte die Leiterin des zum Kinderhilfswerk gehörenden Second-hand-Ladens eine Spende von Jennifer Ryan erhalten. Es hatte sich unter anderem um ein Kostüm, eine Seidenbluse und ein Paar Schuhe gehandelt. Genauere Angaben konnte die Frau nicht machen, weil das Geschäft für gespendete Kleidungsstücke immer nur pauschale Quittungen mit dem Schätzwert der steuerabzugsfähigen Summe ausstellte und keine detaillierteren Verzeichnisse anlegte. Auch beim Verkauf wurden auf den Belegen nur ähnlich oberflächliche Beschreibungen angegeben: Anzug, Kostüm, Hose.

Miß Miller befragte die Zeugin über die Spenden, die das Geschäft erhielt. »Hat Mrs. Ryan regelmäßig etwas bei Ihnen vorbeigebracht?«

»O ja.« Die Leiterin des Second-hand-Ladens schien darüber traurig zu sein, daß sie eine so eifrige Spenderin verloren hatte.

»In welchem Zustand waren die Kleider, die sie gespendet hat?«

»Die waren immer sehr gut erhalten.«

Das war zwar nicht genau die Antwort, die Kassia Miller gerne gehört hätte, aber sie kam ihr immerhin recht nahe. »Haben Sie vielen Dank. Keine weiteren Fragen.«

Den Zeugenstand betrat jetzt Detective Stein, Garritys Kollege. Saundra Warneke stellte ihm Fragen zur baulichen Beschaffenheit von Hugo Hills zweigeschossiger Wohnung, dem Dachgarten und den Zugangsmöglichkeiten zu dem Raum, in dem Neds Leiche gefunden worden war. Die Auseinandersetzung zwischen Miß Miller und Saundra Warneke um die Frage, wie sorgfältig die Spurensicherung gearbeitet hatte, ließ die Vertreterin der Staatsanwaltschaft darauf achten, daß Stein peinlich genau sämtliche Maßnahmen erläuterte, die er am Tatort eingeleitet hatte.

Als Ryan Stein ins Kreuzverhör nahm, war er längst nicht so unsicher, wie er befürchtet hatte. Es war für ihn ein seltsames Gefühl, daß er einen Polizisten befragen mußte, denn während der Zeit als Staatsanwalt waren die Hüter des Gesetzes immer *seine* Zeugen gewesen.

Ryan wollte von dem Detective zunächst wissen, ob der Raum über mehr als eine Tür verfüge. Nur eine, gab dieser zur Antwort. Fenster? Ja, aber das Zimmer liege im achten Stock. Hatte er nach Spuren gesucht, die auf einen gewaltsamen Zutritt schließen ließen? Der Polizeibeamte hatte danach gesucht, aber keine finden können. Ryan stellte fest, daß der Raum also nur durch diese eine Tür betreten werden konnte und der Flur davor lediglich über die Treppe zugänglich war.

Ja, entgegnete Stein, denn der Aufzug sei so geschaltet, daß er nicht im achten Stock stehenbleibe.

Ryan holte tief Luft. »Verfügt das Haus über eine Feuertreppe?«

»Es gibt keine, die an das Zimmer grenzt.«

»Grenzt denn eine an den Flur?«

»Das ist mir nicht bekannt.«

»Das ist Ihnen nicht bekannt? Haben Sie es denn nicht überprüft?«

»Nur was den Tatort anbelangt. Ich war mit anderen Dingen beschäftigt. Vielleicht hat aber einer der Kollegen ...«

Ryan entließ ihn, bevor er noch ein weiteres Wort sagen konnte.

Die Anklage hatte die meisten der vorgeladenen Polizisten an dem Tag in den Zeugenstand gerufen, an dem Ryan nicht im Gericht erschienen war: die Beamten, die sich bei Hugo Hill zusammengefunden hatten, um die vorläufige Vernehmung der siebenundzwanzig Gäste durchzuführen, die noch auf der Party gewesen waren, als man Neds Leiche entdeckt hatte, sowie einige der Polizisten, die Blutproben genommen und andere Beweismittel am Tatort sichergestellt hatten. Miß Miller hatte diese Männer schonungslos attackiert, da sie es versäumt hatten, die Angestellten des Partyservices zu befragen und anschließend dabei zugesehen hatten, wie die Überreste der von Jennifer zerschlagenen Schale weggeschafft worden waren. Dann hatte sie nachgehakt und allgemeinere Fragen gestellt, um herauszufinden, bei welcher Gelegenheit die Polizei außerdem noch schlampig oder vergeßlich gewesen war oder sich einfach nur dumm angestellt hatte.

Der letzte Zeuge aus den Reihen der Polizei, den die Staatsanwaltschaft aufrief, hatte das Kokain und die Waffen gefunden. Griglia bat ihn zu beschreiben, wie es zu diesen Funden gekommen war, und fragte dann: »Detective, an wie vielen derartigen Tatorten und bei wie vielen Versammlungen von zehn Personen oder mehr haben Sie im Laufe Ihrer Dienstzeit Untersuchungen angestellt?«

»Über einhundert werden es schon gewesen sein.«

»Wenn Sie lediglich die letzten fünf Jahre betrachten – wie hoch war dann prozentual die Zahl der Tatorte, an denen Sie Drogen oder Waffen entdeckt haben?«

»Ich würde sagen, fast hundert Prozent.«

»Das ist also nichts Ungewöhnliches den Beobachtungen zufolge, die Sie in Ausübung Ihres Berufes anstellen können?«

»Aber nein, ganz im Gegenteil.«

»Und wie oft können Sie Fingerabdrücke auf den Waffen oder den Behältnissen, in denen sich die Drogen befinden, sicherstellen?«

Der Detective grinste. »So gut wie nie.«

Griglia beendete den Tag und die Arbeitswoche mit der Befragung eines Angehörigen des ärztlichen Notdienstes, der den Leichnam fünfundzwanzig Minuten nach seiner Auffindung untersucht hatte.

Im Kreuzverhör bedrängte Miß Miller den Zeugen mit bohrenden Fragen über den Zustand von Neds Körper. Sie wollte wissen, ob er irgendwelche Versuche angestellt habe, die Körpertemperatur festzustellen, oder ob er auf Anzeichen des körperlichen Verfalls geachtet habe, damit man genauer bestimmen konnte, wie lange Ned bereits tot war, als die Gerichtsmedizinerin ihn später untersuchte. Der Rettungshelfer gab zu, nichts dergleichen gemacht und lediglich bemerkt zu haben, daß die Totenstarre noch nicht eingetreten war.

Jennifer fühlte sich in Ryans Gegenwart deutlich unwohl. Sobald sie sicher war, daß ihre Anwälte sie nicht mehr benötigten, verließ sie das Büro. Ryan war keinesfalls traurig, als sie verschwand.

Er und Miß Miller gingen noch einmal die Zeugenaussagen des vergangenen Tages durch und bestellten sich dazu ein chinesisches Abendessen. Sie war noch immer verwundert, daß die Polizei die Feuertreppe übersehen hatte.

»So was kommt vor«, sagte Ryan. »Etwas rutscht zwischen die Polster oder fällt unter den Tisch. Ein jeder denkt, der andere sei dafür zuständig.«

»Und niemand sagt laut, daß der Kaiser nackt ist?«

»Wenn ein kleiner Beamter solche Fehler bemerkt, geht er in der Regel davon aus, daß dem eine Entscheidung von oben zugrunde liegt, die er nicht kennt, und hält besser den Mund. Wenn – wie hier geschehen – Griglia im allerletzten Moment den Fall von Becker übernimmt, können solche Dinge schon mal übersehen werden.«

Sie beendeten ihre Arbeit noch vor zweiundzwanzig Uhr – was ungewöhnlich früh war. Auf dem Weg zu Ryans Apartment statteten sie dem Shamrock einen Besuch ab.

Ryan schlief gut und stand am Samstag morgen rechtzeitig auf, um eine Runde schwimmen zu gehen. Als er wieder zurückkam, hatte Miß

Miller Kaffee und Müsli für ihn vorbereitet. Er vertilgte beides mit großem Appetit, und dann machten sie sich auf den Weg ins Büro.

Die Verteidigung begann das Wochenende, indem sie die vergangene Woche nochmals Revue passieren ließ und einen Ausblick auf die kommenden fünf Tage unternahm.

Als sie mit ihrer Arbeit fertig waren, bestellten sie sich ein Taxi und fuhren wieder zu Ryan nach Hause.

»Na, Mr. Exstaatsanwalt«, sagte Miß Miller, als sie über die Schlaglöcher in der Straße holperten, »sieht ganz so aus, als säßen Sie wieder fest im Sattel.«

»So könnte man sagen.«

»Freut mich. Es wird nämlich Zeit, daß ich zur Abwechslung wieder mal in meinem eigenen Bett schlafe und mich um meine Post kümmere.«

Darauf war er nicht vorbereitet. »Das müssen Sie entscheiden.«

»Werden Sie klarkommen?«

»Wenn Sie meinen, ob ich am Montag vor Gericht erscheinen werde, dann lautet die Antwort ›ja‹. Und als erstes gehe ich morgen früh ins Büro und nehme Hugo Hill und die anderen ins Visier, denen wir nächste Woche vermutlich gegenüberstehen werden. Sie dagegen beschäftigen sich mit der Gerichtsmedizinerin.«

»Ich schlage vor, daß Sie morgen ausschlafen und erst gegen Mittag ins Büro kommen.«

Das Telefon riß Ryan noch vor elf Uhr morgens aus dem Schlaf. Er griff nach dem Hörer, ließ die Hand dann aber sinken, weil er sich noch an den letzten Anruf erinnerte, den er im Halbschlaf entgegengenommen hatte. Diesen Fehler würde er kein zweites Mal begehen. Er tastete nach dem Aufnahmeknopf des Anrufbeantworters. Dann erst nahm er den Hörer ab. »Hallo?«

»Michael, hier ist Craig. Habe ich dich geweckt?«

Die Erleichterung über den Partner am anderen Ende der Leitung konnte seinen Adrenalinstoß nicht lindern.

»Michael?«

»Was gibt's?« Er rang nach Atem.

»Gute Neuigkeiten, wie ich hoffe. Ich wollte es dir gleich mitteilen und nicht extra warten, bis Kassandra anwesend ist. Donald Garfield hat mich angerufen.«

»Was hat er gesagt?«

»Ich werde es für dich abspielen.«

Erst hörte Ryan ein Klicken, dann kam Garfields Stimme: »Es ist schon erstaunlich, was einem so einfällt, wenn man nur angestrengt genug nachdenkt. Dieser Typ, von dem ich Ihnen erzählt habe, der mit dem Schnurrbart – ich könnte schwören, daß er so etwas gesagt hat wie: ›Ich verdanke Ned Ryan einen Herzanfall.‹ Oder war es sogar ein Herzinfarkt? Er machte auf mich allerdings einen ganz gesunden Eindruck, aber ich bin natürlich kein Arzt.«

Lawrence war wieder am Apparat. »Sagt dir das was?«

Es dauerte einen Moment, bis Ryan schaltete. »Könnte sein. Das Problem ist, daß das Geschäft, was mir dabei in den Sinn kommt, gut ausging. Miserable Zinsbedingungen, aber es kam trotzdem zustande. Dagegen hatte uns Garfield berichtet, daß das Geschäft, in das sein Bandito verwickelt war, geplatzt sei.«

»Hast du bessere Informationen?«

»Nein, leider nicht. Ich gratuliere dir übrigens. Du hast soeben eine Reise nach Arizona gewonnen.«

»Arizona?«

»Dahin ist dieser Mann aus Rahway gezogen.«

»Welcher Mann aus Rahway?«

»Der, den Ned in allerletzter Minute mit den Zinsen für die Hypotheken hereingelegt hat. Ned hat gegenüber Jennifer Andeutungen gemacht, daß er ihn bedrohte. Harry sowieso.«

»Kaum zu glauben. Den hatte ich total vergessen.«

## 8

Griglia begann die neue Woche mit der Präsentation einiger großformatiger Fotografien von der Autopsie und dem Tatort, auf denen Neds Leiche in einer Lache von Blut zu sehen war, die sich um seinen Kopf herum ausbreitete. Sie ähnelte dem Heiligenschein auf einem mittelalterlichen Gemälde. Corino hatte die Geschworenen gebeten, den Gerichtssaal zu verlassen, weil Griglia und Miß Miller sich darüber stritten, ob diese Aufnahmen nicht zu aufwühlend waren, als daß sie der Jury gezeigt werden könnten.

Hängt-sie-auf-Corino fand schließlich einen Kompromiß, indem er die Anzahl der Fotos um die Hälfte reduzierte, Griglia gestattete, die weniger harten auf einer Staffelei in einiger Entfernung von den Geschworenen zu zeigen und die grausamsten auf kleinen Abzügen zu geeigneter Zeit unter der Jury auszuteilen.

Gleichzeitig mit der Präsentation dieser Bilder machte Dr. Guevara ihre Aussagen. Die Assistentin aus der Gerichtsmedizin war Anfang Dreißig. Leise beschrieb sie, was sie bei der Autopsie von Neds Leiche festgestellt hatte.

Sie bezeugte, daß Ned aufgrund multipler Frakturen des Stirnbeins ums Leben gekommen war, die von Schlägen auf den Kopf herrührten.

Dann beschrieb sie die Verletzungen in allen Einzelheiten und leistete damit die Vorarbeit für den Fachmann, der nach ihr kommen sollte.

»Wie groß mag die Menge des verspritzten Blutes sein, die derartige Schläge bewirkt haben könnten?« wollte Griglia wissen.

»Ich würde sagen, daß nicht der erste, aber die folgenden Schläge zumindest eine geringe Menge von Blutspritzern verursacht haben.«

»Worauf gründen Sie Ihre Annahme?«

»Auf den Umfang der Blutungen, die ich feststellen konnte, und auf die Art der Verletzungen. Und natürlich auch auf die Spritzer an den Wänden und der Decke, die auf den Fotografien des Tatorts zu sehen waren.«

»Wie wahrscheinlich ist es Ihrer Meinung nach, daß der Täter in einem solchen Fall ebenfalls das Blut des Opfers abbekommt?«

»Sehr wahrscheinlich. Nahezu sicher, würde ich sagen.«

Dr. Guevara führte weiter aus, daß sie die annähernde Todeszeit anhand von Neds Mageninhalt, dem Grad der Totenstarre und der Flüssigkeitsmenge des angestauten Blutes bestimmt hatte, das sich in den Körperteilen abgelagert hatte, auf denen Ned lag.

Sie wies weiter darauf hin, daß Ihre Beobachtungen den Berichten der Mitarbeiter des ärztlichen Notdienstes und des Arztes entsprachen, der die Leiche am Tatort untersucht hatte.

Bei ihrem Kreuzverhör stellte Miß Miller fest, daß Dr. Guevara während der Autopsie Aufzeichnungen gemacht hatte, die in ihrem späteren Protokoll nicht wiederzufinden waren.

»Ist es nicht auch richtig, daß Sie in Ihren ursprünglichen Aufzeichnungen, die angefertigt wurden, *bevor* Sie erfuhren, daß der Leichnam um Viertel vor zehn entdeckt worden war, den Eintritt des Todes auf eine Zeit zwischen zehn und elf Uhr festgelegt haben?«

Der erste Schritt der Verteidigung, um die scheinbare Sicherheit der Anklage über Neds Todeszeitpunkt ins Wanken zu bringen.

»Ja, aber ...«

»Danke, Doktor. Können Sie – nur auf Grundlage der Untersuchungsergebnisse und Ihrer Berufserfahrung – mit einem hohen Grad an medizinischer Sicherheit sagen daß Edward Ryan bereits tot war, als man ihn in einer Lache von Blut um neun Uhr fünfundvierzig fand?«

»Das kann ich sagen – aufgrund des Berichtes ...«

»Bitte, Doktor. Ja oder nein.«

»Nun ... nein. Aber falls ...«

»Das ist schön, Doktor. Wenn Sie also nicht mit einem hohen Grad an medizinischer Sicherheit sagen können, daß Edward Ryan um neun Uhr fünfundvierzig tot war, können Sie dann wenigstens sagen, daß die Schläge, die ihn töteten, nicht um – sagen wir – neun Uhr dreißig ausgeführt wurden?«

»Na ja, da gab es beträchtliche Blutungen ...«

»Wenn Sie bitte meine Frage genau beantworten würden.«

»Also, was den exakten Zeitpunkt betrifft ... nein, kann ich nicht.«

»Eine andere Frage. Sie führten aus, daß die Analyse des Mageninhalts eine Methode zur Feststellung des Todeszeitpunkts sei. Könnten Sie das etwas erläutern?«

»Ja. Die Häppchen, die er gegessen hatte, hatten bereits zum Großteil den Magen verlassen. Daher würde ich schätzen, daß zu der Zeit, in der der Tod eintrat, mindestens eine Stunde vergangen war, seit er zum letztenmal etwas zu sich genommen hatte.«

»Aber es hätte auch ein längerer Zeitraum vergangen sein können?«

»Ja.«

»Auch ein kürzerer?«

»Das ist schwieriger zu beurteilen. Möglich ist es schon. Aber dann nicht wesentlich kürzer. Es gibt dafür keine präzisen Meßmethoden. Ein Teil der Verdauung geschieht noch nach dem Tode, aber wir versuchen, das zu berücksichtigen.«

»Wie groß könnte Ihrer Meinung nach die Abweichung sein?«

»Fünfzig Prozent, vielleicht mehr. Aber da spielen noch andere Faktoren mit hinein.«

»Sie würden also sagen, daß die Schläge gegen acht Uhr Dreißig erfolgt sein könnten, wenn man davon ausgeht, daß er nach acht nichts mehr gegessen hat?«

»Das wäre denkbar«, antwortete sie widerwillig.
»Ich danke Ihnen, Doktor.«
Griglia erhob sich hinter dem Tisch der Anklage.
»Ich habe noch einige weitere Fragen an die Zeugin, Euer Ehren.«
»Es ist schon Essenzeit«, bemerkte Corino.
»Es wird nicht lange dauern.«
Der Richter wirkte nicht gerade glücklich. »Also gut, fangen Sie an.«
»Dr. Guevara, hinsichtlich der Bestimmung des Todeszeitpunkts sagten Sie soeben, daß auch noch andere Faktoren mit hineinspielen würden. Könnten Sie das genauer ausführen?«
»Die Totenstarre war noch nicht feststellbar, und auch die geringe Menge an Flüssigkeit – damit ist die Entfärbung gemeint, die durch die Stauung des Blutes entsteht – deutete auf einen erst kurz zuvor erfolgten Todeseintritt hin.«
»Wie kurz?«
»Nicht mehr als zwei oder drei Stunden.«
»Zwei oder drei Stunden von welchem Zeitpunkt aus betrachtet?«
»Ausgehend von dem Zeitpunkt, in dem der Arzt am Tatort erschien und seine Untersuchungen durchführte.«
»Wann kann das gewesen sein?«
»Mitternacht.«
»Dann könnte der Angriff also zwischen neun und zehn Uhr erfolgt sein?«
»Das kann man so sagen, ja.«
»Einspruch gegen die Art und Weise der Fragestellung«, ging Ryan dazwischen.
»Stattgegeben. Stellen Sie Ihre Frage noch einmal.«
»Würden Sie uns bitte auf der Grundlage Ihrer Untersuchungen und anderer relevanter medizinischer Beweise mitteilen, wann der Tod von Edward Ryan eintrat?«
»Ja. Ich würde sagen, daß er so gegen …«
»Einspruch.«
»Mr. Ryan?«
»Euer Ehren, die Zeugin ist lediglich gefragt worden, wann der Tod eintrat.«
»Richtig. Aber ich weiß nicht … ach so. Dr. Guevara, bitte beschränken Sie Ihre Antwort auf den Inhalt der Ihnen gestellten Frage.«
»Könnten Sie die Frage bitte noch mal wiederholen? Ich weiß nicht, was ich falsch gemacht habe.«

Die Stenografin las ihr die Frage vor.

»Ach ja. Ich kann mit einem hohen Grad an medizinischer Sicherheit sagen, daß der Tod zwischen neun und zehn Uhr eintrat. Aber natürlich gab es …«

»Einspruch. Die Frage ist bereits beantwortet.«

»Stattgegeben.«

»Und wie kamen Sie dazu, in Ihren ursprünglichen Notizen, die Sie während der Autopsie angefertigt haben, den Todeszeitpunkt zwischen zehn und elf Uhr anzusiedeln?«

»Das waren sehr oberflächliche Anmerkungen, die auf Teilinformationen beruhten. Sie besaßen nie den Charakter einer endgültigen Schlußfolgerung.«

»Doktor, existiert noch ein anderer Umstand, der die Zeitspanne begrenzt?« fragte Griglia.

»Ja. Nach neun Uhr fünfundvierzig waren Leute in dem Raum anwesend.«

»Danke, Doktor, das ist alles.«

Miß Miller stand auf. »Euer Ehren, ich habe noch weitere Fragen.«

»Vorwärts.«

»Doktor, Sie führten soeben aus, daß nach neun Uhr fünfundvierzig verschiedene Personen am Tatort anwesend waren. Aber hatten Sie nicht zuvor behauptet, daß Edward Ryan noch am Leben gewesen sein könnte, als er entdeckt wurde?«

»Na ja … Es ist nicht sehr …«

»Ja oder nein, Doktor?«

»Nun … Ich nehme an …«

»Heißt das also ›ja‹?«

»Ja.«

»Wenn man ausschließlich von den medizinischen Untersuchungsergebnissen ausgeht, besteht dann die Möglichkeit, daß Edward Ryan um irgendeine Zeit vor neun Uhr dreißig oder neun Uhr fünfunddreißig erschlagen worden sein könnte?«

Die Gerichtsmedizinerin verneinte die Frage, obwohl ihr dabei sichtlich unbehaglich zumute war.

»Vielen Dank, Doktor.«

Zur vereinbarten Zeit meldete sich Lawrence aus Arizona.

»Ich habe den Kerl überprüft. Kein Schnurrbart. Und viele Haare hat er auch nicht. Aber das bißchen, was er hat ist immerhin braun und gelockt.«

»Mach ein Foto von ihm«, sagte Ryan. »Wenn es nicht anders geht, zeichnen wir einfach einen Schnurrbart ein.«

»Habe schon eins besorgt.«

Dienstag morgen erschien Hugo Hill in einem blauen Blazer und einer grauen Flanellhose im Gerichtssaal. Zu seinem weißen Hemd hatte er eine weinrote, wollene Krawatte umgebunden.

»Nun sehe sich das einer an«, flüsterte Kassia Miller Ryan ins Ohr. »Kaum zu glauben, daß das der Typ mit der freien Brust und den Goldketten ist.«

»Der Bettvorleger ist derselbe.« Das karottenfarbene Toupet schaute allenfalls noch etwas künstlicher aus.

Hills Verhalten war ebenso zurückhaltend wie seine Aufmachung. Griglia ließ den Besitzer von drei Kunstgalerien kurz seine Tätigkeit beschreiben. Er erläuterte, wie wichtig Empfänge, Vernissagen und Partys waren, wenn man einen Kreis gutsituierter Käufer pflegen und erweitern wollte. Dann befragte Griglia ihn über Ned Ryan und erfuhr, daß dieser seit nahezu drei Jahren ein regelmäßiger Kunde gewesen war und in diesem Zeitraum Kunstwerke für rund hunderttausend Dollar erstanden hatte. »Das war der damalige Preis. Der Wert dieser Objekte liegt jetzt natürlich höher.«

»Bevorzugte er bestimmte Künstler?«

»Ja. Er kaufte nur Werke junger Frauen. Das war einer der Gründe, aus denen er zu mir kam. Die meisten meiner Künstler sind nämlich junge Frauen.«

»Gibt es dafür irgendeinen Grund?«

»Ihre Arbeiten gefallen mir. Und sie ziehen vor allem reiche Männer an.«

Corino konnte die Belustigung der Zuschauer nicht teilen. Er klopfte mit seinem Hammer auf den Richtertisch und blickte unter seinen Augenbrauen finster in den Saal.

Griglia kam schnell auf die Planung der Party für Karen, Susan Spada und Tina Claire zu sprechen.

»Ich war wirklich noch nicht dazu bereit, schon wieder eine Party auszurichten, aber er bestand darauf.«

»Wen meinen Sie?«

»Ned Ryan.«

»Und worauf genau hat er bestanden?«

»Er wollte Tina Claire kennenlernen.«

»Sagte er, weshalb?«

»Nicht ausdrücklich.«

Miß Miller stieß Ryan an.

»Welche Worte gebrauchte er denn?«

Ryan erhob sich. »Einspruch. Hörensagen, Euer Ehren.«

Corino rief die gegnerischen Parteien zu sich. Ryan war froh, daß er Miß Miller dabeihatte, denn die Hörensagen-Bestimmungen – nach denen Bemerkungen dritter, die außerhalb des Gerichts gemacht wurden, nur mit Einschränkungen zulässig waren – waren bei den Bundesgerichten weniger streng als die entsprechenden Regelungen im Staate New York. Gewisse Aussagen, an deren Zulässigkeit Ryan gewöhnt war, hätten in New York möglicherweise verboten sein können. Er wußte nicht genau, wo die Grenzen lagen.

Trotz des Einspruchs der Verteidigung überzeugten Griglia und Miß Warneke den Richter, die Bestimmungen so auszulegen, daß Hugo Hill vor allem das aussagen konnte, was die Staatsanwaltschaft gerne hören wollte: Daß er die Party letzten Endes veranstaltet hatte, um Ned Ryan und Tina Claire miteinander bekannt zu machen.

Anschließend beschrieb Hill den Grundriß seiner Wohnung. Er wies darauf hin, daß er den achten Stock seines zweigeschossigen Apartments niemals abschließe, da nie zuvor einer seiner Gäste dorthin verschwunden sei. Der Aufzug hielte nicht in dieser Etage, und vom Treppenhaus aus gelange man auch nicht zu diesen Zimmern, da die Eingangstür immer verschlossen sei.

Außerdem sagte Hill, daß er sich wegen seiner Party Sorgen gemacht habe, weil er wußte, daß Tina Claire eine leichtfertige Person war, der es Spaß machte, manche Leute völlig unerwartet mit sexuellen Spielchen zu belästigen. Auch wies er darauf hin, daß er Ned Ryan darauf aufmerksam gemacht habe.

Griglia wollte eine genaue Aussage über die Feuertreppe hören. Hill bestätigte, daß es einen solchen Fluchtweg gab, der Zugang von außen allerdings durch spezielle Sicherheitsgitter versperrt war. Jahre zuvor war er einmal ausgeraubt worden und hatte daher solche Gitter anbringen lassen. In Notfällen konnte durch eine schnelle Entriegelung von innen ein Fluchtweg geschaffen werden.

Ryan griff diesen Punkt in seinem Kreuzverhör auf.

»Gibt es eine Möglichkeit festzustellen, ob diese Gitter von innen geöffnet worden sein könnten?«

»Das weiß ich nicht.«

»Ist Ihnen bekannt, ob irgend jemand sie im Laufe der polizeilichen Ermittlungen untersucht hat?«

»Nein.«

»Einspruch.«

»Ich habe lediglich gefragt, ob es ihm bekannt sei.«

»Ich werde dem Einspruch stattgeben, Mr. Ryan, da ich nicht erkennen kann, welche Bedeutung es hat, ob ihm das bekannt ist oder nicht.«

Ryan fragte nach dem Wert der Objekte, die in dem Zimmer ausgestellt gewesen waren, in dem man Ned aufgefunden hatte, sowie nach den Preisen der im neunten Stock präsentierten Kunstgegenstände. Dann kam er auf die Party zu sprechen. Wie viele Personen hatten auf der Gästeliste gestanden und wie viele waren tatsächlich gekommen? Hill wußte es nicht? Hatte er denn keinen Versuch unternommen, ungeladene Gäste abzuweisen? Oder das Kommen und Gehen in seiner Galerie zu überwachen? Hätte jemand die von ihm erwähnten verschlossenen Türen von innen aufschließen und anderen Personen Einlaß verschaffen können, von deren Anwesenheit Hill eventuell nie etwas bemerkt hätte?

Über einige von Ryans Fragen war Hill keineswegs glücklich und legte einen Widerwillen an den Tag, der Ryan veranlaßte, nur noch stärkeren Druck auf ihn auszuüben, bis ein Blick auf die Geschworenen ihm riet, besser davon abzulassen.

Im Verlauf der weiteren Befragung hatte Ryan scheinbar nebensächlich die Frage nach dem derzeitigen Zustand des Raumes aufgeworfen, nach den Renovierungen und dem Zeitpunkt, zu dem sie stattgefunden hatten.

Aber dann kam er zur Sache: »Ist es nicht vielmehr so, Mr. Hill, daß Sie so schnell wie irgend möglich den Tatort total veränderten, indem Sie sämtliche Beweismittel beseitigten, die an die Anwesenheit anderer Personen in diesem Raum hätten erinnern können, und damit gerade für die Verteidigung jede künftige Untersuchung dieses Ortes unmöglich machten?«

Ohne auf Hills Antwort zu warten, setzte sich Ryan auf seinen Platz. Langsam kehrte das Vergnügen wieder, das ihm die Kreuzverhöre früher bereitet hatten.

Griglia hatte keine weiteren Fragen an den Zeugen. Als Ryan sich setzte, hörte er, wie Corino die Verhandlung vertagte. Der Nachmittag war unmerklich vergangen. Sie fuhren ins Büro, um sich zu beraten und die Beweisaufnahme des folgenden Tages vorzubereiten.

Lawrence wartete im Shamrock auf Ryan, bis dieser seine Arbeit im Büro beendet hatte. Der Privatdetektiv hatte eine Handvoll Schwarzweißaufnahmen dabei, die mit einem Teleobjektiv angefertigt worden waren. Auf ihnen war ein schmächtiger Mann mit beginnendem Kahlkopf und eingefallenen Wangen zu sehen, dessen Augen tief in seinem Schädel lagen. Auf drei der Fotografien hatte Lawrence zusätzliche Haare und verschiedene Arten von Schnurrbärten eingezeichnet.

»Die habe ich Garfield gefaxt. An den Namen konnte er sich nicht genau erinnern. ›Könnte sein‹, hat er gesagt.«

»Was ist mit dem Gesicht?«

»Der Schnurrbart war anders, aber sonst sieht er aus wie der Mann, den er in Erinnerung hat.«

»Das ist nicht gerade die beste Personenbeschreibung, die ich bisher gehört habe.«

»Warte auf den Rest, bevor du dir eine Meinung bildest.«

»Welchen Rest?«

»Unser Harry Bundesman hat im vergangenen Juni eine Reise unternommen. Und zwar in den Osten, wo er ursprünglich herkam.«

»Wann im Juni?«

»Mitte Juni.«

»Um den Vierzehnten herum?« Der Tag des Mordes.

»Scheint so. Aber jetzt kommt's: Kaum war er einen Tag zurück, wurde er mit einem Herzanfall ins Krankenhaus eingeliefert.«

»So ein Mist. Hast du sonst noch etwas in Erfahrung gebracht?«

»Noch nicht. Ich kann jemanden damit beauftragen, seine Aktivitäten in Jersey unter die Lupe zu nehmen. Und ich habe mich auch schon mit einem Privatdetektiv in Scottsdale unterhalten, mit dem wir zusammenarbeiten könnten, falls wir mehr Informationen benötigen. Ich dachte, es sei noch nicht an der Zeit, tiefer zu bohren. Wenn du den Kerl überhaupt willst.«

Ja, hätte Ryan beinahe gesagt. Ich will ihn. Hol ihn her, lies ihm seine Rechte vor und bring ihn dann ins Gefängnis. Aber die alten Zeiten waren vorüber. Lawrence war nicht mehr beim FBI, und Ryan war schon lange kein Stellvertretender Bundesanwalt mehr.

»Behalten wir ihn im Hinterkopf«, sagte er. Ryan bedauerte, daß er keine andere Wahl hatte. »Miß Miller hat recht. Wir sollten ihn nicht aufschrecken und vor allem Griglia nicht auf seine Spur bringen. Es genügt vorerst, wenn wir ihn nicht aus den Augen verlieren, damit wir ihn bei Bedarf dingfest machen können.«

## 9

Griglias erste Zeugin aus den Reihen der Partygäste war Tina Claire.

Ryan kam das sinnlos vor. Er hatte erwartet, daß Griglia für die Geschworenen die ganze Szenerie genauer darstellen, ein Bild von der Party entwerfen und den Konflikt zwischen Ned und Jennifer zunächst durch die Aussagen *anderer* Gäste heraufbeschwören würde. Danach erst wäre der geeignete Zeitpunkt für Tina Claires Auftritt gekommen.

So aber erschien sie in einem Vakuum. Bislang hatte lediglich Hugo Hills Aussage einen ersten Einblick in die Ereignisse auf der Party ermöglicht. Griglia mußte einen Grund für dieses Manöver haben. Am wahrscheinlichsten fand Ryan den Gedanken, daß er sie für eine schwierige Zeugin hielt und ihre Aussage so schnell wie möglich hinter sich bringen wollte, damit die Jury Zeit genug hatte, die Details zu vergessen, die Tina Claire zum besten geben würde.

Was immer er auch beabsichtigte – Griglia hatte die Verteidigung mit heruntergelassenen Hosen erwischt. Er und Miß Miller hatten sich bislang noch nicht einmal darüber geeinigt, wer sie ins Kreuzverhör nehmen sollte.

Für ihren Auftritt hatte Tina Claire einen engen, schwarzen Lederrock angezogen. Ihre weiße Seidenbluse war so weit zugeknöpft, daß sie nur andeutungsweise etwas Haut freigab. Die bunte Metallkette um ihren Hals hatte sie wahrscheinlich selbst angefertigt.

Kein schlechter Kompromiß, dachte Ryan. Um Griglia behilflich zu sein, mußte sie gleichzeitig sexy und bedrohlich genug aussehen, damit man ihr abnahm, Anlaß für einen mörderischen Streit geboten zu haben. Andererseits hatte sie aber auch hübsch genug zu sein, um die Geschworenen davon abzuhalten, Sympathien für Jennifer zu entwickeln. Und dennoch würde Griglia mit seiner Zeugin einen schmalen Grat begehen müssen.

Er begann zurückhaltend. Wo leben Sie, was machen Sie beruflich?

Wo sind Sie zur Schule gegangen, seit wann arbeiten Sie als Bildhauerin? Tina Claire hatte bereits eine beeindruckende Reihe von Preisen, Stipendien, Ehrungen und Auszeichnungen erhalten. Die Wertschätzung ihrer Kunst würde ihr bei der Jury Punkte einbringen.

Dann kam Griglia geradewegs auf den Kern der Sache zu sprechen. Er stellte fest, daß sie als eine von drei Ehrengästen zu Hugo Hills Party eingeladen worden war, um verschiedenen Mäzenen, vor allem aber Ned Ryan, vorgestellt zu werden, der schon einige ihrer Werke gekauft hatte. Pünktlich zum festgelegten Beginn um halb sechs war sie auf der Feier erschienen.

»Hatten Sie irgendwelche besonderen Vorstellungen von Ned Ryan, als Sie zu der Party gingen?« fragte Griglia.

»Ja, hatte ich.«

»Und wie sahen die aus?«

»Nicht gerade gut.«

»Warum?«

»Ich hatte gehört, daß er versuchte, alle Frauen flachzulegen, von denen er Kunstobjekte kaufte. Als ob ihn seine Ausgaben zu mehr berechtigten.«

Sie hatte ihre Antwort noch nicht beendet, da war Ryan auch schon auf den Beinen, um schärfstens Einspruch zu erheben.

Griglia hatte eine Antwort parat. »Euer Ehren, ich präsentiere diese Aussage hier lediglich deshalb, um zu beweisen daß Miß Claire Gerüchte zu Ohren gekommen waren, die ihre Meinung beeinflußten. Und ihr Verhalten ebenfalls, wie das Gericht noch sehen wird.«

»Ich lasse die Aussage zu. Einspruch abgelehnt ... Aber dazu noch eines, Mr. Griglia ...«

»Ja, Richter?«

»Von jetzt an benötigen wir den Inhalt derartiger Gerüchte nicht mehr. Die Tatsache, daß es sie gab, ist mehr als ausreichend.«

Griglia nickte und wandte sich wieder seiner Zeugin zu.

»Haben Sie Ned Ryan schließlich auch kennengelernt?«

»Ja.«

»Und wie ging das vonstatten?«

»Ich stand mit ein paar Leuten zusammen, als Hugo mit ihm zu uns rüberkam und ihn vorstellte. Er sah nicht schlecht aus. Hugo sagte irgendwas wie: ›Das ist Ned Ryan, dein neuester Fan.‹«

»Sagte Mr. Ryan zu diesem Zeitpunkt auch etwas?«

»Nein.«

»Wie kam er Ihnen vor?«

»Er machte einen abwesenden Eindruck. Als ob er an etwas ganz anderes dachte.«

»Einspruch.« Ryan unternahm den Versuch, Griglias Rhythmus zu stören. Der Staatsanwalt würde die gewünschten Informationen ohnehin bekommen.

»Stattgegeben.«

»Könnten Sie ihn etwas näher beschreiben? Seine Körperhaltung oder sein Benehmen?«

»Er sah mich gar nicht an. Er hatte so einen leeren, entrückten Ausdruck.«

»Was machten Sie dann?«

»Ich bat die anderen, uns allein zu lassen.«

»Und sie gingen fort?«

»Ja.«

»Was geschah anschließend?«

»Na ja, ich bin ein schelmisches Persönchen ...«

»Einspruch.«

»Mr. Griglia, würden Sie bitte versuchen, Ihre Frage so zu formulieren, daß die Zeugin sie klar und deutlich beantworten kann?«

»Miß Claire, ohne daß Sie sich dabei selbst charakterisieren und uns erzählen, was für ein Mensch Sie sind oder dergleichen: Können Sie den Geschworenen mitteilen, was Sie taten oder sagten?«

»Wie ich schon erwähnte, richtete ich es so ein, daß wir beide alleine waren.«

»Entschuldigen Sie, wenn ich Sie unterbreche. Aber wenn Sie sagen ›allein‹, heißt das, daß Sie die Party verließen?« Griglia lächelte sie an.

Oje, dachte Ryan, jetzt bändelt er mit ihr an.

Das Lächeln, das sie zur Antwort gab, war weniger erfolgreich als Griglias und wirkte eher affektiert.

»Nein, nein. Ich wollte sagen, daß ich ihn nur beiseite nahm, wo sich keiner der anderen Gäste aufhielt. Wir standen bei einem Tisch, auf dem sich ein paar große Schalen mit Häppchen befanden. Ich wollte ja gar nicht gehen, denn dann hätte uns niemand mehr sehen können.«

»Heißt das, Sie *wollten* gesehen werden?«

»Einspruch«, sagte Ryan und stand schnell auf. »Irrelevant. Gedankengänge interessieren hier nicht. Miß Claires Absichten stellen keine richtige Zeugenaussage dar.«

»Ich ziehe die Frage zurück«, sagte Griglia. Er schritt jetzt an dem Geländer entlang, das sie von den Zuschauerplätzen trennte.

»Was taten Sie anschließend?«

»Ich gab eine programmatische Erklärung ab. Eine künstlerische Erklärung.«

Ryan erhob sich. »Euer Ehren?«

»Die Jury wird dieser Aussage keine Beachtung schenken.« Corino lehnte sich in Richtung des Zeugenstandes vor. »Sagen Sie uns einfach, wie diese Erklärung lautete.«

»Es war eine Art Improvisationstheater.«

Ryan war einen Moment lang verblüfft. Hätte Franky sich das selbst ausdenken können? Nach Tina Claires Idee sah das nicht aus, aber man konnte nie wissen.

»Einspruch«, sagte er, aber sie war bereits dabei, ins Detail zu gehen.

»Damit eine solche Erklärung ihre volle Wirkung erzielt, muß man etwas Unverschämtes tun.« Sie fühlte sich zunehmend wohl in ihrer Rolle. Irgendwie schaffte sie es, daß sich der oberste Knopf ihrer Bluse wie von selbst öffnete. Ryan hielt es nicht für unwahrscheinlich, daß die Temperatur im Gerichtssaal um mehrere Grad gestiegen war.

»Einspruch!«

»Einspruch stattgegeben«, erwiderte Corino. »Die Jury wird diese Bemerkungen nicht berücksichtigen.«

»Können Sie beschreiben, was Sie machten?« fragte Griglia seine Zeugin.

»Nun, zuerst habe ich mit ihm geredet.« Sie hatte auf ihre hauchende Stimme umgeschaltet. »Ich sagte ihm, wie glücklich ich sei, daß ihm meine Arbeiten gefielen, und wie sehr ich mich freue, ihn kennenzulernen, und daß ich schon eine Menge über ihn gehört hätte.«

Ryan hätte am liebsten mit dem Richter und dem Staatsanwalt ein paar Worte über das Benehmen dieser Frau im Zeugenstand gewechselt, hatte aber Angst, daß er sich damit nur Feinde unter den Geschworenen schaffen würde. Die Männer amüsierten sich köstlich. Und selbst einigen der Frauen schien diese Vorstellung zu gefallen. Außerdem bestand die Möglichkeit, daß sie sowohl sich selbst als auch Griglia ein Bein stellen könnte, wenn sie nur so weitermachte.

»Und dann sagte ich noch, daß wir uns besser kennenlernen müßten.« Sie lächelte. »Solche Dinge eben.«

»Sind Sie ihm bei dieser Gelegenheit auch irgendwie körperlich näher gekommen?« Griglias Stimme klang heiser.

»Nicht sofort.«

»Später?«

»Ja. Während ich mich mit ihm unterhielt, bewegte ich mich auf ihn zu, bis ich ganz dicht bei ihm stand.«

Ihre Stimme war zu einem Flüstern herabgesunken. Griglia bat sie, lauter zu sprechen.

Der Richter nutzte diesen Moment, um dazwischenzugehen. »Miß Claire, wir wissen Ihren Versuch zu schätzen, uns ein Gefühl für die Situation zu vermitteln. Doch für einen Gerichtssaal ist das nicht unbedingt geeignet. Wenn Sie stillsitzen und mit klarer Stimme direkt ins Mikrofon sprechen könnten, würden wir uns vielleicht weniger gut unterhalten, aber es wäre dem Interesse der Gerechtigkeit meiner Meinung nach mehr gedient.« Diese freundliche Formulierung wurde durch die kontrollierte Schärfe seines Tons Lügen gestraft.

»Es tut mir leid, Euer Ehren«, erwiderte sie ganz unschuldig. »Ich werde versuchen, Ihren Anweisungen zu folgen.«

Griglia hatte Tina Claire von ihrer erregendsten Seite präsentiert und sich dafür einen Rüffel von Corino eingehandelt. Das würde sie wenigstens einen Teil der Sympathien kosten, die sie bei den Geschworenen besaß, dachte Ryan.

»Miß Claire, Sie waren gerade dabei, zu erzählen, was Sie zu Mr. Ryan sagten.«

»Ja.«

»Würden Sie bitte fortfahren?«

»Ja. Ich stand sehr dicht bei ihm und ließ ihn wissen, wie froh ich sei, ihn kennenzulernen. Das waren meine Worte. Aber es hörte sich nicht wie eine Unterhaltung an, verstehen Sie? Ich sprach mit einer ganz weichen Stimme.« Corinos Ermahnung hielt sie nicht davon ab, diesen Tonfall nachzuahmen.

»Einspruch.«

»Stattgegeben. Worte und Taten, Mr. Griglia.«

»Ja, Richter, danke.« An Tina Claire gerichtet, sagte Griglia: »Was also haben Sie getan?«

»Ich legte meine Hand auf sein Glied.«

Unruhe im Gerichtssaal und in der Jury. Der Busfahrer auf der Geschworenenbank, der meist mit gesenktem Kopf dasaß und halb zu schlafen schien, setzte sich senkrecht auf und starrte sie an.

»Wie bitte?« sagte Griglia zu der Zeugin.

»Einspruch.« rief Ryan. »Die Frage wurde bereits beantwortet.«

»Ich habe es nicht richtig verstanden«, protestierte Griglia. »Einspruch abgelehnt«, entschied der Richter. »Wiederholen Sie Ihre Aussage«, sagte er zu der Zeugin gerichtet.

»Ich legte meine Hand auf sein Glied.«

»Wie reagierte er darauf?« wollte Griglia wissen.

»Es gefiel ihm.«

»Einspruch.«

»Stattgegeben. Die Jury wird diese Antwort nicht beachten.«

»Was machte er?«

»Er drückte sich an mich.«

»War er erregt?«

»Ja, war er.«

Ryan stand auf. »Euer Ehren, ist das notwendig?«

»Kommen Sie bitte nach vorne, meine Herren. Die Damen ebenfalls.«

Ein Gerichtsdiener führte Tina Claire aus dem Zeugenstand in die nächstgelegene Ecke neben der Geschworenenbank. Der Busfahrer und der Maschinenbauer folgten ihrem aufreizenden Gang mit besonderer Aufmerksamkeit.

Corino betrachtete den Bezirksstaatsanwalt unter seinen dunklen Augenbrauen hinweg. »Die sensiblen familiären Verhältnisse des Verteidigers beiseite gelassen, muß ich doch sagen, daß sein Einspruch eine gewisse Berechtigung hat, Mr. Griglia. Auch ich kann die Relevanz dieses Themas nicht erkennen.«

»Euer Ehren, ich glaube, daß das Verhalten von Miß Claire und Ned Ryan, das besondere Verhalten in jener Situation, grundlegend ist, wenn die Geschworenen die Ereignisse am Tatbestand verstehen wollen.«

»Das ist ja lächerlich«, platzte es aus Miß Miller heraus. »Eine Beleidigung ...«

Ryan umklammerte ihren Arm und brachte sie zum Schweigen.

»Euer Ehren«, sagte er, »die unmittelbaren taktilen Wahrnehmungen dieser Zeugin, die unmöglich von jemand anderem nachvollzogen werden können, sind hier selbst unter Berücksichtigung jeder noch so großen Vorstellungsgabe nicht von Bedeutung. Die hier gemachten Aussagen wurden nur wegen ihres brisanten Charakters dargeboten.«

»Ich neige dazu, Mr. Ryan zuzustimmen.«

»Richter, das Verhalten der Zeugin hat Anlaß zu einem Mord gegeben ...«

»Davon ist uns nichts bekannt«, konterte Ryan.

»Uns dagegen schon.« Griglia verlor seine Fassung. »Und auch die Geschworenen werden davon erfahren. Es sei denn, wir verbinden ihnen die Augen.«

»Ich habe auch nicht gesagt, daß Sie die Zeugin entlassen sollen«, sagte Corino gereizt. »Übergehen Sie einfach nur die Erektion des Opfers und alle ähnlichen Dinge.«

»Euer Ehren, für meine Beweisführung ist das aber ganz entscheidend. Und ich kann keinen Grund erkennen, diesen Punkt wegzulassen. Es handelt sich um eine vollkommen korrekte Zeugenaussage.«

»Ich habe entschieden, Mr. Griglia. Kritisieren Sie mich nicht.«

»Aber, Euer Ehren ...«

»Mr. Griglia. Zu Beginn der Verhandlung habe ich einige Bemerkungen über das korrekte Benehmen in meinem Gerichtssaal gemacht. Erinnern Sie sich noch daran?«

»Ja, Richter«, gab der Staatsanwalt taktvoll nach, ohne jedoch zu kapitulieren.

Er ging zum Pult zurück, um seine Befragung wiederaufzunehmen. »Wußten Sie, daß seine Ehefrau anwesend war?«

»O ja. Das war doch der Sinn der Sache. Aber natürlich wollte ich nicht, daß er deswegen gleich *umgebracht* wird.«

»Einspruch. Ich beantrage, das zu streichen.«

»Sie haben völlig recht, Mr. Ryan. Frage und Antwort werden aus dem Protokoll gestrichen. Die Jury wird sie nicht beachten.«

»Was geschah dann?« fuhr Griglia gelassen fort.

»Eine Frau stürmte auf uns los. Als das passierte, wußte ich noch nicht, wer sie war.«

»Befindet sich diese Frau in diesem Gerichtssaal?«

»Ja.«

»Können Sie sie für die Geschworenen identifizieren?«

»Diese Dame dort.« Sie zeigte auf Jennifer.

»Die Angeklagte?«

»Ja.«

»Bitte lassen Sie ins Protokoll aufnehmen, daß die Zeugin die Angeklagte wiedererkannt hat«, sagte Griglia zu Corino. »Was tat die Angeklagte?«

»Sie schrie ihn an, er käme ihr nicht so einfach davon, nachdem er sie vor allen Leuten gedemütigt habe. Das sei der Tropfen, der das Faß zum Überlaufen brächte, und sie würde sich das nicht gefallen lassen.«

»Waren das ihre Worte?«

»So habe ich sie in Erinnerung.«

»In welcher Verfassung befand sich Ned Ryans Gattin Ihrer Meinung nach?«

»Nun, wie bereits gesagt – sie schrie herum. Wirklich. Sie war von allen guten Geistern verlassen.«

»Einspruch.«

»Stattgegeben. Könnten wir etwas sachlichere Antworten bekommen?«

»Miß Claire, könnten Sie ihren Zustand in schlichteren Worten beschreiben?«

»Geben Sie mir ein Beispiel.«

Griglia sah den Richter mit der Bitte um Erlaubnis an und bekam sie auch.

»War sie verärgert oder verwirrt oder ... machte sie vielleicht nur Spaß?«

»O nein. Sie war todernst und hatte Blut in den Augen.«

»Einspruch.«

»Stattgegeben. Streichen Sie den letzten Teil der Antwort.«

Ryan hätte sich gerne über Corinos Anweisung gefreut, mußte aber davon ausgehen, daß sich diese Worte bei den Geschworenen unauslöschlich eingeprägt hatten: *Blut in den Augen.*

»Hat sie, außer zu schreien, sonst noch etwas getan?«

»Sie schnappte diese Schale voller Häppchen – so eine Art spanische Pasteten, glaube ich – und zerschlug sie. Es war wirklich schrecklich, die Scherben flogen durch den ganzen Raum.«

»Einspruch.«

»Stattgegeben. Die Jury wird dem keine Beachtung schenken. Noch mal von vorne, Mr. Griglia.«

»Bitte, keine Bewertungen wie ›schrecklich‹ und so weiter. Sagen Sie der Jury genau, was geschah.«

»Sie griff nach der Schale.« In offensichtlich unbewußter Imitation des Geschehnisses hob Tina Claire ihre Hände über den Kopf. »Und – wumm! zerschmetterte sie sie auf dem Tisch.«

»Hielt sie die Schale noch in der Hand, als sie sie zerschlug?«

»Nein. Sie ließ sie los. Sie warf sie.«

»Was tat Ned Ryan?«

»Ned? Gar nichts. Er stand einfach nur da.«

»Sagte er etwas?«

»Kann sein, daß er ihren Namen rief.«

»Können Sie uns seinen Zustand beschreiben?«

»Das kann ich wirklich nicht. Wahrscheinlich verwirrt. Er war noch immer ... erregt. Und seine Frau brüllte ihn weiter an.«

»Einspruch. Ich beantrage die Streichung dieser Aussage.«

»Ich glaube nicht, daß wir das streichen müssen. Aber versuchen Sie, Ihre Zeugin unter Kontrolle zu halten, Mr. Griglia.«

»Sie wollten sagen, er machte den Anschein, als wäre er verwirrt. Ist das richtig?«

»Ja.«

»Und weiter?«

»Nachdem sie die Schale zerschlagen hatte, drehte er sich um und ging hinaus.«

»Und die Angeklagte?«

»Sie folgte ihm.«

»Haben Sie einen der beiden hinterher noch einmal gesehen?«

»Nein. Sie ließen niemanden an sich heran.«

»Einspruch.«

»Allerdings. Mr. Griglia?«

»Entschuldigung, Euer Ehren. Ich bin mit der Befragung fertig.«

Tina Claire wollte sich erheben.

»Bleiben Sie ruhig sitzen, junge Dame«, sagte der Richter zu ihr. »Ich bin sicher, die Verteidigung hat noch ein paar Fragen an Sie.«

Ryan sah auf die Uhr. Es war noch nicht einmal zwölf. Jetzt um eine Mittagspause zu bitten, wäre erfolglos gewesen.

»Könnten wir zehn Minuten bekommen, um uns zu besprechen, Euer Ehren?«

Corino sah nun ebenfalls auf die Uhr. »Aber nicht länger.«

Sie verließen den Saal und beratschlagten auf dem Flur, wie zu verfahren sei.

»Meine Güte, war das schrecklich«, sagte Jennifer.

Ryan bemerkte, daß sie geweint hatte. Im Eifer des Gefechts mit Griglia hatte er völlig vergessen, daß sie auch noch da war. Das einzige, was ihm jetzt in den Sinn kam, war, wie froh ihn diese Tränen machten. Den Geschworenen würden sie sicherlich nicht entgangen sein.

»Ja, es war schrecklich«, stimmte er ihr zu. »Und jetzt müssen wir darüber entscheiden, wer von uns beiden nachhakt.«

»Ich«, schlug Kassia Miller vor. »Wir müssen versuchen, sie durch eine Frau in Rage zu bringen.« Ryan unterdrückte seinen Drang das Kreuzverhör selbst in die Hand zu nehmen, denn sie hatte recht. »Einverstanden. Wie wollen Sie sie packen?«

»Jennifer, hat sie irgendwas ausgesagt, das sich nicht mit Ihren Erinnerungen deckt? Etwas, was Sie getan oder gesagt haben?«

»Ich weiß nicht.«

Ryan wollte schon losschreien, um sie zum Nachdenken zu zwingen, hielt sich dann aber zurück.

»Die Fakten allein helfen uns also nicht weiter, wenn wir sie bloßstellen wollen«, sagte er. »Es wäre schön, etwas zutage zu fördern, das uns die Tür zu ihrem Freund öffnet.« Er stellte noch immer das beste Beispiel für die Theorie der Verteidigung dar, daß ein aufgebrachter Nebenbuhler mit dem Mord zu tun haben könnte – Alibi hin oder her.

»Ich weiß nicht, ob das so leicht zu bewerkstelligen ist«, entgegnete Miß Miller, »aber ich werde es probieren.«

»Gut. Laßt uns schnell auf unsere Plätze zurückgehen und Corino friedlich stimmen.«

Der Richter setzte genau zehn Minuten nach Beginn der Pause die Verhandlung fort.

Miß Miller erhob sich und ging zum Pult.

»Guten Tag, Miß Claire. Mein Name ist Kassia Miller.«

»Hallo.«

»Die Befragung muß für Sie zum Teil sehr anstrengend gewesen sein. Da Sie jetzt aber ein paar Minuten Ruhe hatten, würde ich gerne noch einmal kurz auf den Anfang zu sprechen kommen.«

»Gut.«

»Diese Party, von der Sie sprachen, wurde uns zuvor als eine ziemlich große Festivität geschildert.«

»Keine Ahnung. Das kommt darauf an.«

»Wie viele Leute waren Ihrer Meinung nach da?«

»Das weiß ich nicht.«

»Würden Sie sagen, mehr als zehn oder zwölf?«

»Ja, deutlich mehr.«

»Würden Sie sagen, mehr als fünfzig?«

»Das weiß ich nicht. Ich habe sie nicht gezählt.« Sie lächelte – ein bescheidener Sieg.

»Waren Sie allein auf der Party?«

»Ich war als Ehrengast dort.«

»Waren Sie in Begleitung?«

»Ich komme gut selbst zurecht.«

Griglia meldete sich zum Wort. »Ich kann nicht erkennen, worauf die Verteidigung hinauswill, Euer Ehren.«

»Ich würde gerne die Sache auf den Punkt bringen, Euer Ehren.«

»Fahren Sie fort. Abgelehnt, Mr. Griglia.«

»Hatten Sie einen Begleiter?« fragte Miß Miller erneut.

»Nein.«

»Sind Sie mit irgend jemandem zusammen angekommen?«

»Daran erinnere ich mich nicht mehr.«

»Haben Sie die Party mit jemandem zusammen verlassen?«

»Und ob! Ein Haufen Polizisten war um mich herum.«

Im Gerichtssaal wurde schallend gelacht. Corino machte von seinem Hammer Gebrauch.

»Würde es Ihr Gedächtnis auffrischen, wenn Sie erfahren, daß mehrere Personen behauptet haben, Sie seien mit einem Mann namens Kenny Peters auf dem Fest gewesen?«

»Euer Ehren, ich erhebe Einspruch. Eine derartige Zeugenaussage liegt nicht vor.«

»Stattgegeben.«

»Nur weil ich manchmal mit ihm ausgehe ...«

Griglia sprang auf. »Würden Euer Ehren die Zeugin bitte belehren?«

»Sie dürfen die Frage nicht beantworten, wenn ich Mr. Griglias Einspruch stattgebe. Die Geschworenen werden Ihre Antwort nicht beachten.«

Ryan konnte Miß Millers Enttäuschung spüren. Sie versuchte es auf eine andere Weise.

»Haben Sie einen Freund?«

Tina Claire rutschte auf ihrem Stuhl hin und her. Jetzt wirkte sie nur noch verunsichert, nicht mehr sexy.

»Was meinen Sie genau?«

»Jemanden, der ganz oder zeitweise mit Ihnen zusammenlebt.«

»Nein.«

»Oder jemanden, mit dem sie regelmäßigen geschlechtlichen Umgang haben. Gibt es so jemanden?«

»Einspruch.«

»Mr. Griglia?«

»Das Privatleben der Zeugin hat hier nicht die geringste Bedeutung.«

»Hat es doch«, erwiderte Kassia Miller. »Nämlich dann, wenn es sich unmittelbar auf den Inhalt ihrer Aussage auswirkt. Wir würden dem Gericht gerne die Möglichkeit bieten, selbst darüber zu befinden.«

»Kommen Sie bitte zu mir«, sagte Corino. Erneut genossen der Busfahrer und der Maschinenbauer den Anblick von Tina Claire, als sie aus dem Zeugenstand geleitet wurde.

Griglia fing schon an zu reden, bevor er den Tisch des Richters erreicht hatte. »Euer Ehren, die Verteidigung versucht, in dieses Kreuzverhör Material einzubringen, das ausschließlich Teil der Beweisführung der Verteidigung ist und daher von einem *ihrer* Zeugen vorgebracht werden müßte – sofern es in diesem Gerichtssaal überhaupt etwas verloren hat. Es sei denn, die Gegenseite möchte Miß Claire zu ihrer eigenen Zeugin machen.«

»Eurer Ehren, selbst wenn wir Mr. Griglia in diesem Punkt nachgeben würden, was wir selbstverständlich nicht tun, bliebe Miß Claire aus unserer Sicht eindeutig eine Zeugin der gegnerischen Partei.«

»Gut, Miß Miller, machen Sie vorerst weiter. Aber falls Sie die Grenze des Erlaubten allzu deutlich überschreiten, werde ich auf der Stelle einschreiten.«

Sie wartete, bis sich die Zeugin wieder gesetzt hatte, und startete dann einen Angriff auf deren Glaubwürdigkeit. »Würde es Sie überraschen zu erfahren, daß auf der besagten Party Kokain entdeckt wurde?«

Sie grinste breit. »Nein, gar nicht.«

»Bevor Sie in den Zeugenstand getreten sind, haben Sie sich da mit Mr. Griglia getroffen?«

Eine Pause. »Ja.«

»Um über Ihre Aussagen zu sprechen?«

»Ja.«

»Oft?«

»Was verstehen Sie unter ›oft‹?«

Miß Miller ging nicht darauf ein. »Haben Sie auf dieser Party irgendwelche Drogen genommen?«

Sie wandte sich an den Richter. »Muß ich darauf antworten?«

»Ja.«

»Ich erinnere mich nicht mehr.«

»Kokain?«

»Ich erinnere mich nicht mehr.«

»Können Sie sich nicht erinnern, weil die Drogen Ihr Erinnerungsvermögen beeinflußt haben?«

»Das habe ich nicht gesagt!«

»Erinnern Sie sich denn normalerweise daran, wenn Sie Drogen genommen haben?«

»Ich nehme keine Drogen.«

Miß Miller betrachtete erst die Zeugin, dann die Geschworenen, dann wieder die Zeugin – genug Zeit, damit alle ihre Skepsis bemerken konnten.

»Überhaupt keine? Auch nicht in Gesellschaft? Nicht für Ihre Arbeit? Niemals? Ist das wahr?«

»Na ja ...«

»Also nehmen Sie gelegentlich Drogen. Stimmt das?«

»Ich gehöre doch nicht zu diesen bekifften Typen!«

»Euer Ehren ...«

»Die Jury wird diesen Ausfall nicht zur Kenntnis nehmen. Miß Claire, beantworten Sie ausschließlich die Frage.«

»Ja. Gelegentlich.«

»Und wenn Sie welche nehmen, erinnern Sie sich später daran?«

Sie erkannte die Falle. »Manchmal.«

»Aber jener Abend, an dem Ned Ryan ermordet wurde, gehört nicht zu den Fällen, an die Sie sich erinnern, oder?«

Keine Antwort. Die Künstlerin blickte zu Boden.

»Miß Claire?« half Kassia Miller nach. »Stimmt das?«

»Einspruch, Euer Ehren«, sagte Griglia.

»Stattgegeben.«

»Miß Claire, als Ned Ryans Frau sichtlich aufgebracht auf Sie zukam, um das zu unterbinden, was Sie gerade mit ihrem Ehemann anstellten – haben Sie da aufgehört?«

»Aufgehört womit?«

»Mit dem, was Sie in diesem Augenblick machten.«

»Ich, nun ... Ich ...«

»*Haben Sie aufgehört?* Ja oder nein.«

»Nein«, sagte sie trotzig. Die wahre Tina Claire.

»Sie haben keinen einzigen Gedanken daran verschwendet aufzuhören, nicht wahr?«

»Nein! Warum hätte ich auch?«

»Euer Ehren, ich erhebe Einspruch!« rief Griglia noch während der Antwort seiner Zeugin.

»Keine weiteren Fragen an diese Zeugin«, sagte Miß Miller voller Verachtung und setzte sich.

»Sonst noch etwas, Mr. Griglia?« fragte der Richter.

Griglia sah nachdenklich seine Zeugin an und überlegte offensichtlich, ob es einen Weg gab, sie in ein besseres Licht zu rücken. »Nein, Euer Ehren, nichts mehr.«

»Dann lassen Sie uns jetzt Mittagspause machen. Um zwei Uhr geht es weiter.«

## 10

Diesen Nachmittag und den nächsten Morgen benutzten Griglia und seine Kollegin Warneke, um mit Hilfe der Aussagen mehrerer Partygäste das Bild einer Ehe zu zeichnen, die voller öffentlich zur Schau gestellter Feindseligkeiten war. Ryan und Kassia Miller wechselten sich beim Kreuzverhör ab, wobei sie hervorhoben, daß Ned und Jennifer schon immer ein lebhaftes Paar gewesen waren und sich ihr Auftritt während der Party daher kaum von ihrem Verhalten bei anderen Gelegenheiten unterschieden hatte. Griglia legte fortlaufend Einspruch gegen Miß Millers Fragen ein, gab dabei jedoch acht, seine Stimme nicht allzusehr zu erheben, damit die Jury nicht glaubte, er wolle sie einschüchtern.

Als die Verteidigung am Abend zu ihrer täglichen Besprechung zusammenkam, äußerte Miß Miller den Verdacht, Griglia habe versucht, sie zu einer lauten, unbeherrschten Erwiderung zu provozieren. Ihrer Meinung nach hatte er den Geschworenen beweisen wollen, wie sehr eine Frau aufbrausen könne, wenn sie nur einen Anlaß dazu hätte. »Ein paarmal hätte er es beinahe geschafft. Doch habe ich immer noch rechtzeitig bemerkt, was er vorhatte.«

Griglias Zeugen am Morgen darauf waren Jennifers Freund vom Kinderhilfswerk, Ellis Turner, und eine Frau, die auf Jennifer zugeeilt war, als sie nach dem Abschied der Turners die Szene zwischen Ned und Tina Claire verfolgt hatte.

Die Frau, die in der Welt der Kunst und Unterhaltung gelegentlich als Journalistin tätig war, erwies sich unter der Führung des Bezirksstaatsanwalts als eine geübte Beobachterin von Menschen und Ereignissen. Ihre Beschreibung von Tina Claires unglaublichem Auftritt war die klarste, die die Jury bis dahin zu hören bekommen hatte. Als erste Zeugin wies sie darauf hin, daß Ned den Anschein gemacht habe, als hätte ihm das, was mit ihm angestellt wurde, durchaus gefallen. Entweder war er sogar selbst aktiv geworden oder hatte es zumindest willig mit sich geschehen lassen. Sie hatte den Vorfall von derselben günstigen Stelle aus beobachtet wie Jennifer.

»Wie reagierte die Angeklagte darauf?« fragte Griglia.

»Sie sagte: ›Dieser Bastard, ich bringe ihn um.‹«

»Das waren ihre genauen Worte?«

»Ja.«

»Ihre Zeugin«, sagte Griglia an die Verteidigung gerichtet.

Nach einigen mehr oder weniger belanglosen Eingangsfragen wurde Ryan deutlich. »Haben Sie jemals in einem Augenblick des Zorns gesagt ›Ich werde ihn umbringen‹ oder ›Ich werde sie umbringen‹?«

»Nein.«

»Haben Sie schon einmal jemand anderen so etwas sagen gehört?«

»Ich glaube nicht.«

»Lassen Sie es mich anders ausdrücken. Haben Sie jemals den Ausdruck ›den Unparteiischen aufhängen‹ gehört?«

»Ist das ein Begriff aus dem Baseball?«

Als er feststellte, daß ihre negative Reaktion nützlicher für ihn sein konnte als die realistischere und glaubwürdigere Antwort, die er erwartet hatte, suchte Ryan nach einem Weg, diese Stellungnahme zu verwerten.

»Ich danke Ihnen«, sagte er mitten in der Befragung. »Das ist alles.«

Griglia wandte sich erneut an sie. »Sagte die Angeklagte noch etwas?«

»Nein – sie sagte: ›Dieser Bastard, ich bringe ihn um‹, stürmte dann in das Zimmer und begann auf ihn einzureden. Ich konnte nicht verstehen, was sie zu ihm sagte. Und dann zerschlug sie eine Schale.«

»Als sie sagte, ›dieser Bastard, ich bringe ihn um‹ – lächelte sie dabei?«

»Nein. Sie war wie rasend.«

Griglia machte eine kleine Pause, um die letzte Bemerkung wirken zu lassen. Dann dankte er der Zeugin und nahm wieder Platz.

Am Nachmittag hörte die Jury die Aussagen der Künstlerin, die sich selbst lediglich Karen nannte.

Griglia ließ sich Angaben zur Person machen und wollte dann wissen, ob sie Ned Ryan gekannt habe. Das war der Fall.

»Wie gut kannten Sie ihn?«

»Wir liebten uns.«

»Wie lange waren Sie zusammen?«

»Ein paar Monate.«

»Wie oft trafen Sie sich?«

»Ein, zweimal die Woche.«

Das stimmt doch gar nicht, dachte Ryan. Mir hat sie gesagt, einmal im Monat.

»Wie fing es an?«

»Hugo Hill machte uns miteinander bekannt, weil er – also Ned – an meinen Kunstwerken interessiert war und mich kennenlernen wollte.«

Corino gab Ryans Einspruch statt, den er gegen ihre Bemerkung über Neds Wünsche erhoben hatte. Behutsam brachte Griglia nun ans Tageslicht, daß Ned schon bei ihrer ersten Begegnung eindeutige Annäherungsversuche gemacht hatte. Und die Zeugin behauptete, sie sei von ihm überrumpelt worden.

Wieder konnte Ryan kaum glauben, was er da zu hören bekam.

»Haben Sie mit ihm über seine Frau und seine Ehe gesprochen?«

»Oft.«

Auch das ist falsch. Das alles stimmt hinten und vorne nicht, sagte sich Ryan.

Die nächste Stunde bestand aus einem Schlagabtausch zwischen Ryan und Griglia über die Frage, inwieweit Karen dazu imstande sei, Neds Ansichten über seine Ehe wiederzugeben.

Griglia überzeugte den Richter, eine bestimmte Aussage zuzulassen, von der er unbedingt wollte, daß die Geschworenen sie hörten. Der Zeugin zufolge hatte Ned nämlich mehrmals gesagt, falls er nicht vorsichtig sei, würde seine Frau ›es ihm zeigen‹.

»Kam es zu einer Kontaktaufnahme zwischen Ihnen und Ned Ryans Ehefrau?«

»Ja. Sie rief mich an.«

»Können Sie uns etwas über den Inhalt dieses Gesprächs berichten?«

»Ja. Sie sagte, wenn Ned wüßte, was gut für ihn sei, würde er mich nie wieder treffen.«

»Was meinte sie Ihrer Ansicht damit?«

Ryan erhob Einspruch, weil er angesichts Jennifers übertriebener Ausdrucksweise schon ahnte, was jetzt folgen würde.

»Stattgegeben.«

»Ich werde die Frage umformulieren. Könnten Sie uns irgend etwas über den Inhalt dieser Unterhaltung mitteilen oder über die Stimmung der Angeklagten, ohne die besondere Bedeutung der verwendeten Worte zu kommentieren?«

»Es war eine Drohung.«

»Einspruch.«

»Abgelehnt.«

»An wen war sie gerichtet?«

»So wie ich es verstanden habe, war Ned damit gemeint. Sie sagte, ich solle ihm ausrichten, es sei besser für ihn, sich von mir fernzuhalten.«

»Was geschah danach?«

»Ich berichtete ihm von dem Telefonat und ließ ihn wissen, daß mir gar nicht wohl dabei sei. Schließlich war ich nicht dazu da, Drohbotschaften von seiner Frau entgegenzunehmen.«

»War das das einzige Gespräch, das Sie mit ihr hatten?«

»Nein. Ungefähr einen Monat später rief sie wieder an.«

»Wann genau war das?«

»Einige Monate vor Neds Ermordung.«

»Und wie verhielten Sie sich?«

»Ich sagte ihm, er solle sich aus dem Staub machen, bis er sein Privatleben in Ordnung gebracht habe.«

»Sahen Sie ihn anschließend nochmals?«

»Nein. Ich redete lediglich mit ihm. Er rief an, um mir mitzuteilen, daß er kommen würde. Daraufhin fragte ich ihn, ob er die Sache mit seiner Frau geklärt habe. Er sagte zwar ›ja‹, aber es klang nicht sehr überzeugend.«

Ryan erhob Einspruch.

»Stattgegeben. Bitte nur die Worte, nicht Ihre Gedanken.«

»Er sagte ›ja‹, und ich entgegnete, wenn er die Wahrheit sage, sei er willkommen.«

»Wie ging es weiter?«

»Gar nicht. Ich sah ihn niemals wieder.«

»Ich danke Ihnen. Ihre Zeugin.«

Ryan brauchte einen Moment, um die Aufzeichnungen seiner früheren Unterhaltung mit Karen vor Miß Miller auf den Tisch zu legen. »Hallo, Miß Karen«, sagte er in einem Ton, den er für freundlich hielt.

»Hallo.«

»Miß Karen, erinnern Sie sich daran, daß ich Ihnen vor einigen Monaten einen Besuch abgestattet habe?«

»Ja.«

»Haben wir uns damals unterhalten?«

»Ja.«

»Und sprachen wir über Sex?«

»Ja.«

»Sex zwischen wem?«

»Zwischen mir und Ihrem Sohn.«

»Euer Ehren!« rief Griglia.

»Streichen Sie das aus dem Protokoll«, wies Corino die Gerichtsstenografin an. »Die Geschworenen werden diese Aussage nicht zur Kenntnis nehmen. Ich erinnere die Zeugin daran, daß Mr. Ryan hier ausschließlich als Vertreter der Verteidigung steht. Mr. Griglia, das ist *Ihre* Zeugin. Sie sollten auf eine bessere Kontrolle bedacht sein.«

»Ja, Richter.«

»Miß Karen, was sagten Sie mir damals über den Anfang Ihrer sexuellen Beziehung zu Ned?«

Sie machte eine Pause und tat, als müsse sie nachdenken. »Daran erinnere ich mich nicht mehr.«

»War es dasselbe, was Sie soeben dem Staatsanwalt erzählt haben?«

»Ich erinnere mich nicht mehr. Ich nehme an, es war dasselbe.«

Ryan ging vom Pult zum Tisch der Verteidigung zurück und ließ sich von Kassia Miller seine Notizen reichen.

»Miß Karen, kann es sein, daß Sie sagten« – er sah in seine Unterlagen –, »daß er warmherzig und anschmiegsam war, daß die Chemie zwischen ihnen stimmte und es dann einfach passierte?«

Sie starrte auf seine Aufzeichnungen, als wollte sie deren Inhalt erraten.

»Miß Karen?«

»Vielleicht.«

»Daß er warm und anschmiegsam war, daß die Chemie zwischen ihnen stimmte und es dann einfach passierte.«

»Es kann sein, daß ich es Ihnen gegenüber so formuliert habe.«

»Und sagten Sie mir ebenfalls, Sie beide hätten nie über seine Frau gesprochen?«

»Das weiß ich nicht mehr.«

»Aber es ist möglich, daß Sie das sagten?«

»Ja, möglich ist es.« Je geringer ihre Geduld wurde, desto mehr schwand ihr Charme.

»Und es ist möglich, daß Ihre sexuelle Beziehung zu Ned Ryan so begann, wie ich es gerade beschrieben habe – so, wie Sie es mir früher berichteten. Es passierte einfach, weil er warm und anschmiegsam war.«

»Kann sein! Alles ist möglich.«

»Haben Sie viele Bekanntschaften dieser Art?«

»Nein.«

»Viele sexuelle Begegnungen mit verschiedenen Männern?«

Verärgert sah sie ihn an.

»Es tut mir leid. Ich werde die Frage zurückziehen.« Er lächelte. »Eine attraktive Frau hat doch so viele Gelegenheiten. Viel zu viele Männer, die hinter ihr her sind.«

»Euer Ehren«, sagte Griglia und stand gemächlich auf.

»Haben Sie noch eine konkrete Frage in diesem Zusammenhang, Mr. Ryan?« fragte der Richter.

Ryan nahm die erwartete Zurechtweisung mit einem leichten Kopfnicken hin und fuhr dann fort. »Miß Karen, werden Sie häufig belästigt? Kommen die Männer mit bestimmten Absichten auf Sie zu?«

»Ja …«, sagte sie ein wenig erschöpft.

»Auch, wenn Sie das gar nicht wollen?«

»Ja.«

»Freut Sie das?«

»Nein.«

»Schmeichelt Ihnen das nicht?«

»Nein, es ist abstoßend.«

»Einspruch, Euer Ehren. Ist das von unmittelbarer Bedeutung?«

»Mr. Ryan?«

»Wenn Euer Ehren mir die Möglichkeit einräumen würden, ein paar weitere Fragen zu stellen …«

»Ein paar.«

»Danke, Euer Ehren. Miß Karen, würden Sie sagen, daß Sie es gelernt haben, sich eines Mannes erwehren?«

»Frauen müssen das können.«

Ryan hielt den Atem an, weil er einen erneuten Einspruch von Griglia erwartete. Aber aus irgendeinem Grund verpaßte dieser die Gelegenheit, und Ryan ging schnell zur nächsten Frage über. »Ist die Behauptung gerechtfertigt, daß Sie nur dann mit einem Mann Umgang pflegen, wenn *Sie* es wollen?«

»Wenn ich nicht will, dann kommt auch nichts zustande.«

»Dann ist es also gerechtfertigt zu behaupten, daß Sie das Verhältnis mit Ned Ryan gewollt haben? Daß es auf Gegenseitigkeit beruhte?«

»Ich denke schon.«

»Sie waren daran also ebenso beteiligt wie er?«

»Sie meinen, ob ich das arme Lamm verführt habe?«

Ryan machte einen überraschten Eindruck. »Haben Sie denn?«

Karen holte tief Luft, um ihm etwas Barsches an den Kopf zu werfen, hielt sich dann aber doch zurück. Sie sah zu Griglia hinüber. Ryan drehte sich um, weil er dessen Reaktion mitbekommen und *diesen* Punkt bei der Jury für sich holen wollte.

Der Bezirksstaatsanwalt betrachtete seine Fingerspitzen und versuchte, möglichst teilnahmslos dreinzublicken.

»Ach, zum Teufel«, sagte Karen. »Was weiß ich, wer die Initiative ergriffen hat! Es war alles sehr unschuldig. So, als ob man ins Kino geht. Ich hatte mit manch anderen Leuten, denen ich nicht einmal einen Gutenachtkuß gegeben habe, ein engeres Verhältnis. Einen Typ gab es da, mit dem ich monatelang zusammen war, den ich *liebte* – und wir haben uns nicht ein einziges Mal berührt. *Dessen* Frau hätte Grund gehabt, sich aufzuregen.«

»Danke, Miß Karen, das ist alles.«

»Mir ist da noch etwas eingefallen, Euer Ehren.« Griglia erhob sich hinter dem Tisch der Staatsanwaltschaft. »Miß Karen, Sie nannten Ihre Beziehung gerade eben ›unschuldig‹. Aber Sie haben doch auch ausgesagt, daß Sie und Ned Ryan eine Affäre hatten?«

»Ja.«

»Und stimmt das?«

»Ja.«

»Machte er Ihres Wissens Anstalten, diesen Umstand zu verheimlichen?«

»Nein.«

»Nicht einmal vor seiner Ehefrau?«

»Nicht daß ich wüßte.«

»Ich danke Ihnen. Ich habe keine weiteren Fragen.

»Das mit Karen habe ich wirklich in den Sand gesetzt«, sagte Ryan, nachdem Jennifer abends das Büro verlassen hatte.

»Es war ein furchtbares Kreuzverhör«, sagte Miß Miller. »Dabei haben Sie sich noch nicht einmal Ihre Fragen vorher notiert.«

Ryan faßte den kleinen Seitenhieb als Kompliment auf, war aber nicht in der Stimmung, darauf einzugehen. »Sie saß da oben im Zeugenstand, log über ihr Verhältnis zu Ned und machte mich so wütend, daß ich einfach nicht widerstehen konnte, die ganze Wahrheit aus ihr herauszuhämmern – und zwar lange, nachdem ich ihre Glaubwürdigkeit in Frage gestellt hatte. Der Wahrheit mag's guttun, vielleicht. Unserem Fall dagegen nicht.«

»Wer auch immer den ersten Schritt getan haben mochte: Neds Affäre mit Karen stellte ein weiteres Motiv für Jennifers angeblich mörderischen Zorn dar. Das ausgedehnte Kreuzverhör hatte dazu geführt, daß dieser Aspekt länger als notwendig vor den Geschworenen ausgebreitet worden war. Auch hätte die Zeugin schon viel eher entlassen werden sollen.«

»Das Schlimmste daran ist«, fuhr Ryan fort, »daß ich das von uns entworfene Bild eines Ned beschädigt habe, der die Frauen anderer Männer verführt. Das schwächt unsere Absicht, es so darzustellen, daß ein Haufen blutdürstiger gehörnter Ehemänner ihm auf den Fersen gewesen sein könnte.«

Seine Kollegin zerknüllte einen Zettel ihres Notizblocks und warf ihm den kleinen Ball an den Kopf.

»Schalten Sie mal ab, Mr. Ryan. Morgen ist ein neuer Tag.«

## 11

Ryan stand früh auf, um ausdauernd ein paar Runden zu schwimmen. Als er später mit Miß Miller und Jennifer im Gericht eintraf, fühlte er sich frisch und munter.

Sie gingen zwischen den eckigen, fast zehn Meter hohen Granitpfeilern hindurch, die keine tragende Funktion hatten, sondern lediglich ein symbolisches Tor zum Vorhof des Gerichtsgebäudes bildeten – und liefen Allen Crown in die Arme. Der Durchgang war hier zu schmal, als daß Ryan ihm hätte ausweichen können.

»Mr. Ryan, wie mir zu Ohren gekommen ist, soll der Bezirksstaatsanwalt gesagt haben, daß er gar nicht verlieren kann, solange Sie mit der Verteidigung beauftragt sind.«

Ryan drehte sich um und wollte wieder zurückgehen. Doch hinter ihm drängten zu viele Menschen nach. Es gab kein Entrinnen.

Crown plapperte munter weiter. »Er sagte, wenn ich Ryan nicht besiegen kann, lasse ich in aller Öffentlichkeit die Hosen runter.«

Zum erstenmal war Ryan froh darüber, daß sein Ärger ihn schier sprachlos machte. Er drängte sich an Crown vorbei.

Griglia rief Susan Spada in den Zeugenstand. Hier machte sie einen noch vergeistigteren Eindruck als in ihrer eigenen Wohnung – der Gerichtssaal und alles, was sich darin befand, wirkte im Gegensatz zu ihr grob und ungeschlacht.

Ja, auch sie war auf der Party gewesen, antwortete sie auf die Frage der Staatsanwaltschaft, und sie hatte Ned Ryan durch Hugo Hill kennengelernt. Ned Ryan hatte versucht, sich ihr in sexueller Absicht zu nähern, wobei er Dinge vorschlug, an denen sie kein Interesse gehabt hatte. Daher hatte sie ihn abgewiesen, ohne ihn jedoch dabei zu verletzen, war er doch für Hill und für sie selbst ein wichtiger Mäzen gewesen.

Auf der Party hatte sie ganz in der Nähe des Buffets gestanden, unweit von Ned und Tina Claire, die sie ebenfalls über Hugo Hill kennengelernt hatte. In diesem Moment war die Angeklagte sehr aufgebracht an ihr vorübergerauscht. Klar und deutlich hatte sie gehört, was die Angeklagte gesagt hatte: »Du Bastard, wie kannst du mir das antun? Glaubst du, daß du mir so einfach davonkommst? Ich werde das nicht mehr länger hinunterschlucken. Dir werd' ich's zeigen. Ich schwöre, das wird dir noch leid tun.«

»›Dir werd' ich's zeigen‹?« fragte Griglia. »Waren das wirklich ihre Worte?«

»Ja, genau.«

»›Ich schwöre, das wird dir noch leid tun‹?« wiederholte Griglia die Aussage, um sicherzugehen, daß die Geschworenen nichts überhören würden.

»Ja.«

»Sagte sie sonst noch etwas?«

»›Denkst du, daß du mich so demütigen kannst? Das war's.‹«

»›Das war's‹?«

»Ja.«

»War das alles?«

»Nein. Er wandte sich von ihr ab und nahm ein paar Pasteten in die Hand, Empanadas, glaube ich. Sie befanden sich in einer Schale, die auf dem Tisch stand.«

»Was machte die Angeklagte?«
»Sie griff nach dieser Schale und zertrümmerte sie auf dem Tisch.«
»Hielt sie sie dabei weiterhin in der Hand?«
»Nein, sie warf sie.«
»Als sie zerbrach, befand sich da die Hand der Angeklagten in der Nähe der Schale?«
»Nein.«
»Sagte sie anschließend irgend etwas?«
»Sie sagte: ›Paß bloß auf. Das nächste Mal ist es keine Schale mehr.‹«
»Hielten Sie das für eine Drohung?«
Ryan erhob Einspruch. Corino entschied zu seinen Gunsten.
Daraufhin versuchte es Griglia noch einmal: »Wie würden Sie das Verhalten der Angeklagten beschreiben?«
»Bedrohlich.«
Ryan erhob erneut Einspruch.
Da er aber sein Ziel ohnehin erreicht hatte, sagte Griglia einfach nur: »Danke, Miß Spada.« Und an Ryan gerichtet: »Ihre Zeugin.«
Ryan, wegen Allen Crown noch immer auf hundertachtzig, war froh, daß sie vereinbart hatten, Miß Miller dieses Kreuzverhör führen zu lassen. Sie hatten sich dazu entschlossen, weil sie glaubten, die Fragen seiner zierlichen Kollegin würden auf die empfindsame Miß Spada weniger belastend wirken, als wenn Ryan ihr dieselben Fragen gestellt hätte.
»Waren Sie je verheiratet, Miß Spada?« fragte sie.
»Nein.«
»Verlobt?«
»Nein!«
»Hatten Sie jemals einen festen Freund?«
Noch bevor Griglia Einspruch erheben konnte, antwortete Susan Spada: »Ich bin homosexuell.«
Kassia Miller ging kommentarlos zur nächsten Frage über: »Sie sagten, daß Sie Tina Claire kennen?«
»Ja.«
»Und Sie waren auch mit ihren Arbeiten vertraut?«
»Ja«, erwiderte sie geringschätzig.
»Haben Sie jemals eine sexuelle Beziehung zu ihr unterhalten?«
»Einspruch«, sagte Griglia, »das ist irrelevant.«
»Die Frage zielt auf die Glaubwürdigkeit der Zeugin, Euer Ehren.«

»Ich lasse die Frage zu. Abgelehnt.«

»Hatten Sie jemals eine sexuelle Beziehung zu ihr?«

»Im Leben nicht.«

»Wie würden Sie ihr Verhalten bezeichnen, als Mrs. Ryan zu erkennen gab, wie entrüstet sie über das war, was Miß Claire mit ihrem Mann veranstaltete?«

»Wessen Verhalten?«

»Tina Claires.«

»Es schien sie nicht zu kümmern.«

»Würden Sie sagen, daß es ihr gefiel oder daß sie aufgekratzt oder erregt war?«

»Was denn nun?«

»Einer der drei Begriffe würde schon ausreichen.«

»Nein.«

»Können Sie sich daran erinnern gesagt zu haben, daß Miß Claire durch Mrs. Ryans Reaktion erregt wurde?« Die Frage kam wie zufällig, ohne besondere Betonung.

Susan Spada wollte anscheinend abstreiten, jemals so etwas geäußert zu haben. Aus irgendeinem Grund betrachtete sie dann aber Miß Miller eingehender, die ihren Blick unerschütterlich erwiderte.

»Das könnte sein«, räumte sie ein.

»Mit ›erregt‹ – meinten Sie da sexuell?«

»Auch das könnte sein.«

»Erregt, weil Mrs. Ryan aufgebracht war über das Verhalten von Miß Claire?«

»Einspruch.«

»Stattgegeben.«

»Hatten Sie den Eindruck, daß sich Miß Claire um die Reaktion der anderen in dem Raum Anwesenden kümmerte?«

»Einspruch.«

»Stattgegeben.«

»Würde es Sie überraschen, wenn Sie erfahren, daß in den Räumlichkeiten, in denen die Party stattfand, Drogen gefunden wurden?«

»Überraschen? Nein.«

»Hatten Sie den Eindruck, daß einige der Gäste Drogen genommen hatten?«

»Ein paar.«

»Alkohol?«

»Ein paar.«

»Gab es Betrunkene?«
»Es war eine Party.«
»Waren Sie es auch?«
»Was?«
»Betrunken.«
»Nein.«
»Nahmen Sie während des Festes Drogen oder am Tag beziehungsweise in der Nacht zuvor?«
»Belaste ich mich damit nicht selbst?«
»Richter, könnten Sie der Zeugin bitte helfen?«
»Es ist kein Vergehen, wenn Sie sagen, daß Sie oder jemand anderes in der Vergangenheit Drogen konsumiert haben.«
»Danke, Euer Ehren. Nun, Miß Spada, hatten Sie irgendwelche Rauschmittel oder andere verschreibungspflichtige Drogen während der letzten sechsunddreißig Stunden vor der Party eingenommen?«
»Nein.«
»Gar keine?«
»Gar keine.«
»Aß Ned Ryan die kleinen Empanadas, die er aus der besagten Schale nahm?«
»Ob er ... o ja, ich glaube, er hat davon gegessen.«
»Die Antwort lautet also ja?«
»Ja, ich glaube schon.«
»Ja, er aß davon.«
»Ja.«
»Sahen Sie ihn dabei?«
Sie überlegte einen Moment. »Ja.«
»Sie sagten vor wenigen Augenblicken, daß Sie bei dieser Party Gäste beobachtet hätten, die aussahen, als hätten sie Drogen konsumiert. Stimmt das?«
»Wenn ich es so ausgedrückt habe.«
»Wen?«
»Bitte?«
»Wen? Wen sahen Sie auf der Party, der solche Anzeichen aufwies?«
»Verlangen Sie von mir, Namen zu nennen?«
»Ich verlange, daß Sie die Frage beantworten.«
»Das werde ich nicht.«
»Richter?«

Corino neigte sich über seinen Tisch zu der Zeugin hinunter. »Das hier ist keine politische Inquisition, sondern ein Mordprozeß. Sie müssen diese Frage beantworten.«

»Das werde ich nicht tun.«

»Denken Sie lieber noch einmal darüber nach, bevor Sie sich entscheiden. Sollten Sie nämlich nicht antworten, werde ich Sie wegen Mißachtung des Gerichts zu einer Gefängnisstrafe verurteilen. Dann können Sie *dort* weiter darüber nachdenken.«

Griglia stand auf. »Ich erhebe Einspruch gegen die ganze Art und Weise der Befragung.«

»Euer Ehren«, entgegnete Miß Miller rasch, »ich halte es für wichtig, dies nicht in Gegenwart der Zeugin zu diskutieren.«

»Dem stimme ich zu«, sagte Corino.

»Ich werde die Frage beantworten«, lenkte Susan Spada ein.

»Mein Einspruch steht.«

»Abgelehnt. Machen Sie weiter, beantworten Sie die Frage.«

»Ich erinnere mich nicht mehr.«

»Sie erinnern sich nicht mehr! Soeben haben Sie ausgesagt, daß einige Leute high waren. Wie können Sie eine derartige Aussage machen, ohne zu wissen, um wen es sich dabei handelte?«

»Ich hatte allgemein den Eindruck, daß einige der Gäste high waren. Aber es waren viele Leute dort, die ich gar nicht kannte, und ich habe nun wirklich nicht darauf geachtet, welche dieser Leute etwas genommen haben könnten oder nicht. So richtig erkennt man das sowieso meistens nicht.«

»Ihnen fällt also keine einzige Person ein, deren Verhalten Ihnen von Drogen oder Alkohol beeinflußt schien?« Miß Millers Stimme klang verblüfft. »Keine einzige?«

»Ich glaube nicht.«

»Was ist mit Tina Claire?«

Susan Spada setzte ein strahlendes Lächeln auf. »Vielleicht. Ja. Vielleicht Tina Claire.«

»Danke, das ist alles.«

Griglia war auf den Beinen. »Miß Spada, wie kommen Sie darauf, daß Tina Claire ...?« Er unterbrach sich selbst mitten im Satz. »Ich ziehe die Frage zurück«, sagte er schließlich und setzte sich.

Susan Spada saß auf ihrem Stuhl und wartete.

»Das ist alles«, sagte Corino zu ihr. »Sie können den Zeugenstand jetzt verlassen.«

»Michael«, sagte Jennifer, als sie im Wagen saßen und auf dem Weg ins Büro waren. Er drehte sich auf dem Vordersitz um, so daß er sie ansehen konnte. »Diese Sache mit dem Bezirksstaatsanwalt – was Allen Crown heute morgen sagte ...«

O Gott, dachte Ryan, das mußte ja kommen. »Ja?« sagte er und bemerkte noch, bevor sie weitersprach, daß er ihr im Laufe der vergangenen Tage innerlich wieder nähergekommen war. Vielleicht hatte die Entdeckung von Harry, dem Bandito, etwas dazu beigetragen. Immerhin war er auf der Party gewesen und mußte irgend etwas angestellt haben, das ihm eine Herzattacke eingebracht hatte.

Seine Gefühle gegenüber Jennifer hatten nichts mit Liebe zu tun, dachte er. Es war eher etwas wie Sympathie, Einfühlsamkeit, Mitleid. Wie schwer dieser ganze Prozeß doch auf ihr lasten mußte!

»Ich glaube, das ist alles Unsinn«, fügte sie hinzu. »Selbst wenn Griglia das gesagt haben sollte, ist es bloß ... ich weiß nicht genau, irgendeine Art von Taktik. Ich hoffe nur, daß du dir darüber keine Sorgen machst.«

»Danke. Ich freue mich, das von dir zu hören.«

BEZIRKSSTAATSANWALT SAGT LEICHTEN SIEG VORAUS. RYAN KEIN GEGNER kommentierte die Abendausgabe von Crowns Zeitung mit ihrem Aufmacher die Gerüchte rund um Griglias Büro. Crown hatte gründliche Recherchen als Ausgangspunkt für Spekulationen und Unterstellungen mißbraucht. Er hatte nicht nur einen, sondern sogar gleich zwei von Ryans ehemaligen Mitarbeitern im Fall Gibson aufgespürt und sie berichten lassen, welche Pfuscharbeit sich Ryan damals geleistet hatte.

Ryan hätte das Geschmiere am liebsten mit einem Achselzucken abgetan, was ihm aber nicht gelang. Alles klang so glaubhaft. Er konnte schon hören, wie Griglia sich darüber das Maul zerriß. Das war das Schlimmste. Nicht daß Griglia sich darüber seine Gedanken machen, sondern daß er es laut und deutlich kommentieren könnte – und vielleicht sogar lachen würde.

Die Vorstellung, Franky Griglia könnte sich darüber lustig machen, was für ein Versager Michael Ryan sei, öffnete bei ihm ein Schleusentor. Wut strömte hindurch, eine bislang ungekannte Wut, eine Wut, die bis in die Zeit des Jurastudiums zurückreichte, zu der großspurigen und mutwilligen Art und Weise, in der Griglia die Präsentation ihrer gemeinsam ausgearbeiteten Stellungnahme zu einem Fallbeispiel torpediert hatte. Ein ganzes Jahr mühevoller Arbeit hatte Ryan damals investiert, weil er es für den besten Weg gehalten hatte, sich aus der Masse der Studenten herauszuheben. Diese Wut hatte sich während einer jahrelangen Rivalität aufgestaut, die eigentlich Jahre der Zusammenarbeit hätten sein können, sein müssen. Zehn Jahre, in denen Griglia niemals auch nur eine Handbreit nachgegeben hatte, wenn die Vollzugsgewalt der staatlichen und der Bundesbehörden abwechselnd zum Vorteil der jeweils anderen Seite eigentlich hätte zurückhaltend agieren sollen.

Joey Baldasaro hatte lediglich das Faß zum Überlaufen gebracht: Griglia hatte sich nach dem Ruhm gesehnt, einen großen Drogenhändlerring auffliegen zu lassen, obwohl Ryan ihn dringend darum ersucht hatte, so lange zu warten, bis er seine Ermittlungen vollständig abgeschlossen und seinen Informanten in Sicherheit gebracht hatte.

Es hatte mit einer Katastrophe geendet. Die Hälfte von Griglias Zielpersonen war der Polizei im letzten Moment entwischt. Baldasaro, der von seinen Kumpanen bereits verdächtigt wurde, mit Griglias Aktion aber in keinerlei Verbindung stand, war bis zum Brustbein aufgeschlitzt in einer Straße der West Side gefunden worden – man hatte ihn für den Verrat eines anderen bezahlen lassen. Und Ryans Anklage gegen fünfzehn Bandenchefs war letztendlich gescheitert, da Baldasaros Zeugenaussage dafür unerläßlich gewesen war.

Ryan war sich bewußt, daß er achtgeben mußte, damit sein Verlangen, Griglia in den Staub zu treten, nicht übermächtig wurde. Er hatte schon andere Rechtsanwälte sich zu sehr in derlei persönliche Animositäten verheddern sehen und miterlebt, wie sie ihr Urteilsvermögen dabei verloren hatten.

## 12

Griglias Attraktion am Donnerstag morgen war Nicholas Maclean, ein großgewachsener, drahtiger Mann Ende Dreißig mit blonden Haaren. Er trug den für die Wallstreet üblichen Anzug, der so ausgezeichnet geschneidert war, daß er wie eine zweite Haut wirkte.

Griglia stellte ihn den Geschworenen als einen Mann vor, der gemeinsam mit der Angeklagten für das Kinderhilfswerk Wohltätigkeitsarbeit geleistet hatte. Maclean sagte aus, er und die Angeklagte seien sich nähergekommen, als diese damit begonnen hatte, sich über ihren Ehemann zu beklagen.

»Hat sich danach ihr Verhältnis zu der Angeklagten irgendwann einmal verändert?«

»Ja.«

»Wie?«

»Wir haben uns ineinander verliebt.«

Ryan, dem bekannt war, was nun folgen würde, betrachtete während Macleans Ausführungen die Jury. Auch von den Geschworenen schienen einige die Antwort bereits geahnt zu haben. Constable, zum Beispiel. Der zum Dichter berufene Ingenieur erwies sich immer deutlicher als einer der aufmerksamsten Geschworenen. Dagegen gehörten vor allem der Busfahrer und der Verkäufer aus dem Büroeinrichtungsgeschäft zu den Jury-Mitgliedern, die von Macleans Mitteilungen völlig überrascht wurden. Beide warfen Jennifer böse Blicke zu, als sie von ihrem Verhältnis zu diesem Mann erfuhren.

»Wie oft sahen Sie sich?« fragte Griglia.

»Ungefähr einmal die Woche.«

»Hatten Sie im Laufe ihres Verhältnisses auch Gelegenheit, über die Ehe der Angeklagten zu sprechen?«

»Einspruch«, sagte Ryan. »Der Staatsanwalt beeinflußt seinen Zeugen.«

»Stattgegeben.«

»Worüber sprachen Sie miteinander?«

»Über vielerlei.«

»Können Sie ein paar Beispiele nennen?«

»Wir unterhielten uns über ihre Ehe.«

»Und wie äußerte sie sich darüber?«

»Einspruch. Hörensagen.«

»Mich interessiert lediglich der Umstand, daß darüber tatsächlich gesprochen wurde, Euer Ehren«, entgegnete Griglia. »Und was sich daraus hinsichtlich des Geisteszustands der Angeklagten und ihrer damaligen Absichten schließen läßt

»Ich lasse die Frage zu.«

»Sie sagte, sie habe die Nase voll, Ned dürfe sie nicht länger so rücksichtslos behandeln. Sie sagte, er sei ein Taugenichts, der es nicht verdiene zu leben … Reicht das oder wollen Sie noch mehr hören?«

Maclean hatte das alles monoton heruntergeleiert, als wolle er vor sich selbst oder anderen gegenüber leugnen, daß die ganze Angelegenheit für ihn mit irgendwelchen Gefühlen verbunden war.

»Waren diese Bemerkungen allgemeiner Art oder bezogen sie sich auf bestimmte Vorfälle?«

»Sowohl als auch. Mitunter gab es Zwischenfälle, die derartige Behauptungen auslösten, und dann wieder waren es eher allgemeine Bemerkungen.«

»Könnten Sie einen solchen Zwischenfall einmal genauer beschreiben?«

»Als wir uns einmal trafen, teilte sie mir mit, daß sie vor kurzem mit ihrem Mann auf einer Party gewesen sei, auf der er sich vor ihren Augen an eine andere Frau herangemacht habe.«

»Ich muß Sie unterbrechen«, sagte Griglia hastig, als Ryan sich erhob, um Einspruch zu erheben. »Waren Sie ebenfalls auf jener Party?«

»Nein.«

»Sagen Sie hier, sofern Sie es beurteilen können, über die Geschehnisse auf jener Party aus?«

»Nein.«

»Danke sehr. Entschuldigen Sie die Unterbrechung.«

»Schon in Ordnung. Sie sagte also, er habe sich an diese Frau herangemacht. Dazu meinte sie, es sei schon schlimm genug, wenn er es hinter ihrem Rücken täte. Aber falls er es nochmals in aller Öffentlichkeit wagen sollte, wäre er erledigt – das wäre dann das Ende.«

»Ich möchte sichergehen, daß ich Sie richtig verstanden habe. Sie sagte: ›Falls er es nochmals in aller Öffentlichkeit wagt, ist er erledigt – das ist dann das Ende.‹ Waren das ihre genauen Worte?«

»Ja. Und dann sagte sie noch: ›Falls er das noch einmal wagt, bringe ich ihn um, so wahr ich hier stehe.‹ Das kann ich beschwören.«

»Ich danke Ihnen, Mr. Maclean. Das ist alles.«

Ryan saß regungslos da. Corino blickte ihn von seinem Podium aus verwundert an und fragte: »Mr. Ryan? Haben Sie irgendwelche Fragen an den Zeugen?«

»Ja, Euer Ehren.«

Er befragte ihn zunächst über das Kinderhilfswerk; um was es sich dabei handelte, was er dort machte und welche Aufgabe Jennifer zugekommen war. Diese einfachen, unverfänglichen Fragen halfen Ryan, zum Kern der Sache vorzudringen. »Sie sagten, Sie und Mrs. Ryan seien verliebt gewesen.«

»Das ist richtig.«

»Wie lange dauerte ihr Verhältnis?«
»Ein halbes Jahr.«
»Dann endete es also rund sechs Monate vor Ned Ryans Ermordung.«
»Ja.«
»Würden Sie sagen, das Mrs. Ryan ein begeisterungsfähiger Mensch ist?«
»Was meinen Sie damit?«
»Applaudierte Sie im Theater überschwenglich?«
»Hm … ja.«
»Und weinte sie mitunter im Kino, konnte sie sich sehr über Geschenke freuen?«
»Ja, das konnte sie durchaus.«
»War sie ungeduldig? Hupte sie häufig im Straßenverkehr?«
»Soweit ich mich erinnere, ist sie niemals irgendwo hingefahren.«
»Würden Sie sagen, daß Sie Mrs. Ryan alles in allem für zurückhaltend hielten?«
Der verwirrte Maclean konnte ein verstörtes Lachen nicht unterdrücken. »O Gott, nein, wirklich nicht.«
Ryan ließ ihn nicht zur Ruhe kommen. »Wußte Ihre Frau davon, daß Sie mit Mrs. Ryan zusammen waren?«
Keine Antwort.
»Mr. Maclean?«
»Nein.«
»Zwang Sie dieser Umstand zu irgendeinem besonderen Verhalten?«
»Das habe ich nicht verstanden.«
»Sind Sie und Mrs. Ryan oft zusammen ausgegangen?«
»Nein.«
»Haben Sie Partys für Ihre gemeinsamen Freunde ausgerichtet?«
»Natürlich nicht.«
»Dann lassen Sie mich meine Frage wiederholen. Zwang der Umstand, daß Ihrer Frau nichts von dem Verhältnis bekannt war, Sie zu irgendeinem besonderen Verhalten?«
»Wir waren halt vorsichtig.«
»Sie sagen ›wir‹.«
»Jen … Mrs. Ryan und ich.«
»Würden Sie sagen, daß Sie beide sich versteckten?«
»Das würde ich nicht so sagen, nein.«

»Aber andere könnten es so deuten?«

»Nein!« antwortete Maclean bestimmt.

»Sind Sie sicher?«

»Ich nehme es zumindest an …«

Bevor er zu seiner nächsten Frage kam, wartete Ryan ab.

»Zeigte sich Mrs. Ryan besorgt wegen dieses Umstandes?«

Maclean hatte schon den Mund geöffnet, als Ryan noch etwas hinzufügte.

»Lassen Sie sich ruhig Zeit mit Ihrer Antwort, falls Sie sich nicht sicher sind.«

»Hm … nein, eigentlich nicht. Es war klar, daß wir …«

»Gut, Mr. Maclean. Aber ein einfaches Ja oder Nein reicht schon. Ich wiederhole die Frage noch einmal. Hatte Mrs. Ryan Angst, sich mit Ihnen in aller Öffentlichkeit zu zeigen, und befürchtete sie, ihr Ehemann könne etwas gegen das Verhältnis mit Ihnen unternehmen? Ja oder nein?«

»Nein. Darauf muß ich mit nein antworten.«

»Danke. Es schien Ihnen also, als kümmere sie sich nicht sonderlich darum.«

»Das nehme ich an.«

»Ich gehe davon aus, daß das ›ja‹ heißen soll.«

»Ich nehme es an.«

»Ich frage mich, weshalb das so war … weshalb es ihr egal war, ob ihr Ehemann das herausfand oder nicht.«

»Darüber habe ich mir nie Gedanken gemacht.«

Griglia erhob lautstark Einspruch.

»Das glaube ich Ihnen aufs Wort«, kommentierte Ryan die Antwort Macleans und sagte an Griglia gerichtet: »Ich ziehe die Frage zurück.« Dann beschäftigte er sich wieder mit dem Zeugen. »Wer beendete die Beziehung?«

Maclean holte erst Luft und blickte dann kurz zu Jennifer hinüber. »Sie war es.«

»Nannte sie Ihnen den Grund dafür?«

Griglia ging erneut dazwischen. Ryan bat darum, zum Richter vorkommen zu dürfen.

»Also gut, Gentlemen«, sagte Corino, »was haben Sie auf dem Herzen?«

»Das ist Hörensagen, Euer Ehren, und somit irrelevant.«

»Ganz im Gegenteil«, erwiderte Ryan. »Alles, was ich ans Licht bringen will, sind die Worte, die dieser Mann gehört hat. Sie sind von Bedeutung, da sie bei dem Zeugen eine gewisse Voreingenommenheit gegenüber Mrs. Ryan bewirkt haben. Des weiteren könnten sie wichtig sein, um die psychische Verfassung und die Absichten von Mrs. Ryan genauer kennenzulernen – was ja, wenn ich mich nicht irre, auch der Grund für Mr. Griglia gewesen ist, heute morgen als erstes *diesen* Zeugen aufzurufen. Ich versuche lediglich ein besseres Bild von ihrem Gemütszustand zu bekommen, als der Zeuge zu liefern bisher in der Lage war. Ein gerechteres Bild, möchte ich hinzufügen.«

»In Ordnung, Sie können weitermachen. Mr. Griglia, muß ich davon ausgehen, daß Sie gegen die gesamte Fragestellung der Verteidigung einen umfassenden Einspruch einlegen werden?«

»Wenn das Protokoll bitte einen solchen Einspruch verzeichnen würde.«

»Das wird es. Lassen Sie uns fortfahren.«

Ryan trat wieder ans Pult und warf einen Blick auf seine Unterlagen, um sich die nun folgenden Fragen wieder ins Gedächtnis zu rufen. »Mr. Maclean, soeben haben Sie ausgesagt, daß es Mrs. Ryan war, die ihre Beziehung beendete. Nannte sie dafür einen Grund?«

»Sie sagte, es habe keinen Sinn mehr.«

»Sonst noch etwas?«

Maclean saß regungslos im Zeugenstand und starrte auf die Rückwand des Gerichtssaals.

»Mr. Maclean. Sagte sie sonst noch etwas?« Ryans Stimme ließ sich entnehmen, daß er durchaus wußte, daß das nicht alles gewesen war.

»Sie sagte, sie verstünde jetzt, was Ned damit gemeint habe, als er ihr gegenüber erwähnte, daß es nicht wichtig sei.«

»Es? Sagte sie ›es‹?«

Maclean schaute Jennifer an, als wolle er sie fragen, ob er darauf wirklich antworten mußte.

»Mr. Maclean?«

Er seufzte und sah zu Boden.

»Nein, sie sagte ›Affären‹. Damit meinte sie, miteinander zu schlafen, wie wir es taten oder wie Ned es mit anderen Frauen machte.«

»Sie sagte also, es sei nicht wichtig.«

»Das stimmt.«

»Und sie meinte damit auch das Verhältnis zwischen Ihnen beiden. Ist das richtig?«

»Das ist richtig.«

»Es war ihr nicht wichtig.«

»Ja.«

Ryan erwartete einen Einspruch, doch Griglia blieb auf seinem Stuhl sitzen.

»Und dies geschah sechs Monate, bevor Ned Ryan ermordet wurde – richtig?«

»Mehr oder weniger.«

Ryan machte kehrt und ging zum Tisch der Verteidigung zurück. Während er sich setzte, stellte er zum Abschluß noch eine letzte Frage. »Und damals haben Sie sie zum letztenmal gesehen ...?«

»Nein.« Macleans Antwort versetzte ihn in Erstaunen.

Ryan öffnete automatisch den Mund, um nach einer Erklärung zu verlangen, zog es dann aber vor, »Keine weiteren Fragen« zu sagen.

Kaum hatte er den Satz gesagt, war ihm auch schon bewußt, daß er einen Fehler begangen hatte. Richtig wäre es gewesen, die Befragung fortzuführen und die unbequeme Antwort des Zeugen durch den Übergang auf andere Themen zu überspielen.

Griglia hatte sich bereits erhoben. »Ich habe noch einige weitere Fragen, Euer Ehren.«

»Bitte sehr.«

Der Bezirksstaatsanwalt ließ sich wieder auf seinen Stuhl nieder. »Wann sahen Sie die Angeklagte wieder?« fragte er sanft. Hinter Saundra Warnekes breitschultrigem Kostüm konnte Ryan Griglia kaum erkennen, aber er konnte regelrecht spüren, wie Griglia vor Spannung förmlich zitterte.

»Mehrere Male.«

»Wann genau?«

»Einspruch«, sagte Ryan ohne besondere Veranlassung. Er wollte nur Griglias Rhythmus durcheinanderbringen.

»Mr. Ryan?«

»Irrelevant.«

Griglia stand auf. »Euer Ehren, Mr. Ryan fragte den Zeugen vor wenigen Augenblicken, wann er die Angeklagte letztmals gesehen habe. Anscheinend hielt er das keineswegs für irrelevant.«

»Einspruch abgelehnt. Machen Sie weiter, Mr. Griglia.«

»Wann also sahen Sie sie wieder?«

»Ungefähr zwei Monate nachdem sie die Beziehung aufgelöst hatte.«

»Was machten Sie zusammen?«

»Wir haben einmal nachmittags im Plaza Hotel Tee getrunken. Ich ließ sie wissen, daß ich gerne auch weiterhin zu ihr eine freundschaftliche Beziehung unterhalten wollte.«

»Und was antwortete sie darauf?«

»Sie war auch dafür.« Maclean sah Jennifer an. »Wenn auch widerstrebend.«

Griglia beeilte sich, Macleans zusätzliche Bemerkung zu überspielen. »Trafen Sie sich hinterher noch einmal mit ihr?«

Jetzt kommt er hoffentlich zum Ende, dachte Ryan. Er muß einfach.

»Ja.«

»Wann?«

»Im Juni.«

»Im Juni?«

Ryan war sich sicher, aus Griglias Stimme Überraschung herauszuhören. Er erhob sich von seinem Stuhl. »Einspruch, Euer Ehren, der Staatsanwalt stellt unsachgemäße Fragen.«

»Im Gegenteil, Richter. Ich gehe bloß durch die Tür, die Mr. Ryan selbst geöffnet hat.«

Corino nickte zustimmend. »Abgelehnt. Fahren Sie fort, Mr. Griglia.«

»Wann genau im Juni?«

»Mitte des Monats.«

»War es vor dem Mord an Ned Ryan?«

»Ja. Einige Tage zuvor.«

»Was war der Anlaß für Ihre Begegnung?«

»Eine Feier.«

Griglia lief in dem schmalen Gang auf und ab, den das Pult und der Tisch der Anklage bildeten. Ryan hatte ihn schon während der Studienzeit so erlebt. Als Tiger im Käfig – am Rande eines größeren Wagnisses, zum Sprung bereit.

»Was gab es denn zu feiern?«

»Ich hatte meine Frau verlassen.«

Griglia blieb stehen, drehte sich aber nicht zu dem Zeugen um. Stattdessen betrachtete er die Geschworenen. Ryan, der hinter ihm saß, konnte sich nur allzu gut vorstellen, welch ernste und bedeutungsschwere Miene er aufgesetzt hatte.

»Tatsächlich?« Noch immer war sein Gesicht der Jury zugewandt. Seine Stimme blieb völlig gelassen. »Und auf welche Art und Weise feierten Sie?«

Maclean schien nach einer geeigneten Antwort zu suchen. Langsam drehte sich Griglia um und sah ihm in die Augen. Er wartete.

Ryan wünschte sich, daß Maclean doch endlich diese verdammte Frage beantworten würde. Seine Zögerlichkeit bestärkte den Staatsanwalt, anschließend noch weiter nachzuhaken.

»Wir aßen gemeinsam zu Abend.«

»Wo?«

»Im Parker Meridien Hotel.«

»Und wo in diesem Hotel?« Griglia fragte in einem etwas schärferen Ton, damit sein Zeuge sich daran erinnerte, wo er sich befand.

Erneut schaute Maclean zu Jennifer hinüber. Diesmal hatte sein Blick etwas Flehentliches an sich. Bat er um Verständnis? Um Vergebung? Um die Wiederbelebung ihrer Beziehung? Ryan widerstand seinem Drang, sich zu ihr umzudrehen und ihre Reaktion zu beobachten.

»Mr. Maclean?« Diesmal erfolgte die Frage ohne scharfen Unterton. Griglia war vorsichtig. Maclean hob den Kopf, drückte die Schultern durch und holte tief Luft. Er hatte sich damit abgefunden, diese und alle weiteren Fragen zu beantworten, die noch folgen würden. Seine Entscheidung ging so eindeutig aus seiner Haltung hervor, daß das, was er sagte, einer öffentlichen Bekanntgabe gleichkam.

»Ich wohnte in diesem Hotel, da ich zu Hause ausgezogen war.«

»Und wo fand das Abendessen statt?«

»Auf meinem Zimmer.«

»Auf Ihrem Zimmer?« wiederholte Griglia.

»Ja.«

»Ist das alles, was Sie in Ihrem Zimmer taten?«

Ein kurzes Zögern. Dann sagte er mit einem dünnen Lächeln wehmütiger Erinnerung: »Nein.«

»Was taten Sie außerdem?«

»Wir schliefen miteinander.«

Einfach nur dasitzen, ohne sich an Jennifer zu wenden und nach einer Erklärung zu verlangen – das war alles, was Ryan tun konnte. Oder aufstehen und den Gerichtssaal verlassen.

Wie konnte sie seine Arbeit nur in einer solchen Weise sabotieren? Kurz vor der Ermordung ihres Ehemannes hatte sie ihn mit einem anderen betrogen und es nicht für nötig erachtet, Ryan davon zu erzählen.

Aber ihm war durchaus bewußt, daß es Michael Ryan war, der den eigentlichen Tadel verdient hatte. Es war schon schlimm genug, eine

Frage zu stellen, deren Beantwortung er nicht vorhersehen konnte – damit hatte er gegen die allererste Regel für die Befragung von Zeugen verstoßen. Da die Frage darüber hinaus aber noch vollkommen nutzlos und überflüssig für die Verteidigung gewesen und im Grunde genommen ohne jeden Hintergedanken erfolgt war, hatte Ryan mit seinem Manöver die Grenze zum Wahnsinn deutlich überschritten. Dazu kam noch, daß die Antwort des Zeugen seiner Mandantin in den Augen der Geschworenen – und in seinen ebenfalls – erheblichen Schaden zufügte.

Er kochte vor Wut und versuchte gleichzeitig, den Verlauf der Verhandlung durch einen roten Schleier des Zorns zu verfolgen.

Was rechts von ihm vor sich ging, bekam er nur am Rande mit. Jennifer kritzelte wie rasend etwas auf ihren Notizblock, und Miß Miller war schon aufgestanden, um weitere Fragen an den Zeugen zu richten. Es war nicht gerade eine korrekte Vorgehensweise, daß sich zwei Rechtsanwälte beim Verhör ein und desselben Zeugen abwechselten. Aber Griglia gab dazu keinen Kommentar ab.

Hatte Maclean Mrs. Ryan seitdem wiedergesehen? Nein. Hatten sie damals über ihre gemeinsame Zukunft gesprochen?

Maclean faselte etwas von Respekt und Freundschaft, was Ryan gar nicht erst richtig zu begreifen versuchte, da er sich fragte, ob der Zeuge seine eigene Aussage wohl auch in die Kategorie ›Respekt und Freundschaft‹ einordnen würde.

Zu Beginn der Mittagspause verließ Ryan unverzüglich den Gerichtssaal – alleine. Unter den Reportern, die ihn in der Halle bedrängten, befand sich auch Allen Crown. Ryan schob den Zeitungsmann zur Seite und verschwand hinter den Aufzügen im Treppenhaus. Lieber stieg er die dreizehn Stockwerke zu Fuß hinab, als nochmals Crown und seinesgleichen über den Weg zu laufen.

Ganz in der Nähe des Gerichts befand sich eine düstere, schäbige Bar. Er trat ein und bestellte bei einem Barkeeper, dessen Wangen vom vielen Alkoholgenuß schon rot geworden waren, einen irischen Whiskey und ein Bier vom Faß.

Sein Fehler. Wie groß der Schaden auch sein mochte – und er konnte gewaltig sein –, den Jennifers Ansehen bei der Jury genommen hatte, *ihr* konnte er die Verantwortung dafür erst an zweiter Stelle zuschieben.

Ryan machte sich Vorwürfe, daß er nicht den Mund gehalten hatte, nachdem sich ihm der tiefere Sinn von Macleans Zeugenaussage erschlossen hatte. Unsicher schwankte er auf seinem Barhocker hin und her, bis er seine Hände schließlich flach auf die Theke legte, um nicht umzukippen.

»Alles in Ordnung?« fragte der Barkeeper.

Ryan nickte, warf eine Zehn-Dollar-Note auf die Theke und ging hinaus in die nasse Kälte.

Er entschloß sich, ins Gericht zurückzukehren. Schließlich konnte er schon wegen Miß Miller der Verhandlung nicht einfach fernbleiben. Außerdem wäre es unvernünftig gewesen, Corino zu provozieren. Andererseits würde es ihm jetzt, da er die Wahrheit erfahren hatte, schwerfallen, mit Jennifer gelassen an ein und demselben Tisch zu sitzen.

Ryan betrat als erster den Saal. Ein Gerichtsdiener schloß ihm auf. Er ging hinein und setzte sich auf seinen Platz. Nach einer Weile erschien Kassia Miller und ließ sich auf dem Stuhl neben ihm nieder.

»Es ist nicht so tragisch, wie Sie denken«, sagte sie.

Ihre Worte ließen in ihm die Wut gleich wieder aufsteigen. Er schloß die Augen, um die Welt um sich herum auszusperren.

»Sie ist völlig verzweifelt wegen der Ereignisse von heute morgen«, fuhr Miß Miller fort. »Und sie hat heftige Gewissensbisse, daß sie uns nichts von ihrer Affäre mit diesem Maclean erzählt hat.«

Ryan sah seine Kollegin an. Konnte sie die Sache denn nur unter rein prozessualen Aspekten betrachten? Erkannte sie denn nicht, daß es auch um das Baby ging, darum, was für ein Mensch sein Vater eigentlich gewesen war, darum, daß Ryans Entscheidung, Jennifer zu verteidigen, ein brutaler Betrug an seinen Gefühlen zugrunde lag?

Als der Saal sich zu füllen begann, kam auch Jennifer herein. Sie trat hinter Ryan und legte eine Hand auf seine Schulter. »Es tut mir ja so leid.«

Ihre Berührung verursachte ihm ein Frösteln.

Griglias erste Zeugin an diesem Nachmittag war um die vierzig. Ihre rosige Gesichtshaut verdankte sie der Kosmetikabteilung der Drogerie um die Ecke. Als sie auf dem Weg in den Zeugenstand an Ryan vorbeiging, konnte er ihr Zehn-Dollar-Parfüm riechen. Ihr blaues Kostüm und die weiße Bluse schienen teuer zu sein, hingen jedoch schrecklich an ihr daran und wirkten noch ganz steif, so neu waren sie.

Griglia begann mit den üblichen Lebensdaten und stellte anschließend fest, daß die Zeugin gebildet und wohlhabend war. Dann kam er zur Sache. Kannte sie die Angeklagte?

»Ja.«

»Wo haben Sie die Angeklagte kennengelernt?«

»Im MacAllister-Haus.«

»Und wo befindet sich das?«

»Im nördlichen Teil des Staates New York.«

»Und weshalb hielten Sie sich dort auf?«

»Ich hatte einen Nervenzusammenbruch.«

»Einspruch!« Miß Miller war aufgesprungen. »Euer Ehren, könnten wir nach vorne kommen?«

Der Richter bat sie und Griglia zu seinem Tisch. Saundra Warneke kam ebenfalls hinzu. Wie ein Zombie schlurfte auch Ryan zu der Besprechung.

Miß Miller ergriff als erste das Wort. »Euer Ehren, Mr. Griglia versucht, Material durch die Hintertür einzuschleusen, von dem er genau weiß, daß es bedeutungslos ist und die Atmosphäre im Gerichtssaal nur unnötig anheizt.«

»Es ist sogar von ausgesprochen großer Bedeutung, Richter«, hielt Griglia dagegen. »Die Umstände, unter denen die Zeugin die Angeklagte kennengelernt hat, die Umgebung, die Ansicht der Zeugin über diese Freundschaft und die Bedeutung, die sie für die beiden hatte – das alles ist für den Fall nicht nur relevant, sondern sogar grundlegend wichtig.«

»Es ist der marktschreierische Versuch, vor der Jury Unterstellungen und Schlußfolgerungen zu präsentieren, von denen der Bezirksstaatsanwalt genau weiß, daß er sie durch eine unmittelbare Zeugenaussage nicht erlangen kann, da Euer Ehren bereits entschieden hat, daß sämtliche derartige Aussagen bei dieser Verhandlung nicht zulässig sind.«

»Ich werde diese Aussage zulassen«, sagte Corino. »Unter der Bedingung, Mr. Griglia, daß Sie sich bei Ihren Fragen auf die Zeugin beschränken. Keine Fragen oder Andeutungen über die Angeklagte.«

»Euer Ehren«, protestierte Miß Miller, »wenn der Staatsanwalt den Geschworenen diese Aussage präsentiert, ist der Schaden bereits angerichtet. Niemand wird glauben, daß Mrs. Ryan sich dort als Krankenschwester aufgehalten hat.«

»Ich werde die Fragen zulassen, Miß Miller«, wiederholte Corino. »Lassen Sie uns weitermachen.«

»Könnten wir bitte die letzte Frage und die Antwort darauf nochmals hören?« fragte Griglia.

»Frage: Und weshalb hielten Sie sich dort auf?« las die Stenografin vor. »Antwort: Ich hatte einen Nervenzusammenbruch.«

»Um was für einen Ort handelte es sich?«

»Es war eine Klapsmühle für Reiche.«

»Einspruch!«

»Ja. Stattgegeben. Die Jury wird die Frage und die Antwort nicht zur Kenntnis nehmen. Mr. Griglia, ich muß mich über Sie wundern.«

»Es tut mir leid, Euer Ehren, ich muß Sie mißverstanden haben.«

»Kein Zweifel ... Fahren Sie fort.«

Der Rest war vorhersehbar, aber deshalb nicht weniger schädlich. Jennifer war wegen ihrer Ehe völlig durcheinander gewesen. Sie hatte gesagt, daß sie sich wie in einer Falle vorkomme, aus der es keinen Ausweg gab. »Sie sagte, sie wünsche sich, daß Ned und ihr Vater niemals zusammen Geschäfte gemacht hätten.«

»Führte sie das noch deutlicher aus?«

»Ja. Sie sagte, diese Geschäfte seien wie eine Kette, die sie an Ned binde.«

»Gab es dafür irgendwelche Gründe?«

»Ich hatte das Gefühl ...«

»Einspruch«, sagte Miß Miller schnell.

Die Zeugin brach mitten im Satz ab und starrte sie durchdringend an.

»Ich ziehe die Frage zurück«, sagte Griglia. »Was sagte die Angeklagte sonst noch zu diesem Thema?«

»Sie sagte, am liebsten wäre es ihr, wenn ihr Mann tot umfallen würde.«

»Ihre Zeugin«, sagte Griglia.

»Ist das MacAllister-Haus der einzige Ort dieser Art, wo Sie sich aufgehalten haben?« fragte Kassia Miller sie.

Die Zeugin zögerte.

»Nun?«

Sie sah zu Griglia hinüber.

Griglia stand auf. »Euer Ehren, ich wünsche, daß im Protokoll vermerkt wird, daß die Zeugin soeben zu mir herübergesehen hat, und ich darauf nicht reagiert habe.«

»Ich danke Ihnen, Mr. Griglia.«

Das war Franky. Ryan erinnerte sich daran, daß sein Kontrahent auf der Universität einmal zu ihm gesagt hatte, die Jesuiten hätten ihn gelehrt, aus der Aufrichtigkeit Kapital zu schlagen.

Miß Miller setzte die Befragung der Zeugin fort, indem sie die jahrelange psychologische Behandlung der Frau in den Vordergrund stellte. Anschließend machte sie deutlich, daß sie Jennifer nirgendwo außer im MacAllister-Haus begegnet war und dort auch nur ein paarmal innerhalb einer Woche. Ryan fragte sich, ob die Jury die Unterscheidung nachvollziehen könnte, die Miß Miller zwischen der Zeugin und Jennifer anstellte. Er hielt das Gegenteil für wahrscheinlicher und glaubte, daß die Geschworenen Jennifer am Ende für psychisch labil halten würden.

Das störte Ryan in diesem Augenblick allerdings kein bißchen. Denn alles, worauf er jetzt aus war, war die Verurteilung seiner eigenen Mandantin wegen Mordes.

## 13

Damit er sich nicht mit den Reportern herumschlagen mußte, fuhr Ryan gemeinsam mit Miß Miller und Jennifer zum Büro zurück. Während sie im Wagen saßen, sprach keiner von ihnen auch nur ein Wort. Im Büro angekommen, ging Ryan geradewegs ins Bad und spritzte sich eine Handvoll Wasser ins Gesicht. Er ließ sich Zeit, bis er wiederauftauchte.

»Ich habe Jennifer nach Hause geschickt, damit wir in Ruhe darüber reden können, was heute geschehen ist«, sagte Miß Miller.

»Dazu habe ich nichts zu sagen.«

»Schön, aber *ich* benötige Ihren Rat. Übrigens habe ich noch nichts gegessen. Wie wär's mit einem gemeinsamen Abendessen?«

Trotz des schlechten Wetters fuhr ein freies Taxi die Straße entlang, als sie das Büro verließen. Miß Miller winkte es herbei und gab dem Fahrer die Adresse des Shamrock. Doch Ryan wies ihn an, sie zu einem mexikanischen Restaurant am Broadway zu bringen, das voll von lauten jungen Leuten und noch lauterer Musik war.

Sie bestellten wie immer Bier und Club Soda. »Also los, reden wir darüber, wie wir jetzt am besten vorgehen sollen.«

»Sie haben das Wort.«

»Zuerst möchte ich klar betonen, daß Jennifer *keine* bösartige Lügnerin ist. Sie ist verwirrt, verängstigt und fest davon überzeugt, daß sich alle gegen sie verschworen haben ...«

»Hören Sie auf! Ich dachte, wir wollten hier unsere Strategie besprechen.«

Mit ihren braunen Augen sah Miß Miller ihn eindringlich an. »Im Moment besteht meine Strategie darin, Sie davon zu überzeugen, den Fall nicht abzugeben.«

Ryan nahm einen großen Schluck von seinem Bier. »Wissen Sie, auf dem Weg hierher habe ich mir überlegt, welch großes Glück es doch war, daß Jennifer ihr Baby verloren hat.«

»Michael!«

»Stellen Sie sich doch mal vor: Die Geschworenen würden Tag für Tag ihren Bauch betrachten und sich fragen, wer denn nun der Vater wäre.«

»So wie Sie sich jetzt selbst diese Frage stellen.«

»Genau.«

»Es wäre vielleicht besser, wenn wir mit unserer Unterhaltung warten, bis wir etwas gegessen haben.«

Das Essen half Ryan, klarere Gedanken zu fassen. »Gute Idee, jetzt fühle ich mich schon wesentlich besser.«

»Allerdings bin ich noch nicht fertig. Ich begleite Sie nach Hause. Dann können wir dort unser Gespräch fortsetzen.«

Ryan bemerkte, daß seine Kollegin zu einer Auseinandersetzung bereit war, hatte seinerseits jedoch keine Lust, sich zu streiten. Es war einfacher, ihrem Vorschlag zuzustimmen.

Nachdem sie die vor dem Haus wartenden Reporter mit einem »Kein Kommentar« abgespeist hatten, stiegen sie die Treppe zu seiner Wohnung hinauf. Dabei überraschte ihn Miß Miller mit der Bitte um einen Drink. »Außerdem würde ich mich gerne über *Sie* unterhalten.«

Ryan mixte ihr das Getränk, bereitete sich selbst aber nichts zu. »Über mich können wir ein andermal reden. Es sei denn, Sie wollen unbedingt wissen, auf welche Weise ich mich von dem Fall zurückziehen werde.« Es mußte eine Möglichkeit geben, Corino dabei zu umgehen.

»Nein, Mr. Ryan. Wir werden *jetzt* darüber sprechen. Ich werde nicht länger tatenlos zusehen, wie Sie sich quälen. Denken Sie daran: Ich mache meine Hausaufgaben. Auch über Sie. Und ich sehe doch, daß Sie sich wegen Ned noch immer Vorwürfe machen. Dabei habe ich Ihnen früher schon gesagt, daß Sie ihn nicht allein erzogen haben.

Selbst wenn es stimmt, daß Sie ihn nicht auf den richtigen Weg geführt haben, dann bedenken Sie doch, bei wie vielen anderen Menschen Sie das vielleicht geschafft haben. Zum Beispiel die jungen Anwälte, die für Sie arbeiteten und Sie bei Ihrer Tätigkeit als US-Anwalt beobachteten.«

»Ich weiß die Mühe zu schätzen, die Sie sich machen. Sie meinen es gut mit mir. Aber geben Sie es trotzdem endlich auf, ja?«

»Nein, verdammt noch mal. Sie bleiben jetzt hier sitzen und hören zu, bis ich fertig bin. Es ist mir nämlich wichtig.«

Er dachte: Wenn ich sie jetzt zurückstoße, wird sie sich in sich selbst zurückziehen. Und irgend etwas Bedeutsames zwischen uns wird dann zerbrechen – etwas, dessen er mehr bedurfte, als er für möglich gehalten hatte.

»Also gut«, erwiderte er, »ich höre.«

»Bevor wir uns zum erstenmal trafen, habe ich Erkundigungen über Sie eingezogen. *Nach* jenem Treffen übrigens auch. Ich kenne etliche brillante Anwälte, die Sie als Vorbild hinstellen, was die Vorbereitung von Fällen und auch die Prozeßführung selbst betrifft. Und Sie hatten überhaupt keine Hemmungen, das offen zu sagen. Wenn Sie also noch immer der Meinung sind, daß Sie Ihr Leben verpfuscht haben, dann machen Sie ruhig weiter wie bisher. Aber es wäre eine riesige Idiotie.«

Er dachte an Jeff Rosen, der seiner eigenen Aussage nach während des Falles Klein mehr von Ryan gelernt hatte, als in dem ganzen Jahr, in dem er seinem eigenen Chef über die Schultern geschaut hatte. Ryan hatte das als höfliche Schmeichelei aufgefaßt. Aber das hier klang ganz anders.

»Noch etwas, Mr. Ryan. Selbstzweifel sind eine taugliche Waffe gegen ein übersteigertes Selbstbewußtsein – aber nur, wenn man sie in Grenzen hält. Wir reden vor Gericht viel von begründeten Zweifeln. Denen sollten Sie mehr Aufmerksamkeit schenken, denn sie haben auch außerhalb des Gerichtssaals ihre Berechtigung.«

Die Haustürklingel schellte. Wegen eines Journalisten würde ihn der Pförtner nicht behelligen. Eigentlich erwartete Ryan niemanden mehr an diesem Abend.

Erneut schellte es. Er nahm den Hörer der Sprechanlage ab. »Ja?«

»Mrs. Ryan möchte hinaufkommen.«

Zwar hätte er diese Begegnung gern vermieden, aber für die Reporter unten auf der Straße wäre es ein gefundenes Fressen, wenn er Jennifer wieder fortschickte.

»Wir können jetzt eine richtige Lagebesprechung abhalten. Jennifer ist nämlich auf dem Weg nach oben.«

Miß Miller stellte ihren Drink ab. »Geben Sie ihr eine Chance, die Sache ins reine zu bringen … Vielleicht hatte sie ja ihre Gründe.« Sie erhob sich. »Ich ziehe mich jetzt zurück, damit Sie sich ungestört unterhalten können. Aber ich komme wieder.«

»Bitte, bleiben Sie.« Es war ihm ernst damit.

»Nein. Das hier geht nur Sie beide an.«

Sie hatte die Tür gerade hinter sich geschlossen, als es auch schon klingelte. Ryan ließ Jennifer herein.

»Ich bin unten im Flur Kassia begegnet«, sagte sie.

»Darum bist du doch wohl nicht hergekommen.« Er hielt seinen Ärger in Schach.

»Es ist wegen … wegen des heutigen Zwischenfalls im Gericht. Ich habe schon versucht, dich anzurufen. Es ist mir klar, daß es keine Entschuldigung dafür gibt, daß ich dir nichts über mein Verhältnis mit Nico erzählt habe.«

Ryan brachte kein Wort hervor.

Sie erschrak vor seiner sichtlichen Verärgerung. »Du haßt mich. Du glaubst, daß ich dich reingelegt habe.« Mit Mühe hielt sie ihre Tränen zurück. »Wenn ich das getan haben sollte, dann habe ich es jedenfalls nicht so gemeint. Ich war so verzweifelt. Außerdem werde ich doch schon genug gestraft für das, was ich getan habe, oder? Ich habe das Baby verloren. Reicht das nicht?« Als er nichts erwiderte, fügte sie hinzu: »Es war Neds. Ich weiß, daß es Neds war.«

»Stopp!«

Er hämmerte mit der Faust gegen die Wand. Jennifer sprang zurück, als habe er sie getroffen. Dann drehte sie ihr Gesicht zur Tür. Ihre Schultern wurden von ihrem gequälten Schluchzen geschüttelt. Trotz seiner Verbitterung mußte Ryan an die Zeit zurückdenken, in der sie gemeinsam geweint hatten. Für einen kurzen Augenblick tauchte in ihm der absurde Drang auf, sie zu trösten.

Er ging ins Wohnzimmer und setzte sich in den Lesesessel. Wahrscheinlich hatte Miß Miller recht: Jennifer war nicht bösartig. Impulsiv, ja – eventuell sogar außer Kontrolle. Aber sie war umhüllt von einer sonderbaren Art von Unschuld.

Langsam betrat sie den Raum, wobei sie einen verlorenen und hilflosen Eindruck machte.

Mit einer Handbewegung forderte er sie auf, sich zu setzen.

»Also gut.« Er mußte sich anstrengen, gelassen zu erscheinen. »Du sagtest, du seist verzweifelt. Ich vermute, so verzweifelt, daß du mich als Anwalt haben wolltest. Und das wird sicher auch der Grund sein, weshalb du mir nichts über Maclean erzählt hast ... Ich hätte ja denken können, das Baby sei nicht von Ned.«

»Ja.«

»Aber warum wolltest du bloß, daß gerade *ich* dich verteidige?« Ihm war klar, daß er schon vor langer Zeit auf eine deutlichere Beantwortung dieser Frage hätte drängen sollen.

»Ich hatte Angst«, sagte sie mit dünner Stimme.

»Vor den anderen Rechtsanwälten?«

Sie klang wie ein kleines Mädchen. Ryan fiel die Szene wieder ein, als Kassia Miller sie im Büro wie ein Kind, das sich verlaufen hatte, zu ihrem Stuhl geführt hatte. Diese Frau ist fünfunddreißig Jahre alt, rief er sich in Erinnerung.

»Ich verstehe das nicht. Vor welchen Anwälten fürchtetest du dich?«

»Vor allen.«

»Vor allen außer mir. Warum?«

Auf dem kleinen Beistelltisch unmittelbar neben ihr befand sich das Glas mit Kassia Millers Drink. Sie trank es aus und schüttelte sich.

»Die Leute, die Ned umgebracht haben, sind ... sehr mächtig. Ich konnte niemandem vertrauen.«

»Du weißt, wer Ned ermordet hat?« Ryan war fassungslos.

»Nicht genau, wer ...«

»Was soll das heißen?«

»Er hatte mit hochgefährlichen Leuten zu tun. Jeder sagt das.«

»Wer? Wer sagt das?«

»Du. Kassia. Craig.«

»Damals wußtest du das noch nicht.«

»Ich wußte genug. Genug, um Angst zu haben, nachdem mir meine Anwälte geraten hatten, mich schuldig zu bekennen.«

»Was genau hat dir denn eine solche Angst eingejagt?«

»Genau kann ich das nicht sagen ... es war mehr so ein Gefühl. Aber ich hatte recht.«

»Deshalb war ich der einzige, dem du trauen konntest.«

»Du warst sein Vater und hattest bestimmt nicht geschäftlich mit ihnen zu tun.«

»Mit ihnen?«

»Dem wahren Mörder oder den Leuten hinter ihm.«

Eine gewisse Logik war nicht zu verkennen. »Darum also hast du mich ständig belogen.«

»Nein. Ich habe nicht gelogen. Ich habe nur ...«

»... die Wahrheit verschwiegen.«

»Ich hatte Angst, dir alles zu erzählen ... Angst, du könntest mich nicht verstehen.« Sie fing wieder an zu weinen. Ryan holte ihr ein paar Papiertaschentücher.

»Ich habe es Nico wirklich nicht leichtgemacht«, fuhr sie fort, nachdem sie sich wieder beruhigt hatte. »Wir waren in den sechs Monaten nur viermal zusammen. Und am Ende war ich mir sicher, daß ich überhaupt keine Rachegelüste mehr hatte. Dann aber wurde Ned während des letzten Monats so eigenartig, abweisend und schwermütig, ohne daß er mir jedoch den Grund dafür nennen wollte. Erst ging ich davon aus, daß es an mir läge, daß er eine andere, jüngere gefunden hätte. Er war geschäftiger als sonst und machte einen gehetzten Eindruck. Und sein Geschlechtstrieb war vollkommen verschwunden – zumindest, was mich anbelangte. Daher kam ich zu der Überzeugung, daß eine andere dahintersteckte. Ich fühlte mich so einsam und verlassen. Und ich war wütend auf Ned. Als Nico mich dann anrief und mir mitteilte, daß er seine Frau für immer verlassen habe und deshalb mit mir feiern wolle, dachte ich, warum eigentlich nicht ... Schlafen wollte ich nicht mit ihm. Nur ein gemeinsames Abendessen, Drinks und ein wenig Trost. Ich brauchte jemanden, um mich anzulehnen. Jemanden, der mich hübsch und begehrenswert fand.«

Sie schwieg einen Moment lang, um sich zu sammeln.

»Aber ich betrank mich. Ich will keinesfalls behaupten, daß ich nicht gewußt hätte, was ich tat. Tief im Innern war es mir völlig klar. Wir waren beide blau, fielen ins Bett und schliefen sofort ein, nachdem es vorbei war. Am nächsten Morgen war ich entsetzt. Kannst du das verstehen? Ich war sicher, daß Ned mich verlassen würde.«

»Beabsichtigte er das denn wirklich?« Ungeachtet seiner Verdrossenheit gab er sich einfach nur als Anwalt. Oder als Vater.

»Nein, ich glaube nicht. Es war etwas anderes. Oder aber er änderte seine Meinung. Am Freitag wurde er ermordet, und am Dienstag zuvor entschuldigte er sich bei mir für sein Benehmen. Und ich glaubte ihm. In dieser Nacht schliefen wir miteinander, Mittwoch und Donnerstag ebenfalls. Am Freitag wollte er vor der Party erneut, aber ich sagte nein, laß uns damit warten.« Wieder weinte sie.

Sein ganzer Zorn verrauchte. Ihm kam der Gedanke, daß ihre Fehler sich im Grunde kaum von denen unterschieden, die er als Vater und Ehemann begangen hatte. Fehler, die er nicht hatte wahrhaben wollen, bis es schließlich zu spät gewesen war.

Aber all sein Verständnis für Jennifer konnte Ryans Zweifel nicht beseitigen. Noch immer war er sich nicht sicher, ob sie seinen Sohn in einem Anfall von Wut nicht doch getötet hatte.

Er wußte, daß er die Verteidigung nicht niederlegen würde, denn Jennifer hatte einen Anspruch darauf. Außerdem hatte Miß Miller ihm den Anwalt ins Gedächtnis zurückgerufen, der er einst gewesen war. Wenn dieser Michael Ryan jemals wiederbelebt werden sollte, dann war jetzt die Zeit dafür gekommen.

»Sie können beruhigt sein«, sagte er zu Kassia Miller, als sie zurückkam. »Ich bleibe dem Team erhalten und werde tun, was ich kann.«

Jetzt würde er Franky Griglia beweisen, wer wirklich der beste Schütze in der Stadt war.

## 14

Als ersten Zeugen rief Griglia an diesem Tag Donald Garfield auf. Der Staatsanwalt kam sofort darauf zu sprechen, daß sein Zeuge an jenem Abend aus dem Aufzug gekommen war und dabei gesehen hatte, wie Jennifer um kurz nach neun das Gebäude verlassen hatte. Griglia stellte fest, daß Garfield beim Verlassen von Hills Party auf die Uhr geblickt hatte, und dann nochmals, als er in seinen Wagen gestiegen war. Der Zeitraum, in dem der Immobilienmakler Jennifer gesehen haben konnte, war also äußerst kurz.

Ryan baute seine Eingangsfragen auf den Informationen auf, die Garfield während der Befragung schon Griglia gegeben hatte. Dabei gab er acht, daß seine scheinbare Verwirrung für alle erkennbar zunahm.

»Haben Sie tatsächlich gesehen, wie Mrs. Ryan aus dem Treppenhaus kam?«

»Nein, Sir. Wenn man es so betrachtet, muß ich sagen, daß das nicht der Fall war.«

»Es wäre also möglich, daß sie einfach nur in diesem Bereich der

Eingangshalle stand, bis sie sich dazu entschloß, das Haus zu verlassen?«

»Ich halte das für denkbar.«

»Wäre es auch denkbar, daß sie in das Haus ging und es wieder verließ, ohne das Treppenhaus überhaupt betreten zu haben?«

»Aber ja. So habe ich es bisher noch gar nicht betrachtet.«

»Sie könnte also eine Weile dort gestanden haben und dann hinausgegangen sein. Oder sie ging kurz hinein und gleich anschließend wieder hinaus. Ist das richtig?«

»Die Frage wurde bereits beantwortet«, sagte Griglia, der offensichtlich verärgert war.

»Stattgegeben. Haben Sie noch eine andere Frage, Mr. Ryan?«

»Mr. Garfield, Sie sagten, daß Sie geschäftliche Vorgespräche mit Ned Ryan geführt hätten. Stimmt das?«

»Ja.«

»Wie verliefen die Gespräche?«

»Schlecht. Sie waren am Ende angelangt.«

»Haben Sie Erkundigungen über Ned Ryan eingezogen?«

»Ja.«

»Und trafen Sie Ihre Entscheidungen aufgrund dessen, was Sie über ihn in Erfahrung bringen konnten?«

»Ja.«

»Was erzählte man Ihnen denn? Gutes oder Schlechtes?«

»Schlechtes.«

»War eine dieser Personen, mit der Sie über Ned Ryan sprachen, auf der Party, zu der Sie vorhin Aussagen gemacht haben?«

»Ja.«

»Kennen Sie den Namen dieser Person?«

»Nein, wirklich nicht. Es ist schwer, sich an sämtliche Namen zu erinnern, wenn die Party so groß war.«

»Können Sie sich daran erinnern, was diese Person gesagt hat?«

»Einspruch«, rief Griglia hastig.

»Euer Ehren, die Verteidigung ist lediglich daran interessiert, in welcher Verfassung die betreffende Person war.«

»Gut, Mr. Ryan. Aber seien Sie vorsichtig.«

»Danke, Euer Ehren.« Zum Zeugen gewandt sagte Ryan: »Sie wollten uns gerade berichten, was Sie auf der Party gehört haben.«

»Nun, der Mann zeigte sich nicht besonders glücklich über Mr. Ned Ryan.«

»Einspruch.«

»Mr. Garfield«, bat Ryan, »könnten Sie bitte versuchen, uns seine Worte wiederzugeben?«

»Oh, Entschuldigung ... Er sagte, Ned Ryan habe eine seiner geschäftlichen Unternehmungen platzen lassen. Und dann gab er zu verstehen, daß er Ned Ryan umbringen würde, wenn er könnte.«

»Er sagte, daß er Ned Ryan am liebsten töten würde?«

»Ja.«

Ryan warf einen Blick zu den Geschworenen hinüber. Sie hörten alle aufmerksam zu – bis auf den Busfahrer, der wieder einmal eingenickt zu sein schien.

»Und das geschah auf Hugo Hills Party, auf der Party, zu der Sie hier und heute bereits als Zeuge ausgesagt haben?«

»So ist es.«

»Ich danke Ihnen, Mr. Garfield. Das ist alles.«

Ryan hatte erwartet, daß die Staatsanwaltschaft versuchen würde, diese Zeugenaussage durch eine weitere Befragung Garfields herunterzuspielen. Doch Griglia gab zu verstehen, daß er daran nicht interessiert war.

Nach der Mittagspause rief Griglia seinen von außerhalb kommenden Pathologen in den Zeugenstand. Die erste halbe Stunde verbrachte er mit der Präsentation des Zeugen. Griglias Befragung ergab, daß es sich um einen weltweit anerkannten Fachmann für Kopfverletzungen handelte, der über dieses Thema schon unzählige Male vor den prominentesten Zuhörern gesprochen und im ganzen Land für den Staatsanwalt oder die Verteidigung in wichtigen Prozessen ausgesagt hatte.

Der Staatsanwalt ließ seinen Zeugen in aller Ausführlichkeit die Verletzungen der Kopfhaut und des Schädels beschreiben. Zu diesem Zwecke zeigte ihm Griglia die vergrößerten Abzüge der Fotografien, die während der Autopsie angefertigt worden waren. Der Zeuge kam zu dem eindeutigen Ergebnis, daß die Verletzungen von Schlägen herrührten, die ihm mit der bereits als Beweismittel eingebrachten Skulptur namens ›Schwingenloser Vogel‹ beigebracht worden waren.

Vor der Verhandlung hatte die Verteidigung darüber diskutiert, wie mit diesem Zeugen verfahren werden sollte. Im Gegensatz zu Ryan, der im Hinblick auf die Geschworenen die grausigen Erklärungen des Pathologen nicht zweimal hören wollte, hatte es Miß Miller widerstrebt, einen wichtigen Zeugen der Anklage ohne Befragung einfach zu entlassen. Sie hoffte vor allem davon profitieren zu können, daß man für die Ausführung derart harter Schläge eine Menge Kraft benötigte.

Griglia machte es der Verteidigung nicht leicht, da er diesen Punkt selbst zur Sprache brachte.

»Wieviel Kraft war notwendig, um dieser Kopfpartie die tödlichen Schläge beizubringen?« fragte der Bezirksstaatsanwalt.

»In dem hier vorliegenden Fall war eine große Kraftanstrengung nötig.«

»Wie könnte diese Kraft am besten umgesetzt worden sein?«

»Es muß nicht unbedingt eine sehr starke Person gewesen sein, es ist eher eine Frage der Physik als der Muskeln.«

»Könnten Sie das ausführlicher darlegen?«

»Viel hängt von der Geschwindigkeit ab, mit der der Schlag ausgeführt wurde, sowie von dem Gewicht der Tatwaffe. Aber auch die Bewegung des Opfers ist von Bedeutung.« Das Frage-und-Antwort-Spiel zwischen Griglia und dem Pathologen war offensichtlich eine gut vorbereitete Veranstaltung.

»Ein Schlag, der in einem großen Bogen mit einem langen und am Ende beschwerten Gegenstand ausgeführt wurde, könnte die hier vorhandenen Verletzungen leicht verursacht haben.«

»Ich zeige Ihnen nochmals das Beweisstück Nummer achtzehn, eine Skulptur mit dem Namen ›Schwingenloser Vogel‹. Ist dies ein solcher Gegenstand?«

»Ja.«

»Mit Erlaubnis des Gerichts würde ich gerne die Art von Schlag demonstrieren, von der Sie hier gesprochen haben.«

»Einspruch«, sagte Ryan.

»Ich gestatte die Demonstration, wenn der Zeuge sie von seinem Platz aus vornehmen kann.«

»Kann er dazu aufstehen?« fragte Griglia.

»Meinetwegen, aber beschränken Sie die Aktion auf das notwendige Minimum.«

Einer der Gerichtsdiener reichte dem Pathologen die Statue. Während er sich erhob, legte der Diener auf Griglias Anweisung ein dickes Stuhlkissen auf das Geländer des Zeugenstands. Der Pathologe führte die Skulptur hinter seinen Kopf und schwang sie dann mit ausgestrecktem Arm in einem weiten Bogen nach vorne – wie der Aufschlag bei einem Tennisspiel. Ryan beobachtete, daß die Demonstration des Zeugen nicht die entfernteste Ähnlichkeit mit dem Bewegungsablauf besaß, den Jennifer oder Lynn Archbold vorgeführt hatten.

Mit einem dumpfen Aufprall landete die Skulptur auf dem Kissen, wobei eine Wolke aus Staub emporgeschleudert wurde. Das Geländer ächzte unter dem harten Schlag.

Die Zuschauer und Jury-Mitglieder fuhren erschrocken zusammen. Der Gerichtsdiener entfernte das Kissen wieder und ließ seine Hand über das Geländer gleiten, um zu überprüfen, ob es durch den Schlag Schaden genommen hatte.

Auf Bitten von Miß Miller versammelten sich die gegnerischen Parteien vor dem Richtertisch. »Ich bitte darum, ins Protokoll aufzunehmen, daß der Gerichtsdiener in Gegenwart der Geschworenen das Geländer untersucht hat, um festzustellen, ob es durch den Schlag beschädigt worden ist.«

»Welchen Grund sollte es dafür geben?« griff Griglia sie an.

»Ich denke, daß es zum Nachteil für die Verteidigung ist.«

Corino sah sie unter seinen dunklen Augenbrauen hinweg an und drehte sich dann zu den Geschworenen um. »Bitte schenken Sie dem, was der Gerichtsdiener soeben getan hat keine Beachtung.« Und gegenüber einer unglücklich dreinschauenden Kassia Miller bemerkte er: »Lassen Sie uns mit der Arbeit fortfahren.«

»Sind Sie der Meinung, daß ein derartiger Schlag, ausgeführt von einer durchschnittlich starken Person, die von Ihnen diagnostizierten Verletzungen verursacht haben könnte?« fragte der Staatsanwalt.

»Ja. Vor allem jemand mit sehr langen Armen. Dadurch vergrößert sich der Radius und gleichzeitig auch die Geschwindigkeit, was eine Zunahme an Energie bedeutet.«

»Wenn Sie von einer durchschnittlich starken Person sprechen, verstehen Sie dann darunter auch Frauen?«

»Gewiß doch.«

Wenn es jemals einen Fachmann im Zeugenstand gab, den man besser in Ruhe ließ, dachte Ryan, dann war es Griglias Pathologe. Er schrieb ein *Nein* auf ein Blatt Papier und schob es zu Miß Miller hinüber. Sie warf einen kurzen Blick darauf, erhob sich dann aber und sagte: »Nur ein paar Fragen.« Anschließend ließ sie den Zeugen nochmals zahlreiche Aussagen wiederholen und bekräftigen, die er schon Griglia gegenüber gemacht hatte.

Ryan versuchte, sich die Grundsätze konstruktiver Kritik wieder ins Gedächtnis zu rufen, die er schon als Abteilungsleiter bei der US-Anwaltschaft nie vollkommen beherrscht hatte.

»Ich bin davon überzeugt, daß Sie mit Ihrer Fragerei etwas beabsichtigt haben«, giftete er Kassia Miller an. »Und ich sterbe vor Neugier, was es wohl gewesen sein könnte.«

»Am liebsten würden Sie mir den Mund verbieten«, erwiderte Miß Miller. »Aber das macht mir nichts aus. Selbstverständlich habe ich damit etwas beabsichtigt, und ich glaube, daß ich meine Absicht sogar erreicht habe. Immerhin habe ich von dem Zeugen erfahren, daß seine Demonstration darauf basierte, daß das Opfer regungslos dasaß oder sich sogar in Richtung der Schläge bewegte. Außerdem sagte er, er habe die Skulptur so geführt, daß sein Schlag mit der größtmöglichen Wucht aufgetroffen sei.«

Von Ryan kam ein »Hm ...«, das sich nicht gerade anhörte, als sei er mit ihrer Erklärung zufrieden.

»Dazu habe ich ihn nochmals wiederholen lassen, daß es ihm nicht möglich sei, die Größe von Neds Mörder zu bestimmen. Er wies lediglich darauf hin, daß der Schlag mit der Größe des Täters an Heftigkeit zugenommen haben würde.«

»Da er das vorher bereits ausgesagt hatte, hätte es gereicht, wenn wir es in unserem Plädoyer vorgebracht hätten. Was nützt uns das denn schon. Nicht Sie sind die Angeklagte, sondern Jennifer.«

»Großartig, Mr. Ryan! Jetzt machen Sie sich auch noch über kleine Menschen lustig.«

»Ich verstehe einfach den Sinn dieser Aktion nicht!«

Er wollte noch weiterreden, hielt sich dann aber zurück. Denk an den Fall Gibson, sagte er sich. Sei nicht überkritisch. Und erteile nicht Ratschläge bei Dingen, die sowieso nicht mehr zu ändern sind.

»Betrachten Sie es mal von dieser Seite«, sagte sie zu Ryan. »Die Jury hätte ohnehin das ganze Wochenende über die Schläge auf Neds Kopf nachgedacht. Auf diese Weise hat sie vielleicht einen Anlaß bekommen, über *unwahrscheinliche* Schläge auf den Kopf nachzudenken.«

# 15

Bevor Griglia den ersten Zeugen der neuen Woche aufrief, bat er um eine Besprechung am Richtertisch.

»Euer Ehren, ich halte es eigentlich nicht für eine faire Verhaltensweise, Überraschungszeugen zu präsentieren, und habe es auch den mir unterstellen Anwälten zur Regel gemacht, so etwas grundsätzlich zu unterlassen.«

Irgendwas ist im Busche, dachte Ryan. Zum erstenmal bezieht er sich auf die Tatsache, daß er Bezirksstaatsanwalt ist und kein gewöhnlicher Vertreter der Anklage.

»Unglücklicherweise befinde ich mich heute in einer Situation, in der ich eine solche Maßnahme ergreifen muß. Ich möchte einen Zeugen aufrufen, von dessen Existenz ich erst vor wenigen Tagen erfahren habe. Ich verdanke es in erster Linie der Verteidigung, daß ich auf diesen Mann aufmerksam wurde.«

»Hätten Sie die Güte, uns den Namen dieses Mannes mitzuteilen?« fragte Corino gereizt.

»Ja, Richter. Er gehört zu den Partygästen. Er heißt Harry Bundesman und ist derjenige, der laut Zeugenaussage das Mordopfer bedroht haben soll.«

Griglia sprach noch weiter, doch Ryan klang nur noch Miß Millers vorzeiten ausgesprochene Warnung im Ohr: *Ein Typ, der Ned nicht ausstehen kann und das auf einer Party allen sagt, die es hören wollen, bringt uns überhaupt nicht weiter, wenn er über ein Alibi verfügt.*

Ryan betrachtete Harry Bundesman eingehend, als dieser den Zeugenstand betrat: mittelgroß, dünn und noch fahler und klappriger als auf den Fotografien, die Lawrence aufgenommen hatte.

»Ihrer«, kritzelte Ryan auf seinen Notizblock.

Griglia behandelte Bundesman behutsam und zurückhaltend. Zunächst kam er auf seine Geschäfte im allgemeinen zu sprechen, bis er sich schließlich auf den Punkt konzentrierte, der für den Fall von besonderem Interesse war.

»Welcher Art waren die geschäftlichen Verbindungen, die Sie zu Ned Ryan unterhielten?«

»Er finanzierte für mich eine beträchtliche Hypothek für die Erschließung eines Industrieparks.«

»Wie verlief diese Zusammenarbeit?«

»Sie war äußerst unbefriedigend.«

Der Staatsanwalt ließ seinen Zeugen anschließend von dem Abend auf der Party berichten, wobei er sich ohne nachzuhaken mit der Aussage zufriedengab, Bundesman sei in Begleitung eines ›Freundes‹ dort gewesen. Griglia fragte, ob er sich an ein Gespräch erinnere, das er bei dieser Gelegenheit mit einem anderen Geschäftsmann geführt habe. Ja, entgegnete der Zeuge, daran könne er sich erinnern. Und dann beschrieb er Donald Garfield wesentlich ausführlicher als Garfield seinerseits jemals Harry Bundesman dem Gericht beschrieben hatte.

»Was haben Sie ihm über Ned Ryan mitgeteilt?«

»Nichts Gutes. Ich war der Überzeugung, daß man mit Ned Ryan besser keine Geschäfte machen sollte. Das habe ich auch allen erzählt, die es wissen wollten.«

Einige Zuschauer amüsierten sich. Der Richter nicht. Er klopfte mit seinem Hammer, um sie zum Schweigen zu bringen.

Dann befragte Griglia Bundesman über den weiteren Verlauf des Abends. Er hatte das Fest gegen Viertel vor acht schon wieder verlassen und nichts von dem Techtelmechtel zwischen Ned Ryan und Tina Claire mitbekommen. Er erinnerte sich noch nicht einmal an die Frau. Auch die Auseinandersetzung zwischen Ned und Jennifer Ryan hatte er nicht miterlebt. Zusammen mit einigen anderen Leuten – »sechs, da bin ich mir ganz sicher, und ich glaube, es kam auch noch ein Paar hinzu, das sich aber etwas abseits hielt« – hatte er eine Bar aufgesucht und später dann um neun Uhr fünfzehn den Zug nach New Yersey genommen. In Rahway war er ausgestiegen und hatte bei Freunden übernachtet. Mit zwei Minuten Verspätung war der Zug um neun Uhr fünfundvierzig dort angekommen, erinnerte er sich.

Am Samstag war er nach Arizona zurückgeflogen und hatte erst am Montag darauf von Neds Ermordung erfahren, als ihn der Freund, den er in Rahway besucht hatte, telefonisch davon unterrichtet hatte. Noch am selben Tag hatte Bundesman dann einen leichten Herzanfall erlitten.

»Ihr Zeuge«, sagte Griglia.

Als Miß Miller sich erheben wollte, legte ihr Ryan die Hand auf den Arm.

»Einen Augenblick, Euer Ehren.«

»Mein Fehler – ich bereinige ihn«, schmierte er hastig auf ein Blatt Papier. Das kann ich ihr nicht aufhalsen, dachte Ryan.

»Besser eine Frau«, notierte sie.

»Also gut.« Zu oft hatte er Miß Miller im Zusammenhang mit diesem Bandito schon widersprochen.

Sie ging zum Pult und hielt einen Moment inne, um Harry Bundesman zuzulächeln. »Guten Tag, Mr. Bundesman. Ich bin Kassia Miller, eine von den Rechtsanwälten, die Jennifer Ryan vertreten.«

»Guten Tag«, antwortete er unsicher.

»Wir sind Ihnen dankbar, daß Sie extra aus Arizona hierhergekommen sind. War die Reise sehr beschwerlich?«

»Es ging.«

Sie lächelte erneut – diesmal in einer Art und Weise, als wolle sie sich für die Unannehmlichkeiten entschuldigen, die ihm sein Erscheinen vor Gericht bereitete. »Ich werde versuchen, Sie nicht länger als unbedingt nötig im Zeugenstand zu belassen. Es gibt da lediglich einige Punkte in Ihrer Aussage, die ich noch besser verstehen möchte.«

Sie wartete, bis der Zeuge durch ein Nicken sein Einverständnis zu erkennen gab. Ryan war der Ansicht, daß sie genau richtig mit ihm umging.

»Mr. Bundesman, Sie haben soeben ausgesagt, Sie hätten sich negativ über Ned Ryan geäußert. Sagten Sie damals, daß Sie ihn am liebsten umbringen würden?«

»Das ist durchaus möglich. Ich habe das damals öfter behauptet.«

»Daß Sie ihn gerne umbringen würden?«

»Ja.«

»Sie ließen also zahlreiche Menschen wissen, daß Sie Ned Ryan gerne umbringen würden?«

»Ja, richtig.«

»Sagten Sie, daß Sie Ned Ryan am liebsten umbringen …«

»Einspruch, Euer Ehren! Die Gegenseite wiederholt ständig die Aussage des Zeugen. Die Frage wurde schon längst beantwortet.«

»Stattgegeben. Vorwärts, Miß Miller.«

»Über welchen Zeitraum hinweg verkündeten Sie öffentlich, daß Sie Ned Ryan am liebsten umbringen würden?«

»Euer Ehren.«

»Nein, Mr. Griglia, ich werde die Frage zulassen. Es geht jetzt um etwas anderes.«

»Könnten Sie die Frage nochmals vorlesen?« bat Miß Miller süßlich.

Die Gerichtsstenografin sagte: »Über welchen Zeitraum hinweg verkündeten Sie öffentlich, daß Sie Ned Ryan am liebsten umbringen würden?«

»Seitdem er mir diese Hypothek verschafft hatte, über die ich hier bereits ausgesagt habe.«

»Also mehr als ein Jahr lang.«

»Fast zwei Jahre.«

»Halten Sie noch ein wenig durch, Mr. Bundesman?«

»Ich bin nur ein bißchen müde, aber es geht schon.«

»Ich möchte Sie nicht mehr allzulange belästigen. Haben Sie während dieser zwei Jahre, in denen sie jedem, der es hören wollte, erzählt, daß Sie Ned Ryan am liebsten umbringen würden, irgendwelche Pläne in dieser Hinsicht ausgearbeitet?«

Er lächelte. Ein mattes, dünnes Lächeln. »Nein.«

Miß Miller lächelte zurück. Mit ihrer freundlichsten Stimme fragte sie: »Mr. Bundesman. Haben Sie Ned Ryan ermordet?«

Der Zeuge zwinkerte heftig mit den Augen und wurde noch blasser, als er ohnehin schon war. Schweiß stand ihm auf der Stirn. Er griff nach dem Geländer des Zeugenstandes.

Einer der Gerichtsdiener machte besorgt einen Schritt in seine Richtung. Einen Augenblick lang fürchtete Ryan, es würde im Gerichtssaal zu einem medizinischen Notfall kommen. Doch Bundesman bekam gleich darauf wieder Luft und erlangte auch seine Stimme zurück. »Nein.«

»Danke, Mr. Bundesman. Ich habe keine weiteren Fragen an Sie.«

»Keine weiteren Fragen«, sagte Griglia scharf.

Der nächste Zeuge der Anklage war ein Polizeiexperte für Fingerabdrücke namens Masterson. Wie gewöhnlich ging der Bezirksstaatsanwalt zuerst in aller Gründlichkeit auf dessen berufliche Qualifikationen ein. Der Polizist hatte bereits Fingerabdrücke an Tausenden von Tatorten analysiert.

Griglia ließ ihn anschließend die Arbeitsweise der Spurensicherung im Mordfall Ryan beschreiben. Masterson erwähnte zwei zum Teil erhaltene Abdrücke, die möglicherweise von der Angeklagten am Ort des Verbrechens hinterlassen worden sein konnten.

Dann fragte Griglia: »Haben Sie bei Ihrer Tätigkeit auch Kenntnisse sammeln können, was die Beschaffenheit von Fingerabdrücken auf verschiedenartigen Oberflächen anbelangt?«

»Das habe ich.«

»Und waren Ihnen diese Kenntnisse bei der Untersuchung des Beweisstückes Nummer achtzehn von Nutzen?« Griglia nahm die Skulptur in die Hand und schwenkte sie vor den Geschworenen hin und her, während er aus dem Versuch, die Beschriftung des daranhängenden Zettels zu entziffern, eine Show machte.

»Sicher.«

»Und was können Sie uns mit einem gesicherten Maß an Zuverlässigkeit zu diesem Beweisstück hinsichtlich der darauf befindlichen Fingerabdrücke mitteilen?«

»Ich würde sagen, die Chance, darauf einen Fingerabdruck zu finden, beträgt eins zu einer Million. Die Oberfläche ist einfach zu rauh.«

»Sie würden also sagen, daß die Fingerabdrücke der Angeklagten *fehlen*, ist kein Beweis für ihre Unschuld?«

»Einspruch«, sagte Ryan. »Er leitet den Zeugen an.«

»Ich werde es neu formulieren. Welche Schlußfolgerung kann aus dem Fehlen der Fingerabdrücke der Angeklagten auf diesem Beweisstück gezogen werden?«

»Keine.«

»Ist die Schlußfolgerung möglich, daß sie diesen Gegenstand nicht berührt hat?«

»Nein.«

»Einspruch«, sagte Ryan erneut. »Er gibt schon wieder die Antwort vor. Außerdem läuft das alles auf bloße Mutmaßungen hinaus.«

»Es handelt sich hier nicht um Mutmaßungen, sondern um die Ansicht eines Experten, Euer Ehren.«

»Könnten wir nach vorne kommen?« fragte Ryan und stand auf. Ein Feuer brannte in ihm, das er bis dahin nicht gekannt hatte.

»Euer Ehren«, sagte er, nachdem sich die Rechtsvertreter vor dem Richter versammelt hatten, »das ist ohne jegliche Bedeutung. Nach der Aussage des Zeugen zu urteilen, ist es nicht möglich, mit Sicherheit zu sagen, ob *irgend jemand* diesen Gegenstand berührt hat oder nicht. Mrs. Ryan unter all denen herauszugreifen, die ihn berührt haben *könnten*, ist unsachlich und kommt einer Vorverurteilung gleich.«

»Euer Ehren, wir werden noch andere Beweismittel vorlegen, die darauf hinweisen, daß sie die Skulptur *tatsächlich* angefaßt hat. Ich versuche hier ganz einfach nur aufzuzeigen, daß das Fehlen von Fingerabdrücken diese Möglichkeit in keiner Weise *ausschließt.*«

»Das ist lachhaft. Gleich ruft er jemanden auf, der aussagt, daß niemand das Verbrechen gesehen habe und es daher keinen Beweis gäbe, der für die Unschuld meiner Mandantin spricht. Wo kommen wir denn hin mit solchen Argumenten?«

»Mr. Ryan, ich denke, ich werde den Einspruch ablehnen.«

»Ich fürchte, daß ich den Faden verloren habe«, sagte Griglia, als er wieder am Pult stand. »Könnten wir bitte die letzte Frage noch einmal vorgelesen bekommen?«

»Frage: Ist die Schlußfolgerung möglich, daß sie diesen Gegenstand nicht berührt hat?« las die Stenografin vor. »Und die Antwort lautete: Nein.«

»Keine weiteren Fragen.«

Miß Miller war mit dem Kreuzverhör an der Reihe. Ryan lehnte sich zu ihr hinüber und flüsterte: »Sie wissen, was zu tun ist?«

»Darauf können Sie wetten.«

Energisch ging sie auf das Pult zu.

»Sergeant, ausgehend von Ihrer letzten Antwort möchte ich Ihnen folgende Frage stellen. Würden Sie sagen, daß das Vorhandensein oder das Fehlen eines Fingerabdrucks auf dem Beweisstück Nummer achtzehn die Möglichkeit ausschließt, daß auch Mr. Hugo Hill diese Statue in der Hand gehalten haben könnte, dessen Eigentum sie ja immerhin war?«

»Nein, das ist nicht ausgeschlossen.«

»Mr. Hill könnte sie also berührt haben.«

»Könnte er.«

»Einspruch«, fuhr Griglia dazwischen.

»Ich folge bloß den Anweisungen von Euer Ehren«, entgegnete Kassia Miller unschuldig.

»Einspruch abgelehnt. Machen Sie weiter, Miß Miller.«

»Und was ist mit Tina Claire, der Künstlerin, die die Skulptur hergestellt hat und – wie die Geschworenen gehört haben – am fraglichen Abend am Tatort anwesend war. Falls sie sie so angefaßt hätte« – Miß Miller packte das Objekt wie eine Keule –, »würde sie dann Fingerabdrücke hinterlassen haben?«

»Nein, das glaube ich nicht.«

Der Richter erkannte, worauf die Verteidigerin hinauswollte. »Also gut, Miß Miller, ich gebe mich geschlagen. Ladys und Gentlemen in der Jury, ich muß mich für dieses Durcheinander entschuldigen, aber ich bitte Sie, alles, was Sie gerade darüber gehört haben, wer die Skulptur nun angefaßt haben könnte oder auch nicht, wieder zu vergessen.«

Er wies die Stenografin an, die Zeugenaussage zu streichen, und sagte dann: »Lassen Sie mich diesen ganzen Fragenkomplex durch eine eigene Frage ersetzen. Sergeant Masterson, können Sie aufgrund des Fehlens von Fingerabdrücken eine Aussage darüber treffen, ob *irgend jemand* das Beweisstück Nummer achtzehn angefaßt hat oder nicht?«

»Nein.«

»Ich danke Ihnen. Fahren Sie fort, Miß Miller.«

Zuerst griff sie den Zeugen wegen des Umstands an, daß er die Fingerabdrücke, die lediglich unvollständig erhalten waren, als Jennifers identifiziert hatte. Dann kam sie darauf zu sprechen, wie viele Abdrücke von der Polizei am Tatort entdeckt worden waren, die mit Ausnahme derjenigen von Hugo Hill oder seinem damaligen Liebhaber kaum mit anderen Personen in Verbindung gebracht werden konnten. Es war eine reine Routinemaßnahme von Kassia Miller, um die Nachlässigkeit der Polizei zu demonstrieren.

Ryan entnahm dem ihm vorliegenden Aktenordner der Spurensicherung ein Foto, das nach der Entfernung von Neds Leiche am Tatort aufgenommen worden war. Um sich besser auf die Zeugenaussage zu konzentrieren, stellte er sich die Aufgabe, sämtliche Gegenstände darauf ausfindig zu machen, die Masterson während der Beantwortung von Miß Millers Fragen nannte.

Und dabei entdeckte er etwas, was ihm zuvor entgangen war!

Aufgeregt blickte er erneut in den Polizeibericht über die Fingerabdrücke, wobei er sich zwang, sich nicht allzu hastig – und damit auffällig – zu bewegen. Da er die gesuchten Informationen nicht sofort fand, haderte er mit sich selbst. Keinesfalls durfte die Jury oder Griglia oder gar der Zeuge Wind davon bekommen, daß er einer bedeutsamen Sache auf der Spur war.

Kassia Miller beendete ihr Kreuzverhör und drehte sich ihm in der Überzeugung zu, daß sie nichts vergessen hatte. Ryan schüttelte den Kopf, womit er ihr zu verstehen gab, daß sie den Zeugen nicht entlassen sollte.

»Eine Sekunde, Euer Ehren«, sagte sie und ging zum Tisch der Verteidigung. Ryan stand auf und kam ihr entgegen. In den Händen hielt er den Bericht über die Fingerabdrücke und die Fotografie des Tatorts.

»Euer Ehren, könnten wir zu Ihnen kommen?« fragte er.

Corino winkte sie herbei.

»Euer Ehren, ich weiß, daß das ungewöhnlich ist, aber ich bin soeben auf einen ganz neuen Fragenkomplex gestoßen. Und bevor ich erst alles Miß Miller erkläre, wäre es einfacher, wenn ich mich gleich selbst kurz mit dem Zeugen befassen dürfte.«

Corino machte ein skeptisches Gesicht. Ryan warf schnell einen Blick auf die Uhr. »Euer Ehren, wenn wir es so machen, werden wir mit dem Zeugen noch vor der Mittagspause fertig. Andernfalls müßten wir jetzt gleich unterbrechen und den Zeugen später noch einmal aufrufen.«

»Also gut, Mr. Ryan. Sie nutzen meine Nachgiebigkeit aus – glauben Sie bloß nicht, daß ich das nicht merke. Aber machen Sie nur weiter. Schnell und direkt.«

Ryan trat an das Pult. »Sergeant Masterson, ist in dieser Liste Ihres offiziellen Berichts wirklich jeder einzelne Gegenstand aufgeführt, der sich in dem Raum befand?«

»Das nehme ich an.«

»Sie sind sich also sicher. Alles, was in dem Raum war, steht in dem Bericht.« Ryan hielt eine Kopie des Berichts zwischen Daumen und Zeigefinger.

»Das hängt davon ab, was sie unter ›alles‹ verstehen.«

»Bitte, nur ja oder nein. Finden sich alle Gegenstände aus dem Raum in Ihrem Bericht?«

»Ja.«

Ryan sah ihn fest an, sagte aber kein Wort.

»Hm, eigentlich doch nicht«, korrigierte sich Masterson.

»Welche Gegenstände fehlen in dem Bericht?«

»Einige … Ich kann mich nicht mehr genau erinnern.«

»Hat die Polizei auch wirklich jeden Versuch unternommen, alle möglichen vorhandenen Fingerabdrücke zu sichern?«

»Nicht an den Wänden.«

»Das ist die einzige Ausnahme?«

»Ich glaube schon.«

»Und was ist mit den vielen kleinen Gegenständen, die berührt worden sein konnten?«

»Die Bücher wurden auch nicht nach Fingerabdrücken überprüft.«

Corino schaltete sich ein. »Schnell und direkt, Mr. Ryan.«

»Ich bitte um Entschuldigung, Euer Ehren. Aber ich bin gleich fertig.« An den Zeugen gewandt, fragte er: »Wenn wir nur diejenigen Gegenstände berücksichtigen, die Sie oder die Spurensicherung am Tatort auf Fingerabdrücke überprüft haben – sind die allesamt in der Liste aufgeführt?«

»Nein.«
»Warum nicht?«
»Auf manchen Gegenständen waren überhaupt keine Abdrücke.«
»Überhaupt keine?«
»Genau.«
»Ist das nicht merkwürdig?«
»Nein. Manche Gegenstände nehmen keine Fingerabdrücke an. Wie die Tatwaffe auch.«
»Ich beantrage, diese Antwort zu streichen«, sagte Ryan.
»Ja, streichen sie sie«, willigte der Richter ein. »Der Zeuge wird sich künftig bitte auf Beweisstück Nummer achtzehn beziehen.«
»Auf manchen Gegenständen findet man keine Abdrücke, weil sie eine rauhe Oberfläche haben«, sagte Masterson von sich aus.
»Was ist mit glatten Gegenständen?«
»In der Regel lassen sich darauf Abdrücke feststellen.«
»Und befanden sich in dem Raum irgendwelche glatten Objekte, die überprüft wurden, aber nicht in der Liste auftauchen?«
»Ich weiß es nicht mehr.«
»Dann lassen Sie mich eine hypothetische Frage stellen. Wenn sich in dem Raum ein glatter Gegenstand ohne Fingerabdrücke befunden haben sollte, wie wäre das zu erklären?«
»Da gibt es viele Möglichkeiten: Entweder handelt es sich um einen dekorativen Gegenstand, oder das Objekt ist außer Reichweite. Oder aber so zerbrechlich, daß niemand es anrührt. Natürlich kann es auch zuvor gereinigt worden sein, wodurch normalerweise alle Abdrücke vernichtet werden. Möglich ist auch, daß es ein Gegenstand ist, der für gewöhnlich überhaupt nicht angefaßt wird.«
»Etwas, was gar nicht angefaßt wird?«
»Richtig.«
»Ich möchte sichergehen, daß ich Sie verstanden habe. Glatte Objekte nehmen Fingerabdrücke gut an. Gehören sie aber zu der Art von Objekten, die in der Regel niemand berührt, oder wurden sie kurz zuvor gereinigt, dann konnten keinerlei Abdrücke darauf zu finden sein.«
»Einspruch. Der Verteidiger macht hier selbst eine Zeugenaussage.«
»Ich werde das zulassen, wenn der Verteidiger versucht, sein zu Wort halten.«
»Danke, Euer Ehren. Sergeant, ich bitte den Gerichtsdiener, Ihnen

diese Kopie Ihres als Beweismittel eingebrachten Berichts zu überreichen, und frage Sie, ob Sie darin irgendwo ein Telefon erwähnt finden.«

Masterson sah sich den Bericht nur oberflächlich an. »Ich glaube nicht, daß ein Telefon aufgeführt wurde.«

»In Wahrheit *wissen* Sie sogar, daß in diesem Bericht kein Telefon erwähnt wurde.«

Keine Antwort.

»Stimmt das etwa nicht?«

»Ich bitte den Gerichtsdiener, daß er Ihnen Beweisstück Nummer zwölf reicht. Können Sie uns sagen, worum es sich dabei handelt?«

»Um eine Fotografie des Tatorts.«

»Und was sehen Sie auf dem Tisch oben rechts?«

»Eine Lampe.«

»Sonst nichts?«

»Einen Notizblock.«

»Sehen Sie auch ein Telefon?«

»Ja.«

Erleichtertes Aufatmen im Zuschauerraum. Einige der Geschworenen hatten die Augen weit aufgerissen.

»Würden Sie es beschreiben?«

»Ein Telefon eben.«

Das war genau die Antwort, die Ryan hatte hören wollen. Bis jetzt hatte sich Masterson zu seiner Befriedigung als ausgesprochen unkooperativ erwiesen.

»Ein weißer Apparat der Marke Princess.« Die Antwort kam unfreundlich und zögernd. Perfekt.

»Sergeant, haben Sie oder jemand anderes von der Spurensicherung dieses Telefon nach Fingerabdrücken überprüft?«

Stille. Ryan konnte beinahe hören, wie es im Hirn dieses Zeugen arbeitete ... Natürlich könnte er sich damit herausreden, daß keine Abdrücke darauf vorhanden gewesen seien, oder zugeben, daß das Telefon in der Aufregung einfach vergessen worden war.

Ryan befürchtete Griglias Einspruch. Als er sich umdrehte, sah er den Staatsanwalt mit Miß Warneke aufgeregt flüstern.

»Könnten wir bitte nach vorne kommen, Euer Ehren?« Ohne die Antwort abzuwarten, ging Ryan auf Corino zu und fing schon an zu reden, bevor er noch den Tisch des Richters erreicht hatte. »Ich habe eine ungewöhnliche Bitte. Aber es ist sehr wichtig.« Er ignorierte Corinos finstren Blick, der besagte, er solle auf Griglia warten. »Könnten Sie wohl dafür Sorge tragen, daß in den nächsten Minuten niemand den Saal verläßt? Sonst läuft uns der Gaul weg, bevor wir das Tor verriegeln.«

Bei seinen letzten Worten blickte er in den Zuschauerraum.

»Ich hätte gern eine Erklärung, Mr. Ryan.«

Detective Garrity erhob sich von seinem Sitz in der vorderen Reihe und ging den Mittelgang hinauf. Ryan drehte sich ruckartig zu Corino um, der erneut, aber diesmal in ernsterem Ton, sagte: »Eine Erklärung, Mr. Ryan.« Dabei deutete er mit seinem Hammer auf den Gerichtsdiener, der beim Eingang stand.

Griglia trat hinzu. Noch bevor der Staatsanwalt losbrausen konnte, wurde Ryan deutlich. »Ich bitte Sie zu veranlassen, daß das Büro von Sergeant Masterson versiegelt wird. Außerdem bitte ich Sie, einen Gerichtsdiener dorthin zu schicken, um den Müll sicherzustellen.«

»Ich kann diesen Zirkus nicht ausstehen, Mr. Ryan«, erwiderte Corino. Die Zurechtweisung klang durchaus echt. Doch Ryan vermutete, daß dem Richter sein Antrag in Wirklichkeit diebische Freude bereitete.

Griglia war so aufgebracht, wie Ryan ihn noch nie vor Gericht erlebt hatte. »Euer Ehren, Mr. Ryan benutzt seine sogenannte Entdeckung dazu, der Anklage die Unterdrückung von Beweismitteln zu unterstellen. Das ist offenkundig unwahr und auch unfair. Daher bitte ich das Gericht, Mr. Ryan zu verwarnen und diese ganze Posse zu beenden!«

»Euer Ehren, falls ich den Eindruck erweckt haben sollte, ich wollte der Anklage oder der Polizei die Unterdrückung von Beweismitteln vorwerfen, so bedauere ich das sehr. Ich bin lediglich besorgt, daß wichtige Beweismittel verlorengehen könnten. Falls Sergeant Masterson über Aufzeichnungen verfügt, die er versehentlich nicht den Unterlagen der Spurensicherung hinzugefügt hat, dann befürchte ich, daß irgend jemand durch dieselbe Unachtsamkeit derartige Aufzeichnungen wegwerfen konnte. Und wäre es nicht eine Schande, wenn wir im gleichen Augenblick feststellen würden, wie wichtig dieses Material ist?«

»Also gut, Schluß damit. Ich ordne eine Unterbrechung an, damit die Geschworenen und alle, die sonst noch Hunger haben, zu Mittag essen können. In der Zwischenzeit schicke ich ein paar Mann los, um sich in Sergeant Mastersons Büro umzusehen.«

Griglias steinerne Miene verschwand nicht. »Mir paßt zwar der Eindruck nicht, der damit erweckt wird, aber ich werde keinen Einspruch dagegen erheben, wenn das der einzige Weg ist, diese Angelegenheit hinter uns zu bringen.«

Corino schien überrascht über Griglias rasche Einwilligung. Ryan war ebenfalls erstaunt – eigentlich hätte Franky heftiger gegen die Durchsuchung des Büros protestieren müssen.

Der Richter klopfte mit seinem Hammer auf den Tisch. »Ladys und Gentlemen …«

»Euer Ehren!«

»Was ist denn noch, Mr. Ryan?«

»Dürfte ich vorschlagen, daß Mr. Griglias Büro ebenfalls in die Suche mit einbezogen wird?«

»Ist das denn nötig?« wandte der Staatsanwalt ein. »Das Büro ist groß …«

Griglia war wütend, aber noch immer nicht sonderlich besorgt. Ryan gefiel das nicht. »Und Miß Warnekes ebenfalls«, fügte er schnell hinzu.

»Euer Ehren!« Diesmal reagierte Griglia aufgebracht. »Geht das nicht alles ein bißchen zu weit? Immerhin wird diese Aktion viel Zeit in Anspruch nehmen, und ich kann nicht erkennen, wem das eigentlich dienen soll.«

»Gerade eben haben Sie das noch nicht so gesehen«, bemerkte der Richter treffend.

»Da ging es auch nur um ein einziges Büro. Aber wenn erst meine Akten durchgesehen werden und dann auch noch die von Miß Warneke … Sie arbeitet bereits an neuen Fällen.«

»Ich finde, die Suche in Ihren Räumen könnte durchaus einen Sinn machen.«

»Dann bitte ich um einen Augenblick Bedenkzeit, Euer Ehren.« Griglia zog sich zurück, um sich mit seiner Kollegin zu beratschlagen.

Er ist doch erregter als nötig, dachte Ryan. Vielleicht hat er bis jetzt nichts davon gewußt und muß sich nun mit den Fehlentscheidungen anderer Leute herumschlagen.

Schnell war Griglia wieder zurück. »Ich glaube, wir können dem Gericht Zeit ersparen.« Er machte den Versuch, herzlich und entgegenkommend zu erscheinen, übertrieb aber und wirkte deshalb unglaubwürdig. »Die Staatsanwaltschaft gibt die Versicherung ab, daß Sergeant Masterson oder jemand anderes von der Spurensicherung den Telefonapparat untersucht hat, dabei aber keine Fingerabdrücke entdecken konnte – wenn damit die Angelegenheit erledigt ist.«

Ryan war keinesfalls geneigt, Griglia so einfach davonkommen zu lassen. »Nun, Euer Ehren, ich weiß Mr. Griglias Entgegenkommen zu würdigen, müßte in diesem Fall jedoch einige weitere Fragen an den Zeugen richten.«

»Solange Sie sich kurz fassen.«

Corino klopfte erneut mit dem Hammer und erläuterte für die Geschworenen und für das Protokoll, daß die Staatsanwaltschaft die ergebnislose Überprüfung des Telefons bestätigte.

»Sergeant Masterson«, setzte Ryan das Kreuzverhör fort, »finden sich in der Regel auf Telefonapparaten der am Tatort vorhandenen Marke Fingerabdrücke der Benutzer? Was meinen Sie als Fachmann?«

»Ja«, entgegnete der noch immer mürrische Beamte.

»Auf dem Hörer?«

»Ja.«

»Auf dem Apparat selbst?«

»Manchmal.«

»Würden Sie sagen, daß die Wahrscheinlichkeit, auf einem Apparat der Marke Princess Abdrücke zu finden, größer ist als die, keine zu entdecken?«

»Das kann man so sagen, ja.«

»Können Sie sich daran erinnern, jemals im Laufe Ihres Berufslebens ein Telefon untersucht zu haben, ohne darauf Fingerabdrücke zu entdecken?«

Er nahm sich lange Zeit, um darüber nachzudenken oder zumindest den Anschein zu erwecken. »Momentan kann ich mich an keinen derartigen Fall erinnern.«

»Gab es irgendwelche Anzeichen dafür, daß in dem Zimmer zuvor alles gründlich abgewischt worden war?«

»Hm ...«

Ryan nahm wieder den Bericht über die Fingerabdrücke zur Hand.

»Nein.«

»Aber auf dem Telefon befanden sich keine Abdrücke?«

»Offensichtlich nicht.«

»Gar keine?«

»Gar keine.«

»Danke, Sergeant, das ist alles.«

Nachdem die Geschworenen in die Mittagspause gegangen waren, beantragte Ryan, den Prozeß wegen fehlerhafter Ermittlungen einzustellen. Er begründete das mit der Tatsache, daß die Staatsanwaltschaft zum Nachteil seiner Mandantin Beweismaterial zurückgehalten habe. Er ging zwar nicht davon aus, daß er damit Erfolg haben würde – und hatte auch tatsächlich keinen. Doch die Rollen hatten gewechselt: Jetzt war die Verteidigung in der Offensive.

## 16

Nachdem auch Richter Corino essen gegangen war, konnten Ryan und Miß Miller ihre Freude kaum noch unterdrücken.

»Raus hier«, sagte Ryan, »das ist nicht der geeignete Ort für ein Freudentänzchen.«

»Ryan, Sie sind phänomenal«, strahlte Miß Miller. »Hatte ich Ihnen nicht gesagt, daß nichts verloren ist, solange der Prozeß noch läuft?«

»Ja, und noch läuft er.« Er trat aus dem Gerichtssaal hinaus. »Ein Haufen Arbeit wartet auf uns.«

Der Gang war das reinste Tollhaus. Überall Scheinwerfer, Kameras und Reporter, die sich um sie drängten und ihnen Fragen entgegenschrien.

»Kein Kommentar«, sagte Ryan immer wieder, während sie sich zu den Aufzügen vorkämpften.

Auf der Straße blockierte eine Phalanx von Journalisten den Zugang zu ihrem Wagen.

»Jennifer Ryan hat immer ihre Unschuld beteuert!« rief Ryan. »Es ist für uns in keiner Weise überraschend, daß die Beweise *für* sie sprechen.«

»Was ist mit Griglia?« fragte einer lautstark. »Hat er Ihnen etwas verheimlicht?«

»Dazu kann ich nichts sagen.« Womit er zum Ausdruck brachte, daß er nur zu gerne einen Kommentar über seinen Gegenspieler abgegeben hätte.

»Sie hätten denen ruhig sagen können, das Franky ein Lügner, Betrüger und Dieb ist«, sagte Kassia Miller zu Ryan auf dem Weg ins Büro.

»Lassen wir uns nicht zu solchen Stellungnahmen hinreißen.«

»Doch, warum denn nicht? Wenn auch nur für ein paar Minuten. Sie waren sagenhaft. Michael Ryan ist wieder da!«

Der Wagen hielt vor ihrem Büro. »Hinein mit uns«, kommandierte Ryan.

Als erstes rief er Craig Lawrence an. »Ich benötige eine Liste aller Telefonate, die am Mordabend von sämtlichen Apparaten aus geführt wurden, die auf Hugo Hills Namen zugelassen sind. In dem Zimmer, in dem Ned getötet wurde, befindet sich ebenfalls ein Anschluß. Sieh zu, daß du die dazugehörige Telefonnummer herausfindest. Auf die kommt es uns vor allem an. Ich brauche sie am besten gestern.«

Er legte den Hörer auf und fiel geschafft in den Sessel.

»Kann mir jemand erklären, was hier eigentlich los ist?« fragte Jennifer. »Ich habe an der Aufregung des Bezirksstaatsanwalts zwar gemerkt, daß ihr irgendwas Tolles vollbracht habt, aber was genau hat das alles zu bedeuten?«

Miß Miller mußte breit grinsen, als sie ihr antwortete. »Da Sie einen brillanten Anwalt haben, konnten wir – und die Jury ebenfalls – herausfinden, daß jemand das Telefon in dem Raum abgewischt hat, in dem Ned ermordet wurde.«

»Ja, soweit bin ich noch mitgekommen.«

»Wenn also jemand den Apparat abgewischt hat, heißt das, daß dieser Jemand nicht wollte, daß die Polizei von seiner Anwesenheit Wind bekommt. Dieser Unbekannte muß also gewußt haben, daß die Polizei sich dafür interessieren würde, wer sich in diesem Zimmer aufgehalten hat. Was bedeutet, daß er von Neds Tod oder seiner bevorstehenden Ermordung gewußt hat. Aber dennoch mußte er unbedingt das Telefon benutzen.«

Sie machte eine Pause und blickte zu Ryan hinüber. »Warum? Und wann? Vor dem Mord? Danach? Nach der Tat hätte er den Hörer doch nur mit einem Taschentuch anzufassen brauchen.«

»Wenn er eins hatte.«

»Wie hätte er das Telefon sonst abwischen sollen? Vorher würde es doch keinen Sinn ergeben. Erst ein Telefonat führen und anschließend jemanden umbringen ...«

»Vielleicht hat Ned jemanden in dem Raum überrascht, dem das überhaupt nicht recht war«, spekulierte Ryan.

»Aber Ned hielt sich doch schon in dem Raum auf«, erinnerte ihn Jennifer.

»Er hätte hinausgehen und wieder zurückkommen können, falls er wirklich erst um neun oder später getötet wurde«, warf Miß Miller ein.

»Selbst wenn – ich möchte nicht, daß wir uns zu sehr da hineinsteigern«, beschwichtigte Ryan seine Gesprächspartnerinnen. »Wir glauben, jemand ist in dem Zimmer gewesen. Es könnte sich um den Mörder gehandelt haben. Mehr wissen wir nicht.« Es sei denn, die Person, die das Telefon abgewischt hatte, war Jennifer Kneeland-Ryan, dachte er, ließ diese Vorstellung jedoch gleich wieder fallen. »Machen wir uns an die Arbeit. In einer Stunde müssen wir schon wieder im Gericht sein.«

Die Nachmittagssitzung begann mit einer Überraschung Griglias.

»Während der Mittagspause habe ich mit meinen Kollegen gesprochen«, sagte er vor dem Richtertisch, bevor Corino die Jury hereinbat. »Wie es aussieht, hatten sie einiges Material über Hugo Hills Telefongespräche, das ihnen aber zu dürftig erschien, als daß sie mir etwas davon zu berichten für nötig erachtet hätten. Diese Informationen wurden beiseite gelegt und konnten daher der Verteidigung leider nicht zur Verfügung gestellt werden. Es scheint, daß sich darin nichts findet, was für diese Verhandlung von Bedeutung wäre. Aber unter den gegebenen Umständen möchte ich sie der Vollständigkeit halber hiermit überreichen.«

Er streckte seine Hand in Richtung Saundra Warneke aus, die ihm eine Akte übergab. Er reichte sie an den Richter weiter.

»Es sind die LUDs für Hills Telefonanschlüsse während der Mordnacht.«

Corino warf einen Blick darauf und gab die Unterlagen dann Ryan.

»Die Auflistungen der Ortsgespräche«, erklärte Griglia. »Nach siebzehn Uhr wurden keine Ferngespräche mehr geführt. Auch die haben wir aber vorliegen, falls Sie sie möchten.«

»Bitte.« Während Miß Warneke sie holte, sagte Ryan: »Wir benötigen etwas Zeit, Euer Ehren.«

»Ich freue mich, daß Mr. Ryan so gründlich arbeitet, Euer Ehren, doch bin ich zuversichtlich, daß meine Leute recht haben und sich darin nichts von Bedeutung findet.«

»Wie weit sind Sie mit Ihrer Beweisführung, Mr. Griglia?« wollte der Richter wissen.

»Wir haben nur noch einen weiteren Zeugen. Einen Fachmann über Blutanalysen. Ich gehe davon aus, daß seine Befragung mindestens einen ganzen Tag in Anspruch nehmen wird.«

»Machen wir es so: Wir halten die Sitzung während der kommenden Tage nur noch an den Vormittagen ab. So hat Mr. Ryan genug Zeit, sich in die Unterlagen einzuarbeiten. Sollte das nicht ausreichen, werden wir sehen, was zu tun ist.«

»Mir soll es recht sein, Euer Ehren«, entgegnete Griglia, »aber mein Zeuge ist auf Staatskosten extra aus Kalifornien angereist, so daß jede Verzögerung teuer kommt.«

»Daran hätten Sie denken sollen, als Sie vergaßen, Mr. Ryan über die Sache mit dem Telefon zu informieren.«

»Aber, Euer Ehren, ich wußte doch nicht ...«

»Machen Sie sich nichts daraus, Mr. Griglia. Sollen wir jetzt unterbrechen, oder möchten Sie schon heute mit Ihrem Zeugen beginnen?«

»Ich möchte auf jeden Fall schon heute mit der Befragung anfangen.«

»Dann wollen wir keine Zeit verlieren.«

Walter Bailey sah aus wie eine Kreuzung zwischen dem Schauspieler James Stewart und Alfred E. Neumann, der Titelfigur der Satirezeitschrift ›Mad‹. Er berichtete den Geschworenen, daß er im Fach Molekularbiologie Ehrendoktorhüte von Harvard und Stanford erhalten habe und daß er für eine Forschungsgesellschaft südlich von San Francisco an einem Projekt zur Genmanipulation arbeite. In den letzten vier Jahren habe er zweiundvierzig Patente angemeldet, die durchweg mit der Strukturanalyse der Basis allen genetischen Materials in Zusammenhang standen – der DNA.

Entspannt und selbstsicher machte er seine Aussagen. Sein dümmliches Lächeln und die abstehenden Ohren waren schon bald nicht mehr von seiner Persönlichkeit wegzudenken und bildeten ein menschliches Gegengewicht zu seinem akademischen Vokabular. Er gehörte genau zu der Art von Zeugen, die einem Anwalt auf der Gegenseite gar nicht gefielen.

»Beruht der Schwerpunkt Ihrer momentanen Tätigkeit auf der Forschung?« fragte Griglia.

»Nicht mehr. Seit zwei Jahren bin ich der Leiter unseres Labors für DNA-Analyse. Die Zahl meiner Patentanmeldungen sinkt rapide.«

»Haben Sie je zuvor als Experte vor Gericht ausgesagt?«

Hatte er. Dreiundzwanzigmal in insgesamt acht Gerichtsbezirken, darunter dreizehnmal in Kalifornien und zweimal in New York.

Griglia führte aus, daß der Zeuge für den Fall Ryan von der Staatsanwaltschaft Blut, Haare und Gewebeproben zur Untersuchung erhalten hatte. »Haben Sie diese Beweismittel wissenschaftlichen Tests unterzogen?«

»Ja.«

»Blieb etwas von den Beweismitteln nach diesen Untersuchungen übrig?«

»Nichts. Es ist alles bei den Tests verbraucht worden.«

»Dr. Bailey, morgen werde ich Sie darum bitten, für die Geschworenen Ihre Untersuchungen in aller Ausführlichkeit darzustellen. Können Sie uns jedoch, bevor wir die Sitzung für heute beenden, mitteilen, ob die von Ihnen durchgeführten Tests zu einem Ergebnis geführt haben, das auf wissenschaftlich gesicherten Erkenntnissen beruht?«

»Ja, haben sie.«

»Würden sie bitte dieses Ergebnis hier und jetzt in aller Kürze zusammenfassen?«

Ryan erhob Einspruch. »Dazu fehlen noch die grundlegenden Fakten, auf denen die Schlußfolgerung basiert.«

Corino überlegte einen Augenblick. »Ich neige dazu, diese Zusammenfassung zuzulassen, vorausgesetzt, daß morgen die solide Grundlage dazu nachgeliefert wird.«

»Wie lange gibt es diese Tests schon, die Sie zur Untersuchung des Blutes und des Gewebes angewendet haben?« fragte Griglia den Zeugen.

»Wir gebrauchen zwei verschiedene Testmethoden. Die eine wird regulär seit mehr als fünf Jahren verwendet, die andere ist weniger als zwei Jahre alt.«

»Sind sie Ihres Wissens nach allgemein als Beweismittel in den verschiedenen Gerichtsbezirken zugelassen?«

»Ich bin Fachmann für die Analyse von DNA, nicht für Fragen der Prozeßordnung. Aber ich habe bereits in mindestens zehn Gerichtsbezirken als Zeuge ausgesagt, in denen der ältere der beiden Test anerkannt wurde.«

»Könnten Sie auf Grundlage nur dieses einen Tests Ihre Entdeckungen kurz schildern?«

»Ich bekam zwei verschiedene Proben. Probe Nummer eins enthielt Blut, Haar und Gewebe, Nummer zwei ausschließlich Blut. Blut, Haar und Gewebe aus Probe Nummer eins gehörten alle zusammen ...«

Griglia unterbrach den Zeugen. »Was hat diese Blut –, Haar- und Gewebeprobe aus Nummer eins Ihrer Meinung als Sachverständiger nach zu bedeuten?«

»Sie bedeutet, daß alles von ein und derselben Person stammte.«

»Danke. Machen Sie weiter.«

»Blutprobe Nummer eins stimmte nicht mit Probe Nummer zwei überein. Das bedeutet, daß das Blut von zwei verschiedenen Personen stammte.«

»Einspruch.«

»Stattgegeben. Formulieren Sie Ihre Fragen exakter, Mr. Griglia.«

Wann immer es ging, erhob Ryan gegen Griglias Befragung Einspruch, um damit den Informationsfluß zu stören. Schließlich wurde aber klar, was unvermeidlich gewesen war: Jennifers Blut war auf dem schmalen Hals des ›Schwingenlosen Vogels‹ entdeckt worden, während sich auf dem entgegengesetzten Ende Blut, Haare und Kopfhaut von Ned befunden hatten.

So gut der Tag für die Verteidigung begonnen hatte, so niederschmetternd endete er mit dieser Aussage.

»Sind Sie bereit, sich morgen diesen Zeugen vorzuknöpfen?« fragte Ryan Miß Miller, als sie nach der kurzen Sitzung wieder zurück im Büro waren.

»Nach allem, was ich gehört habe, denke ich schon. Ich werde aber heute abend meine Aufzeichnungen vorsichtshalber nochmals durchgehen.«

»Braucht Ihr mich noch?« wollte Jennifer wissen.

»Du hast frei bis morgen früh.«

»Also, dann ... Du warst sehr gut heute.«

»Wurde auch Zeit«, sagte Ryan, als sich die Tür schloß. Er wählte Lawrences Nummer und sagte zu Miß Miller, während er wartete, daß am anderen Ende der Leitung abgehoben wurde: »Wer immer auch das Telefon abgewischt haben mag, viel wichtiger ist doch die Frage, warum er überhaupt telefonieren mußte.«

Lawrence meldete sich. Er hatte mit Hugo Hill gesprochen, der ihm mitgeteilt hatte, daß das Telefon in dem betreffenden Zimmer ein Nebenanschluß seines privaten Apparates sei, für den es im achten und neunten Stockwerk noch weitere Anschlüsse gäbe. Es war Hill nicht bekannt, ob jemand von seinen Gästen dieses Telefon benutzt hatte.

Ryan informierte Lawrence über die Liste der nach draußen geführten Gespräche. »Ich werde sie dir rüberfaxen, damit du sie durcharbeiten kannst.«

Anschließend spekulierten Ryan und Kassia Miller über den Unbekannten, der das Telefon benutzt haben mußte.

»Er telefonierte, um irgend jemandem von dem Mord zu berichten«, begann Ryan.

»Um jemanden zu fragen, was er machen solle.«

»Damit jemand käme, um ihn dort abzuholen.«

»Um ein Alibi zu konstruieren.«

»Ah«, sagte Ryan, »das gefällt mir.«

»Aber weshalb hat er nicht von einem anderen Zimmer aus angerufen?«

»Weil er dabei das Risiko einging, daß jemand zuhörte. Außerdem mußte wahrscheinlich alles möglichst schnell passieren.«

»Und wenn er weggegangen wäre und von einer öffentlichen Zelle aus telefoniert hätte?« schlug Miß Miller vor.

»Haben Sie in letzter Zeit mal probiert, von einer öffentlichen Telefonzelle aus ein Gespräch zu führen?«

»Sie haben recht. Aber wenn er ein Alibi benötigte, weshalb ging er dann nicht einfach zurück zu den anderen Partygästen?«

»Gute Frage.« Eine Antwort hatte er darauf nicht.

»Nehmen wir an, daß der Anruf vor dem Mord geschah, nicht hinterher«, meinte Miß Miller.

»Na gut. Warum sollte er dann überhaupt telefonieren? Und weshalb wischte er den Hörer ab, wenn Ned noch am Leben war?«

»Angenommen, er rief erst an und tötete Ned anschließend. Dann hätte er den Apparat abgewischt, damit niemand seine Anwesenheit in dem Raum bemerkte.« Sie klang selbst nicht überzeugt von dieser Theorie.

»Franky wird behaupten, es sei Jennifer gewesen.« Nachdem die erste Euphorie verflogen war, schwand auch die Aussicht, daß die Sache mit dem Unbekannten sie weiterbringen würde.

»So oder so«, entgegnete Miß Miller, »wir könnten einen kleinen Vorteil herausholen, indem wir einen begründeten Zweifel darauf aufbauen.«

»Ich wünschte, Sie hätten recht.«

Es war paradox. Obwohl es ihnen gegenüber der Jury helfen könnte, war doch diejenige Person, die am ehesten für das Abwischen des Apparates in Frage kam, Jennifer. Ganz logisch war das allerdings auch nicht, denn eine Frau, die in einem Wutanfall soeben ihren Ehemann erschlagen hatte, gehörte nicht gerade zu den am rationalsten denkenden Menschen der Welt.

»Ich gehe rüber zu Lawrence und sehe nach, was sich bei der Überprüfung der Telefonnummern tut«, sagte Ryan. »Gute Idee. Wenn Sie hierbleiben, machen Sie mich nur nervös.«

»Zwölf Telefonate zwischen halb acht und zehn«, sagte Lawrence. »Nicht eingeschlossen drei Anrufe bei Telefonsexnummern.«

»Du willst mich wohl auf den Arm nehmen!«

»Meinst du wirklich?« Lawrence grinste. »Von den zwölf Anrufern scheinen drei nach Hause telefoniert zu haben, drei riefen bei verschiedenen Mietwagenfirmen an, zwei Nummern gibt es schon zu lange nicht mehr, als daß man sie noch ausfindig machen könnte, und an den anderen arbeiten wir zur Zeit noch.«

»Um welche Uhrzeit wurden die beiden angerufen, die du nicht mehr ausfindig machen kannst?«

»Neun Uhr sechsunddreißig und neun Minuten nach acht.«

»Das eine Gespräch ist zu früh, das andere zu spät.«

»Wahrscheinlich. Soviel kann ich dir aber schon sagen: Neun Uhr sechsunddreißig ging in die Upper West Side. Und acht Uhr neun war vermutlich für ein Autotelefon bestimmt.«

»Das ist interessant.«

»Die Nummer wurde schon vor Monaten wieder neu zugeteilt. Und die alten Aufzeichnungen werden jeweils nach einem halben Jahr vernichtet.«

Da Lawrence die nächsten Stunden für seine Recherchen brauchen würde, machte Ryan einen Spaziergang zum Central Park. Dort ließ er sich auf einer Bank nieder, legte seine Aktentasche neben sich und arbeitete an seinem Plan für die kommende Sitzung.

Bis zum Abend hatte Lawrence mit Ausnahme der beiden nicht mehr existierenden Nummern sämtliche Anrufe geklärt.

»Noch nicht einmal etwas entfernt Verdächtiges«, berichtete der Privatdetektiv.

»Und Jennifer schwört, daß sie es nicht war«, ergänzte Miß Miller.

»Bleibt nur noch der Anruf um zehn nach acht, der rund fünfzig Minuten zu früh liegt, und der um neun Uhr dreißig, der eine halbe Stunde zu spät stattgefunden hat.«

»Aber nur, wenn wir Griglias Zeitangaben folgen«, widersprach ihm Miß Miller. »Alles, was wir bisher wissen, ist, daß Ned vermutlich etwa um neun Uhr starb. Es könnte also auch neun Uhr dreißig gewesen sein – genau, wie wir die Geschworenen Glauben machen wollten.«

»Ich kümmere mich weiterhin um die beiden toten Nummern«, sagte Lawrence. Er reichte ihnen eine Karteikarte, auf die er sie notiert hatte. »Nur für den Fall, daß euch spontan was einfällt.«

## 17

Am folgenden Morgen veranstalteten Griglia und Bailey eine wahre Multimediashow. Zu ihrer Ausrüstung gehörten farbige Schaubilder, die je nach Bedarf auf verschiedene Plastikfolien gelegt werden konnten, ein Overhead-Projektor, ein Diaprojektor und ein Videorecorder. Bailey erläuterte die wissenschaftlichen Grundbegriffe der Analyse von DNA. Es war nicht gerade unkompliziert, doch trug er seine Aussage präzise und konzentriert vor. Ryan machte sich währenddessen Notizen und bemerkte dabei, wie ihn dieses Thema zunehmend faszinierte.

Die DNA, so führte Bailey aus, ist eine lange Sequenz komplizierter Moleküle, die wie Perlen auf einem Faden angeordnet sind. Zusammen bilden sie das für die Entstehung eines menschlichen Wesens notwendige Informationsmaterial. Unterschiedliche Aneinanderreihungen der vier Basisproteine bewirken unterschiedliche Merkmale bei den einzelnen Menschen. Jede menschliche Zelle enthält dieselbe DNA-Information, die je zur Hälfte von dem Vater und der Mutter stammt.

In langen Jahrzehnten der Forschung, berichtete Bailey, hatte die Wissenschaft herausgefunden, daß es bestimmte DNA-Stränge gibt, die bei allen Menschen übereinstimmen: diejenigen, die beispielsweise für die Bildung der linken und rechten Hand, des Kopfes oder des Herzens zuständig sind.

Nun existieren allerdings auch Sequenzen, die mit den bislang bekannten Theorien nicht übereinstimmten und deren Funktion lange Zeit unbekannt war. Bei einigen konnte man beim Vergleich verschiedener Menschen ausschließlich Unterschiede, jedoch keine Gemeinsamkeiten feststellen. Dies betraf sowohl die Länge der Sequenzen als auch die Anordnung der vier Basisproteine. Sie stellen den Grund dafür dar, daß es mit Ausnahme eineiiger Zwillinge keine zwei identischen Menschen gibt.

Baileys Untersuchungsmethode basierte nun darauf, diese individuellen Stränge in Gewebe- oder Blutproben nachzuweisen. Die Theorie besagte, daß die DNA von ein und demselben Menschen auch immer dieselben Muster ergibt, die wie der Strichcode in einem Supermarkt aussehen. Jeder Mensch verfügt über den ihm eigenen Code, der sich von allen anderen Menschen unterscheidet.

Für diese Ausführungen seines Zeugen benötigte Griglia den gesamten Vormittag.

Mit einem Paket seiner bevorzugten Leckereien unter dem Arm betrat Lawrence das Büro.

»Was Neues?« fragte Ryan, als sie beim Essen waren.

»Was die gelöschten Telefonnummern angeht, gibt es keine positiven Ergebnisse.«

»Sieht so aus, als hätten wir das Ende der Fahnenstange erreicht«, erwiderte Ryan. »Wir müssen mit dem klarkommen, was wir haben. Keine Wunder, keine neuen Zeugen, kein Mörder, den wir aus dem Zylinder ziehen könnten. Wir könnten allenfalls ein wenig bummeln, damit wir mehr Zeit für die Suche nach diesen beiden alten Telefonnummern herausschinden ...«

»Ich bezweifle, ob das Zweck hat.« Der Privatdetektiv holte aus der Innentasche seines Jacketts ein Notizbuch hervor. »Ich habe sämtliche Partygäste angerufen, selbst die, die beim letztenmal nicht mit uns reden wollten. Bislang haben alle abgestritten, eine der beiden Nummern gewählt zu haben.«

»Niemand wird das zugeben«, prophezeite Miß Miller. »Es sei denn, daß diese Gespräche vollkommen harmlos waren.«

Lawrence steckte sein Notizbuch wieder ein. »Glaubt ihr, Griglia wird seine Beweisführung darauf aufbauen?«

»Wenn ich der Vertreter der Anklage wäre, würde ich das nicht tun. Er weiß selbst nur zu gut, daß diese Telefonate harmlos waren – mit Ausnahme der beiden vielleicht, die wir nicht mehr nachvollziehen können. Und er kann sich bestimmt zusammenreimen, daß wir bei der Suche nicht mehr Erfolg haben werden als seine eigenen Leute. Daher stellen diese Telefongespräche für ihn keine Bedrohung dar, denn mehr als ein bißchen Aufsehen über eine Lücke in den Beweisen können wir deshalb nicht veranstalten. Und wenn wir das tun, wird er der Jury in seinem Plädoyer einfach erzählen, daß Jennifer den Apparat abgewischt hat.«

»Ich glaube, die Geschworenen werden ihre Zweifel haben, was das anbelangt«, sagte Kassia Miller, während sie die Überreste ihres Sandwiches einpackte. »Ich habe da so eine Ahnung, daß uns dieses Telefon noch sehr nützlich sein wird.«

Am Mittwoch vormittag präsentierte Bailey anhand von riesig vergrößerten Fotografien die DNA-Muster von Neds und Jennifers Blut sowie der Untersuchungsergebnisse der Blutspuren, die man auf der Statue entdeckt hatte. Er und Bailey hatten einen ›blinden‹ Test durchgeführt. Die Kennzeichnungen der verschiedenen Proben waren von der Staatsanwaltschaft abgedeckt und erst im Anschluß an die Identifizierung der DNA-Muster durch Bailey sichtbar gemacht worden.

Wie Bailey schon zu Beginn seiner Aussage festgestellt hatte, stimmte die DNA in Neds Blut mit den Blut –, Gewebe- und Haarproben überein, die man am unteren Ende des ›Schwingenlosen Vogels‹ gefunden hatte, während Jennifers Blut dem entsprach, das am ›Griff‹ der Statue geklebt hatte.

Von Griglias erster Frage an erhob Ryan, wann immer es möglich war, Einspruch. Gegen elf Uhr bemerkte er die ersten Anzeichen dafür, daß die Geschworenen seines Verhaltens allmählich überdrüssig wurden, und schaltete einen Gang zurück.

Der Bezirksstaatsanwalt beendete die Befragung seines Zeugen rechtzeitig zum Mittagessen. Corino vertagte die Sitzung auf den folgenden Tag.

Jennifer aß gemeinsam mit ihren Freunden, die an jenem Tag im Zuschauerraum gesessen hatten. Ihre Anwälte dagegen ließen sich das Essen ins Büro kommen und besprachen ihre Strategie für die nächste Runde.

»Wie ich es sehe, besteht meine Aufgabe darin, der Gegenseite Sand ins Getriebe zu schütten«, sagte Kassia Miller. »Ich werde Bailey vor allem auf die mangelhaften Zustände in seinem Labor ansprechen, denn kein Labor ist vollkommen, und jeder Fehler, jede kleine Ungenauigkeit wird bei den Geschworenen einen bleibenden negativen Eindruck erwecken. Außerdem werde ich ihn zu den Auswirkungen von Raumtemperatur und Luftfeuchtigkeit auf seine Tests befragen. Anschließend werde ich ihn zu der Aussage drängen, daß die bei der Untersuchung zur Verfügung stehende Blutmenge, von der er behauptet, sie stimmte mit Jennifers Blut überein, viel zu gering und auch zu alt gewesen ist und daher das Testergebnis an Zuverlässigkeit zu wünschen übrig läßt. Ich werde versuchen, ihn in Widersprüche zu verwickeln, damit die Jury skeptisch wird. Vielleicht klappt es nicht, aber probieren will ich es unbedingt.«

»Klingt ganz ordentlich«, antwortete Ryan. »Und das führt uns zu unserer großen, noch immer unbeantworteten Frage – wen rufen wir kommende Woche in den Zeugenstand?«

Er lief nervös im Raum umher. »Sie sind eine erfahrenere Verteidigerin als ich. Deshalb sollte ich mich eigentlich Ihren Ansichten anschließen. Aber ich bin zutiefst davon überzeugt, daß es am besten ist, wenn die Verteidigung überhaupt keine Gegenargumente vorbringt.«

»Überhaupt keine?«

»Überhaupt keine.«

»Ich weiß nicht, Mr. Ryan. Ich weiß nicht, ob das richtig ist.«

»Ich verdanke meine Überlegungen einzig und allein *Ihnen.*«

»Mir? Ich bin immer nervös, wenn ich etwas vortragen muß, selbst wenn ich mir absolut sicher bin.«

»Sie empfahlen der größeren Wirkung wegen unseren Bandito Harry Bundesman außen vor zu lassen. Sie hatten recht. Und jetzt bin ich davon überzeugt, daß derselbe Grund, den Sie dafür hatten, auf unseren gesamten Fall anwendbar ist. Erst hatte ich gehofft, die Angelegenheit mit dem Telefon würde etwas ändern. Aber offen gestanden denke ich inzwischen, daß es genau dasselbe ist. Es erscheint wesentlich wirkungsvoller, wenn wir lediglich einen Verdacht andeuten, als die wenigen Fakten zu präsentieren, über die wir verfügen.«

»Weil Sie selbst nicht wirklich daran glauben.«

»Weil ich nicht daran glaube, daß Griglia irgend etwas bewiesen hat, abgesehen von dem Streit zwischen Ned und Jennifer. Außerdem kann ich mich gut daran erinnern, daß ich damals als Staatsanwalt nichts lieber hatte als eine schwache Argumentationskette der Gegenseite. Wenn die Verteidigung aber sagt, die Beweisführung der Anklage ist so dürftig, daß es sich nicht lohnt, etwas dagegen anzuführen, dann steht man als Staatsanwalt ganz schön dumm da.«

»Was Sie da beabsichtigen, muß nicht unbedingt klappen, und das wissen Sie auch.«

»Mag sein. Mein Problem ist, daß ich weder Beweismittel noch mögliche Zeugenaussagen erkennen kann, die uns wirklich dienlich wären. Bundesman ist nicht auf unserer Seite. Und wir können es nicht riskieren, Lawrence aussagen zu lassen, daß er gesehen hat, wie Tina Claires Freund Kenny Peters mich mit einer Statue bedroht hat, die genau der Tatwaffe entsprach. Denn falls Peters über ein Alibi verfügt, was sicher der Fall ist, kann sich das nur negativ auf uns auswirken. Hätte er nämlich kein Alibi, dann wäre uns das schon seit langem bekannt.«

»Also bleibt uns nichts anderes übrig, als ein verzweifeltes Gesicht zu machen und nach jedem Strohhalm zu greifen, der sich uns bietet.«

»Stimmt. Alles, was wir haben, sind Mutmaßungen Dritter über Drogengelder und Vermutungen über schmutzige Geschäfte, die auf bloßen Theorien beruhen. Nichts davon hat unmittelbar mit Jennifers Schuld oder Unschuld zu tun. Und nichts davon ist eindeutig genug, als daß es überzeugend auf eine Verwirklichung Neds in gefährliche, gesetzeswidrige Aktivitäten hindeuten würde. Ganz davon zu schweigen, daß unsere Kenntnisse auch keinen Anhaltspunkt für einen anderen Verdacht oder eine neue Theorie liefern. All das würde Griglia im Nu auseinandernehmen.«

»Bleibt das Argument, daß wir einfach deshalb einen Zeugen aufrufen, damit wir mehr Zeit für die Ermittlungen der beiden Telefongespräche zur Verfügung haben.«

»Mit dem bißchen Zeit, das wir dadurch gewinnen, werden wir auch nicht mehr erfahren, als Craig ohnehin schon bis Freitag herausgefunden haben wird.«

»Außerdem sind da noch unsere Pathologen.«

»Und die Jury, die sehr ungehalten sein wird, wenn sie von zwei neuen Ärzten nichts anderes zu hören bekommt, als ihr sowieso bereits bekannt ist.«

»Dazu bin ich viel zu schlau, als daß ich es soweit kommen ließe.«

»Denken Sie an Franky. Er wird die Geschworenen schon davon zu überzeugen verstehen, wie überflüssig unsere Pathologen sind.«

Das Klingeln des Telefons beendete die Diskussion. Lawrence war am anderen Ende.

»Manchmal dauert es halt etwas länger«, sagte er. »Aber jetzt fehlt uns nur noch eines der Gespräche.«

»Ist das nun gut oder schlecht?«

»Der Anruf um neun Uhr dreißig galt einer mittelmäßigen Schauspielerin, die früher einmal in Los Angeles gelebt hat. Der Anruf erfolgte aus Hills Büro in den Galerieräumen des neunten Stocks und nicht aus der Privatwohnung im achten.«

»Ich wage gar nicht zu fragen, wie du dahintergekommen bist.«

»Pures Glück und ein ehrlicher Partygast. Was das andere Gespräch angeht, haben wir fast alle Taxiunternehmen abgeklappert und auch die Leihwagenfirmen. Wir wollten feststellen, wem das mobile Telefon gehört. Bislang hatten wir damit leider noch keinen Erfolg.«

»Was ist mit Leihwagenfirmen, die mittlerweile erloschen sind?«

»Es gab keine Geschäftsaufgaben in dem Zeitraum, der für uns in Frage kommt.«

»Würden dir ein, zwei weitere Tage bei deinen Nachforschungen nützen?«

»Das bezweifle ich. Wenn wir bis zum Wochenende nichts in Erfahrung gebracht haben, hilft nur noch ein Wunder.«

Ryan setzte Miß Miller von den Neuigkeiten in Kenntnis. »Jetzt fehlt uns nur noch das Telefonat um acht Uhr neun.«

»Wer immer auch dieses Gespräch geführt haben mag – genau zu der Zeit haben Jennifer und Ned das Zimmer verlassen.«

»Außer, wenn sie sich über die Länge ihres dortigen Aufenthaltes geirrt hat. Oder wenn sie zur Abwechslung mal nicht die volle Wahrheit sagt. Womit wir bei der entscheidenden Frage angelangt wären.«

»Sollen wir Jennifer in den Zeugenstand rufen?«

»Sie wissen, was ich davon halte«, sagte er.

»Ich werde mich deshalb nicht mit Ihnen anlegen. Die Vorstellung, daß wir ihre Lebensgeschichte ausbreiten, damit Griglia darin herumwühlen kann, läßt es mir eiskalt den Rücken runterlaufen.«

»Von der übergroßen Wahrscheinlichkeit gar nicht erst zu reden, daß er sie dazu provozieren könnte, etwas Schreckliches zu tun oder zu sagen.«

»Letztendlich ist es natürlich *ihre* Entscheidung.«

Ryan holte tief Luft. »Und darum werden wir ihr die Gefahren, die ein Auftritt im Zeugenstand mit sich bringen kann, in aller Deutlichkeit vor Augen führen müssen.«

Sie erklärten Jennifer zunächst das rein theoretische Pro und Contra der Aussage von Angeklagten in eigener Sache.

Noch bevor sie ins Detail gehen konnten, unterbrach Jennifer ihre Ausführungen.

»Ihr wollt zum Ausdruck bringen, daß ich besser nicht in den Zeugenstand treten soll?«

»Wie auch immer, es ist deine Entscheidung. Wenn du willst, kannst du natürlich, auch wenn wir dir davon abraten.«

»Ihr seid also dagegen?«

»Ja«, sagten die beiden Rechtsanwälte beinahe im Chor.

»Das verstehe ich nicht. Wenn ihr dieser Meinung seid, weshalb haben wir dann vor dem Prozeß diese ganzen Übungen veranstaltet?«

»Um dich auf alle Fälle vorzubereiten.«

»Aber ich will ja gar nicht aussagen.«

Ryan war sich nicht sicher, ob er sie richtig verstanden hatte. »Hast du dir das schon gründlich überlegt?«

»Ja. Ich wäre viel zu nervös. Als Schauspielerin sollte ich mich zwar im Griff haben, aber das hier ist schließlich kein Theaterstück. Und wenn ich aufgeregt bin, werden alle denken, ich hätte etwas zu verbergen. Bin ich aber nicht nervös, wird Griglia mich als Schauspielerin hinstellen. Egal, was ich mache – keiner würde mir glauben.«

Ryan dachte, daß er nie den Versuch hätte unternehmen sollen, Jennifers Handlungen im voraus zu erraten.

»Bevor wir uns endgültig entscheiden, möchte ich dir klarmachen, daß die Geschworenen es falsch auffassen könnten, wenn sie nicht von dir persönlich deine Unschuldsbeteuerungen zu hören bekommen – selbst wenn ich und der Richter sie darauf hinweisen, daß du nicht dazu verpflichtet bist.«

»Das ist mir alles klar. Aber ich nehme das in Kauf, wenn ich nur nicht aussagen muß.«

»Dann ist das soweit geregelt. Miß Miller und ich müssen noch über ein paar technische Dinge reden und entscheiden, wie wir weiter verfahren wollen. Wir werden später mit dir darüber sprechen, nach dem Abendessen.«

Sie aßen zu Abend und besprachen erneut ihren Entschluß, ihrerseits keine Zeugen vorzuladen. Gemeinsam gelangten sie zu der Überzeugung, daß es die beste Lösung war.

»So etwas nennt man einen ›Begründeten-Zweifel-Fall‹«, erklärte Miß Miller Jennifer, als sie wieder zusammensaßen. »Die Anklage muß Ihre Schuld über jeden begründeten Zweifel hinaus beweisen. Wir werden gegenüber den Geschworenen zum Ausdruck bringen, daß ihr das nicht gelungen ist. Und da es die Staatsanwaltschaft trotz aller Anstrengungen nicht vermocht hat, diesen Zweifel zu beseitigen, besteht für uns kein Anlaß, daß wir unsererseits einen Zeugen präsentieren.«

Diese Entscheidung bereitete Jennifer offensichtlich Schwierigkeiten, doch kritisierte sie nicht daran herum.

»Ihr habt bereits genug Ärger mit meinen ständigen Fehleinschätzungen gehabt. Ich bin mit allem einverstanden, was ihr für richtig haltet.«

An diesem Vormittag nahm Kassia Miller Walter Bailey ins Kreuzverhör. Sie ging vor wie vereinbart, nur daß Bailey ein zäherer Zeuge war, als sie erwartet hatte. Er widersprach ihrer Behauptung, seine technischen Angestellten hätten schlampig gearbeitet. Ihre Versuche, ihn in die Enge zu treiben, verliefen erfolglos. Der Pathologe blieb ruhig und unerschütterlich. Aus jedem Wort, das er sagte, klang klar und deutlich der Glaube in die von ihm entwickelten Untersuchungsmethoden heraus. Kurz nach ein Uhr mittags am Donnerstag richtete Miß Miller ihre letzten Fragen an den Zeugen.

Richter Corino entließ die Jury für den Rest des Tages und hörte dann aufmerksam den Ausführungen der Verteidigung zu, die behauptete, die Staatsanwaltschaft habe keine Beweise erbracht, die eine Beratung der Geschworenen rechtfertigten. Der als Konsequenz eingebrachte Antrag auf Abweisung der Klage wurde von Corino ebenso abgelehnt wie der erneut vorgebrachte Antrag, den Prozeß wegen Zurückhaltung von Beweismitteln einzustellen.

»Mr. Ryan, ich nehme an, daß Sie bereit sind, morgen früh mit Ihrer Verteidigung zu beginnen.«

»Euer Ehren, nach dem momentanen Stand der Dinge beabsichtigt die Verteidigung nicht, irgendwelche Zeugen aufzurufen.«

Corino verheimlichte seine Überraschung nicht.

»Haben Sie das schon mit Ihrer Mandantin besprochen?«

»Ja. Sie stimmt voll und ganz mit mir überein.«

Der Richter dachte einen Augenblick nach. »Gut. Heute haben wir Donnerstag. Wir werden morgen zur gewohnten Zeit anfangen. Falls Sie es sich bis dahin anders überlegt haben, können wir mit *Ihren* Zeugen weitermachen. Falls nicht, werde ich den Geschworenen die Rechtsbelehrung erteilen. Ich werde ihnen klar zu erkennen geben, daß sie nach den Schlußplädoyers nicht eher nach Hause gehen können, bis sie zu einem Urteil gelangt sind. Das Feuerwerk könnte dann Montag um zehn beginnen.«

Robertson Kneelands Limousine stand mit laufendem Motor vor dem Büro. Es war nicht das erste Mal, daß er seine Tochter dort nach einem Sitzungstag abholte, aber im Gegensatz zum heutigen Tage war er bislang nicht aus dem Wagen gestiegen, wenn Jennifer mit ihren Anwälten dort eintraf.

»Wir müssen uns unterhalten, Mr. Ryan«, verkündete er.

Ryan bat ihn in sein Büro, als habe ihn Kneeland darum ersucht.

»In meinem Wagen sind wir ungestörter«, entgegnete er.

Zwar hatte Ryans Geduld für diese Art von Benehmen ihre Grenzen, doch war hier weder die Zeit noch der geeignete Ort für eine Auseinandersetzung. Er stieg hinten ein.

Er hatte noch nie in einem so geräumigen Wagen gesessen. Die Sitze waren aus weichem, schwarzem Leder und boten fünf Fahrgästen bequem Platz. Die übliche Bar und zwei Telefone wurden noch durch einen Fernsehapparat und ein Faxgerät übertroffen, das zwischen den beiden nach hinten gerichteten Sitzen installiert war.

»Wie mir meine Tochter sagt, wollen Sie sie nicht verteidigen.« Die weiche Polsterung, die sie umgab, dämpfte seine Stimme. Aber die in diesem Satz enthaltene Aufforderung nach einer klärenden Antwort war unüberhörbar.

»Das ist ein Mißverständnis. Wir verteidigen sie schon seit Monaten – schon bevor der Prozeß überhaupt begann.«

»Lassen Sie diese Mätzchen, Mr. Ryan.«

»Das ist kein besonders hilfreicher Ton. Warum sagen Sie nicht frei heraus, was Sie stört?«

»Ich habe Sie engagiert, weil meine Tochter darauf bestanden hat. Ich kann nicht gerade behaupten, daß ich darüber sehr erfreut war – vor allem nicht im Hinblick auf ihre jüngsten Meisterleistungen und die Meinung, die Ned von Ihnen hatte.«

Ryan tastete nach dem Türgriff. Kneeland packte seinen Arm, ließ ihn aber sogleich wieder los.

»Wenn ich mich danebenbenommen habe, dann liegt das daran, daß ich mir Sorgen um meine Tochter mache. Ich zahle Ihnen doch nicht dieses Heidengeld, damit Sie sie im Stich lassen, wenn es kompliziert wird.«

»Sie haben wirklich nicht verstanden, um was es dabei geht. Die Details von Jennifers Verteidigung unterliegen einzig und allein meiner Entscheidungsbefugnis. Meiner und ihrer. Sie hat mir nicht zu erkennen gegeben, daß sie mit mir nicht übereinstimmt. Aber selbst wenn es so wäre, glaube ich nicht, daß es irgendeinen Zeugen gibt, den ich guten Gewissens in den Zeugenstand rufen könnte. Ihre Ansicht, ich würde sie nicht verteidigen, ist schlichtweg falsch.«

»Kann sein, daß ich Sie nicht verstehe. Aber für mich hört sich das so an, als würden Sie Ihre Arbeit mittendrin abbrechen.«

»Mr. Kneeland, ich werde Ihnen jetzt meine Beweggründe zusammenfassend erläutern und hoffe, daß Sie das zufriedenstellen wird. Denn danach habe ich Ihnen nichts mehr zu sagen.«

»Schießen Sie los.«

»Miß Miller und ich haben unserer Meinung nach in allen wichtigen Zeugenaussagen Lücken entdeckt. Die Verteidigung hat durch die Zeugen der Anklage ihre gesamten Punkte gemacht. Die einzigen Zeugen, die wir selbst aufrufen könnten, würden lediglich das wiederholen, was den Geschworenen schon bekannt ist. Dazu würden wir Gefahr laufen, daß der Bezirksstaatsanwalt unsere Zeugen in den Augen der Jury in irgendeiner Weise bloßstellen könnte. Darin versteht er sich nämlich. Uns würde das hinter unsere augenblickliche Position zurückwerfen. Alles in allem ist es am besten, die Sache nicht weiter voranzutreiben. Die Geschworenen verfügen über sämtliche Informationen, die sie zu einem Freispruch benötigen.«

Kneeland lehnte sich zurück. »Also gut. Mir gefällt das zwar noch immer nicht, aber ich bin einverstanden.« Zum Abschluß der Unterredung bemerkte er noch bissig: »Ich gehe wohl recht in der Annahme, daß ich von jetzt ab an der Verhandlung teilnehmen kann?«

Ryan konnte das Gespräch in Kneelands Limousine nicht vergessen. Er hatte durchaus hinter seinen Argumenten gestanden, als er Jennifers Vater die Lage erläutert hatte, doch im Dunkel der Nacht kamen ihm Zweifel, ob er nicht etwas Wichtiges übersehen hatte.

## 18

Das ganze Wochenende über arbeitete Ryan am Plädoyer und ging dann am Sonntag nachmittag in sein Fitneß-Center, um sich im Swimmingpool zu verausgaben. Wieder nach Hause zurückgekehrt, machte er sich erneut an die Arbeit, bis ihm die Augen zufielen.

Als er dann aber im Bett lag, konnte er nicht schlafen. Er starrte an die Decke. Schließlich stand er auf und mixte sich einen Whisky, den er im Gedenken an seinen toten Sohn trank. Es war sein erster Drink seit einer Woche. Augenblicklich warf das harte Getränk Ryan um.

Er träumte von Allison und Ned. Sie war jung, er bereits erwachsen – das Unmögliche wurde in den Träumen zum Natürlichsten der Welt. Als er am Morgen darauf unter der Dusche stand, mußte er wieder an die beiden denken. Wie nahe er sich ihnen fühlte und doch so weit entfernt.

Eine einfache Wahrheit tauchte plötzlich vor ihm auf, die ihm zuvor entgangen war. Ryan konnte mit den Schatten seiner Frau und seines Sohnes nicht Frieden schließen, solange er nicht mit sich selbst ins reine gekommen war. Plötzlich schien es ihm, als wäre dies einer der wesentlichen Gründe, den Prozeß erfolgreich zu Ende zu führen.

Reporter und Kamerateams drängten sich auf der Treppe des Gerichts. Aber sie versperrten der Verteidigung nicht den Weg. Anscheinend hatte dieser letzte, wichtigste Verhandlungstag wieder eine Art von Höflichkeit zum Vorschein gebracht, die ansonsten in Vergessenheit geraten war.

Im Flur der dreizehnten Etage drängten sich noch mehr Menschen als gewöhnlich.

»Wer ist das denn bloß alles?« fragte Ryan einen Gerichtsdiener.

»Noch mehr Presseleute.«

»Von woher?«

»Von überall. Kalifornien, Frankreich, Griechenland – von überall.«

Ryan bedauerte, daß er überhaupt gefragt hatte.

Als sie den Verhandlungssaal betraten, blieb er unvermittelt stehen. Jeder Platz war belegt.

Er und Miß Miller gingen den Mittelgang entlang zu ihrem Tisch, wo Ryan seine Sachen herausholte und sorgfältig vor sich anordnete. Dann sah er zu den leeren Bänken der Jury hinüber. Das Pult war in die Mitte des Raumes geschoben worden. Keine Theatralik heute, keine übertriebene Vorstellung – nur ein Mann hinter dem Pult. Zwölf Menschen auf der Geschworenenbank, plus vier Ersatzgeschworene. Der Richter.

Vielleicht hatten sich die Geschworenen schon längst eine Meinung gebildet, wie viele behaupteten. Vielleicht ging es hier lediglich darum, ihre Schlußfolgerungen nochmals zu bestätigen, und nicht darum, ihre Ansichten zu ändern. Vielleicht – aber daran glaubte Ryan nicht. Es war ein Drahtseilakt.

Während seiner ganzen Karriere hatte Ryan immer gewußt, daß ihm das letzte Wort zustand. Doch diesmal war es anders. Diesmal hielt Franky Griglia das letzte Plädoyer. Darauf würde es letztendlich hinauslaufen – Michael Ryan gegen Francesco Griglia.

Sobald Corino Platz genommen hatte, rief er die Geschworenen herein. Soweit Ryan sich erinnern konnte, schauten sie sich zum erstenmal im Gerichtssaal um, während sie an den gegnerischen Parteien vorbei zu ihren Sitzen marschierten. Gleich würden sie die Vorstellung ihres Lebens geliefert bekommen, einzig und allein für sie inszeniert.

Ryan hörte der Eröffnungserklärung des Richters zu, verstand jedoch kein einziges Wort. Corino nannte seinen Namen. Er stand auf und schritt auf das Pult zu.

Sieh die Geschworenen an, ermahnte er sich selbst. Aber das einzige, was er wahrnahm, waren verschwommene Farbtöne und Silhouetten.

»Guten Morgen«, sagte Ryan. »Dies ist für uns alle ein wichtiger Tag, einer, auf den wir schon lange gewartet haben. Wir haben viel miteinander durchgemacht und kommen nun zum Ende. Der Großteil meiner Arbeit ist erledigt. Jetzt beginnt der wichtigste Teil Ihrer Aufgabe. Es ist üblich, der Jury an dieser Stelle zu danken. Darum danke ich Ihnen für die Aufmerksamkeit, die Sie während der Verhandlung bewiesen haben, sowie – im voraus – für die Arbeit, die noch vor Ihnen liegt.

Sie hatten es nicht leicht. Sie mußten sich sämtliche Zeugenaussagen anhören, einen Sinn darin finden und feststellen, wer die Wahrheit sagt und wer nicht.

Das ist eine harte Aufgabe, aber auch eine bedeutsame, denn das Schicksal eines Menschen hängt davon ab, wie aufrichtig und gründlich Sie ihr gerecht werden.«

Allmählich wurden die Umrissse der Geschworenen konkreter. Constable, der Ingenieur im Ruhestand. Der verschlafene Busfahrer. Der Verleger, der Werbefachmann, der Telefonmechaniker. Sarrubbi, unter dessen T-Shirt sich seine Karatemuskeln abzeichneten.

»Die gute Neuigkeit besteht darin, daß der anstrengendste Teil des Verfahrens hinter uns liegt, denn nach all den Aussagen, die ich gehört habe, sollten Sie schnell und einfach zu einem Urteil gelangen.«

Verbindlich lächelte er den Mitgliedern der Jury zu, um ihnen zu verstehen zu geben, daß sie alle auf derselben Seite standen.

»Ich werde heute morgen über den Zweifel sprechen. Denn darauf läuft alles im Grunde genommen hinaus. Das ist der zentrale Punkt: Zweifel.

Der Staatsanwalt hat zu Beginn dieser Verhandlung eine schwere Bürde übernommen. Er sagte, er würde über jeden Zweifel hinaus beweisen, daß die Anklage gegen Jennifer Ryan begründet sei. Aber er hat es nicht vermocht, dieser Beweislast gerecht zu werden.

Ich werde nun die Zeugenaussagen für Sie nochmals Revue passieren lassen. Ich werde sie ins richtige Licht rücken und Ihnen dabei behilflich sein, den Eindruck, den Sie gewonnen haben, zu verstärken. Nichts von dem, was hier in diesem Gerichtssaal präsentiert wurde, reicht aus, um die Zweifel darüber zu beseitigen, was mit Ned Ryan während des letzten Abends in seinem Leben geschehen ist. Diese Zweifel, die wir alle haben, machen es unmöglich, zu dem Schluß zu gelangen, daß Jennifer Ryan des ihr zur Last gelegten Verbrechens schuldig ist.

Ned Ryan. So sehr es in diesem Prozeß um den Zweifel geht, so sehr geht es auch um Ned Ryan.« Bei diesen Worten schnürte sich Ryan die Kehle zu. Er nahm einen Schluck Wasser und zwang seine Hand, das Glas ohne zu zittern wieder abzusetzen.

»In einem von Shakespeares Stücken gibt es eine berühmte Totenrede, in der es heißt: ›Was Menschen Übles tun, das überlebt sie.‹ Es gibt vieles, woran ich lieber denken würde, als an das Üble, das Ned Ryan getan hat und das ihn nun überlebt. Niemand hat diesen Gerichtssaal in der Absicht betreten, Ihnen zu erzählen, welch ein Lügner und Betrüger Ned Ryan war und daß er überall Feinde hatte. *Er* stand hier nicht als Angeklagter vor Gericht. Aber bedenken Sie immer, was Sie über ihn gehört haben.

Ein Zeuge nach dem anderen hat sich negativ über Ned Ryan geäußert. Diese Zeugen kamen nicht hierher, weil sie über ihn aussagen wollten, wenn es letzten Endes auch so war. Ein verheirateter Mann, der mit anderen Frauen schlief. Ein paar von ihnen haben Sie selbst im Zeugenstand erlebt. Aber haben Sie sich eine Vorstellung gemacht, wer alles eigentlich überhaupt nicht befragt wurde? Die Ehemänner und Freunde und Brüder und Väter der Frauen, mit denen Ned Affären hatte und die darüber wieder mit anderen Menschen gesprochen haben. Allesamt Männer, die wirklich einen Grund hatten, Ned zu hassen. Hierbei handelt es sich um ein klassisches Mordmotiv. Fragen wir uns, wo sich *diese* Männer aufhielten, als Ned Ryan ermordet wurde.

Wer hat hier sonst noch ausgesagt? Ein Mann, der mit Ned Ryan lediglich ein einziges Mal ein Geschäft eingegangen ist und anschließend die nächsten zwei Jahre damit zugebracht hat, jedermann mitzuteilen, daß er ihn am liebsten umbringen würde. Immer wieder sagte er, daß er Ned Ryan *am liebsten umbringen würde.* Aber er steht hier nicht vor Gericht, obwohl er auf der Party war, auf der Ned Ryan getötet wurde.

Sie meinen, Harry Bundesman sei der einzige gewesen? Sie alle sind Zeugen der Anklage. Alle Aussagen, die ich soeben erwähnt habe, stammen von den Zeugen, die die Anklage aufgeboten hat.«

Langsam kam Ryan in Fahrt, fand wieder in den gewohnten Rhythmus zurück.

»Die Verteidigung dagegen hat keine Zeugen aufgerufen. Sie haben durchaus Grund, sich darüber zu wundern. Warum ist das nicht geschehen? Haben wir nichts gegen die Anklage vorzubringen? Ladys und Gentlemen, wir *müssen* das nicht tun. Der Richter wird Ihnen später die gesetzlichen Bestimmungen erläutern. Ich kann ihm das nicht abnehmen. Aber ich kann einen Teil dessen voraussagen, was er Ihnen mitteilen wird.

Der Richter wird Ihnen nochmals erklären, daß die Angeklagte als unschuldig anzusehen ist, solange die Staatsanwaltschaft nicht ihre Schuld ohne jeden begründeten Zweifel beweist. Als *unschuldig.*

Weiter wird er Sie wissen lassen, daß die ganze Beweislast auf seiten der Anklage liegt. Ihre Aufgabe ist es, Beweise herbeizubringen, die Sie davon überzeugen sollen, daß meine Mandantin zu recht der Tat beschuldigt wird.

Die Verteidigung hat keine derartige Beweispflicht. Jennifer Ryan hat weder die Pflicht noch einen Anlaß, in den Zeugenstand zu treten, um Ihnen ihre Version der Ereignisse zu schildern. So sagt es die Verfassung der Vereinigten Staaten und auch die des Staates New York. Es besteht für sie kein Grund. Sie hat sich bereits während des Anklageprüfungsverfahrens für nicht schuldig erklärt. Das ist alles. *Nicht schuldig.*

Was immer sie auch während der Ermordung von Ned Ryan getan haben mag, ob sie nun einen Spaziergang unternommen, im Bett gelegen oder auf der Treppe des besagten Gebäudes gesessen hat – die näheren Umstände sind völlig unbedeutend. ›Ich habe ihn nicht getötet‹, sagt *sie,* und *das Gesetz* sagt, daß Sie von ihrer Unschuld ausgehen müssen. Der Richter wird Ihnen das noch näher erläutern.

Was meinen wir damit, wenn wir von einer Beweislast sprechen? Auch darüber wird der Richter Sie nachher informieren. Er wird sagen, daß Beweismittel unterschiedlichster Art sein können. Es gibt materielle Beweise, wie die Skulptur, die wir so oft zu sehen bekommen haben – ich meine Beweisstück Nummer achtzehn. Und es gibt die Aussagen von Zeugen. Man spricht hier von direkten Beweismitteln. Ihre Aufgabe besteht darin, zu entscheiden, ob sie diesen Zeugenaussagen Glauben schenken oder nicht.

Aber keiner dieser Zeugen hat die Tat beobachtet, keiner, den wir kennen, mit Ausnahme von Ned Ryan, der nicht hier ist. Und der Mörder natürlich, der Mörder hat die Tat ebenfalls gesehen, doch auch er ist nicht anwesend.«

Ryan wartete gespannt auf einen Einspruch, aber es geschah nichts dergleichen.

»Es gibt somit also keine direkte Zeugenschaft für das Verbrechen. Was haben wir statt dessen? Ein paar Leute erschienen vor Gericht und sagten aus, daß sie sahen, wie Jennifer Ryan eine Schale hinwarf. Das ist durchaus ein direkter Beweis, aber wofür? Wenn Sie diesen Zeugen glauben schenken, können Sie es als bewiesen ansehen, daß Jennifer Ryan eine Schale kaputtgeworfen hat – mehr nicht.

Dann sind da noch die sogenannten Indizienbeweise. Das sind indirekte Beweise, die es Ihnen erlauben, auf etwas, wofür es keinen direkten Beweis gibt, Rückschlüsse zu ziehen.

Ich möchte Ihnen das verdeutlichen. Angenommen, ein Zeuge sagt aus, er habe gesehen, wie ein kleiner Vogel aus einem Ei schlüpft. Rings um ihn herum in dem Nest waren schon viele andere Vögel. Dann kam eine Ente angewatschelt und fütterte sie alle. Nehmen wir weiter an, der Zeuge behauptet, daß Mutter und Vater Ente sich sorgsam um die Küken kümmerten, die alle flauschig weich waren und miteinander spielten. Mit Ausnahme des einen, das der Zeuge beim Ausschlüpfen beobachtet hatte. Das nämlich war dürr und häßlich und wurde von den Spielen der anderern Küken ständig ausgeschlossen.

Wenn Sie eine solche Aussage hören und ihr Glauben schenken, dann haben Sie einen direkten Beweis dafür, daß der dürre kleine Vogel und die schönen Küken in ein und demselben Nest aus dem Ei geschlüpft sind und daß das häßliche Küken von seinen Eltern gefüttert und beschützt wurde. Des weiteren verfügen Sie über einen direkten Beweis, daß die anderen Küken das häßliche nicht an ihren Spielen teilhaben ließen. Das also wäre ein direkter Beweis.

Nimmt man all das zusammen, dann kann dieser direkte Beweis aber auch ein Indizienbeweis sein. Wofür? Daß es sich bei diesem häßlichen Küken um das schwächste Tier der Entenbrut gehandelt hat. Das können Sie aus dem direkten Beweis schlußfolgern.

Natürlich kann es passieren, daß Sie nach einem Jahr plötzlich einen wunderschönen jungen Schwan unter all den Enten entdecken. Sie könnten dann daraus schließen, daß der besagte Zeuge überhaupt kein häßliches Entlein beobachtet hat und daß Ihnen bei der Interpretation des Indizienbeweises ein Irrtum unterlaufen ist, weil Ihnen niemand von dem kleinen, unerzogenen Jungen erzählt hat, der das Schwanenei in das Nest der Enten gelegt hatte.

Was ich Ihnen klarmachen will, ist, daß bei reinen Indizienbeweisen eine Angabe mehr oder weniger bereits einen gewaltigen Unterschied ausmachen kann. Es ist nicht damit getan, bereits die erste Schlußfolgerung, die man zieht, bis zum Ende beizubehalten. Nahezu immer können Indizienbeweise in mehr als nur einer Richtung ausgelegt werden. Sie müssen also achtgeben, daß Sie nicht ein häßliches Entlein sehen, wenn es sich in Wirklichkeit um einen schönen Schwan handeln könnte.

In Fällen wie diesem, in denen kein Mensch das Verbrechen beobachtet hat, muß man besonders sorgfältig sein und darf nicht zulassen, daß der Staatsanwalt einem vorschreibt, wie man die Zeugenaussagen zu beurteilen hat.

Genau das wird er nämlich tun. Er wird sich hier hinstellen und Ihnen sagen, was die von ihm eingebrachten Beweismittel zu bedeuten haben und was Sie darüber denken sollen. Hören Sie ihm ruhig zu, doch vergegenwärtigen Sie sich ständig, was ich Ihnen gesagt habe. Er will, daß Sie seine Überzeugung teilen – und nichts anderes. Denn in dem Moment, in dem Sie selbst nachzudenken beginnen, werden Sie seine Darstellung in Zweifel ziehen müssen.

Sie werden sich fragen müssen, ob Sie Zweifel daran haben, daß das, was Ihnen der Staatsanwalt erzählt hat, mit den wirklichen Geschehnissen an jenem Abend übereinstimmt. Und wenn das der Fall sein sollte, dann müssen Sie Jennifer Ryan freisprechen. Es muß kein großer Zweifel sein. Lediglich ein *begründeter* Zweifel. Und, Ladys und Gentlemen, ich werde Sie doch wohl nicht extra darauf hinweisen müssen, daß dieser Fall geradezu nur aus begründeten Zweifeln besteht. ›Zweifel‹ ist sein zweiter Name.«

Ryan machte eine Pause. Die Geschworenen sollten Gelegenheit haben, über seine Worte nachzudenken. Er wollte aus seinem Plädoyer keine Show machen, sondern hoffte, daß sie sich seine Ausführungen tatsächlich zu Herzen nehmen würden.

»Bevor ich auf die Beweise im einzelnen zu sprechen komme, lassen Sie mich bitte vorweg noch etwas anderes sagen: Ich will hier nichts vor Ihnen verbergen, aber auch nicht jeden Beweis in aller Ausführung erklären oder widerlegen, auch nicht jedes halbgare Motiv, jede unüberlegte und dümmliche Aussage von Jennifer Ryan, die der Herr Staatsanwalt gerne als Drohung auslegen würde. Kein Mensch verdient es, zu einem Mörder abgestempelt zu werden, nur weil er ein vorlautes Mundwerk hat.

Wir reden hier nicht über irgendwelche Mafiosi, sondern über ganz normale Leute – Leute, deren alltägliches Leben so weit entfernt von jeder Art von Gewalttätigkeit ist, wie man sich nur denken kann. Wir reden über Menschen, für die das Zerbrechen eines Tellers bereits eine bedeutsame Angelegenheit ist.

Nun kennen wir alle den Unterschied zwischen Streiten und Morden, zwischen dem Zerschmeißen eines Tellers in einem Anfall von Wut und dem Erschlagen eines Menschen.

Der Staatsanwalt hält es nicht für möglich, daß Sie eine solch simple Unterscheidung zu treffen in der Lage sind. Er versucht Ihnen einzureden, daß eine Frau, die eine Schale kaputtmacht, auch fähig ist, den eigenen Mann zu ermorden. Aber welche Beweise hat er für diese empörende Schlußfolgerung beigebracht?

Er wird vor allem auf vier verschiedene Beweise zu sprechen kommen. Da sind einmal die Zeugen, die von Jennifer und Ned Ryans Eheproblemen berichtet haben. Sie stritten sich, beschimpften sich und betrogen sich gegenseitig. Und unmittelbar vor der Ermordung Ned Ryans hatten sie eine heftige Auseinandersetzung. Aber nichts davon beweist eine Mordtat. Es handelt sich hierbei nur um eine Menge Rauch, mit dessen Hilfe der Staatsanwalt hofft, die vielen Lücken in seiner Beweisführung zu verschleiern.

Dann wird er auf die medizinischen Beweise zu sprechen kommen und auf den Zeitpunkt des Todeseintritts. Die Gerichtsmedizinerin hat ausgesagt, daß nahezu jede Uhrzeit vor dem Auffinden der Leiche um Viertel vor zehn in Frage kommt, hielt es aber für am wahrscheinlichsten, daß die Tat gegen neun Uhr oder kurz danach geschah. Sie sagte aber auch, eine frühere Uhrzeit sei denkbar, während sie in den ursprünglichen, bei der Obduktion gemachten Aufzeichnungen den Eintritt des Todes auf eine Zeit zwischen *zehn oder elf Uhr* festlegte.

Lachend ist Ned Ryan letztmals gegen acht gesehen worden. Seine Leiche wurde erst kurz vor zehn entdeckt. Dazwischen liegen fast zwei ungeklärte Stunden, und die Zeugin sagte aus, jeder Zeitpunkt innerhalb dieser zwei Stunden sei für den Eintritt des Todes denkbar. Aber der Staatsanwalt wird vermutlich steif und fest behaupten, daß die Zeugin den Todeszeitpunkt gegen neun Uhr ansiedelte.

Dr. Guevara hat auch darüber gesprochen, *wie* Ned Ryan getötet wurde. Und die Anklage hat dazu noch einen weiteren Sachverständigen aufgerufen, der ebenfalls darüber gesprochen hat. Was wurde gesagt? Schläge auf den Kopf mit einer Skulptur. Außerdem mußten die Schläge sehr heftig gewesen sein. Daran wird Sie der Staatsanwalt möglicherweise nicht erinnern wollen.

Mit von stumpfen Gegenständen verursachten Kopfwunden können Menschen mitunter noch lange weiterleben. Darauf wiesen uns die Sachverständigen der Anklage hin. Aber Ned Ryan lebte nicht weiter. Ned Ryan starb. Er mußte also mit *außerordentlicher Wucht* getroffen worden sein. Auch das bestätigten die Zeugen der Anklage.

Aber dieselben Zeugen sagten auch folgendes: *Wenn* diese Skulptur in einer bestimmten Art und Weise gehalten worden wäre, *wenn* sie in einer bestimmten Art und Weise geführt worden wäre und *wenn* sich Opfer und Täter in einer bestimmten Art und Weise bewegt hätten, dann *könnte* eine Frau von der Größe Jennifer Ryans diese Schläge ausgeführt haben. Der Staatsanwalt wird versuchen, diese Aussagen als ein abschließendes Urteil darzustellen, während es doch in Wirklichkeit nicht mehr ist, als eine lange Kette von Vermutungen.«

Ausführlich breitete Ryan weiter dieses Thema aus, wobei er Miß Miller überaus dankbar war, daß sie darauf beharrt hatte, den Pathologen alles bis ins kleinste Detail erklären zu lassen.

Dann kam er auf das Blut zu sprechen. »Was diesen Punkt betrifft, wird sich die Staatsanwaltschaft auf Mr. Bailey berufen. Er wird von ihm als ›dem Doktor‹ reden, weil er über einen akademischen Titel verfügt. Doch denken Sie bitte daran, daß er kein Arzt ist. Mr. Bailey und der Staatsanwalt führten uns hier eine ganze Menge von Testergebnissen vor, darunter unterschiedliche Bluttests, die allesamt nichts mit diesem Fall zu tun hatten. Zu welchem Zwecke? Weil Sie uns dazu bringen wollen, Ähnlichkeiten zwischen diesen seltsamen Mustern zu entdecken, die sie uns hier demonstriert haben.

Als es dann um die für diesen Fall wichtigen Proben ging, erläuterten sie uns etliche Tests, die bei der Untersuchung von Ned Ryans Blut, seinem Haar und seinem Gewebe angewandt worden waren, um uns in der Vorstellung zu bestärken, daß es sich bei dieser Skulptur um die Tatwaffe handle. Das wäre alles schön und gut, wenn es nicht ihre wirkliche Absicht gewesen wäre, uns einzulullen, damit wir diesen Untersuchungen blindlings vertrauen. Warum? Um unsere Aufmerksamkeit von der einzigen Blutprobe abzulenken, auf die es hier wirklich ankommt – die von Mrs. Ryan auf dem schlanken Ende der Skulptur.

Mr. Bailey bestätigte, daß das Blut gerade für eine Untersuchung ausgereicht habe und daß es für die Art von Tests, die er durchführt, älter war, als ihm eigentlich lieb war. Aber nicht nur das. Er konnte nicht einmal die exakte Temperatur und Feuchtigkeit bestimmen, die bei der Untersuchung in seinem Labor geherrscht hatte, obwohl das seiner eigenen Aussage zufolge die Testergebnisse beeinflussen kann. Wir müssen somit davon ausgehen, daß die Tests, von denen die Anklage behauptet, sie würden Jennifer Ryans Blut identifizieren, längst nicht so sorgfältig durchgeführt wurden, wie all die anderen Tests, die uns hier mit großem Aufwand präsentiert worden sind.

Und wenn der Staatsanwalt auf das Blut auf der Statue zu sprechen kommt – Blut, das von Jennifer Ryan stammen *könnte* und andererseits auch wieder *nicht* –, dann wird er nur eine einzige Möglichkeit beschreiben, wie dieses Blut auf die Statue gelangt sein kann: während der Ermordung von Ned Ryan. Als ob niemals jemand eine Verletzung an der Hand gehabt hätte, als ob niemals jemand eine Skulptur berührt hätte, ohne sie als Mordinstrument zu benutzen.

Was wird er Ihnen sonst noch erzählen? Er wird Mr. Garfield erwähnen, der sah, wie Jennifer Ryan gegen neun Uhr das Gebäude verließ. Dagegen wird er nicht so sehr betonen, daß Mr. Garfield Jennifer Ryan nicht besonders gut kannte und daher auch durchaus eine andere Frau gesehen haben könnte. Dazu kommt noch, daß Mr. Garfield sie lediglich in der Eingangshalle sah. Damit ist aber nichts darüber ausgesagt, wo sie sich aufgehalten hat, bevor er sie sah. Oben? Vielleicht. Vielleicht stand sie aber auch eine ganze Weile in der Halle oder sie saß im Treppenhaus oder sie kam von draußen herein, blieb dort einen Moment und verließ das Gebäude dann wieder.«

Erneut machte Ryan eine Pause. Er nahm einen Schluck Wasser und sah sich die Geschworenen an. Aufmerksam saßen sie auf ihren Plätzen. Sarrubbis Mund war erwartungsvoll geöffnet, und der sonst so schläfrige Busfahrer schien hellwach zu sein. Constable machte den Eindruck, daß ihm diese Vorstellung viel Freude bereitete.

»So sehen die Beweise der Anklage aus. Etwas anderes kann Ihnen der Staatsanwalt auch nicht erzählen. Aber er wird alles so darstellen, als gäbe es nur sichere, nachprüfbare Beweise. Aber wir wissen es besser. Wir wissen, daß die sogenannten Beweise, die er uns hier präsentiert hat, voller Lücken sind. Keine einzige solide Schlußfolgerung läßt sich darauf aufbauen. Aber selbst wenn jeder einzelne Beweis etwas taugen würde – was ergäben sie alle zusammengenommen? Gar nichts.

Lassen Sie es mich zusammenfassen: Ein Mann mit zahlreichen Feinden wird durch außergewöhnlich starke Schläge mit einer Skulptur getötet, vermutlich gegen neun Uhr abends. Seine Frau, die bereits seit Monaten über ihn verärgert war und das auch offen zugab, hatte sich an jenem Abend gegen acht Uhr mit ihm gestritten und könnte eventuell gegen neun in der Eingangshalle des Gebäudes, in dem der Mord stattfand, gesehen worden sein. Eine kleine Blutspur auf der Tatwaffe soll angeblich von ihr stammen, doch gibt es keinen Hinweis, wie oder wann ihr Blut darauf gelangt sein könnte. Der Mord wurde in einem Zimmer begangen, zu dem ein jeder Zutritt hatte, einschließlich der vielen Partygäste aus dem oberen Stockwerk. Unter ihnen befanden sich Personen, die unerlaubte Drogen und Waffen bei sich führten, sowie mindestens einer, der gute Gründe hatte, das Opfer zu hassen, und genau an diesem Abend öffentlich verkündete, daß er Ned Ryan am liebsten umbringen wolle.

So sehen die Beweise der Anklage aus. Mehr haben die Zeugen hier nicht vorgebracht. Ich stelle fest, daß das nichts darüber aussagt, wer der Mörder von Ned Ryan gewesen ist. Und es stellt ebenfalls keinen Beweis dar, daß Jennifer Ryan über jeden begründeten Zweifel hinaus des Mordes schuldig ist.

Vor einem Augenblick habe ich Sie darauf hingewiesen daß ungefähr zwei Stunden in Frage kommen, in denen der Mord geschehen sein könnte. Hat irgend jemand Mrs. Ryan in diesem Zeitraum gesehen? Um acht verließ sie das Fest mit ihrem Mann, und Mr. Garfield hat sie vielleicht gegen neun Uhr unten im Haus gesehen. Das ist alles.

Manchmal ist die wichtigste Aussage diejenige, die Sie gar nicht gehört haben. Die Zeugen der Anklage haben nichts davon gesagt, daß sie Jennifer Ryan nach acht Uhr irgendwo im achten oder neunten

Stock oder auf dem Dachgarten gesehen hätten. Niemand hat ausgesagt, daß er zu einem bestimmten Zeitpunkt vom achten Stock her Lärm oder Streit mitbekommen hätte. Niemand hörte die Schläge oder einen Kampf.

Die Staatsanwaltschaft will Sie glauben machen, daß sich die Ryans die gesamte Zeit zwischen acht und neun gestritten hätten. Ein langer Streit. Können Sie sich vorstellen, daß man eine geschlagene Stunde ununterbrochen streiten kann? Das ist lächerlich. So war es nie im Leben.

Wie sieht die Alternative aus? Mrs. Ryan verließ das Haus und kam wieder zurück. Aber wie ist das möglich? Erst besucht sie eine Party mit über fünfzig Gästen, die sie zum Großteil alle gesehen und auch gekannt haben – und dann soll sie sich später unerkannt in die Wohnung hineingeschlichen haben? Ein einziges Mal nur will jemand sie gesehen haben: beim Verlassen der Eingangshalle des Gebäudes. Der gesunde Menschenverstand sagt Ihnen, daß das so nicht stimmen kann.«

Ryan unterbrach sein Plädoyer, um noch einen Schluck Wasser zu trinken.

»Jetzt werde ich Ihnen zeigen, was die Beweise wirklich aussagen und was an jenem Abend wirklich geschah. Ned und Jennifer Ryan gingen gemeinsam auf eine Party. Wie gewöhnlich trennten sie sich dort an einem bestimmten Punkt und unterhielten sich mit verschiedenen Gästen. Ned Ryan ließ für einen Moment eine lasterhafte, bösartige Frau an sich heran, die ihn mit Berechnung verführte. Ned Ryan hatte eine Schwäche für Frauen, was seiner Ehefrau auch schon seit Jahren bekannt war. Es gefiel ihr nicht, aber sie tolerierte das Verhalten ihres Gatten. Manchmal schimpfte sie auch darüber und sagte dummes Zeug, wie man das so tut. Sie haben ja auch die Aussage von Mr. Bundesman gehört. Zwei Jahre lang hat er immer wieder betont, daß er Ned Ryan töten wolle. Das ist leeres Geschwätz, sonst nichts. Und jeder weiß das. Mrs. Ryan hat also in den letzten Jahren ähnliche Dinge von sich gegeben, was natürlich nichts zu bedeuten hat. Sie hat Ned Ryan gelegentlich angeschrien und selbst einmal eine Beziehung zu einem anderen Mann unterhalten, zu Nicholas Maclean, der hier ausgesagt hat. Und wie hat sie diese Beziehung selbst eingeschätzt? Sie hat ihr nichts bedeutet. So steht es im Protokoll. Bedeutungslos. Das hat sie zu Nicholas Maclean gesagt, der es uns hier vor Gericht wiederholte.

Und nun fragen wir uns: Welchen Zeugen sollen wir glauben? Wir müssen nicht notwendigerweise denen glauben, die mit ihrer Aussage private Interessen verfolgten. Und jenen, denen auf der Party beinahe die Augen aus dem Kopf gefallen wären, auch nicht. Das sind nicht unbedingt die Zeugen, denen Sie im Chor der Sonntagsschule begegnen würden.

Wenn aber ein Mann wie Nicholas Maclean hier hereinkommt und eine Aussage macht, die ihm, offen gestanden, nicht gerade schmeichelt, dann vedient er für diese Worte zumindest mehr Glauben als andere Zeugen. Jennifer Ryan beendete ihr Verhältnis mit der Bemerkung, es bedeute ihr nichts mehr. Es war für ihn gewiß nicht angenehm, das vor all den Menschen hier im Gerichtssaal zuzugeben. Aber er tat es trotzdem. Dabei war er ein Zeuge der Staatsanwaltschaft, der sicherlich keinen Grund hatte, uns zugunsten einer Angeklagten zu belügen, die ihn für bedeutungslos hielt. Und was genau hatte sie ihm zufolge gesagt? Daß die ganze Angelegenheit ebenso bedeutungslos sei, *wie Ned es immer von seinen Affären behauptete.* Sie hatte also eingesehen, wie unwichtig und *bedeutungslos* die Eskapaden ihres Mannes im Vergleich zu ihrer Ehe waren.

So sieht es in Jennifer Ryan aus. Ihr Gemütszustand entspricht wohl kaum dem eines Menschen, der einen Mord begeht.

Und nun kommt Tina Claire hinzu und spielt ein übles Spiel mit Ned Ryan. Warum? Weil sie verdorben ist, darum. Sie haben sie und ihr ›Improvisationstheater‹ ja selbst erlebt. Sie hat sich also ihren Spaß gemacht und den übrigen Partygästen bewiesen, daß auch Ned Ryan seine Schwächen hat, wie die meisten Menschen. Allerdings schafften sich nicht alle so viele Feinde damit wie der arme Ned Ryan.«

*Der arme Ned Ryan.* Die Wahrheit dieser Worte drang für einen Augenblick in sein Bewußtsein. Ryan schob sie beiseite.

»Ich sehe noch immer Mr. Bundesman vor mir, mit seinem gewaltigen Haß auf Ned Ryan. Was meinen Sie, wieviel andere Harry Bundesmans es noch gibt? Einen ganzen Haufen, wage ich zu behaupten. Was die Polizei allerdings nicht weiter kümmerte. Auch das haben Sie hier erfahren.

Da steht Ned Ryan nun also mit dieser Frau zusammen, die sich in einer Weise benimmt, wie man es auf einer Party eigentlich nicht erwartet. Mr. Ryans Ehefrau ist von alledem nicht sonderlich begeistert, um es milde auszudrücken. Sie geht auf ihn zu und läßt ihn ihre Enttäuschung in aller Deutlichkeit wissen, schreit ihn an. Dann zerbricht sie diese Schale. Es kommt öfters vor, daß jemand sich so Luft verschafft. Bumm!« Er ließ seine Faust auf das Pult krachen. »Danach fühlt man sich wesentlich besser. Wie viele Menschen wohl schon in einem Anfall von Wut Teller zerbrochen haben? Mit Mord hat das nichts zu tun. Ich habe bereits vorhin die Frage aufgeworfen, ob Sie zwischen dem *Zerschlagen* von Geschirr und dem *Erschlagen* eines Menschen zu unterscheiden vermögen. Waren auch Sie schon einmal so in Rage, daß Sie Geschirr kaputtgeschmissen haben? Wenn nicht, stellen Sie eine Ausnahme dar.

Mrs. Ryan schrie ihren Mann also an und zerschlug die besagte Schale, woraufhin er verschwand. Sie folgte ihm, beschimpfte ihn vielleicht weiter – oder auch nicht – und verließ dann schließlich das Apartment. Draußen angekommen lief sie ziellos und niedergeschlagen umher. Vielleicht betrat sie dann gegen neun Uhr das Gebäude erneut, entschied sich aber nach kurzer Überlegung, nicht mehr hinaufzugehen, sondern den Streit unter vier Augen zu beenden. Also ging sie nach Hause, um auf ihren Ehemann zu warten. Unterdessen begegnete der in den Privaträumen von Mr. Hill seinem Mörder, der nach der Tat seine Fingerabdrücke beseitigte und sich aus dem Staub machte.«

Ryan wartete einen Augenblick, um das Gesagte auf die Geschworenen wirken zu lassen. Dann fuhr er langsam fort.

»Kommen wir nun auf das Zimmer zu sprechen, ein Zimmer, zu dem *jeder* Zugang hatte. Ein Zimmer, in das auch Ned Ryan jeden hätte einlassen können. Die entsprechenden Zeugenaussagen sind Ihnen bekannt. Es könnte sein, daß er sich dort mit einer anderen Person verabredet hatte. Möglich auch, daß ein Dieb hereinkam. Wer kann das schon wissen? Jemand, der später über dieselbe Feuerleiter verschwand, die die Polizei bis zur Gerichtsverhandlung überhaupt nicht zur Kenntnis genommen hatte. Die Polizei hat vieles übersehen, und wer weiß, was sie andererseits bemerkt, uns aber nicht mitgeteilt hat? So hat, wie Sie wissen, kein Polizeibeamter auf die fehlenden Fingerabdrücke auf dem Telefon hingewiesen, bis ich schließlich selbst daraufgekommen bin. Ich bin weiß Gott nicht vollkommen, Ladys und Gentlemen, und kann daher nicht sämtliche Versäumnisse der Polizei aufdecken. Daher ist mir nicht bekannt, welche Informationen ansonsten noch zurückgehalten wurden. Niemand von uns weiß das.«

Griglia erhob energisch Einspruch. Der Klang seiner Stimme ließ in Michael Ryan etwas explodieren.

»Mr. Griglia erhebt Einspruch! Wunderbar!«

Der Richter gab dem Verlangen des Staatsanwalts statt, doch machte Ryan weiter, als hätte er nichts gehört. »Mr. Griglia erhebt Einspruch, weil ich behaupte, daß seine Polizei keinesfalls so aufrichtig und hilfsbereit ist, wie er es gerne hätte.«

»Mr. Ryan.«

»Verzeihung, Euer Ehren«, antwortete er, fuhr jedoch unbekümmert fort. »Mr. Griglia wird nach mir hier auftreten und eine Frau als Mörderin brandmarken, deren größter Fehler – den Beweisen nach zu urteilen – darin bestanden hat, daß sie mitunter wütend wurde und nicht auf ihre Worte achtete. Und ihr bleibt nichts anderes übrig, als dort zu sitzen und diese Beschuldigungen schweigend anzuhören. Eine Frau, deren einzige Schuld darin besteht, daß jemand ihren Ehemann genau an dem Abend ermordet hat, an dem sie mit ihm einen Streit hatte. Haben Sie eine Ahnung, wie man sich dabei fühlt? Ich habe es, denn auch mir ist so etwas passiert. Ich stritt mich mit meiner Frau, und noch in derselben Nacht fuhr sie gegen einen Brückenpfeiler. Manche sind der Ansicht, daß ich dafür die Schuld trage. So zum Beispiel Ned Ryan ...«

Corino fuhr aus der Haut. »Mr. Ryan! *Mr. Ryan!*«

Ryan erstarrte und versuchte, sich wieder unter Kontrolle zu bekommen.

Er wußte nicht, wie lange er schon regungslos dagestanden hatte, als Corino ihn wieder beim Namen nannte. »Mr. Ryan?«

Er wandte sich zum Podium um. »Tut mir leid, Richter.« Diesmal meinte er es wirklich so. »Es tut mir leid, Ladys und Gentlemen«, wiederholte er an die Jury gewandt, »ich bin ein wenig erregt.«

Er trank einen Schluck und holte ein paarmal tief Luft, um wieder zu sich zu kommen. Dann redete er weiter, wenn auch wesentlich langsamer als zuvor.

»Doch es gibt also Beweise – die in Wahrheit überhaupt nichts besagen, Ladys und Gentlemen. Jennifer Ryan sitzt vor Ihnen als Unschuldige, was bedeutet, daß sie die Tat nicht begangen hat, solange die Anklage nicht das Gegenteil beweist. Und das ist ihr nicht einmal annähernd gelungen. Die Beweislast lag auf ihrer Seite, aber sie hat keinerlei Beweise herbeizuschaffen vermocht und ist ihrer Aufgabe nicht gerecht geworden. Schließlich dreht sich diese Verhandlung nicht um Beschimpfungen und zerschlagenes Geschirr. Aber das ist das einzige, das die Staatsanwaltschaft zu beweisen in der Lage ist.

Alles läuft auf das Blut an der Statue und auf das abgewischte Telefon hinaus. Mehr ist nicht vorhanden. Würden *Sie* diese Frau zur Mörderin abstempeln, zur Mörderin ihres eigenen Ehemannes, nur weil ein wenig Blut, bei dem es sich um das ihre handeln könnte, an der Tatwaffe entdeckt wurde? Ohne zu wissen, wie es darauf gelangte? Auch ich werde Ihnen nicht sagen können, wie das geschehen sein könnte, möchte Sie aber daran erinnern, daß auch die Anklage dafür keinen stichhaltigen Beweis zu liefern in der Lage war.

Ich werde Ihnen sagen, was wir wissen: In diesem Raum befand sich jemand, der die Fingerabdrücke an dem Telefon beseitigte. Nur ist dieser Jemand nicht Mrs. Ryan. Wie können wir da so sicher sein? Die Aussage des Sachverständigen der Polizei lautete, daß in dem Zimmer auch noch weitere Abdrücke von ihr hätten vorhanden sein können. Und der Staatsanwalt wird Sie darauf hinweisen, daß auch Spuren ihres Blutes am Tatort gefunden wurden. Beides zusammen ergibt jedoch keinen Sinn. Weshalb hätte meine Mandantin denn das Telefon abwischen sollen, wenn sie gleichzeitig alles andere so beließ, wie es war?

Ich wage die Voraussage, daß der Vertreter der Anklage hier die kompliziertesten Erklärungen vorbringen wird, um zu beweisen, daß so etwas im Eifer des Gefechts doch möglich war. Der Staatsanwalt kann in seiner Freizeit alle möglichen Gedankenspiele veranstalten, nicht aber vor Gericht. Er ist nämlich hier, um zu *beweisen*, was wirklich geschehen ist, und nicht, um irgendwelche theoretischen Überlegungen darüber anzustellen, was gewesen sein könnte …

Natürlich müssen wir unsere Schlüsse aus dem abgewischten Telefon ziehen. Die einzige Schlußfolgerung, die einen Sinn ergibt, lautet folgendermaßen: Der Apparat wurde im Gegensatz zu den anderen in dem Zimmer befindlichen Objekten abgewischt, weil jemand annahm, daß es sich bei dem Telefon um den einzigen Gegenstand handelte, auf dem sich seine Fingerabdrücke befanden. Also mußten sie nur dort beseitigt werden, *damit niemand herausfand, daß sich die betreffende Person in dem Apartment aufgehalten hatte.*

Ich gehe sogar noch einen Schritt weiter. Der Raum war frei zugänglich. Jeder der Gäste hätte also hineingelangen und ein Telefongespräch führen können. Somit hätte also jeder auf der Party Ned Ryan töten können, auch solche Leute, die gar nicht eingeladen waren.«

Ryan spürte, daß er sich wieder unter Kontrolle hatte. Und er spürte ebenfalls, daß er im Laufe seines Plädoyers einen Draht zu den Geschworenen gefunden hatte, den er nicht wieder verlieren wollte.

»Jennifer Ryan hat genug gelitten. Der Staatsanwalt hat sie mit Hilfe dürftigster Beweise vor Gericht gezerrt und gleichzeitig die wichtigsten Beweismittel einfach ignoriert. Sie haben die Versäumnisse der Polizei verfolgt und einiges über einen unbeliebten Ned Ryan erfahren, der sogar vielfach gehaßt wurde. Besondere Fantasie ist nicht notwendig, um sich vorzustellen, wie groß die Zahl der Menschen ist, die ihn getötet haben könnten.

Gibt es in diesem Fall einen begründeten Zweifel? Selbstverständlich gibt es den. Dieser Begriff ist allerdings nicht ausreichend, um das Ausmaß der Lücken zu beschreiben, die die Beweisführung der Anklage in sich birgt.

Wenn Sie sich nachher in Ihr Beratungszimmer zurückziehen und sorgsam über das nachdenken, was Sie gehört und gesehen haben, werden Sie feststellen, wie groß Ihre Zweifel sind und daß Sie keinen überzeugenden Beweis für das in den Händen haben, was im vergangenen Juni in jenem Zimmer passiert ist. Darum werden Sie es ablehnen, in diesem Prozeß einen Schuldspruch zu fällen.«

Er wartete einen Moment. »Und nun überlasse ich Sie dem Staatsanwalt, der versuchen wird, Sie die Dinge so sehen zu lassen, wie *er* es gerne hätte. Ich kann dem, was er Ihnen mitteilen wird, nichts entgegensetzen. Vielmehr baue ich darauf, daß Sie das Folgende denken, wenn sie ihm zuhören: Was würde wohl Michael Ryan darauf erwidern? Was sagen die *Beweise* dazu?

Sie werden in dieser Verhandlung nichts mehr von mir hören. Ich halte das auch nicht für nötig, denn ich glaube, Sie alle sind klug genug, die lückenhafte Beweisführung zu durchschauen. Ich danke Ihnen.«

## 19

Der Weg zurück zum Tisch der Verteidigung schien endlos. Ryan war wackelig auf den Beinen. Er kam sich vor wie ein Wolkenkratzer, der in einem Hurrikan hin und her schwankte.

Schließlich fand seine Hand die Stuhllehne. Ryan setzte sich neben Miß Miller, die eine vollkommen unergründliche Miene aufgesetzt hatte. Er wandte den Blick von ihr ab, um mitzubekommen, was vorne geschah.

Griglia stand bereits am Pult. Aber noch war Ryan nicht in der Lage, konzentriert zuzuhören. Er vermochte die Wirkung seines Plädoyers oder das Ausmaß des Schadens, den sein Gefühlsausbruch verursacht hatte, nicht zu beurteilen.

Es erwischt einen meist dann, wenn man gar nicht damit rechnet, dachte er.

Nach und nach fand Ryan zu einem halbwegs normalen Zustand zurück. Er schob seinen Stuhl in eine Position, von der aus er Griglia besser beobachten konnte. Der Bezirksstaatsanwalt sprach mit gedämpfter Stimme und ohne große rhetorische Kniffe. Keine Spur von einem übertriebenen Feuerwerk. Dies war nicht der ungestüme, leidenschaftliche Franky Griglia früherer Tage. Die langjährige Berufserfahrung hatte ihn reifer und selbstsicherer werden lassen.

»Es gibt *einen* Fehler, den ich gelernt habe, nicht zu begehen«, sagte er. »Ich kann nicht in das Herz eines Menschen blicken. Die Argumente, die Sie soeben gehört haben, basieren auf der Vorstellung, daß Sie sämtliche an Ned Ryan gerichtete Todesdrohungen der Angeklagten vergessen sollen, weil sie gegenüber ihrem früheren Liebhaber einmal geäußert hat, daß ihr Verhältnis mit ihm ebenso bedeutungslos war wie die Affären ihres Ehemannes mit anderen Frauen. Mit einer solchen Argumentation soll Ihnen weisgemacht werden, daß die eine Äußerung wahr und aufrichtig gewesen sei, während es sich bei allen anderen um leeres Geschwätz gehandelt habe.

Nein, ich gebe nicht vor, über derartige geistige Röntgenstrahlen zu verfügen. Die Beweisaufnahme hat eindeutig ergeben, daß die Angeklagte wiederholt ihrem Wunsch Ausdruck verliehen hat, Ned Ryan loswerden zu wollen, daß er sterben sollte, daß sie ihn umbringen wollte. Ich weiß nicht, weshalb sie gegenüber Nicholas Maclean behauptet hat, ihr Verhältnis sei ohne jede Bedeutung. Sie könnte es wirklich so gemeint haben. Vielleicht wollte sie ihn aber auch nur verletzen. Das spielt hier keine Rolle. Was dagegen eine Rolle spielt, ist der Umstand, daß diese Frau mit ansah, wie ihr Ehemann eine Affäre nach der anderen hatte und – nach Aussage der Zeugen – immer wieder auf dieselbe Art und Weise reagierte. Immer wieder sagte sie nämlich, daß sie Ned Ryans Tod wünsche. Er solle nicht mehr weiterleben. Gegenüber einigen Personen äußerte sie sogar, sie spiele mit dem Gedanken, ihn selbst zu töten.

Der Verteidiger hat Ihnen hier lediglich eine Parodie dieser Beweise vorgeführt, indem er ausschließlich auf die allerkleinsten Fehler und

Ungereimtheiten einging. Er hat versucht, aus kleinsten Kleinigkeiten Berge von Zweifel zu errichten. Lassen Sie sich nicht zum Narren halten. Die minimalen Fehler und Unzulänglichkeiten der Menschen, die hier ausgesagt haben, sollten nicht zu der Ansicht verleiten, daß die Beweisführung der Staatsanwaltschaft auf tönernen Füßen steht.

Die wichtigen Beweise, die hier vorgebracht wurden, blieben unwidersprochen. Alle Zeugen haben im Grunde ein und dieselbe Geschichte erzählt – die Geschichte, wie es zu diesem traurigen und gewalttätigen Verbrechen gekommen ist. Und nichts und niemand wurde vor diesem Gericht von der Verteidigung aufgeboten, um ihre Aussagen zu widerlegen.«

Ryan horchte auf. Die Erwähnung von unwiderlegten Beweismitteln könnte in gerichtlich unzulässige Andeutungen über Jennifers fehlende Aussage hinauslaufen.

Griglia fuhr fort. »Die Verteidigung hat zahlreiche Versuche unternommen, die Zeugen zu verunglimpfen. Aber nicht *einmal* wurde danach gefragt, wer diese Zeugen eigentlich waren und warum sie hierherkamen. Donald Garfield zum Beispiel, ein Geschäftsmann von außerhalb. Niemand kann behaupten, er habe einen Grund, an dem Prozeß teilzunehmen und uns zu belügen. Niemand hatte Beweise dafür zur Hand, daß einige der Zeugen aus niederen Beweggründen hier erschienen sein könnten. Denn es handelte sich bei ihnen um Menschen, die uns die Wahrheit schildern wollten, wie sie sie am Abend des Verbrechens miterlebt hatten. Menschen wie Sie selbst, die nur ihre Bürgerpflicht erfüllten. Sie müssen entscheiden, ob es irgendwelche Gründe gibt, ihnen nicht zu glauben.

Was hat die Beweisaufnahme nun ergeben? Ned Ryan lag in ständigem Streit mit seiner Ehefrau, weil er Beziehungen zu anderen Frauen unterhielt, und auch noch wegen anderer Dinge. Zwar wollte Mrs. Ryan gerne aus dieser Ehe ausbrechen, doch fühlte sie sich nicht zuletzt wegen der geschäftlichen Verbindungen zwischen ihrem Mann und ihrem Vater darin gefangen. Oftmals redete sie davon, daß es ihr Wunsch sei, ihn zu beseitigen. Dabei handelte es sich keineswegs um harmlose Bemerkungen: ›Wenn er das noch einmal macht, bringe ich ihn um‹, hat sie sogar gesagt. Außerdem rief sie die Frauen an, mit denen ihr Mann ein Verhältnis hatte, und bedrohte sie.

Etliche Zeugen, darunter auch solche, die der Angeklagten nahestanden, haben die Szene zwischen Tina Claire und dem späteren Opfer miterlebt und ausgesagt, daß die Angeklagte das Verhalten ihres

Gatten als demütigend empfand. Schließlich wurde sie so zornig, daß sie sich nicht mehr zurückhalten konnte und Dinge sagte wie: ›Das war's‹ und ›Ich werde das nicht einfach so schlucken.‹

Das sind klare Worte, Ladys und Gentlemen, die nichts anderes besagen als: Es wird dir schon noch leid tun. Sie hat ihn verflucht und wirklich bedroht. Und als er sie dennoch nicht beachtete, zerschlug sie einfach eine Schale. Auch das hat nach Meinung des Verteidigers nichts weiter zu bedeuten. Sie werden selbst entscheiden müssen, welcher Art ein Zorn ist, der einen Menschen vor den Augen vieler Leute zu einem solch extremen Verhalten veranlaßt. Nicht zu vergessen, daß sich darunter auch Freunde und Bekannte befanden, an deren Wohlwollen ihr viel gelegen war.

Und wie sah die Reaktion auf dieses Benehmen aus? War ihr Ehemann entsetzt? Versuchte er, sie zu beruhigen? Schrie er sie an? Nichts dergleichen. Er ging einfach hinaus. Was hätte sie wohl mehr in Rage versetzen können, als derart ignoriert zu werden?«

Griglia schwieg einen Augenblick, um auf die Jury Eindruck zu machen. Denn Wasser trank er während dieser Pause nicht. Es befand sich noch nicht einmal ein Glas auf dem Pult – ebensowenig wie ein Redemanuskript.

»Das alles ist uns durch Zeugen, die das Geschehen unmittelbar verfolgt haben, mitgeteilt worden. Der Rest der Beweise ist indirekter Natur, wie der Verteidiger schon ausgeführt hat. Indizienbeweise. Doch heißt es keineswegs, daß sie deshalb wertlos sind und wir sie außer acht lassen dürften. Falls daraus irgendwelche Schlußfolgerungen zu ziehen sind, dann tun wir das auch. Denn nicht jede Schlußfolgerung ist schließlich ein häßliches Entlein.

Der Rest der Beweisführung ist leicht nachzuvollziehen. Von der Gerichtsmedizinerin haben wir gehört, daß Ned Ryan ungefähr zwischen acht und Viertel vor zehn gestorben sein muß. Dr. Guevara meinte, aufgrund sämtlicher vorliegender Untersuchungsergebnisse könne man den Todeseintritt auf einen Zeitraum beschränken, der wenige Minuten vor oder nach neun Uhr umschließt. So lautet ihre Meinung als Sachverständiger.

Weiter haben wir gehört, daß Ned Ryan mit vier kräftigen Schlägen auf den Kopf getötet wurde, wobei als Tatwaffe eine Skulptur diente, Beweisstück Nummer achtzehn. Außerdem stimmten die Blutspuren an dieser Skulptur mit dem Blut der Angeklagten überein. Und schließlich sagte uns Mr. Garfield, er habe Jennifer Ryan gegen neun

Uhr das Haus verlassen sehen – laut Dr. Guevara der wahrscheinliche Todeszeitpunkt.

Das ist der Kern der Beweisführung. Dann gibt es noch andere Punkte, die zumindest Verdacht erregen, wie die Beseitigung der Kleider der Angeklagten. Hätten wir die Möglichkeit gehabt, sie auf Blutflecke zu untersuchen, wäre das eine große Hilfe für uns gewesen. Aber wir werden nie erfahren, ob sich tatsächlich solche Flecken darauf befanden, weil die Angeklagte diese Kleidungsstücke weggegeben hat. Teure Kleider, Modellkleider. Sie haben die Aussage der Zeugen ja gehört. Schuhe zum Preis von sechshundert Dollar, die sie nur einige Wochen lang trug. Eine Bluse für vierhundert und ein Kostüm für mehr als tausend Dollar. Einen Tag nach dem Mord gab sie diese Sachen einfach weg. Wollte sie lästige Beweisstücke loswerden? Darüber müssen Sie entscheiden.

Im Vergleich zu den anderen Beweisen, über die wir verfügen, ist dieser Punkt von eher geringer Bedeutung. Denn wir haben wirklich überzeugende Beweise zusammengetragen, die allesamt auf die Schuld der Angeklagten hindeuten.«

Ryan überlegte, ob er Einspruch erheben sollte, beschloß dann jedoch, die nächste Gelegenheit abzuwarten, da er sicher war, daß Griglia das Fehlen jeglicher Entlastungszeugen anprangern würde.

»Der Verteidiger hat zu recht darauf hingewiesen, daß die Staatsanwaltschaft in diesem Fall die Beweislast trägt und die Schuld der Angeklagten so eindeutig beweisen muß, daß keine begründeten Zweifel mehr bestehen.

Folgt man nun seiner Argumentation, so bekommt man den Eindruck, daß der Verteidiger Ihnen einreden will, jedes von ihm erfundene Märchen sei ausreichend, um einen derartigen Zweifel herbeizuführen. Ich bin da ganz anderer Ansicht und müßte mich sehr wundern, wenn Sie anders denken würden. Ich werde hier nicht sämtliche Fantastereien des Verteidigers widerlegen, doch auf einige Punkte möchte ich doch eingehen.

Er zeigte sich sehr interessiert an der Frage, was sich zwischen acht Uhr und kurz vor neun ereignete. Zu Beginn dieses Zeitraums verließ Ned Ryan die Party, wobei er von der wütenden Angeklagten verfolgt wurde; und an dessen Ende wurde er dann mit einigen Schlägen auf den Kopf getötet. Die Antwort lautet, daß darüber keine Zeugenaussagen existieren. Eine zweite Antwort lautet jedoch, daß dies für unseren Prozeß überhaupt keine Rolle spielt. Wichtig ist nur, daß die vorhandenen Beweise die Angeklagte deutlich des Mordes überführt haben.

Der Verteidiger hat vorauszusagen gewagt, ich würde behaupten, die Angeklagte sei nach dem Verlassen der Party mit dem Vorsatz zurückgekommen, ihren Mann zu ermorden. Ich danke ihm für diese Idee. Es entspricht zwar nicht exakt dem, was ich eigentlich sagen wollte, aber eine solche Vorgehensweise der Angeklagten scheint mir trotzdem durchaus möglich. Mehr noch, ich halte dieses Szenario sogar für das wahrscheinlichste, denn es deutet darauf hin, daß die Angeklagte von Anfang an planvoll vorging, um nicht entdeckt zu werden. So läßt sich auch erklären, weshalb niemand sie bemerkte. Im Falle, daß ihr doch einer der Partygäste über den Weg gelaufen wäre, hätte sie ihr Vorhaben immer noch abbrechen können. Da sie aber niemandem begegnete, setzte sie ihren Plan in die Wirklichkeit um und tötete Ned Ryan.

Aber, Ladys und Gentlemen, natürlich müssen Sie all diese Gedankenspiele nicht übernehmen, so zutreffend sie Ihrer Meinung nach auch sein mögen. Die von Mr. Garfield gemachte Aussage beweist zur Genüge, daß die Angeklagte zu genau derselben Zeit in dem Haus anwesend war, in der der Gerichtsmedizinerin zufolge ihr Ehemann starb. Entweder hielt sie sich dort schon länger auf, oder aber sie ging fort und kam wieder zurück. Wie auch immer, sie hielt sich längere Zeit am Tatort auf, nachdem sie mit ihrem Mann die Party auf dem Dachgarten verlassen hatte.

Ein weiterer wichtiger Punkt scheint mir, daß die Verteidiger einerseits die Aussage der Fachleute über den exakten Todeszeitpunkt in Frage stellten, andererseits die Angeklagte aber nicht bereit war, uns bei der Klärung dieses Problems behilflich zu sein ...«

»Einspruch«, sagte Ryan ruhig. »Hier wird auf Dinge angespielt, die bei der Beweisaufnahme überhaupt keine Erwähnung gefunden haben.«

»Er hat recht, Mr. Griglia«, sagte Corino.

Griglia ließ sich durch diese kleine Niederlage nicht im geringsten irritieren, sondern erläuterte mit Hilfe der großformatigen Fotografien in aller Deutlichkeit nochmals die Stellungnahme des Pathologen.

Dann nahm er die Skulptur in die Hand. »Dies, Ladys und Gentlemen, ist den Aussagen der Fachleute zufolge die Mordwaffe. Ich bitte Sie, sich die Gedankenwelt eines Menschen vor Augen zu führen, der mit diesem ... ›Schwingenlosen Vogel‹ viermal einem anderen Menschen heftigst auf den Kopf schlägt. Wer das getan hat, hatte nur eines im Sinn: zerstören und töten. Denken Sie in der Abgeschiedenheit Ihres Beratungszimmers darüber nach.«

Er hob die Skulptur hoch und schlug dann damit auf einen imaginären Kopf ein. »Eins«, zählte er. »Zwei. Drei. Vier. Versetzen Sie sich in diese Situation, fühlen Sie den starken Willen, der nötig gewesen sein muß, um so etwas zu vollbringen. Fühlen Sie das Gewicht dieses Gegenstandes, und Sie werden zu der Überzeugung gelangen, daß derjenige, der damit mehrmals hintereinander auf Ned Ryan einschlug, das nur getan haben kann, weil er unbedingt alles Leben aus ihm heraushämmern wollte.

Dazu war nicht einmal ein Plan vonnöten, obwohl die Angeklagte, wie wir gesehen haben, sehr wohl einen hätte haben können. Einem vorsätzlichen Mord braucht nicht immer ein Plan zugrunde zu liegen. Der Richter wird Ihnen das später erläutern. Es ist lediglich entscheidend, daß der Täter während des Mordes den klaren Entschluß faßt, sein Opfer zu töten. Und ich wehre mich gegen jeden, der meint, der Täter könnte viermal mit dieser schweren Statue zugeschlagen und auch noch die klaffende Wunde betrachtet haben, ohne Ned Ryan vorsätzlich töten zu wollen. Ich spreche jedem das Recht ab, der Angeklagten zuzugestehen, daß sie auch nur einen Augenblick lang an die Bedeutung und die Zerbrechlichkeit des menschlichen Lebens gedacht hat, während sie diese vier Schläge ausführte.«

»Einspruch, Euer Ehren. Es ist überhaupt nicht erwiesen, daß Mrs. Ryan irgendwelche Schläge ausführte.«

Corino zeigte sich über diese zweite Unterbrechung deutlich verärgert, und Griglia war ausgesprochen wütend. Dennoch sagte der Richter: »Auch diesmal hat er recht, Mr. Griglia. Seien Sie bitte vorsichtiger mit Ihren Behauptungen. Mir ist bekannt, daß ein Prozeß immer auch der Streit zweier gegnerischer Parteien ist, doch gibt es eindeutig Grenzen.«

Von seinem Platz aus konnte Ryan erkennen, daß der Staatsanwalt rot anlief.

Was dann folgte, war vorherzusehen gewesen, wenn auch für Ryan nicht weniger schwer zu verdauen.

Griglia erwähnte das Blut auf der Statue. »Mit einer Wahrscheinlichkeit von eins zu einer *Milliarde* ist es das Blut der Angeklagten. Die Verteidigung will Ihnen weismachen, daß die an den Blutproben vorgenommenen Tests nicht ordnungsgemäß durchgeführt wurden.

Doch lassen Sie sich durch diese Scharlatanerei nicht in die Irre führen. Das Labor von Dr. Bailey hat ordentliche Arbeit geleistet und ist eine anerkannte Institution.

Und was die Bemerkung anbelangt, daß Leute mit blutenden Händen durch die Gegend laufen – wann haben Sie sich zum letztenmal in die Hand geschnitten, ohne daß jemand in Ihrer Umgebung etwas davon bemerkt hätte? Ohne daß Sie sich anschließend ein Pflaster oder eine Bandage angelegt hätten? Das ist doch Blödsinn! Ein Märchen ist das!

Heute morgen hat man Ihnen einiges über Telefone erzählt. Der Verteidiger meinte, ich würde Ihnen eine komplizierte Theorie vortragen, weshalb die Angeklagte das Telefon abgewischt haben sollte, andere Gegenstände aber nicht. Nun, das werde ich nicht tun. Warum nicht? Weil dazu kein Anlaß besteht. Denn es gibt gute Gründe, weshalb auf diesem Telefon keine Fingerabdrücke gefunden werden konnten, die allesamt gar nicht mit Ned Ryans Tod in Verbindung stehen. Denken Sie daran, daß auf der Party Drogen gefunden wurden. Wir wissen nicht, was für illegale Aktivitäten sich dort abgespielt haben mögen. Doch ist es durchaus denkbar, daß jemand von diesem Apparat aus telefonierte, um einen Drogendeal zu arrangieren. Und auch Waffen wurden dort entdeckt. Dieses Gespräch hätte sich somit um alles mögliche drehen können. Bitte vergessen Sie außerdem nicht, daß auch die sichergestellten Waffen und Drogenpäckchen keine Abdrücke aufwiesen.

Auf dieser Grundlage aber einen unbekannten Mörder ins Leben zu rufen, der scheinbar aus dem Nichts auftaucht, Ned Ryan ermordet, mal eben kurz telefoniert, den Apparat abwischt und wieder verschwindet – ein solches Konstrukt überfordert selbst den wohlgesonnensten Zuhörer. Es ist einfach zu lächerlich.

Wenn tatsächlich ein uns unbekannter Mörder mit im Spiel war, weshalb sollte er dann auf dem Telefon seine Abdrücke hinterlassen? Er wird Handschuhe getragen oder wenigstens ein Taschentuch um den Hörer gewickelt haben. Was für einen Grund könnte der unbekannte Mörder gehabt haben, vom Tatort aus zu telefonieren? Rief er Mami an? Einen Blumenladen, um einen Kranz zu bestellen? Oder hat er vielleicht nach einem Taxi telefoniert? Das alles ist einfach zu lächerlich, um noch weitere Worte darüber zu verlieren. Dieses Telefon hat mit dem ganzen Fall nichts zu tun.

Ladys und Gentlemen, in den vergangenen Wochen haben wir im

Laufe der Beweisaufnahme eine Menge Zeugen gehört, die alle ein und dieselbe Aussage gemacht haben. Eine wutentbrannte Ehefrau erschlägt ihren Mann mit dem erstbesten schweren Gegenstand, der ihr in die Finger kommt. Dabei verletzt sie sich an der Hand, wodurch ein wenig von ihrem Blut auf die Mordwaffe gerät. Anschließend verläßt sie den Tatort und beseitigt ihre Kleidung, die verschwunden bleibt und daher nicht auf Blutspuren untersucht werden kann. Das sind die Fakten. Und *nichts* spricht dagegen.«

Diesmal sprang Ryan auf. »Ich erhebe Einspruch gegen die unstatthaften Anspielungen des Staatsanwalts, der fortwährend auf den Umstand Bezug nimmt, daß die Verteidigung keine Zeugen aufgerufen hat. Ich bitte Euer Ehrer darum, die Jury dementsprechen zu belehren.«

»Die Geschworenen werden Mr. Ryans Störung nicht zur Kenntnis nehmen.«

»Euer Ehren?« Wie sehr Corino auch seiner überdrüssig sein mochte – für einen derartigen Scherz war der Augenblick höchst unpassend.

»Setzen Sie sich, Mr. Ryan. Mr. Griglia, wie Ihnen nur allzu gut bekannt sein dürfte, ist die Verteidigung nicht dazu verpflichtet, Zeugen zu benennen oder die Angeklagte in den Zeugenstand zu rufen.«

»Ich weiß, daß diese Verpflichtung nicht besteht. Ich möchte lediglich klarstellen, daß die Geschichten der Verteidigung jeglicher Grundlage entbehren und die Geschworenen sich daher die berechtigte Frage stellen können, weshalb das so ist. Der Verteidiger hat einige Bemerkungen über die Zeugen gemacht, die ich nicht ins Protokoll habe aufnehmen lassen. Jetzt ziehe ich mit ihm gleich.«

Das ist etwas anderes, hätte Ryan beinahe geantwortet. Du hast die Beweislast zu tragen. Ich bin nicht dazu angehalten, dich mit *meinen* Zeugen zu widerlegen, wenn ich dasselbe mit den *deinen* erreichen kann. Aber Corino beachtete ihn nicht, und Ryan konnte es sich außerdem nicht leisten, auf die Geschworenen ein weiteres Mal einen unbeherrschten Eindruck zu machen.

»Einspruch«, sagte er für's Protokoll.

Griglia ging jetzt dazu über, seine Sicht zur Problematik von Indizienbeweisen und begründeten Zweifeln darzulegen. »Damit ist kein kleiner Zweifel gemeint, auch kein gewöhnlicher Zweifel oder einer, der nur auf weltfremden Theorien basiert. Ein *wirklicher* Zweifel ist hier gemeint. Ein Zweifel, dem *ein wirklicher* Anlaß zugrunde liegt. Ein

Zweifel, der Sie zum Nachdenken veranlaßt. Aber kein Zweifel, den Sie sich zurechtschustern, weil Sie sich aus der zugegebenermaßen schwierigen Angelegenheit winden wollen, die Angeklagte des Verbrechens für schuldig zu erklären.

Sie tragen eine außerordentlich große Verantwortung, wenn Sie über einen Menschen ein Urteil zu fällen haben. Nun wurde uns beigebracht, welch große Bedeutung der Gnade zukommt. Doch möchte ich, daß Sie sich dabei folgendes klarmachen. Gnade wird nicht nur gegenüber Kriminellen praktiziert, sondern auch gegenüber den *Opfern* dieser Kriminellen, die den Schutz des Gesetzes und der Mitbürger verdienen. Gnade sollte auch gegenüber Ned Ryan ausgeübt werden. Vielleicht war er nicht einer der ehrenhaftesten Männer. Aber das rechtfertigt noch lange keinen Mord. Ned Ryan wurde keine Gnade zuteil.

Es ist niemals leicht, über eine andere Person ein Urteil zu fällen, doch ist dies mitunter notwendig und erforderlich. Als man Sie zu Geschworenen wählte, bekundeten Sie Ihren Willen und Ihre Fähigkeit, die Angeklagte für schuldig zu befinden, falls die Beweise dies rechtfertigten. Jetzt können Sie sich dieser auferlegten Pflicht nicht mehr entziehen.

Und begehen Sie bitte keinen Fehler, Ladys und Gentlemen. Die Beweise rechtfertigen allemal eine Verurteilung wegen Mordes, wie ja auch die Anklage lautet.«

Voller Selbstsicherheit und Überzeugung stand er da, dankte dann der Jury und setzte sich auf seinen Platz. Ryan würdigte er keines Blickes.

»Nun, Ladys und Gentlemen«, ergriff Corino das Wort, »Sie haben große Geduld bewiesen, und ich bin sicher, daß Sie jetzt erst einmal etwas essen möchten. Ich unterbreche die Sitzung hiermit für eine verspätete Mittagspause. Wenn Sie in einer Stunde wieder im Gerichtssaal sind, werde ich Ihnen die Rechtsbelehrung erteilen, damit Sie sich anschließend zu Ihrer Beratung zurückziehen können. Ich weiß, wie groß die Versuchung ist, nachdem Sie die Plädoyers beider Seiten gehört haben, schon jetzt über den Fall zu sprechen. Darum warne ich Sie ausdrücklich davor, untereinander oder mit Dritten darüber zu diskutieren.«

Ryan verließ den Saal mit den beiden Frauen, die sich bei ihm eingehakt hatten – Solidarität und Unterstützung. Schweigend bahnten sie sich ihren Weg zu den Aufzügen und stiegen dann in ihren Wagen, um ins Büro zu fahren.

Corinos Rechtsbelehrung an die Geschworenen fiel kurz und prägnant aus und war frei von den Corino-Ismen, die die Anwälte erwartet hatten. Zunächst verlas er erneut die Anklage, anschließend faßte er in effizienter Weise das Ergebnis der Beweisführung zusammen. Seine Darstellung des Maßstabes, den die Jury bei ihrer Beratung an den Fall anlegen sollte, ähnelte eher alten Bauernweisheiten als einer engen Auslegung des Gesetzes. Doch näherte er sich damit so sehr Griglias Version der Ereignisse an, daß Ryan unwillkürlich zusammenfuhr: »Ein über jeden begründeten Zweifel erhabener Beweis ist kein Beweis, der über *jeglichen* Zweifel erhaben ist oder über jeglichen Schatten eines Zweifels. Ein Zweifel ist dann begründet, wenn dafür Gründe vorhanden sind, ein Zweifel, der einen vernünftigen Menschen befallen könnte, der sich mit einem Fall dieser Bedeutung befaßt. Ich rede nicht von Vermutungen oder Spekulationen. Auch geht es hier nicht um Sympathie für die Angeklagte oder um das Verlangen, sich der schwierigen Aufgabe zu entziehen, ein Urteil zu fällen. Gemeint ist ein wirklicher Zweifel, über den Sie sich voll bewußt sind.«

Corino schwieg einen Moment, um die Bedeutung seiner Worte zu unterstreichen, und setzte sich dann in eine Positur, die den Vorstellungen, die man sich von einem Richter machte, am ehesten entsprach. »Ein begründeter Zweifel ist ein Zweifel, der auf einer nachvollziehbaren Ursache beruht und diese Ursache letztendlich auch überdauert.«

Was der Richter zum Thema Indizienbeweise zu sagen hatte, beunruhigte Ryan am meisten. Eigentlich hatte er erwartet, Corino würde die Jury darauf hinweisen, daß für die Urteilsfindung in einem auf Indizienbeweisen beruhenden Fall nur Beweise, die *mit moralischer Gewißheit* eindeutig den Schluß auf die Schuld der Angeklagten zuließen, statthaft waren.

Aber Corino drückte sich um eine derart klare Stellungnahme und sagte lediglich, daß in einer solchen Situation nur Schlußfolgerungen gelten gelassen werden sollten, die auf einer *tatsächlichen* Gewißheit beruhten. Gäbe es einen direkten Beweis – beispielsweise für die Anwesenheit der Angeklagten am Tatort –, dann sollten die Geschworenen die Bestimmungen hinsichtlich der Indizienbeweise nur auf den Teil des Beweises anwenden, der tatsächlich auf Indizien beruhte.

›Tatsächliche Gewißheit‹ klang nicht so eindeutig wie ›moralische Gewißheit‹, zumindest nicht in Ryans Ohren. Aber da den Geschworenen der richtige Ausdruck wahrscheinlich gar nicht bekannt war, bestand noch Hoffnung.

Um zehn nach vier entließ der Richter die Geschworenen zur Beratung. Die meisten Zuhörer verließen den Saal, ebenso der Großteil der Journalisten. Corino entfernte sich. Die Anwälte erhoben sich hinter ihren Tischen. Griglia lockerte seine Krawatte und öffnete den obersten Hemdknopf. Saundra Warneke reckte ihre Arme.

Ryan saß noch immer auf seinem Platz, beugte sich nach vorne und legte seinen Kopf in die Arme.

»Ich halte die Stellung, wenn Sie sich ausruhen möchten«, meinte Miß Miller.

»Schon gut«, murmelte er in seine Arme hinein.

Jennifer ging bis zur Absperrung, um mit ihrem Vater zu sprechen. Dann kam sie zurück und sagte: »Mein Vater hat draußen einen Wagen warten lassen. Er will uns alle zum Essen einladen.«

»Danke«, entgegnete Kassia Miller, »aber ich fürchte, wir sind beide zu erschöpft.«

Um halb acht informierte sie der Gerichtsdiener, daß die Jury gerade eben das Gerichtsgebäude zum Abendessen verließ und anschließend nach Hause gehen würde.

## 20

»Ich kann kaum fassen, daß jetzt alles vorbei ist«, sagte Jennifer, als sie wieder in ihrem Büro saßen.

»Alles, mit Ausnahme des Urteilsspruchs.« Miß Miller ließ einen Stoß Briefe und Telegramme auf den Schreibtisch fallen.

»Wenigstens brauchen wir nicht mehr ständig Angst haben, daß irgend etwas vor Gericht schiefgehen könnte. Ich meine, es ist doch ganz gut gelaufen, oder?«

»Frag uns das, wenn die Geschworenen wieder in den Gerichtssaal zurückkommen.« Ryan setzte sich auf seinen Schreibtischstuhl und schloß die Augen.

»Ich glaube, wir haben alle eine Ruhepause nötig«, bemerkte Miß Miller.

»Ich habe diesen Wink verstanden«, erwiderte Jennifer. »Wahrscheinlich war ich nicht die ideale Mandantin.«

»Nein, darum geht es nicht«, entgegnete Ryan. »Ich bin wirklich müde.« Er wünschte, die beiden würden gehen.

»Na gut. Ich werde verschwinden. Bis morgen früh. Und vielen Dank. Wirklich. Du hast fantastische Arbeit geleistet.«

»Hört sich an, als hätten Sie eine dankbare Mandantin mehr«, sagte Kassia Miller, nachdem Jennifer die Tür hinter sich geschlossen hatte.

Er ging nicht darauf ein.

»Also, Mr. Ryan, wie sehen Sie unsere Chancen?«

»Ich bin zu erschöpft zum Nachdenken.«

»Dafür haben Sie auch gute Gründe. Sie haben ein hervorragendes Plädoyer gehalten, Sir.«

»Ich habe keine Lust, mich darüber zu unterhalten.«

»Das ist aber nicht richtig, Mr. Ryan.«

»Bitte.« Das klang eher wie eine Aufforderung.

»Ich bitte um Entschuldigung!« Sie ging ins Bad, um aus seinem Blickfeld zu verschwinden, tauchte aber gleich wieder auf. »Es tut mir leid, Mr. Ryan. Ich glaube, ich bin auch ganz schön erledigt.«

»Sie müssen sich nicht entschuldigen.«

»Meiner Meinung nach war Corinos Rechtsbelehrung in Ordnung, auch ausgewogen. Manche Punkte waren für uns von Vorteil, andere wieder nicht.«

»Ich möchte jetzt noch keine Spekulationen darüber anstellen, wie die Geschworenen sich entscheiden werden.«

»Akzeptiert. Allerdings werden die nächsten paar Tage dadurch auch nicht gerade lustiger.«

»Das habe ich auch nicht erwartet.«

Joe Becker hatte Griglia am Tisch der Staatsanwaltschaft abgelöst. Zusammen mit Saundra Warneke arbeitete er bereits fleißig an anderen Fällen. Auf der anderen Seite des Geländers saßen einige Reporter und unterhielten sich in diskretem Flüsterton miteinander. Die wenigen Zuschauer, die noch übriggeblieben waren, verbrachten die Wartezeit mit dem Lesen von Zeitungen. Ryan fragte sich, wie sich wohl sein Ingenieur im Ruhestand bei den Beratungen machen würde.

Um zehn nach drei meldete sich an diesem Nachmittag erstmals die Jury. Sie wollte nochmals einige Passagen von Dr. Baileys Aussage zu den DNA-Bluttests vorgetragen bekommen.

Sowohl die Staatsanwaltschaft als auch die Verteidigung suchten in den Tausenden von Kopien, die ihnen vorlagen, nach den gewünschten Beweismitteln.

In Windeseile füllte sich der Saal wieder mit Journalisten und Zuschauern. Das aufgeregte Gemurmel hinter Ryan schien darauf hinzudeuten, daß einige im Publikum schon damit rechneten, daß in Kürze das Urteil verkündet würde.

Die Geschworenen kamen hereinmarschiert, Blick geradeaus. Noch machten sie einen frischen Eindruck und schienen voller Energie. Dr. Baileys Zeugenaussage herauszusuchen und vorzutragen nahm über eine Stunde in Anspruch. Zehn der zwölf Jury-Mitglieder hielten während der ganzen Zeit ihre Augen fest auf den Richter und die Gerichtsstenografin gerichtet. Lediglich die Postbeamtin sowie die Angestellte des Gartenbauamts ließen ihre Blicke zwischen der Verteidigung und der Staatsanwaltschaft hin und her schweifen.

Ryan vermutete, daß man aus diesem Verhalten bereits eine Theorie über die Einstellung der einzelnen Geschworenen ableiten konnte, spürte aber wenig Neigung, weiter darüber nachzudenken.

Die Jury legte einen großen Wissensdurst an den Tag, was die Sorgfalt der Test anbelangte, die mit dem Blut an der Statue durchgeführt worden waren. Die Aussage, die die Geschworenen jetzt zum zweitenmal hörten, war eher dazu geeignet, Zweifel zu zerstreuen als welche zu säen.

Um halb sieben zog sich die Jury zu einem einstündigen Abendessen zurück, ebenso die gegnerischen Parteien. Jennifer traf sich mit einigen Freunden, die noch immer Tag für Tag treu im Gerichtssaal erschienen.

»Wie geht es Ihnen heute?« fragte Miß Miller Ryan, als sie in ein Restaurant in der Nähe gingen.

»Miserabel. Ich hatte noch nie zuvor einen Fall, in den ich so stark verwickelt war und der mir gleichzeitig so viele zwiespältige Gefühle vermittelte. Was Jennifer betrifft, weiß ich wirklich nicht, was ich denken soll. Die meiste Zeit, in der ich hier mit ihr an einem Tisch sitze, bin ich froh darüber, daß *Sie* zwischen uns Platz genommen haben. Meine Empfindungen ihr gegenüber gehen rauf und runter wie eine Achterbahn.« Er betrachtete seine Kollegin. »Und was ist mit Ihnen? Ich habe Sie während der ganzen Zeit nicht einmal danach gefragt.«

»Ich hätte Ihnen auch nicht geantwortet.«

»Das hätte ich mir denken können.«

»Ich sage mir immer wieder, daß es keinen Sinn macht, darüber nachzudenken. Und für gewöhnlich tue ich es dann auch nicht. Es gibt nichts Schlimmeres, als wenn man steif und fest an die Unschuld seines Mandanten glaubt. Angenommen, Jennifer könnte wegen eines Fehlers verurteilt werden, den Sie vor Gericht begehen. Während der ganzen Prozeßdauer würde diese Vorstellung wie ein Damoklesschwert über Ihnen hängen. Wie soll man dann im Falle einer Niederlage weiterleben?«

Am zweiten Tag ihrer Beratungen verlangten die Geschworenen die Verlesung der Aussagen, die der Pathologe über die Kopfverletzungen gemacht hatte. Ryan versuchte, dieser Forderung etwas Positives abzugewinnen. Aber es gelang ihm genausowenig wie Miß Miller.

Als die beiden am Abend im Shamrock saßen, bat Kelly darum, mit Ryan unter vier Augen sprechen zu dürfen.

»Wenn Sie mich bitte entschuldigen wollen ...«, antwortete Miß Miller und ging auf die Damentoilette.

»Worum geht's?« wollte Ryan wissen.

»Um deine Herkunft.«

Ryan hatte darauf keine Antwort.

»Dieser widerliche Allen Crown tauchte hier neulich auf. Noch bevor ich ihn rauswerfen konnte, gelang es ihm, mit einigen Stammgästen zu sprechen. Er fragte sie, ob ihnen etwas über deine russische Herkunft bekannt sei. Ist da was dran?«

Obwohl Ryan kein großes Verlangen danach verspürte, seine Familiengeschichte auszubreiten, erzählte er Kelly dennoch das Allernötigste.

»Das hättest du mir ruhig schon eher sagen können«, meinte Kelly, nachdem Ryan seine Geschichte beendet hatte. »Ich komme mir schon ein wenig für dumm verkauft vor.«

»Ich wollte dich damit bestimmt nicht beleidigen, Jimmy.«

»Das ist das Beste, was ich seit Jahren gehört habe. Ein Mann, der versucht, als Ire durchzugehen!« Seine Hand schloß sich fest um Ryans Arm. »Hinterhältiger Schuft.«

Am anderen Ende der Theke gaben andere Gäste eine Bestellung auf. Kelly machte für sie die Getränke zurecht.

Neben Ryan glitt Miß Miller auf ihren Barhocker. Sie sagte kein einziges Wort.

Kurz vor der Mittagspause des dritten Tages baten die Geschworenen darum, erneut die gesamte Aussage des Zeugen Maclean vorgetragen zu bekommen. Corino beriet sich mit den beiden Parteien und ließ dann zurückfragen, ob tatsächlich die vollständige Aussage benötigt würde oder ob nicht auch einzelne Passagen ausreichten.

Um halb drei ließen die Geschworenen das Gericht wissen, daß sie die Stelle mit Jennifers Morddrohungen und den Bemerkungen über ihre Ehe nochmals hören wollten. Die beiden Verteidiger tauschten unglückliche Blicke.

»Das ist das Schlimmste, was passieren konnte, nicht wahr?« fragte Jennifer.

»Man weiß nie«, sagte Miß Miller nach einem schrecklichen Augenblick des Schweigens. »Entweder wollen sie sich noch einmal vergewissern, wie verdorben Sie sind, oder aber sie wollen sich davon überzeugen, daß Sie bei weitem nicht der Mensch sind, zu der der Staatsanwalt Sie machen wollte.«

»Danke. Aber ich kann mir nur allzu gut vorstellen, welchen Eindruck meine Affäre mit Nico auf die Geschworenen gemacht haben muß.«

Nachdem sich die Jury vertagt hatte, unternahm Ryan mit Miß Miller einen Spaziergang zu einem Selbstbedienungsrestaurant in Soho. Unvermittelt machte seine Kollegin plötzlich vor einem Zeitschriftenkiosk halt.

»Was zum Teufel hat das zu bedeuten, Ryan?«

UM HIMMELS WILLEN! RYAN IST EIN RUSSE trompetete die Schlagzeile in großen Lettern. Nur Allen Crowns Schmierblatt war dazu fähig, aus der Tatsache, daß jemand *kein* Ire war, einen Aufmacher zu kreieren.

»Ist das wirklich Ihr Name? Rianishvili?«

Diesmal war es also Miß Miller, der Ryan seinen Lebenslauf zu schildern hatte.

»Und stimmt das, was Crown hier über die betrügerischen Machenschaften Ihres Vaters schreibt?« fragte sie.

»Sie lesen ganz schön flott.«

»Ich habe es nur überflogen.«

»Ich auch. Aber ob das stimmt, kann ich Ihnen nicht sagen. Ich bin der letzte, der von sich beansprucht, Gyorgei Rianishvili gekannt zu haben.«

»Und was ist mit der übrigen Geschichte?«

»Es entspricht so ziemlich alles den Tatsachen, wie mir scheint. Aber lassen Sie uns jetzt lieber einen Happen essen.«

## 21

Während sie auf das Urteil warteten, fiel es Ryan zunehmend schwerer, jemand anderen als Jennifer für die Tat verantwortlich zu machen. Zum Teil führte er das auf die gekonnte Beweisführung und das Plädoyer Franky Griglias zurück – kein gutes Omen für den bevorstehenden Urteilsspruch.

Die Aussichten verbesserten sich nicht gerade, als die Jury nach der Aussage der Gerichtsmedizinerin zur Bestimmung des Todeszeitpunkts verlangte, das Protokoll über Miß Millers Kreuzverhör zu diesem Thema aber keines Wortes würdigte.

Am späten Nachmittag wurde dann eine weitere Mitteilung geschickt, der zufolge nun auch das Protokoll des Kreuzverhörs verlesen werden sollte. Zwar stellte das für die Verteidigung keinen Grund zum Feiern dar, aber es war immerhin ein kleiner Lichtblick. Für Ryan bedeutete das, daß es innerhalb der Jury Meinungsverschiedenheiten geben mußte.

Nachdem die Zeugenaussage verlesen worden war, trat Jennifer an das Geländer, um mit ihren Freunden zu plaudern, die sich im Zuschauerraum befanden.

Miß Miller nutzte die Gelegenheit, mit Ryan zu sprechen. »Vielleicht bin ich ja übereifrig. Sie dürfen mich ruhig unterbrechen.«

»Worum geht es denn?«

»Um Ihren Sohn.«

»Ich glaube kaum, daß ich darüber noch etwas hören will.«

»Es dreht sich um seine gute Seite. Sie standen bislang so sehr unter Druck wegen seiner schmutzigen Geschäfte, daß ich bis jetzt gewartet habe ...«

»Wissen Sie etwas, was mir nicht bekannt ist?«

»Es geht nicht so sehr ums Wissen, als vielmehr um die Sichtweise.

Außerdem sind da noch einige andere Punkte. Zum Beispiel, was ich in Neds Kiste entdeckt habe.«

»Was denn?«

»Haben Sie denn die Aufstellung nicht gelesen, die ich Ihnen habe zukommen lassen?«

»Ich habe sie nur nach Beweisen überprüft.«

»In dieser Kiste war auch die Geschichte eines Menschen enthalten. Eines Menschen, der Liebesbriefe von Mädchen empfing und über Monate hinweg ein Tagebuch geführt hat.«

»Haben Sie darin gelesen?«

»Nicht in den Briefen. Aber bei dem Tagebuch konnte ich nicht widerstehen.«

»Haben Sie irgendwelche Hinweise gefunden?«

»Wenn ja, hätte ich Sie schon längst davon unterrichtet.«

»Stimmt. Schließlich ist unsere Mandantin für das Zurückhalten von Informationen zuständig.«

Falls Kassia Miller diese spitze Bemerkung gehört haben sollte, nahm sie sie zumindest nicht zur Kenntnis. »Sie sollten wirklich mal einen Blick in diese Kiste werfen.«

»Das hat Zeit. Vorerst sind andere Dinge wichtiger.«

Am Morgen darauf machten die Geschworenen einen erschöpften Eindruck. Einer nach dem anderen betrat den Saal, als wäre er von einer Mauer der Feindseligkeit gegenüber den anderen Jury-Mitglieder umgeben. Sie baten, erneut Garfields Aussage hören zu können.

Weder am Nachmittag noch am Abend dieses Tages verlangten sie nach weiteren Informationen.

Jennifer wurde immer nervöser. »Ich dachte, jetzt wären sie endlich fertig.«

Ryan erwiderte nichts.

»Was machen die nur so lange?« bedrängte sie ihn. »Es geht doch nur um ›schuldig‹ oder ›nicht schuldig‹.«

»Sie müssen schließlich über ein Verbrechen entscheiden« erklärte Miß Miller.

»In der Anklage ist klar und deutlich von Mord die Rede«, warf Ryan ein und dachte: Das haben wir doch schon alles längst hinter uns. Hat sie denn nicht zugehört?

»Schon seltsam«, bemerkte Jennifer, »aber ich habe nie geglaubt, daß sie etwas anderes als ›nicht schuldig‹ sagen könnten.«

»Die Mordanklage umfaßt auch minder schwere Straftaten«, sagte Miß Miller freundlich. »Nämlich Totschlag und fahrlässige Tötung.«

»Im Klartext heißt das auch nichts anderes als: ab ins Gefängnis«, entgegnete Jennifer.

Am Morgen des sechsten Beratungstages äußerten die Geschworenen keine Wünsche mehr.

»Allmählich wird es lächerlich«, hörte Ryan Joe Becker zu Miß Warneke sagen, als sie zum Essen gingen.

Jennifer traf sich wieder mit Freunden. Ryan fühlte sich erleichtert, die Tage des Wartens hatten an seiner kritischen Einstellung gegenüber der Mandantin nichts geändert.

Ungeduld und Frustration waren an diesem Nachmittag im Gerichtssaal und auf den Fluren nahezu mit den Händen greifbar. Ein Gerücht jagte das andere. Keiner wußte, was los war. Viele der Prozeßbeobachter wechselten im Laufe kürzester Zeit immer wieder ihre Meinung über den Ausgang der Beratungen.

Mit Erlaubnis des Richters beendete die Jury am Sonntag ihre Sitzung zeitiger als sonst.

Am folgenden Morgen fanden sie auf dem Anrufbeantworter in ihrem Büro die Bitte des Bezirksstaatsanwalts vor, ihn zurückzurufen.

»Ich höre gleich mit«, sagte Miß Miller.

Ryan wählte Griglias Nummer.

»Michael«, sagte sein Kontrahent in herzlichem Ton. »Ich habe dich angerufen, weil ich wissen wollte, was du von einem Geständnis zu diesem Zeitpunkt hältst.«

Ryan war verdutzt. »Weswegen denn, Franky? Machst du dir etwa Sorgen?«

»Ich dachte, daß wäre bei *dir* der Fall.«

»Ich war von Anfang an nicht davon ausgegangen, daß die Jury für ihren Freispruch lediglich zehn Minuten brauchen würde.«

»Ich habe da so was flüstern gehört, Michael.«

»So?«

»Sie haben den Gedanken noch immer nicht verworfen daß es Mord war.«

Ryan sah zu Miß Miller hinüber. Konnte das möglich sein?

»Tatsächlich?« antwortete er gleichgültig.

»Es sieht also für eure Seite nicht allzu gut aus. Hätten Sie nämlich begründete Zweifel, dann hätten die Geschworenen das Beratungszimmer schon längst wieder verlassen.«

»So siehst *du* die Sache.«

»Wie sollte man sie denn sonst sehen?«

»Elf zu eins für Freispruch. Und der letzte ist kurz davor die Wahrheit zu erkennen.«

Miß Miller verdrehte die Augen. Ryan glaubte natürlich selbst nicht, was er da sagte.

»Träum süß weiter, Michael«, entgegnete Griglia. »Laß es dir von einem gesagt sein, der *Bescheid weiß* – es sieht eher umgekehrt aus: Nur ein einziger scheint von der Schuld deiner Mandantin noch nicht überzeugt zu sein. Wir werden auf Totschlag setzen und sind bereit, um das Strafmaß zu feilschen. Mach dir doch nichts vor. Du bist deiner Mandantin gegenüber verpflichtet, sie von diesem Angebot in Kenntnis zu setzen. Ein weiteres Mal werde ich es euch nicht unterbreiten, und mein Angebot läuft heute um Mitternacht ab.«

»Falls die Geschworenen nicht schon im Laufe des Tages zu einem Urteil gelangen.«

»Du kannst ja ruhig abwarten, wenn du das für richtig hältst. Noch hast du ein paar Stunden Zeit. Aber das wird es dann auch gewesen sein.«

Griglia legte auf.

»Worauf wollte er bloß hinaus?« wollte Kassia Miller wissen. »Wenn er recht hat, was die Jury betrifft, warum sollte er dann noch einen Handel vorschlagen?«

»Um zu vermeiden, daß die Geschworenen am Ende ohne einstimmiges Urteil dastehen, vermute ich. Kein Staatsanwalt sieht sich gern in einem Berufungsprozeß. Darin unterscheidet sich Franky nicht von seinen Kollegen.«

»Sie können Gift darauf nehmen, daß er beim nächsten Mal sicher nicht die Anklage vertreten würde.«

»Nein aber sein Büro kostet das viel Zeit und Geld. Sie haben einfach zuviel Arbeit und außerdem auch schon ihren Etat überzogen. Dazu kommt, daß in der Regel die Chancen zu gewinnen für die Anklage in der zweiten Runde geringer sind.«

»Bei unserem Fall vielleicht nicht. DNA-Tests haben nämlich ein langes Gedächtnis.«

»Vielleicht, vielleicht auch nicht«, meinte Ryan, »aber da ist noch etwas anderes. Falls die Geschworenen zu keinem Urteil gelangen, wird die Öffentlichkeit das wie eine Niederlage der Staatsanwaltschaft auffassen. Wenn er kann, wird Griglia alles daransetzen, eine solche Entwicklung zu vermeiden ... Ich muß zugeben, daß der Halunke sein Handwerk versteht. Einen Moment lang hatte er mich beinahe überzeugt.«

»Das soll wohl ein Scherz sein?«

»Das heißt nicht, daß ich auf den Handel eingehen wollte. Ich will lediglich sagen, daß wir mit unserer Mandantin ernsthaft darüber sprechen sollten.«

»Das ist reichlich dumm.«

»Da bin ich mir gar nicht so sicher.« Er mußte an Hängt-sie-auf-Corino denken. Was sie hier diskutierten, war ein gewagtes Spiel, das anders als gewöhnliche Absprachen dieser Art ausgehen konnte.

»Na gut, aber *Sie* werden mit ihr darüber sprechen«, sagte Miß Miller. »Und erwähnen Sie auf keinen Fall Frankys Gerüchte.«

»Nein, Madame, ich werde mich hüten.« Mit einem Male fühlte sich Ryan aufgekratzt und heiter.

»Aber ich könnte mit diesen Gerüchten etwas anderes anfangen.«

»Und das wäre?«

»Abwarten und Tee trinken. Erstmal unterhalten wir uns jetzt mit Jennifer.«

Statt wie gewöhnlich mit dem Auto zu fahren, gingen die drei zu Fuß zum Gericht. Ryan berichtete Jennifer von Griglias Vorschlag und der gesetzten Frist. Wie erwartet, lehnte sie das Angebot ohne zu zögern ab.

Der Tag unterschied sich nicht von den vorhergegangenen Beratungstagen. Die Schaulustigen hatten sich inzwischen verflüchtigt. Dagegen harrten die Reporter mit stoischer Gelassenheit aus. Sie warteten im Presseraum des Gerichtsgebäudes auf die Aufforderung, sich zur Urteilsverkündung in den dreizehnten Stock zu begeben. Zwei Anfragen wurden von der Jury an diesem Tag an Corino gerichtet, die jedoch erledigt wurden, ohne daß die Geschworenen dafür extra in den Saal kommen mußten.

Kurz vor der Mittagspause sagte Ryan zu Miß Miller: »Ich gehe mal eben rüber zur *Bar Association.* Wollen Sie mitkommen?«

»Sie haben was vor – oder?«

»Mal sehen, was sich ergibt.«

»Überredet.«

In der Bundesanwaltskammer ging er sogleich in die Bibliothek und zog ein Buch heraus, das Hinweise zur korrekten Formulierung von Anträgen vor Gericht enthielt.

»Wir wollen einen Antrag stellen?« fragte Miß Miller überrascht.

Ryan blätterte in dem Buch. Als er die gesuchte Stelle entdeckte, hielt er sie ihr unter die Nase.

»Sie wollen beantragen, den Prozeß wegen fehlerhafter Verhandlungsführung einzustellen? Auf welcher Grundlage denn?«

»Wegen Verletzung der Unantastbarkeit der Jury.«

Sie lachte. »Mein Herr, Sie sind verrückt. Dazu besteht überhaupt kein Anlaß.«

»Wir könnten eine Verhaltensweise inner – oder außerhalb des Gerichtssaales zum Anlaß nehmen, das eine Vorverurteilung unserer Mandantin nach sich zieht, wodurch eine faire Verhandlung nicht mehr gewährleistet ist. Es hängt ganz davon ab, wie und wo Mr. Griglia diese Gerüchte aufgeschnappt hat. Zumindest kann ich ihn damit für eine Weile ins Schwitzen bringen.«

Der gesamte Nachmittag verging ohne weitere Anfragen seitens der Geschworenen. Der Atmosphäre nach zu urteilen, schien niemand mehr mit einer Entscheidung der Jury zu rechnen. Ryan nutzte die Zeit, um bis in den Abend hinein an seinem Antrag zu arbeiten.

Um halb neun ließ die Jury die Wartenden wissen, daß sie an jenem Tag früher als sonst ihre Beratungen einstellen würde.

»Wissen Sie was?« sagte Kassia Miller. »Kommen Sie mit zu mir nach Hause. Ich koche uns etwas. Aber nur, wenn Sie eine Abwechslung von den ständigen Restaurantbesuchen ertragen können.«

»Vielen Dank – aber lieber später einmal, ja? Ich möchte heute nacht alleine sein.. Wir könnten aber bei Kelly einen Schluck trinken.«

»Lieber später einmal«, wiederholte sie verstimmt Ryans eigene Worte.

»Da habe ich wohl was Falsches gesagt?«

»Macht nichts. Bis morgen.«

Ryan überlegte es sich anders und machte um Kellys Bar an diesem Abend einen Bogen. Zu Hause angekommen mixte er sich einen Drink und zog sich anschließend ins Wohnzimmer zurück, um nachzudenken ... Aber worüber eigentlich?

Er rief bei Miß Miller an.

»Steht die Einladung noch?«

Ein deutliches Zögern. »Ja. Doch.«

»Soll ich etwas mitbringen?«

»Alles. Ich bin nämlich nicht mehr einkaufen gegangen.« Als Ryan bei seiner Kollegin eintraf, nahm sie ihm sogleich die Einkaufstüte aus der Hand.

Ryan zeigte sich erstaunt über ihre riesige Küche.

»Was mir an Ihnen so gefällt, Mr. Ryan«, sagte sie beim Auspacken ihres Abendessens, »ist die Tatsache, daß Sie sich wie ein kleines Kind verhalten, wenn Sie mal gerade nicht mürrisch oder eingeschnappt sind.«

»Soll das ein Kompliment sein?«

»Und *manchmal* haben Sie sogar Humor. Legen Sie doch Ihre Krawatte ab, Mr. Ryan. Wir haben beide Grund, uns zu entspannen.«

Zum Essen tranken sie Champagner. Miß Miller hatte recht gehabt. Er mußte sich entspannen, war sich aber nicht mehr sicher, ob er noch genau wußte, wie man das überhaupt anstellte.

»Haben wir wirklich zwei volle Flaschen Champagner geleert?« fragte er ungläubig, als sie ihre Mahlzeit beendet hatten.

»Muß wohl so sein. Sie sind leer, und eine dritte Flasche gibt es nicht.«

»Na denn ...«, sagte er.

»Zeit fürs Bett«, bemerkte Miß Miller.

»Bis morgen früh.«

»Mr. Ryan, es ist doch mitten in der Nacht. Wollen Sie lieber einen Schlafanzug oder ein Nachthemd?«

»Sie sind betrunken, Miß Miller.«

»Ich? Niemals. Glauben Sie, daß ich keinen Schlafanzug besitze? Eine Ersatzzahnbürste ist ebenfalls vorhanden.«

»Ich bin also nicht der einzige.«

»Habe ich auch nie behauptet.«

»Meinen Sie, daß mir der Schlafanzug überhaupt paßt?«

»Er gehört meinem Bruder.« Sie holte ihn aus dem Schrank. Er war marineblau und schien aus Seide zu sein.

»Soso, von Ihrem Bruder.«

»Einem geschenkten Gaul schaut man nicht ins Maul, Mr. Ryan. Jetzt hole ich Ihnen noch die Zahnbürste.«

»Moment noch.«

Er streckte die Hand nach ihr aus. Sie kam auf ihn zu. Er nahm sie in den Arm, bis auch sie ihre Arme um ihn legte. Trost, Freundschaft,

Behaglichkeit. Er wollte sie nicht mehr loslassen. Kassia Miller drückte sich von ihm ab, um ihn anzusehen. Er beugte sich zu ihr hinunter und küßte sie sanft.

»Zahnbürste«, sagte sie und machte sich von ihm los.

Ryan lag im Bett. Kassia hatte sich an ihn geschmiegt und schlief bereits. Er versuchte, weder an die Vergangenheit noch an die Zukunft zu denken, sondern einfach nur den Augenblick zu genießen.

Der erste Lichtschein weckte ihn auf. Still lag er da und beobachtete die Dämmerung. Dann drehte er den Kopf zur anderen Seite. Kassia lag dicht neben ihm und blickte ihn an. Wahrscheinlich war sie gerade eben aufgewacht. Ryan bewegte sich nicht, sondern versuchte, ihren süßen Duft einzuatmen. So schlief er wieder ein.

Als er erneut erwachte, zwang ihn seine volle Blase, aufzustehen und ins Bad zu gehen. Nachdem er geduscht hatte, kam Kassia herein, streckte sich und gab ihm einen Kuß. Barfuß war sie noch kleiner als gewöhnlich.

»Gut geschlafen?«

»Wunderbar. Wie wäre es mit einem Kaffee?« fragte er.

»Steht schon auf dem Tisch.«

Sie aßen dazu Gebäck und eingemachte Früchte, die Kassia von Freunden bekommen hatte.

»Was ist eigentlich mit diesem Doktor?« wollte Ryan wissen.

»Ach, er sagt, ich sei kerngesund. Keine Probleme.«

Er wurde rot. »Nicht so ein Doktor.«

»Oh, du meinst den gutaussehenden Dr. Kimble. Mit dem ist gar nichts gelaufen. Ich bin nur einmal mit ihm ausgegangen, um mir zu beweisen, daß ich nicht ausschließlich auf Tennisspieler abonniert bin.«

Ryan trank einen Schluck Kaffee. »Wir sollten uns überlegen, was wir als nächstes unternehmen.«

»Ins Gericht gehen, würde ich sagen.«

Er sprang auf. »Wieviel Uhr ist es denn?«

»Viertel nach acht. Wir schaffen es noch rechtzeitig, wenn wir ein Taxi bekommen.«

# 22

Als sie aus dem Taxi stiegen, das sie zu dem Leihwagen gebracht hatte, der vor dem Büro stand, öffnete der graue Himmel über ihnen seine Schleusen. Ryan lief zu der Limousine, riß die Hintertür auf und sprang sofort nach Kassia auf den Rücksitz. Jennifer saß bereits in dem Fahrzeug und drückte sich an die andere Tür, um den beiden Neuankömmlingen Platz zu machen.

»Wo seid ihr gewesen?« fragte sie.

»Entschuldige die Verspätung«, murmelte Ryan. »Fahren Sie los«, befahl er dem Fahrer.

»Zu schade, daß Vater nicht da ist«, meinte Jennifer, als sie die durchnäßte Kleidung ihrer Anwälte bemerkte. »Der hat immer was zum Wechseln im Auto.«

»Wir könnten ja Craig anrufen und ihn bitten, in unsere Wohnung einzubrechen, um ein paar trockene Sachen zu besorgen«, schlug Kassia vor.

Die acht Tage, die die Beratungen bereits dauerten, stellten fast den Rekord für einen Mordprozeß in New York ein. In der Öffentlichkeit kursierten bereits nervöse Scherze über die Schöpfung, die bekanntermaßen lediglich sechs Tage in Anspruch genommen hatte.

Ryan legte seine Aktentasche auf den Tisch der Verteidigung und ging dann in den Waschraum, um seine Jacke auszuwringen. Als er anschließend durch die Doppeltür wieder den Gerichtssaal betrat, erblickte er am Ende des Flurs Franky Griglia, der bei den Aufzügen stand.

»Irgendwas liegt in der Luft«, bemerkte er, als er sich setzte.

Um zehn nach elf kam Corino geschniegelt und geputzt in voller Montur herein. Die Gerichtsassistenten und -diener liefen emsig umher. Selbst die Luft schien klarer zu werden.

»Jetzt ist es soweit, nicht wahr?« fragte Jennifer.

»Sieht ganz so aus.«

Ein Fernsehteam baute ganz in der Nähe der Geschworenenbank seine Kamera auf. Journalisten, die aus dem Presseraum heraufkamen, stiegen auf dem Weg zu den für sie reservierten Sitzreihen vorsichtig über die dicken schwarzen Stromkabel. Alle waren gekommen. Molly O'Hara und Zeke, Allen Crown und sämtliche Reporter, die den Prozeß von Anfang an verfolgt hatten.

Francesco Griglia erschien schließlich um zwanzig nach elf. Breit grinsend lief er an den Presseleuten vorbei. Je näher er dem Podium kam, um so ernster wurde seine Miene allerdings. Joe Becker schloß die Pforte hinter seinem Chef und zog sodann vom Tisch der Staatsanwaltschaft einen Stuhl für ihn herbei. Griglia nickte dem Richter einen kurzen Gruß zu, während er Ryan keines Blickes würdigte.

Auf einmal spürte Ryan, wie sich etwas in seiner rechten Hand bewegte, und sah nach unten. Unbewußt hatte er Kassisas Hand ergriffen, die ebenso feucht war wie die seine.

Er ließ sie los. »Entschuldige.«

»Macht doch nichts.«

Gerne hätte er zu ihr hinübergesehen, aber das hätte bedeutet, daß er sich zu Jennifer hätte umdrehen müssen, woran ihm überhaupt nicht gelegen war.

Corino klopfte ein paarmal mit seinem Hammer auf den Richtertisch. »Ladys und Gentlemen. Die Jury hat mir eine Mitteilung gemacht. In Kürze werden die Geschworenen hier eintreffen. Ich bitte Sie, bis dahin ruhig auf Ihren Plätzen zu bleiben. Es werden in diesem Gerichtssaal keinerlei öffentliche Kundgebungen veranstaltet, und niemand wird den Saal nachher verlassen, solange die Geschworenen noch da sind.«

Sämtliche Anwesenden verharrten in unbehaglichem Schweigen auf ihren Plätzen.

Endlich öffnete sich die Tür. Mit gesenktem Blick und teilnahmsloser Miene kamen die Geschworenen langsam hereinmarschiert. Müde sahen sie aus, vollkommen erschöpft.

Ohne mit irgend jemandem Blickkontakt aufzunehmen, rutschten sie auf ihre Bänke.

Im Saal herrschte atemlose Stille.

»Die Geschworenen sind vollzählig anwesend, Euer Ehren«, sagte Corinos Asisstent. »Würde sich die Sprecherin bitte erheben?«

Miß Wu stand langsam auf. Wie die anderen Geschworenen sah auch sie nur den Gerichtsassistenten an.

»Ist die Jury zu einem einstimmigen Urteil gelangt?«

Durchdrungen von der Gewichtigkeit ihrer Aufgabe antwortete Miß Wu: »Ja, das sind wir.«

»Befinden Sie die Angeklagte laut Anklageschrift des Mordes für schuldig oder nicht schuldig?«

Miß Wu holte tief Luft. »Nicht schuldig.«

Diese Worte elektrisierten Ryan geradezu. Kassias Hand drückte die seine und umgekehrt. Er konnte Jennifers Erleichterung verspüren, vermied es jedoch auch weiterhin, sie anzuschauen.

Der Assistent fuhr fort. »Befinden Sie die Angeklagte hinsichtlich des in der Anklage enthaltenen Vorwurfs des Totschlags für schuldig oder nicht schuldig?«

Diesmal warf die Sprecherin den drei vor dem Tisch der Verteidigung stehenden Personen einen raschen Blick zu. »Schuldig.«

Es dauerte eine Weile, bis Ryan verstand, was Miß Wu da soeben gesagt hatte.

Und mit einemmal nahm er alles gleichzeitig wahr: Jennifers kurzes, heftiges Schluchzen, die Unruhe im Zuschauerraum, Corinos Hammer.

Der Gerichtsassistent befragte jetzt jeden einzelnen Geschworenen. Ryan zwang sich, ihre Gesichter genau zu beobachten. Sie antworteten mit verhaltener Stimme, wobei sie entweder den Assistenten ansahen oder zu Boden blickten. Sarrubbi bildete die einzige Ausnahme. Als er »ja« sagte, starrte er Jennifer eindringlich an. Auch Constable, der niedergeschlagen die Frage des Assistenten beantwortete, hob sich von den anderen Mitgliedern der Jury ab. Er schenkte Ryan ein kurzes trauriges Lächeln des Bedauerns.

Eigentlich wollte Ryan gar nicht zu Griglia hinüberschauen, tat es aber fast automatisch. Der Bezirksstaatsanwalt erwiderte seinen Blick triumphierend.

Corino dankte den Geschworenen und lobte ihre Arbeit bei diesem besonders schwierigen Fall. Er entließ sie mit der Bemerkung, daß es ihnen völlig freistehe, zu dem Prozeß Stellung zu nehmen, wie immer sie wollten. Doch hoffte er, daß sie dabei Rücksicht auf die anderen Geschworenen nehmen und zurückhaltend bei der Wiedergabe der Ereignisse im Beratungsraum der Jury sein würden.

Ryan beantragte umgehend, das Urteil für ungültig zu erklären. Außerdem verkündete er seine zuvor ausgearbeitete Absichtserklärung, in Berufung zu gehen.

»Möchten Sie die Verteidigung weiterführen, bis der Revisionsantrag ausgearbeitet ist?« fragte Corino.

»Ja, Euer Ehren, und bei dieser Gelegenheit möchte ich auch beantragen, die verhängte Kaution weiterhin aufrechtzuerhalten.«

Wie zu erwarten, legte Griglia dagegen Widerspruch ein. »Euer Ehren, Jennifer Ryans Motivation, die Flucht zu ergreifen, ist jetzt größer als je zuvor. Die bislang vorhandene Aussicht auf einen Freispruch besteht nicht mehr. Sie hat nichts zu gewinnen, wenn sie bleibt, während ihr eine Flucht attraktive Perspektiven eröffnet. Und selbst eine Kaution in Höhe von einer Million Dollar stellt in diesem Fall kein geeignetes Abschreckungsmittel dar, wenn man das Vermögen in Betracht zieht.«

Obwohl ihn das Urteil ernüchtert hatte, besaß Ryan noch immer genug Energie, um mit deutlicher Verärgerung auf die Begründung des Staatsanwalts zu reagieren. »Euer Ehren, die Darlegungen Mr. Griglias entbehren jeglicher Grundlage. Meine Mandantin hat gute Gründe, an den Erfolg ihrer Berufung zu glauben. Staatsanwaltschaft und Polizei haben Beweismittel zurückgehalten. Mr. Griglia hat sich als rachsüchtig erwiesen. Jennifer Ryan stellt keine Bedrohung für die Gesellschaft dar, ihre Bindungen an die Gemeinschaft sind fest und stark, und sie ist bislang auch nicht vorbestraft gewesen. Mit der Teilnahme an dieser Verhandlung hat sie klar und deutlich ihre Bereitschaft bewiesen, sich der Rechtssprechung dieses Staates zu unterziehen.«

Als Ryan eine Pause machte, um Luft zu holen, versuchte Griglia, seine Gegenargumente vorzubringen. Doch schnitt ihm der Verteidiger sofort das Wort ab.

»Und wenn Mr. Griglia mir noch ein letztes Wort gestattet, würde ich gerne darauf hinweisen, daß dieses Ersuchen von der Familie des Opfers unterstützt wird, dessen Vater, wie Sie wissen, hier vor Ihnen steht.«

So leicht gab sich Griglia nicht geschlagen. Corino ließ ihm genügend Zeit, seine Argumente vorzubringen. Dann lehnte sich der Richter nach vorne und blickte Jennifer finster an.

»Jennifer Ryan, Sie sind eines schweren Verbrechens für schuldig befunden worden. Ich hoffe sehr, daß ich in meinem Glauben an Ihre Bereitschaft, sich auch weiterhin der Rechtssprechung dieses Gerichts zu unterstellen, nicht enttäuscht werde. Zwar bin ich nicht dazu bereit, Sie so lange einzusperren, wie die Bearbeitung der Anträge dauern wird, die die Verteidigung gestellt hat. Doch bin ich durchaus beeindruckt von den Argumenten, die der Bezirksstaatsanwalt hier vorgebracht hat. Daher erhöhe ich Ihre Kaution auf zwei Millionen Dollar.« Erschrecktes Getuschel im Gerichtssaal. »Die zusätzliche Million ist innerhalb von zwei Wochen in bar zu hinterlegen.«

Corino vertagte den Urteilsspruch auf sechs Wochen und verließ den Saal.

# 23

Ryan nahm das Durcheinander und den Lärm nicht wahr, den das Publikum bei Verlassen des Gerichtssaals verursachte.

Jennifer starrte mit leerem Blick auf die verlassene Geschworenenbank. Er trat neben sie.

Sie holte tief Luft und ließ ihren Gefühlen freien Lauf. »Schon in Ordnung, Michael, es ist nicht dein Fehler. Das habe ich mir selbst eingebrockt.« Ihre Worte waren kaum zu verstehen. »Ich hätte dir so vieles frühzeitiger erzählen müssen und habe es nicht getan. Aber ich schwöre, Michael, daß ich ihn nicht ermordet habe. *Ich war es nicht!*«

Irgendwie schafften sie es, das Gerichtsgebäude zu verlassen und zu ihrem Büro zu gelangen. Kneeland und einige von Jennifers Freunden warteten dort bereits auf sie.

Jennifers Vater zog Ryan beiseite. »Wenn ich richtig verstanden habe, sagten Sie dem Richter, daß sie Jennifer so lange vertreten würden, bis der Revisionsantrag offiziell eingereicht wird. Darüber müssen wir noch miteinander reden.«

Ryan sah rot. Seine ganze Willenskraft war nötig, damit er sich zurückhielt, etwas zu tun oder zu sagen, was später nicht mehr gutzumachen war. Trotzdem war seine Reaktion für Kneeland eindeutig genug, um einen Schritt zurückzuweichen, als hätte Ryan ihn bedroht.

»Schließlich muß ich an das Wohlergehen meiner Tochter denken.«

»Ich habe keine Zweifel, daß Sie das tun.« Ryan konnte sich nur mit Mühe in Zaum halten. »Meine Bemerkung vor Gericht habe ich *pro forma* gemacht. Morgen können wir uns meinetwegen darüber unterhalten, wie wir weiter vorgehen wollen. Heute müssen wir erst einmal zur Ruhe kommen und die Lage überdenken.«

Irgendwann im Laufe des Tages löste sich die Menschenmenge auf. Nur die beiden Verteidiger und ihr Privatdetektiv blieben übrig.

»Ich kann gar nicht verstehen, warum alle so gedrückter Stimmung sind«, bemerkte Lawrence. »Im Gericht sind alle der Ansicht, daß wir einen großen Sieg davongetragen haben.«

»Das Urteil lautet schuldig«, erwiderte Ryan.

»Natürlich, aber sie ist ja nur des Totschlags für schuldig befunden worden. Das Urteil hätte schließlich auch auf Mord lauten können. Für mich hört sich das wie ein Sieg an.«

Ryan konnte Lawrences Triumphgefühl nicht teilen.

»Sag das mal Jennifer«, empfahl Ryan.

»Man munkelt, daß sie sogar ganz ohne Gefängnisstrafe davonkommen könnte.«

»Wenn der Weihnachtsmann den Prozeß leitet, vielleicht. Nicht aber mit Hängt-sie-auf-Corino.«

»Jetzt reiten Sie doch nicht ständig darauf herum, Mr. Ryan«, ermahnte ihn Kassia.

»Mache ich doch gar nicht.« Oder etwa doch?

»Ich finde, wir sollten uns sinnlos besaufen«, schlug Lawrence vor.

»Und ich finde, wir sollten uns ein wenig ausruhen«, entgegnete Miß Miller.

»Und ich finde, wir sollten uns an die Arbeit machen«, sagte Ryan barsch.

»Du bist überstimmt.«

»Ach was. Ich muß mich um den Revisionsantrag kümmern.« Wenigstens solange mich Jennifer nicht feuert.

Aber im Grunde hatte sie ja recht – er war erschöpft. Ryan ging nach Hause und schlief, bis Kassia bei ihm eintraf, um mit ihm die Abendnachrichten anzusehen.

Der Urteilsspruch wurde an erster Stelle behandelt. Molly O'Hara hatte einige der Geschworenen in die Enge getrieben und ein paar Kurzinterviews mit ihnen gemacht.

Gail Wu nahm als erste Stellung. »Das war eine anstrengende Woche«, sagte die Sprecherin der Jury. »Alles begann in einer sehr freundlichen und angenehmen Atmosphäre, lief dann aber völlig aus dem Ruder. Zwei Typen waren dabei, die sich ständig in den Haaren hatten. Deretwegen wäre es beinahe zu einem weiteren Mord gekommen.«

»Die Probeabstimmungen haben das ganze Spektrum der in Frage kommenden Urteile abgedeckt«, gab der ewig müde Busfahrer zu verstehen. »Am vierten Tag, glaube ich, hätten wir sie beinahe alle freigesprochen.«

Der Werbefachmann sagte: »Mr. Ryan tut mir wirklich leid. Erst verliert er seinen Sohn, jetzt erleidet er eine Niederlage in diesem schwierigen Fall, und dann muß auch noch seine Schwiegertochter hinter Gitter.«

»Aber Sie haben sie doch schuldig gesprochen«, erinnerte ihn Miß O'Hara.

»Er scheint da anderer Meinung zu sein.«

»Aber *Sie* waren doch davon überzeugt?«

»Auf der Statue befand sich das Blut der Angeklagten. Und es wurde von der Verteidigung wirklich kaum versucht, einen anderen Täter zu präsentieren. Es wurde zwar gesagt, daß dazu keine Verpflichtung bestehe. Aber wenn keine Gegenbeweise erbracht werden, ist es wirklich schwer, sich eine andere Meinung zu bilden.«

»Die fehlenden Fingerabdrücke auf dem Telefon haben mir natürlich Probleme bereitet«, sagte der Büromöbelverkäufer. »Man muß sich schon fragen, wer die wohl beseitigt haben könnte. Aber der Rest der Geschworenen war absolut davon überzeugt, daß es die Angeklagte getan hätte. Und dann war da noch ihr Geliebter ...«

Sarubbi war Molly O'Harras letzter Interviewpartner. »Wissen Sie, die ist einfach schuldig, ohne jeden Zweifel. Ich halte das Urteil für falsch. Es hätte auf *Mord* lauten müssen.«

Ryan schaltete den Apparat aus.

»Wie es aussieht, war Mr. Sarrubbi einer der beiden Kerle, von denen Gail Wu gesprochen hat«, bemerkte Kassia.

»Ohne Frage.«

»Wer, glaubst du, war sein Gegenspieler?«

»Constable.«

»Der Ingenieur?«

»Der Dichter.« Ryan stand auf und lief im Zimmer umher. »Verdammt noch mal. Ich wollte diesen Sarrubbi unbedingt loswerden. Von Anfang an war ich mir sicher, daß er uns Schwierigkeiten bereiten würde. Aber ich habe mich von dir und diesem Idioten Sisley breitschlagen lassen.«

»Was soll das heißen? Willst du mir jetzt die Schuld für unsere Niederlage in die Schuhe schieben?« Kassia lag mit angewinkelten Beinen auf der Couch und beobachtete ihn, wie er nervös durch den Raum tigerte. »Klar willst du das. Und damit nicht genug. Du machst dir auch noch Selbstvorwürfe, weil du nicht Hellseher und Supermann in einer Person bist.«

»Ich werfe dir überhaupt nichts vor. Du hast dich einfach nur in diesem Sarrubbi geirrt, und ich bin meiner Überzeugung nicht treu geblieben.«

Kassia schwang ihre Beine von der Couch und stand auf. »Ich muß raus an die frische Luft. Wenn du fertig bist, dich selbst zu zerfleischen, dann kannst du ja ins Shamrock nachkommen.«

Nachdem sie gegangen war, begann Ryan, seine Wohnung ein wenig in Ordnung zu bringen. Dabei stieß er auf das Programm von Neds Trauerfeier. Sogleich fiel ihm wieder ein, was ihm Kassia über Ned gesagt hatte. Möglicherweise hatte sie gar nicht so unrecht. Vielleicht hatte er sich wirklich viel zu lange mit den Schattenseiten seines Sohnes befaßt. Er nahm sich vor, Ned von nun an aus einem anderen Blickwinkel zu betrachten.

Ryan sah auf die Liste der Trauerredner. Sechs waren es gewesen, und sie hatten allesamt positiv von ihm gedacht – oder zumindest gesprochen. Vielleicht würde es ihm ja gelingen, sich mit ihnen in Verbindung zu setzen, auch wenn er in den Augen der Öffentlichkeit nun als ein Verbündeter von Neds Mörderin dastand. Und Kassias Idee, einen Blick in Neds Kiste zu werfen, war auch nicht schlecht. Damit könnte er beginnen. Am besten wäre es, Kaplan damit zu beauftragen, sie ihm rüberzuschicken.

Ryan legte das Programm der Trauerfeier in seine Ablage. Dabei bemerkte er auf dessen Rückseite zwei Telefonnummern und die handschriftliche Notiz: »Wenn Sie irgend etwas brauchen – HRK.« Zunächst konnte er nichts damit anfangen, doch dann begann es ihm zu dämmern. Kneeland, der die gesamte Trauerfeier arrangiert hatte, hatte dieses Programm in dem Wagen liegenlassen, den er Ryan für die Rückfahrt vom Friedhof zur Verfügung gestellt hatte.

Eine der Nummern war die von Kneelands Apartment in der Fifth Avenue, darüber war sich Ryan vollkommen sicher. Die andere kam ihm ebenfalls bekannt vor, auch wenn er nicht wußte, woher.

Eigentlich hatte er beabsichtigt, für Richter Corino eine Liste der wichtigsten Einwände zusammenzustellen, die dieser bei seiner Entscheidung berücksichtigen sollte. Dann aber begann er damit, sämtliche Namen aufzulisten, die mit Neds Ermordung in Verbindung stehen konnten.

Auf Platz Nummer eins setzte er Olivera. Dann folgten Willy und Kneeland, Jim Morris und Srini Ramanujan – alles Personen, deren Beziehung zu Ned und zu dem ihm anvertrauten Geld Ryan noch immer nicht gänzlich klar war. Den Bandito und seinesgleichen hatte er schon längst abgeschrieben.

Außer Namen gab es auch noch einige ungeklärte Sachverhalte zu notieren: den Anruf und die abgewischten Fingerabdrücke sowie das Ausmaß von Neds Verwicklungen bei den Transaktionen schmutziger Gelder.

*Cui bono?* schrieb er nieder.

Das Telefon klingelte. Lawrence war am Apparat.

»Ich habe soeben eine Neuigkeit erfahren. Nichts, das uns für die Berufung von großem Nutzen wäre, aber wir können damit immerhin eine unserer Wissenslücken stopfen.«

»Ich bin ganz Ohr.«

»Ich habe mich mit dieser neuen Superdetektei kurzgeschlossen, die für die Beschaffung von Informationsmaterial für wichtige Drogenprozesse ins Leben gerufen wurde. Das hat mich zwar den letzten Rest meines beruflichen Ansehens als Detektiv gekostet, aber ich habe es geschafft, einen ihrer Computerleute auf Oliveras Bank- und Geldgeschäfte anzusetzen. Tatsache ist, daß es sich bei Willy um einen von Oliveras Bankern handelt. Er ist nur einer von vielen. Allerdings fließen durch seine Hände fortwährend nette Summen an Kleingeld, das Olivera gehört. So läuft das schon seit einigen Jahren.«

Wie ein Schwamm saugte Ryan diese neuen Informationen auf. »Na gut, jetzt wissen wir wenigstens, auf welche Weise sich Ned und Olivera kennengelernt haben.« Auf seiner Liste rückte Willy auf Platz eins, direkt neben den Ganoven. Philadelphia war lediglich eineinhalb Stunden von New York entfernt. *Wo war Willy am vierzehnten Juni?* schrieb Ryan auf den Zettel.

Als er im Shamrock eintraf, war von Kassia weit und breit nichts zu sehen.

»Die Lady war müde und ist nach Hause gegangen«, erklärte ihm Kelly. »Du solltest sie besser behandeln.«

»Ist das ein Ratschlag als Wirt oder als Freund?«

»Beides. Heute geht übrigens alles auf Kosten des Hauses, Michael Ryan. Wenn du dich bis zur Bewußtlosigkeit vollaufen lassen willst, tu dir keinen Zwang an. Ich sorge dann schon dafür, daß du ins Bett kommst –«

»Ich habe nicht die Absicht.« Ryan hob seinen Bierkrug. »All unseren Feinden ein schönes Durcheinander.«

»Amen, Bruder.«

»Ich habe mich gefreut, daß du mir nach der Verhandlung nicht dein Beileid ausgesprochen hast.«

»Ich dachte mir, falls du darüber sprechen möchtest, würdest du schon von selbst damit anfangen. Außerdem finde ich das Urteil ziemlich daneben.«

»Das kann man wohl sagen. Und was gibt es bei dir Neues?«

»Nichts Besonderes. Der Vermieter zählt die Tage bis zum Ende der Frist.«

»Und was ist mit deinem Cousin, diesem Polizisten?«

»Neffe, nicht Cousin. Wie er mir sagte, freut er sich, daß er zum Lieutenant befördert wurde. Man hat ihn zu einer Spezialeinheit bei der Drogenfahndung versetzt. Er hat geschworen, schon im ersten Monat einen der Drahtzieher dingfest zu machen. Meine Schwester ist deshalb vor Angst fast wahnsinnig. Sie kann einfach nicht verstehen, warum sich ihr Sohn so anders entwickelt hat, als sie es eigentlich geplant hatte.«

»Richte ihr von mir aus, daß ich diese Gedanken gut nachvollziehen kann.«

Im Büro setzte Ryan am Morgen darauf Kassia über Willys Aktivitäten in Kenntnis. »Es macht ja auch keinen Sinn, daß Willy nichts von dem schmutzigen Geld wußte. Er ist ein besserer Lügner, als wir dachten.«

»Meine Frage lautet jetzt: In welcher Weise hilft das Jennifer weiter?«

Kurz vor Mittag klopfte es an der Vordertür. Wer in das Büro hereinspähte, war niemand anderes als – Russell Constable.

»Mr. Ryan? Mein Name ist Russell Constable. Dürfte ich Sie für einen Augenblick bei Ihrer Arbeit stören? Ich war auf dem Weg ...«

»Ich weiß, wer Sie sind, Mr. Constable.« Ryan schüttelte dem ehemaligen Geschworenen die Hand. »Kommen Sie doch herein. An Miß Miller werden Sie sich bestimmt noch erinnern.«

»Aber ja. Guten Tag.« Er setzte sich kerzengerade auf die Kante des bequemen Gästesessels. »Ich weiß nicht, ob das richtig ist, daß ich so einfach zu Ihnen komme, aber ich würde mit Ihnen gerne über den Prozeß reden.«

»Ich freue mich über Ihren Besuch. Was haben Sie auf dem Herzen?«

»Es handelt sich um das Urteil. Um den ganzen Prozeß. Ich habe dabei ganz neue Seiten an meinen Mitmenschen kennengelernt.«

»Das kommt bei solchen Ereignissen öfters vor.«

»Am Ende der Beratung konzentrierte sich alles auf die eine Frage: Gibt es einen begründeten Zweifel? Ralph Sarrubbi war auf eine Verurteilung wegen Mordes aus. Er wußte jedoch genau, daß ich in diesem Fall auf ›nicht schuldig‹ plädiert hätte. Wir wären also zu keiner einstimmigen Entscheidung gelangt. Niemandem war daran gelegen. Daher ließ er sein Vorhaben fallen – allerdings in stillschweigendem Einverständnis, daß sich die anderen im Gegenzug für ›Totschlag‹ entscheiden würden. Solange es ging, habe ich versucht, meine Position zu verteidigen. Aber schließlich gelang es ihnen, mich davon zu überzeugen, daß mein Verhalten unvernünftig sei. Im wahrsten Sinne des Wortes: daß meine Zweifel durch keinerlei vernünftige Gründe gestützt wurden. Ich hätte es nie für möglich gehalten, daß ganz normale Menschen zu solchen Spitzfindigkeiten in der Lage wären. Also gab ich nach. Kaum war die Abstimmung vorbei, da tat es mir auch schon leid. Aber sie ließen mich meine Entscheidung nicht widerrufen.«

»Haben Sie denn darum gebeten?«

»Ja. Ich bekam zur Antwort, Abstimmung sei Abstimmung, und sie würden nicht noch einmal darüber entscheiden.«

»Das Urteil war also ein Kompromiß«, bemerkte Kassia. Sie suchte nach Gründen für eine Aufhebung des Urteilspruchs.

»Stimmt.«

»Sind Sie der Meinung, daß Ihre Stimmabgabe erzwungen wurde?«

»Hm … damit kenne ich mich nicht aus.«

»Aber Sie wurden von den anderen Mitgliedern der Jury unter Druck gesetzt, gegen Ihre eigene Überzeugung zu stimmen?« setzte Ryan nach.

»Unter Druck, ja.«

»Würden Sie zu diesen Vorgängen eine eidesstattliche Erklärung unterzeichnen?« fragte ihn Miß Miller.

»Oh.« Mit dieser Frage hatte er nicht gerechnet. »Eigentlich bin ich gekommen, um Ihnen zu sagen, daß Sie beide gute Arbeit geleistet haben, trotz des schlechten Ausgangs. Aber ich wollte bestimmt niemandem Ärger bereiten.«

»Jennifer Ryan hat schon lange genug Ärger«, sagte Ryan ruhig. »Weit mehr Ärger, als die Korrektur eines unsauberen Urteils mit sich bringen würde.«

»Ich muß erst darüber nachdenken.«

Als Constable sich verabschiedete, reichte Ryan ihm seine Visitenkarte. »Bitte tun Sie das. Aber vergessen Sie nicht, daß wir eine Frist einzuhalten haben.«

»Sie werden wieder von mir hören«, sagte Constable.

»Sieht aus, als hätte Griglia recht gehabt, als er andeutete, daß sich einer der Geschworenen der Meinung der anderen lange Zeit widersetzte«, faßte Ryan seine Überlegungen zusammen. »Das bedeutet aber, daß auch ich nicht falsch gelegen habe – er muß einen Informanten unter den Mitgliedern der Jury gehabt haben.«

»Freu dich nicht zu früh. Der Richter wird deinen Antrag vermutlich trotzdem ablehnen.«

»Gut möglich.«

»Dein Mr. Constable ist ein feiner Kerl und meint es auch gut, aber er kommt garantiert nicht wieder.«

Früh am Dienstag morgen klingelte Ryans Wecker. Er fuhr zum Fitneß-Center und schwamm dort zehn Bahnen mehr als gewöhnlich. Anschließend stellte er sich unter die heiße Dusche.

Wieder einmal ging ihm das mysteriöse Telefon mit den beseitigten Fingerabdrücken nicht aus dem Kopf. Diesmal kam ihm dabei jedoch ein völlig neuer Gedanke. Bislang war er immer von der Annahme ausgegangen, der Mörder oder aber einer der Partygäste, der mit Neds Tod in keinerlei Verbindung stand, hätte diesen Apparat an jenem Abend benutzt. Alle anderen waren bei ihren Überlegungen von derselben Vorstellung ausgegangen. Das Problem bestand nun darin, daß das Gespräch nahezu zum gleichen Zeitpunkt geführt worden war, zu dem Jennifers Aussage zufolge ihr Streit mit Ned ein Ende gefunden hatte.

Wenn Jennifers Angabe der Wahrheit entsprach, dann mußte sich Ned noch in dem Raum aufgehalten haben, als von diesem Apparat aus telefoniert wurde. Was sprach eigentlich dagegen, daß er derjenige war, der sich des Telefons bedient hatte?

Wenn das stimmen sollte, wäre zwischen dem Telefonat und Neds Ermordung gegen neun oder auch später eine Menge Zeit vergangen. Zeit, während der Neds Gesprächspartner vielleicht sogar auf dessen Aufforderung hin Hugo Hills Apartement aufgesucht haben könnte. Es war durchaus möglich, daß er seinen eigenen Mörder herbeigerufen hatte!

Nachdem er eifrig die anfallende Arbeit erledigt hatte, richtete Ryan es so ein, daß er den ganzen Freitag außerhalb des Büros verbringen konnte.

Am Nachmittag traf er sich mit Robertson Kneeland. Im Aufzug begegnete er Jennifer. Kaum hatte er die Wohnung betreten, kam ihm sogleich die Silvesterfeier wieder in Erinnerung. Die Vorstellung, daß das schon vier Monate zurücklag, fiel ihm schwer.

»Es tut mir leid, daß Daddy so grob zu dir war. Aber das Urteil hat ihn hart getroffen.«

»Ich habe ihm nichts vorzuwerfen.«

Sie hakte sich bei ihm ein. »Wir werden das schon schaffen, was Michael?«

»Worauf du dich verlassen kannst!«

Kneelands Höflichkeit hielt sich in Grenzen. Allerdings zeigte auch er sich damit einverstanden, daß Ryan Jennifer auch künftig vertreten und mit der Zusammenstellung der Materialien beginnen sollte, die er für seine Berufung benötigte.

»Allerdings müssen Sie verstehen, daß ich Ihnen noch keine verläßliche Zusage über den Zeitpunkt Ihrer nächsten Honorarzahlung geben kann. Der Richter hat mir eine zusätzliche Million für die Kaution auferlegt, als ob ich ein Mann mit unbegrenzten finanziellen Möglichkeiten wäre. In Wirklichkeit war bereits die erste Million beinahe mehr, als ich aufbringen konnte. Von den Summen, die der Prozeß verschlungen hat, ganz zu schweigen.«

»Wenn Sie das belegen können, besteht vielleicht die Aussicht, daß die Kaution verringert wird.«

»Ich habe keine Lust, meine Finanzen vor aller Öffentlichkeit auszubreiten.«

»Falls Sie das nicht tun, bleibt Ihnen nur übrig, den Betrag aufzubringen. Andernfalls können Sie Jennifer im Gefängnis besuchen.«

Als Ryan nach Hause kam, stand Neds Truhe bereits im Hausflur. Der Pförtner brachte sie mit dem Lastenaufzug nach oben und stellte sie mitten im Wohnzimmer ab.

In einem seitlich an der Kiste befestigten Briefumschlag befand sich der Schlüssel dazu. Ryan steckte ihn in das Schloß und hob dann den schweren Deckel hoch. Was er vorfand, waren Erinnerungen, die bis zum Rand der Kiste reichten.

Das Telefon klingelte.

»Michael?« Es war Kassia. Sie schien aufgeregt zu sein. »Hast du schon die Zeitungen von heute gelesen?«

»Nein. Was gibt es denn?« In seinem Gehirn arbeitete es blitzschnell: Jemand hat gestanden; Jennifer verletzt; ein weiterer Mord …

»Die Wochenendbeilage, Seite sechsundzwanzig, oben rechts in der Ecke. Hast du es?«

»Nein?« Was interessierte ihn die Wochenendbeilage?

»Besorg sie dir und komm dann ins Büro. Es gibt Arbeit.«

»Du meinst, jetzt gleich?«

»Ja, jetzt gleich. Raff dich auf, Michael. Es ist wichtig.«

»Bin schon unterwegs.«

Auf dem Weg zur U-Bahn kaufte sich Ryan eine Zeitung. Während er auf den Zug wartete, schlug er die Seite sechsundzwanzig der Wochenendbeilage auf. Großformatige Anzeigen verschiedener Galerien bedeckten fast die gesamte Seite. Rechts oben entdeckte er ein schwarzes Rechteck mit weißer Inschrift:

GALERIE HUGO HILL
Fotokonzepte
Muster aus Blut – 14/6

Lediglich eine Annonce von Hugo Hill – mehr nicht. Doch Kassia hatte sich schrecklich darüber aufgeregt. Muster aus Blut. Daß der Mann verschroben war, wußten sie doch schon seit langem. Ryan betrachtete die Anzeige erneut. Die angegebenen Zahlen waren Neds Todestag!

Muster aus Blut.

Sie wartete schon, als er im Büro eintraf.

Ryan legte die aufgeschlagene Zeitung mit der Anzeige nach oben auf ihren Schreibtisch. »Könnte es sich dabei um ein Beweismittel handeln?«

»Ich möchte einen Antrag auf Vorladung stellen, um das herauszufinden.«

»Sollten wir uns dieses Kunstwerk nicht vorher einmal anschauen?«

»Die Öffnungszeiten sind nicht angegeben. Außerdem ist die Galerie heute den ganzen Tag geschlossen. Ich habe schon dort angerufen.«

»Fotokonzepte«, las er.

»Richtig. Und Susan Spada, deren Werke Hill bei sich ausstellt, wird von ihm als ›Fotokonzeptionalistin‹ bezeichnet. Auch sie war an jenem Abend auf der Party. Kann sein, daß sie ihren Fotoapparat dabeihatte.

## 24

Sie hatten gerade ihren Antrag auf Vorladung von Hugo Hill ausgearbeitet, als Lawrence anrief.

»Wo können wir uns treffen?« fragte der Privatdetektiv.

»Wo du willst.« Aus seiner Frage war klar hervorgegangen, daß das Büro kein geeigneter Ort für eine Zusammenkunft war.

Sie verabredeten sich in dem nahe gelegenen Selbstbedienungsrestaurant, das Ryan und Miß Miller schon gelegentlich aufgesucht hatten. Diesmal aßen die beiden nichts, sondern nahmen sich nur einen Kaffee mit an ihren Tisch. Wenige Minuten später erschien Lawrence.

»Nassir hat eine Wanze aufgespürt.«

Sie brauchten einen Augenblick, um diese Mitteilung zu verdauen.

»Na, Hauptsache ist doch, *daß* er sie überhaupt gefunden hat«, meinte Ryan. »Wir sollten uns darüber freuen.«

»Ja und nein. Er sagt, das Ding könnte schon ewig dort sein.«

»Aber immerhin hat er es entdeckt.«

»Ja, jedoch erst heute morgen. Obwohl er die neuesten technischen Mittel angewandt hat, konnte er bei seinen regelmäßigen Überprüfungen nichts entdecken. Letztendlich hat er die Wanze dann auch mit Hilfe seiner Augen gefunden. Der Recorder war in den Toilettenräumen der Pförtner versteckt. In den Wänden des Flures sowie in den im Büro aufgestellten Trennwänden befanden sich die Mikrofone. Der Klang kann also nicht vom Feinsten gewesen sein.«

»Denen genügten wahrscheinlich ab und zu ein paar Worte«, meinte Kassia. »Schließlich haben wir hier keine Konzerte veranstaltet.«

»Zumindest haben wir jetzt einen Anhaltspunkt, wie es zu der Drohung gekommen sein könnte«, sagte Lawrence.

Und zu dem Mordanschlag, dachte Ryan. »Hast du die Wanze beseitigt?«

»Nein. Ich dachte mir, wir sollten nicht zu erkennen geben, was wir da entdeckt haben.«

»Auf jeden Fall müssen wir aufpassen, worüber wir im Büro reden. Außerdem brauchen wir umgehend einen sicheren Ort.«

»Wir haben uns vorhin über Hugo Hill unterhalten«, bemerkte Kassia.

»Wenn wir dieses Thema nicht mehr anschneiden, nützt ihnen das, was sie bisher mitgehört haben, nicht allzuviel.« Ryan brütete über seinem Kaffee. »Ich halte es für besser, diesen Büroraum vollständig aufzugeben.«

»Wenn ihr euch dafür entscheiden solltet, dürft ihr niemandem gegenüber den wahren Grund erwähnen«, ermahnte Lawrence die beiden Anwälte. »Wer auch immer diese Wanzen eingebaut hat – das beste wird sein, wenn er glaubt, daß er damit Erfolg hatte.«

»Hatte er ja auch«, entgegnete Ryan.

Im Grunde war Ryan so kurze Zeit nach dem negativen Urteilsspruch noch nicht dazu bereit, seinen Anwaltskollegen gegenüberzutreten. Doch unter den gegebenen Umständen blieb ihm gar nichts anderes übrig. Er nahm Miß Miller mit in die neuen Kanzleiräume von Pane, Parish.

»Ah, unser abtrünniger Held«, sagte Legler. »Und Miß Miller ist auch mit von der Partie. Was führt euch her?«

»Wir benötigen ein wenig Platz«, erklärte Ryan.

»Ich dachte, ihr hättet unten in der Stadt ein Büro gemietet?«

»Es muß ja nichts Luxuriöses sein. Zwei Schreibtische und ein Telefon würden uns schon genügen.«

»Hast du vergessen, daß du in dieser Kanzlei ein eigenes Büro besitzt, Michael?«

»Ich war mir da nicht mehr so sicher.«

»Ja, hast du denn unser Telegramm nicht erhalten? Wir haben dir zu deiner ausgezeichneten Leistung gratuliert.«

»Besten Dank, aber ich habe einen ganzen Stapel bekommen und bislang noch keinen Blick darauf geworfen.«

Als sie endlich allein in ihrem neuen Büro saßen, sagte Ryan zu Kassia: »Du versprichst dir ziemlich viel von Hugo Hills Blutflecken-Mustern, nicht wahr?«

»Ich greife jetzt nach jeden Strohhalm, der sich uns bietet.«

Tags darauf waren sie gerade damit beschäftigt, ihre Aktenordner aus den Umzugskisten zu packen, als die Sprechanlage summte.

»Mr. Ryan, eine Lieferung. Bitte kommen Sie zum Empfang.«

»Erwartest du etwas?« wollte Kassia wissen.

»Allerdings.«

Im Vorraum wartete eine große Holzkiste auf Ryan. Daneben stand ein Mann, der sich als Mr. Bruce vorstellte, Hugo Hills Rechtsanwalt. Er sah aufmerksam zu, als ein Packer vorsichtig die vordere Abdeckung der Kiste entfernte.

Zwölf Bilder kamen zum Vorschein, die jeweils 1,50 Meter mal 1,20

Meter groß, übertrieben bunt und durchweg mit *spada* signiert waren. Ryan, der früher einmal als Hobbyfotograf dilettiert hatte, konnte sich beim besten Willen nicht vorstellen, wie diese Aufnahmen technisch angefertigt worden waren.

Gemeinsam mit Kassia Miller stellte er die zwölf Bilder entlang der Wände des großen Konferenzraumes auf. Dazu entdeckten sie auch noch zwei Stück Putz, die von der Wand und der Decke des Tatorts zu stammen schienen und an den Kanten unregelmäßig behauen waren. Auch darauf war Blut zu sehen, diesmal in Form von Linien, die den Strichen von Ausrufezeichen ähnelten.

»Daran wird Lynn Archbold ihre wahre Freude haben«, meinte Kassia.

Die Tür ging auf, und herein kam Legler.

»Was ist denn das bloß?«

»Beweismaterial«, antwortete Ryan, obwohl er sich da gar nicht so sicher war.

Lynn Archbold stolzierte vor Susan Spadas Kunstwerken auf und ab und blieb mitunter längere Zeit vor einem der Bilder stehen, um es zu begutachten. Die beiden Anwälte sahen ihr neugierig zu. Mit finsterer Miene hockte Mr. Bruce auf einem Stuhl in der Ecke, sehr darauf bedacht, daß das Eigentum seines Mandanten keinen Schaden litt.

»Lassen Sie uns darüber miteinander reden«, sagte sie schließlich. Während ihrer Ausführungen lief sie unentwegt in Ryans Büro umher.

»Das sind die deutlichsten Aufnahmen von Bluflecken, die mir je zu Gesicht gekommen sind. Und auch die beiden Teile des Putzes sind ausgezeichnet, da ich keine Mutmaßungen mehr über die Anordnung der Flecken anzustellen brauche. Natürlich muß ich diese Flecken mit den Mustern jener Fotos vergleichen, die mir bereits vorliegen. Dann kann ich eine klare Aussage darüber treffen, an welcher Stelle des Zimmers sich welcher Fleck befunden haben muß. Das ist der schwerste Teil der Arbeit. Wenn ich das erst einmal hinter mir habe, kann ich ein Modell dieses Zimmers erstellen. Immer vorausgesetzt, daß es sich bei den uns hier vorliegenden Bildern um diejenigen handelt, die die Polizei aufzunehmen vergessen hat. Ein solches Modell ist wesentlich exakter, als wenn man lediglich von den Grundrissen ausgeht, die Kassia vom Grundbuchamt besorgt hat. Falls es zu einer neuen Verhandlung kommt, könnte ich anhand dieses Modells meine Ausführungen auch wirkungsvoller unterstreichen als mit Hilfe einer Skizze. Wie mir Kassia mitteilte, versuchen Sie momentan den Fall von vorne aufzurollen?

»Immer eins nach dem anderen«, erwiderte Ryan.

Seit Tagen stand Neds Truhe in der Mitte des Wohnzimmers. Jedesmal, wenn er daran vorbeiging, erblickte Ryan einen Teil der persönlichen Erinnerungen seines Sohnes.

Schließlich schloß er den Deckel wieder. Nur Schmerzen waren es, die sich in der Truhe befanden.

Doch dann besann er sich eines Besseren. Die Erinnerung war der einzige Ort, an dem Ned für ihn noch am Leben war. Ihm das zu verweigern, hätte bedeutet, Ryans alte Sünden durch neue zu ersetzen.

Nach und nach holte Ryan Neds Habe vorsichtig aus der Kiste. Es waren vor allem die Musikkassetten, die ihn magisch anzogen. Vier Stück waren es, alle handbeschriftet. Es handelte sich also nicht um gekaufte Kassetten, sondern um solche, die Ned selbst bespielt hatte. Doch waren die Aufschriften nicht zu entziffern. Auf zweien von ihnen erkannte Ryan jeweils ein Buchstabenpaar, das er für Initialen einer Rockgruppe hielt. Auf der dritten stand ›Dawn‹. Und auf die vierte Kassette hatte Ned ›Grateful Dead‹ geschrieben.

›Dawn‹, fiel es Ryan wieder ein, hatte auch auf einem der Liebesbriefe gestanden, die er zuvor aus der Kiste geholt hatte. In der festen Überzeugung, den betreffenden darin zu entdecken, griff er nach dem Packen Briefe, die zum Teil noch nach Parfüm rochen, und wühlte darin herum.

In diesem Augenblick mußte er wieder an die Liebesbriefe und Musikkassetten denken, die er in Neds Bankschließfach gefunden hatte. Er ging ins Arbeitszimmer, um sie zu holen. Die Kassetten unterschieden sich von denen in der Truhe, denn ihre Etiketten waren alle mit derselben weiblichen Handschrift versehen, in der auch die beiliegenden Briefe geschrieben worden waren. Auf jeder stand außerdem ›für Ned‹ und ein Datum. Als die Aufnahmen angefertigt worden waren, mußte Ned um die zwanzig gewesen sein.

Ryan legte eine der Kassetten in den Recorder und schaltete das Gerät ein. »Hallo, Ned.« Die Stimme einer jungen Frau. »Hier ist Maria. Du fehlst mir sehr.« Dann folgten ein paar Geräusche, die er für angedeutete Küsse hielt. »Ich warte auf dich, mein Schatz.« Verwirrt stellte er den Apparat wieder aus.

Anders als die Kassetten aus dem Bankschließfach, waren jene aus der Truhe alle von Ned selbst beschriftet worden. Ryan hörte in die erste hinein: klassische Trompetenmusik. Auf der zweiten Kassette befanden sich alte Kirchenlieder. Ryan lernte eine völlig neue Seite seines Sohnes kennen.

Während er weiter in der Kiste stöberte, hörte er sich die Kassette der Rockgruppe ›Greatful Dead‹ an. Anscheinend war das erste Lied bei einem Konzert mitgeschnitten worden. ›Wenn's nach mir ginge‹, lautete der Refrain, ›würde ich dieses alte Haus niederreißen.‹ Gar nicht so übel, dachte Ryan.

Das zweite Lied begann rein instrumental, hörte dann jedoch unvermittelt auf. Nur noch das Rauschen einer leeren Musikkassette war zu hören. Merkwürdig. Sollte etwas mit dem Rekorder nicht in Ordnung sein? Ryan ging zur Stereoanlage, um den Fehler herauszufinden.

»Hier spricht Edward Ryan.« Neds Stimme!

Ryan drückte auf die PAUSE-Taste. Er schwankte. Fast hätte er das Gleichgewicht verloren. Es ist doch bloß eine Stimme auf einem Band, sagte er sich. Und nicht etwa Ned, der zur längst überfälligen Versöhnung zurückgekehrt war.

Er ließ das Band ein Stück weiterlaufen.

»... das Original den Ermittlungsbehörden zu übergeben ...« Er hörte gerade noch das Ende des Satzes. Erneut hielt er das Band an.

»Wenn Sie dies hören, habe ich wahrscheinlich einen Fehler begangen. Es kann sein, daß man mich ermordet hat. Ich bitte Sie, den Inhalt dieses Bandes den Ermittlungsbehörden zur Kenntnis zu bringen.«

Ryan schaltete das Gerät wieder aus und setzte sich hin. Seine Hände zitterten, das Hemd war naßgeschwitzt.

Unverzüglich rief er bei Kassia und Lawrence an – und hatte Glück. Sie waren zu Hause. Als sie bei Ryan eintrafen, trugen beide einen Kassettenrecorder unterm Arm. Er bot ihnen einen Platz an, faßte all seinen Mut zusammen und drückte auf PLAY. Verwundert hörten seine zwei Gäste die Rockmusik. Waren sie deswegen hergekommen?

Dann aber wieder diese Stimme. »Hier spricht Edward Ryan.«

Mit weit aufgerissenen Augen wirbelte Kassia in ihrem Sessel herum, um Ryan anzusehen. Lawrence saß einfach nur da und schüttelte den Kopf. Bis sie sich endlich beruhigt hatten, war Ned mit seiner Erklärung schon ein gutes Stück vorangekommen.

»... Mitschnitt eines Gesprächs zwischen Edward Ryan und H. Robertson Kneeland, das am dreizehnten Juni in Ryans Büro stattfand.«

Auf dem Band folgte eine kurze Pause. Keiner der drei wagte sich zu rühren.

Dann ging es mitten im Satz weiter. Zuerst war nur eine schwache Stimme zu hören, die aber zunehmend lauter wurde, als ob der Sprecher Neds verborgenem Mikrofon immer näher gekommen war.

»... weißt ganz genau, warum wir das hier zu tun haben. Aber du sagtest einfach ›Komm her, es ist dringend‹. Hier bin ich also. Kommen wir zur Sache, und bringen wir es hinter uns. Ich habe noch einiges zu erledigen.«

Es handelte sich eindeutig um Kneelands Stimme, wenn auch ohne den höflichen Ton, den er für gewöhnlich Ryan gegenüber anschlug.

»Ich will nicht groß drum herum reden«, entgegnete Ned. »Ich steige aus.« Im Vergleich zu seinem Gesprächspartner klang Neds Stimme gedämpfter, doch konnte man die Intensität der Gefühle nicht überhören, die in diesen Worten mitschwangen.

»Wovon redest du, zum Teufel?«

»Ich rede über diesen Medikamentenhandel. Und über die Geldwäsche deines Freundes Olivera.«

»Falls das ein Scherz sein soll, ist es ein verdammt schlechter.«

»Kein Scherz.«

»Dann bist du nicht klar im Kopf. Schlaf erst einmal aus, und ruf mich morgen früh wieder an.«

Ein Geräusch, das sich wie Schritte anhörte.

»Wenn du jetzt gehst, lasse ich die ganze Sache auffliegen.«

»Du mußt wirklich verrückt geworden sein.«

Ryan war völlig benommen von dem, was er da hörte. Ihm wurde schlecht. Er ging zur Stereoanlage und schaltete den Recorder aus.

»Was machst du denn da?« platzte es aus Kassia heraus.

»Entschuldigung. Aber das ist mehr, als ich ertragen kann. Ihr beide hört weiterhin zu und macht euch am besten Notizen. Lesen ist für mich besser als Neds Stimme zu hören.«

Er ging aus dem Raum und überließ es ihnen, den richtigen Schalter zu finden.

Später, nachdem seine Kollegin und der Detektiv ihre Aufzeichnungen fertiggestellt hatten, las sich Ryan die schriftliche Fassung von Neds Unterredung mit Kneeland durch.

»Dieses schmutzige Geschäft hat mich wochenlang in Atem gehalten. Seit unserem Treffen mit deinem Freund Olivera bin ich zu nichts anderem mehr gekommen. Ich bin mir darüber klargeworden, daß ich *so* nicht leben will. Das ist das Durcheinander einfach nicht wert, was es in mir anrichtet. Wenn das der Weg zu Reichtum ist, will ich lieber als armer Schlucker leben.«

»Es würde dir nicht gefallen.«

»Ich werde es darauf ankommen lassen.«

»Auch Jennifer würde sich nicht damit abfinden.«

»Ich liebe sie und bin ihr sehr dankbar für die Geduld, die sie mir entgegengebracht hat. Ich werde mich wieder mit ihr aussöhnen. Wenn nicht jetzt, dann später.«

»Wenn du mit solchen Leuten Geschäfte machst, kannst du dich nicht einfach so mir nichts, dir nichts verdrücken.«

»Damit kennst du dich aus, stimmt's? H. Robertson Kneeland, die hunderprozentige Tochterfirma von Felipe Olivera.«

»Deine Unverschämtheiten kannst du dir sparen. Wir haben ein Geschäft über die Bühne zu bringen. Montag werden die Lastwagen starten. Das heißt, bis dahin müssen deine Lagerhäuser und alles andere bereitstehen. Wenn wir das hinter uns gebracht haben, kannst du meinetwegen ein Gelübde ablegen oder sonst was tun.«

»Ich werde das nicht länger mitmachen. Und du ebenfalls nicht. Wenn du es trotzdem tust, werde ich die Notbremse ziehen.«

»Du bist verrückt. Total verrückt.«

»Nein. Ich war verrückt. Fast zwei Jahre lang habe ich mich selbst belogen und mir vorgemacht, daß ich keine Ahnung davon habe, was da wirklich vor sich geht. Weißt du, am Anfang habe ich mich noch mit dem Gedanken begnügt, daß die Investition von Drogengeldern in Kredite für Klinikunternehmen oder Industrieansiedlungen immer noch besser sei, als wenn dafür weiteres Kokain oder Crack gekauft worden wäre. Dann aber konnte ich mich auch mit dieser Vorstellung nicht mehr abfinden, so daß ich mir schließlich Geschichten ausdachte, daß es ja überhaupt keine Drogengelder seien, sondern Beträge, die aus deinen ganz normalen Geschäften stammten. Wie blöde. Ohne Olivera wärst du arm wie eine Kirchenmaus.«

»Leg dich nicht mit mir an. Du bist nur, was *ich* aus dir gemacht habe – mehr nicht. Als du zu mir kamst, warst du nichts als ein kleiner Laufbursche für einen alten Knacker, der deinem Großvater noch einen Gefallen schuldig war.«

»Bei dem hätte ich auch bleiben sollen. Er war klüger und zäher, als du es jemals sein wirst. Aber das ist ja nichts Neues. Was jetzt allein zählt, ist, daß ich mir viel zu lange vorgegaukelt habe, Olivera sei lediglich ein anderer Typ von Geschäftsmann. Das war natürlich hirnverbrannt.«

»Meinst du? Du glaubst also, was er macht, ist schlimmer als halb Alaska mit Erdöl zu verseuchen oder Giftmüll zu exportieren und was sonst noch tagtäglich in den Zeitungen steht?«

»Und ob ich das glaube! Und seine letzte Schweinerei ist die schlimmste von allen: hungernden Müttern und ihren Kindern die lebensnotwendigen Medikamente zu stehlen, nur um noch ein paar Dollar zusätzlich zu verdienen. Wer weiß, wie viele Menschen dafür ihr Leben lassen müssen? Tausende. Nur, weil sie eine andere Hautfarbe haben und in einem anderen Land leben, bedeutet das doch nicht, daß sie keine Menschen wären.«

»Stell dich doch nicht so dumm. Wenn sie nicht von Olivera hereingelegt werden, dann eben von irgend so einem fetten, schwarzen Offizier.«

»Das ist nicht mein Problem. Mein Problem besteht darin, daß ich nicht dabei mitmachen will. Und ich werde nicht zulassen, daß du weiterhin für Olivera arbeitest.«

»Da sind noch ganz andere Leute mit im Spiel. Deiner Meinung nach soll ich denen also erzählen: ›Tut mir leid, aber ich bin zu der Überzeugung gelangt, daß es nicht nett ist, armen Afrikanern ihre Medizin wegzunehmen.‹ Sie würden herzlich darüber lachen und mir anschließend die Kehle durchschneiden.«

»Mach, was du willst. Ich tue, was ich für richtig halte.«

»Glaubst du ernsthaft, sie würden es zulassen, daß du sie verpfeifst?«

»Das Risiko muß ich eingehen.«

»Du mußt wahnsinnig geworden sein! Ist dir denn klar, was du damit aufgibst? Ich habe die ganze Sache auf die Beine gestellt. Wenn etwas schiefläuft, habe *ich* den Ärger. Alles, mein ganzer Besitz hängt davon ab.«

»Dein ganzer Besitz. Was ist das schon? Du bist nichts weiter als eine leere Hülse, die Olivera von Zeit zu Zeit auffüllt. Ohne ihn wärst du längst am Ende. Wie lange ist es her, daß du mal aus eigener Kraft einen Penny verdient hast?«

»Diese ganze Klinikgeschichte ... Das alles habe *ich* doch in die Wege geleitet. Es war deine Idee, erinnerst du dich noch? Aber wo stündest du jetzt, wenn ich nicht erkannt hätte, daß du niedrige Zinsen anbieten mußtest, um deine Kunden zu halten; wenn ich dir nicht Oliveras Geld beschafft hätte, um es für dich arbeiten zu lassen. Ich war derjenige, der auf den Dreh kam, mit Hilfe des medizinischen Großhandels Geld aus dem Land zu schleusen. Erst so bist du überhaupt ins Geschäft gekommen. Deshalb kam Olivera auf mich zu, denn er hatte erkannt, daß er die Lastwagen von Shible für seine eigenen Zwecke gebrauchen konnte. Schließlich waren wir diejenigen, die ein Warenlager unterhielten, in dem er seinen Stoff zwischenlagern konnte. Außerdem dienten ihm unsere Vertriebskanäle für den Absatz seiner Drogen.«

»Niemand hat dich darum gebeten, derartige Geschäfte mit dem Kerl zu machen.«

»Was soll der Unsinn? Denkst du, daß die anderen Dinger, die wir mit ihm gedreht haben, vom Papst heiliggesprochen worden sind?«

»Irgendwo muß ich einen Schlußstrich ziehen. Vielleicht habe ich das nur nicht rechtzeitig erkannt.«

»Hör mal, mein Junge. Hier geht es nicht um eine akademische Diskussion. Wir sind hier nicht auf der Universität. Das hier ist das wahre Leben. Diese Leute sind bereit, einem die Knochen zu brechen, allein weil es ihnen Spaß macht. Und hier geht es um wesentlich mehr als um Vergnügungen.«

»Wie viele Menschenleben bist du bereit, dafür zu opfern? Denk einmal darüber nach. Deine Tochter engagiert sich beim Kinderhilfswerk, während du der Afrikahilfe Medikamente stiehlst.«

»Sprich nicht mit mir über meine Tochter. Wir leben in verschiedenen Welten.«

»Dann kann es dir ja egal sein, wenn ich ihr alles erzähle.«

»Sie würde dir ohnehin nicht glauben. Ich bin ihr Vater, und sie ist die Weltmeisterin im Verdrängen von Wahrheiten, die ihr nicht gefallen.«

»Für dich sind alle Menschen nur Objekte, oder? Kein Wunder, daß du es fertigbringst, kranken Babys die Medizin vorzuenthalten, indem du ihnen leere Kartons schickst.«

»Wieso führst du dich auf einmal auf, als könntest du kein Wässerchen trüben? Meinst du etwa, diese Junkys sterben nicht an den Medikamenten aus den Kliniken, die du belieferst? Überdosen? Aids? Komm endlich zu dir und vergiß diesen Schwachsinn.«

»Du hast noch immer nichts verstanden. Erst die Junkys haben mir zu der Einsicht verholfen, wie krank unsere Geldgier ist. Genau hier ziehe ich den Schlußstrich. Du steckst mit mir unter einer Decke, was die schmutzigen Geschäfte mit den Medikamenten angeht. Vielleicht können wir es schaffen, uns Stück für Stück daraus zurückzuziehen. Ich habe durch meine Geschäfte einiges gelernt. Wir brauchen Olivera nicht.«

»Das einzige, was du gelernt hast, ist, wie man sechzig Millionen Dollar loswird, die jemand anderem gehören. Das könnte selbst Hans, das rechnende Pferd. Und noch nicht einmal das hast du richtig angestellt. Deine Kreditbedingungen hätten von einem Wohltätigkeitsverein erdacht worden sein können. Auch hier mußte ich dir erst zeigen, wo es langging. Wenn du überhaupt etwas gelernt hast, dann nur, weil *ich* es dir beigebracht habe.«

»Was du mir beigebracht hast, war, daß alle meine Vorstellungen von Aufrichtigkeit und Integrität ein großer Haufen Mist sind. Dasselbe galt auch für meine Überzeugung, daß man sein Wort halten muß.«

»Auf jeden Fall müssen wir die Sache jetzt wie geplant zu Ende bringen. Andernfalls geht's uns an den Kragen. Ich sage dir etwas, was ich noch niemandem anvertraut habe. Ich bin mir zu neunzig Prozent sicher, daß mich mein Chauffeur im Auftrag von Olivera bespitzelt. Ich bin sozusagen sein Fenster zur Welt der legalen Geschäfte, ich berichte ihm, was ihm Rathaus läuft. Und ich werde von einem Schurken namens Paco durch die Gegend kutschiert. Jetzt weißt du, wie lange die Leine ist, die Olivera mir läßt. Du brauchst doch einen Leibwächter, sagte er zu mir. Mist – ich *bräuchte* einen Leibwächter, nämlich so einen, der mich vor diesem Paco beschützt.«

»Dann solltest du dich mir wirklich anschließen. Ich lasse die ganze Sache auffliegen. Nicht nur das – alles! Vielleicht dauert es ein bißchen, aber ich werde schon einen Weg finden. Ich hoffe, ich kann dann anschließend noch einmal von vorne beginnen.«

»Bleiben wir auf dem Teppich und schlafen wir noch einmal darüber. Möglicherweise beruhigt es dich ja, wenn ich dir bei Gelegenheit mal eine Statistik zeige, welch geringe Mengen dieser Medikamente normalerweise überhaupt bei den Bedürftigen ankommen. Irgendwie müssen wir beide doch wieder zusammenfinden. Einverstanden? Mach jetzt nur nichts Übereiltes. Morgen abend können wir uns noch mal unterhalten. Erst bin ich auf einer Cocktailparty und anschließend auf einer anderen Feier. Aber Paco wird schon wissen, wo ich zu erreichen bin.«

Damit endet die Niederschrift.

Kassia hatte still in einer Ecke des Büros gewartet, bis Ryan mit der Lektüre fertig war. Er sah zu ihr hinüber.

»Was wissen wir über diese Medikamente, um die es bei ihrem Streit immer wieder ging?« fragte Ryan.

»Vergangenes Jahr verschwand eine Lieferung von Medikamenten, die für das Horn von Afrika bestimmt war. Eine ganze Schiffsladung stellte sich als wertloser Ballast heraus, obwohl eigentlich allerlei Wundermittel an Bord gewesen sein müßten. Damals hat die zuständige Hilfsorganisation vermutet, daß der Austausch erst am Ankunftsort vorgenommen worden war.«

»Aber es ist durchaus möglich, daß Olivera seine Finger im Spiel hatte.«

»Könnte sein.«

Er hielt die Niederschrift der heimlich vorgenommenen Aufnahme in die Höhe. »Das ist nicht derselbe Ned wie der, den wir während der Verhandlung kennengelernt haben.«

»Was können wir deiner Meinung nach aus diesem Gespräch schließen?«

»Daß Jennifer Ned wahrscheinlich nicht umgebracht hat.«

»Hältst du Olivera für den Mörder?«

»Sieht so aus. Aber natürlich wird er sich nicht selbst die Hände schmutzig gemacht haben.«

»Wie sollen wir jetzt weitermachen?«

»Wir bauen darauf, daß unsere Expertin für Blutflecken mit Hilfe ihrer neuen Informationen einen Bericht erstellt, der uns die Wiederaufnahme des Prozesses ermöglicht. Außerdem müssen wir dringend Fachleute ausfindig machen, die die Authentizität des Bandes bestätigen – ungeachtet von Griglias Protesten und eines eventuellen Meineides durch Kneeland. Ich würde gern eine landesweite Pressekampagne daraus machen, und zwar über mehrere Wochen hinweg. Ich konnte diesen Kneeland nämlich noch nie ausstehen.«

»Das würde Jennifer aber nicht gefallen. Immerhin handelt es sich um ihren Vater.«

»Glaubst du, daß sie von seinen kriminellen Machenschaften etwas weiß?« fragte Ryan.

»Nichts, was sie jemals uns gegenüber geäußert hat, deutet darauf hin. Allerdings hat sie uns schon öfters etwas verheimlicht.«

»Scheint eine Art Familientradition zu sein.«

»Zurück zu Olivera. Warum bei Hugo Hill, und warum ausgerechnet an jenem Freitag abend?«

»Der Zeitpunkt ist leicht zu erklären«, entgegnete Ryan.

»Schließlich erwähnte Kneeland auf der Kassette die Frist, die unbedingt einzuhalten war.«

»Womit er sicherlich den Raub der Medikamente meinte.«

»Außerdem sagte er auch, daß er mit Ned am Freitag noch mal reden wollte, und teilte ihm mit, wo er sich an jenem Abend aufhalten würde.«

»Stimmt. Aber dann haben sie doch nicht mehr miteinander gesprochen, denn Ned wurde vorher ermordet.«

»Trotzdem wäre es möglich, daß sie noch Kontakt aufgenommen haben – nämlich dann, wenn *Ned* es war, der von Hill aus telefoniert hat.«

»Weshalb hätte er aber dann das Telefon abwischen sollen?«

Ryans Hirn arbeitete auf Hochtouren.

»Michael, ich habe dich etwas gefragt.«

»Wo haben wir die beiden Telefonnummern abgeheftet, die Lawrence ausfindig gemacht hat?«

»Das ist keine Antwort.«

»Nein. Aber eine Frage.«

»Ich habe keine Ahnung, in welchem Aktenordner die sich befinden.«

Er rief bei Lawrence an, doch war der Privatdetektiv nicht zu Hause. Ryan hinterließ ihm eine Nachricht.

»Ich habe das mit den abgewischten Fingerabdrücken noch immer nicht kapiert«, bemerkte Kassia.

»Ich auch nicht. Darum habe ich die Idee auch nicht weiterentwickelt, als sie mir vor einiger Zeit kam. Wir sollten zuerst einfach nur davon ausgehen, daß Ned vor seiner Ermordung Kneeland angerufen hat.«

»Und was weiter? Der war doch den ganzen Abend auf verschiedenen Partys.«

»Richtig. Aber trotzdem hatte er den Anruf bekommen können. Ned sollte sich doch sogar auf seinen Wunsch hin mit ihm in Verbindung setzen. Wie dem auch sei – wir sollten sofort eine neue Verhandlung beantragen. Wir haben die Analyse der Blutflecken von deiner Sachverständigen Lynn Archbold – wie immer sie auch ausfallen mag. Und wir haben das Band mit dem Gespräch zwischen Ned und Kneeland. Darüber müssen wir selbstverständlich noch mit unserer Mandantin reden. Allerdings nicht gleich. Denn es sind noch zu viele Fragen offen, und ich möchte nicht, daß ihr Vater schon jetzt erfährt, was wir über ihn wissen.«

## 25

Auf dem Anrufbeantworter in Ryans Wohnung befand sich eine Mitteilung von Lawrence. Nur eine Telefonnummer, sonst nichts. Ryan notierte sie auf einem Blatt Papier und ging dann damit in sein Büro, wo er das Programm von Neds Trauerfeier hervorsuchte. Seine Vorahnung wurde zur Gewißheit: Das Telefonat von Hugo Hills Apparat um zehn nach acht am Abend des Mordes hatte dem Anschluß in Kneelands Limousine gegolten.

Jetzt fiel Ryan auch wieder ein, daß Ned sich kurz vor seinem Tod mit Skippy und Ellis Turner über die schrecklichen Hungersnöte in Afrika unterhalten hatte. Und Tina Claire hatte ausgesagt, er habe irgendwie abwesend gewirkt, als sie ihm vorgestellt worden war.

Ryan versetzte sich in die Situation seines Sohnes. Du bist also Ned, der eine schwere Last zu tragen hat. Es ist so schlimm, daß du dich wochenlang abweisend und distanziert verhalten hast, wie Jennifer berichtete. Endlich faßt du einen Entschluß: Du willst der ganzen üblen Angelegenheit ein Ende bereiten. Daher stellst du deinem Schwiegervater und Kumpanen ein Ultimatum. Du bist zwar sehr besorgt, doch hast du den festen Vorsatz, dein Leben wieder in geregelte Bahnen zu führen.

Eines Abends besuchst du mit deiner Frau ein Fest. Im Grunde hast du dazu überhaupt keine Lust. Aber die Feier ist seit Wochen geplant und außerdem erst auf dein Drängen hin veranstaltet worden. Außerdem sind auch Leute eingeladen, mit denen du dich gerne unterhalten möchtest. Dich interessiert vor allem, wie die Verteilung von Medikamenten in den notleidenden Gebieten Afrikas vonstatten geht, welche Bedeutung diese Hilfsmaßnahmen haben und welche katastrophalen Folgen ihr Ausbleiben nach sich zieht. Was du dabei in Erfahrung bringst, läßt dich noch mehr aus der Fassung geraten, als du ohnehin schon bist, und bestärkt dich in deiner Überzeugung, diese schmutzigen Aktivitäten um jeden Preis aufzudecken. Du willst dich nicht bloß aus der Affäre ziehen, du willst alldem ein Ende bereiten.

Der Gastgeber macht dich mit einem der Ehrengäste bekannt, Tina Claire. Vor kurzem hättest du noch gerne mit ihr geflirtet. Jetzt aber hast du ernstere Dinge im Kopf, versuchst jedoch trotzdem, höflich zu sein. Du hast bereits ein, zwei Drinks intus, und auf einmal hat sie dich voll in der Mangel. Dein Körper antwortet darauf wie von selbst, während dein Verstand sich noch immer mit viel Wichtigerem befaßt.

Und dann erscheint deine Frau, die dich trotz deines mitunter kindischen und verletzenden Benehmens noch immer liebt. Wie ein böser Geist fährt sie auf dich nieder und wäscht dir den Kopf, wie du es schon lange verdient hättest. Du bist viel zu überrascht, um richtig auf sie eingehen zu können, und verläßt deshalb den Raum. Aber sie folgt dir, und der Streit geht weiter. So lange, bis sie in ihrer irrationellen, sprunghaften Art nach diesem ›Schwingenlosen Vogel‹ greift. Es gelingt dir, ihn ihr zu entreißen, wobei sie sich in die Hand schneidet.

Daraufhin läuft sie fort. Du willst ihr nachgehen und Besserung geloben. Doch ist dir bewußt, daß sie sich zunächst einmal beruhigen muß. Außerdem hast du noch etwas anderes zu erledigen.

In gewisser Weise stehst du vor dem Wendepunkt deines Lebens. Du mußt jetzt Farbe bekennen und möglicherweise sogar dein Leben riskieren. Anschließend willst du alles deiner Frau erklären. Dein Schwiegervater erwartet deinen Anruf, weil er auf deine Kapitulation hofft. Nun ist die Zeit gekommen, um ihn wissen zu lassen, daß du deine Meinung nicht mehr ändern wirst, daß du zum Kampf bereit bist. In wenigen Tagen werden die Lastwagen schon unterwegs sein, und Kneeland würde ewig so weitermachen, wenn ihn niemand stoppt. Du darfst jetzt keine Zeit mehr verlieren. Also rufst du ihn an. Und ...

Ryan kam der Gedanke, daß er vielleicht übertrieb und Ned sauberer darstellte, als er in Wirklichkeit gewesen war. Vielleicht aber auch nicht. Sein Gefühl sagte ihm jedenfalls, daß er richtig lag mit seiner Theorie. Alle Fakten paßten zusammen.

Was geschah also, nachdem Jennifer Hugo Hills Apartment verlassen hatte?

Ned wählte die Nummer von Kneelands Autotelefon. Da er nicht in seinem Wagen sitzt, nimmt sein Chauffeur Paco den Anruf entgegen. Halb Chauffeur, halb Informant für Senor Olivera. Hinterläßt Ned eine Nachricht? Kaum, denn Pacos Aufgabe ist ihm bekannt. Doch um zehn nach acht hätte Kneeland schon wieder in seinem Wagen sitzen können, auf dem Weg zu der zweiten Party, zu der er eingeladen war.

Nehmen wir an, Kneeland meldet sich am Telefon. Ned sagt ihm, vergiß es, ich habe meine Meinung nicht geändert. Ich bin aus der Sache draußen. Entweder bist du für mich oder gegen mich. Entscheide dich.

Und weiter? Kneeland antwortet ... ja, nein, vielleicht ... und geht zu Fest Nummer zwei, wo er nach Angaben einiger Partygäste spätestens um acht Uhr fünfundreißig eingetroffen sein soll, wenn nicht sogar schon früher. Und Ned sitzt in Hills Wohnung herum und wartet auf – Paco? Schließlich taucht jemand auf und erschlägt ihn gegen kurz vor neun.

Immer noch fehlte Ryan etwas.

Angenommen, Paco hatte die Unterhaltung zwischen Ned und Kneeland mitbekommen? Aber auch damit wäre noch immer nicht Neds Warterei erklärt. Ob Kneeland gesagt hatte, bleib, wo du bist, ich rufe gleich wieder zurück? Oder, bleib da, ich komme zu dir? Das würde einen Sinn ergeben. Er hätte ein ernstes Gespräch bestimmt nicht gerne über die öffentliche Leitung geführt, wenn es sich irgendwie vermeiden ließ. Ein paar für Nichteingeweihte rätselhafte Andeutungen und dann: Warte ein paar Minuten, damit wir in Ruhe darüber sprechen können. Ich werde dich von einem sicheren Apparat aus anrufen. Oder, ich komme zu dir und hole dich ab, und wir unterhalten uns auf einem Spaziergang. Und anschließend ... ein Anruf bei Olivera? Was soll ich tun, hatte er ihn vielleicht gefragt. Und Olivera könnte geantwortet haben, bleib ruhig und geh zu deiner Party. Danach hätte er Paco den Auftrag erteilen können, Ned kaltzumachen.

Zeitlich würde das genau hinkommen. Und die Rollen waren verteilt.

Was war mit dem Telefon? Hatte Paco die Fingerabdrücke darauf beseitigt? Warum? Vielleicht hatte er versucht, Olivera zu benachrichtigen, war aber nicht durchgekommen. Oder aber er hatte es nur ein paarmal klingeln lassen und dann wieder aufgelegt als Zeichen, daß er seinen Auftrag erledigt hatte. Das waren plausible Gründe, weshalb Paco anschließend den Apparat gründlich abgewischt haben könnte.

Ryans Mutmaßungen hatten zu einem Szenario geführt daß ihm durchaus realistisch erschien. Zu schade, daß er dafür keine Beweise hatte. Wo sich Paco wohl zur Zeit aufhielt?

# 26

Am Morgen rief Kassia an. Lynn Archbold war damit beschäftigt, ihren Bericht zusammenzustellen, da sie bereits zu einer Schlußfolgerung gekommen war: Neds Mörder war vermutlich größer als ein Meter achtzig, mindestens aber ein Meter siebenundsiebzig.

»Wie kann sie das denn so genau ermitteln?«

»Anscheinend ist es lediglich eine Frage der Geometrie.«

»Meinst du, wir werden damit vor Gericht bestehen können?«

»In New York sind solche Untersuchungen als Beweismittel zugelassen. Was die Geschworenen darüber denken, kann ich natürlich nicht voraussagen. Auf jeden Fall ist Lynn eine gute Zeugin.«

»Hoffentlich bekommt sie ihren Bericht rechtzeitig fertig. Wir müssen Corino davon überzeugen, daß er das Urteil für ungültig erklärt.«

»Was ist mit Griglia? Glaubst du, wir können ihn auf unsere Seite bringen, wenn die Beweise überzeugend ausfallen?«

»Träum ruhig weiter. Das ist sein erster Fall als Bezirksstaatsanwalt, den er dazu auch noch selbst übernommen hat. Er würde niemals eingestehen, daß er die falsche Person angeklagt hat. Apropos ... wir sollten mit Jennifer darüber reden.«

»Du mußt es ihr unbedingt *selbst* sagen. Sie hat ein Recht darauf zu erfahren, daß du ihr glaubst, daß sie unschuldig ist und keinerlei Zweifel mehr bestehen – weder begründete noch sonst welche.«

Erst jetzt, erst durch diese Worte wurde Ryan endgültig klar, daß Lynn Archbolds Schlußfolgerungen einen soliden Beweis für Jennifers Unschuld darstellten. Folgte man den Untersuchungsmethoden vorbehaltlos und unter Weglassung aller Theorien und Spekulationen, dann wurde klar, daß es sich bei Jennifer und dem Mörder ohne jeden Zweifel um zwei verschiedene Menschen handeln mußte.

Als Ryan an diesem strahlenden Maitag zu seinem Treffen mit Jennifer ging, fühlte er sich so gut wie schon lange nicht mehr.

Noch immer wartete genug Arbeit auf ihn, aber alle Teile des Puzzles lagen schon vor ihm. Jetzt galt es, sie in einer Weise zusammenzufügen, daß ein Bild dabei herauskam, das so vollständig wie irgend möglich war.

Zu zweit liefen sie durch den Central Park.

»Wie ich schon angedeutet habe, besteht die Möglichkeit, daß neue Beweismittel aufgetaucht sind.«

»Und ich könnte wirklich einen neue Verhandlung bekommen?«

»Es sieht besser aus, als ich gedacht habe. Mit etwas Glück ist ein weiterer Prozeß nicht nötig, und die Anklage wird sofort fallengelassen.«

»Das klingt ja fantastisch, aber ich möchte mich noch nicht zu früh freuen, damit ich nicht enttäuscht werde.«

»Das kann ich gut verstehen.«

»Wie lange wird es dauern?«

»Hängt ganz vom Richter und der Staatsanwaltschaft ab.« Ryan suchte nach geeigneten Worten. »Es ist schon eine Weile her, daß ich mit dir über den Fall gesprochen habe ...«

Er bemerkte ihren fragenden Blick.

»Ich möchte, daß du weißt, daß ich an deine Unschuld glaube und daß es mir leid tut, wie lange es gedauert hat, bis ich mir dessen vollkommen sicher war.«

»Ja, mir auch.«

»Es gab Augenblicke, in denen ich gerne daran geglaubt hätte ...«

»Ich weiß. Aber ich habe es dir auch nicht gerade leichtgemacht.«

»Es muß eine schreckliche Zeit gewesen sein, die du durchgemacht hast ...«

Sie blieb stehen und griff nach seinen Händen. »Du brauchst dich nicht zu entschuldigen. Aber das Leben wird zum Alptraum, wenn dich jeder für einen Mörder hält, obwohl du nicht das geringste verbrochen hast. Du fängst dich dann unweigerlich an zu fragen, was eigentlich mit dir nicht stimmt, daß alle eine solche Meinung von dir haben.«

Schweigend liefen sie eine Weile durch den Park.

»Ich bin neugierig, was deinen Vater anbelangt«, sagte Ryan scheinbar ganz nebenher. »Weißt du etwas über seine geschäftlichen Verbindungen?«

»Nicht besonders viel. Warum fragst du?«

Hatte sie bei seiner Frage wieder eine distanziertere Haltung eingenommen, oder kam es Ryan nur so vor?

»Ned stand in Verbindung mit Männern, die Drogen ins Land schmuggeln. Da du früher einmal etwas von gefährlichen Leute gesagt hattest, ging ich davon aus, daß dir das bekannt war.«

»Es war nur so ein Gefühl. Aber daß es um Drogen ging, wußte ich nicht.«

»Es ging um Drogen. Ned hatte Kontakte zu Kokaindealern, und gleichzeitig unterhielt er geschäftliche Beziehungen zu deinem Vater.«

»Ich glaube, du verheimlichst mir etwas.«

Ryan zögerte. »Ja.«

»Was? Sag schon.«

»Dein Vater ist ebenfalls in diese schmutzigen Geschäfte verstrickt – sehr tief sogar. Er hat Ned da mit hineingezogen. Einen Tag vor Neds Tod hatten sie deswegen einen Streit.« Ryan versuchte, es Jennifer schonend beizubringen.

Sie schaute in eine andere Richtung. »Seltsam, wie schwer es ist, so eine Nachricht zu verkraften, selbst wenn man damit gerechnet hat. Schon seit längerer Zeit verdächtige ich ihn, mehr zu wissen, als er vorgibt. Bislang habe ich es dir noch nicht gesagt, aber *das* war der Hauptgrund, weshalb ich dich als Anwalt wollte. Als mir nämlich die beiden von ihm vermittelten Rechtsanwälte rieten, ich solle mich schuldig bekennen, und er das ziemlich gelassen aufnahm, da habe ich erstmals Verdacht geschöpft. Er sah die Sache völlig rational, ohne jede Gefühlsregung. Nicht daß er mir dazu geraten hätte. Doch schien er das für eine vernünftige Lösung zu halten. Das hat mich damals schon sehr verwundert. Darum entschloß ich mich, einen Verteidiger zu suchen, der mit Sicherheit mit den Leuten meines Vaters nichts zu tun hatte. Darum auch meine Scheu, dir gegenüber unangenehme Wahrheiten preiszugeben, wie mein Verhältnis mit Nico. Ich hatte schreckliche Angst, du würdest die Verteidigung niederlegen. Und was wäre dann aus mir geworden?«

So betrachtet, erschien Ryan Jennifers Verhalten mit einem Mal in einem ganz anderen Licht.

»Weißt du, wer Ned ermordet hat?«

»Ich glaube es zumindest. Ich halte den Chauffeur deines Vaters für den Täter.«

»Manuel? Aber der ist doch ein ganz Süßer, der außerdem erst seit diesem Jahr für Daddy arbeitet.«

»Ich meine den, der ihn an jenem Abend gefahren hat, als Ned getötet wurde.«

»Paco! Das wäre schon eher möglich. Der musterte mich immer von oben bis unten, wenn er annahm, daß ich es nicht bemerken würde. Bei dem lief es mir wirklich eiskalt über den Rücken.«

»Er arbeitet für einen Kokaindealer, und zwar für denselben, mit dem dein Vater Geschäfte machte.«

»Diesem Paco traue ich alles zu.«

»Ich vermute, daß er schon längst nicht mehr bei deinem Vater beschäftigt ist.«

»Nein. Schon seit ...« Sie verstummte. »Eine Woche nach Neds Ermordung gab er seine Stelle auf.«

»Hast du eine Ahnung, wo er sich jetzt aufhält?«

»Es hieß, er ginge nach Hause zurück.«

»Nach Hause?«

»Ich glaube, nach Kolumbien.«

»Na, großartig.«

Sie setzten sich auf eine Bank und schauten über einen kleinen See hinweg zu den Häusern hinüber, die jenseits des Parks lagen.

»Schon erstaunlich, wozu Menschen fähig sind. Dieser kleine Bursche ...«

»Was für ein kleiner Bursche?«

»Paco.«

»Was meinst du damit?«

»Er sieht aus wie ein Hydrant – kurz und dick. Sein Haar ist pechschwarz und immer fettig. Sein Gesicht wirkt wie bei vielen Indios sehr kindlich und ist fast viereckig, wie sein ganzer Körperbau. Übrigens ist er außerordentlich stark. Wahrscheinlich konnte er deshalb so heftig auf Ned einschlagen. An seinen langen Armen kann es bestimmt nicht gelegen haben.«

»Wie groß ist er denn ungefähr?« Ryan versuchte, sich nichts anmerken zu lassen.

»Einssechzig, einsdreiundsechzig. So genau kann ich das auch nicht sagen.«

»Bist du dir da ganz sicher?«

»Natürlich bin ich das. Schließlich hatte ich oft genug mit ihm zu tun.«

»Hatte dein Vater noch weitere Fahrer?«

»An Pacos freiem Tag kam immer ein Ersatzmann.«

»Groß, klein?«

»Das weiß ich wirklich nicht mehr. Mittelgroß. Ich glaube, er war immer sonntags da und gelegentlich auch am Montag. Oft habe ich ihn nicht gesehen.«

Wenn Lynn Archbold kein Fehler unterlaufen war, konnte Ryan seine ganze Theorie vergessen.

»Stimmt etwas nicht, Michael? Irgend etwas bedrückt dich doch.«

»Du hast recht. Ich muß zurück ins Büro.«

»Kannst du mir nicht sagen, was los ist?«

»Noch nicht.«

»Paco ist einssechzig«, verkündete Ryan, kaum daß er Kassia Miller gegenüberstand.

Sie brauchte eine Minute, um die volle Bedeutung seiner Worte zu begreifen. »Ach du liebe Güte – das ist gar nicht gut. Bist du dir ganz sicher?«

»Jennifer ist sich sicher.«

Er ließ sich auf seinen Bürostuhl fallen und lehnte sich frustriert zurück.

Kassia zerknüllte ein Blatt Papier von ihrem Notizblock und warf den Ball zu ihm hinüber. »He! Michael! Das ist doch nicht das Ende der Welt. Wir haben noch immer Lynn Archbolds Beweise, daß Jennifer es nicht gewesen sein kann.«

»Wenn wir ihren Theorien glauben.«

»Aber ein Blick auf ihr Modell und die Diagramme genügt, um klar zu erkennen, daß der Täter ziemlich groß gewesen sein muß.«

»Gerade das gefällt mir ja nicht. Meine Überlegungen sind einfach zu stimmig, als daß sie falsch sein könnten. Wenn Paco nicht in Frage kommt, müssen wir nach einem anderen Mörder Ausschau halten.«

»Weshalb? Deine Überlegungen ändern sich nur in einem Punkt. Statt Paco damit zu beauftragen, schickte Olivera einfach jemand anderen zu Hills Apartment. Das scheint mir auch sinnvoller zu sein. Schließlich mußte Paco Kneeland durch die Gegend fahren, und dieser Olivera hat bestimmt jede Menge Schlägertypen, die eine solche Schmutzarbeit für ihn erledigen.«

»Gut. Kann sein, daß du recht hast ...« Sinn würde das schon machen. Trotzdem war er nicht zufrieden. »Wann hat Lynn Archbold ihren Bericht fertig?«

»Am Montag.«

»Mach ihr klar, daß sie sich ranhalten soll. Ihre Analyse ist das einzige, was wir vor Gericht zu bieten haben.«

»Und die Musikkassette.«

Mit einem Ruck lehnte er sich vor.

»Wir brauchen gar keinen zusätzlichen Schläger. In meinem Szenario existiert bereits ein ziemlich großer Mann.«

Fragend sah sie Ryan an.

»Robertson Kneeland!«

»Du nimmst doch nicht ernsthaft an, daß er es war?«

Ryan war sich selbst nicht sicher. »Laß uns mal überlegen.«

»Er war auf zwei verschiedenen Partys. Dazwischen lagen ungefähr fünfzehn bis fünfundzwanzig Minuten.«

»Er konnte Ned nicht umbringen, ohne daß seine Kleidung dabei mit Blut bespritzt worden wäre.«

»Er müßte also den Anruf bekommen haben, zu Hugo Hill gefahren sein, mit Ned gestritten und ihn dann ermordet haben, vermutlich über die Feuertreppe das Haus verlassen und dann seine Sachen gewechselt haben und nach spätestens fünfundzwanzig Minuten auf dem anderen Fest erschienen sein.«

Sie gab sich skeptisch.

Ryan konnte nichts dagegen einwenden, denn auch ihm schien es reichlich unwahrscheinlich. Und trotzdem wollte er von diesem Gedanken nicht ablassen. Das denkst du nur, weil du ihn haßt, sagte er sich, weil du glaubst, er habe deinen Platz bei Ned eingenommen.

Doch plötzlich fiel es ihm wie Schuppen von den Augen. »Moment mal. Sagte Jennifer nicht, daß Kneeland seine Kleider gelegentlich im *Wagen* wechselte?«

»Daran kann ich mich nicht erinnern.«

»Klar doch. An dem Morgen, als es so stark regnete.« Was in der Nacht vor diesem Morgen geschehen war, ließ er bei dieser Gelegenheit allerdings lieber ungesagt.

»An dem Morgen, als ... Oh!« Zu seinem Erstaunen sah er, wie sie rot wurde. »*Jener* Morgen. Natürlich erinnere ich mich, daß Jennifer etwas in dieser Richtung gesagt hat.«

»Schön.« Ryan atmetete tief durch. »Kneeland hätte sich somit also unterwegs neue Sachen anziehen können. Aber der Zeitpunkt haut immer noch nicht hin. Er kann nicht vor acht Uhr fünfundzwanzig vor Hills Haus eingetroffen sein. Das ist und bleibt eine halbe Stunde zu früh.«

»Das ist kein Problem.«

Er hatte Kassias Äußerung nicht mitbekommen. »Ich bin doch immer davon ausgegangen, daß der Mord gegen neun passiert ist.«

»Das sollte *die Jury* glauben«, antwortete sie. »In Wirklichkeit sind die Ergebnisse der gerichtsmedizinischen Untersuchung gar nicht so eindeutig. Außerdem drehen sich die Aussagen lediglich um den Todeszeitpunkt, der nicht gleichbedeutend mit dem Zeitpunkt der Tat sein muß. Manchmal kommt es vor, daß Menschen mit Kopfverletzungen noch eine Woche und länger weiterleben. Ned könnte durchaus noch eine Stunde oder mehr lebend dagelegen haben.«

»Und unser lieber Franky hat das glatt übersehen.«

»Mit Absicht. Denn sein Zeuge Garfield hat Jennifer in Hills Haus gegen neun beobachtet. Der Eintritt des Todes zu *dieser* Zeit paßte dem Staatsanwalt natürlich vorzüglich ins Konzept.«

»Und dabei wollten wir ihn noch weiter hinauszögern – bis zehn Uhr, um zu belegen, daß es passiert sein mußte, nachdem Jennifer die Party verlassen hatte.«

»Das würde übrigens auch erklären, weshalb die Totenstarre noch nicht eingetreten war, selbst wenn der Mordanschlag schon wesentlich früher stattgefunden hatte – Ned lebte einfach noch eine Zeitlang weiter.«

Alles paßte auf einmal zusammen. Und die beiden Parteien, Staatsanwaltschaft und Verteidigung, hatten dieser Möglichkeit keinerlei Beachtung geschenkt. »Beim nächsten Mal werde ich den forensischen Beweisen mehr Aufmerksamkeit entgegenbringen.«

Kassia sah ihn überrascht an, als er ›beim nächsten Mal‹ sagte, kommentierte seine Bemerkung aber mit keinem Wort.

»Kneeland hätte es also getan haben können.«

»Hätte getan haben können heißt nicht, daß er es wirklich war.«

»Hätte getan haben können ist schon viel wert.«

Für Ryan eröffnete das eine völlig neue Perspektive. Bisher war er davon ausgegangen, Kneeland habe Olivera angerufen oder sich mit Ned in Gegenwart von Paco unterhalten, der anschließend seinen Boß verständigt hatte. Nun wußte Ryan durch die aufgezeichnete Unterhaltung zwischen Ned und Kneeland aber, daß Kneeland vor Olivera große Angst hatte. Es wäre vermutlich immer noch besser gewesen, Olivera anzurufen und ihn von Neds bevorstehenden Ausstieg zu unterrichten, als diesen Ausstieg tatsächlich zuzulassen. Schließlich war Ned erst durch Kneeland mit Oliveras Geschäften in Kontakt gekommen. Somit war letzten Endes Kneeland auch für ihn verantwortlich. Ein Anruf bei Olivera hätte mit Sicherheit Neds Tod bedeutet, wobei allerdings auch Kneeland selbst mit großer Wahrscheinlichkeit nicht heil davongekommen wäre.

Wenn er also Olivera nicht verständigte, welche Möglichkeiten blieben Kneeland dann übrig? Ryan spürte, daß er kurz vor der endgültigen Lösung des Falles stand.

Kneeland erhält Neds Anruf, während er in seinem Wagen sitzt, dachte Ryan. Er läßt ihn wissen, daß er momentan nicht frei sprechen kann, teilte ihm aber mit, daß er in Kürze bei Hill eintreffen wird.

Dann jedoch telefonierte er – anders, als bislang angenommen – mit niemandem mehr. Denn dieses Problem muß er ganz alleine erledigen. Möglicherweise hofft er noch immer, Ned zur Vernunft bringen zu können. Er gibt Paco Hugo Hills Adresse und rast dann durch die Straßen von New York, so daß er schon wenige Minuten später dort eintrifft.

»Zeitlich wäre es ein leichtes gewesen, um zwanzig nach acht bei Hill zu sein«, bemerkte Ryan.

»Für Kneeland?«

»Ja. Gleich nach dem Telefonat. Er geht die Treppe rauf und betritt den Raum, den Ned ihm zuvor beschrieben hat. Der ist jedoch keinem Argument zugänglich, nach allem, was er von den Turners über die Situation in Afrika erfahren hat. Außerdem fühlt er sich schuldig gegenüber Jennifer und will wenigstens diesmal das Richtige tun. Unnachgiebig beharrt er auf seinem Vorhaben, die ganze Sache auffliegen zu lassen. Kneeland gerät entweder in Panik oder geht kaltblütig gegen Ned vor, um seine eigene Haut zu retten. Wie auch immer – er packt die Statue, erschlägt Ned und verschwindet anschließend über die Feuertreppe. Die Zeit drängt, doch mit Pacos Hilfe und einem Kleiderwechsel während der Fahrt zu der anderen Party schafft er es doch noch rechtzeitig.«

»Und *er* hat unser Büro verwanzt?«

»Er hat es für uns eingerichtet. Wer käme dafür sonst in Frage, wenn nicht Kneeland?« Was er außerdem über die Wanzen und besonders auch über die Schießerei dachte, ließ Ryan Kassia noch nicht wissen.

Sie nickte. »Damit hätte er rechtzeitig erfahren, wenn wir ihm auf der Spur gewesen wären.«

Ryans Miene war unbeweglich. »Wir haben nicht den geringsten Beweis für unsere Thesen.«

»Es sei denn, er legt ein Geständnis ab.«

»Warum sollte er das tun?«

»Um seine Tochter zu retten. Bis vor kurzem konnte er mit einem Freispruch rechnen.«

»Das kann ich mir nicht vorstellen. Wie Jennifer mir sagte, hat er sie sogar zu einem Geständnis gedrängt.«

Kassia konnte diese Kaltschnäuzigkeit kaum fassen. »Und was machen wir nun?« fragte sie nach einer Weile.

Ryan stand am Fenster und sah hinaus in den Wald von Wolkenkratzern.

»Wir treiben ihn in die Enge. Wir spielen ihm in Jennifers Gegenwart das Band vor.«

»Das kannst du ihr nicht antun!«

»Sie hegt schon längere Zeit einen Verdacht gegen ihren Vater.«

Er griff nach dem Telefon und rief Kneeland an, noch bevor Kassia Gründe hervorbringen konnte, die dagegen sprachen.

»Mr. Kneeland, hier ist Michael Ryan. Wir haben einige wichtige, neue Informationen und müssen uns mit Ihnen und Jennifer darüber unterhalten. Es wird nicht lange dauern.«

Mürrisch räumte Kneeland ihnen eine halbe Stunde am Abend ein.

Gleich darauf setzte sich Ryan mit Lawrence in Verbindung.

»Ich benötige umgehend einen Abhörspezialisten, der Kassia und mich verkabelt.«

## 27

Sie trafen sich mit Jennifer und ihrem Vater in dessen Apartment in der Fifth Avenue. Er führte sie in die Bibliothek und ließ sie am Kamin Platz nehmen.

Ryan holte den geliehenen Recorder hervor. »Es ist am einfachsten, wenn wir uns zunächst dieses Band anhören, statt irgendwas zu erklären versuchen.«

In dem Zimmer herrschte vollkommene Stille, während die Kassette lief. Ryans Augen waren auf Kneeland geheftet.

Der Mann schien von dem, was er da hörte, nicht im geringsten berührt. Ryan hatte längst nicht so gelassen reagiert, als er sich eine Stunde vor der Begegnung mit Kneeland dazu gezwungen hatte, die ganze Kassette anzuhören. Er hörte Jennifer einige Male Aufstöhnen und spürte, wie sie auf ihrem Stuhl hin und her rutschte. Seine ganze Aufmerksamkeit galt in diesem Moment allerdings ihrem Vater, so daß er nicht zu ihr hinübersah.

Das Schweigen hielt an, nachdem das Band zu Ende war. Kneeland ergriff als erster das Wort. »Wenn das ein Witz sein soll, finde ich ihn überhaupt nicht komisch.« In seiner Stimmer klang eine leichte, kaum merkliche Anspannung mit.

Seine Tochter war nicht ganz so ungerührt. Nervös biß sie sich auf die Unterlippe. »Waren das wirklich Ned und du auf dieser Kassette?« Sie war kurz davor, ihre Beherrschung zu verlieren.

»Ich denke gar nicht daran, mit dir darüber vor aller Welt zu diskutieren, Jennifer.«

»Die beiden sind meine Freunde. Sie haben die ganze Zeit zu mir gehalten.«

»Und wurden dafür bestens bezahlt.«

»Das ist gemein, Daddy. Entschuldige dich dafür.«

»Mr. Ryan, meine Tochter und ich haben eine private Angelegenheit zu besprechen.«

Ryan rührte sich nicht von der Stelle.

»Bitte lassen Sie uns alleine, Mr. Ryan.« Die Verärgerung in seiner Stimme war inzwischen nicht mehr zu überhören.

»Nein, Michael. Geh nicht.«

In aller Seelenruhe ging Kneeland zum Telefon und wählte eine zweistellige Nummer. »Kevin, hier sind einige Leute, die sich weigern, mein Apartment zu verlassen. Verständige die Polizei und bitte den hausinternen Sicherheitsdienst, jemanden heraufzuschicken.«

»Wenn sie gehen, gehe ich mit.«

Kneeland lächelte Jennifer vertrauensvoll an, von Vater zu Tochter. »Das sind doch alles Lügen, mein Schatz. Sie haben das alles nur erfunden.«

»Weshalb?« Sie war aufgesprungen und stand ihm jetzt aufgebracht gegenüber. »Weshalb sollten sie das tun?«

»Das weiß ich nicht.« Er klang aufrichtig verwirrt.

Ryan nutzte die Stille, um das Wort zu ergreifen.

»Wenn Sie das schon nicht wissen, können Sie uns vielleicht verraten, warum Felipe Olivera diese Drogenbande auf Jennifer angesetzt hat, um sie töten zu lassen.« Ryan war sich des Risikos bewußt, das er mit diesem Vorwurf einging, doch wollte er Kneelands undurchdringliche Gelassenheit irgendwie stören.

Für einen Moment war Jennifers Vater sprachlos.

»Anfangs dachte ich, daß dieser Feuerüberfall mir gegolten hatte«, fuhr Ryan fort. »Aber diese Erklärung wäre viel zu kompliziert gewesen. Immerhin fand das Attentat vor Jennifers Haus statt – *sie* war es, die sie umbringen wollten. Mich hat nur ein Querschläger erwischt.«

»Aber wir sind doch in einen Bandenkrieg geraten«, warf Jennifer ein, die völlig durcheinander schien.

»Dieser Bandenkrieg fand auch wirklich statt. Olivera mußte bloß ein wenig Druck ausüben, damit sie dich sozusagen nebenbei auch noch erledigten. Zwei Fliegen mit einer Klappe. Niemand hätte die Schießerei mit dem Prozeß in Verbindung gebracht.«

»Das ist absurd«, platzte Kneeland hervor. »Warum hätte irgend jemand meine Tochter ermorden sollen?«

»Damit die Verhandlung eingestellt würde«, entgegnete Kassia, die jetzt auch verstanden hatte, worauf Ryan hinauswollte. »Wir hatten schon seit langen vermutet, daß Ned zu Olivera Verbindungen unterhielt. Solange gegen Sie verhandelt wurde, Mrs. Ryan, hätte die Gefahr bestanden, daß diese Kontakte aufgedeckt würden und dazu auch noch die Rolle, die ihr Vater bei diesen schmutzigen Geschäften spielte – was Señor Olivera verdammt starke Magenschmerzen bereitet hätte.«

»Ist das wahr?« fragte Jennifer. »Sag es mir.«

Kneeland starrte sie an. »Selbstverständlich nicht.«

»Es ist *wahr*.« Die Sehnenstränge ihres Halses waren zum Zerreißen angespannt.

»Ich habe nicht die Absicht, mich auch nur eine einzige Minute mit diesem Unsinn zu befassen«, sagte Kneeland. Er drehte sich um und wollte aus dem Zimmer gehen.

»Mistkerl!« flüsterte sie sanft, wodurch dieses Wort noch verletzender klang.

Jennifer griff nach einem schweren Aschenbecher aus Kristall und schleuderte ihn mit der ganzen Kraft, die ihr der Zorn verlieh, Kneeland hinterher. Er traf ihn hinter dem rechten Ohr. Seine Hand fuhr an den Kopf, seine Knie zitterten. Er tastete nach einem der Polstersessel, um einen Sturz zu vermeiden, landete dann aber doch auf den Knien.

Jennifer stand unbeweglich da und atmete schwer. Ryan und Kassia waren aufgesprungen, rührten sich aber ebenfalls nicht vom Fleck.

Ein hünenhafter Mann in der Uniform des Sicherheitsdienstes betrat den Raum. Das verängstigte Hausmädchen folgte ihm in sicherer Entfernung.

»Was geht hier vor?«

Mühsam richtete sich Kneeland wieder auf. Ryan konnte erkennen, daß an seinem Hals ein schmaler Streifen Blut hinablief, der den Hemdkragen rot färbte.

»Diese Herrschaften wollten soeben gehen.«

»Da ist die Tür, Leute«, sagte der Wachmann.

Kassia warf Ryan einen kurzen Blick zu. Hastig schüttelte er den Kopf: Bleib, wo du bist.

Der Wachmann brachte sein ganzes Gewicht zur Geltung. »Es wird Zeit für Sie zu gehen.«

»Steve«, sagte Jennifer schnell, »meinem Vater geht es gar nicht gut. Er hat ganz wirres Zeug geredet …«

»Hören Sie nicht auf sie«, fuhr Kneeland den Mann an.

»… und dann fiel er einfach um und verletzte sich am Kopf. Ich werde jetzt einen Arzt rufen.«

»Diese Leute haben hier nichts verloren. Werfen Sie sie raus«, stieß Kneeland mühsam hervor.

»Sehen Sie?« sagte Jennifer zu Steve. »Ich habe Ihnen doch gesagt, daß mit ihm etwas nicht in Ordnung ist. Dies ist übrigens mein Schwiegervater und Rechtsanwalt …«

»Ich habe gesagt, Sie sollen nicht auf sie hören!«

»… wir haben uns nett unterhalten, und auf einmal schien es, als würde Daddy anfangen, Unsinn zu reden.«

Kneeland machte einen Schritt nach vorne, wankte aber erneut. Benommen ließ er sich auf einen Stuhl sinken.

Jennifer warf Steve einen bedeutungsvollen Blick zu: Wie ich Ihnen gesagt habe.

»Sie scheinen nicht ganz gesund zu sein, Mr. Kneeland.« Der verunsicherte Steve ging langsam rückwärts in Richtung Ausgang.

Jennifer nahm den Telefonhörer in die Hand. »Ich hätte gerne die Nummer des Universitätskrankenhauses.« Sie sah zu Steve hinüber. »Schon in Ordnung, wir schaffen's auch alleine. Sagen Sie bitte der Polizei, daß wir alles unter Kontrolle haben.«

»Ja, Madame.« Erleichtert machte er die Tür hinter sich zu.

Jennifer legte den Hörer wieder auf und schaute eindringlich ihren Vater an. »Du hast Ned ermordet, stimmt's?« fragte sie mit trügerisch gelassener Stimme.

»Du bist viel zu aufgeregt, mein Schatz. Beruhige dich erst einmal.« Er versuchte, sie zu beschwichtigen, doch kamen dabei nichts als Phrasen aus seinem Mund. »Du denkst einfach nicht gradlinig genug.«

»Du *hast* es getan. Du bist Neds Mörder. Ich weiß nicht, warum, aber du warst es.«

Kneeland stand auf. Er hatte seine alte Kraft wiedergefunden. »Du müßtest es eigentlich besser wissen.« An Ryan gewandt, bemerkte er: »Ich hoffe, Sie sind zufrieden. Sie wußten doch nur allzugut, in welch labilem Zustand sie sich befindet. Wie konnten Sie ihr das nur antun, obwohl Ihnen bekannt ist, daß es ihr nicht gutgeht?«

»Ich glaube, es geht ihr ausgezeichnet«, erwiderte Ryan. »Und ich glaube, daß sie vollkommen recht hat – *Sie* haben Ned getötet. Er rief Sie von der Party aus an und erreichte Sie in ihrem Wagen. Daraufhin änderten Sie die Fahrroute und rasten zu Hugo Hills Haus. Nachdem Sie ihn umgebracht hatten, wischten Sie die Fingerabdrücke am Telefon ab, damit niemand erfuhr, daß er vor seinem Tod jemanden angerufen hatte.«

»Das ist Blödsinn.« Kneeland funkelte ihn wütend an. »Sie haben keinerlei Beweise für Ihre Behauptungen. Das sind ehrverletzende Verleumdungen, die Sie hier verbreiten.«

»Ich habe Ihnen doch soeben einen Beweis von dem Band vorgespielt. Wir haben alle zugehört.«

»Erfindungen«, sagte er verächtlich. Dann: »Aber nehmen wir nur mal für eine Minute an, daß das, was Sie da gesagt haben, ein Fünkchen Wahrheit enthielte. Würde das nicht bedeuten, daß einige äußerst gefährliche Leute hinter mir stehen? Und wenn das stimmen sollte, überlegen Sie sich bitte einmal, was alles passieren könnte, wenn Sie Ihre Anschuldigungen auch weiterhin aufrechterhielten ... *Falls* es wahr ist, was Sie da von sich geben.« Seine Selbstsicherheit ließ ihn eiskalt werden. »Und jetzt verlassen Sie mein Haus.« Er deutete auf seine Tochter. »Vergessen Sie nicht, die da mitzunehmen.«

Jennifer wollte auf ihn losstürzen, doch hielt Ryan sie an ihrem Arm zurück. Heftig versuchte sie, sich von ihm loszureißen, bis sie schließlich aufgab.

Kassia ging auf sie zu und nahm ihre Hand. Dann verließen die drei Kneelands Apartment.

»Wie geht es dir?« fragte Ryan Jennifer, als sie in seinem Wohnzimmer saßen.

»Ich fühle mich ganz wackelig.«

»Möchtest du etwas essen, trinken?«

»Ich würde gerne duschen.«

»Fühl dich ganz wie zu Hause.«

»Ich zeige Ihnen, wo alles ist«, sagte Kassia.

Während er alleine dasaß, versuchte Ryan, sich den Mord aus Oliveras Sicht vorzustellen. Vermutlich hatte Kneeland ihn so schnell wie möglich davon unterrichten wollen, noch bevor Paco dazu gekommen wäre. Jennifers Verhaftung hatte bei Olivera wahrscheinlich gemischte Gefühle ausgelöst. Einerseits war er sicherlich froh gewesen, daß nicht

Kneeland unter Verdacht stand, andererseits dürfte er die Enthüllungen gefürchtet haben, die der anschließende Prozeß ans Tageslicht fördern würde. Und es gab eine Menge, worüber er sich Sorgen machen mußte – Kneelands legale Firmen, die für ihn als Deckadresse fungierten, sowie dessen Rolle als Horchposten, den Medikamentendiebstahl und die wirkliche Herkunft all dieser Millionen, die Ned verliehen hatte.

Olivera hatte ein gewaltiges Interesse daran entwickeln müssen, wie der Prozeß gegen Jennifer voranging. Denn wenn erst einmal herausgekommen wäre, woher sein Geld stammte, wäre es bis auf den letzten Cent von der Regierung beschlagnahmt worden. Kneelands Wanzen waren wahrscheinlich auf Geheiß Oliveras installiert worden, der möglicherweise auch direkt und ohne Umweg über Kneeland die Gespräche der Anwälte mitgehört hatte. Damit wäre auch der Zeitpunkt des Attentats erklärt, die schnelle Reaktion der Gangster auf Ryans Vorschlag, Jennifer zu *ihrer* Wohnung zu begleiten …

Die beiden Frauen betraten wieder das Wohnzimmer. Jennifers feuchte Haare waren zu einem Pferdeschwanz zusammengebunden, die Schminke hatte sie abgewischt. Sie sah unglaublich jung und unschuldig aus.

»Geht es dir jetzt besser?« fragte Ryan.

»Ich muß über die ganze Geschichte mit euch reden. Andernfalls befürchte ich, den Verstand zu verlieren.«

»Wenn du meinst, daß dir das hilft …«

»Zuerst möchte ich das Band noch mal anhören.«

Ryan schaltete den Recorder ein. Schweigend hörten sie sich das Gespräch dreimal hintereinander an. Hin und wieder drückte Ryan die PAUSE-Taste oder spulte die Kassette ein Stückchen zurück, um einzelne Passagen genauestens mitzubekommen. Anschließend bat Jennifer ihren Schwiegervater, ihr alles über den Mord zu erzählen, was ihm bekannt war.

Als er seine Version der Ereignisse schilderte, saß sie mit geschlossenen Augen da. So verharrte sie auch noch eine Weile, nachdem Ryan seinen Bericht beendet hatte.

Dann öffnete sie ihre Augen. »Ja«, sagte sie, »ja, das ist mein Vater, einschließlich des abgewischten Telefons. Sorgfältig bis zuletzt … Ich habe mir immer eingeredet, daß er mir aus dem Weg ginge, weil er mich für schuldig hielte. Aber das war nicht der wirkliche Grund, nicht wahr? Er konnte mir nicht gegenübertreten, weil *er* schuldig war.«

»Und doch hat er recht, wenn er sagt, daß wir keine ausreichenden Beweise gegen ihn haben«, gab Ryan zu bedenken. »Wir *wissen* nicht, ob er es getan hat.«

»*Ich* weiß es. Ich glaube, ich habe es schon immer gewußt. Nur konnte ich es mir selbst gegenüber nicht eingestehen.« Die klare Sicht der Dinge veranlaßte sie zu einem kurzen, bitteren Lächeln. »Warum hätte ich dich sonst so verzweifelt gebeten, meine Verteidigung zu übernehmen? Warum wäre ich sonst so sicher gewesen, daß ich mich jemanden anvertrauen mußte, der mich nicht nur verteidigte, sondern auch beschützte? Wenn mein eigener Vater ...« Sie nickte mit dem Kopf, um ihrer Gewißheit über seine Täterschaft Ausdruck zu verleihen. »Er war es. Ich kenne meinen Vater. Seine Reaktion von vorhin ... *Er ist der Mörder.*« Mit dieser Erkenntnis zog sie sich für einige Zeit in sich zurück. Ryan und Kassia ließen sie eine Weile in Ruhe.

»Und ihr glaubt, dieser Olivera hat vor meinem Haus auf uns schießen lassen?«

»Abgesehen von einem Geständnis war das der schnellste Weg, dem Prozeß ein Ende zu bereiten – gegen eine Tote wird nicht mehr verhandelt«, erklärte Kassia.

»Aber es gab für Olivera noch einen weiteren Grund, dich zu töten«, bemerkte Ryan. »Er wollte die Aktion vermutlich als Warnung für deinen Vater verstanden wissen, damit er sähe, was ihm zustoßen würde, falls er aus der Reihe tanzte.«

Wieder schwiegen die drei betroffen.

»Wir müssen etwas gegen ihn unternehmen«, brach Jennifer schließlich die Stille. »Er darf doch nicht einfach so davonkommen. Erst Ned und dann auch noch Neds Kind. Selbst wenn Olivera den Auftrag gegeben hat, ist *er* dafür verantwortlich.«

»Wir haben einfach nicht genug gegen ihn in der Hand«, warf Kassia ein. »Die Aufzeichnung unseres Gesprächs mit deinem Vater von heute abend kann uns vielleicht dabei helfen, dich freizubekommen. Aber damit können wir *ihn* nicht überführen.«

»Wenn es gar nicht anders geht, werde ich ihn höchstpersönlich umbringen«, sagte Jennifer resigniert.

»Das wirst du natürlich nicht tun«, herrschte Ryan sie an. »Ich mußte dich schon einmal verteidigen; ein zweites Mal habe ich dazu keine Lust. Außerdem hatte dein Vater durchaus recht, als er sagte, es sei ungesund, wenn jemand Olivera im Wege sei.«

»Dem kann das jetzt doch egal sein. Mein Vater nützt ihm sowieso nichts mehr.«

Ryan brauchte einen Moment, um darüber Klarheit zu erlangen. »Was du da sagst, ist vollkommen richtig. Wenn die Tonbandaufzeichnungen erst einmal in der Öffentlichkeit bekannt werden, wird dein Vater für diesen Gangster zur Belastung ... Weißt du, vielleicht müssen wir uns gar nicht mehr um ihn kümmern. Ich habe da so ein Gefühl, daß das andere für uns übernehmen werden.«

Jennifer blickte gedankenverloren in die Ferne. Schließlich fand sie wieder in die Wirklichkeit zurück und fragte Ryan: »Hast du eine Ahnung, wo man diesen Olivera finden kann?«

Ryan vermutete, daß Olivera in Irish Vieras ehemaligem Musikclub, dem Tabu, seine Fäden spann. Aber das sagte er Jennifer nicht.

»Weißt du«, entgegnete er statt dessen, »es wäre gut für unsere Position vor Gericht, wenn die Polizei unseren Verdacht gegen Olivera erhärten könnte. Zufällig hat Jimmy Kelly einen Neffen, der darauf aus ist, seinen ersten großen Erfolg bei der Bekämpfung der Drogenkriminalität zu verbuchen. Ich bin mir ziemlich sicher, daß er unser Band mit Freuden entgegennehmen wird. Und als Gegenleistung kann er uns vielleicht Material zur Verfügung stellen, das unsere Theorien stützt.«

Er ging zum Telefon. »Ich werde Kelly anrufen.«

Die Mühlen mahlten schneller, als Ryan gehofft hatte.

Detective Lieutenant James O'Donnell kam nicht einmal eine Stunde nach seinem Gespräch mit Kelly persönlich vorbei, um eine Kopie der Aufzeichnungen abzuholen. Er versprach, ihre Theorien über die Schießerei im Januar so schnell wie möglich zu überprüfen. »Ich werde umgehend unseren Informanten mitteilen, wonach sie sich umhören sollen.«

Am Morgen darauf wurde H. Robertson Kneeland auf dem Heimweg von seinem täglichen Squashtraining unmittelbar hinter der niedrigen Mauer überfallen, die den Central Park von der Fifth Avenue trennte.

Den Zeitungen zufolge hatten die Täter blitzschnell zugeschlagen und waren mit Kneelands goldener Uhr im Wert von fünftausend Dollar davongekommen sowie mit einem Geldbetrag in unbekannter Höhe. Bei dem Überfall stachen sie mehrmals auf das Opfer ein und schnitten ihm schließlich scheinbar grundlos die Kehle durch.

Bei seiner Einlieferung ins Lenox Hill Hospital war er bereits tot. Sein Chauffeur berichtete gegenüber den Reportern, daß Kneeland schon die Koffer für einen längeren Auslandsaufenthalt gepackt hatte und unmittelbar nach seiner Rückkehr vom Training die Fahrt zum Flughafen hatte antreten wollen.

## 28

Ryan und Kassia arbeiteten eifrig an ihrem Antrag, den Schuldspruch gegen Jennifer aufzuheben. Um Lynn Archbolds Analyse zu untermauern, engagierten sie einen weiteren Sachverständigen für Blutflecken. Dazu beauftragten sie noch Audio- und Videoexperten, einen Bericht über die Authentizität der Aufzeichnung des Gesprächs zwischen Ned und Kneeland zu erstellen. Unterdessen befaßte sich O'Donnell mit den Informationen, die er von Ryan erhalten hatte und ließ ihm im Gegenzug einige Hinweise darüber zukommen, welche Ermittlungsergebnisse der Polizei seine Thesen untermauern könnten.

Zwei Wochen vor der Urteilsverkündung rief Ryan bei Corino an und erklärte ihm, daß die Verteidigung einen weiteren Antrag zu stellen beabsichtige. Der Richter zeigte sich entgegenkommend und beraumte ein Treffen zwischen ihm und den gegnerischen Parteien zehn Tage nach Übergabe des betreffenden Antrags ein.

Als es soweit war, betrat Griglia kampfeslustig das Besprechungszimmer. Ryan hatte gehofft, daß der Bezirksstaatsanwalt angesichts der neuen Beweismittel das Feld räumen würde. Dies war aber offensichtlich nicht der Fall.

»Das alles ist ausgesprochen lächerlich, Euer Ehren«, wütete Griglia. »Nichts davon stellt einen überzeugenden Beweis dar. Eine Tonbandaufnahme mit der angeblichen Unterhaltung von zwei mittlerweilen toten Männern … und die Echtheit soll durch den Vergleich mit weiteren ähnlich dubiosen Aufnahmen bestätigt werden, deren Herkunft die Verteidigung nicht klar nachweisen kann.«

»Ich denke, daß sie zumindest die ehrliche Anstrengung unternommen hat, Mr. Griglia. Aber wenn Sie die Zulassung dieser Beweise anfechten wollen, habe ich dafür volles Verständnis …«

»Ja, Euer Ehren, das will ich. Und außerdem werde ich auch die Beweiskraft dieser Blutfleckanalyse in Frage stellen. Auch stellt sich die Frage, wie man diese Fotos auf ihre Echtheit hin überprüfen soll.«

»Euer Ehren, ich bin der Ansicht, daß wir dazu in unserem Antrag klar Stellung bezogen haben«, erwiderte Ryan.

»Das einzige, was hier klar ist, Euer Ehren, ist, daß Mr. Ryan sich des Todes von Robertson Kneeland bedient, um gegen einen Mann Anschuldigungen zu erheben, der sich nicht mehr dagegen zur Wehr setzen kann.«

»Ich kann Ihre Argumente nachvollziehen, Mr. Griglia, und wir werden sie natürlich zu berücksichtigen haben. Doch im Moment interessiert mich die Beweiskraft der in Mr. Ryans Antrag aufgeführten Materialien wesentlich mehr, vor allem die der Analyse seiner Blutfleckexperten. Sie kommen alle zu der Feststellung, daß der Mörder deutlich größer gewesen sein muß als Mrs. Ryan.«

Griglia erneuerte seine Schmähungen gegenüber Ryan und zeigte nicht die geringste Bereitschaft zum Einlenken. Corino hörte ruhig zu und unterbrach den Vertreter der Anklage nur gelegentlich, um Fragen zu stellen. Der Staatsanwalt ereiferte sich immer heftiger, ungeachtet der klaren Zeichen von seiten des Richters, der nach Mäßigung und logischen Schlußfolgerungen verlangte und derartige leidenschaftliche Ausbrüche für fehl am Platze hielt.

Schließlich riß Corino der Geduldsfaden. »Hiermit ordne ich eine neue Beweisaufnahme über die von Mr. Ryan beigebrachten Materialien an, denen zufolge seine Mandantin unschuldig sein soll und andere, polizeibekannte Personen die Tat begangen haben. Und ich möchte hiermit klar zum Ausdruck bringen, daß ich keinerlei Einwände dagegen habe, wenn Mr. Ryan meint, seine Ermittlungsergebnisse auf einer Pressekonferenz darlegen zu müssen. Somit, Herr Bezirksstaatsanwalt, haben Sie die Möglichkeit, sich nochmals alles klar und deutlich anzuhören, was die gegnerische Partei an neuen Beweismitteln zusammengetragen hat.«

Griglia beschwerte sich darüber, daß auf diese Weise vorzeitig Informationen an die Öffentlichkeit weitergegeben würden.

»In den Vereinigten Staaten haben die Menschen ein Recht auf öffentliche Verhandlungen«, entgegnete ihm Corino. »Und auf eine öffentliche Verteidigung ebenfalls. Sind Sie bereit zu einer weiteren Verhandlung, oder benötigen Sie noch etwas Zeit?«

Griglias Züge verhärteten sich. »Ich habe es nicht gern, wenn man mich allzusehr drängt.«

»Drängen, Mr. Griglia? Ich werde versuchen, Ihren Vorwurf schnell wieder zu vergessen. Mir ist es vor allem an einem ordentlichen Gang der Rechtsprechung gelegen. Hier steht eine Frau vor Gericht, die berechtigte Gründe dafür vorbringen kann, daß man sie zu Unrecht verurteilt und möglicherweise sogar zu Unrecht angeklagt hat. An so etwas können wir doch nicht einfach achtlos vorübergehen.«

Ryan konnte den harten Kampf spüren, den Griglia innerlich mit sich selbst auszufechten hatte. Schließlich gab er klein bei und verkündete, er würde eine Pressekonferenz abhalten, um die neuen Entwicklungen im Fall Jennifer Kneeland-Ryan der Öffentlichkeit mitzuteilen. Ryan schlug vor, daß auch er auf der Veranstaltung zu Worte kommen sollte. Resigniert schluckte Griglia diese bittere Pille.

Am folgenden Freitag saß der Staatsanwalt vor etlichen Mikrofonen und Fernsehkameras. Rechts von ihm hatten Jennifer und Ryan Platz genommen.

»Ladys und Gentlemen«, begrüßte er die lärmende Menschenmenge, »ich habe Sie hierher eingeladen, da ich eine außergewöhnliche Stellungnahme abzugeben habe. Mitglieder meines Büros haben unter meiner Leitung bei Richter Anthony Corino beantragt, das Urteil gegen Jennifer Kneeland-Ryan aufzuheben und für ungültig zu erklären, weil aufgrund erst vor kurzem aufgetauchter Beweise ihre Unschuld klar erwiesen ist.«

Frankys Lieblinge unter den Pressevertretern waren schon auf diese Ankündigung vorbereitet worden. Doch unter ihren uninformierten Kollegen wurde heftigst getuschelt.

Griglia kümmerte sich nicht darum und sprach einfach weiter. »Ich möchte mich förmlich bei Mrs. Ryan für die Unannehmlichkeiten entschuldigen, die ihr diese Anklage während des vergangenen Jahres bereitet hat. Doch bin ich der Meinung, daß wir auf Grundlage der uns damals zur Verfügung stehenden Beweise gar nicht anders handeln konnten.

Was den Mord an Edward Ryan angeht, kann ich nur soviel sagen: Zur Zeit noch laufende Ermittlungen haben einwandfrei ergeben, daß die Tat von einer Person begangen wurde, die mit Mrs. Ryan nicht identisch ist. Anlaß für den Mord war ein Streit über kriminelle Aktivitäten, die Edward Ryan aufzudecken drohte.«

Sofort begannen die Journalisten, Griglia mit Fragen zu bestürmen. Der Staatsanwalt hob beschwichtigend die Hand.

»Mehr kann ich im Augenblick nicht dazu sagen, da, wie schon erwähnt, die Ermittlungen noch nicht abgeschlossen sind. Aber ich möchte zum Ausdruck bringen, daß wir einen Teil unserer Informationen den Bemühungen von Michael Ryan verdanken, dem Anwalt von Mrs. Ryan. Auch er möchte Ihnen noch ein paar Worte sagen.«

Ryan konnte sich gut vorstellen, welch große Überwindung es Griglia kostete, seine Pose als großherziger Verlierer beizubehalten.

»Ich danke Ihnen, Mr. Griglia. Meine Kollegin Kassia Miller und ich sind dem Bezirksstaatsanwalt zu Dank verpflichtet, daß er so schnell reagiert hat, nachdem wir mit Hilfe unserer neuen Beweise überzeugend darlegen konnten, daß unsere Mandantin unmöglich diese Tat begangen haben konnte. Außerdem danken wir einigen Beamten der New Yorker Polizeibehörde, deren exzellente Arbeit sich wohltuend von den Leistungen vieler anderer Gesetzeshüter abgehoben hat.

Es dürfte wohl klar sein, daß es uns am liebsten gewesen wäre, wenn dieser ganze Prozeß niemals stattgefunden hätte. Unter den gegebenen Umständen sind wir jedoch glücklich, daß der Fall gelöst wurde, bevor unserer Mandantin weiterer Schaden daraus entstand. Mrs. Ryan möchte endlich wieder ein normales Leben führen. Im zurückliegenden Jahr hat sie ihren Ehemann verloren, ihren Vater und ein ungeborenes Kind. Ich hoffe sehr, daß Sie dies in den kommenden Tagen berücksichtigen und sie in Ruhe lassen.«

Seine Bitte wurde mit einem wilden Schwall von Fragen beantwortet. Als dann jedoch Jennifer das Wort ergriff, verstummten die Reporter schlagartig.

»Ich bin sehr erleichtert, daß alles vorbei ist. Ich habe immer meine Unschuld beteuert. Allen, die mir glaubten, möchte ich herzlich danken. Michael Ryan ist der beste Anwalt der Welt, und ich wüßte keinen geeigneteren Weg, wie ich ihm je danken könnte. Dasselbe gilt für Kassia Miller. Das war es auch schon. Ich hoffe sehr, daß Sie schon bald jemand finden, über den zu berichten sich mehr lohnt als über mich.«

Gelächter und Applaus. Ein ganz Unermüdlicher rief: »Jennifer, hat ihr Vater irgend etwas damit zu tun?«

»Dazu habe ich nichts zu sagen«, antwortete sie gelassen, und Ryan schaltete die Mikrofone ab.

Ryan und Miß Miller brachten ihr Büro in Ordnung. Mit Ausnahme der langen Reihen von Aktenordnern auf dem Fußboden deutete schon nichts mehr auf die harte Arbeit der vergangenen Monate hin.

»Ich habe eine neue Arbeit in Aussicht«, ließ sie ihn wissen. »Wenn ich die Bestätigung erhalte, daß es sich wirklich um eine Sozietät handelt, werde ich den Job annehmen.«

Ryan wußte nicht, wohin er schauen sollte. »Das überrascht mich nicht. Du bist eine ausgezeichnete Anwältin und hast in unserem Fall hervorragende Arbeit geleistet. Wann geht es denn los?«

»Sie wollen mich so schnell wie möglich. Aber ich habe mir noch ein paar Wochen Bedenkzeit ausgebeten.«

»Das ist schön.« Verlegen suchte er nach Worten. »Wir sollten darauf anstoßen.«

»Champagner?«

»Wenn du möchtest.« Er war sich nicht sicher, ob sie sich über ihn lustig machte.

»Willst du gar nicht wissen, in welcher Kanzlei ich einsteigen werde?«

»Oh, habe ich das noch nicht gefragt?« meinte Ryan. »Wo denn?«

»Pane, Parish, Eisen & Legler«, erwiderte sie grinsend.

Als er endlich verstand, was sie soeben gesagt hatte nahm er sie fest in die Arme und hob sie in die Höhe.

Sie flogen auf eine kleine Insel in den Tropen, auf der es keine Casinos und keine Nachtclubs gab. Ryan schwamm viel, und gemeinsam unternahmen sie lange Spaziergänge in den dichten Wäldern der Umgebung. Häufig las Ryan in Neds Tagebuch und in den Briefen, die Jennifer ihm vor der Abreise überreicht hatte.

»Weißt du«, sagte er am Abend vor dem Rückflug, »ich habe es uns beiden wirklich nicht leichtgemacht, Ned und mir. Er war ein guter Junge und hätte eigentlich etwas Besseres verdient gehabt.«

Sie legte die Stirn in Falten.

»Schon gut – ich werde mir nicht wieder Selbstvorwürfe machen. Aber wahr ist es doch. Das meiste habe ich falsch gemacht. Vor allem war ich zu selten mit ihm zusammen und habe ihm zuwenig zugehört.«

»Sein Pech war, daß er mit den falschen Leuten in Kontakt gekommen ist«, sagte Kassia.

»Das stimmt. Trotz allem hatte er ein gutes Herz. Vielleicht liegt darin gerade auch seine Tragödie. Als er wieder in die richtigen Bahnen zurückkehren wollte, mußte er dafür sterben.«

Sie ließ ihn allein mit seinen Gedanken und setzte sich auf die mondbeschienene Terrasse. Nach einer Weile kam auch Ryan nach draußen und stellte sich neben sie.

Kassia nahm seine Hand. »Wie mir scheint, bist du gar kein so übler Vater gewesen.«

»Vielleicht sogar ein besserer, als ich immer gedacht habe.«

»Du könntest es noch mal von neuem versuchen.«

Er öffnete seine Arme. »Vielleicht«, antwortete er. »Vielleicht könnte ich das wirklich.«